DIANA GABALDON
Die geliehene Zeit

Buch
Bereits mit »Feuer und Stein«, dem ersten Roman ihrer großen, romantischen Highland-Saga, hat Diana Gabaldon ihre Leser zu begeisterungsstürmen hingerissen – der Geschichte von Claire Randall, einer Frau aus unserer Zeit, die ein magischer Zufall ins schottische Hochland des 18. Jahrhunderts führt. Claire findet sich wieder in einer Welt zwischen Aufklärung, Aberglaube und Hexenwahn – und schließlich in den Armen Jamie Frasers, des geächteten Clanführers mit dem feuerroten Haar und dem rebellischen Herzen. Es ist der Beginn einer Liebe, so wildromantisch wie die Highlands und stärker als Zeit und Raum.
Doch Claire kehrt wieder in ihre Welt zurück.
Zwanzig Jahre lang hat sie ihr Geheimnis bewahrt. Erst 1968, als ihr Mann Frank tot und ihre Tochter Brianna erwachsen ist, reist Claire wieder in die Highlands. Und hier sucht sie endlich die Antwort auf die Frage, die sie all die Jahre gequält hat: Hat Jamie die grausame Schlacht von Colloden überlebt? Oder ist auch er mit den Träumen von Schottlands Freiheit untergegangen?
Wiederum schlägt für Claire in den Highlands die Stunde der Wahrheit. Und alle Spuren weisen zu einem geheimnisvollen alten Friedhof ...

Autorin
Die Amerikanerin Diana Gabaldon ist eine vielseitig begabte Frau. Als Honorarprofessorin für Tiefseebiologie und Zoologie arbeitet sie seit Jahren an der Northern Arizona University. Als Schriftstellerin hat sie bereits mit ihrem ersten Roman überwältigenden Erfolg errungen: *»Feuer und Stein«* stand in den USA auf allen Bestsellerlisten und wurde auch in Deutschland zum Lieblingsbuch von Lesern und Buchhändlern, die seitdem mit Spannung und wachsender Begeisterung jedem neuen Band der Highland-Saga entgegenfiebern.
Diana Gabaldon lebt mit ihrem Mann und ihren drei Kindern in Scattsdale, Arizona.

Von Diana Gabaldon ist außerdem erschienen:

Feuer und Stein (Band 1; 35004)
Ferne Ufer (Band 3; 35095)
Der Ruf der Trommeln (Band 4; 35772)
Dar magische Sternkreis (Kompendium; 35180)

Das flammende Kreuz (Band 5; geb. Ausgabe, 0056)

DIANA GABALDON

DIE GELIEHENE ZEIT

Roman

Aus dem Amerikanischen von
Sonja Schumacher, Rita Seuß
und Barbara Steckhan

BLANVALET

Die Originalausgabe erschien 1992 unter dem Titel
»Dragonfly in Amber« bei Delacorte Press,
Random House Inc., New York.

Umwelthinweis:
Alle bedruckten Materialien dieses Taschenbuches
sind chlorfrei und umweltschonend.

Blanvalet Taschenbücher erscheinen im Goldmann Verlag,
einem Unternehmen der Verlagsgruppe Random House.

Sonderausgabe September 2002
Copyright © der Originalausgabe 1992 by Diana Gabaldon
Copyright © der deutschsprachigen Ausgabe 1996
by Blanvalet Verlag, München,
in der Verlagsgruppe Random House GmbH
Umschlaggestaltung: Design Team München
Umschlagfoto: Artothek/Christie's
Druck: Elsnerdruck, Berlin
Made in Germany · Titelnummer: 35844
ISBN 3-442-35844-2
www.blanvalet-verlag.de

1 3 5 7 9 10 8 6 4 2

*Für meinen Mann Doug Watkins –
zum Dank für das Anschauungsmaterial*

Prolog

Dreimal erwachte ich, bevor der Morgen dämmerte. Zuerst erfüllte mich Trauer, dann Freude und schließlich ein überwältigendes Gefühl der Einsamkeit. Die Tränen des Schmerzes weckten mich; sie netzten mein Gesicht, tröstlich wie kühlendes Wasser. Ich preßte den Kopf in die nassen Kissen und ließ mich auf dem salzigen Strom in die Tiefen meiner Trauer gleiten, in das Vergessen, das der Schlaf mir bot.

Dann weckte mich eine unbändige Freude. Ich bäumte mich auf in der Ekstase der körperlichen Vereinigung. Seine Berührungen hinterließen ein Prickeln auf meiner Haut, das langsam in meinen Nervenbahnen erstarb, als sich die Wellen des Höhepunkts in mir ausbreiteten. Um dem Erwachen zu entfliehen, verbarg ich mich in dem strengen, warmen Duft des Geliebten nach der Befriedigung, in meiner sicheren Zuflucht, dem Schlaf.

Beim dritten Mal war ich allein, jenseits von Trauer und Liebe. Überdeutlich stand mir der kleine Steinkreis auf der Kuppe des steilen, grünen Berges vor Augen. Craigh na Dun, der Feenhügel. Einige sagen, er sei verzaubert, andere meinen, er sei verflucht. Beide haben sie recht. Doch niemand weiß, welchem Zweck er dient.

Niemand, außer mir.

ERSTER TEIL

Hinter den dunklen Spiegeln
Inverness, 1968

I

Antreten zum Appell

Roger Wakefield stand mitten im Raum und fühlte sich umzingelt. Zu Recht, wie er meinte, denn um ihn herum standen Tische voller Nippes und Zierat und schwere viktorianische Möbel, die verschwenderisch mit Plüsch, Schonbezügen und Decken ausgestattet waren. Auf dem gewachsten Holzboden lagen kleine handumsäumte Läufer, die nur darauf warteten, unter einem vertrauensvoll daraufgesetzten Fuß davonzurutschen. Gleich diesem gab es elf weitere Zimmer voller Möbel, Kleider und Papiere. Und dann noch die Bücher – mein Gott, die Bücher!

An den Wänden des Studierzimmers standen Regale, die mit Büchern vollgestopft waren. Im übrigen Haus sah es nicht viel anders aus. Auf jeder horizontalen Fläche stapelten sich Bücher und Zettel, und jeder Schrank war bis zum Bersten gefüllt. Sein verstorbener Adoptivvater hatte sich eines langen, erfüllten Lebens erfreut. Und in seinen mehr als achtzig Lebensjahren hatte Reverend Reginald Wakefield niemals etwas fortgeworfen.

Roger zügelte den Impuls, davonzulaufen, in seinen Mini Morris zu springen, nach Oxford zurückzufahren und das Haus samt Inhalt dem Wetter und den Vandalen auszuliefern. Ruhe bewahren, ermahnte er sich und holte tief Luft. Du wirst schon damit fertig. Die Bücher sind noch der leichtere Teil; du mußt sie lediglich durchsehen und jemanden rufen, der sie abholt. Zwar würde dieser Jemand einen Lastwagen mit dem Fassungsvermögen eines Güterwaggons brauchen, aber es wäre zu schaffen. Die Kleider sind auch kein Problem – die gehen an die Wohlfahrt.

Roger hatte keine Vorstellung davon, was die Wohlfahrt mit Unmengen von schwarzen Sergeanzügen aus der Nachkriegszeit anfangen würde, aber vielleicht waren die Bedürftigen ja nicht besonders wählerisch. Schon fühlte er sich etwas erleichtert. Er hatte an der Historischen Fakultät von Oxford einen Monat Urlaub genommen, um den Haushalt des Reverend aufzulösen. Doch immer wieder überfiel ihn das Gefühl, er würde für diese Aufgabe Jahre brauchen.

Er trat näher an einen der Tische heran und nahm ein Porzellanschälchen in die Hand. Darin befanden sich unzählige kleine Vierecke aus Blei, »Gaberlunzies«, die im achtzehnten Jahrhundert von den Pfarreien an die umherziehenden Bettler quasi als Lizenz ausgegeben wurden. Neben der Lampe stand eine Sammlung von Steingutkrügen und davor eine in Silber gefaßte Schnupftabakdose aus Horn. Ob er dies alles an ein Museum geben sollte? Da der Reverend in seiner Freizeit ein begeisterter Geschichtsforscher mit einer Vorliebe für das achtzehnte Jahrhundert gewesen war, stieß man im Haus überall auf Gegenstände aus der Zeit der Jakobiten.

Ohne sich dessen bewußt zu sein, strich Roger mit der Fingerspitze über die Dose und fuhr die dunklen Linien der Inschrift nach – Namen und Lebensdaten der führenden Mitglieder der Schneidergilde von Edinburgh anno 1726. Vielleicht sollte er einige ausgewählte Stücke aus der Sammlung des Reverend behalten... doch dann entschied er sich mit einem resoluten Kopfschütteln dagegen. »Vergiß es, Dummkopf«, sagte er laut. »Das wäre der sichere Weg in den Wahnsinn.« Oder das Anfangsstadium eines Lebens als Packratte. Wenn er damit anfing, ein paar Dinge aufzubewahren, würde er irgendwann alles behalten und schließlich in einem Ungetüm von Haus wie diesem wohnen, umgeben vom Plunder von Generationen. Und Selbstgespräche führen.

Bei dem Gedanken an den ererbten Nachlaß fiel ihm wieder die Garage ein, und aller Mut verließ ihn. Der Reverend war eigentlich Rogers Großonkel. Nach dem Tod von Rogers Eltern im Zweiten Weltkrieg – seine Mutter war bei einem Bombenangriff der Deutschen, sein Vater im Luftraum über dem Ärmelkanal ums Leben gekommen – hatte ihn der Onkel adoptiert. Da er nun einmal nichts wegwerfen konnte, hatte der Reverend den gesamten Nachlaß von Rogers Eltern in Kisten und Kartons gepackt und in seiner Garage gestapelt. Roger wußte, daß seit zwanzig Jahren keine dieser Kisten mehr geöffnet worden war.

Als Roger sich vorstellte, wie er sich durch den Nachlaß seiner Eltern wühlte, stieß er einen biblischen Seufzer aus. »O Herr«, stöhnte er. »Laß diesen Kelch an mir vorübergehen!«

Obwohl die Bemerkung keineswegs als Stoßgebet gemeint war, klingelte wie zur Antwort die Türglocke, so daß er sich überrascht auf die Zunge biß.

Wie immer bei feuchtem Wetter klemmte die Haustür, und als Roger sie endlich quietschend aufgestemmt hatte, sah er sich einer Dame gegenüber.

»Ja bitte? Was gibt's?«

Sie war mittelgroß und ausgesprochen hübsch. Ihr zartgliedriger Körper war in weißes Leinen gekleidet, und auf ihrem Kopf prangte eine Mähne braunen, lockigen Haars, das sie halbwegs zu einem Knoten gebändigt hatte. Doch am auffälligsten waren ihre strahlenden Augen in der Farbe reifen Sherrys.

Sie ließ den Blick von seinen Turnschuhen, Größe fünfundvierzig, zu dem Gesicht hinaufwandern, das sich etwa dreißig Zentimeter über dem ihren befand. »Ich wollte eigentlich nicht unbedingt mit einem Gemeinplatz anfangen«, sagte sie. »Trotzdem: Du bist aber groß geworden, Roger!«

Roger merkte, daß er rot wurde. Die Frau lachte und streckte ihm die Hand entgegen. »Sie sind doch Roger, nicht wahr? Ich bin Claire Randall, eine alte Freundin des Reverend. Als ich Sie das letzte Mal gesehen habe, waren Sie fünf Jahre alt.«

»Sie sind eine Freundin meines Vaters? Dann wissen Sie wohl schon...«

Das Lächeln wich einem Ausdruck des Bedauerns.

»Ja. Ich war furchtbar traurig, als ich es hörte. Das Herz, nicht wahr?«

»Genau, und ganz plötzlich. Ich bin gerade aus Oxford gekommen, um das hier zu bewältigen.« Die Handbewegung, die er dabei machte, konnte sich ebenso auf den Tod des Reverend wie auf das Haus mit all seinem Inhalt beziehen.

»Wenn ich die Bibliothek Ihres Vaters noch recht in Erinnerung habe, dürfte allein das Durchsehen der Bücher bis Weihnachten dauern«, stellte Claire fest.

»Dann sollten wir ihn auch nicht weiter stören«, ertönte eine sanfte Stimme mit deutlich amerikanischem Akzent.

»Oh, das habe ich ja ganz vergessen!« rief Claire aus und wandte sich zu der jungen Frau um, die etwas im Hintergrund stand. »Roger Wakefield – meine Tochter Brianna.«

Brianna Randall trat mit einem schüchternen Lächeln auf ihn zu.

Gedankenverloren starrte Roger sie an, bevor er sich auf den guten Ton besann. Er tat einen Schritt zurück und riß die Tür auf. Unvermittelt fragte er sich, wann er zuletzt das Hemd gewechselt hatte.
»Aber ich bitte Sie!« rief er herzlich. »Ich wollte ohnehin gerade eine Pause machen. Kommen Sie doch herein!«
Als Roger die beiden Frauen über den Flur in das Studierzimmer des Reverend führte, fiel ihm auf, daß Claires Tochter nicht nur angenehm anzusehen, sondern auch größer war als alle jungen Mädchen, die er bisher näher kennengelernt hatte. Sie mußte gut einsachtzig messen. Unwillkürlich richtete er sich zu seiner vollen Größe von einsneunzig auf. Erst im letzten Moment duckte er sich, um nicht mit dem Kopf an den Türrahmen zu stoßen, als er nach den beiden Damen das Studierzimmer betrat.

»Ich wollte eigentlich schon viel früher kommen«, sagte Claire, während sie sich in einen tiefen Ohrensessel sinken ließ. »Letztes Jahr hatte ich für unsere Reise nach England schon alles gebucht. Aber dann gab es im Krankenhaus in Boston einen Notfall – ich bin Ärztin«, erklärte sie. Spöttisch kräuselte sie die Lippen, als sie auf Rogers Gesicht den Ausdruck der Überraschung sah, den er nicht ganz hatte verbergen können. »Schade, daß es nicht geklappt hat. Ich hätte Ihren Vater gern noch einmal wiedergesehen.«
Roger fragte sich, warum sie trotzdem gekommen war, wenn sie vom Tod des Reverend schon wußte. Sie einfach zu fragen, schien ihm jedoch zu unhöflich. »Und jetzt sehen Sie sich ein bißchen die Gegend an?« erkundigte er sich statt dessen.
»Ja, wir sind mit dem Zug aus London gekommen«, erwiderte Claire. Lächelnd blickte sie ihre Tochter an. »Ich wollte Brianna die Gegend zeigen. Wenn Sie sie reden hören, würden Sie nicht glauben, daß sie Engländerin ist wie ich. Allerdings hat sie nie hier gelebt.«
»Wirklich?« Roger warf der jungen Frau einen fragenden Blick zu. Seiner Meinung nach sah sie alles andere als englisch aus. Eine dichte Mähne roten Haars fiel ihr ungebändigt über die Schultern und umrahmte ein ausdrucksvolles Gesicht mit einer geraden langen Nase – ein wenig zu lang vielleicht.
»Ich bin in Amerika geboren«, erklärte Brianna, »aber Mutter und Daddy sind – waren – Engländer.«
»Waren?«

»Mein Mann ist vor zwei Jahren gestorben«, erläuterte Claire. »Ich glaube, Sie haben ihn gekannt – Frank Randall.«

»Natürlich, Frank Randall!« Roger schlug sich mit der Hand an die Stirn. Als Brianna kicherte, merkte er, wie er rot wurde. »Wahrscheinlich halten Sie mich für einen ausgemachten Trottel, aber ich habe erst jetzt begriffen, wer Sie sind.«

Randall, ein bedeutender Historiker, war mit dem Reverend eng befreundet gewesen. Seit langem hatten die beiden Männer ihre Erkenntnisse über die Zeit der Jakobiten ausgetauscht, obwohl Frank Randall seit mindestens zehn Jahren nicht mehr im Pfarrhaus gewesen war.

»Dann wollen Sie wohl auch die historischen Stätten bei Inverness besichtigen«, vermutete Roger. »Waren Sie schon in Culloden?«

»Bis jetzt nicht«, erwiderte Brianna. »Aber wir werden im Laufe der Woche noch hinfahren.« Ihr Lächeln war höflich – mehr nicht.

»Für heute nachmittag haben wir eine Ausflugsfahrt zum Loch Ness gebucht«, sagte Claire. »Und morgen fahren wir vielleicht nach Fort William. Womöglich streifen wir aber auch einfach nur durch Inverness. Der Ort ist beträchtlich gewachsen, seit ich zuletzt hier war.«

»Und wann war das?« Roger fragte sich, ob er seine Dienste als Fremdenführer anbieten sollte. Eigentlich blieb ihm dafür keine Zeit, aber schließlich waren die Randalls enge Freunde seines Vaters gewesen. Zudem erschien ihm ein Ausflug nach Fort William in Begleitung zweier attraktiver Damen weitaus verlockender als die Aussicht, die Garage aufzuräumen.

»Oh, vor über zwanzig Jahren. Es ist lange her.« In Claires Worten schwang ein rätselhafter Unterton mit, doch als Roger sie fragend ansah, begegnete sie seinem Blick mit einem offenen Lächeln.

»Nun«, setzte er an, »wenn es irgend etwas gibt, was ich für Sie tun kann, solange Sie hier bei uns in den Highlands sind...«

Obwohl sie weiterhin lächelte, veränderte sich Claires Miene. Fast hatte Roger den Eindruck, daß sie auf dieses Angebot nur gewartet hatte.

»Wenn Sie es so direkt anbieten...«, meinte sie.

»Aber Mutter, das können wir Mr. Wakefield doch nicht zumuten!« sagte Brianna. »Sieh doch, was er hier alles zu tun hat!« Sie wies auf die überquellenden Kartons und die meterhohen Bücherstapel.

»Mir würde es aber Spaß machen«, wandte Roger ein. »Worum geht es denn?«

Claire warf ihrer Tochter einen tadelnden Blick zu. »Ich hatte nicht die Absicht, ihn zu überrumpeln«, erklärte sie indigniert. »Aber vielleicht kennt er ja jemanden, der uns helfen kann. Es geht um eine kleinere historische Untersuchung«, fügte sie zu Roger gewandt hinzu. »Ich brauche jemanden, der sich mit den Jakobiten im achtzehnten Jahrhundert auskennt – also mit Bonnie Prince Charles und diesen Dingen.«

Interessiert beugte Roger sich vor. »Die Jakobiten?« fragte er. »Das ist nicht gerade mein Spezialgebiet, aber in den wichtigsten Dingen kenne ich mich aus. Wenn man so nah an Culloden wohnt, kann man gar nicht anders. Dort fand nämlich die Entscheidungsschlacht statt«, erklärte er Brianna. »Die Soldaten des Bonnie Prince standen dem Heer des Herzogs von Cumberland gegenüber und wurden hingemetzelt.«

»Genau«, sagte Claire. »Darum geht es auch bei meinem Anliegen.« Sie öffnete die Handtasche und holte ein zusammengefaltetes Blatt Papier heraus.

Roger breitete es aus und überflog es rasch. Unter der Überschrift »JAKOBITENAUFSTAND VON 1745/46 – CULLODEN« waren die Namen von etwa dreißig Männern aufgeführt.

»Aha, es geht also um den Jakobitenaufstand«, meinte Roger. »Diese Männer haben in Culloden gekämpft, nicht wahr?«

»Ja«, erwiderte Claire, »und ich möchte wissen, wie viele von ihnen die Schlacht überlebt haben.«

Roger, der noch immer auf die Liste blickte, rieb sich das Kinn. »Eine einfache Frage«, meinte er, »aber womöglich schwer zu beantworten. Von den Hochlandschotten des Bonnie Prince sind so viele gefallen, daß man sie in Massengräbern beerdigt hat. Und die Grabsteine tragen lediglich die Namen der Clans.«

»Ich weiß«, entgegnete Claire. »Brianna kennt das Schlachtfeld noch nicht, aber ich war schon mal da – vor langer Zeit.« Roger glaubte zu sehen, wie ein Schatten über ihr Gesicht huschte. Nicht weiter erstaunlich, dachte er, denn das Feld von Culloden war ein Ort, an dem jeder Ergriffenheit verspürte. Auch ihm traten Tränen in die Augen, wenn er über die weite Moorlandschaft blickte und an die tapferen Hochlandschotten dachte, die hingemetzelt unter der Grasnarbe in der Erde lagen.

Claire faltete weitere maschinenbeschriebene Blätter auseinander und reichte sie ihm. Während sie mit dem Finger über den Falz strich, fiel ihm auf, wie wohlgeformt und gepflegt ihre Hände waren, die jeweils nur von einem Ring geschmückt waren. Der silberne Ring an ihrer rechten Hand war besonders eindrucksvoll, ein breiter jakobitischer Reif mit den verschlungenen Ornamenten des Hochlands, in die Distelblüten – das traditionelle Symbol der Highlands – eingraviert waren.

»Dies sind die Namen ihrer Frauen, soweit wir sie kennen. Vielleicht bringt uns das weiter, denn womöglich haben sie wieder geheiratet oder sind ausgewandert, nachdem ihre Männer in der Schlacht von Culloden gefallen sind. Und das muß dann ja wohl im Taufregister der Pfarrei verzeichnet sein. Sie kommen alle aus dem Pfarrkreis von Broch Mordha, also ein ganzes Stück weiter südlich von hier.«

»Eine gute Idee«, gab ihr Roger überrascht recht. »Ein Historiker würde ähnlich vorgehen.«

»Schließlich habe ich lange genug mit einem zusammengelebt«, entgegnete Claire trocken. »Da schnappt man so einiges auf.«

»Gewiß.« Erst jetzt fiel Roger etwas ein, und hastig stand er auf. »Ich bin ein fürchterlicher Gastgeber. Zuerst bekommen Sie einen Drink, und dann erzählen Sie weiter. Vielleicht kann ich Ihnen helfen.«

Trotz der Unordnung wußte Roger, wo er die Karaffe finden konnte, und kurz darauf hatte er seinen Gästen einen Whisky eingeschenkt. Brianna nippte trotz der großzügigen Menge Soda so zögernd an ihrem Glas, als enthielte es anstelle des vorzüglichen Glenfiddich Insektengift. Claire schien ihn weitaus mehr zu genießen.

»Also.« Roger setzte sich wieder und nahm die Blätter zur Hand. »Historisch gesehen ist es eine faszinierende Aufgabe. Habe ich recht verstanden: Die Familien stammen alle aus demselben Pfarrbezirk und wahrscheinlich sogar aus demselben Clan? Wie ich sehe, heißen viele von ihnen Fraser.«

Claire nickte. »Sie kommen vom selben Hof, einem kleinen Gut in den Highlands namens Broch Tuarach – in der Gegend hieß es auch Lallybroch. Und sie gehörten zum Clan der Fraser, obwohl sie dessen Oberhaupt, Lord Lovat, offiziell nie die Treue geschworen hatten. Dem Aufstand haben sie sich schon recht früh angeschlossen und in der Schlacht von Prestonpans mitgekämpft, während Lord Lovats Männer erst kurz vor der Schlacht von Culloden hinzustießen.«

»Wirklich? Interessant!« Gewöhnlich starb ein Pächter oder Kätner im achtzehnten Jahrhundert an seinem Wohnort, wurde anständig auf dem Dorffriedhof begraben und säuberlich im Taufregister der Pfarrei aufgeführt. Doch Bonnie Prince Charlies Versuch, den Thron von Schottland zurückzuerobern, hatte dem normalen Lauf der Dinge ein Ende gesetzt.

Als nach der Niederlage von Culloden eine Hungersnot ausbrach, waren viele Hochlandschotten in die Neue Welt ausgewandert; andere hatten auf der Suche nach Arbeit und Nahrung die Täler und Moore verlassen und sich in die Städte begeben. Nur wenige waren geblieben.

»Interessantes Material für einen Artikel«, überlegte Roger laut, »wenn man das Schicksal der einzelnen verfolgt und sieht, was aus ihnen geworden ist – es sei denn, sie sind wirklich bei der Schlacht von Culloden gefallen. Aber noch besteht die Möglichkeit, daß einige die Schlacht überlebt haben.« Dieses Projekt wäre für ihn auch dann eine willkommene Ablenkung gewesen, wenn jemand anders als Claire Randall um seine Hilfe gebeten hätte.

»Nun, ich glaube, ich kann Ihnen weiterhelfen«, sagte er und wurde mit einem warmen Lächeln belohnt.

»Wirklich! Das ist ja wunderbar!« rief Claire.

»Ist mir ein Vergnügen«, erwiderte Roger. Er faltete die Zettel auseinander und breitete sie auf dem Tisch aus. »Ich fange gleich damit an. Aber erzählen Sie mir, wie Ihnen die Fahrt von London hierher gefallen hat!«

Das Gespräch wandte sich allgemeineren Themen zu. Roger war in Gedanken schon bei seiner Untersuchung. Er verspürte ein leises Schuldgefühl, denn eigentlich hatte er dafür keine Zeit. Andererseits war die Fragestellung einfach faszinierend. Und womöglich konnte er einen Teil der Recherche mit seinen Aufräumarbeiten verbinden. Schließlich standen ihm die achtundvierzig Kartons mit der Aufschrift »Jakobiten – Vermischtes« in der Garage seines Ziehvaters noch deutlich vor Augen. Allein der Gedanke daran verursachte ihm ein flaues Gefühl im Magen.

Erst als er den Gedanken an die Garage gewaltsam verdrängte, merkte er, daß seine beiden Gäste inzwischen das Thema gewechselt hatten.

»Druiden?« Roger glaubte, nicht richtig gehört zu haben. Mißtrauisch linste er in sein Whiskyglas, um zu überprüfen, ob er es auch wirklich mit Sodawasser aufgefüllt hatte.

»Haben Sie noch nie davon gehört?« Claire schien enttäuscht. »Ihr Vater, der Reverend, wußte darüber gut Bescheid, natürlich nur inoffiziell. Vielleicht hat er Ihnen nichts davon erzählt, weil er es nicht ganz ernst nahm.«

Roger kratzte sich am Kopf. »Nein, daran kann ich mich nicht erinnern. Wahrscheinlich haben Sie recht, und er hat es nicht ernst genommen.«

»Nun, ich weiß nicht, was ich davon halten soll.« Sie schlug die Beine übereinander, und ein Sonnenstrahl, der das seidige Gewebe ihrer Strümpfe aufschimmern ließ, betonte ihre schlanken Glieder.

»Als ich damals mit Frank hier war – und das ist jetzt dreiundzwanzig Jahre her –, hat der Reverend von einer Gruppe neuzeitlicher Druidinnen erzählt, wie Sie sie wohl nennen würden. Natürlich habe ich keine Ahnung, ob sie echt waren; wohl eher nicht.« Brianna beugte sich interessiert vor.

»Offiziell durfte sie der Reverend nicht zur Kenntnis nehmen – heidnische Bräuche, Sie wissen ja –, doch da seine Haushälterin, Mrs. Graham, zu der Gruppe gehörte, bekam er immer wieder Wind von ihren Aktivitäten. Und einmal gab er Frank den Hinweis, daß sie zu Beltene – dem Maifest – im Morgengrauen eine Zeremonie abhalten wollten.«

Nur mit Mühe konnte sich Roger an die Vorstellung gewöhnen, daß die ehrwürdige Mrs. Graham bei Morgengrauen um einen Steinkreis tanzte.

»Auf einer Bergkuppe in der Nähe gibt es einen Steinkreis. Wir sind noch vor Morgengrauen dorthin gegangen und haben sie heimlich beobachtet«, erklärte Claire und zuckte entschuldigend die Achseln. »Sie wissen ja selbst, wie Wissenschaftler sind; wenn es um ihr Thema geht, kennen sie keine Skrupel, geschweige denn gesellschaftliches Feingefühl.« Roger zuckte leicht zusammen, doch er mußte ihr recht geben.

»Da haben wir sie dann gesehen«, fuhr Claire fort, »und Mrs. Graham mitten unter ihnen. Sie waren in weiße Bettücher gehüllt, sangen magische Formeln und tanzten im Steinkreis einen Reigen. Frank war fasziniert«, ergänzte sie mit einem Lächeln. »Aber es war auch wirklich eindrucksvoll, selbst für mich.«

Sie hielt inne und blickte Roger forschend an.

»Wie ich gehört habe, ist Mrs. Graham vor ein paar Jahren gestorben. Wissen Sie, ob sie Angehörige hat? Angeblich wird die Zugehörigkeit zu solch einer Gruppe oft vererbt. Hat sie eine Tochter oder eine Enkeltochter, die mir etwas darüber erzählen könnte?«

»Tja...« Roger zögerte. »Da ist Fiona, ihre Enkelin. Fiona Graham. Nach dem Tod ihrer Großmutter ist sie hier beim Reverend als Haushälterin eingesprungen. Er war zu alt, um den Haushalt allein bewältigen zu können.«

Wenn die Vorstellung von Mrs. Graham im Bettuch von etwas übertroffen werden konnte, dann von dem Gedanken, daß die neunzehnjährige Fiona als Hüterin uralten mystischen Wissens fungierte.

»Im Augenblick ist sie nicht hier. Aber ich könnte für Sie Erkundigungen einziehen.«

Claire hob abwinkend die schlanke Hand. »Bemühen Sie sich nicht. Das können wir später immer noch tun. Wir haben Ihnen schon zuviel von ihrer Zeit geraubt.«

Zu Rogers Leidwesen setzte sie ihr leeres Glas auf dem Couchtisch ab, und Brianna stellte ihr volles mit, wie ihm schien, großer Eilfertigkeit daneben. Roger sah, daß sie an den Nägeln kaute, und dieser kleine Hinweis auf Unvollkommenheit gab ihm den Mut, den nächsten Vorstoß zu wagen. Sie faszinierte ihn, und ohne die Gewißheit, daß er sie wiedersehen würde, wollte er sie nicht gehen lassen.

»Apropos Steinkreise«, sagte er rasch. »Ich glaube, ich weiß, welchen Sie meinen. Er ist recht malerisch und nicht weit von der Stadt entfernt.« Er lächelte Brianna Randall an und registrierte dabei die drei kleinen Sommersprossen auf ihrer Wange. »Vielleicht sollte ich die Recherche mit einem Ausflug nach Broch Tuarach beginnen. Da es in derselben Richtung liegt wie der Steinkreis, könnte ich... o je!«

Mit einem heftigen Schwung ihrer Handtasche hatte Claire Randall die beiden Whiskygläser vom Tisch gefegt, und nun waren Rogers Hosenbeine mit Malt Whisky und einer beträchtlichen Menge Soda getränkt.

»Tut mir schrecklich leid«, entschuldigte sie sich verlegen. Trotz Rogers Protest begann sie, die Glasscherben vom Boden zu sammeln.

Brianna eilte ihr mit einer Handvoll Leinenservietten, die sie rasch von der Anrichte genommen hatte, zu Hilfe. »Ich verstehe nicht, warum sie dich Operationen durchführen lassen, Mutter«, schimpfte sie. »Sieh mal, seine Schuhe sind ganz naß.« Sie kniete sich auf den Boden und wischte Whisky und Glassplitter zusammen. »Und seine Hose auch.«

Mit einer sauberen Serviette rieb sie eifrig an Rogers Schuhen. Ihre rote Mähne wippte verwirrend vor seinen Knien auf und ab. Nach einem Blick auf seine Oberschenkel betupfte sie auch die feuchten Stellen auf dem Kordsamt. Roger schloß die Augen und versuchte verzweifelt, seine Gedanken auf Massenkarambolagen, seine Steuererklärung und Monster aus dem All zu lenken – alles, was ihn davon abhielt, sich vor Brianna Randall, deren warmer Atem über den feuchten Stoff seiner Hosenbeine strich, schrecklich zu blamieren.

»Ah, vielleicht möchten Sie den Rest selbst übernehmen?« Als er die Augen öffnete, funkelte sie ihn mit einem breiten Grinsen verschmitzt an. Mit letzter Kraft griff er nach den Servietten, die sie ihm reichte, und atmete dabei so schwer, als wäre er mit einem D-Zug um die Wette gelaufen.

Als er den Kopf beugte, um seine Hosenbeine zu trocknen, fiel sein Blick auf Claire Randall, die ihn mit einer Mischung aus Sympathie und Belustigung musterte. Mehr verriet ihre Miene nicht – auch das blitzartige Leuchten war verschwunden, das er kurz vor dem Mißgeschick in ihren Augen entdeckt zu haben meinte. Doch vielleicht hatte er sich das auch nur eingebildet. Denn warum, um alles in der Welt, sollte Claire es mit Absicht getan haben?

»Seit wann interessierst du dich für Druiden, Mama?« Brianna war offensichtlich entschlossen, sich über diese Vorstellung zu amüsieren. Schon als ich mich mit Roger Wakefield unterhielt, war mir aufgefallen, daß sie an den Innenseiten ihrer Wangen nagte und sich mühsam das Grinsen verkniff, das sich nun über ihr ganzes Gesicht breitete. »Besorgst du dir jetzt ein Bettlaken und tanzt mit?«

»Das stelle ich mir jedenfalls aufregender vor als die Krankenhaussitzung jeden Donnerstag«, entgegnete ich. »Vielleicht nur ein bißchen zugig in diesem Klima.« Brianna lachte so laut, daß zwei Meisen auf dem Bürgersteig vor uns erschreckt davonstoben.

»Nein«, sagte ich, ernsthaft geworden. »Die Druidinnen interessieren mich weniger. Es gibt eine Person in Schottland, die ich einmal kannte und gern wiederfinden würde. Leider habe ich keine Adresse, denn unser Kontakt ist vor zwanzig Jahren abgerissen. Aber sie interessierte sich für Hexerei, alte Bräuche, Volkstum und so weiter. Früher hat sie in dieser Gegend gewohnt, und wenn sie noch hier ist, komme ich ihr durch solch eine Gruppe am ehesten auf die Spur.«

»Und wie heißt sie?«

Ich schüttelte so heftig den Kopf, daß sich die Spange aus meinem Haar löste. Zwar versuchte ich, sie aufzufangen, doch sie rutschte mir durch die Finger und fiel in das tiefe Gras am Wegrand.

»Verdammt!« Mit zitternden Fingern durchwühlte ich die dichten Halme, und als ich die Spange gefunden hatte, bekam ich sie kaum zu fassen, weil sie vom Tau feucht geworden war. Der Gedanke an Geillis Duncan versetzte mich auch jetzt noch in Unruhe.

»Ich weiß nicht, wie sie heißt«, erwiderte ich, während ich mir eine Strähne aus dem erhitzten Gesicht strich. »Ich meine, es ist schon so lange her, und sie hat jetzt bestimmt einen anderen Namen. Damals war sie gerade Witwe geworden, und vielleicht hat sie wieder geheiratet. Oder sie benutzt jetzt ihren Mädchennamen.«

»Aha!« Brianna, die offensichtlich das Interesse an diesem Thema verloren hatte, schlenderte schweigend weiter. »Was hältst du eigentlich von Roger Wakefield?« fragte sie plötzlich.

Ihre Wangen waren rosig angehaucht, aber das konnte auch an der frischen Frühlingsbrise liegen.

»Er scheint ein sehr netter junger Mann zu sein«, begann ich vorsichtig. »Und wenn er einer der jüngsten Dozenten Oxfords ist, dann muß er auch intelligent sein.« Was man gemeinhin unter Intelligenz versteht. Doch ich fragte mich, ob er auch die bei Gelehrten so seltene Phantasie besaß. Das könnte mir nämlich eine große Hilfe sein.

»Er hat die aufregendsten Augen der Welt«, stellte Brianna verträumt fest; die Frage nach seinem Verstand ignorierte sie. »Hast du so ein Grün schon mal gesehen?«

»Ja. Seine Augen sind faszinierend«, gab ich zu. »Das ist mir schon aufgefallen, als ich ihn damals als Kind kennenlernte.«

Mit gerunzelter Stirn blickte Brianna auf mich herab.

»Deshalb konntest du dir wohl auch diese Bemerkung nicht verkneifen, als er uns die Tür aufmachte. Wie peinlich!«

Ich lachte auf.

»Wenn man jemanden trifft, der einem, als man ihn das letztemal gesehen hat, bis zum Nabel gereicht hat und man jetzt zu ihm aufblicken muß«, verteidigte ich mich, »dann kann man einfach nicht anders.«

»Mutter!« Aber sie bog sich vor Lachen.

»Außerdem hat er einen knackigen Hintern«, bemerkte ich, um das Gespräch nicht einschlafen zu lassen. »Das ist mir jedenfalls aufgefallen, als er den Whisky holte.«

»Mutter! Man kann dich hören!«

Wir näherten uns der Bushaltestelle. Unter dem Schild warteten drei Frauen und ein älterer Herr im Tweedanzug. Neugierig drehten sie sich um, als wir näher kamen.

»Hält hier der Bus, der zu den Lochs fährt?« fragte ich, während ich die verwirrende Fülle von Anschlägen und Postern betrachtete.

»Aye«, erwiderte eine der Frauen freundlich. »Er müßte in etwa zehn Minuten kommen.« Sie musterte Brianna, deren Gesicht vor unterdrücktem Lachen rot angelaufen war. »Wollen Sie zum Loch Ness? Ist das Ihr erster Besuch?«

Ich lächelte sie an. »Ich bin mit meinem Mann schon vor mehr als zwanzig Jahren über den Loch gefahren. Aber meine Tochter ist zum erstenmal in Schottland.«

»Ach ja?« Interessiert kamen jetzt auch die anderen Frauen näher, freundlich gaben sie uns Tips und stellten Fragen, bis der gelbe Bus um die Ecke tuckerte.

Beim Einsteigen blieb Brianna kurz stehen, um die malerischen grünen Hügel zu betrachten, hinter denen in der Ferne der bilderbuchblaue, von dunklen Nadelbäumen umstandene See hervorschimmerte.

»Das wird ein Spaß«, meinte sie. »Glaubst du, wir sehen das Ungeheuer?«

»Man kann nie wissen«, erwiderte ich.

Den Rest des Tages erledigte Roger geistesabwesend eine Aufgabe nach der anderen. Die Bücher, die er der Gesellschaft zur Erhaltung der Altertümer überlassen wollte, quollen aus den Kartons, und der vorsintflutliche Pritschenwagen des Reverend stand nach Rogers erfolglosem Versuch, den Motor zu starten, mit offener Motorhaube in der Einfahrt. Schließlich blieb Roger vor einer halb ausgetrunkenen Tasse Tee, in dem schon die Milch ausflockte, sitzen und starrte gedankenverloren in den Regen, der am späten Nachmittag eingesetzt hatte.

Was zu tun war, stand ihm nur allzu deutlich vor Augen: endlich das Herz des Studierzimmers in Angriff nehmen. Und das waren nicht die Bücher, bei denen er lediglich entscheiden mußte, ob er sie behalten, der Gesellschaft zur Erhaltung der Altertümer übergeben oder der Bibliothek des ehemaligen College des Reverend überlassen wollte. Nein, früher oder später stand ihm der gigantische Schreibtisch des Reverend bevor, dessen Schubladen von Papieren überquollen, die in den zahllosen kleineren Fächern nicht mitgezählt. Hinzu kam die riesige Korkwand mit der Flut von Zetteln, deren Anblick selbst den stärksten Mann erbleichen lassen konnte.

Abgesehen davon, daß er ganz allgemein keine Lust hatte aufzuräumen, hätte er sich auch viel lieber Claire Randalls Anliegen gewidmet.

Das Projekt an sich war reizvoll, obwohl die Recherche sicher einigen Aufwand erforderte. Aber wenn er ehrlich war, war er nur aus einem Grund so bereitwillig auf Claire Randalls Projekt eingegangen: Er wollte zu Mrs. Thomas' Pension gehen und Brianna seine Ergebnisse zu Füßen legen – gleich einem Ritter, der wohl ähnliches mit einem Drachenkopf getan hätte. Und selbst wenn diese Ergebnisse nicht überwältigend waren – er brauchte einen Vorwand, um sie wiederzusehen und mit ihr sprechen zu können.

Jetzt fiel ihm auch wieder ein, woran sie ihn erinnerte: Sie und ihre Mutter waren von einem besonderen Flair umgeben, als würden sie über schärfere Konturen verfügen, als wären sie mit solcher Tiefe und Detailtreue gezeichnet, daß sie sich plastisch vom Hintergrund abhoben. Doch an Brianna faszinierten ihn außerdem die lebhaften Farben und die starke physische Präsenz, wie sie den Figuren des italienischen Malers Bronzino zu eigen waren – jene Figuren, die den Eindruck erwecken, als würden sie dem Betrachter mit ihren Blicken folgen und in der nächsten Minute ein Gespräch beginnen. Zwar hatte er eine Bronzino-Figur noch nie über einen Whisky die Nase rümpfen sehen, doch wenn es sie gegeben hätte, wäre sie Brianna Randall bestimmt wie aus dem Gesicht geschnitten.

»Zum Teufel noch mal!« fluchte Roger laut. »So lange kann es ja nicht dauern, wenn ich mir morgen mal die Archive im Culloden House anschaue. Und du«, sagte er zu dem Schreibtisch mit all seinen Verpflichtungen gewandt, »du mußt eben noch einen Tag ausharren. Du auch«, bekam die Pinnwand zu hören, während er sich trotzig einen Krimi aus dem Regal schnappte. Herausfordernd blickte er in die Runde, als würde er den Protest der Möbel erwarten, doch außer dem Zischen der Heizung hörte er nichts. Er schaltete sie aus, löschte das Licht und verließ mit dem Krimi unter dem Arm das Studierzimmer.

Vom Wind zerzaust und vom Regen durchnäßt, kehrten wir von Loch Ness zu einem warmen Essen und dem gemütlich knisternden Kaminfeuer im Speisezimmer zurück. Brianna konnte sich schon bei den Rühreiern das Gähnen nicht verkneifen, und bald verließ sie mich, um ein heißes Bad zu nehmen. Ich blieb noch eine Weile unten, hielt ein Schwätzchen mit Mrs. Thomas, der Wirtin, und so war es schon fast zehn, als ich nach oben ging, um ebenfalls zu baden und mich schlafen zu legen.

Brianna, die zu den Frühaufstehern gehörte, ging zeitig zu Bett, und als ich die Schlafzimmertür öffnete, empfing mich ihr leiser, gleichmäßiger Atem. Da ihr Schlaf auch tief war, ließ sie sich nicht davon stören, daß ich durchs Zimmer huschte, meine Kleider aufhängte und aufräumte. Auch der Rest des Hauses kam allmählich zur Ruhe, und so erschienen mir das Knistern und Rascheln, das meine Tätigkeit begleitete, übermäßig laut.

Ich hatte eine Reihe von Franks Büchern mitgebracht, die ich der Bücherei von Inverness spenden wollte. Jetzt nahm ich einen Band nach dem anderen aus dem Koffer und legte sie auf mein Bett. Fünf Bücher mit festem Einband und glänzendem, buntem Schutzumschlag. Ansehnliche, gewichtige Werke mit je fünf- bis sechshundert Seiten, das Register und die Abbildungen nicht mitgerechnet.

Die gesammelten Werke meines verstorbenen Ehemanns in ausgiebig mit Anmerkungen versehenen Ausgaben. Die Umschlagklappen zierten lobende Kommentare von Historikern. Nicht schlecht für ein Lebenswerk, dachte ich. Eine Leistung, auf die man stolz sein konnte. Bedeutsam, gewichtig, respekteinflößend.

In der Pension war es ruhig, und die wenigen Gäste, die sich hier trotz der frühen Jahreszeit bereits eingemietet hatten, waren schon schlafen gegangen. Im anderen Bett seufzte Brianna im Schlaf kurz auf, bevor sie sich umdrehte. Lange Strähnen roten Haars waren über ihr Gesicht gebreitet, und unter ihrer Decke schaute ein schmaler Fuß hervor. Sanft deckte ich ihn zu.

Den Impuls, seinem schlafenden Kind übers Gesicht zu streichen, verliert man nie, selbst wenn es inzwischen zu einer – wenn auch jungen – Frau herangewachsen ist, die einen um ein ganzes Stück überragt. Ich schob ihr die Haare aus dem Gesicht und streichelte ihre Stirn. Glücklich lächelte sie, ein Reflex, der ebensoschnell verschwunden war, wie er sich gezeigt hatte. Mein Lächeln blieb, als ich sie betrachtete und ihr wie unzählige Male zuvor zuflüsterte: »Mein Gott, du bist ihm so ähnlich!«

Wie es mir fast schon zur Gewohnheit geworden war, schluckte ich den Kloß, der sich in meiner Kehle gebildet hatte, hinunter und nahm meinen Morgenmantel vom Stuhl. Obwohl im schottischen Hochland im April noch Eiseskälte herrschte, war ich noch nicht bereit, mich von der schützenden Wärme meines Betts umfangen zu lassen.

Ich hatte die Wirtin gebeten, das Feuer im Wohnzimmer brennen zu lassen, und ihr versprochen, es vor dem Schlafengehen zu löschen. Nach einem letzten Blick auf den entspannt daliegenden Körper und das Gewirr des seidigen roten Haares auf der blauen Steppdecke zog ich leise die Tür hinter mir zu.

»Auch nicht schlecht für ein Lebenswerk«, flüsterte ich im dunklen Flur vor mich hin. »Nicht ganz so gewichtig, aber verdammt respekteinflößend.«

Der Wohnraum war dämmrig und gemütlich, das Feuer zu einer gleichmäßigen Flamme heruntergebrannt. Ich zog mir einen Sessel vor den Kamin und stellte die Füße aufs Gitter. Um mich herum erklangen all die Geräusche, die für unser modernes Leben typisch sind: das sanfte Surren des Kühlschranks aus dem Untergeschoß, das leise Zischen der Zentralheizung, die das Kaminfeuer zu einem überflüssigen Luxus machte, und auf der Straße das gelegentliche Vorbeirauschen eines Autos.

Doch unter alldem lag die tiefe Stille der Nacht des schottischen Hochlands. Um sie ganz in mich aufzunehmen, saß ich unbeweglich. Zwanzig Jahre lang hatte ich sie nicht mehr gespürt, doch an der tröstlichen Macht der von den Bergen umfangenen Dunkelheit hatte sich nichts geändert.

Ich griff in die Tasche meines Morgenmantels und zog ein zusammengefaltetes Blatt Papier heraus – eine Kopie der Liste, die ich Roger Wakefield gegeben hatte. Ich breitete den Bogen auf meinen Knien aus und starrte blind auf die Namen. Langsam ließ ich den Finger über die Zeilen gleiten und flüsterte die Namen der Männer wie ein leises Gebet. Sie gehörten in die kalte Frühlingsnacht, weitaus mehr als ich. Trotzdem blickte ich weiterhin in die Flammen, damit die Dunkelheit von draußen die Leere in mir ausfüllen konnte.

Als ich ihre Namen ausgesprochen hatte, war mir gewesen, als hätte ich sie zusammengerufen. Und damit hatte ich den ersten Schritt auf dem Weg durch die leere Dunkelheit getan, der zu dem Ort führte, wo sie auf mich warteten.

2

Spurensuche

Roger verließ Culloden House am nächsten Morgen mit zwölf Seiten Notizen und einem wachsenden Gefühl der Verwirrung. Was zunächst wie ein durchschnittliches Projekt historischer Recherche ausgesehen hatte, zeigte immer mehr Knoten und Verwicklungen.

In der Aufstellung der Gefallenen von Culloden hatte er nur drei Namen von Claires Liste wiedergefunden. Das war an sich nicht weiter bemerkenswert. Es war unwahrscheinlich, daß sich alle Soldaten des Bonnie Prince säuberlich in seine Heeresliste eingetragen hatten. Einige Clanoberhäupter hatten sich Charles Stuart offenbar nur aus einer vorübergehenden Laune heraus angeschlossen, und andere hatten ihn aus noch unbedeutenderen Gründen wieder verlassen, bevor sie offiziell erfaßt werden konnten. Die Registrierung der Armee des Prinzen war schon von Anfang an höchst planlos verlaufen und hatte gegen Ende des Feldzuges fast vollständig ihre Bedeutung verloren. Es hatte wenig Sinn, Soldlisten zu führen, wenn man keine Mittel hatte, um die Soldaten auszuzahlen.

Sorgsam faltete Roger sich zusammen und ließ sich mit geducktem Kopf in seinen Morris gleiten. Dann schlug er seinen Aktendeckel auf und blickte noch einmal auf die Blätter, die er gerade kopiert hatte. Seltsamerweise hatte er fast alle Namen von Claires Liste auf einer Heeresliste gefunden, allerdings auf einer anderen.

Niemanden würde es erstaunen, wenn einzelne Mitglieder der Clan-Regimenter Fahnenflucht begangen hatten, als sich das Ausmaß der Katastrophe abzeichnete. Nein, was ihn vor ein Rätsel stellte, war die Tatsache, daß die Namen der Männer von Claires Liste samt und sonders im Regiment Lord Lovats aufgeführt waren. Dieses Regiment hatte man erst gegen Ende des Feldzugs in den

Kampf geschickt, um das Versprechen, das der Lord den Stuarts gegeben hatte, zu erfüllen.

Claire hingegen hatte behauptet, daß diese Männer alle von einem kleinen Gut namens Broch Tuarach stammten, das im südwestlichen Winkel der Fraser-Ländereien lag, eigentlich sogar an der Grenze zum Gebiet des MacKenzie-Clans. Und diese Männer hatte sich der Armee der Highlander schon fast zu Beginn des Feldzugs angeschlossen.

Roger schüttelte den Kopf. Dies alles ergab keinen Sinn. Möglicherweise hatte sich Claire in der Zeit geirrt. Aber bestimmt nicht im Ort. Wie konnte es passieren, daß die Männer des kleinen Gutes Broch Tuarach, die dem Oberhaupt des Fraser-Clans keinen Treueid geleistet hatten, von Simon Fraser in den Kampf geschickt wurden? Gewiß, Lord Lovat war als »der alte Fuchs« bekannt, und das mit gutem Grund. Aber Roger bezweifelte, daß er über die nötige Durchtriebenheit verfügte, solch einen Schachzug zu planen und durchzusetzen.

Kopfschüttelnd ließ er den Motor an und fuhr los. Das Archiv des Culloden House hatte sich als enttäuschend unvollständig erwiesen. Zum größten Teil bestand es aus anschaulichen Briefen von Lord George Murray, der sich über Versorgungsengpässe ausließ, und aus all den Dingen, die sich Touristen gern in Schaukästen ansehen. Aber ihm reichte das nicht.

»Ruhe bewahren, Alter«, mahnte er sich, während er beim Abbiegen in den Rückspiegel blickte. »Du sollst herausfinden, was mit denen passiert ist, die bei der Schlacht von Culloden nicht ins Gras gebissen haben. Ist doch egal, wie sie dahin gekommen sind, solange sie das Schlachtfeld unversehrt verlassen konnten.«

Doch die Frage ließ ihn nicht mehr los. Dazu waren die Umstände auch zu außergewöhnlich. Es passierte immer wieder, daß man Namen verwechselte, besonders in den Highlands, wo die Hälfte der Bevölkerung immer und zu jeder Zeit »Alexander« getauft wurde. Männer waren daher neben dem Nachnamen in erster Linie unter dem Namen ihres Clans oder ihres Herkunftsorts bekannt. Und manchmal ersetzte das sogar den Nachnamen. »Lochiel«, einer der berühmtesten Führer der Jakobiten, hieß in Wirklichkeit Donald Cameron von Lochiel, wodurch er sich säuberlich von den Hunderten anderer Camerons mit Vornamen Donald unterschied.

Und wenn ein Mann nicht Donald oder Alec hieß, dann war er

auf den Namen John getauft. Die drei Männer von Claires Liste, die er in der Aufstellung der Gefallenen von Culloden gefunden hatte, hießen Donald Murray, Alexander MacKenzie Fraser und John Graham Fraser. Alle ohne Herkunftsort, lediglich mit ihrer Regimentsnummer verzeichnet. Lord Lovats Regiment.

Doch ohne den Herkunftsort konnte er nicht mit Sicherheit sagen, ob es sich bei diesen Männern um jene von Claires Liste handelte. Unter den Gefallenen befanden sich mindestens sechs John Frasers, und das in einer Aufstellung, die unvollständig war. Die Engländer hatten sich weder um Genauigkeit noch um Vollständigkeit gekümmert – die meisten Aufstellungen stammten von den Clanoberhäuptern, die nach der Schlacht ihre Männer zählten, um festzustellen, wer nicht zurückgekommen war. Das machte es natürlich nur noch komplizierter.

Roger rieb sich so fest durchs Haar, als wollte er mit einer Kopfmassage sein Gehirn anregen. Wenn es sich bei den drei Männern nicht um die von Claire Gesuchten handelte, wurde das Rätsel nur noch größer. Gut die Hälfte von Charles Stuarts Heer war in Culloden hingemetzelt worden. Und Lovats Männer waren mittendrin gewesen. Es schien unvorstellbar, daß alle dreißig dabei unversehrt geblieben waren. Lovats Getreue hatten sich dem Aufstand erst spät angeschlossen, zu einem Zeitpunkt, als sich in anderen Regimentern die Erkenntnis breitmachte, auf welch aussichtsloses Unterfangen sie sich da eingelassen hatten, so daß Fahnenflucht keine Seltenheit war. Die Frasers hingegen hielten Charles die Treue – und mußten entsprechend leiden.

Ein lautes Hupen schreckte Roger aus seinen Gedanken, und er schwenkte zur Seite, um einen riesigen Laster passieren zu lassen. Nachdenken und Autofahren sind zwei Tätigkeiten, die sich nicht vertragen, merkte er.

Er hielt den Wagen an und überlegte. In einem ersten Impuls wäre er am liebsten zu Mrs. Thomas' Pension gefahren, um Claire von seinem Ergebnis zu berichten. Daß er auf diese Weise auch in den Genuß von Brianna Randalls Gesellschaft kommen würde, ließ die Idee noch reizvoller erscheinen.

Auf der anderen Seite schrie jede Faser seiner Historikerseele nach weiteren Fakten, und es schien unwahrscheinlich, daß Claire sie ihm liefern würde. Er konnte sich nicht vorstellen, daß Claire ihn erst zu dieser Aufgabe heranzog und dann deren Ausführung verhinderte, indem sie ihn mit falschen Informationen fütterte. Das wäre unvernünftig, und Claire war ihm von Anfang an als ausgesprochen vernünftige Person erschienen.

Trotzdem, da blieb die Sache mit dem Whisky. Bei dem Gedanken wurde sein Gesicht heiß. Er war ganz sicher, daß sie es mit Absicht getan hatte – und da sie für derartige Späße nicht der richtige Typ zu sein schien, mußte er annehmen, daß sie ihn auf diese Weise daran hindern wollte, Brianna zu einem Ausflug nach Broch Tuarach einzuladen. Wollte sie ihn von dem einstigen Gut fernhalten, oder wollte sie verhindern, daß er mit Brianna fuhr? Je länger er über den Vorfall nachdachte, desto stärker wurde seine Gewißheit, daß Claire Randall etwas vor ihrer Tochter verbarg. Er hatte allerdings keine Ahnung, was das sein mochte. Noch weniger wußte er, was es mit ihm oder seinem Projekt zu tun hatte.

Nur zwei Dinge hielten ihn davon ab aufzugeben: Brianna und die blanke Neugier. Er wollte wissen, was es damit auf sich hatte, und das würde er, verdammt noch mal, auch herausfinden.

Ohne auf den vorbeirauschenden Verkehr zu achten, schlug er mit der Faust gegen das Lenkrad. Als er seine Entscheidung getroffen hatte, startete er den Motor und fuhr weiter. Am nächsten Kreisverkehr bog er in die Straße, die nach Inverness und zum Bahnhof führte.

Der Flying Scotsman würde ihn in drei Stunden nach Edinburgh bringen. Der Kurator, der die Stuart-Dokumente betreute, war ein alter Freund des Reverend gewesen. Und Roger hatte einen, wenn auch verwirrenden Punkt, bei dem er ansetzen konnte. Lord Lovats Regimentsliste hatte er entnommen, daß jene dreißig Männer unter dem Kommando eines gewissen James Fraser standen – des Herrn von Broch Tuarach. Dieser Mann war offensichtlich das Verbindungsglied zwischen Broch Tuarach und den Frasers von Lovat. Und Roger fragte sich, weshalb James Fraser nicht auf Claires Liste stand.

Die Sonne schien, ein seltenes Ereignis im April, und Roger kostete es soweit wie möglich aus, indem er das Fenster herunterkurbelte und die sanfte Brise in sein Auto wehen ließ.

Er hatte über Nacht in Edinburgh bleiben müssen und war erst am nächsten Abend zurückgekommen – so erschöpft von der langen Zugfahrt, daß er kaum noch die warme Mahlzeit würdigen konnte, die Fiona für ihn zubereitet hatte. Voller Energie und Entschlossenheit war er heute morgen aufgestanden und zu dem kleinen Dörfchen Broch Mordha nahe dem Anwesen Broch Tuarach aufgebrochen. Mochte Claire Randall ihre Tochter auch daran hindern, auf das ehemalige Gut zu fahren, ihn konnte niemand davon abhalten.

Er hatte Broch Tuarach tatsächlich gefunden, oder zumindest nahm er es an – ein großer Steinhaufen vor den eingefallenen Überresten eines kreisrunden Brochs oder Turms. Roger verstand genügend Gälisch, um zu wissen, daß sein Name »der nach Norden schauende Turm« bedeutete, und er überlegte, wie sich dies mit seiner kreisrunden Bauweise vereinbaren ließ.

Daneben lagen das Gutshaus und die Wirtschaftsgebäude, ebenfalls zerfallen, doch nicht bis auf die Grundmauern. Auf einem Pflock an der Einfahrt prangte das verblichene Schild eines Grundstücksmaklers. Als Roger die Anhöhe neben dem Haus erreichte, blickte er sich um. Er entdeckte nichts, was erklärt hätte, warum Claire ihre Tochter davon abhalten wollte hierherzufahren.

Er stellte den Morris in der Einfahrt ab und stieg aus. Das Anwesen befand sich in einer herrlichen, allerdings auch sehr einsamen Landschaft. Nur sorgfältiges Manövrieren hatte auf seiner fast einstündigen Fahrt über die holprige Landstraße verhindert, daß seine Ölpfanne Schaden nahm.

Da das Haus offensichtlich verlassen und wohl auch einsturzgefährdet war, trat er gar nicht erst ein – er würde ohnehin nichts finden. Doch auf dem Türsturz entdeckte er den Namen »Fraser« – desgleichen auf den meisten der kleinen Grabsteine des ehemaligen Familienfriedhofs. Kein großer Fortschritt, dachte er. Auch nicht einen der Namen, die auf seiner Liste standen, konnte er auf den Grabsteinen finden. Der Karte nach würde er seinen Weg auf der eingeschlagenen Straße fortsetzen müssen, um dann nach knapp fünf Kilometern in das Dörfchen Broch Mordha zu gelangen.

Wie er befürchtet hatte, war die kleine Dorfkirche schon vor Jahren eingefallen. Auf sein hartnäckiges Klopfen an verschiedenen Haustüren begegneten ihm ausdruckslose Gesichter oder mißtrauische Blicke, bis schließlich ein alter Bauer zweifelnd meinte, die Taufregister seien wohl ins Museum von Fort William gebracht worden. Vielleicht sogar nach Inverness, denn dort gäbe es einen verrückten Reverend, der dieses Zeug sammelte.

Müde und verschwitzt, aber keineswegs entmutigt, trottete Roger zurück zu seinem Morris, den er bei der Dorfschenke geparkt hatte. Dies war einer der Rückschläge, die im Zuge historischer Recherchen immer wieder auftreten, und er war daran gewöhnt. Rasch ein Glas Bier – nun, an diesem warmen Tag auch zwei –, und dann weiter nach Fort William.

Geschah ihm recht, überlegte er nüchtern, wenn sich die Aufstellungen, die er suchte, im Archiv des Reverend befanden. Das hatte er nun davon, daß er seine Arbeit vernachlässigt hatte und auf Jagd gegangen war, um eine junge Frau zu beeindrucken. Seine Fahrt nach Edinburgh hatte nicht mehr erbracht, als daß er die drei Namen wieder löschen konnte, die er in Culloden House gefunden hatte. Alle drei Männer hatten in anderen Regimentern gedient und nicht zur Gruppe aus Broch Tuarach gehört.

Die Stuart-Dokumente hatten drei ganze Räume ausgefüllt, die unzähligen Umzugskartons im Keller des Museums nicht mitgerechnet. Und so konnte er kaum behaupten, ausführlich recherchiert zu haben. Immerhin hatte er eine Abschrift der Soldliste gefunden, die er schon von Culloden House her kannte, jener Liste, in der die Gruppe als Mitglied des Regiments aufgeführt war, das unter dem Kommando des Herrn von Lovat stand – das heißt, dem Sohn des alten Fuchses, dem jungen Simon. Der gerissene alte Hund hatte ein doppeltes Spiel getrieben, überlegte Roger. Er hatte seinen Erben in den Kampf für die Stuarts geschickt, war selbst aber zu Hause geblieben und hatte den treuen Untertanen von König George gespielt. Hatte ihm auch nicht viel genutzt.

In diesem Dokument wurde Simon Fraser der Jüngere als Kommandant aufgeführt, und James Fraser wurde nicht erwähnt. Dennoch tauchte ein James Fraser in zahlreichen Heeresberichten, Memoranden und anderen Quellen auf. Wenn es sich dabei um ein und dieselbe Person handelte, mußte er während des Feldzugs überall seine Finger im Spiel gehabt haben. Doch solange Roger nur den Namen »James Fraser« kannte, wußte er nicht, ob es sich um denjenigen aus Broch Tuarach handelte, denn der Vorname James war in den Highlands ebenso häufig wie Duncan oder Robert. Nur in einem Dokument wurde James Fraser mit seinem mittleren Namen aufgeführt, der die Identifikation erleichtert hätte, aber darin fanden wiederum seine Männer keine Erwähnung.

Roger zuckte die Achseln und wischte gereizt einen Schwarm

blutrünstiger Mücken beiseite, der urplötzlich aufgetaucht war. All diese Quellen systematisch zu sichten würde Jahre dauern. Um die Mücken loszuwerden, tauchte er in die biergeschwängerte Dunkelheit des Dorfkrugs ein.

Erfrischt von dem kühlen, bitteren Ale, ging er in Gedanken noch einmal seine letzten Schritte durch und überlegte sich die nächsten. Für heute blieb ihm noch genug Zeit, nach Fort William zu fahren, obwohl er dann erst spät in der Nacht nach Inverness zurückkehren würde. Und wenn er in dem dortigen Museum nicht fündig wurde, war die ironische, aber logische Konsequenz, daß er sich das Archiv des Reverend vornahm.

Und anschließend? Er leerte sein Glas mit einem kräftigen Zug und gab dem Wirt ein Zeichen, ihm noch eins zu bringen. Nun, wenn es hart auf hart kommen würde, blieb ihm nichts anderes übrig, als jeden Totenacker und Kirchhof in der Umgebung von Broch Tuarach abzuklappern. Allerdings würden die beiden Randalls wohl kaum die nächsten zwei, drei Jahre in Inverness bleiben, um das Ergebnis abzuwarten.

Er tastete in seiner Jackentasche nach dem Notizbuch, dem ständigen Begleiter eines Historikers. Bevor er Broch Mordha verließ, sollte er wenigstens noch einen Blick auf die Überreste des dortigen Kirchhofs werfen. Man wußte nie, was man dort finden würde, und außerdem brauchte er dann nicht noch einmal herzufahren.

Am folgenden Nachmittag kamen die Randalls auf Rogers Einladung hin zum Tee, um sich seinen Zwischenbericht anzuhören.

»Einige Namen von Ihrer Liste konnte ich aufspüren«, erklärte er Claire, während er die beiden in die Bibliothek führte. »Aber seltsamerweise habe ich keinen gefunden, der in Culloden gefallen ist. Zunächst mußte ich es von drei Männern annehmen, aber das waren dann doch nur Namensvettern.« Wie erstarrt hörte Claire Randall ihm zu. Sie hielt die Lehne des Ohrensessels mit der Hand umklammert, als hätte sie Zeit und Raum vergessen.

»Äh, möchten Sie sich nicht setzen?« forderte Roger sie auf. Ein Ruck ging durch ihren Körper, bevor sie nickte und sich auf die Kante des Sessels sinken ließ. Roger musterte sie noch einen Augenblick lang neugierig, holte dann den Aktendeckel mit seinen Notizen heraus und reichte ihn ihr.

»Wie ich sagte, habe ich bisher noch nicht alle Namen finden können. Wahrscheinlich muß ich sämtliche Taufregister und Friedhöfe in der Gegend von Broch Tuarach durchkämmen. Die meisten dieser Dokumente stammen aus den Unterlagen meines Vaters. Aber nichts deutet darauf hin, daß einer von ihnen gefallen ist, obwohl sie in Culloden und zudem, wie Sie sagten, im Regiment der Frasers gekämpft haben, das sich mitten im Schlachtgetümmel befand.«

»Ich weiß.« Der Klang ihrer Stimme ließ ihn aufblicken, doch weil sie sich über den Schreibtisch beugte, konnte er ihr Gesicht nicht sehen. Bei den meisten Papieren handelte es sich um Rogers handschriftliche Kopien, da solch exotische Geräte wie Fotokopierer noch nicht in das Regierungsarchiv vorgedrungen waren, das die Stuart-Dokumente aufbewahrte. Aber es gab auch Originale, die er der Sammlung des Reverend entnommen hatte. Claire blätterte die Seiten mit spitzen Fingern um.

»Sie haben recht; es ist wirklich seltsam.« Jetzt konnte er aus ihrer Stimme deutlich etwas heraushören – eine innere Erregung, gemischt mit Befriedigung und sogar Erleichterung. Offensichtlich hatte sie es erwartet – oder erhofft.

»Sagen Sie...« Sie zögerte. »Die Namen, die Sie gefunden haben... Was ist aus den Männern geworden, wenn sie nicht in Culloden gefallen sind?«

Roger war zwar überrascht, daß ihr so viel daran lag, doch gehorsam zog er den Aktendeckel zu sich heran und schlug ihn auf. »Zwei von ihnen haben sich kurz nach der Schlacht von Culloden nach Amerika eingeschifft. Vier starben etwa ein Jahr später eines natürlichen Todes – nicht weiter überraschend, wenn man bedenkt, daß nach der Schlacht eine verheerende Hungersnot ausbrach, die in den Highlands zahlreiche Opfer gefordert hat. Und den hier habe ich in einem Taufregister gefunden – allerdings nicht dem seiner Heimatgemeinde. Trotzdem bin ich sicher, daß es sich um einen Ihrer Männer handelt.«

Erst als sie erleichtert die Schultern sinken ließ, merkte er, wie angespannt sie gewesen war.

»Soll ich nach den anderen weiterforschen?« fragte er und hoffte, daß die Antwort »ja« lauten würde. Über ihre Mutter hinweg warf er Brianna einen Blick zu. Sie stand halb abgewandt neben der Korkwand, als würde Claires Projekt sie nicht interessieren, doch er sah, daß sich zwischen ihren Brauen eine Falte eingegraben hatte.

Vielleicht fühlte auch sie diese seltsame unterdrückte Erregung, die Claire wie ein elektrisches Feld umgab. Er hatte es schon gespürt, als Claire den Raum betrat, und durch seine Enthüllungen hatte es sich nur noch verstärkt. Bei einer zufälligen Berührung, stellte er sich vor, würde ein Funken statischer Elektrizität auf ihn überspringen.

Das Klopfen an der Tür riß ihn aus seinen Gedanken. Fiona Graham trat ein und schob einen Teewagen vor sich her, auf dem eine Teekanne, Tassen auf Zierdeckchen, drei Sorten belegter Brote, Sahnetorte, Biskuitkuchen, Marmeladenschälchen und Hörnchen mit dicker Sahne angerichtet waren.

»Lecker!« freute sich Brianna angesichts dieses Angebots. »Ist das alles für uns oder kommen gleich noch zehn Gäste?«

Claire blickte lächelnd auf die aufgetischten Speisen. Das elektrische Feld umgab sie noch immer, nur war es, wahrscheinlich aufgrund beträchtlicher Anstrengungen, etwas gedämpft. Roger sah, daß sie eine Hand so fest um eine Falte ihres Rockes klammerte, daß die Ringe ihr ins Fleisch schnitten.

»Wenn wir das alles vertilgen, brauchen wir wochenlang nichts mehr zu essen«, erklärte sie. »Es sieht sehr verlockend aus.«

Fiona strahlte. Sie war klein, rund und hübsch wie eine braune Henne. Roger seufzte innerlich. Zwar war er froh, seinen Gästen eine angemessene Erfrischung anbieten zu können, doch er wußte nur zu genau, daß die üppige Ausstattung des Mahls darauf abzielte, ihn zu beeindrucken, und nicht die beiden Frauen. Mit ihren neunzehn Jahren hatte die kleine Fiona ein festes Ziel vor Augen. Sie wollte heiraten. Am liebsten einen Mann, der mit beiden Beinen im Berufsleben stand. Sie hatte Roger bei seiner Ankunft vor einer Woche kaum gesehen, da war sie auch schon zu dem Schluß gekommen, daß ein Geschichtsdozent der beste Fang sein würde, den sie in Inverness erwarten konnte.

Seitdem hatte sie ihn gestopft wie eine Weihnachtsgans, seine Schuhe gewienert, seine Zahnbürste bereitgelegt, sein Bett gelüftet, seinen Mantel ausgebürstet, ihm die Abendzeitung gekauft und neben seinen Teller gelegt, ihm den Nacken massiert, wenn er bis spätnachts am Schreibtisch saß, und sich unentwegt nach seinem Wohlergehen, seiner Gemütsverfassung und seinem Gesundheitszustand erkundigt. Noch nie zuvor war er soviel geballter Häuslichkeit ausgesetzt gewesen.

Kurz gesagt, Fiona trieb ihn in den Wahnsinn.

Die Vorstellung, mit Fiona Graham in den heiligen Stand der Ehe zu treten, trieb ihm den kalten Angstschweiß auf die Stirn. Spätestens nach einem Jahr wäre er reif fürs Irrenhaus. Abgesehen davon gab es noch Brianna Randall, die gerade nachdenklich auf den Teewagen starrte, als würde sie überlegen, womit sie beginnen sollte.

Bisher hatte er sich ausschließlich auf Claire und ihr Vorhaben konzentriert und jeden Blick auf ihre Tochter vermieden. Claire war hübsch; mit ihren zarten Gliedern und der durchscheinenden Haut würde sie mit sechzig noch ebenso ansprechend aussehen wie mit zwanzig. Doch es war der Anblick Briannas, der ihm den Atem raubte.

Sie hatte das Auftreten einer Königin und sank nicht in sich zusammen wie andere großgewachsene Mädchen. Wenn er den geraden Rücken und die anmutigen Bewegungen ihrer Mutter betrachtete, wußte er, woher sie ihre Haltung hatte. Anders verhielt es sich mit der außergewöhnlichen Größe und der Fülle des taillenlangen, mit Kupfer- und Goldfäden durchsetzten, in Bernstein und Zimt auffunkelnden Haares, das ihr in sanften Wellen auf die Schultern fiel. Und mit den blauen Augen, die so dunkel schimmerten, daß sie bei bestimmtem Licht beinahe schwarz aussahen. Und dem breiten üppigen Mund mit der vollen Unterlippe, der zu leidenschaftlichen Küssen geradezu einlud. All das mußte sie wohl von ihrem Vater haben.

Im großen und ganzen war Roger froh, daß dieser Vater nicht neben ihr saß. Sicherlich hätte er väterlichen Anstoß an den Gedanken genommen, die ihm durch den Kopf gingen und ihm, wie er fürchtete, an der Nasenspitze abzulesen waren.

»Der Tee, was!« rief er herzlich. »Ausgezeichnet! Wunderbar! Sieht lecker aus. Vielen Dank, Fiona! Ich glaube, äh, wir haben alles.«

Ohne auf den unmißverständlichen Hinweis zu achten, nahm Fiona das Kompliment der Gäste mit einem anmutigen Nicken entgegen. Dann deckte sie mit knappen Bewegungen den Tisch, schenkte den Tee ein, reichte den ersten Kuchenteller herum und schien bereit, die Rolle der Dame des Hauses auszufüllen.

»Nehmen Sie doch ein wenig Sahne auf Ihr Hörnchen, Rog… ich meine Mr. Wakefield«, forderte sie ihn auf. Ohne eine Antwort abzuwarten, fuhr sie fort. »Sie sind viel zu dünn. Ich muß Sie erst mal aufpäppeln.« Dabei warf sie Brianna Randall einen verschwörerischen Blick zu und sagte: »Sie wissen ja, wie die Männer sind. Wenn wir Frauen nicht aufpassen, würden sie glatt verhungern.«

»Welch ein Glück, daß Sie sich um ihn kümmern«, entgegnete Brianna höflich.

Roger holte tief Luft und bewegte seine Finger, bis er den Drang, Fiona zu erdrosseln, überwunden hatte.

»Fiona«, sagte er, »äh, würden Sie mir bitte einen Gefallen tun?«

Bei der Aussicht, ihm zu Diensten zu sein, strahlte sie übers ganze Gesicht. »Aber natürlich, Rog... Mr. Wakefield. Alles, was Sie wollen!«

Roger verspürte einen Anflug von Scham. Doch dann hielt er sich vor, daß es ebenso in ihrem Interesse läge wie in seinem. Wenn sie das Zimmer nicht bald verließe, würde er sich vergessen und etwas tun, was sie beide bedauern könnten.

»Vielen Dank, Fiona. Ich habe bei... bei...« Verzweifelt versuchte er, sich an den Namen des Dorfkrämers zu erinnern – »...bei Mr. Buchan in der High Street Tabak bestellt. Können Sie ihn mir bitte holen? Nach diesem fabelhaften Tee möchte ich gern eine gute Pfeife rauchen.«

Fiona war schon damit beschäftigt, ihre Schürze abzubinden – die rüschen- und spitzenbesetzte, stellte Roger grimmig fest. Als sie die Tür hinter sich zuzog, schloß er dankbar die Augen. Daß er nicht rauchte, war ihm im Augenblick egal. Statt dessen wandte er sich mit einem erleichterten Seufzer seinen Gästen zu.

»Sie haben mich gefragt, ob Sie noch nach den andern Männern auf meiner Liste forschen sollen«, erinnerte ihn Claire. Roger hatte den Eindruck, daß sie über Fionas Aufbruch ebenso erleichtert war wie er. »Nun, wenn es Ihnen nicht zuviel wird, würde ich Sie gern darum bitten.«

»Keineswegs«, erwiderte Roger. »Es ist mir ein Vergnügen.«

Unentschlossen schwebte seine Hand über dem Überangebot auf dem Teewagen, bis sie resolut nach der Karaffe mit dem zwölf Jahre alten Muir Breame Whisky griff. Nach dem Gerangel mit Fiona hatte er sich eine Stärkung verdient.

»Mögen Sie auch einen Schluck?« fragte er seine Gäste. »Oder lieber Tee?« fügte er hinzu, als er den ablehnenden Ausdruck auf Briannas Gesicht bemerkte.

»Tee«, entschied sie erleichtert.

»Du weißt nicht, was du dir entgehen läßt«, erklärte ihre Mutter, die genußvoll an ihrem Whisky schnupperte.

»O doch!« entgegnete Brianna. »Deshalb lasse ich es mir ja auch entgehen.« Sie zuckte die Achseln und blinzelte Roger an.

»In Massachusetts darf man erst mit einundzwanzig offiziell Alkohol trinken«, erklärte Claire, zu Roger gewandt. »Und weil meiner Tochter dazu noch über ein Jahr fehlt, ist sie Whisky nicht gewohnt.«

»Du tust ja gerade so, als wäre es ein Verbrechen, wenn man keinen Whisky mag.« Brianna warf Roger über ihre Teetasse hinweg einen lächelnden Blick zu.

»Wir sind hier in Schottland, meine Gute«, erinnerte er sie ernst. »Und da ist es auf jeden Fall ein Verbrechen.«

»Ach ja? Hoffentlich kein so schweres wie ein Mord.«

Er lachte und verschluckte sich an seinem Whisky. Als er hustend zu Claire hinüberblickte, sah er, daß ihre Lippen ein gezwungenes Lächeln umspielte. Außerdem wirkte sie ausgesprochen blaß. Aber gleich darauf war dieser Moment vorüber, und nach einem kurzen Blinzeln schmunzelte auch sie.

Überrascht stellte Roger fest, wie leicht die Unterhaltung zwischen ihnen dahinplätscherte – sowohl über Banalitäten als auch über Claires Anliegen. Brianna mußte sich für die Arbeit ihres Vaters sehr interessiert haben, denn sie wußte weitaus mehr über die Jakobiten als ihre Mutter.

»Ich finde es erstaunlich, daß es die Hochlandarmee überhaupt bis nach Culloden geschafft hat«, sagte sie. »Wußten Sie, daß sie die Schlacht von Prestonpans mit nur knapp zweitausend Mann gewonnen haben? Das englische Heer war achttausend Mann stark. Unglaublich!«

»Und bei der Schlacht von Falkirk war es ähnlich«, fiel Roger ein. »Zahlenmäßig unterlegen, schlecht bewaffnet, nur zu Fuß. Und trotzdem schafften sie, was nach den Gesetzen der Logik nicht hätte sein dürfen!«

»Stimmt«, meinte Claire zwischen zwei Schluck Whisky, »das taten sie.«

»Ich habe mich gefragt«, wandte sich Roger betont beiläufig an Brianna, »ob Sie mich nicht zu einigen dieser Orte begleiten wollen – zu den Schauplätzen der Ereignisse. Das wäre nicht nur interessant, sondern Sie könnten mir auch bei der Arbeit eine Hilfe sein.«

Lachend strich sich Brianna eine Strähne aus dem Gesicht. »Ich kann mir kaum vorstellen, daß ich Ihnen eine Hilfe bin, aber ansehen würde ich es mir gerne.«

»Prima!« Ihre Zustimmung freute ihn so sehr, daß er beinahe die Karaffe hätte fallen lassen, nach der er gerade gegriffen hatte. Geistesgegenwärtig kam ihm Claire zu Hilfe und schenkte ihm gekonnt ein.

»Das ist ja wohl das mindeste, was ich tun kann, nachdem ich neulich alles verschüttet habe«, entgegnete sie auf seinen Dank.

Als Roger sie so entspannt und locker dasitzen sah, kamen ihm Zweifel an seinem Verdacht. Nichts in ihrem hübschen, kühlen Gesicht deutete darauf hin, daß es etwas anderes als ein Mißgeschick gewesen war.

Eine halbe Stunde später saßen sie müde, aber zufrieden vor den Überresten der Mahlzeit und der leeren Whiskykaraffe. Nur Brianna rutschte unruhig hin und her. Schließlich warf sie Roger einen Blick zu und fragte, wo das Badezimmer sei.

»Oh, natürlich, die Toilette.« Abgefüllt mit saftigem Früchtebrot und Mandelbiskuits, mühte er sich auf die Beine. Er mußte zusehen, daß er Fionas Fängen bald entkäme, sonst würde er in Oxford nicht mehr in seine Anzüge passen.

»Sie ist noch recht altmodisch«, erklärte er, während er auf eine Tür an der anderen Seite des Flures wies. »Mit Wasserkasten und einer Kette zum Ziehen.«

»Wie im Britischen Museum.« Brianna nickte. »Aber nicht in der Ausstellung, sondern in der Damentoilette.« Nach kurzem Zögern fragte sie: »Haben Sie hier das gleiche Toilettenpapier wie im Britischen Museum? Wenn ja, dann halte ich mich lieber an das Kleenex in meiner Tasche.«

Fragend blickte Roger sie an. »Entweder ist dies ein sehr eigenartiges Gesprächsthema, oder ich habe mehr Whisky getrunken, als ich dachte.« Tatsächlich hatten Claire und er dem Muir Breame ausgiebig zugesprochen, während Brianna bei Tee geblieben war.

Claire lachte und reichte ihrer Tochter Papiertaschentücher. »Du wirst hier zwar kein Wachspapier mit dem Aufdruck ›Eigentum Ihrer Majestät der Königin‹ finden, aber viel besser wird es auch nicht sein. Britisches Toilettenpapier ist eine steife Angelegenheit.«

»Danke.« Die Taschentücher in der Hand, wandte sich Brianna zum Gehen, doch an der Tür blickte sie sich noch einmal um.

»Warum benutzen die Leute freiwillig Toilettenpapier, das so hart ist wie Dosenblech?« wollte sie wissen.

»Ein Herz wie aus Eichenholz«, setzte Roger an, »und einen Hintern hart wie Stahl. So soll ein wahrer Brite sein. Es prägt den Volkscharakter.«

»Soweit es die Schotten betrifft, liegt es wohl eher an ererbter Gefühllosigkeit«, fügte Claire hinzu. »Die Art Männer, die mit dem nackten Hintern unterm Kilt Stunden auf dem Pferderücken zubringen, haben einen Po wie Sattelleder.«

Brianna bog sich vor Lachen. »Dann will ich lieber nicht wissen, was sie damals als Toilettenpapier benutzt haben.«

»So schlimm war es gar nicht«, erklärte Claire zu aller Überraschung. »Die Blätter der Königskerze sind fast so gut wie das handelsübliche doppellagige Krepp. Und im Winter, wenn man nicht nach draußen konnte, waren es gewöhnlich feuchte Lappen – zwar nicht besonders hygienisch, aber dafür auch nicht kratzig.«

Roger und Brianna verschlug es die Sprache.

»Das... äh, habe ich in einem Buch gelesen«, meinte Claire errötend.

Nachdem Brianna den Raum verlassen hatte, blieb Claire unschlüssig an der Tür stehen.

»Es war sehr freundlich von Ihnen, uns so großzügig zu bewirten«, setzte sie an. Die vorübergehende Verlegenheit war wieder ihrer gewohnten Haltung gewichen. »Aber vor allem bin ich Ihnen dankbar, daß Sie diese Namen für mich gefunden haben.«

»Es war mir wirklich ein Vergnügen«, versicherte ihr Roger. »Eine angenehme Abwechslung zu all den Spinnweben und Mottenkugeln hier. Sobald ich mehr über Ihre Jakobiten herausgefunden habe, lasse ich es Sie wissen.«

»Vielen Dank.« Sie zögerte und blickte über die Schulter. »Da Brianna gerade nicht da ist...«, fuhr sie mit gesenkter Stimme fort, »möchte ich Sie um einen Gefallen bitten.«

Roger räusperte sich und rückte den Schlips zurecht, den er sich zur Feier des Tages umgebunden hatte.

»Nur raus damit.« Er verspürte eine geradezu überschwengliche Freude, weil der Nachmittag solch ein Erfolg gewesen war. »Ich stehe ganz zu Ihren Diensten.«

»Sie haben Brianna eingeladen, Sie zu Ihren Recherchen zu begleiten. Um was ich Sie bitten möchte ... es gibt einen Ort, den sie besser nicht sehen soll, wenn es Ihnen nichts ausmacht.«

Auf der Stelle schrillten in Rogers Kopf die Alarmglocken. Sollte er vielleicht in das Geheimnis um Broch Tuarach eingeweiht werden?

»Der Steinkreis – auf dem Craigh na Dun.« Ernst beugte Claire sich vor. »Ich würde Sie nicht darum bitten, wenn ich keine gewichtigen Gründe hätte. Den Steinkreis möchte ich Brianna selbst zeigen. Warum das so ist, kann ich Ihnen im Augenblick leider noch nicht sagen, werde es aber zum rechten Zeitpunkt nachholen. Versprechen Sie es mir?«

In Rogers Kopf überschlugen sich die Gedanken. Demnach hatte sie ihre Tochter gar nicht von Broch Tuarach fernhalten wollen. Ein Rätsel war aufgeklärt, dafür hatte sich ein anderes aufgetan.

»Selbstverständlich«, erwiderte er. »Wenn Ihnen daran liegt.«

»Ich danke Ihnen.« Sie legte ihm kurz die Hand auf den Arm und wandte sich dann zum Gehen. Als er ihre Silhouette im Gegenlicht sah, fiel ihm plötzlich etwas ein. Vielleicht war es nicht der richtige Augenblick, aber schaden konnte es auch nicht.

»Ach, Mrs. Randall – Claire?«

Claire drehte sich zu ihm um. Ohne Brianna, die ihn ablenkte, sah er plötzlich, daß Claire auf ihre Weise ausgesprochen schön war. Der Whisky hatte ihre Wangen mit einer lebhaften Farbe überzogen, und ihre Augen waren von dem ungewöhnlichsten hellen Goldbraun, das er je gesehen hatte – wie Bernstein, dachte er.

»In all den Berichten, in denen diese Männer vorkommen«, setzte er vorsichtig an, »wurde immer wieder ein gewisser Hauptmann James Fraser erwähnt. Er muß ihr Anführer gewesen sein. Auf Ihrer Liste habe ich ihn aber nicht gefunden. Ist er Ihnen bekannt?«

Einen Moment lang stand sie stocksteif da. Doch dann ging ein Zittern durch ihren Körper, und sie antwortete mit anscheinendem Gleichmut: »Ja, er ist mir bekannt.« Ihre Stimme klang zwar fest, doch aus ihrem Gesicht war alle Farbe gewichen. »Ich habe ihn nicht auf die Liste gesetzt, weil ich bereits weiß, was mit ihm geschehen ist. James Fraser ist in Culloden gestorben.«

»Sind Sie sicher?«

Als ob sie es nicht mehr erwarten konnte, das Haus zu verlassen, griff sie nach ihrer Handtasche. Ungeduldig spähte sie den Flur entlang, wo das Rütteln an dem altehrwürdigen Türknauf verriet, daß Brianna ihr Refugium verlassen wollte.

»Ja«, antwortete sie, ohne sich umzuwenden. »Ich bin ganz sicher. Ach, Mr. Wakefield... ich meine, Roger.« Jetzt drehte sie sich hastig um und heftete ihren Blick auf ihn. In diesem Licht wirkten ihre Augen fast schon gelb, wie die Augen einer großen Katze, eines Leopardenweibchens.

»Bitte«, sagte sie, »erwähnen Sie James Fraser meiner Tochter gegenüber nicht.«

Es war spät geworden. Roger hätte sich eigentlich schon längst schlafen legen sollen, doch er war alles andere als müde. Ob es an seinem Ärger über Fiona lag, an der rätselhaften Widersprüchlichkeit von Claire Randall oder an der Aussicht, mit Brianna Randall auf Recherche zu gehen – Roger war hellwach. Anstatt sich im Bett von einer Seite auf die andere zu wälzen oder Schäfchen zu zählen, wollte er lieber etwas Nützliches tun. Wenn er sich den Papieren des Reverend widmete, würde ihn der Schlaf wahrscheinlich rasch einholen.

Am anderen Ende des Flures schimmerte unter Fionas Tür ein Lichtschein hervor, und um sie nicht aufzuscheuchen, schlich er auf Zehenspitzen die Treppe hinunter. Nachdem er im Studierzimmer das Licht eingeschaltet hatte, blieb er einen Moment lang stehen und überlegte, wie man eine Aufgabe dieses Ausmaßes am besten anging.

Die nahezu sechs Meter lange und fast drei Meter hohe Pinnwand war symptomatisch für die Arbeitsweise von Reverend Wakefield. Unter all den Zetteln, Notizen, Fotos, Kopien, Rechnungen, Quittungen, Vogelfedern, abgerissenen Ecken von Umschlägen mit seltenen Briefmarken, Adreßaufklebern, Schlüsselringen, Postkarten, Gummibändern und anderem Krimskrams war praktisch kein Fleckchen Kork mehr sichtbar.

Obwohl das Sammelsurium stellenweise zwölf Schichten dick war, hatte der Reverend jederzeit das Detail herausfischen können, das er suchte. Roger vermutete, daß die Anordnung auf einem Prinzip beruhte, das so ausgefeilt war, daß es selbst ein Wissenschaftler der NASA nicht hätte entschlüsseln können.

Skeptisch ließ er den Blick über die Pinnwand gleiten. Sie bot keinerlei Ansatzpunkt. Versuchsweise griff er nach einer fotokopierten Liste mit den Tagungsterminen der Generalversammlung, die das Amt des Bischofs versendet hatte. Doch gleich darauf erregte der Anblick des darunterhängenden Drachen seine Aufmerksamkeit. Eine fröhliche Buntstiftzeichnung; aus den geblähten Nüstern drangen kugelrunde Rauchwölkchen, und aus dem aufgerissenen Rachen blies er grüne Flammen.

ROGER stand in unbeholfenen Druckbuchstaben unten auf der Seite. Undeutlich erinnerte sich der Künstler, warum der Drache grüne Flammen spie: Er fraß nämlich nichts anderes als Spinat. Roger heftete die Liste mit den Tagungsterminen wieder an ihren Platz und wandte sich ab. Der Pinnwand konnte er sich auch später noch widmen.

Der schwere Eichenschreibtisch mit den etwa vierzig, bis zum Bersten vollgestopften Fächern schien im Vergleich dazu ein Kinderspiel. Seufzend zog sich Roger den zerschlissenen Bürostuhl heran und machte sich daran, Ordnung in all die Papiere zu bringen, von denen sich der Reverend nicht hatte trennen können.

Einen Stapel für unbezahlte Rechnungen. Einen anderen für offizielle Dokumente wie Kraftfahrzeugschein und Sachverständigengutachten zum Zustand des Hauses. Einen weiteren für historische Notizen und Berichte. Dann einen für Familienerinnerungsstücke. Und mit Abstand den größten für Krimskrams.

Roger war so in seine Arbeit vertieft, daß er nicht hörte, wie die Tür geöffnet wurde und sich jemand dem Schreibtisch näherte. Plötzlich schwebte eine dampfende Teekanne in sein Blickfeld.

»Wie?« Blinzelnd blickte er auf.

»Ich dachte, Sie mögen vielleicht eine Tasse Tee, Mr. Wake... ich meine Roger.« Fiona setzte das Tablett mit Kanne, Tasse und einem Teller Kekse vor ihm ab.

»Oh, vielen Dank!« Er war wirklich hungrig, und so schenkte er Fiona ein freundliches Lächeln, das ihr die Röte in die runden Wangen trieb. Offenbar ermutigt, hockte sie sich auf die Schreibtischkante und sah zu, wie er zwischen einzelnen Bissen Schokoladenkeks seine Arbeit fortsetzte.

Da er sich verpflichtet fühlte, ihre Anwesenheit zur Kenntnis zu nehmen, hielt er einen angebissenen Keks hoch. »Wirklich gut«, brummte er.

»Ja? Ich habe sie selbst gebacken.« Die Röte wurde noch tiefer. Ein hübsches Mädchen, diese Fiona. Klein, rund, mit dunklem, lockigem Haar und großen, braunen Augen. Roger ertappte sich bei der Frage, ob Brianna Randall kochen konnte. Rasch schüttelte er den Kopf, um derartige Gedanken zu vertreiben.

Fiona, die diese Geste als Ungläubigkeit interpretierte, beugte sich vor. »Doch, wirklich«, beteuerte sie. »Nach einem Rezept von meiner Oma. Das waren die Lieblingskekse des Reverend.« Ein sanfter Schleier legte sich über ihre Augen. »Sie hat mir alle ihre Kochbücher und so hinterlassen. Ich war doch ihre einzige Enkeltochter.«

»Das mit Ihrer Großmutter tut mir leid«, sagte Roger ernst. »Es kam sehr plötzlich, nicht wahr?«

Fiona nickte traurig. »Aye. Tagsüber war sie munter wie ein Fisch im Wasser, und nach dem Abendessen sagte sie plötzlich, sie sei ein wenig müde, und ging zu Bett.« Das Mädchen zuckte die Achseln. »Sie ist eingeschlafen und nicht mehr aufgewacht.«

»Nicht die schlechteste Art zu sterben«, meinte Roger. »Das ist ein Trost.« Mrs. Graham war schon eine Institution im Haushalt gewesen, als Roger nach dem Tod seiner Eltern als verschüchterter Fünfjähriger vom Reverend aufgenommen worden war. Die Witwe mittleren Alters, deren Kinder bereits erwachsen waren, ließ Roger in den Genuß ihres unerschöpflichen Vorrats an mütterlicher Zuneigung kommen, wenn er in den Schulferien heimkehrte. Sie und der Reverend bildeten ein seltsames Paar, doch auf ihre Weise hatten sie das alte Haus zu einem Heim gemacht.

Gerührt von seinen Erinnerungen, griff Roger nach Fionas Hand und drückte sie. Sie erwiderte seinen Druck mit schmelzendem Blick. Der kleine Rosenknospenmund öffnete sich, und sie beugte sich so weit vor, daß ihr warmer Atem an sein Ohr strich.

»Tja, vielen Dank«, platzte Roger heraus. Hastig zog er die Hand fort, als hätte er sich verbrannt. »Danke für... äh... den Tee und so. Gut. Er war gut. Sehr gut. Danke.« Dann wandte er sich ab. Um seine Verwirrung zu überspielen, griff er in das nächstbeste Fach und zog die zusammengerollten Zeitungsausschnitte heraus, die er dort vorfand.

Verlegen strich er die vergilbten Seiten glatt und breitete sie auf dem Schreibtisch aus. Dann beugte er sich mit gerunzelter Stirn, die tiefe Konzentration suggerieren sollte, über die verblaßte Schrift. Nach einem kurzen Augenblick erhob sich Fiona seufzend und ging zur Tür. Roger sah nicht auf.

Statt dessen seufzte auch er und dankte dem Himmel mit geschlossenen Augen für seine Rettung. Fiona besaß ihre Reize. Außerdem war sie eine gute Köchin. Aber sie war auch neugierig, besitzergreifend, nervtötend und unzweifelhaft auf Heirat versessen. Wenn er noch einmal dieses zarte, rosige Fleisch berührte, konnte er im nächsten Monat das Aufgebot bestellen. Aber wenn es nach ihm ging, würde der Name, der neben dem seinen ins Kirchenregister eingetragen werden würde, Brianna Randall lauten.

Während Roger überlegte, wie groß sein Mitspracherecht in dieser Angelegenheit sein würde, öffnete er die Augen. Verwundert blinzelte er, denn der Name, den er sich eben noch auf seiner Heiratsurkunde vorgestellt hatte, sprang ihm jetzt von der Zeitungsseite ins Auge – Randall.

Natürlich nicht Brianna Randall, sondern Claire. Unter der Überschrift ZURÜCKGEKEHRT VON DEN TOTEN! hatte man ihr Bild abgedruckt – Claire, nur zwanzig Jahre jünger. Sie sah nicht viel anders aus als heute, abgesehen von ihrem Gesichtsausdruck. Aufrecht saß sie in einem Krankenhausbett. Ihre ungekämmten Haare standen nach allen Seiten ab, der Mund war geschlossen, als wäre er versiegelt, und ihre außergewöhnlichen Augen starrten zornig in die Kamera.

Entsetzt blätterte Roger die Zeitungsausschnitte durch. Dann begann er, sorgfältig zu lesen. Leider lieferten sie wenig Konkretes, obwohl sie die spektakulären Ereignisse bis zum letzten ausschlachteten.

Im Frühling des Jahres 1945 war die Frau des angesehenen Historikers Dr. Franklin W. Randall während eines Ferienaufenthalts in Inverness plötzlich verschwunden. Das Auto, mit dem sie unterwegs gewesen war, hatte man sicherstellen können, doch von der Frau fehlte jede Spur. Da alles Suchen ergebnislos blieb, kamen Polizei und Ehemann schließlich zu dem Schluß, Claire sei – vielleicht von einem Landstreicher – ermordet und ihr Leichnam irgendwo in den Bergen versteckt worden.

1948, nach fast genau drei Jahren, war Claire Randall jedoch zurückgekehrt. Abgerissen und zerlumpt fand man sie nicht weit von der Stelle, wo sie verschwunden war. Abgesehen von einer leichten Unterernährung schien sie gesund, doch geistig war Mrs. Randall verwirrt und desorientiert.

Roger, der sich eine verwirrte und desorientierte Claire nicht vorstellen konnte, runzelte die Stirn. Aber aus den restlichen Zeitungsausschnitten erfuhr er nicht mehr, als daß man Mrs. Randall wegen Erschöpfung und Schock im städtischen Krankenhaus behandelt hatte. Er stieß auf ein Foto des vermeintlich überglücklichen Ehemanns, doch Frank Randall wirkte eher fassungslos als glücklich. War ja auch kein Wunder.

Neugierig betrachtete er das Bild. Frank Randall war ein schlanker, attraktiver, aristokratisch aussehender Mann mit dunklen Haaren. Mit verwegener Anmut lehnte er an der Krankenhaustür, wo ihn der Fotograf auf dem Weg zu seiner gerade wiedergefundenen Frau offensichtlich überrascht hatte.

Roger merkte, daß er in der langen, hohen Wangenlinie und der Rundung des Schädels nach Spuren suchte, die ihn an Brianna erinnerten. Fasziniert von diesem Aspekt stand er auf und holte eines von Frank Randalls Büchern aus dem Regal. Hinten auf dem Umschlag fand er ein besseres Foto, ein Farbporträt. Nein, sein Haar war dunkelbraun und ohne jeden rötlichen Schimmer. Die rote Pracht und auch die tiefblauen Katzenaugen mußten von den Großeltern stammen. Sosehr sich Roger auch bemühte, von der Schönheit der flammenden Göttin fand er im Gesicht ihres Vaters keine Spuren.

Seufzend schloß er das Buch und faltete die Ausschnitte zusammen. Er sollte wirklich mit dem Grübeln aufhören und sich seinen Pflichten widmen, sonst würde er in einem Jahr immer noch hier sitzen.

Er war schon dabei, die Zeitungsartikel auf einen der Stapel zu legen, als ihm eine Schlagzeile ins Auge stach: »VON FEEN GERAUBT?« fragte sie. Aber noch viel interessanter fand er das Datum über der Schlagzeile: der 6. Mai 1948.

Vorsichtig, als hielte er eine Bombe in der Hand, legte er die Seite aus den Händen. Dann schloß er die Augen und versuchte, sich wieder an die Unterhaltung mit den Randalls zu erinnern. »In Massachusetts darf man erst mit einundzwanzig Alkohol trinken«, hatte Claire gesagt. »Und meiner Tochter fehlt dazu noch über ein Jahr.« Demnach war sie fast zwanzig. Brianna Randall war fast zwanzig Jahre alt.

Da Roger nicht so schnell zurückrechnen konnte, stand er auf und blätterte in dem immerwährenden Kalender, den der Reverend an seiner Pinnwand hängen hatte. Als er das Datum gefunden hatte, blieb er mit wachsbleichem Gesicht stehen, den Finger auf den Kalender gepreßt.

Claire Randall war nicht nur verwirrt, unterernährt und desorientiert zurückgekehrt – sondern auch schwanger.

Im Laufe der Nacht fand Roger doch noch Schlaf, aber weil er so spät zu Bett gegangen war, erwachte er spät am Vormittag mit verquollenen Augen und bohrenden Kopfschmerzen, die sich weder durch eine kalte Dusche noch durch Fionas Geschwätz am Frühstückstisch vertreiben ließen.

Weil er sich der Schmerzen immer weniger erwehren konnte, ließ er die Arbeit liegen und brach zu einem Spaziergang auf. Draußen, im leisen Nieselregen, wurde zwar der Schmerz erträglicher, doch auch sein Kopf so klar, daß er wieder über die Erkenntnisse der letzten Nacht zu grübeln begann.

Brianna wußte von nichts. Das wurde schon aus der Art und Weise deutlich, wie sie über ihren verstorbenen Vater sprach – oder über Frank Randall, von dem sie dachte, er sei ihr Vater. Und Claire wollte offensichtlich nicht, daß sie eingeweiht würde, sonst hätte sie es ihr schon längst erzählt. Es sei denn, die Reise nach Schottland war als Einleitung zu solch einem Geständnis gedacht. Ihr wahrer Vater mußte ein Schotte sein, denn schließlich war Claire in Schottland verschwunden – und auch wieder aufgetaucht. Lebte er noch hier?

Welch ein verblüffender Gedanke! War Claire mit ihrer Tochter nach Schottland gekommen, um sie ihrem wahren Vater vorzustellen? Skeptisch schüttelte Roger den Kopf. Verdammt riskant, solch ein Vorgehen. Für Brianna eine verwirrende und für Claire eine schmerzliche Erfahrung. Und dem Vater mußte dabei vor Aufregung das Herz in die Hose rutschen. Und Brianna schien mit allen Fasern an Frank Randall zu hängen. Wie mußte sie sich fühlen, wenn sie erfuhr, daß sie mit dem Mann, den sie geliebt und verehrt hatte, überhaupt nicht verwandt war?

Roger bedauerte alle Beteiligten, einschließlich sich selbst. Er hatte in diesem Stück um keine Rolle gebeten und wünschte sich zurück in den Zustand seliger Unwissenheit, in dem er gestern noch geschwebt hatte. Er mochte Claire Randall gern und fand die Vorstellung, sie könnte Ehebruch begangen haben, schlichtweg geschmacklos. Gleichzeitig verspottete er sich für seine altmodische

Sentimentalität. Wer konnte schon wissen, wie ihr Leben mit Frank Randall ausgesehen hatte? Vielleicht war sie aus gutem Grund mit einem anderen Mann auf und davon gegangen. Aber warum war sie dann zurückgekommen?

Verschwitzt und verstimmt kehrte Roger zum Pfarrhaus zurück. Hastig zog er im Flur das Jackett aus und ging dann nach oben, um ein Bad zu nehmen. Manchmal fühlte er sich dadurch getröstet, und Trost hatte er jetzt bitter nötig.

Er ließ die Hand über die Kleiderbügel im Wandschrank gleiten, bis er den Stoff seines abgetragenen weißen Bademantels spürte. Doch nach kurzem Überlegen schob er die Bügel beiseite und wühlte ganz hinten im Wandschrank herum, bis er gefunden hatte, was er suchte.

Voller Zuneigung blickte er auf den schäbigen alten Hausmantel. Die gelbe Seide des Untergrunds war vor Alter dunkel geworden, doch die hellbunten Pfauen prangten darauf so kühn wie eh und je. Als Zeichen ihrer hochherrschaftlichen Unbekümmertheit schlugen sie ein Rad und blickten den Betrachter aus ihren dunklen Knopfaugen herausfordernd an. Roger hielt sich den weichen Stoff an die Nase und sog den Geruch mit geschlossenen Augen ein. Der schwache Duft nach Borkum Riff und Whisky erinnerte ihn stärker an seinen Ziehvater als die Korkwand mit all ihrem Krimskrams.

Wie oft hatte er den tröstlichen Duft mit seinem Hauch von Old Spice eingeatmet, wie oft hatte er das Gesicht in der glatten, weichen Seide vergraben, während der Reverend schützend die rundlichen Arme um ihn legte. Die anderen Kleidungsstücke des alten Herrn hatte er der Wohlfahrt geschenkt, doch von diesem Stück hatte er sich nicht trennen können.

Auf eine innere Eingebung hin schlüpfte er mit nacktem Oberkörper in den Mantel, überrascht von der angenehmen Wärme, die sich auf seiner Haut wie die Liebkosung sanfter Finger anfühlte. Wohlig bewegte er die Schultern, dann schlang er sich den Mantel um den Körper und schloß mit einem lockeren Knoten den Gürtel.

Wachsam darauf bedacht, Fiona nicht in die Fänge zu geraten, schlich er über den Flur zum Badezimmer. Der altehrwürdige Gasdurchlauferhitzer stand am Kopfende der Wanne wie der Wächter einer heiligen Quelle. Eine seiner Jugenderinnerungen bezog sich auf den allwöchentlichen Horror, wenn er versuchte, den Durchlauferhitzer mit dem Gasanzünder zu entfachen, während das Gas mit einem bedrohlichen Zischen an seinem Ohr vorbeistrich und seine schwitzenden Hände ergebnislos hantierten. Jedesmal hatte er befürchtet, eine Explosion könnte seinem Leben ein plötzliches Ende setzen.

Nach einer Operation seines rätselhaften Innenlebens war der Durchlauferhitzer nun schon seit langem automatisch. Er gurgelte leise, während unten auf dem Gasring hinter dem Metallschild die unsichtbare Flamme knackte und zischte. Roger drehte den Heißwasserhahn bis zum Anschlag auf und gab eine halbe Drehung »kalt« hinzu. Während er darauf wartete, daß die Badewanne volllief, stellte er sich vor den Spiegel und betrachtete sich.

Gar nicht so schlecht, dachte er, nachdem er den Bauch eingezogen und sich zu voller Größe aufgerichtet hatte. Schlank, fest, die Beine lang, aber keine Stelzen. Vielleicht ein bißchen mager um die Schultern? Kritisch runzelte er die Stirn, während er seinen schlanken Körper hin und her drehte.

Er fuhr sich mit den Fingern durch das dichte dunkle Haar, bis es wie ein Rasierpinsel emporstand. Er versuchte sich vorzustellen, wie er mit längerem Haar und einem Bart aussehen würde, der Mode, die seine Studenten trugen. Würde er damit flott oder lediglich mottenzerfressen wirken? Vielleicht auch noch ein Ohrring, wenn er schon mal dabei war, um ihm etwas Piratenhaftes zu verleihen. Roger zog die Brauen zusammen und bleckte die Zähne.

»Grrr«, sagte er zu seinem Spiegelbild.

»Mr. Wakefield?« antwortete dieses.

Roger fuhr so erschreckt auf, daß er sich den Zeh an dem Klauenfuß der altertümlichen Badewanne stieß.

»Autsch!«

»Alles in Ordnung, Mr. Wakefield?« fragte der Spiegel. Gleichzeitig wackelte der Porzellanknauf an der Tür.

»Natürlich!« schnauzte er gereizt zurück, wobei er die Tür anfunkelte. »Gehen Sie, Fiona, ich nehme ein Bad!«

Hinter der Tür ertönte ein Kichern.

»Oh, sogar zweimal am Tag! Sie halten's aber vornehm! Möchten Sie etwas von dem neuen Badesalz? Es steht im Regal; Sie brauchen sich nur zu bedienen.«

»Nein, danke!« schnaubte er. Da die Wanne inzwischen halb vollgelaufen war, drehte er die Hähne zu. In der sich ausbreitenden tröstlichen Stille sog er den Wasserdampf tief ein. Dann ließ er sich mit einem leisen Achzen in das heiße Wasser gleiten und fühlte, wie ihm feiner Schweiß ins Gesicht trat.

»Mr. Wakefield?« Da war die Stimme wieder, zwitschernd wie ein aufdringliches Rotkehlchen.

»Gehen Sie jetzt, Fiona«, zischte er. Er lehnte sich in der Wanne zurück, und das dampfende Wasser umschmeichelte seinen Körper wie die Arme einer Geliebten. »Ich habe hier alles, was ich brauche.«

»Nein, haben Sie nicht.«

»Doch.« Sein Blick schweifte über die beeindruckende Ansammlung von Flaschen und Gläsern auf dem Regal über der Badewanne. »Drei Sorten Shampoo, Haarspülung, Rasiercreme und -klingen, Seife, After Shave, Eau de Cologne, Deodorant. Mir fehlt nichts, Fiona.«

»Und was ist mit Handtüchern?« fragte die Stimme süß.

Nach einem wilden Blick durch das völlig handtuchlose Badezimmer schloß Roger die Augen, biß die Zähne zusammen und zählte langsam bis zehn. Da dies nicht reichte, erhöhte er auf zwanzig. Erst dann fühlte er sich in der Lage, ohne Schaum vorm Mund zu sprechen.

»Gut, Fiona, legen Sie sie vor die Tür. Und dann... bitte, Fiona... gehen Sie!«

Nach einem Rascheln hörte er, wie sich ihre Schritte entfernten. Mit einem Seufzer der Erleichterung gab sich Roger endlich den Freuden des Alleinseins hin. Frieden. Ruhe. Keine Fiona.

Nun, da er endlich mit etwas mehr Objektivität über seine aufregende Entdeckung nachdenken konnte, beschäftigte ihn vor allem die Neugier auf Briannas geheimnisvollem Vater. Der Tochter nach zu urteilen, mußte er ein Mann von außerordentlicher körperlicher Anziehungskraft gewesen sein. Aber hätte das ausgereicht, um eine Frau wie Claire Randall in Versuchung zu führen?

Er hatte sich schon gefragt, ob Briannas Vater Schotte war. Lebte er in Inverness – oder hatte er hier gelebt? Diese Annahme könnte Claires Nervosität und sein Gefühl, daß sie etwas verbarg, erklären. Aber erklärte sie auch die rätselhaften Wünsche, die sie an ihn herangetragen hatte? Sie hatte ihn gebeten, mit Brianna nicht zum Craigh na Dun zu fahren und ihr gegenüber den Hauptmann der Männer von Broch Tuarach nicht zu erwähnen. Warum nur, um alles in der Welt?

Ein plötzlicher Einfall ließ ihn auffahren, so daß das Wasser gegen den Rand der gußeisernen Wanne platschte. Könnte es sein, daß sie sich nicht um den jakobitischen Soldaten aus dem achtzehnten Jahrhundert sorgte, sondern um einen Mann gleichen Namens? Hieß der Mann, mit dem sie 1947 eine Tochter gezeugt hatte, vielleicht auch James Fraser? Weiß Gott, kein seltener Name in den Highlands.

Ja, dachte er, das wäre eine Erklärung. Und Claires Wunsch, selbst diejenige zu sein, die ihrer Tochter den Steinkreis zeigte, könnte durchaus mit dem Geheimnis um ihren Vater zusammenhängen. Vielleicht hatte ihn Claire dort kennengelernt, oder womöglich war Brianna dort gezeugt worden. Der Steinkreis war ein beliebter Ort für ein Schäferstündchen. Roger hatte sich in seiner Highschool-Zeit oft genug mit Mädchen dort verabredet und darauf gebaut, daß sie vom Hauch des heidnischen Mysteriums aus der Reserve gelockt werden würden. Funktioniert hatte es stets.

Urplötzlich überkam ihn die Vorstellung, wie sich Claire Randalls zarte, weiße Glieder in wilder Ekstase um den nackten Rücken eines rothaarigen Mannes schlangen, wie sich die zwei regennassen und mit Grashalmen bedeckten Leiber leidenschaftlich zwischen den stehenden Steinen aufbäumten. Das Bild war so schockierend deutlich, daß ihm ein Schauer über den Rücken fuhr.

Mein Gott! Konnte er Claire Randall noch in die Augen blicken, wenn er sie das nächstemal traf? Und was sollte er Brianna sagen? »Welches Buch hat Ihnen in letzter Zeit besonders gefallen?« – »Können Sie mir einen guten Film empfehlen?« – »Wußten Sie schon, daß Ihr Vater nicht Ihr Vater ist?«

Abwehrend schüttelte er den Kopf. Im Grunde hatte er keine Ahnung, was er als nächstes tun sollte. Es war eine unangenehme Situation. Eigentlich wollte er mit alldem nichts zu tun haben, doch dazu war es bereits zu spät. Er mochte Claire Randall, und er mochte Brianna – mehr als das, um ehrlich zu sein. Er wollte sie beschützen und ihr jeden Schmerz ersparen. Doch er sah keine Möglichkeit, dies auch zu tun. Ihm blieb nichts weiter übrig, als den Mund zu halten, bis Claire das ausführte, was sie vorhatte. Und dann die Scherben aufsammeln.

3

Mutter und Tochter

Wie viele dieser winzigen Teestuben mochte es wohl in Inverness geben? So weit das Auge reichte, war die High Street von Andenkenläden und kleinen Cafés gesäumt. Seit Königin Victoria die Highlands für Reisende sicher gemacht hatte, indem sie der Gegend ihre königliche Wertschätzung angedeihen ließ, pilgerten immer mehr Touristen nach Norden. Und die Schotten, die vom Süden bis dato nichts anderes gewohnt waren als Invasionen und politische Bevormundung, waren mit dieser Herausforderung hervorragend fertig geworden.

In jeder x-beliebigen schottischen Kleinstadt stieß man auf Geschäfte mit schottischem Mürbgebäck, Zuckerstangen, Dudelsäcken in Miniaturausführung, Brieföffnern in Form eines Breitschwerts und Geldbörsen, verbrämt mit einem Schottenrock (manchmal sogar mit einem anatomisch korrekten »Schotten« darunter). Hinzu kam eine verwirrende Vielzahl von unechten Clankaros, die jedes nur erdenkliche Objekt aus Stoff zierten, seien es nun Mützen, Halstücher oder Servietten.

Beim Betrachten eines Sortiments von Geschirrtüchern, bedruckt mit einer himmelschreiend unkorrekten Wiedergabe des Ungeheuers von Loch Ness, das »Auld Lang Syne« sang, fragte ich mich, ob die gute Victoria wußte, was sie hier angerichtet hatte.

Brianna schlenderte durch den schmalen Gang des Ladens und betrachtete staunend das Warensortiment, das von der Decke hing.

»Glaubst du, die sind echt?« fragte sie und deutete auf eine Anzahl Hirschgeweihe, deren Enden vorwitzig aus einem Wald von Dudelsackpfeifen hervorragten.

»Die Geweihe? O ja. Daß man es mit Plastik schon so weit gebracht hat, kann ich mir nicht vorstellen«, erwiderte ich. »Abgesehen davon kannst du dich am Preis orientieren. Was mehr als hundert Pfund kostet, ist höchstwahrscheinlich echt.«

Brianna sah mich an.

»Du meine Güte! Ich glaube, ich kaufe Jane lieber ein Stück Schottenkaro für einen Rock.«

»Ein guter Wollstoff kostet auch nicht weniger«, entgegnete ich trocken. »Nur läßt er sich besser im Flugzeug verstauen. Gehen wir in das Kiltgeschäft; dort gibt es die beste Qualität.«

Es hatte – wie nicht anders zu erwarten war – zu regnen begonnen. Zum Glück hatte ich darauf bestanden, daß wir unsere Regenmäntel mitnahmen, und so konnten wir jetzt wenigstens unsere in Papier eingeschlagenen Päckchen darunter verbergen. Plötzlich lachte Brianna amüsiert auf.

»Jetzt wundert es mich nicht mehr, daß die Regenmäntel von einem Schotten erfunden wurden«, meinte sie. »Regnet es hier immer?«

»Häufig«, verbesserte ich und hielt nach herannahenden Autos Ausschau. »Allerdings muß Mr. Macintosh, der Erfinder, eher von der mimosenhaften Sorte gewesen sein, denn den meisten Schotten, die ich kannte, hat Regen nichts ausgemacht.« Rasch biß ich mir auf die Lippen, doch Brianna hatte diesen relativ unbedeutenden Ausrutscher nicht bemerkt. Sie betrachtete fasziniert den knöcheltiefen Sturzbach, der sich in den Rinnstein ergoß.

»Wir sollten besser an der Ampel über die Straße gehen, Mama. Hier ist es viel zu riskant.«

Ich nickte und folgte ihr, während mir das Herz bis zum Hals schlug. *Wann bringst du es endlich hinter dich?* fragte meine innere Stimme. *Du kannst nicht ständig aufpassen, was du sagst, und halbe Sätze herunterschlucken, die dir auf der Zunge liegen. Warum sagst du es ihr nicht einfach?*

Noch nicht, hielt ich mir vor. Ich bin nicht feige – und wenn doch, dann würde es auch nichts ändern. Aber dies war nicht der rechte Augenblick. Ich möchte, daß sie Schottland erst einmal kennenlernt. Nicht dieses Schottland – wir kamen gerade an einem Schaufenster mit Kinderschühchen im Schottenmuster vorbei –, sondern die Landschaft. Und Culloden. Vor allem aber wollte ich ihr das Ende der Geschichte erzählen können. Und dazu brauchte ich Roger Wakefield.

Als hätte ich ihn durch meine Gedanken herbeigerufen, erblickte ich auf einem Parkplatz einen klapprigen Morris mit grell orangefarbenem Verdeck, das in der regendunstigen Nässe wie eine Verkehrsampel leuchtete.

Brianna hatte ihn auch entdeckt. Da es in Inverness nicht viele Autos dieser Farbe und in diesem kläglichen Zustand geben konnte, meinte sie: »Sieh mal, Mama! Ist das nicht der Wagen von Roger Wakefield?«

»Ja, ich glaube schon.« Rechts von uns lag ein Café, aus dem der Duft nach Hörnchen und Kaffee drang, der sich mit der frischen Regenluft vermischte. Ich nahm Brianna am Arm und zog sie hinein.

»Ich glaube, ich habe Hunger«, erklärte ich. »Laß uns eine heiße Schokolade trinken und dazu ein paar Kekse essen.«

Da Brianna noch kindlich genug war, um sich jederzeit von Schokolade verführen zu lassen, leistete sie keine Gegenwehr.

Eigentlich wollte ich weniger Kakao trinken als einen Moment nachdenken. An der Betonwand hinter dem Parkplatz auf der gegenüberliegenden Straßenseite prangte ein großes Schild. PARKEN NUR FÜR KUNDEN DER SCHOTTISCHEN EISENBAHN, stand darauf, gefolgt von einer Auflistung der Maßnahmen, die denjenigen Autobesitzern angedroht wurden, die nicht mit dem Zug gefahren waren. Sofern Roger bei den Hütern von Recht und Ordnung keinen Sonderstatus genoß, mußte er den Zug genommen haben. Zwar gab es eine Vielzahl möglicher Reiseziele, doch London oder Edinburgh waren am wahrscheinlichsten. Er nahm die Nachforschungen sehr ernst, der gute Junge.

Wir waren ebenfalls mit dem Zug aus Edinburgh gekommen. Ich versuchte, mich an den Fahrplan zu erinnern, gab es aber bald wieder auf.

»Ob Roger wohl mit dem Abendzug zurückkehrt?« Brianna sprach mit schlafwandlerischer Sicherheit aus, was ich dachte, so daß ich mich überrascht an meiner Schokolade verschluckte. Daß sie sich überhaupt mit Rogers Rückkehr beschäftigte, brachte mich zu der Überlegung, welche Bedeutung der junge Mr. Wakefield für sie hatte.

Keine geringe, wie es schien.

»Ich habe mir überlegt«, sagte sie beiläufig, »daß wir für Roger Wakefield ein Geschenk besorgen sollten, wenn wir schon beim Einkaufen sind – als Dank für die Nachforschungen, die er für dich übernommen hat.«

»Eine gute Idee«, pflichtete ich amüsiert bei. »Und was könnte ihm deiner Meinung nach gefallen?«

Sie blickte mit gerunzelter Stirn in ihre Kakaotasse, als erwartete sie sich von dort eine Inspiration. »Keine Ahnung. Irgendwas Nettes. Schließlich kann das Projekt noch mit beträchtlicher Arbeit verbunden sein.« Fragend blickte sie dann auf.

»Warum hast du ihn eigentlich darum gebeten?« fragte sie forschend. »Wenn es um Personen aus dem achtzehnten Jahrhundert geht, hättest du auch eine Firma damit beauftragen können, die so etwas übernimmt. Ahnenforschung und ähnliches. Dad hat sich doch auch immer an Scot-Search gewandt, wenn er genealogische Fragen hatte und sich aus Zeitgründen nicht selbst damit beschäftigen konnte.«

»Ja, ich weiß«, erwiderte ich und holte tief Luft. Jetzt galt es aufzupassen. »Dieses Projekt hatte für... für deinen Vater eine besondere Bedeutung. Er hätte gewollt, daß Roger Wakefield es übernimmt.«

»Ach so.« Sie schwieg und betrachtete die Regentropfen, die gegen die Fensterscheibe prasselten.

»Fehlt dir Daddy sehr?« fragte sie plötzlich, die Nase in der Kakaotasse verborgen, um mich nicht ansehen zu müssen.

»Ja«, antwortete ich. Ich ließ den Finger über den Rand meiner Tasse gleiten, um einen Tropfen Schokolade abzuwischen. »Wie du weißt, hatten wir so unsere Probleme, aber trotzdem... Wir haben uns respektiert, und das macht vieles wett. Vor allem aber mochten wir uns. Ja, er fehlt mir sehr.«

Sie nickte schweigend und drückte meine Hand. Ich umschloß ihre langen warmen Finger, und in inniger Verbundenheit saßen wir eine Weile stumm da und tranken unsere Schokolade.

»Ich habe etwas vergessen«, sagte ich schließlich und schob meinen Stuhl resolut zurück. »Auf dem Weg in die Stadt wollte ich einen Brief ans Krankenhaus aufgeben. Wenn ich mich beeile, wird er heute wohl noch mitgenommen. Geh doch schon mal vor ins Kiltgeschäft – es ist ein Stück die Straße hinunter auf der anderen Seite –, ich komme nach, sobald ich auf der Post fertig bin.«

Brianna wirkte zwar überrascht, doch sie nickte bereitwillig.

»Ja, gut. Aber ist es nicht zu weit zur Post? Du wirst klatschnaß.«

»Kein Problem. Ich nehme ein Taxi.« Ich legte eine Pfundnote auf den Tisch und zog meinen feuchten Regenmantel an.

In den meisten Städten begegnet man bei Regenwetter dem Phänomen, daß sämtliche Taxis urplötzlich verschwunden sind. Anders in Inverness, denn hier hätte das zum Aussterben dieser Gattung geführt. Ich brauchte nicht einmal bis zur nächsten Straßenecke zu gehen, bis ich auf zwei der gedrungenen schwarzen Karossen stieß. Mit einem angenehmen Gefühl der Vertrautheit stieg ich in den warmen, rauchgeschwängerten Innenraum. Britische Taxis bieten nicht nur größere Bequemlichkeit und Beinfreiheit als amerikanische, sie riechen auch anders. Ich merkte erst jetzt, wie mir das in den letzten zwanzig Jahren gefehlt hatte.

»Nummer vierundsechzig? Das ist das alte Pfarrhaus, nicht wahr?« Obwohl die Heizung auf Hochtouren lief, hatte sich der Fahrer bis zu den Ohren in Schal und Jacke vergraben und seinen Kopf mit einer Schirmmütze geschützt. Die heutigen Schotten sind wohl ein wenig verweichlicht, dachte ich. Ganz anders als die kräftigen Hochlandschotten, die nur mit Plaid und Kilt bekleidet im Freien geschlafen hatten. Andererseits verspürte auch ich kein großes Verlangen, lediglich mit einer feuchten Decke ausgestattet im Freien zu schlafen. Ich nickte dem Fahrer zu, und er fuhr davon, daß das Wasser aufspritzte.

Es kam mir ein wenig unehrenhaft vor, Rogers Haushälterin auszufragen, während er selbst nicht da war, und Brianna hinters Licht zu führen. Andererseits wußte ich nicht, was ich den beiden als Erklärung hätte sagen sollen. Noch hatte ich nicht entschieden, wann und wie ich es ihnen erzählen sollte; ich wußte lediglich, daß der richtige Zeitpunkt dafür noch nicht gekommen war.

Ich fuhr mit der Hand in die Tasche meines Regenmantels und vernahm das tröstliche Knistern des Umschlags von Scot-Search. Zwar hatte ich mich mit Franks Arbeit nicht sonderlich beschäftigt, doch die Firma mit den fünf, sechs Historikern, die sich auf schottische Ahnenforschung spezialisiert hatten, war mir bekannt. Bei ihnen konnte man sicher sein, daß sie die Abstammung des Kunden nicht einfach auf Robert Bruce zurückführten und es dabei bewenden ließen.

Diskret und zuverlässig wie immer hatten sie sich mit Roger Wakefield beschäftigt, und jetzt kannte ich seine Vorfahren über sieben, acht Generationen hinweg. Damit wußte ich allerdings noch nicht, aus welchem Holz er geschnitzt war. Das würde ich erst mit der Zeit erfahren.

Ich bezahlte das Taxi und eilte über den regennassen Weg zum Haus des Reverend. Unter der überdachten Veranda schüttelte ich mir das Wasser vom Mantel, bevor die Tür auf mein Klingeln hin geöffnet wurde.

Fiona strahlte, als sie mich sah. Sie trug Jeans und eine gestärkte Schürze, von der ein Duft nach Möbelpolitur und Frischgebackenem aufstieg.

»Ach, Mrs. Randall!« rief sie. »Sie wollen doch nicht etwa zu mir?«

»Doch, Fiona«, entgegnete ich, »ich möchte mit Ihnen über Ihre Großmutter sprechen.«

»Ist wirklich alles in Ordnung mit dir, Mama? Ich könnte Roger anrufen und ihn bitten, daß wir den Ausflug verschieben, wenn du mich brauchst.« Ratlos und besorgt stand Brianna an der Tür unseres Pensionszimmers. Mit Stiefeln, Jeans und Pullover war sie zweckmäßig gekleidet, doch sie trug auch das orangeblaue Seidenhalstuch, das Frank ihr vor zwei Jahren, kurz vor seinem Tod, aus Paris mitgebracht hatte.

»Orange, die Farbe deiner Augen, meine Kleine«, hatte er grinsend gesagt, als er ihr das Tuch um die Schultern legte. Das, »meine Kleine«, war scherzhaft gemeint, denn bereits mit fünfzehn war Brianna Frank mit seinen bescheidenen Einssechzig über den Kopf gewachsen. So hatte er sie gerufen, als sie ein Baby war, und die Zärtlichkeit, die sich mit diesem Namen verband, wurde wieder wach, als er sich streckte und ihr einen Stups auf die Nasenspitze gab.

Der Schal – jedenfalls sein Blau – hatte nicht nur die Farbe ihrer Augen, sondern auch die der schottischen Seen, des Sommerhimmels und der dunstverhangenen Bergspitzen in der Ferne. Da ich wußte, wie teuer er ihr war, mußte ich mein Urteil über ihr Interesse an Roger Wakefield um ein paar Grad korrigieren.

»Nein, mir fehlt nichts«, versicherte ich ihr. Ich wies auf meinen Nachttisch mit der Teekanne unter einer gehäkelten Haube, die den Tee ebenso verläßlich warmhielt, wie der danebenstehende Toastständer den Toast austrocknen ließ. »Mrs. Thomas hat mir das Frühstück heraufgebracht, und vielleicht kann ich später ein bißchen davon essen.« Ich hoffte, daß sie nicht das Knurren meines Magens hörte, der diese Aussicht mit ungläubigem Entsetzen zur Kenntnis nahm.

»Nun gut.« Widerstrebend wandte sie sich zur Tür. »Aber nach Culloden drehen wir gleich wieder um.«

»Meinetwegen braucht ihr euch nicht zu beeilen!« rief ich ihr nach.

Ich wartete, bis ich die Haustür hinter ihr ins Schloß fallen hörte. Erst als ich sie sicher unterwegs wußte, holte ich die große Tafel Schokolade aus der Nachttischschublade, die ich am Abend zuvor dort versteckt hatte.

Nachdem ich die guten Beziehungen zu meinem Magen wiederhergestellt hatte, ließ ich mich in die Kissen zurücksinken und sah zu, wie sich der Himmel vor meinem Fenster allmählich grau bezog. Der auffrischende Wind schlug die Spitze eines knospenden Lindenzweiges unablässig gegen mein Fenster. Obwohl im Zimmer dank der dröhnenden Zentralheizung eine angenehme Wärme herrschte, fröstelte ich. Auf dem Schlachtfeld von Culloden würde es kalt sein.

Allerdings vielleicht nicht so kalt wie im April des Jahres 1746, als Bonnie Prince Charlie seine Männer ins Moor geführt hatte, um dem Schneeregen und dem donnernden Kanonenfeuer der Engländer zu trotzen. In Berichten heißt es, an jenem Tag sei es bitterkalt gewesen, und die verwundeten Hochlandschotten seien mit den Gefallenen auf einen Haufen geworfen worden, wo sie getränkt von Blut und Regen hatten ausharren müssen, der Gnade der englischen Sieger ausgeliefert. Und der Herzog von Cumberland, der Oberbefehlshaber des englischen Heeres, hatte kein Erbarmen gezeigt.

Die Toten wurden aufgeschichtet wie Klafterholz und verbrannt, um den Ausbruch von Seuchen zu verhindern, und die Geschichte weiß, daß viele der Verwundeten das gleiche Schicksal ereilte – ohne die Gnade einer tödlichen Kugel. Ihre Asche lag jetzt, von Krieg und Unwetter unangetastet, unter der Grasnarbe des Schlachtfelds von Culloden.

Vor fast dreißig Jahren hatten Frank und ich Culloden auf unserer Hochzeitsreise besucht. Nun, nach Franks Tod, war ich mit meiner Tochter nach Schottland gekommen. Zwar sollte sie Culloden mit eigenen Augen sehen, doch mich hätte keine Macht der Erde bewegen können, noch einmal meinen Fuß auf dieses blutgetränkte Moor zu setzen.

Um den Schein zu wahren, blieb ich an diesem Tag wohl besser im Bett. Immerhin hatte mich diese überraschende Indisposition davor bewahrt, Brianna und Roger auf ihrem Ausflug begleiten zu müssen. Wenn ich aufstünde und ein Mittagessen bestellte, könnte Mrs. Thomas später eine falsche Bemerkung entschlüpfen. Ich inspizierte meine Schublade und fand dort drei Schokoriegel und einen Krimi. Mit etwas Glück würde mich das über den Tag retten.

Der Krimi war nicht schlecht, doch der Wind draußen hatte eine hypnotische und das warme Bett eine einschläfernde Wirkung. So sank ich in einen friedlichen Schlummer und hörte den weichen Klang schottischer Stimmen und träumte von Männern in Kilts, die um ein Feuer in der Heide saßen.

4

Culloden

»Was für ein gemeines kleines Schweinsgesicht!« Brianna starrte angewidert auf die knapp einssechzig große Puppe im Rotrock, die drohend am Rand der Halle des Besucherzentrums von Culloden stand. Die gepuderte Perücke war angriffslustig in die tiefe Stirn und über die rotbemalten Hamsterbäckchen geschoben.

»Ja, schlank war er nicht gerade«, stimmte Roger ihr amüsiert zu. »Dafür aber ein höllisch guter Feldherr, ganz anders als sein eleganter Vetter dort drüben.« Er zeigte auf die größere Figur von Charles Edward Stuart an der gegenüberliegenden Seite des Besucherzentrums, der unter dem blauen Samthut mit der weißen Kokarde durchgeistigt in die Ferne blickte und den Herzog von Cumberland blasiert mit Mißachtung strafte.

»Man nannte ihn auch Billy, den Schlächter«, erklärte Roger mit Blick auf den Herzog. »Und das mit gutem Grund. Abgesehen davon, was er angerichtet hat...« – Roger wies auf das weite, frühlingsgrüne Moor vor der Tür, dem der graue Himmel einen dunklen Anstrich verlieh –, »haben die Soldaten des Herzogs von Cumberland die schlimmste Schreckensherrschaft errichtet, die das Hochland jemals erlebt hat. Sie verfolgten die Überlebenden der Schlacht bis in die Berge und plünderten und verbrannten, was ihnen in die Hände fiel. Frauen und Kinder mußten verhungern, und Männer wurden sofort erschossen – ganz gleich, ob sie für Charles gekämpft hatten oder nicht. Ein Zeitgenosse schrieb über den Herzog: ›Er schuf eine Wüste und nannte es Frieden.‹ Ich fürchte, der Herzog von Cumberland ist hierzulande immer noch ausgesprochen unbeliebt.«

Damit hatte er recht. Der Kurator des Besuchermuseums, ein Freund von Roger, hatte berichtet, daß die Puppe des Bonnie Prince mit Ehrfurcht und Respekt behandelt wurde, während dem Rock des Herzogs von Cumberland immer wieder Knöpfe abhanden kamen und die Figur selbst Opfer mehr als eines groben Scherzes geworden war.

»Als mein Freund eines Morgens hereinkam und das Licht einschaltete, ragte aus dem Bauch seiner Gnaden ein echter Hochlanddolch«, erzählte Roger. »Er hat einen gewaltigen Schreck bekommen.«

»Das kann ich mir vorstellen«, sagte Brianna, während sie den Herzog mit großen Augen betrachtete. »Nehmen die Leute das immer noch so ernst?«

»Aye. Die Schotten vergessen nicht so schnell, und vergeben tun sie erst recht nicht.«

»Wirklich?« Sie blickte ihn neugierig an. »Sind Sie Schotte, Roger? Wakefield klingt eigentlich nicht schottisch, aber in der Art, wie Sie über den Herzog von Cumberland sprechen, schwingt so etwas mit...« Ein halbes Lächeln lag auf ihren Lippen, und obwohl er nicht recht wußte, ob sie sich über ihn lustig machte, gab er ihr eine ernsthafte Antwort.

»Oh, natürlich bin ich Schotte. Wakefield ist nicht mein Geburtsname. Ich habe ihn vom Reverend bekommen, als er mich adoptiert hat. Er war der Onkel meiner Mutter, und als meine Eltern im Krieg umkamen, hat er mich bei sich aufgenommen. Aber eigentlich heiße ich MacKenzie. Was den Herzog von Cumberland betrifft«, er deutete auf das Bleiglasfenster, durch das man auf die Gedenksteine des Schlachtfelds blickte, »steht dort ein Stein, auf dem der Name meines Clans eingemeißelt ist und unter dem einige meiner Vorfahren liegen.«

Roger gab der goldenen Epaulette einen Schubs, so daß sie hin und her schwang. »Ich nehme es nicht so persönlich wie manch anderer, aber vergessen kann auch ich es nicht.« Doch dann faßte er sie behutsam am Arm. »Wollen wir nach draußen gehen?«

Im Freien blies ein kalter, stürmischer Wind, der die Wimpel an den Masten zu beiden Seiten des Schlachtfelds heftig flattern ließ. Die gelbe und die rote Fahne markierten die Position der beiden Feldherren, von der aus sie im Rücken ihrer Soldaten auf den Ausgang der Schlacht gewartet hatten.

»Ziemlich weit weg vom Schuß«, bemerkte Brianna trocken. »Keine Gefahr, eine verirrte Kugel abzubekommen.«

Roger sah, daß sie zitterte. Sie hatte sich bei ihm untergehakt, und er zog ihre Hand fester unter seinen Arm. Unter dem plötzlichen Ansturm von Glücksgefühlen, den diese Berührung in ihm wachrief, meinte er fast zu zerspringen. Rasch rettete er sich in einen historischen Vortrag. »Nun, so haben die Generäle damals die Truppen gelenkt – aus sicherer Entfernung. Besonders Charlie. Er hat am Ende der Schlacht so überstürzt die Flucht ergriffen, daß er sogar sein silbernes Picknickgeschirr zurückließ.«

»Ein Picknickgeschirr? Er hat zur Schlacht ein Picknick mitgebracht?«

»Aye.« Roger merkte, daß es ihm im Beisein von Brianna gefiel, sich schottisch zu geben. Normalerweise achtete er darauf, seinen Akzent hinter dem zweckmäßigen, an der Universität üblichen Oxford-Englisch zu verbergen, doch jetzt ließ er seiner Zunge freien Lauf und wurde prompt mit einem Lächeln belohnt.

»Wissen Sie, warum er Prince Charlie genannt wurde?« fragte Roger. »Die Engländer sind heute noch der Meinung, es sei ein Kosename, der zeigt, wie beliebt er bei seinen Soldaten war.«

»Und, stimmt das etwa nicht?«

Roger schüttelte den Kopf. »Weiß Gott nicht. Die Soldaten nannten ihn Prinz *Tcharlach* – das gälische Wort für Charles. *Tcharlach mac Seamus*. ›Charles, der Sohn von James‹. Also sehr förmlich und respektvoll. Aber weil es sich so ähnlich anhört, haben die Engländer daraus Charlie gemacht.«

»Dann war er also gar nicht Bonnie Prince Charlie, der nette kleine Prinz?«

»Damals jedenfalls nicht.« Roger zuckte die Achseln. »Heute ist das natürlich anders. Einer dieser kleinen historischen Fehler, die über Generationen hinweg als Faktum weitergegeben werden.«

»Und das sagen Sie als Historiker!« neckte Brianna.

Roger lächelte trocken. »Deswegen weiß ich ja Bescheid.«

Langsam schlenderten sie auf den Kieswegen über das Schlachtfeld. Roger erklärte ihr den Einsatz der am Kampf beteiligten Regimenter und ihre Strategie und würzte seinen Bericht mit Anekdoten über die beiden Feldherren.

Aber als der Wind sich legte und sich allmählich Stille über der Landschaft ausbreitete, erstarb auch ihr Gespräch. Nur hin und wieder ließen sie eine Bemerkung fallen, und dann auch schon fast im Flüsterton. Der Himmel war mit grauen Wolken überzogen, und das trübe Licht, das über der Senke hing, dämpfte alle Farben.

»Diese Stelle heißt der Brunnen des Todes.« Roger blieb vor einer kleinen Quelle stehen. Unter einem Steinsims quoll ein kleines Rinnsal hervor und sammelte sich in einem Becken, das kaum dreißig Zentimeter Durchmesser hatte. »Hier ist einer der Clanoberhäupter gestorben. Seine Gefolgsleute wuschen ihm mit dem Wasser dieser Quelle das Blut aus dem Gesicht. Und dort drüben sind die Clansmänner begraben.«

Die Grabmäler bestanden aus großen, grauen, moosüberwachsenen Granitquadern, die von Wind und Wetter rundgeschliffen waren. Sie standen verstreut am Rand des Feldes auf Flecken weichen grünen Grases, und die eingemeißelten Inschriften waren so verwittert, daß man sie teilweise kaum noch lesen konnte. MacGillivray. MacDonald. Fraser. Grant. Chisholm. MacKenzie.

»Sehen Sie mal«, sagte Brianna flüsternd und wies auf einen der Steine. Vor ihm lag ein Bund graugrüner Zweige, in den die ersten Frühlingsblumen geflochten waren.

»Heidekraut«, erklärte Roger. »Eigentlich sieht man sie erst im Sommer, wenn es blüht. Dann liegen Sträuße wie dieser vor jedem Stein. Rotes Heidekraut, aber hie und da auch ein weißer Zweig. Weißblühendes Heidekraut bringt Glück; außerdem steht es für Königtum. Charlie führte es gemeinsam mit der weißen Rose als Emblem.«

»Woher stammen die Sträuße?« Brianna ging in die Hocke und strich zart über die Zweige.

»Von Besuchern.« Roger hockte sich neben sie. FRASER stand in verblichenen Lettern auf dem Stein. »Von den Nachkommen der Männer, die hier gestorben sind. Oder auch nur von denen, die sie in gutem Andenken behalten.«

Sie sah ihn forschend an. »Haben Sie das auch schon mal getan?«

Lächelnd schaute er auf seine Hände.

»Ja. Das mag zwar sentimental klingen, aber manchmal mache ich das auch.«

Brianna wandte sich zu den Moorpflanzen um, die auf der anderen Seite des Weges wucherten.

»Dann helfen Sie mir! Zeigen Sie mir Heidekraut«, bat sie ihn.

Auf dem Heimweg verflüchtigte sich die Melancholie, die sie in Culloden überkommen hatte, doch das Gefühl, die gleiche Regung geteilt zu haben, blieb. Sie sprachen und lachten miteinander wie alte Freunde.

»Wie schade, daß Mutter nicht mitkommen konnte«, meinte Brianna, als sie in die Straße von Mrs. Thomas' Pension einbogen.

Obwohl er Claire Randall schätzte, fand Roger es gar nicht schade. Doch er grunzte lediglich nichtssagend und fragte dann: »Wie geht es Ihrer Mutter? Ich hoffe, sie ist nicht ernstlich krank.«

»Nein, sie hat sich nur den Magen verdorben. Zumindest behauptet sie das.« Brianna zog zweifelnd die Stirn kraus. Dann wandte sie sich zu Roger um und legte ihm die Hand aufs Knie. Seine Beine begannen zu zittern, und er konnte sich nur mit Mühe auf ihre Worte konzentrieren.

»...was in ihr vorgeht?« endete Brianna. Sie schüttelte den Kopf, und selbst im Dämmerlicht des Wagens stoben kupferne Funken aus ihren Locken. »Ich weiß nicht, aber sie wirkt so abwesend! Nicht unbedingt krank – eher so, als würde sie sich Sorgen machen.«

Roger spürte, wie sich sein Magen zusammenkrampfte.

»Mmmpf«, meinte er. »Vielleicht fehlt ihr die Arbeit. Ich bin sicher, es geht ihr bald wieder besser.« Dankbar lächelte Brianna ihn an. Kurz darauf hatten sie das kleine Haus erreicht.

»Es war großartig, Roger«, sagte Brianna und berührte ihn flüchtig an der Schulter. »Mit Mutters Projekt sind wir allerdings nicht so recht weitergekommen. Kann ich Ihnen nicht auch noch bei der mühseligen Kleinarbeit helfen?«

Rogers Stimmung hellte sich auf. »Dagegen hätte ich nichts einzuwenden. Wollen Sie morgen vorbeikommen und sich mit mir die Garage vornehmen? Wenn Sie Kleinkram lieben, gibt es nichts Besseres.«

»Prima!« Lächelnd sah sie durchs Wagenfenster zu ihm herein. »Vielleicht bringe ich Mutter zu unserer Unterstützung mit.«

Das entmutigte Roger, doch höflich wahrte er die Fassung.

»In Ordnung«, er nickte. »Prima. Hoffentlich.«

Letztlich kam Brianna am nächsten Tag dann doch allein ins Pfarrhaus.

»Mama ist in der Stadtbücherei«, erklärte sie, »und kämpft sich durch die alten Telefonbücher. Sie sucht jemanden, den sie von früher her kennt.«

Roger glaubte einen Augenblick, sein Herz bliebe stehen. Er hatte sich die Telefonbücher des Reverend noch am Abend zuvor vorgenommen. Es gab drei Einträge unter »James Fraser«.

»Nun, ich hoffe, sie findet, was sie sucht«, sagte er so beiläufig wie möglich. »Aber ist es Ihr Ernst, daß Sie mir helfen wollen? Es wird sicher eine langweilige und schmutzige Angelegenheit.«

»Ich weiß. Mein Vater hat mich manchmal um Hilfe gebeten, wenn er alte Aufzeichnungen durchging und bestimmte Anmerkungen suchte. Außerdem ist dies Mamas Projekt, und da versteht es sich von selbst, daß ich Ihnen helfe.«

»Nun gut.« Roger blickte an seinem weißen Oberhemd hinunter. »Ich ziehe mich nur noch rasch um, und dann sehen wir mal, was wir finden.«

Das Garagentor quietschte und ächzte, bevor es sich dem Unvermeidlichen ergab und sich auftat.

Brianna wedelte mit der Hand die Staubwolken beiseite. »Oje«, meinte sie hustend. »Wie lange mag es wohl her sein, daß jemand hier drinnen war?«

»Jahrzehnte, vermute ich«, erwiderte Roger geistesabwesend. Er ließ den Lichtstrahl seiner Taschenlampe durch den Raum gleiten und beleuchtete aufgestapelte Kartons und Holzkisten, mit abblätternden Aufklebern versehene Schrankkoffer und unter Segeltuch verborgene amorphe Haufen. Hier und da ragten die Beine von Möbelstücken durch den Wirrwarr wie die Skeletteile kleiner Dinosaurier.

Als Roger zwischen all dem Gerümpel eine Art Pfad entdeckte, begab er sich ins Dickicht. Augenblicklich war er in einem Tunnel aus Staub und Schatten verschwunden, und nur der blasse Widerschein der Taschenlampe, der hin und wieder an der Decke zu sehen war, verriet, daß er vorankam. Schließlich entdeckte er das Ende eines herabhängenden Seils, und als er triumphierend daran zog, war der Raum urplötzlich vom Licht einer überdimensionalen Glühbirne erhellt.

»Hier entlang.« Roger, der rasch wieder zurückgefunden hatte, ergriff Briannas Hand. »Dort hinten ist ein wenig Platz.«

An der Rückwand lehnte ein altersschwacher Tisch. Früher war er vielleicht einmal der Mittelpunkt von Reverend Wakefields Eßzimmer gewesen und hatte dann verschiedene Inkarnationen als Küchentisch, Werkzeugbank, Sägeblock und Malerpalette durchlaufen, ehe er in diesem staubigen Heiligtum seine letzte Ruhestätte fand. Ein mit dicken Spinnweben überzogenes Fenster ließ blasses Licht auf seine zerfurchte, farbenbekleckerte Oberfläche fallen.

»Hier können wir arbeiten«, meinte Roger, während er einen Stuhl aus dem Gerümpel zog und ihn säuberlich mit dem Taschentuch abstaubte. »Setzen Sie sich! Ich sehe mal zu, daß ich das Fenster öffnen kann. Sonst müssen wir hier ersticken.«

Brianna nickte, doch anstatt sich hinzusetzen, kramte sie neugierig in dem nächstgelegenen Stapel von Kisten. Roger, der sich am Fenster zu schaffen machte, hörte, wie sie die Aufschriften von einigen Kisten ablas. »Hier ist 1930–1933«, sagte sie. »Und hier 1942–1946. Was ist da drin?«

»Tagebücher«, erklärte Roger, während er sich mit den Ellenbogen auf dem schmutzverkrusteten Fenstersims abstützte. »Mein Vater – ich meine, der Reverend – hat Tagebuch geführt. Jeden Abend nach dem Essen hat er sich drangesetzt.«

»Anscheinend hatte er viel zu berichten.« Brianna hob eine Kiste nach der anderen herunter, um den dahinterliegenden Stapel zu begutachten. »Ein Haufen Kartons hier sind mit Namen beschriftet – Kerse, Livingston, Balnain. Gemeindemitglieder?«

»Nein. Ortschaften.« Schnaufend hielt Roger einen Augenblick in seinem Bemühen inne. Er wischte sich über die Stirn, was auf seinem Ärmel einen breiten Schmutzstreifen hinterließ. Zum Glück waren sie beide auf ihre Aufgabe angemessen vorbereitet und trugen alte Kleider. »Wahrscheinlich enthalten sie Aufzeichnungen zur Geschichte verschiedener Dörfer des Hochlands. Aus einigen solcher Kisten sind tatsächlich Bücher geworden, die es in schottischen Andenkenläden zu kaufen gibt.«

Roger drehte sich zu einem Lochbrett um, an dem alle möglichen abgenutzten Werkzeuge hingen, und wählte für seinen nächsten Angriff auf das Fenster einen großen Schraubenzieher.

»Suchen Sie die Kartons mit der Aufschrift ›Kirchenbücher‹«, riet er ihr. »Oder mit Dorfnamen aus der Gegend von Broch Tuarach.«

»Aber ich kenne dort keine Dörfer«, wandte Brianna ein.

»Aye, das hatte ich ganz vergessen.« Roger bohrte die Spitze des Schraubenziehers in den Spalt zwischen Flügel und Rahmen, wobei mehrere Schichten alter Farbe absplitterten. »Nun, zum Beispiel Broch Mordha... ähm, Mariannan und... ähm, St. Kilda. Es gibt noch andere, aber von diesen weiß ich, daß sie relativ große Kirchen hatten, die inzwischen geschlossen oder verfallen sind.«

»Gut.« Brianna, die gerade ein herabhängendes Stück Segeltuch beiseite zog, fuhr plötzlich mit einem Aufschrei des Entsetzens zurück.

»Was ist los?« Den Schraubenzieher drohend erhoben, wirbelte Roger herum.

»Keine Ahnung. Irgendwas hat sich bewegt, als ich an der Plane gezogen habe.« Erleichtert ließ Roger seine Waffe sinken.

»Sonst nichts? Eine Maus höchstwahrscheinlich. Oder eine Ratte.«

»Eine Ratte! Hier gibt es Ratten?« Briannas Erregung war nicht zu übersehen.

»Ich hoffe nicht. Wenn doch, dann haben sie womöglich die Aufzeichnungen verspeist, die wir suchen«, erwiderte Roger. Dann reichte er ihr die Taschenlampe. »Hier, leuchten Sie damit in die dunklen Ecken. Dann sind Sie vor Überraschungen sicher.«

»Vielen Dank.« Brianna nahm die Taschenlampe, zögerte aber.

»Gut, dann machen wir weiter«, sagte Roger. »Oder soll ich es erst noch mit dem altbewährten Rattenzauber versuchen?«

Brianna grinste breit. »Rattenzauber? Was ist das denn?«

Roger antwortet nicht sofort, sondern unternahm erst noch einen weiteren Angriff auf das Fenster. Es gab schließlich nach und sprang auf. Ein Strom kühler Luft drang herein.

»Oh, ist das angenehm!« Erfreut wedelte sich Roger Luft zu; dann lächelte er Brianna an. »Machen wir jetzt weiter?«

Sie reichte ihm die Lampe und trat beiseite. »Wir wär's, wenn Sie die Kartons suchen und ich den Inhalt prüfe? Und was ist mit dem Rattenzauber?«

»Feigling!« schimpfte er, bevor er sich hinunterbeugte und unter eine Plane spähte. »Der Rattenzauber ist ein alter schottischer Brauch. Wenn man im Haus oder in der Scheune Ratten hatte, vertrieb man sie mit einem selbstverfaßten Gedicht – oder einem Lied. Man mußte den Ratten lediglich erklären, wie schlecht das Essen in diesem Haus ist und daß sie anderswo bessere Speisen finden. Dann mußte man ihnen nur noch genau den Weg beschreiben, und wenn das Licht gut war, machten sie sich auf und davon.«

Er zog einen Karton mit der Aufschrift JAKOBITEN, VERSCHIEDENES hervor und trug ihn zum Tisch. Dabei sang er:

Schert euch hinfort, ihr Rattenpack,
denn hier bei uns wird niemand satt.
Wir können nur noch klagen,
denn leer ist unser Magen.

Krachend ließ er den Karton auf den Tisch fallen. Dann verneigte er sich vor der kichernden Brianna, wandte sich wieder den Stapeln zu und fuhr mit lauter Stimme fort:

Bei Campbells, da gibt's reichlich Futter,
sind die Schränke voll mit Rahm und Butter.
Und dort hält keine Katze Wacht,
's gibt Speis und Schmaus, daß 's Herze lacht.

»Haben Sie das gerade erfunden?« Brianna pfiff anerkennend durch die Zähne.

»Klar.« Schwungvoll setzte Roger den nächsten Karton auf den Tisch. »Wenn ein Rattenzauber wirken soll, muß er ein Original sein.« Roger ließ den Blick über die Reihen von Kisten gleiten. »Nach diesem Vortrag müßte eigentlich jede Ratte im Umkreis von einem Kilometer verschwunden sein.«

»Gut.« Brianna zog ein Taschenmesser heraus und schlitzte das Klebeband des obersten Kartons auf. »Das könnten Sie auch mal in unserer Pension machen. Mama ist überzeugt davon, daß es im Badezimmer Mäuse gibt. Irgendwas hat an ihrer Seife genagt.«

»Was man tun muß, um eine Maus zu vertreiben, die Seife frißt, weiß Gott allein. Meine Kräfte übersteigt es jedenfalls.« Er rollte ein zerschlissenes, rundes Kniekissen heran, das er hinter einem hohen Stapel alter Lexika entdeckt hatte, und ließ sich neben Brianna nieder. »Hier, nehmen Sie die Kirchenbücher. Die lassen sich leichter lesen.«

Den ganzen Vormittag arbeiteten sie in ungetrübter Harmonie. Zwar fanden sie inmitten aufwirbelnder Staubwolken zahllose interessante Kleinigkeiten und hier und da ein Silberfischchen, jedoch nur wenig, was für ihre Nachforschungen von Bedeutung war.

»Wir sollten mal eine Mittagspause einlegen«, meinte Roger schließlich. Eigentlich widerstrebte es ihm von Grund auf, ins Haus zurückzukehren, wo er Fiona ausgeliefert sein würde, doch Briannas Magen knurrte schon fast so laut wie sein eigener.

»Gut. Nach dem Essen können wir weitermachen, wenn Sie nicht zu müde sind.« Brianna stand auf und streckte sich, wobei ihre geballten Fäuste beinahe an die Deckenbalken der alten Garage stießen. Sie wischte sich die Hände an den Jeans ab und verschwand zwischen den Stapeln von Kisten.

»He!« Kurz vor der Tür blieb sie stehen. Roger, der ihr folgte, wäre fast über sie gestolpert.

»Was ist?« fragte er. »Schon wieder eine Ratte?« Die Sonne ließ in ihrem Haar kupferfarbene und goldene Funken aufleuchten. Sie war von einer Aura schimmernder Staubkörnchen umgeben, und ihr Profil mit der langen schmalen Nase hob sich vom Gegenlicht ab – sie sah aus wie Unsere liebe Frau aus den Archiven.

»Nein. Sehen Sie mal!« Sie wies auf einen Karton in der Mitte eines Stapels. An der Seite klebte ein Zettel mit der Aufschrift RANDALL.

Roger durchzuckte bei diesem Anblick nicht nur gespannte Erregung, sondern auch eine dunkle Vorahnung. Briannas Freude hingegen war ungetrübt.

»Vielleicht finden wir hier das Material, das wir suchen!« rief sie. »Mama sagt, daß sich mein Vater für diese Dinge interessiert hat. Vielleicht hat er sich beim Reverend danach erkundigt.«

»Möglich.« Mit aller Kraft verdrängte Roger das ungute Gefühl, das ihn beim Anblick des Namens überkommen hatte. Er kniete sich hin, um den Karton hervorzuziehen. »Nehmen wir ihn mit ins Haus. Nach dem Essen können wir ihn durchsehen.«

Als sie den Karton später im Arbeitszimmer des Reverend öffneten, fanden sie eine eigentümliche Sammlung von Dingen. Unter alten Fotokopien von Seiten aus verschiedenen Kirchenbüchern lagen zwei, drei Musterungslisten der Armee, Briefe und Papiere, ein schmales, kleines Notizbuch mit grauen Kartondeckeln, ein Stapel verblichener Fotografien mit aufgerollten Ecken und eine feste Mappe mit der Aufschrift »Randall«.

Brianna nahm sie in die Hand und öffnete sie. »Oh, es ist Daddys Stammbaum!« staunte sie. »Sehen Sie!« Sie reichte Roger die Mappe. Im Innern lagen zwei Bogen festes Pergament mit ordentlichen, geraden Linien. Der Anfang ging zurück auf das Jahr 1633, und der letzte Eintrag auf der zweiten Seite lautete:

Frank Wolverton Randall ∞ Claire Elizabeth Beauchamp, 1937

»Der ist vor Ihrer Geburt angefertigt worden«, murmelte Roger.

Brianna sah ihm über die Schulter, als er mit dem Finger die Linien der Ahnentafel nachfuhr. »Ich kenne ihn schon, denn Daddy hatte eine Kopie davon in seinem Arbeitszimmer. Er hat ihn mir immer wieder gezeigt. Allerdings war ich schon unten eingetragen; also muß dies hier eine ältere Version sein.«

»Vielleicht hat ihm der Reverend dabei geholfen.« Roger gab Brianna die Mappe zurück und griff nach einem Blatt von dem Stapel auf dem Schreibtisch.

»Und hier, ein Familienerbstück.« Roger betrachtete das als Briefkopf eingeprägte Wappen. »Ein Offizierspatent der Armee, unterzeichnet von König George II.«

»Von George dem *Zweiten*? Herr im Himmel, das war ja noch vor dem amerikanischen Unabhängigkeitskrieg!«

»Allerdings; es stammt aus dem Jahre 1735 und ist auf den Namen Jonathan Wolverton Randall ausgestellt. Haben Sie von ihm gehört?«

»Ja.« Brianna nickte so heftig, daß ihr vereinzelte Locken ins Gesicht fielen. Achtlos strich sie sie zurück und nahm die Urkunde in die Hand. »Daddy hat gelegentlich von ihm gesprochen, denn er ist einer der wenigen Vorfahren, über den er etwas wußte. Er war Hauptmann in der Armee, die in Culloden gegen Bonnie Prince Charles gekämpft hat.« Fragend blickte sie zu Roger auf. »Es kann sogar sein, daß er in der Schlacht gefallen ist. Aber begraben wäre er doch nicht dort, oder?«

Roger schüttelte den Kopf. »Wohl kaum. Es waren die Engländer, die hinterher aufgeräumt haben. Sie haben die meisten ihrer Toten nach England gebracht und dort begraben – zumindest die Offiziere.«

An weiteren Ausführungen hinderte ihn das plötzliche Erscheinen Fionas, die einen Staubwedel wie ein Banner vor sich hertrug.

»Mr. Wakefield«, rief sie. »Da ist ein Mann, der den Wagen des Reverend abholen will, aber der läßt sich nicht starten.«

Roger fuhr schuldbewußt auf. Er hatte die Batterie zum Aufladen in eine Tankstelle gebracht und sie dann auf dem Rücksitz seines Morris stehenlassen. Kein Wunder, daß der Wagen des Reverend nicht ansprang.

»Ich muß mich darum kümmern«, erklärte er Brianna. »Und das kann eine Weile dauern.«

»Schon gut.« Sie lächelte ihn an. »Es ist sowieso besser, wenn ich jetzt gehe. Mama wird inzwischen zurückgekehrt sein, und wir wollten noch zu den Clava Cairns fahren, wenn die Zeit reicht. Vielen Dank für das Mittagessen.«

»War mir ein Vergnügen – und Fiona auch.« Roger fand es bedauerlich, sie nicht begleiten zu können, aber die Pflicht rief. Er warf noch einen Blick auf die Urkunden, die auf dem Tisch ausgebreitet lagen, bevor er sie einsammelte und wieder im Karton verstaute.

»Hier«, sagte er. »Das betrifft Ihre Familie. Nehmen Sie es mit. Ihre Mutter interessiert es sicher auch.«

»Wirklich? Ist das Ihr Ernst? Vielen Dank, Roger.«

»Gern geschehen«, erwiderte er, während er die Mappe mit dem Stammbaum vorsichtig oben in den Karton legte. »Aber warten Sie! Vielleicht sollte ich dies hier behalten.« Unter dem Offizierspatent ragte eine Ecke des grauen Notizbuchs hervor. Er zog es heraus und ordnete die Papiere im Karton wieder zu einem säuberlichen Stapel. »Sieht aus wie eines der Tagebücher des Reverend. Keine Ahnung, was es in diesem Karton verloren hat, aber ich lege es besser wieder zu den anderen. Die Historische Gesellschaft hat Interesse an seinen Aufzeichnungen angemeldet.«

»Aber klar.« Brianna war aufgestanden und hatte den Karton hochgehoben. Zögernd blickte sie ihn an. »Möchten Sie... möchten Sie, daß ich wiederkomme?«

Roger lächelte. In ihrem Haar klebten Spinnweben, und auf ihrem Nasenrücken prangte ein langer Schmutzstreifen.

»Nichts lieber als das«, erwiderte er. »Dann bis morgen.«

Die Neugier auf das Tagebuch des Reverend ließ Roger nicht mehr los. Leider erwies es sich als ausgesprochen mühsam, den alten Pritschenwagen wieder in Gang zu bringen. Gleich danach tauchte der Sachverständige auf, um bei den Möbelstücken des Reverend die Spreu vom Weizen zu trennen und den Wert für die Auktion zu schätzen.

Daß der Nachlaß des Reverend nun so nach und nach veräußert wurde, stimmte Roger wehmütig. Irgendwie kam es ihm so vor, als würde er damit seine Kindheit fortgeben. Und als er sich nach dem

Abendessen im Studierzimmer endlich vor das Tagebuch setzte, hätte er nicht sagen können, was ihn mehr dazu trieb: Neugier, was die Familie Randall anging, oder das Verlangen, zu dem Mann, der ihm so lange Vater gewesen war, wieder irgendeine Verbindung herzustellen.

In seiner sauberen Schrift hatte der Reverend unzählige Seiten mit der Chronik der Ereignisse in seinem Pfarrbezirk gefüllt. Der Anblick des schlichten grauen Buches rief in Roger das Bild wach, wie sich der Reverend weltvergessen über den Schreibtisch beugte und sich das Lampenlicht auf seinem kahlen Haupt spiegelte.

»Es geht mir um die Disziplin«, hatte er Roger einmal erklärt. »Regelmäßig etwas zu tun, was die Gedanken ordnet, bringt großen Nutzen. Die katholischen Mönche haben einen festen Tagesablauf mit Gottesdiensten und die katholischen Priester das Brevier. Leider fehlt mir für eine derart organisierte Andacht die Begabung. Aber wenn ich aufschreibe, was tagsüber passiert ist, bekomme ich einen klaren Kopf, und ich kann ruhigen Herzens das Abendgebet sprechen.«

»Ruhigen Herzens!« Roger wünschte, er könnte das auch von sich behaupten; doch seit er die Zeitungsausschnitte im Schreibtisch des Reverends gefunden hatte, war er innerlich nicht mehr zur Ruhe gekommen.

Er schlug das Buch an einer x-beliebigen Stelle auf und blätterte auf der Suche nach dem Namen »Randall« die Seiten um. Auf dem Umschlag stand »Januar–Juni 1948«. Obwohl es stimmte, daß sich die Historische Gesellschaft für die Tagebücher des Reverends interessierte, hatte er Brianna das Tagebuch aus einem anderen Grund abgenommen. Im Mai 1948 war Claire Randall von ihrem rätselhaften Ausflug zurückgekehrt. Der Reverend hatte die Randalls gut gekannt; er hatte dieses Ereignis sicher erwähnt.

Der Eintrag vom 7. Mai lautete:

»War heute abend bei Frank Randall wegen dieser Sache mit seiner Frau. Wie traurig! Gestern bin ich ihr begegnet – sie sah so zerbrechlich aus, aber der starre Blick! – und fühlte mich unwohl in Gesellschaft der armen Frau, obwohl sie recht vernünftig redete.

Was sie durchgemacht hat, würde jeden verstören – was es auch war. Schreckliche Gerüchte im Umlauf. Ziemlich gedankenlos von Dr. Bartholomew, herumzuerzählen, daß sie ein Kind erwartet.

Macht es noch schwerer für Frank – und für sie natürlich auch. Die beiden tun mir furchtbar leid.

Mrs. Graham ist diese Woche krank. Hätte sich wirklich einen passenderen Zeitpunkt aussuchen können, wo wir nächste Woche den Flohmarkt haben und sich die alten Kleider auf unserer Veranda türmen...«

Rasch blätterte Roger weiter, bis er bei einem Eintrag aus derselben Woche wieder auf den Namen Randall stieß.

»10. Mai – Frank Randall hier zum Abendessen. Bemühe mich nach Kräften, öffentlich zu ihnen zu halten. Um den Klatsch einzudämmen, besuche ich seine Frau fast jeden Tag für eine Stunde. Es ist schon fast erbärmlich: Jetzt heißt es, sie sei verrückt geworden. Wie ich Claire Randall kenne, beleidigt sie das Urteil, sie sei geisteskrank, wahrscheinlich mehr als der Vorwurf, unmoralisch zu sein – aber eins von beiden muß es doch gewesen sein!

Habe wiederholt versucht, etwas über die Ereignisse zu erfahren, doch sie spricht nicht darüber. Über normale Dinge kann man mit ihr reden, obwohl sie dabei den Eindruck erweckt, sie sei mit den Gedanken woanders.

Darf nicht vergessen, diesen Sonntag über die Sünde übler Nachrede zu predigen – obwohl ich fürchte, daß dadurch die Aufmerksamkeit erst richtig auf den Vorfall gelenkt wird.«

»12. Mai – Kann mich des Eindrucks nicht erwehren, daß Claire Randall geistig gesund ist. Habe natürlich den Klatsch gehört, doch wenn man sie so sieht, wirkt sie überhaupt nicht labil.

Ich glaube eher, daß sie ein schreckliches Geheimnis mit sich herumträgt und fest entschlossen ist, es zu wahren. Sprach – in aller Vorsicht – mit Frank darüber. Der schweigt sich zwar aus, doch ich bin überzeugt, daß sie ihn in gewisse Dinge eingeweiht hat. Wollte ihm zu verstehen geben, daß ich ihm auf jede nur mögliche Weise helfen will.«

»14. Mai – Besuch von Frank Randall. Eigenartig – er bat mich um Hilfe, doch ich verstehe den Sinn seines Anliegens nicht. Schien ihm aber sehr wichtig zu sein. Er reißt sich sehr zusammen, schon fast zu sehr. Ich fürchte den Knall – wenn er denn kommen sollte.

Claire geht es wieder so gut, daß sie reisen kann; er will noch in dieser Woche mit ihr nach London zurückfahren. Mußte ihm versprechen, die Ergebnisse meiner Nachforschungen an sein Büro in der Universität zu schicken, damit Claire nichts davon erfährt.

Habe ein paar interessante Informationen über Jonathan Randall, obwohl ich mir nicht vorstellen kann, was einer von Franks Vorfahren mit dieser leidigen Angelegenheit zu tun hat. Was James Fraser betrifft, wie ich Frank schon sagte – Tabula rasa, einfach ein Rätsel.

Einfach ein Rätsel, und das nicht nur in einer Hinsicht, dachte Roger. Worum hatte Frank Randall den Reverend gebeten? Anscheinend alles über Jonathan Randall und James Fraser zusammenzutragen, was er finden konnte. Offensichtlich hatte Claire ihrem Mann von James Fraser erzählt – zumindest einen Teil, wenn nicht sogar alles.

Doch welcher Zusammenhang bestand zwischen einem Hauptmann der englischen Armee, der 1746 in Culloden gefallen war, und jenem Mann, dessen Name untrennbar mit dem Geheimnis von Claires Verschwinden im Jahre 1945 verbunden zu sein schien – und dem weiteren Geheimnis um Briannas Vater?

Der Rest des Tagebuchs war mit Berichten über verschiedene Ereignisse des Pfarrbezirks ausgefüllt: über Derick Gowans chronische Trunksucht, die darin gipfelte, daß man seinen Leichnam aus dem River Ness zog; über Maggie Browns überstürzte Heirat mit William Dundee einen Monat bevor ihre Tochter June getauft wurde; und über Mrs. Grahams Blinddarmoperation und die Versuche des Reverend, der daraus resultierenden Flut von Mahlzeiten der wohlmeinenden Hausfrauen des Pfarrkreises Herr zu werden. Der größte Nutznießer war wohl letztlich Herbert, der damalige Hund des Reverend, gewesen.

Roger mußte beim Lesen schmunzeln, denn aus den Aufzeichnungen wurde deutlich, wie lebhaft der Reverend Anteil am Leben seiner Schäfchen genommen hatte. Und während Roger die Zeilen überflog, hätte er ihn fast überblättert – den letzten Eintrag zu Frank Randalls Bitte.

»18. Juni – Ein kurzes Schreiben von Frank Randall. Mit der Gesundheit seiner Frau steht es nicht zum besten, und die Schwangerschaft ist gefährdet. Er bittet mich zu beten.

Schrieb zurück und versprach ihm, daß ich für ihn und seine Frau beten würde. Wünschte ihnen alles Gute und legte auch die Informationen bei, die ich bis dato hatte finden können. Was er damit anfangen will, weiß ich nicht, das muß er selbst entscheiden. Habe ihm von der überraschenden Entdeckung berichtet, daß Jonathan Randall auf dem Friedhof von St. Kilda begraben ist, und ihn gefragt, ob ich den Grabstein fotografieren soll.«

Das war alles. Danach wurden weder die Randalls noch James Fraser erwähnt. Roger ließ das Buch sinken und massierte sich die Schläfen.

Zwar hatte sich sein Verdacht bestätigt, daß ein Mann namens James Fraser in die Sache verwickelt war, doch das Rätsel blieb undurchdringlich. Was hatte beispielsweise Jonathan Randall damit zu schaffen, und warum war er in St. Kilda begraben? In dem Offizierspatent war als sein Geburtsort ein Anwesen in Sussex vermerkt; warum also die letzte Ruhestätte in einem abgelegenen schottischen Kirchhof? Gewiß, bis Culloden war es nicht weit – aber warum hatte man ihn nicht nach Sussex überführt?

»Haben Sie für heute abend noch einen Wunsch, Mr. Wakefield?« Fionas Stimme riß ihn aus seinen fruchtlosen Grübeleien. Als er blinzelnd aufblickte, sah er sie mit einem Besen und einem Putzlappen bewaffnet vor sich stehen.

»Wie bitte? Nein, danke, Fiona. Aber was machen Sie denn da? Sie wollen doch nicht etwa so spät am Abend noch putzen?«

»Morgen kommt hier der Frauenkreis der Gemeinde zusammen«, erklärte Fiona. »Sie haben doch gesagt, daß sie sich hier bei uns treffen dürfen. Und deshalb wollte ich noch ein wenig Ordnung schaffen.«

Die Gemeindefrauen? Bei dem Gedanken an vierzig Hausfrauen, die sich in einer endlosen Reihe von Tweedröcken, Twinsets und Zuchtperlen in das Haus ergossen, erbleichte Roger.

»Leisten Sie den Damen zum Tee Gesellschaft?« fragte Fiona derweilen. »Der Reverend hat das immer getan.«

Die Vorstellung, Brianna Randall und gleichzeitig den Gemeindefrauen gerecht zu werden, war mehr, als Roger ertragen konnte.

»Nein«, erklärte er entschlossen. »Ich ... ich habe für morgen schon eine Verabredung.« Er legte die Hand auf das Telefon, das im Durcheinander auf dem Schreibtisch des Reverend kaum noch zu finden war. »Wenn Sie mich jetzt entschuldigen, Fiona. Ich habe noch einen Anruf zu erledigen.«

Als Brianna in unser Zimmer zurückkehrte, lag ein Lächeln auf ihrem Gesicht. Fragend blickte ich von meinem Buch auf.

»Ein Anruf von Roger?« riet ich.

»Woher weißt du das?« Sie sah mich überrascht an, doch dann grinste sie. »Ach so, weil er der einzige Mann ist, den ich in Inverness kenne.«

»Daß deine Freunde aus Boston telefonieren, hätte ich auch nicht vermutet«, entgegnete ich und sah auf die Uhr. »Jedenfalls nicht um diese Tageszeit. Da sind sie wohl alle beim Football-Training.«

Brianna, die nicht weiter darauf einging, steckte die Füße unter die Decke. »Roger hat uns eingeladen, morgen mit ihm in einen Ort namens St. Kilda zu fahren. Er sagt, es gäbe dort eine sehenswerte Kirche.«

»Hab' schon davon gehört«, erwiderte ich unter Gähnen. »Gut, warum nicht? Ich nehme meine Pflanzenpresse mit; vielleicht finde ich ja ein paar Kronwicken – die habe ich nämlich Dr. Abernathy für seine Untersuchungen versprochen. Aber wenn wir den ganzen Tag nur durch die Gegend laufen und alte Grabinschriften lesen, dann gehe ich jetzt schlafen. Es ist anstrengend, in der Vergangenheit herumzustochern.«

Ein Zucken lief über Briannas Gesicht, als wollte sie etwas sagen. Doch sie nickte lediglich und schaltete mit einem rätselhaften Lächeln das Licht aus.

Ich starrte in die Dunkelheit. Bald lag Brianna ruhig da, und ich hörte nur noch ihre regelmäßigen Atemzüge. Sie schlief tief und fest. St. Kilda also. Ich war zwar noch nie dort gewesen, doch der Name war mir vertraut. Eine alte Kirche, wie Brianna gesagt hatte, schon lange aufgegeben und fernab jeder Touristenroute – nur ein Forscher verirrte sich gelegentlich dorthin. Vielleicht war dies die Gelegenheit, auf die ich gewartet hatte?

Dort wäre ich mit Brianna und Roger allein, bräuchte also keine Störung zu befürchten. Und vielleicht wäre der Ort auch gar nicht so schlecht – unter all den längst verstorbenen Gemeindemitgliedern von St. Kilda. Roger hatte noch nicht feststellen können, was aus den Männern von Lallybroch geworden war, doch es schien, als hätten sie das Schlachtfeld von Culloden lebend verlassen. Und mehr brauchte ich nicht zu wissen, um Brianna den Ausgang der Geschichte zu erzählen.

Beim Gedanken an das bevorstehende Gespräch wurde mein Mund trocken. Wie sollte ich die passenden Worte finden? Ich versuchte, mir auszumalen, wie ich vorgehen, was ich sagen und wie sie reagieren würden, doch meine Phantasie reichte nicht aus. Wieder einmal bedauerte ich das Versprechen, das ich Frank gegeben und das mich davon abgehalten hatte, dem Reverend zu schreiben. Denn in diesem Fall wüßte wenigstens schon Roger Bescheid. Aber vielleicht auch nicht, denn es hätte ja sein können, daß der Reverend mir keinen Glauben schenkte.

Unruhig drehte ich mich von einer Seite auf die andere. Ich wartete auf eine Inspiration, doch meine Erschöpfung war stärker. Schließlich gab ich es auf, drehte mich auf den Rücken und schloß die Augen. Als hätte ich durch meine Grübeleien den Geist des Reverend heraufbeschworen, kam mir ein Satz aus der Bibel in den Sinn. *Es ist genug,* schien mir die Stimme des Reverend zuzuraunen, *daß ein jeglicher Tag seine eigene Plage hat.* Und damit schlief ich ein.

Als ich im Dämmerlicht des Morgens erwachte, hatte ich die Hände um die Bettdecke geklammert, und das Herz schlug mir mit der Kraft eines Dampfhammers bis zum Halse. »Herr im Himmel!« stöhnte ich.

Das seidene Nachthemd klebte schweißnaß an meiner Haut; als ich an mir hinunterblickte, sah ich, daß sich meine Brustwarzen aufgerichtet hatten. Wellen der Erregung durchzuckten meinen Körper wie die Nachwehen eines Erdbebens. Hoffentlich hatte ich nicht geschrien. Doch Briannas gleichmäßigem Atem nach zu urteilen, schien diese Sorge unbegründet.

Ich ließ mich aufs Kissen zurücksinken. Meine Hände zitterten kraftlos, und erneut brach mir der Schweiß aus.

»*Jesus H. Roosevelt Christ!*« murmelte ich und bemühte mich, tief durchzuatmen, damit mein Herzschlag allmählich wieder ruhig und gleichmäßig wurde.

Sonst umschmeichelten mich diese Art von Träumen wie sanfte Seide, und wenn ich durch sie erwachte, schlief ich gewöhnlich rasch wieder ein. Von dem Traum blieb nichts als ein sanftes Nachglühen, das ich am Morgen schon wieder vergessen hatte.

Doch diesmal war es anders. Nicht, daß mir noch viele Einzelheiten vor Augen standen, nein, was blieb, war der Eindruck, daß rauhe und drängende Hände nach mir griffen. Und eine Stimme, die so laut rief, daß sie mir in den Ohren gellte.

Ich legte die Hand auf mein wild pochendes Herz. Brianna war in ein leises Schnarchen verfallen, bevor sie wieder zu ihrem gleichmäßigen Rhythmus zurückkehrte. Wie oft hatte ich diesen Atemzügen in der abgedunkelten Kinderstube gelauscht und gewußt, daß ich mir keine Sorgen zu machen brauchte!

Babys sind weich, und ihre zarte Haut fühlt sich an wie die samtigen Blätter einer Rose. Wenn man eine enge Beziehung zu ihnen hat, spürt man, daß diese Weichheit bis ins Innere reicht – unverkennbar an den runden Backen, die weich sind wie Sahnecreme, und an den Händchen, die sich bewegen, als hätten sie keine Knochen.

Doch von Anfang an schlummert in jedem Kind ein stählerner Wille, der zu sagen scheint: »Ich bin!«, und der den Kern der Persönlichkeit bildet.

Im zweiten Jahr verfestigt sich der Knochenbau, das Kind kann jetzt aufrecht stehen, und der große, feste Schädel schützt das weiche Innere wie ein Helm. Gleichzeitig wird auch das »Ich bin!« lauter. Beim Anblick dieser Kinder kann man diesen Willen, massiv wie Wurzelholz, beinahe durch das schimmernde Fleisch scheinen sehen.

Die Gesichtszüge bilden sich mit sechs heraus, das innere Wesen mit sieben. Die Einkapselung schreitet fort, bis sie im glänzenden Panzer der Pubertät ihren Höhepunkt erreicht. Dann ist alle Weichheit verborgen unter der Vielzahl neuer Persönlichkeiten, die Teenager zur Tarnung ausprobieren.

In den darauffolgenden Jahren kommt es vom Kern her zusehends zur Verhärtung, während sich die Facetten der Persönlichkeit herausbilden. Schließlich ist das »Ich bin!« festgelegt, klar und unverrückbar wie ein Insekt in Bernstein.

Ich hatte geglaubt, dieses Stadium und damit alles Weiche längst abgelegt und mich in den mittleren Jahren rostfreien Stahls häuslich eingerichtet zu haben. Doch jetzt gewann ich den Eindruck, als wäre durch Franks Tod etwas in mir gesprungen. Die Spalten öffneten sich, und ich konnte sie nicht länger durch Leugnen überdecken. Ich hatte meine Tochter, die stark war wie die Bergketten des Hochlands, nach Schottland gebracht, weil ich hoffte, daß der innerste Kern ihres Wesens noch erreichbar und ihr äußerer Panzer gleichzeitig so stabil war, daß er die Belastung ertrug.

Doch plötzlich war mein eigener Kern nicht mehr in der Lage, mein einsames »Ich bin!« zu ertragen, ich fühlte mich meinem weichen Inneren ausgeliefert. Ich wußte nicht mehr, wer ich war und was aus ihr werden würde; ich wußte nur noch, was ich zu tun hatte.

Denn ich war zurückgekommen und hatte wieder in der kühlen Luft der Highlands geträumt. Und die Stimme des Traumes hallte in meinen Ohren und meinem Herzen wider.

»Du gehörst zu mir«, hatte sie gesagt. »Zu mir. Und ich lasse dich nicht gehen.«

5

Über den Tod hinaus

Still lag der Friedhof von St. Kilda im Sonnenlicht. Er befand sich auf einem Plateau, das eine Laune der Natur in einem Abhang hinterlassen hatte. Das Gelände war so uneben, daß manche Grabsteine in Senken verschwanden. Andere lehnten sich wie betrunken zur Seite oder waren ganz umgefallen.

»Ein bißchen unordentlich«, entschuldigte sich Roger. Sie waren an dem überdachten Friedhofseingang stehengeblieben und betrachteten die altertümlichen Grabsteine im Schatten der mächtigen Eiben. Über der entfernten Bucht ballten sich Wolken zusammen, doch die Bergkuppe lag im Sonnenlicht, und es war windstill und warm.

»Mein Vater hat ein- oder zweimal im Jahr ein paar Männer aus der Gemeinde zusammengetrommelt und ist mit ihnen hergefahren, um hier Ordnung zu schaffen. Aber in letzter Zeit ist der Ort recht verwahrlost.« Versuchsweise bewegte Roger das Tor, dessen Scharniere gebrochen waren und dessen Schnappschloß nur noch an einem Nagel baumelte.

»Hübsch und friedlich ist es hier.« Brianna schob sich vorsichtig an dem rostigen Tor vorbei. »Und wirklich alt, nicht wahr?«

»Aye, das stimmt. Dad war der Meinung, diese Kirche sei auf der Stätte eines frühzeitlichen Heiligtums oder irgendeines Tempels errichtet worden; deswegen liegt sie auch so abseits. Einer seiner Freunde aus Oxford hat immer wieder angedroht, er würde hier mit Ausgrabungen beginnen, um zu sehen, was darunter verborgen ist. Aber natürlich hat er dafür keine Genehmigung bekommen, obwohl dies schon längst kein heiliger Ort mehr ist.«

»Der Aufstieg ist ja ziemlich anstrengend.« Brianna fächelte sich mit dem Reiseführer Luft zu. »Aber schön ist es hier.« Bewundernd musterte sie die Kirchenfassade. In mühevoller Handarbeit waren

Natursteine in eine natürliche Öffnung im Felsen gefügt und die Spalten mit Torf und Lehm ausgefüllt worden. Die Kirche wirkte wie eine organische Fortsetzung des Gesteins. Türen und Fenster schmückten Ornamente, die christliche und auch sehr viel ältere Symbole zeigten.

»Finden wir hier Jonathan Randalls Grabstein?« Brianna wies auf den Friedhof, der sich vor ihnen ausbreitete. »Mutter wird staunen.«

»Aye, das vermute ich auch. Ich habe sein Grab auch noch nicht gesehen.« Er hoffte, die Überraschung würde angenehmer Natur sein; Brianna zumindest war begeistert gewesen, als er ihr am Abend zuvor am Telefon behutsam von dem Grab erzählt hatte.

»Ich weiß Bescheid über Jonathan Randall«, erklärte sie jetzt. »Daddy hat ihn bewundert; er meinte, er sei einer der wenigen interessanten Menschen in unserer Ahnenreihe. Ich vermute, er war ein guter Soldat, denn Daddy hatte eine Menge von Auszeichnungen und Orden, die ihm verliehen worden waren.«

»Wirklich?« Suchend blickte sich Roger nach Claire um. »Sollen wir Ihrer Mutter mit der Pflanzenpresse helfen?«

Brianna schüttelte den Kopf. »Nein. Sie hat wahrscheinlich nur am Wegrand eine Pflanze gefunden, der sie nicht widerstehen konnte. Sie wird gleich hier sein.«

Es war ein friedlicher Ort. Jetzt, um die Mittagszeit, schwiegen selbst die Vögel, und kein Windhauch strich durch die Nadelbäume, die den Rand des Plateaus säumten. Es gab weder frisch ausgehobene Gräber noch Plastikblumen, die auf einen neueren Trauerfall hingedeutet hätten; hier herrschte der Frieden der längst Verstorbenen.

Langsam und ohne festen Plan schlenderten die drei über den alten Friedhof. Roger und Brianna blieben hin und wieder stehen, um sich altmodische Inschriften vorzulesen, während sich Claire abgesondert hatte und sich immer wieder bückte, um eine Ranke abzuschneiden oder ein blühendes Pflänzchen behutsam mit der Wurzel herauszureißen.

Roger blieb lächelnd vor einem Stein stehen und forderte Brianna auf, den Vers zu lesen.

»Zieht den Hut vor diesem Mann«, buchstabierte sie, »der niemals geriet in des Whiskys Bann. Bailie William Watson, er ruhe in Frieden, hat Versuchung und Anfechtungen stets gemieden.« Als sie aufstand, war ihr Gesicht rot vor Lachen. »Keine Lebensdaten. Wann mag William Watson wohl gelebt haben?«

»Im achtzehnten Jahrhundert wahrscheinlich«, erwiderte Roger. »Die Steine aus dem siebzehnten Jahrhundert sind größtenteils schon zu sehr verwittert, als daß man ihre Inschrift noch lesen könnte. Und weil die Kirche im Jahre 1800 aufgegeben wurde, ist hier in den letzten zweihundert Jahren niemand mehr beerdigt worden.«

Gleich darauf stieß Brianna einen gedämpften Schrei aus. »Hier ist es!« Sie stand auf und winkte Claire zu, die am anderen Ende des Friedhofs stand und einen grünen Zweig betrachtete. »Mama! Komm und sieh dir das an!«

Claire winkte zurück. Dann stapfte sie mit bedächtigen Schritten über die überwucherten Grabhügel zu ihnen und dem flachen, quadratischen Stein.

»Was ist?« fragte sie. »Habt ihr etwas Interessantes gefunden?«

»Ich glaube, ja. Kennen Sie diesen Namen?« Roger trat beiseite, damit sie besser sehen konnte.

»*Jesus H. Roosevelt Christ!*« Urplötzlich war Claire blaß geworden. Sie starrte wie gelähmt auf den wettergegerbten Stein. Die Pflanze, die sie gepflückt hatte, lag zerdrückt in ihrer Hand.

»Mrs. Randall – Claire – was ist mit Ihnen?«

Ihre bernsteinfarbenen Augen wirkten ausdruckslos, und es war, als hätte sie Roger nicht gehört. Doch dann blickte sie blinzelnd auf. Zwar war sie noch blaß, doch sie schien sich wieder gefaßt zu haben.

»Es geht schon«, sagte sie mit gepreßter Stimme. Dann ließ sie die Finger über die Buchstaben der Inschrift gleiten.

»Jonathan Wolverton Randall«, sagte sie leise, »1705 bis 1746. Ich habe es dir gesagt! Habe ich es dir nicht gesagt, du Hurensohn? Ich habe es dir gesagt!« Ihre Stimme, die eben noch so beherrscht geklungen hatte, vibrierte nun vor unterdrückter Wut.

»Mama! Ist alles in Ordnung?« Brianna packte ihre Mutter bestürzt am Arm.

Roger hatte den Eindruck, als legte sich ein Schatten über Claires Augen. Die Erregung, die sich dort eben noch gezeigt hatte, war plötzlich wie weggewischt. Mechanisch lächelnd nickte sie.

»Ja. Ja, es ist alles in Ordnung.« Sie öffnete die Hand, und die schlaffe Pflanze fiel zu Boden.

»Ich hatte mir schon gedacht, daß du staunen wirst.« Brianna warf ihrer Mutter einen besorgten Blick zu. »Ist das nicht einer von Daddys Vorfahren? Der Soldat, der in Culloden gestorben ist?«

»Ja«, erwiderte Claire, den Blick auf den Grabstein gerichtet. »Und er ist wirklich tot, nicht wahr?«

Roger und Brianna sahen sich an. Roger, der ein schlechtes Gewissen hatte, faßte Claire an den Schultern.

»Es ist ziemlich heiß heute«, sagte er, um Beiläufigkeit bemüht. »Vielleicht sollten wir in die Kirche gehen. Dort ist es kühler. Außerdem können wir uns die interessanten Steinmetzarbeiten am Taufbecken ansehen.«

Claire lächelte ihn an. Ein ungezwungenes Lächeln, ein wenig müde vielleicht, aber ohne jede Spur einer geistigen Verwirrung.

»Geht ihr schon vor«, sagte sie und nickte Brianna zu. »Ich brauche frische Luft und bleibe noch ein wenig draußen.«

»Ich kann dich doch nicht allein lassen!« Brianna schien ihrer Mutter Gesellschaft leisten zu wollen, doch Claire hatte mittlerweile nicht nur ihre Fassung wiedergewonnen, sondern auch ihre Autorität.

»Unsinn«, erwiderte sie resolut. »Mir geht es gut. Ich setze mich dort in den Schatten der Bäume. Seht ihr euch die Kirche an. Ich möchte ein wenig allein sein«, fügte sie entschlossen hinzu, als sie sah, daß Roger widersprechen wollte.

Ohne ein weiteres Wort wandte sie sich um und ging zu der Reihe dunkler Eiben, die den Friedhof im Westen säumten. Brianna sah ihr zweifelnd nach, doch Roger nahm sie am Ellenbogen.

»Ist vielleicht ganz gut so«, murmelte er. »Schließlich ist Ihre Mutter Ärztin. Sie wird schon wissen, was sie sich zumuten kann.«

»Na ja ... das hoffe ich.« Nach einem letzten besorgten Blick auf ihre Mutter ließ sich Brianna fortführen.

Sie betraten die Kirche, einen leeren Raum mit Holzdielen. Das alte Taufbecken stand nur deshalb noch an seinem Platz, weil es sich nicht hatte ausbauen lassen. Es war aus dem Steinsims gehauen, das an einer Seite des Innenraums entlanglief. Oberhalb des Taufbeckens stand eine Skulptur der heiligen Kilda, den leeren Blick fromm gen Himmel gewandt.

»Dies war wohl früher eine heidnische Gottheit«, erklärte Roger, während er die Umrisse der Statue mit dem Finger nachfuhr. »Hier kann man noch genau sehen, wo nachträglich der Nonnenschleier hinzugefügt wurde – von den Augen ganz zu schweigen.«

»Wie pochierte Eier«, stimmte Brianna zu und imitierte den nach oben gewandten Blick. »Und was sind das für Meißelarbeiten? Die sehen aus wie die Ornamente auf den piktischen Steinen von Clava.«

Langsam schlenderten sie an den Wänden der Kirche entlang und lasen die Inschriften auf den Holztafeln, die von längst verblichenen Gemeindemitgliedern zum Angedenken an ihre noch früher verstorbenen Vorfahren gestiftet worden waren. Sie sprachen leise, weil sie insgeheim auf ein Geräusch vom Friedhof lauschten, doch als alles ruhig blieb, entspannten sie sich allmählich.

Roger folgte Brianna zum vorderen Teil des Kirchenschiffs. Dabei fiel sein Blick immer wieder auf die Löckchen, die aus ihrem Zopf gerutscht waren und sich im Nacken kräuselten.

An der Vorderfront fanden sie anstelle des früheren Altarsteins lediglich ein Loch, über das man blanke Holzplanken gelegt hatte. Roger lief ein Schauer über den Rücken, als er so nahe neben Brianna stand.

Seine Gefühle waren so übermächtig, daß er den Eindruck hatte, sie würden im leeren Raum widerhallen, und er hoffte nur, Brianna könnte sie nicht hören. Sie kannten sich jetzt knapp eine Woche und hatten bisher kaum die Gelegenheit zu einem ungestörten Gespräch gehabt. Gewiß würde sie ihn abweisen oder, schlimmer noch, auslachen, wenn sie wüßte, was er empfand.

Aber als er ihr einen verstohlenen Blick zuwarf, stellte er fest, daß sie ruhig und ernst geblieben war. Auch sie sah ihn an, mit einem Ausdruck in ihren tiefblauen Augen, der ihn alles vergessen ließ. Er wandte sich ihr zu und streckte die Arme nach ihr aus.

Ihr Kuß war kurz und sanft – und doch vermittelte er ihnen das Gefühl, als hätten sie sich in diesem Augenblick das Eheversprechen gegeben.

Roger ließ die Hände sinken, doch ihre Wärme haftete auf seinem Körper und seinen Lippen, als hielte er sie noch immer im Arm. Einen Moment lang blieben sie so stehen, und ihr Atem streifte den seinen. Dann trat Brianna einen Schritt zurück. Roger spürte noch immer ihre Berührung auf seiner Hand, und er ballte die Hände zur Faust, um sie festzuhalten.

Plötzlich durchbrach ein Schrei die Stille der Kirche. Ohne weiter zu überlegen, stürzte Roger nach draußen. Eilig stolperte er über umgefallene Grabsteine auf die Eiben zu. Er machte sich nicht einmal die Mühe, die Zweige für Brianna beiseite zu halten, die ihm folgte.

Da sah er Claire Randalls blutleeres Gesicht. Kreidebleich hob es sich von den dunklen Zweigen der Eiben ab. Sie taumelte und sank auf die Knie, als wollten ihre Füße sie nicht mehr tragen.

»Mutter!« Brianna kniete sich neben sie ins Gras. »Mama! Was ist los? Bist du ohnmächtig? Du solltest den Kopf zwischen die Knie stecken. Oder leg dich lieber hin.«

Ohne die gutgemeinten Vorschläge ihrer Tochter zu beachten, hob Claire den Kopf.

»Ich will mich nicht hinlegen«, keuchte sie. »Ich will... O Gott! O du mein Herr im Himmel!« Während sie sich in dem hohen Gras aufrichtete, strich sie mit zitternder Hand über einen Grabstein.

»Mrs. Randall! Claire!« Roger hockte sich neben sie und ergriff ihren zitternden Arm. Jetzt machte er sich wirklich Sorgen. Auf ihren Schläfen perlte der Schweiß, und sie sah aus, als würde sie gleich zusammenbrechen. »Claire!« rief er noch einmal, drängender als zuvor, um sie aus der Trance zu wecken, in die sie offensichtlich gefallen war. »Was ist los? Haben Sie einen Namen entdeckt, den Sie kennen?« Doch noch während er dies aussprach, wußte er, wie unsinnig es war. *In den letzten zweihundert Jahren ist hier niemand mehr beerdigt worden,* hatte er Brianna erklärt.

Doch Claire schob seine Hand beiseite und strich liebkosend über den Stein. Zärtlich fuhr sie die verwitterten Buchstaben nach.

»JAMES ALEXANDER MALCOLM MACKENZIE FRASER«, las sie laut. »Ja, ich kannte ihn.« Sie senkte den Arm und streifte die Grashalme zur Seite, die in dichten Büscheln um den Grabstein wuchsen. Unter dem Namen wurde eine etwas kleinere Inschrift sichtbar.

»Verbunden mit Claire über den Tod hinaus«, las sie.

»Ja, ich kannte ihn«, wiederholte sie so leise, daß Roger sie kaum verstand. »Claire, das bin ich. Er war mein Mann.« Dann blickte sie auf und sah in das bleiche, entsetzte Gesicht ihrer Tochter. »Und dein Vater.«

Fassungslos starrten Roger und Brianna sie an. Außer dem Rauschen der Eiben lag über dem Friedhof Grabesstille.

»Nein«, sagte ich, mittlerweile ziemlich wütend. »Zum fünftenmal, nein! Ich will keinen Schluck Wasser. Ich habe keinen Sonnenstich. Ich werde nicht ohnmächtig; mir ist auch nicht übel. Und geisteskrank bin ich erst recht nicht, obwohl ihr das wahrscheinlich glaubt.«

Roger und Brianna tauschten einen Blick, der mir verriet, daß ich recht vermutet hatte. Mit vereinten Kräften hatten sie mich vom Friedhof ins Auto gebracht, und da ich nicht ins Krankenhaus wollte, waren wir ins Pfarrhaus gefahren. Roger hatte mir eine Dosis Whisky gegen den Schock verordnet, doch noch immer schweiften seine Blicke ab und zu zum Telefon, als wollte er sich zusätzlicher Hilfe versichern – der einer Zwangsjacke vermutlich.

»Mama«, sagte Brianna, während sie mir fürsorglich das Haar aus der Stirn strich. »Du bist durcheinander.«

»Natürlich bin ich durcheinander«, entgegnete ich. Bebend holte ich Luft und preßte die Lippen zusammen, bis ich das Gefühl hatte, mich wieder auf meine Stimme verlassen zu können.

»Durcheinander, gewiß«, setzte ich an, »aber nicht verrückt.« Um Fassung ringend, hielt ich inne. Es lief anders als geplant. Was ich im einzelnen vorgehabt hatte, wußte ich nicht, aber sicher nicht dies: so mit der Wahrheit herauszuplatzen, ohne mich vorzubereiten oder meine Gedanken ordnen zu können. Beim Anblick dieses Grabsteins war jedweder Plan über den Haufen geworfen worden.

»Verdammt noch mal, Jamie Fraser!« rief ich wütend aus. »Was hast du dort überhaupt zu suchen? Culloden liegt Meilen entfernt!«

Brianna fielen fast die Augen aus dem Kopf, und Rogers Blicke schweiften wieder zum Telefon. Ich zügelte mich rasch und versuchte, mich zusammenzureißen.

Ruhe bewahren, Beauchamp, sagte ich mir vor. Tief einatmen! Einmal... zweimal... und noch einmal. Gut so. Du brauchst nichts weiter zu tun, als ihnen die Wahrheit zu sagen. Deshalb bist du doch nach Schottland gekommen, oder nicht?

Ich öffnete den Mund, brachte aber keinen Ton heraus. Also schloß ich die Augen. Wenn ich nicht in die beiden aschfahlen Gesichter vor mir blicken mußte, würde ich vielleicht eher den Mut aufbringen. Bitte, ich will einfach nur die Wahrheit sagen, flehte ich, ohne zu wissen, an wen ich mich wandte. An Jamie vielleicht.

Ich hatte schon einmal die Wahrheit gesagt, und es war nicht gutgegangen.

Ich preßte die Augen noch fester zu. Jetzt meinte ich, wieder den Karbolgeruch des Krankenhauses einzuatmen und den ungewohnt steifen Kopfkissenbezug an meiner Wange zu spüren. Und vom Korridor her drang Franks Stimme zu mir, fast keuchend vor unterdrückter Wut.

»Was meinen Sie damit, ich soll sie nicht bedrängen? Ist das Ihr Ernst? Meine Frau ist fast drei Jahre lang verschwunden, kommt schmutzig, mißhandelt und *schwanger* zurück, und ich soll ihr keine Fragen stellen?«

Beruhigend flüsterte der Arzt auf ihn ein. Ich verstand nur die Worte »Wahnvorstellungen«, »Trauma« und »Heben Sie sich das für später auf, mein Guter, zumindest noch eine Weile«. Dann hörte ich Franks protestierende Stimme schwächer werden, während er resolut den Flur entlang zum Ausgang komplimentiert wurde. Franks vertraute Stimme, die auch jetzt noch einen Ansturm von Trauer, Wut und Verzweiflung in mir wachrief.

Damals hatte ich mich hilfesuchend zusammengerollt, das Kopfkissen an die Brust gepreßt und so fest hineingebissen, daß der Baumwollstoff zerriß und ich die plustrigen Federn in meinem Mund spürte.

Ich biß auch jetzt die Zähne zusammen, doch in Ermangelung einer Füllung knirschten sie nur. Endlich gab ich mir einen Ruck und öffnete die Augen.

»Hört mal«, sagte ich so sachlich und vernünftig ich konnte. »Es tut mir leid. Ich weiß, daß es unsinnig klingt. Aber es ist nun einmal wahr, und daran kann ich nichts ändern.«

Brianna beruhigten meine Worte nicht im mindesten. Sie rückte näher an Roger heran. Der hatte sein ungläubiges Staunen abgelegt und zeigte vorsichtiges Interesse. Besaß er vielleicht doch das nötige Vorstellungsvermögen, um die Wahrheit zu begreifen?

Ich entschloß mich jedenfalls, seinen Gesichtsausdruck als hoffnungsvollen Hinweis zu werten, und öffnete meine Fäuste.

»Diese verdammten Steine sind schuld«, erklärte ich. »Ihr wißt doch, der Steinkreis auf dem Feenhügel im Westen.«

»Craigh na Dun«, murmelte Roger. »Meinen Sie den?«

»Genau.« Erleichtert seufzte ich auf. »Dann kennen Sie vielleicht auch die Sagen, die man sich über die Feenhügel erzählt, nicht wahr? Über Menschen, die im Felsgestein gefangen sind und zweihundert Jahre später wieder aufwachen?«

Briannas Unruhe wuchs von Minute zu Minute.

»Mutter, ich finde wirklich, du solltest dich jetzt hinlegen«, erklärte sie und stand auf. »Vielleicht kann ich Fiona...«

Doch Roger hielt sie fest.

»Nein, warte!« sagte er. Er sah mich mit jener gezügelten Neugier an, die ein Wissenschaftler zeigt, bevor er eine neue Probe unters Mikroskop schiebt. »Fahren Sie fort«, forderte er mich auf.

»Danke«, erwiderte ich trocken. »Macht euch keine Sorgen. Ich habe nicht vor, euch Vorträge über das Feenreich zu halten. Ich dachte nur, ihr würdet gern hören, daß diese Legenden einen wahren Kern enthalten. Allerdings weiß ich nicht, was sich wirklich dort oben befindet oder wie es funktioniert. Ich weiß lediglich...« Ich holte tief Luft. »Ich weiß lediglich, daß ich im Jahr 1945 in einen dieser verdammten gespaltenen Steine geriet und im Jahr 1743 am Fuß des Berges wieder aufwachte.«

Genau das hatte ich auch Frank erzählt. Sprachlos hatte er mich einen Moment lang angestarrt; dann hatte er nach der Vase auf dem Nachttisch gegriffen und sie auf den Boden geschmettert.

Doch Roger blickte mich an wie ein Wissenschaftler, dessen neue Mikrobe seine kühnsten Erwartungen erfüllt hat. Ich fragte mich, warum, doch momentan war ich zu sehr damit beschäftigt, Worte zu finden, die einigermaßen vernünftig klangen.

»Der erste, der mir über den Weg lief, war ein englischer Dragoner in voller Montur«, sagte ich. »Und da dämmerte mir, daß etwas nicht stimmte.«

»Das kann ich mir vorstellen.« Über Rogers Gesicht huschte ein Lächeln, doch Brianna wirkte entsetzt wie zuvor.

»Aber ich hatte nicht die geringste Ahnung, wie ich zurückkehren sollte.« Ich wandte mich lieber an Roger, da er zumindest die Bereitschaft zeigte, mir zuzuhören.

»Zudem war es so, daß Damen nicht ohne Begleitung in der Gegend herumspazierten, und wenn doch, dann trugen sie kein dünnes Kleid und Halbschuhe«, erklärte ich. »Angefangen vom Dragonerhauptmann wußte jeder, der mir begegnete, daß mit mir etwas nicht stimmte – aber sie wußten nicht, was. Wie sollten sie auch? Ich konnte es damals nicht besser erklären als heute – und die Irrenanstalten waren damals noch weitaus ungemütlicher. Kein Korbflechten«, fügte ich hinzu, um einen Scherz bemüht. Besonderen Erfolg erntete ich damit nicht. Brianna zog eine Grimasse, und die Besorgnis stand ihr deutlich ins Gesicht geschrieben.

»Dieser Dragoner«, fuhr ich fort, während mir bei der Erinnerung an Jonathan Wolverton Randall, Hauptmann des Achten Dragonerregiments Seiner Majestät, ein Schauer über den Rücken lief. »Zuerst glaubte ich zu träumen, weil er Frank so ähnlich sah; ich dachte, er wäre es.« Mein Blick fiel auf den Tisch, wo eines von Franks Büchern mit der Rückseite nach oben lag, so daß man sein Foto mit dem dunklen, attraktiven Gesicht sah.

»Das war sicher ein Zufall«, meinte Roger, der mich aufmerksam musterte.

»Ja und nein«, erwiderte ich, während ich meinen Blick widerstrebend von dem Bücherstapel abwandte. »Sie wissen ja, daß er einer von Franks Vorfahren war. Und die Männer dieser Familie sind sich alle sehr ähnlich – zumindest körperlich«, fügte ich hinzu, weil ich an die großen Unterschiede in anderen Bereichen dachte.

»Was war er für ein Mensch?« Brianna schien zumindest ansatzweise aus ihrer Erstarrung zu erwachen.

»Er war ein Widerling und ein Sadist«, erklärte ich. Verblüfft blickten sich die beiden an.

»Schaut nicht so«, fuhr ich fort. »Im achtzehnten Jahrhundert gab es auch schon Perverse; das ist keine Erfindung unserer Zeit. Vielleicht war es damals sogar schlimmer, weil sich niemand darum scherte, solange der Anstand nach außen hin gewahrt wurde. Und Jonathan Randall war Soldat, Hauptmann einer Garnison im Hochland, die die Clans in Schach halten sollte – und so hatte er genügend Spielraum für seine Aktivitäten, ja, sogar offizielle Sanktionierung.« Um mich zu stärken, nahm ich einen Schluck aus dem Whiskyglas, das ich in der Hand hielt.

»Er hat Menschen gequält«, ergänzte ich. »Und er hatte seinen Spaß daran.«

»Hat er ... hat er Sie auch gequält?« Roger stellte diese Frage mit äußerster Behutsamkeit und erst nach längerem Zögern. Brianna hingegen schien sich in sich selbst zurückzuziehen.

»Nicht direkt. Oder zumindest nicht sehr.« Ich schüttelte den Kopf. In meinem Magen gefror eine Stelle zu Eis, gegen die auch der Whisky nicht ankam. Hier hatte mich ein Schlag von Jack Randall getroffen, und plötzlich kehrte der Schmerz mit seiner ganzen Wucht zurück.

»Er hatte ausgesprochen seltsame Vorlieben. Aber es war Jamie, den er... haben wollte.« Um nichts in der Welt hätte ich das Wort »liebte« über die Lippen gebracht. Mein Hals war wie ausgetrocknet, und ich schluckte den letzten Rest des Whiskys herunter. Roger hob fragend die Karaffe hoch, und mit einem Nicken hielt ich ihm mein Glas entgegen.

»Jamie? Ist das Jamie Fraser? Und das war...«

»Er war mein Mann«, bestätigte ich.

Brianna schüttelte den Kopf so heftig wie ein Pferd, das Fliegen verscheucht.

»Aber du hattest doch schon einen Mann«, wandte sie ein. »Du konntest doch nicht... selbst wenn... ich meine... das *durftest* du nicht!«

»Ich mußte«, entgegnete ich. »Schließlich habe ich es nicht mit Absicht getan.«

»Mutter, man heiratet nicht aus Versehen!« Brianna hatte jetzt die freundliche Krankenschwesternhaltung abgelegt. Ich hielt das für ein gutes Zeichen, obwohl wahrscheinlich Wut an deren Stelle trat.

»Nun, aus Versehen geschah es nicht gerade«, erklärte ich. »Aber da die Alternative darin bestand, Jonathan Randall ausgeliefert zu werden, war die Ehe mit Jamie das kleinere Übel. Er hat mich zu meinem Schutz geheiratet – und das war verdammt großzügig von ihm.« Scharf fixierte ich Brianna über mein Glas hinweg. »Er hätte es nicht tun müssen.«

Plötzlich überwältigte mich die Erinnerung an unsere Hochzeitsnacht. Er hatte noch nie mit einer Frau geschlafen, und seine Hände zitterten, als er mich berührte. Auch ich hatte Angst – und die war begründeter als seine. Doch als er mich im Morgengrauen umarmte und ich seine warme Brust an meinem Rücken spürte und seine Oberschenkel mich umschlangen, hatte er geflüstert: »Fürchte dich nicht. Wir sind jetzt zu zweit.«

»Verstehen Sie«, sagte ich zu Roger. »Ich konnte nicht zurückkehren. Als die Schotten mich fanden, war ich auf der Flucht vor Hauptmann Randall. Die Gruppe um Jamie war gerade auf Viehdiebstahl. Es waren Männer vom Clan der MacKenzies von Leoch, der Familie seiner Mutter. Da sie nicht wußten, was sie mit mir anfangen sollten, haben sie mich als ihre Gefangene mitgenommen. Und so konnte ich nicht wieder fort.«

Ich dachte an meine fruchtlosen Versuche, aus der Burg von

Leoch zu fliehen, und an den Tag, als ich Jamie die Wahrheit gesagt hatte. Er hatte mir nicht mehr Glauben geschenkt als Frank, aber zumindest war er bereit gewesen, so zu tun als ob – und hatte mich zu dem Feenhügel und dem Steinkreis gebracht.

»Vielleicht hielt er mich für eine Hexe«, sagte ich, eine Vorstellung, bei der ich lächeln mußte. »In unserer Zeit gelte ich als verrückt, damals war ich eine Hexe. Was gerade so im Schwange ist«, erklärte ich. »Heute nennt man es Psychologie, damals war es Magie. Fragt mich nicht, worin der Unterschied besteht.« Roger nickte, offensichtlich verblüfft.

»In dem Dörfchen Cranesmuir unterhalb der Burg«, fuhr ich fort, »hat man mir als Hexe den Prozeß gemacht. Aber Jamie hat mich gerettet, und dann habe ich ihm alles erzählt. Daraufhin brachte er mich zu dem Berg und sagte mir, ich solle zurückkehren. Zurück zu Frank.« Ich hielt inne und holte tief Luft. Deutlich stand mir jener Nachmittag im Oktober vor Augen, der Tag, als mir die Herrschaft über mein Schicksal plötzlich wieder in die Hände gelegt wurde – und ich nicht nur frei entscheiden konnte, sondern mußte.

»Geh!« hatte er gesagt. »Auf dieser Seite gibt es nichts für dich! Nichts außer Gewalt und Gefahr.«

»Gibt es hier wirklich nichts für mich?« hatte ich gefragt. Er, der Ehrenmann, hatte geschwiegen, und ich traf meine Wahl.

»Es war schon zu spät«, sagte ich und starrte auf meine Hände. Der Himmel hatte sich mit Regenwolken bezogen, doch meine beiden Ringe glänzten golden und silbern in dem allmählich blasser werdenden Licht. Als ich mit Jamie vermählt wurde, hatte ich Franks Goldreif nicht abgelegt. Statt dessen trug ich Jamies Silberring am Ringfinger meiner rechten Hand, und das nun schon seit mehr als zwanzig Jahren – seit er ihn mir angesteckt hatte.

»Ich habe Frank geliebt«, fuhr ich fort, wobei ich Briannas Blick auswich. »Sehr sogar. Doch damals war Jamie schon zu einem Teil von mir geworden. Ich konnte ihn nicht verlassen, ich brachte es einfach nicht über mich.« Flehend sah ich zu Brianna. Sie starrte mich mit versteinertem Gesicht an.

Und so sah ich wieder auf meine Hände hinab und fuhr fort: »Er brachte mich dann auf sein Gut. Es hieß Lallybroch und war wunderschön.« Um den entsetzten Ausdruck auf Briannas Gesicht zu entkommen, schloß ich die Augen, und sofort entstand vor meinem Geist das Bild von Broch Tuarach – oder Lallybroch, wie es seine Bewohner nannten. Das malerische Anwesen war von Wäldern, Flüssen und sogar ein wenig fruchtbarem Ackerland umgeben – im Hochland eine Seltenheit. Dort herrschten Ruhe und Frieden, denn die hohen Berge schirmten es ab vor den Kämpfen, die die Highlands erschütterten. Doch selbst Lallybroch hatte uns nur vorübergehend Zuflucht bieten können.

»Jamie war ein Geächteter«, erklärte ich und sah wieder die Narben vor mir, die die Peitschenhiebe der Engländer auf seinem Rücken hinterlassen hatten. Ein Netzwerk feiner weißer Linien, das die breiten Schultern wie Brandzeichen überzog. »Auf seinen Kopf war ein Preis ausgesetzt. Einer seiner Pächter verriet ihn an die Engländer. Und so wurde er gefangengenommen und ins Wentworth-Gefängnis geworfen. Er sollte gehängt werden.«

Roger pfiff durch die Zähne.

»Die reine Hölle!« meinte er. »Haben Sie es mal gesehen? Die Wände sind mindestens drei Meter dick.«

Ich schlug die Augen auf. »Das stimmt«, entgegnete ich trocken. »Ich war drinnen. Doch selbst die dicksten Wände haben Türen.« Ich spürte etwas von jenem Mut der Verzweiflung, der mich ins Gefängnis geführt hatte, um meine Liebe zu retten. Wenn ich das damals für dich fertiggebracht habe, erklärte ich Jamie stumm, dann schaffe ich das hier auch. Aber hilf mir, du verdammter Schotte, hilf mir!

»Ich konnte ihn retten«, sagte ich mit einem tiefen Seufzer. »Oder das, was von ihm übrig war. Der Kommandeur der Garnison in Wentworth hieß nämlich Jonathan Randall.« Den Bildern, die diese Worte in mir heraufbeschworen, wäre ich lieber ausgewichen, doch ich konnte nichts dagegen tun. Jamie, wie er nackt und blutig in Eldridge Hall lag, wo wir Zuflucht gefunden hatten.

»Ich lasse mich nicht wieder fangen, Sassenach«, hatte er mit zusammengebissenen Zähnen geraunt, als ich ihm die gebrochene Hand einrenkte und seine Wunden säuberte. »Sassenach«, das gälische Wort für einen Fremden, einen Engländer. So hatte er mich von Anfang an genannt. Zunächst verächtlich, später voller Zuneigung.

Mit Hilfe von Murtagh, einem Mitglied des Fraser-Clans, hatte ich ihn verstecken und dann über den Kanal nach Frankreich bringen können. Dort fanden wir Schutz in der Abtei Ste. Anne de Beaupré, der ein Onkel von Jamie als Abt vorstand. Doch hinter den sicheren Mauern des Klosters mußte ich feststellen, daß meine Aufgabe nicht damit endete, Jamie das Leben gerettet zu haben. Die Demütigungen, die ihm Jonathan Randall zugefügt hatte, hatten sich in seine Seele eingebrannt wie die Lederpeitsche in sein Fleisch, und die Wunden schmerzten ebenso stark. Noch heute wußte ich nicht, wie es mir gelungen war, die bösen Geister zu bannen. Bei manchen Heilungen verwischen sich die Grenzen zwischen Medizin und Magie.

»Aber ich habe ihn geheilt«, sagte ich leise. »Er ist zu mir zurückgekommen.«

Ratlos schüttelte Brianna den Kopf, und den trotzigen Ausdruck, den sie dabei zeigte, kannte ich nur zu gut. »Die Grahams sind dumm, die Campbells sind verlogen, die MacKenzies sind bezaubernd, aber arglistig, und die Frasers sind stur.« Mit diesen Worten hatte mich Jamie einmal in seine Vorstellung über die Eigenschaften der einzelnen Clans eingeweiht. In einer Hinsicht hatte er recht gehabt: Die Frasers, und nicht zuletzt er, waren wirklich trotzig. Brianna auch.

»Ich kann es nicht glauben«, sagte sie jetzt. Sie richtete sich auf und betrachtete mich. »Vielleicht hast du zuviel über die Soldaten von Culloden nachgedacht«, rätselte sie. »Schließlich war die letzte Zeit eine große Belastung für dich, und Daddys Tod...«

»Frank war nicht dein Vater«, sagte ich rundheraus.

»Doch!« schoß sie so unvermittelt zurück, daß wir beide überrascht auffuhren.

Frank hatte sich mit der Zeit der ärztlichen Meinung, daß jeder Druck, »mich der Realität zu stellen«, eine Gefahr für die Schwangerschaft bedeuten würde, gebeugt. Im Korridor vor meinem Zimmer wurden viele Gespräche geführt und hin und wieder wurde auch geschrien, doch schließlich gab er es auf, mich nach der Wahrheit zu fragen. Und ich, gesundheitlich angeschlagen und mit Sehnsucht im Herzen, hatte es aufgegeben, sie ihm zu erzählen.

Doch diesmal würde ich nicht aufgeben.

»Vor fast zwanzig Jahren«, fuhr ich fort, »bei deiner Geburt, habe ich Frank etwas versprochen. Ich wollte ihn verlassen, doch er ließ mich nicht gehen. Er hat dich geliebt.« Meine Stimme wurde weicher, als ich Brianna so vor mir sitzen sah. »Er wollte mir nicht glauben, doch natürlich wußte er, daß er nicht dein Vater war. Er hat mich darum gebeten, es dir nicht zu sagen. Solange er lebte, wollte er dein Vater sein, und zwar der einzige. Danach hätte ich es in der Hand.« Ich schluckte und fuhr mir mit der Zunge über die trockenen Lippen.

»Das war ich ihm schuldig«, fuhr ich fort, »denn er hat dich geliebt. Aber jetzt ist Frank tot, und du hast ein Recht darauf zu wissen, woher du stammst. Wenn du es nicht glauben willst, dann geh in die National Portrait Gallery. Dort hängt ein Bild von Ellen MacKenzie, Jamies Mutter. Sie trägt das hier.« Ich berührte die Kette, die ich um meinen Hals trug. Unregelmäßig geformte Barockperlen aus schottischen Flüssen zwischen durchbohrten Goldplättchen. »Jamie hat sie mir zur Hochzeit geschenkt.«

Steif und aufrecht und unverkennbar empört saß Brianna da. »Nimm einen Handspiegel mit«, fuhr ich fort, »und betrachte zuerst das Porträt und dann dich selbst. Du bist deiner Großmutter zwar nicht wie aus dem Gesicht geschnitten, aber du ähnelst ihr sehr.«

Roger warf Brianna einen Blick zu, als würde er sie zum ersten Mal sehen. Er blickte mich, dann sie, dann wieder mich an, und schließlich stand er auf.

»Hier ist etwas, was du lesen solltest«, meinte er dann. Rasch ging er zum alten Schreibtisch des Reverend und zog ein Bündel vergilbter Zeitungsausschnitte aus einem der Fächer.

»Achte auf das Datum«, erklärte er Brianna, als er es ihr gab. Dann wandte er sich zu mir um und musterte mich mit dem leidenschaftslosen Blick eines Gelehrten, der es gewohnt ist, die Dinge nüchtern zu sehen. Noch glaubte er mir nicht, aber er besaß die Vorstellungskraft, es in Erwägung zu ziehen.

»1743«, sagte er, als dächte er laut nach. Staunend schüttelte er den Kopf. »Und ich habe gedacht, Sie hätten hier 1945 einen Mann kennengelernt. Nie wäre ich auf die Idee gekommen... aber wer wäre das schon?«

Ich war überrascht. »Sie wußten davon? Von Briannas Vater?«

Er nickte und wies auf die Zeitungsausschnitte, die Brianna in der Hand hielt. Sie hatte noch keinen Blick darauf geworfen, sondern starrte Roger mit einer Mischung aus Erstaunen und Wut an. In ihr braute sich etwas zusammen. Roger, der dies ebenfalls spürte, wandte seinen Blick schnell von ihr ab.

»Dann haben Sie die Männer, die auf der Liste stehen und in Culloden gekämpft haben, also gekannt?« fragte er.

Es gelang mir, mich etwas zu entspannen. »Ja, ich habe sie gekannt.« Da grollte ein Donner, und plötzlich prasselten Regentropfen gegen die hohen Fenster. Brianna hatte den Kopf über die Zeitungsausschnitte gebeugt, und unter ihren herabhängenden Locken sah man nichts anderes als ihre Nasenspitze. Die war knallrot. Jamie war auch immer rot geworden, wenn er aufgeregt oder wütend war. Der Anblick eines Frasers kurz vor einem Wutausbruch war mir nur allzu vertraut.

»Sie waren in Frankreich«, murmelte Roger, mehr zu sich selbst. Sein Entsetzen war einer aufgeregten Neugier gewichen. »Aber Sie haben doch nicht etwa gewußt...«

»Doch«, erwiderte ich. »Deshalb sind wir ja nach Frankreich gegangen. Ich habe Jamie von der Schlacht von Culloden im Jahre 1746 erzählt. Wir sind nach Paris gegangen, um Charles Stuart aufzuhalten.«

ZWEITER TEIL

Die Prätendenten
Le Havre, Frankreich: Februar 1744

6

Wogen des Wandels

»Brot«, murmelte ich leise, ohne die Augen zu öffnen. Doch von dem großen warmen Körper neben mir hörte ich nichts anderes als das sanfte Seufzen seiner Atemzüge.

»Brot!« wiederholte ich ein wenig lauter. Urplötzlich wurde die Decke zurückgeschlagen. Ich krallte mich an der Matratze fest und spannte sämtliche Muskeln an, um meine aufgebrachten Eingeweide zu beruhigen.

Von der anderen Seite des Bettes drang leises Rascheln, dann hörte ich, wie eine Schublade geöffnet wurde. Dem folgten ein verhaltener gälischer Fluch und das leise Tappen nackter Füße auf den Bodendielen. Schließlich fühlte ich die Matratze unter dem Gewicht eines schweren Körpers einsinken.

»Hier, Sassenach«, sagte eine besorgte Stimme, und ich spürte eine trockene Brotrinde an meiner Unterlippe. Ohne die Augen zu öffnen, griff ich danach und kaute zaghaft darauf herum. Jeden Bissen mußte ich meine trockene Kehle hinunterwürgen, doch wohlweislich bat ich nicht um Wasser.

Die Übelkeit ließ allmählich nach und verebbte schließlich. Als ich die Augen öffnete, blickte ich in das sorgenvolle Gesicht von Jamie Fraser. »Oh!« sagte ich überrascht.

»Alles in Ordnung?« erkundigte er sich. Als ich nickte und mühsam versuchte, mich aufzusetzen, legte er den Arm um mich, um mir den Rücken zu stützen. Dann ließ er sich neben mir auf dem harten Herbergsbett nieder, zog mich sanft an sich und strich mir über das vom Schlaf zerzauste Haar.

»Du Arme«, meinte er. »Ob Wein hilft? In meiner Satteltasche ist eine Feldflasche mit Rheinwein.«

»Nein, vielen Dank.« Schon bei dem Gedanken meinte ich das fruchtige Bukett zu riechen, und schaudernd richtete ich mich auf.

»Gleich geht es mir besser«, erklärte ich mit erzwungener Heiterkeit. »Mach dir keine Sorgen, es ist völlig normal, wenn einer schwangeren Frau morgens schlecht ist.«

Zweifelnd sah Jamie mich an. Aber dann stand er auf und nahm seine Kleider vom Hocker neben dem Fenster mit den Butzenscheiben, das mit dicken Eisblumen bedeckt war. Frankreich im Februar gleicht einer Eishölle.

Jamie war nackt. Gänsehaut zog sich über seine Schultern und hatte die rotgoldenen Haare auf seinen Armen und Beinen aufgerichtet. Aber da er an Kälte gewöhnt war, fror er nicht. Er schien es nicht einmal besonders eilig zu haben, in Strümpfe und Hemd zu schlüpfen, denn er kam zum Bett zurück und umarmte mich.

»Leg dich wieder hin«, schlug er vor. »Ich schicke das Zimmermädchen rauf, damit sie das Feuer anzündet. Vielleicht kannst du jetzt noch mal ein bißchen schlafen, wo du etwas gegessen hast. Es wird dir doch nicht wieder schlecht werden, oder?« Obwohl ich etwas unsicher war, nickte ich zu seiner Beruhigung.

»Ich glaube kaum.« Ich blickte auf das Bett. Die Decken waren wie in den meisten Gasthöfen nicht allzu sauber. Aber das Silbergeld aus Jamies Geldbeutel hatte uns zu dem besten Raum verholfen, und das schmale Bett war mit Gänsefedern statt mit Häcksel oder Wolle gefüllt.

»Hm, vielleicht sollte ich mich wirklich noch mal hinlegen«, murmelte ich, hob meine Füße vom eiskalten Boden und schob sie unter die Decke, wo ich einen warmen Winkel zu finden hoffte. Mein Magen schien so weit besänftigt, daß ich es wagen konnte, einen Schluck Wasser zu trinken, und ich goß mir aus dem gesprungenen Krug einen Becher ein.

»Worauf hast du vorhin herumgetrampelt?« fragte ich, während ich vorsichtig nippte. »Gibt es hier etwa Spinnen?«

Jamie, der gerade seinen Kilt schloß, schüttelte den Kopf.

»Nein, nein«, entgegnete er und deutete mit dem Kopf zum Tisch. »Nur eine Ratte. War wohl hinter dem Brot her.«

Als ich nach unten blickte, sah ich den schlaffen grauen Körper, auf dessen Schnauze eine Reihe Blutstropfen schimmerte. Ich schaffte es gerade noch rechtzeitig aus dem Bett.

»Alles in Ordnung«, erklärte ich wenig später mit schwacher Stimme. »Jetzt ist nichts mehr drin, was noch hochkommen könnte.«

»Spül dir den Mund aus, Sassenach, aber schluck um Gottes willen nicht runter!« Jamie hielt mir den Becher an die Lippen und wischte mir anschliessend den Mund, als wäre ich ein kleines Mädchen, das nicht ordentlich essen konnte. Dann hob er mich hoch und legte mich vorsichtig zurück aufs Bett. Besorgt blickte er auf mich nieder.

»Vielleicht sollte ich lieber hierbleiben«, meinte er, »und eine Nachricht schicken.«

»Nein, nein, es geht schon wieder«, wandte ich ein. Und es stimmte. So sehr ich auch gegen die morgendliche Übelkeit ankämpfte – ich blieb die Unterlegene! Aber sobald die Attacke vorüber war, fühlte ich mich wieder wohl. Abgesehen von einem sauren Geschmack im Mund und einem leichten Muskelkater im Unterbauch, fehlte mir nichts mehr. Als Beweis schlug ich die Decken zurück und stand auf.

»Siehst du? Sorg dich nicht um mich. Mach dich lieber auf den Weg. Du solltest deinen Cousin nicht warten lassen.«

Trotz der kalten Luft, die unter der Tür hereinwehte und auch unter mein Nachthemd fuhr, gewann ich meine gute Laune wieder zurück. Da Jamie immer noch unsicher schien, ob er gehen sollte, trat ich auf ihn zu und umarmte ihn. Nicht nur, weil ich ihn beruhigen wollte, sondern auch, weil er sich so wunderbar warm anfühlte.

»Brrr«, sagte ich, »wie kannst du so warm sein, wenn du bloss einen Kilt trägst?«

»Ich habe doch auch noch ein Hemd an«, protestierte er und lächelte auf mich herab.

Wir hielten uns eine Weile umschlungen und genossen in der frühmorgendlichen Kälte Frankreichs die Wärme des andern. Vom Flur vernahm man das Klirren und Schlurfen des Zimmermädchens, das sich mit dem Feuerholz näherte.

Jamie presste sich noch enger an mich. Weil das Reisen im Winter so schwierig war, hatten wir ungefähr eine Woche von Ste. Anne nach Le Havre gebraucht. Und da wir in den elenden Herbergen spätabends nass, schmutzig und vor Müdigkeit und Kälte zitternd ankamen und mein Erwachen wegen der morgendlichen Übelkeit keine reine Freude war, hatten wir uns seit unserer letzten Nacht in der Abtei so gut wie nicht mehr berührt.

»Kommst du mit ins Bett?« lud ich ihn leise ein.

Er zögerte. Obwohl sein Verlangen durch den Stoff seines Kilts eindeutig zu spüren war und seine Hände warm auf meiner kühlen Haut ruhten, machte er keinerlei Anstalten, mich ins Bett zu ziehen.

»Nun...«, sagte er zweifelnd.

»Du willst doch, oder?« fragte ich und schob meine kalte Hand unter seinen Kilt, um mich zu vergewissern.

»Oh! Äh... aye! Sicher will ich«, mußte er eingestehen, da der Beweis bereits auf der Hand lag. Er stöhnte leicht, als ich meine Hand zwischen seinen Beinen bewegte. »O mein Gott! Hör auf, Sassenach, sonst lasse ich dich nicht mehr los.«

Schließlich schlang er seine langen Arme um mich und zog mein Gesicht an die schneeweißen Biesen seines Hemdes, das schwach nach der Wäschestärke duftete, die Bruder Alfonse in der Abtei verwendete.

»Warum solltest du auch?« murmelte ich in den Stoff. »Du hast doch gewiß noch ein wenig Zeit. Bis zu den Hafenanlagen ist es nicht weit.«

»Darum geht es nicht«, entgegnete er, während er mein aufgewühltes Haar glättete.

»Ach so, bin ich etwa zu dick?« In Wahrheit war mein Bauch noch ziemlich flach, und weil ich mich so oft erbrechen mußte, war ich dünner als sonst. »Oder...?«

»Nein«, antwortete er lächelnd. »Du redest zuviel.« Er beugte sich hinunter und küßte mich, dann hob er mich hoch und setzte sich mit mir aufs Bett. Ich streckte mich aus und zog ihn entschlossen über mich.

»Claire, nein!« protestierte er, als ich seinen Kilt öffnen wollte. Ich starrte ihn an. »Weshalb denn nicht?«

»Nun«, begann er unbeholfen und errötete, »das Kind... Ich meine, ich möchte es nicht verletzen.«

Ich lachte.

»Jamie, du kannst ihm nicht weh tun. Es ist gerade mal so groß wie meine Fingerspitze.« Zur Veranschaulichung hielt ich meinen Finger in die Höhe und zog damit den Umriß seiner Unterlippe nach. Jamie ergriff meine Hand, beugte sich vor und küßte mich unvermittelt, als wollte er auf diese Weise die kitzelnde Berührung wegwischen.

»Bist du sicher?« fragte er. »Ich meine... ich kann mir nicht vorstellen, daß es ihm gefällt, wenn es so durchgeschüttelt wird.«

»Das spürt es nicht«, versicherte ich ihm und machte mich erneut an seinem Kilt zu schaffen.

»Nun gut... wenn du dir sicher bist.«

Es klopfte gebieterisch, und mit dem echt französischen Gespür für den rechten Zeitpunkt trat das Zimmermädchen in den Raum.

»Monsieur, Madame«, murmelte das Mädchen und nickte kurz, während sie zur Feuerstelle schlurfte. Manchen Leuten geht's wirklich zu gut, drückte ihre Haltung deutlicher aus, als Worte es vermochten. Da ich mich bereits daran gewöhnt hatte, daß die Dienstboten Herbergsgästen im Negligé äußerst ungerührt begegneten, ließ ich es mit einem geflüsterten »*Bonjour*, Mademoiselle« bewenden. Doch ebenso rasch ließ ich Jamies Kilt fahren, schlüpfte unter die Decken und zog sie bis an die Nase hoch, um meine scharlachroten Wangen zu verbergen.

Jamie bewies größere Gelassenheit. Er schob sich eine der Nackenrollen über den Schoß, stützte den Ellbogen darauf, legte das Kinn in die Handflächen und begann mit der Magd eine freundliche Unterhaltung, in der er die Küche des Hauses lobte.

»Und woher beziehen Sie den Wein, Mademoiselle?« fragte er höflich.

»Mal von hier, mal von dort.« Sie zuckte die Schultern und stopfte mit geübter Hand Späne unter die Holzscheite. »Wo es am billigsten ist.« Sie zog die Stirn kraus, als sie verstohlen zu Jamie hinüberblickte.

»Das habe ich vermutet«, erklärte er grinsend, und sie schnaubte amüsiert.

»Ich wette, ich kann für den gleichen Preis doppelt so gute Ware liefern«, bot er an. »Sagen Sie das Ihrer Herrin.«

Skeptisch blickte sie ihn an. »Und was verlangen Sie dafür, Monsieur?«

Als er abwehrend die Hände hob, wirkte er plötzlich wie ein waschechter Gallier. »Nichts, Mademoiselle. Ich bin auf dem Weg zu einem Verwandten, der mit Wein handelt. Vielleicht kann ich mich bei ihm mit einem neuen Geschäft einführen.«

Sie nickte verständnisvoll und erhob sich ächzend.

»Nun gut, Monsieur. Ich rede mit der *patronne*.«

Ein gekonnter Hüftschwung im Vorbeigehen, und die Tür fiel hinter dem Mädchen ins Schloß. Jamie legte die Nackenrolle beiseite und machte sich daran, seinen Kilt wieder zu schließen.

»Was hast du denn vor?« protestierte ich.
Er blickte mich an, und gegen seinen Willen mußte er lächeln.
»Nun, also... schaffst du es wirklich, Sassenach?«
»Wenn du es schaffst«, entfuhr es mir.
Streng sah er mich an.
»Schon allein deswegen sollte ich sofort aufbrechen«, bemerkte er. »Aber ich habe gehört, daß man werdende Mütter bei Laune halten soll.« Er ließ den Kilt zu Boden fallen und setzte sich im Hemd neben mich aufs Bett.

Sein Atem umfing mich, als er die Decke zurückschlug, mein Nachthemd öffnete und meine Brüste entblößte. Er neigte den Kopf und küßte sie. Sanft berührte er die Brustwarzen mit der Zunge, so daß sie sich wie von Magie aufstellten.

»Mein Gott, wie wunderschön sie sind«, murmelte er, während er sie zärtlich mit den Händen umschloß. »Sie sind voller geworden, ein klein wenig. Und die Warzen sind dunkler.« Mit dem Zeigefinger verfolgte er den zarten Bogen eines feinen silbernen Haares, das neben dem dunklen Hof hervorsproß.

Dann hob er die Decke und streckte sich neben mir aus. Ich schmiegte mich in seine Arme und grub meine Hände in seine festen Hinterbacken.

Am liebsten hätte ich ihn sofort über mich gezogen, aber er drückte mich sanft zurück auf das Kissen und knabberte an meinem Hals und meinem Ohr. Seine Hand glitt meinen Schenkel hoch und schob dabei mein Nachthemd wie eine Welle vor sich her.

Er senkte den Kopf tiefer, und behutsam öffneten seine Hände meine Schenkel. Ich zitterte, als der kühle Lufthauch über meine nackte Haut strich, doch dann gab ich mich entspannt der Berührung seines warmen Mundes hin.

Da er sich keinen Zopf gebunden hatte, fuhr sein offenes Haar über die Innenseite meines Schenkels. Sein Körper ruhte bequem zwischen meinen Beinen, seine kräftigen Hände hatte er um meine runden Hüften gelegt.

»Mehr?« ertönte es fragend von unten.

Zur Antwort wölbte ich meine Hüften empor, bevor ich ein leises warmes Lachen über meine Haut streifen hörte.

Er griff mit den Händen unter meine Hüften und hob mich hoch. Ein kaum merkliches Beben erfaßte mich, breitete sich aus und trug mich hinweg, bis es seinen Höhepunkt erreicht hatte und mir war, als würde ich mich auflösen. Kraftlos und keuchend lag ich da, während Jamie seinen Kopf auf meinen Schenkel legte. Er wartete, bis ich mich erholt hatte, und streichelte mein Bein, bevor er sich abermals seinem Vorhaben widmete.

Ich strich ihm die zerzausten Haare zurück und streichelte zärtlich seine Ohren, die unverhältnismäßig zierlich für einen so großen, kräftigen Mann waren. Mit dem Daumen fuhr ich die obere, leicht rosa schimmernde Rundung entlang.

»Sie laufen oben spitz zu«, sagte ich. »Wie die Ohren eines Fauns.«

»Wirklich?« fragte er und unterbrach für einen Augenblick seine Anstrengungen. »Du meinst, wie die Ohren von diesen Dingern auf alten Gemälden, die Beine wie Ziegenböcke haben und nackte Frauen verfolgen?«

Ich hob den Kopf und blickte über das Durcheinander von Bettzeug, Nachthemd und nacktem Fleisch hinweg in die blauen katzenartigen Augen, die mir über feuchten braungekräuselten Haaren entgegenfunkelten.

»Genau die«, erwiderte ich und ließ meinen Kopf zurück in das Kissen fallen, während sein gedämpftes Lachen an meiner höchst empfindlichen Haut vibrierte.

»Oh«, seufzte ich und wollte mich aufsetzen. »Oh, Jamie, komm zu mir.«

»Noch nicht«, entgegnete er und bewegte seine Zungenspitze so heftig, daß ich mich wild hin und her wand.

»Jetzt«, forderte ich.

Er gab keine Antwort, und ich war nicht mehr in der Lage, noch etwas zu sagen.

»Oh«, seufzte ich nach einer Weile. »Das ist...«

»Was?«

»Gut«, murmelte ich. »Komm zu mir.«

»Nein«, entgegnete er, das Gesicht unter der zimtfarbenen Mähne verborgen. »Möchtest du...«

»Jamie«, wiederholte ich. »Ich will dich. Komm zu mir.«

Seufzend gab er nach, kniete sich hin und ließ sich von mir hochziehen. Dann verlagerte er sein Gewicht auf die Ellbogen, legte sich endlich auf mich, Bauch an Bauch, Lippen an Lippen. Bevor er protestieren konnte, küßte ich ihn, und bevor er sich versah, glitt er zwischen meine Schenkel. Unwillkürlich seufzte er auf vor Lust, als er in mich eindrang und mit hartem Griff meine Schultern umfaßte.

Er ging langsam und behutsam vor, hielt immer wieder inne, um mich zu küssen, und bewegte sich nur, wenn ich mein Verlangen danach nicht mehr zügeln konnte. Sanft glitten meine Hände über seinen Rücken, um die frisch verheilten Narben nicht wieder aufzureißen. Ich spürte, wie die Muskeln seiner Oberschenkel zitterten, aber er hielt sich zurück, vermied es, sich so zu bewegen, wie es ihn verlangte.

Ich hob meine Hüften, damit er noch tiefer in mich eindringen konnte. Konzentriert schloß er die Augen und runzelte die Stirn. Durch den geöffneten Mund stieß er den Atem hart hervor.

»Ich kann nicht...«, stöhnte er. »O Gott, ich kann nicht anders.« Seine Hinterbacken spannten sich an.

Tief befriedigt seufzte ich auf und zog ihn enger an mich heran.

»Alles in Ordnung?« fragte er nach einer Weile.

»Du siehst doch, ich bin nicht zerbrechlich«, erwiderte ich lächelnd.

»Du vielleicht nicht, Sassenach, aber *ich*«, lachte er heiser und zog mich an sich. Ich griff nach der Decke, legte sie um seine Schultern und packte uns beide in ein kuscheliges Nest. Die Wärme des Feuers hatte das Bett noch nicht erreicht, aber das Eis an den Fensterscheiben taute allmählich.

Schweigend lagen wir eine Weile nebeneinander und lauschten dem Knistern des brennenden Apfelbaumholzes in der Feuerstelle und den schwachen Geräuschen des erwachenden Gasthofs. Rufe ertönten von der Galerie im Innenhof, Hufe klapperten auf dem mit Schneematsch bedeckten Pflaster, und hin und wieder quiekte eines der Ferkel, die die Wirtin in der Küche hinter dem Ofen großzog.

»*Très français, n'est-ce pas?*« fragte ich amüsiert über die Auseinandersetzung, die im Stockwerk unter uns geführt wurde – eine liebevolle Abrechnung zwischen der Wirtin und dem ansässigen Weinhändler.

»Verkrüppelter Sohn einer pestverseuchten Hure!« rief eine weibliche Stimme. »Der Weinbrand von letzter Woche hat wie Pferdepisse geschmeckt.«

»Wie wollen Sie das wissen, Madame? Nach dem sechsten Glas schmeckt doch eh alles gleich, oder?«

Jamie und ich lachten so laut, daß das Bett schwankte. Er hob den

Kopf vom Kissen und zog anerkennend den Duft nach gebratenem Speck ein, der durch die undichten Fugen des Holzbodens drang.

»Ja, das ist Frankreich«, stimmte er zu. »Essen, trinken und – die Liebe.« Er tätschelte meine nackte Hüfte, bevor er das zerknautschte Nachthemd darüberzog.

»Jamie«, fragte ich leise. »Freust du dich über das Baby?« In Schottland geächtet, aus seinem Heim verbannt und mit vagen Zukunftsaussichten in Frankreich, hätte er allen Grund, über diese neue Pflicht nicht gerade ins Schwärmen zu geraten.

Er schwieg einen Augenblick, drückte mich noch fester an sich und seufzte kurz auf, bevor er antwortete.

»Aye, Sassenach.« Seine Hand wanderte abwärts und rieb sanft meinen Bauch. »Ich bin froh. Und stolz wie ein Spanier. Aber ich habe auch furchtbare Angst.«

»Wegen der Geburt? Das werde ich schon schaffen.« Ich konnte ihm seine Besorgnis kaum vorwerfen. Schließlich war seine Mutter im Kindbett gestorben, und eine Entbindung, vor allem eine komplizierte, war in jener Zeit die häufigste Todesursache bei Frauen. Aber da ich mich in diesen Dingen ein wenig auskannte, hatte ich nicht die Absicht, mich dem auszusetzen, was man medizinische Betreuung nannte.

»Ja, das und überhaupt alles«, sagte er leise. »Ich will dich beschützen, Sassenach, ich will mich wie ein Mantel über dich legen und dich und das Kind mit meinem Körper beschirmen.« Stockend und mit heiserer Stimme sprach er weiter. »Ich würde alles für dich tun... wenn... wenn ich nur könnte. Wie stark ich auch bin oder wie sehr ich dir helfen möchte – diesen Weg mußt du alleine gehen... und ich kann dir nicht zur Seite stehen. Wenn ich daran denke, was alles geschehen kann und wie hilflos ich bin... aye, dann habe ich Angst, Sassenach.«

Er drehte mich zu sich und legte sanft eine Hand auf meine Brust. »Aber wenn ich mir vorstelle, wie mein Kind an deiner Brust liegt... dann könnte ich vor Freude platzen wie eine Seifenblase.«

Er drückte mich fest an sich, und ich umarmte ihn leidenschaftlich.

»O Claire, ich liebe dich so, daß es mir das Herz zerreißt.«

Ich schlief noch eine Weile, und als ich aufwachte, läutete am nahegelegenen Platz eine Kirchenglocke. Da ich gerade aus der Abtei Ste. Anne kam, war ich es gewohnt, daß sich die Aktivitäten des

Tages nach dem Glockengeläut richteten, und so blickte ich unwillkürlich zum Fenster, um mit Hilfe des Lichtes die Tageszeit abzuschätzen. Hell und klar fiel es herein, und das Fenster trug keine Eisblumen mehr. Demnach war es Mittag, und die Glocken läuteten zum Angelusgebet.

Ich streckte mich und genoß das wohlige Gefühl, nicht gleich aufstehen zu müssen. Die ersten Wochen der Schwangerschaft ermüdeten mich, und die Anstrengungen der Reise hatten ein übriges getan, so daß mir die lange Rast mehr als willkommen war.

Die Winterstürme waren Frankreichs Küste entlanggefegt, und während unserer Reise hatte es unablässig geregnet und geschneit. Aber es hätte auch noch schlimmer kommen können. Ursprünglich hatten wir beabsichtigt, nach Rom zu fahren und nicht nach Le Havre. Bei solch einem Wetter hätte das eine Reise von drei oder vier Wochen bedeutet.

Da Jamie im Ausland darauf angewiesen war, Geld zu verdienen, hatte man ihm für James Francis Edward Stuart, im Exil lebender König von Schottland – oder schlicht und einfach Chevalier de St. George, Thronprätendent, je nach Treuebekenntnis –, ein Empfehlungsschreiben als Übersetzer mitgegeben. Aus diesem Grunde hatten wir uns seinem Hofstaat in der Nähe von Rom anschließen wollen.

Unmittelbar vor unserer Abreise nach Italien hatte uns Jamies Onkel Alexander, Abt von Ste. Anne, jedoch in seine Räume gebeten.

»Ich habe eine Nachricht von Seiner Majestät«, verkündete er ohne vorherige Einleitung.

»Von welcher?« fragte Jamie. Die Familienähnlichkeit zwischen den beiden Männern wurde durch ihre Körperhaltung noch unterstrichen – jeder saß kerzengerade und mit gestrafften Schultern auf seinem Stuhl. Was den Abt betraf, gehörte diese Haltung zu seiner asketischen Lebensweise. Jamie hingegen wollte seine frisch verheilten Narben nicht in Kontakt mit der hölzernen Stuhllehne bringen.

»Seiner Majestät König James«, entgegnete sein Onkel und blickte mich stirnrunzelnd an. Ich bemühte mich, mir nichts anmerken zu lassen. Meine Anwesenheit in den Räumen des Abtes war ein Vertrauensbeweis, den ich durch nichts gefährden wollte. Er hatte mich vor knapp sechs Wochen zum ersten Mal gesehen, als ich mit

Jamie, von Folter und Gefangenschaft fast zu Tode gequält, an der Pforte erschienen war. In dem Maße, wie wir uns näher kamen, war das Vertrauen des Abts in mich gewachsen. Andererseits war ich nun einmal Engländerin. Und der englische König hieß George, nicht James.

»So? Braucht er nun doch keinen Übersetzer?« Jamie war immer noch dünn, aber da er mit den Mönchen in den Ställen und auf den Feldern der Abtei arbeitete, gewann sein Gesicht allmählich wieder seine normale gesunde Farbe zurück.

»Er braucht einen treuen Diener – und einen Freund.« Abt Alexander klopfte sacht auf einen gefalteten Brief, der vor ihm auf dem Schreibtisch lag. Abwägend blickte er zwischen seinem Neffen und mir hin und her.

»Was ich euch jetzt sage, muß unter uns bleiben«, erklärte er ernst. »Es wird sich schon bald herumsprechen, aber im Augenblick...« Ich bemühte mich, verschwiegen auszusehen, während Jamie nur ungeduldig nickte.

»Seine Hoheit Prinz Charles Edward hat Rom verlassen und wird in dieser Woche in Frankreich eintreffen«, erklärte der Abt. Dabei beugte er sich vor, als wollte er seinen Worten größeres Gewicht verleihen.

Und die Nachricht war wirklich bedeutsam. James Stuart hatte 1715 einen mißglückten Versuch unternommen, seinen Thron zurückzuerobern. Es war ein schlecht geplanter Feldzug, der schon bald aufgrund mangelnder Unterstützung scheiterte. Seitdem hatte der verbannte James von Schottland in unermüdlichen Schreiben an befreundete Monarchen – insbesondere an seinen Cousin, den König von Frankreich – immer wieder seinen rechtmäßigen Anspruch auf den Thron Englands und Schottlands betont und dabei auf die Stellung seines Sohnes Prinz Charles als Thronerbe hingewiesen.

»Sein Vetter, König Louis, hat sich gegenüber diesem berechtigten Anspruch leider taub gezeigt«, erklärte der Abt, wobei er stirnrunzelnd auf den Brief blickte, als läge Louis selbst vor ihm. »Sollte er sich mittlerweile auf seine Verantwortung in dieser Sache besonnen haben, haben jene, die an dem heiligen Recht der Königswürde festhalten, Grund zu großer Freude.«

Er meinte damit die Jakobiten, also James' Anhänger, zu denen auch der Abt von Ste. Anne – ein gebürtiger Schotte namens Alexander Fraser – gehörte. Jamie hatte mir erzählt, daß Alexander einer der wichtigsten Korrespondenten des verbannten Königs war und über alles Kenntnis besaß, was mit den Stuarts zusammenhing.

»Er sitzt an der richtigen Stelle«, hatte Jamie mir erklärt, als wir über das Abenteuer sprachen, zu dem wir aufbrechen wollten. »Die päpstlichen Boten befördern die Mitteilungen meist schneller als andere durch Italien, England und Schottland. Und sie können nicht von den Zollbeamten der Regierung aufgehalten werden, das heißt, es ist ziemlich unwahrscheinlich, daß die Briefe, die sie bei sich tragen, abgefangen werden.«

Der in Rom im Exil lebende König James genoß die Unterstützung des Papstes, der erhebliches Interesse an der Wiedereinsetzung einer katholischen Monarchie in England und Schottland besaß. Daher wurden die meisten seiner Briefe durch päpstliche Boten befördert und über treue Anhänger innerhalb der kirchlichen Hierarchie weitergeleitet, wie durch Abt Alexander. Sie standen in Verbindung mit den schottischen Jakobiten, so daß diese Beförderung weniger Risiken barg, als wenn man die Briefe auf gewöhnlichem Weg von Rom nach Edinburgh und in die Highlands geschickt hätte.

Während Alexander die Bedeutsamkeit des Besuchs von Prinz Charles in Frankreich erläuterte, sah ich ihn mir genauer an. Er war untersetzt und dunkelhaarig und hatte ungefähr die gleiche Größe wie ich. Wie sein Neffe hatte er leicht schräge Augen, einen scharfen Verstand und die Gabe, verborgenen Beweggründen auf die Spur zu kommen. Ein Merkmal, das allen Frasers, denen ich begegnet war, zu eigen war.

»Das heißt«, schloß er seine Ausführungen und strich sich über den vollen, dunklen Bart, »ich weiß nicht, ob Seine Hoheit sich auf Louis' Einladung hin in Frankreich aufhält oder uneingeladen auf Geheiß seines Vaters dort erschienen ist.«

»Das macht durchaus einen Unterschied«, bemerkte Jamie, wobei er skeptisch die Stirn runzelte.

Sein Onkel nickte und ließ durch das Dickicht seines Bartes ein gezwungenes Lächeln erkennen.

»Richtig, mein Junge«, entgegnete er und gestand sich im Gegensatz zu seinem sonstigen formellen Englisch die Andeutung eines schottischen Akzents zu. »Sehr richtig. Und da könnest uns du und deine Frau gute Dienste leisten, wenn ihr mögt.«

Der Vorschlag war einfach: Wenn der Neffe seines treuen und hochgeschätzten Freundes Alexander bereit war, nach Paris zu reisen und seinem Sohn, Seiner Hoheit Prinz Charles, in jedweder Form zu Diensten zu sein, würde Seine Majestät König James für die Reisekosten und ein bescheidenes Gehalt aufkommen.

Ich war verblüfft. Wir hatten ursprünglich beabsichtigt, nach Rom zu fahren, da uns dies als der geeignetste Ort für unsere Aufgabe erschien: den zweiten jakobitischen Aufstand – den des Jahres 1745 – zu verhindern. Aus meinen Geschichtskenntnissen wußte ich, daß dieser Aufstand, der von Charles Edward Stuart angeführt worden war, den Versuch seines Vaters vom Jahr 1715 bei weitem übertreffen, aber dennoch nicht von Erfolg gekrönt sein sollte. Wenn die Dinge so fortschritten, wie ich annahm, würden die Soldaten unter Bonnie Prince Charles 1746 bei Culloden eine verheerende Niederlage hinnehmen müssen, unter deren Auswirkungen die Bevölkerung der Highlands noch weitere zwei Jahrhunderte zu leiden haben würde.

Jetzt, im Jahre 1744, war Charles offensichtlich gerade im Begriff, in Frankreich um Unterstützung zu bitten. Wo ließ sich ein Aufstand besser verhindern als an der Seite seines Anführers?

Ich sah Jamie an, der über die Schulter seines Onkels hinweg auf einen kleinen, in die Wand eingelassenen Reliquienschrein blickte. Zwar ruhten seine Augen auf der vergoldeten Figur der heiligen Anne, doch hinter seiner ausdruckslosen Miene arbeitete sein Verstand fieberhaft. Schließlich blinzelte er und lächelte seinen Onkel an.

»Welcher Hilfe Seine Hoheit auch bedarf«, meinte er ruhig, »ich bin sicher, daß ich das schaffe. Wir fahren.«

Und so brachen wir auf. Allerdings begaben wir uns nicht auf direktem Weg nach Paris, sondern fuhren zunächst von Ste. Anne nach Le Havre, um uns dort mit Jamies Cousin Jared Fraser zu treffen.

Jared war ein erfolgreicher schottischer Emigrant, der mit Wein und Schnaps handelte und dem ein Lagerhaus, ein geräumiges Stadthaus in Paris und darüber hinaus noch ein Weindepot in Le Havre gehörte. Als er aus Jamies Brief erfuhr, daß wir auf dem Weg nach Paris waren, hatte er Jamie dorthin gebeten.

Ausgeruht, wie ich war, verspürte ich nun allmählich Hunger. Auf dem Tisch stand ein Teller mit Speisen. Offensichtlich hatte

Jamie das Zimmermädchen angewiesen, mir etwas zu bringen, während ich schlief.

Da ich keinen Morgenmantel besaß, griff ich mir meinen Reiseumhang aus Samt. Ich setzte mich auf und schlang mir das warme Kleidungsstück um die Schultern, bevor ich eine notwendige Verrichtung erledigte, ein weiteres Holzscheit auf das Feuer warf und mich schließlich zu meinem späten Frühstück niedersetzte.

Zufrieden verspeiste ich die harten Brötchen und den gebackenen Schinken und spülte beides mit Milch hinunter. Hoffentlich wurde Jamie ebensogut bewirtet wie ich. Er hatte mir immer wieder versichert, Jared sei ein guter Freund, doch was die Gastfreundschaft von Jamies Verwandten betraf, hatte ich so meine Zweifel, nachdem ich mit einigen Bekanntschaft geschlossen hatte. Sicher, Abt Alexander hatte uns willkommen geheißen, aber während unseres Aufenthalts bei der Familie von Jamies Mutter, den MacKenzies von Leoch, war ich nur knapp dem Tod entronnen. Man hatte mich eingesperrt und mir als Hexe den Prozeß gemacht.

»Zugegeben«, lenkte ich ein, »dieser Jared ist ein Fraser, denen man mehr Vertrauen schenken kann als deinen Verwandten vom Clan der MacKenzies. Aber bist du ihm überhaupt schon mal begegnet?«

»Ich habe eine Zeitlang bei ihm gewohnt, als ich achtzehn war«, antwortete er, während er Kerzenwachs auf den Antwortbrief tropfte und den Ehering seines Vaters in die graugrüne Pfütze drückte. Die Fassung des Rubinrings trug das Motto des Fraser-Clans: *Je suis prest* – »Ich bin bereit«.

»Er hat mich bei sich aufgenommen, als ich nach Paris kam, um den letzten Schliff zu erlangen und ein wenig von der Welt kennenzulernen. Er war sehr nett zu mir; ein guter Freund meines Vaters. Und keiner kennt sich in der Pariser Gesellschaft besser aus als jemand, der mit Getränken handelt«, fügte er hinzu und brach den Ring aus dem gehärteten Wachs. »Bevor ich an der Seite von Charles Stuart Louis' Hof betrete, möchte ich mit Jared reden. Ich will sichergehen, daß ich dort auch wieder rauskomme«, schloß er und verzog das Gesicht.

»Wieso? Glaubst du, es gibt Ärger?« fragte ich. Die Wendung »Welcher Hilfe Seine Hoheit auch bedarf« bot einen erheblichen Spielraum.

Er lächelte über meine besorgte Miene.

»Nein, ich rechne nicht mit Schwierigkeiten. Aber wie heißt es in der Bibel, Sassenach? ›Es ist gut, auf den Herrn vertrauen und nicht sich verlassen auf Fürsten.‹« Er erhob sich, küßte mich auf die Stirn und steckte den Ring zurück in die Tasche. »Und wer bin ich, daß ich das Wort Gottes mißachte?«

Ich verbrachte den Nachmittag mit der Lektüre des Kräuterbuches, das mir mein Freund Bruder Ambrosius zum Abschied geschenkt hatte. Anschließend widmete ich mich notwendigen Arbeiten mit Nadel und Faden. Weder Jamie noch ich besaßen viel zum Anziehen. Das hatte zwar den Vorteil, daß wir mit leichtem Gepäck reisen konnten, andererseits mußten durchlöcherte Socken und heruntergerissene Säume umgehend wieder instandgesetzt werden. Mein Nadeletui war mir annähernd so wichtig wie mein kleiner Kasten mit Kräutern und Arzneien.

Während ich die Nadel durch den Stoff führte, dachte ich an Jamies Besuch bei Jared. Aber noch mehr kreisten meine Gedanken um Prinz Charles. Zum ersten Mal würde ich einem Menschen gegenüberstehen, der eine historische Berühmtheit war, und während ich weiß Gott nicht allen Legenden, die sich um ihn rankten (nein, ranken *würden,* wies ich mich zurecht), Glauben schenkte, blieb der Mann doch geheimnisvoll. Der Aufstand von 1745 würde – ob er nun scheiterte oder erfolgreich war – fast einzig und allein von der Persönlichkeit dieses jungen Mannes abhängen. Aber ob es überhaupt zum Aufstand kommen würde, hing eventuell von den Bemühungen eines anderen jungen Mannes ab – Jamie Fraser. Und von mir.

Ich saß immer noch gedankenverloren über meiner Näharbeit, als ich auf dem Flur schwere Schritte hörte. Plötzlich wurde mir bewußt, daß es schon ziemlich spät war. In den herabhängenden Eiszapfen spiegelten sich die letzten Sonnenstrahlen. Die Tür öffnete sich, und Jamie trat ein.

Vage lächelte er mich an. Dann blieb er geistesabwesend neben dem Tisch stehen, als würde er versuchen, sich an etwas zu erinnern. Er legte seinen Umhang ab, faltete ihn zusammen und breitete ihn ordentlich über das Fußende des Bettes. Er richtete sich auf, ging hinüber zum Schemel, ließ sich mit äußerster Präzision drauf nieder und schloß die Augen.

Vergessen lag das Flickzeug in meinem Schoß, während ich Jamies Auftritt verfolgte. Nach einer Weile öffnete er die Augen und lächelte mich schweigend an. Er neigte sich vor und musterte mich genau, als hätte er mich seit Wochen nicht mehr gesehen. Schließlich machte sich ein Ausdruck tiefgreifender Erkenntnis auf seinem Gesicht breit. Seine Spannung löste sich, und seine Schultern sanken nach vorn, als er die Ellbogen auf die Knie stützte.

»Whisky«, erklärte er voller Zufriedenheit.

»Aha«, erwiderte ich vorsichtig. »Viel?«

Bedächtig wiegte er den Kopf, als wäre er sehr schwer. »Nicht ich«, erklärte er unmißverständlich. »Du.«

»*Ich?*« Ich war entrüstet.

»Deine Augen«, klärte er mich glückselig lächelnd auf. Seine eigenen blickten weich und verträumt und trübe wie ein Forellenteich im Regen.

»Meine Augen? Was haben meine Augen damit zu tun...«

»Wenn das Sonnenlicht von hinten kommt, haben sie die Farbe eines alten, guten Whiskys. Heute früh hab' ich gedacht, es wäre Sherry, aber ich war im Unrecht. Kein Sherry. Auch nicht Weinbrand. Whisky. Kein Zweifel.« Er wirkte derart erfreut, daß ich lachen mußte.

»Jamie, du bist fürchterlich betrunken. Was hast du angestellt?«

Sein Gesichtsausdruck wandelte sich zu einem leichten Stirnrunzeln.

»Ich bin nicht betrunken.«

»Ach, wirklich nicht?« Ich legte das Flickzeug beiseite, trat zu ihm hin und legte ihm die Hand auf die Stirn. Sie fühlte sich kühl und feucht an, obwohl seine Haut gerötet war. Im selben Augenblick legte er mir die Arme um die Taille, zog mich fest zu sich heran und schmiegte sich zärtlich an meinen Busen. In dichten Schwaden stieg von ihm der Dunst unterschiedlichster Spirituosen auf.

»Komm zu mir, Sassenach«, murmelte er. »Mein Mädel mit den Whiskyaugen, meine Liebe. Ich will dich ins Bett bringen.«

Wer hier wen zu Bett bringen würde, darüber ließ sich streiten, aber ich widersprach ihm nicht. Ich beugte mich vor und schob meine Schulter unter seine Achsel, um ihm aufzuhelfen, aber er wich mir aus und erhob sich aus eigener Kraft langsam und majestätisch.

»Ich brauche keine Hilfe«, erklärte er und griff nach der Kordel an seinem Hemdkragen. »Ich habe dir doch gesagt, ich bin nicht betrunken.«

»Das stimmt«, pflichtete ich ihm bei. »›Betrunken‹ beschreibt es nicht mal annähernd, Jamie, du bist voll bis obenhin!«

Sein Blick wanderte an seinem Kilt abwärts, über den Boden und an meinem Kleid wieder hoch.

»Nein, bin ich nicht«, entgegnete er äußerst würdevoll. »Ich habe mich vor der Tür erleichtert.« Er trat einen Schritt auf mich zu und blickte mich glutäugig an. »Komm her zu mir, Sassenach. Ich bin bereit.«

Bereit, dachte ich bei mir, schien nun doch ein wenig übertrieben: Sein Hemd war zur Hälfte aufgeknöpft und hing ihm verrutscht über den Schultern. Doch mehr würde er ohne Hilfe nicht schaffen. Der Rest hingegen ... Seine breite Brust war entblößt und offenbarte die kleine Mulde in der Mitte, in die ich normalerweise mein Kinn legte, und die kurzen Haare kräuselten sich um seine Brustwarzen. Als er meinen Blick bemerkte, griff er nach meiner Hand und drückte sie an seine Brust. Er war überraschend warm, so daß ich instinktiv an ihn heranrückte. Mit dem anderen Arm umschlang er mich und beugte sich nieder, um mich zu küssen. Er tat es so gründlich, daß ich allein von seinem Atem leicht betrunken wurde.

»In Ordnung«, sagte ich lächelnd. »Wenn du bereit bist, bin ich es auch. Aber erst will ich dich ausziehen; ich habe heute schon genug geflickt.«

Er bewegte sich kaum, als ich ihn entkleidete. Er rührte sich auch nicht, als ich meine Kleider abstreifte und die Bettdecken zurückschlug.

Nachdem ich ins Bett geklettert war, drehte ich mich um zu ihm, um ihn zu betrachten. Wie gesund und großartig er im Schein der untergehenden Sonne aussah! Sein schlanker Körper erinnerte an eine griechische Statue. Die schmale, lange Nase und die hohen Wangenknochen glichen dem Profil auf römischen Münzen. Ein verträumtes Lächeln umspielte seinen großen, weichen Mund, und die schrägen Augen blickten in die Ferne. Er war wie erstarrt.

Besorgt sah ich ihn an.

»Jamie«, fragte ich, »wie stellst du eigentlich fest, ob du betrunken bist?«

Aufgeschreckt von meiner Stimme, schwankte er besorgniserregend, fing sich aber am Kaminsims. Sein Blick wanderte ziellos im

Raum umher, bis er schließlich auf meinem Gesicht zur Ruhe kam. Einen Augenblick lang funkelten seine Augen klar und intelligent.

»Ach, ganz einfach, Sassenach. Solange man stehen kann, ist man nicht betrunken.« Er nahm die Hände vom Sims, trat einen Schritt auf mich zu und sank, mit leerem Blick und einem breiten, bezaubernden Lächeln auf dem verträumten Gesicht, langsam zu Boden.

»Oh!« entfuhr es mir.

Das Krähen der Hähne und Scheppern der Töpfe weckten mich am nächsten Morgen kurz nach Tagesanbruch. Die Gestalt neben mir zuckte zusammen und wachte jählings auf. Aber da ihrem Kopf die plötzliche Bewegung nicht wohltat, verfiel sie sogleich wieder in Reglosigkeit.

Ich stützte mich auf den Ellbogen und sah mir die Überreste an. Nicht zu schlimm, stellte ich kritisch fest. Zum Schutz gegen die Sonnenstrahlen hatte Jamie die Augen fest zusammengekniffen, und seine Haare standen ihm wie die Stacheln eines Igels vom Kopf ab. Aber seine Haut war blaß und durchsichtig und seine Hände, die die Decke fest umklammert hielten, ruhig.

Ich hob ein Augenlid, spähte hinein und fragte scherzend: »Jemand zu Hause?«

Auge Nummer zwei öffnete sich langsam, und beide sahen sie mich stieren Blickes an. Ich ließ meine Hand sinken und lächelte Jamie freundlich an.

»Guten Morgen.«

»Das ist Anschauungssache, Sassenach«, entgegnete er und schloß beide Augen.

»Hast du eine Ahnung, wieviel du wiegst?« fragte ich ihn im Plauderton.

»Nein.«

Seine rasche Antwort bewies mir nicht nur, daß er es nicht wußte, sondern auch, daß es ihm vollkommen egal war. Aber ich ließ nicht locker.

»So um die fünfundneunzig Kilogramm, nehme ich an. Ungefähr soviel wie ein gutgebauter Eber. Leider hatte ich keine Treiber zur Hand, um dich mit dem Kopf nach unten auf einen Speer aufspießen und nach Hause in die Räucherkammer tragen zu lassen.«

Er öffnete ein Auge und blickte erst nachdenklich auf mich, dann auf den Kamin am anderen Ende des Raumes. Ein Mundwinkel hob sich widerwillig zu einem Lächeln.

»Wie hast du mich ins Bett gebracht?«

»Überhaupt nicht. Da ich dich nicht von der Stelle bewegen konnte, habe ich bloss eine Decke über dich gebreitet und dich an der Feuerstelle liegenlassen. Irgendwann in der Nacht bist du aus eigener Kraft ins Bett gekrochen.«

Offenbar überrascht schlug er auch das andere Auge auf.

»Wirklich?«

Ich nickte und versuchte, ihm die abstehenden Haare über dem linken Ohr glattzustreichen.

»O ja, du bist ziemlich zielstrebig vorgegangen.«

»Zielstrebig?« Er runzelte die Stirn, überlegte, streckte die Arme in die Luft und dehnte sich. Verblüffung machte sich auf seinem Gesicht breit.

»Nein, das kann nicht sein.«

»Doch. Zweimal.«

Er blinzelte an seinem Bauch hinunter, als suchte er dort die Bestätigung für diese unglaubliche Behauptung, und richtete dann den Blick wieder auf mich.

»Wirklich? Das ist ungerecht. Ich kann mich an nichts erinnern.« Schüchtern fragte er: »Hoffentlich habe ich mich nicht dumm benommen.«

Ich liess mich neben ihn ins Bett fallen und kuschelte mich in seine Achselhöhle.

»Nein, dumm wäre übertrieben. Allerdings warst du nicht sonderlich unterhaltsam.«

»Auch kleine Gaben werden angenommen«, entgegnete er leise schmunzelnd, und unter seinem Kichern vibrierte seine Brust.

»›Ich liebe dich‹ war das einzige, was du hast sagen können. Das dafür viele Male hintereinander.«

Er kicherte erneut. »Ach ja? Hätte wohl auch schlimmer sein können.«

Er holte gerade tief Luft, als er plötzlich abrupt innehielt. Argwöhnisch schnupperte er an dem weichen Zimtbüschel unter seinem erhobenen Arm.

»Herrgott!« rief er und versuchte mich wegzustossen. »Es kann dir doch keinen Spass machen, deinen Kopf in meine Achselhöhle zu legen. Ich stinke wie ein sieben Tage toter Eber.«

»Den man anschließend in Weinbrand eingelegt hat«, stimmte ich ihm zu und kuschelte mich noch enger an ihn. »Wie, um Himmels willen, bist du so, äh, stinkbesoffen geworden?«

»Jareds Gastfreundschaft.« Er legte den Arm um meine Schulter und machte es sich mit einem tiefen Seufzer in den Kissen bequem.

»Er hat mir sein Kontor am Hafen mit dem Lagerraum gezeigt, in dem die edlen Jahrgänge, der Weinbrand aus Portugal und der Rum aus Jamaika aufbewahrt werden.« Bei der Erinnerung verzog sich sein Gesicht zu einer Grimasse. »Es war nicht so sehr der Wein. Von dem haben wir immer nur einen Schluck genommen und wieder ausgespuckt. Aber den Weinbrand wollten wir nicht auf diese Weise vergeuden. Außerdem hat Jared mir erklärt, man müsse ihn ganz langsam durch die Kehle rinnen lassen, um ihn wirklich zu genießen.«

»Und wie oft hast du ihn wirklich genossen?« fragte ich neugierig.

»Nach der Hälfte der zweiten Flasche bin ich mit dem Zählen durcheinandergekommen.« Die Kirchenglocke begann mit dem Geläut zur Frühmesse. Jamie setzte sich kerzengerade auf und blickte wie gebannt auf die sonnenbeschienene Fensterscheibe.

»Herrgott, Sassenach, wie spät ist es?«

»Ungefähr sechs, nehme ich an«, erwiderte ich verwirrt. »Weshalb?«

Er schien erleichtert, blieb jedoch aufrecht sitzen.

»Das ist gut. Ich habe befürchtet, es sei bereits das Angelusläuten. Irgendwie ist mir der Zeitbegriff abhanden gekommen.«

»Das würde ich auch sagen. Macht es denn was?«

In einem plötzlichen Energieausbruch warf er die Decken beiseite und stand auf. Er schwankte einen Augenblick, behielt jedoch das Gleichgewicht. Dann griff er sich mit beiden Händen an den Kopf, um sicherzustellen, daß er noch dran war.

»Aye«, meinte er leicht keuchend. »Wir haben heute morgen einen Termin am Hafen, in Jareds Lagerhaus. Du und ich.«

»Wirklich?« Ich stieg aus dem Bett und tastete nach dem Nachttopf.

Jamies Kopf tauchte aus dem Halsausschnitt seines Hemdes auf.

»Besitzt du etwas Passendes zum Anziehen, Sassenach?«

Auf unseren Reisen hatte ich ein praktisches graues Sergekleid getragen, zu dem mir der Almosenpfleger der Abtei Ste. Anne verholfen hatte. Außerdem besaß ich noch das Kleid, mit dem ich aus Schottland geflohen war; ein Geschenk von Lady Annabelle MacRannoch. Das blattgrüne Samtgewand ließ mich recht blaß aussehen, aber zumindest war es elegant.

»Ich denke schon, falls es nicht voller Salzwasserflecken ist.«

Ich kniete mich vor die kleine Reisekiste und faltete das grüne Samtkleid auseinander. Jamie hockte sich neben mich, klappte den Deckel meines Medizinkastens auf und betrachtete die Flaschen und Schachteln und die in Mull eingeschlagenen Kräuter.

»Gibt es hier irgendwas gegen unerträgliches Kopfweh?«

Ich spähte über seine Schulter, griff in den Kasten und tippte auf eine Flasche.

»Vielleicht hilft Andorn, aber ideal ist es nicht. Weidenrindentee mit Fenchelsamen wirkt zuverlässig, braucht jedoch gewisse Zeit für die Zubereitung. Aber warte – am besten mische ich dir etwas gegen Leberzirrhose! Eine wundervolle Medizin gegen Kater!«

Argwöhnisch blinzelte er mich an.

»Klingt ekelhaft.«

»Ist es auch«, erwiderte ich fröhlich. »Aber wenn du dich übergeben hast, wirst du dich viel besser fühlen.«

»Mmmpf.« Er stand auf und schob mir mit einem Zeh den Nachttopf zu.

»Sich morgens zu übergeben ist *deine* Aufgabe, Sassenach«, erklärte er. »Erledige sie und zieh dich an. Ich werde die Kopfschmerzen ertragen.«

Jared Munro Fraser war ein kleiner, schlanker Mann mit dunklen Augen. Er sah seinem entfernten Cousin Murtagh vom Clan der Fraser, der uns bis nach Le Havre begleitet hatte, ziemlich ähnlich. Bei unserer ersten Begegnung stand Jared würdevoll in den weit geöffneten Türen seines Lagerhauses, so daß die Hafenarbeiter mit ihren Fässern einen Bogen um ihn machen mußten.

Jared hatte wie Murtagh strähnige, dunkle Haare, durchdringende Augen und eine sehnige Gestalt. Aber da hörte die Ähnlichkeit auch schon auf. Jareds Gesicht war eher rechteckig als scharfgeschnitten. Seine fröhliche Stupsnase machte die würdevolle Aura zunichte, die er von Ferne mit seiner exquisiten Kleidung und aufrechten Haltung ausgestrahlt hatte.

Da er ein erfolgreicher Kaufmann war und kein Viehdieb, verstand er sich auch darauf zu lächeln – im Unterschied zu Murtagh, dessen normaler Gesichtsausdruck fortwährende Verdrießlichkeit ausdrückte. Nachdem man uns auf die Rampe geschubst und geschoben hatte und wir schließlich vor ihm standen, begrüßte er uns mit breitem Grinsen.

»Meine Liebe!« rief er, nahm mich am Arm und zog mich resolut zur Seite, um den Weg für zwei kräftige Schauerleute freizumachen, die soeben ein Faß durch die riesige Tür rollten. »Wie ich mich freue, dich – ich darf doch du sagen? – endlich kennenzulernen!« Lärmend polterte das Faß über die Planken der Rampe und ich hörte, wie in seinem Innern die Flüssigkeit hin und her schwappte.

»Mit Rum kann man so umgehen«, erklärte Jared, und sein Blick folgte dem riesigen Faß auf seinem Hindernislauf durch das Lagerhaus. »Aber nicht mit Port. Um den kümmere ich mich immer selbst, ebenso um den Flaschenwein. Eigentlich wollte ich mich gerade auf den Weg machen, um eine neue Lieferung Portwein entgegenzunehmen. Hättet ihr Lust, mich zu begleiten?«

Ich warf einen Blick auf Jamie, und als er nickte, brachen wir umgehend auf. In Jareds Gefolge wichen wir Fässern jeglicher Größe aus, Wagen und Karren, Männern und Knaben, die mit Tuchballen, Getreidesäcken, Kupferdrahtrollen, Mehlsäcken und was immer sich per Schiff transportieren ließ, beladen waren.

Le Havre war eine wichtige Hafenstadt, und die Hafenanlagen bildeten das Herz der Stadt. Am Hafen zog sich ein annähernd vierhundert Meter langer Kai entlang, aus dem kleinere Piers herausragten. Dort lagen Dreimastschiffe und Brigantinen, Ruderboote und kleine Galeeren vor Anker. Also all die Schiffe, die die Versorgung Frankreichs gewährleisteten.

Unterwegs wies mich Jared stolz auf Sehenswertes hin und rasselte die Geschichte der einzelnen Schiffe und ihrer Besitzer herunter. Die *Arianna*, an der wir vorüberkamen, gehörte Jared selbst. Schiffe, so erfuhr ich, gehörten meist einer Gruppe von Kaufleuten oder einem Kapitän, der das Schiff samt Mannschaft für die Dauer einer Reise vermietete. Da die meisten Schiffe Handelsgesellschaften gehörten und sich nur wenige in Privathand befanden, bekam ich eine Vorstellung von Jareds Vermögen.

Die *Arianna* lag inmitten einer Reihe von Schiffen unweit eines großen Lagerhauses, über dessen Tür der Name FRASER stand, am Kai. Beim Anblick der Lettern wurde ich von einer seltsamen Erregung ergriffen, einem plötzlichen Gefühl der Verbundenheit, und mir wurde bewußt, daß ich diesen Namen teilte und in die Familie seiner Träger aufgenommen worden war.

Die *Arianna* war ein Dreimaster von ungefähr achtzehn Metern Länge mit mächtigem Bug. An der dem Hafen zugewandten Seite befanden sich zwei Geschütze. An Deck schwärmten Männer herum, vermutlich hatte jeder seine Aufgabe, aber von mir aus wirkte das Ganze eher wie ein Ameisenhaufen unter Beschuß.

Obwohl alle Segel aufgetucht und festgezurrt waren, änderte das Schiff mit Einsetzen der Flut seine Lage, so daß das Bugspriet in unsere Richtung wies. Den Bug schmückte eine grimmig blickende Galionsfigur, die mit ihrem entblößten Busen und den salzverkrusteten Locken den Anschein erweckte, als fände sie keinen sonderlich großen Gefallen an der See.

»Ist sie nicht eine entzückende kleine Schönheit?« erkundigte sich Jared und begleitete seine Worte mit einer ausladenden Handbewegung. Gewiß war das auf das Schiff und nicht auf die Galionsfigur gemünzt.

»Sehr hübsch«, stimmte Jamie höflich zu. Ich sah, wie er ängstlich zur Wasserlinie blickte, wo sich die kleinen dunkelgrauen Wellen am Schiffsrumpf brachen. Gewiß hoffte er, nicht an Bord gehen zu müssen. So tapfer Jamie als Krieger war, so hervorragend, wagemutig und kühn im Kampf, sosehr war er auch Landratte.

Er gehörte zweifellos nicht zu den hartgesottenen Seefahrern unter den Schotten, die vor Tarwathie auf Walfang gingen oder die Welt bereisten, um zu Reichtum zu gelangen. Er neigte zu heftiger Seekrankheit, die ihm auf unserer Fahrt über den Kanal im Dezember fast das Leben gekostet hätte, zumal er zu jener Zeit durch die erlittene Folter und Einkerkerung geschwächt gewesen war. Auch wenn sich die gestrige Sauftour mit Jared damit nicht vergleichen ließ, so hatte sie ihn gewiß nicht seetüchtiger werden lassen.

Die dunklen Erinnerungen standen ihm ins Gesicht geschrieben, als er den Ausführungen seines Cousins über die Vorzüge der *Arianna* lauschte. Ich rückte nahe genug an ihn heran, um ihm etwas zuflüstern zu können.

»Aber doch nicht, wenn es ruhig liegt, oder?«

»Ich weiß es nicht, Sassenach«, antwortete er und blickte mit einer Mischung aus Abscheu und Resignation auf das Schiff. »Aber wir werden es wohl gleich herausfinden.« Jared befand sich bereits auf der Gangway und begrüßte den Kapitän lautstark. »Wenn ich grün werde, kannst du dann so tun, als würdest du in Ohnmacht fallen oder etwas Ähnliches? Es macht einen schlechten Eindruck, wenn ich Jared auf die Schuhe kotze.«

Beruhigend tätschelte ich seinen Arm. »Mach dir keine Sorgen. Ich vertraue dir.«

»Es liegt nicht an *mir*«, meinte er mit einem letzten langen Blick auf das feste Land. »Es liegt an meinem Magen.«

Das Schiff blieb jedoch angenehm ruhig, und Jamie und sein Magen bewältigten die Herausforderung wacker – möglicherweise trug der Weinbrand dazu bei, den der Kapitän uns zu Ehren einschenkte.

»Ein guter Tropfen«, lobte Jamie, während er sich das Glas unter die Nase hielt und den aromatischen Duft mit geschlossenen Augen einsog. »Portugal, nicht wahr?«

Jared lachte erfreut und versetzte dem Kapitän einen Rippenstoß.

»Sehen Sie, Portis? Ich habe Ihnen doch gesagt, daß er einen untrüglichen Gaumen besitzt! Er hat ihn nur einmal zuvor gekostet.«

Ich nagte an der Innenseite meiner Wange und mied Jamies Blick. Der Kapitän, eine kräftige, ungepflegte Kreatur, wirkte gelangweilt, verzog jedoch höflich das Gesicht und entblößte dabei drei Goldzähne. Ein Mann, der seine Schätze gern bei sich trug.

»He«, stieß er hervor, »das ist wohl der Kerl, der dafür sorgen soll, daß der Kahn nicht untergeht?«

Diese Bemerkung brachte Jared in Verlegenheit, und unter seiner gegerbten Haut machte sich eine leichte Röte breit. Fasziniert bemerkte ich, daß eines seiner Ohren für einen Ring durchstochen war, und ich fragte mich, wie die Vergangenheit ausgesehen haben mochte, die ihn zu seinem gegenwärtigen Erfolg geführt hatte.

»Aye«, entgegnete er und ließ zum ersten Mal einen Anflug eines schottischen Akzents hören. »Man wird sehen. Aber ich denke...«

Er sah durch das Bullauge auf das, was sich am Kai abspielte, und dann auf das Glas des Kapitäns, der den Inhalt in drei Schlucken hinunterstürzte, während wir anderen lediglich daran nippten.

»Portis, überlassen Sie mir für einen Augenblick Ihre Kammer? Ich würde gerne etwas mit meinem Cousin und seiner Frau besprechen. Außerdem scheint es, dem Lärm nach zu schließen, auf dem Achterdeck Probleme mit den Ladenetzen zu geben.« Diese schlaue Bemerkung reichte aus, daß Kapitän Portis wie von der Tarantel gestochen aus der Kammer schoß. Seine heisere Stimme schwenkte über in eine spanisch-französische Mundart, die ich gottlob nicht verstand.

Jared schritt langsam zur Tür, um sie hinter dem breiten Kapitän zu schließen und damit den Lärmpegel erheblich zu mindern. Er trat an den winzigen Kapitänstisch zurück und füllte unsere Gläser feierlich auf, bevor er zu sprechen anhob. Dann blickte er mit einem entschuldigenden Lächeln zu Jamie und anschließend zu mir.

»Ich wollte an sich mit meiner Bitte nicht so überstürzt an euch herantreten«, erklärte er, »aber ich muß feststellen, daß der gute Kapitän mich verraten hat. Die Wahrheit ist...«, er hob das Glas, in dem sich das Wasser spiegelte und die schimmernden glänzenden Messingteile der Kammer wie Funken zurückwarf, »ich brauche einen Mann.« Er neigte das Glas in Jamies Richtung, setzte es an die Lippen und trank.

»Einen guten Mann«, führte er ein wenig genauer aus. »Du mußt verstehen, meine Liebe...«, er verbeugte sich vor mir, »ich habe die Aussicht, mich an einem neuen Weinkeller an der Mosel zu beteiligen. Aber ich kann nicht guten Gewissens einen Untergebenen mit der Begutachtung des Kellers betrauen. Ich muß die Räume mit eigenen Augen sehen und darüber nachdenken, wie es damit weitergehen soll. Das Unternehmen wird mehrere Monate in Anspruch nehmen.«

Nachdenklich blickte er in sein Glas und schwenkte die braune Flüssigkeit, so daß der Duft schon bald die winzige Kabine erfüllte. Ich hatte lediglich einige kleine Schlucke davon getrunken, fühlte mich aber bereits ein wenig beschwipst.

»Die Gelegenheit ist zu günstig, als daß man sie ungenutzt vorübergehen lassen sollte«, sagte Jared. »Außerdem habe ich die Möglichkeit, Verträge mit etlichen Weinkellern an der Rhône zu schließen. Ihre Erzeugnisse sind hervorragend, aber ziemlich selten in Paris. Gott, in Adelskreisen verkaufen sie sich so gut wie Eis im Sommer!« Seine gewitzten schwarzen Augen funkelten kurz vor Habgier, aber als er mich anblickte, sprühten sie vor Humor.

»Aber...«, sagte er.

»Aber«, führte ich an seiner Stelle den Satz zu Ende, »du kannst deine Geschäfte hier nicht sich selbst überlassen.«

»Intelligent, schön und charmant. Ich gratuliere dir, Cousin.« Er neigte sein wohlfrisiertes Haupt und zog in heiterer Wertschätzung eine Augenbraue hoch.

»Ich gebe zu, daß ich nicht so recht wußte, wie ich vorgehen soll«, erklärte er und stellte mit dem Ausdruck eines Mannes, der ernsthaften Geschäften den Vorrang vor gesellschaftlichem Geplänkel gibt, sein Glas auf den Tisch. »Aber als mich dein Brief aus Ste. Anne erreichte, in dem du mir mitgeteilt hast, daß ihr beabsichtigt, nach Paris zu fahren...« Er zögerte einen Augenblick, dann lächelte er Jamie an.

»Da ich weiß, daß du, mein Junge«, er nickte Jamie zu, »gut mit Zahlen umgehen kannst, war ich geneigt, deine Ankunft als Wink des Schicksals zu verstehen. Aber ich dachte mir, es wäre besser, wenn wir uns erst mal treffen und wieder näher kennenlernen, bevor ich dir dieses Angebot unterbreite.«

Du meinst, du wolltest erst mal sehen, ob ich vorzeigbar bin, dachte ich zynisch, lächelte aber. Dann sah ich zu Jamie. Stirnrunzelnd erwiderte er meinen Blick. Offenbar war es die Woche der Angebote. Dafür, daß Jamie geächtet war und ich der Spionage verdächtigt wurde, schienen unsere Dienste ziemlich gefragt zu sein.

Jareds Angebot klang mehr als großzügig; als Gegenleistung dafür, daß Jamie seine Geschäfte in Frankreich sechs Monate lang führte, wollte er ihm nicht nur ein Gehalt zahlen, sondern ihm darüber hinaus sein Haus in Paris mit dem gesamten Personal zur Verfügung stellen.

»Aber ich bitte dich«, erwiderte Jared, als Jamie das Angebot mit Protesten kommentierte. Er legte einen Finger auf die Nasenspitze und lächelte mich charmant an. »Eine schöne Frau, die Abendgesellschaften gibt, ist ein bedeutendes Kapital im Weingeschäft, Cousin. Du machst dir keine Vorstellung, wieviel mehr Wein sich verkaufen läßt, wenn die Kunden ihn zuvor probieren können.« Er schüttelte entschieden den Kopf. »Deine Frau würde mir einen großen Gefallen erweisen, wenn sie sich die Mühe macht und Gäste zu sich bittet.«

Der Gedanke, für die Pariser Gesellschaft Abendeinladungen auszurichten, jagte mir in der Tat ein wenig Angst ein. Fragend blickte Jamie mich an. Ich schluckte schwer, nickte aber lächelnd. Es war kein schlechtes Angebot. Wenn er sich zutraute, das Importgeschäft zu übernehmen, konnte ich wohl zumindest Essen bestellen und dabei mein Französisch aufpolieren.

»Kein Problem«, murmelte ich. Aber Jared hatte ohnehin mit meiner Zustimmung gerechnet, denn er fuhr bereits mit seinen Ausführungen fort, den Blick unverwandt auf Jamie gerichtet.

»Und da fiel mir ein, daß du vielleicht eine Unterkunft benötigst – zum Wohl der anderen Geschäfte, deretwegen du nach Paris gekommen bist.«

Als Jamie unverbindlich lächelte, lachte Jared kurz auf und griff nach seinem Glas. Um den Gaumen zwischen zwei Schlucken zu neutralisieren, hatte man jedem von uns ein Glas Wasser hingestellt, von denen Jared nun eines zu sich heranzog.

»Zeit für einen Trinkspruch!« rief er aus. »Auf unsere Verbindung, Cousin! Und auf Seine Majestät.« Er hob das Glas mit Weinbrand und führte es ostentativ über das Glas Wasser, bevor er es an die Lippen setzte.

Überrascht beobachtete ich diese seltsame Geste. Jamie hingegen war sie offensichtlich vertraut, denn er lächelte Jared zu, nahm sein eigenes Glas und tat es ihm nach.

»Auf Seine Majestät!« wiederholte er. Als er meinen verwirrten Blick sah, lächelte er und fügte erklärend hinzu: »Auf seine Majestät – über dem Wasser, Sassenach.«

»Wie?« fragte ich, doch im selben Augenblick fiel der Groschen. »Ach so.« Der König auf der anderen Seite des Wassers – König James. Deswegen drängte man uns also von allen Seiten, uns möglichst rasch in Paris einzurichten.

Sollte auch Jared zu den Jakobiten zählen, war der Briefwechsel zwischen ihm und Abt Alexander gewiß nicht zufällig. Möglicherweise war Jamies Brief, in welchem er unsere Ankunft ankündigte, gleichzeitig mit einem von Alexander eingetroffen, in dem er von König James' Auftrag berichtete. Und wenn sich unsere Anwesenheit in Paris mit Jareds Plänen vereinbaren ließ – um so besser. Mit einem Schlag offenbarte sich mir das verflochtene Netzwerk der Jakobiten. Ich erhob mein Glas und trank auf Seine Majestät über dem Wasser – und auf unsere Partnerschaft mit Jared.

Jared und Jamie begannen ein Gespräch über das Geschäft und waren wenig später in tintenbeschriebene Papiere, Manifeste und Seefrachtbriefe vertieft. Die winzige Kammer roch nach Tabak, Weinbrand und ungewaschenen Seeleuten, und mir wurde wieder schlecht. Da ich im Augenblick offensichtlich überflüssig war, erhob ich mich leise und begab mich an Deck.

Um nicht in die Auseinandersetzung an der hinteren Ladeluke verwickelt zu werden, stieg ich über aufgerollte Taue, Dinge, die nach Belegklampen aussahen, und unordentliche Berge von Segeltuch, bis ich am Bug ein stilles Plätzchen fand. Von dort konnte ich ungehindert den Hafen überblicken.

Ich ließ mich auf einer Kiste am Schanzkleid nieder und genoß die Brise, die nach Salz und Teer, Fisch und Hafen roch. Es war immer noch kalt, aber nachdem ich den Umhang enger um mich gezogen hatte, war mir warm genug. Das Schiff schwankte ein wenig. An den Dalben tanzten Algenbüschel auf und nieder und verdeckten die daran klebenden schwarzschimmernden Muscheln.

Ihr Anblick erinnerte mich an die gedämpften Muscheln vom Vorabend, und plötzlich kam ich um vor Hunger. Während der Schwangerschaft fiel ich von einem Extrem ins andere – wenn ich nicht gerade erbrach, war ich hungrig wie ein Wolf. Der Gedanke an Essen brachte mich auf Menüs, und das rief mir Jareds Abendeinladungen ins Gedächtnis. Abendeinladungen also! Eine seltsame Art, mit der Rettung Schottlands zu beginnen – andererseits fiel mir wirklich nichts Besseres ein.

Zumindest könnte ich ein Auge auf Charles Stuart haben, wenn er mir am Tisch gegenübersaß, dachte ich und lächelte über diesen Scherz. Sollte er den Anschein erwecken, demnächst ein Schiff nach Schottland besteigen zu wollen, konnte ich ihm vielleicht unauffällig etwas in die Suppe mischen.

Aber eigentlich war das gar nicht so lustig. Ich erinnerte mich an Geillis Duncan, und mein Lächeln erstarb. Sie hatte ihrem Mann, dem Prokurator von Cranesmuir, Zyankali unter das Essen gemengt. Bald darauf wurde sie der Hexerei angeklagt und ins Diebesloch geworfen. Da ich gerade bei ihr war, verhaftete man mich ebenfalls. Doch Jamie hatte mich gerettet. Die Erinnerungen an die Tage in dem kalten dunklen Diebesloch in Cranesmuir hafteten noch so stark in meinem Gedächtnis, daß ich den Wind plötzlich als eisig empfand.

Mich fröstelte, aber nicht nur vor Kälte. Bei dem Gedanken an Geillis Duncan überlief es mich kalt; nicht so sehr aufgrund dessen, was sie getan hatte, als aufgrund dessen, was sie war. Auch sie unterstützte die Jakobiten, und zwar auf eine Art, die nicht frei war von einer gewissen Besessenheit. Schwerer wog jedoch für mich, daß wir etwas gemeinsam hatten: Auch sie war durch die Steine gegangen.

Ich hatte keine Ahnung, ob sie gleich mir zufällig in die Vergangenheit geraten war oder ob sie ihre Reise geplant hatte. Ebensowenig wußte ich, woher sie stammte. Aber noch immer sah ich die große blonde Frau vor mir, wie sie sich den Richtern, die sie zum Tod verurteilen wollten, in lautstarkem Trotz entgegenstellte. Sie hatte die Arme erhoben, und auf einem ihrer Arme hatte ich eine verräterische runde Impfnarbe erkannt. Unwillkürlich wanderte meine Hand zu der kleinen Hauterhebung auf meinem Oberarm, die beruhigenderweise unter den Falten meines Umhangs verborgen war.

Der anschwellende Lärm auf dem nächstgelegenen Kai riß mich aus meinen traurigen Erinnerungen. Neben der Gangway eines Schiffes hatte sich eine dicke Traube von Männern gebildet, und es herrschte ein fürchterliches Geschrei und Gedränge. Ich schirmte meine Augen ab, doch soweit ich erkennen konnte, war keine Rauferei in Gang. Offenbar versuchte man angestrengt, durch die wogende Menge einen Weg zu den Eingangstüren eines großen Lagerhauses am oberen Ende des Kais freizumachen. Die Leute stemmten sich jedoch beharrlich gegen alle Bemühungen und schlossen sich hinter jedem Vorstoß wie zusammenströmende Wassermassen.

Plötzlich tauchte Jamie hinter mir auf, dicht gefolgt von Jared, der die Menge aus zusammengekniffenen Augen beobachtete. Wegen des Geschreis hatte ich sie nicht kommen hören.

»Was ist dort los?« Ich stand auf und lehnte mich an Jamie, um besseren Halt zu haben, da das Schiff immer stärker schwankte. Sein Duft umfing mich. Er hatte in der Herberge gebadet und roch nun sauber, warm und zart nach Sonne und Staub. Offensichtlich gehörte zur Schwangerschaft auch ein stärker ausgeprägter Geruchssinn. Unter den verschiedensten Düften und üblen Gerüchen des Hafens war Jamies Geruch für mich unverkennbar.

»Ich weiß nicht. Sieht aus, als gäbe es auf dem anderen Schiff Schwierigkeiten.« Er streckte seine Hand aus und nahm meinen Ellbogen, um mir Halt zu geben. Jared wandte sich um und rief einem der Matrosen in gutturalem Französisch einen Befehl zu. Der

Mann sprang umgehend über das Schanzkleid und rutschte an einem der Taue bis auf den Kai. Dann mischte er sich unter die Menge, wobei er einem Matrosen einen Stoß in die Rippen versetzte, der, ergänzt von ausdrucksvollen Gesten, auf der Stelle erwidert wurde.

Als der Mann den überfüllten Landungssteg wieder hochkletterte, zog Jared die Stirn kraus. Der Mann sprach einen so breiten Dialekt und so schnell, daß ich seinem Bericht nicht folgen konnte. Nach ein paar knappen Worten wandte sich Jared abrupt um und stellte sich neben mich. Seine Hände umfaßten das Schanzkleid.

»Er sagt, auf der *Patagonia* sei eine Krankheit ausgebrochen.«

»Welche Krankheit?« Da ich meinen Medizinkasten nicht mitgebracht hatte, konnte ich nur wenig tun, aber ich war neugierig. Jared wirkte besorgt und unglücklich.

»Man befürchtet, es sind die Pocken, aber man ist sich nicht sicher. Der Hafenmeister ist bereits verständigt worden.«

»Soll ich es mir mal ansehen?« erbot ich mich. »Vielleicht kann ich ja erkennen, ob es sich um eine ansteckende Krankheit handelt.«

Während Jared die schmalen Augenbrauen so weit hochzog, daß sie unter den schwarzen Haarsträhnen verschwanden, ließ sich aus Jamies Gesicht leichtes Unbehagen lesen.

»Meine Frau ist eine Heilerin«, klärte er Jared auf, bevor er sich kopfschüttelnd zu mir wandte.

»Nein, Sassenach. Es ist zu gefährlich.«

Die Gangway der *Patagonia* lag genau in meinem Blickfeld, und ich sah, wie die Männer plötzlich so angstvoll zurückwichen, daß sie sich gegenseitig auf die Füße traten. Zwei Matrosen kamen von Deck. Zwischen sich trugen sie eine weiße Leinwand, die unter dem Gewicht eines Mannes durchhing. Ein nackter, sonnengebräunter Arm baumelte über den Rand dieser behelfsmäßigen Hängematte.

Die Matrosen hatten sich Tücher vor Mund und Nase gebunden und hielten das Gesicht von der Bahre abgewandt, während sie ihre Last über die rissigen Planken manövrierten. Nachdem die zwei die wie gebannt dastehende Menge passiert hatten, verschwanden sie in einem nahegelegenen Lagerhaus.

Kurzentschlossen wandte ich mich um und steuerte den hinteren Landungssteg der *Arianna* an.

»Mach dir keine Sorgen!« rief ich Jamie über die Schulter zu. »Sollten es die Pocken sein, dann bin ich davor gefeit.« Als die

Seeleute meine Worte hörten, blieb einer stehen und glotzte mich mit aufgerissenem Mund an. Aber ich lächelte nur und eilte vorbei.

Die Menschenmenge war wie erstarrt, und niemand drängelte mehr. So war es nicht sonderlich schwer, mich durch die murmelnden Seeleute zu schieben, von denen viele die Stirn runzelten oder ungläubig staunten, als ich mich an ihnen vorbeischlängelte. Das Lagerhaus stand leer; Bündel und Fässer suchte man in der riesigen Halle vergebens, doch der unverwechselbare Geruch nach frischem Holz, geräuchertem Fleisch und Fisch hatte sich noch nicht verflüchtigt.

Die beiden Männer hatten den Kranken hastig neben der Tür auf einem Haufen alter Strohverpackungen abgelegt. Jetzt suchten sie das Weite.

Vorsichtig näherte ich mich dem Kranken und blieb ein paar Schritte vor ihm stehen. Sein fiebriges Gesicht war dunkelrot und mit weißen Pusteln übersät. Unruhig und stöhnend warf er den Kopf hin und her, und sein rissiger Mund stand offen, als ob er Durst hätte.

»Holen Sie mir Wasser«, sagte ich zu einem der Matrosen neben mir. Der kleine, muskulöse Kerl, dessen geteerter Bart unten in dekorativen Spitzen auslief, starrte mich an, als wäre ich ein sprechender Fisch.

Ich drehte ihm ungeduldig den Rücken zu und kniete mich neben den Kranken, um sein schmutzstarrendes Hemd zu öffnen. Er stank zum Himmel. Vermutlich war er von Anfang an nicht sonderlich sauber gewesen, und da seine Kameraden vor einer Berührung zurückschreckten, hatte man ihn in seinem eigenen Schmutz liegenlassen. Seine Arme waren noch fast frei von Ausschlag, doch auf Brust und Bauch reihte sich eine Pustel an die andere, und seine Haut war glühend heiß.

Während ich den Mann untersuchte, hatten Jamie und Jared die Lagerhalle betreten. Sie wurden von einem kleinen Mann im goldbetreßten Rock und zwei weiteren Männern begleitet. Dem Gewand nach zu urteilen, gehörte der eine dem Adel oder wohlhabenden Bürgertum an. Der andere Mann war hochgewachsen und schlank, und seine Gesichtsfarbe wies ihn als Seefahrer aus. Vermutlich war er der Kapitän des von der Seuche befallenen Schiffes.

Meine Vermutung erwies sich als richtig. In den unzivilisierten Ländern, in die ich meinen Onkel Lamb, einen berühmten Archäologen, bereits als kleines Mädchen begleiten durfte, war ich dieser Krankheit unzählige Male begegnet.

»Ich fürchte, es sind die Pocken«, erklärte ich.

Der Kapitän der *Patagonia* stöhnte wütend auf, trat mit verzerrtem Gesicht auf mich zu und hob die Hand, als wollte er mich schlagen.

»Nein!« rief er. »Dummes Weib! *Salope! Femme sans cervelle!* Wollen Sie mich ruinieren?«

Das letzte Wort ging in einem Röcheln unter, weil sich Jamies Hand um seine Gurgel schloß. Die andere Hand packte die Hemdbrust und zog den Kapitän am Stoff in die Höhe, bis er auf Zehenspitzen stand.

»Ich sähe es lieber, wenn Sie meine Frau mit Respekt behandelten, Monsieur«, erklärte Jamie relativ gelassen. Dem purpurfarben anlaufenden Kapitän gelang ein kurzes, ruckartiges Nicken, woraufhin Jamie ihn fallen ließ. Keuchend trat der Mann einen Schritt zurück und brachte sich hinter dem Rücken seines Begleiters in Sicherheit, während er sich die Kehle rieb.

Der Hafenmeister beugte sich vorsichtig über den Kranken, wobei er sich eine große silberne Duftkugel vor die Nase hielt. Vor der Tür verebbte der Lärm, denn die Menge machte die Tür für eine weitere Leinwandbahre frei.

Plötzlich setzte sich der Patient auf. Damit überraschte er den kleinen Beamten so sehr, daß dieser fast gestolpert wäre. Wild blickte sich der Kranke im Lagerhaus um, bevor er die Augäpfel verdrehte und zurück aufs Stroh fiel, als hätte man ihn mit einer Streitaxt niedergestreckt. Dem war zwar nicht so, aber das Ergebnis war ungefähr das gleiche.

»Er ist tot«, bemerkte ich überflüssigerweise.

Der Hafenmeister, der seine Würde mitsamt seiner Duftkugel zurückgewonnen hatte, trat näher und betrachtete den Mann prüfend. Dann richtete er sich auf und verkündete: »Pocken. Die Dame hat recht. Es tut mir leid, Monsieur le Comte, aber Sie kennen das Gesetz.«

Der Angesprochene seufzte ungeduldig. Nachdem er mich stirnrunzelnd angeblickt hatte, wandte er sich entschlossen an den Hafenmeister.

»Gewiß läßt sich das in Ordnung bringen, Monsieur Pamplemousse. Ich bitte um eine kurze Unterredung...« Er deutete auf die abseits gelegene, verlassene Baracke des Aufsehers, einem verfallenen Verschlag im Innern des großen Lagerhauses. Der Adelssproß hatte buschige Augenbrauen und dünne Lippen; er gehörte zu den schlanken, eleganten Vertretern seiner Schicht. Sein Auftreten ließ keinerlei Zweifel, daß er daran gewöhnt war, seinen Willen durchzusetzen.

Der kleine Hafenmeister wich jedoch mit abwehrend erhobenen Händen zurück.

»*Non*, Monsieur le Comte«, wandte er ein, »*Je le regrette, mais c'est impossible*... Darauf kann ich mich nicht einlassen. Zu viele Leute wissen bereits Bescheid. Die Nachricht wird sich schon wie ein Lauffeuer auf den Docks ausgebreitet haben.« Hilflos blickte er zu Jamie und Jared und wies dann zur Tür, wo man im Licht der einfallenden Spätnachmittagssonne die goldfarben umrahmte Silhouette der Menschenmenge sah.

»Nein«, wiederholte er bestimmt. »Bitte entschuldigen Sie mich jetzt, Messieurs – und Madame«, fügte er ein wenig verspätet hinzu, als würde er mich zum ersten Mal wahrnehmen. »Ich muß die Vorbereitungen zur Zerstörung des Schiffes treffen.«

Diese Bemerkung ließ den Kapitän laut aufstöhnen, und er packte den Hafenmeister am Ärmel. Doch der riß sich los und verließ eilends die Halle.

Wir blieben in einer Atmosphäre gelinder Anspannung zurück. Monsieur le Comte und sein Kapitän starrten mich haßerfüllt an, Jamie funkelte die zwei Männer drohend an, und der Tote starrte blind an die Decke.

Da tat der Comte einen Schritt auf mich zu. »Sind Sie sich eigentlich bewußt, was Sie da angerichtet haben?« fauchte er. »Seien Sie gewarnt, Madame, dafür werden Sie büßen!«

Jamie machte Anstalten, sich auf den Comte zu stürzen, doch Jared kam ihm zuvor, zog ihn am Ärmel und schob mich sanft in Richtung Tür. Dabei murmelte er dem verstörten Kapitän ein paar Worte zu, die dieser lediglich mit einem stummen Kopfschütteln zur Kenntnis nahm.

»Armer Kerl«, meinte Jared, als wir wieder im Freien waren. »Puh!« Obwohl ein kalter Wind über den Kai fegte, wischte sich Jared mit einem großen roten Taschentuch über Gesicht und Nakken. »Los, Junge, suchen wir uns eine Schenke! Jetzt kann ich ein Gläschen vertragen.«

Nachdem wir in einem Zimmer im Obergeschoß einer der Tavernen am Kai Zuflucht gefunden hatten und mit Wein versorgt waren, fiel Jared in einen Sessel, fächelte sich Luft zu und schnaufte laut auf.

»Mein Gott, welch ein Glück!« Er goß sich einen Becher voll, stürzte ihn hinunter und füllte ihn wieder auf. Als er meinen erstaunten Blick bemerkte, grinste er und schob den Krug in meine Richtung.

»Hier ist Wein, Mädel«, erklärte er. »Auch wenn er lediglich dazu dient, den Staub wegzuspülen. Schnell hinunter damit, bevor du etwas schmecken kannst. Dann erfüllt er seinen Zweck.« Seinem eigenen Rat folgend, leerte er den Becher und griff erneut nach dem Krug. Mir dämmerte, was mit Jamie am Tag zuvor geschehen war.

»Wieso Glück?« fragte ich Jared neugierig. Mir schien eher, als hätten wir Pech gehabt, aber der kleinwüchsige Geschäftsmann befand sich in einer überschäumenden Hochstimmung, die sich keinesfalls allein auf den Rotwein zurückführen ließ. Dieser wies eine starke Ähnlichkeit mit Batteriesäure auf, und ich hoffte nur, daß er den Schmelz meiner Backenzähne nicht angegriffen hatte, als ich den Becher absetzte.

»Nun, St. Germain hatte Pech, daher habe ich Glück«, entgegnete Jared und erhob sich, um einen Blick aus dem Fenster zu werfen.

»Gut«, meinte er zufrieden und setzte sich wieder. »Sie werden den Wein noch vor Sonnenuntergang abgeladen und im Lagerhaus verstaut haben. Dort ist er sicher.«

Jamie lehnte sich in seinem Sessel zurück und betrachtete seinen Cousin mit einem mokanten Lächeln.

»Können wir davon ausgehen, daß das Schiff von Monsieur le Comte de St. Germain auch Spirituosen an Bord hatte, Cousin?«

Ein breites Grinsen enthüllte zwei Goldzähne, die Jared mehr denn je wie einen Seeräuber aussehen ließen.

»Den besten Portwein aus Pinhão«, erklärte er vergnügt. »Hat ihn ein Vermögen gekostet. Die Hälfte der Ernte von Noval, und erst wieder in einem Jahr erhältlich.«

»Und die andere Hälfte wird vermutlich gerade in dein Lagerhaus gebracht.« Allmählich verstand ich Jareds Freude.

»Richtig, mein Mädchen, du hast den Nagel auf den Kopf getroffen!« gluckste Jared. »Kannst du dir vorstellen, welchen Erlös ich damit in Paris erziele?« fragte er, lehnte sich vor und stellte seinen Becher mit einem Knall auf dem Tisch ab. »Eine begrenzte Menge, und ich habe das Monopol. Himmel, der Gewinn ist für dieses Jahr gesichert!«

Ich stand auf und blickte aus dem Fenster. Noch immer wurden von der *Arianna* riesige Frachtnetze von der Spiere auf dem Achterdeck herabgelassen. Dann packten die Männer Flasche für Flasche auf Handkarren und brachten sie in das Lagerhaus.

»Nicht, daß ich dir die Freude verderben will«, sagte ich vorsichtig, »aber hattest du nicht gesagt, der Portwein käme aus demselben Ort wie die Lieferung des Comte?«

»Aye, so ist es.« Jared trat neben mich und betrachtete die Hafenarbeiter. »Noval produziert den besten Portwein von ganz Spanien und Portugal. Am liebsten hätte ich die gesamte Menge erworben, aber es fehlte mir an Kapital. Weshalb fragst du?«

»Wenn die Schiffe aus demselben Hafen kommen, ist es durchaus möglich, daß auch ein paar deiner Seeleute an Pocken erkrankt sind«, erklärte ich.

Bei dieser Vorstellung erbleichten seine vom Wein geröteten Wangen, und rasch erlaubte er sich einen weiteren Schluck zur Wiederherstellung des alten Zustands.

»Mein Gott, welche Vorstellung!« stöhnte er nach Luft ringend, als er den Becher abgesetzt hatte. »Der Portwein ist schon fast zur Hälfte ausgeladen. Aber ich spreche trotzdem mit dem Kapitän«, fügte er stirnrunzelnd hinzu. »Er soll die Männer auszahlen, sobald die Arbeit beendet ist. Falls einer krank aussieht, soll er auf der Stelle mit seinem Geld verschwinden.« Entschlossen drehte er sich um und schoß aus dem Zimmer. An der Tür blieb er jedoch kurz stehen und rief uns über die Schulter zu: »Bestellt etwas zum Essen!« Laut polternd stürmte er die Treppe hinunter.

Ich wandte mich zu Jamie um, der geistesabwesend in seinen mit Wein gefüllten Becher starrte.

»Er soll das lieber bleiben lassen!« rief ich. »Wenn er die Pocken an Bord hat, können die Männer die ganze Stadt anstecken!«

Jamie nickte bedächtig.

»Dann können wir nur hoffen, daß dem nicht so ist«, bemerkte er gelassen.

Unschlüssig wandte ich mich zur Tür. »Aber... sollten wir denn nicht etwas unternehmen? Ich könnte mir die Männer zumindest ansehen. Und ihnen sagen, was man mit den Leichen von dem anderen Schiff machen muß...«

»Sassenach!« Die tiefe Stimme klang immer noch sanft, doch der warnende Unterton war nicht zu überhören.

»Was?« Ich sah ihn an. Er hatte sich vorgebeugt und blickte mich über den Becherrand hinweg nachdenklich an.

»Wie wichtig ist dir das, wozu wir uns entschlossen haben, Sassenach?«

Ich ließ den Türknauf los.

»Die Stuarts von einem Aufstand in Schottland abhalten? Sehr wichtig. Weshalb fragst du?«

Er nickte geduldig wie ein Lehrer, der einen begriffsstutzigen Schüler vor sich hat.

»Aye, gut. Wenn dem so ist, dann komm her, setz dich und trink mit mir, bis Jared zurückkehrt. Wenn dem nicht so ist...« Er hielt inne und atmete so tief aus, daß seine Haare über der Stirn hochgeblasen wurden.

»Also, wenn dir nichts daran liegt, dann geh hinunter zu all den Matrosen und Händlern, für die es nichts Unheilverkündenderes gibt als eine Frau in der Nähe eines Schiffes. Sicher haben sie bereits herumerzählt, daß du St. Germains Schiff mit einem Fluch belegt hast. Und nun willst du ihnen erzählen, was sie zu tun haben. Wenn du Glück hast, fürchten sie sich zu sehr vor dir, um dich zu vergewaltigen, bevor sie dir die Kehle durchschneiden und dich in den Hafen werfen – und mich gleich hinterher. Falls St. Germain dich nicht schon vorher erdrosselt hat. Hast du seinen Gesichtsausdruck nicht gesehen?«

Ich ging zurück zum Tisch und ließ mich auf den Stuhl fallen. Mir zitterten die Knie.

»Doch«, erwiderte ich, »aber könnte er denn... Er würde doch nicht...«

Jamie zog die Stirn kraus und schob mir einen Becher Wein hin.

»Er könnte, und er würde, wenn er es im verborgenen tun kann. Himmel, Sassenach, du hast den Mann um das Einkommen eines ganzen Jahres gebracht! Und er sieht nicht so aus, als würde er das gelassen hinnehmen. Hättest du dem Hafenmeister nicht vor Zeugen erklärt, daß es Pocken sind, hätte sich die Angelegenheit diskret mit Bestechungsgeldern regeln lassen. Weshalb glaubst du, daß Jared uns so eilig hierhergebracht hat? Weil der Wein hier so gut ist?«

Meine Lippen waren gefühllos, als hätte ich dem Vitriol in dem Krug zu ausgiebig zugesprochen.

»Willst du damit sagen, daß wir uns in Gefahr befinden?«

Er setzte sich zurück und nickte.

»Endlich hast du's begriffen«, meinte er freundlich. »Ich glaube nicht, daß Jared dich beunruhigen wollte. Vermutlich versucht er, einen Bewacher für uns aufzutreiben. Ihm kann wahrscheinlich nichts passieren – jedermann kennt ihn und seine Mannschaft, und außerdem ist er im Kreis seiner Schauerleute.«

Ich rieb über die Gänsehaut an meinen Unterarmen. Trotz des prasselnden Feuers und der Wärme in dem verräucherten Raum war mir kalt.

»Woher willst du wissen, was der Comte de St. Germain tun wird?« Ich zweifelte nicht an Jamies Worten – der übelwollende dunkle Blick, den mir der Comte im Lagerhaus zugeworfen hatte, stand mir noch deutlich vor Augen –, doch ich fragte mich, woher Jamie es wußte.

Jamie nippte an seinem Wein, verzog das Gesicht und setzte den Becher ab.

»Zum einen sagt man ihm Rücksichtslosigkeit und Schlimmeres nach. Bei meinem früheren Aufenthalt in Paris ist mir einiges zu Ohren gekommen. Ich hatte jedoch das Glück, nie mit ihm aneinanderzugeraten. Zum andern hat Jared mich gestern ausführlich über ihn aufgeklärt und mich vor ihm gewarnt. Er ist Jareds ärgster Rivale in Paris.«

Ich stützte die Ellbogen auf den abgenutzten Tisch und ließ das Kinn auf meine gefalteten Hände sinken.

»Ich habe ein ziemliches Durcheinander verursacht, nicht wahr?« bemerkte ich reuevoll. »Und dir einen guten Beginn verdorben.«

Er lächelte, stand auf, stellte sich hinter mich und umschlang mich mit den Armen. Nach diesen unerwarteten Enthüllungen saß mir der Schrecken in den Gliedern, doch Jamies Stärke verlieh mir wieder Kraft. Er küßte mich auf den Scheitel.

»Mach dir keine Sorgen, Sassenach«, sagte er. »Ich kann auf mich aufpassen. Und auf dich auch, vorausgesetzt, du läßt das zu.«

Aus seiner Stimme war sowohl ein Lächeln herauszuhören als auch eine Frage. Ich nickte und ließ meinen Kopf gegen seine Brust sinken.

»Das lasse ich«, entgegnete ich. »Die Bürger von Le Havre müssen eben sehen, wie sie mit den Pocken zurechtkommen.«

Es verging fast eine Stunde, bis Jared mit roten Ohren, jedoch mit unversehrter Gurgel wieder auftauchte. Ich war froh, als ich ihn sah.

»Alles in Ordnung«, verkündete er strahlend. »Nichts an Bord außer Skorbut, der gewöhnlichen roten Ruhr und Erkältungen. Keine Pocken.« Händereibend blickte er sich im Raum um. »Wo ist das Abendessen?«

Seine Wangen waren vom Wind gerötet, und er wirkte heiter und fähig. Der Umgang mit Geschäftsrivalen, die Unstimmigkeiten mittels Mordanschlägen regelten, gehörte offenbar zur täglichen Routine eines Kaufmanns. Warum auch nicht, dachte ich nicht ohne Zynismus. Schließlich war er ein Schotte.

Als wollte er diese Ansicht bestätigen, bestellte Jared das Essen und ließ den dazu passenden Wein aus seinem eigenen Lagerhaus heraufbringen. Anschließend vertiefte er sich mit Jamie in ein anregendes Verdauungsgespräch über die Feinheiten im Umgang mit französischen Händlern.

»Lauter Banditen!« erklärte er. »Ein jeder würde dich ohne langes Federlesen rücklings erdolchen. Dreckiges Diebsgesindel! Traue ihnen nicht über den Weg! Eine Hälfte als Anzahlung, die andere Hälfte bei Lieferung. Und gewähre einem Adeligen niemals Kredit!«

Jareds Zusicherung, er hätte zwei Männer zur Beobachtung abgestellt, verringerte meine Nervosität nur unerheblich. Daher machte ich es mir nach dem Essen am Fenster bequem und beobachtete das Kommen und Gehen am Kai. Doch da jeder zweite dort unten in meinen Augen wie ein Attentäter aussah, versprach ich mir nicht viel von meiner Wachsamkeit.

Über dem Hafen zogen sich die Wolken zusammen und kündeten von neuem Schnee. Die aufgegeiten Segel flatterten im auffrischenden Wind, schlugen knatternd gegen die Masten und übertönten selbst den Lärm der Schauerleute. Als die Sonne von den Wolken in das Wasser gedrückt wurde, glühte der Hafen plötzlich für einen Augenblick fahlgrün auf.

Mit zunehmender Dunkelheit verebbte die Geschäftigkeit; die Schauerleute zogen mit ihren Handkarren in Richtung Stadt, und die Matrosen verschwanden in den hellerleuchteten Eingängen von Tavernen. Dennoch war der Hafen alles andere als ausgestorben. Vor allem die unglückselige *Patagonia* war nach wie vor von einer Traube Menschen umringt. Männer in Uniform hatten am vorderen Ende des Landungssteges einen Kordon gezogen, um zu verhindern, daß jemand an Bord ging oder die Ladung von Deck brachte. Laut Jared war es den gesunden Männern der Besatzung erlaubt, an Land zu gehen. Sie durften jedoch nichts außer den Kleidungsstücken, die sie am Leibe trugen, vom Schiff mitnehmen.

»Immer noch besser als bei den Holländern«, erklärte er und kratzte sich dabei die schwarzen Stoppeln, die auf seinem Kinn zu sprießen begannen. »Wenn ein Schiff aus einem fremden Hafen einläuft und man weiß, daß dort eine Seuche grassiert, verlangen die Holländer von den Seeleuten, daß sie nackt ans Ufer schwimmen.«

»Und was ziehen sie an, wenn sie am Ufer ankommen?« fragte ich interessiert.

»Das weiß ich nicht«, erwiderte Jared geistesabwesend, »aber da sie nach ein paar Schritten an Land ohnehin in einem Bordell verschwinden, brauchen sie wohl nichts zum Anziehen – ich bitte um Pardon, meine Liebe«, fügte er hastig hinzu, als ihm wieder einfiel, daß er sich in Gegenwart einer Dame befand.

Um seine momentane Verwirrung zu verbergen, erhob er sich munter, trat neben mich und sah mit mir aus dem Fenster.

»Aha«, bemerkte er, »sie treffen Vorbereitungen zur Verbrennung. In Anbetracht seiner Ladung wären sie gut beraten, das Schiff weit in den Hafen hinauszuschleppen.«

Man hatte an der unglückseligen *Patagonia* Schleppleinen befestigt, die zu einer Handvoll kleiner Jollen mit Ruderern führten. Diese warteten auf ein Zeichen vom Hafenmeister. Er rief, hob die Arme über den Kopf und wedelte langsam mit den Händen, ähnlich einem Signalmast.

Seine Kommandos wurden von den Bootsführern der Jollen und Galeeren wiederholt. Die Schleppleinen spannten sich und tauchten langsam aus dem Wasser. Der dunkle Rumpf des beschlagnahmten Schiffes knarrte und erzitterte und wandte sich mit ächzenden Wanten dem Wind zu, um seine letzte kurze Reise anzutreten.

Die *Patagonia* wurde bis in die Mitte des Hafens geschleppt, in sicherem Abstand zu den anderen Schiffen. Ihre Decks waren mit Öl getränkt worden, und als die Schleppleinen losgeworfen waren und die Schleppfahrzeuge sich entfernten, erhob sich die kleine runde Gestalt des Hafenmeisters von dem Sitz des Dingis, in dem er sich hatte hinausrudern lassen. Er bückte sich und tauchte mit einer brennenden Fackel in der Hand wieder auf.

Der Ruderer hinter ihm neigte sich zur Seite, als er ausholte und die Fackel fortschleuderte. Blauglühend schlug sie hinter dem Schanzkleid auf. Der Hafenmeister wartete das Ergebnis seiner Tat nicht ab, sondern ließ sich auf die Bank fallen und trieb die Ruderer wild gestikulierend zur Eile an, so daß das kleine Boot über das dunkle Wasser schoß.

Obwohl eine Weile nichts geschah, harrte die leise murmelnde Menge auf den Kais in gespannter Erwartung aus. Neben mir spiegelte sich plötzlich Jamies Gesicht in der dunklen Fensterscheibe. Als sich die kalte Scheibe unter unserem Atem beschlug, rieb ich sie mit dem Saum meines Umhangs trocken.

»Da«, sagte Jamie leise. Wie ein dünnes Band fraß sich die Flamme hinter dem Schanzkleid ins Holz. Ihr flackernder Schein ließ die vorderen Wanten orangerot aufglühen. Über die ölgetränkten Geländer tanzten Feuerzungen, und ein aufgetuchtes Segel ging in Flammen auf.

Es dauerte nicht mal eine Minute, und die Wanten des Besans brannten lichterloh. Kurz darauf loderten die Zeisinge des aufgetuchten Segels auf, so daß man sich an einen herabfallenden Flammenschleier erinnert fühlte. Das Feuer breitete sich in Windeseile aus, und unversehens brannte das ganze Schiff.

»Kommt mit nach draußen«, forderte Jared uns auf. »Die Flammen werden in Kürze den Laderaum erreicht haben – der günstigste Moment, um zu verschwinden. Keiner wird uns bemerken.«

Er hatte recht.

Als wir uns aus der Taverne stahlen, tauchten plötzlich zwei seiner Männer neben uns auf, mit Pistole und Marlspieker bewaffnet, aber sonst nahm niemand Notiz von uns. Jeder starrte gebannt auf den Hafen, wo die Aufbauten der *Patagonia* wie ein schwarzes Skelett im Innern eines wogenden Flammenkörpers standen. Wie das Feuer eines Maschinengewehrs ertönte in kurzer Abfolge eine Anzahl Knallgeräusche.

Sie gipfelten in einer mächtigen Explosion, und brennende Holzspäne regneten herab.

»Auf geht's.« Jamies Hand hatte meinen Arm fest umschlossen, und ich wehrte mich nicht. Beschützt von den Seeleuten schlichen wir uns hinter Jared heimlich davon, als hätten wir das Feuer gelegt.

7

Audienz beim König

Jareds Pariser Haus stand in der Rue Tremoulins in einem wohlhabenden Bezirk mit dicht an dicht gebauten Steinhäusern, die drei, vier oder gar fünf Stockwerke hatten. Dazwischen fand sich zwar das eine oder andere Anwesen mit Park, aber im großen und ganzen hätte sich ein sportlicher Einbrecher ungehindert von Dach zu Dach schwingen können.

»Mmmpf«, war Murtaghs einziger Kommentar angesichts Jareds Wohnhaus. »Ich suche mir meine eigene Unterkunft.«

»Wenn dich ein anständiges Dach über dem Kopf nervös macht, kannst du dich ja in den Stallungen schlafen legen«, schlug Jamie vor und grinste auf seinen kleinen mürrischen Patenonkel hinunter. »Wir lassen dir dann den Haferbrei auf einem Silbertablett servieren.«

Die Innenräume waren bequem und elegant möbliert, wenngleich sie im Vergleich zu der Mehrzahl der Häuser des Adelsstandes und des wohlhabenden Bürgertums spartanisch wirkten, wie ich später merken sollte. Zum Teil führte ich dies darauf zurück, daß es keine Hausherrin gab; Jared war unverheiratet geblieben und machte nicht den Eindruck, als vermisse er eine Gattin.

»Selbstverständlich hat er eine Geliebte«, gab mir Jamie zu verstehen, als ich über das Privatleben seines Cousins nachsann.

»Natürlich«, murmelte ich.

»Aber die ist verheiratet. Jared hat mir einmal erklärt, ein Geschäftsmann solle sich niemals auf Beziehungen zu unverheirateten Frauen einlassen. Er meinte, sie würden einen zuviel Zeit und Geld kosten. Und heiratet man sie, bringen sie das Geld durch, bis man schließlich am Bettelstab geht.«

»Nette Meinung, die er von Ehefrauen hat«, bemerkte ich. »Und was hält er davon, daß du trotz seiner guten Ratschläge geheiratet hast?«

Jamie lachte. »Erstens bin ich nicht vermögend, kann also auch nichts verlieren. Zweitens findet er dich sehr dekorativ. Allerdings ist er der Meinung, ich müsse dir ein neues Kleid kaufen.«

Ich breitete den Rock meines blattgrünen Samtkleides aus, der in der Tat mehr als verschlissen war.

»Keine schlechte Idee«, bestätigte ich. »Sonst muß ich über kurz oder lang in einem Leintuch herumlaufen. Das Kleid wird ohnehin in der Taille recht eng.«

»Nicht nur da«, meinte Jamie grinsend und musterte mich von oben bis unten. »Hast wohl deinen Appetit zurückgewonnen, Sassenach?«

»Flegel!« entgegnete ich kurz. »Du weißt nur zu gut, daß Annabelle MacRannoch die Form eines Besenstiels hat, im Gegensatz zu mir.«

»Gottlob hast du andere Formen«, meinte er und betrachtete mich wohlgefällig, bevor er mir vertraulich den Hintern tätschelte.

»Ich treffe mich heute vormittag mit Jared im Lagerhaus und sehe die Bücher durch. Anschließend nimmt er mich zu ein paar Kunden mit, um mich vorzustellen. Macht es dir was aus, allein zu bleiben?«

»Nein, ganz und gar nicht«, erwiderte ich. »Ich schaue mich ein wenig im Haus um und mache mich mit den Dienstboten bekannt.«

Mir war ein wenig bange bei dem Gedanken, nun »Personal« unter mir zu haben, aber ich sprach mir selbst Mut zu. Gewiß würde es nicht viel anders sein, als Pfleger und Schwesternschülerinnen anzuweisen, und das hatte ich schon einmal getan – im Jahr 1943 hatte ich als Krankenschwester in einem französischen Feldlazarett gearbeitet.

Nachdem Jamie gegangen war, widmete ich mich meiner Toilette, soweit das mit Kamm und Wasser – den einzigen Mitteln, die mir zur Verfügung standen – möglich war. Sollte es Jared mit den Abendeinladungen tatsächlich ernst sein, war es mit einem neuen Kleid nicht getan.

Immerhin bewahrte ich in der Seitentasche meines Medizinkastens einige ausgefranste Weidenzweige auf. Ich nahm einen davon und machte mich ans Zähneputzen, während ich über das unglaubliche Glück nachsann, welches uns hierhergebracht hatte.

Aus Schottland verbannt, blieb uns nichts anderes übrig, als uns eine Zukunft in Europa oder in Amerika aufzubauen. Und da ich jetzt wußte, welche Abneigung Jamie gegen Schiffe hegte, überraschte es mich nicht, daß er den Blick zunächst nach Frankreich gerichtet hatte.

Die Frasers waren mit Frankreich aufs engste verbunden; viele von ihnen – wie Abt Alexander und Jared Fraser – hatten sich ihr Leben hier eingerichtet und kehrten, wenn überhaupt, nur selten zurück in die Heimat. Auch gab es eine große Anzahl Jakobiten, die – so hatte Jamie mir erzählt – ihrem König ins Exil gefolgt waren und sich nun in Frankreich oder in Italien durchschlugen und auf die Wiedereinsetzung warteten.

»Sie reden unablässig davon«, meinte er. »Meist zu Hause, nicht in den Tavernen. Und deshalb steckt auch nichts dahinter. Erst wenn in der Schenke darüber gesprochen wird, wird's ernst.«

»Sag mir«, forderte ich ihn auf, während er sich den Staub vom Rock bürstete. »Kommen alle Schotten mit politischer Bildung zur Welt, oder bist du eine Ausnahme?«

Er lachte kurz auf, wurde aber gleich wieder ernst, als er den riesigen Schrank öffnete, um seinen Rock hineinzuhängen. In dem breiten, nach Zedern duftenden Hohlraum sah das Gewand abgetragen und ziemlich kläglich aus.

»Nun, Sassenach, ich weiß es nicht. Da ich nun mal vom Stamm der MacKenzies und der Frasers bin, hatte ich kaum eine andere Wahl. Und nach einem Jahr in der französischen Gesellschaft und zwei Jahren in der Armee hat auch der Dümmste begriffen, daß das, was gesagt wird, nicht das gleiche ist wie das, was gemeint ist. Doch davon einmal abgesehen – in Zeiten wie diesen wirst du keinen Gutsherrn oder Kätner finden, der sich den Dingen, die da kommen werden, entziehen kann.«

»Kommen werden.« Was *sollte* kommen? fragte ich mich. Was kommen *würde*, falls unsere Bemühungen in Frankreich scheitern sollten, war ein bewaffneter Aufstand unter der Führung des Sohnes des verbannten Königs, Prinz Charles Edward Stuart, um die Stuarts wieder auf den Thron zu bringen.

»Bonnie Prince Charlie«, flüsterte ich vor mich hin. Er befand sich jetzt hier, in derselben Stadt, vielleicht nicht einmal weit entfernt von mir. Was für ein Mensch er wohl war? Wenn ich an ihn dachte, hatte ich stets das bekannte historische Porträt vor Augen: ein gutaussehender, leicht feminin wirkender junger Mann um die sechzehn mit weichen rosafarbenen Lippen und gepudertem Haar. Und die Phantasiegemälde, die denselben Mann darstellten, nur in einer kräftigeren Ausgabe, wie er, ein Breitschwert schwingend, an der Küste Schottlands landet.

Ein Schottland, das er in dem Bestreben, es für seinen Vater und sich zurückzuerobern, zerstören und verwüsten sollte. Obwohl er zum Scheitern verdammt war, sollte er genügend Unterstützung erhalten, um das Land zu spalten und seine Anhänger durch einen Bürgerkrieg bis hin zum blutigen Ende auf dem Schlachtfeld von Culloden zu führen. Anschließend würde er zurück in das sichere Frankreich fliehen, während seine Feinde an den Zurückgebliebenen Vergeltung übten.

Wir waren hier, um das Unheil zu verhindern. Dieser Gedanke wirkte in dem Frieden und Luxus, den Jareds Haus uns bot, unwirklich. Wie hält man eine Rebellion auf? Wenn Revolten in Tavernen geschürt werden, lassen sie sich vielleicht über Abendeinladungen verhindern. Achselzuckend betrachtete ich mein Spiegelbild, blies mir eine verirrte Locke aus der Stirn und ging nach unten, um mich mit der Köchin anzufreunden.

Die Dienstboten, die mir zunächst angstvolles Mißtrauen entgegengebracht hatten, erkannten bald, daß ich keinerlei Absicht hegte, mich in ihre Arbeit einzumischen, und es machte sich unter ihnen eine Atmosphäre wachsamer Gehorsamkeit breit. In meiner Übermüdung hatte ich bei unserer Ankunft zunächst etwa zwölf gezählt, die in der Eingangshalle zur Begutachtung angetreten waren. Mitsamt dem Pferdeknecht, dem Stallburschen und dem Küchenjungen, die ich in dem allgemeinen Durcheinander übersehen hatte, waren es jedoch sechzehn. Zuerst ließ dies meine Hochachtung vor Jareds geschäftlichem Erfolg um ein Vielfaches wachsen, bis ich erfuhr, wie schlecht die Dienstboten bezahlt wurden: Ein Lakai bekam jährlich ein neues Paar Schuhe sowie zwei Livres, die Haus- und Küchenmädchen erhielten etwas weniger, so erhabene Persönlichkeiten wie Madame Vionnet, die Köchin, und Magnus, der Butler, ein wenig mehr.

Während ich mich mit dem Haushalt vertraut machte und alles Wissenswerte sammelte, was ich aus dem Klatsch der Dienstmädchen aufschnappen konnte, war Jamie täglich mit Jared unterwegs, besuchte Kunden, traf Leute und bereitete sich darauf vor, »Seiner Hoheit zu Diensten« zu sein, indem er Bekanntschaften schloß, die für einen Prinz im Exil von Nutzen sein konnten. Unter unseren zukünftigen Abendgästen konnten wir eventuell Verbündete – oder Gegner – finden.

»St. Germain?« wiederholte ich fragend, als ich den Namen aus Marguerites Geschwätz heraushörte, während sie den Parkettboden bohnerte. »Der Comte de St. Germain?«

»*Oui*, Madame.« Marguerite war ein kleines, rundes Mädchen mit einem eigenartig flachen Gesicht und hervorquellenden Augen, die ihr das Aussehen eines Steinbutts gaben. Sie war jedoch freundlich und willens, alles recht zu machen. Jetzt spitzte sie die Lippen, als wollte sie etwas wirklich Skandalöses mitteilen, und ich sah sie so aufmunternd wie möglich an.

»Der Comte hat einen sehr schlechten Ruf, Madame«, erklärte sie bedeutungsvoll.

Da Marguerite dies von beinahe jedem Abendgast behauptete, runzelte ich die Stirn und wartete auf Einzelheiten.

»Er hat seine Seele dem Teufel verkauft, müssen Sie wissen«, gestand sie mit gesenkter Stimme und blickte sich um, als laure der betreffende Herr hinter dem Kaminsims. »Er zelebriert die Schwarze Messe, bei der die Gottlosen das Blut und das Fleisch unschuldiger Kinder miteinander teilen.«

Da hast du dir ja ein ganz besonderes Exemplar zum Feind gemacht, dachte ich.

»Alle wissen es, Madame«, versicherte mir Marguerite. »Aber es spielt keine Rolle. Die Frauen sind trotzdem verrückt nach ihm. Wo immer er geht, werfen sie sich ihm an den Hals. Aber er ist ja auch reich.« Offensichtlich wog dies den Verzehr von Menschenfleisch wieder auf.

»Wie interessant!« meinte ich. »Aber ich dachte, Monsieur le Comte sei ein Konkurrent von Monsieur Jared. Importiert er nicht auch Wein? Weshalb lädt Monsieur Jared ihn dann zu sich ein?«

Marguerite unterbrach ihre Arbeit und blickte lachend auf.

»Damit Monsieur Jared zum Abendessen den besten Beaune servieren und Monsieur le Comte erzählen kann, daß er soeben zehn Kisten davon erworben hat. Nach dem Essen bietet er ihm dann großzügig eine Flasche zum Mitnehmen an.«

»Ich verstehe«, erwiderte ich grinsend. »Und erhält Monsieur Jared auch eine Gegeneinladung von Monsieur le Comte?«

Sie nickte, und ihr weißes Kopftuch wippte über der Ölflasche und dem Poliertuch auf und ab. »O ja, Madame. Aber nicht so oft.«

Glücklicherweise war der Comte de St. Germain heute abend nicht unser Gast. Wir speisten en famille, da Jared vor seiner Abreise noch einige Einzelheiten mit Jamie besprechen wollte. Das Wichtigste war dabei das königliche Lever in Versailles.

Eine Einladung zu dieser Zeremonie stellte eine ganz besondere Gunstbezeugung dar, erklärte uns Jared während des Essens.

»Sie gilt nicht dir, Junge«, stellte er freundlich klar und fuchtelte mit der Gabel in Jamies Richtung. »Sondern mir. Der König – oder besser Duverney, der Finanzminister – möchte sichergehen, daß ich aus Deutschland zurückkehre. Die jüngste Steuererhebung traf die Händler schwer, so daß eine große Anzahl Ausländer das Land verließ, zum Nachteil der königlichen Finanzen, wie du dir vorstellen kannst.« Bei dem Gedanken an Steuern schnitt er eine Grimasse. »Montag in einer Woche möchte ich bereits unterwegs sein. Ich warte nur noch auf Nachricht, daß die *Wilhelmina* sicher in Calais eingelaufen ist. Dann mache ich mich auf den Weg.« Jared nahm sich ein Stückchen Aal und nickte Jamie zu, während er mit vollem Mund weitersprach. »Ich weiß die Geschäfte in guten Händen, Junge. Das bereitet mir keinerlei Sorgen. Bevor ich mich auf die Reise begebe, könnten wir noch über anderes sprechen. Ich habe mit dem Graf von Marischal vereinbart, daß wir ihn in zwei Tagen auf den Montmartre begleiten, damit du Seiner Hoheit, Prinz Charles Edward, deine Aufwartung machen kannst.«

Plötzlich fühlte ich, wie sich mein Magen vor Aufregung zusammenkrampfte, und ich tauschte einen kurzen Blick mit Jamie aus. Er nickte Jared zu, als wäre dieser Vorschlag etwas Alltägliches, aber als er mich ansah, sprühten seine Augen vor Erwartung. Das also war der Anfang.

»Seine Hoheit führt in Paris ein sehr zurückgezogenes Leben«, erklärte Jared und versuchte die restlichen Aale zu fangen, die fettig über den Teller rutschten. »Es wäre unpassend, wenn er sich in Gesellschaft zeigt, solange ihn der König nicht empfangen hat. Daher verläßt er das Haus nur selten und trifft außer den Anhängern seines Vaters, die ihm ihre Aufwartung machen, nur wenige Menschen.«

»Mir ist aber etwas ganz anderes zu Ohren gekommen«, warf ich ein.

»Was?« Zwei verblüffte Augenpaare hefteten sich auf mich.

Jared legte seine Gabel nieder und überließ den letzten Aal seinem Schicksal.

Skeptisch fragte Jamie: »Was hast du gehört, Sassenach, und von wem?«

»Von den Dienstboten«, entgegnete ich und widmete mich meinen eigenen Aalen. Angesichts von Jareds gerunzelter Stirn kam mir zum ersten Mal der Gedanke, daß es für die Dame des Hauses wohl nicht schicklich war, sich an dem Klatsch der Dienstmädchen zu beteiligen. Zum Teufel damit, entschied ich trotzig. Schließlich blieb mir nicht viel anderes zu tun.

»Das Dienstmädchen hat mir verraten, daß Seine Hoheit Prinz Charles der Princesse Louise de la Tour de Rohan Besuche abstattet«, erklärte ich, während ich einen Aal von der Gabel nahm und ihn bedächtig kaute. Sie schmeckten köstlich, fühlten sich aber seltsam an, wenn sie im ganzen hinunterrutschten – als wäre das Tier noch lebendig. Ich schluckte vorsichtig. So weit, so gut.

»In Abwesenheit des Gatten der Dame«, fügte ich vornehm hinzu.

Jamie zeigte sich amüsiert, aber Jared war entsetzt.

»Die Princesse de Rohan?« wiederholte Jared. »Marie-Louise-Henriette-Jeanne de La Tour d'Auvergne? Die Familie ihres Gatten steht dem König sehr nahe.« Er fuhr sich mit seinen butterverschmierten Fingern über die Lippen. »Das könnte sehr gefährlich werden«, brummte er vor sich hin. »Ob dieser kleine Dummkopf... aber nein. Gewiß hat er mehr Verstand. Wahrscheinlich nur die Unerfahrenheit. Das gesellschaftliche Leben ist ihm noch fremd, und in Rom verhalten sich die Dinge anders als hier. Dennoch...« Er schwieg und wandte sich entschlossen an Jamie.

»Das wird deine erste Aufgabe sein, Junge, im Dienste Seiner Majestät. Du und Seine Hoheit seid fast im gleichen Alter, aber aus deiner Zeit in Paris verfügst du über Erfahrung und Urteilsvermögen. Und natürlich über meine hilfreichen Instruktionen, wenn ich mir einmal schmeicheln darf.« Er lächelte Jamie kurz zu. »Freunde dich mit Seiner Hoheit an, ebne ihm den Weg bei jenen Menschen, die ihm von Nutzen sein könnten. Und erkläre Seiner Hoheit – mit größtmöglichem Taktgefühl –, daß Galanterie am falschen Ort den Zielen seines Vaters erheblichen Schaden zufügen kann.«

Jamie nickte geistesabwesend. Kein Zweifel, er war mit seinen Gedanken woanders.

»Woher weiß unser Dienstmädchen von den Besuchen Seiner Hoheit, Sassenach?« wollte er von mir wissen. »Sie verläßt das Haus doch nur einmal die Woche, um zur Messe zu gehen.«

Ich schüttelte den Kopf und schluckte meinen Bissen herunter.

»Ich glaube, das Küchenmädchen weiß es vom Küchenjungen. Der hat es vom Knecht erfahren, und der wiederum hat es vom Stallburschen nebenan. Ich habe keine Ahnung, wie viele Leute noch dazwischen stecken, aber das Haus der Rohans befindet sich drei Türen weiter. Ich wette, die Prinzessin weiß genausogut über uns Bescheid«, fügte ich heiter hinzu. »Zumindest wenn sie mit ihrem Küchenmädchen spricht.«

»Eine Dame klatscht nicht mit den Küchenmädchen«, bemerkte Jared frostig. Er heftete den Blick beschwörend auf Jamie, damit er seine Gattin besser im Zaum hielt.

Ich bemerkte, wie Jamies Mundwinkel zuckten, doch er nahm nur einen kleinen Schluck Montrachet und ging dann zu Jareds neuestem Wagnis über: einer Lieferung Rum, unterwegs von Jamaika.

Als Jared klingelte, um die Teller abräumen und den Weinbrand servieren zu lassen, entschuldigte ich mich. Zu Jareds persönlichen Eigenheiten gehörte eine Vorliebe für lange schwarze Zigarren, begleitet von einem Weinbrand, und ich hatte das sichere Gefühl, daß die Aale wenig Lust verspürten, geräuchert zu werden.

Ich legte mich auf mein Bett und versuchte mit begrenztem Erfolg, die Aale zu vergessen. Ich schloß die Augen, um von Jamaika mit seinen malerischen weißen Stränden unter tropischer Sonne zu träumen. Aber diese Gedanken führten mich zur *Wilhelmina* und von dort zum Meer hinaus, und schon war ich wieder bei den Aalen angelangt. Ich sah, wie sie sich in den grünen Wogen wanden und schlängelten. Daher begrüßte ich Jamies Erscheinen mit Dankbarkeit.

»Puh!« Er lehnte sich an die geschlossene Tür und fächelte sich mit den herabhängenden Enden seines Jabots Luft zu. »Ich fühle mich wie eine Räucherwurst. Jared ist ja ein netter Kerl, aber ich werde es nicht bedauern, wenn er sich und seine verdammten Zigarren nach Deutschland verfrachtet.«

»Komm mir bloß nicht zu nahe, wenn du wie eine Zigarre riechst«, erklärte ich. »Die Aale mögen keinen Rauch.«

»Das kann ich ihnen in keiner Weise verdenken.« Er entledigte sich seines Mantels und knöpfte sein Hemd auf. »Ich glaube, es steckt ein Plan dahinter«, gestand er und deutete mit dem Kopf zur Tür, während er sein Hemd auszog. »So wie mit den Bienen.«

»Welchen Bienen?«

»Wenn man einen Bienenstock an einen anderen Platz bringen will«, erklärte er, öffnete das Flügelfenster und hängte das Hemd an dem Haken ins Freie. »Nimmt man einen Pfeifenkopf voll mit dem stärksten Tabak, der sich finden läßt, schiebt ihn in den Bienenstock und bläst den Rauch in die Waben. Benebelt fallen die Bienen herunter, so daß man sie dort hinbringen kann, wohin man möchte. Und ich vermute, daß Jared mit seinen Kunden ebenso verfährt: Er räuchert sie ein bis zur Bewußtlosigkeit, und bevor sie wieder zu sich kommen, unterschreiben sie Aufträge, die dreimal so hoch sind wie ursprünglich beabsichtigt.«

Ich kicherte. Er grinste und legte den Finger auf die Lippen, weil Jareds Schritte auf dem Flur zu vernehmen waren. Nachdem die Gefahr vorüber war, streckte sich Jamie, mit nichts anderem als Kilt und Strümpfen bekleidet, neben mir aus.

»Ist es schlimm?« fragte er. »Ich kann im Ankleidezimmer schlafen, falls es zu sehr stinkt. Oder meinen Kopf zum Lüften aus dem Fenster hängen.«

Ich schnupperte an seinem rotgelockten Haar, in dem noch immer Tabakrauch hing. Das Kerzenlicht ließ das Haar golden aufleuchten, und ich fuhr genüßlich durch die weiche Mähne.

»Nein, es ist zu ertragen. Du machst dir also keine Sorgen, weil Jared so bald abreist?« Kopfschüttelnd lächelte er mich an.

»Nein. Ich habe alle wichtigen Kunden und die Kapitäne kennengelernt und mich den Schauerleuten und den Hafenverwaltern vorgestellt. Die Preis- und Inventarlisten kenne ich mittlerweile auswendig. Was ich sonst noch wissen muß, eigne ich mir im täglichen Umgang an. Mehr kann Jared mir nicht beibringen.«

»Und Prinz Charles?«

Jamie verengte die Augen zu Schlitzen und grunzte ergeben. »Was ihn betrifft, muß ich auf die Gnade Gottes bauen, nicht auf Jared. Bestimmt wird es einfacher für mich sein, wenn Jared nicht hier ist und mich beobachtet.«

Ich streckte mich neben ihm aus. Er drehte sich zu mir um und schlang mir den Arm um die Taille, so daß wir eng beieinander lagen.

»Wie sollen wir vorgehen?« fragte ich. »Hast du eine Idee, Jamie?«

Sein warmer, nach Weinbrand duftender Atem streifte mein Gesicht. Ich hob den Kopf und küßte ihn. Er drückte seinen weichen Mund auf meine Lippen, und so verweilten wir für einen Augenblick.

»Nun, ich habe so meine Vorstellungen«, antwortete er dann seufzend. »Und davon jede Menge.«

»Und welche?«

»Mmmpf.« Er legte sich bequem auf den Rücken und nahm mich in den Arm. Ich bettete den Kopf an seine Schulter.

»Meiner Meinung nach ist es eine Frage des Geldes, Sassenach«, hob er an.

»Geld? Ich hätte eher gedacht, es geht dabei um Politik. Wollen die Franzosen James denn nicht wieder auf dem Thron sehen, weil es die Engländer ärgert? Dem wenigen nach, an das ich mich erinnere, wollte Louis – will Louis –, daß Charles Stuart König George ablenkt, damit er selbst in Brüssel ungehindert seine Absichten verfolgen kann.«

»Wahrscheinlich«, entgegnete Jamie. »Aber um Könige wieder auf den Thron zu bringen, braucht man Geld. Und soviel hat Louis nicht, als daß er in Brüssel Kämpfe ausfechten und gleichzeitig Angriffe auf England finanzieren könnte. Du hast doch gehört, was Jared über die königlichen Finanzen und die Steuern gesagt hat.«

»Ja, aber...«

»Nein, Louis ist nicht maßgeblich«, klärte er mich auf. »Obwohl er natürlich ein Wörtchen mitzureden hat. Nein, es gibt noch andere Geldquellen, die James und Charles versuchen werden anzuzapfen, und zwar die französischen Bankiersfamilien, den Vatikan und den spanischen Königshof.«

»James übernimmt den Vatikan und die Spanier, und Charles die französischen Bankiers, oder?« fragte ich interessiert.

Den Blick auf die geschnitzten Walnußpaneele gerichtet, nickte Jamie. Im flackernden Kerzenschein schimmerte die Deckentäfelung mit den dunklen Rosetten und Bändern, die sich aus jeder Ecke rankten, in einem warmen Braun.

»Aye, das denke ich auch. Onkel Alex hat mir die Briefe von Seiner Majestät König James gezeigt, und ich glaube, daß er bei den Spaniern die größten Aussichten hat. Der Papst ist verpflichtet, zu helfen, weil James ein katholischer Monarch ist. Papst Klemens, der mittlerweile gestorben ist, hat ihn jahrelang unterstützt. Benedikt, sein Nachfolger, ist bei weitem nicht so eifrig wie sein Vorgänger. Philipp von Spanien und Louis sind Vettern von James. Er fordert also nur die Verpflichtung der bourbonischen Blutsverwandten ein.« Listig lächelte er mich von der Seite an. »Und meiner Erfahrung nach ist das königliche Blut auch nicht dicker als Wasser, wenn Geld im Spiel ist, Sassenach.«

Jamie hob erst den einen, dann den anderen Fuß, streifte seine Strümpfe ab und schleuderte sie auf den Schlafzimmerhocker.

»Vor dreißig Jahren hat James aus Spanien Geld erhalten«, erzählte er. »Außerdem eine kleine Flotte und dazu noch ein paar Soldaten. So kam es zum Aufstand von 1715. Aber er hatte Pech; seine Truppen wurden bei Sheriffsmuir geschlagen, noch bevor er selbst am Kriegsschauplatz eintraf. Daher vermute ich, daß die Spanier sich nicht darum reißen, einen zweiten Versuch zu finanzieren – zumindest nicht ohne sichere Aussicht auf Erfolg.«

»Also ist Charles nach Frankreich aufgebrochen, um Louis und die Bankiers zu bearbeiten«, folgerte ich. »Wenn meine Geschichtskenntnisse mich nicht trügen, gelingt es ihm auch. Und was heißt das für uns?«

Jamie streckte sich, so daß sich die Matratze unter ihm ein wenig senkte.

»Das heißt, daß ich Wein an Bankiers verkaufen werde, Sassenach«, antwortete er unter Gähnen, »und du mit Dienstmädchen plaudern wirst. Wenn wir genügend Rauch blasen, können wir die Bienen vielleicht betäuben.«

Unmittelbar bevor Jared abreiste, führte er Jamie in dem kleinen Haus auf dem Montmartre ein, in dem Seine Hoheit Prinz Charles Edward Stuart residierte, bis sich herausstellen würde, auf welche Weise Louis sich für einen mittellosen Cousin und Thronanwärter einsetzen oder auch nicht einsetzen würde.

Nachdem die beiden, in ihr bestes Gewand gekleidet, aufgebrochen waren, kreisten meine Gedanken unablässig um diesen Besuch, und ich malte mir ihr Zusammentreffen in allen Einzelheiten aus.

»Wie war es?« bestürmte ich Jamie, kaum daß er wieder da war und ich ihn allein zu fassen bekam. »Wie ist er?«

Nachdenklich kratzte er sich den Kopf.

»Er hatte Zahnschmerzen«, sagte er schließlich.

»Was?«

»So sagte er jedenfalls. Und er schien sehr zu leiden. Er hielt den Kopf schief, und seine Wange war ein wenig geschwollen. Ich kann nicht beurteilen, ob er normalerweise auch so steif ist oder ob ihm das Sprechen zu starke Schmerzen bereitete, jedenfalls war er recht einsilbig.«

Nach den förmlichen Begrüßungsfloskeln fanden sich die älteren Herren – Jared, der Graf von Marischal und eine jämmerlich aussehende Kreatur, die allenthalben »Balhaldy« tituliert wurde – zu einem Gespräch über schottische Politik zusammen und überließen Jamie und Seine Hoheit sich selbst.

»Wir hatten beide einen Becher Weinbrand vor uns«, berichtete Jamie auf mein Drängen gehorsam. »Ich fragte ihn, wie ihm Paris gefalle, und er antwortete, er empfände es als unangenehm einengend, da er nicht auf die Jagd gehen könne. Daraufhin sprachen wir über die Jagd. Er jagt lieber mit Hunden als mit Treibern, und ich stimmte zu. Dann erzählte er mir, wie viele Fasane er auf einem Jagdausflug in Italien geschossen hatte. Er sprach von Italien, bis die Zahnschmerzen wegen der Zugluft vom Fenster schlimmer wurden. Das Haus ist nicht besonders solide gebaut, nur eine kleine Villa. Er trank noch ein wenig mehr Weinbrand gegen die Schmerzen, und ich berichtete ihm von der Hirschjagd in den Highlands. Er sagte, er würde das auch gern einmal versuchen, und fragte, ob ich gut mit Pfeil und Bogen umgehen könne. Ich sagte ja, woraufhin er erklärte, er hoffe, mich einmal zur Jagd nach Schottland einladen zu können. Als Jared mich daran erinnerte, er müsse auf dem Rückweg noch einmal am Lagerhaus haltmachen, reichte mir Seine Hoheit die Hand, ich küßte sie, und wir verschwanden.«

»Hmmm«, sagte ich. Obwohl man vernünftigerweise davon ausgehen sollte, daß Berühmtheiten – oder solche, die es einmal werden oder werden möchten – sich in ihrem alltäglichen Benehmen nicht von normalen Menschen unterscheiden, fand ich diesen Bericht über Bonnie Prince Charlie doch ein wenig enttäuschend. Immerhin war Jamie wieder eingeladen worden. Schließlich kam es darauf an, mit Seiner Hoheit näher bekannt zu werden, um ein Auge auf seine Pläne zu haben, sobald sie Gestalt annahmen. Zu gerne hätte ich gewußt, ob nicht wenigstens der König von Frankreich eine Spur beeindruckender war.

Meine Neugierde sollte schon bald gestillt werden. Eine Woche später stand Jamie in kalter, dunkler Nacht auf und kleidete sich für die lange Fahrt nach Versailles an, um dem Lever des Königs beizuwohnen. Louis erwachte jeden Morgen pünktlich um sechs Uhr. Die Auserwählten, die an seiner Morgentoilette teilhaben durften, sollten sich um diese Zeit im Vorzimmer versammeln und sich in die Prozession der Adeligen und Diener einreihen, die den König bei der Begrüßung des neuen Tages unterstützten.

Nachdem Jamie von Magnus, dem Butler, geweckt worden war, stieg er schlaftrunken aus dem Bett und machte sich gähnend und brummend fertig. Zu dieser Tageszeit verhielten sich meine Eingeweide noch manierlich, und ich genoß das wundervolle Gefühl, das einen erfaßt, wenn jemand anders eine unangenehme Pflicht erledigen muß, mit der man selbst nichts zu tun hat.

»Sieh dir alles genau an«, wies ich ihn an, die Stimme noch heiser vom Schlaf, »damit du mir berichten kannst.«

Mit zustimmendem Grunzen beugte er sich zu mir herab und küßte mich. Dann trottete er, die Kerze in der Hand, davon, um das Pferd satteln zu lassen. Bevor ich mich wieder dem Schlaf hingab, vernahm ich aus dem Erdgeschoß seine plötzlich klar und wach klingende Stimme, als er sich vom Stallburschen verabschiedete.

Aufgrund der Entfernung zu Versailles und der von Jared bereits angedeuteten Aussicht, zum Essen eingeladen zu werden, überraschte es mich nicht, als er zum Mittagessen noch nicht da war. Aber ich war neugierig und konnte meine Ungeduld kaum zügeln, bis Jamie nachmittags endlich auftauchte.

»Wie war das Lever des Königs?« erkundigte ich mich und trat auf ihn zu, um ihm beim Ausziehen des Rockes zur Hand zu gehen. Mit den engen Handschuhen aus Schweinsleder, die bei Hof *de rigueur* waren, ließen sich die verzierten Silberknöpfe auf dem glatten Samt nicht öffnen.

»Ah, das ist schon besser«, seufzte er und dehnte erleichtert die Schultern, als die Knöpfe aufsprangen. Da ihm dieses Gewand viel zu eng war, mußte ich Jamie wie ein Ei aus der Schale pellen.

»Interessant, Sassenach«, beantwortete er meine Frage. »Zumindest was die erste Stunde betrifft.«

Nachdem der Zug der Adeligen das königliche Schlafgemach betreten hatte, jeder mit seiner für das Zeremoniell notwendigen Gerätschaft ausgestattet – Handtuch, Rasiermesser, Becher, königliches Siegel und ähnliches mehr –, zogen die Kammerherren die schweren Vorhänge zurück, welche die Morgendämmerung abschirmten, entfernten die Draperien von dem breiten Staatsbett und boten der aufgehenden Sonne das Gesicht des *roi Louis* dar.

Nachdem man dem König aufgeholfen hatte und er an der Bettkante saß, gähnte er und kratzte sich das stoppelige Kinn, während seine Kammerherren eine seidene Robe mit schwerer Silber- und Goldstickerei um die königlichen Schultern legten. Anschließend knieten sie nieder, streiften ihm die dicken Filzsocken, in denen er zu schlafen pflegte, von den Füßen und ersetzten sie durch eine Strumpfhose aus zarter Seide und weichen, mit Kaninchenfell gefütterten Pantoffeln.

Die Adeligen traten nacheinander heran und knieten zu Füßen ihres Monarchen nieder, begrüßten ihn ehrerbietig und erkundigten sich, wie Seine Majestät die Nacht verbracht hatte.

»Nicht so gut, würde ich meinen«, unterbrach Jamie seine Betrachtungen. »Er sah aus, als hätte er höchstens ein, zwei Stunden geschlafen und dabei auch noch böse Träume gehabt.«

Trotz blutunterlaufener Augen und Tränensäcken nickte Seine Majestät den Höflingen huldvoll zu, erhob sich bedächtig und verneigte sich vor jenen erlesenen Gästen, die sich am anderen Ende des Schlafgemachs befanden. Eine müde Handbewegung rief einen Kammerherren herbei, der Seine Majestät zu dem Frisierstuhl geleitete. Mit geschlossenen Augen ließ er sich darauf nieder und genoß die Pflege seines Gefolges, während der Duc d'Orléans jeden Besucher einzeln zu ihm führte, damit er sich vor den König hinknien und einige Worte der Begrüßung sagen konnte. Förmliche Anliegen mußten noch warten, bis der König etwas wacher war und sie aufnehmen konnte.

»Ich hatte kein Anliegen, sondern war nur als Günstling geladen«, erklärte Jamie. »Also kniete ich mich vor ihn hin und sagte ›Guten Morgen, Eure Majestät‹, während der Duc ihn darüber aufklärte, wer ich war.«

»Hat dich der König angesprochen?« fragte ich.

Die Hände hinter dem Kopf verschränkt, grinste Jamie und streckte sich. »Aye. Er öffnete ein Auge und starrte mich an.«

Mit diesem geöffneten Auge musterte er seinen Besucher mit eher mäßigem Interesse und stellte fest: »Groß, nicht wahr?«

»Ich antwortete: ›Ja, Eure Majestät‹«, erklärte Jamie. »Woraufhin er fragte: ›Können Sie tanzen?‹, und ich erwiderte, daß ich das könne. Dann klappte er das Auge zu, und der Duc schob mich weiter.«

Nachdem die Vorstellung beendet war, machten sich die Kammerherren mit würdevoller Unterstützung der ranghöchsten Adeligen an die Toilette des Königs. Während dieser Prozedur traten die Bittsteller auf ein Zeichen des Duc d'Orléans nacheinander vor und murmelten dem König ihr Anliegen ins Ohr, während dieser den Kopf dem Rasiermesser entgegenstreckte oder den Hals neigte, damit die Perücke zurechtgerückt werden konnte.

»Ach ja? Und hattest du die Ehre, Seiner Majestät die Nase zu putzen?« fragte ich.

Jamie grinste und dehnte seine verschränkten Finger, bis die Knöchel knackten.

»Nein, Gott sei Dank nicht. Ich stellte mich in den Schatten des Schrankes und versuchte, mir den Anschein eines Möbelstücks zu geben, während mich all diese kleinwüchsigen Grafen und Herzöge aus den Augenwinkeln heraus musterten, als wäre Schottischsein etwas Ansteckendes.«

»Wenigstens warst du groß genug, um alles zu überblicken.«

»Aye, das stimmt. Ich konnte sogar zusehen, wie er es sich auf der *chaise percée* bequem machte.«

»Was? Vor all den Menschen?« Ich war fasziniert. Natürlich hatte ich bereits darüber gelesen, konnte es jedoch kaum glauben.

»Ja. Und jeder tat so, als würde dem König lediglich das Gesicht gewaschen oder die Nase geputzt. Der Duc de Neve hatte die unaussprechliche Ehre«, fügte er ironisch hinzu, »Seiner Majestät den Hintern abzuputzen. Ich habe nicht gesehen, was er mit dem Handtuch gemacht hat. Wahrscheinlich hat er es hinausgetragen und vergolden lassen.

War eine ziemlich langwierige Angelegenheit«, fügte er hinzu, beugte sich hinunter und setzte die Hände auf den Boden, so daß sich seine Beinmuskeln anspannten. »Hat ewig gedauert. Der Mann ist dicht wie eine Eule.«

»Dicht wie eine Eule?« fragte ich, amüsiert über diesen Vergleich. »Du meinst wohl verstopft?«

»Aye, genau. Ist ja auch kein Wunder bei dem, was man am Hof ißt«, fügte er kritisch hinzu und dehnte sich. »Schreckliche Kost, lauter Rahm und Butter. Er sollte lieber Haferbrei zum Frühstück essen – damit erledigt sich das Problem von selbst. Gut für die Verdauung, wie du weißt.«

Wenn die Schotten an einer Überzeugung festhalten – und tatsächlich ließe sich da so manches aufzählen –, dann an den guten Eigenschaften von Haferbrei, zum Frühstück genossen. Seit ewigen Zeiten haben sich die Menschen in diesem armen Land von Hafer ernährt, weil es nichts anderes gab, so daß man wie üblich aus der Not eine Tugend machte und darauf bestand, dieses Zeug zu mögen.

Inzwischen hatte Jamie sich auf den Boden gelegt und begonnen, die Royal-Air-Force-Übungen durchzuführen, die ich ihm zur Kräftigung der Rückenmuskeln empfohlen hatte.

Ich griff seine Bemerkung von vorhin auf und fragte: »Weshalb hast du gesagt ›dicht wie eine Eule‹? Ich habe diesen Satz schon einmal gehört, aber im Zusammenhang mit ›betrunken‹ und nicht mit ›verstopft sein‹. Leiden Eulen denn an Verstopfung?«

Er beendete seine Übungen, rollte sich auf die Seite und legte sich keuchend auf den Teppich.

»Aye.« Allmählich kam er wieder zu Atem. Er setzte sich auf und strich sich das Haar aus der Stirn. »Zumindest erzählt man sich das. Man sagt, Eulen haben keinen Verdauungstrakt und können deshalb nichts ausscheiden – zum Beispiel Mäuse, aye? Daher bildet sich aus den Knochen, den Haaren und den anderen Dingen ein Knäuel, das die Eule erbricht, weil sie es am anderen Ende nicht loswerden kann.«

»Wirklich?«

»Aye. Und wenn unter einem Baum solche Knäuel liegen, kann man sicher sein, daß dort Eulen hausen. Eulen machen ungeheuren Schmutz«, fügte er hinzu und lockerte den Kragen.

»Trotzdem haben sie ein Arschloch«, klärte er mich auf. »Ich habe einmal eine mit einer Schleuder abgeschossen und nachgesehen.«

»Ein wissensdurstiger Bursche!« sagte ich lachend.

»Allerdings, Sassenach.« Er grinste. »Und sie verdauen auch auf diesem Weg. Einmal habe ich deswegen sogar einen Tag lang mit Ian unter einem Baum mit Eulen gesessen.«

»Guter Gott, du mußt wirklich neugierig gewesen sein«, bemerkte ich.

»Nun, es ließ mir keine Ruhe. Ian hatte keine Lust, so lange stillzusitzen, und ich mußte ihn gewaltsam dazu bringen.« Jamie lachte. »Danach saß er still neben mir, bis es soweit war. Allerdings schnappte er sich später eine Handvoll Gewölle, steckte es mir in den Kragen und sauste davon. Meine Güte, er konnte so schnell rennen wie ein Wiesel.« Ein Anflug von Traurigkeit überschattete sein Gesicht, als er an seinen behenden Jugendfreund und jetzigen Schwager dachte, der vor nicht allzu langer Zeit im Krieg Opfer einer Kartätsche geworden war und nun ungelenk und dennoch klaglos auf einem Holzbein umherhumpelte.

»Das muß ein fürchterliches Leben sein«, bemerkte ich, um ihn abzulenken. »Ich meine nicht das Beobachten von Eulen, sondern den König. Kein Privatleben, nicht mal auf dem Klo.«

»Für mich wäre das nichts«, pflichtete Jamie mir bei. »Aber dafür ist er der König.«

»Und vermutlich gleichen die Macht, der Luxus und was sonst noch dazugehört vieles wieder aus.«

Er zuckte die Achseln. »Ob dem so ist oder nicht, Gott hat ihn dazu bestimmt, und er hat keine andere Wahl, als das Beste daraus zu machen.« Er nahm sein Plaid und zog den Zipfel durch das Schwertgehenk hoch zur Schulter.

»Warte, ich helfe dir.« Ich nahm die silberne Ringbrosche und befestigte den farbenprächtigen Stoff auf seiner Schulter. Er ordnete indessen die Falten, indem er fingerfertig die Wolle glättete.

»Ich habe eine ähnliche Verpflichtung, Sassenach«, sagte er leise. Ein Lächeln huschte über sein Gesicht. »Auch wenn dies gottlob nicht bedeutet, daß Ian mir den Hintern abputzt. Ich bin als Gutsherr zur Welt gekommen. Mir obliegt die Verwaltung eines Stückes Land und der dort lebenden Menschen, und auch ich muß aus meinen Verpflichtungen das Bestmögliche machen.«

Er streckte die Hand aus und strich mir zart über das Haar. »Deshalb bin ich froh, daß du gesagt hast, wir sollten es ausprobieren und sehen, was wir ausrichten können. Denn ein Teil von mir möchte am liebsten dich und das Kind nehmen und weit, weit weggehen, möchte auf dem Feld und mit den Tieren arbeiten, am Abend nach Hause kommen und die Nacht hindurch ungestört neben dir liegen.«

Die tiefblauen Augen blickten gedankenverloren in die Ferne, während seine Hände wieder zu dem Plaid zurückkehrten und über die leuchtenden Karos des Fraser-Tartans strichen, auf dem Lallybroch sich durch eine zarte weiße Linie von den anderen Familien abhob.

»Aber wenn ich das täte«, sprach er mehr zu sich als zu mir, »würde sich ein Teil meiner Seele abtrünnig vorkommen, und die Rufe meiner Leute würden mir in den Ohren schallen.«

Ich legte ihm die Hand auf die Schulter, und er sah auf. Ein schiefes Lächeln umspielte seine Mundwinkel.

»Das glaube ich auch«, sagte ich. »Jamie… was auch immer geschehen mag, was immer wir tun können…« Ich hielt inne und suchte nach Worten. Wie so oft, war ich im Augenblick wie gelähmt bei dem Gedanken an die ungeheure Aufgabe, die wir übernommen hatten. Wer waren wir, daß wir den Gang der Geschichte ändern wollten, und zwar nicht nur für uns, sondern für die Prinzen und Bauern, für ganz Schottland?

Jamie legte seine Hand auf meine und drückte sie beruhigend.

»Niemand kann mehr von uns verlangen, als daß wir unser Bestes geben, Sassenach. Nein, wenn Blut vergossen wird, dann tragen wenigstens nicht wir die Verantwortung dafür. Bete zu Gott, daß es nicht soweit kommt.«

Ich dachte an die einsamen grauen Steine der Clans im Moor von Culloden und an die Männer der Highlands, die vielleicht darunter begraben werden würden, wenn unser Vorhaben keinen Erfolg hatte.

»Bete zu Gott«, wiederholte ich.

8

Ein ruheloser Geist und ein Krokodil

Die täglichen Pflichten in Jareds Handelskontor hielten Jamie in Atem, und da auch noch Audienzen beim König dazukamen, führte er ein recht erfülltes Leben. Gleich nach dem Frühstück brach er mit Murtagh zu den Lagerhäusern auf, um die neuen Lieferungen zu überwachen, die Bestandslisten zu ergänzen und die Docks an der Seine sowie seiner Beschreibung nach äußerst zweifelhafte Tavernen zu besuchen.

»Wenigstens hast du Murtagh bei dir«, stellte ich beruhigt fest. »Und mitten am Tag wird man euch wohl kaum etwas antun.« Zwar wirkte der kleine Clansmann, der sich äußerlich nur durch den karierten unteren Teil seiner Kleidung von den Halunken im Hafen unterschied, nicht besonders beeindruckend, aber seit ich mit ihm durch halb Schottland geritten war, um Jamie aus dem Wentworth-Gefängnis zu befreien, gab es niemanden, dem ich das Wohl meines Mannes lieber anvertraut hätte.

Nach dem Mittagessen machte Jamie gewöhnlich seine Runde – gesellschaftliche und geschäftliche Besuche, und zunehmend war beides miteinander verquickt. Vor dem Abendessen zog er sich dann für ein, zwei Stunden in sein Arbeitszimmer zurück und vertiefte sich in die Geschäftsbücher. Er hatte wirklich viel zu tun.

Ich nicht. Nach ein paar Tagen höflicher Rangeleien mit Madame Vionnet, der Köchin, war klar, wer das Regiment führte – ich war es nicht. Jeden Morgen kam Madame in meinen Salon, um mit mir den Speiseplan und die Einkaufsliste des Tages durchzusprechen – Obst, Gemüse, Butter und Milch wurden jeden Morgen ins Haus geliefert; von einem Straßenhändler bezogen wir frischen Fisch aus der Seine und Muscheln. Der Form halber sah ich mir die Liste an, segnete sie ab, lobte das Abendessen vom Tag zuvor, und damit hatte es sich. Gelegentlich wurde ich gebeten, den Wäscheschrank oder die Vorratskammer mit einem der Schlüssel an meinem großen Bund zu öffnen, doch meist blieb ich mir selbst überlassen, bis es Zeit wurde, sich zum Abendessen umzuziehen.

Das gesellschaftliche Leben nahm seinen Fortgang, als wäre Jared noch hier. Ich verspürte nach wie vor eine gewisse Scheu, größere Einladungen zu geben, doch in der Regel hatten wir abends ein paar Gäste zum Essen: Adelige, Chevaliers mit ihren Damen, verarmte Jakobiten und wohlhabende Kaufleute mit ihren Ehefrauen.

Ich stellte jedoch bald fest, daß Essen und Trinken und die dazugehörigen Vorbereitungen mich nicht ausfüllten. Deshalb setzte ich Jamie so lange zu, bis er einwilligte, daß ich ihm zur Hand ging und von den Eintragungen in den Geschäftsbüchern Abschriften anfertigte. »Das ist jedenfalls besser, als wenn du an dir herumkaust«, meinte er mit einem kritischen Blick auf meine Fingernägel. »Außerdem hast du eine schönere Handschrift als die Angestellten im Lagerhaus.«

Und so befand ich mich in Jamies Arbeitszimmer, emsig über die riesigen Bücher gebeugt, als uns Mr. Silas Hawkins einen Besuch abstattete, um zwei Fässer flämischen Weinbrands zu bestellen. Der gesetzte, wohlhabende Engländer, ein Emigrant wie Jared, hatte sich auf den Export französischen Weinbrands in seine Heimat spezialisiert.

Ein Kaufmann, der wie ein Abstinenzler aussah, hätte Wein und Schnaps in größeren Mengen wahrscheinlich nur unter erheblichen Schwierigkeiten an den Mann gebracht. Mr. Hawkins war in dieser Hinsicht vom Glück begünstigt, denn er verfügte über die geröteten Wangen und das vergnügte Lächeln eines Saufbruders. Jamie hatte mir allerdings versichert, daß der Mann außer bodenständigem Ale nichts anrührte. In den Tavernen, die er besuchte, war er allerdings für seinen überaus gesegneten Appetit berühmt. Hinter der glatten Jovialität, mit der er seine Transaktionen schmierte, lag jedoch durchaus geschäftliche Berechnung.

»Meine besten Lieferanten, aufs Wort«, versicherte er uns, während er die große Bestellung schwungvoll unterzeichnete. »Zuverlässig und immer beste Qualität. Ihr Cousin wird mir fehlen«, sagte er und fuhr mit einer Verbeugung zu Jamie fort: »Doch er hätte keinen besseren Stellvertreter wählen können. Nun, das ist echt schottisch – immer schön darauf achten, daß das Geschäft in der Familie bleibt.«

Er ließ den Blick über Jamies Kilt gleiten, dessen Fraser-Rot sich leuchtend von der dunklen Holzvertäfelung des Arbeitszimmers abhob.

»Gerade aus Schottland eingetroffen?« fragte Mr. Hawkins, während er suchend auf seine Tasche klopfte.

»Nein, ich bin schon seit längerem in Frankreich«, erwiderte Jamie lächelnd, aber abschließend. Er nahm den Federkiel, den Mr. Hawkins ihm reichte. Als er feststellte, daß er stumpf war, holte er sich aus dem Bündel Gänsefedern, die in einem Glas auf dem Schreibtisch standen, einen neuen.

»An Ihrer Kleidung sehe ich, daß Sie aus den Highlands stammen. Vielleicht könnten Sie mich einweihen, welche Gefühle gegenwärtig in diesem Teil des Landes vorherrschen. Sie wissen doch, man hört so viele Gerüchte.« Auf eine einladende Handbewegung Jamies hin ließ er sich in einen Sessel sinken und beugte das runde, rosige Gesicht interessiert über die dicke Lederbörse, die er aus der Tasche gezogen hatte.

»Gerüchte – nun, die gibt es in Schottland immer.« Jamie war angelegentlich damit beschäftigt, seinen Federkiel zu schärfen. »Und Gefühle? Nun, wenn Sie die Politik meinen, bin ich leider nicht auf dem neuesten Stand.« Mit einem lauten Schnipsen kürzte er den dicken Federkiel um ein ganzes Stück.

Mr. Hawkins förderte eine Anzahl Silbermünzen aus seinem Beutel zutage, die er säuberlich aufstapelte.

»Wahrhaftig?« fragte er geistesabwesend. »Dann sind Sie der erste Hochlandschotte, der es so hält.«

Jamie hatte den Federkiel mittlerweile geschärft und hielt ihn in die Höhe, um sein Werk zu begutachten.

»Hmm?« fragte er vage. »Nun, anderes ist mir wichtiger. Sie wissen ja selbst, wieviel Zeit es verschlingt, ein Geschäft wie dieses zu führen.«

»Wie wahr!« Mr. Hawkins zählte die Münzen auf seinem Stapel noch einmal durch. Dann nahm er eine fort und ersetzte sie durch zwei kleinere. »Charles Stuart soll in Paris eingetroffen sein.« Sein rundes Säufergesicht zeigte nicht mehr als höfliches Interesse, doch die Augen in den Fettpolstern funkelten wachsam.

»Ja, ja«, murmelte Jamie. Sein Ton ließ offen, ob er das Gerücht bestätigen oder höfliche Gleichgültigkeit ausdrücken wollte. Vor ihm lag ein Stapel mit Bestellungen, und jetzt machte er sich daran, die Bögen mit übertriebener Sorgfalt zu unterzeichnen. Er malte die Buchstaben mehr, als daß er sie schrieb. Jamie, ein Linkshänder, den man als Junge dazu gezwungen hatte, die rechte Hand zu benutzen, hatte immer Probleme mit den Buchstaben, doch nur selten machte er solch ein Aufhebens darum.

»Demnach stehen Sie in dieser Angelegenheit nicht auf seiten Ihres Vetters?« Hawkins setzte sich zurück und betrachtete Jamies Scheitel, der naturgemäß nicht sehr mitteilsam war.

»Was kümmert Sie das, Sir?« Jamie hob den Kopf und blickte Mr. Hawkins herausfordernd an. Der behäbige Kaufmann erwiderte den Blick einen Moment lang, dann winkte er ab.

»Gar nicht. Ganz und gar nicht«, erwiderte er geschmeidig. »Aber ich weiß um die jakobitischen Sympathien Ihres Cousins, denn er macht schließlich keinen Hehl daraus. Ich habe mich nur gefragt, ob alle Schotten einer Meinung sind, wenn es um den Thronanspruch der Stuarts geht.«

»Wenn Sie die Schotten aus dem Hochland kennen würden«, erwiderte Jamie trocken, während er eine Abschrift der Bestellung herüberreichte, »dann wüßten Sie, daß sich nur selten zwei finden lassen, die sich in mehr Punkten einig sind als der Farbe des Himmels. Und selbst das ist gelegentlich eine Streitfrage.«

Mr. Hawkins lachte so herzlich, daß sein runder Bauch unter der Weste bebte. Er steckte den zusammengefalteten Bogen in die Tasche. Da Jamie an weiteren Fragen dieser Art nicht gelegen schien, schaltete ich mich ein und bot Madeira und Kekse an.

Einen Moment lang schien Mr. Hawkins in Versuchung zu geraten, doch dann schüttelte er bedauernd den Kopf und schob den Sessel zurück.

»Nein, vielen Dank, Madam. Die *Arabella* läuft diesen Donnerstag ein, und ich muß nach Calais fahren und sie empfangen. Aber bevor ich in die Kutsche steige, erwartet mich noch ein Berg von Arbeit.« Er deutete auf den Stapel von Bestellungen und Quittungen, die er aus der Tasche gezogen hatte, legte Jamies Quittung obenauf und schob alles zurück in eine dicke Brieftasche.

»Immerhin«, sagte er, und sein Gesicht hellte sich auf, »kann ich auf der Reise ein paar Geschäfte tätigen. Ich werde den Herbergen und Gaststätten auf dem Weg nach Calais einen Besuch abstatten.«

»Wenn Sie wirklich alle Tavernen zwischen Paris und Calais besuchen wollen, werden Sie Calais erst im nächsten Monat erreichen«, bemerkte Jamie. Er zog seine eigene Geldbörse aus der Felltasche und ließ den Stapel Silbermünzen hineinfallen.

»Da haben Sie nur allzu recht, mein Herr«, meinte Mr. Hawkins mit einem bedauernden Stirnrunzeln. »Ich fürchte, ich muß die eine oder andere auslassen, um sie mir auf dem Rückweg vorzunehmen.«

»Aber Sie können doch sicher einen Stellvertreter nach Calais schicken, wenn Ihre Zeit so kostbar ist«, schlug ich vor.

Er rollte mit den Augen und verzog den Mund zu einem Ausdruck des Bedauerns, soweit dessen Form dies zuließ.

»Wenn das nur möglich wäre, Madam! Doch die *Arabella* trägt eine Fracht, die ich keinem meiner Mitarbeiter anvertrauen kann. Meine Nichte Mary ist an Bord«, erklärte er. »Während wir hier sitzen, ist sie bereits auf dem Weg zur französischen Küste. Sie ist fünfzehn und noch niemals von zu Hause fortgewesen. Da kann ich sie die Reise nach Paris wohl kaum allein machen lassen.«

»Gewiß nicht«, gab ich ihm höflich recht. Mary Hawkins. Ein Allerweltsname, und doch kam er mir bekannt vor. Etwas Bestimmtes verband ich damit allerdings nicht. Ich rätselte noch daran herum, als Jamie Mr. Hawkins zur Tür geleitete.

»Ich hoffe, daß Ihre Nichte eine angenehme Reise hat«, sagte er höflich. »Soll sie hier ein Pensionat besuchen? Oder lediglich ihre Verwandten?«

»Heiraten soll sie«, erklärte Mr. Hawkins mit Genugtuung. »Meinem Bruder ist es gelungen, für sie eine höchst vorteilhafte Verbindung mit einem Angehörigen des französischen Adels zu arrangieren.« Stolz schwoll seine Brust, so daß die Goldknöpfe seines Rockes abzuspringen drohten. »Mein älterer Bruder ist nämlich ein Baronet, müssen Sie wissen.«

»Mit fünfzehn?« fragte ich bedrückt. Frühe Heiraten waren nichts Ungewöhnliches, aber in diesem Alter? Ich hatte mit neunzehn geheiratet und dann noch einmal mit siebenundzwanzig, und beim zweiten Mal war ich um einiges klüger gewesen.

»Wann... äh... hat Ihre Nichte denn die Bekanntschaft ihres Verlobten gemacht?« fragte ich vorsichtig.

»Sie kennt ihn noch gar nicht. Um ehrlich zu sein«, Mr. Hawkins beugte sich vor und legte den Finger an die Lippen, »weiß sie noch nichts von der Heirat. Die Verhandlungen sind nämlich noch nicht ganz abgeschlossen.«

Entsetzt öffnete ich den Mund, und mir lag eine scharfe Entgegnung auf der Zunge, doch Jamie griff mich warnend am Arm.

»Nun, wenn dieser Herr dem Adel angehört, werden wir Ihre Nichte wahrscheinlich demnächst bei Hof antreffen«, stellte er fest, während er mich unerbittlich Richtung Tür schob. Mr. Hawkins mußte beiseite springen, um nicht von mir überrannt zu werden. Ohne sich davon stören zu lassen, schwatzte er weiter.

»Das steht zu vermuten. Ich würde es als große Ehre betrachten, wenn Sie und Ihre Gattin meiner Nichte ihre Aufwartung machen. Sicher wäre ihr die Gesellschaft einer Landsmännin eine große Freude«, fügte er mit einem öligen Lächeln an meine Adresse hinzu. »Aber denken Sie bitte nicht, daß ich unsere Geschäftsbeziehung ausnutzen möchte.«

Nein, ganz gewiß nicht, dachte ich entrüstet. Du würdest alles tun, um deine Familie im französischen Adel unterzubringen, und wenn du dafür deine Nichte mit... mit...

»Wer ist denn der glückliche Bräutigam?« fragte ich unumwunden.

Mit einem Ausdruck der Verschlagenheit beugte Mr. Hawkins sich vor, um in mein Ohr zu flüstern.

»Eigentlich dürfte ich ja nicht darüber sprechen, weil wir den Ehekontrakt noch nicht unterzeichnet haben. Aber da Sie es sind, Madam... es handelt sich um ein Mitglied des Geschlechts der Gascogne. Um ein hochrangiges Mitglied!«

»In der Tat«, stellte ich fest.

Nachdem Mr. Hawkins, der sich vor Vorfreude wie wild die Hände rieb, aufgebrochen war, wandte ich mich zu Jamie um.

»Gascogne! Er meint wahrscheinlich... aber das kann doch nicht sein Ernst sein! Dieser widerliche alte Kerl mit den Schnupftabaksflecken am Kinn, der letzte Woche bei uns zu Gast war?«

»Der Vicomte de Marigny?« Jamie quittierte meine Beschreibung mit einem Lächeln. »Ich nehme es an. Er ist Witwer und der einzige Junggeselle dieser Familie, soweit ich weiß. Außerdem glaube ich nicht, daß es Schnupftabak ist – eher sein Bart. Ein wenig mottenzerfressen«, gab er zu, »doch mit all den Warzen im Gesicht wird die Rasur nun mal zu einem höllischen Unterfangen.«

»Aber man kann doch keine Fünfzehnjährige mit diesem ... diesem Widerling verheiraten! Noch dazu, ohne sie zu fragen!«

»Ich fürchte, man kann«, entgegnete Jamie mit einer Gelassenheit, die mich zur Weißglut trieb. »Wie dem auch sei, Sassenach, es geht dich nichts an.« Er faßte meine beiden Ellenbogen und schüttelte mich eindringlich.

»Hast du verstanden? Ich weiß, es kommt dir seltsam vor, aber so ist es nun mal. Außerdem«, er grinste süffisant, »bist du auch zur Ehe gezwungen worden und hast dich ganz nett darin eingerichtet, nicht wahr?«

»Da bin ich mir nicht so sicher!« Ich versuchte, mich aus seinem Griff zu befreien, doch er lachte, zog mich an sich und küßte mich. Natürlich würde ich Mary Hawkins meine Aufwartung machen, dachte ich. Dann würden wir ja sehen, was sie von dieser Heirat hielt. Und wenn sie nicht einverstanden war, daß ihr Name neben den des Vicomte de Marigny auf den Ehekontrakt gesetzt wurde, dann ... Plötzlich fuhr mir ein Schreck in die Glieder, und ich stieß Jamie fort.

»Was ist«, fragte er beunruhigt. »Bist du krank, Mädel? Du bist ja ganz weiß im Gesicht.«

Das war nicht weiter erstaunlich. Denn in diesem Moment war mir eingefallen, wo ich den Namen Mary Hawkins schon einmal gelesen hatte. Jamie hatte sich geirrt; die Sache ging mich sehr wohl etwas an. Denn dieser Name stand in gestochener Handschrift und verblaßter Tinte oben auf einer Ahnentafel. Es war Mary Hawkins nicht vorherbestimmt, die Ehefrau des altersschwachen Vicomte de Marigny zu werden. Im Jahr des Herrn 1745 sollte sie Jonathan Randall heiraten.

»Das ist doch unmöglich!« sagte Jamie. »Jonathan Randall ist tot.« Er hatte ein Glas Weinbrand eingeschenkt und reichte es mir jetzt herüber. Seine Hand zitterte nicht, doch seine Lippen waren zusammengepreßt, und er sprach das Wort »tot« so scharf aus, daß es eine grausame Endgültigkeit gewann.

»Leg deine Füße hoch, Sassenach«, forderte er mich auf. »Du bist immer noch kreidebleich.« Gehorsam streckte ich mich auf der Chaiselongue aus. Jamie setzte sich neben mich ans Kopfende und legte mir geistesabwesend die Hand auf die Schulter und massierte sie.

»Marcus MacRannoch hat gesehen, wie Randall in Wentworth vom Vieh zu Tode getrampelt worden ist«, sagte er noch einmal, als würde es durch die Wiederholung zur Gewißheit werden. »Eine Puppe in blutigen Fetzen, so hat ihn mir Sir Marcus beschrieben. Er war sich ganz sicher.«

»Genau.« Nach einem Schluck Weinbrand spürte ich, wie das Blut in meine Wangen zurückkehrte. »Das hat er mir auch erzählt. Nein, du hast recht. Hauptmann Randall ist tot. Es hat mir nur einen Schock versetzt, als ich mich an Mary Hawkins erinnert habe. Wegen Frank.« Ich blickte auf meine linke Hand, die auf meinem Bauch ruhte. Der schmale, glatte Goldreif, mein erster Hochzeitsring, glänzte im Flammenschein des Feuers. Jamies schottischen Silberring trug ich am Ringfinger der rechten Hand.

»Ah.« Jamie hielt in der Massage inne. Seine Augen suchten meinen Blick. Seit seiner Rettung aus dem Gefängnis hatten wir nicht mehr über Frank gesprochen. Ebensowenig hatten wir Jonathan Randalls Tod erwähnt. Er war uns nur insofern wichtig, als wir nun wußten, daß uns von dieser Seite keine Gefahr mehr drohte. Seitdem hatte es mir widerstrebt, Jamie an Wentworth zu erinnern.

»Du weißt doch, daß er tot ist, nicht wahr, *mo duinne*?« Jamie sprach leise. Seine Hand ruhte auf meiner Schulter, und ich wußte, er meinte Frank und nicht Jonathan.

»Vielleicht nicht«, erwiderte ich, während mein Blick auf dem Ring ruhte. »Wenn er tot ist, Jamie – also wenn es ihn nicht gibt, weil Jonathan Randall tot ist –, warum trage ich dann immer noch seinen Ring?«

Er starrte auf den goldenen Ring, und ein Muskel zuckte in seinem Gesicht. Auch er war bleich. Ich wußte nicht, ob es ihm schaden würde, an Jonathan Randall zu denken, aber es blieb keine andere Wahl.

»Bist du sicher, daß Randall vor seinem Tod keine Kinder hatte?« fragte er. »Das wäre eine Erklärung.«

»Gewiß wäre es das«, entgegnete ich. »Aber ich weiß genau, daß er keine hatte. Frank...«, meine Stimme zitterte ein wenig, und Jamies Griff um mein Handgelenk wurde fester, »Frank hat immer viel Aufhebens um Jonathan Randalls tragischen Tod gemacht. Er sagte, sein Vorfahr sei auf dem Schlachtfeld von Culloden gestorben, im letzten Kampf des Aufstands, und sein Sohn – also Franks

Urururgroßvater – sei einige Monate nach dem Tod des Vaters geboren worden. Die Witwe habe ein paar Jahre darauf wieder geheiratet. Selbst wenn es ein uneheliches Kind gegeben hätte – Franks Urahn könnte es nicht sein.«

Nachdenklich runzelte Jamie die Stirn, so daß sich zwischen seinen Brauen eine tiefe Falte abzeichnete. »Könnte ihm ein Fehler unterlaufen sein – daß das Kind gar nicht von Randall war? Vielleicht stammt Frank ja nur von Mary Hawkins ab. Mary ist ja noch am Leben.«

Ich schüttelte hilflos den Kopf.

»Das ist unmöglich. Wenn du Frank gesehen hättest... Eine Sache habe ich dir bisher noch nicht erzählt. Als ich damals auf Jonathan Randall stieß, dachte ich zuerst, ich hätte Frank vor mir. Natürlich gleichen sie sich nicht wie ein Ei dem anderen, aber die Ähnlichkeit ist wirklich erstaunlich. Nein, Jonathan Randall ist Franks Urahn, da gibt es keinen Zweifel.«

»Ich verstehe.« Jamies Finger waren feucht geworden, und jetzt wischte er sie geistesabwesend an seinem Kilt ab.

»Dann... hat der Ring vielleicht überhaupt nichts zu bedeuten, *mo duinne*«, schlug er sanft vor.

»Vielleicht nicht.« Ich strich über das Metall, das warm war wie meine Haut, bevor ich hilflos die Hand fallen ließ. »Ach Jamie, ich weiß es nicht! Ich weiß gar nichts mehr.«

Erschöpft rieb er mit den Fingerknöcheln über die Falte zwischen seinen Brauen. »Ich auch nicht, Sassenach.« Dann ließ er die Hand sinken und lächelte mich gezwungen an.

»Da ist noch etwas«, meinte er. »Frank hat dir gesagt, Jonathan Randall würde in Culloden sterben.«

»Ja, und um ihm angst zu machen, habe ich das dem Randall auch ins Gesicht geschleudert, damals, in Wentworth, als er mich in den Schnee hinausschickte, bevor... er zu dir zurückkehrte.« Ehe ich mich versah, hatte Jamie Augen und Mund zugekniffen, und ich schwang entsetzt die Füße auf den Boden.

»Jamie! Was ist los?« Ich wollte ihm die Hand auf die Stirn legen, doch er befreite sich aus meinem Griff, stand auf und ging zum Fenster.

»Ist schon gut, Sassenach. Ich habe den ganzen Morgen Briefe geschrieben, und jetzt kommt es mir vor, als würde mir der Schädel zerspringen. Mach dir keine Sorgen.« Er winkte ab und legte den

Kopf mit geschlossenen Augen an die kühle Fensterscheibe. Dann sprach er weiter, als wollte er sich von seinem Schmerz ablenken.

»Wenn du weißt –, so wie Frank –, daß Jonathan Randall in Culloden stirbt, wir aber wissen, daß es nicht so kommen wird, dann ... dann ist es zu schaffen.«

»Was ist zu schaffen?« Ich wollte ihm beistehen, wußte aber nicht wie. Daß ich ihn jetzt nicht berühren durfte, hatte ich schon gemerkt.

»Was deines Wissens nach geschehen wird, läßt sich ändern.« Er hob den Kopf von der Fensterscheibe und lächelte mich müde an. Sein Gesicht war noch bleich, doch den Schreck hatte er anscheinend überwunden. »Jonathan Randall ist früher gestorben, als er sollte, und Mary Hawkins wird einen anderen heiraten. Auch wenn das bedeutet, daß dein Frank nicht geboren wird – oder auf andere Weise zur Welt kommt«, fügte er hinzu, um mich zu trösten, »heißt das auch, daß wir unser Vorhaben verwirklichen können. Vielleicht ist Hauptmann Randall nicht in Culloden gestorben, weil es nicht zur Schlacht kommen wird.«

Er gab sich einen Ruck, kam auf mich zu und nahm mich in die Arme. Ich umschlang seine Taille und blieb still stehen. Er senkte den Kopf und legte die Stirn auf meinen Scheitel.

»Ich weiß, wie traurig dich das stimmt, *mo duinne*. Aber wird dir nicht leichter, wenn du dir vorhältst, wieviel Gutes daraus erwächst?«

»Doch«, flüsterte ich schließlich in die Rüschen seines Hemdes. Dann löste ich mich behutsam aus seinen Armen und legte ihm die Hand an die Wange. Die Falte auf seiner Stirn war tiefer geworden, und sein Blick war verschleiert, aber er lächelte mich an.

»Jamie«, sagte ich. »Leg dich ein wenig hin. Ich schicke den d'Arbanvilles eine Nachricht, daß wir heute abend nicht kommen.«

»Keinesfalls«, wehrte er ab. »Das wird schon wieder. Ich kenne diese Art von Kopfschmerzen. Sie kommen vom Schreiben und sind nach einer Stunde Schlaf wieder vorbei. Ich gehe nach oben.« Er wandte sich zur Tür. Aber dann zögerte er und drehte sich mit einem leisen Lächeln noch einmal um.

»Wenn ich im Schlaf schreie, Sassenach, leg mir die Hand auf die Stirn und sag: ›Randall ist tot.‹ Dann geht es mir wieder gut.«

Bei den d'Arbanvilles erwartete uns ein vorzügliches Mahl und angenehme Gesellschaft. So kehrten wir erst spät in der Nacht nach Hause zurück. Kaum hatte ich den Kopf aufs Kissen gelegt, sank ich in einen tiefen, traumlosen Schlaf. Doch mitten in der Nacht wachte ich plötzlich auf und spürte, daß etwas nicht stimmte.

Wie es ihre leidige Gewohnheit war, hatte sich die Daunendecke selbständig gemacht, so daß mir nur noch die dünne Wolldecke geblieben war. Im Halbschlaf drehte ich mich um und tastete nach Jamies warmen Körper. Doch Jamie war fort.

Erschreckt setzte ich mich auf. Aber dann sah ich ihn. Er saß am Fenster und hatte den Kopf in die Hände gestützt.

»Jamie! Was ist los? Hast du wieder Kopfschmerzen?« Ich griff nach der Kerze, weil ich meinen Medizinkasten holen wollte, doch etwas an seiner Haltung veranlaßte mich, sofort zu ihm hinüberzugehen.

Er atmete schwer, als ob er einen Dauerlauf gemacht hätte, und trotz der Kälte war er schweißnaß. Seine Schultern fühlten sich hart und kalt an wie die einer Statue.

Bei meiner Berührung zuckte er zusammen und sprang auf. Mit weitaufgerissenen, leeren Augen starrte er in das dunkle Zimmer.

»Ich wollte dich nicht erschrecken«, sagte ich. »Geht es dir gut?«

Ich fragte mich, ob er schlafwandelte, denn sein Gesichtsausdruck änderte sich nicht. Er blickte geradewegs durch mich hindurch, und das, was er sah, schien ihm ganz und gar nicht zu gefallen.

»Jamie!« rief ich. »Jamie, wach auf!«

Da blinzelte er und blickte mich mit der Verzweiflung eines gejagten Tieres an.

»Mir geht's gut«, erklärte er. »Ich bin wach.« Das klang, als wollte er sich selbst davon überzeugen.

»Was ist los? Hattest du einen Alptraum?«

»Einen Traum. Aye, es war ein Traum.«

Ich legte ihm die Hand auf den Arm.

»Was hast du geträumt? Der Eindruck verschwindet, wenn du davon erzählst.«

Sein Griff, mit dem er mich an den Unterarmen packte, bat um meine Hilfe und hielt mich zugleich von sich fern. Im Schein des

Vollmonds sah ich, daß seine Muskeln angespannt waren. Sein Körper war reglos wie Stein. Gleichzeitig bebte er vor unterdrückter Wut.

»Nein«, erwiderte er, noch immer nicht ganz wach.

»Doch«, beharrte ich. »Jamie! Sprich mit mir. Sag mir, was du siehst.«

»Ich kann nicht... ich sehe nichts. Ich kann nichts sehen.«

Ich zog ihn aus den Schatten in den hellen Mondschein am Fenster. Das Licht schien ihm zu helfen, denn sein Atem wurde ruhiger. Stockend und schmerzerfüllt begann er zu sprechen.

Jamie hatte von dem steinernen Verlies in Wentworth geträumt. Und während er sprach, war es plötzlich, als stünde Jonathan Randall im Zimmer, als läge er nackt auf der Wolldecke unseres Bettes.

In seinem Traum hatte Jamie Randalls stoßweisen Atem gehört und den schweißnassen Körper auf seiner Haut gespürt. Verzweifelt hatte er die Zähne zusammengebissen. Der Mann hinter ihm hatte es bemerkt und gelacht.

»Noch ist es nicht so weit, daß wir dich hängen, mein Junge«, flüsterte er. »Erst wollen wir noch ein bißchen Spaß miteinander haben.« Randall bewegte sich ruckartig und brutal, und ohne es zu wollen, stöhnte Jamie auf.

Randall strich ihm das Haar aus der Stirn und schob es ihm hinters Ohr. Sein heißer Atem streifte Jamies Haut. Um ihm auszuweichen, drehte er den Kopf fort, doch Randalls heisere Stimme folgte ihm.

»Hast du schon mal gesehen, wie man einen Mann hängt, Fraser?« Ohne eine Antwort abzuwarten, sprach er weiter. Dabei strich seine lange schlanke Hand über Jamies Hüfte, fuhr die Rundung seines Bauches nach und wanderte bei jedem Wort weiter abwärts.

»Natürlich hast du das. Du warst in Frankreich und hast hin und wieder zugesehen, wie man einen Fahnenflüchtigen hinrichtet. Ein Gehängter läßt seinen Darminhalt fahren, nicht wahr? Im selben Augenblick, wo sich die Schlinge um seinen Hals zusammenzieht.« Die Hand griff zu, fest und zart zugleich, reibend und liebkosend. Jamie klammerte die gesunde Hand um den Bettpfosten und vergrub das Gesicht in der harten, kratzigen Wolldecke. Doch die Worte verfolgten ihn.

»Und genauso wird es dir ergehen, Fraser. Noch ein paar Stunden, und dein Hals steckt in der Schlinge.« Voller Genugtuung lachte der Mann auf. »Und wenn du in den Tod gehst, brennt dein Arsch von meinen Vergnügungen, und wenn sich dein Darm entleert, ist es mein Saft, der dir die Beine entlangläuft und auf den Boden unter dem Galgen tropft.«

Jamie gab keinen Laut von sich. Er roch sich selbst – den Gestank, der sich im Lauf seiner Gefangenschaft an ihn geheftet hatte und sich nun mit dem Geruch des Angstschweißes und der Wut mischte. Und dazu der zarte Duft des Lavendelwassers des Mannes hinter ihm.

»Die Decke«, sagte Jamie. Sein Gesicht war angespannt. »Sie kratzte an meinem Gesicht, und ich sah nichts anderes als die Wand vor mir. Nichts, woran ich mich innerlich festhalten konnte... nichts, rein gar nichts. Und so schloß ich die Augen und dachte an die Decke unter meiner Wange. Sie war alles, was ich in meinem Schmerz noch spürte... außer ihm. Und... ich hielt mich daran fest.«

»Jamie! Jetzt kannst du dich an mir festhalten.« Um seine Erregung einzudämmen, sprach ich leise. Sein Griff war so fest, daß alles Blut aus meinem Arm wich. Er hielt sich an mir fest, zugleich aber von mir fern.

Plötzlich ließ er meinen Arm los, wandte sich ab und blickte zum Vollmond, der durchs Fenster schien. Gespannt und doch bebend, wie ein Bogen, von dem gerade ein Pfeil abgefeuert worden war, stand er da. Trotzdem klang seine Stimme ruhig.

»Nein, ich will dich nicht ausnutzen, Mädel. Du sollst da nicht auch noch hineingezogen werden.«

Ich tat einen Schritt auf ihn zu, doch sein Kopfschütteln ließ mich zögern. Er wandte sich zum Fenster; sein Gesicht war ruhig, leer wie die Scheibe, durch die er nach draußen blickte.

»Leg dich schlafen, Mädel. Laß mich ein wenig allein. Kein Grund zur Sorge.«

Die Hände auf den Rahmen gestützt, stand er so am Fenster, daß er den Mondschein abfing. Seine Schultern spannten sich, und ich wußte, daß er sich mit aller Kraft gegen das Holz stemmte.

»Es war nur ein Traum. Jonathan Randall ist tot.«

Irgendwann war ich eingeschlafen. Jamie stand noch am Fenster und starrte auf den runden Mond am Himmel. Als ich im Morgengrauen erwachte, schlief auch er. Er hatte sich im Sessel am Fenster zusammengekauert, in sein Plaid gehüllt und meinen Umhang zum Schutz gegen die Kälte über sich gebreitet.

Als ich mich bewegte, wurde er wach und zeigte wieder sein altes, morgens immer so unverschämt fröhliches Ich. Doch ich konnte die Vorfälle der Nacht nicht so schnell vergessen und nahm mir nach dem Frühstück meinen Medizinkasten vor.

Zu meinem Leidwesen fehlten mir einige der Kräuter, die ich für den Schlaftrunk brauchte. Doch dann fiel mir der Mann ein, von dem Marguerite mir erzählt hatte. Raymond, der Kräuterhändler aus der Rue de Varennes. Ein Hexenmeister, hatte sie gesagt, mit einem Laden, den man sich unbedingt einmal ansehen sollte. Nun gut. Jamie würde sich den ganzen Vormittag im Lagerhaus aufhalten. Und da mir Kutsche und Lakai zur Verfügung standen, würde ich hinfahren.

An zwei Seiten des Ladens stand jeweils ein langer, blankgescheuerter Holztresen. Die Regale dahinter reichten bis zur Decke. Einige waren durch Glastüren geschützt, wahrscheinlich weil dahinter die wertvolleren und teureren Substanzen verborgen waren. Pausbäckige vergoldete Putten tummelten sich über den Schränken, bliesen ins Horn, schwenkten Bänder und wirkten samt und sonders, als hätten sie an den alkoholischen Tinkturen des Ladens genippt.

»Könnte ich mit Monsieur Raymond sprechen?« erkundigte ich mich höflich bei der jungen Frau, die hinter dem Tresen stand.

»Maître Raymond«, verbesserte sie mich. Unelegant wischte sie sich mit dem Ärmel über die rote Nase; dann wies sie zu dem hinteren Teil des Ladens, wo dunkle Rauchwolken durch die obere Hälfte einer zweiteiligen Tür quollen.

Die Umgebung schien für einen Hexenmeister wie geschaffen. Von einer schwarzen, geschieferten Feuerstelle stieg Rauch zu den verrußten Deckenbalken auf. Auf einem Steintisch über dem Feuer standen Glasphiolen, kupferne Schnabelkannen, aus denen undefinierbare Lösungen in Becher tropften, und ein, wie es schien, funktionsfähiger Destillierkolben. Ich schnupperte. Der Alkoholdunst, der von der Feuerstelle her zu mir drang, überlagerte die zahlreichen anderen Gerüche des Ladens. Die säuberlich gespülten und aufgereihten Flaschen auf einer Anrichte verstärkten meinen Verdacht. Wie immer sein Geschäft mit Zaubermitteln und Tränken auch beschaffen sein mochte – Maître Raymond trieb schwunghaften Handel mit hochprozentigem Kirschlikör.

Der Ladenbesitzer beugte sich gerade über die Feuerstelle und schob einige Kohlestückchen zurück auf den Rost. Doch als er mich hereinkommen hörte, richtete er sich auf und wandte sich mit einem freundlichen Lächeln zu mir um.

»Guten Tag«, sagte ich höflich zu dem kleinen Mann. Der Eindruck, eine Hexenküche betreten zu haben, war so überwältigend, daß mich auch ein Quaken als Antwort nicht verwundert hätte.

Denn Maître Raymond ähnelte nichts so sehr wie einem großen, liebenswerten Frosch. Er maß wenig mehr als einszwanzig, hatte einen mächtigen Brustkorb und O-Beine, die dicke, feuchtklebrige Haut eines Sumpfbewohners und leicht hervorquellende, freundliche, schwarze Augen. Abgesehen von der unbedeutenden Tatsache, daß seine Haut nicht grün war, fehlten ihm nur noch die Warzen.

»Madonna!« sagte er und strahlte mich an. »Womit kann ich Ihnen zu Diensten sein?« Ihm waren alle Zähne ausgefallen, was den froschartigen Eindruck noch verstärkte. Fasziniert starrte ich ihn an.

»Bitte sehr, Madonna?« Fragend blickte er zu mir auf.

Erst jetzt wurde mir bewußt, wie unhöflich ich ihn gemustert hatte. Ich errötete und sagte wie aus der Pistole geschossen: »Ich habe mich gerade gefragt, ob Sie schon mal von einem hübschen, jungen Mädchen geküßt worden sind.«

Er brach in schallendes Gelächter aus, und meine Röte wurde noch tiefer. »Viele Male. Doch wie Sie selbst sehen, hat es nichts genutzt. Quakquak.«

Wir lachten so laut, daß das Ladenmädchen beunruhigt nach uns sah. Maître Raymond scheuchte sie mit einer Handbewegung fort. Dann humpelte er hustend und sich die Seiten haltend zum Fenster, um die Bleiglasflügel zu öffnen und den Rauch abziehen zu lassen.

»Ah, das tut gut!« sagte er, während er die kühle Frühlingsluft tief einatmete. Er wandte sich wieder zu mir um und strich sich die langen Silbersträhnen zurück, die ihm bis auf die Schultern reichten. »Nun, Madonna, da wir jetzt Freunde sind, erlauben Sie mir bitte, daß ich rasch noch etwas zu Ende bringe.«

Ich gab meine Zustimmung, und er ging, noch immer glucksend, zu dem Tisch an der Feuerstelle und füllte den Destillierkolben auf. Dadurch hatte ich Zeit, meine Fassung zurückzugewinnen. Ich schlenderte durch die Werkstatt und betrachtete das erstaunliche Sammelsurium, das ich dort vorfand.

Von der Decke hing ein riesiges, wahrscheinlich ausgestopftes Krokodil. Von unten sah man lediglich die gelben Bauchschuppen, hart und glänzend wie gepreßtes Wachs.

»Das ist echt, nicht wahr?« fragte ich, während ich mich an dem rissigen Eichentisch auf einen Stuhl sinken ließ.

Lächelnd blickte Maître Raymond nach oben.

»Mein Krokodil? Aber gewiß doch, Madonna. Es flößt meinen Kunden Vertrauen ein.« Mit dem Kopf wies er auf ein Regal, das in Augenhöhe an der Wand angebracht war. Dort waren weiße Porzellangefäße aufgereiht, ein jedes mit goldenen Schnörkeln verziert, mit Blumen- oder Tierornamenten bemalt und mit einem elegant beschrifteten Etikett versehen. Die drei in meiner Nähe trugen lateinische Namen, die ich mit einiger Mühe übersetzte: Krokodilsblut, Leber und Galle des gleichen Tiers – vermutlich sogar jenes, das in der Zugluft über uns im Laden schwebte.

Ich nahm eines der Gefäße aus dem Regal, zog den Stöpsel heraus und roch an seinem Inhalt.

»Senf«, sagte ich und zog die Nase kraus. »Und Thymian. Das Ganze in Walnußöl, scheint mir. Aber wie haben Sie es geschafft, daß es so eklig wird?« Ich kippte das Gefäß zur Seite und betrachtete prüfend die schleimige, schwarze Flüssigkeit.

»Aha! Sie tragen Ihre Nase also nicht nur zur Zierde im Gesicht!« Ein breites Grinsen überzog sein Froschgesicht und offenbarte festes, bläuliches Zahnfleisch.

»Das schwarze Zeug ist das verfaulte Fruchtfleisch eines Kürbisses«, gestand er mir, während er sich zu mir herüberbeugte und die Stimme senkte. »Und der Geruch... nun, das ist wirklich Blut.«

»Aber nicht von einem Krokodil«, wandte ich mit einem Blick nach oben ein.

»Wie kann ein junger Mensch nur so mißtrauisch sein!« sagte Raymond betrübt. »Die Damen und Herren vom Hof haben glücklicherweise größeres Vertrauen in die Natur, obwohl sie selbst nicht gerade Vertrauen einflößen. Nein, es ist Schweineblut, Madonna. Schweine sind hierzulande nun mal leichter aufzutreiben als Krokodile.«

»In der Tat«, gab ich ihm recht. »Dieses Exemplar muß Sie ein Vermögen gekostet haben.«

»Glücklicherweise habe ich es zusammen mit dem Warenbestand vom früheren Besitzer des Ladens geerbt.« Ich meinte, in den Tiefen der sanften, schwarzen Augen ein leichtes Flackern zu sehen. Doch in den letzten Tagen war ich überempfindlich geworden, was Feinheiten im Gesichtsausdruck betraf, da ich bei den Gästen der Abendgesellschaften ständig nach kleinsten Hinweisen forschte, die Jamie bei seiner Aufgabe hilfreich sein könnten.

Der stämmige kleine Ladenbesitzer beugte sich noch näher heran und legte vertrauensvoll seine Hand auf meine.

»Sie sind vom Fach, nicht wahr?« fragte er. »Obwohl Sie nicht danach aussehen.«

In einem ersten Impuls hätte ich am liebsten meine Hand fortgezogen, doch seltsamerweise war mir die Berührung angenehm. Als mein Blick auf die Eisblumen fiel, die am Rand der Bleiglasfenster wuchsen, wußte ich auch, warum: Obwohl er keine Handschuhe trug, waren seine Hände warm, was zu dieser Jahreszeit nicht gerade der Regel entsprach.

»Das hängt davon ab, was Sie damit meinen«, entgegnete ich. »Ich bin eine Heilerin.«

»Aha, eine Heilerin!« Er blickte mich neugierig an. »Das habe ich mir gedacht. Und sonst noch etwas? Weissagungen? Liebestränke?«

Ich hatte leichte Gewissensbisse, da ich an meine Wanderschaft mit Murtagh dachte, als wir im schottischen Hochland auf der Suche nach Jamie waren und für ein warmes Essen die Zukunft weissagten und Lieder sangen wie die Zigeuner.

»Nichts dergleichen«, erwiderte ich, und eine leichte Röte stieg mir ins Gesicht.

»Also zumindest keine versierte Lügnerin«, stellte er amüsiert fest. »Beinahe schade. Aber wie kann ich Ihnen zu Diensten sein, Madonna?«

Ich erklärte ihm meine Wünsche, die er mit einem weisen Nicken zur Kenntnis nahm. In seinem Refugium trug er weder eine Perücke, noch puderte er sich das Haar. Statt dessen strich er es sich streng aus der hohen breiten Stirn, so daß es ihm glatt auf die Schultern fiel. Dort endete es in einer so exakten Linie, als wäre es mit einem resoluten Scherenschnitt gekürzt worden.

Schon bald entwickelte sich zwischen uns ein lebhaftes Gespräch, denn er kannte sich gut aus in der Anwendung von Pflanzen und Kräutern. Immer wieder nahm er ein Gefäß aus dem Regal, schüttete ein wenig von seinem Inhalt in seine Hand und zerrieb die Blätter, damit ich daran riechen oder davon kosten konnte.

Plötzlich wurde unsere Unterhaltung von lauten Stimmen unterbrochen, die aus dem Laden zu uns drangen. Ein höchst schmuck ausstaffierter Lakai lehnte sich über den Tresen und sprach mit dem Ladenmädchen. Oder zumindest hatte er das vor. Doch seine matten Bemühungen prallten gegen einen Schwall tiefsten provenzalischen Dialekts. Ich verstand nur einen Teil, konnte aber dem Sinn im groben folgen. Irgendwie ging es um Kohl und Würste, was durchaus nicht als Kompliment gemeint war.

Ich beschäftigte mich im Geiste noch immer mit der erstaunlichen Eigenheit der Franzosen, in praktisch jeder Lebenslage aufs Essen sprechen zu kommen, als die Ladentür aufgerissen wurde. Der Lakai bekam Verstärkung, und zwar in Gestalt einer geschminkten und in Rüschen gehüllten Dame.

»Aha«, murmelte Raymond, während er unter meinem Arm hindurch das Schauspiel beobachtete, das in seinem Laden stattfand. »La Vicomtesse de Rambeau.«

»Ist sie Ihnen bekannt?« Dem Ladenmädchen war sie das augenscheinlich, denn es ließ von dem Lakaien ab und wich bis zum Regal mit Abführmitteln zurück.

»Ja, Madonna«, erwiderte Raymond nickend. »Ein Geschöpf, verwöhnt bis über beide Ohren.«

Gleich darauf sah ich auch, was er meinte, denn die fragliche Dame griff nach dem Streitobjekt, einem Glas mit eingelegten Kräutern, zielte und schleuderte es mit erstaunlicher Kraft und Treffsicherheit gegen die Glastür der Vitrine.

Es schepperte und klirrte, und dann herrschte Ruhe im Raum. Mit einem langen, knochigen Finger zeigte die Vicomtesse auf das Mädchen.

»Du«, drohte sie mit einer Stimme, die irgendwie an Metallspäne erinnerte. »Hol mir den schwarzen Trank! Auf der Stelle!«

Das Mädchen öffnete den Mund, um zu protestieren, doch als es sah, daß die Vicomtesse nach einem weiteren Gefäß griff, drehte es sich um und verließ fluchtartig den Raum.

Raymond, der dies vorausgesehen hatte, holte mit einem resignierten Seufzer eine Flasche aus dem Regal und drückte sie dem Mädchen in die Hand, als es durch die Werkstattür geschossen kam.

»Gib ihr das«, sagte er, »bevor sie weiteres Unheil anrichtet.«

Als das Mädchen zögernd in den Laden zurückkehrte, um das Gewünschte zu überbringen, wandte Raymond sich mit einem ironischen Ausdruck im Gesicht zu mir um.

»Gift für eine Nebenbuhlerin«, zwinkerte er. »Oder zumindest glaubt sie das.«

»Ach ja?« fragte ich. »Und was ist es wirklich? Faulbaumrinde?«

Bewundernd und überrascht zugleich blickte er mich an.

»Sie verstehen Ihr Handwerk«, staunte er. »Ein Naturtalent, oder sind Sie irgendwo in die Lehre gegangen? Aber eigentlich spielt das keine Rolle.« Abwinkend ließ er das Thema fallen. »Jedenfalls haben Sie recht; es ist wirklich Faulbaumrinde. Die Nebenbuhlerin wird morgen von Übelkeit geplagt sein und merklich leiden. Dies stillt den Rachedurst der Vicomtesse, und sie ist überzeugt, ein gutes Geschäft getätigt zu haben. Wenn sich die Rivalin dann erholt und keine Anzeichen einer dauerhaften Schädigung zeigt, wird es die Vicomtesse auf das Eingreifen eines Priesters oder den Gegenzauber eines Hexenmeisters zurückführen, den die andere zu diesem Zweck herbeigerufen hat.«

Ich sann nach. »Und der Schaden in Ihrem Laden?« fragte ich schließlich. Die späte Nachmittagssonne beleuchtete die Glasscherben auf dem Tisch und den einsamen Silbertaler, den die Vicomtesse zur Bezahlung hingeworfen hatte.

Raymond drehte die Hand hin und her, um anzudeuten, daß jedes Ding zwei Seiten hatte.

»Es gleicht sich aus«, erklärte er. »Wenn sie im nächsten Monat kommt und nach einem Abtreibungsmittel verlangt, werde ich ihr so viel berechnen, daß nicht nur der Schaden wieder behoben werden kann, sondern auch noch drei neue Vitrinen dabei herausspringen. Und sie wird ohne Murren zahlen.« Er lächelte kurz, aber ohne den Humor, den er zuvor noch gezeigt hatte. »Sehen Sie, es ist alles eine Frage der Zeit.«

Ich merkte, daß seine schwarzen Augen wissend über meinen Körper glitten. Obwohl man noch nichts sah, war ich mir sicher, daß er es wußte.

»Und wird das Mittel, das Sie der Vicomtesse nächsten Monat verordnen, seinen Zweck erfüllen?« erkundigte ich mich.

»Alles eine Frage der Zeit«, wiederholte er, während er abwägend den Kopf neigte. »Rechtzeitig eingenommen, tut es sein Werk. Wenn man zu lange wartet, wird es gefährlich.«

Die Warnung war nicht zu überhören, und ich lächelte ihm beruhigend zu.

»Es ist nicht für mich«, erklärte ich. »Ich frage nur aus Neugier.«

Erleichtert seufzte er auf.

»Gut. Das hätte ich auch nicht erwartet.«

Ein Poltern auf der Straße verriet, daß die blausilberne Kutsche der Vicomtesse am Laden vorbeifuhr. Der Lakai auf seinem Stand rief und winkte, während die Fußgänger sich in Hauseingänge und Torwege flüchteten, um nicht von den Rädern zerquetscht zu werden.

»*A la lanterne*«, murmelte ich vor mich hin. Es kam nur selten vor, daß mir meine ungewöhnliche Sicht der gegenwärtigen Entwicklungen eine derartige Befriedigung bot, doch diesmal war es wirklich der Fall.

»Hört nur, nach wem der Schinderkarren ruft«, sagte ich, zu Raymond gewandt. »Ruft er nach Euch?«

Erstaunt blickte Raymond mich an.

»Wie auch immer. Sie verwenden für einen Abführungstrank schwarze Betonien, sagten Sie? Ich ziehe die weißen vor.«

»Tatsächlich? Warum?«

Ohne uns weiter mit der Vicomtesse zu beschäftigen, setzten wir uns nieder, um unser Geschäft abzuwickeln.

9

Die Pracht von Versailles

Leise zog ich die Tür des Salons hinter mir zu und blieb einen Moment lang stehen. Um Mut zu schöpfen und um mich zu beruhigen, holte ich tief Luft, doch unter dem Einfluß des engen Fischbeinkorsetts entwich mir der Atem mit einem erstickten Keuchen.

Jamie, der das hörte, blickte von dem Stapel Versandformulare auf, in den er sich vertieft hatte. Er riß die Augen auf und erstarrte. Dann öffnete er den Mund, brachte jedoch keinen Ton heraus.

»Gefällt es dir?« Geziert nahm ich die Schleppe auf und trat mit leichtem Hüftschwung, den mir die Näherin gezeigt hatte, in die Mitte des Raumes, um die hauchdünnen Keile aus Seidenplissee, die in den Rock eingesetzt waren, in ihrer ganzen Pracht zu zeigen.

Jamie schloß den Mund und blinzelte.

»Es ist ... es ist rot, nicht wahr?« stellte er fest.

»Ziemlich.« *Sang-du-Christ*, um genau zu sein. Das Blut Christi, die modischste Farbe der Saison, wie man mir zu verstehen gegeben hatte.

»Nicht jede Frau kann das tragen, Madame«, hatte die Näherin gesagt, die sich von den Stecknadeln, die sie zwischen die Lippen geklemmt hatte, nicht hatte stören lassen. »Aber Sie, mit Ihrem Teint! Mutter Gottes, die Männer werden den ganzen Abend versuchen, unter Ihren Rock zu kriechen.«

»Sollen sie nur! Dann trete ich ihnen auf die Finger«, erklärte ich. Denn das war gewiß nicht die beabsichtigte Wirkung. Ich wollte lediglich auffallen. Jamie hatte mich gedrängt, mir ein Kleid anfertigen zu lassen, das mich aus der Masse heraushob. Trotz seiner morgendlichen Benommenheit hatte sich der König offensichtlich an Jamies Auftritt beim Lever erinnert und uns zu einem Ball in Versailles eingeladen.

»Ich muß bei den Reichen Gehör finden«, hatte Jamie erklärt, als wir Pläne schmiedeten. »Und da ich weder über Einfluß noch über Macht verfüge, muß ich dafür sorgen, daß sie meine Gesellschaft suchen.« Damals hatte er mich, die ich ihm in meinem alles andere als kleidsamen wollenen Nachthemd gegenübersaß, mit einem tiefen Seufzer angeblickt.

»Und in Paris heißt das wohl leider, daß wir uns aufs gesellschaftliche Parkett begeben und sogar bei Hof erscheinen, wenn es sich einrichten läßt. Jeder weiß, daß ich Schotte bin, und deshalb ist es nur natürlich, wenn mich die Leute über Prinz Charles ausfragen oder wissen wollen, ob die Schotten die Rückkehr der Stuarts sehnsüchtig erwarten. Dann kann ich ihnen unter dem Siegel der Verschwiegenheit erklären, daß es den meisten Schotten eine stattliche Summe wert wäre, wenn die Stuarts nicht zurückkämen – obwohl es mir widerstrebt, das zu sagen.«

»Ja, du mußt wirklich diskret sein«, gab ich ihm recht. »Sonst hetzt Bonnie Prince Charles noch die Hunde auf dich, wenn du ihn das nächstemal aufsuchst.« Da Jamie ein Auge auf Charles und seine Aktivitäten haben wollte, hatte er dem jungen Prinzen in der letzten Zeit einmal wöchentlich seine Aufwartung gemacht.

Auf Jamies Gesicht zeigte sich die Andeutung eines Lächelns. »Aye. Soweit es Seine Hoheit und seine Anhänger betrifft, bin ich der Sache der Stuarts treu ergeben. Und solange ich bei Hof empfangen werde und Charles nicht, besteht wenig Gefahr, daß er erfährt, was ich dort sage. Grundsätzlich bleiben die Jakobiten in Paris unter sich. Unter anderem, weil sie nicht die Mittel haben, sich in den feinen Kreisen zu bewegen. Wir hingegen schon, Jared sei Dank!«

Jared hatte – aus völlig anderen Gründen – in Jamies Vorschlag eingewilligt, die geschäftlichen Unternehmungen seiner Firma auszudehnen, damit der französische Adel und die wohlhabenden Bankiersfamilien den Weg zu uns fanden, wo sie mit Rheinwein, angenehmer Unterhaltung, allerlei Kurzweil und großen Mengen schottischen Whiskys verwöhnt und umgarnt werden sollten. Den Whisky hatte Murtagh in den vergangenen zwei Wochen über den Kanal bis in unsere Keller gebracht.

»Du kannst sie nur locken, wenn du ihnen Unterhaltung bietest«, hatte Jamie erklärt, während er auf der Rückseite einer der Balladentexte, die Bänkelsänger verkaufen – dieser befaßte sich mit der Affäre zwischen dem Comte de Sévigny und der Frau des Ministers für Landwirtschaft –, seinen Plan entwarf. »Der Adel schert sich nur um Äußerlichkeiten. Deshalb müssen wir ihnen zuerst etwas bieten, was sich anzusehen lohnt.«

Seinem verblüfften Ausdruck nach zu urteilen, war mir der Anfang gelungen. Ich tänzelte auf der Stelle, so daß der weite Rock hin und her schwang.

»Hübsch, nicht wahr?« fragte ich. »Zumindest ist es auffällig.«

Endlich fand Jamie seine Stimme wieder.

»Auffällig?« krächzte er. »Himmel, man kann jeden Zentimeter deiner Brust bis hinunter zur dritten Rippe sehen!«

Ich blickte an mir hinunter.

»Nein, kann man nicht. Das unter der Spitze, das bin nicht ich, das ist eine Unterlage aus weißem Stoff.«

»Mag schon sein, aber es sieht nicht danach aus.« Er trat auf mich zu, um das Mieder des Kleides zu inspizieren. Dann spähte er in mein Dekolleté.

»Himmel, man sieht deinen Nabel! Du hast doch wohl nicht etwa vor, dich so in der Öffentlichkeit zu zeigen?«

Das ärgerte mich. Die Offenherzigkeit des Kleides hatte auch mir ein gewisses Unbehagen bereitet, obwohl mich die Näherin davon überzeugt hatte, daß es in jeder Hinsicht der Mode entsprach. Doch Jamies Bemerkung trieb mich in die Enge, worauf ich von jeher widerborstig reagierte.

»Du hast mir doch selbst gesagt, ich soll auffallen!« erinnerte ich ihn. »Und im Vergleich zum letzten Schrei am Hofe ist dies noch gar nichts. Glaub mir, gegen Madame de Pérignon und die Duchesse de Rouen wirke ich wie die Sittsamkeit in Person.« Ich stemmte die Hände in die Hüften und musterte ihn kalt. »Oder soll ich etwa in meinem grünen Samtkleid bei Hofe erscheinen?«

Jamie wandte seinen Blick von meinem Dekolleté ab und preßte die Lippen zusammen.

»Mmmmpf«, murmelte er und schaute höchst schottisch aus.

Zum Zeichen der Versöhnung trat ich näher an ihn heran und legte ihm die Hand auf den Arm.

»Komm«, sagte ich, »du warst doch schon früher am Hof. Du weißt, was die Damen dort tragen. Nämlich Kleider, gegen die dieses hier geradezu zugeknöpft wirkt.«

Mit einem beschämten Lächeln blickte er auf mich herab.

»Aye«, sagte er. »Aye, du hast recht. Es ist nur ... du bist meine

Frau. Und ich mag es nicht, wenn andere Männer dich so ansehen, wie ich die Damen dort angesehen habe.«

Ich lachte, schlang ihm die Arme um den Hals und zog ihn zu mir herab, so daß ich ihn küssen konnte. Er faßte mich um die Taille, und ohne es zu merken, strich er mit dem Daumen über die weiche Seide meines Mieders. Seine Hand fuhr über den glatten Stoff hinauf zu meinem Nacken. Mit der anderen umfaßte er meine runde Brust, die sich oberhalb des engen Mieders unter der üppigen Freiheit einer einfachen Lage Seide wölbte. Dann ließ er sie los, richtete sich auf und schüttelte zweifelnd den Kopf.

»Wahrscheinlich mußt du es anziehen, Sassenach, aber, um Himmels willen, hüte dich!«

»Mich hüten? Wovor?«

Sein Mund verzog sich zu einem zaghaften Lächeln.

»Anscheinend hast du keine Vorstellung, wie du in dem Kleid aussiehst, Mädchen! Ich würde dich am liebsten auf der Stelle ins Bett schleifen. Und diese verdammten Gallier verfügen nicht über meine Willenskraft.« Er zog die Stirn kraus. »Könntest du nicht... könntest du es nicht oben ein wenig verhüllen?« Er zeigte auf sein üppiges Jabot, das mit einer rubinbesetzten Anstecknadel befestigt war. »Mit... einer Spitze oder etwas Ähnlichem? Einem Taschentuch vielleicht?«

»Männer!« seufzte ich. »Von Mode keine Ahnung! Aber mach dir keine Sorgen, die Näherin hat mir erklärt, daß wir zu diesem Zweck unsere Fächer haben.« Ich klappte den passenden spitzenbesetzten Fächer auf und ließ ihn mit einer Anmut, die mich fünfzehn Minuten harten Übens gekostet hatte, über meinen Busen flattern.

Jamie blickte wie in Trance auf meine Darbietung. Dann holte er meinen Umhang aus dem Schrank.

»Tu mir einen Gefallen, Sassenach«, sagte er. »Nimm einen größeren Fächer.«

In punkto Auffälligkeit war das Kleid ein uneingeschränkter Erfolg. Was die Auswirkungen auf Jamies Blutdruck betraf, war der Effekt nicht ganz so wünschenswert.

Er wich mir nicht von der Seite und funkelte jeden Mann, der in meine Richtung sah, wütend an, bis Annalise de Marillac uns entdeckte und mit einem süßen Begrüßungslächeln auf den zarten Zügen auf uns zuschwebte. Annalise de Marillac war eine »Bekannte«, wie Jamie sich ausdrückte, aus seiner früheren Zeit in Paris. Außerdem war sie wunderschön, reizend und ausgesprochen graziös.

»*Mon petit sauvage!*« begrüßte sie Jamie. »Da ist jemand, den du kennenlernen mußt. Eigentlich sind es sogar mehrere.« Mit ihrem Porzellanpuppenkopf wies sie auf eine Gruppe von Männern, die sich um einen Schachtisch versammelt hatten und hitzig debattierten. Ich erkannte den Duc d'Orléans und Gérard Gobelin, einen bekannten Bankier. Einflußreiche Leute demnach.

»Komm und spiel mit ihnen Schach«, drängte Annalise und legte Jamie bittend die Hand auf den Arm. »Es wäre nicht schlecht, wenn Seine Majestät dich dabei antrifft.«

Der König wurde erwartet, sobald das Diner zu Ende war, zu dem er geladen hatte, also in ein bis zwei Stunden. In der Zwischenzeit schlenderten die anderen Gäste durch den Raum, trieben Konversation, bewunderten die Gemälde an den Wänden, kokettierten hinter Fächern, verspeisten Konfekt und Törtchen, tranken Wein und zogen sich in diskreten Abständen in die eigenartigen, durch Vorhänge geschützten kleinen Alkoven zurück. Diese waren so geschickt in die Wandvertäfelung eingelassen, daß man sie kaum wahrnahm, wenn nicht gerade eindeutige Geräusche daraus hervordrangen.

Als Jamie zögerte, zog ihn Annalise am Arm.

»Komm schon«, schmeichelte sie. »Um deine Dame brauchst du dir keine Sorgen zu machen.« Sie warf einen anerkennenden Blick auf mein Kleid. »Die bleibt nicht lange allein.«

»Das fürchte ich ja gerade«, stieß Jamie zwischen zusammengebissenen Zähnen hervor. »Nun gut, in einem Augenblick.« Er machte sich aus Annalises Griff frei und beugte sich hinunter, um mir ins Ohr zu flüstern.

»Wenn ich dich in einem dieser Alkoven finde, Sassenach, hat für deinen Begleiter das letzte Stündlein geschlagen. Und was dich angeht...« Unwillkürlich fuhr seine Hand zu seinem Schwertgehenk.

»O nein, das wirst du nicht«, entgegnete ich. »Du hast auf deinen Dolch geschworen, daß du mich nie wieder schlägst.«

Widerstrebend verzog sich sein Mund zu einem Grinsen.

»Nein, ich werde dich nicht schlagen, sosehr es mir dann auch in den Fingern juckt.«

»Gut. Was hast du statt dessen vor?« fragte ich neckend.

»Ich werde mir schon etwas einfallen lassen«, erwiderte er grimmig. »Ich weiß zwar noch nicht, was, aber es wird dir nicht gefallen.«

Nach einem letzten wütenden Blick in die Runde und einem besitzergreifenden Druck auf meine Schulter ließ er sich von Annalise fortführen.

Annalise hatte sich nicht geirrt. Kaum war ich Jamies schutzspendender Nähe beraubt, scharten sich die Herren des Hofes um mich wie ein Schwarm Papageien um eine reife Passionsfrucht.

Wiederholt küßte man mir die Hand und drückte sie bedeutungsvoll, ich wurde mit blumigen Komplimenten geradezu überschüttet, und das Defilee der Kavaliere, die mir Becher mit gewürztem Wein reichten, riß nicht ab. Nach einer halben Stunde schmerzten mir die Füße. Und vom vielen Lächeln kurz darauf die Gesichtsmuskeln. Und schließlich auch meine Hand, die den Fächer führte.

Ich schuldete Jamie einen gewissen Dank, daß er in der Sache mit dem Fächer so eisern geblieben war. Letztlich hatte ich den größten mitgebracht, der sich in meinem Besitz befand, ein fast dreißig Zentimeter langes Ungetüm, auf das so etwas wie Rothirsche, die durch die schottische Heide sprangen, gemalt war. Jamie hatte die künstlerische Ausführung kritisiert und das Format gelobt. Nachdem ich damit anmutig und erfolgreich die Aufmerksamkeiten eines kühnen jungen Mannes in purpurrotem Gewand abgewehrt hatte, breitete ich ihn unauffällig unter meinem Kinn aus, während ich ein mit Lachs belegtes Stück Toast aß.

Nicht nur die Brotkrumen hielt ich mir damit vom Leib. Während Jamie von seinem günstigen Aussichtspunkt – er war etwa einen Kopf größer als ich – behauptet hatte, meinen Nabel zu sehen, blieb diese Region den französischen Höflingen, die meist kleiner waren als ich, verborgen. Anderseits...

Immer wieder hatte ich mich an Jamies Brust gekuschelt und meine Nase in die kleine Mulde geschmiegt, die dafür wie geschaffen schien. Ein paar der kühneren Geister unter meinen Bewunderern schienen nun geneigt, eine ähnliche Erfahrung zu machen. Insofern hatte ich alle Hände voll zu tun, ihnen durch den Wind, den mein Fächer aufwirbelte, die Locken aus der Stirn zu blasen, oder, wenn sie sich dadurch nicht entmutigen ließen, ihnen mit zusammengeklapptem Fächer auf den Schädel zu klopfen.

Deshalb empfand ich es als ausgesprochene Erleichterung, als sich der Lakai an der Flügeltür aufrichtete und verkündete: »*Sa Majesté, Le Roi Louis!*«

Zwar hieß es, der König würde bei Morgengrauen aufstehen, doch zu vollem Leben erwachte er offensichtlich erst nachts. Obwohl er nicht viel mehr maß als einsfünfundfünfzig, erweckte er durch seine Haltung den Eindruck, weitaus größer zu sein. Unter huldvollem Nicken nach links und rechts nahm er die Begrüßung seiner Untertanen entgegen, die sich tief vor ihm verneigten.

Er kam der Vorstellung, die ich mir von einem König machte, weitaus näher als Bonnie Prince Charlie. Zwar war er nicht besonders ansehnlich, doch er verhielt sich wahrhaft königlich -- ein Eindruck, der nicht nur durch seine prachtvolle Kleidung unterstrichen wurde, sondern auch durch die Art und Weise, wie sein Hofstaat ihm begegnete. Louis trug eine modische Perücke, und sein Rock war aus feinem, mit Hunderten von schillernden Seidenschmetterlingen besticktem Samt. Die Rockschöße waren zurückgeschlagen und enthüllten eine cremefarbene Seidenweste mit Diamantenknöpfen. Dazu trug er Schuhe mit überdimensionalen, ebenfalls schmetterlingsförmigen Schnallen.

Unruhig glitt sein verschleierter Blick durch den Saal. Die arrogante Bourbonennase hielt er erhoben, als könnte er damit jeden Gegenstand von Interesse wittern.

Angetan mit Kilt und Plaid, dazu aber Rock und Weste aus steifer gelber Seide, mit seiner flammendroten Mähne, die ihm nach alter schottischer Sitte in einem schlichten Zopf auf die eine Schulter fiel, war Jamie eindeutig ein geeignetes Objekt. Zumindest glaubte ich, daß es Jamie galt, denn *Le Roi Louis* schwenkte von seiner Bahn ab und steuerte direkt auf uns zu, wobei sich der Hofstaat vor ihm teilte wie das Rote Meer vor Moses. Madame Nesle de La Tourelle, die ich von einer früheren Gesellschaft her wiedererkannte, folgte ihm dicht auf den Fersen.

Das rote Kleid hatte ich ganz und gar vergessen. Seine Majestät blieb direkt vor mir stehen und verbeugte sich, die Hand elegant an die Hüfte gelegt.

»*Chère, Madame*«, sagte er. »Wir sind entzückt.«

Ich hörte, wie Jamie hinter mir scharf die Luft einsog. Dann trat er vor und verbeugte sich vor dem König.

»Darf ich Euch meine Frau vorstellen, Eure Majestät – die Herrin von Broch Tuarach.« Jamie richtet sich auf und trat zurück. Ich fragte mich derweilen, warum er mir mit den Fingern auf den Rücken trommelte. Erst dann begriff ich, daß er mir damit zu verstehen geben wollte, einen Hofknicks zu machen.

Rasch ließ ich mich in die Knie sinken und zwang mich, die Augen zu Boden zu richten. Zugleich fragte ich mich, wohin ich nach meinem Auftauchen blicken sollte. Madame Nesle de la Tourelle, die gleich hinter Louis stehengeblieben war, beobachtete unsere Vorstellung gelangweilt. Dem Klatsch nach zu urteilen, war die »Nesle« die gegenwärtige Favoritin des Königs. Sie trug, der letzten Mode entsprechend, ein Kleid, dessen Ausschnitt unterhalb der Brüste endete. Das bißchen glitzernde Gaze darüber konnte kaum zum Wärmen oder Verhüllen, sondern lediglich als Schmuck dienen.

Doch es waren weder das Kleid noch der Ausblick, die mich aus der Fassung brachten. Die fülligen, hübschen Brüste der »Nesle« mit dem großen, braunen Warzenhof wurden von einem Paar diamantener Brustwarzen geschmückt, die ihre Umgebung zur Bedeutungslosigkeit verdammten. Unter gefährlichem Schaukeln streckten sich zwei juwelenbesetzte Schwäne mit Rubinaugen die Hälse entgegen. Die Handarbeit war ausgezeichnet, das Material höchst kostbar, doch was mich überwältigte, war die Tatsache, daß ihre Brustwarzen für die Goldnadel der Fassung durchstochen waren. Sie hatten sich bedenklich kontrahiert, was jedoch durch die großen Perlen, die an einer dünnen Goldkette von der Nadel herabhingen, auf das eleganteste kaschiert wurde.

Mit rotem Kopf und hustend erhob ich mich, stammelte eine Entschuldigung und hielt mir bei meinem Abtritt höflich ein Taschentuch vors Gesicht. Fast wäre ich über Jamie gestolpert, der die Mätresse des Königs musterte, ohne sein Staunen zu verbergen.

»Sie hat Marie d'Arbanville erzählt, Maître Raymond habe ihr die Brustwarzen durchstochen«, flüsterte ich Jamie zu. Dieser staunte immer noch.

»Soll ich einen Termin ausmachen?« fragte ich. »Im Austausch gegen das Rezept für Kümmeltinktur ist er sicher dazu bereit.«

Endlich schaute Jamie mich an. Mit einem festen Griff um die Ellenbogen steuerte er mich auf einen Erfrischungsalkoven zu.

»Wenn du mit Maître Raymond auch nur sprichst«, zischte er mir aus dem Mundwinkeln zu, »dann durchsteche ich dir deine Brustwarzen selbst – und zwar mit den Zähnen.«

Der König hatte sich mittlerweile in den Salon d'Apollon begeben, während die anderen Gäste aus dem Speisesaal in den freien Raum nachströmten, den seine Passage hinterlassen hatte. Da Jamie mit Monsieur Genet, dem Oberhaupt einer wohlhabenden Reedersfamilie, in ein Gespräch vertieft war, blickte ich mich suchend nach einem Örtchen um, wo ich mir für einen Moment die Schuhe ausziehen konnte.

Einer der Alkoven in meiner Nähe schien leer zu sein. Ich schickte den Bewunderer, der sich an meine Fersen geheftet hatte, fort, um mir einen Becher Wein zu holen, und huschte dann in die Nische. Angesichts der Couch, des Tischchens und der zwei Stühle, die wohl eher als Kleiderablage denn als Sitzgelegenheit gedacht waren, bestand kaum noch ein Zweifel, welchem Zweck das Kämmerchen dienen sollte. Nichtsdestotrotz ließ ich mich auf einem der Stühle nieder, schlüpfte aus meinen Schuhen und legte die Füße erleichtert auf den anderen Stuhl.

Das Klimpern der Vorhangringe hinter mir verkündete, daß mein Rückzug doch nicht so unbeachtet geblieben war, wie ich geglaubt hatte.

»Madame! Endlich sind wir allein!«

»Und das ist höchst bedauerlich!« erwiderte ich seufzend. Einer der zahllosen Comtes, dachte ich. Dann fiel mir ein, daß man ihn mir als den Vicomte de Rambeau vorgestellt hatte. Er war einer von der kleineren Sorte, denn dunkel erinnerte ich mich, wie mich seine Knopfaugen von unten her bewundernd angefunkelt hatten.

Er verlor keine Zeit, glitt auf den anderen Stuhl und nahm meine Füße auf den Schoß. Glühend drückte er meine seidenbestrumpften Zehen an seinen Unterleib.

»Ah, *ma petite*! Welch zarte Glieder! Ihre Schönheit raubt mir den Verstand!«

Das mußte sie wohl, denn anders ließ es sich nicht erklären, daß er meine Füße als zart bezeichnete. Jetzt hob er einen an seine Lippen und knabberte an meinen Zehen.

»*C'est une cochon qui vit dans la ville, c'est une cochon qui vit* ...«

Hastig entzog ich ihm mein Bein und stand auf, ein Unterfangen, das wegen meiner voluminösen Unterröcke nicht gerade einfach war.

»Wenn wir schon von Ferkeln reden, die in der Stadt leben«,

bemerkte ich reichlich beunruhigt, »ich glaube nicht, daß mein Gatte entzückt wäre, Sie hier zu finden.«

»Ihr Gatte? Pah!« Mit einer Handbewegung verdammte er Jamie zur Bedeutungslosigkeit. »Ich bin überzeugt, er ist in der nächsten Zeit vollauf beschäftigt. Und wenn die Katze aus dem Haus ist... komm zu mir, *ma petite souris*, du sollst quietschen vor Lust!«

Um sich für den Angriff zu stärken, zog der Vicomte eine emaillierte Schnupftabaksdose aus der Tasche, streute sich eine Spur dunkler Körnchen auf den Handrücken und führte sie elegant an die Nase.

Dann atmete er mit erwartungsfroh funkelnden Augen tief ein und warf den Kopf nach hinten. Plötzlich wurde mit einem lauten Scheppern der Messingringe der Vorhang aufgezogen. Da die Störung die Zielsicherheit des Vicomte beeinträchtigte, nieste er mit aller Wucht auf meinen Busen.

»Sie Widerling!« kreischte ich und zog ihm meinen geschlossenen Fächer übers Gesicht.

Mit tränenden Augen taumelte der Vicomte nach hinten. Dabei stolperte er über meine Schuhe, Größe einundvierzig, die auf dem Boden lagen, und in Jamies Arme, der im Eingang Stellung bezogen hatte.

»Du bist derjenige, der alle Aufmerksamkeit auf sich gezogen hat«, sagte ich schließlich.

»Pah«, entgegnete Jamie. »Der *salaud* kann froh sein, daß ich ihm nicht den Kopf abgerissen und in den Mund gestopft habe.«

»Das hätte jedenfalls ein interessantes Schauspiel abgegeben«, erwiderte ich trocken. »Aber ihn in den Brunnen zu werfen war fast genausogut.«

Jamie blickte auf, während sich ein widerstrebendes Grinsen auf seinem Gesicht ausbreitete.

»Aye. Aber schließlich habe ich ihn doch nicht ersäuft.«

»Ich nehme an, der Vicomte weiß deine Zurückhaltung zu schätzen.«

Jamie schnaubte. Er stand in der Mitte des Salons, der zu einem kleinen *appartement* gehörte. Dieses hatte uns der König, nachdem er sich von seinem Lachanfall erholt hatte, für die Nacht zugewiesen, damit wir nicht noch am selben Abend die weite Rückreise nach Paris antreten mußten.

»Schließlich, *mon chevalier*«, hatte er gesagt, während er den Blick über Jamie gleiten ließ, der tropfnaß auf der Terrasse stand, »wären wir außerordentlich betrübt, wenn Sie sich eine Unterkühlung zuzögen. Das würde den Hof sicherlich einer großartigen Unterhaltung berauben, und Madame könnte mir sicher nie verzeihen. Nicht wahr, meine Teure?« Louis streckte die Hand aus und kniff Madame de La Tourelle neckisch in die Brust.

Seine Mätresse schien zwar leicht verärgert, doch sie lächelte gehorsam. Sobald der König seine Aufmerksamkeit von ihr abwandte, ruhte ihr Blick allerdings auf Jamie, hatte ich festgestellt. Das war ihr nicht zu verdenken, denn wie er so tropfend im Schein der Fackeln dastand und ihm die Kleider am Körper klebten, sah er wirklich eindrucksvoll aus. Trotzdem hätte ich es ihr am liebsten verboten.

Jetzt entledigte sich Jamie seines nassen Hemdes und ließ es auf den Haufen mit den anderen durchweichten Kleidungsstücken fallen. Mit nacktem Oberkörper sah er sogar noch beeindruckender aus.

»Noch mal zu dir«, meinte er mit einem finsteren Blick. »Habe ich dir nicht gesagt, du sollst dich von den Alkoven fernhalten?«

»Doch. Aber hast du nützliche Bekanntschaften gemacht, bevor du aufgetaucht bist, um deine ehelichen Rechte zu verteidigen?«

Er rieb sich verbissen das Haar trocken. »O ja, ich habe eine Partie Schach gegen Monsieur Duverney gespielt. Und sogar gewonnen! Hat ihn ganz schön geärgert.«

»Klingt verheißungsvoll. Und wer ist Monsieur Duverney?«

Grinsend schob Jamie mir das Handtuch herüber. »Der Finanzminister Seiner Majestät, Sassenach.«

»Aha! Und deshalb findest du es erfreulich, ihn geärgert zu haben!«

»Er war wütend auf sich selbst, weil er verloren hat«, erklärte Jamie mir. »Jetzt findet er keine Ruhe mehr, ehe er nicht gegen mich gewonnen hat. Am Sonntag kommt er zu uns, und wir spielen um die Revanche.«

»Prima!« entgegnete ich. »Und im Verlauf seines Besuchs wirst du ihm versichern, daß es mit den Aussichten der Stuarts nicht gerade zum besten steht. Bestimmt kannst du ihn davon überzeugen, daß Louis seinem Cousin besser keine finanzielle Unterstützung gewährt, Blutsbande hin oder her.«

Jamie nickte und strich sich das nasse Haar aus dem Gesicht. Weil im Kamin kein Feuer brannte, fröstelte er ein wenig.

»Wo hast du Schachspielen gelernt?« fragte ich neugierig. »Ich wußte gar nicht, daß du es beherrschst.«

»Colum MacKenzie hat es mir beigebracht«, erklärte er. »Im Alter von sechzehn habe ich ein Jahr auf Burg Leoch gewohnt. Für Französisch, Deutsch, Mathematik und so weiter hatte ich meine Hauslehrer. Doch jeden Abend habe ich eine Stunde lang mit Colum Schach gespielt. Allerdings brauchte er gewöhnlich keine Stunde, um mich zu schlagen.«

»Kein Wunder, daß du ein so guter Spieler bist.« Jamies Onkel Colum litt an einer entstellenden Krankheit, die ihn nahezu unbeweglich machte. Er kompensierte seine Behinderung mit einem wahrhaft machiavellistischen Intellekt.

Jamie stand auf und löste sein Schwertgehenk. Wütend funkelte er mich an. »Glaub bloß nicht, du kannst mich für dumm verkaufen. Du lenkst mich mit deinen Fragen ab und gehst mir um den Bart wie einer dieser Höflinge. Habe ich dich nicht vor den Alkoven gewarnt?«

»Doch, aber du hast auch gesagt, du würdest mich nicht schlagen«, erinnerte ich ihn, während ich in meinem Sessel ein wenig nach hinten rutschte, um ganz sicherzugehen.

Er schnaubte erneut, warf sein Schwertgehenk auf die Kommode und ließ den Kilt neben dem nassen Hemd zu Boden fallen.

»Sehe ich so aus, als würde ich eine Schwangere schlagen?«

Ich musterte ihn mißtrauisch. Splitternackt, mit dem roten Haar, das ihm in feuchten Löckchen auf die Schultern fiel, und den Narben, die seinen Körper überzogen, wirkte er wie ein Wikinger, der gerade von seinem Schiff gesprungen war und nichts anderes im Sinn hatte als Plündern und Frauenschänden.

»Wenn man dich so sieht, könnte man dir alles zutrauen«, entgegnete ich. »Na gut, du hast mich vor den Alkoven gewarnt. Wahrscheinlich hätte ich nach draußen gehen sollen, um mir die Schuhe auszuziehen. Aber wie hätte ich denn wissen können, daß dieser Idiot mir folgt und anfängt, an meinen Zehen zu knabbern? Und wenn du mich nicht schlagen willst, was hast du dann im Sinn?« Ich klammerte mich an den Armlehnen meines Sessels fest.

Jamie streckte sich auf dem Bett aus und grinste mich an.

»Zieh dieses Hurengewand aus und komm ins Bett.«

»Warum?«

»Nun, da ich dir weder den Hintern versohlen noch dich im Brunnen ertränken darf, wollte ich dir eigentlich eine saftige Strafpredigt halten.« Bedauernd zuckte er die Achseln. »Aber jetzt kann ich die Augen nicht mehr offenhalten.« Er gähnte ausgiebig, dann blinzelte er und grinste mich an. »Erinnere mich daran, daß ich es morgen früh nachhole.«

»Ist es jetzt besser?« Jamies blaue Augen waren dunkel vor Sorge. »Ist das in Ordnung, wenn dir ständig so übel ist, Sassenach?«

Ich strich mir das Haar aus der feuchten Stirn und tupfte mir das Gesicht mit einem nassen Handtuch ab.

»Ob es in Ordnung ist, weiß ich nicht«, erklärte ich matt. »Aber zumindest ist es normal. Manchen Frauen geht es die ganze Zeit so.« Im Augenblick nicht gerade eine berauschende Vorstellung.

»Fühlst du dich in der Lage, zum Frühstück nach unten zu gehen, Sassenach? Oder soll ich das Zimmermädchen bitten, uns etwas heraufzubringen?«

»Nein, es geht mir wieder gut.« Und das war nicht gelogen. Wie es so üblich war, fühlte ich mich, nachdem die Übelkeit ihr Recht gefordert hatte, wieder pudelwohl. »Ich will mir nur noch rasch den Mund ausspülen.«

Als ich mich über die Waschschüssel beugte und mir kaltes Wasser ins Gesicht spritzte, klopfte es an der Tür. Wahrscheinlich der Dienstbote, den wir zu unserem Haus nach Paris geschickt hatten, um frische Kleidung zu holen.

Zu meiner Überraschung war es jedoch ein Höfling mit einer schriftlichen Einladung zum Mittagessen.

»Seine Majestät diniert heute mit einem Herrn aus dem englischen Adel«, erklärte der Höfling, »der gerade erst in Paris eingetroffen ist. Aus diesem Grund hat Seine Majestät einige der wichtigsten englischen Kaufleute aus der *Cité* zum Mittagessen gebeten, denn er möchte dem Herzog die Gesellschaft seiner Landsleute bieten. Jemand hat Seine Majestät darauf hingewiesen, daß Madame, Ihre Frau, gleichfalls englischer Herkunft ist und eingeladen werden sollte.«

»Vielen Dank«, sagte Jamie, nachdem er mir einen kurzen Blick zugeworfen hatte. »Sagen Sie Seiner Majestät, daß es uns eine Ehre ist zu bleiben.«

Kurz darauf traf, mürrisch wie immer, Murtagh ein und brachte uns ein großes Bündel sauberer Kleider und meinen Medizinkasten, um den ich gebeten hatte. Jamie ging mit ihm in den Salon, um ihm Anweisungen für den Tag zu geben, während ich mich hastig in mein Kleid zwängte und zum ersten Mal bedauerte, keine Kammerzofe engagiert zu haben. Meinem ohnehin schon widerspenstigen Haar hatte eine Nacht in engster Umarmung mit einem großen feuchten Schotten nicht gerade zum Vorteil gereicht. In wilden Büscheln stand es nach allen Seiten ab und widersetzte sich hartnäckig jedem Angriff mit Kamm und Bürste.

Schließlich stellte ich mich, rot und erschöpft, doch mit halbwegs frisiertem Haar den Augen der Öffentlichkeit. Jamie sah mich an und murmelte leise etwas von Stachelschweinen. Doch nachdem ich ihm einen scharfen Blick zugeworfen hatte, war er vernünftig genug, den Mund zu halten.

Auf unserem Spaziergang durch das Gartenparterre mit seinen Springbrunnen und ornamental gestalteten Beeten gewann ich allmählich mein seelisches Gleichgewicht zurück. Die meisten Bäume hatten noch keine Blätter, doch für Ende März war der Tag ungewohnt warm, und in der Luft hing ein berauschender Duft nach Knospen und frischem Grün.

Ich blieb vor der Statue eines halbnackten Jünglings mit Trauben im Haar und einer Flöte an den Lippen stehen. Eine große, seidige Ziege fraß von den Trauben, die aus den Marmorfalten seines Gewands herabhingen.

»Wer ist das?« fragte ich. »Pan?«

Jamie schüttelte lächelnd den Kopf. Obwohl er jetzt wieder seinen alten Kilt und den abgewetzten, aber bequemen Rock trug, sah er weitaus besser aus als die herausgeputzten Höflinge, die in Grüppchen an uns vorbeikamen.

»Nein, eine Panfigur gibt es auch, aber diese hier steht für eines der vier Temperamente.«

»Nun, er schaut recht temperamentvoll aus«, bemerkte ich und schaute zu dem fröhlichen Ziegenfreund auf.

»Du als Heilerin, Sassenach, solltest die Lehre von den vier Temperamenten eigentlich kennen. Jedes Temperament ist einem Körpersaft zugeordnet. Dies hier ist der Sanguiniker, zu ihm gehört das Blut«, er wies zuerst auf den Flötenspieler und dann auf den Weg, »und dort ist der Melancholiker oder die schwarze Galle.«

Er meinte einen großen Mann in einer Art Toga, der ein aufgeschlagenes Buch in der Hand hielt.

Dann zeigte Jamie auf die andere Wegseite. »Und das ist der Choleriker, die gelbe Galle...«, ein nackter, muskulöser junger Mann, der wirklich sehr wütend dreinschaute, ohne den Löwen, der ihn in die Wade beißen wollte, zu beachten, »und dort hinten steht der Phlegmatiker, ihm ist der Schleim zugeordnet.«

»Tatsächlich? Herr im Himmel!« Phlegma war ein bärtiger Kerl mit Hut, der die Arme vor der Brust verschränkt hatte und zu dessen Füßen eine Schildkröte saß.

»Lernen die Heiler in eurer Zeit nichts über die Körpersäfte?« fragte Jamie interessiert.

»Nein, wir haben statt dessen Bazillen.«

»Wirklich? Bazillen!« Er ließ das Wort auf der Zunge zergehen. »Und wie sehen die aus?«

Ich betrachtete die Figur der »Amerika«, eine junge Frau im heiratsfähigen Alter mit Gewand und Kopfschmuck aus Federn, zu deren Füßen ein Krokodil lungerte.

»Nun, so hübsche Statuen würden sie jedenfalls nicht abgeben.«

Das Krokodil zu Amerikas Füßen erinnerte mich an Maître Raymonds Apotheke.

»Möchtest du wirklich, daß ich Maître Raymond nicht mehr aufsuche?« fragte ich Jamie. »Oder willst du nur verhindern, daß er mir die Brustwarzen durchsticht?«

»Vor allem natürlich letzteres«, erklärte er fest, nahm mich beim Ellenbogen und bugsierte mich rasch weiter, damit ich angesichts der blanken Brüste Amerikas nicht auf dumme Gedanken käme. »Aber ich sehe es prinzipiell nicht gern, wenn du zu Maître Raymond gehst. Um seine Person ranken sich so mancherlei Gerüchte.«

»Wie praktisch um jeden in Paris«, stellte ich fest, »und ich gehe jede Wette ein, daß Maître Raymond sie samt und sonders kennt.«

»Aye, das glaube ich auch. Aber das, was ich wissen muß, kann ich auch in den Salons und Tavernen erfahren. Man sagt, Maître Raymond sei der Mittelpunkt eines gewissen Kreises. Und damit meine ich nicht die Jakobiten.«

»Wirklich? Wen denn sonst?«

»Kabbalisten und Okkultisten. Vielleicht auch Hexenmeister.«

»Jamie, du hast doch nicht ernstlich Angst vor Hexen und Dämonen?«

Wir waren in dem Teil des Gartens angelangt, der sich »Tapis Vert« nannte. Zu dieser Jahreszeit zeigte der weitläufige Rasen erst einen blassen grünen Schimmer. Dennoch hatten sich zahlreiche Höflinge darauf ausgebreitet, um den milden Tag zu genießen.

»Nicht vor Hexen«, antwortete Jamie. Er hatte für uns ein Plätzchen unter einer Forsythienhecke gefunden und ließ sich auf dem Boden nieder. »Wohl aber vor dem Comte de St. Germain.«

Ich dachte an den Ausdruck in den dunklen Augen des Comte in Le Havre, und trotz des Sonnenscheins und meines warmen Wollschals fuhr mir ein Schauder über den Rücken.

»Glaubst du, er steht mit Maître Raymond in Verbindung?«

Jamie zuckte die Achseln. »Ich weiß nicht. Aber du hast mir doch selbst von den Gerüchten erzählt, die über den Comte im Umlauf sind, nicht wahr? Und wenn Maître Raymond diesem Kreis angehört, dann solltest du ihm aus dem Weg gehen.« Er schmunzelte. »Schließlich möchte ich dich in nächster Zeit nicht noch mal vor dem Scheiterhaufen retten müssen.«

Die Schatten unter den Bäumen erinnerten mich an das kalte Diebesloch in Cranesmuir. Mich fröstelte, und ich rückte näher an Jamie und damit weiter ins Sonnenlicht.

»Das geht mir nicht anders.«

Vor einem Forsythienbusch in voller Blüte umwarben sich die Tauben. Die Damen und Herren des Hofes, die sich auf den von Skulpturen gesäumten Wegen des Schloßparks ergingen, hatten sich der gleichen Beschäftigung verschrieben. Nur daß die Tauben dabei nicht so stark lärmten.

Eine Erscheinung in wasserblauer Seide ließ sich in lautstarker Verzückung darüber aus, wie göttlich das Stück vom Vorabend gewesen sei.

»Superb! Einfach superb, die Stimme der La Couelle!«

»O ja, superb! Wunderschön!«

»Großartig, einfach großartig! Superb, ein anderes Wort wird ihr nicht gerecht!«

»O ja, superb!«

Die Stimmen – und zwar alle vier – waren schrill wie schepperndes Glas. Der Täuberich in meiner Nähe hingegen ließ ein weiches, honigsüßes Gurren ertönen. Dabei verbeugte er sich immer wieder, als wollte er seiner Angebeteten, die bis dahin noch recht unbeeindruckt wirkte, sein Herz zu Füßen legen.

Ich blickte über die Tauben hinweg auf den wasserblauen Höfling, der zurückgeeilt war. Gerade bückte er sich nach dem spitzenbesetzten Taschentuch, das eine seiner Begleiterinnen als Köder kokett hatte fallen lassen.

»Die Damen nennen ihn ›L'Andouille‹«, bemerkte ich. »Weißt du, warum?«

Jamie grunzte und öffnete ein Auge, um der davonschlendernden Gruppe nachzublicken.

»Ach, das ›Würstchen‹! Weil er seinen Schlingel nicht in der Hose lassen kann!«

Ich hätte es vielleicht überstanden, wären da nicht die verdammten Nachtigallen gewesen. Wegen der vielen Höflinge und Zuschauer war es im Speisesaal heiß und stickig. Eines der Stäbchen meines Korsetts hatte sich gelöst und stach mir bei jedem Atemzug in die linke Niere. Und zu allem Überfluß litt ich unter der schlimmsten Plage der Schwangerschaft, dem Drang, alle fünf Minuten Wasser lassen zu müssen. Dennoch hätte ich es wahrscheinlich durchstehen können. Schließlich bedeutete es einen ernstlichen Verstoß gegen die Etikette, vor dem König die Tafel zu verlassen, selbst wenn ein Mittagessen im Vergleich zu den festlichen Abendbanketts noch eine relativ zwanglose Angelegenheit war – hatte man mir zumindest zu verstehen gegeben. Aber »zwanglos« ist ein dehnbarer Begriff.

Sicher, es gab nur drei Sorten eingelegtes Gemüse und nicht acht. Und nur eine klare Suppe, keine sämige. Das Wildbret war nur gegrillt und wurde nicht *en brochette* serviert; und der Fisch, der zwar aufs leckerste in Wein gedünstet war, wurde filetiert angeboten, nicht im ganzen und auf einem Meer von Krabben in Aspik.

Als ob er seiner Enttäuschung ob einer derart frugalen Speisenfolge Ausdruck verleihen wollte, hatte einer der Köche ein ganz bezauberndes *hors d'œuvre* zubereitet – ein kunstvoll aus Teigstreifen gefertigtes und mit echten blühenden Apfelzweigen geschmücktes Nest, auf dessen Rand zwei gerupfte und gegrillte, mit Zimtäpfeln gefüllte und dann wieder mit ihrem Federkleid versehene Nachtigallen thronten. In dem Nest saß ihre Brut, die winzigen Flügelchen braun und knusprig, die zarte Haut mit Honig glasiert, die schwarzen Schnäbel aufgerissen, so daß man einen Ausblick auf die Mandelfüllung bekam.

Nachdem das Kunstwerk unter dem bewundernden Gemurmel der Gäste einmal um den Tisch getragen worden war, stellte man die Platte vor den König. Dieser unterbrach sein Gespräch mit Madame de la Tourelle gerade lange genug, um einen der Zöglinge aus dem Nest zu pflücken und ihn in den Mund zu stecken.

Knirschend mahlten die Zähne Seiner Majestät, und wie gebannt starrte ich auf seinen Hals, als er schluckte. Ich meinte zu spüren, wie die zarten Knochen meine Speiseröhre hinabglitten. Dann griff Ludwig geistesabwesend nach dem nächsten Vögelchen.

An diesem Punkt kam ich zu dem Ergebnis, daß es Schlimmeres gäbe, als Seine Majestät durch einen vorzeitigen Aufbruch zu beleidigen, und ergriff die Flucht.

Als ich mich einige Minuten später im Gebüsch wieder aufrichtete, hörte ich hinter mir ein Geräusch. Ich erwartete einen zu Recht wütenden Gärtner, doch als ich mich schuldbewußt umwandte, begegnete ich dem Blick meines wütenden Ehemanns.

»Verdammt, Claire, kannst du nicht einmal damit aufhören?« schimpfte er.

»Kurz gesagt – nein«, erwiderte ich, während ich mich erschöpft auf den Rand eines reichgeschmückten Brunnens sinken ließ. Meine Handflächen waren feucht, und ich rieb sie an meinem Rock trocken. »Oder glaubst du, ich tue das zu meinem Vergnügen?« In meinem Kopf drehte es sich, und ich schloß die Augen, um wenigstens mein inneres Gleichgewicht wiederzufinden.

Plötzlich spürte ich eine Hand in meinem Rücken, und als Jamie sich neben mich setzte und mich umschlang, ließ ich mich in seine Arme sinken.

»O mein Gott! Es tut mir leid, *mo duinne*. Geht es jetzt wieder?«

Ich schob ihn weit genug von mir fort, um ihn ansehen zu können. Dann lächelte ich.

»Ich bin schon wieder in Ordnung. Nur ein wenig benommen, das ist alles.« Ich strich ihm über die Stirn, um die tiefe Sorgenfalte fortzuwischen, die sich dort abzeichnete. Jamie lächelte mich an, doch die dünne, senkrechte Linie zwischen den dichten Augenbrauen blieb. Er streckte die Hand ins Wasser und benetzte meine Wangen. Ich mußte wirklich ziemlich blaß gewesen sein.

»Bitte entschuldige, Jamie, aber ich konnte wirklich nichts dagegen tun.«

Mit der feuchten Hand massierte er mir fest und unerschütterlich den Nacken, und auf mein Haar fiel ein feiner Tröpfchenschleier, der von dem Strahl aus dem Schlund eines Delphins mit Glotzaugen zu mir herübergeweht wurde.

»Achte nicht auf das, was ich sage, Sassenach. Ich wollte dich nicht anfahren. Es ist nur...« – hilflos ließ er die Hand fallen – »ich komme mir vor wie ein Dummkopf. Ich sehe dich in deinem Elend und weiß, daß ich dir das angetan habe. Aber es gibt nicht die kleinste Möglichkeit, wie ich dir helfen kann. Und deshalb gebe ich dir die Schuld und schimpfe dich aus. Warum erklärst du mir nicht einfach, ich soll mich zum Teufel scheren?« brach es aus ihm heraus.

Ich lachte, bis mir die in dem engen Mieder gefangenen Rippen weh taten.

»Scher dich zum Teufel, Jamie!« sagte ich schließlich, während ich mir die Augen trocknete. »Scher dich zum Teufel. Gehen Sie nicht über Los. Ziehen Sie nicht zweihundert Dollar ein!«

»Gut, das werde ich«, entgegnete er, schon weitaus fröhlicher als zuvor. »Wenn du anfängst, seltsam daherzureden, weiß ich, daß es dir wieder besser geht. Geht es dir besser, Sassenach?«

»Ja«, sagte ich, setzte mich auf und richtete meine Aufmerksamkeit wieder auf die Umgebung. Der Park von Versailles war offen für die Allgemeinheit, und so mischten sich unter die farbenfroh gekleideten Adeligen auch Gruppen von Kaufleuten und Arbeitern, um das schöne Wetter zu genießen.

Plötzlich wurden die Türen zu der nahegelegenen Terrasse geöffnet, und unter lautem Schwatzen ergossen sich die Gäste des Königs ins Freie. Der Abgang war wohl von einer neu eingetroffenen Abordnung beschleunigt worden. Offensichtlich war sie gerade den zwei großen Kutschen entstiegen, die ich in der Ferne am Park entlang zu den Ställen fahren sah.

Die Kleidung der Neuankömmlinge wirkte im Vergleich zu den farbenprächtigen Höflingen, die sie umringten, gedeckt. Doch es war nicht so sehr ihr Anblick, der meine Aufmerksamkeit auf sich zog, als vielmehr der Klang ihrer Stimmen. Eine Gruppe von Franzosen, die sich in einer gewissen Entfernung unterhält, klingt wie eine Schar schnatternder Gänse oder Enten. Engländer hingegen sprechen langsamer und ohne die lebhafte Intonation der Franzosen. Aus der Ferne klingen sie wie das dumpfe, freundliche, monotone Bellen eines Hirtenhundes. Und der allgemeine Eindruck, den der Massenexodus erweckte, war der von einer Schar gackernder Gänse, die von einer Hundemeute zu Markte getrieben wurde.

Mit einer gewissen Verspätung waren die Gäste aus England eingetroffen. Zweifellos komplimentierte man sie jetzt taktvoll in den Park, während die Küchenmannschaft hastig ein Mahl für sie bereitete und die riesige Tafel neu gedeckt wurde.

Neugierig betrachtete ich die Eingetroffenen. Den Herzog von Sandringham hatte ich bereits auf Burg Leoch kennengelernt. Seine quadratische Figur war unverkennbar, während er an Louis' Seite marschierte und den Kopf mit der modischen Perücke in höflicher Aufmerksamkeit geneigt hielt.

Die anderen waren mir fremd, obwohl die elegant gekleidete Dame mittleren Alters, die eben durch die Tür trat, niemand anders sein konnte als die Herzogin von Claymore, die erwartet worden war. Zur Feier ihres Besuchs hatte man sogar die Königin herbeizitiert, die ansonsten auf irgendeinen Landsitz verbannt war, um sich dort nach bestem Vermögen die Zeit zu vertreiben. Jetzt sprach sie mit ihrem Gast, wobei ihr zartes, ängstliches Gesicht angesichts der ungewohnten Aufgabe vor Aufregung glühte.

Doch am meisten interessierte mich das junge Mädchen, das hinter der Herzogin stand. Trotz ihrer schlichten Kleidung war sie von einer zarten Schönheit, die alle Blicke auf sich zog. Sie war klein und zierlich, aber hübsch gerundet. Mit ihrem dunklen, glänzenden, ungepuderten Haar, der außergewöhnlich hellen Haut und ihren rosig angehauchten Wangen erinnerte sie an ein Blütenblatt.

Ich dachte an ein Kleid aus einem leichten Baumwollstoff, bedruckt mit roten Mohnblumen, das ich einmal besessen hatte. Diese Erinnerung rief unerwarteterweise einen heftigen Anfall von Heimweh in mir hervor, und während in meinen Augen Tränen der Sehnsucht brannten, klammerte ich mich an der Lehne einer Marmorbank fest. Es mußte am Klang der englischen Sprache liegen. Nachdem ich monatelang nichts anderes gehört hatte als das schleppende Schottisch und das Gegacker der Franzosen, erweckte das Englisch der Besucher in mir heimatliche Gefühle.

Und dann sah ich ihn. Während meine Blicke ungläubig über die elegante Form des Schädels und die unter all den gepuderten Perücken hervorstechenden dunklen Haare glitten, wich alles Blut aus meinem Kopf. Alarmglocken schrillten in meinem Kopf wie die Luftschutzsirenen in London, und widersprüchliche Stimmen stritten in mir, wie dieser Anblick zu deuten war. Bei der Krümmung der Nase rief mein Unterbewußtes: »Frank!«, und jede Faser in mir sehnte sich danach, auf ihn zuzueilen und ihm in die Arme zu fallen. »Das kann nicht sein«, tönte mein Geist. Gleichzeitig beobachtete ich wie erstarrt das vertraute halbe Lächeln, das den Mund umspielte. »Du weißt genau, daß es nicht Frank ist!« Und dann verknotete sich mein Magen in einem plötzlichen Anfall von Panik, als die Logik Instinkt und Wissen überholte. Das Undenkbare wurde zur Gewißheit. Frank konnte es nicht sein. Doch wenn es nicht Frank war, dann...

»Jonathan Randall!« Dies kam nicht von mir, sondern seltsam ruhig und beherrscht von Jamie. Aufmerksam geworden durch mein eigenartiges Verhalten, war er meinem Blick gefolgt und hatte das gleiche gesehen wie ich.

Kein Muskel regte sich in ihm. Soweit ich das in meiner Panik beurteilen konnte, holte er nicht einmal Luft. Am Rande nahm ich wahr, wie ein Dienstbote in unserer Nachbarschaft neugierig auf die hohe Gestalt des schottischen Kriegers blickte, der erstarrt war wie eine Statue des Mars. Doch meine Sorge galt einzig und allein Jamie.

Er wirkte wie ein Löwe auf der Pirsch, der mit der Steppe verschmilzt und den Blick starr und ungerührt auf sein Ziel gerichtet hält. Doch in den Tiefen seiner Augen funkelte es. Die Anspannung einer Raubkatze, die sich anschleicht; das winzige Beben in der Schwanzspitze, bevor sie zum Angriff ansetzt.

Vor den Augen des Königs die Waffe zu ziehen bedeutete den sicheren Tod. Murtagh befand sich in einem Teil des Parks, der zu weit entfernt lag, um ihn zu Hilfe zu rufen. Zwei Schritte nur, und wir wären in Randalls Reichweite. Nahe genug, um ihn anzugreifen. Ich legte Jamie die Hand auf den Arm. Der war ebenso hart wie der Schwertgriff, den er umklammert hielt. Das Blut toste in meinen Ohren.

»Jamie«, sagte ich. »Jamie!« Und dann verlor ich das Bewußtsein.

10

»Eine Dame mit üppigem braunen Lockenhaar... ohne Datum«

Ich tauchte aus einem flirrenden gelben Nebel aus Sonnenlicht, Staub und Erinnerungsfetzen auf und war vollkommen verwirrt.

Über mich gebeugt sah ich Frank, der mit sorgenvollem Gesicht meine Hand hielt. Nur daß es nicht Frank war. Die Hand, die die meine umfaßte, war viel größer als die von Frank, und meine Finger spürten drahtiges, festes Haar am Handgelenk. Franks Hände jedoch waren glatt wie die eines Mädchens.

»Alles in Ordnung?« Ich erkannte Franks beherrschte Stimme.

»Claire!« Diese tiefere und rauhere Stimme hörte sich gar nicht nach Frank an. Sie klang auch nicht beherrscht, sondern ängstlich, ja entsetzt.

»Jamie.« Endlich fand ich den Namen, der zu dem Bild vor meinem geistigen Auge paßte. »Jamie! Nicht...« Mit einem Ruck setzte ich mich auf und blickte verwirrt von einem Gesicht zum nächsten. Ich fand mich umgeben von einem Kreis neugieriger Höflinge, von denen sich einige etwas tiefer und näher hinuntergebeugt hatten. Man hatte eine kleine Lücke für Seine Majestät freigelassen, die mich mit teilnahmsvollem Interesse musterte.

Zwei Männer knieten im Staub neben mir. Zu meiner Rechten Jamie, die Augen weit aufgerissen, das Gesicht kreidebleich wie die Weißdornblüten über ihm. Und zu meiner Linken...

»Sind Sie wohlauf, Madame?« Die hellbraunen Augen unter den fragend hochgezogenen Brauen zeigten nichts als höfliche Besorgtheit. Es war natürlich nicht Frank, und auch nicht Jonathan Randall. Dieser Mann war gut zehn Jahre jünger als der Hauptmann, vielleicht eher in meinem Alter, mit einem blassen, keineswegs wind- und wettergegerbten Gesicht. Seinen feingeschnittenen Lippen fehlte der grausame Zug, der für den Hauptmann so typisch war.

»Sie...«, krächzte ich und wandte mich von ihm ab, »Sie sind...«

»Alexander Randall, Madame«, antwortete er rasch und deutete eine Geste an, als wolle er seinen nicht vorhandenen Hut ziehen. »Ich glaube allerdings nicht, daß wir schon das Vergnügen hatten«, meinte er mit einem leisen Zweifel.

»Ich... äh... nein, gewiß nicht«, stotterte ich und ließ mich in Jamies Arme sinken. Sie waren fest wie Stahl, doch seine Hand, die die meine umfaßt hielt, zitterte, und ich verbarg sie in den Falten meines Kleides.

»Eine etwas formlose Bekanntmachung, Mrs. äh, nein... Herrin von Broch Tuarach, nicht wahr?« Ich wandte den Kopf nach der hohen, piepsenden Stimme um und blickte in das gerötete, pausbäckige Gesicht des Herzogs von Sandringham, das neugierig zwischen dem Comte de Sévigny und dem Duc d'Orléans hervorlugte. Er zwängte seinen plumpen Körper zwischen den Umstehenden hindurch und reichte mir die Hand, um mir aufzuhelfen. Während er noch meine schweißfeuchte Hand hielt, verbeugte er sich in Alexander Randalls Richtung, der verwirrt die Stirn runzelte.

»Mr. Randall steht als Sekretär in meinen Diensten, gnädige Frau. Die Priesterweihe ist eine edle Berufung, doch von hehren Absichten allein kann man nicht leben, nicht wahr, Alex?« Der junge Mann errötete ein wenig, nahm die Spitze jedoch widerspruchslos hin und verneigte sich vor mir. Da erst bemerkte ich seinen nüchternen dunklen Anzug und den steifen weißen Kragen, die ihn als Geistlichen auswiesen.

»Seine Hoheit hat ganz recht, gnädige Frau. Und deshalb bin ich ihm überaus dankbar für die Stelle.« Seine leicht verkniffenen Lippen schienen anzudeuten, daß seine Dankbarkeit vielleicht doch nicht so groß war, ungeachtet der schönen Worte. Ich sah den Herzog an, dessen kleine blaue Augen in die Sonne blinzelten. Sein Gesichtsausdruck war undurchdringlich.

Das kleine Intermezzo fand ein Ende, als der König mit einem Händeklatschen zwei Lakaien herbeirief. Auf Louis' Anweisung packten sie mich an den Armen und setzten mich trotz meines Protestes in eine Sänfte.

»Nicht doch, Madame«, tat er huldvoll meine Einwände wie auch meine Dankesbekundungen ab. »Begeben Sie sich nach Hause und ruhen Sie sich aus; wir möchten doch nicht, daß Sie bei dem morgigen Ball indisponiert sind, *non*?« Seine großen braunen Augen zwinkerten mir zu, während er meine Hand an die Lippen führte. Ohne den Blick von mir abzuwenden, verbeugte er sich förmlich vor Jamie, der geistesgegenwärtig genug war, eine freundliche Dankesrede zu halten. Darauf erwiderte der König: »Ihren Dank, mein Herr, würde ich gerne in der Weise entgegennehmen, daß Sie mir einen Tanz mit Ihrer bezaubernden Frau gestatten.«

Jamie kniff die Lippen zusammen, verbeugte sich jedoch und antwortete: »Meine Frau ist, wie auch ich, geehrt von Eurer Freundlichkeit, Eure Majestät.« Er warf mir einen flüchtigen Blick zu. »Wenn sie soweit bei Kräften ist, daß sie an dem Ball teilnehmen kann, wird es ihr eine Freude sein, mit Eurer Majestät zu tanzen.« Ohne eine förmliche Entlassung abzuwarten, wandte er sich ab und nickte den Sänftenträgern zu.

»Nach Hause«, sagte er.

Als ich nach dem holprigen Transport durch Straßen, die nach Blumen und Kloake rochen, endlich zu Hause angelangt war, vertauschte ich mein schweres Kleid und das unbequeme Korsett mit einem seidenen Morgenmantel.

Jamie saß mit geschlossenen Augen am erkalteten Kamin. Er war weiß wie sein Leinenhemd.

»Heilige Jungfrau«, murmelte er und schüttelte den Kopf. »Bei Gott und allen Heiligen, das war knapp. Um Haaresbreite hätte ich den Mann ermordet. Weißt du, Claire, wenn du nicht ohnmächtig geworden wärst... Himmel, *ich wollte ihn wirklich umbringen*, mit aller Willenskraft, die ich aufbringen konnte.« Er schauderte.

»Hier. Leg lieber die Beine hoch«, drängte ich und stellte ihm einen schweren geschnitzten Schemel hin.

»Nein, es geht schon wieder«, meinte er mit einer wegwerfenden Handbewegung. »Dann ist er also... Jack Randalls Bruder?«

»Es sieht ganz danach aus«, entgegnete ich trocken. »Er kann ja kaum jemand anders sein.«

»Hm. Hast du gewußt, daß er für Sandringham arbeitet?«

Ich schüttelte den Kopf. »Ich wußte... ich *weiß* von ihm nicht mehr als seinen Namen und daß er Hilfsgeistlicher ist. F... Frank hat sich nicht sonderlich für ihn interessiert, da er kein direkter Vorfahr ist.« Meine Stimme zitterte verräterisch, als ich Frank erwähnte.

Jamie stellte seine Flasche ab und kam zu mir. Er bückte sich langsam, hob mich hoch und wiegte mich in seinen Armen. Sein Hemd hatte noch den frischen, intensiven Geruch der Gärten von Versailles. Nachdem er mich auf die Stirn geküßt hatte, wandte er sich zum Bett.

»Komm, leg den Kopf hin, Claire«, sagte er leise. »Wir haben beide einen langen Tag hinter uns.«

Ich befürchtete, daß Jamie nach der Begegnung mit Alexander Randall wieder schlecht träumen würde. Es geschah nicht oft, aber gelegentlich spürte ich, wie er plötzlich angespannt und gleichsam kampfbereit neben mir lag. Dann taumelte er aus dem Bett und verbrachte die Nacht am Fenster, als böte es eine Fluchtmöglichkeit. In diesem Zustand wollte er weder angesprochen noch berührt werden. Und am nächsten Morgen hatte er Jonathan Randall und die anderen Dämonen der Finsternis wieder in ihre Schachtel gepackt, fest verschnürt mit dem eisernen Band seines Willens, und alles war wieder in Ordnung.

Doch Jamie schlief rasch ein, und als ich die Kerze löschte, war sein Gesicht friedlich und entspannt.

Es war die reine Glückseligkeit, reglos dazuliegen, während sich die Wärme in meinen kalten Gliedern ausbreitete. Doch meine frei umherschweifenden Gedanken führten mir immer und immer wieder jene Szene vor dem Palast vor Augen – ein flüchtiger Blick auf einen dunkelhaarigen Kopf, eine hohe Stirn, enganliegende Ohren und ein kantiges Kinn –, dieses erste, blitzartige Gefühl eines vermeintlichen Wiedererkennens hatte mir gleichermaßen einen freudigen und einen bangen Schrecken eingejagt. Frank, hatte ich gedacht. Frank. Und ich sah Franks Gesicht vor mir, bis ich einschlummerte.

Es war ein Vorlesungssaal der Londoner Universität; eine alte Holzdecke und ein moderner Linoleumfußboden, auf dem unruhige Füße scharrten. Man saß auf alten, glatten Bänken; neues Mobiliar blieb der naturwissenschaftlichen Fakultät vorbehalten. Für Geschichte genügten sechzig Jahre alte, verschrammte Holzpulte. Schließlich war der Forschungsgegenstand fest und unveränderlich – warum sollte es da bei der Einrichtung anders sein?

»Kunstgegenstände«, ertönte Franks Stimme, »und Gebrauchsgegenstände.« Seine Finger berührten den Rand eines silbernen

Kerzenhalters, und die hereinfallenden Sonnenstrahlen glänzten auf dem Metall, als hätten Franks Finger es elektrisiert.

Die Gegenstände, allesamt Leihgaben des Britischen Museums, standen auf dem Tisch. Die Studenten in der ersten Reihe konnten die winzigen Sprünge in dem vergilbten Elfenbein der französischen Spielgeldschatulle erkennen. Und die bräunlichen Tabakflecken an den Rändern einer weißen Tonpfeife. Und ein goldenes englisches Parfümfläschchen, ein goldbronzenes Tintenfaß mit geriffeltem Deckel, einen geborstenen Hornlöffel und eine kleine Marmoruhr mit zwei trinkenden Schwänen darauf.

Hinter diesen Gegenständen lagen Miniaturen auf dem Tisch; was sie darstellten, war nicht zu erkennen, denn die Sonne spiegelte sich darin.

Die Nachmittagssonne verlieh Franks dunklem Haar einen rötlichen Schimmer, während er hingebungsvoll über die Gegenstände gebeugt dastand. Schließlich hob er mit der einen Hand die Tonpfeife hoch, während er die andere wie zum Schutz darüberwölbte.

»Aus einigen historischen Epochen«, fuhr er fort, »ist uns die Geschichte selbst überliefert: das schriftliche Zeugnis der Menschen jener Zeit. Von anderen Perioden sind uns nur Gegenstände erhalten geblieben, die uns zeigen, wie die Menschen damals gelebt haben.«

Er führte die Pfeife an den Mund, schürzte die Lippen um das Mundstück und blähte mit komisch hochgezogenen Augenbrauen die Wangen. Aus der Zuhörerschaft drang ein verhaltenes Kichern. Lächelnd legte er die Pfeife weg.

»Kunstgegenstände«, er wies auf die glitzernde Sammlung, »findet man besonders häufig, die Schmuckstücke einer Gesellschaft. Warum auch nicht?« wandte er sich an einen intelligent dreinschauenden braunhaarigen Jungen – der Trick eines geschickten Referenten: Man sucht sich jemanden von den Zuhörern aus und tut so, als spreche man nur zu ihm. Dann wählt man einen anderen aus. Auf diese Weise fühlt sich jeder im Raum persönlich angesprochen.

»Schließlich sind es ja sehr hübsche Dinge.« Eine leichte Berührung brachte die Schwäne auf der Uhr zum Kreisen, während sie würdevoll ihre geschwungenen Hälse reckten. »So etwas wirft man nicht weg. Aber wer würde schon einen alten, geflickten Teewärmer oder einen ausgedienten Autoreifen aufheben?« richtete er diesmal das Wort an eine hübsche Blondine mit Brille. Das Mädchen lächelte und gab ein kurzes Kichern von sich.

»Aber es sind gerade die Gebrauchsgegenstände, die Dinge, für die es keine schriftlichen Belege gibt, die man benutzt, bis sie kaputtgehen, und dann achtlos wegwirft, durch die wir erfahren, wie der Durchschnittsmensch gelebt hat. Beispielsweise verraten uns diese Dinge hier einiges über die Häufigkeit und die Art und Weise des Tabakgenusses in den verschiedenen Gesellschaftsschichten, den höheren«, Frank tippte an den Emaildeckel einer Schnupftabakdose, »und den niederen.« Mit liebevoller Vertrautheit strich sein Finger über das lange, gerade Pfeifenmundstück, und er lächelte.

Jetzt hatte er sie alle in seinen Bann geschlagen; sie mit seiner guten Laune angesteckt und ihre Aufmerksamkeit auf die funkelnden Gegenstände gerichtet. Nun würden sie ihm mit wachem Interesse und ohne Klagen durch das Dickicht der Theorien folgen.

»Der beste Zeuge der Geschichte ist derjenige – oder diejenige«, er nickte der Blondine zu, »der oder die in jener Zeit gelebt hat, stimmt's?« Lächelnd griff er nach dem gesprungenen Hornlöffel. »Vielleicht, vielleicht auch nicht. Schließlich liegt es in der Natur des Menschen, die Dinge von ihrer Schokoladenseite zu zeigen, wenn man weiß, daß das, was man schreibt, von anderen gelesen wird. Man neigt dazu, sich auf das zu konzentrieren, was man für wichtig hält, und oft genug wird es der Öffentlichkeit ein wenig geschönt präsentiert. Selten findet man einen Zeitzeugen wie Pepys, der den Einzelheiten einer königlichen Prozession ebensoviel Interesse schenkte wie dem Umstand, wie oft er seinen Nachttopf benutzen mußte.«

Diesmal lachten alle. Locker und entspannt lehnte Frank sich an den Tisch, während er mit dem Löffel spielte.

»Deshalb werden gerade die hübschen Dinge, die kunstvollen Objekte besonders gern aufgehoben. Aber Nachttöpfe, Löffel und billige Tonpfeifen geben uns mindestens genausoviel Aufschluß über die Menschen, die sie benutzt haben.

Und was waren das für Menschen? Wir haben die Vorstellung, historische Personen seien ganz anders als wir, beinahe etwas Mythisches. Aber das hier hat jemand zum Spielen benutzt«, sein Zeigefinger strich über die Spielgelddose, »und das hat einmal einer Dame gehört«, er stupste das Parfümflakon an, »die sich damit parfümiert hat – hinter den Ohren, an den Handgelenken… oder wo parfümieren sich Damen noch?« Er sah plötzlich auf und lächelte die mollige Blondine in der ersten Reihe an. Das Mädchen errötete, kicherte und deutete züchtig auf den V-Ausschnitt ihrer Bluse.

»Ah, ja. Da natürlich auch. Nun, die Besitzerin dieses Flakons hat es nicht anders getan.«

Frank drehte sich zum Tisch um, und eine Haarsträhne fiel ihm in die Stirn, als seine Hand unentschlossen über den Miniaturen verharrte.

»Und dann gibt es einen besonderen Typ von Objekten – Porträts. Eine Kunstform einerseits, andererseits der einzige Beleg dafür, wie die Leute damals ausgesehen haben. Doch wie wirklich erscheinen sie uns?«

Er hob ein winziges ovales Bild auf und drehte es zu den Studenten hin, während er vorlas, was auf dem kleinen Aufkleber auf der Rückseite stand.

»Eine Dame mit gelocktem, braunem, hochgestecktem Haar; rosafarbenes Kleid und Chemise mit Rüschenkragen. Hintergrund Himmel und Wolken. Von Nathaniel Plimer, mit dessen Initialen und Datum von 1786.« Daneben hielt er ein rechteckiges Porträt hoch.

»Ein Herr mit gepudertem Haar *en queue*; brauner Rock, blaue Weste, Batistjabot und Ordenszeichen, vermutlich des Bath-Ordens. Von Horace Hone, mit Monogramm und Datum von 1780.«

Das Gemälde zeigte einen Mann mit rundlichem Gesicht. Seine rosigen Lippen waren geschürzt – die typische, förmlichen Pose der Porträts des achtzehnten Jahrhunderts.

»Wir kennen die Künstler«, fuhr Frank fort und legte das Porträt weg. »Entweder haben sie ihre Bilder signiert, oder wir finden in ihrer Technik und dem gewählten Sujet Hinweise auf ihre Identität. Aber wie steht es mit den Personen, die sie gemalt haben? Wir sehen sie zwar, doch wir wissen nichts von ihnen. Die merkwürdigen Frisuren, die seltsame Kleidung – wohl kaum Leute aus Ihrem Bekanntenkreis, stimmt's? Und obwohl sie von so vielen verschiedenen Künstlern gemalt worden sind, sehen die Gesichter alle gleich aus. Meistens bleiche Vollmondgesichter, und recht viel mehr läßt sich nicht über sie sagen. Gelegentlich gibt es Ausnahmen…« Er griff nach einem weiteren ovalen Bild aus der Sammlung.

»Ein Herr…«

Als Frank das Porträt hochhielt, funkelten mir Jamies blaue Augen unter dem feuerroten Haar entgegen, das gekämmt, geflochten und mit Bändern geschmückt ungewöhnlich förmlich aussah. Über den Spitzen seiner Halsbinde ragte kühn die schmale Nase, und der breite Mund schien im Begriff zu sprechen.

»Aber es waren tatsächlich reale Menschen«, beharrte Frank. »Sie taten größtenteils das gleiche wie Sie heute – abgesehen von ein paar Kleinigkeiten wie Kinobesuchen und Autofahrten.« Seine Bemerkung fand kichernde Resonanz im Saal. »Aber sie haben sich um ihre Kinder gesorgt, ihre Ehemänner oder -frauen geliebt... na ja, vielleicht nicht immer...« Wieder Gelächter.

»Eine Dame«, sagte er dann leise und hielt das letzte der Porträts in beiden Händen, als zögerte er, es den Blicken preiszugeben. »Mit üppigem braunen Lockenhaar und einer Perlenkette. Ohne Datum. Künstler unbekannt.«

Es war ein Spiegel, kein Porträt. Meine Wangen erröteten, meine Lippen zitterten, als Franks Finger sachte mein Kinn und die anmutigen Konturen meines Halses nachzeichnete. Tränen traten mir in die Augen und liefen über meine Wangen, während ich seine dozierende Stimme vernahm. Dann legte er das Bild weg. Ich hob den Blick zu der Holzdecke.

»Ohne Datum, unbekannt. Doch irgendwann einmal... irgendwann hat sie tatsächlich gelebt.«

Ich rang nach Atem und dachte erst, das Glas vor dem Bildnis würde mich ersticken. Doch es war etwas Weiches und Feuchtes, was sich gegen meine Nase drückte, und als ich den Kopf zur Seite drehte, wachte ich auf. Das Leinenkissen unter meinem Kopf war tränennaß. Auf meiner Schulter lag Jamies große, warme Hand und schüttelte mich leicht.

»Ruhig, Mädel, ganz ruhig. Du hast nur geträumt – ich bin doch bei dir.«

Ich vergrub mein tränennasses Gesicht in der Wärme seiner bloßen Schulter. Während ich mich fest an seinen kräftigen Körper schmiegte, drangen die leisen nächtlichen Geräusche des Pariser Hauses an mein Ohr und riefen mir in Erinnerung, wo ich mich befand.

»Es tut mir leid«, flüsterte ich. »Ich habe geträumt – von...«

Er tätschelte meinen Rücken und suchte unter dem Kissen nach einem Taschentuch.

»Ich weiß. Du hast seinen Namen gerufen.« Es klang resigniert.
Ich ließ den Kopf wieder an seine Schulter sinken, Jamie roch nach heimeliger Wärme, der Schlafgeruch seines Körpers vermischte sich mit dem der Daunendecke und der frischen Laken.

»Es tut mir leid«, sagte ich abermals.

Er gab ein kurzes Schnauben von sich, das nur entfernt einem Lachen ähnelte.

»Nun, ich kann nicht leugnen, daß ich wahnsinnig eifersüchtig auf den Mann bin«, erklärte er reuevoll. »Aber ich kann ihm ja schlecht deine Träume zum Vorwurf machen. Oder deine Tränen.« Sein Finger folgte einem kleinen Tränenrinnsal an meiner Wange, dann trocknete er es mit dem Taschentuch.

»Nein?«

Im Dämmerlicht konnte ich ein schiefes Lächeln erkennen.

»Nein. Du hast ihn geliebt. Ich kann es keinem von euch verübeln, um den anderen zu trauern. Und ich finde es tröstlich zu wissen...«

Als er zögerte, strich ich ihm das zerzauste Haar aus der Stirn und fragte: »Was zu wissen?«

»Daß du, falls es jemals soweit kommen sollte, in gleicher Weise um mich trauern wirst«, antwortete er leise.

Ich preßte mein Gesicht so fest gegen seine Brust, daß meine Worte gedämpft klangen.

»Ich werde nicht um dich trauern, weil ich keinen Grund dazu haben werde. Ich werde dich nie verlieren, niemals!« Da schoß mir ein Gedanke durch den Kopf, und ich blickte hoch. Die feinen Bartstoppeln wirkten wie ein Schatten auf seinem Gesicht.

»Du hast doch nicht etwa Angst, daß ich zurückgehe? Du glaubst doch nicht, nur weil ich... an Frank denke...«

»Nein«, kam seine Antwort leise, aber ohne Zögern. Ebenso rasch schlang er seine Arme besitzergreifend um mich.

»Nein«, flüsterte er wieder und strich über mein Haar, »wir gehören zusammen, du und ich, und nichts auf dieser Welt soll mich von dir trennen. Erinnerst du dich an unseren Blutschwur, als wir geheiratet haben?«

»Ja, ich glaube schon: ›Du bist Blut von meinem Blute und Fleisch von meinem Fleische...‹«

»Ich schenke dir meinen Leib, auf daß wir eins sein mögen«, sprach er das Gelübde weiter. »Aye, und ich habe Wort gehalten,

Sassenach, und du auch.« Er drehte mich etwas zur Seite und legte seine Hand über die leichte Rundung meines Bauches.

»Blut von meinem Blute«, flüsterte er, »und Fleisch von meinem Fleisch. Du trägst mich in dir, Claire, und du kannst mich nicht mehr verlassen, was auch immer geschieht. Du bist mein, für immer, ob du es willst oder nicht, ob du mich liebst oder nicht. Du gehörst mir, und ich werde dich nicht hergeben.«

Ich nahm seine Hand und drückte sie an mich.

»Nein«, sagte ich leise. »Und du kannst mich auch nicht verlassen.«

»Nein«, erwiderte er mit einem halben Lächeln. »Denn ich habe auch den Rest des Gelübdes gehalten.« Er umfaßte mich mit beiden Händen und legte den Kopf an meine Schulter, so daß ich die Wärme an meinem Ohr spürte, als er in die Dunkelheit flüsterte:

»Ich schenke dir meine Seele, bis wir unser Leben aushauchen.«

II

Sinnvolle Beschäftigungen

»Wer ist dieses merkwürdige Männchen?« fragte ich Jamie neugierig. Besagter Mann schlenderte langsam zwischen den Grüppchen von Gästen umher, die sich im Hauptsalon des Hauses der de Rohans versammelt hatten. Gelegentlich hielt er inne, musterte kritischen Auges die eine oder andere Gruppe und ging dann achselzuckend weiter. Oder er trat unvermittelt an die eine oder andere Person heran, hielt ihr irgend etwas vor die Nase und erteilte eine Art Befehl. Was auch immer er da tat, es schien erhebliche Belustigung hervorzurufen.

Ehe Jamie antworten konnte, hatte der kleinwüchsige Mann mit dem Hutzelgesicht, der in grauen Serge gehüllt war, uns entdeckt, und seine Miene hellte sich auf. Er stürzte sich auf Jamie wie ein winziger Raubvogel auf einen großen, verdutzten Hasen.

»Singen Sie«, befahl er.

»Hä?« Jamie blinzelte erstaunt zu der kleinen Gestalt hinunter.

»Ich sagte: ›Singen Sie‹«, erwiderte der Mann geduldig und tippte bewundernd an Jamies Brust. »Mit einem solchen Resonanzkörper müssen Sie ein prächtiges Stimmvolumen haben.«

»Allerdings«, sagte ich amüsiert. »Wenn er sich erregt, hört man es noch drei Straßen weiter.«

Jamie warf mir einen vernichtenden Blick zu. Unterdessen ging das Hutzelmännchen um ihn herum, maß die Breite seines Rückens und pochte dagegen wie ein Specht, der einen vielversprechenden Baum gefunden hat.

»Ich kann nicht singen«, protestierte er.

»Unsinn, natürlich können Sie. Was für ein schöner Bariton«, murmelte der Mann entzückt. »Ausgezeichnet. Genau, was wir brauchen. Hier, eine kleine Hilfestellung. Versuchen Sie den Ton zu treffen.«

Flink zog er eine kleine Stimmgabel aus der Tasche, schlug sie gekonnt an einer Säule an und hielt sie an Jamies Ohr.

Jamie rollte mit den Augen, fügte sich dann aber in sein Schicksal und sang einen Ton. Der kleine Mann zuckte zusammen, als hätte man ihn angeschossen.

»Nein«, stöhnte er ungläubig.

»Doch, ich fürchte schon«, bekundete ich meine Anteilnahme. »Wissen Sie, er hat recht. Er kann wirklich nicht singen.«

Der Mann warf Jamie einen vorwurfsvollen Blick zu, dann schlug er die Stimmgabel erneut an und hielt sie ihm einladend hin.

»Noch einmal«, redete er ihm zu. »Hören Sie einfach auf den Ton und singen Sie ihn nach.«

Der geduldige Jamie lauschte aufmerksam auf das A der Gabel, dann brachte er einen Ton hervor, der ungefähr einem Dis entsprach.

»Nicht zu fassen«, meinte das Männchen zutiefst enttäuscht. »So dissonant kann man doch gar nicht sein, nicht einmal mit Absicht.«

»Ich schon«, erwiderte Jamie unbekümmert und verbeugte sich höflich. Mittlerweile hatte sich eine kleine neugierige Menge um uns versammelt. Louise de Rohan war eine großartige Gastgeberin, und in ihren Salons verkehrte die Elite der Pariser Gesellschaft.

»Ja«, versicherte ich dem Mann. »Er hat eben kein musikalisches Gehör.«

»Das habe ich gemerkt«, erwiderte er niedergeschlagen, doch dann fiel sein Blick auf mich.

»Nein, ich nicht!« rief ich lachend.

»Ihr musikalisches Gehör ist doch gewiß besser, Madame.« Seine Augen glitzerten wie die einer Schlange, die ihr schreckensstarres Opfer fixiert, während die Stimmgabel natterngleich zu züngeln schien.

»Augenblick«, sagte ich abwehrend. »Wer sind Sie eigentlich?«

»Das ist Herr Johannes Gerstmann, Sassenach.« Belustigt verbeugte sich Jamie vor dem Mann. »Der königliche Kantor. Herr Gerstmann, darf ich Ihnen meine Frau, Herrin von Broch Tuarach, vorstellen?« Bei Jamie konnte man sich darauf verlassen, daß er wirklich jeden am Hof kannte.

Johannes Gerstmann. Nun, das erklärte auch den leichten Akzent, der mir in seinem förmlichen Französisch aufgefallen war. Ein Deutscher, fragte ich mich, oder ein Österreicher?

»Ich bin gerade dabei, aus dem Stegreif einen kleinen Chor zusammenzustellen«, erklärte der Kantor. »Es müssen keine ausgebildeten Stimmen sein, aber sie sollten kräftig und natürlich klingen.« Er bedachte Jamie mit einem enttäuschten Blick, woraufhin dieser lediglich grinste. Dann nahm er Herrn Gerstmann die Stimmgabel aus der Hand und hielt sie fragend in meine Richtung.

»Hm, na gut«, meinte ich und sang.

Was Herr Gerstmann auch gehört haben mochte, er fand es anscheinend hoffnungsvoll, denn er beäugte mich interessiert, während er seine Stimmgabel einsteckte. Seine Perücke war eine Spur zu groß; sie rutschte etwas nach vorne, als er nickte. Nachlässig rückte er sie zurecht und sagte: »Eine außerordentliche Stimme, Madame! Sehr schön, in der Tat. Kennen Sie zufällig *Le Papillon*?« Er summte ein paar Takte.

»Nun, ich habe es schon einmal gehört«, antwortete ich vorsichtig. »Die Melodie meine ich; den Text kenne ich nicht.«

»Ah, das ist kein Problem, Madame. Der Refrain ist ganz einfach; er geht so...«

Ehe ich wußte, wie mir geschah, hatte der Kantor meinen Arm fest im Griff und zog mich mit sich fort. Dabei summte er mir ins Ohr wie eine verrücktgewordene Hummel.

Ich warf Jamie einen hilflosen Blick zu, doch er hob nur grinsend seinen Eisbecher zum Abschiedsgruß, ehe er eine Unterhaltung mit Monsieur Duverney dem Jüngeren begann, dem Sohn des königlichen Finanzministers.

Das Haus der de Rohans – wobei die Bezeichnung »Haus« eine krasse Untertreibung ist – erstrahlte im Licht der Laternen, die im Garten aufgehängt waren und die Terrasse säumten. Als Herr Gerstmann mich durch die Flure zerrte, sah ich Diener, die zwischen den Eßzimmern hin und her eilten und die Tische für das nachfolgende Diner deckten. Die meisten »Salons« waren kleine, private Zusammenkünfte, doch die Princesse Louise de la Tour de Rohan zog die Sache lieber im großen Stil auf.

Ich hatte die Prinzessin eine Woche zuvor bei einer anderen Abendgesellschaft kennengelernt und war von ihr ziemlich überrascht gewesen. Sie war mollig und sah recht gewöhnlich aus: ein rundliches Gesicht mit einem ebenso rundlichen, kleinen Kinn, blaßblauen, wimpernlosen Augen und einem künstlichen, sternförmigen Schönheitsfleck, der sie auch nicht schöner machte. Das sollte die Dame sein, deretwegen Prinz Charles gegen den guten Ton verstieß? dachte ich, als ich einen Begrüßungsknicks machte.

Doch sie hatte ein lebhaftes, munteres Wesen, das sehr anziehend wirkte, und einen hübschen rosigen Mund. Dieser schien überhaupt das Lebhafteste an ihr zu sein.

»Ach, wie reizend!« hatte sie ausgerufen und meine Hand ergriffen, als ich ihr vorgestellt wurde. »Wie schön, Sie endlich kennenzulernen! Mein Mann wie auch mein Vater haben endlose Lobeshymnen auf den Herrn von Broch Tuarach gesungen, aber seine bezaubernde Frau haben sie mit keinem Wort erwähnt. Ich bin außerordentlich entzückt über Ihre Anwesenheit, meine Liebe – muß ich Sie wirklich mit Broch Tuarach anreden, oder genügt es vielleicht auch, wenn ich Madame Tuarach sage? Ich weiß nicht, ob ich mir alles merken kann, aber ein Wort gewiß, auch wenn es so merkwürdig klingt... es ist schottisch, nicht wahr? Wie reizend!«

Eigentlich bedeutete Broch Tuarach »Der nach Norden schauende Turm«, doch wenn sie mich »Madame Nach-Norden-Schauend« nennen wollte, sollte mir das auch recht sein. Schließlich versuchte sie nicht einmal mehr, sich an »Tuarach« zu erinnern, sondern sprach mich bald nur noch mit »*ma chère Claire*« an.

Die Prinzessin beehrte gerade die Gesangsgruppe im Musikzimmer durch ihre Anwesenheit. Lachend und plaudernd flatterte sie von einem zum anderen Gast. Als sie mich erblickte, stürmte sie auf mich zu, so schnell es ihre Gewänder zuließen. Ihr Gesicht sprühte vor Energie.

»*Ma chère Claire!*« rief sie und nahm mich ohne Rücksicht auf Herrn Gerstmann sofort in Beschlag. »Sie kommen gerade recht! Kommen Sie, tun Sie mir einen Gefallen und reden Sie mit diesem närrischen englischen Kind.«

Das »närrische englische Kind« war in der Tat sehr jung: ein Mädchen von höchstens fünfzehn Jahren mit dunklen, glänzenden Ringellocken. Sie war so verlegen, daß ihr Kopf hochrot glühte und ich an eine leuchtende Mohnblume denken mußte. An ihren Wangen erkannte ich sie wieder – sie war das Mädchen, das ich im Garten von Versailles gesehen hatte, kurz vor dem beunruhigenden Erscheinen von Alexander Randall.

»Madame Fraser ist auch Engländerin«, erklärte Louise dem Mädchen. »In ihrer Gesellschaft werden Sie sich bald wie zu Hause fühlen.« Louise drehte sich zu mir um und fuhr im selben Atemzug fort: »Sie ist ein wenig schüchtern. Unterhalten Sie sich mit ihr und überreden Sie sie, mit uns zu singen. Man hat mir versichert, sie habe eine ganz herrliche Stimme. Also, *mes enfants*, amüsieren Sie sich gut!« Und nachdem sie uns ihren Segen in Form eines Klapses erteilt hatte, entschwand sie zum anderen Ende des Zimmers, wo sie mit schmeichelnder Bewunderung das Kleid einer neuangekommenen Dame inspizierte, dann den übergewichtigen Knaben am Cembalo tätschelte und mit seinem Lockenhaar spielte, während sie den Duca di Castellotti in einen Plausch verwickelte.

»Es ist schon anstrengend, ihr bloß zuzusehen, finden Sie nicht?« sagte ich auf englisch und blickte das Mädchen freundlich an. Um ihre Lippen spielte ein schwaches Lächeln, als sie kurz nickte. Sie sagte nichts. Ich überlegte, daß sie von alldem völlig überwältigt sein mußte; bei Louises Festen wußte ich selbst oft nicht, wo mir der Kopf stand, und das kleine Rotbäckchen war bestimmt gerade erst der Schulbank entronnen.

»Ich heiße Claire Fraser«, sagte ich, »aber Louise hat wohl vergessen, mir Ihren Namen zu verraten.« Ich hielt inne, aber es kam keine Antwort. Ihr Gesicht wurde immer röter, die Lippen waren zusammengepreßt, und ihre Hände ballten sich zu Fäusten. Das beunruhigte mich ein wenig, doch schließlich rang sie sich zum Sprechen durch. Nach einem tiefen Atemzug reckte sie das Kinn, als wollte sie hocherhobenen Hauptes das Schafott besteigen.

»I-i-ich h-heiße... M-M-M...«, fing sie an, und plötzlich begriff ich, warum sie so schweigsam und schüchtern war. Sie schloß die Augen, biß sich auf die Unterlippe, dann setzte sie mutig zu einem neuen Versuch an: »M-M-Mary Hawkins«, brachte sie schließlich hervor. »Ich s-singe nicht«, fügte sie trotzig hinzu.

Hatte ich sie zuvor schon interessant gefunden, so war ich jetzt von ihr fasziniert. Das war also die Nichte von Silas Hawkins, die Tochter des Baronets, die den Vicomte de Marigny heiraten sollte! Es schien mir eine ziemlich schwere Bürde für ein so junges Mädchen, den hohen Erwartungen der Männerwelt gerecht zu werden. Ich blickte mich nach dem Vicomte um, doch zu meiner Erleichterung war er außer Sichtweite.

»Machen Sie sich deshalb keine Sorgen«, sagte ich und trat vor sie hin, um sie vor den Leuten abzuschirmen, die in das Musikzimmer strömten. »Sie müssen nicht sprechen, wenn Sie nicht wollen. Aber vielleicht sollten Sie es mit Singen versuchen«, meinte ich, einer plötzlichen Eingebung folgend. »Ich kannte einmal einen Arzt, der sich auf die Behandlung von Stotterern spezialisiert hat; er sagte, beim Singen stottern sie nicht.«

Mit weitaufgerissenen Augen nahm Mary Hawkins diese erstaunliche Neuigkeit auf. Ich sah mich um und entdeckte gleich in der Nähe einen Alkoven mit einem Vorhang, hinter dem sich eine bequeme Bank verbarg.

»Kommen Sie«, sagte ich und nahm sie bei der Hand. »Setzen Sie sich hier rein, dann müssen Sie nicht mit den Leuten reden. Wenn Sie mitsingen wollen, kommen Sie raus, wenn wir anfangen; sonst bleiben Sie einfach drin, bis das Fest vorbei ist.« Einen Augenblick lang starrte sie mich an, dann schenkte sie mir plötzlich ein strahlendes Lächeln voller Dankbarkeit und huschte in den Alkoven.

Ich hielt unauffällig davor Wache, damit kein neugieriger Diener sie störte, und plauderte mit den vorbeigehenden Gästen.

»Wie hübsch Sie heute abend aussehen, *ma chère*!« Es war Madame de Ramage, eine ältere, würdevolle Frau, die zu den Hofdamen der Königin zählte. Sie war ein- oder zweimal zu unseren Tafelgesellschaften in die Rue Tremoulins gekommen. Nachdem sie mich herzlich umarmt hatte, blickte sie sich um, ob uns auch niemand beobachtete.

»Ich hatte gehofft, Sie hier zu treffen, meine Liebe«, sagte sie, dann beugte sie sich vor und flüsterte: »Ich möchte Ihnen raten, sich vor dem Comte de St. Germain in acht zu nehmen.«

Als ich unauffällig ihrem Blick folgte, entdeckte ich den Mann mit dem hageren Gesicht, dem ich am Hafen von Le Havre begegnet war. Er betrat gerade das Musikzimmer in Begleitung einer jüngeren, elegant gekleideten Dame. Anscheinend hatte er mich noch nicht bemerkt, und hastig drehte ich mich zu Madame de Ramage um.

»Was... will er... warum...« Ich spürte, wie ich, beunruhigt über das Auftauchen dieses finsteren Comte, noch mehr errötete.

»Nun ja, man hat ihn über Sie reden hören«, erklärte Madame de Ramage und half mir freundlicherweise aus meiner Verlegenheit. »Ich habe dem entnommen, daß es in Le Havre einen kleinen Zwischenfall gegeben hat.«

»Sozusagen«, erwiderte ich. »Ich habe nur festgestellt, daß jemand an Pocken erkrankt war, aber das hatte zur Folge, daß sein Schiff vernichtet wurde... und darüber war der Comte gar nicht erfreut«, schloß ich mit matter Stimme.

»Aha, das ist es also.« Madame de Ramage sah zufrieden aus. Mit dieser Information aus erster Hand würde sie wohl einen beträchtlichen Vorteil auf dem Klatsch- und Gerüchtemarkt des Pariser Gesellschaftslebens haben.

»Er hat verbreitet, daß er Sie für eine Hexe hält«, sagte sie, während sie einer Freundin von Ferne zulächelte und winkte. »Eine nette Geschichte! Oh, aber das glaubt keiner«, versicherte sie mir. »Wenn jemand mit so etwas zu tun hat, dann ist es Monsieur le Comte selbst. Das weiß jeder.«

»Tatsächlich?« Ich hätte gerne gewußt, was sie damit meinte, aber in diesem Augenblick erschien Herr Gerstmann und trieb uns wie ein Schar Hühner zusammen.

»Kommen Sie, kommen Sie, Mesdames!« sagte er. »Wir sind komplett, das Singen kann beginnen!«

Während sich der Chor eilig neben dem Cembalo versammelte, warf ich einen Blick zu dem Alkoven, wo ich Mary Hawkins zurückgelassen hatte. Ich dachte, ich hätte gesehen, wie sich der Vorhang bewegte, war mir aber nicht sicher. Und als die Musik einsetzte und sich die Stimmen erhoben, glaubte ich, vom Alkoven her einen klaren, hellen Sopran zu hören.

»Sehr hübsch, Sassenach«, meinte Jamie, als ich mich nach dem Singen atemlos und mit rotem Kopf wieder zu ihm gesellte. Er grinste mich an und klopfte mir auf die Schulter.

»Woher willst du das wissen?« fragte ich und ließ mir von einem vorbeikommenden Diener ein Glas Weinpunsch geben. »Du kannst doch ein Lied nicht vom anderen unterscheiden.«

»Na ja, jedenfalls wart ihr laut«, antwortete er gelassen. »Ich habe jedes Wort gehört.« Da spürte ich, wie sich seine Schultern ein wenig strafften, und folgte der Richtung seines Blicks.

Die Frau, die soeben hereinkam, war winzig, sie ging Jamie kaum bis zur untersten Rippe. Ihre Hände und Füße sahen aus wie die einer Puppe, und über ihren dunklen Augen wölbten sich ausgesprochen feine Brauen. Ihr leichtfüßiger Gang schien der Schwerkraft zu spotten; sie schien beinahe zu schweben.

»Ach, da ist ja Annalise de Marillac«, sagte ich bewundernd. »Eine wahre Augenweide, nicht wahr?«

»Äh, aye.« Der Unterton in seiner Stimme ließ mich aufblicken. Er hatte etwas gerötete Ohrläppchen.

»Und ich habe gedacht, du hättest deine Jahre in Frankreich mit Kämpfen zugebracht, nicht mit Romanzen«, meinte ich säuerlich.

Zu meiner Überraschung lachte er. Da drehte sich die Frau nach uns um, und als sie Jamies hochaufragende Gestalt erblickte, zeichnete sich auf ihrem Gesicht ein strahlendes Lächeln ab. Gerade als sie in unsere Richtung gehen wollte, wurde sie von einem Herrn abgelenkt, der eine Perücke und einen prachtvollen lavendelblauen Rock trug und ihr zudringlich die Hand auf den Arm legte. Bedauernd und gleichzeitig kokett schnippte sie mit dem Fächer in Jamies Richtung, ehe sie sich ihrem neuen Gegenüber widmete.

»Was gibt es da zu lachen?« fragte ich, als er dem leicht schillernden Spitzenrock der Dame hinterhergrinste.

Jäh schien er sich meiner Gegenwart bewußt zu werden und lächelte zu mir herab.

»Ach nichts, Sassenach. Nur deine Bemerkung über das Kämpfen. Ich habe mein erstes Duell – und übrigens auch mein einziges – wegen Annalise de Marillac gefochten. Da war ich achtzehn.«

Er sprach mit leicht verträumtem Ton, während sein Blick der in der Menge verschwindenden Frau folgte. Ihr schmaler, dunkler Kopf war stets umgeben von weißen Perücken und gepudertem Haar und gelegentlich auch von einer modisch rosagetönten Perücke.

»Ein Duell? Mit wem?« fragte ich und sah mich argwöhnisch nach irgendwelchen männlichen Anhängseln des Porzellanpüppchens um, die womöglich eine alte Rechnung begleichen wollten.

»Ach, der ist nicht hier.« Jamie wußte meinen Blick richtig zu deuten. »Der ist tot.«

»Du hast ihn *umgebracht*?« In meiner Erregung sprach ich lauter als beabsichtigt. Als einige Umstehende neugierig die Köpfe nach uns umdrehten, nahm Jamie mich am Ellbogen und lenkte mich hastig auf den nächsten Ausgang zu.

»Paß auf, was du sagst, Sassenach«, rügte er mich milde. »Nein, ich hab' ihn nicht umgebracht. Ich wollte es zwar«, fügte er reumütig hinzu, »habe es aber nicht getan. Er starb zwei Jahre später an einer Halsentzündung. Das hat mir Jared erzählt.«

Er führte mich einen der Gartenwege entlang, die von laternentragenden Dienern beleuchtet wurden; sie standen im Abstand von jeweils fünf Metern zwischen der Terrasse und einem Springbrunnen am Ende des Pfades. In der Mitte des großen Beckens spuckten vier Delphine Wasserfontänen über einen ärgerlich dreinblickenden Meeresgott, der in einer leeren Drohgebärde einen Dreizack schwang.

»Spann mich nicht länger auf die Folter«, drängte ich, als die Gäste auf der Terrasse außer Hörweite waren. »Was ist geschehen?«

»Na schön«, gab er nach. »Du hast ja sicherlich bemerkt, daß Annalise recht hübsch ist.«

»Ach, findest du? Na ja, vielleicht. Jetzt, wo du es sagst, fällt mir auch auf, daß sie nicht gerade häßlich ist«, erwiderte ich mit honigsüßer Stimme, wofür ich einen bösen Blick, dann ein schiefes Lächeln erntete.

»Aye. Nun, ich war nicht der einzige in Paris, der dieser Meinung war, und auch nicht der einzige, der Hals über Kopf in sie verliebt war. Ich lief herum wie betäubt und stolperte über meine eigenen Füße. Wartete auf der Straße in der Hoffnung, einen Blick auf sie zu erhaschen, wenn sie von ihrem Haus zur Kutsche ging. Ich vergaß sogar zu essen. Jared sagte, mein Rock sei an mir heruntergehangen wie an einer Vogelscheuche, und meine Haare machten auch keinen besseren Eindruck.« Geistesabwesend fuhr er sich über den Kopf und strich über seinen tadellosen, mit einem blauen Band umwickelten Zopf.

»Vergessen zu essen? Dann muß es dich wirklich schlimm erwischt haben«, bemerkte ich.

Er gluckste. »Allerdings. Und schlimmer wurde es noch, als sie mit Charles Gauloise herumtändelte. Weißt du, sie hat mit jedem getändelt«, fügte er der Gerechtigkeit halber hinzu, »das war in Ordnung – aber für meinen Geschmack hat sie ihn ein bißchen zu sehr bevorzugt... na ja, Sassenach, um es kurz zu machen: Ich habe ihn erwischt, wie er sie im Mondschein auf der Terrasse ihres Vaters geküßt hat, und da habe ich ihn gefordert.«

Mittlerweile waren wir an dem Brunnen angelangt. Jamie blieb stehen, und wir setzten uns an den Beckenrand.

»Duelle waren damals in Paris verboten – wie auch heute. Aber es gab gewisse Plätze; die gibt es immer. Charles hatte die Wahl und entschied sich für eine Stelle im Bois de Boulogne, in der Nähe der Straße der Sieben Heiligen, aber versteckt in einem Eichenwäldchen. Ihm stand auch die Wahl der Waffen zu. Ich hatte mit Pistolen gerechnet, doch er entschloß sich für das Florett.«

»Warum tat er das? Du hattest doch bestimmt fünfzehn oder zwanzig Zentimeter mehr Reichweite als er.« Ich war keine Expertin, hatte aber notgedrungen einiges über Strategie und Taktik des Fechtens gelernt. Denn Jamie und Murtagh lieferten sich alle zwei bis drei Tage ein Übungsgefecht, um in Form zu bleiben. Da gab es klirrende Paraden und Ausfälle im Garten – sehr zur Freude der Dienstboten, die alle auf die Balkone strömten und zuschauten.

»Warum er das Florett gewählt hat? Weil er verdammt gut damit umgehen konnte. Vielleicht hat er sich auch gedacht, daß ich ihn mit der Pistole unabsichtlich töten könnte, während er meinte, ich wäre zufrieden, wenn ich ihn mit der Klinge nur verletzen würde. Ich wollte ihn nicht wirklich töten, weißt du«, erklärte er, »sondern nur demütigen. Und das wußte er auch. Unser Charles war kein Dummkopf.« Traurig schüttelte er den Kopf.

Unter der feuchten Luft am Brunnen begannen sich allmählich die Locken aus meiner Frisur zu lösen. Ich strich sie aus der Stirn und fragte: »Und, hast du ihn gedemütigt?«

»Nun, ich habe ihn immerhin verletzt.« Zu meinem Erstaunen hörte ich einen leichten Unterton der Genugtuung in seiner Stimme und sah ihn mißbilligend an. »Er hatte sein Können bei LeJeune erworben, einem der besten Fechtmeister Frankreichs«, erläuterte Jamie. »Es war, als versuchte man einen Floh zu erwischen, und ich kämpfte auch noch rechtshändig.« Wieder griff er sich in sein Haar, als wollte er prüfen, ob es noch ordentlich gebunden war.

»Mitten im Kampf hat sich das Band, das meine Haare hielt, gelöst«, erzählte er, »und der Wind blies mir die Haare ins Gesicht, so daß ich nur noch eine Gestalt im weißen Hemd vor mir sah, die hin und her flitzte wie eine Elritze. Und so hab' ich ihn schließlich auch erwischt – so, wie man einen Fisch im Wasser aufspießt.« Er schnaubte.

»Er ließ einen Schrei los, als ob ich ihn durchbohrt hätte. Dabei wußte ich, daß es nur ein Kratzer war. Als ich endlich die Haare aus dem Gesicht bekommen hatte, sah ich hinter ihm am Rand der Lichtung Annalise: Sie hatte die Augen weit aufgerissen, und sie waren so düster wie das Becken hier.« Er deutete auf die silbrigschwarze Wasseroberfläche.

»Also steckte ich meine Klinge in die Scheide, strich das Haar zurück und stand nur da – irgendwie habe ich wohl erwartet, daß sie auf mich zuläuft und sich in meine Arme wirft.«

»Hm«, meinte ich taktvoll. »Das hat sie aber nicht getan, nehme ich an?«

»Na ja, was wußte ich damals schon von Frauen?« verteidigte er sich. »Nein, sie ist natürlich auf *ihn* zugestürmt.« Er gab ein kehliges schottisches Geräusch von sich, das Selbstironie und gespielte Abscheu ausdrückte. »Einen Monat später hat sie ihn geheiratet, habe ich gehört.«

»Tja.« Unvermittelt zuckte er mit den Schultern und lächelte bedauernd. »Da hatte ich nun ein gebrochenes Herz. Ich kehrte heim nach Schottland und blies ein paar Wochen lang Trübsal, bis meinem Vater der Geduldsfaden riß.« Er lachte. »Ich hatte mir sogar schon überlegt, ob ich Mönch werden sollte. Eines Abends sagte ich zu meinem Vater, daß ich vielleicht ins Kloster gehen und Novize werden wollte.«

Bei diesem Gedanken mußte ich lachen. »Na, mit dem Armutsgelübde hättest du keine Schwierigkeiten gehabt; aber Enthaltsamkeit und Gehorsam wären dir wohl ein bißchen schwerer gefallen. Was meinte dein Vater dazu?«

Seine weißen Zähne blitzten in dem dunklen Gesicht, als er lächelnd antwortete: »Er legte den Löffel weg, sah von seinem Haferbrei auf und blickte mich einen Moment lang an. Schließlich seufzte er, schüttelte den Kopf und sagte: ›Es war ein langer Tag, Jamie.‹ Dann griff er wieder zu seinem Löffel und widmete sich seinem Essen. Ich verlor danach nie mehr ein Wort darüber.«

Er blickte hinauf zu der Terrasse, wo Leute herumspazierten, sich zwischen den Tänzen abkühlten, Wein tranken und hinter Fächern flirteten. Er seufzte wehmütig.

»Aye, wirklich ein ausgesprochen hübsches Ding, diese Annalise de Marillac. Graziös wie der Wind und so klein, daß man sie unter das Hemd stecken und wie ein Kätzchen tragen möchte.«

Ich schwieg und lauschte der leisen Musik, die aus den offenen Türen herüberdrang, während ich die schimmernden Satinpantoffeln an meinen großen Füßen betrachtete.

Nach einer Weile bemerkte Jamie mein Schweigen.

»Was ist los, Sassenach?« Er griff nach meinem Arm.

»Nichts«, sagte ich seufzend. »Ich hab' nur gerade gedacht, daß mich wohl nie jemand ›graziös wie der Wind‹ nennen würde.«

»Ach.« Er hatte den Kopf halb weggedreht. Im Licht einer Laterne waren die Konturen seiner langen, geraden Nase und seines kräftigen Kinns zu erkennen. Als er mir dann das Gesicht zuwandte, bemerkte ich das schiefe Lächeln auf seinen Lippen.

»Ich sag' dir was, Sassenach: Das Wort ›graziös‹ drängt sich vielleicht nicht gerade auf, wenn man dich sieht.« Er legte mir seine große warme Hand auf die Schulter.

»Doch wenn ich mit dir rede, ist es, als spräche ich zu meiner eigenen Seele.« Sanft drehte er mein Gesicht zu sich.

»Und, Sassenach«, wisperte er, »dein Antlitz ist mein größter Schatz.«

Erst als sich ein paar Minuten später der Wind drehte und uns mit einem feinen Sprühregen vom Springbrunnen bedachte, lösten wir uns voneinander. Der unverhoffte Schauer ließ uns lachend aufspringen. Auf Jamies fragende Kopfbewegung in Richtung Terrasse nickte ich und hakte mich bei ihm unter.

»Wie ich sehe«, bemerkte ich, während wir die breiten Stufen zum Ballsaal hinaufschlenderten, »hast du mittlerweile ein bißchen mehr über die Frauen gelernt.«

»Das wichtigste, was ich über die Frauen gelernt habe, ist, wie man sich für die Richtige entscheidet.« Er trat zurück, verbeugte sich und machte eine einladende Handbewegung in den hellerleuchteten Raum. »Darf ich Sie um diesen Tanz bitten, gnädige Frau?«

Den darauffolgenden Nachmittag verbrachte ich bei den d'Arbanvilles, wo ich wieder den königlichen Kantor traf. Diesmal fanden wir auch Zeit für eine Unterhaltung, von der ich Jamie beim Abendessen berichtete.

»Wie bitte?« Jamie blinzelte mich an, als dächte er, ich wolle ihn aufziehen.

»Ich sagte, Herr Gerstmann meinte, ich würde vielleicht gern eine Freundin von ihm kennenlernen. Mutter Hildegarde leitet das Hôpital des Anges – du weißt schon, das Armenspital in der Nähe der Kathedrale.«

»Ich weiß, wo es ist.« Er klang alles andere als begeistert.

»Er hatte eine Halsentzündung, und ich habe ihm gesagt, was er dagegen nehmen soll. Dann kamen wir auf Medizin im allgemeinen zu sprechen und daß ich mich dafür interessiere – na ja, so führte eben eins zum anderen.«

»Wie so oft bei dir«, stimmte er mir mit ausgesprochen zynischem Tonfall zu. Ich ging aber nicht darauf ein und fuhr fort: »Und deshalb werde ich morgen in das Krankenhaus gehen.« Ich stellte mich auf die Zehenspitzen, um an meinen Medizinkasten auf dem Regal zu gelangen. »Beim ersten Mal nehme ich ihn wohl besser noch nicht mit«, sagte ich und inspizierte den Inhalt. »Es könnte zu aufdringlich wirken, meinst du nicht?«

»Zu aufdringlich?« Er klang erstaunt. »Möchtest du zu einem Besuch hingehen oder dort einziehen?«

»Äh, nun…« Ich atmete tief durch. »Weißt du, ich habe mir gedacht, ich könnte vielleicht regelmäßig dort arbeiten. Herr Gerstmann meinte, daß all die Ärzte und Heiler in dem Krankenhaus unentgeltlich arbeiten. Die meisten kommen nicht jeden Tag, aber ich habe ja viel freie Zeit und könnte…«

»Viel freie Zeit?«

»Hör doch auf, mir jedes Wort nachzuplappern«, erwiderte ich. »Ja, ich habe viel freie Zeit. Mir ist klar, daß es wichtig ist, zu den Salons, Abendgesellschaften und so weiter zu gehen, aber das nimmt ja nicht den ganzen Tag in Anspruch – bräuchte es jedenfalls nicht. Ich könnte…«

»Sassenach, du trägst ein Kind in dir! Du hast doch nicht ernstlich vor, Bettler und Verbrecher zu pflegen?« Nun hörte er sich ziemlich ratlos an, so als würde er sich fragen, wie er mit jemandem umgehen solle, der von einem Moment auf den anderen übergeschnappt war.

»Das habe ich nicht vergessen«, versicherte ich ihm. Ich blickte zu meinem Bauch hinab und legte eine Hand darauf.

»Man sieht es noch kaum; mit einem weiten Kleid könnte ich es noch eine Weile verbergen. Und mir fehlt ja nichts außer meiner morgendlichen Übelkeit. Es gibt keinen Grund, warum ich nicht noch ein paar Monate arbeiten sollte.«

»Nein, außer daß ich es nicht will!« Da wir an diesem Abend keine Gäste erwarteten, hatte er seine Halsbinde bereits abgenommen, so daß ich sehen konnte, wie sein Hals dunkelrot anlief.

»Jamie«, ich versuchte sachlich zu bleiben, »du weißt, was ich bin.«

»Du bist meine Frau!«

»Ja, das auch.« Ich tat seinen Einwand mit einer Handbewegung ab. »Ich bin eine Krankenpflegerin, Jamie. Eine Heilerin. Du müßtest das eigentlich wissen.«

Die Zornesröte hatte nun sein Gesicht erreicht. »Aye. Aber weil du mich kuriert hast, als ich verwundet war, soll ich es gutheißen, daß du dich um Bettler und Prostituierte kümmerst? Sassenach, weißt du denn nicht, was für Leute das Hôpital des Anges aufnimmt?« Er sah mich flehentlich an, als erwartete er, daß ich endlich zur Besinnung käme.

»Was macht das schon für einen Unterschied?«

Sein wilder Blick schweifte im Zimmer umher und schien das Porträt über dem Kamin als Zeugen meiner Unvernunft anrufen zu wollen.

»Um Himmels willen, du könntest dir eine gefährliche Krankheit holen! Bedeutet dir dein Kind denn gar nichts, wenn ich dir schon gleichgültig bin?«

Sachlich zu bleiben schien mir plötzlich nicht mehr so erstrebenswert.

»Natürlich bedeutet es mir was! Für wie verantwortungslos hältst du mich eigentlich?«

»Verantwortungslos genug, um deinen Mann zu verlassen und dich mit Abschaum aus der Gosse abzugeben!« herrschte er mich an. »Wenn du's genau wissen willst.« Er fuhr sich mit der Hand durch die Haare, so daß sie zu Berge standen.

»Dich verlassen? Was hat es mit Verlassen zu tun, wenn ich etwas Sinnvolles tun möchte, anstatt im Salon der d'Arbanvilles herumzugammeln? Und zuzugucken, wie sich Louise de Rohan mit Torten vollstopft? Und mir schlechte Gedichte und noch schlechtere Musik anzuhören? Nein, ich möchte mich nützlich machen!«

»Ist es dir nicht nützlich genug, den eigenen Haushalt zu versorgen? Und mit mir eine Ehe zu führen?« Sein Haarband riß, und ein dichter, flammendroter Lockenkranz umstand sein Gesicht. Er funkelte mich an wie ein Racheengel.

»Und wie steht's mit dir?« fauchte ich zurück. »Ist dir die Ehe mit mir etwa Lebensinhalt genug? Mir ist jedenfalls noch nicht aufgefallen, daß du den ganzen Tag im Haus herumhängst und mich anhimmelst. Und was den Haushalt angeht, das ist doch Bockmist!«

»Bockmist? Was meinst du damit?« fragte er unwirsch.

»Blödsinn. Quatsch. Unsinn. Käse. Mit anderen Worten, das ist einfach lächerlich. Madame Vionnet kümmert sich doch um alles, und das kann sie zehnmal besser als ich!«

Dies war so offenkundig wahr, daß er einen Augenblick verstummte. Wütend starrte er mich an und knirschte mit den Zähnen.

»Ach ja? Und wenn ich dir verbiete hinzugehen?«

Das brachte mich einen Moment lang zum Schweigen. Ich richtete mich auf und musterte ihn von oben bis unten. Seine Augen hatten die Farbe von regennassem Schiefer, der breite, üppige Mund war nur ein Strich. Breitschultrig und aufrecht saß er da, die Arme vor der Brust verschränkt. Er wirkte bedrohlich und abstoßend.

»Heißt das, daß du es mir verbietest?«

Zwischen uns herrschte knisternde Spannung. Ich wollte blinzeln, ihm aber nicht die Genugtuung verschaffen und meinen eisernen Blick abwenden. Was würde ich tun, wenn er mir tatsächlich verbot hinzugehen?

Verschiedene Ideen schossen mir durch den Kopf – ihm den elfenbeinernen Brieföffner zwischen die Rippen rammen, ihm das Dach über dem Kopf anzünden... Die einzige Möglichkeit, die ich völlig ausschloß, war nachzugeben.

Er nahm einen tiefen Atemzug. Mit einiger Anstrengung entkrampfte er seine geballten Fäuste.

»Nein«, sagte er. »Ich verbiete es dir nicht.« Seine Stimme zitterte, als er versuchte, sich zu beherrschen. »Aber wenn ich dich darum bitte?«

Da senkte ich den Blick und starrte sein Spiegelbild in der polierten Tischplatte an. Anfangs war die Idee, im Hôpital des Anges zu arbeiten, nur ein interessanter Gedanke gewesen, eine reizvolle Alternative zu dem endlosen Tratsch und den kleinlichen Intrigen der Pariser Gesellschaft. Doch jetzt... jeder Muskel meiner Arme spannte sich an, als ich meinerseits die Fäuste ballte. Es war nicht nur ein Wunsch, dort zu arbeiten; es war mir ein Bedürfnis.

»Ich weiß nicht«, antwortete ich schließlich.

Er atmete tief durch.

»Willst du darüber nachdenken, Claire?« Ich spürte seinen Blick auf mir ruhen. Nach einer Zeit, die mir sehr lang schien, nickte ich.

»Ich werde darüber nachdenken.«

»Gut.« Seine Anspannung hatte nachgelassen. Er wandte sich ab, ging rastlos im Zimmer umher und nahm wahllos Gegenstände in die Hand, um sie danach wieder hinzustellen. Schließlich blieb er stehen, lehnte sich an das Bücherregal und betrachtete geistesabwesend die ledergebundenen Werke. Zögernd trat ich auf ihn zu und legte eine Hand auf seinen Arm.

»Jamie, ich wollte dich nicht wütend machen.«

»Aye, nun, ich wollte auch nicht mit dir streiten, Sassenach. Ich bin wohl etwas reizbar und überempfindlich.« Er tätschelte entschuldigend meine Hand, dann ging er zum Schreibtisch und blickte darauf hinunter.

»Du hast einen harten Arbeitstag hinter dir«, sagte ich besänftigend.

»Das ist es nicht.« Kopfschüttelnd griff er nach dem Geschäftsbuch und blätterte es flüchtig durch.

»Der Weinhandel, der ist nicht das Problem. Es ist zwar eine Menge Arbeit, das schon. Aber es macht mir nichts aus. Es sind die anderen Angelegenheiten...« Er deutete auf einen kleinen Stapel Briefe, auf denen ein Briefbeschwerer aus Alabaster lag, der Jared gehörte und die Form einer weißen Rose hatte – das Wahrzeichen der Stuarts. Die Briefe stammten von Abt Alexander, vom Grafen von Mar und anderen prominenten Jakobiten. Und in allen ging es um verhüllte Anfragen, vage Versprechungen und widersprüchliche Erwartungen.

»Ich komme mir vor, als würde ich gegen Schatten kämpfen!« polterte Jamie los. »Einen richtigen Kampf führen, gegen etwas Greifbares, das wäre in Ordnung. Aber das...« Er packte die Handvoll Briefe und warf sie in die Luft. Ziellos flatterten die Papiere hin und her, bis sie unter Möbelstücken oder auf dem Teppich landeten.

»Es gibt nichts Handfestes«, sagte er ratlos. »Ich kann mit tausend Leuten reden, hundert Briefe schreiben, mit Charles bis zum Umfallen saufen, und trotzdem weiß ich nie, ob ich auch nur einen Schritt weiterkomme.«

Ich ließ die Briefe liegen; einer der Dienstboten würde sie später aufheben.

»Jamie«, sagte ich leise, »wir können es nur immer wieder versuchen.«

Er lächelte schwach. »Aye. Ich bin froh, daß du ›wir‹ sagst, Sassenach. Manchmal komme ich mir mit alldem ziemlich alleingelassen vor.«

Da legte ich meinen Arm um seine Hüfte und schmiegte mein Gesicht an seinen Rücken.

»Du weißt, daß ich dich damit nicht allein lasse«, erwiderte ich. »Schließlich habe ich dich ja in die Sache hineingezogen.«

Ich spürte ein leichtes Vibrieren an meiner Wange, als er lachte.

»Aye. Aber ich mache dir keinen Vorwurf daraus, Sassenach.« Er drehte sich zu mir um und küßte mich sanft auf die Stirn. »Du siehst müde aus, *mo duinne*. Geh ins Bett. Ich muß noch ein bißchen arbeiten, aber ich komme bald nach.«

»Gut.« Ich war tatsächlich müde, obwohl nach der Dauermüdigkeit der ersten Schwangerschaftszeit neue Lebensgeister in mir erwacht waren. Tagsüber fühlte ich mich neuerdings putzmunter und barst beinahe vor Tatendrang.

Beim Gehen blieb ich an der Tür stehen. Jamie stand noch immer am Schreibtisch und blickte in das aufgeschlagene Geschäftsbuch.

»Jamie?«

»Aye?«

»Wegen der Sache mit dem Krankenhaus – ich sagte, ich werde darüber nachdenken. Tust du es auch, ja?«

Er drehte den Kopf zu mir und musterte mich mit einer hochgezogenen Augenbraue. Dann lächelte er und nickte kurz.

»Ich bin gleich bei dir, Sassenach«, sagte er.

Draußen fiel noch immer Schneeregen, und gefrorene Regenkörnchen schlugen gegen die Scheiben. Das Stöhnen und Heulen des Windes im Schornstein ließ das Schlafzimmer noch gemütlicher erscheinen.

Das Bett war dank der Gänsedaunendecken, den riesigen weichen Kopfkissen und Jamie, der wie ein Nachtspeicherofen konstant Wärme abgab, eine Oase der Behaglichkeit.

Seine große Hand strich sanft über meinen Bauch.

»Nein, da. Du mußt ein bißchen fester drücken.« Ich führte seine Hand etwas tiefer bis knapp über mein Schambein, wo der Uterus mittlerweile als eine rundliche, harte Schwellung von der Größe einer Pampelmuse zu ertasten war.

»Aye, jetzt spüre ich es«, murmelte er. »Er ist tatsächlich da.« Ein ehrfürchtiges, entzücktes Lächeln spielte um seine Lippen, dann sah er mit glänzenden Augen auf. »Merkst du es schon, wenn er sich bewegt?«

Ich schüttelte den Kopf. »Noch nicht. In einem Monat oder so, wenn deine Schwester Jenny recht hat.«

»Mmm«, meinte er und liebkoste die leichte Wölbung. »Was hältst du von ›Dalhousie‹, Sassenach?«

»Wovon?« fragte ich.

»Na, von dem Namen Dalhousie«, erklärte er, während er zärtlich meinen Bauch tätschelte. »Wir müssen ihm ja einen Namen geben.«

»Stimmt«, sagte ich. »Aber woher willst du wissen, daß es ein Junge ist? Es könnte ebensogut ein Mädchen sein.«

»Äh – aye, da hast du recht«, räumte er ein, als zöge er zum erstenmal diese Möglichkeit in Betracht. »Aber trotzdem können wir uns ja erst einen Jungennamen überlegen. Wir könnten ihn nach deinem Onkel nennen, von dem du mir erzählt hast. Der, der dich aufgezogen hat.«

»Hmm«, brummte ich mißbilligend. So sehr ich meinen Onkel Lamb gemocht hatte, einen Namen wie »Lambert« oder »Quentin« wollte ich einem wehrlosen Kind nicht antun. »Nein, lieber nicht. Andererseits will ich ihn auch nicht nach einem von *deinen* Onkeln benennen, glaube ich.«

»Wie hieß dein Vater, Sassenach?«, fragte Jamie gedankenverloren, während er weiter meinen Bauch streichelte.

Ich mußte einen Augenblick nachdenken, ehe es mir wieder einfiel.

»Henry«, antwortete ich. »Henry Montmorency Beauchamp. Aber, Jamie, ich will mein Kind wirklich nicht ›Montmorency Fraser‹ nennen, auf keinen Fall. Von ›Henry‹ bin ich auch nicht so begeistert, aber das ist zumindest besser als Lambert. Wie wär's mit William?« schlug ich vor. »Nach deinem Bruder?« Sein älterer Bruder William war in früher Jugend gestorben, aber Jamie hatte ihn in liebevoller Erinnerung behalten.

Seine Stirn legte sich in nachdenkliche Falten. »Hmm. Aye, vielleicht. Oder wir nennen ihn...«

»James«, ertönte eine dumpfe Grabesstimme aus dem Rauchfang.

»Was?« Ich fuhr hoch.

»James«, wiederholte der Kamin voller Ungeduld. »James. James!«

»Heiliger Himmel!« keuchte Jamie und starrte in das lodernde Kaminfeuer. Ich spürte, wie sich die Haare an seinem Arm aufstellten. Einen Moment lang saß er wie erstarrt da, dann hatte er plötzlich eine Idee. Er schwang sich aus dem Bett und trat ans Dachfenster, ohne sich die Mühe zu machen, etwas über sein Hemd zu ziehen.

Ein Schwall eiskalter Luft drang herein, als Jamie das Schiebefenster aufriß und den Kopf hinausstreckte. Ich vernahm einen gedämpften Ruf, dann ein scharrendes Geräusch auf den Dachziegeln. Jamie beugte sich weit hinaus. Ächzend vor Anstrengung zog er jemanden herein, der die Arme um seinen Nacken gelegt hatte. Die Gestalt entpuppte sich als ein gutaussehender Jüngling in dunklen, klatschnassen Kleidern, dessen eine Hand mit einem blutigen Stück Stoff umwickelt war.

Der Besucher stolperte über das Fensterbrett und landete auf allen vieren im Zimmer. Doch unverzüglich rappelte er sich auf, zog seinen Schlapphut und verbeugte sich vor mir.

»Madame«, sagte er mit breitem Akzent auf französisch. »Ich bitte mein formloses Erscheinen zu entschuldigen. Ich möchte Sie nicht stören, doch es ist von höchster Dringlichkeit, daß ich meinen Freund James zu solch nachtschlafender Zeit aufsuche.«

Er war ein kräftiger, hübscher Bursche mit dichtem, hellbraunem Lockenhaar, das lose auf seine Schultern fiel. Sein hellhäutiges Gesicht war vor Kälte und Erschöpfung gerötet. Als er sich mit der verbundenen Hand über die laufende Nase fuhr, zuckte er leicht zusammen.

Jamie verbeugte sich höflich vor dem Besucher.

»Mein Haus steht Euch zu Diensten, Eure Hoheit«, verkündete er mit einem flüchtigen Blick auf das ungepflegte Äußere des Jünglings. Seine Halsbinde hing herab, die Hälfte seiner Knöpfe war verkehrt geknöpft, und der Schlitz seiner Kniehose stand teilweise offen. Mir entging nicht, daß Jamie dies mit einem Stirnrunzeln zur Kenntnis nahm und sich unauffällig vor den jungen Mann stellte, um mir den anstößigen Anblick zu ersparen.

»Darf ich Euch meine Frau vorstellen, Hoheit: Claire, Herrin von Broch Tuarach.« Dann wandte er sich an mich:

»Claire, das ist seine Hoheit Prinz Charles, der Sohn von König James von Schottland.«

»Hm, ja, das habe ich mir schon gedacht«, meinte ich. »Äh, guten Abend, Eure Hoheit.« Ich nickte geziemend, während ich die Bettdecke etwas höher zog. Unter diesen Umständen konnte ich den üblichen Knicks wohl weglassen.

Der Prinz hatte Jamies langwierige Vorstellung genutzt, um seine Hose etwas in Ordnung zu bringen, und nickte mir jetzt voller königlicher Würde zu.

»Es ist mir ein Vergnügen, Madame.« Er verbeugte sich erneut, diesmal mit mehr Eleganz. Dann stand er da, drehte den Hut in seinen Händen und überlegte offenbar, was er als nächstes sagen sollte. Jamie, nur mit seinem Hemd bekleidet, stand neben ihm und blickte abwechselnd von mir zu Charles. Anscheinend war er ebenso um Worte verlegen.

»Äh«, brach ich das Schweigen, »habt Ihr einen Unfall gehabt, Hoheit?« Ich nickte zu dem Taschentuch, das um seine Hand gewickelt war, und er starrte es an, als sähe er es zum erstenmal.

»Ja«, antwortete er, »äh... nein. Ich meine... es ist nicht der Rede wert, gnädige Frau.« Während er noch tiefer errötete, betrachtete er die Hand. Sein Verhalten war merkwürdig, halb verlegen, halb wütend. Da ich jedoch sah, daß der Blutfleck auf dem Stoff größer wurde, schwang ich mich aus dem Bett und griff nach meinem Morgenrock.

»Laßt mich das einmal ansehen«, meinte ich.

Etwas widerwillig entblößte der Prinz die Wunde; sie war nicht bedenklich, aber eigenartig.

»Es sieht wie eine Bißwunde aus«, bemerkte ich ungläubig und betupfte die halbkreisförmige Verletzung zwischen Daumen und Zeigefinger. Sie mußte vor dem Verbinden noch mehr bluten, und Prinz Charles zuckte zusammen, als ich gegen das Fleisch um die Wunde drückte.

»Ja«, sagte er. »Ein Affenbiß. Dieses widerliche, verlauste Vieh!« brach es aus ihm heraus. »Ich sagte ihr noch, sie solle ihn loswerden. Das Tier ist zweifellos krank!«

Ich holte meinen Medizinkasten und bestrich die Stelle dünn mit Enziansalbe. »Ich denke, Ihr müßt Euch keine Sorgen machen«, meinte ich, in meine Arbeit vertieft, »außer wenn der Affe tollwütig ist.«

»Tollwütig?« Der Prinz erbleichte sichtlich. »Halten Sie das für möglich?« Offenkundig hatte er keine Ahnung, was »tollwütig« bedeutete, wollte aber unter keinen Umständen irgend etwas damit zu tun haben.

»Möglich ist alles«, erklärte ich munter. Von seinem plötzlichen Auftauchen überrascht, kam mir erst in diesem Moment der Gedanke, daß es auf lange Sicht allen eine Menge Ärger ersparen würde, wenn dieser junge Mann infolge einer tödlichen Krankheit rasch und sanft entschlummern würde. Doch ich brachte es nicht über mich, ihm Wundbrand oder Tollwut an den Hals zu wünschen, und legte ihm einen ordentlichen, frischen Leinenverband an.

Er lächelte, verbeugte sich wieder und bedankte sich in einer netten Mixtur aus Französisch und Italienisch. Noch während er sich wortreich für seinen ungelegenen Besuch entschuldigte, schleppte ihn Jamie – nunmehr mit einem respektablen Kilt angetan – zu einem Drink nach unten.

Die Kälte drang durch meinen Morgenmantel und das Nachthemd, und so kroch ich wieder ins Bett und zog die Decken bis zum Kinn hoch. Das war also Prinz Charles! Jetzt war mir auch klar, warum man ihn »bonnie« – »hübsch« – nannte. Er wirkte ziemlich jung – wesentlich jünger als Jamie, obwohl Jamie nur ein oder zwei Jahre älter war als er. Tatsächlich hatte Seine Hoheit eine sehr gewinnende Art, dazu ein recht standesbewußtes und würdevolles Auftreten, ungeachtet seiner schlampigen Kleidung. Aber genügte das, um an der Spitze einer Streitmacht nach Schottland zurückzukehren und um die Krone zu fechten? Im Halbschlaf fragte ich mich noch, was der schottische Thronerbe eigentlich mitten in der Nacht auf den Dächern von Paris trieb, noch dazu mit einem Affenbiß an der Hand.

Die Frage beschäftigt mich immer noch, als ich etwas später von Jamie geweckt wurde, der ins Bett schlüpfte und seine großen eiskalten Füße gleich neben meine Knie plazierte.

»Schrei nicht so«, sagte er. »Du weckst ja noch die Diener auf.«

»Wieso zum Teufel läuft Charles Stuart mit einem Affen auf den Dächern herum?« wollte ich wissen, während ich von ihm wegrückte. »Nimm diese Eisklumpen da weg!«

»Er hat seine Geliebte besucht«, entgegnete Jamie lakonisch. »Ist ja gut – hör auf, mich zu treten.« Er zog seine Füße zurück und schloß mich zitternd in die Arme, als ich mich zu ihm drehte.

»Tatsächlich? Louise de la Tour?« Nach dem Kälteschock und in Erwartung einer Skandalgeschichte war ich plötzlich hellwach.

»Genau die«, Jamie nickte widerwillig. Unter den dichten, zusammengezogenen Augenbrauen wirkte seine Nase noch markanter und länger als sonst. Als schottischer Katholik fand er es anstößig, wenn jemand eine Geliebte hatte, doch bekanntlich genoß der Adel in dieser Hinsicht gewisse Privilegien. Allerdings war die Princesse Louise de La Tour verheiratet. Und Adel hin oder her, eine Verheiratete zur Geliebten zu nehmen war schlichtweg unmoralisch, ungeachtet dessen, was sein Cousin Jared tat.

»Er sagt, daß er sie liebt«, berichtete Jamie knapp und zog sich die Decken über die Schultern. »Und daß sie ihn auch liebt; er behauptet, sie sei ihm während der letzten drei Monate treu gewesen. Pah!«

»Na ja, so etwas soll vorkommen«, entgegnete ich belustigt. »Dann hat er sie also besucht? Aber wie ist er denn auf das Dach gekommen? Hat er dir das erzählt?«

»Oh, aye, das hat er.«

Nach mehreren Gläsern von Jareds bestem Portwein hatte Charles sich als äußerst mitteilsam erwiesen. Ihre Liebe war, so Charles, an diesem Abend auf eine harte Probe gestellt worden, und zwar durch die Zuneigung, die seine Geliebte für ihr Haustier, einen reichlich übellaunigen Affen, empfand. Dieser erwiderte die Abneigung Seiner Hoheit und brachte sie auf recht konkrete Weise zum Ausdruck: Als Seine Hoheit vor der Nase des Affen spöttisch mit den Fingern schnippte, bekam er nicht nur dessen spitze Zähne zu spüren, sondern auch die ebenso spitze Zunge seiner Geliebten, die ihn mit bitteren Anschuldigungen überhäufte. Darauf folgte ein hitziger Streit, bis Louise Charles' Gegenwart nicht mehr erdulden wollte. Dieser erklärte sich nur allzugern bereit, sie zu verlassen – und zwar endgültig, wie er dramatisch hinzufügte.

Des Prinzen Abgang wurde jedoch durch den Umstand behindert, daß Louises Gatte zurückgekehrt war und es sich mit einer Flasche Weinbrand im Vorzimmer bequem gemacht hatte.

»Und so«, fuhr Jamie fort, wobei er unwillkürlich grinsen mußte, »konnte er nicht bei dem Mädel bleiben, aber auch nicht hinausgehen. Deshalb stieg er durch das Fenster aufs Dach. Er war über die Regenrinne schon fast zur Straße hintergelangt, da kam die Wache daher, und er mußte wieder hinaufklettern, um nicht gesehen zu werden. Er meint, es habe ihn nicht sonderlich amüsiert, um Kamine herumzuschlüpfen und auf den nassen Ziegeln auszurutschen. Dann fiel ihm ein, daß wir ja nur drei Häuser weiter wohnen und die Dächer so nahe beieinander liegen, daß man leicht von einem zum anderen springen kann.«

»Mmh«, meinte ich und spürte, wie die Wärme in meine Zehen zurückkehrte. »Hast du ihn mit der Kutsche nach Hause geschickt?«

»Nein, er hat eins von unseren Stallpferden genommen.«

»Wenn er Jareds Portwein getrunken hat, hoffe ich nur, daß er es noch bis zum Montmartre schafft«, bemerkte ich. »Es ist ein ziemlich langer Weg.«

»Ja, und es wird zweifellos ein kalter, nasser Ritt werden«, erwiderte Jamie mit der Selbstgefälligkeit eines Mannes, der neben seinem rechtmäßig angetrauten Weib im warmen Bett liegt. Er blies die Kerze aus und zog mich an seine Brust.

»Geschieht ihm recht«, murmelte er. »Ein Mann sollte verheiratet sein.«

Die Hausangestellten waren bereits vor Tagesanbruch aufgestanden und putzten und polierten, da am Abend Monsieur Duverney zu einem Essen im kleinen Kreis erwartet wurde.

»Ich weiß nicht, warum sie sich die Mühe machen«, sagte ich zu Jamie, während ich mit geschlossenen Augen dalag und auf das geschäftige Treiben im Haus lauschte. »Sie bräuchten doch nur das Schachspiel abzustauben und eine Flasche Weinbrand bereitzustellen; etwas anderes bemerkt er sowieso nicht.«

Jamie lachte. »Das ist schon gut so; ich brauche ein kräftiges Abendessen, wenn ich ihn schlagen will.« Dann gab er mir einen Abschiedskuß und meinte: »Ich gehe ins Lagerhaus, Sassenach, aber ich bin rechtzeitig zurück, um mich umzuziehen.«

Um den Dienstboten nicht im Weg zu stehen, beschloß ich, mich von einem Lakaien zu den de Rohans begleiten zu lassen. Vielleicht konnte Louise nach dem Streit letzte Nacht ein bißchen Trost brauchen. Mit vulgärer Neugierde, so redete ich mir ein, hatte das überhaupt nichts zu tun.

Als ich am Spätnachmittag zurückkehrte, fand ich Jamie in einem Sessel neben dem Schlafzimmerfenster, die Füße auf dem Tisch. Mit offenem Kragen und ungekämmten Haaren brütete er über einem Bündel bekritzelter Blätter. Als er hörte, wie die Tür geschlossen wurde, blickte er auf und schenkte mir ein breites Grinsen.

»Sassenach! Da bist du ja!« Er stand auf und umarmte mich. Das

Gesicht in meine Haare vergraben, schnupperte er, dann fuhr er plötzlich zurück und nieste. Gleich darauf nieste er noch einmal, ließ mich los und griff nach seinem Taschentuch, das er in Soldatenmanier in seinem Ärmel stecken hatte.

»Wie riechst du denn, Sassenach?« fragte er unwirsch und preßte das viereckige Leinentuch an seine Nase, gerade noch rechtzeitig vor dem nächsten Niesanfall.

Ich faßte in den Ausschnitt meines Kleides und zog das Stoffsäckchen zwischen meinen Brüsten heraus.

»Jasmin, Rose, Hyazinthe, Maiglöckchen... und anscheinend auch Kreuzkraut«, zählte ich auf, während er in das große Taschentuch prustete und schneuzte. »Ist alles in Ordnung?«

»Aye, es geht schon. Das sind die Hya... Hya... Hyatschii!«

»Himmel!« Ich öffnete schnell das Fenster und winkte ihn herbei. Gehorsam streckte er den Kopf in den Nieselregen hinaus, wo er frische, hyazinthenfreie Luft atmen konnte.

»Ah, das tut gut«, sagte er erleichtert, als er ein paar Minuten später den Kopf wieder hereinzog. Mir großen Augen starrte er mich an. »Was machst du da, Sassenach?«

»Ich wasche mich«, antwortete ich, während ich an den Bändern meines Kleides nestelte. »Zumindest habe ich es vor. Ich habe am ganzen Körper Hyazinthenöl«, erklärte ich angesichts seiner verständnislosen Miene. »Wenn ich es nicht abwasche, zerreißt es dich am Ende noch.«

Nachdenklich wischte er sich die Nase und nickte.

»Da könntest du nicht unrecht haben, Sassenach. Soll ich den Lakaien nach heißem Wasser schicken?«

»Nein, das ist nicht nötig. Mit einer schnellen Wäsche müßte ich das meiste wegkriegen«, versicherte ich ihm und entledigte mich möglichst rasch meiner Kleider. Als ich hinter meinen Kopf faßte, um die Haare zu einem Knoten aufzustecken, packte Jamie mich plötzlich am Handgelenk und riß meinen Arm hoch.

»Was soll das?« fragte ich verwundert.

»Erklär mir mal, was *das* soll, Sassenach!« entgegnete er ungehalten und starrte in meine Achselhöhle.

»Ich hab' mich rasiert«, antwortete ich stolz. »Besser gesagt, gewachst. Louise hatte heute morgen ihre *servante aux petits soins* da – du weißt schon, die Dame für die Schönheitspflege –, und die hat mich auch gleich behandelt.«

»Gewachst?« Jamies Blick schweifte zwischen mir und dem Kerzenhalter neben dem Wasserkrug hin und her. »Du hast dir Wachs in die Achseln getan?«

»Nicht so ein Wachs«, beruhigte ich ihn. »Parfümiertes Bienenwachs. Die Schönheitspflegerin hat es erwärmt und dann das flüssige Wachs aufgetragen. Wenn es abgekühlt ist, braucht man es nur noch abziehen«, mir schauderte bei der Erinnerung daran, »und fertig ist die Laube!«

»Was für eine Laube?« fragte Jamie irritiert. »Wofür zum Teufel soll das gut sein?« Er nahm die besagte Körperpartie näher in Augenschein. »Hat das nicht weh... wehge-hatschi!« Er ließ mein Handgelenk los und wandte sich ab.

»Hat es nicht wehgetan?« brummelte er in das Taschentuch.

»Ein bißchen schon«, gestand ich. »Aber es hat sich doch gelohnt, findest du nicht?« meinte ich, hob wie eine Ballerina die Arme und drehte mich ein wenig. »Zum erstenmal seit Monaten fühle ich mich richtig sauber.«

»Gelohnt?« wiederholte er mit etwas belegter Stimme. »Was hat es mit Sauberkeit zu tun, wenn man sich die Achselhaare ausreißt?«

Da kam mir ein wenig verspätet zu Bewußtsein, daß sich von den Schottinnen, die ich kannte, keine einzige enthaart hatte. Daß das bei vielen Pariserinnen aus der Oberschicht üblich war, konnte Jamie nicht wissen, da er wohl kaum so engen Kontakt zu ihnen gehabt hatte. »Na ja...«, meinte ich und erkannte plötzlich, wie schwierig es für einen Völkerkundler sein mußte, die Sitten und Gebräuche eines Eingeborenenstammes zu erläutern. »Es riecht weniger«, argumentierte ich.

»Und was soll mit deinem Geruch nicht in Ordnung sein?« entgegnete er hitzig. »Du hast wie eine Frau gerochen, nicht wie ein verdammtes Blumenbeet. Bin ich ein Mann oder eine Hummel? Würdest du dich bitte waschen, Sassenach, damit ich nicht ständig fünf Schritte Abstand von dir halten muß?«

Ich nahm einen Waschlappen und begann meinen Oberkörper abzureiben. Madame Laserre, Louises Schönheitspflegerin, hatte mich über und über mit dem Duftöl parfümiert; hoffentlich ließ es sich leicht abwaschen. So wie Jamie mich außer Reichweite anfunkelte, erinnerte er mich fatal an einen Wolf, der seine Beute umkreist.

Während ich ihm den Rücken zukehrte, erwähnte ich beiläufig: »Äh, ich hab' mir auch die Beine gewachst.«

Bei einem flüchtigen Blick über die Schulter sah ich, daß sein anfänglicher Schrecken in völlige Verwirrung umgeschlagen war.

»Beine riechen doch gar nicht«, sagte er, »wenn man nicht gerade bis zu den Knien in der Jauche steht.«

Ich drehte mich um, hob den Rock und streckte anmutig ein Bein vor.

»Aber es sieht so viel hübscher aus«, bemerkte ich. »So schön glatt, nicht wie bei einem Affen.«

Beleidigt sah er auf seine eigenen wuscheligen Beine hinunter.

»Ich bin also ein Affe, wie?«

»Doch nicht du, ich!« widersprach ich ärgerlich.

»Meine Beine sind allemal behaarter, als deine jemals waren!«

»Na, das sollen sie auch! Du bist ja schließlich ein Mann!«

Er schien etwas entgegnen zu wollen, schüttelte aber nur seufzend den Kopf und brummte irgend etwas Gälisches.

Dann ließ er sich in seinen Sessel fallen und beobachtete mich aus zusammengekniffenen Augen, während er weiterhin vor sich hin murmelte. Ich beschloß, ihm und mir eine Übersetzung zu ersparen.

»Weißt du, es hätte noch schlimmer kommen können«, meinte ich, während ich einen Oberschenkel abrieb. »Louise hat sich am *gesamten* Körper enthaaren lassen.«

Meine Worte ließen ihn zumindest vorübergehend zur englischen Sprache zurückfinden.

»Was, sie hat sich die Haare um ihren Honigtopf weggemacht?« In seinem Entsetzen ließ er sich sogar zu einer charakteristischen Vulgarität hinreißen.

»Ja«, erwiderte ich und war froh, daß ihn dieser Gedanke von meiner eigenen Haarlosigkeit ablenkte. »Jedes einzelne Härchen. Madame Laserre hat sie teilweise einzeln ausgezupft.«

»Heilige Maria!« Er schloß die Augen bei diesem Gedanken, entweder um ihn zu verdrängen oder ihn sich auszumalen.

Offenbar letzteres. Denn als er die Augen wieder aufschlug, starrte er mich durchdringend an. »Dann läuft sie jetzt also wie ein kleines Mädel herum?«

»Sie sagt, die Männer finden das erotisch«, antwortete ich delikat.

Jamies Verwirrung war nun vollkommen.

»Hör doch mit diesem gälischen Gebrabbel auf«, ermahnte ich ihn, als ich den Waschlappen zum Trocknen über eine Stuhllehne hängte. »Ich verstehe kein Wort.«

»Das ist vielleicht auch ganz gut so«, bekannte er.

12

L'Hôpital des Anges

»Na schön«, meinte Jamie beim Frühstück und richtete drohend seinen Löffel auf mich. »Dann geh meinetwegen. Aber du nimmst Murtagh zum Geleit mit, und einen Lakaien; die Gegend um die Kathedrale ist ziemlich ärmlich.«

»Geleit?« Kerzengerade saß ich da und schob die Schüssel Haferbrei weg, die ich lustlos beäugt hatte. »Jamie! Heißt das, es macht dir nichts aus, daß ich das Hôpital des Anges besuche?«

»Ob es genau das heißt, weiß ich nicht«, antwortete er, während er geschäftig seinen Haferbrei in sich hineinlöffelte. »Aber wahrscheinlich würde es mir mehr ausmachen, wenn du nicht hingehen würdest. Und wenn du im Hôpital arbeitest, gibst du dich zumindest nicht ständig mit Louise de Rohan ab. Ich fürchte, es gibt Schlimmeres als den Umgang mit Bettlern und Verbrechern«, sagte er düster. »Jedenfalls rechne ich nicht damit, daß du mit ausgezupften Schamhaaren aus dem Spital heimkommst.«

»Ich werde es zu vermeiden versuchen«, versicherte ich ihm.

Ich hatte eine Menge guter Oberschwestern kennengelernt; für die Besten unter ihnen war die Arbeit zu einer echten Berufung geworden. Bei Mutter Hildegarde war dieser Vorgang genau umgekehrt verlaufen, und zwar mit beeindruckendem Ergebnis.

Für eine Institution wie das Hôpital des Anges war Hildegarde de Gascogne die beste Lehrerin, die man sich denken konnte. Gehüllt in ein langes, schwarzes Wollgewand, wachte die fast einsachtzig große, hagere Frau über ihre Pflegerinnen wie eine finstere Vogelscheuche über ein Kürbisfeld. Ihre imposante Erscheinung ließ Pförtner, Patienten, Schwestern, Pfleger, Novizinnen, Besucher und Apotheker durcheinanderschwirren, um sich nach Hildegardes Gutdünken zu ordentlichen Grüppchen zusammenzufinden.

Bei dieser Größe und einem Gesicht von solcher Häßlichkeit, daß es auf groteske Weise schon wieder schön wirkte, war es nicht verwunderlich, daß sie sich dem religiösen Leben verschrieben hatte – Christus war wohl der einzige Mann, der sie je erwählen würde.

Ihre tiefe, volltönende Stimme mit dem nasalen Gascogner Akzent hallte durch die Spitalflure wie das Echo der Kirchenglocken von nebenan. Ich konnte sie schon hören, bevor ich sie sah; die kräftige Stimme nahm an Lautstärke zu, als sie auf das Schreibzimmer zustrebte, wo sechs Hofdamen und ich uns hinter Herrn Gerstmann zusammenscharten wie Inselbewohner, die hinter einem dürftigen Schutzwall vor einem hereinbrechenden Wirbelsturm Zuflucht suchten.

Mit wehenden Fledermausärmeln erschien sie in der schmalen Tür, dann stürzte sie sich mit einem entzückten Aufschrei auf Herrn Gerstmann und drückte ihm schmatzende Küsse auf beide Wangen.

»*Mon cher ami*! Welch unverhofftes Vergnügen – und deshalb um so erfreulicher. Was führt Sie zu mir?«

Während Herr Gerstmann unsere Mission erläuterte, bedachte sie uns andere mit einem breiten Lächeln. Doch auch einem schlechteren Beobachter als mir wäre aufgefallen, daß ihr Lächeln zusehends verkrampfter wirkte.

»Wir wissen Ihre hochherzige Gesinnung und Ihren Edelmut zu schätzen, *mesdames*.« Die tiefe, glockenartige Stimme fuhr mit ihrer schönen Dankesrede fort. Unterdessen blickte sie mit ihren klugen, tiefliegenden Augen von einer zur anderen und überlegte, wie sie die Störenfriede möglichst rasch loswerden konnte – allerdings erst, nachdem sie die frommen Damen zu einer Geldspende zum Wohle ihres Seelenheils animiert hatte.

Als sie ihre Entscheidung getroffen hatte, klatschte sie kurz in die Hände. Wie ein Schachtelteufelchen tauchte eine kleine Nonne an der Tür auf.

»Schwester Angelique, seien Sie so gut und bringen Sie die Damen zur Hausapotheke«, befahl Mutter Hildegarde. »Geben Sie ihnen passende Kleidung, dann führen Sie sie durch die Krankensäle. Sie können bei der Essensausgabe helfen – wenn sie es wünschen.« Wie ein leichtes Zucken um ihre dünnen Lippen verriet, ging sie davon aus, daß die frommen Absichten der Damen den Rundgang durch die Krankensäle nicht überleben würden.

Mutter Hildegarde war eine gute Menschenkennerin. Drei der Damen verabschiedeten sich bereits nach dem ersten Saal; unter dem Eindruck von Skrofulose, Krätze, Ekzemen, Ausfluß und stinkender Pyämie gelangten sie zu der Überzeugung, daß ihrer mildtätigen Gesinnung mit einer finanziellen Zuwendung an das Spital vollauf Genüge getan wäre. Fluchtartig kehrten sie in die Apotheke zurück und entledigten sich der groben Sackleinengewänder, mit denen man uns ausgestattet hatte.

Mitten im nächsten Saal führte ein großer, schlaksiger Mann in einem dunklen Gehrock eine Beinamputation durch – was besonderes Geschick erforderte, da der Patient offensichtlich nicht betäubt war. Zwei stämmige Pfleger hielten ihn fest, und auf seiner Brust saß eine kräftige Nonne.

Eine der Damen hinter mir gab einen würgenden Laut von sich; als ich mich umdrehte, sah ich nur noch die wallenden Gewänder zweier Möchtegern-Samariterinnen, die sich gleichzeitig durch die enge Tür in den Flur zu zwängen versuchten. Nach einem verzweifelten Zerren kamen sie endlich frei und flohen Hals über Kopf in Richtung Apotheke und Freiheit. Dabei rannten sie beinahe einen Pfleger um, der ein Tablett mit Leintüchern und Operationsinstrumenten trug.

Amüsiert bemerkte ich, daß Mary Hawkins noch immer neben mir stand. Ihr Gesicht war etwas weißer als die Operationstücher – die, um ehrlich zu sein, eher schäbig grau waren. Aber immerhin war sie noch da.

»*Vite! Dépêchez-vous!*« rief der Wundarzt gebieterisch und meinte damit wohl den gestrauchelten Pfleger, der hastig sein Tablett aufnahm und im Laufschritt zu dem großen, dunklen Arzt eilte. Dieser wartete mit der Knochensäge in der Hand, um mit der Abtrennung eines bloßliegenden Oberschenkelknochens zu beginnen. Als der Pfleger eine zweite Aderpresse angelegt hatte und die Säge mit einem unbeschreiblich gräßlichen Geräusch in den Knochen fuhr, erbarmte ich mich meiner Begleiterin. Ich nahm Mary Hawkins' zitternden Arm und drehte sie weg. Ihre pfingstrosenfarbenen Lippen waren bleich wie eine erfrorene Blume.

»Möchten Sie gehen?« fragte ich höflich. »Mutter Hildegarde ruft Ihnen bestimmt eine Kutsche.« Nach einem flüchtigen Blick auf den dunklen, menschenleeren Flur fügte ich hinzu: »Ich fürchte, die Comtesse und Madame Lambert sind bereits fort.«

Mary schluckte hörbar, reckte jedoch entschlossen das Kinn vor. »N-nein«, sagte sie. »Wenn Sie bleiben, bleibe ich auch.«

Ich wollte auf jeden Fall bleiben. Meine Neugier und das Interesse an den Behandlungsmethoden im Hôpital des Anges waren stärker als mein Mitgefühl für Mary.

Schwester Angelique, die schon weitergegangen war, ohne unsere Abwesenheit zu bemerken, kam zurück. Mit einem schwachen Lächeln auf den Lippen wartete sie geduldig, als rechnete sie damit, daß auch wir davonlaufen würden. Ich beugte mich über eine Pritsche in der Ecke, wo eine sehr magere Frau unter einer dünnen Decke lag und mit trübem, mattem Blick an die Decke starrte. Es war weniger die Frau, die mein Interesse geweckt hatte, als das merkwürdig geformte Glasgefäß neben ihr auf dem Boden.

Das Gefäß war randvoll mit Urin. Das überraschte mich ein wenig. Was konnte man schon ohne chemische Untersuchungen oder zumindest Lackmuspapier mit einer Urinprobe anfangen? Doch als ich überlegte, auf welche Krankheiten man Urin untersuchte, kam mir eine Idee.

Ungeachtet Schwester Angeliques Protestes, nahm ich behutsam das Gefäß und roch daran. Unverkennbar: Überlagert von dem sauren Ammoniak hatte die Flüssigkeit einen unangenehm süßlichen Geruch – so ähnlich wie gesäuerter Honig. Ich zögerte, doch es gab nur eine Methode, um sicherzugehen. Mit leichtem Ekel steckte ich die Fingerspitze in das Glas und leckte vorsichtig daran.

Mary starrte mich mit hervorquellenden Augen an und würgte, doch Schwester Angelique beobachtete mich interessiert. Ich befühlte die Stirn der Frau – kein Fieber, das die Auszehrung erklären könnte.

»Sind Sie sehr durstig, Madame?« fragte ich die Patientin. Allerdings kannte ich die Antwort schon, als ich die leere Karaffe neben ihrem Bett sah.

»Ja, ständig«, antwortete sie. »Und ich habe auch immer Hunger. Aber soviel ich auch esse, ich bekomme kein Fleisch auf die Rippen.« Sie hob einen spindeldürren Arm hoch, dann ließ sie ihn fallen, als hätte sie sich überanstrengt.

Ich tätschelte ihre knochige Hand und murmelte ein paar Abschiedsworte. Die Freude über meine richtige Diagnose wurde erheblich gedämpft durch den Umstand, daß es in dieser Zeit keine Heilung für Diabetes mellitus gab; die Frau war todgeweiht.

Bekümmert erhob ich mich und folgte Schwester Angelique, die ihren raschen Schritt verlangsamte, um neben mir zu gehen.

»Können Sie denn feststellen, was ihr fehlt, Madame?« fragte die Nonne neugierig. »Allein am Urin?«

»Nicht nur daran«, erwiderte ich. »Aber ich weiß, was sie hat. Sie ist...« Verdammt. Wie hätte man das in dieser Zeit genannt? »Sie ist... zuckerkrank. Sie kann die Nahrung, die sie zu sich nimmt, nicht verwerten, und trinkt ungeheuer viel. Folglich scheidet sie auch große Mengen Urin aus.«

Schwester Angelique nickte, und auf ihrem rundlichen Gesicht lag ein Ausdruck gespannter Neugierde.

»Und meinen Sie, daß sie wieder gesund wird, Madame?«

»Nein«, antwortete ich ohne Umschweife. »Die Krankheit ist schon ziemlich weit fortgeschritten; sie wird den Monat wohl nicht überleben.«

»Ah.« Sie musterte mich mit respektvoll hochgezogenen Augenbrauen. »Dasselbe hat auch Monsieur Parnelle gesagt.«

»Und was ist das für einer?« fragte ich schnoddrig.

Verblüfft runzelte die dickliche Nonne die Stirn. »Nun, ich glaube, beruflich stellt er Bruchbänder her und ist Juwelier. Aber hier bei uns arbeitet er als Harnbeschauer.«

Jetzt war ich selbst verblüfft. »Ein Harnbeschauer?« fragte ich ungläubig. »So etwas gibt es wirklich?«

»*Oui*, Madame. Und er hat über die arme magere Dame dasselbe wie Sie gesagt. Ich habe noch nie eine Frau kennengelernt, die in der Wissenschaft der Harnuntersuchung bewandert ist.«

Schwester Angelique starrte mich mit unverhohlener Bewunderung an.

»Tja, Schwester, es gibt mehr Ding' im Himmel und auf Erden, als eure Schulweisheit sich träumt«, meinte ich gnädig. Doch als sie mit ernster Miene nickte, schämte ich mich meiner Spöttelei.

»Da haben Sie recht, Madame. Wollen Sie sich vielleicht den Herrn im hinteren Bett ansehen? Wir vermuten, daß er leberkrank ist.«

So wanderten wir von einem Bett zum anderen, bis wir den Rundgang durch den riesigen Saal hinter uns gebracht hatten. Ich sah Krankheiten, die ich nur aus medizinischen Handbüchern kannte, und traumatische Verletzungen aller Art, von Kopfwunden, die von einer Wirtshausschlägerei herrührten, bis zu einem

Fuhrmann, dem ein rollendes Weinfaß den Brustkorb eingedrückt hatte.

An manchen Betten verweilte ich und befragte diejenigen Patienten, die zu einer Antwort fähig schienen. Ich hörte, wie Mary hinter mir durch den Mund atmete, vergewisserte mich aber nicht, ob sie sich tatsächlich die Nase zuhielt.

Am Ende des Rundgangs sah mich Schwester Angelique mit einem ironischen Lächeln an.

»Nun, Madame? Wollen Sie immer noch dem Herrn dienen, indem Sie seinen bedauernswerten Geschöpfen helfen?«

Ich krempelte bereits die Ärmel hoch.

»Bringen Sie mir eine Schüssel heißes Wasser, Schwester«, antwortete ich, »und Seife.«

»Wie war's, Sassenach?« fragte Jamie, als er mich auf der Chaiselongue liegend vorfand.

»Entsetzlich!« erwiderte ich mit einem strahlenden Lächeln.

Er zog eine Augenbraue hoch, dann lächelte er zu mir herab.

»Dann hat es dir also Spaß gemacht, ja?«

»Ach, Jamie, es ist so wunderbar, endlich wieder zu etwas nütze zu sein! Ich habe Böden gewischt, Patienten mit Haferschleim gefüttert, und als Schwester Angelique nicht hersah, konnte ich ein paar Leuten frische Sachen anziehen und ein Geschwür öffnen.«

»Schön«, meinte er. »Hast du inmitten all dieses Vergnügens wenigstens daran gedacht, etwas zu essen?«

»Äh... nein, habe ich nicht«, gestand ich. »Andererseits habe ich aber auch meine Übelkeit vergessen.« Wie zur Erinnerung an mein Versäumnis begann sich mein Magen plötzlich zusammenzukrampfen. Ich preßte die Hand unter den Brustkorb. »Vielleicht sollte ich einen Happen zu mir nehmen.«

»Ja, das solltest du vielleicht«, pflichtete er mir etwas vorwurfsvoll bei und griff nach der Glocke.

Unter seinem gestrengen Blick vertilgte ich brav Fleischpasteten und Käse, während ich überschwenglich und in allen Einzelheiten das Hôpital des Anges und seine Patienten schilderte.

»In manchen Krankensälen geht es sehr eng zu – zwei, drei Leute in einem Bett, es ist schrecklich, aber... willst du nichts davon?« unterbrach ich mich. »Es ist sehr gut.«

Er betrachtete das Kuchenstück, das ich ihm hinhielt.

»Doch, wenn du warten kannst, bis der Bissen im Magen angekommen ist, bevor du wieder von brandigen Zehennägeln erzählst...«

Erst jetzt bemerkte ich seine leichte Blässe und die zusammengekniffenen Nasenflügel. Ich schenkte ihm einen Becher Wein ein, ehe ich mich wieder meinem Teller widmete.

»Und wie war dein Tag, Schatz?« erkundigte ich mich höflich.

Das Hôpital des Anges wurde ein Zufluchtsort für mich. Die offene, ungekünstelte Art der Nonnen und Patienten stand in einem erfrischenden Gegensatz zu der ständig brodelnden Gerüchteküche der Höflinge. Außerdem war ich überzeugt, daß sich mein Gesicht in kürzester Zeit in eine hohle, affektierte Maske verwandeln würde, wenn ich nicht wenigstens im Spital Gelegenheit gehabt hätte, normal und unverkrampft dreinzuschauen.

Da ich sachverständig wirkte und nichts verlangte außer etwas Verbandsstoff und Leintücher, wurde ich von den Nonnen bald akzeptiert. Und auch von den Patienten, nachdem sie ihren ersten Schrecken über meinen Akzent und meinen Namen überwunden hatten. Gesellschaftliche Vorurteile sind nicht zu unterschätzen, werden aber rasch abgelegt, wenn ein dringender Bedarf an Fachkräften herrscht.

Die geschäftige Mutter Hildegarde ließ sich etwas mehr Zeit, bis sie sich ein Bild von mir gemacht hatte. Anfangs redete sie gar nicht mit mir, abgesehen von einem »*Bonjour*, Madame« im Vorübergehen. Doch ich spürte oft, wie sich ihr stechender Blick in meinen Rücken bohrte, wenn ich mich beispielsweise über einen Mann mit Gürtelrose beugte oder einem Kind, das bei einem der zahlreichen Hausbrände in den ärmeren Stadtvierteln Verbrennungen erlitten hatte, Aloesalbe auf die Blasen auftrug.

Mutter Hildegarde schien zwar nie in Eile zu sein, legte aber jeden Tag eine beachtliche Strecke zurück. Mit Schritten von beinahe einem Meter Länge bewegte sie sich über die glatten grauen Fliesen der Krankensäle, gefolgt von ihrem kleinen weißen Hund Bouton, der bei diesem Tempo kaum mithalten konnte.

Mit den flauschigen Schoßhündchen, die bei den Hofdamen so beliebt waren, hatte Bouton nichts gemein. Er erinnerte entfernt an eine Mischung aus einem Pudel und einem Dackel, hatte rauhes, krauses Fell und kurze, krumme Beine. Seine Pfoten mit den schwarzen Nägeln klickten auf dem Steinboden, wenn er hinter Mutter Hildegarde hertrottete und mit seiner spitzen Schnauze beinahe die Enden ihres langen schwarzen Habits berührte.

»Ist das ein *Hund*?« hatte ich erstaunt einen Pfleger gefragt, als ich Bouton das erstemal sah.

Der Mann, der gerade den Boden wischte, hielt inne und sah dem Ringelschwanz hinterher, der soeben in einem Krankensaal verschwand.

»Nun«, meinte er zweifelnd, »wenn Mutter Hildegarde sagt, es ist ein Hund, möchte ich nichts Gegenteiliges behaupten.«

Als ich mich mit den Nonnen, Pflegern und Ärzten des Spitals etwas angefreundet hatte, bekam ich eine Vielzahl anderer Meinungen über Bouton zu hören, die von Toleranz bis zu Aberglauben reichten. Niemand wußte genau, wie Mutter Hildegarde zu dem Tier gekommen war. Es gehörte schon seit einigen Jahren zum festen Personal des Spitals und stand in der Hierarchie deutlich über den Krankenschwestern und auf gleicher Stufe wie die meisten Ärzte und Apotheker – zumindest nach Mutter Hildegardes Ansicht, die ausschlaggebend war.

Manche Ärzte reagierten auf Bouton mit mißtrauischer Abneigung, andere mit jovialer Freundlichkeit. Ein Wundarzt pflegte ihn als »widerliche Ratte« zu bezeichnen, sobald Mutter Hildegard außer Hörweite war. Ein anderer nannte ihn einen »stinkenden Hasen«, und ein kleiner, rundlicher Bruchbandhersteller begrüßte ihn ganz unverhohlen als »Monsieur Spüllappen«. Für die Nonnen war er so etwas wie ein Maskottchen. Der Priester von der Kathedrale nebenan, der den Patienten die Sakramente erteilte und von Bouton einmal gebissen worden war, vertraute mir an, das Tier sei ein Dämon in Hundegestalt.

Obwohl das Urteil des Priesters wenig schmeichelhaft war, schien es mir doch der Wahrheit am nächsten zu kommen. Denn nachdem ich die beiden ein paar Wochen lang beobachtet hatte, gelangte ich zu der Überzeugung, daß Bouton tatsächlich Mutter Hildegardes Hausgeist war.

Sie redete oft mit ihm, und zwar nicht in der Art und Weise, wie man gewöhnlich mit Hunden spricht, sondern als würde sie eine wichtige Angelegenheit mit einer ebenbürtigen Person besprechen. Wenn sie an diesem oder jenem Bett verweilte, sprang Bouton oft auf die Matratze und beschnüffelte den erstaunten Patienten. Dann setzte er sich – meist auf die Beine des Kranken –, bellte einmal und wedelte mit dem Schwanz. Dabei sah er Mutter Hildegarde auffordernd an, als wollte er ihre Meinung zu seiner Diagnose hören – die sie ihm auch prompt sagte.

Obwohl ich begierig war, das ungleiche Paar einmal aus nächster Nähe bei der Arbeit zu beobachten, ergab sich erst an einem düsteren, verregneten Vormittag im März die Gelegenheit dazu. Ich stand am Bett eines Fuhrmanns mittleren Alters und unterhielt mich beiläufig mit ihm, während ich mir den Kopf zerbrach, was mit ihm nicht stimmte.

Man hatte ihn vorige Woche hergebracht. Er war mit dem Unterschenkel in die Speichen seines Wagens geraten, als er abstieg, bevor das Fahrzeug zum Stillstand gekommen war. Der Bruch war kompliziert, aber nicht bedenklich. Ich hatte den Knochen eingerichtet, und die Wunde schien schön zu verheilen. Das Gewebe hatte eine gesunde rosa Färbung und eine gute Granulation; es roch nicht unangenehm, wies keine verräterischen roten Streifen auf und war nicht sonderlich empfindlich. Es war mir ein Rätsel, warum dieser Mann immer noch vor Fieber glühte und einen dunklen, übelriechenden Urin ausschied, der auf eine verschleppte Infektion hinwies.

»*Bonjour*, Madame«, hörte ich hinter mir eine tiefe, kräftige Stimme und blickte zu Mutter Hildegarde hoch. Im selben Moment sprang Bouton mit einem Plumps auf die Matratze, so daß der Patient aufstöhnte.

»Was meinen Sie?« sagte Mutter Hildegarde. Ich erläuterte ihr meine Beobachtungen.

»Also gibt es wohl einen zweiten Infektionsherd«, schloß ich. »Aber ich finde ihn nicht. Ich frage mich, ob er vielleicht eine innere Entzündung hat, die nichts mit dem verletzten Bein zu tun hat. Vielleicht eine Blinddarmreizung oder eine Blasenentzündung, aber ich kann auch keine erhöhte Druckempfindlichkeit des Unterleibs feststellen.«

Mutter Hildegarde nickte. »Das wäre jedenfalls möglich. Bouton!« Der Hund schaute mit schräggelegtem Kopf zu seinem Frauchen auf, das eine Kinnbewegung in Richtung Patient machte. »*A la bouche*, Bouton«, befahl sie. Trippelnd näherte sich der Hund dem Gesicht des Mannes und stupste es mit seiner schwarzen Knopfnase – der er vermutlich seinen Namen verdankte – an. Der Mann riß entsetzt die fiebrigen Augen auf, doch die dräuende Gestalt von Mutter Hildegarde verbot jede Widerrede.

»Mund auf!« ordnete die befehlsgewohnte Stimme an, und der Mann gehorchte, wenngleich seine Lippen angesichts der unangenehmen Nähe des Hundes zitterten. Offenkundig stand ihm der Sinn nicht nach Hundeküssen.

»Nein.« Mutter Hildegarde beobachtete Bouton nachdenklich. »Das ist es nicht. Schau woanders, Bouton, aber vorsichtig. Denk daran, der Mann hat ein gebrochenes Bein.«

Als hätte der Hund tatsächlich jedes Wort verstanden, begann er neugierig an dem Patienten herumzuschnüffeln, steckte die Nase in die Achselhöhlen, dann stellte er sich auf die Brust und forschte dort weiter, ehe er sich der Leistenbeuge zuwandte. Als er zu dem verletzten Bein gelangte, stieg er vorsichtig darüber hinweg und schnupperte an der verbundenen Stelle.

Schließlich kehrte er zur Leistengegend zurück – na klar, dachte ich ungeduldig, er ist schließlich ein Hund – und stupste mit der Nase an den Oberschenkelansatz. Nach einem kurzen Bellen setzte er sich und wedelte triumphierend mit dem Schwanz.

»Das ist es«, sagte Mutter Hildegarde und deutete auf einen kleinen braunen Schorf knapp unterhalb der Leistenbeuge.

»Aber das ist doch schon fast verheilt«, wandte ich ein. »Es ist nicht entzündet.«

»Nein?« Die große Nonne legte eine Hand auf die Stelle und drückte kräftig darauf – der Fuhrmann brüllte wie am Spieß.

»Aha«, meinte sie zufrieden, als sie die tiefen Abdrücke ihrer Finger betrachtete. »Ein Fäulnisherd.«

Tatsächlich. Der Schorf hatte sich an einer Stelle gelöst, und darunter trat dicker, gelber Eiter hervor. Eine nähere Untersuchung – bei der Mutter Hildegarde den Mann festhalten mußte – löste das Rätsel. Als das Wagenrad zerbrochen war, hatte sich ein langer Holzsplitter tief in den Oberschenkel des Mannes gebohrt. Die Eintrittswunde sah so harmlos aus, daß niemand den Splitter bemerkt hatte, auch nicht der Patient, dem ohnehin das ganze Bein wehtat. Während die Wunde oberflächlich verheilt war, hatte sich in dem Muskelgewebe darunter ein Eiterherd gebildet, der äußerlich nicht zu erkennen war – zumindest nicht mit menschlichen Sinnen.

Nachdem ich die Eintrittsstelle etwas aufgeschnitten hatte, förderte ich mit einer langen Pinzette einen acht Zentimeter langen, von Blut und Eiter überzogenen Holzsplitter zutage.

»Nicht schlecht, Bouton.« Ich nickte ihm respektvoll zu. Er hechelte glücklich und schnupperte in meine Richtung.

»Ja, sie ist recht gut«, sagte Mutter Hildegarde, und da Bouton ein Männchen war, bestand kein Zweifel, wen sie meinte. Bouton leckte meine Finger zum Zeichen kollegialer Anerkennung. Ich unterdrückte das Bedürfnis, mir die Hand an meinem Gewand abzuwischen.

»Erstaunlich«, sagte ich und meinte es auch so.

»Ja«, erwiderte Mutter Hildegarde beiläufig, aber mit unüberhörbarem Stolz. »Er ist auch sehr gut beim Aufspüren von Geschwülsten unter der Haut. Zwar weiß ich oft nicht, was er am Atem oder am Geruch des Urins feststellt, aber er hat eine unmißverständliche Art zu bellen, wenn eine Verdauungstörung vorliegt.«

Unter den gegebenen Umständen sah ich keinen Grund, dies in Zweifel zu ziehen. Ich verbeugte mich vor Bouton, dann griff ich zu einem Fläschchen pulverisierten Johanniskrauts, mit dem ich die Entzündung behandelte.

»Ich freue mich über deine Hilfe, Bouton. Du kannst jederzeit wieder mit mir zusammenarbeiten.«

»Das ist sehr vernünftig von Ihnen«, Mutter Hildegarde lächelte und entblößte ihre kräftigen Zähne. »Viele der Ärzte und *chirurgiens*, die hier arbeiten, sind weniger geneigt, sich seine Fähigkeiten zunutze zu machen.«

»Äh, ja...« Ich wollte niemanden in Verruf bringen, doch mein flüchtiger Blick zu Monsieur Voleru am anderen Ende des Saales war vielsagend.

Mutter Hildegarde lachte. »Nun, wir nehmen, wen Gott uns schickt, obwohl ich mich manchmal frage, ob er sie nicht nur deswegen zu uns schickt, damit sie anderswo kein Unheil anrichten können. Immerhin sind die meisten unserer Ärzte besser als nichts – wenn auch nicht viel. Sie jedoch, Madame«, abermals blitzte ihr Pferdegebiß auf, »sind erheblich besser als nichts.«

»Danke.«

»Aber es wundert mich«, fuhr Mutter Hildegarde fort, während sie mir beim Verbinden zusah, »warum ich sie nur bei Patienten mit Verletzungen und Brüchen sehe. Diejenigen, die Ausschlag, Husten oder Fieber haben, meiden Sie, obwohl sich doch üblicherweise *les maîtresses* mehr mit diesen Fällen befassen. Ich glaube, ich habe noch nie einen weiblichen *chirurgien* gesehen.« *Les maîtresses* waren die nicht amtlich zugelassenen Heilerinnen, die meist aus der Provinz stammten und sich auf Kräuterheilkunde, Umschläge und Amulette verstanden. Mit *les maîtresses sage-femmes* bezeichnete man die Hebammen, die gewissermaßen die Elite unter den volkstümlichen Heilkundigen darstellten. Manche rangierten im Ansehen höher als die zugelassenen praktischen Ärzte und waren besonders bei Patienten der unteren Gesellschaftsschichten gefragt, denn sie galten nicht nur als fähiger, sondern waren auch wesentlich billiger.

Es erstaunte mich nicht, daß Mutter Hildegarde meine Neigung bemerkt hatte. Ich hatte schon lange erkannt, daß ihr kaum etwas entging, was in ihrem Spital passierte.

»Es liegt nicht an mangelndem Interesse«, versicherte ich ihr. »Ich bin schwanger. Deshalb halte ich mich von ansteckenden Krankheiten fern, um des Kindes willen. Knochenbrüche sind nun mal nicht ansteckend.«

»Manchmal bin ich mir da nicht so sicher«, meinte Mutter Hildegarde mit Blick auf eine Bahre, die gerade hereingetragen wurde. »Diese Woche scheinen sie eine richtige Seuche zu sein. Nein, gehen Sie nicht hin«, hielt sie mich zurück. »Schwester Cecile wird sich darum kümmern. Wenn nötig, wird sie Sie rufen.«

Die kleinen grauen Augen der Nonne taxierten mich neugierig.

»Dann sind Sie also nicht nur eine Dame, sondern auch schwanger, und Ihr Mann läßt Sie trotzdem hierherkommen? Er muß ein ganz außergewöhnlicher Mensch sein.«

»Nun, er ist Schotte«, antwortete ich ausweichend, da ich nicht über die Vorbehalte meines Mannes reden wollte.

»So, so, ein Schotte.« Mutter Hildegarde nickte verständnisvoll.

Das Bett wackelte, als Bouton herabsprang und zur Tür trottete.

»Er riecht einen Fremden«, bemerkte Mutter Hildegarde. »Bouton ist nicht nur den Ärzten, sondern auch dem Pförtner behilflich – und erntet dafür genausowenig Dank, fürchte ich.«

Ein nachdrückliches Bellen und eine hohe, erschrockene Stimme hallten durch den Eingangsflur.

»Oje, es ist wieder Vater Balmain! Dieser Dummkopf, kann er denn nicht stillstehen, bis Bouton ihn beschnüffelt hat?« Mutter Hildegarde war schon im Begriff, ihrem vierbeinigen Freund zu

Hilfe zu eilen, dann wandte sie sich noch einmal mit einem aufmunternden Lächeln zur mir um. »Vielleicht schicke ich Ihnen Bouton zur Unterstützung, Madame, während ich Vater Balmain beruhige. Er ist gewiß ein frommer Mensch, aber er weiß die Arbeit eines Künstlers nicht zu schätzen.«

Mit langen, gemessenen Schritten begab sie sich zur Pforte, und nachdem ich noch ein paar Worte mit dem Fuhrmann gewechselt hatte, wandte ich mich Schwester Cecile und ihrem neuesten Fall zu.

Als ich nach Hause kam, lag Jamie auf dem Wohnzimmerteppich, und neben ihm saß ein kleiner Junge im Schneidersitz. Jamie hatte ein Fangbecherspiel in der einen Hand, mit der anderen hielt er sich ein Auge zu.

»Klar kann ich das«, sagte er. »Ist doch kinderleicht. Paß auf.«

Mit dem offenen Auge fixierte er den elfenbeinernen Fangbecher, dann gab er ihm einen Stoß. Der an einer Schnur befestigte Ball sprang heraus und flog in hohem Bogen durch die Luft, ehe er, wie von Radar gelenkt, mit einem »Plopp« wieder im Becher landete.

»Siehst du?« sagte er und nahm die Hand vom Auge. Dann setzte er sich auf und reichte dem Jungen das Spielzeug. »Hier, versuch du es mal.« Er grinste mich an, schob eine Hand unter meinen Rock und tätschelte zur Begrüßung meinen Knöchel.

»Na, vergnügst du dich?« fragte ich.

»Noch nicht«, erwiderte er und zwickte mich leicht durch den Seidenstrumpf hindurch. »Ich habe auf dich gewartet, Sassenach.« Die langen, warmen Finger glitten höher und streichelten spielerisch meine Wade, während ein wasserklares, blaues Augenpaar in aller Unschuld zu mir hochblickte. Ein Schmutzstreifen zog sich über seine eine Gesichtshälfte, und auf seinem Hemd und seinem Kilt waren Dreckspritzer.

»Tatsächlich?« meinte ich und versuchte, ihm mein Bein unauffällig zu entwinden. »Dabei hätte ich gedacht, dein kleiner Spielkamerad genügt dir vollauf.«

Der Junge, der unsere auf englisch geführte Unterhaltung nicht verstand, war völlig in das Fangbecherspiel vertieft, das er mit einem geschlossenen Auge zu meistern versuchte. Nach zwei fehlgeschlagenen Anläufen starrte er das Spielzeug wütend an. Dann schloß er das eine Auge wieder, allerdings nicht ganz: Durch einen kleinen Spalt lugte unter dichten, dunklen Wimpern ein aufmerksames Auge.

Jamie schnalzte mißbilligend mit der Zunge, und hastig kniff der Junge das Auge zu.

»Aber, aber, Fergus, wir wollen doch bitte schön nicht schummeln«, sagte er. Der Knabe kannte zwar die Worte nicht, erfaßte aber offenbar ihren Sinn. Sein betretenes Grinsen enthüllte zwei große, makellos weiße Eichhörnchenzähne.

Jamies Hand übte einen unsichtbaren Druck aus, so daß ich näher zu ihm rücken mußte, wenn ich in meinen hochhackigen Saffianschuhen nicht das Gleichgewicht verlieren wollte.

»Ja«, sagte er, »unser Fergus hier ist ein begabter Kerl und ein lustiger Kumpan für müßige Stunden, wenn ein von seiner Frau vernachlässigter Mann Kurzweil in der lasterhaften Stadt sucht«, seine Finger kraulten meine Kniekehlen, was ein wenig kitzelte, »doch er eignet sich nicht für die Art von Vergnügung, die mir vorschwebt.«

»Fergus?« Während ich das Kribbeln am Bein zu ignorieren versuchte, musterte ich das Kind in den abgetragenen, viel zu großen Kleidern. Es mochte neun oder zehn Jahre alt sein, war klein für sein Alter und feingliedrig wie ein Frettchen. Die Gesichtszüge des Knaben waren typisch französisch, und an der blassen, fahlen Haut und den großen, dunklen Augen erkannte man das Pariser Gassenkind.

»Na ja, eigentlich heißt er Claudel, aber wir sind zu dem Schluß gekommen, daß das nicht sehr männlich klingt, deshalb rufen wir ihn jetzt Fergus. Das ist ein passender Kriegername.« Bei der Erwähnung seines Namens sah uns der Junge mit einem schüchternen Lächeln an.

»Das ist Madame«, erklärte Jamie dem Kind und deutete auf mich. »Du kannst sie Herrin nennen. Ich glaube, ›Broch Tuarach‹ würde er nicht über die Lippen bringen«, wandte er sich an mich, «nicht mal Fraser.«

»Herrin genügt«, erwiderte ich lächelnd und zappelte etwas heftiger mit dem Bein, um Jamies Hand abzuschütteln. »Äh – warum eigentlich, wenn ich fragen darf?«

»Wie – warum? Ach, du meinst Fergus?«

»Du hast es erfaßt.« Ich wußte nicht, wie weit sein Arm noch reichen würde, aber inzwischen war die Hand an meinem Oberschenkel angelangt. »Jamie, nimm sofort deine Hand da weg!«

Doch da hatte er schon mit einer ruckartigen Bewegung das Strumpfband gelöst, so daß der Strumpf bis zum Knöchel hinunterrutschte.

»He!« Ich trat nach ihm, doch er wich lachend aus.

»Scheusal!« fauchte ich und versuchte den Strumpf hochzuziehen, ohne dabei umzufallen. Der Junge warf einen kurzen, desinteressierten Blick in unsere Richtung, dann vertiefte er sich wieder in das Fangballspiel.

»Was den Jungen betrifft«, fuhr Jamie unbekümmert fort, »er steht jetzt in meinen Diensten.«

»Und was soll er tun? Wir haben doch schon einen Küchenjungen, einen Stiefelknecht und einen Stallburschen.«

Jamie nickte. »Das stimmt. Aber wir haben noch keinen Taschendieb. Besser gesagt: wir hatten keinen – bis jetzt.«

Ich atmete tief durch.

»Aha. Vielleicht bin ich ein bißchen begriffsstutzig, aber könntest du mir mal erklären, wozu wir einen Taschendieb brauchen?«

»Zum Briefe stehlen, Sassenach«, erwiderte Jamie gelassen.

»Ach so.« Jetzt ging mir ein Licht auf.

»Aus Seiner Hoheit ist nichts Vernünftiges herauszubekommen; wenn ich bei ihm bin, tut er nichts anderes, als über Louise de La Tour zu seufzen oder mit den Zähnen zu knirschen und zu fluchen, wenn sie sich wieder einmal gestritten haben. Im einen wie im anderen Fall will er sich nur möglichst rasch betrinken. Mar verliert allmählich die Geduld mit ihm, denn er ist entweder hochnäsig oder mürrisch. Und Sheridan hält sich völlig bedeckt.«

Der Graf von Mar war der angesehenste unter den schottischen Jakobiten im Pariser Exil. Der Mann, der nach einer langen, glanzvollen Blütezeit nunmehr in die reiferen Jahre kam, war König James' bedeutendster Mitstreiter bei dem fehlgeschlagenen Aufstand von 1715 gewesen; nach der Niederlage bei Sheriffsmuir war er seinem König ins Exil gefolgt. Als ich den Grafen kennenlernte, mochte ich ihn auf Anhieb: ein älterer, höflicher Mann, aufrecht in seinem Wesen wie auch in seiner Körperhaltung. Nun tat er sein Bestes für den Sohn seines Königs – was ihm anscheinend kaum gedankt wurde. Ich kannte auch Thomas Sheridan, den Hauslehrer Seiner Hoheit; er war ein älterer Herr, der die Korrespondenz

Seiner Hoheit erledigte und dessen ungehaltene und unkultivierte Äußerungen in höfliches Französisch und Englisch übertrug.

Ich setzte mich und zog meinen Strumpf wieder hoch. Anscheinend war Fergus an den Anblick von Frauenbeinen gewöhnt, denn er ignorierte mich völlig und konzentrierte sich auf sein Spielzeug.

»Briefe, Sassenach«, fuhr Jamie fort. »Das ist es, was ich brauche. Briefe aus Rom mit dem Siegel der Stuarts, Briefe aus Frankreich, aus England, aus Spanien. Wir können sie uns entweder im Haus des Prinzen besorgen – Fergus kann mich als Page begleiten – oder vielleicht beim päpstlichen Boten, der sie überbringt. Das wäre sogar noch besser, denn dann wüßten wir im voraus Bescheid.«

»Deshalb sind wir übereingekommen«, erklärte Jamie mit einem Blick auf seinen neuen Diener, »daß Fergus mir in dieser Angelegenheit nach besten Kräften hilft. Dafür hat er Kleider, Kost und Logis frei und erhält von mir dreißig Écus jährlich. Wenn er erwischt wird, versuche ich nach Möglichkeit, ihn freizukaufen. Wenn das nicht geht und er eine Hand oder ein Ohr verliert, komme ich lebenslang für seinen Unterhalt auf, weil er ja dann seinen Beruf nicht mehr ausüben kann. Und wenn er gehängt wird, verspreche ich, ein Jahr lang Messen für ihn lesen zu lassen. Das ist doch anständig, oder?«

Mir lief es eiskalt über den Rücken.

»Herrgott, Jamie«, war alles, was ich herausbringen konnte.

Er schüttelte den Kopf. »Nein, Sassenach. Bete nicht zu Gott, sondern zum heiligen Dismas, dem Schutzpatron der Diebe und Verräter.«

Jamie nahm dem Jungen den Fangbecher weg. Eine ruckartige Drehung des Handgelenks ließ den Elfenbeinball in einer perfekten Parabelform aufsteigen, bevor er erwartungsgemäß in den Becher zurückplumpste.

»Ich verstehe«, meinte ich und beobachtete neugierig unseren frischgebackenen Angestellten, während dieser das Spielzeug entgegennahm und einen neuen Versuch wagte. »Woher hast du ihn?« fragte ich.

»Aus einem Bordell.«

»Ach so, natürlich«, entgegnete ich. »Was für eine Frage.« Mein Blick fiel auf den Schmutz an seinen Kleidern. »Und du hattest selbstverständlich einen ganz ausgezeichneten Grund, dort vorbeizuschauen, nehme ich an?«

»Aye.« Er lehnte sich zurück, schlang die Arme um die Knie und sah grinsend zu, wie ich mein Strumpfband in Ordnung brachte. »Ich dachte, es wäre dir lieber, ich würde ein solches *établissement* aufsuchen, statt mir in einer finsteren Gasse den Schädel einschlagen zu lassen.«

Ich sah, wie der Junge eine Schale mit glasierten Keksen fixierte, die auf einem Tischchen an der Wand stand, und sich die Lippen leckte.

»Ich glaube, dein Schützling ist hungrig«, sagte ich. »Gib ihm doch was zu essen, und dann erzähl mir, was zum Teufel heute nachmittag passiert ist.«

»Nun, ich war unterwegs zum Hafen«, begann er, während er sich erhob, »und gleich hinter der Rue Eglantine spürte ich ein merkwürdiges Prickeln im Nacken.«

Jamie Fraser hatte zwei Jahre in der französischen Armee gedient, war dann mit einer Bande Schotten ohne Clanbindung herumgezogen und war in den Hochmooren und Bergen seines Heimatlandes als Verbrecher gejagt worden. All das hatte seinen sechsten Sinn geschärft.

Er war sich nicht sicher, ob es das Geräusch allzu naher Schritte, ein verräterischer Schatten oder etwas weniger Konkretes war – vielleicht die Witterung eines Unheils, das in der Luft lag. Doch er hatte gelernt, wachsam zu sein, wann immer es unter seinen Nackenhaaren zu prickeln begann.

Und so wandte er sich an der nächsten Ecke unverzüglich nach links statt nach rechts, schlüpfte am Stand eines Schneckenverkäufers vorbei und zwängte sich zwischen Fässern mit heißem Brei und frischen Kürbissen zu einem kleinen Fleischerladen durch.

An die Mauer neben der Tür gepreßt, spähte er vorsichtig an den aufgehängten Schlachtenten vorbei. Keine Sekunde später betraten zwei Männer die Straße und blickten von einer Seite zur anderen.

Es gab bei jedem Arbeiter und Handwerker in Paris untrügliche Zeichen dafür, welchen Beruf er ausübte, und man brauchte keine besonders feine Nase, um den Meersalzgeruch der beiden Männer wahrzunehmen. Der kleine Ohrring bei dem einen war schon verräterisch genug, doch die dunkelroten bis bräunlichen Gesichter ließen keinen Zweifel, daß es sich um Matrosen handelte.

Da Seeleute beengte Schiffsräume und berstend volle Hafentavernen gewohnt waren, gingen sie selten in einer geraden Linie.

Diese beiden schlängelten sich durch die Gasse wie Aale; ihre rastlosen Blicke streiften Bettler, Dienstmädchen, Hausfrauen und Händler – Seewölfe, die nach Beute Ausschau hielten.

»Ich wartete, bis sie weit genug weg waren«, berichtete Jamie, »und wollte gerade in der anderen Richtung davongehen, als ich einen weiteren Mann am Ende der Gasse sah.«

Dieser war unschwer als Spießgeselle der beiden anderen zu erkennen: er hatte ebenso schmierige Locken, ein Fischmesser an der Seite und einen ellenlangen Marlpfriem, der in seinem Gürtel steckte. Reglos stand der kleine, untersetzte Mann zwischen den vorüberdrängenden Menschen in der engen Gasse. Offensichtlich stand er hier Wache, während seine Kameraden sich weiter vorne umsahen.

»So stand ich da und überlegte, was ich tun sollte«, sagte Jamie, während er sich die Nase rieb. »Hier war ich zwar in Sicherheit, aber der Laden hatte keine Hintertür. Sobald ich hinausging, würde ich entdeckt werden.« Versonnen blickte er auf seinen scharlachroten Kilt hinunter. Ein hünenhafter roter Barbar war immer auffällig, auch wenn noch so dichtes Gedränge herrschte.

»Und was hast du dann gemacht?« fragte ich. Fergus war gerade eifrig dabei, sich die Taschen mit Keksen vollzustopfen, und hielt nur inne, um ab und zu einen im Mund verschwinden zu lassen. Jamie folgte meinem Blick.

»Er ist es wohl nicht gewohnt, daß er regelmäßig zu essen bekommt«, meinte er achselzuckend. »Laß ihn nur.«

»Gut«, sagte ich. »Aber erzähl, wie ging es weiter?«

»Ich habe mir eine Wurst gekauft«, erwiderte er prompt.

Eine Dunedin, um genau zu sein – gefüllt mit gewürztem Entenfleisch, Schinken und Wildbret, gekocht und in der Sonne getrocknet. Eine Dunedin-Wurst war einen knappen halben Meter lang und hart wie abgelagertes Eichenholz.

»Ich konnte schlecht mit gezogenem Schwert hinauslaufen«, erläuterte Jamie, »aber ich wollte nicht mit leeren Händen an dem Kerl in der Gasse vorbeigehen.«

Mit der Dunedin in der Hand und einem wachsamen Blick auf die Passanten war Jamie vor die Tür getreten und hatte sich dem Wachposten genähert.

Der Mann schien ihn kaum zu beachten; sein Blick verriet keinerlei böse Absichten. Jamie dachte fast, seine innere Stimme hätte ihn getrogen, doch da bemerkte er ein kurzes Aufflackern im Blick des Mannes. Seinem lebensrettenden Instinkt folgend, sprang Jamie vor, schlug den Kerl zu Boden und landete mit dem Gesicht auf dem dreckigen Straßenpflaster.

Die Leute stoben unter Entsetzensschreien auseinander, und als Jamie aufsprang, sah er das Wurfmesser, das ihn verfehlt hatte und zitternd in den Brettern einer Bude steckte.

»Bis dahin war ich mir nicht völlig sicher, ob sie es tatsächlich auf mich abgesehen hatten, aber jetzt wußte ich Bescheid«, meinte Jamie gelassen.

Die Wurst, die er noch immer umklammerte, hatte sich dann abermals als nützlich erwiesen, als er sie einem Angreifer ins Gesicht schlug.

»Ich glaube, ich habe ihm die Nase gebrochen«, sagte er nachdenklich. »Jedenfalls taumelte er rückwärts, ich schubste ihn zur Seite und rannte die Rue Pelletier hinunter.«

Beim Anblick eines mit wehendem Kilt dahinstürmenden Schotten spritzte die Menge auf der Straße auseinander wie eine Schar aufgescheuchter Gänse. Jamie drehte sich nicht um; an den empörten Rufen der Passanten erkannte er, daß ihm seine Gegner noch immer auf den Fersen waren.

In diesem Stadtviertel patrouillierte die königliche Wache nur selten, und die Menschenmenge auf der Straße bot – abgesehen von dem Hindernis, das sie für die Verfolger darstellte – kaum Schutz. Niemand wollte sich wegen eines Ausländers in eine gewalttätige Auseinandersetzung einmischen.

»Von der Rue Pelletier zweigen keine Gassen ab. Ich brauchte aber zumindest irgendeine Stelle, wo ich das Schwert ziehen konnte und eine Mauer im Rücken hatte«, erklärte Jamie. »Also drückte ich gegen die Türen, an denen ich vorbeikam, bis ich eine fand, die aufging.«

Er stürzte in den düsteren Eingangsflur, vorbei an einem verdutzten Pförtner und stand plötzlich mitten in einem großen, hellerleuchteten und parfümgeschwängerten Raum – im Salon einer gewissen Madame Elise.

»Aha«, meinte ich spröde. »Ich hoffe, du hast dort nicht dein, äh ... Schwert gezogen?«

Jamie sah mich böse an, ließ sich aber nicht zu einer direkten Antwort herab.

»Überleg mal, Sassenach«, erwiderte er kühl, »wie man sich vorkommt, wenn man plötzlich mitten in einem Bordell steht und eine riesige Wurst in der Hand hat.«

Das konnte ich mir allerdings sehr lebhaft vorstellen und brach in schallendes Gelächter aus.

»Himmel, ich hätte dich zu gern gesehen!« verkündete ich.

»Zum Glück hast du das nicht!« entgegnete er hitzig. Seine Wangen glühten.

Ohne auf die Äußerungen der faszinierten Damen einzugehen, hatte Jamie sich verschämt einen Weg durch das – wie er es nannte – »Durcheinander von nackten Armen und Beinen« gebahnt, bis er an einer Wand Fergus erblickte, der den Eindringling mit großen Augen anstarrte.

Jamie stürzte sich auf diesen einzigen Geschlechtsgenossen weit und breit, packte ihn an der Schulter und bat ihn inständig, ihm sofort einen Fluchtweg zu zeigen.

»Ich hörte, wie draußen im Flur ein Tumult losbrach«, erzählte er, »und da wußte ich, daß sie noch hinter mir her waren. Ich wollte nicht einen Kampf auf Leben und Tod ausfechten, wenn mir ein Haufen nackter Frauen im Weg stand.«

»Wirklich eine erschütternde Aussicht.« Ich schürzte die Lippen. »Aber offenbar hat er dich herausgebracht.«

»Aye. Er zögerte keinen Augenblick, der gute Junge. ›Da lang, Monsieur!‹ sagte er. Dann ging's die Treppe hoch, in ein Zimmer und durchs Fenster aufs Dach, und schon waren wir draußen, alle beide.« Jamie warf einen liebevollen Blick auf seinen neuen Angestellten.

»Weißt du«, bemerkte ich, »es gibt durchaus Frauen, die kein Wort von so einer Geschichte glauben würden.«

Jamie sah mich erstaunt an. »Was? Warum denn nicht?«

»Vielleicht«, erwiderte ich, »weil sie nicht mit dir verheiratet sind. Ich bin froh, daß du nicht vom Pfad der Tugend abgewichen bist, aber im Moment würde mich mehr interessieren, wer die Kerle waren, die dich verfolgt haben.«

»Ich hatte währenddessen nicht viel Zeit, darüber nachzudenken«, entgegnete Jamie. »Und auch jetzt weiß ich nicht, wer sie waren und warum sie mich gejagt haben.«

»Vielleicht Räuber?« Die Bareinnahmen aus dem Weinhandel wurden stets in einer Geldkassette und unter strenger Bewachung vom Lagerhaus der Frasers oder der Rue Tremoulins zu Jareds Bank gebracht. Doch Jamie war eine auffällige Gestalt und zweifellos bekannt als wohlhabender ausländischer Kaufmann – wohlhabend zumindest im Vergleich zu den Bewohnern jenes Viertels.

Während er getrocknete Schmutzkrumen von seinem Hemd schnippte, schüttelte er den Kopf.

»Das wäre möglich. Aber sie haben mich gar nicht erst angesprochen; sie wollten mich schlichtweg ermorden.«

Sein Ton war völlig sachlich, doch mir wurden die Knie weich, und ich mußte mich setzen. Mein Mund schien plötzlich wie ausgedörrt.

»Wer... wer würde...?«

Stirnrunzelnd kratzte er etwas Zuckerglasur vom Teller und steckte den Finger in den Mund, dann zuckte er die Achseln.

»Soweit ich weiß, ist der einzige, der mich bedroht hat, der Comte de St. Germain. Aber ich verstehe nicht, was er davon hat, wenn er mich umbringen läßt.«

»Du hast doch gesagt, er sei Jareds Konkurrent.«

»Aye, das schon. Aber der Comte interessiert sich nicht für deutsche Weine. Warum sollte er sich die Mühe machen, mich umzubringen? Damit würde er lediglich Jareds neues Unternehmen zum Scheitern bringen, weil Jared dann nach Paris zurückkehren müßte. Das scheint mir doch ein bißchen übertrieben«, meinte er trocken, »selbst bei einem so reizbaren Kerl wie dem Comte.«

»Tja, meinst du...« Bei dem Gedanken bekam ich ein flaues Gefühl im Magen, und erst nach zweimaligem Schlucken konnte ich fortfahren: »Meinst du, es könnte... Rache sein? Für den Verlust der *Patagonia*?«

Jamie schüttelte verwundert den Kopf.

»Das könnte natürlich sein, aber dann hat er sich ziemlich viel Zeit gelassen. Und überhaupt, warum kommt er dann auf mich?« fügte er hinzu. »Er hat sich doch deinetwegen geärgert, Sassenach. Wenn das der Grund wäre, müßte er dich umbringen.«

Das flaue Gefühl wurde noch etwas stärker.

»Mußt du immer so verdammt logisch denken?« keuchte ich.

Als er meinen Gesichtsausdruck sah, lächelte er plötzlich und legte mir tröstend den Arm um die Schulter.

»Nein, *mo duinne*. Der Comte ist zwar ziemlich jähzornig, aber ich glaube nicht, daß er dich oder mich nur aus Rachegelüsten umbringen lassen will – das wäre ihm zuviel Mühe und vor allem zu teuer. Wenn er dadurch sein Schiff zurückbekommen würde, wäre das etwas anderes. Aber so wird er sich denken, daß ihn die Angelegenheit bereits genug Geld gekostet hat und er nicht auch noch drei gedungene Mörder bezahlen will.«

Er klopfte mir auf die Schulter und erhob sich.

»Nein, ich denke, daß sie mich wahrscheinlich doch nur ausrauben wollten. Zerbrich dir nicht den Kopf darüber. Von jetzt an wird Murtagh mich zum Hafen begleiten.«

Er streckte sich und wischte die letzten Schmutzreste von seinem Kilt. »Kann ich mich so an den Eßtisch setzen?« fragte er mit einem kritischen Blick auf seine Kleider. »Jetzt müßte sie bald fertig sein.«

»Wer?«

Als er die Tür öffnete, drang ein herzhaftes Aroma von unten herauf.

»Na, die Wurst natürlich«, antwortete er grinsend. »Denkst du etwa, ich würde sie verkommen lassen?«

13

Täuschungen

»...einen Absud aus drei Handvoll Berberitzenblätter über Nacht ziehen lassen und eine halbe Handvoll schwarze Nieswurz damit aufgießen.« Leicht angeekelt legte ich die Zutatenliste auf den Intarsientisch. »Das habe ich von Madame Rouleaux. Selbst sie als eine der besten Engelmacherinnen hält diese Mixtur für gefährlich. Louise, bist du dir sicher, daß du es willst?«

Auf ihrem rundlichen Gesicht zeichneten sich Flecken ab, und die fleischige Unterlippe zitterte ein wenig.

»Habe ich denn eine andere Wahl?« Sie nahm das Rezept für den Abtreibungstrank und starrte gleichermaßen angewidert wie fasziniert darauf.

»Schwarze Nieswurz.« Sie schauderte. »Wie schrecklich das schon klingt!«

»Ja, es ist wirklich ein ziemlich übles Zeug«, räumte ich ein. »Man fühlt sich, als würden einem die Eingeweide platzen, aber möglicherweise hat man dabei auch einen Abgang. Es klappt nicht immer.« Ich erinnerte mich an Maître Raymonds Warnung – *wenn man zu lange wartet, wird es gefährlich* – und fragte mich, wie weit Louise sein mochte. Wohl höchstens in der sechsten Woche; sie hatte mir den vermutlichen Zeugungszeitpunkt genannt.

Mit rotgeränderten Augen starrte sie mich an.

»Hast du es denn selbst schon ausprobiert?«

»Um Himmels willen, nein!« Von meinem heftigen Ton selbst überrascht, atmete ich tief durch.

»Nein. Aber ich habe Frauen gesehen, die es genommen haben – im Hôpital des Anges.« Die Engelmacherinnen praktizierten meist zurückgezogen bei sich zu Hause oder bei ihren Kundinnen, und es waren nicht die erfolgreich behandelten Frauen, die ins Spital kamen. Unwillkürlich legte ich meine Hand schützend auf meinen

Unterleib. Als Louise diese Geste bemerkte, warf sie sich auf das Sofa und vergrub das Gesicht in den Händen.

»Ach, ich wollte, ich wäre tot!« jammerte sie. »Warum habe ich nicht wie du das Glück, das Kind eines Ehemanns auszutragen, den ich liebe?« Sie preßte die Hände auf ihren gewölbten Bauch und starrte darauf, als erwartete sie, das Kind würde gleich hervorlugen.

Auf diese Frage hätte ich alles mögliche erwidern können, aber ich hatte den Eindruck, daß sie nichts davon hören wollte. Also setzte ich mich neben sie und tätschelte ihre Schulter.

»Louise«, sagte ich, »willst du das Kind?«

Sie hob den Kopf und sah mich verwundert an.

»Natürlich will ich's!« rief sie. »Es ist... es ist Charles' Kind! Es...« Mit kummervoller Miene blickte sie abermals auf ihren Bauch hinunter. »Es ist mein Kind«, flüsterte sie. Nach einer Weile hob sie das tränenüberströmte Gesicht, und in einem kläglichen Versuch, Haltung anzunehmen, wischte sie sich die Nase am weiten Ärmel ihres Damastkleides ab.

»Aber es geht nicht«, sagte sie. »Wenn ich...« Sie schluckte, als ihr Blick auf das Rezept fiel. »Dann läßt Jules sich scheiden... er jagt mich davon! Es gäbe einen entsetzlichen Skandal. Ich würde womöglich exkommuniziert werden! Nicht einmal Vater könnte mich schützen.«

»Ja, aber...«, meinte ich zögerlich. Dann schlug ich jede Vorsicht in den Wind und fragte ohne Umschweife: »Gäbe es irgendeine Möglichkeit, Jules davon zu überzeugen, daß es sein Kind ist?«

Sie schaute mich so ausdruckslos an, daß ich sie am liebsten geschüttelt hätte.

»Ich wüßte nicht, wie... ach so!« dämmerte es ihr endlich, und das Entsetzen stand ihr ins Gesicht geschrieben.

»Du meinst, ich soll mit Jules schlafen? Aber Charles wäre außer sich!«

»Aber Charles ist schließlich nicht schwanger!« erwiderte ich grimmig.

»Na ja, aber er... ich meine... nein, das kann ich nicht!« Doch ihr entsetzter Ausdruck schwand bereits, je mehr sie die Möglichkeit in Erwägung zog.

Ich wollte sie nicht drängen; andererseits sah ich keinen Grund, warum sie ihr Leben aufs Spiel setzen sollte, um Charles Stuarts Stolz zu schonen.

»Glaubst du, Charles würde wollen, daß du dich einer solchen Gefahr aussetzt?« gab ich zu bedenken. »Und überhaupt – weiß er eigentlich von dem Kind?«

Sie nickte nachdenklich. »Ja. Deshalb haben wir letztens auch gestritten.« Sie schniefte. »Er war wütend und sagte, es sei alles meine Schuld, ich hätte warten sollen, bis er den Thron seines Vaters zurückerobert hat. Eines Tages wäre er dann König und würde mich von Jules wegbringen und den Papst veranlassen, meine Ehe zu annullieren. Seine Söhne würden den Thron von England und Schottland erben...« Wieder packte sie die Verzweiflung. Schluchzend stammelte sie wirres Zeug vor sich hin.

Ich wurde ungehalten.

»Ach, sei doch still, Louise!« fuhr ich sie an. Daraufhin hörte sie – zumindest vorübergehend – auf zu heulen, und ich nutzte die Pause, um meine Argumente vorzubringen.

»Schau«, sagte ich so überzeugend wie möglich, »glaubst du etwa, Charles möchte, daß du seinen Sohn opferst, ob ehelich oder nicht?« Tatsächlich vermutete ich, Charles würde jede Entscheidung begrüßen, wenn ihm dadurch Unannehmlichkeiten erspart blieben – ohne Rücksicht auf Louise und seinen eigenen mutmaßlichen Sprößling. Andererseits besaß der Prinz einen ausgeprägten Hang zur Romantik; vielleicht konnte man ihn glauben machen, dies sei nur so etwas wie eine vorübergehende Widrigkeit, die Exilmonarchen häufig widerfuhr. Offensichtlich würde ich Jamies Hilfe benötigen. Ich dachte mit gemischten Gefühlen daran, was er dazu sagen würde.

»Nun...« Louise war wankend geworden und schien unbedingt überzeugt werden zu wollen. Einen kurzen Augenblick lang empfand ich Mitleid mit Jules, dem Prince de Rohan. Doch das Bild einer jungen Dienstmagd, die auf einem blutverschmierten Strohsack im Flur des Hôpitals des Anges einen langen, qualvollen Tod gestorben war, stand mir überdeutlich vor Augen.

Die Sonne ging schon fast unter, als ich mich müde nach Hause schleppte. Louise war, vor Nervosität zitternd, oben in ihrem Zimmer, wo sie sich von ihrer Zofe die Haare frisieren ließ und sich mit ihrem gewagtesten Kleid herausputzte, ehe sie zu einem trauten Abendessen mit ihrem Gemahl hinuntergehen wollte. Ich war völlig erschöpft und hoffte, Jamie hatte niemanden zum Essen eingeladen; ein ruhiger Abend wäre auch mir sehr willkommen.

Jamie war allein. Als ich das Arbeitszimmer betrat, rätselte er über drei oder vier eng beschriebenen Blättern.

»Meinst du, bei dem ›Pelzhändler‹ könnte es sich eher um König Louis handeln oder um seinen Finanzminister Duverney?« fragte er, ohne aufzusehen.

»Gut, danke, und wie geht es *dir*?« erwiderte ich.

»Gut«, sagte er geistesabwesend. Einige widerspenstige Haarbüschel standen ihm vom Kopf ab, als er sich das Haar raufte.

»Der ›Schneider von Vendôme‹ ist bestimmt Monsieur Geyer«, fuhr er fort, »und ›unser gemeinsamer Freund‹ – das könnte entweder der Graf von Mar oder der päpstliche Gesandte sein. Aus dem folgenden würde ich schließen, daß es sich um den Grafen handelt, aber...«

»Was um alles in der Welt ist denn das?« Ich spähte über seine Schulter und erblickte zu meinem Erstaunen die Unterschrift von James Stuart, König von England und Schottland.

»Donnerwetter! Es hat also geklappt!« Ich drehte mich um und entdeckte Fergus, der auf einem Schemel vor dem Kamin hockte und eifrig Gebäck in sich hineinstopfte. »Guter Junge«, sagte ich und lächelte ihm zu. Mit vollen Backen grinste er zurück.

»Den haben wir vom päpstlichen Boten«, erklärte Jamie, der meine Anwesenheit erst jetzt richtig zur Kenntnis nahm. »Fergus hat ihn aus seiner Tasche entwendet, während er in einer Taverne zu Abend aß. Dort wird er auch übernachten, und deshalb müssen wir den Brief vor Tagesanbruch wieder in die Tasche geschmuggelt haben. Meinst du, daß es schwierig wird, Fergus?«

Der Junge schluckte hinunter und schüttelte den Kopf. »Nein, Herr. Er schläft allein im Zimmer, weil er Angst hat, ein Schlafkamerad könnte ihm etwas aus seiner Tasche stehlen.« Dabei verzog er den Mund zu einem spöttischen Grinsen. »Das zweite Fenster von links, über dem Stall.« Er machte eine lässige Handbewegung, dann griff er mit flinken, schmutzigen Fingern nach einem weiteren Stück Kuchen. »Eine Kleinigkeit, Herr.«

Auf einmal sah ich vor mir, wie diese feingliedrige Hand auf einem Holzblock festgehalten wurde, während ein Henkersschwert zum Hieb auf das dünne Handgelenk ausholte. Ich schluckte, um eine plötzliche Übelkeit zu unterdrücken. Fergus trug eine kleine, grünliche Kupfermünze um den Hals – das Bildnis des heiligen Dismas, hoffte ich.

»Nun«, brachte ich nach einem tiefen Atemzug hervor, »was hat es denn mit diesen Pelzhändlern auf sich?«

Wir hatten keine Zeit, uns in Ruhe damit zu befassen. Ich fertigte lediglich eine rasche, saubere Abschrift des Briefes an, dann wurde er sorgsam zusammengefaltet und das Originalsiegel mit einer über der Kerzenflamme erhitzten Messerklinge wiederhergestellt.

Kritisch verfolgte Fergus die Prozedur und schüttelte den Kopf. »Sie sind wirklich begabt, Herr. Wie schade, daß die eine Hand verkrüppelt ist.«

Gleichgültig betrachtete Jamie seine Rechte. Eigentlich sah sie gar nicht so schlimm aus. Zwei Finger waren ein wenig krumm, und über den Mittelfinger zog sich eine breite Narbe. Nur der Ringfinger hatte größeren Schaden genommen; er stand steif ab, denn das zweite Gelenk war völlig zerquetscht worden. Die Hand hatte Jonathan Randall ihm gebrochen, vor knapp vier Monaten im Wentworth-Gefängnis.

»Halb so schlimm«, meinte er lächelnd. »Mit meinen großen Pranken könnte ich sowieso kein Taschendieb werden.« Seine Hand war wieder erstaunlich beweglich geworden, dachte ich. Er trug immer noch den weichen Stoffball, den ich ihm genäht hatte, mit sich herum und drückte ihn unzählige Male am Tag unauffällig zusammen, während er arbeitete. Und falls die zusammengewachsenen Knochen ihm Schmerzen bereiteten, so beklagte er sich nie darüber.

»Dann mach dich auf den Weg«, wies er Fergus an. »Und melde dich bei mir, wenn du zurück bist, damit ich weiß, daß du nicht von der Polizei oder dem Wirt der Taverne erwischt worden bist.«

Diese Bedenken entlockten Fergus lediglich ein verächtliches Naserümpfen, er nickte jedoch und verstaute den Brief sorgfältig in seinem Kittel. Über die Hintertreppe verschwand er in der Nacht, seinem natürlichen Element.

Jamie sah ihm lange nach, dann wandte er sich zu mir um und starrte mich plötzlich entsetzt an.

»Himmel, Sassenach! Du bist ja kreidebleich! Fehlt dir was?«
»Nur etwas zu essen«, antwortete ich.

Sofort klingelte er nach dem Abendessen, das wir dann vor dem Kamin einnahmen, während ich ihm von Louise erzählte. Zu meinem Erstaunen nahm er den Sachverhalt zwar mit einem Stirnrunzeln zur Kenntnis, und seine auf gälisch gemurmelten Bemerkungen über Louise und Charles klangen wenig schmeichelhaft, aber er war mit meiner Lösung des Problems einverstanden.

»Ich dachte, du würdest dich darüber aufregen«, meinte ich, während ich Brot in das saftige *Cassoulet* tunkte. Die warmen, mit Speck gewürzten Bohnen taten gut und beruhigten mich. Draußen pfiff ein kalter Nachtwind, doch vor dem Kaminfeuer hatten wir es warm und behaglich.

»Darüber, daß Louise de La Tour ihrem Mann das Kind eines anderen unterschieben will?« fragte Jamie, während er mit dem Finger die Soßenreste von seinem Teller wischte. »Na ja, ich bin davon nicht gerade begeistert, das kann ich dir sagen, Sassenach. Es ist ein gemeines Spiel, das sie mit ihrem Mann treibt, aber was soll die arme Frau sonst tun?« Auf seinem Gesicht machte sich ein gequältes Lächeln breit.

»Außerdem steht es mir nicht zu, mich moralisch über andere zu erheben. Ich stehle Briefe, spioniere und versuche, den Mann zu behindern, der in den Augen meiner Familie der rechtmäßige König ist. Nein, Sassenach, ich würde nicht wollen, daß mich jemand nach meinen Taten beurteilt.«

»Aber du hast einen guten Grund für deine Taten!« hielt ich ihm entgegen.

Er zuckte mit den Achseln. Im Schein des flackernden Feuers wirkten seine Wangen eingefallener und die Schatten um seine Augen dunkler. Das Licht ließ ihn älter erscheinen, als er war – noch keine vierundzwanzig, wie ich mir immer wieder ins Gedächtnis rufen mußte.

»Aye. Und Louise de La Tour hat auch einen guten Grund. Sie will ein Menschenleben retten, und ich zehntausend. Ist das eine Entschuldigung dafür, daß ich den kleinen Fergus in Gefahr bringe... und Jareds Geschäft... und dich?« Er wandte den Kopf und lächelte mich an. Das Licht spiegelte sich auf seinem langen, geraden Nasenrücken, und im Schein des Feuers funkelten seine Augen wie Saphire.

»Nein, es wird mir keine schlaflosen Nächte bereiten, daß ich anderer Leute Briefe öffne«, sagte er. »Vielleicht steht uns noch viel Schlimmeres bevor, Claire, und ich kann nicht im voraus sagen, wieviel mein Gewissen aushält. Am besten stellt man es nicht allzubald auf die Probe.«

Dagegen ließ sich nichts sagen; er hatte vollkommen recht. Als ich seine Wange streichelte, legte er seine Hand auf die meine, dann drückte er einen sanften Kuß auf meine Handfläche.

»Nun«, meinte er in geschäftsmäßigem Ton, »nachdem wir gegessen haben, könnten wir uns doch jetzt den Brief ansehen, was meinst du?«

Der Brief war offensichtlich verschlüsselt. Für den Fall, daß er abgefangen wurde, erklärte Jamie.

»Wer würde denn die Post Seiner Majestät abfangen wollen?« fragte ich. »Außer uns, meine ich.«

»Beinahe jeder, Sassenach«, erwiderte Jamie, belustigt über meine Naivität. »Die Spione von Louis, von Duverney, von Philipp von Spanien. Die jakobitischen Adligen und solche, die sich als Jakobiten ausgeben würden, wenn der Wind aus der richtigen Richtung weht. Personen, die mit Nachrichten handeln und sich einen Dreck darum scheren, ob Leben oder Tod anderer Menschen davon abhängt. Der Papst höchstpersönlich; der Heilige Stuhl unterstützt die Stuarts im Exil seit fünfzig Jahren – gewiß hat er ein Auge darauf, was sie tun.« Er tippte auf die Abschrift des Briefes, den James an seinen Sohn gesandt hatte.

»Das Siegel auf dem Brief dürfte bereits dreimal aufgebrochen worden sein, bevor ich ihn in die Hand bekommen habe«, meinte er.

»Ich verstehe«, erwiderte ich. »Kein Wunder, daß James seine Briefe verschlüsselt. Meinst du, du kannst herausfinden, worum es geht?«

Jamie nahm stirnrunzelnd die Blätter in die Hand.

»Ich weiß nicht; manches schon, aber manches ist mir auch völlig unklar. Aber ich denke, ich könnte es herausbringen, wenn ich noch ein paar andere Briefe des Königs zu Gesicht bekäme. Vielleicht kann Fergus da noch das eine oder andere für mich tun.« Er faltete die Abschrift zusammen und legte sie sorgsam in eine Schublade, die er verschloß.

»Wir können niemandem trauen, Sassenach«, erklärte er auf meine Verwunderung hin. »Möglicherweise sind sogar unter unseren Dienstboten Spione.« Nachdem er den Schlüssel in seiner Rocktasche verstaut hatte, bot er mir seinen Arm an. »Gehen wir schlafen.«

Ich nahm die Kerze in die eine Hand und hakte mich mit der

anderen bei ihm unter. Das Haus war dunkel, die Dienstboten – außer Fergus – schliefen den Schlaf der Gerechten. Mir war etwas unheimlich zumute bei dem Gedanken, daß der eine oder andere der selig Schlummernden vielleicht nicht der war, als der er sich ausgab.

»Macht es dich nicht ein bißchen unruhig«, fragte ich ihn, als wir die Treppe hinaufgingen, »daß du niemandem trauen kannst?«

Er lachte leise. »Nun, *niemand* würde ich nicht sagen, Sassenach. Ich habe dich – und Murtagh und meine Schwester Jenny und ihren Mann Ian. Euch vieren würde ich mein Leben anvertrauen – was ich auch schon mehr als einmal getan habe.«

Ich fröstelte, als er die Vorhänge des großen Bettes zurückzog. Das Feuer hatte man bereits mit Asche bedeckt, und im Zimmer wurde es kalt.

»Vier Leute, denen man trauen kann, sind nicht gerade viel«, meinte ich, als ich die Bänder meines Kleides löste.

Jamie zog sich das Hemd über den Kopf und warf es auf einen Stuhl. Im schwachen Licht, das durchs Fenster hereindrang, schimmerten die Narben auf seinem Rücken silbern.

»Aye«, entgegnete er sachlich, »aber es sind vier mehr, als Charles Stuart hat.«

Noch lange vor der Morgendämmerung zwitscherte draußen ein Vogel. Es war eine Spottdrossel, die auf irgendeiner Dachrinne in der Nähe saß und ihre Triller übte.

Schlaftrunken rieb Jamie seine Wange an meinem glatten, frisch gewachsten Unterarm, dann hauchte er mir einen Kuß in die Armbeuge, so daß ich wohlig erschauderte.

»Mmh«, murmelte er, während seine Hand über meine Rippen glitt, »ich mag es, wenn du eine Gänsehaut bekommst.«

»So?« erwiderte ich und fuhr mit den Fingernägeln sanft über seinen Rücken, was ihm ebenfalls eine Gänsehaut bescherte.

»Ah.«

»Selber ›ah‹«, sagte ich leise.

»Mmmh.« Genüßlich stöhnend wälzte er sich zur Seite und schlang die Arme um mich. Ich genoß es, seinen nackten Körper zu spüren, seine Wärme, die wie ein über Nacht mit Asche bedecktes Feuer in der kalten Morgendämmerung wieder aufloderte.

Seine Lippen schlossen sich sanft um eine meiner Brustwarzen, und ich stöhnte lustvoll.

»Läßt du mich das später auch machen?« murmelte er unter vorsichtigen Bissen. »Wenn das Kind da ist und deine Brüste voller Milch sind? Stillst du mich dann auch, hier an deiner Brust?«

Meine Finger kraulten das babyweiche, dichte Haar an seinem Nacken.

»Immer«, flüsterte ich.

14

Schmerzhafte Erfahrungen

Fergus erwies sich als außerordentlich geschickt in seinem Handwerk, und beinahe jeden Tag erhielten wir eine neue Auslese aus der Korrespondenz Seiner Hoheit. Manchmal hatte ich Mühe, mit dem Abschreiben fertig zu werden, ehe Fergus zu einem neuen Raubzug aufbrach, bei dem er die entwendeten Briefe zurückbrachte und neue stahl.

Bei einigen handelte es sich um verschlüsselte Nachrichten von König James aus Rom, deren Abschriften Jamie beiseite legte, um sich ihnen in Ruhe zu widmen. Die meisten Briefe Seiner Hoheit erwiesen sich als belanglos: Mitteilungen von Freunden aus Italien, eine ständig wachsende Anzahl von Rechnungen – Charles hatte eine Schwäche für außergewöhnliche Garderobe, elegante Stiefel und Branntwein – und gelegentlich Briefe von Louise de La Tour de Rohan. Diese waren ziemlich leicht zu erkennen; abgesehen von ihrer winzigen, manierierten Handschrift, die aussah, als wäre ein Vögelchen über das Papier getrippelt, trug jeder Brief Louises unverwechselbaren Hyazinthenduft. Jamie weigerte sich nachdrücklich, sie zu lesen.

»Ich lese doch nicht die Liebesbriefe, die der Mann bekommt«, sagte er entschlossen. »Selbst ein Verschwörer hat bei gewissen Dingen Hemmungen!« Dann nieste er und schob die letzte Sendung in Fergus' Tasche zurück, während er ein eher pragmatisches Argument anführte: »Außerdem erzählt dir Louise sowieso alles.«

Das stimmte; Louise und ich waren gute Freundinnen geworden, und sie verbrachte in meinem Salon beinahe ebensoviel Zeit wie in ihrem eigenen. Dabei pflegte sie sich erst händeringend über Charles zu beklagen und vergaß ihn gleich darauf, wenn wir über die Wunder der Schwangerschaft plauderten. Trotz ihrer Flatterhaftigkeit mochte ich sie; aber ich war auch erleichtert, wenn ich mich durch meine nachmittäglichen Besuche im Hôpital des Anges ihrer Gegenwart entziehen konnte.

Auch wenn Louise wohl kaum je einen Fuß über die Schwelle des Spitals setzen würde, war ich dort nicht ohne Gesellschaft. Ungeachtet ihres ersten Eindrucks hatte Mary Hawkins den Mut aufgebracht, mich nochmals dorthin zu begleiten. Und nun kam sie immer häufiger mit. Den direkten Anblick von Wunden konnte sie zwar noch nicht ertragen, machte sich aber beim Füttern der Patienten und beim Bodenschrubben nützlich. Diese Tätigkeiten bildeten anscheinend eine willkommene Abwechslung zu den höfischen Zusammenkünften und zu dem Leben im Haus ihres Onkels.

Während sie häufig von bestimmten Verhaltensweisen, die sie bei Hofe sah, schockiert war – nicht, daß sie tatsächlich viel davon gesehen hätte, aber sie war leicht zu schockieren –, äußerte sie sich über den Vicomte de Marigny nie mit sonderlichem Abscheu oder Entsetzen. Daraus schloß ich, daß ihre niederträchtige Familie die Verhandlungen noch nicht abgeschlossen hatte – und ihr deshalb auch nichts von ihrer bevorstehenden Heirat gesagt hatte.

Meine Vermutung wurde bestätigt, als wir einmal Ende April auf dem Weg zum Spital waren und Mary mir errötend anvertraute, daß sie verliebt sei.

»Ach, wie gut er aussieht!« schwärmte sie und vergaß dabei sogar zu stottern. »Und auch so... ja, so *vergeistigt*.«

»Vergeistigt?« sagte ich. »Hm, ja, schön.« Insgeheim dachte ich, daß ich diese Eigenschaft nicht gerade zu den wichtigsten Attributen eines Traummannes zählen würde. Aber die Geschmäcker sind nun einmal verschieden.

»Und wer ist der auserwählte Herr?« neckte ich sie freundschaftlich. »Jemand, den ich kenne?«

Sie errötete noch mehr. »Nein, das glaube ich nicht.« Dann sah sie mich mit leuchtenden Augen an. »Ach, ich dürfte Ihnen das eigentlich nicht erzählen, aber ich kann nicht anders. Er hat meinem Vater geschrieben, daß er nächste Woche nach Paris zurückkehrt!«

»Tatsächlich?« Das war eine interessante Neuigkeit. »Ich habe gehört, daß der Comte de Palles nächste Woche bei Hofe erwartet wird. Gehört ihr, äh, Zukünftiger zu dessen Gefolge?«

Mary starrte mich entgeistert an.

»Ein Franzose? Aber nein, Claire! Ich würde doch nie einen Franzosen heiraten!«

»Was haben Sie denn gegen die Franzosen?« fragte ich, höchst erstaunt über ihre Heftigkeit. »Sie sprechen doch auch Französisch.« Aber vielleicht lag das Problem gerade darin; Mary sprach zwar ganz gut Französisch, war aber so schüchtern, daß sie in dieser Sprache noch mehr stotterte als im Englischen. Tags zuvor hatte ich ein paar Küchenjungen beobachtet, die sich ein grausames Vergnügen daraus machten, »*la petite Anglaise maladroite*« nachzuäffen.

»Kennen Sie die Franzosen denn nicht?« flüsterte sie, die Augen entsetzt aufgerissen. »Ach nein, natürlich nicht. Ihr Mann ist ja so nett und so freundlich ... er würde, – ich meine, er w-würde Sie nicht so b-belästigen ...« Ihr Gesicht war vom Kinn bis zum Haaransatz von einer pfingstrosenfarbenen Röte überzogen, und sie erstickte fast vor lauter Stottern.

»Sie meinen ...«, fing ich an, während ich überlegte, wie ich sie möglichst taktvoll dazu bringen konnte, sich auszusprechen, ohne daß ich mich auf Mutmaßungen über das Liebesleben der Franzosen einließ. Doch bei dem Gedanken an das, was Mr. Hawkins mir über Marys Vater und dessen Heiratspläne für seine Tochter erzählt hatte, schien es mir angebracht, ihr den Unsinn auszureden, den sie offensichtlich in Salons und Ankleidezimmern aufgeschnappt hatte. Ich wollte nicht, daß ihr angst und bange wurde, falls sie am Ende doch mit einem Franzosen verheiratet wurde.

»Was s-sie im ... *Bett* machen!« flüsterte sie heiser.

»Nun«, erwiderte ich nüchtern, »im Grunde läuft es immer auf ein paar Dinge hinaus, die man mit einem Mann im Bett machen kann. Und wenn ich mir all die vielen Kinder in der Stadt ansehe, würde ich annehmen, daß auch die Franzosen sich auf die herkömmlichen Methoden verstehen.«

»Ach, Kinder ... ja, natürlich«, meinte sie unbestimmt, als könnte sie keinen direkten Zusammenhang erkennen. »A-a-aber man sagt ...«, sie senkte verschämt den Blick, dann die Stimme, »d-die f-französischen M-männer haben so ein *Ding*, wissen Sie ...«

»Ja, ich weiß.« Ich versuchte, geduldig zu bleiben. »Soweit ich weiß, unterscheidet es sich von dem anderer Männer recht wenig. Engländer und Schotten sind ganz ähnlich ausgestattet.«

»Ja, aber sie, sie ... st-stecken es d-der F-F-Frau zwischen die B-B-Beine! So richtig in sie *rein*!« Nach diesen mühsam hervorgepreßten Worten atmete sie tief durch und schien sich etwas zu beruhigen, denn die tiefe Röte verblaßte ein wenig. »Ein Engländer oder sogar ein Schotte... oh, so hab' ich d-das nicht gemeint...« Verlegen schlug sie sich die Hand vor den Mund. »Aber ein anständiger Mann wie Ihrer würde b-bestimmt nicht im Traum darauf kommen, einer Frau so etwas anzutun!«

Ich legte eine Hand auf meinen leicht gerundeten Bauch und betrachtete das Mädchen nachdenklich. Allmählich wurde mir klar, warum Mary Hawkins' Vergeistigung als eine so hohe männliche Tugend ansah.

»Mary«, sagte ich, »ich glaube, wir müssen uns mal ein bißchen unterhalten.«

Ich lächelte immer noch vor mich hin, als ich das unscheinbare Novizengewand aus grobem Tuch über mein Kleid streifte und den großen Saal des Spitals betrat.

Die *chirurgiens*, Harnbeschauer, Knocheneinrichter, Ärzte und anderen Heiler stellten ihre Zeit und ihre Dienste zum großen Teil unentgeltlich zur Verfügung; andere kamen, um dazuzulernen und sich weiterzubilden. Die unseligen Patienten des Hôpitals des Anges mußten es widerspruchslos hinnehmen, daß man sie zu allerlei medizinischen Experimenten heranzog.

Abgesehen von den Nonnen wechselten die medizinischen Betreuer beinahe von Tag zu Tag, je nachdem, wer gerade keine zahlenden Patienten hatte oder wer eine neue Technik ausprobieren wollte. Doch die meisten Heilkundler kamen so oft, daß ich nach kurzer Zeit den »festen Stamm« kannte.

Einer der interessantesten war der große, schlanke Mann, der bei meinem ersten Besuch gerade ein Bein amputiert hatte. Auf meine Frage hin erfuhr ich, das sei Monsieur Forez, eigentlich ein Knocheneinrichter, der aber gelegentlich auch schwierigere Amputationen übernahm. Die Nonnen und Pfleger hatten anscheinend großen Respekt vor Monsieur Forez; nie wurde er mit derben Scherzen bedacht wie die meisten anderen freiwilligen medizinischen Helfer.

Heute tat Monsieur Forez Dienst, und ich näherte mich ihm unauffällig, um ihn bei der Arbeit zu beobachten. Sein Patient, ein junger Arbeiter, lag kreidebleich und keuchend auf einer Pritsche. Er war von dem Gerüst der Kathedrale – an der ständig gebaut wurde – gefallen und hatte sich einen Arm und ein Bein gebrochen. Der Arm schien mir keine besonders schwierige Aufgabe für einen erfahrenen Knocheneinrichter – nur ein einfacher Bruch des Speichenknochens. Anders verhielt es sich mit dem Bein: ein komplizierter zweifacher Bruch des mittleren Oberschenkelknochens und des Schienbeins. Aus Ober- und Unterschenkel ragten Knochensplitter hervor, und fast das ganze Bein war blau verfärbt.

Ich wollte den Knocheneinrichter nicht ablenken, aber Monsieur Forez schien ohnehin tief in Gedanken versunken; bedächtig schritt er um seinen Patienten herum – wie eine große Rabenkrähe, die darauf wartet, daß ihr Opfer endlich stirbt. Und er erinnerte mich tatsächlich an eine Krähe, mit seiner Hakennase und dem schwarzen, ungepuderten und glatt nach hinten gekämmten Haar, das er zu einem spärlichen Knoten im Nacken zusammengebunden hatte. Auch seine Kleider waren von düsterem Schwarz, wenngleich von guter Qualität; offenbar betrieb er außerhalb des Spitals eine gutgehende Praxis.

Als er sich schließlich für eine Vorgehensweise entschieden hatte, hob er den Kopf und sah sich nach einem Helfer um. Sein Blick fiel auf mich, und er winkte mich zu sich heran. Ganz auf die bevorstehende Aufgabe konzentriert, bemerkte er nur das Novizengewand, nicht aber, daß Wimpel und Schleier fehlten. Offensichtlich hielt er mich für eine Ordensschwester.

»Hier, *ma soeur*«, wies er mich an und ergriff den Fußknöchel des Patienten, »halten Sie ihn da fest, gleich über der Ferse. Wenn ich es Ihnen sage, ziehen Sie den Fuß fest zu sich. Ziehen Sie langsam, aber kräftig – Sie werden Ihre ganze Kraft brauchen. Haben Sie verstanden?«

»Ja.« Ich packte den Fuß wie befohlen, während Monsieur Forez gemächlich zum anderen Ende der Pritsche stakste und nachdenklich das gebrochene Bein betrachtete.

»Ich habe hier ein Stimulans, das uns helfen wird«, erklärte er und zog ein kleines Fläschchen aus seiner Rocktasche. »Es bewirkt eine Verengung der äußeren Blutgefäße, so daß sich das Blut in den inneren Organen sammelt, wo es unserem jungen Freund mehr nutzt.« Mit diesen Worten packte er den Patienten an den Haaren und kippte ihm den Inhalt des Fläschchens mit geübtem Griff in den Mund.

»Ja«, meinte er zufrieden, als der Mann schluckte und tief durchatmete, »so ist es gut. Was nun den Schmerz betrifft – es wäre wohl das beste, das Bein zu betäuben, damit er sich nicht allzusehr wehrt, wenn wir es strecken.«

Abermals griff er in seine große Tasche und brachte diesmal eine kleine, etwa acht Zentimeter lange Messingnadel mit einem breiten, flachen Kopf zum Vorschein. Monsieur Forez tastete mit seiner knochigen Hand vorsichtig die Lendengegend des Patienten ab, wobei er dem dünnen blauen Strich einer größeren Vene folgte. Zögernd hielt er inne und befühlte eine Stelle, bis er fand, was er suchte. Dort setzte er dann die Nadel an. Ein weiterer Griff in seine Wundertasche förderte einen kleinen Messinghammer zutage, und mit einem einzigen Schlag trieb der Mann die Nadel ins Fleisch.

Das Bein zuckte zunächst heftig, dann erschlaffte es. Das Gefäßverengungsmittel tat anscheinend seine Wirkung, denn aus der Einstichwunde sickerte bemerkenswert wenig Blut.

»Verblüffend!« rief ich aus. »Was haben Sie gemacht?«

Monsieur Forez lächelte schüchtern, und die Freude über mein Kompliment verlieh seinen Wangen einen rosigen Schimmer.

»Nun, es klappt nicht immer so gut«, räumte er bescheiden ein. »Diesmal war mir das Glück hold.« Während er auf die Messingnadel deutete, erläuterte er: »Hier ist ein großes Bündel von Nervenenden, Schwester, was die Anatomen *plexus* nennen. Wenn man es genau trifft, werden die Empfindungen in den unteren Extremitäten weitgehend betäubt.« Plötzlich wurde ihm bewußt, daß er wertvolle Zeit mit Reden vergeudete.

»Los, *ma soeur*«, befahl er. »Zurück an Ihren Platz! Das Stimulans wirkt nicht lange. Wir müssen uns an die Arbeit machen, solange die Blutung unterdrückt wird.«

Das beinahe lahme Bein ließ sich ohne weiteres strecken, und die gesplitterten Knochenenden schoben sich unter die Haut. Gemäß Monsieur Forez' Anweisungen packte ich den jungen Mann nun am Oberkörper, während er am Fuß zog und so das Bein ständig unter Spannung hielt. Nun konnte er die Knochen einrichten und einige letzte Korrekturen vornehmen.

»Das genügt, Schwester. Halten sie jetzt den Fuß einfach nur einen Augenblick gerade.« Auf einen Ruf hin brachte ein Pfleger mehrere dicke Holzstöcke und Verbandsstoff, und im Nu hatten wir das Bein geschient und an den offenen Wunden feste Druckverbände angelegt.

Monsieur Forez und ich beglückwünschten uns über unseren Patienten hinweg zu unserem Erfolg.

»Hervorragende Arbeit«, meinte ich und strich mir eine Locke, die sich gelöst hatte, aus der Stirn. Monsieur Forez' Gesichtsausdruck wandelte sich schlagartig, als er erkannte, daß ich keinen Schleier trug. In diesem Augenblick ertönte von der Kirche nebenan das durchdringende Vespergeläut. Verblüfft starrte ich aus dem großen Fenster des Saales, das wegen der üblen Gerüche unverglast war. Tatsächlich – Abenddämmerung brach herein.

»Entschuldigen Sie«, sagte ich und begann, mein Arbeitsgewand abzustreifen. »Ich muß sofort gehen; mein Mann wird sich sorgen, wenn ich so spät heimkomme. Ich freue mich, daß ich die Gelegenheit hatte, Ihnen bei der Arbeit zu helfen, Monsieur Forez.« Das Erstaunen des großgewachsenen Knocheneinrichters war unübersehbar, als er mich beim Ausziehen des Gewands beobachtete.

»Aber Sie ... nein, Sie sind natürlich keine Nonne, das hätte ich schon früher merken müssen ... aber Sie ... wer sind Sie?« fragte er neugierig.

»Ich heiße Fraser«, antwortete ich knapp. »Schauen Sie, ich muß jetzt weg, mein Mann ...«

Er richtete sich zu voller Größe auf, dann verbeugte er sich ehrerbietig.

»Es wäre mir eine große Ehre, wenn ich Sie nach Hause begleiten dürfte, Madame Fraser.«

»Oh ... äh, vielen Dank«, sagte ich, gerührt von seiner Zuvorkommenheit. »Aber ich habe einen Begleiter.« Mein Blick schweifte durch den Saal auf der Suche nach Fergus, der mich nun anstelle von Murtagh begleitete, wenn man ihn nicht gerade für Raubzüge benötigte. Ich entdeckte ihn am Türpfosten, zappelnd vor Ungeduld. Ich fragte mich, wie lange er da wohl schon stand. Die Schwestern hatten ihm verboten, die Krankensäle zu betreten, daher mußte er an der Tür warten.

Nachdem Monsieur Forez meinen Begleiter argwöhnisch gemustert hatte, nahm er mich entschlossen am Ellbogen.

»Ich geleite Sie zu Ihrem Haus, Madame«, verkündete er. »Diese Gegend ist in den Abendstunden viel zu gefährlich für jemanden wie Sie, wenn Sie nur ein Kind zum Schutz dabeihaben.«

Fergus platzte beinahe vor Entrüstung, als man ihn ein Kind nannte, und beeilte sich zu erklären, daß er ein ausgezeichneter

Beschützer sei und stets den sichersten Weg wähle. Doch Monsieur Forez schenkte dem keinerlei Beachtung. Während er Schwester Angelique würdevoll zunickte, führte er mich durch die riesigen Flügeltüren des Spitals hinaus.

Fergus trottete hinter mir her und zog mich am Ärmel. »Madame!« flüsterte er. »Madame! Ich habe dem Herrn mein Wort gegeben, Sie jeden Tag sicher nach Hause zu geleiten und es nicht zuzulassen, daß Sie Umgang mit unerwünschten Personen...«

»So, bitte sehr. Madame nehmen Sie hier Platz; Ihr Junge kann auf dem Platz daneben sitzen.« Ohne auf Fergus' Geschimpfe einzugehen, hob Monsieur Forez ihn hoch und setzte ihn ein wenig unsanft in die bereitstehende Kutsche.

Es war ein kleiner, offener Zweispänner, doch elegant ausgestattet mit tiefblauen Samtpolstern und einem kleinen Baldachin. An der Tür der Equipage befand sich kein Wappen oder eine sonstige Zierde; Monsieur Forez gehörte nicht zum Adel – wahrscheinlich war er ein vermögender Bürgerlicher.

Auf dem Nachhauseweg plauderten wir höflich über medizinische Fragen, während Fergus schmollend in seiner Ecke saß und mit finsterer Miene unter seinem zerzausten Schopf hervorlugte. Als wir in der Rue Tremoulins anhielten, sprang er behende hinaus und rannte ins Haus. Verwundert starrte ich ihm nach, dann verabschiedete ich mich von Monsieur Forez.

»Aber das ist doch nicht der Rede wert«, erwiderte er freundlich auf meinen überschwenglichen Dank. »Ihr Haus liegt ohnehin auf meinem Heimweg. Und ich kann doch nicht zulassen, daß eine so reizende Dame um diese Stunde durch die Straßen von Paris läuft.« Er half mir aus der Kutsche und wollte gerade noch etwas sagen, als die Tür hinter uns aufgerissen wurde.

Als ich mich umdrehte, sah ich, wie Jamies Miene soeben von leichter Verärgerung in Erstaunen umschlug.

»Oh!« sagte er. »Guten Abend, Monsieur.« Er verbeugte sich vor Monsieur Forez, der den Gruß mit ausgesuchter Höflichkeit erwiderte.

»Ihre Frau hat mir die Ehre zuteil werden lassen, sie sicher nach Hause zu geleiten, mein Herr. Was ihre verspätete Ankunft betrifft, so ist dies einzig und allein meine Schuld; Ihre Frau hatte die Güte, mir bei einer kleinen Angelegenheit im Hôpital des Anges behilflich zu sein.«

»Kann ich mir denken«, entgegnete Jamie resigniert, dann sah er mich mit hochgezogenen Augenbrauen an und fügte auf englisch hinzu: »Schließlich kann man von einem gewöhnlichen Ehemann ja nicht erwarten, daß er genauso anziehend ist wie entzündete Gedärme oder ekelerregende Pusteln, nicht wahr?« Um seine Mundwinkel zuckte es; ich sah, daß er eigentlich nicht verärgert, sondern nur besorgt gewesen war. Das tat mir leid.

Nach einer abermaligen Verbeugung vor Monsieur Forez packte Jamie mich am Arm und zog mich ins Haus.

»Wo ist Fergus?« fragte ich, nachdem die Tür hinter uns ins Schloß gefallen war.

»In der Küche«, antwortete Jamie, »wo er wahrscheinlich auf seine Bestrafung wartet.«

»Bestrafung? Was meinst du damit?« wollte ich wissen. Wider Erwarten lachte er.

»Na ja«, erzählte er, »ich saß im Arbeitszimmer und fragte mich, wo zum Teufel ihr abgeblieben sein mochtet. Ich war schon drauf und dran, selbst ins Spital zu gehen, da platzte der kleine Fergus zur Tür rein, warf sich vor mir auf den Boden und bat, ich solle ihn auf der Stelle töten.«

»Töten? Warum denn?«

»Tja, das habe ich ihn auch gefragt, Sassenach. Ich befürchtete schon, ihr wärt unterwegs von Straßenräubern überfallen worden – weißt du, draußen treibt sich gefährliches Gesindel herum. Und ich konnte mir Fergus' Verhalten nur damit erklären, daß er dich vor den Gaunern nicht retten konnte. Aber da sagte er, du seist vor dem Haus. Ich ging nachsehen, während Fergus hinter mir herrannte und irgendwas plapperte von Vertrauensbruch und daß er unwürdig sei, mich seinen Herrn zu nennen, und ich sollte ihn bitte zu Tode prügeln. Ich konnte in dem Moment nicht klar denken, und so sagte ich ihm, ich würde mich später um ihn kümmern, und schickte ihn in die Küche.«

»Herrgott noch mal!« rief ich. »Denkt er wirklich, er hat dein Vertrauen mißbraucht, nur weil ich mich verspätet habe?«

Jamie warf mir einen schiefen Blick zu.

»Aye, allerdings. Und strenggenommen hat er das auch, weil er dich mit einem Fremden mitfahren ließ. Er beteuert, er hätte sich vor die Pferde geworfen, damit du nicht in die Kutsche steigst, wenn du nicht ein so gutes Verhältnis zu dem Mann gehabt hättest.«

»Ja, natürlich habe ich das«, sagte ich empört. »Ich hatte ihm gerade beim Einrichten eines Beines geholfen.«

»Mmmpf.« Diese Erklärung fand er anscheinend nicht sehr einleuchtend.

»Na gut«, gab ich widerstrebend zu. »Es war vielleicht ein wenig unklug. Aber er schien mir tatsächlich höchst ehrenwert, und ich wollte möglichst rasch nach Hause – ich wußte, daß du dir Sorgen machen würdest.« Jetzt wünschte ich, ich hätte mehr darauf geachtet, was Fergus mir mit seinem ängstlichen Gemurmel und seinem Ärmelzupfen hatte sagen wollen. Doch mir war nur daran gelegen, möglichst schnell nach Hause zu gelangen.

»Aber du willst ihn doch nicht etwa schlagen?« fragte ich beunruhigt. »Er hat sich nicht das geringste zuschulden kommen lassen – ich habe darauf bestanden, mit Monsieur Forez zu fahren. Wenn jemand Prügel verdient hätte, dann ich.«

Jamie wandte sich in Richtung Küche und warf mir einen boshaften Blick zu.

»Aye, da hast du recht«, pflichtete er mir bei. »Aber da ich geschworen habe, so etwas nicht mehr zu tun, muß ich mich an Fergus schadlos halten.«

»Jamie! Nein!« Erschrocken packte ich ihn am Arm. »Jamie, ich bitte dich!« Da bemerkte ich sein verstohlenes Lächeln und seufzte erleichtert auf.

»Keine Sorge.« Er lächelte jetzt unverhohlen. »Ich habe nicht vor, ihn umzubringen – und auch nicht zu schlagen. Aber ich muß ihm vielleicht ein oder zwei Ohrfeigen geben – der Form halber. Er meint, er hätte ein schweres Verbrechen begangen, weil er dich nicht beschützt hat, wie ich ihm befohlen habe. Das kann ich ihm schlecht durchgehen lassen ohne eine förmliche Rüge.«

Vor der mit Fries bezogenen Küchentür blieb er stehen, um sich die Manschetten zuzuknöpfen und das Halstuch zurechtzurücken.

»Sehe ich ordentlich aus?« fragte er und strich sein dichtes, widerspenstiges Haar glatt. »Vielleicht sollte ich meinen Rock anziehen – ich weiß nicht, was sich ziemt, wenn man eine Strafe zu verhängen hat.«

»Es paßt schon so«, entgegnete ich und unterdrückte ein Grinsen. »Du siehst schrecklich gebieterisch aus.«

»Dann ist's gut.« Er straffte die Schultern und kniff die Lippen zusammen. »Hoffentlich muß ich nicht lachen, das wäre ziemlich fehl am Platz«, murmelte er und öffnete die Tür, die zum Küchentrakt hinabführte.

Die Stimmung in der Küche war jedoch alles andere als fröhlich. Als wir eintraten, verstummte das übliche Geschnatter jäh, und die Dienstboten drängten sich hastig in einer Ecke zusammen. Einen Moment lang standen alle stocksteif da, dann rückten zwei Küchenmägde auseinander, und Fergus trat vor.

Das Gesicht des Jungen war blaß und verheult, doch jetzt weinte er nicht mehr. Mit bemerkenswerter Würde verbeugte er sich erst vor mir, dann vor Jamie.

»Madame, Monsieur, ich bin sehr beschämt«, sagte er leise, aber deutlich. »Ich bin es nicht wert, in Ihren Diensten zu stehen, bitte Sie jedoch inständig, mich nicht zu entlassen.« Seine hohe Stimme zitterte ein wenig. Ich biß mir auf die Lippen. Als suchte er moralische Unterstützung, blickte Fergus zu den Dienstboten hinüber, und Fernand, der Kutscher, nickte ihm aufmunternd zu. Schließlich nahm der Knabe all seinen Mut zusammen und wandte sich an Jamie.

»Ich bin bereit, meine Strafe zu empfangen, Herr.« Wie auf ein vereinbartes Zeichen löste sich einer der Lakaien aus der erstarrten Menge und führte den Jungen zu dem blankgeschrubbten Holztisch. Dann packte er ihn an den Händen und zog ihn halb über die Tischplatte, ohne ihn loszulassen.

»Aber ...« Jamie war völlig überrumpelt. Ehe er ein weiteres Wort herausbringen konnte, trat Magnus, der ältliche Butler, auf ihn zu. Auf einem großen Serviertbesteller überreichte er ihm feierlich den Lederriemen, der zum Messerschärfen benutzt wurde.

»Äh ...« Jamie sah mich hilflos an.

»Uff«, meinte ich und trat einen Schritt zurück, doch Jamie packte mich am Handgelenk.

»Nein, Sassenach«, murmelte er auf englisch. »Wenn ich das schon tun muß, dann mußt du zusehen!«

Mit verzweifeltem Blick sah er zwischen seinem angehenden Opfer und dem dargebotenen Züchtigungsinstrument hin und her, doch nach einigem Zögern gab er auf.

»Ach, gottverdammter Mist«, brummte er auf englisch, als er den Riemen nahm. Unschlüssig ließ er den breiten Riemen durch die Finger gleiten. Mit einer Breite von sieben Zentimetern und einer Dicke von einem halben Zentimeter bot er sich als vortreffliche Waffe an. Jamie näherte sich dem ausgestreckt daliegenden Jungen mit sichtlichem Widerwillen.

»Also gut«, sagte er mit wildem Blick. »Zehn Hiebe, und ich möchte keinen Ton hören.« Ein paar von den Dienstmädchen erblaßten bei diesen Worten und faßten sich ängstlich bei den Händen, doch es herrschte Totenstille in dem Raum, als Jamie ausholte.

Das darauffolgende Knallen ließ mich zusammenzucken, und die Küchenmädchen quiekten leise. Doch über Fergus' Lippen kam kein Laut. Der schmächtige Körper zuckte, und Jamie schloß für einen Moment die Augen. Dann kniff er den Mund zusammen und vollstreckte mit gleichmäßigen Schlägen den Rest der Strafe. Mir war übel, und ich wischte mir verstohlen die schweißfeuchten Hände am Kleid ab. Gleichzeitig empfand ich das irrwitzige Bedürfnis, über dieses entsetzliche Possenspiel laut loszulachen.

Fergus ertrug alles schweigend, und als Jamie fertig war und blaß und schwitzend zurücktrat, blieb der Knabe so still liegen, daß ich einen Augenblick lang befürchtete, er wäre gestorben – aus Angst, wenn schon nicht durch die Schläge. Doch dann schien den Jungen eine Art Schauder zu überlaufen, und er erhob sich ungelenk.

Jamie stürzte auf ihn zu und strich ihm ängstlich die schweißnassen Haare aus der Stirn.

»Ist alles in Ordnung, Junge?« fragte er. »Komm, Fergus, sag, daß alles in Ordnung ist!«

Fergus war kreidebleich und hatte die Augen weit aufgerissen, doch als er die Besorgnis und das Wohlwollen seines Herrn spürte, lächelte er. Seine Eichhörnchenzähne glänzten im Lampenschein.

»O ja, Herr«, keuchte er. »Haben Sie mir vergeben?«

»Herrgott«, murmelte Jamie und drückte den Jungen an seine Brust. »Aber natürlich, du Dummkopf.« Dann packte er den Jungen an den Schultern und schüttelte ihn leicht. »Ich will so etwas nie wieder tun müssen, hörst du?«

Fergus nickte, dann machte er sich los und fiel vor mir auf die Knie.

»Verzeihen auch Sie mir, Herrin?« fragte er, faltete die Hände feierlich vor der Brust und sah mich treuherzig an wie ein Eichhörnchen, das um Nüsse bettelt.

Ich wäre am liebsten im Erdboden versunken, konnte mich aber so weit beherrschen, daß ich ihn an den Händen nahm und ihm aufhalf.

»Es gibt nichts zu verzeihen«, antwortete ich mit fester Stimme, während meine Wangen brannten. »Du bist ein sehr tapferer Bursche, Fergus. Vielleicht... äh, vielleicht willst du jetzt etwas essen, hm?«

In diesem Moment fiel von allen die Spannung ab. Die anderen Dienstboten drängten heran und drückten ihr Bedauern und Mitgefühl aus, und während Fergus wie ein Held gefeiert wurde, traten Jamie und ich möglichst schnell den Rückzug in unsere Wohnräume im Stockwerk darüber an.

»Guter Gott!« stöhnte Jamie und ließ sich in den Sessel plumpsen, als wäre er völlig erschöpft. »Jesus, Maria und Joseph! Gott, ich brauche was zu trinken. Nein, läute nicht!« rief er erschrocken, obwohl ich keine Anstalten machte, an der Klingelschnur zu ziehen. »Ich könnte den Anblick eines Dieners im Augenblick nicht ertragen.«

Er stand auf und kramte in dem Schrank. »Ich müßte hier doch noch eine Flasche haben.«

Und tatsächlich – ein feiner alter Scotch. Ohne Umschweife zog er den Korken mit den Zähnen heraus und nahm einen ziemlich kräftigen Schluck. Dann reichte er mir die Flasche, und ich folgte seinem Beispiel ohne Zögern.

»Gott im Himmel«, murmelte ich, als ich wieder Atem geschöpft hatte.

»Ja«, meinte er, nahm die Flasche und setzte sie abermals an die Lippen. Dann stützte er den Kopf auf die Hände und fuhr sich durchs Haar. Er lachte schwach.

»Ich bin mir in meinem ganzen Leben noch nie so dumm vorgekommen. Himmel, ich kam mir vor wie ein ausgemachter Trottel!«

»Ich auch«, bekannte ich und griff nach dem Whisky. »Ich glaube, sogar noch mehr als du. Schließlich war es ja meine Schuld. Jamie, ich kann dir gar nicht sagen, wie leid mir das tut. Ich hätte nie gedacht...«

»Ach, zerbrich dir nicht den Kopf darüber.« Die Anspannung der letzten halben Stunde ließ allmählich nach. Zärtlich tätschelte er meine Schulter. »Das konntest du doch nicht ahnen. Und ich auch nicht«, fügte er nachdenklich hinzu. »Er hat wohl befürchtet, ich würde ihn wieder zurück auf die Straße schicken... der arme Kerl. Kein Wunder, daß er lieber Prügel in Kauf nehmen wollte.«

Mit Schaudern erinnerte ich mich an die Straßen, durch die Monsieur Forez' Kutsche gefahren war. Zerlumpte, kranke Bettler verteidigten hartnäckig ihren Platz und schliefen selbst in den kältesten Nächten auf dem Boden, damit ihnen kein Rivale ihr einträgliches Eckchen wegschnappen konnte; Kinder, noch kleiner als Fergus, flitzten wie hungrige Mäuse durch die Menschenmenge am Markt, stets auf der Suche nach Krumen, die für sie abfallen könnten. Und wer zu krank zum Arbeiten war oder zu häßlich, um sich in den Bordells zu verkaufen, oder einfach Pech hatte – der hatte in der Tat ein kurzes und freudloses Leben zu erwarten. Und Fergus hatte befürchtet, aus dem luxuriösen Leben mit drei Mahlzeiten am Tag und sauberen Kleidern in die dreckige Gosse zurückgestoßen zu werden. Da war es kein Wunder, daß ihn panische Schuldgefühle plagten, mochten sie auch noch so unbegründet sein.

»Ja, das kann ich mir denken«, sagte ich. Inzwischen war ich dazu übergegangen, nicht mehr in großen Schlucken zu trinken, sondern nur noch vornehm zu nippen. Daß die Flasche bereits halb leer war, als ich sie zurückgab, nahm ich eher gleichgültig zur Kenntnis. »Hoffentlich hast du ihm nicht allzu weh getan.«

»Na ja, er wird ein bißchen wund sein.« Wie so oft, wenn er viel getrunken hatte, sprach er mit starkem schottischen Akzent. Er schüttelte den Kopf, dann stellte er mit einem Blinzeln in die Flasche fest, wieviel noch übrig war. »Weißt du, Sassenach, bis heute abend war mir nie klar, wie schwierig es für meinen Vater gewesen sein muß, mich zu schlagen. Ich habe immer mich für den Hauptleidtragenden gehalten.« Nach einem weiteren Schluck stellte er die Flasche auf den Tisch und schaute mit starrem Blick ins Feuer. »Vater zu sein ist vielleicht gar nicht so einfach, wie ich gedacht habe. Darüber muß ich mal nachdenken.«

»Na, aber denk nicht zuviel darüber nach«, meinte ich. »Du hast schon einiges getrunken.«

»Ach, keine Bange«, erwiderte er fröhlich. »Im Schrank steht noch 'ne Flasche.«

15

Notenschlüssel

Nachdem wir die zweite Flasche entkorkt hatten, brüteten wir bis tief in die Nacht über den letzten der erbeuteten Briefe des Chevalier de St. George – auch bekannt als Seine Majestät James III – und den Schreiben der jakobitischen Anhänger an Prinz Charles.

»Fergus hat ein ganzes Bündel erwischt, das für Seine Hoheit bestimmt war«, erklärte Jamie. »Es waren so viele Briefe, daß wir sie gar nicht schnell genug abschreiben konnten. Deshalb habe ich einige davon bis zum nächsten Raubzug zurückbehalten.«

»Schau.« Er zog ein Blatt aus dem Stapel und legte es mir aufs Knie. »Die meisten Briefe sind verschlüsselt, so wie dieser hier: ›Wie ich höre, soll es in den Hügeln um Salerno genügend Hühner geben; die Jäger können also auf zahlreiche Trophäen hoffen.‹ Das ist leicht zu entziffern. Es bezieht sich auf Manzetti, den italienischen Bankier aus Salerno. Ich habe herausgefunden, daß Charles mit ihm zu Abend gegessen hat und ihn dazu bewegen konnte, ihm fünfzehntausend Livres zu leihen – James' Ratschlag hat sich offensichtlich ausgezahlt. Hier jedoch...« Er blätterte in dem Haufen und zog ein weiteres Papier hervor.

»Sieh dir das an.« Jamie reichte mir ein mit schiefen Zeichen bekritzeltes Blatt.

Gehorsam warf ich einen Blick darauf, und es gelang mir, inmitten eines Geflechts von Pfeilen und Fragezeichen einzelne Buchstaben zu entziffern.

»Welche Sprache ist das?« fragte ich. »Polnisch?« Schließlich war Charles Stuarts Mutter Klementine Polin, eine geborene Sobieski.

»Nein, Englisch«, entgegnete Jamie grinsend. »Siehst du das nicht?«

»Du etwa?«

»Aber gewiß doch«, meinte er selbstgefällig. »Es ist ein Code, Sassenach, und zwar ein ziemlich einfacher. Man muß die Buchstaben zunächst in Fünfergruppen aufteilen. Das Q und das X dürfen dabei jedoch nicht mitgezählt werden. Das X markiert den Punkt zwischen zwei Sätzen, und ein Q soll einfach nur zusätzliche Verwirrung stiften.«

»Wenn du meinst«, erwiderte ich und blickte von der verwirrenden Buchstabenfolge am Briefanfang auf das Blatt in Jamies Hand, auf dem in einer Zeile ein Anzahl Schriftzeichen in Fünfergruppen geschrieben standen. Darüber war eine zweite Reihe einzelner Lettern gesetzt.

»Das heißt: Ein Buchstabe wird durch einen anderen ersetzt, ohne daß sich jedoch die Buchstabenfolge ändert«, erklärte Jamie. »Wenn also ein langer Text zu entschlüsseln ist, aus dem sich hin und wieder ein Wort erraten läßt, muß man ihn nur von einem Alphabet ins andere übertragen – verstanden?« Er wedelte mit dem langen Papierstreifen vor meiner Nase herum, auf den zwei Buchstabenreihen übereinander geschrieben waren.

»Ja, mehr oder weniger«, sagte ich. »Ich nehme an, du weißt, wovon du sprichst, und darauf kommt es an. Was steht denn in dem Brief?«

Das lebhafte Interesse, das Jamie bei der Entschlüsselung eines Rätsels stets an den Tag legte, schwand aus seinem Gesicht, und er senkte das Blatt. Mit zusammengekniffenen Lippen sah er mich an.

»Es ist seltsam«, meinte er. »Und ich täusche mich gewiß nicht. In James' Briefen schwingt fast immer der gleiche Ton mit. Und in dem verschlüsselten kommt es ganz deutlich zum Ausdruck.«

Eindringlich sah er mich an.

»James möchte, daß Charles Louis' Anerkennung findet«, sagte er langsam, »aber er sucht keinerlei Unterstützung für eine Invasion Schottlands. Offensichtlich hat James kein Interesse daran, den Thron zu besteigen.«

»Was?« Ich riß ihm das Bündel mit den Briefen aus der Hand und versuchte fieberhaft, die Schriftzüge zu entziffern.

Jamie hatte recht. James' Anhänger sprachen in ihren Briefen hoffnungsvoll von der Rückeroberung des Thrones, während James' eigene Mitteilungen an seinen Sohn nicht einmal den leisesten Hinweis darauf enthielten; statt dessen sprach aus ihnen der Wunsch, Charles solle auf Louis einen guten Eindruck machen.

Selbst die Anleihe bei Manzetti aus Salerno galt allein dem Zweck, Charles das Auftreten eines Gentleman zu ermöglichen. Militärische Absichten steckten nicht dahinter.

»Ich glaube, James ist ein schlauer Fuchs«, meinte Jamie und tippte auf einen der Briefe. »Weißt du, Sassenach, er selbst hat wenig Geld. Seine Frau war reich, aber laut Onkel Alex hat sie ihr gesamtes Vermögen der Kirche vermacht. Der Papst hat James immer unterstützt. Da James ein katholischer Monarch ist, muß der Papst seinen Interessen vor jenen des Hauses Hannover den Vorrang geben.«

Er schlang die Hände um die Knie und betrachtete nachdenklich den Stapel Briefe, der zwischen uns lag.

»Philipp von Spanien und Louis – ich meine den alten König Louis – statteten ihn vor dreißig Jahren mit ein paar Truppen und einer bescheidenen Flotte aus, mit deren Hilfe er versuchen sollte, den Thron zurückzuerobern. Aber das Unternehmen scheiterte. Einige Schiffe sanken bei einem Unwetter, anderen fehlte es an Lotsen, so daß sie am falschen Ort landeten. Nichts glückte, und schließlich segelten die Franzosen wieder zurück in die Heimat, ohne daß James auch nur den Fuß auf schottischen Boden gesetzt hatte. Vielleicht hat er deshalb jeden Gedanken an eine Rückeroberung des Thrones fallenlassen. Andererseits hat er zwei halberwachsene Söhne, die einem unsicheren Leben entgegensehen.

Ich frage mich, Sassenach, was ich in einer solchen Situation tun würde. Wahrscheinlich würde ich versuchen, meinen guten Cousin Louis – schließlich ist er König von Frankreich – dazu zu bewegen, einem meiner Söhne eine gute Position zu geben. Zum Beispiel beim Militär, mit einer Anzahl von Männern unter seiner Befehlsgewalt. Die Stellung eines französischen Generals ist nicht die schlechteste.«

»Das stimmt.« Ich nickte nachdenklich. »Aber als schlauer Fuchs würde ich nicht vor Louis hintreten und betteln wie ein armer Verwandter, sondern meinen Sohn nach Paris schicken und damit moralischen Druck auf den König ausüben, daß er ihn am Hof aufnimmt. Gleichzeitig würde ich jedermann in dem Glauben lassen, ich ließe nichts unversucht, den Thron zurückzuerobern.«

»Denn sobald James offen zugibt, daß die Stuarts nie wieder in Schottland regieren werden«, fügte James leise hinzu, »verliert er für Louis jeden Wert.«

Ohne die Drohung einer bewaffneten jakobitischen Invasion, die die Engländer beschäftigen würde, hätte Louis kaum noch einen Grund, seinem jungen Verwandten mehr als eine kümmerliche Apanage zu zahlen.

Aber sicher war das alles noch nicht. Die Briefe, in deren Besitz Jamie gelangt war, reichten nicht weiter zurück als bis Januar, dem Zeitpunkt von Charles' Ankunft in Frankreich. Und da sie entweder verschlüsselt oder sehr vorsichtig formuliert waren, ließen sie viele Fragen offen. Aber letztlich deutete alles in ein und dieselbe Richtung.

Wenn Jamie die Absichten des Chevalier also richtig einschätzte, hatte sich unsere Aufgabe bereits erledigt, hatte eigentlich nie existiert.

Da meine Gedanken unablässig um die Ereignisse der vergangenen Nacht kreisten, war ich am darauffolgenden Tag sehr zerstreut – angefangen von einer Dichterlesung im Haus von Marie d'Arbanville über den Besuch bei einem Kräutersammler aus der Nachbarschaft, bei dem ich ein wenig Baldrian und Iriswurzel erwarb, bis zu meinen Pflichten im Hôpital des Anges.

Schließlich ließ ich die Arbeit ruhen, denn ich befürchtete, jemandem Schaden zuzufügen, während ich so vor mich hinträumte. Ich schlüpfte aus meinem Kittel, und da weder Murtagh noch Fergus erschienen waren, um mich nach Hause zu begleiten, wartete ich in Schwester Hildegardes Schreibzimmer im Vestibül des Spitals.

Nachdem ich ungefähr eine halbe Stunde lang gelangweilt den Stoff meines Kleides gefältet hatte, hörte ich, wie draußen der Hund anschlug.

Der Pförtner war – wie so oft – nicht da. Gewiß besorgte er sich gerade etwas zu essen, oder er erledigte einen Botengang für die Nonnen. Und wie immer hatte man die Bewachung des Portals während seiner Abwesenheit in Boutons Pfoten – und Zähne – gelegt.

Dem ersten kurzen Kläffer folgte ein tiefes, verhaltenes Knurren, das den Eindringling warnte, keinen Schritt mehr zu tun, wollte er nicht unverzüglich zerfleischt werden. Ich steckte den Kopf aus der Türe, um zu sehen, ob Vater Balmain im Interesse seiner frommen Pflichten erneut den Gefahren des Dämons trotzte. Doch bei der Figur, die sich vor dem großen Buntglasfenster der Eingangshalle abzeichnete, handelte es sich nicht um den zarten jungen Priester. Ein Kilt umspielte graziös die Beine des hochgewachsenen Mannes, als er vor dem kleinen zähnebleckenden Untier zu seinen Füßen zurückwich.

Überrumpelt von dem Angriff, kniff Jamie die Augen zusammen. Er beschattete sie vor dem grellen Sonnenlicht, das das Fenster zurückwarf, und blickte suchend in den Schatten.

»Hallo, kleiner Hund«, grüßte er höflich, während er sich mit ausgestreckter Hand einen Schritt vorantastete. Bouton verstärkte sein Knurren um einige Grade, so daß Jamie abermals zurückwich.

»Aha, daher weht der Wind!« Mit zusammengekniffenen Augen sah er den Hund an.

»Denk noch mal drüber nach, Bursche. Ich bin doch um etliches größer. Wenn ich du wäre, würde ich mich auf keine voreiligen Abenteuer einlassen.«

Bouton rutschte zwar ein Stückchen nach hinten, gab aber immer noch Geräusche wie eine entfernte Fokker von sich.

»Schneller«, fügte Jamie hinzu und machte einen Ausfall. Als Boutons Zähne seine Wade um Haaresbreite verfehlten, trat er hastig zurück, lehnte sich mit verschränkten Armen an die Mauer und nickte dem Hund zu.

»Zugegeben, du bist mir überlegen. Wenn Zähne ins Spiel kommen, habe ich keine Chance!« Bouton vernahm diese eleganten Worte mit mißtrauisch aufgestelltem Ohr, knurrte aber etwas verhaltener.

Jamie schlug einen Fuß über den anderen, wie jemand, der den lieben langen Tag vertrödeln möchte. »Gewiß hast du Besseres zu tun, als unschuldige Besucher zu bedrängen«, nahm er das Gespräch wieder auf. »Ich habe bereits von dir gehört – du bist doch der berühmte Kerl, der Krankheiten erschnüffelt, nicht wahr? Also, weshalb vertrödelst du deine Zeit damit, Türen zu bewachen, wenn du dich doch viel nützlicher machen kannst, indem du Gichtzehen und vereiterte Arschlöcher beschnoberst? Das beantworte mir mal.«

Doch mehr als einen scharfen Kläffer erntete er nicht, als er seine überkreuzten Füße löste.

Mit raschelndem Gewand trat Mutter Hildegarde hinter mich.

»Was gibt es?« erkundigte sie sich, als sie sah, wie ich um die Ecke lugte. »Haben wir Besuch?«

»Bouton hat offensichtlich eine Meinungsverschiedenheit mit meinem Mann«, entgegnete ich.

»Das muß ich mir von dir nicht bieten lassen, verstehst du!« drohte Jamie währenddessen. »Ich brauche bloß mein Plaid über dich werfen, und schon sitzt du in der Falle wie ein... Oh, *bonjour*, Madame!« Flink wechselte er beim Anblick von Mutter Hildegarde ins Französische.

»*Bonjour*, Monsieur Fraser!« Mit einer anmutigen Geste neigte sie den Kopf, vermutlich weniger, um seinen Gruß zu erwidern, als um ihr Lächeln zu verbergen. »Wie ich sehe, haben Sie bereits mit Bouton Bekanntschaft gemacht. Suchen Sie vielleicht Ihre Frau?«

Das war mein Stichwort, und ich trat hinter ihr aus dem Schreibzimmer. Der Blick meines ergebenen Ehemannes wanderte vom Hund zur Tür des Schreibzimmers, und offensichtlich zog er seine Schlüsse.

»Wie lange hast du schon dort gestanden, Sassenach?« fragte er trocken.

»Lange genug«, erwiderte ich mit der selbstgefälligen Sicherheit derjenigen, die in Boutons Gunst standen. »Was hättest du mit ihm gemacht, nachdem du ihn in dein Plaid eingewickelt hast?«

»Ich hätte ihn aus dem Fenster geworfen und wäre auf und davon gerannt«, antwortete er mit einem ehrfürchtigen Seitenblick auf Mutter Hildegardes imposante Gestalt. »Spricht sie zufällig Englisch?«

»Nein – zum Glück für dich!« erwiderte ich. Dann wechselte ich ins Französische über.

»Monsieur«, Mutter Hildegarde hatte ihren Sinn für Humor nun fest im Griff und begrüßte Jamie mit formidabler Leutseligkeit. »Wir lassen Ihre Frau ungern gehen, aber wenn Sie sie brauchen...«

»Ich bin nicht wegen meiner Frau hier«, unterbrach Jamie sie. »Ich wollte zu Ihnen, *ma mère*.«

Nachdem Jamie in Mutter Hildegardes Schreibzimmer Platz genommen hatte, legte er die mitgebrachten Papiere auf den blankpolierten Tisch. Bouton ließ sich zu Füßen seiner Herrin nieder und legte die Schnauze auf die Pfoten. Er hielt die Ohren wachsam gespitzt, falls er doch noch den Befehl erhalten sollte, dem Besucher das Fleisch von den Knochen zu reißen.

Jamie blickte mit zusammengekniffenen Augen auf Bouton und zog die Füsse ausser Reichweite der witternden schwarzen Nase.

»Herr Gerstmann hat mir empfohlen, Sie wegen dieser Dokumente hier um Rat zu fragen, Mutter«, setzte er an, während er das dicke Bündel auseinanderrollte und glattstrich.

Mit hochgezogenen Brauen liess Mutter Hildegarde den Blick auf Jamie ruhen, bevor sie sich den Papieren zuwandte. Wie viele Menschen in verantwortungsvollen Positionen besass auch sie die Fähigkeit, sich der vorliegenden Angelegenheit scheinbar völlig konzentriert zu widmen, sich gleichzeitig aber nicht das geringste Anzeichen, das von einem Notfall im Hause künden würde, entgehen zu lassen.

»Nun?« fragte sie. Mit ihrem eckigen Finger verfolgte sie die festgehaltene Melodie Note für Note, als würde sie sie durch die Berührung hören.

»Was möchten Sie wissen, Monsieur Fraser?« erkundigte sie sich.

»Ich bin mir nicht sicher, Mutter.« Neugierig beugte Jamie sich vor und strich nachdenklich über die schwarzen Linien. Die Finger liess er dort ruhen, wo die Hand des Schreibers die Zeilen verschmiert hatte, bevor die Tinte getrocknet war.

»Irgend etwas ist eigenartig an dieser Melodie, Mutter.«

Der grosse Mund der Nonne verzog sich wie zu einem Lächeln.

»Tatsächlich, Monsieur Fraser? Und doch habe ich gehört – bitte nehmen Sie es mir nicht übel –, dass Musik für Sie ein Buch mit sieben Siegeln ist.« Jamie lachte auf, und eine Schwester, die gerade vorbeikam, wandte sich erschreckt um. Im Spital war es zwar laut, aber gelacht wurde dort recht selten.

»Das ist eine sehr taktvolle Umschreibung, Mutter. Und eine sehr zutreffende. Wenn Sie eines dieser Stücke singen würden«, er klopfte leicht auf das zart raschelnde Pergament, »könnte ich die Melodie nicht vom *Kyrie eleison* oder *La Dame fait bien* unterscheiden – den Text allerdings schon«, fügte er grinsend hinzu.

Mutter Hildegarde lachte.

»Nun, Monsieur Fraser«, erwiderte sie, »wenigstens lauschen Sie den Worten!« Sie nahm die Blätter. Ich sah, wie der untere Teil ihres Kragensaums leicht zitterte, als würde sie im stillen singen. Dabei schlug sie mit einem ihrer grossen Füsse den Takt.

Jamie verharrte schweigend auf seinem Hocker, betrachtete

Mutter Hildegarde aufmerksam und ließ sich von dem Lärm auf den Gängen des Spitals in keiner Weise ablenken. Patienten schrien, Pfleger und Nonnen riefen sich Anweisungen zu, Familienangehörige schluchzten vor Sorge oder Bekümmernis, und die altehrwürdigen Mauern des Gebäudes hallten von den gedämpften Geräuschen der metallenen Instrumente wider – doch weder Jamie noch Mutter Hildegarde ließen sich stören.

Schließlich senkte die Nonne die Blätter und blickte über den Rand des Papiers zu Jamie hinüber. Ihre Augen strahlten, und plötzlich wirkte sie wie ein junges Mädchen.

»Ich glaube, Sie haben recht«, bemerkte sie. »Im Augenblick fehlt mir die Zeit, mich gründlicher damit zu befassen, aber irgend etwas stimmt hier nicht.« Sachte klopfte sie auf die Blätter und legte sie ordentlich zusammen. »Wirklich außergewöhnlich!«

»Können Sie herausfinden, was dieses Muster bedeutet, Mutter? Bestimmt keine leichte Aufgabe. Ich habe guten Grund zu der Annahme, daß es sich um eine verschlüsselte Botschaft in englischer Sprache handelt, obwohl die Liedtexte in Deutsch gehalten sind.«

Mutter Hildegarde blickte überrascht auf.

»In Englisch? Sind Sie sicher?«

Jamie schüttelte den Kopf. »Nein, sicher bin ich mir nicht, aber ich vermute es. Vor allem, weil die Lieder in England abgeschickt worden sind.«

»Nun, Monsieur«, entgegnete sie mit gerunzelter Stirn, »Ihre Frau spricht Englisch, nicht wahr? Sicherlich können Sie auf Ihre Gesellschaft ein wenig verzichten, damit sie mir beim Entziffern zur Seite steht, oder?«

Jamie betrachtete sie mit einem Lächeln, das dem ihren gleichkam. Dann wanderte sein Blick zu Boden, wo Boutons Barthaare bedrohlich zitterten.

»Ich biete Ihnen einen Tausch an, Mutter«, schlug er vor. »Wenn Ihr Hund mich auf meinem Weg nach draußen nicht in den Hintern beißt, überlasse ich Ihnen meine Frau.«

So ergab es sich, daß ich an jenem Abend nicht in die Rue Tremoulins zurückkehrte, sondern mit den Schwestern des Couvent des Anges im Refektorium zu Abend aß und anschließend Mutter Hildegarde in ihre Privaträume folgte.

Die kleine Wohnung der Mutter Oberin bestand aus drei Räumen. Der Salon zeugte von einem gewissen Wohlstand und war zweifellos der Ort, wo sie offizielle Besucher empfing. Mit dem Anblick, den der zweite Raum bot, hatte ich allerdings nicht gerechnet. Zunächst schien das kleine Zimmer nichts anderes als ein großes Cembalo aus glänzendem Walnußholz zu enthalten, verziert mit kleinen, handgemalten Blumen und einer Weinrebe, die oberhalb des Ebenholzmanuals entsproß und sich um den gesamten Korpus des Instruments wand.

Auf den zweiten Blick entdeckte ich dann ein paar andere Möbel, einschließlich einer Bücherwand, in der sich dicht an dicht musikhistorische Bücher und handgebundene Manuskripte drängten – ähnlich jenem, das Mutter Hildegarde jetzt auf den Notenständer des Cembalos legte.

Sie schob mich zu einem Stuhl vor dem Sekretär.

»Dort finden Sie leere Blätter und Tinte, Madame. Nun wollen wir einmal sehen, was uns dieses kleine Lied zu sagen hat.«

Die Notenlinien zogen sich sauber über die gesamte Seite des Pergaments, und die Noten, Schlüssel, Pausen und Versetzungszeichen waren sorgfältig gemalt worden. Es handelte sich offensichtlich um eine endgültige Fassung und nicht um einen Entwurf oder eine hastig hingeworfene Melodie. Oben auf dem Blatt stand der Titel: »Lied des Landes.«

»Der Name läßt ahnen, daß es sich um eine schlichte Weise handelt, ähnlich einem Volkslied«, erklärte Mutter Hildegarde. »Aber damit stimmt die Kompositionsform nicht überein. Können Sie vom Blatt lesen?« Sie legte die Finger ihrer großen, groben Rechten unvermutet behutsam auf die Tasten.

Ich lehnte mich über Mutter Hildegardes Schulter und sang die ersten drei Zeilen. Plötzlich hörte sie zu spielen auf und blickte zu mir hoch.

»Das ist die Grundmelodie, die sich später in Variationen wiederholt – aber in was für welchen! Sie müssen wissen, daß mir etwas Ähnliches schon einmal untergekommen ist. Es stammte von einem alten Deutschen namens Bach; hin und wieder schickt er mir eines seiner Werke...« Flüchtig wies sie auf das Regal mit den Handschriften. »Er nennt diese kunstvollen Musikstücke ›Inventionen‹. Die Variationen erscheinen in zwei oder drei ineinander verwobenen melodischen Linien. Dies hier«, mit verächtlich geschürzten Lippen deutete sie zu dem Lied, »könnte man als eine unbeholfene Imitation dieser Kompositionen bezeichnen. Ich könnte sogar schwören..." Murmelnd schob sie die Bank aus Walnußholz zurück, ging hinüber zu dem Regal und fuhr mit dem Finger über die Handschriftenreihen.

Sie fand das Gesuchte und kehrte mit drei gebundenen Notenheften zur Bank zurück.

»Hier sind die Stücke von Bach. Sie sind schon ein paar Jahre alt. Ich habe mich länger nicht damit beschäftigt. Trotzdem bin ich mir ziemlich sicher..." Sie verstummte und blätterte nacheinander die auf ihren Knien abgelegten Hefte durch, während sie ab und zu einen Blick auf das ›Lied‹ warf, das auf dem Notenständer des Klaviers lehnte.

»Ha!« Triumphierend hielt sie mir ein Musikstück entgegen. »Sehen Sie das hier?«

Die Seite trug die unleserlich hingeworfene Überschrift *Goldberg-Variationen*. Ehrfürchtig berührte ich das Notenblatt, schluckte schwer und lenkte den Blick wieder auf das ›Lied‹. Fast sofort erkannte ich, was Mutter Hildegarde gemeint hatte.

»Sie haben recht, die gleiche Melodie!« rief ich aus. »Hier und da eine andere Note, aber im Grunde ist es das Thema von Bach. Wirklich eigenartig!«

»Nicht wahr?« fiel sie höchst befriedigt ein. »Bleibt die Frage, warum unser anonymer Komponist Melodien stiehlt und sich ihrer auf so seltsame Weise bedient.«

Da diese Frage offensichtlich rhetorisch gemeint war, antwortete ich mit einer Gegenfrage.

»Ist Bachs Musik zur Zeit sehr beliebt, Mutter?« Ich konnte mich nicht erinnern, in den Salons etwas von ihm gehört zu haben.

»Nein«, antwortete sie kopfschüttelnd und blickte auf die Komposition. »In Frankreich ist er nicht sonderlich bekannt. Ich glaube, vor fünfzehn oder zwanzig Jahren genoß er in Deutschland und Österreich ein gewisses Ansehen, aber selbst dort wird seine Musik nur selten öffentlich aufgeführt. Ich fürchte, daß seine Kompositionen nicht von Dauer sein werden; sie sind klug, aber ohne Herz. – Hmm, sehen Sie das hier?« Ihr kräftiger Zeigefinger tippte mal hierhin, mal dorthin, während sie geschwind die Seiten umblätterte.

»Die Melodie kehrt ständig wieder, jedoch immer in einer anderen Tonart. Vermutlich war es das, was Ihrem Mann ins Auge gestochen ist. Selbst jemandem, der keine Noten lesen kann, muß der dauernde Vorzeichenwechsel auffallen.«

Das stimmte: jeder Tonartwechsel war mit einem senkrechten Doppelstrich, einem neuen Violinschlüssel und den entsprechenden Vorzeichen kenntlich gemacht.

»Fünf verschiedene Tonarten in einem so kurzen Stück«, bemerkte sie und klopfte zur Bekräftigung erneut auf die Handschrift. »Und Veränderungen, die in musikalischer Hinsicht keinerlei Sinn machen. Schauen Sie, die Grundmelodie bleibt die gleiche, aber wir bewegen uns von der Tonart B-Dur mit zwei b zu A-Dur mit drei Kreuzen. Noch seltsamer ist es hier: Da schreibt er zwei Kreuze vor, erhöht darüber hinaus aber noch jedes einzelne g zum Gis.«

»Eigentümlich«, pflichtete ich ihr bei. Aufgrund des individuell gesetzten Gis war der Abschnitt in D-Dur identisch mit den A-Dur-Takten. Mit anderen Worten, es gab eigentlich keinen Grund, die Tonart zu wechseln.

»Ich kann kein Deutsch«, sagte ich. »Verstehen Sie den Sinn der Worte, Mutter?«

Bei ihrem Nicken raschelten die Falten ihres schwarzen Schleiers. Konzentriert blickte sie auf das Blatt.

»Ein abscheulicher Text«, murmelte sie leise. »Nicht, daß man von den Deutschen große Dichtkunst erwartet, aber dies hier... wirklich...« Sie brach ab. »Wenn die Vermutung Ihres Mannes stimmt und es sich um einen verschlüsselten Text handelt, muß die Nachricht in den Worten liegen. Daher werden sie selbst nicht sonderlich viel Bedeutung haben.«

»Wie lautet der Text?« wollte ich wissen.

»›Meine Schäferin tollt mit den Lämmlein durch die grünen Hügel‹«, übersetzte sie. »Entsetzlicher Stil. Aber mit der Grammatik wird in Liedtexten oft recht frei umgegangen, wenn der Dichter unbedingt möchte, daß sich die Zeilen reimen. Und das ist bei Liebesliedern fast immer der Fall.«

»Kennen Sie viele Liebeslieder?« fragte ich neugierig. Mutter Hildegarde war heute abend voller Überraschungen.

»Jedes gute Musikstück ist seinem Wesen nach ein Liebeslied«, entgegnete sie sachlich. »Aber was Ihre Frage betrifft – ja, ich kenne viele. Als junges Mädchen«, sie lächelte, da sie wußte, wie schwer es mir fallen mußte, sie sich als Kind vorzustellen,

»war ich so etwas wie ein Wunderkind, müssen Sie wissen. Alles, was ich gehört hatte, konnte ich aus dem Gedächtnis nachspielen, und mit sieben habe ich mein erstes Stück komponiert.« Sie deutete auf das Cembalo mit der glänzenden Oberfläche.

»Meine Familie ist wohlhabend, und wenn ich als Knabe zur Welt gekommen wäre, hätte ich zweifellos den Beruf des Musikers gewählt.« Sie sagte das schlicht, ohne jede Spur von Bedauern.

»Aber hätten Sie nicht auch als verheiratete Frau komponieren können?« fragte ich neugierig.

Mutter Hildegarde breitete die Hände aus.

»Es war wohl die Schuld des heiligen Anselm«, meinte sie, nachdem sie eine Weile über meine Frage sinniert hatte.

»Wirklich?«

Mein Erstaunen entlockte ihrem häßlichen Gesicht ein Lächeln, wodurch ihre Züge weicher wirkten.

»Ja. Mein Pate – der ehemalige Sonnenkönig«, fügte sie wie beiläufig hinzu, »schenkte mir zu meinem achten Namenstag ein Buch mit den Lebensbeschreibungen von Heiligen. Ein wunderschöner Band«, erinnerte sie sich, »mit Goldschnitt und edelsteinbesetzten Buchdeckeln. Eher als Kunstwerk gedacht denn als Lektüre. Trotzdem las ich es. Zwar fand ich an allen Geschichten Gefallen – insbesondere an denen über die Märtyrer –, aber im Lebenslauf des heiligen Anselm gab es einen Satz, der etwas in meinem Innersten berührte.«

Sie schloß die Augen und lehnte sich zurück.

»St. Anselm war ein weiser und gebildeter Mann, ein Doktor der Theologie. Gleichzeitig diente er als Bischof und nahm sich seiner Schäfchen und ihrer Wünsche und Seelennöte an. In dem Buch wurde ausführlich über seine guten Taten erzählt, und die Geschichte endete mit den Worten: ›Bei seinem Tode konnte er auf ein erfülltes Leben im Dienste seiner Nächsten zurückblicken, und so war ihm als Lohn das Paradies beschieden.‹« Sie hielt inne und verschränkte ihre Hände locker über den Knien.

»Die Worte ›ein erfülltes Leben im Dienste seiner Nächsten‹ waren es, die mich nicht mehr losließen.« Sie lächelte mich an. »Ich könnte mir weitaus schlimmere Grabinschriften vorstellen, Madame.« Unvermittelt hob sie die Arme und zuckte die Achseln – eine seltsam graziöse Geste.

»Ich wollte auch ein erfülltes Leben führen.« Mit dieser knappen

Erklärung beendete sie die kurze Abschweifung und wandte sich wieder den Noten auf dem Notenständer zu.

»Also, der Wechsel der Tonarten – das ist das Seltsame daran. Wie sollen wir das verstehen?«

Unwillkürlich entfuhr mir ein Schrei. Da wir uns die ganze Zeit auf französisch unterhalten hatten, war es mir bisher nicht aufgefallen. Aber während Mutter Hildegarde ihre Geschichte erzählte, hatte ich englisch mitgedacht, und als ich nun wieder auf die Noten blickte, traf es mich wie ein Blitz.

»Der Schlüssel!« rief ich halb lachend. »Der Schlüssel. Zu dem Rätsel! Tonart heißt auf englisch key. Aber das Wort für den Gegenstand, mit dem man etwas aufsperrt ...« Ich deutete auf den großen Schlüsselbund, den Mutter Hildegarde normalerweise am Gürtel trug, jedoch bei Betreten des Zimmers auf dem Bücherregal abgelegt hatte.

»*Ma mère*, im Englischen tragen diese Begriffe dieselben Namen. *key* bedeutet Tonart und Schlüssel. Und die Tonart ist der Schlüssel zu unserem Rätsel. – Jamie«, fügte ich hinzu, »hat ja gesagt, daß ein Engländer den Text verschlüsselt hat – und der muß einen wahrhaft diabolischen Sinn für Humor haben.«

Diese Erkenntnis brachte uns der Lösung näher. Wenn es sich um einen englischen Autor handelte, hatte er die Nachricht vermutlich auch auf englisch verfaßt und den deutschen Text nur als Buchstabenquelle verwendet. Da ich Jamie bereits beim Experimentieren mit Alphabet und Buchstaben beobachtet hatte, bedurfte es nur weniger Versuche, das Muster zu entdecken.

»Zwei b heißt, daß man vom Beginn des Abschnitts an jeden zweiten Buchstaben nehmen muß«, stellte ich fest und schrieb das Ergebnis eifrig nieder. »Und bei drei Kreuzen jeden dritten Buchstaben vom Ende des Abschnitts an. Wahrscheinlich hat sich der Verfasser der deutschen Sprache bedient, um den Sinn des Textes zu verschleiern. Um das gleiche auszudrücken, benötigt man fast doppelt so viele Wörter wie im Englischen.«

»Sie haben Tinte an der Nase«, stellte Mutter Hildegarde fest, bevor sie mir über die Schulter blickte. »Ergibt es einen Sinn?«

»Ja«, erwiderte ich. Mein Mund war plötzlich wie ausgetrocknet. »Ja, es ergibt einen Sinn.«

Die entschlüsselte Nachricht war kurz, unmißverständlich und äußerst beunruhigend.

»›Die treuen englischen Untertanen Seiner Majestät erwarten seine rechtmäßige Wiedereinsetzung. Fünfzigtausend Pfund stehen Euch zur Verfügung, sobald Eure Hoheit englischen Boden betreten‹«, las ich laut. »Ein Buchstabe, ein S, bleibt übrig. Es ist mir nicht klar, ob dieses S so etwas wie eine Unterschrift ist, oder ob es nur für die deutsche Wortendung notwendig war.«

»Hm.« Mutter Hildegarde blickte erst neugierig auf die Nachricht, dann auf mich. »Sie wissen es wahrscheinlich schon«, meinte sie kopfnickend, »aber Sie können Ihrem Mann versichern, daß ich nichts weitererzählen werde.«

»Er hätte Sie nicht um Hilfe gebeten, wenn er Ihnen nicht vertrauen würde«, entgegnete ich entrüstet.

Ihre hochgezogenen Augenbrauen berührten fast den Schleier, als sie mit Nachdruck auf das Blatt tippte.

»Wenn dies hier Teil seiner Aufgabe ist, geht er ein erhebliches Risiko ein, jedem beliebigen Menschen sein Vertrauen zu schenken. Sagen Sie ihm, daß ich die Ehre zu schätzen weiß«, fügte sie trocken hinzu.

»Das werde ich«, erwiderte ich lächelnd.

»Nun, *chère Madame*«, sagte sie, plötzlich aufmerksam geworden. »Sie sind sehr blaß! Wenn ich mit einem neuen Stück beschäftigt bin, bleibe ich oft lange wach und mache mir wenig Gedanken über die späte Stunde. Aber für Sie ist es sicherlich schon spät.« Sie warf einen Blick auf die brennende Stundenkerze auf dem kleinen Tisch neben der Tür.

»Du lieber Himmel, es ist ja bereits tiefe Nacht! Soll ich Schwester Madeleine bitten, Sie in Ihre Kammer zu begleiten?« Widerwillig hatte Jamie Mutter Hildegardes Vorschlag zugestimmt, ich solle die Nacht im Couvent des Anges verbringen, um nicht noch spätabends durch die dunklen Straßen nach Hause gehen zu müssen.

Ich schüttelte den Kopf. Zwar war ich müde, und mein Rücken schmerzte, aber ich wollte nicht zu Bett gehen. Der Inhalt dieser musikalischen Nachricht war zu beunruhigend, als daß ich sofort hätte einschlafen können.

»Nun gut, dann sollten wir noch eine kleine Erfrischung zu uns nehmen, um den Erfolg unserer Anstrengungen zu feiern.« Mutter Hildegarde erhob sich und ging in den Salon nebenan, von wo ich das Klingeln der Glocke hörte. Eine Nonne, gefolgt von Bouton, trug ein Tablett mit heisser Milch und kleinen glasierten Gebäckstücken herein. Als wäre es das Natürlichste von der Welt, legte sie ein Törtchen auf einen kleinen Porzellanteller und stellte ihn zusammen mit einer Schale Milch vor Bouton hin.

Während ich die heisse Milch trank, legte Mutter Hildegarde das Papier, das uns so viel Kopfzerbrechen bereitet hatte, auf den Sekretär und zog ein handgeschriebenes Notenblatt hervor.

»Ich werde etwas für Sie spielen«, kündigte sie an. »Es wird Ihnen helfen, sich auf den Schlaf einzustimmen.«

Eine leichte und beruhigende Musik erklang. In angenehmer Vielfarbigkeit strömte sie vom Diskant über den Bass und wieder zurück, jedoch ohne die für Bach typische vorantreibende Kraft.

»Haben Sie das komponiert?« fragte ich, als sie nach dem Schlussakkord die Hände von den Tasten nahm.

Ohne sich umzuwenden, schüttelte sie den Kopf.

»Nein, ein Freund, Jean Philippe Rameau. Eher ein guter Theoretiker als ein Komponist voller Leidenschaft.«

Hinweggetragen von der Musik, war ich offensichtlich eingenickt, denn plötzlich erwachte ich von Schwester Madeleines Gemurmel und ihrem warmen, festen Griff, mit dem sie mich auf die Füsse stellte, bevor sie mich wegführte.

Als ich mich umwandte, sah ich Mutter Hildegardes ausladenden Rücken unter dem schwarzen Gewand und die Rundungen ihrer kräftigen Schultern, während sie spielte – der Welt ausserhalb ihres Allerheiligsten offensichtlich weit entrückt. Unweit ihrer Füsse lag Bouton auf den Dielen, die Nase auf den Pfoten und den schmalen Körper pfeilgerade ausgerichtet wie eine Kompassnadel.

»Das heisst also«, meinte Jamie, »dass mehr als blosses Gerede dahintersteckt – vielleicht!«

»Vielleicht?« hakte ich nach. »Ein Angebot in Höhe von fünfzigtausend Pfund klingt recht handfest.« Fünfzigtausend Pfund entsprachen zur damaligen Zeit dem Jahreseinkommen eines mittelgrossen Herzogtums.

Spöttisch hob er beim Anblick des handgeschriebenen Notenblatts, das ich bei meiner Rückkehr aus dem Konvent bei mir trug, eine Braue.

»Nun, ein solches Angebot ist kein grosses Risiko, da es zur Bedingung macht, dass einer von beiden – Charles oder James –

englischen Boden betritt. Wenn Charles nach England kommt, heißt das, daß er bereits anderweitig Unterstützung bekommen hat, mit deren Hilfe er nach Schottland gelangen konnte. Nein, dieses Angebot ist deswegen so interessant, weil es der erste sichere Hinweis darauf ist, daß mindestens einer der Stuarts wirklich einen Versuch unternimmt, den Thron zu erobern.«

»Einer von ihnen?« Mir war diese Einschränkung nicht entgangen. »Willst du damit sagen, daß James nicht daran beteiligt ist?« Ich betrachtete die verschlüsselte Nachricht mit wachsendem Interesse.

»Die Mitteilung war für Charles bestimmt«, erinnerte mich Jamie, »und sie kam direkt aus England – nicht über Rom. Fergus hat sie einem gewöhnlichen Boten entwendet und nicht einem päpstlichen Abgesandten; sie lag in einem Päckchen, das mit englischen Siegeln versehen war. Nach allem, was ich in James' Briefen gelesen habe...« Stirnrunzelnd schüttelte er den Kopf. Er war noch unrasiert, und im Morgenlicht tanzten auf seinen kastanienbraunen Stoppeln kleine kupferfarbene Funken.

»Das Paket war geöffnet worden; Charles hat die Nachricht also gesehen. Da sie kein Datum trug, weiß ich nicht, wann er sie erhalten hat. Natürlich kennen wir die Briefe nicht, die Charles seinem Vater geschrieben hat. Aber in James' Schreiben wird nie jemand erwähnt, der der Komponist sein könnte, geschweige denn konkrete Versprechen englischer Unterstützung.«

Mir wurde klar, worauf er abzielte.

»Und Louise de La Tour schwatzte davon, Charles wolle ihre Ehe annullieren lassen, damit er sie zur Frau nehmen könne, wenn er erst einmal König wäre. Meinst du also, Charles hat nicht bloß vor ihr großgetan?«

»Vielleicht nicht«, antwortete er. Er goß Wasser aus dem Krug im Schlafzimmer in die Schüssel und benetzte damit sein Gesicht.

»Dann ist es also möglich, daß Charles auf eigene Faust handelt?« fragte ich, entsetzt und fasziniert von dieser Möglichkeit. »Vielleicht hat James seinem Sohn aufgetragen, er solle so tun, als planten sie den Griff nach dem Thron, um Louis von ihrem Wert zu überzeugen...«

»... und Charles tut nicht nur so«, unterbrach Jamie. »Ja, sicher, so mag es scheinen. Ist hier irgendwo ein Handtuch, Sassenach?« Mit zusammengekniffenen Augen und tropfnassem Gesicht tastete er über den Tisch. Ich brachte das Manuskript in Sicherheit und reichte ihm das Handtuch.

Kritisch prüfte er die Rasierklinge. Nachdem er sie für tauglich befunden hatte, lehnte er sich über meinen Toilettentisch, betrachtete sich im Spiegel und verteilte den Rasierschaum auf den Wangen.

»Warum ist es barbarisch, wenn ich mir die Haare an den Beinen und unter den Achseln rasiere, und warum ist es nicht barbarisch, wenn du dir das Gesicht rasierst?« wollte ich wissen, als er die Oberlippe straff über die Schneidezähne schob und den Bereich unter der Nase in Angriff nahm.

»Es ist auch barbarisch«, antwortete er und blinzelte sich im Spiegel zu, »aber wenn ich es nicht tue, juckt es höllisch.«

»Hast du dir jemals einen Bart wachsen lassen?« fragte ich neugierig.

»Nicht absichtlich«, entgegnete er mit einem schiefen Lächeln, als er über eine Wange kratzte, »aber zu meiner Zeit als Geächteter in Schottland war ich hin und wieder dazu gezwungen. Wenn ich vor der Wahl stand, mich entweder mit einer stumpfen Klinge und in einem kalten Bach zu rasieren oder es jucken zu lassen, entschied ich mich für das Jucken.«

Ich lachte und sah zu, wie er die Klinge mit einem Schwung über den Kiefer zog.

»Ich kann mir nicht vorstellen, wie du mit einem Vollbart aussiehst. Ich kenne dich nur im stoppeligen Zustand.«

Mit einem Mundwinkel lächelte er mich an, den anderen zog er nach unten, um die Wange unterhalb des markanten Backenknochens zu bearbeiten.

»Wenn wir das nächste Mal nach Versailles eingeladen werden, Sassenach, frage ich, ob wir den Zoo besuchen können. Louis hält dort ein Tier, das einer seiner Kapitäne von Borneo mitgebracht hat. Es nennt sich Orang-Utan. Hast du jemals einen gesehen?«

»Ja«, erwiderte ich, »im Londoner Zoo gab es vor dem Krieg zwei.«

»Dann kannst du dir vorstellen, wie ich mit Bart aussehe«, sagte er lächelnd und beendete die Rasur mit einer gründlichen Prüfung seines Kinns. »Rauh und mottenzerfressen. So ähnlich wie der Vicomte de Marigny«, fügte er hinzu, »nur rot.«

Als hätte ihn der Name an unser Gespräch erinnert, nahm er den

Faden wieder auf, während er sich die restliche Seife mit dem Leinenhandtuch vom Gesicht wischte.

»Ich denke, wir sollten jetzt ein scharfes Auge auf die Engländer in Paris haben.« Er nahm das Notenblatt vom Bett und überflog nachdenklich die Seiten. »Falls ihm tatsächlich jemand Unterstützung in diesem Ausmaß gewähren will, wird er vermutlich einen Boten zu Charles schicken. Wenn ich fünfzigtausend Pfund riskiere, würde es mich doch sehr interessieren zu sehen, was ich dafür bekomme. Oder was meinst du?«

»O ja, sicher«, antwortete ich. »Und apropos Engländer – kauft Seine Hoheit in patriotischer Gesinnung den Weinbrand bei dir und Jared, oder beehrt er etwa Mr. Silas Hawkins?«

»Mr. Hawkins, der unbedingt in Erfahrung bringen möchte, wie das politische Klima im schottischen Hochland ist?« Voller Bewunderung schüttelte Jamie den Kopf. »Eigentlich habe ich dich geheiratet, weil du ein hübsches Gesicht hast und einen schönen runden Hintern. Und nun stellt sich heraus, daß du auch noch denken kannst!« Geschickt wich er dem Hieb aus, den ich ihm übers Ohr ziehen wollte, und grinste mich an.

»Ich weiß es nicht, Sassenach, aber ich werde es heute noch in Erfahrung bringen.«

16

Die Magie des Schwefels

Prinz Charles kaufte seinen Weinbrand tatsächlich bei Mr. Hawkins. Doch abgesehen davon brachten die folgenden vier Wochen kaum neue Erkenntnisse. Es ereignete sich nichts Bemerkenswertes. König Louis nahm nach wie vor keine Notiz von Charles. Jamie betrieb seinen Weinhandel und besuchte den Prinzen. Fergus unternahm weiterhin Beutezüge. Louise de la Tour zeigte sich mißmutig, aber nichtsdestoweniger blühend an der Seite ihres Gatten. Ich übergab mich weiterhin jeden Morgen, arbeitete nachmittags im Spital und überstand das Abendessen mit anmutigem Lächeln.

Zwei Dinge ließen uns jedoch hoffen, sie würden uns unserem Ziel näherbringen. Zum einen lud der höchst gelangweilte Charles Jamie immer öfter ein, mit ihm in Tavernen zu gehen – häufig ohne Mr. Sheridan, seinen Hauslehrer, der sich zu alt für derartige Abenteuer wähnte.

»Meine Güte, der Mann trinkt wie ein Loch«, hatte mein nach Fusel riechender Ehemann erklärt, als er von einer dieser Sauftouren zurückkehrte. Kritisch untersuchte er einen großen Fleck auf seinem Hemd.

»Ich werde ein frisches bestellen müssen«, erklärte er.

»Wenn Charles bei der Zecherei auch nur ein paar seiner Geheimnisse preisgibt, soll uns das ein frisches Hemd wert sein«, meinte ich. »Worüber spricht er überhaupt?«

»Über die Jagd und über Frauen«, antwortete Jamie knapp und lehnte jedes weitere Wort darüber entschieden ab. Entweder kreisten Charles' Gedanken mehr um Louise de la Tour als um Politik, oder er konnte auch dann diskret sein, wenn Mr. Sheridans wachsames Auge nicht auf ihm ruhte.

Zum anderen wurde Monsieur Duverny, der Finanzminister,

von Jamie im Schach besiegt. Nicht nur einmal, sondern immer wieder. Wie Jamie vorhergesehen hatte, spornten die erlittenen Niederlagen Monsieur Duverneys Ehrgeiz an, was zur Folge hatte, daß wir häufig Einladungen nach Versailles erhielten. Während ich mich unter die Leute mischte, dem Klatsch lauschte und mich von Alkoven fernhielt, spielte Jamie unter den Blicken einer Schar von Bewunderern Schach.

Ohne das Stimmengemurmel und das Klirren der Gläser in ihrem Rücken wahrzunehmen, saßen Jamie und der Finanzminister – ein kleiner rundlicher Mann mit gebeugten Schultern – über ihrer Partie.

»Es gibt wohl kaum ein langweiligeres Spiel«, raunte eine Dame ihrer Nachbarin zu. »Und so etwas nennt sich Vergnügen! Dabei ist es weitaus vergnüglicher, meiner Zofe dabei zuzusehen, wie sie den schwarzen Pagen laust. Die quietschen und kichern wenigstens ein bißchen.«

»Den rothaarigen Burschen würde ich nicht ungern zum Kichern und Quietschen bringen«, antwortete ihre Gesprächspartnerin und lächelte Jamie zu, der den Kopf gehoben hatte und gedankenverloren an Monsieur Duverney vorbeiblickte. Als die erste Dame mich erspähte, versetzte sie ihrer Begleiterin, einer üppigen Blondine, einen Stoß in die Rippen.

Ich bedachte sie mit einem liebenswürdigen Lächeln und genoß mit einer gewissen Boshaftigkeit, wie von ihrem Hals eine tiefe Röte aufstieg. Jamie selbst wirkte so geistesabwesend, daß sie ihre fleischigen Finger in sein Haar hätte wühlen können, ohne daß er es bemerkt hätte.

Ich fragte mich, was seine Aufmerksamkeit fesselte. Das Spiel konnte es nicht sein. Monsieur Duverney wich von seiner vorsichtigen Taktik nicht ab und beschränkte sich auf die immer gleichen Züge. In hastig überspielter Ungeduld fuhr Jamie mit der rechten Hand zum Oberschenkel, und ich spürte, daß er mit seinen Gedanken überall, nur nicht beim Schach war. Die Partie mochte sich noch eine halbe Stunde hinziehen, aber er hatte den König seines Gegners bereits in der Hand.

Neben mir stand der Duc de Neve und ließ Jamie nicht aus den Augen. Plötzlich wandte er den Blick ab, überlegte einen Augenblick, betrachtete das Schachbrett und entfernte sich, um seinen Wetteinsatz zu erhöhen.

Ein Lakai bot mir mit einer unterwürfigen Verneigung ein weiteres Glas Wein an. Ich winkte ab, denn ich war schon leicht benebelt, und meine Füsse erschienen mir gefährlich weit weg.

Als ich mich suchend nach einer Sitzgelegenheit umwandte, fiel mein Blick auf den Comte de St. Germain am anderen Ende des Saales. Vielleicht war er es, den Jamie ins Visier genommen hatte. Der Comte wiederum betrachtete mich, und als er mich so anstarrte, lächelte er. Ein für ihn ungewohnter Ausdruck, und er stand ihm ganz und gar nicht. Ich dachte jedoch nicht weiter darüber nach, sondern verbeugte mich in seine Richtung, so graziös ich konnte. Dann gesellte ich mich wieder zu den Damen, plauderte über dieses und jenes und versuchte das Gespräch möglichst oft auf Schottland und den im Exil lebenden König zu lenken.

Im grossen und ganzen schien die Aussicht, das Haus Stuart könnte möglicherweise wieder den englischen Thron besteigen, die französische Aristokratie nicht sonderlich zu beschäftigen. Der Name Charles Stuart, den ich ab und zu beiläufig fallen liess, rief lediglich Augenrollen und gelangweiltes Schulterzucken hervor. Trotz der Bemühungen des Grafen von Mar und der anderen Pariser Jakobiten weigerte sich Louis hartnäckig, Charles bei Hofe zu empfangen. Und ein mittelloser Exilant, der sich nicht der Gunst des Königs erfreute, konnte nicht erwarten, in die Gesellschaft aufgenommen zu werden und dort die Bekanntschaft wohlhabender Bankiers zu machen.

»Der König ist nicht besonders erfreut, dass sein Cousin nach Frankreich gereist ist, ohne vorher um Erlaubnis zu bitten«, klärte mich die Comtesse de Brabant auf, als ich das Thema anschnitt. »Er soll gesagt haben, was ihn betrifft, könne England protestantisch bleiben. Und wenn die Engländer mitsamt George von Hannover in der Hölle schmoren, um so besser!« Mitfühlend schürzte sie die Lippen; sie war ein gütiger Mensch. »Es tut mir leid. So enttäuschend es für Sie und Ihren Mann auch sein mag...« Sie zuckte die Schultern.

Mit derartigen Enttäuschungen würden wir durchaus leben können, dachte ich und begab mich wieder auf die Suche nach weiterem verwertbaren Klatsch. Aber das Glück war mir an jenem Abend nicht hold. Die Jakobiten, so gab man mir zu verstehen, seien ein langweiliges Thema.

»Mit dem Turm den Damenbauer schlagen«, murmelte Jamie,

als wir uns zum Schlafen niederlegten. Wieder einmal durften wir als Gäste im Schloß übernachten. Da die Partie bis weit nach Mitternacht gedauert hatte und der Finanzminister von unserer Rückfahrt nach Paris um diese Uhrzeit nichts hören wollte, brachte man uns in einem kleinen *appartement* unter. Diesmal war es sogar um ein bis zwei Kategorien besser ausgestattet als beim vorigen Mal, stellte ich fest – mit Federbett und einem Fenster, das auf den südlichen Blumengarten hinausging.

»Ja, ja, die Türme«, meinte ich, glitt ins Bett und streckte tiefseufzend meine Glieder. »Träumst du heute nacht vom Schach?«

Jamie nickte und gähnte, daß ihm die Tränen kamen und sein Kiefer fast aus dem Gelenk sprang.

»Aye, ganz bestimmt. Hoffentlich stört es dich nicht, wenn ich im Schlaf eine Rochade ausführe.«

Erleichtert darüber, endlich zu liegen und meinen Bauch nicht mehr tragen zu müssen, bewegte ich meine Füße hin und her. Ein feiner, wenn auch nicht unangenehmer Schmerz durchfuhr mich, als sich auch mein unteres Rückgrat allmählich entspannte.

»Wenn du magst, mach im Schlaf einen Kopfstand«, erwiderte ich gähnend. »Heute nacht lasse ich mich durch nichts mehr stören.«

Selten hatte ich mich so geirrt.

Ich träumte von dem Baby, das so kräftig strampelte, daß sich mein geschwollener Bauch hob und senkte. Ich fuhr mir über den gewölbten Leib und massierte die gespannte Haut, um den inneren Aufruhr zu besänftigen. Doch in der stillen Gewißheit, die sich in Träumen manchmal einstellt, wurde mir klar, daß es nicht das Baby war, das in mir tobte, sondern eine Schlange. Ich krümmte mich, zog die Beine an, um das Untier zu bändigen. Suchend fuhr ich mit den Händen über den Bauch, weil ich seinen Kopf packen wollte. Meine Haut brannte wie Feuer, und meine Eingeweide wanden sich, wurden selbst zu Schlangen, bissen und schlugen um sich, während sie sich ineinander verwickelten.

»Claire! Wach auf, Mädel! Was ist los?« Der Klang der Stimme brachte mich halbwegs zu mir. Ich lag auf dem Bett, Jamie hielt meine Schulter, und ich war zugedeckt mit Leintüchern. Doch die Schlangen in meinem Bauch kamen nicht zur Ruhe, und ich erschrak selbst zutiefst über mein lautes Stöhnen.

Jamie schob die Laken beiseite, rollte mich auf den Rücken und versuchte, meine Beine auszustrecken. Störrisch verharrte ich in meiner zusammengekrümmten Stellung und hielt mir den Bauch, weil ich hoffte, auf diese Weise den höllischen Schmerz eindämmen zu können.

Jamie deckte mich wieder zu und verließ hastig das Zimmer; er nahm sich kaum Zeit, seinen Kilt anzulegen.

Ich achtete nur noch auf das Toben in meinem Innern. In meinen Ohren brauste es, und kalter Schweiß bedeckte mein Gesicht.

»Madame! Madame!«

Als ich die Augen öffnete, blickte ich in das entsetzte Gesicht des Zimmermädchens. Hinter ihr stand Jamie, halbnackt und außer sich vor Angst. Kurz bevor ich erneut die Lider schloß, sah ich, wie er das Mädchen so hart bei der Schulter packte, daß sich die Locken unter der Haube lösten.

»Verliert sie das Baby? So sagen Sie doch was!«

Es schien fast so. Stöhnend und keuchend warf ich mich von einer Seite auf die andere.

Dann drangen plötzlich weibliche Stimmen an mein Ohr. Hände berührten mich und griffen nach mir. Inmitten dieses Durcheinanders erkannte ich die Stimme eines Mannes. Eines Franzosen. Auf seine Anweisung hin schlossen sich etliche Finger um meine Fußgelenke und Schultern und streckten meinen Körper aus.

Eine Hand faßte unter mein Nachthemd und tastete meinen Bauch ab. Als ich keuchend die Augen öffnete, erkannte ich Monsieur Flèche, den Hofmedicus. Mit gerunzelter Stirn kniete er neben meinem Bett. Von dieser Gunstbezeugung des Königs hätte ich mich eigentlich geschmeichelt fühlen müssen, doch im Augenblick war es mir einerlei. Die Schmerzen veränderten sich. Mein Körper wurde von Krämpfen geschüttelt, die von oben nach unten zu wandern schienen und zusehends stärker wurden.

»Keine Fehlgeburt«, versicherte Monsieur Flèche Jamie, der ihm besorgt über die Schulter sah. »Keinerlei Blutung.« Ich bemerkte, wie eine der Damen entsetzt auf die Narben auf Jamies Rücken starrte. Sie griff ihre Nachbarin am Ärmel und deutete auf die Male.

»Vielleicht eine Gallenkolik«, erklärte Monsieur Flèche, »oder eine plötzliche Leberentzündung.«

»Idiot«, stieß ich hervor.

Monsieur Flèche starrte hochmütig auf mich herab und setzte sich, um die Wirkung zu steigern, ein wenig verspätet den goldenen

Zwicker auf die Nase. Dann legte er eine Hand auf meine feuchte Stirn und bedeckte dabei wie zufällig auch meine Augen, damit ich ihn nicht länger anfunkeln konnte.

»Höchstwahrscheinlich die Leber«, meinte er zu Jamie. »Der Druck auf die Gallensteine führt zu einem Anstieg der gelben Galle im Blut und verursacht Schmerzen – und zeitweilige Geistesverwirrung«, fügte er bestimmt hinzu und preßte seine Hand ein wenig stärker auf meine Stirn, als ich mich hin und her wand. »Sie sollte umgehend zur Ader gelassen werden. – Plato, das Becken!«

Gewaltsam befreite ich mich aus seinen Händen. »Verschwinden Sie, Sie verdammter Quacksalber! Jamie, laß ihn nicht an mich ran damit!« Plato, der Assistent von Monsieur Flèche, trat mit der Lanzette und dem Becken auf mich zu, während die Damen im Hintergrund nach Luft rangen und einander Wind zufächelten.

Jamie, aus dessen Gesicht alle Farbe gewichen war, ließ den Blick zwischen Monsieur Flèche und mir hin und her wandern. Dann kam er zu einem Entschluß, packte den armen Plato, drehte ihn herum und schob ihn zur Tür. Kreischend wichen die Kammerzofen und Damen zurück.

»Monsieur! Monsieur *le chevalier*!« protestierte der Medicus. Als man ihn zu Hilfe gerufen hatte, war es ihm gerade noch gelungen, seine Perücke sachgemäß anzulegen. Zum Anziehen war ihm jedoch keine Zeit geblieben, und als er mit wild rudernden Armen – wie eine übergeschnappte Vogelscheuche – hinter Jamie hereilte, flatterten die Ärmel seines Nachtgewandes wie Flügel.

Wieder wurde ich von einem Krampf erfaßt, der sich wie eine Klammer um meine Eingeweide legte. Ich schnappte nach Luft und rollte mich erneut zusammen. Als der Schmerz etwas nachließ und ich die Augen öffnete, bemerkte ich, daß mich eine Dame forschend anblickte. Auf ihrem Gesicht zeichnete sich eine plötzliche Erkenntnis ab, und ohne mich aus den Augen zu lassen, flüsterte sie ihrer Nachbarin etwas zu. Im Zimmer herrschte zu großer Lärm, als daß ich sie hätte verstehen können, doch ich konnte ihr das Wort von den Lippen ablesen: »Gift!«

Als der Schmerz geheimnisvoll gurgelnd weiter nach unten wanderte, wurde mir schlagartig klar, was los war. Es war keine Fehlgeburt, keine Blinddarmentzündung, und erst recht keine Leberentzündung. Gift war es eigentlich auch nicht. Es war Faulbaumrinde.

»Sie...« Mit drohender Gebärde ging ich auf Maître Raymond los, der hinter seinem Arbeitstisch Zuflucht gesucht hatte. »Sie! Sie verdammter, froschgesichtiger kleiner Wurm!«

»Ich, Madonna? Ich habe Ihnen doch nichts getan, oder?«

»Abgesehen von einem unbeschreiblichen Durchfall im Beisein von mehr als dreißig Menschen, die mir einreden wollten, es sei eine Fehlgeburt, während mein Mann vor Angst fast umgekommen ist, abgesehen davon haben Sie mir nichts angetan!«

»Ach, Ihr Mann war auch dabei?« Maître Raymond fühlte sich offensichtlich nicht wohl in seiner Haut.

»Ganz richtig!« bestätigte ich. Mit Mühe und Not hatte ich Jamie davon abhalten können, mich in Maître Raymonds Apotheke zu begleiten, um ihn gewaltsam zum Sprechen zu bringen. Schließlich hatte ich ihn dazu überredet, in der Kutsche zu warten, während ich mit dem amphibienähnlichen Besitzer ein ernstes Wörtchen reden wollte.

»Sie sind ja nicht gestorben, Madame«, stellte der Kräuterkundige fest. Da er keine nennenswerten Augenbrauen besaß, zog er einen Teil seiner Stirn hoch. »Aber Sie hätten sterben können.«

Im Tumult der Nacht und der darauffolgenden Schwäche hatte ich das völlig außer acht gelassen.

»Es war also kein böser Streich?« fragte ich ein wenig kleinlaut. »Wollte mich tatsächlich jemand umbringen? Und ich bin nur deshalb noch am Leben, weil Sie ein Mann mit Gewissen sind?«

»Vielleicht verdanken Sie Ihr Leben nicht unbedingt dem Umstand, daß ich ein Gewissen habe, Madonna. Es mag ein Streich gewesen sein – vermutlich gibt es noch andere Händler, die Faulbaumrinde verkaufen. Ich habe diese Substanz im letzten Monat an zwei Personen verkauft – und keine von beiden hat sie verlangt.«

»Ich verstehe.« Ich holte tief Luft und wischte mir mit dem Handschuh die Schweißperlen von der Stirn. Das hieß also, daß *zwei* potentielle Giftmörder ihr Unwesen trieben. Genau das, was mir noch gefehlt hatte!

»Nennen Sie mir ihre Namen?« fragte ich ihn unverblümt. »Das nächste Mal kaufen sie vielleicht bei jemandem, der kein Gewissen hat.«

Er nickte und preßte nachdenklich die Lippen zusammen.

»Es wäre möglich. Die Namen der Käufer werden Ihnen jedoch nichts nutzen. Es waren Dienstboten, die auf Anweisung ihrer

Herrschaft handelten. Einmal war es die Zofe der Vicomtesse de Rambeau und das andere Mal ein Mann, den ich nicht kannte.«

Ich trommelte mit den Fingern auf die Theke. Die einzige Person, die mich bedroht hatte, war der Comte de St. Germain. Hatte er einen Diener damit beauftragt, das vermeintliche Gift zu beschaffen, um es mir dann eigenhändig ins Getränk zu mischen? Als ich mir den Abend in Versailles wieder ins Gedächtnis rief, erschien es mir möglich. Die Weingläser wurden auf Tabletts von Dienern herumgereicht. Der Comte hätte mir nicht mal auf Armeslänge nahe kommen, sondern einfach nur einen Diener bestechen müssen, damit dieser mir ein bestimmtes Glas reichte.

Raymond betrachtete mich neugierig. »Haben Sie die Vicomtesse irgendwie verärgert? Sie ist ausgesprochen eifersüchtig. Es wäre nicht das erstemal, daß Sie mich um Hilfe bittet, eine Rivalin zu beseitigen, wenn ihre Eifersuchtsattacken gottlob auch recht kurzlebig sind. Der Vicomte riskiert gerne ein Auge, müssen Sie wissen – es gibt immer eine neue Rivalin, die sie von der alten ablenkt.«

Unaufgefordert setzte ich mich.

»Rambeau?« Ich versuchte, dem Namen ein Gesicht zuzuordnen, und sah plötzlich einen Mann mit eleganter Kleidung und einem hausbackenen runden Gesicht – beides verschwenderisch mit Schnupftabak bestreut – vor mir.

»Ja, Rambeau!« rief ich aus. »Natürlich kenne ich den Mann. Aber ich habe ihm nur den Fächer über das Gesicht gezogen, als er mir in die Zehen gebissen hat.«

»Je nach Laune könnte das für die Vicomtesse schon Anlaß genug sein«, erklärte Maître Raymond. »Und wenn dem so war, dann sind Sie vor weiteren Angriffen wohl sicher.«

»Danke«, erwiderte ich trocken. »Und wenn es nicht die Vicomtesse war?«

Der kleine Apotheker zögerte eine Weile, während er mit zusammengekniffenen Augen in das Sonnenlicht blickte, das durch das Rautenglas des Fensters fiel. Dann wandte er sich entschlossen um und ging zu dem steinernen Tisch, auf dem seine Destillierkolben standen. Mit einer Kopfbewegung forderte er mich auf, ihm zu folgen.

»Kommen Sie mit, Madonna. Ich habe etwas für Sie.«

Zu meiner Verwunderung bückte er sich und war plötzlich unter dem Tisch verschwunden. Als er nicht mehr auftauchte, beugte ich mich hinunter und lugte unter den Tisch. Eine glühende Kohlenschicht bedeckte die Feuerstelle. Aber zu beiden Seiten war etwas Platz frei, und im Schatten des Mauerwerks unter dem Tisch befand sich eine Öffnung.

Ich zögerte eine Sekunde, schürzte dann meine Röcke und folgte ihm.

Der Raum, der dahinterlag, war zwar klein, jedoch hoch genug, daß man aufrecht darin stehen konnte. Von außen hätte man diese verborgene Kammer nicht vermutet.

Zwei Wände wurden von wabenartigen Fächern eingenommen, und in jedem der staubfreien und makellos sauberen Kästchen lag ein Tierschädel. Entsetzt wich ich einen Schritt zurück. Sämtliche Augenhöhlen schienen auf mich gerichtet, die schimmernden Zähne zum Willkommensgruß gebleckt.

Ich mußte etliche Male blinzeln, bis ich Maître Raymond entdeckte. Vorsichtig hockte er auf dem Boden seines Beinhauses. Mit abwehrend erhobenen Armen hielt er den Blick auf mich gerichtet, als erwartete er, daß ich schrie oder mich auf ihn warf. Aber da ich in meinem Leben schon weitaus Furchteinflößenderes gesehen hatte als polierte Knochen, trat ich vor, um die Schädel genauer zu betrachten.

Offenbar war alles vorhanden: winzige Schädel von Fledermäusen und verschiedenen Mäusearten, die Knochen durchscheinend, die kleinen Zähne gefährlich scharf, Pferde mit wuchtigen, krummschwertähnlichen Kiefern, mit denen man mühelos Scharen von Philistern hätte niedermähen können, bis hin zu Schädeln von Eseln, die, wenn auch kleiner, genauso stabil wie die der mächtigen Zugpferde waren.

Sie strahlten Ruhe und Schönheit aus, als lebte in ihnen noch der Geist ihrer Besitzer, als trugen die Knochen die Erinnerung an Fleisch und Fell in sich.

Ich berührte einen der Schädel. Er war gar nicht so kalt, wie ich vermutet hatte.

Ich hatte menschliche Skelette gesehen, mit denen man weit weniger würdevoll verfahren war. Die Schädel der christlichen Märtyrer hatte man früher in den Katakomben einfach auf einen Haufen geworfen und ihre Schenkelknochen wie Mikadostäbchen übereinandergestapelt.

»Ein Bär?« fragte ich leise. Welch ein großer Schädel, mit scharfen Eckzähnen, aber seltsam abgeflachten Backenzähnen.

»Ja, Madonna.« Raymond entspannte sich, als er meine Furchtlosigkeit bemerkte. Zart strich er über die Rundung des festen Schädels. »Sehen Sie die Zähne? Ein Fischvertilger, Fleischfresser, aber gleichzeitig ein Beerenfresser und Freund von Larven. Sie verhungern selten, weil ihnen alles schmeckt.«

Bewundernd ging ich von einem Fach zum nächsten, berührte mal hier, mal dort etwas.

»Sie sind wundervoll«, sagte ich. Wir sprachen gedämpft, als könnten lautere Töne die Ruhe der Schlafenden stören.

»Ja.« Raymond strich ebenso zart wie ich über die Knochen. »In ihnen ist der Charakter des Tieres verborgen. Aus dem, was übrig ist, läßt sich ziemlich genau sagen, was einmal war.«

»Diese dort«, ich deutete nach oben, »sind etwas Besonderes, nicht wahr?«

»O ja, Madonna. Es sind Wölfe. Sehr alte Wölfe.« Vorsichtig nahm er einen der Schädel herunter. Er hatte eine lange Schnauze mit starken Eck- und breiten Reißzähnen. Der Sagittalbogen trat steif und dominierend aus dem rückwärtigen Schädel hervor und zeugte von dem kräftigen Nacken, der den Kopf einmal getragen hatte.

Die Schädel waren nicht weiß wie die anderen, sondern fleckig und braungestreift, und sie glänzten wie poliert.

»Diese Tiere gibt es nicht mehr, Madonna.«

»Heißt das, sie sind ausgestorben?« Fasziniert strich ich noch einmal über den Schädel. »Wo um alles in der Welt haben Sie die her?«

»Sie stammen aus einem unter der Erde verborgenen Torfmoor, Madonna.«

Bei genauerem Hinsehen erkannte ich den Unterschied zwischen den Schädeln vor mir und den jüngeren, weißeren auf der anderen Seite. Die Tiere waren weitaus größer gewesen als normale Wölfe und hatten Kiefer gehabt, mit denen sie einem flüchtenden Elch gewiß mühelos die Beine hatten brechen oder einem gestürzten Reh die Kehle hatten durchbeißen können.

Ein leises Frösteln durchfuhr mich, als ich den Schädel berührte. Ich mußte an die Wölfe vor dem Wentworth-Gefängnis denken, die sich in der eisigen Dämmerung an mich herangepirscht hatten, nachdem ich ihren Gefährten getötet hatte. Das war kaum sechs Monate her.

»Gefallen Ihnen die Wölfe nicht, Madonna?« fragte Raymond. »Aber vor Bären und Füchsen haben Sie doch auch keine Angst. Und die sind ebenfalls Jäger und Fleischfresser.«

»Schon, aber sie interessieren sich nicht für mein eigenes Fleisch«, erwiderte ich ironisch und reichte ihm den verwitterten Schädel. »Ich empfinde größere Zuneigung für unseren Freund, den Elch.« Liebevoll tätschelte ich die weit vorspringende Nase.

»Zuneigung?« Die schwarzen Augen blickten mich neugierig an. »Ein ungewöhnliches Gefühl für einen Knochen, Madonna.«

»Nun ja... das stimmt«, sagte ich leicht verlegen, »aber für mich sind es nicht bloß Knochen. Ich meine, sie sagen ja etwas über das Wesen des Tiers aus. Es sind nicht nur leblose Gegenstände.«

Raymonds zahnloser Mund verzog sich zu einem Lächeln, als hätte ich etwas gesagt, was ihm gefiel. Er enthielt sich jedoch einer Antwort.

»Warum haben Sie sie gesammelt?« fragte ich ihn. Mir war mit einem Mal aufgefallen, daß Regale voller Tierschädel nicht zur normalen Ausstattung eines Apothekers zählten. Ausgestopfte Krokodile vielleicht, aber nicht dieses ganze Zeug.

Gutmütig zuckte er die Schultern.

»Sie leisten mir bei meiner Arbeit Gesellschaft.« Er deutete auf eine unaufgeräumte Werkbank in der Ecke. »Sie können mir eine Menge erzählen, und das so leise, daß sie nicht die Aufmerksamkeit der Nachbarn erregen. Kommen Sie mit.« Unvermittelt wechselte er das Thema. »Ich habe etwas für Sie.«

Neugierig folgte ich ihm zu einem hohen Schrank am Ende des Raumes.

Raymond war kein Naturforscher, geschweige denn Wissenschaftler im modernen Sinn des Wortes. Er machte keine Notizen, fertigte keine Zeichnungen an und schrieb keine Bücher, die andere Menschen zu Rate ziehen und von denen sie lernen konnten. Dennoch hatte ich den Eindruck, daß ihm viel daran gelegen war, mich das zu lehren, worin er sich auskannte – seine Vorliebe für Gebeine zum Beispiel.

Der Schrank war mit zahlreichen eigentümlichen Schnörkeln und Kringeln, Fünfecken und Kreisen bemalt. Kabbalistische Symbole. Ein oder zwei kannte ich aus Onkel Lambs historischen Büchern.

»Sie beschäftigen sich mit der Kabbala?« fragte ich ihn, während ich die Symbole amüsiert betrachtete. Das würde den geheimen Arbeitsraum erklären. Zwar herrschte in französischen Literatenzirkeln und in Adelskreisen ein starkes Interesse an Okkultismus, doch man sprach nur hinter vorgehaltener Hand darüber, weil man die kirchliche Säuberungswut fürchtete.

Zu meiner Überraschung brach Raymond in Gelächter aus. Er legte die kurzen Finger auf die Schranktür und berührte hier die Mitte eines Symbols, dort das runde Ende.

»Nein, eigentlich nicht. Die meisten Kabbalisten sind gewöhnlich recht arm, daher suche ich nicht unbedingt ihre Gesellschaft. Die Symbole auf dem Schrank sollen neugierige Leute abschrecken. Was natürlich, wenn man einmal darüber nachdenkt, eine erhebliche Macht für ein bißchen Malerei bedeutet. So haben die Kabbalisten vielleicht doch recht, wenn sie behaupten, in diesen Symbolen läge eine gewisse Kraft.«

Mit einem verschmitzten Lächeln öffnete er die Schranktür. Es war tatsächlich ein Schrank mit doppeltem Boden. Wenn sich eine neugierige Person nicht von den Symbolen abschrecken ließ und die Tür öffnete, offenbarte sich ihr der harmlose Inhalt einer Apotheke. Würde es ihr jedoch gelingen, die versteckten Riegel in der richtigen Reihenfolge zu betätigen, würden auch die innenliegenden Regale aufschwingen und den dahinterliegenden Hohlraum offenbaren.

Maître Raymond zog eine der kleinen Schubladen an der Hinterwand heraus und kippte den Inhalt in seine Hand. Nach kurzem Wühlen nahm er einen großen weißen Kristall und überreichte ihn mir.

»Für Sie«, sagte er. »Zum Schutz.«

»Was? Ein Zauber?« fragte ich spöttisch, während ich den Stein in der Hand drehte und wendete.

Raymond lachte und ließ kleine bunte Steine auf die fleckige Filzunterlage rieseln.

»So könnte man es nennen, Madonna. Ich kann natürlich mehr dafür berechnen, wenn ich behaupte, sie besitzen magische Kräfte.« Mit einem Finger schnipste er einen blaßgrünen Kristall aus dem kleinen Häufchen Steine.

»Darin wohnen nicht mehr – und gewiß auch nicht weniger –

magische Kräfte als in den Schädeln. Nennen Sie die Steine doch einfach die Knochen der Erde. In ihnen ist das Muster ihres Entstehens festgehalten, und welche Kraft dabei auch immer gewirkt hat, ist in ihnen gebunden.« Er schoß ein gelbliches Klümpchen in meine Richtung.

»Schwefel. Wenn man ihn mit ein paar anderen Kleinigkeiten pulverisiert und eine Lunte daran hält, explodiert es. Schießpulver. Ist das Magie? Oder ist es die Natur des Schwefels?«

»Vermutlich hängt es davon ab, mit wem Sie darüber sprechen«, stellte ich fest, woraufhin sich seine Miene zu einem Grinsen verzog.

»Wenn Sie jemals beabsichtigen, Ihren Mann zu verlassen, Madonna«, sagte er schmunzelnd, »werden Sie bestimmt nicht verhungern. Ich habe ja gesagt, Sie kennen sich aus.«

»Mein Mann!« rief ich aus. Nun wußte ich, was die gedämpften Geräusche aus dem entfernten Ladenraum zu bedeuten hatten. Es gab einen lauten Knall, als würde eine gewaltige Faust auf den Tresen niedergehen, während sich eine entschiedene tiefe Stimme über das Gewirr anderer Geräusche erhob.

»Um Himmels willen! Ich habe Jamie vergessen.«

»Ihr Mann ist draußen?« Raymonds Augen weiteten sich über das übliche Maß hinaus, und wenn er nicht bereits blaß wie die Wand gewesen wäre, wäre er wohl auch erbleicht.

»Ich habe ihn vor der Tür warten lassen«, erklärte ich und bückte mich, um durch die Geheimöffnung wieder nach draußen zu gelangen. »Gewiß hat es ihm zu lange gedauert.«

»Warten Sie, Madonna.« Raymond packte mich am Ellbogen und hielt mich zurück. Dann legte er eine Hand über die meine, die den weißen Kristall hielt.

»Der Kristall. Ich habe Ihnen doch gesagt, er ist zu Ihrem Schutz.«

»Schon gut«, erwiderte ich ungeduldig, als ich meinen Namen immer lauter rufen hörte. »Wie wirkt er?«

»Er reagiert empfindlich, wenn sich Gift in der Nähe befindet. Dann ändert er seine Farbe.«

Ich hielt inne, richtete mich auf und starrte ihm ins Gesicht.

»Gift?« wiederholte ich langsam. »Das heißt...«

»Ja, Madonna. Vielleicht schweben Sie noch immer in Gefahr.« Ein grimmiger Ausdruck breitete sich über Raymonds Gesicht. »Ich kann es nicht beschwören und weiß auch nicht, woher die Gefahr kommt. Wenn ich es herausfinde, seien Sie versichert, daß ich es Sie wissen lasse.« Unruhig wanderten seine Augen zur Geheimöffnung. Donnernde Schläge fuhren auf die Außenmauer nieder. »Bitte beruhigen Sie auch Ihren Mann.«

»Keine Sorge«, versicherte ich und tauchte unter dem niedrigen Sturz hindurch. »Jamie beißt nicht. Das glaube ich wenigstens.«

»Es sind nicht seine *Zähne*, die mich beunruhigen«, hörte ich ihn noch sagen, während ich gebückt über die Asche in der Feuerstelle stieg.

Als Jamie mich erblickte, senkte er den Dolch, mit dessen Griff er soeben die Wand bearbeiten wollte.

»Ach, hier bist du!« stellte er fest. Er neigte den Kopf und sah zu, wie ich Ruß und Asche vom Saum meines Kleides klopfte. Als er Raymond vorsichtig unter dem Tisch hervorlugen sah, verfinsterte sich seine Miene.

»Und da ist ja auch unsere kleine Kröte! Hat er eine Erklärung, Sassenach, oder soll ich ihn aufspießen und zu den anderen da draußen hängen?« Ohne den Blick von Raymond zu wenden, nickte er in Richtung der anderen Werkstatt, wo getrocknete Kröten und Frösche an einem langen Filzstreifen aufgespießt hingen.

»Aber nein«, sagte ich hastig, als ich sah, daß sich Raymond wieder in sein Allerheiligstes zurückziehen wollte. »Er hat mir alles erzählt und war mehr als hilfreich.«

Widerstrebend steckte Jamie den Dolch weg, während ich Raymond die Hand reichte, um ihm aus dem Loch zu helfen. Raymond zuckte beim Anblick von Jamie zurück.

»Ist dieser Mensch Ihr Mann, Madonna?« fragte er in einem Ton, als hoffte er, die Antwort lautete »nein«.

»Ja«, antwortete ich. »Mein Mann James Fraser, der Herr von Broch Tuarach.« Ich deutete auf Jamie, obwohl ich kaum jemanden anderen hatte meinen können, und anschließend in die andere Richtung: »Maître Raymond.«

»Das habe ich mir gedacht«, sagte Jamie trocken. Er verneigte sich und streckte Raymond, dessen Kopf gerade bis zu Jamies Taille reichte, die Hand entgegen. Raymond berührte sie kurz und zog die seine leicht schaudernd wieder zurück. Ich starrte ihn verwundert an.

Jamie hob lediglich eine Augenbraue, lehnte sich zurück und

machte es sich auf der Tischkante bequem. Nachdem er die Arme vor der Brust verschränkt hatte, fragte er: »Also, was gibt's?«

Ich übernahm den größten Teil der Erklärungen, während Raymond dann und wann einsilbige Bestätigungen einwarf. Der kleine Apotheker schien seiner gesamten Schlagfertigkeit beraubt. Vornübergebeugt hockte er auf einem Schemel neben dem Feuer. Erst nachdem ich die Sache mit dem weißen Kristall erzählt hatte, kam wieder Leben in ihn.

»Es stimmt, Herr«, versicherte er Jamie. »Ich bin mir nicht sicher, ob sich Ihre Frau oder Sie selbst in Gefahr befinden, oder gar Sie beide. Ich habe keine Einzelheiten erfahren, sondern nur den Namen ›Fraser‹ gehört, an einem Ort, an dem man seinen Namen lieber nicht hören möchte.«

Jamie sah ihn scharf an. »Tatsächlich? Und Sie sind dort gleichfalls anzutreffen, Maître Raymond? Sind diese Leute gar Partner von Ihnen?«

Raymonds Lächeln fiel ein wenig matt aus. »Ich würde sie eher als Rivalen bezeichnen, Herr.«

»Mmmpf. Jedenfalls danke ich Ihnen für die Warnung, Maître Raymond.« Er verneigte sich vor dem Apotheker, ohne ihm jedoch die Hand zu reichen. »Was die andere Angelegenheit betrifft – da meine Frau gewillt scheint, Ihnen zu vergeben, werde auch ich kein Wort mehr darüber verlieren. Allerdings würde ich Ihnen raten, daß Sie, wenn die Vicomtesse das nächste Mal auftaucht, schleunigst in Ihrem Mauseloch da drüben verschwinden. Auf geht's, Sassenach.«

Auf unserer holprigen Fahrt in die Rue Tremoulins blieb Jamie schweigsam. Er starrte aus dem Fenster der Kutsche und klopfte sich mit den steifen Fingern seiner Rechten auf den Oberschenkel.

»Ein Ort, an dem man seinen Namen lieber nicht hören möchte«, murmelte er, als der Wagen in die Rue Ganboge einbog. »Ich möchte zu gern wissen, was sich dahinter verbirgt.«

Mir fielen die kabbalistischen Symbole auf Raymonds Schrank wieder ein, und es überlief mich kalt. Ich erinnerte mich an die Gerüchte, die mir Marguerite über den Comte de St. Germain erzählt hatte, und an Madame de Ramages Warnungen. Ich erzählte Jamie davon und was Raymond gesagt hatte.

»Für ihn sind die Symbole vielleicht nur Malerei und Dekoration«, schloß ich meine Ausführungen. »Aber er kennt zweifellos

Leute, die anderer Ansicht sind. Wen sonst sollte er von dem Schrank fernhalten wollen?«

Jamie nickte. »Aye. Das ist mir nicht neu. Es gibt allerhand Gerüchte bei Hofe. Ich habe ihnen keine Beachtung geschenkt, weil ich es für albernes Gerede hielt, aber jetzt schaue ich mir die Sache genauer an.« Plötzlich lachte er auf und zog mich an sich. »Ich werde Murtagh auf den Comte de St. Germain ansetzen. Dann hat der Comte endlich einen *echten* Dämon, gegen den er sich wehren muß.«

17

Begehren und Erfüllung

Murtagh wurde also beauftragt, ein wachsames Auge auf alle Besucher des Comte de St. Germain zu haben. Doch abgesehen davon, daß der Comte bemerkenswert viele Gäste – beiderlei Geschlechts und quer durch sämtliche Gesellschaftsschichten – bewirtete, konnte Murtagh nichts sonderlich Geheimnisvolles vermelden. Nur ein Besucher fiel aus dem Rahmen: Charles Stuart erschien eines Nachmittags und blieb eine Stunde.

Charles forderte Jamie immer häufiger auf, ihn auf seinen Streifzügen durch Tavernen und zwielichtige Vergnügungsstätten zu begleiten. Ich vermutete, daß Charles' Wunsch nach Jamies Gesellschaft weniger mit irgendwelchen üblen Machenschaften des Comte zu tun hatte als vielmehr mit dem Fest, das Jules de La Tour de Rohan aus Freude über die Schwangerschaft seiner Frau veranstaltete.

Diese Unternehmungen dauerten manchmal bis tief in die Nacht. Ich gewöhnte mich daran, ohne Jamie ins Bett zu gehen und geweckt zu werden, wenn er durchfroren und nach Tabakrauch und Schnaps riechend, neben mir ins Bett sank.

»Er ist wie besessen von dieser Frau und hat anscheinend völlig vergessen, daß er der Thronerbe von Schottland und England ist«, sagte Jamie nach einem dieser Streifzüge.

»Dann muß er wirklich vollkommen durcheinander sein«, erwiderte ich sarkastisch. »Hoffentlich hält der Zustand an.«

Als ich eine Woche später im fahlen Licht der Morgendämmerung erwachte, fand ich das Bett neben mir immer noch leer.

»Ist der Herr von Broch Tuarach in seinem Arbeitszimmer?« Im Nachthemd lehnte ich mich über das Treppengeländer, so daß Magnus, der soeben die Eingangshalle durchquerte, sichtlich erschrak. Vielleicht hatte Jamie sich aus Rücksicht auf mich entschieden, auf dem Sofa seines Arbeitszimmer zu schlafen.

»Nein, Madame«, antwortete der Diener und starrte mich an. »Als ich soeben die Vordertür aufschließen wollte, habe ich festgestellt, daß sie nicht verriegelt war. Der Herr ist heute nacht nicht nach Hause gekommen.«

Schwer ließ ich mich auf die Stufen sinken. Der Schreck stand mir offensichtlich ins Gesicht geschrieben, denn der ältliche Diener spurtete die Stufen hoch.

»Madame.« Besorgt rieb er meine Hand. »Madame, ist alles in Ordnung?«

»Ich habe mich schon besser gefühlt, aber das ist jetzt unwichtig. Magnus, schicken Sie umgehend einen der Lakaien zu Prinz Charles' Haus auf dem Montmartre. Er soll herausfinden, ob mein Mann dort ist.«

»Sofort, Madame. Und ich rufe auch Marguerite, damit sie sich um Sie kümmert.« Die Filzpantoffeln, die er während der morgendlichen Verrichtungen trug, glitten fast lautlos über das polierte Holz, als er die Treppe hinuntereilte.

»Und Murtagh!« rief ich ihm hinterher. »Der Verwandte meines Mannes. Bitte bringen Sie ihn zu mir.« Mein erster Gedanke war, daß Jamie die Nacht in Charles' Haus verbracht hatte. Dann schoß mir durch den Kopf, daß ihm etwas zugestoßen sein könnte.

»Wo ist er?« ertönte Murtaghs rauhe Stimme vom Treppenabsatz. Offenbar war er soeben erwacht. Sein Gesicht war von seiner Schlafunterlage ganz zerknittert, und in den Falten seines zerschlissenen Hemdes hing noch Stroh.

»Wie soll ich das wissen?« fauchte ich ihn an. Murtagh erweckte immer den Eindruck, als hegte er gegen jemanden einen Verdacht, und sein gewohnt mürrischer Gesichtsausdruck hatte sich dadurch, daß er aus dem Schlaf gerissen wurde, nicht gebessert. Trotzdem wirkte sein Anblick beruhigend. Wenn sich etwas Unangenehmes anbahnte, konnte man sich auf Murtagh voll und ganz verlassen.

»Er ist vergangene Nacht mit Prinz Charles ausgegangen und nicht heimgekommen. Mehr weiß ich nicht.« Ich zog mich am Geländer hoch und strich die Falten meines seidenen Nachthemdes glatt. Das Feuer war zwar bereits entfacht, hatte jedoch die Räume noch nicht erwärmt, und mir war kalt.

Murtagh fuhr sich mit der Hand übers Gesicht, um besser überlegen zu können.

»Mmmmpf. Ist schon jemand auf dem Weg zum Montmartre?«

»Ja.«

»Dann warte ich, bis eine Nachricht eintrifft. Falls man Jamie dort findet, gut und schön. Wenn nicht, kann uns vielleicht jemand sagen, wann und wo er und Seine Hoheit sich voneinander verabschiedet haben.«

»Und wenn alle beide nicht dort anzutreffen sind? Wenn auch der Prinz nicht nach Hause gekommen ist?« fragte ich. Es gab nicht nur Jakobiten in Paris, sondern auch Gegner der Stuarts. Und obwohl Charles Stuarts Ermordung keinerlei Gewähr dafür bot, daß damit die Gefahr einer möglichen schottischen Erhebung gebannt war – schließlich hatte er noch einen jüngeren Bruder –, mochte eine solche Tat doch James' Enthusiasmus einen Dämpfer versetzen, falls er überhaupt jemals Enthusiasmus empfunden hatte, überlegte ich beunruhigt.

Ich erinnerte mich lebhaft an den Anschlag auf Jamie, dem er nur knapp entkommen konnte und bei dem er auf Fergus gestoßen war. Mordversuche auf offener Straße waren beileibe nichts Außergewöhnliches, und die Straßen von Paris wurden des Nachts von Räuberbanden unsicher gemacht.

»Du solltest dich lieber anziehen, Mädel«, bemerkte Murtagh. »Ich kann deine Gänsehaut ja sogar von hier sehen.«

»Ja, da hast du wohl recht.« Ich hatte meine Arme fest um meinen Körper geschlungen, aber es half alles nichts – meine Zähne klapperten vor Kälte.

»Madame, Sie werden sich noch erkälten!« Marguerite eilte die Treppe herauf und schob mich ins Schlafzimmer. Rasch warf ich noch einen Blick zurück auf Murtagh, der am Fuß der Treppe stand und sorgfältig seinen Dolch inspizierte, bevor er ihn zurück in die Scheide schob.

»Sie gehören ins Bett, Madame!« schimpfte Marguerite. »Es tut dem Kind und Ihnen nicht gut, wenn Sie so in der Kälte herumsitzen. Ich hole Ihnen eine Wärmepfanne. Und wo ist Ihr Morgenmantel? Ziehen Sie ihn über. Ja, so ist's gut...« Ich hüllte mich in den schweren Wollmantel, ignorierte Marguerites mütterliche Ermahnungen, ging zum Fenster und öffnete die Läden.

Die Straße strahlte vom Widerschein der Morgensonne auf den Häuserfassaden. Obwohl es noch früh am Tag war, herrschte geschäftiges Treiben: Mägde und Lakaien schrubbten emsig die Stufen oder polierten Türgriffe aus Messing; Straßenhändler boten lauthals Obst, Gemüse und frische Meeresfrüchte feil, und die Köche der großen Häuser streckten wie böse Geister die Köpfe aus den Kellertüren. Ein Kohlenkarren mit einem müden Zugpferd holperte die Straße entlang. Von Jamie indes keine Spur.

Schließlich beugte ich mich den Überredungskünsten der besorgten Marguerite und legte mich ins Bett, konnte aber nicht wieder einschlafen. Jedes Geräusch von draußen ließ mich aufschrecken, jeder Schritt auf dem Bürgersteig ließ mich hoffen, gleich Jamies Stimme in der Eingangshalle zu hören. Das Gesicht des Comte de St. Germain drängte sich hartnäckig zwischen mich und den Schlaf. Er war der einzige Angehörige des französischen Adels, der Verbindung zu Charles Stuart pflegte. Aller Wahrscheinlichkeit nach war ihm der Anschlag zuzuschreiben, den man auf Jamie – und auch mich – verübt hatte. Es war allgemein bekannt, daß er sich mit zwielichtigen Gestalten umgab. Hatte er dafür gesorgt, daß Jamie und Charles aus dem Weg geschafft worden waren? Ob aus politischen oder persönlichen Gründen spielte im Augenblick keine Rolle.

Als schließlich aus der Halle Schritte zu vernehmen waren, war ich so sehr damit beschäftigt, mir auszumalen, wie Jamie mit aufgeschlitzter Kehle in der Gosse lag, daß ich ihn erst bemerkte, als sich die Schlafzimmertür öffnete.

»Jamie!« Mit einem Freudenschrei setzte ich mich auf.

Er lächelte mich an und gähnte mit weitaufgerissenem Mund, so daß ich bis tief hinab in seinen Schlund blicken und mich davon überzeugen konnte, daß seine Kehle unversehrt war. Ansonsten sah er jedoch erbärmlich aus. Er ließ sich neben mich aufs Bett fallen und dehnte sich genüßlich, bevor er sich seufzend ausstreckte.

»Was ist geschehen?« wollte ich wissen.

Er öffnete ein blutunterlaufenes Auge.

»Ich brauche ein Bad«, erklärte er und schloß das Auge wieder.

Vorsichtig schnuppernd schob ich mich ein wenig näher an ihn heran. Der vertraute Geruch nach verrauchten Räumen und feuchter Wolle stieg mir in die Nase, begleitet von einer erstaunlichen Mischung aus Ale, Wein, Whisky und Weinbrand – Getränke, die zu den Flecken auf seinem Hemd paßten. Doch damit nicht genug – das Ganze wurde vom Duft eines unvergleichlich aufdringlichen und abstoßenden billigen Parfums überlagert.

»Das stimmt!« pflichtete ich ihm bei. Ich kletterte aus dem Bett, steckte den Kopf zur Türe hinaus und rief nach Marguerite. Ich bat sie, eine Sitzwanne zu holen und diese mit ausreichend Wasser zu füllen. Außerdem sollte sie noch einige der feinen, nach Rosenöl duftenden Seifenstücke mitbringen, die mir Bruder Ambrosius zum Abschied geschenkt hatte.

Nachdem das Mädchen die beschwerliche Arbeit in Angriff genommen hatte, die riesigen, kupfernen Kannen mit warmem Wasser herbeizuschaffen, widmete ich mich dem Wrack auf dem Bett.

Ich streifte ihm Schuhe und Strümpfe ab, löste die Spange seines Kiltes und öffnete ihn. Unwillkürlich führte Jamie seine Hand zwischen die Beine. Aber mein Blick fiel auf eine andere Stelle.

»Was, um alles in der Welt, ist geschehen?« fragte ich abermals.

Über die blasse Haut seiner Schenkel zogen sich mehrere tiefrote lange Kratzer. In Höhe des Beinansatzes waren Abdrücke zu erkennen, die eindeutig von Zähnen herrührten.

Während das Zimmermädchen heißes Wasser in die Wanne schüttete, warf sie einen interessierten Blick auf die verräterischen Male und sah sich genötigt, eine Bemerkung beizusteuern.

»*Un petit chien?*« fragte sie. Ein kleiner Hund? Oder etwas anderes. Zwar waren mir die Redewendungen jener Zeit bei weitem noch nicht vertraut, ich wußte jedoch, daß sich *les petits chiens* häufig schminkten und auf zwei Beinen in den Straßen herumtrieben.

»Hinaus!« befahl ich ihr herrisch auf französisch, woraufhin sie leise schmollend die Kannen in die Hand nahm und das Zimmer verließ. Ich drehte mich wieder zu Jamie um. Er hob kurz ein Lid und warf einen Blick auf mein Gesicht.

»Nun?« hakte ich nach.

Statt zu antworten, zitterte er nur. Nach einer Weile setzte er sich auf, um sich mit den Händen das Gesicht zu reiben, wobei ein kratzendes Geräusch entstand. Zweifelnd zog er eine Augenbraue hoch. »Ich kann mir kaum vorstellen, daß eine wohlerzogene junge Dame wie du mit der Nebenbedeutung des Ausdrucks *soixante-neuf* vertraut ist.«

»Sie ist mir nicht unbekannt«, erklärte ich, verschränkte die Arme vor der Brust und blickte ihm leicht mißtrauisch in die Augen. »Und darf ich fragen, wo *du* die Bekanntschaft dieser außergewöhnlichen Nummer gemacht hast?«

»Eine Dame, die ich vergangene Nacht kennengelernt habe, hat sie mir eindringlich ans Herz gelegt.«

»War das vielleicht dieselbe Dame, die dich in den Oberschenkel gebissen hat?«

Er blickte an sich hinunter und strich nachdenklich über die Stelle.

»Hm, nein, nicht dieselbe. Diese Dame hat niedrigere Zahlen vorgezogen. Ich glaube, sie hat sich für die Sechs entschieden. Die Neun kümmerte sie nicht.«

»Jamie«, sagte ich und klopfte nachdrücklich mit dem Fuß auf den Boden. »*Wo* warst du die ganze Nacht?«

Er schöpfte mit den Händen ein wenig Wasser aus dem Becken, spritzte es sich ins Gesicht und ließ es über seine dunkelroten Brusthaare rinnen.

»Hm«, antwortete er und zwinkerte die Tropfen aus den Wimpern. »Laß mich überlegen. Zuerst haben wir in der Taverne zu Abend gegessen und sind dort auf Glengarry und Millefleurs gestoßen.« Monsieur Millefleurs war ein Pariser Bankier und Glengarry einer der jungen Jakobiten und Oberhaupt eines Seitenzweiges des MacDonell-Clans. Jamies Bemerkungen zufolge war er auf Besuch und seit kurzem des öfteren in Charles' Gesellschaft anzutreffen. »Anschließend haben wir uns auf den Weg zum Duca di Castellotti gemacht, um bei ihm Karten zu spielen.«

»Und danach?« fragte ich.

Eine Taverne. Und noch eine. Und dann ein Etablissement, das einer Taverne ähnelte, dazu aber noch von etlichen Damen von ansprechendem Äußeren und noch ansprechenderen Talenten geschmückt wurde.

»Aha, Talenten!« sagte ich und blickte auf die Bißwunde.

»Mein Gott, sie haben das in aller Öffentlichkeit gemacht«, wehrte sich Jamie schaudernd. »Zwei von ihnen. Auf dem Tisch. Zwischen dem Lammrücken, den Kartoffeln und dem Quittengelee.«

»*Mon dieu*«, sagte das Mädchen, das soeben mit einer weiteren Kanne eingetreten war, und bekreuzigte sich.

»Sie halten den Mund«, wies ich sie grimmig an. Erneut wandte ich meine Aufmerksamkeit meinem Ehemann zu. »Und anschließend?«

Offenbar ging man anschließend zu allgemeineren Vergnügungen über, wenn auch immer noch unter den Augen des Publikums. Mit gebührender Rücksicht auf Marguerites Gefühle wartete Jamie mit weiteren Ausführungen, bis sie das Zimmer verlassen hatte, um eine weitere Kanne Wasser zu holen.

»... Castellotti zog die Dicke und die kleine Blonde in eine Ecke, und...«

»Und was hast *du* währenddessen getan?« unterbrach ich seinen aufregenden Bericht.

»Zugeschaut«, entgegnete er überrascht. »Es schien mir nicht besonders anständig, aber unter den Umständen blieb mir kaum eine andere Wahl.«

Während er redete, kramte ich in seiner Felltasche und förderte nicht nur eine kleine Geldbörse zutage, sondern auch einen großen, wappenverzierten Metallring. Neugierig streifte ich ihn mir über den Finger. Aber er war um einiges weiter als ein normaler Ring und sah an meinem Finger aus wie ein Wurfring an einem Stecken.

»Wem gehört dieses Ding?« fragte ich und streckte es Jamie entgegen. »Das Wappen sieht aus wie das des Duca di Castellotti, aber derjenige, dem es gehört, muß Finger wie Würste haben.« Castellotti ähnelte einer ausgezehrten italienischen Bohnenstange, und sein verkniffenes Gesicht deutete auf eine chronische Verdauungsstörung hin. Kein Wunder angesichts dessen, was Jamie über ihn erzählte. Quittengelee – meiner Treu!

Als ich hochblickte, sah ich Jamie vom Scheitel bis zur Sohle erröten.

»Äh«, stotterte er und widmete sich mit übertriebenem Eifer einem Schmutzfleck auf dem Knie. »Er... gehört nicht an den Finger.«

»Wohin denn...? Ach so.« Ich betrachtete den runden Gegenstand aus einem neuen Blickwinkel. »Guter Gott, von diesen Dingern habe ich schon gehört...«

»Wirklich?« Jamie war schockiert.

»Aber ich habe nie zuvor einen gesehen. Paßt er dir?« Ich wollte ihn Jamie überstreifen, doch der legte hastig die Hände über seine intimsten Teile.

Marguerite betrat das Zimmer mit einer neuen Kanne und versicherte ihm: »*Ne vous en faîtes pas*, Monsieur. *J'en ai déjà vu un.*« Keine Sorge, Monsieur, ich habe schon mal einen gesehen.

Sein Blick wanderte zwischen dem Mädchen und mir hin und her. Dann warf er sich die Decke über den Schoß.

»Schlimm genug, daß ich die ganze Nacht meine Tugend verteidigen mußte«, bemerkte er bitter. »Nun muß ich mich auch noch in aller Frühe dafür rechtfertigen.«

»Deine Tugend, so so!« Ich warf den Ring von einer Hand in die andere, wobei ich ihn jeweils mit dem Zeigefinger auffing. »Ein Geschenk, nehme ich an? Oder nur eine Leihgabe?«

»Ein Geschenk. Hör auf, Sassenach«, sagte er und verzog das Gesicht. »Du weckst Erinnerungen.«

»Ach, wirklich?« Ich ließ ihn nicht aus den Augen. »Dann laß uns über die Erinnerungen reden.«

»*Ich* nicht!« protestierte er. »Du kannst doch nicht von mir glauben, daß ich so etwas tue. Ich bin ein verheirateter Mann!«

»Und Monsieur Millefleurs, ist der nicht verheiratet?«

»Er ist nicht nur verheiratet, sondern hat auch zwei Mätressen«, erklärte Jamie. »Aber er ist Franzose – das ist ein Unterschied.«

»Aber der Duca di Castellotti ist kein Franzose – er ist Italiener.«

»Aber er ist ein Herzog. Das ist auch etwas anderes.«

»Tatsächlich? Ob die Herzogin das auch findet?«

»Wenn ich bedenke, was der Herzog von der Herzogin gelernt haben will, nehme ich das an. Ist das Bad noch nicht fertig?«

Nachdem er sich die Decke um die Lenden geschlungen hatte, erhob er sich und ging schwerfällig zur dampfenden Badewanne. Er ließ die schützende Hülle fallen und glitt rasch ins Wasser – allerdings nicht schnell genug!

»*Enorme!*« bemerkte das Mädchen und bekreuzigte sich.

»*C'est tout*«, stieß ich zwischen den Zähnen hervor. »*Merci bien.*« Errötend schlug sie die Augen nieder und trippelte hinaus.

Als sich die Tür hinter ihr geschlossen hatte, streckte Jamie sich wohlig im Wasser aus. Er war offenbar der Meinung, man solle ein Bad, das zu bereiten so viel Mühe kostete, auch genießen.

Während er immer tiefer in das heiße Wasser eintauchte, breitete sich über sein stoppelbärtiges Gesicht ein glückseliger Ausdruck. Seine helle Haut färbte sich leicht rot. Er hatte die Augen geschlossen, und zarte Schweißperlen schimmerten auf den Ringen unter seinen Augen.

»Seife?« Fragend schlug er die Augen auf.

»Ja, hier.« Ich reichte ihm die Seife und setzte mich auf einen Schemel neben der Wanne. Ich beobachtete, wie er sich eifrig schrubbte und versorgte ihn mit einem Lappen und einem Bimsstein, mit dem er sorgfältig seine Fußsohlen und Ellbogen bearbeitete.

»Jamie«, sagte ich schließlich.

»Aye?«

»Ich möchte mit dir nicht über deine Vorgehensweise streiten«, meinte ich, »und wir waren uns auch im klaren darüber, daß wir uns auf einiges einlassen müssen, aber... mußtest du wirklich...«

»Mußte ich was, Sassenach?« Er hielt mit dem Schrubben inne, neigte den Kopf und sah mich durchdringend an.

»Nun... ich meine...« Zu meiner Verärgerung stieg mir das Blut in den Kopf.

Eine große Hand tauchte tropfend aus dem Wasser auf und legte sich auf meinen Arm. Die feuchte Hitze drang durch den dünnen Stoff des Ärmels.

»Sassenach«, sagte er, »was glaubst du, was ich getan habe?«

»Äh«, stotterte ich und versuchte vergebens, nicht auf die Bißwunde an seinem Oberschenkel zu blicken. Er lachte, wenn auch nicht sonderlich amüsiert.

»Oh ihr Kleingläubigen!« meinte er spöttisch.

Ich wich zurück.

»Also, wenn ein Ehemann mit Bißwunden übersät, zerkratzt und nach Parfüm stinkend, nach Hause kommt und zugibt, er hätte die Nacht in einem Bordell verbracht, und...«

»Und dir geradeheraus erklärt, er hätte nur zugesehen und nicht mitgemacht?«

»Solche Male entstehen nicht vom Zusehen!« rief ich aufgebracht. Aber sofort biß ich mir auf die Lippen. Ich kam mir vor wie ein keifendes eifersüchtiges Weib, und das wollte ich nicht. Ich hatte gelobt, alles gelassen hinzunehmen. Und ich wollte mir einreden, daß ich Jamie voll vertraute, und überhaupt, wo gehobelt wird, da fallen Späne. Selbst wenn wirklich etwas geschehen wäre...

Durch den nassen Fleck auf meinem Ärmel spürte ich die kühle Luft. Ich bemühte mich, wieder einen unbeschwerten Ton anzuschlagen.

»Oder sind es die Narben des ehrenhaften Kampfes, den du zur Verteidigung deiner Tugend geführt hast?« Irgendwie gelang mir der unbekümmerte Tonfall nicht so recht. Die Frage klang sogar ziemlich häßlich, das mußte ich vor mir selbst zugeben. Es machte mir jedoch immer weniger aus.

Jamie verstand sich auf Untertöne. Er verengte die Augen zu einem Schlitz und schien etwas sagen zu wollen. Dann überlegte er es sich offenbar anders und schluckte die Bemerkung hinunter.

»Ja«, entgegnete er ruhig. Er fischte die Seife aus dem Wasser und streckte mir das weiße, glitschige Gebilde entgegen.

»Wäschst du mir die Haare? Während der Heimfahrt hat Seine Hoheit auf mich gekotzt, daher stinke ich ein bißchen.«

Nach kurzem Zögern nahm ich das Friedensangebot zumindest vorübergehend an.

Unter dem dicken, seifigen Haar tastete ich die feste Rundung seines Schädels und die Narben am Hinterkopf. Ich drückte beide Daumen in Jamies Nackenmuskeln, woraufhin er sich etwas entspannte.

Der Seifenschaum rann ihm über die nassen, glänzenden Schultern. Ich fing ihn auf und verteilte ihn.

Jamie war in der Tat groß. Unmittelbar neben ihm vergaß ich leicht, wie hochgewachsen er wirklich war, bis ich ihn aus der Entfernung zwischen kleineren Männern aufragen sah. Immer wieder war ich von seiner schönen, anmutigen Gestalt beeindruckt. Jetzt saß ich mit angezogenen Knien da, und seine Schultern nahmen die gesamte Breite der Wanne ein. Er beugte sich ein wenig nach vorne, um mir meine Arbeit zu erleichtern, so daß man die schrecklichen Narben auf seinem Rücken sah. Über die weißen Linien, die von früheren Auspeitschungen herrührten, zogen sich die wulstigen roten Narben, die Jack Randall ihm zu Weihnachten beschert hatte.

Mein Herz krampfte sich zusammen, als ich die verheilten Wunden sanft berührte. Ich hatte sie gesehen, als sie noch frisch waren, als Folter und Demütigung Jamie fast in den Wahnsinn getrieben hatten. Aber ich hatte ihn geheilt, und er hatte mit tapferem Herzen darum gekämpft, wieder gesund und eins mit mir zu werden. Zärtlich schob ich sein Haar zur Seite und neigte mich vor, um seinen Nacken zu küssen.

Doch abrupt wich ich zurück. Er spürte die Bewegung und drehte den Kopf leicht nach hinten.

»Was hast du, Sassenach?« fragte er langsam und schläfrig.

»Nichts, gar nichts«, entgegnete ich und starrte auf die dunkelroten Flecken am Nacken. Im Pembroke hatten die Schwestern sich am Morgen nach einem Rendezvous mit einem Soldaten des nahegelegenen Stützpunktes ein Tuch um den Hals geschlungen. Ich war immer der Meinung gewesen, die Schals waren eher Angabe als Tarnung.

»Wirklich nichts«, wiederholte ich und griff nach dem Wasserkrug auf dem Ständer. Er stand neben dem Fenster und fühlte sich eiskalt an. Ich trat hinter Jamie und goß ihm das Wasser über den Kopf.

Ich hob mein Nachthemd, um es vor der plötzlichen Welle, die über den Rand der Wanne spritzte, in Sicherheit zu bringen. Jamie prustete vor Kälte, und vor Schreck verschlug es ihm die Sprache. Ich kam ihm zuvor.

»Nur zugeschaut, was?« fragte ich kalt. »Gewiß hast du es nicht eine Sekunde lang genossen, du armer Kerl.«

Er warf sich nach hinten, so daß das Wasser abermals auf den Steinboden schwappte, drehte sich um und blickte zu mir auf.

»Was willst du von mir hören?« fuhr er mich an. »Ob ich sie besteigen wollte? Natürlich wollte ich. So sehr, daß meine Eier wehtaten, weil ich es nicht getan habe.«

Er wischte sich die triefendnassen Haare aus den Augen und starrte mich an.

»Wolltest du das hören? Bist du jetzt zufrieden?«

»Eigentlich nicht«, entgegnete ich. Mein Gesicht fühlte sich heiß an. Ich preßte meine Wange an die eiskalte Fensterscheibe und klammerte mich mit den Händen am Fensterbrett fest.

»Jemand, der eine Frau begehrlich ansieht, hat bereits Ehebruch begangen. Wolltest du das sagen?«

»Willst *du* das sagen?«

»Nein«, antwortete er knapp. »Und was würdest du tun, wenn ich tatsächlich bei einer Hure gelegen hätte, Sassenach? Mich ins Gesicht schlagen? Mich aus deinem Schlafzimmer werfen? Meinem Bett fernbleiben?«

Ich wandte mich um und sah ihn an.

»Ich würde dich umbringen!« preßte ich zwischen den Zähnen hervor.

Seine Augenbrauen schossen in die Höhe, während seine Kinnlade vor Erstaunen nach unten sank.

»*Mich* umbringen? Mein Gott, wenn ich dich mit einem anderen Mann erwischte, würde ich *ihn* töten.« Er hielt inne und zog einen Mundwinkel ironisch hoch.

»Zwar wäre ich auch auf *dich* nicht gut zu sprechen«, sagte er, »trotzdem würde ich ihn töten.«

»Typisch Mann«, erwiderte ich. »Kapiert nicht, um was es geht.«

Er schnaubte spöttisch.

»So, findest du? Mit anderen Worten, du glaubst mir nicht. Soll ich dir beweisen, Sassenach, daß ich in den letzten Stunden bei niemandem gelegen habe?« Als er sich erhob, rann das Wasser in kleinen Bächen seine langen Beine hinab. Seine Haut dampfte, und das hereinfallende Licht ließ die rotgoldenen Härchen auf seinem Körper aufblinken. Er ähnelte einer Statue aus frisch geschmolzenem Gold. Mein Blick glitt an ihm hinunter.

»Ha!« rief ich mit höchstmöglicher Verachtung in der Stimme.

»Das liegt am heißen Wasser«, erklärte er kurz und stieg aus der Wanne. »Keine Sorge, es dauert nicht lange.«

»Das glaubst du!« entgegnete ich und betonte dabei jedes Wort.

Er errötete noch mehr und ballte unwillkürlich die Fäuste.

»Mit dir ist wohl kein vernünftiges Gespräch möglich, was?« sagte er scharf. »Himmel, ich habe die Nacht angeekelt und unter Qualen verbracht, bin von den anderen als unmännlich verspottet worden, komme nach Hause und muß mir Unkeuschheit vorwerfen lassen! *Mallaichte bàs!*«

Mit grimmigem Blick sammelte er seine auf dem Boden verteilten Kleider auf.

»Hier«, er tastete nach dem Schwertgehenk. »Wenn Begierde mit Ehebruch gleichzusetzen ist und du mich dafür umbringen möchtest, dann tu es!« Er trat mit seinem annähernd dreißig Zentimeter langen Dolch an mich heran und warf ihn mir zu. Wild um sich blickend, straffte er die Schultern und bot mir seine breite Brust.

»Mach schon«, forderte er mich nachdrücklich auf. »Du gibst doch nicht etwa klein bei? Wo du doch so empfindsam bist, was deine Ehre als Ehefrau betrifft.«

Es war eine echte Versuchung. Meine Hände bebten vor Verlangen, ihm den Dolch zwischen die Rippen zu stoßen. Allein die Gewißheit, daß er trotz seines dramatischen Auftritts nicht zulassen würde, daß ich ihn erdolchte, hielt mich davon ab. Ich kam mir sowieso schon ziemlich lächerlich vor und wollte mich nicht noch weiter demütigen. Schwungvoll wandte ich mich von ihm ab.

Nach einer Weile vernahm ich das Scheppern des Dolches auf

den Dielen. Regungslos starrte ich aus dem Fenster. Als ich hinter mir ein leises Rascheln hörte, blickte ich auf die Spiegelung in der Scheibe. Mein Gesicht erschien darin als ein von schlafzerzaustem Haar umrahmtes Oval, und Jamies nackte Gestalt bewegte sich auf der Suche nach einem Handtuch, als befände er sich unter Wasser.

»Das Handtuch liegt auf dem Gestell«, sagte ich und drehte mich um.

»Danke.« Er ließ das schmutzige Hemd fallen, mit dem er sich trockentupfen wollte, und griff, ohne mich anzusehen, nach dem Handtuch.

Er wischte sich das Gesicht ab, ließ das Tuch sinken und schaute mich an. Ich sah, wie es in seinem Gesicht arbeitete, und mir war, als blickte ich immer noch in die reflektierende Scheibe. Schließlich siegte jedoch bei uns beiden die Vernunft.

»Es tut mir leid«, sagten wir wie aus einem Munde und lachten.

Seine feuchte Haut durchweichte den dünnen Seidenstoff, aber es kümmerte mich nicht.

Minuten später murmelte er mir etwas ins Haar.

»Was?«

»Verdammt knapp«, wiederholte er und wich etwas zurück, »es war verdammt knapp, Sassenach, und das hat mir angst gemacht.«

Ich warf einen Blick auf den Dolch, der vergessen auf dem Boden lag.

»Angst? Nie zuvor habe ich jemanden gesehen, der furchtloser ist als du. Du wußtest nur zu gut, daß ich es mein Lebtag nicht wagen würde.«

»Ach das«, er grinste. »Nein, ich hätte keine Sekunde geglaubt, daß du mich umbringen würdest, auch wenn du es gerne getan hättest.« Er schlug einen sachlichen Ton an. »Nein... ich meine, alle diese Frauen. Wie ich mich bei ihnen gefühlt habe. Ich wollte sie nicht, wirklich nicht...«

»Ja, ich weiß«, antwortete ich und streckte ihm die Hand entgegen. Aber er sprach weiter. Bekümmert sah er mich an.

»Aber die Begierde... so nennt man das wohl... sie war dem zu ähnlich, was ich manchmal für dich empfinde, und das... nun, das scheint mir nicht recht.«

Er wandte sich ab, um sein Haar mit dem Leinentuch zu trocknen, und seine Stimme klang gedämpft.

»Ich habe immer gedacht, es wäre einfach, bei einer Frau zu

liegen«, erklärte er leise. »Aber... ich möchte dir zu Füßen liegen und dich anbeten und außerdem will ich dich auf die Knie zwingen, meine Hände in dein Haar wühlen, und ich will, daß mich dein Mund befriedigt... Und ich will beides *gleichzeitig*, Sassenach.« Er schob seine Hände unter mein Haar und umschloß mein Gesicht.

»Ich verstehe mich selbst nicht, Sassenach! Oder vielleicht doch.« Er löste seine Hände und wandte sich ab. Obwohl sein Gesicht längst trocken war, wischte er sich immer wieder mit dem Handtuch über das stoppelige Kinn. Seine Stimme war kaum vernehmbar.

»So ein Gefühl – ich meine, das Wissen darum – kam zum erstenmal kurz nach... Wentworth.« Wentworth. Der Ort, an dem er seine Seele geopfert hatte, um mein Leben zu retten, und Höllenqualen erleiden mußte, um sie wiederzuerlangen.

»Zuerst dachte ich, daß Jack Randall einen Teil meiner Seele geraubt hätte, aber auf einmal wurde mir bewußt, daß es viel schlimmer war. Das alles kam aus mir, war schon immer ein Teil von mir gewesen. Er hat mir das nur deutlich gemacht, bis ich es schließlich begriffen habe. Gerade das kann ich ihm nicht verzeihen, und ich wünsche ihm, daß seine Seele dafür verfault.«

Er sah mich an. Sein übernächtigtes Gesicht wirkte ausgemergelt, aber seine Augen leuchteten eindringlich.

»Claire, deinen Nacken unter meinen Händen zu fühlen und die zarte Haut deiner Brüste und Arme... Guter Gott, du bist meine Frau, und ich liebe dich und würde für dich mein Leben geben. Und trotzdem möchte ich dich so hart küssen, daß deine Lippen bluten und meine Finger Male auf deiner Haut hinterlassen.«

Er ließ das Handtuch fallen und legte mir die Hände auf den Kopf, als wollte er mich segnen.

»Ich möchte dich wie ein Kätzchen unter meinem Hemd tragen, *mo duinne*, und gleichzeitig will ich deine Schenkel öffnen und dich reiten wie ein Stier.« Seine Finger krallten sich in meine Haare. »Ich verstehe mich selbst nicht.«

Ich zog meinen Kopf weg und trat einen halben Schritt zurück. Das Blut pulsierte unter meiner Haut, und ein Schauder erfaßte meinen Körper.

»Glaubst du, ich empfinde anders?« entgegnete ich. »Glaubst du nicht, daß ich dich nicht auch manchmal beißen möchte, bis ich Blut schmecke, und daß ich dich kratzen will, bis du schreist?«

Behutsam streckte ich meine Hand nach ihm aus. Seine Brust fühlte sich feucht und warm an. Ich berührte ihn mit dem Nagel meines Zeigefingers unterhalb der Brustwarze. Sachte bewegte ich ihn um die Warze herum und sah, wie sie sich in dem buschigen Haar aufstellte.

Mein Fingernagel drückte sich fester in die helle Haut, glitt abwärts und hinterließ einen schwachen roten Streifen. Ich zitterte, wandte mich aber nicht ab.

»Manchmal möchte ich dich wie ein wildes Pferd reiten und dich zähmen – hast du das gewußt? Ich weiß, ich kann es. Ich will dich so scharf machen, bis du nur noch röchelst, dich an den Rand des Zusammenbruchs bringen und es genießen, Jamie, wirklich! Und doch will ich sooft...«, ich mußte schlucken, »will ich einfach... deinen Kopf an meine Brust drücken, dich liebkosen wie ein Kind und in den Schlaf wiegen.«

Meine Augen hatten sich mit Tränen gefüllt, so daß ich sein Gesicht nur verschwommen wahrnahm und nicht sah, ob er auch weinte. Seine Arme schlossen sich um meinen Körper und die feuchte Wärme, die von ihm ausging, umfing mich wie der Atem eines heißen Sommerwindes.

»Claire, du bringst mich um, mit oder ohne Messer«, flüsterte er, das Gesicht in meinem Haar vergraben. Er hob mich hoch und trug mich zum Bett. Dann kniete er nieder und legte mich auf die zerwühlten Decken.

»Du liegst jetzt bei mir«, sagte er ruhig, »und ich werde dich so nehmen, wie ich muß. Und wenn du es mir gleichtun willst, dann tu es und sei willkommen, denn jeder Winkel meiner Seele ist dein.«

Obgleich seine Schultern von dem Bad noch warm waren, zitterte er, als meine Hände an seinen Hals wanderten. Ich zog ihn zu mir herunter.

Als alles vorbei war, streichelte ich ihn und strich ihm die Locken zurück.

»Manchmal wünschte ich, du wärst es, der in mir ist«, flüsterte ich. »Ich möchte dich in mir aufnehmen, damit dir nichts zustoßen kann.«

Er legte seine große warme Hand schützend und liebkosend über die leichte Wölbung meines Bauches.

»Du tust es, *mo duinne*«, sagte er. »Du tust es.«

Ich spürte es zum erstenmal am darauffolgenden Morgen, als ich noch im Bett lag und Jamie beim Anziehen zusah. Ein kaum merkliches Flattern, wohlvertraut und doch völlig unbekannt. Jamie stand mit dem Rücken zu mir, wand sich in sein knielanges Hemd und streckte die Arme, um die Falten des gebleichten Stoffes über seinem breiten Rücken auszurichten.

Ruhig lag ich da und hoffte, das leise Flattern würde sich wiederholen. Und da war es: winzige, schnelle Bewegungen, wie die Bläschen, die in einer kohlensäurehaltigen Flüssigkeit aufsteigen und zerplatzen. Behutsam legte ich eine Hand auf meinen Unterleib, knapp über dem Schoß.

Da war es. Kein er und keine sie – aber ein Wesen. Vielleicht besaßen Babys ja bis zur Geburt gar kein Geschlecht – abgesehen von den körperlichen Merkmalen.

»Jamie«, sagte ich. Er band gerade sein Haar mit einem Lederband im Nacken zusammen. Mit geneigtem Kopf schaute er mich lächelnd an.

»Na, aufgewacht? Es ist noch früh, *mo duinne*. Schlaf noch ein Weilchen.«

Ich war drauf und dran gewesen, es ihm zu erzählen, doch irgend etwas hielt mich zurück. Er konnte es nicht spüren, noch nicht. Es war nicht, daß ich annahm, es sei ihm egal, aber diese Empfindungen schienen plötzlich nur mich etwas anzugehen. Nach dem ersten Wissen um die bloße Existenz des Babys – meinerseits ein Bewußtsein und seinerseits einfach ein Dasein – teilte ich nun noch ein zweites Geheimnis mit dem Kind, etwas, was uns aufs engste miteinander verband, wie das Blut, das durch uns beide strömte.

»Möchtest du, daß ich dir die Haare flechte?« fragte ich Jamie. Wenn er zum Hafen ging, bat er mich oft, ihm seine Mähne zu einem festen Zopf zu binden, da an Bord und auf dem Kai ein starker Wind blies. Er scherzte häufig, daß er es wie die Matrosen in Teer tauchen würde, um dem Problem endgültig beizukommen.

Er schüttelte den Kopf und griff nach dem Kilt.

»Nein. Ich werde Prinz Charles einen Besuch abstatten. Und in seinem Haus ist es zwar zugig, aber es wird mir gewiß nicht die Locken in die Augen blasen.« Er grinste mich an und stellte sich neben mein Bett. Als er meine Hand auf meinem Bauch sah, legte er seine sachte darüber.

»Alles in Ordnung, Sassenach? Ist es besser mit der Übelkeit?«

»O ja.« Die morgendliche Übelkeit hatte tatsächlich nachgelassen. Nur hin und wieder wurde ich von einem Brechreiz erfaßt. Ich hatte festgestellt, daß ich den Geruch von gebratenen Kutteln mit Zwiebeln nicht ertragen konnte. Ich mußte dieses geschätzte Mahl vom Speiseplan der Dienstboten streichen, da sein Duft von der Küche im Untergeschoß über die Hintertreppe hochkroch und mich jäh überfiel, sobald ich die Tür des Salons öffnete.

»Gut.« Er hob meine Hand und küßte sie zum Abschied. »Schlaf noch ein wenig, *mo duinne*«, wiederholte er.

Behutsam schloß er die Türe hinter sich, als wäre ich bereits eingeschlafen, und überließ mich der morgendlichen Stille der Kammer. Das fahle Sonnenlicht drang durch das Flügelfenster und malte quadratische Muster auf die Wand. Es würde ein herrlicher Tag werden. Ich war mit Freude erfüllt, allein mit mir und doch nicht allein in meinem friedlichen, warmen Kokon.

»Hallo«, sagte ich leise, eine Hand über die Schmetterlingsflügel gelegt, die sich in meinem Innern kaum wahrnehmbar bewegten.

DRITTER TEIL

Unheil

18

Vergewaltigung in Paris

Ende April gab es im Königlichen Zeughaus eine Explosion. Später hörte ich, daß ein achtloser Pförtner eine Fackel an der falschen Stelle abgelegt hatte, woraufhin das größte Schießpulver- und Feuerwaffenarsenal von Paris mit einem Donnerschlag in die Luft flog, daß die Tauben von Notre Dame aufflogen.

Da ich zu der Zeit im Hôpital des Anges arbeitete, hörte ich die Explosion selbst nicht, dafür bekam ich aber ihre Nachwirkungen zu Gesicht. Das Spital lag zwar am anderen Ende der Stadt, aber es gab so viele Verletzte, daß diejenigen, die in den anderen Krankenhäusern keine Aufnahme mehr fanden, zu uns geschafft wurden. Die verstümmelten, mit Brandwunden bedeckten Opfer wurden auf Karren geladen oder auf ein Brett gelegt und von freundlichen Mitmenschen zu uns gebracht.

Die Dunkelheit war schon hereingebrochen, als der letzte versorgt war und in Verbände gehüllt in ein Bett zwischen die schmuddeligen, anonymen Patienten des Spitals gelegt wurde.

Als ich sah, welch gewaltige Aufgabe die Schwestern erwartete, hatte ich Fergus mit der Nachricht heimgeschickt, daß ich später kommen würde. Er war in Begleitung von Murtagh zurückgekehrt, und die beiden machten es sich auf den Stufen vor dem Eingang bequem und warteten darauf, uns nach Hause zu geleiten.

Mary und ich traten müde und erschöpft durch die Flügeltür und trafen auf Murtagh, der gerade dabei war, Fergus in die Kunst des Messerwerfens einzuführen.

»Also los«, sagte er, den Rücken zu uns gewandt. »So gerade du kannst, auf drei. Eins... zwei... drei!« Bei »drei« warf Fergus eine große weiße Zwiebel und ließ sie über das unebene Gelände hüpfen.

Murtagh stand entspannt da, den Arm lässig erhoben, den Dolch in den Fingerspitzen. Als die Zwiebel vorbeisauste, zuckte sein

Handgelenk schnell und scharf. Sonst zeigte er keine Regung, nicht einmal sein Kilt bewegte sich, aber die Zwiebel wurde zur Seite geschleudert und rollte tödlich getroffen im Staub zu seinen Füßen.

»B-bravo, Mr. Murtagh!« rief Mary lächelnd. Verblüfft drehte sich Murtagh um, und im Licht, das durch die Flügeltür hinter uns fiel, sah ich, wie ihm die Röte in die hageren Wangen stieg.

»Mmmpf«, brummte er.

»Tut mir leid, daß wir so spät kommen«, entschuldigte ich mich. »Es hat ziemlich lange gedauert, bis alle versorgt waren.«

»Oh, aye«, antwortete Murtagh lakonisch. Er wandte sich an Fergus. »Wir sollten versuchen, eine Kutsche aufzutreiben, Junge; in der Dunkelheit können die Damen nicht zu Fuß gehen.«

»Hier gibt es keine«, meinte Fergus achselzuckend. »Ich bin in der letzten Stunde immer wieder die Straße auf- und abgelaufen; alle freien Kutschen der Stadt sind zum Zeughaus gefahren. Aber vielleicht bekommen wir eine in der Rue du Faubourg-St.-Honoré.« Er deutete auf eine schmale dunkle Passage. »Das ist eine Abkürzung.«

Nach kurzem Bedenken nickte Murtagh zustimmend. »In Ordnung, Junge. Gehen wir.«

Auf der Gasse war es kalt; obwohl Neumond war, sah ich die weißen Wölkchen meines Atems. In Paris gab es auch in der dunkelsten Nacht immer irgendwelche Lichtquellen: Lampen- und Kerzenschein drang durch die Fensterläden und Ritzen der Holzhäuser; die Buden der Straßenhändler waren beleuchtet, und an Kutschen und Lastkarren baumelten kleine Horn- und Metallaternen.

In der nächsten Straße gab es viele Geschäfte; hier und da hatten die Kaufleute Laternen aus durchbrochenem Metall über ihren Türen oder dem Ladeneingang aufgehängt. Man verließ sich nicht darauf, daß die Polizei das Eigentum der Bürger schützte; oft taten sich mehrere Kaufleute zusammen und stellten einen Nachtwächter ein, der ihre Geschäfte bewachte. Vor dem Laden eines Segelmachers sah ich einen solchen Mann, der im Schatten auf einem Stapel gefalteten Segeltuchs kauerte, und erwiderte sein schroffes »*Bonsoir*, Monsieur, Mesdames« mit einem Nicken.

Als wir an dem Geschäft vorbeigingen, hörte ich den Nachtwächter jedoch plötzlich rufen.

»Monsieur! Madame!«

Murtagh wirbelte herum, um den Angriff abzuwehren, und hatte auch schon das Schwert gezogen. Als er vortrat, bemerkte ich eine Bewegung im Eingang hinter ihm. Bevor ich ihn warnen konnte, traf Murtagh ein Schlag von hinten, und er fiel mit dem Gesicht nach unten auf die Strasse. Schlaff und kraftlos lag er da. Schwert und Dolch waren ihm aus der Hand geflogen und fielen scheppernd aufs Pflaster.

Ich bückte mich rasch nach dem Dolch, der an meinem Fuss vorbeischlitterte, wurde jedoch von hinten gepackt.

»Kümmere dich um den Mann«, befahl eine Stimme hinter mir. »Schnell!«

Ich wand mich im Griff des Angreifers, aber seine Hände glitten zu meinen Handgelenken und verdrehten sie so brutal, dass ich laut aufschrie. Etwas Weisses blähte sich gespenstisch auf, und der »Nachtwächter«, der ein Stück weissen Stoff hinter sich herschleifte, beugte sich über den bewusstlosen Murtagh.

»Hilfe!« schrie ich. »Lasst ihn! Hilfe! Räuber! Mörder! HILFE!«

»Sei ruhig!« Ein harter Schlag traf mich am Ohr, so dass mir schwindlig wurde. Als meine Augen aufhörten zu tränen, erkannte ich ein längliches, weisses Bündel in der Gosse; Murtagh lag fein säuberlich verpackt in einem Segeltuchsack. Der falsche Nachtwächter beugte sich über ihn. Dann stand er grinsend auf, und ich bemerkte, dass er sein Gesicht von der Stirn bis zur Oberlippe hinter einer dunklen Maske verborgen hatte.

Im schwächlichen Lichtstrahl, der aus dem benachbarten Kerzengiesserladen fiel, sah ich, dass er trotz der kalten Nacht nur ein Hemd anhatte, das smaragdgrün schimmerte. Dazu trug er eine Kniehose und überraschenderweise Seidenstrümpfe und Lederschuhe, und nicht etwa Holzpantinen an blossen Füssen, wie ich es erwartet hatte. Offenbar waren es keine gewöhnlichen Banditen.

Rasch warf ich einen Blick auf Mary neben mir. Einer der Maskierten hielt sie von hinten fest, ein Arm umklammerte ihre Taille, der andere fuhr unter ihre Röcke wie ein Tier, das sich verkriecht.

Der Mann, der vor mir stand, nahm mich geradezu einschmeichelnd am Hinterkopf und zog mich an sich. Die Maske bedeckte nur seine obere Gesichtshälfte und liess aus leicht erkennbaren Gründen seinen Mund frei. Seine Zunge drängte sich zwischen meine Lippen; sie schmeckte nach Alkohol und Zwiebeln. Ich würgte, biss zu und spuckte aus, als der Bandit von mir abliess. Er ohrfeigte mich und zwang mich in der Gosse auf die Knie.

Mary verfehlte um ein Haar meine Nase, als sie nach dem Grobian trat, der ihr unsanft den Rock hochzog. Man hörte Satin reißen und einen Schrei, als sich seine Finger zwischen ihre Schenkel gruben.

»Eine Jungfrau! Ich habe eine Jungfrau!« frohlockte er. Einer der Männer verbeugte sich höhnisch vor Mary.

»Mademoiselle, herzlichen Glückwunsch! Ihr Mann wird in der Hochzeitsnacht allen Grund haben, uns zu danken, da ihm keine lästigen Hindernisse den Weg versperren werden. Aber wir handeln selbstlos – wir verlangen keinen Dank für die Ausübung unserer Pflichten. Anderen einen Dienst erweisen zu können ist uns Dank genug.«

Wenn ich neben den seidenen Strümpfen noch einen Beweis dafür gebraucht hätte, daß unsere Gegner keine normalen Straßenräuber waren, hätte mir diese Rede – die mit johlendem Gelächter quittiert wurde – genügt. Doch damit konnte ich den maskierten Gesichtern noch keine Namen zuordnen.

Die Hände, die mich packten und wieder hochzerrten, waren manikürt, und an einer prangte an der Gabelung von Daumen und Zeigefinger ein Leberfleck. Das muß ich mir einprägen, dachte ich grimmig. Wenn sie uns am Leben ließen, könnte es sich als nützlich erweisen.

Ein anderer packte meine Arme von hinten und riß sie so unsanft hoch, daß ich laut aufschrie. In dieser Haltung wurden meine Brüste in dem tief ausgeschnittenen Mieder wie auf dem Präsentierteller dargeboten.

Der Anführer der Gruppe trug ein lose sitzendes helles Hemd, das mit dunklen Punkten, vielleicht Stickerei, verziert war. Seine Gestalt konnte ich im schattenhaften Dunkel nur schwer ausmachen. Doch als er sich vorbeugte und seine Finger taxierend über meine Brüste gleiten ließ, sah ich dunkles Haar, das mit stark duftender Pomade frisiert war. Seine Ohren waren so groß, daß er nicht zu fürchten brauchte, die Bänder der Maske könnten abrutschen.

»Keine Sorge, Mesdames«, meinte der im getupften Hemd. »Es geschieht Ihnen kein Leid. Wir wollen nur eine kleine, harmlose Übung mit Ihnen machen, und dann werden wir Sie wieder freilassen – Ihre Ehemänner oder Verlobten brauchen nichts davon zu erfahren.«

»Zunächst werden Sie uns mit Ihren süßen Lippen beehren,

Mesdames«, verkündete er, trat einen Schritt zurück und zerrte an den Schnüren seiner Hose.

»Nicht die«, wandte der im grünen Hemd ein und deutete auf mich. »Die beißt.«

»Nicht, wenn sie ihre Zähne behalten will«, erwiderte sein Kumpan. »Auf die Knie, Madame, wenn ich bitten darf.« Er packte mich an den Schultern und versuchte, mich gewaltsam zu Boden zu drücken. Ich machte einen Satz nach hinten, stolperte jedoch. Er griff nach mir, um mich an der Flucht zu hindern, und die große Kapuze meines Umhangs fiel zurück. Im Kampf lösten sich meine Haarnadeln, so daß mir die Locken auf die Schultern fielen, wie Fahnen im Nachtwind flatterten und mir die Sicht nahmen.

Ich taumelte nach hinten, riß mich von dem Angreifer los und schüttelte den Kopf, um besser sehen zu können. Auf der dunklen Straße konnte ich nur dort etwas erkennen, wo Sternenlicht hinfiel oder der schwache Schein der Laternen durch die Fensterläden der Geschäfte drang.

Die Silberschnalle von Marys Schuh reflektierte das Licht. Sie lag auf dem Rücken, wehrte sich, trat nach dem Mann, der über ihr lag und fluchend versuchte, gleichzeitig seine Hose herunterzuziehen und Mary unter Kontrolle zu bringen. Dann riß Stoff, und sein Hinterteil leuchtete weiß auf.

Einer nahm mich um die Taille, hob mich hoch und zog mich nach hinten. Ich kratzte mit dem Absatz an seinem Schienbein entlang, so daß er vor Wut aufheulte.

»Halt sie!« Der im getupften Hemd trat aus dem Schatten.

»Halt du sie!« meinte der Angesprochene und warf mich seinem Kumpan unsanft in die Arme. Das Licht aus dem Hoftor schien mir in die Augen, so daß ich kurze Zeit nichts sah.

»Heilige Mutter Gottes!« Als sich der Griff um meine Arme lockerte, riß ich mich los, und der im getupften Hemd starrte mich mit offenem Mund entsetzt an. Dann wich er vor mir zurück und bekreuzigte sich.

»*In nomine Patris, et Filii, et Spiritus Sancti*«, brabbelte er, sich immer wieder bekreuzigend. »*La Dame Blanche!*«

»*La Dame Blanche!*« echote der Mann hinter mir voller Grauen.

Der im getupften Hemd entfernte sich immer weiter von mir. Dabei streckte er mir die Hand in einer nicht mehr ganz so christlicher Geste entgegen, die aber offenbar denselben Zweck erfüllen sollte wie das Bekreuzigen. Mit ausgestrecktem Zeigefinger und kleinem Finger machte er das uralte gehörnte Zeichen gegen das Böse, beschwor eine Liste religiöser Autoritäten, angefangen mit der Dreifaltigkeit bis hinab zu den niedrigeren Rängen, und rasselte dabei die lateinischen Namen so schnell herunter, daß sie kaum noch zu verstehen waren.

Zitternd und wie betäubt stand ich auf der Straße, bis mich ein schrecklicher Schrei vom Boden her in die Wirklichkeit zurückrief. Zu sehr in sein Vorhaben vertieft, um darauf zu achten, was über seinem Kopf vorging, stieß der Mann auf Mary gutturale Laute der Zufriedenheit aus. Dann begann er, seine Hüften rhythmisch zu bewegen, während Mary gellende Schreie ausstieß.

Instinktiv ging ich einen Schritt zurück, holte aus und trat ihn, so fest ich konnte, in die Rippen. Mit einem lauten Keuchen entwich die Luft aus seiner Lunge, und er rollte zur Seite.

Einer seiner Freunde stürzte auf ihn zu, packte ihn am Arm und rief: »Hoch mit dir! Sie ist *La Dame Blanche*! Lauf!«

Immer noch in die Raserei der Vergewaltigung versunken, starrte der Mann blöde vor sich hin und wollte sich wieder Mary zuwenden, die verzweifelt versuchte, die Falten ihrer Röcke von dem Gewicht freizubekommen, das sie festhielt. Sowohl der im grünen Hemd als auch der im getupften Hemd zogen den Vergewaltiger an den Armen und brachten ihn endlich auf die Beine. Die Hose hing ihm in Fetzen herunter, während sein blutverschmiertes erigiertes Glied zwischen den Hemdschößen zitterte.

Das Geräusch von hastig näher kommenden Schritten brachte ihn endlich zur Besinnung. Seine beiden Helfer ergriffen die Flucht und überließen ihn seinem Schicksal. Mit einem leisen Fluch humpelte er in die nächstbeste Seitengasse und wäre dabei fast über seine Hose gestolpert, die er sich im Laufen hochzog.

»*Au secours! Au secours! Gendarmes!*« Ein atemloser Hilferuf schallte durch die Gasse; offenbar bahnte sich der Rufer durch den Unrat auf der Straße einen Weg in unsere Richtung. Es schien zwar unwahrscheinlich, daß ein weiterer Schurke oder Wegelagerer die Gasse herunterstolperte und dabei nach der Gendarmerie rief, aber da ich nach wie vor unter Schock stand, hätte mich auch das nicht verwundert.

Doch als ich in der dunklen Gestalt, die aus der Gasse stürmte, den mit schwarzem Umhang und Schlapphut bekleideten Alexander Randall erkannte, war ich tatsächlich erstaunt. Er blickte verstört auf den als Müllsack getarnten Murtagh, auf mich, die ich erstarrt und nach Luft ringend an der Wand lehnte, und auf die zusammengekauerte Mary, die im Schatten fast unsichtbar war. Kurze Zeit stand er ratlos da, dann wirbelte er herum und kletterte an dem schmiedeeisernen Tor empor, aus dem die Angreifer gekommen waren. Er griff nach der Laterne, die über dem Tor an einem Balken baumelte.

Das Licht war tröstlich. Auch wenn sich in seinem Schein ein jammervoller Anblick bot, bannte es zumindest die lauernden Schatten.

Mary lag zusammengekauert auf den Knien, barg den Kopf in den Armen und zitterte heftig, ohne einen Laut von sich zu geben. Ein Schuh, dessen Silberschnalle im schwankenden Licht der Laterne glitzerte, lag auf dem Pflaster.

Wie ein unheilverkündender Vogel stürzte Alex auf sie zu und kniete sich neben sie.

»Miss Hawkins! Mary! Miss Hawkins! Ist alles in Ordnung?«

»Eine verdammt dumme Frage«, bemerkte ich ziemlich schroff, als sie stöhnte und vor ihm zurückwich. »Offensichtlich ist nichts in Ordnung. Sie ist gerade vergewaltigt worden.« Mit einiger Anstrengung löste ich mich von der tröstlichen Wand und ging auf die beiden zu, wobei ich unbeteiligt registrierte, daß mir die Knie zitterten.

Sie versagten völlig ihren Dienst, als eine riesige, fledermausartige Gestalt vor meiner Nase herabsauste und mit einem dumpfen Schlag auf dem Pflaster landete.

»Ach, wer kommt denn da?« rief ich und fing völlig entnervt zu lachen an. Große Hände nahmen mich an den Schultern und schüttelten mich durch.

»Sei still, Sassenach«, sagte Jamie, dessen blaue Augen im Schein der Laterne dunkel und gefährlich blitzten. Er richtete sich auf. Als er seine Arme zu dem Dach ausstreckte, von dem er gerade gesprungen war, fielen die Falten seines blauen Samtumhangs über seine Schultern zurück. Auf Zehenspitzen stehend, erreichte er gerade den Rand des Dachs.

»Na, dann komm mal runter!« rief er ungeduldig und blickte auf. »Stell die Füße auf meine Schultern, dann kannst du über meinen Rücken auf den Boden rutschen.« Lose Dachziegel knirschten, als eine kleine dunkle Gestalt sich nach vorn schob und dann über Jamies breiten Rücken heruntergliit wie ein Affe an der Stange.

»Gut gemacht, Fergus.« Jamie klopfte dem Jungen auf die Schultern, und selbst in dem schummrigen Licht sah ich, wie dessen Wangen vor Freude glühten. Mit dem geübten Blick des Strategen erfaßte Jamie die Lage; leise befahl er Fergus, die Gasse hinunterzulaufen und nach Gendarmen Ausschau zu halten. Nachdem alle nötigen Vorkehrungen getroffen waren, ging er wieder vor mir in die Hocke.

»Alles in Ordnung, Sassenach?« erkundigte er sich.

»Nett, daß du fragst«, erwiderte ich höflich. »Ja, danke. Aber ihr geht es nicht besonders.« Ich deutete auf Mary, die immer noch zusammengerollt auf dem Boden kauerte, wie Espenlaub zitterte und vor Alexander zurückwich, der unbeholfen versuchte, sie zu tätscheln.

Jamie hatte nur einen kurzen Blick für sie übrig. »Verstehe. Wo zum Teufel ist Murtagh?«

»Dort drüben«, antwortete ich. »Hilf mir auf.«

Ich stolperte zur Gosse, wo der Sack, der Murtagh barg, herumzappelte wie eine erboste Raupe und eine erstaunliche Mixtur erstickter Flüche in drei Sprachen von sich gab.

Jamie zog seinen Dolch und schlitzte in gefühlloser Mißachtung seines Inhalts den Sack von oben bis unten auf. Aus der Öffnung sprang Murtagh wie ein Schachtelteufelchen. Ein Teil seines borstigen schwarzen Haares klebte ihm, durchtränkt von der ekelhaften Flüssigkeit, in der der Sack gelegen war, am Kopf, der andere stand ab. Das verlieh seinem Gesicht, das durch eine große dunkelrote Beule an der Stirn und ein Veilchen entstellt war, ein noch wilderes Aussehen.

»Wer hat mich niedergeschlagen?« bellte er.

»Ich war's nicht«, meinte Jamie und zog die Brauen hoch. »Komm schon, Mann, wir haben nicht die ganze Nacht Zeit.«

»Das kann nicht gutgehen«, murmelte ich, während ich meine Frisur mit brillantenbesetzten Haarnadeln feststeckte. »Sie müßte medizinisch versorgt werden. Sie braucht einen Arzt!«

»Sie hat schon einen«, erklärte Jamie, hob das Kinn und knüpfte, in den Spiegel blickend, sein Halstuch. »Dich.« Dann griff er zum Kamm und ließ ihn hastig durch seine dichten roten Haare gleiten.

»Keine Zeit zum Flechten«, meinte er, hielt seinen dicken roten Schopf am Hinterkopf zusammen und fing an, in einer Schublade zu wühlen. »Hast du ein Band, Sassenach?«

»Laß mich das machen.« Ich trat hinter ihn, schlug die Haarspitzen unter und umwickelte die Haare mit einer grünen Schleife. »So ein Mist, ausgerechnet heute müssen wir eine Abendgesellschaft geben!«

Und zwar keine gewöhnliche. Der Herzog von Sandringham war als Ehrengast geladen und sollte in einem kleinen, aber erlesenen Kreis empfangen werden. Monsieur Duverney kam mit seinem ältesten Sohn, einem bekannten Bankier. Louise und Jules de La Tour gaben sich die Ehre. Und damit es ein bißchen interessanter wurde, hatten wir auch den Comte de St. Germain eingeladen.

»St. Germain!« hatte ich erstaunt ausgerufen, als Jamie mich eine Woche zuvor in seine Pläne eingeweiht hatte. »Wozu denn das?«

»Ich habe geschäftlich mit ihm zu tun«, erklärte Jamie. »Er war schon öfter hier zu Gast, bei Jared. Ich möchte die Gelegenheit nutzen und ihn beobachten, wenn er sich beim Essen mit dir unterhält. Wie ich ihn kenne, hält er mit seinen Gedanken nicht hinterm Berg.« Er nahm den weißen Kristall, den mir Maître Raymond gegeben hatte, und wog ihn nachdenklich in der Hand.

»Sieht nicht schlecht aus«, meinte er. »Ich werde ihn in Gold fassen lassen, damit du ihn um den Hals tragen kannst. Spiel damit bei der Abendgesellschaft herum, bis jemand danach fragt, Sassenach. Dann erklärst du, wofür der Kristall gut ist. Achte auf St. Germains Reaktion, wenn du davon sprichst. Wenn er dir das Gift in Versailles verabreicht hat, dann wird er sich bestimmt irgendwie verraten.«

Alles, wonach ich mich im Augenblick sehnte, war Ruhe, Stille und völlige Abgeschiedenheit, um meine Wunden zu lecken. Statt dessen erwartete mich eine Abendgesellschaft mit einem Herzog, der vielleicht ein Jakobit, vielleicht aber auch ein englischer Agent war, einem Comte, der unter Umständen als Giftmörder sein Unwesen trieb, und einem Vergewaltigungsopfer, das bei uns Unterschlupf gefunden hatte. Meine Hände zitterten so stark, daß ich die Kette mit dem Kristall kaum schließen konnte. Jamie trat hinter mich und half mir mit ruhiger Hand.

»Hast du eigentlich Nerven?« wollte ich wissen. Er zog im Spiegel eine Grimasse und legte sich die Hände auf den Magen.

»Aber gewiß doch. Nur spüre ich's im Bauch und nicht in den Fingern. Hast du noch was von dem Zeug gegen Magenkrämpfe?«

»Dort drüben.« Ich deutete auf den Medizinkasten auf dem Tisch, der noch offenstand, da ich kurz zuvor Mary verarztet hatte. »Die kleine grüne Flasche. Einen Teelöffel.«

Er ignorierte den Löffel, setzte die Flasche an die Lippen und nahm ein paar herzhafte Schlucke. Dann setzte er sie wieder ab und beäugte die Flüssigkeit mißtrauisch.

»Mein Gott, schmeckt das ekelhaft! Bist du gleich fertig, Sassenach? Die Gäste können jeden Augenblick eintreffen.«

Mary hielten wir in einem Gästezimmer im ersten Stock verborgen. Ich hatte sie sorgfältig untersucht, aber sie hatte nur einige Schürfwunden davongetragen. Schlimmer war der Schock, gegen den ich ihr eine gerade noch vertretbare Dosis Mohnsaft verabreicht hatte.

Hartnäckig hatte sich Alex Randall allen Versuchen Jamies widersetzt, ihn heimzuschicken. Ausgestattet mit der strikten Anweisung, mich zu holen, wenn sie aufwachte, hielt er jetzt bei Mary Wache.

»Warum ist der Idiot ausgerechnet in diesem Augenblick dort aufgetaucht?« überlegte ich laut, während ich in einer Schublade nach der Puderdose kramte.

»Das habe ich ihn auch gefragt«, erwiderte Jamie. »Anscheinend ist der arme Narr in Mary Hawkins verliebt. Er folgt ihr kreuz und quer durch die Stadt und läßt den Kopf hängen wie eine verwelkte Blume, weil Mary den Vicomte de Marigny heiraten soll.«

Die Puderdose fiel mir aus der Hand.

»*Er* – er liebt *sie*?« stieß ich hervor und wedelte mit der Hand, um die Puderwolke zu vertreiben.

»Das behauptet er, und ich sehe keinen Grund, an seinen Worten zu zweifeln«, sagte Jamie, während er mir fürsorglich den Puder vom Kleid klopfte. »Er war ziemlich aufgewühlt, als er es mir erzählte.«

»Das kann ich mir denken.« Zu den widersprüchlichen Gefühlen, die mich beseelten, gesellte sich jetzt noch Mitleid mit Alex Randall. Natürlich hatte er sich Mary noch nicht erklärt – was war schon die Liebe eines verarmten Sekretärs im Vergleich zu dem Reichtum und Ansehen, das eine Verbindung mit dem Geschlecht derer von Gascogne brachte? Und wie mußte er sich jetzt fühlen, nachdem man sie buchstäblich vor seiner Nase brutal angegriffen hatte?

»Warum hat er ihr denn keinen Antrag gemacht? Sie wäre auf der Stelle mit ihm durchgebrannt.« Denn der blasse englische Hilfsgeistliche war zweifelsfrei das »vergeistigte« Objekt von Marys stummer Anbetung.

»Randall ist ein Gentleman«, erklärte Jamie und reichte mir eine Feder und einen Tiegel mit Rouge.

»Du meinst, er ist ein Esel«, entgegnete ich ungnädig.

Jamies Lippen zuckten. »Na ja, vielleicht, und überdies ist er ein armer Esel; mit seinem Einkommen kann er keinen Hausstand gründen, wenn Mary von ihrer Familie verstoßen wird – was sicherlich geschehen würde, wenn sie mit Alex durchbrennt. Und er ist gesundheitlich angeschlagen; also würde er schwerlich eine andere Stellung finden, wenn ihn der Herzog ohne Zeugnis entläßt.«

»Bestimmt wird sie von einem der Dienstboten entdeckt.« Mit dieser schon einmal geäußerten Sorge wollte ich mich von den neuesten tragischen Enthüllungen ablenken.

»Nein, bestimmt nicht. Die haben genug zu tun. Und morgen früh hat sich Mary vielleicht so weit erholt, daß sie ins Haus ihres Onkels zurückkehren kann. Ich habe ihn davon benachrichtigt«, fügte Jamie hinzu, »daß sie im Haus einer Freundin übernachtet, weil es spät geworden ist. Ich wollte vermeiden, daß man nach ihr sucht.«

»Ja, aber...«

»Sassenach.« Er legte mir beschwichtigend die Hände auf die Schultern und fing meinen Blick im Spiegel auf. »Niemand darf sie zu Gesicht bekommen, bevor sie sich wieder ganz normal benimmt. Wenn bekannt wird, was man ihr angetan hat, ist ihr Ruf ruiniert.«

»Ihr Ruf! Es ist doch nicht ihre Schuld, daß sie vergewaltigt wurde!« Meine Stimme zitterte, und der Griff um meine Schultern wurde fester.

»Es ist nicht recht, Sassenach, aber so ist es nun mal. Wenn bekannt wird, daß sie keine Jungfrau mehr ist, bekommt sie keinen Mann mehr – sie wäre entehrt und müßte bis ans Ende ihrer Tage ledig bleiben.« Er drückte meine Schulter, ließ mich schließlich los und half mir, eine Haarnadel in meine gefährlich hochgetürmte Frisur zu stecken.

»Mehr können wir für sie nicht tun, Claire«, sagte er. »Sie vor

Schaden bewahren, sie heilen, so gut es geht – und den dreckigen Bastard finden, der es getan hat.« Er wandte sich ab und suchte in meinem Schmuckkästchen nach seiner Krawattennadel. »Bei Gott«, fügte er über das Kästchen gebeugt hinzu, »glaubst du, ich weiß nicht, was es für sie bedeutet? Oder für ihn?«

Ich legte meine Hand auf seine suchenden Finger und drückte sie. Er erwiderte den Druck, dann hauchte er rasch einen Kuß auf meine Hand.

»Allmächtiger, Sassenach! Deine Finger sind eiskalt.« Er drehte mich um und sah mich ernst an. »Ist mit dir alles in Ordnung, Mädel?«

Was immer er in meinem Gesicht sah, entrang ihm ein weiteres »Mein Gott«. Er sank auf die Knie und zog mich an seine gerüschte Hemdbrust. Ich hörte auf, Mut vorzutäuschen, und klammerte mich an ihn.

»Ach Gott, Jamie. Ich hatte solche Angst. Ich *habe* solche Angst. Lieber Himmel, ich möchte jetzt mit dir schlafen.«

Er lachte und zog mich noch enger an sich.

»Du glaubst, das würde helfen?«

»Ja.«

Mir war, als würde ich mich erst wieder sicher fühlen können, wenn ich geborgen in unserem Bett lag, umgeben von der schützenden Stille des Hauses, und Jamies Wärme und Stärke neben mir, in mir spürte. Die Freude über unsere Vereinigung würde mir wieder Mut machen und Sicherheit geben und das entsetzliche Gefühl der Hilflosigkeit auslöschen, das die versuchte Vergewaltigung hinterlassen hatte.

Er nahm mein Gesicht in seine Hände und küßte mich, so daß die Angst vor der Zukunft und das Grauen der nächtlichen Erlebnisse für einen Augenblick von mir abfielen. Dann trat er zurück und lächelte. Auch er hatte Sorgenfalten, aber in seinen Augen konnte ich nichts weiter sehen als mein kleines Spiegelbild.

»Dann tun wir es auf jeden Fall«, sagte er zärtlich.

Wir waren ohne Zwischenfälle beim zweiten Gang angelangt, und ich entspannte mich allmählich, obwohl meine Hand über der Bouillon immer noch zitterte.

»Faszinierend!« rief ich und ermutigte damit Monsieur Duverney den Jüngeren, mit seinem Bericht fortzufahren, während ich gleichzeitig auf etwaige verdächtige Geräusche aus dem oberen Stockwerk lauschte.

Ich fing Magnus' Blick auf, während er mir gegenüber den Comte de St. Germain bediente, und schenkte ihm ein anerkennendes Lächeln, so gut das mit einem Mund voll Fisch ging. Zu wohlerzogen, um mein Lächeln in der Öffentlichkeit zu erwidern, dankte er mir mit einem leichten Nicken und bediente weiter. Meine Hand wanderte zu dem Kristall an meinem Hals, und ich spielte herausfordernd damit, doch der Comte ließ sich seine Forelle mit Mandeln ohne jedes Anzeichen von Verstörung schmecken.

Unterdessen führten Jamie und Duverney der Ältere am anderen Ende der Tafel ein lebhaftes Gespräch. Die Speisen blieben unbeachtet, da Jamie mit der linken Hand Zahlen auf ein Blatt Papier kritzelte. Schach oder Geschäftliches, fragte ich mich.

Als Ehrengast nahm der Herzog von Sandringham den besten Platz an der Tafel ein. Die ersten Gänge hatte er mit der Begeisterung des wahren Genießers vertilgt und unterhielt sich nun angeregt mit Madame d'Arbanville zu seiner Rechten. Da der Herzog zu dieser Zeit der namhafteste Engländer in Paris war, hatte Jamie sich die Mühe gemacht, die Bekanntschaft mit ihm zu pflegen – in der Hoffnung, auf Gerüchte zu stoßen, die zum Absender der musikalischen Botschaft an Charles Stuart führen würden. Doch meine Aufmerksamkeit wanderte immer wieder vom Herzog zu seinem Gegenüber – Silas Hawkins.

Ich hätte auf der Stelle tot umfallen und damit allen Beteiligten Ärger ersparen können, als der Herzog durch die Tür spaziert kam, beiläufig über die Schulter blickte und meinte: »Mrs. Fraser, Sie kennen Hawkins doch bereits, nicht wahr?«

Aus den fröhlichen kleinen Augen des Herzogs sprach die treuherzige Gewißheit, daß ich ihm seinen Wunsch nicht abschlagen würde, also lächelte ich, nickte und bat Magnus, noch ein Gedeck aufzulegen. Als Jamie sah, wie Mr. Hawkins durch die Salontür schritt, erweckte er den Eindruck, noch eine Dosis Magentropfen vertragen zu können. Doch er nahm sich zusammen, streckte Mr. Hawkins die Hand entgegen und begann ein Gespräch über die Gasthäuser auf dem Weg nach Calais.

Ich warf einen Blick auf die Uhr über dem Kaminsims. Wie lange würde es noch dauern, bis sie endlich alle fort waren? Im Geiste ging ich die bereits servierten und die noch geplanten Gänge durch. Bald kam das Dessert, dann der Salat und der Käse. Weinbrand und Kaffee für die Herren, Likör für die Damen. Ein, zwei Stunden anregende Gespräche. Nicht zu anregend, bei Gott, sonst blieben sie womöglich bis zum Morgengrauen.

Nun war vom Unwesen der Bandenräuber die Rede. Ich ließ den Fisch stehen und nahm ein Brötchen.

»Und ich habe gehört, daß einige dieser Banden nicht nur aus Pöbel bestehen, wie man erwarten könnte, sondern aus jungen Adligen!« General d'Arbanville verzog den Mund ob dieser unglaublichen Vorstellung. »Sie tun es zum Zeitvertreib – Zeitvertreib! Als wäre das Ausrauben ehrbarer Männer und der Frevel gegen Damen nichts anderes als ein Hahnenkampf!«

»Wie merkwürdig«, bemerkte der Herzog mit der Gleichgültigkeit eines Mannes, der auf all seinen Wegen ein großes Gefolge hinter sich weiß. Eine Platte mit pikanten Nachspeisen wurde gereicht, von denen er sich ein halbes Dutzend auf seinen Teller schaufelte.

Jamie warf mir einen Blick zu und erhob sich.

»Wenn Sie erlauben, Mesdames, Messieurs«, sagte er mit einer Verneigung, »ich habe einen hervorragenden Portwein anzubieten, den ich Eure Hoheit kosten lassen möchte. Ich hole ihn aus dem Keller.«

»Es muß der Belle Rouge sein«, meinte Jules de La Tour und leckte sich die Lippen. »Es erwartet Euch eine wahre Köstlichkeit, Eure Hoheit. Einen solchen Wein habe ich noch nirgendwo getrunken.«

»Tatsächlich? Dazu werdet Ihr aber bald Gelegenheit haben, Monsieur le Prince«, mischte sich der Comte de St. Germain ein, »sogar zu etwas noch Besserem.«

»Der Belle Rouge ist nicht zu übertreffen!« rief General d'Arbanville.

»Aber gewiß doch«, erklärte der Comte selbstgefällig. »Ich habe einen neuen Port entdeckt. Er wird auf der Insel Gostos vor der portugiesischen Küste erzeugt und abgefüllt. Tiefrot wie Rubin, und ein Aroma, neben dem der Belle Rouge wie gefärbtes Wasser schmeckt. Ich habe einen Vertrag über die Abnahme des gesamten Jahrgangs. Er wird im August geliefert.«

»Tatsächlich, Monsieur le Comte?« Silas Hawkins zog die buschigen, ergrauten Brauen hoch. »Sie haben also einen neuen Partner gefunden, der ins Geschäft investiert? Soviel ich weiß, waren Ihre eigenen Mittel… erschöpft – so könnte man wohl sagen – nach der traurigen Zerstörung der *Patagonia*.« Er nahm ein Käsehäppchen von der Platte und schob es sich genüßlich in den Mund.

Die Gesichtsmuskeln des Comte erstarrten, und über unser Ende der Tafel senkte sich bedrücktes Schweigen. Dem Seitenblick, den mir Mr. Hawkins zuwarf, und dem leisen Lächeln um seine Lippen entnahm ich, daß er alles über meine Rolle bei der Zerstörung der unglücklichen *Patagonia* wußte.

Wieder griff ich nach meinem Kristall, aber der Comte sah mich nicht an. Über seiner Spitzenkrawatte war ihm die Röte ins Gesicht gestiegen, und er musterte Mr. Hawkins mit unverhohlener Abneigung. Jamie hatte recht, aus seinen Gefühlen machte er kein Geheimnis.

»Glücklicherweise, Monsieur«, erklärte er, seinen Zorn mit sichtlicher Anstrengung zügelnd, »habe ich in der Tat einen Partner gefunden, der in diese Unternehmung zu investieren wünscht. Es handelt sich um einen Landsmann unseres freundlichen Gastgebers.« Er nickte hämisch in Jamies Richtung, der soeben, gefolgt von Magnus mit einer riesigen Karaffe Belle Rouge, durch die Tür trat.

Hawkins hörte auf zu kauen und öffnete neugierig den Mund – ein unschöner Anblick. »Ein Schotte? Wer? Ich hätte nicht gedacht, daß es neben den Frasers noch Schotten im Pariser Weingeschäft gibt.«

Die Augen des Comte leuchteten amüsiert auf, als sein Blick von Mr. Hawkins zu Jamie wanderte. »Ich denke, es ist strittig, ob man den fraglichen Investor zur Zeit als Schotten betrachten darf; nichtsdestoweniger ist er Monsieur Frasers Landsmann. Er heißt Charles Stuart.«

Diese Neuigkeit zeigte die Wirkung, die sich der Comte erhofft haben dürfte. Silas Hawkins richtete sich kerzengerade auf und verschluckte sich an dem Ausruf, der ihm auf den Lippen lag. Jamie, der schon das Wort ergreifen wollte, schloß den Mund, setzte sich und musterte den Comte nachdenklich. Jules de La Tour versprühte erstaunte Bemerkungen und Speicheltröpfchen, und auch die d'Arbanvilles zeigten sich verwundert. Selbst der Herzog blickte von seinem Teller auf und zwinkerte dem Comte neugierig zu.

»Wirklich?« sagte er. »Soweit ich weiß, sind die Stuarts arm wie Kirchenmäuse. Sind Sie sicher, daß er Sie nicht hinters Licht führt?«

»Ich beabsichtige keineswegs, Verleumdungen oder Verdächtigungen auszusprechen«, warf Jules de La Tour ein, »aber bei Hof ist bekannt, daß die Stuarts kein Geld haben. Es ist zwar richtig, daß sich einige Jakobiten in letzter Zeit um Mittel bemüht haben, aber ohne Erfolg, soviel ich gehört habe.«

»Das stimmt«, bestätigte Duverney der Jüngere, der sich interessiert vorlehnte. »Charles Stuart hat sich an zwei Bankiers gewandt, die ich kenne, aber keiner will ihm unter den gegebenen Umständen eine bedeutende Summe vorstrecken.«

Rasch warf ich Jamie einen Blick zu, der mit einem fast unmerklichen Nicken antwortete. Das waren gute Nachrichten. Aber was hatte es mit der Geschichte des Comte auf sich?

»Es ist aber die Wahrheit«, sagte dieser kämpferisch. »Seine Hoheit hat von einer italienischen Bank ein Darlehen von fünfzehntausend Livres erhalten und mir die gesamte Summe überlassen, um ein Schiff anzuheuern und die Flaschenfüllung des Jahrgangs zu bezahlen. Ich habe den unterzeichneten Brief hier.« Er klopfte sich zufrieden auf die Brust, warf einen triumphierenden Blick in die Runde und verweilte schließlich bei Jamie.

»Mein Herr«, sagte er und wies auf die Karaffe, die vor Jamie auf dem weißen Tischtuch stand, »werden Sie uns nun von diesem berühmten Wein kosten lassen?«

»Selbstverständlich«, murmelte Jamie. Mechanisch griff er nach dem ersten Glas.

Louise, die den ganzen Abend still vor sich hin gegessen hatte, bemerkte Jamies Unbehagen. Daher beschloß sie, mir freundschaftlich beizuspringen und das Gespräch auf ein unverfängliches Thema zu lenken.

»Welch schönen Stein du da am Hals trägst, *ma chère*«, sagte sie und deutete auf meinen Kristall. »Woher stammt er?«

»Oh, dieser?« sagte ich. »Also, eigentlich ...«

Ein gellender Schrei schnitt mir das Wort ab. Er brachte das Gespräch zum Erliegen und ließ den Kristallkronleuchter erzittern.

»*Mon Dieu.*« Der Comte de St. Germain brach das Schweigen. »Was ...«

Es folgte ein weiterer Schrei, dann noch einer. Offensichtlich kam der Lärm aus dem Treppenhaus.

Die Gäste erhoben sich von der Tafel wie eine aufgeregte Horde Gänse und strömten in die Halle, wo sich Mary Hawkins in ihrem zerfetzten Hemd auf dem Treppenabsatz zeigte. Da stand sie, wie um die größtmögliche Wirkung bemüht, mit weit aufgerissenem Mund, die Arme vor der Brust verschränkt, wo die Risse im Stoff nur allzu deutlich die blauen Flecken offenbarten, die grapschende Hände an Marys Brüsten und Armen hinterlassen hatten.

Ihre Pupillen erschienen im Licht des Kandelabers winzig klein, und aus ihren Augen sprach namenlose Angst. Sie schaute hinab, nahm aber offensichtlich weder die Treppe noch die fassungslosen Zuschauer wahr.

»Nein«, kreischte sie. »Nein! Lassen Sie mich! Bitte, ich flehe Sie an! FASSEN SIE MICH NICHT AN!« Von der Droge umnebelt, wie sie war, spürte sie dennoch eine Bewegung hinter sich, denn sie drehte sich um und schlug wild um sich. Das Opfer ihrer Attacke war Alex Randall, der sich vergeblich bemühte, sie festzuhalten und zu beruhigen.

Unglücklicherweise sahen seine Anstrengungen aus unserer Perspektive eher aus wie die eines zurückgewiesenen Verführers, der nicht lockerlassen will.

»*Nom de Dieu*«, entfuhr es General d'Arbanville. »*Racaille!* Lassen Sie sie sofort los!« Der alte Soldat hechtete mit einer für sein Alter erstaunlichen Behendigkeit zur Treppe, während er instinktiv nach seinem Schwert griff – das er glücklicherweise an der Tür abgelegt hatte.

Hastig warf ich mich und meine voluminösen Röcke vor den Comte und Duverney den Jüngeren, die Anstalten machten, den General bei der Rettung zu unterstützen, aber Marys Onkel, Silas Hawkins, konnte ich nicht aufhalten. Mit hervorquellenden Augen und starr vor Schreck stand der Weinhändler einen Moment da, dann senkte er den Kopf und bahnte sich wie ein wütender Stier seinen Weg durch die Zuschauer.

Angstvoll hielt ich nach Jamie Ausschau, den ich am Rand der Menge entdeckte. Ich warf ihm einen fragenden Blick zu; in dem Stimmengewirr, durchsetzt von Marys schrillen Schreien, hätte er meine Zurufe ohnehin nicht gehört.

Jamie zuckte die Achseln, dann schaute er sich um. Sein Blick fiel auf einen dreibeinigen Tisch an der Wand, auf dem eine Vase mit Chrysanthemen stand. Er blickte auf, schätzte die Entfernung ab, schloß kurz die Augen, als empfähle er seine Seele Gott, dann schritt er zur Tat.

Er sprang auf den Tisch, griff nach dem Geländer, schwang sich darüber und erreichte den Treppenabsatz knapp vor dem General. Diesen akrobatischen Akt quittierten ein oder zwei Damen mit gedämpften Schreien der Bewunderung, in die sich Ausrufe des Entsetzens mischten.

Die Rufe wurden lauter, als Jamie die verbleibenden Stufen nahm, sich gewaltsam zwischen Mary und Alex drängte, letzteren an den Schultern packte, sorgfältig Maß nahm und ihn mit einem gezielten Kinnhaken niederschlug.

Alex, der seinen Brotherrn am Fuße der Treppe mit offenem Mund angestarrt hatte, ging willenlos in die Knie und sank in sich zusammen, die Augen immer noch weit aufgerissen, aber mit einem Mal so blicklos wie Marys.

19

Der Eid

Die Uhr auf dem Kaminsims tickte aufdringlich laut. Es war das einzige Geräusch im Haus, abgesehen von dem Knarren der Dielen und den gedämpften Lauten aus der Küche, wo die Dienstboten noch arbeiteten. Von Lärm jedweder Art hatte ich für die nächste Zeit genug. Ich brauchte Ruhe, um wieder zu mir zu finden. Also öffnete ich das Uhrgehäuse und entfernte das Zuggewicht. Sofort hörte das Ticken auf.

Zweifelsfrei lag die Abendgesellschaft der Saison hinter mir. Wer nicht das Glück gehabt hatte, sie mitzuerleben, würde noch Monate später behaupten, dabeigewesen zu sein, und zur Bekräftigung mit Klatsch und verzerrten Schilderungen aufwarten.

Es war mir schließlich gelungen, Marys habhaft zu werden und ihr noch ein Quentchen Mohnsaft einzuflößen. Daraufhin sank sie zu Boden, und ich konnte mich der Auseinandersetzung zwischen Jamie, dem General und Mr. Hawkins zuwenden. Da Alex klugerweise beschlossen hatte, noch eine Weile ohnmächtig zu bleiben, bettete ich seinen erschlafften Körper neben Marys auf den Treppenabsatz, und da lagen sie nun wie tote Makrelen. Daß sie auch ein wenig an Romeo und Julia – aufgebahrt auf dem Marktplatz, als Anklage gegen ihre Verwandten – erinnerten, war Mr. Hawkins offensichtlich entgangen.

»Ruiniert!« schrie er immer wieder mit schriller Stimme. »Sie haben meine Nichte ruiniert! Nun wird sie der Vicomte niemals heiraten! Dreckiger schottischer Schweinehund! Sie und Ihre Schlampe!« Er wandte sich zu mir um. »Hure! Kupplerin! Bringt unschuldige junge Mädchen in ihre Gewalt, damit dieser elende Abschaum sein Vergnügen hat! Sie...« Mit grimmiger Miene legte Jamie die Hand auf Mr. Hawkins Schulter, drehte ihn um und vesetzte ihm einen Faustschlag, der ihn unterhalb seiner fleischigen

Wange traf. Dann rieb er sich geistesabwesend die schmerzenden Fingerknöchel und beobachtete, wie der Weinhändler die Augen verdrehte. Mr. Hawkins fiel rückwärts gegen die Holzvertäfelung, glitt zu Boden und blieb mit dem Rücken zur Wand sitzen.

Jamie musterte mit kaltem Blick General d'Arbanville, der angesichts des Schicksals seines Mitstreiters die Weinflasche, die er geschwungen hatte, abstellte und einen Schritt zurücktrat.

»Nur weiter so!« ließ sich eine Stimme hinter meinem Rücken vernehmen. »Warum jetzt aufhören, Tuarach? Schlagen Sie doch alle drei nieder! Machen Sie reinen Tisch!« Angewidert blickten sowohl der General als auch Jamie auf die elegante Gestalt hinter mir.

»Scheren Sie sich fort, St. Germain. Diese Sache geht Sie nichts an«, sagte Jamie müde, aber laut genug, um sich bei dem Lärm von unten verständlich zu machen. Die Naht seines Rockes war an der Schulter geplatzt, so daß die Falten des weißen Leinenhemds hervorlugten.

St. Germain verzog seine schmalen Lippen zu einem Lächeln. Offensichtlich amüsierte sich der Comte großartig.

»Es geht mich nichts an? Gehen derartige Vorkommnisse einen Verfechter von Anstand und Moral etwa nichts an?« Belustigt betrachtete er die stattliche Anzahl lebloser Körper auf dem Treppenabsatz. »Wenn ein Gast Seiner Majestät die Gastfreundschaft so pervertiert, daß er ein Bordell in seinem Hause führt, ist das nicht – nein, lassen Sie es besser!« sagte er, als Jamie einen Schritt auf ihn zuging. Plötzlich funkelte in St. Germains Hand eine Klinge, die wie durch Zauberei aus der üppigen Spitze um sein Handgelenk geglitten war. Ich sah, wie Jamie verächtlich den Mund verzog und in Kampfposition ging.

»Schluß damit!« befahl eine energische Stimme. Die beiden Duverneys drängten sich auf den bereits überfüllten Treppenabsatz. Duverney der Jüngere drehte sich um und gebot der Menge auf der Treppe mit ausladenden Armbewegungen, Platz zu machen. Eingeschüchtert von seinem finsteren Blick, wichen die Gäste immerhin einen Schritt zurück.

»Sie«, wandte sich der Duverney der Ältere an St. Germain. »Wenn Sie tatsächlich für Anstand und Moral eintreten, wie Sie vorgeben, so können Sie sich nützlich machen, indem Sie einige der Zeugen dieses traurigen Schauspiels hinausbegleiten.«

Der Adlige fixierte den Bankier mit einem eisigen Blick, zuckte dann aber die Schultern und ließ den Dolch verschwinden. Wortlos machte er kehrt und bahnte sich seinen Weg die Treppe hinunter, wobei er die vor ihm Stehenden hinunterdrängte und mit lauter Stimme zum Gehen aufforderte.

Doch ungeachtet dieser Anstrengungen brach der Großteil der Gäste erst auf, als die Leibgarde des Königs eintraf.

Kaum hatte sich Mr. Hawkins erholt, zeigte er Jamie, den er der Entführung und Kuppelei bezichtigte, an. Einen Augenblick lang dachte ich, Jamie würde ihn erneut niederschlagen. Schon schwollen die Muskeln unter dem azurblauen Samt, doch dann besann er sich eines Besseren.

Nach einigem Hin und Her, verworrenen Beschuldigungen und Erklärungen ließ sich Jamie schließlich ins Hauptquartier der Leibgarde in der Bastille abführen, wo sich die Sache – vielleicht – aufklären würde.

Der bleiche, schwitzende Alex Randall, der offensichtlich keine Ahnung hatte, was eigentlich los war, wurde ebenfalls festgenommen. Der Herzog, sein Arbeitgeber, überließ den Sekretär seinem Schicksal – er hatte unauffällig seine Kutsche vorfahren lassen und war noch vor dem Eintreffen der Leibgarde verschwunden. Ganz gleich, in welcher diplomatischen Mission er unterwegs war, die Verwicklung in einen Skandal wäre ihm nicht dienlich gewesen. Die immer noch bewußtlose Mary Hawkins wurde ins Haus ihres Onkels gebracht.

Ich selbst entging nur knapp der Festnahme, denn Jamie lehnte dieses Ansinnen schlichtweg ab, da ich guter Hoffnung sei und ein Gefängnisaufenthalt keinesfalls in Frage käme. Als der Hauptmann der Leibgarde erkannte, daß Jamie durchaus bereit war, um dieser Sache willen weitere Männer niederzuschlagen, gab er schließlich nach, aber nur unter der Bedingung, daß ich versprach, die Stadt nicht zu verlassen. Der Gedanke, aus Paris zu fliehen, hatte zwar einiges für sich, aber ich konnte wohl kaum ohne Jamie abreisen, also gab ich ohne Zögern meine *parole d'honneur*.

In dem allgemeinen Durcheinander, das in der Halle herrschte, sah ich Murtagh, der mit zerschundenem Gesicht und grimmiger Miene am Rande der Menge wartete. Offenbar beabsichtigte er, Jamie zu begleiten, wo immer er hinging, und ich fühlte mich erleichtert. Wenigstens war mein Mann nicht allein.

»Mach dir keine Sorgen, Sassenach.« Jamie umarmte mich hastig und flüsterte mir ins Ohr: »Ich bin beizeiten wieder da. Wenn etwas schiefgeht ...« Er zögerte, dann sagte er fest: »Es wird nicht nötig sein, aber wenn du eine Freundin brauchst, geh zu Louise de La Tour.«

»Das werde ich.« Es blieb uns nur Zeit für einen flüchtigen Kuß, bevor ihn die Wachen abführten.

Die Haustür öffnete sich, und ich sah, wie sich Jamie umwandte, Murtagh erblickte und den Mund öffnete, als wollte er ihm etwas sagen. Murtagh legte die Hände an sein Schwertgehenk und bahnte sich mit entschlossener Miene einen Weg zu Jamie, wobei er Duverney den Jüngeren fast auf die Straße stieß. Es folgte ein kurzer, stummer Machtkampf, der nur mit wütenden Blicken ausgetragen wurde. Schließlich zuckte Jamie die Schultern und hob resigniert die Hände.

Er trat auf die Straße hinaus, ohne sich um die Wachleute zu kümmern, die ihn von allen Seiten bedrängten. Doch als er am Tor eine kleine Gestalt erblickte, hielt er inne. Er beugte sich hinunter, sagte etwas, und als er sich aufrichtete, sah er sich noch einmal lächelnd zu mir um. Im Laternenlicht konnte ich sein Gesicht genau erkennen. Er nickte auch Monsieur Duverney dem Älteren zu, stieg in die wartende Kutsche – Murtagh war hinten aufgesprungen –, und fort waren sie.

Fergus stand auf der Straße und schaute der Kutsche nach, bis sie in der Dunkelheit verschwand. Dann kam er festen Schritts die Treppe herauf, nahm mich an der Hand und führte mich ins Haus.

»Kommen Sie, Madame«, sagte er. »Der Herr hat gesagt, ich soll mich um Sie kümmern, bis er wieder da ist.«

Fergus schlüpfte nun in den Salon und schloß geräuschlos die Tür hinter sich.

»Ich habe meinen Rundgang durchs Haus gemacht, Madame«, flüsterte er. »Alles in Ordnung.« Trotz meines Kummers mußte ich bei seinem Tonfall lächeln, denn er ahmte unüberhörbar Jamie nach. Sein Idol hatte ihn mit einer Aufgabe betraut, und offensichtlich nahm er seine Pflichten ernst.

Er hatte mich in den Salon begleitet und anschließend seine Runde durchs Haus gemacht, wie Jamie es jeden Abend tat, um zu prüfen, ob die Feuer mit Asche bedeckt und die Riegel an den

Fensterläden und die Querbalken an den Außentüren – die Fergus kaum hätte heben können – fest verschlossen waren.

»Sie sollten sich ausruhen, Madame«, sagte er. »Keine Sorge, ich bin ja da.«

Ich lachte nicht, lächelte ihn aber an. »Jetzt könnte ich nicht schlafen, Fergus. Ich bleibe einfach noch eine Weile hier sitzen. Aber vielleicht gehst du besser ins Bett. Du hast eine schrecklich lange Nacht hinter dir.« Es widerstrebte mir, ihn ins Bett zu schikken, da ich seiner neugewonnenen Würde als stellvertretender Hausherr keinen Abbruch tun wollte, doch seine Erschöpfung war nicht zu übersehen. Er ließ die zarten, knochigen Schultern hängen, und unter den Augen hatte er dunkle Ringe.

Fergus gähnte schamlos, schüttelte aber den Kopf.

»Nein, Madame. Ich bleibe bei Ihnen... wenn Sie es erlauben.« fügte er hastig hinzu.

»Ich habe nichts dagegen.« Offenbar war er zu müde, um zu plaudern oder in gewohnter Weise herumzuzappeln, und die Gesellschaft eines schläfrigen Kindes hatte etwas Tröstliches, so wie die Anwesenheit eines Hundes oder einer Katze.

Ich starrte ins Kaminfeuer und versuchte, eine heiter-gelassene Gemütsverfassung heraufzubeschwören; ich stellte mir stille Seen, Waldlichtungen, selbst den düsteren Frieden einer Kapelle vor. Aber es half alles nichts, über die Bilder des Friedens legten sich die Eindrücke des vergangenen Abends: brutale Hände, weißschimmernde Zähne, die furchterregend aus der Dunkelheit auftauchten; Marys bleiches, verzweifeltes Gesicht neben dem von Alex Randall; die haßerfüllten Schweinsaugen von Mr. Hawkins; das plötzliche Mißtrauen in den Zügen des Generals und der Duverneys; St. Germains unverhohlene Freude über den Skandal. Und zuletzt Jamies Lächeln, halb selbstbewußt, halb unsicher im Licht- und Schattenspiel der Laternen.

Was, wenn er nicht wiederkam? Das war der Gedanke, den ich zu unterdrücken versuchte, seit sie ihn abgeführt hatten. Wenn es ihm nicht gelang, sich von den Anschuldigungen reinzuwaschen? Wenn der Richter Vorbehalte gegen Ausländer hatte – mehr Vorbehalte als üblich, verbesserte ich mich –, dann konnte er leicht auf unbegrenzte Zeit in Gewahrsam genommen werden. Und die Furcht, daß diese unvorhergesehene Krise die Arbeit von Wochen zunichte machte, wurde überlagert von der Vorstellung, wie Jamie in einer

Zelle lag, ähnlich jener in Wentworth. Angesichts der gegenwärtigen Krise erschien die Nachricht, daß Charles Stuart in Wein investierte, unbedeutend.

In meiner Einsamkeit hatte ich nun genug Zeit zum Nachdenken, doch meine Gedanken drehten sich im Kreis. Wer war »*La Dame Blanche*«? Was hatte es mit der »weißen Dame« auf sich, und warum hatten die Angreifer bei der Nennung ihres Namens die Flucht ergriffen?

Dann wanderten meine Gedanken zu der Abendgesellschaft und den Bemerkungen des Generals über die Banden, die die Straßen von Paris unsicher machten und denen teilweise auch Adelige angehörten. Das paßte zu der Sprache und Kleidung des Anführers, obwohl seine Gefährten erheblich rauher ausgesehen hatten. Ich überlegte, ob der Mann Ähnlichkeit mit jemandem hatte, den ich kannte, doch ich sah ihn nur undeutlich vor mir – es war dunkel gewesen, und die Erinnerung war durch den Schock getrübt.

Insgesamt hatte er eine gewisse Ähnlichkeit mit dem Comte de St. Germain, obwohl die Stimme anders war. Doch wenn der Comte beteiligt war, hätte er dann nicht seine Stimme verstellt? Zugleich fand ich es völlig unglaublich, daß der Comte imstande sein könnte, uns erst zu überfallen und mir dann zwei Stunden später am Tisch gegenüberzusitzen und in aller Seelenruhe seine Suppe zu löffeln.

Niedergeschlagen fuhr ich mir durchs Haar. Jetzt konnte ich nichts unternehmen. Wenn Jamie am Morgen noch nicht zurück war, dann konnte ich der Reihe nach Bekannte und mutmaßliche Freunde aufsuchen; vielleicht wußte einer von ihnen Neuigkeiten oder bot seine Hilfe an. Aber während der Nachtstunden war ich machtlos, bewegungsunfähig wie eine in Bernstein gefangene Libelle.

Ungeduldig zerrte ich an einer der mit Brillanten besetzten Haarnadeln. Sie hatte sich in meinen Haaren verfangen und wollte sich nicht lösen.

»Autsch!«

»Warten Sie, Madame. Ich hol' sie heraus.«

Ich hatte nicht gehört, wie er hinter mich getreten war, aber ich spürte Fergus' schmale, geschickte Finger an meinem Kopf, die den Haarschmuck herauszogen. »Die anderen auch, Madame?«

»O danke, Fergus«, sagte ich erleichtert. »Wenn es dir nichts ausmacht.«

Leicht und sicher war die kleine Hand des Taschendiebs, und bald fielen mir die dichten Locken auf die Schultern. Während sich Strähne für Strähne löste, ging auch mein Atem allmählich etwas ruhiger.

»Sie machen sich Sorgen, Madame?« fragte die leise Stimme hinter mir.

»Ja«, sagte ich, zu müde, um Tapferkeit zu heucheln.

»Ich auch«, sagte er schlicht.

Die letzte Haarnadel fiel auf den Tisch, und ich sank mit geschlossenen Augen im Sessel zusammen. Dann spürte ich wieder eine Berührung; Fergus begann, meine Haare zu bürsten und vorsichtig zu entwirren.

»Sie erlauben, Madame?« fragte er, da er mein plötzliches Zusammenzucken bemerkte. »Die Damen haben immer gesagt, es täte ihnen gut, wenn sie besorgt oder aufgeregt waren.«

Ich entspannte mich unter der angenehmen Berührung.

»Ich erlaube es«, erwiderte ich. »Danke.« Nach einer Weile fragte ich: »Welche Damen, Fergus?«

Er zögerte kurz, dann fuhr er sanft mit seiner Tätigkeit fort.

»In dem Haus, wo ich früher geschlafen habe, Herrin. Ich durfte nicht herauskommen wegen der Kunden, aber Madame Elise ließ mich in einem Kämmerchen unter der Treppe schlafen, solange ich ruhig war. Und gegen Morgen, wenn die ganzen Männer gegangen waren, kam ich heraus, und manchmal teilten die Damen ihr Frühstück mit mir. Ich half ihnen oft beim Anziehen, mit all den kleinen Verschlüssen – sie sagten, niemand sei so geschickt wie ich«, fügte er stolz hinzu, »und ich kämmte ihnen das Haar, wenn sie es wünschten.«

»Mhm.« Das leise Geräusch der Bürste, die durch mein Haar glitt, wirkte hypnotisch. Da die Uhr auf dem Kaminsims stillstand, wußte ich nicht, wie spät es war, aber die Stille draußen auf den Straßen verriet, daß es tiefe Nacht sein mußte.

»Wie kam es, daß du bei Madame Elise übernachten durftest, Fergus?« fragte ich mit mühsam unterdrücktem Gähnen.

»Ich bin dort geboren, Madame«, gab er zur Antwort. Seine Bewegungen verlangsamten sich, und seine Stimme wurde schläfrig. »Ich habe mich immer gefragt, welche der Damen meine Mutter ist, aber ich habe es nie herausgefunden.«

Ich wurde wach, als sich die Tür des Salons öffnete. Im grauen Licht des frühen Morgens sah ich Jamie. Trotz seiner Blässe und der müden, geröteten Augen hatte er ein Lächeln auf den Lippen.

»Ich hatte Angst, daß du nicht wiederkommst«, sagte ich, als er einen Augenblick später seinen Kopf an meiner Brust barg. Sein Haar roch nach abgestandenem Rauch und Talgkerzen, und mit seinem Rock war nun wirklich kein Staat mehr zu machen. Aber ich spürte seine Wärme und Nähe, was kümmerte mich da der Geruch seiner Haare.

»Ich auch«, sagte er leise, und ich ahnte sein Lächeln. Er drückte mich fest an sich, dann ließ er mich los, setzte sich auf und strich mir die Locken aus dem Gesicht.

»Mein Gott, bist du schön«, sagte er zärtlich. »Unfrisiert, unausgeschlafen, mit offener Mähne. Süße Geliebte. Hast du die ganze Nacht hier gesessen?«

»Ich bin nicht die einzige.« Ich deutete auf den Boden, wo sich Fergus auf dem Teppich zusammengerollt hatte. Sein Kopf lag auf einem Kissen zu meinen Füßen. Der Junge bewegte sich im Schlaf, und sein voller, rosiger Kindermund war ein wenig geöffnet.

Jamie legte ihm sanft die Hand auf die Schulter.

»Komm, mein Kleiner. Du hast deine Herrin gut bewacht.« Er nahm den Jungen hoch, legte ihn an seine Schulter und murmelte: »Du bist ein guter Mann, Fergus, du hast dir deinen Schlaf verdient. Komm jetzt ins Bett.« Überrascht riß Fergus die Augen auf, dann fielen sie ihm wieder zu, und er entspannte sich und nickte wieder ein.

Als Jamie in den Salon zurückkehrte, hatte ich die Fensterläden geöffnet und das Feuer wieder angefacht. Abgesehen von dem verdorbenen Rock, den er abgelegt hatte, trug er noch die eleganten Kleider vom Vorabend.

»Hier.« Ich reichte ihm ein Glas Wein, das er stehend in drei Zügen leerte. Er schüttelte sich, sank auf das kleine Sofa und hielt mir den Becher zum Nachfüllen hin.

»Du bekommst keinen Tropfen«, erklärte ich, »bis du mir erzählt hast, was los ist. Du bist nicht im Gefängnis, also vermute ich, daß alles in Ordnung ist, aber –«

»Nicht in Ordnung, Sassenach«, fiel er mir ins Wort, »aber es könnte schlimmer sein.«

Nach langem Hin und Her – und endlosen Tiraden seitens Mr.

Hawkins', der immer wieder seinen ersten Eindruck schilderte – entschied der mürrische Richter, den man aus dem warmen Bett geholt hatte, um die improvisierte Untersuchung zu leiten, daß Alex Randall als einer der Angeklagten wohl kaum als unparteiischer Zeuge vernommen werden könne. Ebensowenig ich als Ehefrau und mögliche Komplizin des anderen Angeklagten. Murtagh war seiner eigenen Aussage zufolge zur Zeit des angeblichen Überfalls besinnungslos gewesen, und das Kind Claudel wurde als Zeuge nicht zugelassen.

Offensichtlich, so erklärte der Richter mit einem zornigen Seitenblick auf den Hauptmann der Garde, war die einzige Person, die Licht in die Sache bringen konnte, Mary Hawkins. Doch den Aussagen zufolge sei sie im Augenblick nicht dazu imstande. Aus diesem Grunde sollten alle Beschuldigten in der Bastille unter Gewahrsam genommen werden, bis Mademoiselle Hawkins vernehmungsfähig sei. Und gewiß hätte Monsieur le Capitaine sich das eigentlich selbst denken können, nicht wahr?

»Und warum bist du jetzt nicht in der Bastille?« fragte ich.

»Monsieur Duverney, der Ältere, hat sich für mich verbürgt«, erwiderte Jamie und zog mich aufs Sofa neben sich. »Während des ganzen Palavers saß er in einer Ecke, eingerollt wie ein Igel. Und als der Richter seine Entscheidung fällte, stand er auf und sagte, er habe Gelegenheit gehabt, mehrmals mit mir Schach zu spielen. Dabei habe er einen so günstigen Eindruck von meinen moralischen Grundsätzen gewonnen, daß ich an einer so verwerflichen Tat keinen Anteil haben könne...« Er hielt inne und zuckte die Achseln.

»Na ja, du weißt ja, wie er spricht, wenn er richtig loslegt. Der Grundgedanke war, daß ein Mann, der ihn bei sechs von sieben Schachpartien besiegt, keine jungen unschuldigen Mädchen in sein Haus lockt, um sie zu schänden.«

»Vollkommen logisch«, bemerkte ich trocken. »Ich glaube, was er wirklich sagen wollte, war, wenn sie dich einsperren, verliert er seinen Schachpartner.«

»Gut möglich«, stimmte Jamie zu. Er reckte sich, gähnte und zwinkerte mir vergnügt zu.

»Aber ich bin daheim, und gerade jetzt ist es mir einerlei, warum. Komm her zu mir, Sassenach.« Er faßte mich mit beiden Händen um die Taille, hob mich auf seinen Schoß und umarmte mich, zufrieden seufzend.

»Alles, was ich will«, flüsterte er mir ins Ohr, »ist, diese verdreckten Sachen auszuziehen und dich hier auf dem Kaminvorleger nehmen, dann sofort einschlafen, den Kopf auf deine Schulter gebettet, und bis morgen so liegen bleiben.«

»Ziemlich lästig für die Dienerschaft«, bemerkte ich, »sie werden um uns herumfegen müssen.«

»Ich pfeif' auf die Dienerschaft«, meinte er gelassen. »Wozu gibt es Türen?«

»Offensichtlich, um daran anzuklopfen«, sagte ich, da ein vorsichtiges Pochen zu hören war.

Jamie vergrub die Nase in meinen Haaren, zögerte einen Augenblick, dann seufzte er und ließ mich von seinem Schoß aufs Sofa gleiten.

»Dreißig Sekunden«, versprach er mir mit gedämpfer Stimme, dann rief er: »*Entrez!*«

Die Tür ging auf, und Murtagh trat ein. In der Unruhe und dem Durcheinander der vergangenen Nacht hatte ich Murtagh fast vergessen. Nun stellte ich fest, daß seine Erscheinung nicht gerade gewonnen hatte.

Er litt ebenso unter Schlafmangel wie Jamie. Sein eines Auge war blutunterlaufen, das andere hatte die Tönung einer faulen Banane angenommen und war – bis auf einen schmalen Schlitz, aus dem es schwarz blitzte – zugeschwollen. Die Beule auf seiner Stirn kam nun voll zur Geltung: ein dunkelrotes Gänseei direkt über der Braue.

Seit seiner Befreiung aus dem Sack hatte Murtagh kaum ein Wort gesagt. Abgesehen von einer knappen Frage nach dem Verbleib seiner Messer – Fergus hatte mit dem Spürsinn eines Terriers sowohl den Dolch als auch den *sgian dhu* hinter einem Haufen Unrat entdeckt – hatte er in den kritischen Augenblicken unserer Flucht grimmig geschwiegen und uns, während wir durch die düsteren Straßen von Paris eilten, den Rücken gedeckt. Zu Hause angekommen, hatte ein stechender Blick aus seinem gesunden Auge genügt, um unliebsame Fragen der Küchenmägde zu unterbinden.

Vermutlich hatte er sich auf dem *commissariat de police* zu Wort gemeldet, wenn auch nur, um den tadellosen Charakter seines Arbeitgebers zu bezeugen – allerdings fragte ich mich, wieviel Glauben ich Murtagh geschenkt hätte, wenn ich der Richter gewesen wäre. Aber jetzt war er ebenso schweigsam wie die Wasserspeier von Notre Dame – denen er erstaunlich ähnlich sah.

Doch ganz gleich, wie heruntergekommen er aussehen mochte, Murtagh bewahrte stets eine würdevolle Haltung. Steif wie ein Stock schritt er über den Teppich und kniete vor Jamie nieder. Der musterte ihn verblüfft.

Der drahtige kleine Mann zog den Dolch aus dem Gürtel und streckte ihn Jamie mit dem Griff voran entgegen. Murtaghs zerfurchtes Gesicht war ausdruckslos, und sein eines schwarzes Auge blickte unerschütterlich auf Jamie.

»Ich habe dich enttäuscht«, sagte der kleine Mann ruhig. »Und ich bitte dich als meinen Anführer, jetzt mein Leben hinzunehmen, damit ich nicht länger mit der Schande leben muß.«

Jamie richtete sich langsam auf, und ich spürte, wie er seine Müdigkeit verdrängte, als er den Blick auf seinen Gefolgsmann richtete. Eine Weile saß er wortlos da. Dann streckte er eine Hand aus und berührte die dunkelrote Beule auf Murtaghs Stirn.

»Es ist keine Schande, in der Schlacht zu fallen, *mo caraidh*,« sagte er leise. »Auch der größte Krieger erlebt einmal eine Niederlage.«

Aber Murtagh schüttelte störrisch den Kopf, das Auge unverwandt auf Jamie gerichtet.

»Nein«, sagte er. »Ich bin nicht in der Schlacht gefallen. Du hast mir deine Frau und euer ungeborenes Kind anvertraut, und ebenso das englische Mädel. Und ich habe meine Pflicht so mißachtet, daß ich in der Stunde der Gefahr nicht einmal Gelegenheit hatte, einen Streich zu führen. Um die Wahrheit zu sagen, ich sah nicht einmal die Hand, die mich niederschlug.« Bei diesen Worten blinzelte er zum erstenmal.

»Verrat –«, begann Jamie.

»Und schau, wohin es geführt hat«, unterbrach ihn Murtagh. Seit ich ihn kannte, hatte ich ihn noch nie eine so lange Rede halten hören. »Dein guter Name besudelt, deine Frau überfallen, und das Mädelchen...« Er kniff die schmalen Lippen zusammen und schluckte. »Allein deswegen schnürt mir die Reue die Kehle zu.«

»Aye«, sagte Jamie leise und nickte. »Aye, das verstehe ich, Mann. Das empfinde ich auch.« Er legte die Hand aufs Herz. Sie sprachen, als wären sie allein miteinander. Ihre Köpfe berührten sich fast, als sich Jamie zu Murtagh vorbeugte. Ich hatte die Hände im Schoß gefaltet und saß reglos da. Diese Sache mußten sie unter sich ausmachen.

»Aber ich bin nicht dein Anführer, Mann«, fuhr Jamie mit festerer Stimme fort. »Du hast mir keinen Eid geleistet, und ich habe keine Macht über dich.«

»Doch, das hast du.« Murtaghs Stimme zitterte ebensowenig wie der Griff des Dolchs.

»Aber –«

»Ich habe meinen Eid geschworen, Jamie Fraser, als du noch keine Woche alt warst – ein gesunder Junge an der Brust deiner Mutter.«

Ich sah, wie sich Jamies Augen vor Verblüffung weiteten.

»Ich kniete zu Ellens Füßen, wie ich jetzt hier vor dir knie«, fuhr der kleine Clansmann mit hocherhobenem Kinn fort. »Und ich habe ihr beim dreifaltigen Gott geschworen, daß ich dir stets folgen würde, um zu tun, was du befiehlst, und dir den Rücken freizuhalten, wenn du zum Mann herangewachsen wärst und solche Dienste brauchtest.« Bei diesen Worten wurde die rauhe Stimme weich, und das Lid schloß sich über dem müden Auge.

»Aye, mein Junge. Ich liebe dich, als wärst du mein eigener Sohn. Aber ich habe dir die Treue gebrochen.«

»Das hast du nie getan und könntest es nie tun.« Jamie nahm Murtagh fest bei den Schultern. »Nein, ich will dein Leben nicht, weil ich dich noch brauche. Aber ich will dir einen Eid abverlangen, und du wirst ihn leisten.«

Nach einem endlosen Augenblick des Zögerns nickte der rabenschwarze Kopf unmerklich.

Jamie sprach nun noch leiser. Er streckte die drei mittleren Finger der rechten Hand aus und legte sie auf das Heft des Dolchs.

»Ich beauftrage dich also bei dem Eid, der dich an mich bindet, und dem Wort, das du meiner Mutter gegeben hast – finde die Männer. Jage sie, und wenn Sie gefunden sind, beauftrage ich dich, die Rache zu üben, die der Ehre meiner Frau – und Mary Hawkins' Unschuld gebührt.«

Er hielt inne, dann zog er die Hand zurück.

Der Clansmann erhob den Dolch. Nun nahm er zum erstenmal meine Anwesenheit zur Kenntnis, verbeugte sich vor mir und sagte: »Was der Herr gesagt hat, Herrin, das werde ich tun. Ich werde Rache üben um deinetwillen.«

Ich leckte mir die trockenen Lippen und wußte nicht, was ich sagen sollte. Doch es schien keine Antwort notwendig zu sein. Murtagh führte den Dolch an die Lippen und küßte ihn. Dann richtete er sich entschlossen auf und steckte die Waffe zurück in die Scheide.

20

La Dame Blanche

Als wir uns endlich umgezogen hatten und aus der Küche das Frühstück heraufgebracht wurde, war die Dämmerung dem Tag gewichen.

»Eines wüßte ich zu gern«, sagte ich, während ich die Schokolade einschenkte. »Wer zum Teufel ist *La Dame Blanche*?«

»*La Dame Blanche?*« Magnus, der sich mit dem Brotkorb in der Hand über meine Schulter beugte, zuckte so heftig zusammen, daß ein Brötchen herausfiel. Ich fing es auf, legte es zurück und musterte den Butler, der ziemlich erschüttert aussah.

»Ja, genau«, sagte ich. »Sie haben den Namen schon einmal gehört, Magnus?«

»Aber natürlich, Madame«, entgegnete der alte Mann. »*La Dame Blanche est une sorcière.*«

»Eine Zauberin?« wiederholte ich ungläubig.

Magnus zuckte die Achseln, legte die Serviette über die Brötchen und vermied es, mich anzusehen.

»Die weiße Dame«, murmelte er. »Sie gilt als weise Frau, als Heilerin. Aber ... sie kann auch ins Innerste eines Menschen blicken und seine Seele zu Asche machen, wenn sie dort etwas Böses entdeckt.« Er nickte kurz, drehte sich um und verschwand eiligst in Richtung Küche. An der Bewegung seines Ellbogens sah ich, daß er sich bekreuzigte.

»Großer Gott«, sagte ich zu Jamie. »Hast du schon mal von *La Dame Blanche* gehört?«

»Hm? Oh? Ach ja ... ich kenne die Geschichten, die man sich über sie erzählt.« Von Jamies Augen sah ich nur die langen Wimpern, während er die Nase in die Kakaotasse steckte, aber seine Wangen waren so rot, daß es nicht allein an dem heißen Getränk liegen konnte.

Ich lehnte mich im Stuhl zurück, verschränkte die Arme und musterte ihn streng.

»So, so, du weißt etwas darüber«, stellte ich fest. »Überrascht es dich zu hören, daß die beiden Männer, die uns letzte Nacht überfallen haben, mich *La Dame Blanche* genannt haben?«

»Tatsächlich?« Verblüfft sah er mich an.

Ich nickte. »Als sie mich kurz im Licht sahen, riefen sie: ›*La Dame Blanche*‹, und dann gaben sie Fersengeld, als hätte ich die Pest.«

Jamie atmete tief durch. Seine rote Gesichtsfarbe verblaßte, und er wurde bleich wie der Porzellanteller, der vor ihm stand.

»Herr im Himmel«, sagte er halb zu sich selbst. »Herr ... im Himmel!«

Ich beugte mich über den Tisch und nahm ihm die Tasse aus der Hand.

»Möchtest du mir jetzt vielleicht erzählen, was du über *La Dame Blanche* weißt?« schlug ich freundlich vor.

»Na ja ...« Er zögerte, doch dann warf er mir einen betretenen Blick zu. »Es ist nur ... Ich habe Glengarry gesagt, du seist *La Dame Blanche*.«

»Du hast Glengarry *was* gesagt?« Ich verschluckte mich an dem Bissen, den ich gerade im Mund hatte. Fürsorglich klopfte mir Jamie auf den Rücken.

»Genauer gesagt, Glengarry und Castellotti«, meinte er entschuldigend. »Kartenspielen und Würfeln, schön und gut, aber sie wollten es nicht dabei belassen. Und sie fanden es sehr komisch, daß ich meiner Frau treu bleiben will. Sie sagten ... nun, sie sagten verschiedene Dinge, und ich ... ich war es leid.« Er sah weg. Seine Ohren brannten feuerrot.

»Hm.« Ich nippte an meinem Tee. Da ich Castellottis spitze Zunge kannte, konnte ich mir gut vorstellen, wie erbarmungslos er meinen Mann geneckt hatte.

Jamie leerte seine Tasse mit einem Zug. Als er sich vorsichtig nachschenkte, starrte er auf die Kanne, um meinem Blick auszuweichen. »Aber ich konnte schließlich nicht einfach weggehen, oder?« fuhr er fort. »Ich mußte doch den ganzen Abend bei Seiner Hoheit bleiben, und es hätte uns nicht weitergebracht, wenn er mich für unmännlich halten würde.«

»Also hast du ihnen weisgemacht, ich sei *La Dame Blanche*?«

Angestrengt versuchte ich, ein Lachen zu unterdrücken. »Und wenn du dich mit den Damen der Nacht einlassen würdest, ließe ich dein Geschlecht einschrumpeln.«

»Äh, nun ja...«

»Mein Gott, und sie haben es dir abgenommen?« Vor Anstrengung, mich zu beherrschen, mußte ich inzwischen ebenso rot angelaufen sein wie Jamie.

»Anscheinend war ich sehr überzeugend«, erklärte Jamie mit einem Zucken um die Mundwinkel, »und sie mußten einen Eid auf das Leben ihrer Mutter schwören, es nicht weiterzuerzählen.«

Nun konnte ich nicht mehr an mich halten und brach in schallendes Gelächter aus.

»O Jamie!« rief ich. »Du bist ein Schatz!« Ich beugte mich vor und küßte ihn auf die heißen Wangen.

»Na ja«, sagte er verlegen, während er sein Brot mit Butter bestrich. »Mir ist nichts Besseres eingefallen. Und danach hörten sie tatsächlich auf, mir Huren auf den Hals zu hetzen.«

»Gut«, sagte ich. Ich nahm ihm das Brot aus der Hand, strich Honig darauf und gab es ihm zurück.

»Ich kann mich wohl kaum beklagen«, meinte ich schließlich. »Denn mit der Geschichte hast du nicht nur deine Tugend verteidigt, sondern auch eine Vergewaltigung verhindert.«

»Aye, Gott sei Dank.« Er legte das Brot weg und nahm meine Hand. »Wenn dir etwas geschehen wäre, Sassenach, dann würde ich –«

»Ja«, fiel ich ihm ins Wort, »aber wenn die Männer, die uns angegriffen haben, wußten, daß ich *La Dame Blanche* sein soll...«

»Aye, Sassenach«, nickte er mir zu. »Glengarry und Castellotti können es nicht gewesen sein, denn als du überfallen wurdest, waren sie mit mir in dem Haus, aus dem mich Fergus geholt hat. Aber es muß jemand gewesen sein, dem sie davon erzählt haben.«

Bei der Erinnerung an die Maske und die höhnische Stimme lief es mir kalt den Rücken hinunter.

Seufzend ließ Jamie meine Hand los. »Und das heißt vermutlich, daß ich Glengarry aufsuchen sollte, um herauszufinden, wie vielen Leuten er Geschichten über mein Eheleben aufgetischt hat.« Ärgerlich fuhr er sich durch die Haare. »Und dann muß ich Seiner Hoheit einen Besuch abstatten und feststellen, was er bei diesem Geschäft mit St. Germain im Schilde führt.«

»Du hast recht«, sagte ich nachdenklich, »aber so wie ich Glengarry kenne, hat er es inzwischen halb Paris erzählt. Übrigens habe ich heute nachmittag auch einige Besuche zu machen.«

»Ach ja? Und wen gedenkst du zu beehren, Sassenach?« fragte er und beäugte mich skeptisch. Ich holte tief Luft und nahm meinen Mut zusammen angesichts der Prüfung, die mir bevorstand.

»Zuerst Maître Raymond«, erwiderte ich. »Und dann Mary Hawkins.«

»Lavendel vielleicht?« Raymond stellte sich auf Zehenspitzen, um ein Gefäß aus dem Regal zu holen. »Nicht als Heilmittel, aber das Aroma beruhigt die Nerven.«

»Das hängt davon ab, um wessen Nerven es sich handelt«, entgegnete ich, da mir Jamies Reaktion auf Lavendel einfiel. Es war Jack Randalls Lieblingsduft, und auf Jamie wirkte das Aroma alles andere als beruhigend. »In diesem Fall könnte es jedoch helfen. Oder zumindest keinen Schaden anrichten.«

»Keinen Schaden anrichten«, zitierte er nachdenklich. »Ein guter Grundsatz.«

»Dieser Grundsatz ist Teil des Hippokratischen Eids.« Ich beobachtete, wie er in seinen Schubladen und Dosen stöberte. »Der Eid, den ein Arzt schwört. ›Ich werde die Kranken bewahren vor Schaden und willkürlichem Unrecht.‹«

»Aha? Und haben Sie diesen Eid abgelegt, Madonna?« Die klugen Amphibienaugen zwinkerten mir über den hohen Tresen hinweg zu.

Ich spürte, wie ich unter seinem forschenden Blick errötete.

»Nein, eigentlich nicht. Ich bin keine richtige Ärztin. Noch nicht.« Mir war schleierhaft, was mich bewegt hatte, letzteres hinzuzufügen.

»Nein? Und doch versuchen Sie etwas zu heilen, an das sich ein ›richtiger‹ Arzt nicht heranwagen würde, weil er weiß, daß die verlorene Jungfräulichkeit nicht wiederherstellbar ist.« Die Ironie seiner Worte war nicht zu überhören.

»Ach, tatsächlich nicht?« antwortete ich ungerührt. Fergus hatte einige Geheimnisse der »Damen« im Haus von Madame Elise ausgeplaudert. »Was hat es dann mit der Ferkelblase voll Hühnerblut auf sich? Oder wollen Sie behaupten, daß derartiges in den Fachbereich des Apothekers fällt und nicht in den des Arztes?«

Raymond besaß zwar keine nennenswerten Augenbrauen, aber er konnte beeindruckend die Stirn kräuseln, wenn er belustigt war.

»Wem geschieht dadurch Unrecht, Madonna? Gewiß nicht dem Anbieter. Und auch nicht dem Käufer. Wahrscheinlich amüsiert er sich sogar besser als einer, der die unverfälschte Ware erwirbt. Nicht einmal der Jungfräulichkeit selbst geschieht Unrecht! Zweifelsfrei ein hochmoralisches hippokratisches Unterfangen, das jeder Arzt mit Freuden unterstützen würde!«

Ich lachte. »Und ich vermute, Sie kennen mehr als einen, der das tut?« sagte ich. »Ich werde die Angelegenheit beim nächsten Ärztekongreß zur Sprache bringen. Aber was können wir einstweilen tun, ohne auf Wunder von Menschenhand zurückzugreifen?«

»Hm.« Er breitete ein Gazetuch auf dem Tresen aus und schüttete eine Handvoll fein zerstoßener Kräuter darauf. Ein durchdringender, angenehmer Duft stieg von den getrockneten graugrünen Pflanzenteilchen auf.

»Das ist Jakobskraut«, sagte er und faltete die Gaze geschickt zu einem kleinen Quadrat mit eingesteckten Ecken. »Damit behandelt man Hautreizungen, Kratzwunden und Entzündungen der Geschlechtsteile. Wäre das zweckdienlich?«

»Das kann man wohl sagen«, entgegnete ich grimmig. »Als Aufguß oder Absud?«

»Absud. Warm, unter den gegeben Umständen.« Er ging zu einem anderen Regal und holte eines der großen weißen Porzellangefäße heraus. Die Beschriftung auf der Seite lautete CHELIDONIUM.

»Ein Schlafmittel«, erklärte er. »Ich glaube, auf Opium·Mohn-Derivate sollten Sie lieber verzichten. Diese Patientin reagiert offenbar unberechenbar darauf.«

»Sie haben die Geschichte schon gehört, nicht wahr?« sagte ich resigniert. Das war zu erwarten gewesen. Schließlich zählten Neuigkeiten zu den wichtigeren Waren, mit denen Maître Raymond handelte. In dem kleinen Geschäft liefen die Fäden zusammen, und sein Inhaber wurde von Dutzenden von Informanten – vom Straßenhändler bis zum königlichen Kammerjunker – mit Klatsch versorgt.

»Aus drei verschiedenen Quellen«, erwiderte Raymond. Er sah aus dem Fenster und reckte den Hals, um einen Blick auf die riesige *horloge* werfen zu können, die an der Wand des benachbarten

Eckhauses hing. »Und es ist noch nicht einmal zwei Uhr. Wahrscheinlich werde ich, bevor es Abend wird, noch mehrere Versionen der Ereignisse bei Ihrer Abendgesellschaft hören.« Aus dem breiten, zahnlosen Mund kam ein leises Lachen. »Besonders gut gefällt mir die Version, in der Ihr Gemahl General d'Arbanville zu einem Duell auf der Straße auffordert, während Sie dem Comte anbieten, seine Lust an dem ohnmächtigen Mädchen zu stillen, sofern er darauf verzichtet, die Leibgarde des Königs zu rufen.«

»Mmmpf«, sagte ich, eine befangene Nachahmung des schottischen Urlauts.

»Würden Sie vielleicht gern erfahren, was wirklich geschehen ist?«

Das Mohntonikum schimmerte bernsteinfarben in der Nachmittagssonne, als er es in ein kleines Fläschchen goß.

»Die Wahrheit ist immer nützlich, Madonna«, erwiderte er, den Blick auf das Rinnsal gerichtet. »Denn sie hat Seltenheitswert.« Behutsam setzte er das Porzellangefäß ab. »Und daher ist sie ihren Preis wert.« Das Geld für die Arzneimittel, die ich gekauft hatte, lag auf dem Ladentisch. Die Münzen funkelten in der Sonne. Ich blickte ihn aus schmalen Augen an, doch er lächelte nur höflich, als hätte er noch nie von Froschschenkeln in Knoblauchbutter gehört.

Draußen auf der Straße schlug die *horloge* zwei. Ich berechnete die Entfernung zum Haus der Hawkins' in der Rue Malory. Eine knappe halbe Stunde, wenn ich eine Droschke bekam. Also blieb mir noch Zeit genug.

»In diesem Fall«, sagte ich, »sollten wir uns vielleicht in Ihren Arbeitsraum zurückziehen.«

»Und das war's«, erklärte ich, während ich genüßlich an meinem Kirschlikör nippte. Die Gerüche in dem Arbeitsraum waren fast so intensiv wie der Dunst, der aus meinem Glas aufstieg, und ich spürte, wie mein Kopf unter dem Einfluß des Alkohols anschwoll wie ein großer roter Luftballon. »Man hat Jamie zwar entlassen, aber wir stehen noch unter Verdacht. Ich kann mir jedoch nicht vorstellen, daß das von langer Dauer sein wird, Sie etwa?«

Raymond schüttelte den Kopf. Das Krokodil an der Decke bewegte sich im Luftzug. Er stand auf, um das Fenster zu schließen.

»Nein. Ein Ärgernis, weiter nichts. Monsieur Hawkins hat Geld und Freunde, und natürlich ist er außer sich, aber dennoch…

Offensichtlich können Sie und Ihr Gemahl sich nur übergroße Freundlichkeit vorwerfen – weil Sie das Unglück des Mädchens geheimhalten wollten.« Er nahm einen herzhaften Schluck aus seinem Glas.

»Und jetzt gilt Ihre größte Sorge dem Mädchen, oder nicht?«

Ich nickte. »Zum Teil ja. Für ihren Ruf kann ich im Augenblick nichts tun. Ich kann nur versuchen, ihr zu helfen, damit sie wieder gesund wird.«

Ein boshaftes schwarzes Auge spähte über den Rand des Metallkelchs, den er hielt.

»Die meisten Ärzte, die ich kenne, würden sagen: ›Ich kann nur versuchen, sie zu heilen.‹ Wollen Sie ihr tatsächlich beim Gesundwerden helfen? Es ist interessant, daß Sie den Unterschied erkennen, Madonna. Ich hatte nichts anderes erwartet.«

Ich setzte den Kelch ab, weil ich allmählich genug hatte. Meine Wangen glühten, und ich glaubte, deutlich zu spüren, daß meine Nasenspitze rot war.

»Wie ich schon sagte, bin ich keine richtige Ärztin.« Ich schloß kurz die Augen, wobei ich mir fest vornahm, nach dem Öffnen wieder zu wissen, wo oben und unten war. »Außerdem hatte ich ... äh, schon einmal mit einem Fall von Vergewaltigung zu tun. Äußerlich kann man nicht viel tun. Vielleicht kann man überhaupt nicht viel tun. Punktum«, fügte ich hinzu. Da besann ich mich anders und nahm den Kelch wieder auf.

»Vielleicht nicht«, pflichtete mir Raymond bei. »Aber wenn jemand imstande ist, das Innerste der Patientin zu erreichen, dann ist es doch wohl *La Dame Blanche*?«

Ich setzte den Kelch ab und starrte den Apotheker an. Mein Mund stand offen, und weil das bestimmt nicht gut aussah, schloß ich ihn wieder. Gedanken, Verdächtigungen und Erkenntnisse schossen mir durch den Kopf, bis sie sich heillos ineinander verhedderten. Um Zeit zum Nachdenken zu gewinnen, hielt ich mich zunächst an den ersten Teil seiner Bemerkung.

»Das Innerste der Patientin?«

Einem offenen Gefäß auf dem Tisch entnahm er eine Prise weißen Pulvers, die er in seinen Kelch gab. Das bernsteingelbe Getränk nahm sofort eine blutrote Färbung an und begann zu brodeln.

»Drachenblut«, bemerkte er, die blubbernde Flüssigkeit schwenkend. »Es geht nur in einem versilberten Gefäß. Dabei wird der

Becher natürlich verdorben, aber unter den richtigen Umständen ist es äußerst wirksam.«

Ich gab ein leises Gurgeln von mir.

»Oh, das Innerste der Patientin«, sagte er, als erinnerte er sich an etwas, worüber wir vor Tagen gesprochen hatten. »Ja, natürlich. Eine Heilung gelingt im Grunde nur, wenn wir... wie sollen wir es nennen? Die Seele? Die Mitte? Nun, eben das Innerste der Patientin erreichen. Von dort aus kann sie sich selbst heilen. Gewiß haben Sie das schon beobachtet, Madonna. Patienten, die so schwerkrank sind, daß sie todgeweiht scheinen – aber sie sterben nicht. Oder jene, die sich von ihrem geringfügigen Leiden bei richtiger Pflege eigentlich erholen müßten, sich aber dann fortstehlen, trotz allem, was wir für sie tun.«

»Jeder, der mit Kranken zu tun hat, kann derlei beobachten«, bemerkte ich vorsichtig.

»Ja«, stimmte er zu. »Und der Stolz treibt die meisten Ärzte dazu, sich am Tod des einen schuldig zu fühlen und das Überleben der anderen auf ihr überragendes Können zurückzuführen. Aber *La Dame Blanche* schaut ins Innerste eines Menschen und führt ihn zur Heilung – oder in den Tod. Also mag ein Bösewicht zurecht fürchten, ihr ins Gesicht zu blicken.« Er nahm seinen Kelch, prostete mir zu und leerte die brodelnde Flüssigkeit in einem Zug. Sie hinterließ eine schwachrosa Spur auf seinen Lippen.

»Danke«, sagte ich trocken. »Es war also nicht nur Glengarrys Leichtgläubigkeit?«

Raymond zuckte die Achseln und sah dabei höchst selbstzufrieden aus. »Die Anregung kam von Ihrem Gatten«, meinte er bescheiden. »Eine exzellente Idee. Doch während Ihr Gemahl aufgrund seiner gottgegebenen Talente große Achtung genießt, kann man ihn auf dem Gebiet übernatürlicher Erscheinungen wohl kaum als Autorität betrachten.«

»Sie hingegen schon.«

Die breiten Schultern unter der grauen Samtrobe hoben sich. An einem Ärmel waren mehrere kleine, am Rand versengte Löcher, als hätten sich Glutstückchen hineingebrannt. Ein Mißgeschick bei einer Geisterbeschwörung, vermutete ich.

»Sie sind in meinem Geschäft gesehen worden«, erklärte er. »Ihre Herkunft ist geheimnisumwoben. Und, wie Ihr Gemahl bemerkt hat, ist mein Ruf etwas suspekt. Ich bewege mich in... gewissen

Kreisen, wie man so sagt...« – der lippenlose Mund verzog sich zu einem Grinsen –, »in denen Mutmaßungen über Ihre wahre Identität übertrieben ernst genommen werden können. Sie wissen ja, wie die Leute reden«, fügte er mit übertriebener Mißbilligung hinzu, so daß ich laut herauslachte.

Er stellte seinen Kelch ab und beugte sich vor.

»Sie sagten, Ihre Sorge würde nur zum Teil Mademoiselle Hawkins gelten, Madonna. Haben Sie noch andere Sorgen?«

»Durchaus.« Ich nippte an dem Likör. »Ich vermute, Sie sind über das, was in Paris geschieht, bestens im Bilde?«

Er lächelte und blickte mich mit wohlwollender Aufmerksamkeit an. »Aber natürlich, Madonna. Was möchten Sie wissen?«

»Haben Sie etwas über Charles Stuart gehört? Wissen Sie überhaupt, wer er ist?«

Die Frage überraschte ihn, und er zog seine Stirn kraus. Dann nahm er ein Glasfläschchen, das vor ihm auf dem Tisch stand, und drehte es versonnen zwischen den Handflächen.

»Ja, Madonna«, sagte er. »Sein Vater ist König von Schottland – oder sollte es sein, nicht wahr?«

»Nun, das ist Ansichtssache«, entgegnete ich, ein Rülpsen unterdrückend. »Er ist entweder König von Schottland oder Thronprätendent, aber das kümmert mich wenig. Aber sagen Sie mir eins... Unternimmt Charles Stuart irgendwelche Schritte, die darauf hindeuten, daß er eine bewaffnete Invasion in Schottland oder England plant?«

Raymond lachte laut heraus.

»Meine Güte, Madonna! Sie sind wirklich eine außergewöhnliche Frau. Wissen Sie eigentlich, wie selten solche Offenheit ist?«

»Ja«, gab ich zu, »aber so bin ich nun mal. Es liegt mir nicht, erst lange auf den Busch zu klopfen.« Ich streckte die Hand aus und nahm ihm das Fläschchen ab. »Haben Sie denn etwas gehört?«

Unwillkürlich blickte er zu der zweigeteilten Tür, doch das Ladenmädchen war nur damit beschäftigt, für eine redselige Kundin Parfüm zu mischen.

»Eine Kleinigkeit, Madonna, nur eine beiläufige Bemerkung im Brief eines Freundes – aber die Antwort lautet eindeutig ja.«

Mir entging nicht, daß er überlegte, wieviel er mir erzählen durfte. Einstweilen betrachtete ich eingehend das Fläschchen in meiner Hand, um ihm Zeit zu lassen, seine Entscheidung zu treffen. Für seine Größe war es merkwürdig schwer, und der Inhalt war so dicht und gleichzeitig so beweglich wie flüssiges Metall.

»Quecksilber«, beantwortete Maître Raymond meine unausgesprochene Frage. Offenbar hatte er zu meinen Gunsten entschieden, denn er nahm das Fläschchen wieder an sich, goß den Inhalt auf den Tisch, so daß ein kleiner glänzender See entstand, und lehnte sich zurück, um mir zu berichten, was er wußte.

»Einer der Agenten seiner Hoheit hat Nachforschungen in Holland angestellt«, sagte er. »Ein Mann namens O'Brien – und hoffentlich stelle ich nie jemanden ein, der so ungeeignet für seine Aufgabe ist wie er«, fügte er hinzu. »Ein Geheimagent, der maßlos trinkt?«

»In Charles Stuarts Kreisen trinken alle Leute maßlos«, bemerkte ich. »Was hat O'Brien getan?«

»Er wollte Verhandlungen über eine Schiffsladung Breitschwerter führen. Zweitausend Breitschwerter, die in Spanien gekauft und über Holland versandt werden sollen, um ihre Herkunft zu verschleiern.«

»Was will er damit bezwecken?« fragte ich. Ich war mir nicht sicher, ob ich von Natur aus dumm oder nur von dem Likör benebelt war, aber das Ganze erschien mir ein sinnloses Unterfangen, selbst für Charles Stuart.

Raymond zuckte die Achseln und stupste die Quecksilberpfütze mit dem Zeigefinger an.

»Immerhin kann man Mutmaßungen anstellen, Madonna. Der spanische König ist ein Vetter des schottischen Königs, nicht wahr? Ebenso wie unser guter König Louis.«

»Ja, aber...«

»Könnte es nicht sein, daß er die Sache der Stuarts unterstützen möchte, aber nicht in aller Öffentlichkeit?«

Der Alkoholnebel in meinem Hirn verflüchtigte sich.

»Vielleicht.«

Raymond klopfte energisch auf den Tisch, so daß die Quecksilberpfütze in mehrere Kügelchen zersprang, die in einem wilden Tanz über die Tischplatte hüpften.

»Wie man hört«, sagte Raymond leise, die Augen nach wie vor auf die silbernen Tröpfchen gerichtet, »ist ein englischer Herzog bei König Louis in Versailles zu Gast. Es heißt auch, daß der Herzog deswegen hier ist, um Handelsvereinbarungen zu treffen. Aber was man hört, ist nicht immer die ganze Wahrheit, Madonna.«

Auch ich betrachtete die zitternden Quecksilbertropfen und versuchte, mir einen Reim auf die Geschichte zu machen. Jamie hatte ebenfalls das Gerücht gehört, daß es bei Sandringhams Mission nicht nur um Handelsrechte ging. Was, wenn der Besuch des Herzogs auf ein mögliches Abkommen zwischen Frankreich und England zielte – vielleicht in Hinblick auf die Zukunft Brüssels? Und wenn Louis heimlich mit England verhandelte, um Unterstützung für seine Invasion in Brüssel zu bekommen – was mochte dann Philipp von Spanien unternehmen, wenn sich ein mittelloser Verwandter an ihn wandte, der die Macht besaß, die Engländer von außenpolitischen Abenteuern abzuhalten?

»Drei bourbonische Vettern«, murmelte Raymond vor sich hin. Er trieb ein Tröpfchen auf ein anderes zu. Sobald sie sich berührten, verschmolzen sie zu einem glänzenden Tropfen – wie durch Zauberhand zu einem Ball gerundet. »Von einem Blute. Aber verfolgen sie auch ein Ziel?«

Der Finger stieß wieder zu, und die glitzernden Fragmente kugelten in alle Richtungen über die Tischplatte.

»Ich glaube nicht, Madonna«, sagte Raymond leise.

»Verstehe«, sagte ich seufzend. »Und was halten Sie von den neuen Geschäftsbeziehungen zwischen Charles Stuart und dem Comte de St. Germain?«

Das Amphibienlächeln wurde noch breiter.

»Ich habe gehört, daß seine Hoheit in letzter Zeit häufig bei den Docks anzutreffen ist – selbstverständlich, um mit seinem neuen Partner zu sprechen. Und er sieht sich die Schiffe an, die vor Anker liegen – so schön, so schnell, so... teuer. Schottland liegt doch jenseits des Meeres, wenn ich mich nicht irre?«

»In der Tat«, meinte ich. Ein Lichtstrahl ließ das Quecksilber aufleuchten und lenkte meine Aufmerksamkeit auf die tiefer stehende Sonne. Ich mußte gehen.

»Ich danke Ihnen«, sagte ich. »Werden Sie mich benachrichtigen, wenn Sie etwas hören?«

Er neigte huldvoll sein imposantes Haupt, so daß sein Haar wie Quecksilber in der Sonne glänzte. Doch dann blickte er rasch wieder auf.

»Halt! Fassen Sie das Quecksilber nicht an, Madonna!« rief er, als ich die Hand nach einem Tröpfchen ausstreckte, das auf die Tischkante zurollte. »Es verbindet sich sofort mit jedem Metall, mit dem es in Berührung kommt.« Er beugte sich über den Tisch und schubste das Kügelchen behutsam in seine Richtung. »Sie wollen sich doch gewiß nicht Ihre schönen Ringe verderben.«

»Stimmt«, sagte ich. »Ich muß zugeben, daß Sie sich bisher sehr hilfsbereit gezeigt haben. In letzter Zeit hat niemand versucht, mich zu vergiften. Und ich vermute, daß Sie und Jamie es verhindern werden, wenn man mich auf dem Place de la Bastille wegen Hexerei verbrennen will, oder?« fragte ich leichthin, obwohl mir das Diebesloch und der Prozeß in Cranesmuir noch lebhaft in Erinnerung waren.

»Gewiß«, entgegnete er mit Würde. »In Paris wurde seit... mindestens zwanzig Jahren niemand mehr wegen Hexerei verbrannt. Sie können völlig unbesorgt sein. Solange Sie niemanden ermorden«, fügte er hinzu.

»Ich werde mein Bestes tun«, erwiderte ich und stand auf, um mich zu verabschieden.

Fergus trieb eine Droschke für mich auf, und ich nutzte die kurze Fahrt zum Haus der Hawkins', um über die jüngsten Entwicklungen nachzudenken. Wahrscheinlich hatte mir Raymond tatsächlich einen Gefallen getan, als er Jamies verrückte Geschichte unter seinen abergläubischen Kunden weiterverbreitete, obwohl mir die Vorstellung, daß mein Name bei Séancen und auf schwarzen Messen fiel, ganz und gar nicht schmeckte.

Dann ging mir auf, daß ich, abgelenkt durch Mutmaßungen über Könige, Schwerter und Schiffe, vergessen hatte, Maître Raymond nach seinen Kontakten zum Comte de St. Germain zu fragen.

Nach allem, was man hörte, war der Comte eine zentrale Figur in jenen mysteriösen »Kreisen«, die Raymond erwähnt hatte. Als Kollege oder als Rivale? Und erreichten die Wellen, die jene Kreise schlugen, auch das Königsschloß? Louis interessierte sich angeblich für Astrologie. War es denkbar, daß durch die dunklen Kanäle von Kabbalismus und Zauberei eine Verbindung zwischen Louis, dem Comte und Charles Stuart bestand?

Um Alkoholdünste und sinnlose Fragen zu vertreiben, schüttelte ich ungeduldig den Kopf. Fest stand lediglich, daß der Comte eine gefährliche Partnerschaft mit Charles Stuart eingegangen war, und das bereitete mir im Augenblick genug Kopfzerbrechen.

Das Haus der Familie Hawkins in der Rue Malory war ein ansehnliches dreistöckiges Gebäude, doch daß die Dinge nicht ihren gewohnten Lauf nahmen, offenbarte sich auch dem zufälligen Beobachter. Trotz der Wärme waren alle Fensterläden fest verschlossen, um neugierige Blicke abzuwehren. Niemand hatte an diesem Morgen die Stufen geschrubbt, so daß die Abdrücke schmutziger Schuhe den weißen Stein verunstalteten. Weder Köchin noch Hausmädchen ließen sich auf der Straße blicken, um mit den Straßenhändlern zu feilschen oder zu tratschen. In diesem Haus hatte man sich gegen drohendes Unheil verbarrikadiert.

Ungeachtet meines fröhlichen gelben Kleides fühlte ich mich wie ein Unglücksbote, als ich Fergus die Stufen hinaufschickte, um für mich zu klopfen. Es kam zu einem Wortwechsel zwischen Fergus und der Person, die die Tür öffnete, aber zu Fergus' guten Eigenschaften zählte die Unfähigkeit, sich mit einem Nein abzufinden. Kurze Zeit später stand ich einer Frau gegenüber, bei der es sich offenbar um die Hausherrin, also Marys Tante handelte.

Allerdings hatte ich meine Schlüsse selbst ziehen müssen, da die Frau viel zu aufgewühlt war, um mir so handfeste Informationen wie ihren Namen zu liefern.

»Aber wir können niemanden empfangen!« rief sie immer wieder und warf verstohlene Blicke über die Schulter, als erwartete sie, daß Mr. Hawkins' breite Gestalt anklagend hinter ihr auftauchte. »Wir sind... wir haben... das heißt...«

»Ich möchte nicht Sie besuchen«, entgegnete ich fest, »sondern Ihre Nichte Mary.«

Dieser Name schien ihre Aufregung nur noch zu steigern.

»Sie... aber... Mary? Nein! Ihr... ihr geht es nicht gut!«

»Das habe ich vermutet«, erklärte ich geduldig und hob meinen Korb hoch. »Ich habe ein paar Arzneien für sie mitgebracht.«

»Oh! Aber... aber... sie... Sie... sind doch nicht... Sie...?«

»Schluß mit dem Gewäsch, Frau«, sagte Fergus in seinem besten Schottisch. Mißbilligend nahm er die Anzeichen geistiger Verwirrung zur Kenntnis. »Das Mädchen sagt, die junge Herrin ist oben in ihrem Zimmer.«

»Gut«, sagte ich. »Geh voraus, Fergus.« Ohne eine Einladung abzuwarten, duckte er sich unter dem ausgestreckten Arm, der uns den Weg versperrte, und verschwand in den düsteren Tiefen des Hauses. Mit einem Schrei stürzte Mrs. Hawkins ihm nach, so daß ich an ihr vorbeischlüpfen konnte.

Vor Marys Zimmer hatte eine kräftige Dienstbotin mit gestreifter Schürze Stellung bezogen, aber sie leistete keinen Widerstand, als ich meine Absichten kundtat. Traurig schüttelte sie den Kopf. »Ich kann nichts für sie tun, Madame. Vielleicht haben Sie mehr Glück.«

Das klang nicht gerade vielversprechend, aber ich hatte keine Wahl. Zumindest schien es unwahrscheinlich, daß ich noch mehr Schaden anrichtete. Also strich ich mein Kleid glatt und öffnete die Tür.

Es war, als beträte ich eine Höhle. Die Fenster waren mit schweren braunen Samtvorhängen verhüllt, die fast kein Tageslicht durchließen, und das bißchen Licht, das hereindrang, wurde von dem drückenden Rauch des Kaminfeuers geschluckt.

Ich atmete tief ein und mußte sofort husten. Mary lag im Bett und rührte sich nicht – eine bemitleidenswert kleine, zusammengekauerte Gestalt unter einer dicken Daunendecke. Gewiß war die Wirkung der Droge inzwischen abgeklungen, und nach dem Spektakel unten in der Halle schlief sie bestimmt nicht. Vielleicht stellte sie sich schlafend, um den Tiraden ihrer Tante zu entgehen. An ihrer Stelle hätte ich das auch getan.

Ich drehte mich um und machte der unglückseligen Mrs. Hawkins die Tür vor der Nase zu. Dann ging ich zum Bett.

»Ich bin's«, sagte ich. »Warum kommst du nicht heraus, bevor du da drin erstickst?«

Plötzlich kam das Bettzeug in Bewegung. Mary tauchte aus den Decken auf und umarmte mich stürmisch.

»Claire! O Claire! Gott sei Dank! Ich dachte, ich sehe dich n-nie wieder! Mein Onkel sagte, du seist im Gefängnis! Er s-sagte, du ...«

»Schon gut!« Es gelang mir, mich ihrem Griff zu entwinden und sie weit genug von mir zu halten, um sie ansehen zu können. Ihr Gesicht war rot, und weil sie sich so lange unter den Decken versteckt hatte, sah sie verschwitzt und aufgelöst aus, aber sonst schien es ihr gutzugehen. Ihre braunen Augen waren groß und klar: keine Spur mehr von der Wirkung des Opiums. Zwar wirkte sie unruhig und erregt, aber der Schlaf, gepaart mit der Widerstandskraft der Jugend, hatte sie körperlich weitgehend wiederhergestellt. Mehr Sorgen machte mir das, was man nicht sah.

»Nein, ich bin nicht im Gefängnis«, wehrte ich ihre ungeduldigen Fragen ab. »Offensichtlich nicht, obwohl dein Onkel nach besten Kräften versucht hat, mich hinter Schloß und Riegel zu bringen.«

»Aber, ich h-hab' ihm doch gesagt...«, begann sie, kam aber ins Stottern und senkte den Blick. »Zumindest hab' ich v-v-versucht, es ihm zu sagen, aber er... aber ich...«

»Keine Sorge«, beruhigte ich sie. »Er ist so aufgebracht, daß er dir sowieso nicht zuhören würde, egal, was und wie du es sagst. Wichtig bist jetzt nur du. Wie geht es dir?« Ich strich ihr das schwere, dunkle Haar aus der Stirn und betrachtete sie forschend.

»Gut«, sagte sie und schluckte. »Ich habe... ein bißchen geblutet, aber es hat aufgehört.« Sie errötete noch tiefer, sah mir aber in die Augen. »Ich... es ist... wund. G-geht es wieder weg?«

»Ja, natürlich«, sagte ich freundlich. »Ich habe dir Kräuter mitgebracht. Sie müssen in Wasser aufgekocht werden, und wenn der Absud etwas abgekühlt ist, kannst du ihn für Umschläge oder für ein Sitzbad verwenden. Das hilft.« Ich nahm die Kräuterpäckchen aus meinem Ridikül und legte sie auf den Nachttisch.

Sie nickte und biß sich auf die Lippen. Offensichtlich wollte sie noch mehr sagen; ihre angeborene Schüchternheit kämpfte gegen ihr Bedürfnis an, sich mir anzuvertrauen.

»Was hast du auf dem Herzen?« fragte ich so sachlich wie möglich.

»Bekomme ich jetzt ein Kind?« platzte sie heraus und sah mich angstvoll an. »Du hast gesagt...«

»Nein«, entgegnete ich, so fest ich konnte. »Du bekommst keins. Er wurde nicht... fertig.« Unter den Falten meines Rockes kreuzte ich die Finger beider Hände. Ich hoffte inständig, daß ich recht hatte. Die Gefahr war äußerst gering, aber angeblich war dergleichen schon vorgekommen. Doch es hatte keinen Sinn, Mary wegen einer vagen Möglichkeit noch mehr zu beunruhigen. Bei der Vorstellung wurde mir übel. Ich schob den Gedanken beiseite; spätestens in einem Monat würden wir Bescheid wissen.

»Hier ist es heiß wie in einem Backofen«, bemerkte ich und löste die Bänder an meinem Hals, um Luft zu bekommen. »Und verraucht wie im Vorzimmer der Hölle, wie mein alter Onkel zu sagen pflegte.« Da ich im Augenblick nicht die rechten Worte fand, machte ich einen Rundgang durchs Zimmer, zog die Vorhänge zurück und öffnete die Fenster.

»Tante Helen meint, ich darf mich nirgends blicken lassen.« Mary hatte sich auf die Fersen gesetzt und beobachtete mich. »Sie sagt, ich s-sei entehrt, und die Leute auf der Straße würden mit Fingern auf mich zeigen, wenn ich ausgehe.«

»Vielleicht tun sie das, die Geier.« Ich hatte nun alle Fenster geöffnet und kehrte zu Mary zurück. »Aber das heißt nicht, daß du dich lebendig begraben lassen und dabei auch noch ersticken mußt.« Ich setzte mich neben sie, lehnte mich zurück und spürte, wie mir die frische Luft durchs Haar strich und den Rauch vertrieb.

Mary schwieg lange Zeit und spielte mit den Kräuterpäckchen auf dem Tisch. Als sie mich schließlich ansah, lächelte sie tapfer, obwohl ihre Unterlippe zitterte.

»Jetzt muß ich wenigstens n-nicht den Vicomte heiraten. Mein Onkel sagt, daß er mich nicht mehr will.«

»Nein, vermutlich nicht.«

Sie nickte und betrachtete das quadratische Gazepäckchen auf ihren Knien. Nervös spielte sie an der Schnur herum, so daß sich ein Ende löste und ein paar Brösel Goldrute auf die Bettdecke fielen.

»Ich habe... öfter d-darüber nachgedacht. Über das, was du mir erzählt hast, wie ein M-mann...« Sie hielt inne und schluckte. Ich sah, wie eine Träne auf die Gaze fiel. »Ich glaube nicht, daß ich es mit dem Vicomte hätte tun können. Jetzt ist es g-geschehen... und n-niemand kann es rückgängig machen, und ich werde es n-nie wieder tun müssen... und... und... o Claire, Alex wird nie wieder mit mir sprechen! Ich werde ihn nie wiedersehen, nie!«

Hysterisch weinend sank sie mir in die Arme. Ich drückte sie an mich, streichelte ihren Rücken und redete beruhigend auf sie ein. Dabei vergoß ich selbst ein paar Tränen, die unbemerkt auf Mary dunkles glänzendes Haar fielen.

»Du wirst ihn wiedersehen«, flüsterte ich. »Natürlich siehst du ihn wieder. Für ihn hat sich nichts geändert. Er ist ein guter Mensch.«

Aber ich wußte, daß sich für ihn sehr wohl etwas geändert hatte. In der vergangenen Nacht hatte ich den Schmerz in Alex Randalls Augen gesehen und geglaubt, ihn bewege das gleiche hilflose Mitleid mit allen Gepeinigten wie Jamie und Murtagh. Aber seit ich von Alex Randalls Liebe zu Mary wußte, war mir klar, um wieviel tiefer sein Schmerz – und seine Angst – gehen mußten.

Er schien ein guter Mensch zu sein. Aber er war auch ein mittelloser jüngerer Sohn, von schwacher Gesundheit und mit schlechten Berufsaussichten. Die Stellung, die er innehatte, verdankte er einzig und allein dem guten Willen des Herzogs von Sandringham. Und ich wagte nicht zu hoffen, daß der Herzog es billigen würde, wenn sein Sekretär ein entehrtes Mädchen ohne gesellschaftliche Beziehungen und ohne Mitgift zur Frau nahm.

Und wenn Alex den Mut aufbrachte und sie trotz allem heiratete, welche Chance hatten sie dann noch – ohne einen roten Heller, von der guten Gesellschaft ausgestoßen und mit dem grausamen Wissen um die Vergewaltigung, das ihr gemeinsames Leben überschatten würde?

Für Mary konnte ich nicht mehr tun, als sie festzuhalten und mit ihr um das Verlorene zu weinen.

Als ich ging, war die Dämmerung hereingebrochen; über den Schornsteinen blinkten die ersten Sterne. In der Tasche hatte ich einen Brief von Marys Hand, ordnungsgemäß von Zeugen bestätigt, in dem sie die Ereignisse der vergangenen Nacht schilderte. Sobald das Schreiben den zuständigen Behörden übermittelt war, würden wir wenigstens von seiten des Gesetzes nichts mehr zu befürchten haben. Das war immerhin ein Trost, denn von anderer Seite drohten uns noch genug Unannehmlichkeiten.

Inzwischen vorsichtiger geworden, nahm ich Mrs. Hawkins' widerwilliges Angebot gern an und ließ mich und Fergus in der Familienkutsche heimfahren.

Als ich in der Halle meinen Hut auf den Kartentisch warf, entdeckte ich die vielen Briefchen und kleinen Blumensträuße, die auf dem Tablett kaum Platz fanden. Offenbar waren wir doch noch keine Parias, auch wenn sich die skandalöse Neuigkeit im Laufe des Tages gewiß überall herumgesprochen hatte.

Ich wich den besorgten Fragen der Dienstboten aus und zog mich in unser Schlafgemach zurück. Auf dem Weg nach oben ließ ich meine äußeren Hüllen achtlos fallen. Ich fühlte mich so ausgepumpt, daß mir alles gleich war.

Aber als ich die Tür zu unserem Zimmer aufstieß und Jamie sah, der es sich in einem Sessel am Feuer bequem gemacht hatte, war meine Erschöpfung wie weggeblasen. Mich überkam eine Welle von Zärtlichkeit. Jamie hatte die Augen geschlossen, und sein Haar stand in alle Richtungen ab, ein sicheres Anzeichen für inneren Aufruhr. Doch als er mich kommen hörte, lächelte er mich an; seine blauen Augen strahlten im Kerzenlicht.

»Es ist alles gut«, flüsterte er, als er mich in die Arme schloß. »Du bist wieder da.« Dann sagten wir nichts mehr, streiften uns gegenseitig die Kleider vom Leib, sanken zu Boden und fanden endlich Zuflucht in unserer Umarmung.

21

Eine Auferstehung zur Unzeit

Ich dachte immer noch über Bankiers und Darlehen nach, als unsere Kutsche vor dem Anwesen hielt, das der Herzog in der Rue de St. Anne gemietet hatte. Zu dem imposanten, schönen Gebäude inmitten eines großen Gartens führte eine lange, mit Pappeln gesäumte Auffahrt. Ein reicher Mann, der Herzog.

»Glaubst du, Charles hat Manzettis Darlehen in St. Germains Geschäft gesteckt?« fragte ich.

»Das vermute ich«, meinte Jamie. Er zwängte sich in die Schweinslederhandschuhe, die bei einem offiziellen Besuch angezeigt waren, und verzog das Gesicht, als er das straffe Leder über den steifen Ringfinger seiner rechten Hand zog. »Das Geld, das er nach Meinung seines Vaters für seinen Unterhalt in Paris ausgibt.«

»Also versucht Charles tatsächlich, Geld für ein Heer aufzutreiben«, stellte ich mit einem gewissen widerwilligen Respekt für Charles Stuart fest. Die Kutsche hielt, und der Lakai sprang herunter, um uns die Tür zu öffnen.

»Auf jeden Fall versucht er, Geld aufzutreiben«, korrigierte mich Jamie, während er mir beim Aussteigen half.

»Vielleicht will er ja auch nur mit Louise de La Tour und seinem Bastard durchbrennen.«

Ich schüttelte den Kopf. »Das glaube ich nicht. Nicht nach dem, was mir Maître Raymond gestern erzählt hat. Außerdem sagt Louise, sie habe ihn nicht mehr gesehen, seit sie und Jules... na ja...«

Jamie schnaubte verächtlich. »Zumindest besitzt sie einen Rest von Ehrgefühl.«

»Ich weiß nicht, ob es das ist«, bemerkte ich, während ich an Jamies Arm die Stufen zum Eingang hinaufging. »Sie sagte, Charles sei so wütend gewesen, weil sie mit ihrem Mann geschlafen hat, daß er auf und davon gestürmt ist, und seither hat sie ihn nicht wiedergesehen. Von Zeit zu Zeit schreibt er leidenschaftliche Briefe und schwört, sie und das Kind zu sich zu holen, sobald er seine rechtmäßige Stellung in der Welt erlangt hat. Aber sie empfängt ihn nicht mehr, weil sie fürchtet, Jules könnte die Wahrheit herausfinden.«

Jamie gab einen mißbilligenden schottischen Laut von sich.

»Mein Gott, welcher Mann kann eigentlich sicher sein, daß er kein Hahnrei ist?«

Ich streichelte seinen Arm. »Wahrscheinlich können sich einige sicherer sein als andere.«

»Glaubst du?« fragte er, lächelte mich aber an.

Die Tür wurde von einem kleinen kahlköpfigen Butler in makelloser Uniform geöffnet.

»Monsieur«, sagte er mit einer Verbeugung vor Jamie, »und Madame. Sie werden erwartet. Bitte treten Sie ein.«

Der Herzog, der uns im großen Salon empfing, war die Freundlichkeit in Person.

»Unsinn, Unsinn«, meinte er auf Jamies Entschuldigung wegen des Zwischenfalls auf unserer Abendgesellschaft. »Verdammt erregbares Volk, die Franzosen. Machen furchtbar viel Aufhebens um alles und jedes. Nun wollen wir einmal all diese faszinierenden Angebote durchsehen, oder? Und vielleicht möchte sich Ihre liebe Gemahlin ... inzwischen ein wenig amüsieren ... nicht wahr?« Er machte eine vage Armbewegung in Richtung der Wand und ließ es offen, ob ich mich mit der Betrachtung der großen Gemälde, des wohlgefüllten Bücherregals oder der Glasvitrinen amüsieren sollte, die die Schnupftabakdosensammlung des Herzogs enthielten.

»Vielen Dank«, murmelte ich mit einem reizenden Lächeln, begab mich zu der Wand und vertiefte mich in einen großen Boucher, der die Rückenansicht einer üppigen Nackten auf einem Felsen inmitten der Wildnis zeigte. Wenn dieses Bild den Zeitgeschmack hinsichtlich der weiblichen Anatomie ausdrückte, wunderte es mich nicht mehr, daß Jamie so viel von meinem Hintern hielt.

»Ha!«, rief ich. »Ein Königreich für ein Korsett.«

»Was?« Jamie und der Herzog blickten verblüfft von ihrem Portefeuille mit Anlagepapieren auf, das die offizielle Begründung für unseren Besuch lieferte.

»Laßt Euch durch mich nicht stören«, erklärte ich mit einer huldvollen Handbewegung. »Ich erfreue mich nur an der Kunst.«

»Das höre ich mit größter Genugtuung, Madam«, bemerkte der Herzog höflich und wandte sich sofort wieder den Papieren zu, während Jamie sich gewissenhaft dem eigentlichen Zweck unseres Besuches widmete – dem Herzog unauffällig zu entlocken, ob er auf Seiten der Stuarts stand oder nicht.

Auch ich hatte mir für den Besuch etwas vorgenommen. Während sich die Männer wieder ins Gespräch vertieften, arbeitete ich mich allmählich zur Tür vor und tat so, als inspizierte ich die wohlgefüllten Regale. Sobald ich unbemerkt entwischen konnte, wollte ich hinausschlüpfen und Alex Randall suchen. Für Mary Hawkins hatte ich bereits getan, was in meiner Macht stand; jeder weitere Schritt mußte von ihm kommen. Die gesellschaftliche Etikette machte es ihm unmöglich, Mary im Haus ihres Onkels zu besuchen, und genausowenig konnte sie mit ihm Kontakt aufnehmen. Ich aber konnte den beiden ohne weiteres eine Gelegenheit bieten, sich in der Rue Tremoulins zu treffen.

Die Männer hatten die Stimmen mittlerweile zu einem vertraulichen Flüstern gesenkt. Ich streckte den Kopf in die Halle, konnte aber keinen Lakai entdecken. Doch in einem Haus wie diesem mußte es Dutzende von Dienstboten geben, also konnte der nächste nicht weit sein. Ohne Wegbeschreibung konnte ich Alexander Randall in einem so großen Gebäude nicht finden. Also schlug ich einfach irgendeine Richtung ein und suchte nach jemandem, den ich fragen konnte.

Als ich am anderen Ende des Flures eine Bewegung sah, rief ich die Person an. Doch sie antwortete nicht. Alles, was ich hörte, waren verstohlene Schritte auf dem polierten Parkett.

Für einen Dienstboten war dieses Verhalten merkwürdig. Ich blieb stehen und schaute mich um. Im rechten Winkel schloß sich ein weiterer Flur an; an der einen Seite waren Türen, an der anderen hohe Fenster, die auf die Auffahrt und den Garten hinausgingen. Mir fiel auf, daß eine Tür in meiner Nähe nur angelehnt war.

Auf leisen Sohlen näherte ich mich der Tür und lauschte. Da ich nichts hörte, nahm ich die Klinke und öffnete mutig die Tür.

»Was in aller Welt machst du denn hier?« rief ich erstaunt.

»Oh, hast du mich erschreckt! Du liebe G-güte, ich hab' gedacht, ich m-muß sterben.« Mary Hawkins preßte beide Hände an ihr Mieder. Ihr Gesicht war kalkweiß und ihre dunklen Augen vor Schreck geweitet.

»Das wirst du schon nicht«, entgegnete ich. »Es sei denn, dein Onkel findet dich hier. Dann bringt er dich wahrscheinlich um. Oder weiß er etwa, daß du hier bist?«

»Nein. Ich habe es niemandem erzählt. Ich bin mit einer Droschke gekommen.«

»Aber um Gottes willen, warum denn?«

Sie sah sich um wie ein verängstigtes Kaninchen, das einen Unterschlupf sucht. Da sie aber keinen fand, richtete sie sich auf und biß die Zähne zusammen.

»Ich muß Alex finden. Ich muß m-mit ihm reden. Ich muß wissen, ob er – ob er…« Sie rang die Hände; es war nicht zu übersehen, welche Überwindung es sie kostete, die Worte über die Lippen zu bringen.

»Ist schon gut«, sagte ich resigniert. »Ich verstehe. Dein Onkel aber würde es nicht verstehen und der Herzog auch nicht. Weiß Seine Hoheit, daß du hier bist?«

Sie schüttelte stumm den Kopf.

»Gut«, sagte ich und dachte nach. »Zuerst einmal müssen wir…«

»Madame? Kann ich Ihnen helfen?«

Mary zuckte zusammen, und mein Herzschlag setzte aus. Verdammte Lakaien, sie tauchten immer nur dann auf, wenn man sie nicht brauchte.

Jetzt half nur noch größte Unverfrorenheit. Ich wandte mich an den Diener, der dastand, als hätte er einen Stock verschluckt, und uns mißtrauisch musterte.

»Ja«, sagte ich mit aller Arroganz, die mir zu Gebote stand. »Wollen Sie bitte Mr. Randall mitteilen, daß er Besuch hat.«

»Ich bedaure, aber das ist nicht möglich«, erklärte der Lakai mit kühler Höflichkeit.

»Und warum nicht?«

»Weil Mr. Alexander Randall nicht mehr im Dienste Seiner Hoheit steht, Madame. Er wurde entlassen.« Der Lakai musterte Mary kurz, dann ließ er sich herab zu sagen: »Soviel ich weiß, ist Monsieur Randall auf dem Weg nach England.«

»Nein! Er kann nicht abgereist sein, er kann einfach nicht!«

Mary schoß auf die Tür zu und rannte fast Jamie um, der soeben hereinkam. Sie schnappte überrascht nach Luft, und er starrte sie verblüfft an.

»Was...«, begann er, ehe er mich hinter ihr entdeckte. »Oh, da bist du ja, Sassenach. Ich habe mich entschuldigt, weil ich dich suchen wollte – Seine Hoheit hat mir gerade gesagt, daß Alex Randall...«

»Ich weiß«, fiel ich ihm ins Wort. »Er ist weg.«

»Nein!« stöhnte Mary. »Nein!« Sie lief zur Tür und war verschwunden, bevor wir sie aufhalten konnten.

»Verdammte Närrin!« Ich streifte meine Schuhe ab, raffte meine Röcke und rannte ihr nach. In Strümpfen war ich viel schneller als sie in ihren hochhackigen Schuhen. Vielleicht konnte ich sie einholen, bevor sie jemand anderem in die Arme lief und ertappt wurde. Diesen Skandal hätte ich gerne verhindert.

Ich sah gerade noch, wie ihre Röcke um die Ecke in einen angrenzenden Flur verschwanden, und nahm die Verfolgung auf. Hier war der Boden mit einem Teppich bedeckt. Wenn ich mich nicht beeilte, würde ich bald ihre Spur verlieren, da ich ihre Schritte nicht mehr hören konnte. Ich senkte den Kopf, stürmte um eine Ecke und stieß mit voller Wucht mit einem Mann zusammen, der mir entgegenkam.

»Hoppla!« rief er verblüfft, als ich gegen ihn prallte, und hielt mich an beiden Armen fest, damit wir nicht gemeinsam zu Boden gingen.

»Tut mir leid!«, rief ich atemlos. »Ich dachte, Sie seien – oh, *Jesus H. Roosevelt Christ!*«

Mein erster Eindruck – daß ich auf Alexander Randall gestoßen war – verflüchtigte sich im Bruchteil jener Sekunde, den ich brauchte, um ihm in die Augen zu blicken. Der fein geschnittene Mund hätte Alex gehören können, abgesehen von den tiefen Falten, die ihn umgaben. Aber ich kannte nur einen Mann, der derart kalte Augen besaß.

Der Schock war so groß, daß mir paradoxerweise alles völlig normal vorkam. Ich verspürte den Impuls, den Mann mit einer Entschuldigung abzuwimmeln und einfach weiterzulaufen. Doch unter dem Einfluß des Adrenalinstoßes, der meinen Körper durchfuhr, war diese Absicht rasch vergessen.

Er hingegen hatte sich mittlerweile gefaßt und seine vorübergehend erschütterte Gelassenheit wiedergefunden.

»Ich empfinde ähnlich wie Sie, Madam, auch wenn ich dafür nicht dieselben Worte wählen würde.« Noch immer hielt er meine

Ellbogen umklammert. Jetzt schob er mich ein Stück von sich fort und blinzelte, um mein Gesicht sehen zu können. Als er mich erkannte, wurde er schreckensbleich. »Zum Teufel, Sie sind's!« rief er.

»Ich dachte, Sie seien tot!« Mit aller Kraft versuchte ich, mich aus dem eisernen Griff Jonathan Randalls zu befreien.

Er ließ einen meiner Arme los, um sich die Magengegend zu reiben, und musterte mich kalt. Sein schmales, feingeschnittenes Gesicht wirkte braungebrannt und gesund. Äußerlich war ihm nicht anzusehen, daß vor fünf Monaten eine Herde Rinder auf ihm herumgetrampelt war. Er hatte nicht einmal einen Hufabdruck an der Stirn.

»Wieder teile ich Ihre Gefühle, Madam. Ich stand unter demselben Eindruck, was Ihren Gesundheitszustand betrifft. Vielleicht sind Sie ja doch eine Hexe. Wie haben Sie es angestellt? Sich in eine Wölfin verwandelt?« Die Abneigung, die aus seinen Zügen sprach, war nicht frei von abergläubischer Ehrfurcht. Denn wenn man jemanden in einer kalten Winternacht zu einem Rudel Wölfe hinausstößt, sollte man doch meinen, daß er sich ohne Umstände auffressen läßt. Wie meine verschwitzten Hände und das Hämmern meines Herzens bezeugten, wirkte die unverhoffte Wiederauferstehung eines Totgeglaubten höchst beunruhigend. Vermutlich fühlte auch er sich ein wenig unwohl.

»Das würden Sie wohl gern wissen?« Der Drang, ihn zu ärgern – diese eisige Ruhe zu durchbrechen –, gewann die Oberhand im Gefühlschaos, das sein Anblick in mir ausgelöst hatte. Sein Griff um meinen Arm wurde fester, seine Lippen schmaler. Ich sah, wie er angestrengt nachdachte und Möglichkeiten abhakte.

»Wenn es nicht Ihr Leichnam war, den Sir Fletchers Männer aus dem Verlies zogen, wer war der Tote dann?« fragte ich, denn ich wollte mir zunutze machen, daß er vorübergehend die Fassung verloren hatte. Ein Augenzeuge hatte mir geschildert, daß man nach dem wilden Durchzug der Viehherde, die Jamies Flucht aus eben jenem Verlies getarnt hatte, »eine Puppe in blutigen Fetzen« – vermutlich Randall – gefunden hatte.

Randall lächelte mißvergnügt. Wenn er ebenso nervös war wie ich, dann zeigte er es nicht. Er atmete ein wenig schneller als gewöhnlich, und die Falten um Augen und Mund waren tiefer, als ich sie in Erinnerung hatte, aber er schnappte nicht nach Luft wie ein Fisch auf dem Trockenen. Leider hatte ich weniger Selbstbeherrschung. Ich pumpte möglichst viel Sauerstoff in meine Lungen und versuchte, durch die Nase zu atmen.

»Es war mein Bursche, Marley. Aber wenn Sie auf meine Fragen nicht eingehen, warum sollte ich dann die Ihren beantworten?« Er musterte mich von Kopf bis Fuß und taxierte meine Erscheinung: Seidenkleid, Haarschmuck, Juwelen, unbeschuhte Füße.

»Wohl mit einem Franzosen verheiratet?« erkundigte er sich. »Ich habe Sie immer für eine französische Spionin gehalten. Hoffentlich hält Ihr neuer Gatte Sie besser im Zaum als...«

Die Worte erstarben ihm auf den Lippen, als er aufblickte, um zu sehen, wer soeben den Flur hinter mir betrat. Wenn ich ihn aus der Ruhe hatte bringen wollen, so wurde mir dieser Wunsch jetzt erfüllt. Kein Hamlet hat angesichts des Geistes ein überzeugenderes Entsetzen zustande gebracht als jenes, das sich nun auf den aristokratischen Zügen vor mir malte. Die Hand, die immer noch meinen Arm hielt, krallte sich tief in mein Fleisch, und ich spürte den Schock, der ihn durchzuckte wie ein elektrischer Schlag.

Ich wußte, wen er hinter mir erblickte, und wagte nicht, mich umzudrehen. Auf dem Korridor herrschte vollkommene Stille. Ganz langsam befreite ich meinen Arm aus Randalls Griff, und seine Hand fiel kraftlos herunter. Hinter mir war kein Laut zu hören, obwohl jetzt aus dem Raum am Ende des Flures Stimmen drangen. Ich betete, daß die Tür sich nicht öffnen würde, und überlegte verzweifelt, ob Jamie bewaffnet war.

Ich war unfähig, einen klaren Gedanken zu fassen, bis endlich das beruhigende Bild seines Schwertes vor mir aufleuchtete, das an der Garderobe hing. Aber er hatte natürlich noch seinen Dolch bei sich und das kleine Messer, das er gewohnheitsmäßig im Strumpf trug. Außerdem war ich mir vollkommen sicher, daß er einen Gegner notfalls auch mit bloßen Händen angreifen würde. Und wenn man meine gegenwärtige Position zwischen den beiden Männern unbedingt als Notfall sehen wollte... Ich schluckte und drehte mich langsam um.

Er stand reglos da, kaum einen Meter hinter mir. Neben ihm stand ein hoher Fensterflügel offen, in dem die Schatten der Zypressen spielten wie Wellen auf einem versunkenen Felsen. Auch Jamie zeigte nicht mehr Regungen als ein Felsen. Was in ihm vorging, konnte man nur ahnen; seine Augen waren groß und klar wie Glas, als wäre die Seele hinter diesem Spiegel längst davongeflogen.

Er sagte nichts, streckte mir aber die Hand entgegen. Es dauerte einen Moment, bis ich die Geistesgegenwart aufbrachte, sie zu ergreifen. Sie war kalt und hart, und ich hielt sie umklammert, als ginge es um das liebe Leben.

Er zog mich eng an sich, nahm meinen Arm und führte mich weg, ohne ein Wort zu sagen oder seinen Gesichtsausdruck zu verändern. Als wir das Ende des Flures erreichten, brach Randall das Schweigen.

»Jamie«, sagte er. Seine heisere Stimme klang halb ungläubig, halb flehend.

Jamie blieb stehen und drehte sich zu ihm um. Randall war kalkweiß, nur auf den Wangenknochen glühten kleine rote Flekken. Er hatte seine Perücke abgenommen und ballte die Fäuste; sein dunkles Haar klebte schweißnaß an den Schläfen.

»Nein.« Jamies Stimme klang gefaßt, beinahe ausdruckslos. Aufblickend sah ich, daß sein Gesicht ebenso reglos blieb, nur die Schlagader an seinem Hals pulsierte heftig, und die kleine dreieckige Narbe über seinem Kragen hatte sich tiefrot verfärbt.

»Ich bin der Herr von Broch Tuarach«, sagte er leise. »Und künftig werden Sie mich nur noch in aller Form ansprechen – bis Sie mit meinem Schwert auf der Brust um Ihr Leben betteln. Dann können Sie mich beim Vornamen nennen, denn es wird das letzte Wort sein, das je über Ihre Lippen kommt.«

Mit unerwarteter Heftigkeit fuhr Jamie herum, so daß sich sein weites Plaid blähte und ich Randall nicht mehr sehen konnte, als wir in den angrenzenden Flur abbogen.

Unsere Kutsche wartete am Tor. Ängstlich Jamies Blick ausweichend, stieg ich ein und beschäftigte mich damit, die Falten meines gelben Seidenrocks zu ordnen. Als der Wagenschlag zufiel, schreckte ich hoch, aber bevor ich den Griff packen konnte, fuhr die Kutsche ruckartig an, so daß ich in meinen Sitz zurückgeworfen wurde.

Fluchend rappelte ich mich wieder auf, kniete mich auf die Bank und spähte aus dem Rückfenster. Jamie war verschwunden. Nichts regte sich außer den schwankenden Schatten der Zypressen und Pappeln.

Verzweifelt hämmerte ich gegen das Wagendach, aber der Kutscher feuerte nur die Pferde an, noch schneller zu laufen. Um diese Zeit waren die Straßen kaum belebt, und wir polterten durch die engen Straßen, als wäre der Teufel hinter uns her.

Als wir in der Rue Tremoulins hielten, sprang ich, vor Angst und Wut bebend, aus der Kutsche.

»Warum haben Sie nicht angehalten?« fuhr ich den Kutscher an. Er zuckte die Achseln. Hoch oben auf seinem Kutschbock war er offenbar durch nichts zu erschüttern.

»Der Herr hat befohlen, Sie unverzüglich nach Hause zu fahren, Madame.« Mit seiner Peitsche berührte er sachte den Rücken des rechten Pferdes.

»Warten Sie!« rief ich. »Ich will zurück!« Aber er zog nur den Kopf ein wie eine Schildkröte und tat so, als hörte er mich nicht, während die Kutsche davonholperte.

In ohnmächtiger Wut wandte ich mich zum Eingang. Fergus kam mir entgegen und sah mich fragend an.

»Wo ist Murtagh?« herrschte ich ihn an. Denn unser Verwandter war der einzige Mensch, dem ich es zutraute, Jamie zu finden und aufzuhalten.

»Ich weiß nicht, Madame. Vielleicht da unten.« Der Junge wies in die Richtung der Rue Gamboge, wo es mehrere Tavernen gab, einige davon solide Gasthäuser, in denen auch ein Ehepaar auf Reisen einkehren konnte, andere Räuberhöhlen, die wohl nicht einmal ein bewaffneter Mann gern allein betrat.

Ich legte meine Hand auf Fergus' Schulter, um Halt zu finden und um meinen Worten Nachdruck zu verleihen.

»Lauf und hol ihn, Fergus. So schnell du kannst!«

Erschreckt durch meinen Tonfall, sprang Fergus die Treppe hinunter und war verschwunden, noch bevor ich sagen konnte: »Sei vorsichtig!« Aber schließlich kannte er sich im Armeleute- und Verbrechermilieu von Paris besser aus als ich. Niemand war eher geeignet, sich durch eine überfüllte Taverne zu schlängeln, als ein ehemaliger Taschendieb. Zumindest hoffte ich, daß er dieser Beschäftigung nun nicht mehr nachging.

Aber im Augenblick verdrängte eine Sorge alle anderen Überlegungen, und die Befürchtung, man könnte Fergus erwischen und für seine Untaten hängen, verblaßte neben der Vorstellung, die Jamies letzte Worte an Randall in mir heraufbeschworen hatten.

Gewiß war Jamie nicht ins Haus des Herzogs zurückgekehrt, oder? Nein, beruhigte ich mich. Er hatte kein Schwert bei sich. Was immer er auch empfinden mochte – und mein Herz wurde schwer bei diesem Gedanken –, er würde nicht überstürzt handeln. Ich hatte ihn schon im Kampf beobachtet – sein Verstand arbeitete stets mit eiserner Ruhe, losgelöst von den Gefühlen, die sein Urteilsvermögen trüben könnten. Schon allein deshalb würde er sich an die Regeln halten. Er würde die strengen Vorschriften beachten, die einen Ehrenhandel regelten – daran konnte er sich festhalten, wenn ihn der Ansturm der Gefühle und der maßlose Durst nach Blut und Rache mit sich fortzureißen drohten.

In der Halle blieb ich stehen, legte mechanisch meinen Mantel ab und blickte in den Spiegel, um mein Haar zu ordnen. *Denk nach Beauchamp*, beschwor ich stumm mein bleiches Spiegelbild. Wenn er sich duelliert, was braucht er als erstes?

Ein Schwert? Nein, das war es nicht. Seines hing oben an der Garderobe. Zwar konnte er sich leicht eines leihen, aber es war unvorstellbar, daß er das wichtigste Duell seines Lebens mit einem anderen als seinem eigenen Schwert austrug. Sein Onkel, Dougal MacKenzie, hatte es ihm mit siebzehn geschenkt, seine Kampfausbildung überwacht und ihm die Tricks und die Vorteile gezeigt, die einem linkshändigen Schwertkämpfer mit dieser Waffe zugute kamen. Dougal hatte stundenlang mit ihm links gegen links geübt, bis er, wie Jamie sagte, das Gefühl hatte, daß die Damaszenerklinge lebendig geworden war, eine Verlängerung seines Arms. Jamie hatte gesagt, ohne das Schwert fühlte er sich nackt. Und diesem Kampf würde er sich gewiß nicht nackt stellen.

Nein, wenn er das Schwert sofort gebraucht hätte, wäre er heimgekommen, um es zu holen. Ungeduldig fuhr ich mir durch die Haare und versuchte nachzudenken. Verdammt, wie lauteten die Spielregeln für ein Duell? Was kam, bevor man zu den Waffen griff? Die Forderung natürlich. Waren Jamies Worte auf dem Korridor bereits eine Forderung gewesen? Ich hatte die vage Vorstellung, daß man seinem Gegner Handschuhe ins Gesicht schlug, wußte aber nicht, ob das wirklich üblich war oder nur der Phantasie eines Regisseurs entsprungen.

Dann dämmerte es mir. Erst forderte man den Gegner, dann wurde ein Ort vereinbart – er wurde mit Bedacht gewählt, um nicht die Aufmerksamkeit der Polizei oder der Königlichen Garde auf sich zu ziehen. Und um den Ort zu vereinbaren, wurde ein Sekundant benötigt. Ah ja. Deshalb war er also verschwunden: um den Sekundanten zu suchen. Murtagh.

Selbst wenn Jamie Murtagh noch vor Fergus fand, waren erst noch einige Formalitäten zu erledigen. Erleichtert atmete ich auf, obwohl mein Herz noch wie wild hämmerte und mein Mieder zu eng schien. Von den Dienstboten war niemand zu sehen; also löste ich die Schnüre und nahm einen tiefen, befreienden Atemzug.

»Wenn ich gewußt hätte, daß du die Angewohnheit hast, dich auf der Diele auszuziehen, wäre ich im Salon geblieben«, sagte eine ironische Stimme mit unverkennbar schottischem Akzent hinter mir.

Ich wirbelte herum – vor Schreck brachte ich kein Wort heraus. Der Mann, der den Türrahmen ausfüllte, war fast so groß wie Jamie, bewegte sich mit derselben kraftvollen Anmut, strahlte dieselbe kühle Selbstbeherrschung aus. Sein Haar war jedoch dunkel, und die tiefliegenden Augen schimmerten haselnußbraun. Dougal MacKenzie tauchte in diesem Haus auf, als hätte ich ihn durch meine Gedanken herbeigerufen. Wenn man den Teufel nennt...

»Was um alles in der Welt machst du hier?« Der erste Schreck ebbte ab, wenn auch mein Herz noch pochte. Seit dem Frühstück hatte ich nichts gegessen, und plötzlich wurde mir ganz schwarz vor Augen. Er kam auf mich zu, nahm meinen Arm und zog mich zu einem Stuhl.

»Setz dich Mädel«, sagte er. »Du fühlst dich nicht besonders, scheint mir.«

»Sehr aufmerksam von dir«, entgegnete ich. Vor meinen Augen zuckten kleine Blitze, und am Rand meines Gesichtsfeldes tauchten schwarze Flecken auf. »Entschuldige«, sagte ich höflich und steckte den Kopf zwischen die Knie.

Jamie. Frank. Randall. Dougal. Ich sah ihre Gesichter vor mir, ihre Namen klangen mir in den Ohren. Ich klemmte meine feuchten Hände unter die Achseln. Jamie würde sich dem Kampf mit Randall nicht sofort stellen; das war das einzige, was zählte. Mir blieb noch ein wenig Zeit zum Nachdenken, und ich konnte vorbeugende Maßnahmen ergreifen. Aber welche? Diese Frage überließ ich einstweilen meinem Unterbewußtsein, während ich mich zwang, gleichmäßig zu atmen, und mich den unmittelbar anstehenden Problemen zuwandte.

»Noch einmal«, sagte ich, richtete mich auf und strich mir das Haar aus der Stirn, »was machst du hier?«

Die dunklen Brauen zuckten.

»Brauche ich einen Grund, um einen Verwandten zu besuchen?«

Hinten im Hals schmeckte ich noch Galle, aber wenigstens zitterten meine Hände nun nicht mehr.

»Unter den gegebenen Umständen, ja.« Ich straffte die Schultern, wobei ich die geöffneten Schnüre meines Mieders großzügig übersah, und griff nach der Weinbrandkaraffe. Doch Dougal kam mir zuvor, nahm ein Glas vom Tablett und schenkte mir ein, kaum mehr als einen Teelöffel voll. Doch ein nachdenklicher Blick in meine Richtung bewog ihn, die Dosis zu verdoppeln.

»Danke«, sagte ich kühl.

»Umstände, was? Und welche Umstände sollen das sein?«

Ohne eine Antwort abzuwarten, füllte er ein zweites Glas für sich und brachte einen zwanglosen Toast aus: »Auf Seine Majestät!«

Ich konnte mir ein Grinsen nicht verkneifen. »König James, vermutlich?« Ich nippte an meinem Glas und spürte, wie mir das angenehme Aroma in die Nase stach. »Bedeutet deine Anwesenheit in Paris etwa, daß du Colum von deiner Denkungsart überzeugt hast?« Dougal MacKenzie mochte ja ein Jakobit sein, doch das Oberhaupt der MacKenzies von Leoch war sein Bruder Colum. Da seine Beine durch eine entstellende Krankheit verkrüppelt waren, konnte Colum seinen Clan nicht länger in die Schlacht führen; Dougal war der Kriegsherr. Aber die Entscheidung, ob sie in die Schlacht zogen, oblag Colum.

Dougal ignorierte die Frage. Nachdem er sein Glas geleert hatte, bediente er sich ein zweites Mal. Genüßlich ließ er den ersten Schluck auf der Zunge zergehen und leckte sich die Lippen.

»Nicht schlecht«, meinte er. »Davon muß ich Colum etwas mitbringen. Damit er nachts schlafen kann, braucht er etwas Stärkeres als Wein.«

Tatsächlich war das eine indirekte Antwort auf meine Frage. Colums Zustand verschlechterte sich also. Da ihm die Krankheit, die seinen Körper zerstörte, stets Schmerzen bereitete, hatte Colum abends immer Dessertwein getrunken, um besser schlafen zu können. Inzwischen brauchte er schon Weinbrand. Ich fragte mich, wie lange es dauerte, bis er gezwungen sein würde, auf Opium zurückzugreifen.

Wenn er das tat, war sein Ende als Oberhaupt des Clans gekommen. Seiner körperlichen Kräfte beraubt, regierte er durch schiere Charakterstärke. Doch wenn Colums Verstand durch Schmerzen und Drogen getrübt würde, dann bekam der Clan einen neuen Anführer – Dougal.

Ich betrachtete ihn über den Rand meines Glases hinweg. Er hielt meinem Blick ohne Anzeichen von Verlegenheit stand, und ein leichtes Lächeln umspielte den breiten MacKenzie-Mund. Seine Züge glichen denen seines Bruders – und seines Neffen: hohe Wangenknochen, die Nase lang und gerade wie eine Klinge, ein Gesicht, aus dem Stärke und Kühnheit sprachen.

Als Achtzehnjähriger hatte Dougal seinem Bruder die Treue geschworen, und diesen Eid hatte er dreißig Jahre lang gehalten. Und er würde ihn weiter halten, das wußte ich, bis zu dem Tag, an dem Colum starb oder den Clan nicht länger führen konnte. Und an diesem Tag würde Dougal Colums Nachfolge als Clanoberhaupt antreten, und die Männer des MacKenzie-Clans würden ihm folgen, wohin er sie führte – unter dem Schrägkreuz Schottlands, unter dem Banner von König James, in vorderster Reihe für Bonnie Prince Charles.

»Umstände?« sagte ich, seine vorherige Frage aufgreifend. »Ich glaube nicht, daß es besonders geschmackvoll ist, einem Mann einen Besuch abzustatten, den du für tot abgeschrieben und dessen Frau du zu verführen versucht hast.«

Er lachte – von einem Dougal MacKenzie war nichts anderes zu erwarten. Ich wußte nicht recht, wodurch man den Mann aus der Fassung bringen konnte, aber ich hoffte von ganzem Herzen, ich würde dabei sein, wenn es eines Tages doch passierte.

»Verführen?« meinte er amüsiert. »Ich habe dir die Ehe angetragen.«

»Du hast mir angetragen, mich zu vergewaltigen, soweit ich mich erinnere«, schnauzte ich ihn an. Tatsächlich hatte er mir im vergangenen Winter – unter Gewaltandrohung – einen Heiratsantrag gemacht, nachdem er es abgelehnt hatte, mir bei Jamies Befreiung aus dem Wentworth-Gefängnis zu helfen. Sein Hauptbeweggrund war zweifellos, Jamies Gut Lallybroch – das ich nach Jamies Tod erben würde – an sich zu bringen, aber er hätte auch nichts dagegen gehabt, regelmäßig mein Lager zu teilen.

»Und was Jamies Befreiung aus dem Gefängnis angeht«, fuhr er fort, meine Bemerkung wie üblich ignorierend, »es schien aussichtslos, ihn herauszuholen. Es hätte keinen Sinn gehabt, gute Männer bei einem sinnlosen Versuch aufs Spiel zu setzen. Er wäre der erste gewesen, der das verstanden hätte. Und als sein Verwandter war es meine Pflicht, seiner Frau im Falle seines Todes meinen Schutz anzubieten. Ich war schließlich sein Pflegevater, oder?« Er leerte sein Glas mit einem Zug.

Auch ich nahm eine Stärkung und trank schnell, damit ich mich nicht verschluckte. Der Alkohol brannte mir in Hals und Speiseröhre, und die Hitze stieg mir ins Gesicht. Dougal hatte recht. Jamie hatte ihm keine Vorhaltungen gemacht, weil er nicht in das Wentworth-Gefängnis hatte einbrechen wollen – aber auch von mir hatte er es nicht erwartet. Und gelungen war es mir nur durch ein Wunder. Anschließend hatte ich Jamie zwar von Dougals Heiratsabsichten erzählt, aber nicht durchblicken lassen, daß hinter seinem Angebot auch fleischliche Gelüste standen. Denn schließlich hatte ich nicht damit gerechnet, Dougal MacKenzie jemals wiederzusehen.

Aufgrund meiner bisherigen Erfahrungen wußte ich, daß er ein Mann war, der günstige Gelegenheiten beim Schopf packte. Als Jamies Hinrichtung bevorstand, hatte er nicht einmal die Vollstreckung des Urteils abgewartet, bevor er versuchte, sich meiner und des mir als Erbe zustehenden Besitzes zu bemächtigen. Falls – nein, ich korrigierte mich –, *wenn* Colum starb oder handlungsunfähig wurde, wäre Dougal innerhalb einer Woche das Oberhaupt des MacKenzie-Clans. Und wenn Charles Stuart die Unterstützung fand, die er suchte, würde Dougal zur Stelle sein. Schließlich besaß er Erfahrung als einflußreicher Mann hinter dem Thron.

Nachdenklich nippte ich an meinem Glas. Colum hatte Geschäftsinteressen in Frankreich; Wein und Nutzholz vor allen. Zweifellos war dies der Vorwand für Dougals Besuch in Paris, nach außen hin vielleicht sogar der Hauptgrund. Aber er hatte noch andere Motive, da war ich mir sicher. Und die Anwesenheit von Prinz Charles Edward Stuart war bestimmt eines davon.

Eines mußte man Dougal MacKenzie lassen: Eine Begegnung mit ihm regte die Geistestätigkeit an – es war einfach notwendig, sich den Kopf darüber zu zerbrechen, was er im Augenblick tatsächlich im Schilde führte. Dank seiner anregenden Gegenwart und einem herzhaften Schluck portugiesischen Weinbrands kam mir eine glorreiche Idee.

»Wie auch immer, ich bin froh, daß du jetzt hier bist«, bemerkte ich und stellte mein leeres Glas auf dem Tablett ab.

»Tatsächlich?« Ungläubig zog er die dichten dunklen Brauen hoch.

»Ja.« Ich stand auf und deutete in die Halle. »Hol mir meinen Mantel, während ich mein Mieder zuschnüre. Ich möchte, daß du mich auf das *commissariat de police* begleitest.«

Als ich sah, wie seine Kinnlade herunterklappte, flackerte Hoffnung in mir auf. Wenn es mir gelungen war, Dougal MacKenzie zu verblüffen, dann konnte ich doch gewiß auch ein Duell verhindern?

»Willst du mir vielleicht verraten, was du vorhast?« erkundigte sich Dougal, als die Kutsche um den Cirque du Mireille holperte und knapp einer Kalesche und einem Karren voll Kürbissen auswich.

»Nein«, beschied ich ihm. »Aber vermutlich läßt es sich nicht vermeiden. Wußtest du, daß Jack Randall noch lebt?«

»Ich hatte nicht gehört, daß er tot ist«, erklärte Dougal gelassen.

Ich wurde stutzig. Aber natürlich hatte er recht. Wir hatten Randall nur für tot gehalten, weil Sir Marcus MacRannoch den zu Tode getrampelten Burschen Randalls für den Hauptmann gehalten hatte. Natürlich hatte sich die Nachricht von Randalls Tod nicht in den Highlands verbreitet, da er ja noch lebte. Ich versuchte, meine Gedanken zu ordnen.

»Er ist *nicht* tot«, sagte ich, »sondern in Paris.«

»In Paris?« Das interessierte ihn. Er zog die Brauen hoch, und beim nächsten Gedanken riß er die Augen auf.

»Wo ist Jamie?« fragte er scharf.

Ich freute mich, daß er den wesentlichen Punkt sofort erfaßt hatte. Zwar hatte er keine Ahnung, was sich zwischen Jamie und Randall abgespielt hatte – das würde außer Jamie, Randall und bis zu einem gewissen Grade auch mir niemand je wissen –, aber er wußte mehr als genug über Randall, um sich klarzumachen, was Jamies erster Impuls sein würde, wenn er dem Mann hier außerhalb der schützenden Grenzen Englands begegnete.

»Ich weiß nicht«, entgegnete ich und sah aus dem Fenster. Wir fuhren an Les Halles vorbei, und derber Fischgeruch stieg mir in die Nase. Ich zog ein parfümiertes Taschentuch heraus, um mir damit Nase und Mund zu bedecken.

»Wir haben Randall heute zufällig beim Herzog von Sandringham getroffen. Jamie hat mich in der Kutsche nach Hause geschickt, und seitdem habe ich ihn nicht mehr gesehen.«

Dougal ignorierte sowohl den Gestank als auch die heiseren Rufe der Fischweiber, die ihre Waren anpriesen. Er runzelte die Stirn.

»Er wird den Mann töten wollen.«

Ich schüttelte den Kopf und erklärte, daß Jamie sein Schwert nicht bei sich hatte.

»Ich kann nicht zulassen, daß es zu einem Duell kommt.«

Ich ließ das Taschentuch fallen, damit er mich besser verstand. »Auf gar keinen Fall!«

Dougal nickte geistesabwesend.

»Aye, das wäre gefährlich. Natürlich könnte es der Junge ohne weiteres mit Randall aufnehmen – wie du weißt, habe ich ihn unterrichtet«, fügte er etwas selbstgefällig hinzu, »aber die Strafe, die auf Duellieren steht...«

»Du hast es erfaßt«, sagte ich.

»Gut«, sagte er bedächtig, »aber warum die Polizei? Du willst den Jungen doch nicht im voraus einsperren lassen, oder? Deinen eigenen Mann?«

»Nicht Jamie«, erklärte ich, »Randall.«

Dougal verzog das Gesicht zu einem breiten Grinsen, das nicht frei von Skepsis war.

»Ach ja? Und wie willst du das anstellen?«

»Eine Freundin und ich wurden vor ein paar Tagen auf der Straße... angegriffen.« Bei der Erinnerung daran schluckte ich. »Die Männer waren maskiert. Ich habe sie nicht erkannt. Aber einer von ihnen hatte dieselbe Größe und Statur wie Jonathan Randall. Ich möchte aussagen, daß ich Randall heute in einem Haus getroffen und ihn als einen der Täter erkannt habe.«

Dougals Stirn umwölkte sich; er musterte mich kühl.

Plötzlich schien ihm ein neuer Gedanke zu kommen.

»Bei Gott, du hast einen Wagemut wie der Leibhaftige. Ein Raubüberfall?« fragte er leise. Zornesröte stieg mir ins Gesicht.

»Nein«, erwiderte ich mit zusammengebissenen Zähnen.

»Aha.« Er lehnte sich zurück. »Du bist aber nicht zu Schaden gekommen?« Ich blickte auf die Straße hinaus, spürte aber, wie sein Blick lüstern über meinen Halsausschnitt zur Hüfte glitt.

»Ich nicht, aber meine Freundin...«

»Verstehe.« Nach kurzem Schweigen sagte er versonnen: »Hast du schon mal von ›*Les Disciples du Mal*‹ gehört?«

Ich warf den Kopf herum und sah ihn an. Er lümmelte in der Ecke, geduckt wie eine Katze, und betrachtete mich aus schmalen Augenschlitzen.

»Nein. Was machen sie?« fragte ich.

Achselzuckend neigte er sich nach vorne und spähte an mir vorbei auf den sich nähernden Koloß des Quai des Orfèvres, der sich grau und trist über der glitzernden Seine erhob.

»Eine Art – Gesellschaft. Junge Männer aus gutem Hause, die sich für Dinge interessieren, die man ... ungesund nennen könnte.«

»Das kann man behaupten«, sagte ich. »Und was weißt du über *Les Disciples*?«

»Nur, was ich in einer Taverne in der Cité gehört habe. Daß die Gesellschaft ziemlich viel von ihren Mitgliedern verlangt, und der Preis für die Initiation ist hoch... nach meinen Begriffen.«

»Nämlich?« Ich warf ihm einen herausfordernden Blick zu. Er lächelte ziemlich grimmig, bevor er antwortete.

»Eine Jungfernschaft, zum Beispiel. Oder die Brustwarzen einer verheirateten Frau.« Seine Augen huschten über meine Brust. »Deine Freundin ist Jungfrau, nicht wahr? Oder sie war es?«

Mir wurde abwechselnd heiß und kalt. Ich wischte mir das Gesicht mit meinem Leinentuch ab und stopfte es in die Tasche meines Umhangs, was mir nicht auf Anhieb gelang, da meine Hand zitterte.

»Ja. Was hast du noch gehört? Weißt du, wer mit *Les Disciples* zu tun hat?«

Dougal schüttelte den Kopf. Die Nachmittagssonne ließ die Silberfäden in seinem braunen Haar aufleuchten.

»Nur Gerüchte. Der Vicomte de Busca, der jüngste von den Charmisse-Söhnen – vielleicht. Der Comte de St. Germain. Was denn? Ist dir nicht gut, Mädel?«

Er beugte sich besorgt über mich.

»Schon gut.« Ich atmete tief durch. »Verdammt gut.« Ich zog mein Taschentuch heraus und trocknete den kalten Schweiß auf meiner Stirn.

Keine Sorge, Mesdames, es geschieht Ihnen kein Leid. Die hämische Stimme hallte im Dunkel meiner Erinnerung wieder. Der Mann im getupften Hemd war mittelgroß und dunkel, schlank, fast schmächtig. Diese Beschreibung paßte auf Jonathan Randall und auch auf den Comte de St. Germain. Hätte ich ihn aber nicht an der Stimme erkannt? War es vorstellbar, daß ein normaler Mann mir gegenüber am Tisch Platz nimmt, Lachs-Mousse verzehrt und höfliche Konversation treibt – kaum zwei Stunden nach dem Zwischenfall in der Rue du Faubourg-St.-Honoré?

Nüchtern betrachtet, warum nicht? Ich hatte es ja auch fertiggebracht. Und es gab keinen Grund für die Annahme, daß der Comte ein – nach meinen Maßstäben – normaler Mann war, wenn man den Gerüchten glauben durfte.

Die Kutsche kam zum Stehen; es blieb wenig Zeit für weitere Überlegungen. War ich im Begriff, dafür zu sorgen, daß der Mann, der Mary Gewalt angetan hatte, ungeschoren davonkam, und darüber hinaus, daß Jamies Todfeind in Sicherheit gebracht wurde? Zitternd vor Aufregung holte ich tief Luft. Mir blieb verdammt noch mal keine andere Wahl. Was jetzt zählte, war das Leben. Die Gerechtigkeit mußte warten, bis ihre Zeit gekommen war.

Der Kutscher stieg ab, um den Wagenschlag zu öffnen. Ich biß mir auf die Lippen und sah Dougal MacKenzie an. Er erwiderte meinen Blick mit einem Achselzucken. Was wollte ich eigentlich von ihm?

»Verbürgst du dich für meine Geschichte?« fragte ich abrupt.

Er sah zum dunklen Massiv des Quai des Orfèvres empor. Durch die offene Tür fiel strahlendes Tageslicht herein.

»Bist du dir sicher?«

»Ja.« Mein Mund war trocken.

Er rückte näher und reichte mir die Hand.

»Dann gebe Gott, daß wir nicht beide hinter Schloß und Riegel landen.«

Eine Stunde später traten wir auf die leere Straße vor dem *commissariat de police* hinaus. Ich hatte die Kutsche heimgeschickt, damit keiner unserer Bekannten sie vor dem Quai des Orfèvres stehen sah. Dougal bot mir seinen Arm, den ich gezwungenermaßen nahm. Hier war der Boden schlammig, und auf der kopfsteingepflasterten Straße fand man mit hochhackigen Schuhen wenig Halt.

»Les Diciples«, sagte ich, während wir am Seineufer Richtung Notre Dame entlangspazierten. »Glaubst du wirklich, der Comte de St. Germain könnte einer der Männer gewesen sein, die... die uns an der Rue du Faubourg-St.-Honoré entgegentraten?« Ich begann vor Erschöpfung – und vor Hunger – zu zittern; seit dem Frühstück hatte ich nichts zu mir genommen, und das machte sich jetzt bemerkbar. Das Verhör bei der Polizei hatte ich nur mit äußerster Selbstbeherrschung durchgestanden. Jetzt brauchte ich mein Hirn nicht mehr anzustrengen, daher konnte ich auch nicht mehr denken.

Dougals Arm unter meiner Hand fühlte sich hart an, aber ich konnte nicht zu ihm aufsehen. Ich brauchte meine ganze Aufmerksamkeit, um nicht hinzufallen. Wir waren in die Rue Elise abgebogen; hier glänzte das Kopfsteinpflaster feucht und war mit allem möglichen Unrat verschmutzt. Ein Dienstmann, der eine Kiste schleppte, blieb vor uns stehen, um sich lautstark auszuhusten. Der grünliche Auswurf blieb an einem Stein zu meinen Füßen kleben und glitt schließlich in eine kleine Pfütze.

»Mmmpf.« Mit nachdenklich gerunzelter Stirn sah sich Dougal in der Straße nach einer Droschke um. »Kann ich nicht sagen. Von dem Mann habe ich Schlimmeres als das gehört, aber ich hatte noch nicht die Ehre, ihm zu begegnen.« Er sah auf mich hinunter.

»Bis jetzt hast du dich gut geschlagen«, meinte er. »Es wird keine Stunde dauern, bis Jack Randall in der Bastille festsitzt. Aber früher oder später müssen sie ihn wieder laufenlassen, und ich möchte wetten, daß sich Jamies Zorn in der Zwischenzeit nicht gerade abkühlt. Willst du, daß ich mit ihm rede – ihn überzeuge, keinen Unsinn zu machen?«

»Nein! Um Gottes willen, halt dich da raus!« Das Poltern von Wagenrädern auf dem Pflaster war laut, aber meine Stimme übertönte den Lärm, so daß Dougal überrascht die Brauen hochzog.

»In Ordnung«, sagte er nachsichtig. »Dann überlasse ich ihn dir. Er ist stur wie ein Stein... aber ich nehme an, du hast deine Methoden, nicht?« Er warf mir einen Seitenblick zu und grinste durchtrieben.

»Ich schaffe das schon.« Ja, ich würde, ich mußte es schaffen. Alles, was ich Dougal erzählt hatte, war die reine Wahrheit. Und doch so weit von der Wahrheit entfernt. Denn ich hätte Charles Stuart und seinen Vater mit Freuden zur Hölle geschickt. Ich hätte jede Hoffnung, ihn von seiner Torheit abzuhalten, geopfert, ja sogar Jamies Verhaftung riskiert, nur um die Wunde zu heilen, die Randalls Wiederauferstehung in Jamies Seele geschlagen hatte. Nur allzugern hätte ich ihm dabei geholfen, Randall zu töten, doch etwas hielt mich davon ab. Eine Erwägung, die schwerer wog als Jamies Stolz, als seine männliche Würde, als sein Seelenfrieden. Frank.

Dieser eine Gedanke hatte mich den ganzen Tag über aufrechterhalten, und zwar über den Punkt hinaus, an dem der Zusammenbruch eine Erlösung gewesen wäre. Seit Monaten hatte ich angenommen, Randall sei kinderlos gestorben, und um Franks Leben gefürchtet. Aber während dieser Zeit hatte mich der Anblick des schlichten Goldrings an meiner linken Hand getröstet.

Das Gegenstück zu Jamies Silberring an meiner Rechten war ein Talisman in den dunkelsten Stunden der Nacht, wenn nach den Träumen Zweifel kamen. Da ich Franks Ring noch trug, würde der Mann, der ihn mir gegeben hatte, leben. Das hatte ich mir tausendmal gesagt. Auch wenn ich nicht wußte, wie ein Mann, der kinderlos starb, eine Abstammungslinie begründen konnte, die zu Frank führte – der Ring war da, also würde Frank leben.

Jetzt wußte ich, warum der Ring noch an meiner Hand glänzte, das Metall ebenso kalt wie meine Hand. Randall lebte, konnte immer noch heiraten und ein Kind zeugen, das die Linie fortführte. Wenn Jamie ihn nicht vorher tötete.

Für den Augenblick hatte ich alles getan, was in meinen Kräften stand, aber die Tatsache, mit der ich im Korridor des herzoglichen Hauses konfrontiert wurde, blieb bestehen. Der Preis für Franks Leben war Jamies Seele – und wie sollte ich zwischen beiden meine Wahl treffen?

Die herannahende Droschke preschte, ohne auf Dougals Zuruf zu achten, so nah an uns vorbei, daß Dougals Seidenstrümpfe und der Saum meines Kleides mit Schmutzwasser bespritzt wurden.

Dougal nahm davon Abstand, einen Hagel gälischer Flüche loszulassen, drohte dem Wagen aber mit der Faust hinterher.

»So, und was jetzt?« fragte er überflüssigerweise.

Der schleimige Auswurf trieb auf der Pfütze zu meinen Füßen, in der sich graues Licht spiegelte. Ich glaubte, den kalten, zähflüssigen Schleim auf der Zunge zu spüren, streckte die Hand aus und griff nach Dougals Arm. Schwarze Flecken tanzten mir vor Augen.

»Jetzt«, sagte ich, »wird mir schlecht.«

Die Sonne war schon fast untergegangen, als ich in die Rue Tremoulins zurückkehrte. Mir zitterten die Knie, und es kostete mich große Anstrengung, die Treppe hinaufzusteigen. Ich begab mich schnurstracks ins Schlafgemach, um meinen Umhang abzulegen. Ob Jamie schon heimgekommen war?

Offensichtlich. In der Tür blieb ich stehen und ließ den Blick durchs Zimmer schweifen. Mein Medizinkasten stand offen auf dem Tisch. Auf meiner Frisierkommode lag die Schere, die ich zum Zuschneiden von Verbänden benutzte. Ein ausgefallenes Stück, das Geschenk eines Messerschmieds, der zuweilen im Hôpital des Anges arbeitete. Der vergoldete Griff war wie ein Storchenkopf geformt, die silbernen Schneiden bildeten den langen Schnabel. Sie leuchteten im Licht der untergehenden Sonne inmitten einer Wolke rotgoldner Locken.

»Verdammter Mist«, keuchte ich. Er war tatsächlich hiergewesen, und jetzt war er fort. Genauso wie sein Schwert.

Die üppigen, glänzenden Haarsträhnen lagen so, wie sie gefallen waren, auf der Kommode, dem Hocker und dem Boden. Ich nahm eine Locke von der Frisierkommode und spielte mit den feinen, weichen Haaren. Dabei spürte ich, wie mich kalte Panik ergriff – es fing zwischen meinen Schulterblättern an und lief prickelnd die Wirbelsäule hinunter. Ich erinnerte mich, wie mir Jamie am Springbrunnen hinter dem Haus der de Rohans von seinem ersten Duell in Paris erzählt hatte.

»*Mitten im Kampf hat sich das Band, das meine Haare hielt, gelöst, und der Wind blies mir die Haare ins Gesicht, so daß ich nur noch eine Gestalt im weißen Hemd vor mir sah, die hin und her flitzte wie eine Elritze.*«

Er wollte nicht riskieren, daß sich dergleichen wiederholte. Ich sah die Spuren, die er hinterlassen hatte – die Locke in meiner Hand fühlte sich noch weich und lebendig an –, und konnte mir seine kalte Entschlossenheit vorstellen, das Klappern der Schere, während er alles Weiche wegschnitt, das ihm die Sicht nehmen könnte. Nichts und niemand würde ihn daran hindern, Jonathan Randall zu töten.

Niemand außer mir. Mit der Locke in der Hand ging ich zum Fenster und starrte hinaus, als hoffte ich, Jamie auf der Straße zu sehen. Aber die Rue Tremoulins lag still da, nichts rührte sich außer den wogenden Schatten der Pappeln.

Die gedämpften Geräusche aus der Küche im Untergeschoß drangen an mein Ohr. Heute abend wurden keine Gäste erwartet, und das schlichte Mahl, das wir einzunehmen pflegten, wenn wir unter uns waren, erforderte keine großen Vorbereitungen.

Ich setzte mich aufs Bett, schloß die Augen und verschränkte die Arme über der Rundung meines Bauches. Die Locke hielt ich umklammert, als könnte ich Jamie schützen, solange ich sie nicht losließ.

Hatte ich rechtzeitig gehandelt? Waren die Polizisten vor Jamie bei Jack Randall aufgetaucht? Was, wenn sie gleichzeitig eingetroffen waren oder gerade in dem Augenblick, wo Jamie ihn zum Duell forderte? Ich rieb die Locke zwischen Daumen und Zeigefinger, so daß ein kleiner aufgefächerter Besen aus rotblonden Härchen entstand. Na ja, zumindest wären sie dann beide in Sicherheit. Im Gefängnis vielleicht, aber im Vergleich zu anderen Gefahren war das jetzt zweitrangig.

Und wenn Jamie Randall als erster gefunden hatte? Ich blickte nach draußen. Die Dämmerung brach herein. Duelle wurden von jeher am frühen Morgen ausgetragen, aber ich wußte nicht, ob Jamie noch eine Nacht warten wollte. Vielleicht standen sie sich in diesem Augenblick schon gegenüber, an einem abgeschiedenen Ort, wo das Klirren von Stahl und der Schrei eines tödlich Verwundeten keine Aufmerksamkeit erregen würden.

Denn ein Kampf auf Leben und Tod würde es sein. Was zwischen diesen beiden Männern stand, konnte nur durch den Tod bereinigt werden. Aber wer würde sterben? Jamie? Oder Randall – und mit ihm Frank? Jamie war der bessere Schwertkämpfer, aber als Geforderter durfte Randall die Waffen wählen. Und bei Pistolen hing der Erfolg mehr vom Glück als vom Geschick ab. Nur die besten Pistolen schossen zielsicher, und selbst diese konnten zu früh losgehen oder anderweitig versagen. Plötzlich sah ich Jamie vor mir, wie er schlaff und reglos im Gras lag, Blut quoll ihm aus einer leeren Augenhöhle, und der Geruch von Schwarzpulver mischte sich mit den Frühlingsdüften des Bois de Boulogne.

»Was zum Teufel machst du da, Claire?«

Mein Kopf fuhr so schnell hoch, daß ich mir auf die Zunge biß. Ich blickte in seine Augen, und sie waren noch da, wo sie hingehörten, nämlich zu beiden Seiten der schmalen Nase. Noch nie hatte ich ihn mit derart kurzgeschorenen Haaren gesehen. Er sah aus wie ein

Fremder, die markanten Züge wirkten starr, die Rundung des Schädels zeichnete sich unter den kurzen dichten Stoppeln ab.

»Was ich mache?« wiederholte ich und schluckte. »Was ich mache? Ich sitze hier mit einer Locke von dir in der Hand und frage mich, ob du tot bist oder nicht! Das mache ich!«

»Ich bin nicht tot.« Er ging zum Schrank hinüber und öffnete ihn. Seit unserem Besuch in Sandringhams Haus hatte er sich umgezogen; er hatte sich sein Schwert umgeschnallt und trug seinen alten Rock.

»Ja, das merke ich«, sagte ich. »Nett von dir, daß du gekommen bist, um es mir zu sagen.«

»Ich bin gekommen, um meine Sachen zu holen.« Er nahm zwei Hemden und seinen langen Umhang heraus und legte alles auf einen Hocker; dann durchwühlte er eine Kommode nach sauberer Wäsche.

»Deine Sachen? Wo willst du hin?« Ich hatte nicht gewußt, was mir bevorstand, wenn ich ihn wiedersah, aber damit hatte ich nicht gerechnet.

»In einen Gasthof.« Er warf mir einen Blick zu und schien zu dem Schluß zu kommen, daß ich mehr verdient hatte als diese drei Worte. Seine Augen waren dunkel und undurchsichtig wie Lasurstein.

»Nachdem ich dich in der Kutsche nach Hause geschickt hatte, machte ich einen kurzen Spaziergang, bis ich mich wieder in der Hand hatte. Dann ging ich heim, holte mein Schwert und kehrte ins Haus des Herzogs zurück, um Randall in aller Form zu fordern. Der Butler hat mir mitgeteilt, daß Randall verhaftet worden ist.«

Sein Blick ruhte auf mir, undurchdringlich wie die Tiefe des Ozeans. Wieder schluckte ich.

»Ich fuhr zur Bastille. Dort hörte ich, du hättest unter Eid ausgesagt, Randall habe dich und Mary Hawkins in jener Nacht überfallen. Warum, Claire?«

Meine Hände zitterten so heftig, daß ich die Locke fallenließ.

»Jamie«, sagte ich mit zittriger Stimme, »Jamie, du kannst Jack Randall nicht töten.«

Sein Mundwinkel zuckte kaum wahrnehmbar.

»Ich weiß nicht, ob ich wegen deiner Sorge gerührt oder über dein geringes Vertrauen in mich gekränkt sein soll. Aber so oder so kannst du unbesorgt sein. Ich kann ihn töten. Mit Leichtigkeit.«

Die letzten Worte sprach er ganz ruhig aus, mit einem Unterton, in dem sich Haß und Befriedigung mischten.

»Das meine ich nicht! Jamie...«

»Glücklicherweise«, fuhr er fort, als hörte er mich nicht, »kann Randall beweisen, daß er den fraglichen Abend im Haus des Herzogs verbracht hat. Sobald die Polizei die Befragung der anwesenden Gäste abgeschlossen und festgestellt hat, daß Randall unschuldig ist – zumindest, was diese Anschuldigung betrifft –, wird man ihn entlassen. Ich bleibe im Gasthof, bis er frei ist. Und dann werde ich ihn finden.« Er starrte den Schrank an, aber offenbar sah er etwas anderes. »Er wird mich erwarten«, sagte er leise.

Er stopfte die Hemden und die Wäsche in eine Reisetasche und legte sich den Umhang über den Arm. Als er sich zur Tür wandte, sprang ich vom Bett auf und packte ihn am Ärmel.

»Jamie! Um Himmels willen, Jamie hör mir zu! Du kannst Jack Randall nicht töten, weil ich es nicht zulasse!«

Er musterte mich zutiefst erstaunt.

»Wegen Frank«, sagte ich. Ich ließ seinen Ärmel los und trat einen Schritt zurück.

»Frank«, wiederholte er und schüttelte den Kopf, als hätte er Ohrensausen. »Frank.«

»Ja. Wenn du Jack Randall jetzt tötest, dann wird Frank... er wird nie existieren. Er wird nicht zur Welt kommen. Jamie, du kannst doch keinen Unschuldigen umbringen!«

Bei meinen Worten wurde sein sonst so gesundes, sonnengebräuntes Gesicht fahl und fleckig. Nun stieg die Röte langsam wieder auf, bis seine Ohren glühten und seine Wangen brannten.

»Einen Unschuldigen?«

»Frank ist doch unschuldig! Jack Randall ist mir egal...«

»Aber mir nicht!« Er griff nach der Tasche und schritt zur Tür. »Großer Gott, Claire! Du willst mich daran hindern, an dem Mann Rache zu nehmen, der seine Hurenspiele mit mir getrieben hat? Der mich gezwungen hat, seinen mit Blut beschmierten Schwanz zu schlucken? *O Gott*, Claire!« Er stieß die Tür auf und war schon auf dem Flur, als ich ihn einholte.

Inzwischen war es dunkel, aber die Dienstboten hatten die Kerzen angezündet, so daß der Flur matt erleuchtet war. Ich packte ihn am Arm und zerrte an ihm.

»Jamie! Bitte!«

Ungeduldig entwand er sich meinem Griff. Ich weinte fast, hielt aber die Tränen zurück. Ich bekam die Tasche zu fassen und riß sie ihm aus der Hand.

»Bitte, Jamie! Warte nur noch ein Jahr! Das Kind – Randalls Kind – wird im nächsten Dezember gezeugt. Danach spielt es keine Rolle mehr. Aber bitte – um meinetwillen – warte so lang!«

Der Kandelaber auf dem goldumrandeten Tisch warf Jamies Schatten riesenhaft und schwankend an die gegenüberliegende Wand. Er starrte ihn an, als hätte er ein Ungeheuer vor sich, das ihn bedrohlich überragte.

»Aye«, flüsterte er wie im Selbstgespräch, »ich bin ein großer Kerl. Groß und stark. Ich kann viel aushalten. Ja, ich halte viel aus.« Er wirbelte herum und schrie mich an.

»Ich halte viel aus! Aber heißt das, daß ich es auch muß? Muß ich die Schwächen aller anderen ertragen? Kann ich nicht mal selber schwach sein?«

Er begann im Korridor auf und ab zu gehen; der Schatten folgte ihm in lautloser Hast.

»Wie kannst du das von mir verlangen! Ausgerechnet du! Du, die du weißt, was... was...« Sprachlos vor Wut rang er nach Luft.

Im Hin- und Hergehen schlug er immer wieder mit der Faust gegen die Wand. Die Kalksteinwand schluckte seine Hiebe ohne einen Laut.

Schließlich wandte er sich um und blieb schweratmend vor mir stehen. Ich stand wie erstarrt da und wagte nicht, mich zu rühren oder zu sprechen. Er nickte ein-, zweimal, als käme er zu einem Entschluß. Dann zog er seinen Dolch aus dem Gürtel und hielt ihn mir unter die Nase. Mit spürbarer Anstrengung richtete er das Wort an mich.

»Du hast die Wahl, Claire. Er oder ich.« Das Kerzenlicht tanzte auf der glänzenden Klinge. »Ich kann nicht leben, solange er lebt. Wenn du nicht willst, daß ich ihn töte, dann töte du mich jetzt!« Er packte meine Hand und zwang meine Finger um den Griff. Dann riß er sein Spitzenjabot auf, entblößte seinen Hals und riß meine Hand nach oben.

Mit aller Kraft stemmte ich mich dagegen, aber er führte die Spitze der Klinge unerbittlich an die kleine Mulde über dem

Schlüsselbein, genau unter die bläuliche Narbe, die Randalls Dolch dort vor Jahren hinterlassen hatte.

»Jamie! Hör auf! Hör sofort auf!« Mit der anderen Hand packte ich ihn, so fest ich konnte, am Gelenk und lockerte seinen Griff so weit, daß ich meine Finger mit einem Ruck freibekam. Der Dolch fiel scheppernd zu Boden, sprang über die Steinfliesen und landete schließlich geräuschlos auf dem gemusterten Aubusson-Teppich.

Jamie stand wie erstarrt vor mir, das Gesicht aschfahl, die Augen glühend. Ich packte seinen Arm, der hart wie Stein war.

»Bitte, glaub mir, bitte. Ich würde das nicht tun, wenn es eine andere Lösung gäbe«, beschwor ich ihn und holte tief Luft, da mein Herz hämmerte, als wollte es zerspringen.

»Du verdankst mir dein Leben, Jamie. Nicht einmal, zweimal. Ich habe dich vor der Hinrichtung in Wentworth gerettet und dann wieder, als du in der Abtei im Fieber lagst. Du schuldest mir ein Leben, Jamie!«

Er starrte mich lange an, bevor er antwortete. Seine Stimme klang wieder ruhig und ein wenig bitter.

»Verstehe. Und diese Schuld willst du jetzt einfordern?« Seine Augen glühten tiefblau, wie das Blau, das im Herzen einer Flamme lodert.

»Ich muß. Anders bringe ich dich nicht zur Vernunft!«

»Vernunft. Ah, Vernunft. Nein, ich kann nicht behaupten, daß ich gerade jetzt für Vernunftgründe zugänglich wäre.« Langsam entfernte er sich von mir und schritt mit gesenktem Kopf den langen Korridor hinunter.

Der Flur erstreckte sich über die ganze Länge des ersten Stockes und wurde an beiden Enden von einem riesigen Buntglasfenster begrenzt. Jamie marschierte bis zum einen Ende, machte mit der Präzision eines Soldaten kehrt und kam gemessenen Schritts wieder auf mich zu. Auf und ab, auf und ab, immer wieder.

Mir zitterten die Knie, und ich ließ mich in der Nähe eines Fensters in einen *fauteuil* sinken. Einmal näherte sich einer der allgegenwärtigen Diener und fragte, ob Madame Wein wünsche oder vielleicht Kekse? So höflich wie möglich winkte ich ab.

Endlich blieb Jamie vor mir stehen, breitbeinig, die Füße fest in den Boden gestemmt. Erst als ich zu ihm aufschaute, begann er zu sprechen. Seine Miene war undurchdringlich, kein Zucken verriet seine Erregung, aber die tiefen Falten um die Augen zeigten seine Anspannung.

»Ein Jahr also«, war alles, was er sagte. Er wandte sich rasch ab und hatte sich schon ein Stück entfernt, als ich mich aus den Tiefen des Samtsessels herausgearbeitet hatte. Kaum war ich auf den Füßen, da stürmte er wieder an mir vorbei, erreichte mit drei Schritten das große Buntglasfenster und durchschlug es mit der rechten Hand.

Das Fenster bestand aus Tausenden von farbigen Scheiben, die durch Bleistreifen miteinander verbunden waren. Es stellte das Urteil des Paris dar. Zwar erzitterte das ganze Fenster, aber es entstand nur ein unregelmäßiges Loch zu Füßen der Aphrodite, durch das die milde Frühlingsluft hereindrang.

Jamie preßte beide Hände in den Bauch. Ein dunkelroter Fleck breitete sich auf der gerüschten Manschettte aus. Als ich auf ihn zuging, hastete er an mir vorbei und ging wortlos davon.

Ich ließ mich so schwer in den Sessel fallen, daß eine kleine Staubwolke aus der Polsterung aufstieg. Erschlafft lag ich da, die Augen geschlossen, und spürte, wie mich der kühle Nachtwind streifte. An den Schläfen war mein Haar schweißnaß, und mein Puls raste.

Würde er mir je verzeihen? Mein Herz zog sich zusammen, als ich mich an den Ausdruck in seinen Augen erinnerte – ich hatte ihn verraten. »*Wie kannst du das von mir verlangen?*« hatte er gefragt. »*Du, die du weißt...*« Ja ich wußte es, und ich dachte, dieses Wissen könnte mich von Jamies Seite reißen, so wie ich von Frank weggerissen worden war.

Aber ob Jamie mir nun verzeihen konnte oder nicht – ich selbst hätte es mir nie verziehen, wenn ich einen unschuldigen Menschen, einen Mann, den ich einmal geliebt hatte, dem Tod preisgegeben hätte.

»Die Sünde des Vaters«, murmelte ich vor mich hin. »Der Sohn soll nicht tragen die Sünde des Vaters.«

»Madame?«

Ich schrak auf, öffnete die Augen und sah ein Zimmermädchen, das ebenso erschrocken vor mir zurückwich.

»Madame, geht es Ihnen nicht gut? Soll ich...«

»Nein«, sagte ich, so fest ich konnte. »Mir geht es gut. Ich möchte nur eine Weile hier sitzen bleiben. Bitte lassen Sie mich allein.«

Das Mädchen kam dieser Aufforderung nur zu gern nach. »*Oui, Madame!*« nickte sie und huschte davon. Ausdruckslos starrte ich auf ein Bild an der gegenüberliegenden Wand – eine Liebesszene in einem Garten. Plötzlich fröstelnd zog ich den Umhang enger um mich und schloß wieder die Augen.

Nach Mitternacht ging ich endlich ins Schlafgemach. Jamie saß vor einem kleinen Tisch und beobachtete zwei Goldaugen, die um die einzige Kerze flatterten, die den Raum erhellte. Ich ließ den Umhang zu Boden gleiten und ging zu ihm.

»Rühr mich nicht an«, sagte er. »Geh ins Bett.« Seine Stimme klang geistesabwesend, aber ich blieb stehen.

»Aber deine Hand...«, begann ich.

»Spielt keine Rolle. Geh ins Bett«, wiederholte er.

Die Knöchel der rechten Hand waren blutverschmiert, und die Spitzenmanschette war blutgetränkt, aber ich hätte nicht einmal dann gewagt, ihn zu berühren, wenn er ein Messer im Bauch gehabt hätte. Also überließ ich ihn dem Todestanz der Goldaugen und legte mich ins Bett.

Gegen Morgen erwachte ich. Im dämmrigen Licht wurden die Umrisse der Möbel sichtbar. Durch die Flügeltür zum Vorraum sah ich Jamie, der immer noch am Tisch saß. Inzwischen war die Kerze heruntergebrannt, und die Goldaugen waren verschwunden. Er hatte den Kopf auf die Hände gestützt, die Finger in die erbarmungslos geschorenen Haare vergraben. Das Dämmerlicht schluckte alle Farben; selbst die Haare, die wie Flammen zwischen seinen Fingern standen, schienen aschgrau.

Ich glitt aus dem Bett und ging auf ihn zu. Er drehte sich nicht um, wußte aber, daß ich da war. Als ich seine Hand berührte, ließ er sie auf den Tisch fallen, und sein Kopf sank gegen meine Brust. Er seufzte tief, als ich ihn streichelte, und ich merkte, wie die Spannung langsam von ihm abfiel. Dann strich ich ihm über Hals und Schultern und spürte durch das dünne Leinenhemd, wie kalt er war. Schließlich trat ich vor ihn hin. Er nahm mich um die Taille, zog mich an sich und vergrub seinen Kopf in meinem Nachthemd, genau über der Rundung des ungeborenen Kindes.

»Mir ist kalt«, sagte ich schließlich behutsam. »Kommst du zu mir und wärmst mich?«

Nach einer Weile nickte er und erhob sich taumelnd wie ein

Blinder. Ich führte ihn zum Bett. Widerstandslos ließ er sich ausziehen und zudecken. Ich lag in seiner Armbeuge, eng an ihn gepreßt, bis die Kälte von ihm gewichen war und sich Wärme um uns ausbreitete.

Zögernd legte ich die Hand auf seine Brust und streichelte sie sanft, bis sich die Brustwarze erregt aufrichtete. Er legte seine Hand auf meine und hielt sie fest. Ich fürchtete, er könnte mich wegstoßen, was er auch tat, aber nur, um sich zu mir zu drehen.

Inzwischen war es heller geworden. Lange Zeit betrachtete er nur mein Gesicht, streichelte es von der Schläfe bis zum Kinn, zeichnete mit dem Daumen die Linie meines Halses und Schlüsselbeins nach.

»Mein Gott, ich liebe dich so«, flüsterte er, als spräche er mit sich selbst. Er küßte mich, so daß ich nicht antworten konnte und umfaßte meine Brust mit seiner verletzten Rechten.

»Aber deine Hand...«, protestierte ich zum zweitenmal in dieser Nacht.

»Spielt keine Rolle«, entgegnete er, ebenfalls zum zweitenmal in dieser Nacht.

VIERTER TEIL

Skandal

22

Das königliche Gestüt

Behäbig holperte die Kutsche über einen besonders schlechten Straßenabschnitt, in dem Winterfrost und Frühlingsregen Furchen und Löcher hinterlassen hatten. Es hatte in diesem Jahr viel geregnet; selbst jetzt im Frühsommer sah man noch nasse, sumpfige Stellen unter den üppigen Stachelbeersträuchern am Straßenrand.

Jamie saß neben mir auf der schmalen, gepolsterten Bank, Fergus hatte es sich in der gegenüberliegenden Ecke bequem gemacht und schlief. In der Kutsche war es warm, und immer wenn wir über einen Fleck trockener Erde fuhren, drangen goldene Sonnenstäubchen durch die Fenster.

Wir hatten über die uns umgebende Landschaft geplaudert, über die königlichen Stallungen in Argentan, zu denen wir unterwegs waren, und die Klatschgeschichten ausgetauscht, die täglich bei Hof und in Geschäftskreisen gehandelt wurden. Ich hätte auch schlafen können, eingelullt vom Schaukeln der Kutsche und der Wärme des Tages, aber wegen meiner zunnehmenden Körperfülle war es unbequem, immer in derselben Position zu sitzen, und von dem Geholper tat mir der Rücken weh. Außerdem wurde das Baby allmählich lebhafter; nun spürte ich nicht mehr das zarte Flattern der ersten Bewegungen, sondern leichte Stöße und Knüffe, die auf ihre Art zwar angenehm waren, mich aber nicht zur Ruhe kommen ließen.

»Vielleicht hättest du daheimbleiben sollen, Sassenach«, meinte Jamie stirnrunzelnd, als ich wieder einmal auf der Bank herumrutschte.

»Mir geht's gut«, sagte ich lächelnd. »Ich bin nur ein bißchen zappelig. Es wäre schade gewesen, das alles zu versäumen.« Ich wies auf das Fenster, durch das die weiten Felder smaragdgrün leuchteten, durchbrochen von dunklen, schlanken Pappeln. Die frische Landluft war würzig und berauschend nach den abgestandenen, ekelhaften Gerüchen der Stadt und den Ausdünstungen im Hôpital des Anges.

Um die diplomatischen Annäherungsversuche Englands vorsichtig zu ermutigen, hatte sich Louis bereit erklärt, dem Herzog von Sandringham vier Percheron-Zuchtstuten aus dem königlichen Gestüt in Argentan zu verkaufen. Daher war Seine Hoheit heute nach Argentan unterwegs. Er hatte Jamie eingeladen, ihn zu begleiten und bei der Auswahl der Stuten zu beraten. Die Einladung war bei einer Abendgesellschaft erfolgt, und ein Wort hatte das andere gegeben, bis aus dem Besuch ein regelrechter Ausflug ins Grüne wurde, an dem vier Kutschen und mehrere Damen und Herren des Hofes beteiligt waren.

»Das ist ein gutes Zeichen, findest du nicht auch?« fragte ich, während ich mich mit einem vorsichtigen Blick versicherte, daß unsere Begleiter fest schliefen. »Daß Louis dem Herzog gestattet, Pferde zu kaufen, meine ich. Wenn er den Engländern gegenüber Wohlwollen zeigt, dann ist er vermutlich nicht geneigt, James Stuart zu unterstützen – zumindest nicht öffentlich.«

Jamie schüttelte den Kopf. Er weigerte sich strikt, eine Perücke zu tragen, und die kühne, klare Form seines geschorenen Schädels hatte bei Hof kein geringes Erstaunen erregt. Im Augenblick hatte die Frisur jedoch ihre Vorteile; obwohl sein langer Nasenrücken feucht glänzte, war Jamie längst nicht so schlapp wie ich.

»Nein, ich bin jetzt ziemlich sicher, daß Louis mit den Stuarts nichts zu tun haben will – zumindest nicht mit deren Bemühungen, den Thron zu besteigen. Monsieur Duverney versichert mir, daß der Staatsrat dergleichen vehement ablehnt. Es kann zwar sein, daß Louis auf Drängen des Papstes Charles doch noch eine kleine Apanage zugesteht, aber der König ist nicht geneigt, die Stuarts in Frankreich populär zu machen, solange ihm der englische König George über die Schulter guckt.« Jamies Plaid wurde heute von einer Brosche zusammengehalten – ein schönes Schmuckstück, das ihm seine Schwester aus Schottland geschickt hatte. Es hatte die Form springender Hirsche, deren gekrümmte Leiber sich zu einem Kreis schlossen, so daß sich Köpfe und Schwänze berührten. Mit einem Zipfel des Plaids wischte sich Jamie das Gesicht ab.

»Ich glaube, ich habe in den letzten Monaten mit allen bedeutenden Bankiers von Paris gesprochen, und sie alle sind grundsätzlich nicht interessiert.« Er lächelte schelmisch. »Niemand hat so viel Geld, daß er nicht weiß, wohin damit und ein so prekäres Unternehmen wie die Restauration der Stuarts finanziert.«

»Und damit«, sagte ich und reckte mich stöhnend, »bleibt nur noch Spanien.«

Jamie nickte. »Genau. Dougal MacKenzie«, bemerkte er selbstgefällig. Neugierig setzte ich mich auf.

»Hast du etwa von ihm gehört?« Trotz anfänglicher Zurückhaltung hatte Dougal Jamie als eifrigen Mitstreiter akzeptiert, und die übliche Ausbeute an verschlüsselten Briefen wurde durch eine Reihe vertraulicher Mitteilungen ergänzt, die Dougal uns aus Spanien schickte, damit Jamie sie las und an Charles Stuart weiterleitete.

»Das habe ich.« Aus seinem Gesichtsausdruck schloß ich, daß es gute Nachrichten waren – wenn auch nicht für die Stuarts.

»Philipp lehnt es ab, die Stuarts in irgendeiner Weise zu unterstützen«, sagte Jamie. »Er hat vom päpstlichen Offizium Nachricht erhalten: Er soll sich aus dieser Sache raushalten.«

»Weißt du, warum?« Wir hatten zwar kürzlich mehrere Briefe eines päpstlichen Boten abgefangen, aber da sie alle an James oder Charles Stuart adressiert waren, enthielten sie nicht unbedingt Hinweise auf Unterredungen Seiner Heiligkeit mit Vertretern Spaniens.

»Dougal jedenfalls glaubt es zu wissen.« Jamie lachte. »Ziemlich empört ist er, der Gute. Seit fast einem Monat hängt er in Toledo herum und wird schließlich mit einem vagen Versprechen abgespeist, man werde ›zu gegebener Zeit helfen, *Deo volente*‹.« Mit seiner tiefen Stimme ahmte er den frommen Tonfall so gut nach, daß auch ich lachen mußte.

»Benedikt will Spannungen zwischen Spanien und Frankreich vermeiden. Er möchte nicht, daß Philipp und Louis Geld verschwenden, für das er selbst Verwendung haben könnte, weißt du«, bemerkte er zynisch. »Es gehört sich zwar nicht für einen Papst, dergleichen zu äußern, aber Benedikt hat seine Zweifel, ob ein katholischer König England halten könnte. Schottland hat seine katholischen Oberhäupter unter den Highland-Clans, aber es ist einige Zeit her, daß in England ein katholischer König regiert hat – und wahrscheinlich wird es noch verdammt lange dauern, bis wieder einer kommt – *Deo volente*«, fügte er grinsend hinzu.

Er kratzte sich am Kopf und zerzauste sich dabei die rotgoldenen

Haare. »Sieht ziemlich übel aus für die Stuarts, Sassenach, und das sind gute Nachrichten. Nein, von den bourbonischen Monarchen ist keine Hilfe zu erwarten. Das einzige, was mir jetzt noch Sorgen macht, ist das Geld, das Charles Stuart beim Comte de St. Germain investiert hat.«

»Du glaubst also nicht, daß es dabei nur ums Geschäft geht?«

»Vordergründig schon«, meinte er stirnrunzelnd, »aber es steckt noch mehr dahinter. Ich habe etwas munkeln hören.«

Die Bankiersfamilien von Paris waren zwar nicht ernsthaft geneigt, den jungen Prätendenten auf den schottischen Thron zu bringen, aber dies konnte sich leicht ändern, wenn Charles plötzlich Geld für Investitionen besaß.

»Seine Hoheit hat mir von einer Unterredung mit den Gobelins erzählt«, berichtete Jamie. »St. Germain hat ihn dort eingeführt, sonst hätten sie ihn wohl nicht empfangen. Der alte Gobelin hält Charles für einen Narren und Tunichtgut, und einer seiner Söhne denkt genauso. Aber der andere – er möchte abwarten; wenn Charles mit seiner Unternehmung Erfolg hat, kann er ihm vielleicht noch andere Möglichkeiten eröffnen.«

»Gar nicht gut«, bemerkte ich.

Jamie schüttelte den Kopf. »Nein. Geld vermehrt sich von selbst, weißt du. Laß ihn bei ein, zwei großen Unternehmungen erfolgreich sein, und die Bankiers werden ein offenes Ohr für ihn haben. Der Mann ist kein großer Denker«, meinte er und verzog boshaft den Mund, »aber er ist sehr charmant. Er kann Leute gegen ihr besseres Wissen zu etwas überreden. Trotzdem kommt er nicht voran, solange er kein eigenes Kapital besitzt – aber das bekommt er, wenn diese Investition Früchte trägt.«

»Hm.« Wieder veränderte ich meine Position und bewegte meine Zehen in ihrem Ledergefängnis. Die Schuhe hatten gepaßt, als sie für mich angefertigt wurden, aber jetzt waren meine Füße ein wenig geschwollen und meine Seidenstrümpfe schweißnaß. »Können wir etwas dagegen unternehmen?«

Jamie lächelte achselzuckend. »Um schlechtes Wetter vor der portugiesischen Küste beten. Um die Wahrheit zu sagen, solange das Schiff nicht sinkt, sieht es nicht so aus, als könnte die Unternehmung scheitern. St. Germain hat schon Verträge für den Verkauf der gesamten Fracht abgeschlossen. Sowohl er als auch Charles Stuart werden ihr Geld verdreifachen.«

Als der Name des Comte fiel, schauderte ich, weil ich an Dougals Vermutungen denken mußte. Von seinem Besuch hatte ich Jamie nichts erzählt, und auch seine Spekulationen über das nächtliche Treiben des Comte hatte ich verschwiegen. Zwar wollte ich Jamie nichts verheimlichen, aber Dougal hatte mein Schweigen im Austausch für seine Hilfe in Sachen Jonathan Randall verlangt, und mir war nichts anderes übriggeblieben, als zuzustimmen.

Plötzlich lächelte mich Jamie an und streckte die Hand aus.

»Ich lasse mir was einfallen, Sassenach. Aber jetzt gib mir deine Füße. Jenny sagte, eine Fußmassage hätte ihr immer gutgetan, wenn sie ein Kind erwartete.«

Ich widersprach nicht, sondern schlüpfte aus den heißen Schuhen, legte meine Füße auf seinen Schoß und spürte mit einem Seufzer der Erleichterung den kühlenden Wind auf meinen feuchten Zehen.

Jamies Hände waren groß, und seine Finger ebenso stark wie sanft. Mit den Knöcheln massierte er die Längswölbung meines Fußes, und ich lehnte mich entspannt zurück. Ein paar Minuten herrschte Schweigen, und ich genoß das wohlige Gefühl.

Über meine grünbestrumpften Zehen gebeugt, bemerkte Jamie beiläufig: »Es war eigentlich keine Schuld, weißt du.«

»Was war keine Schuld?« Trunken von der wärmenden Sonne und der Fußmassage, hatte ich keine Ahnung, wovon er sprach.

Ohne in seiner Tätigkeit innezuhalten, blickte er auf. Seine Miene war ernst, aber seine Augen leuchteten.

»Du hast gesagt, daß ich dir ein Leben schulde, Sassenach, weil du das meine gerettet hast.« Er griff nach meinem großen Zeh und wackelte damit. »Aber nach reiflicher Überlegung bin ich mir gar nicht sicher, ob das stimmt. Mir scheint, daß wir alles in allem beinahe quitt sind.«

»Was meinst du mit quitt?« Ich versuchte, ihm meinen Fuß zu entziehen, aber er hielt ihn fest.

»Wenn du mir das Leben gerettet hast – und das hast du ja auch –, dann habe ich deines mindestens genausooft gerettet. Ich habe dich vor Jack Randall in Fort William gerettet, erinnerst du dich – und vor dem Mob in Cranesmuir, oder?«

»Ja«, erwiderte ich mißtrauisch. Ich hatte keine Ahnung, worauf er hinauswollte, aber seine Worte waren nicht nur so dahingesagt.

»Dafür bin ich natürlich dankbar.«

Er tat meine Bemerkung mit einem kehligen schottischen Laut ab. »Das ist keine Frage der Dankbarkeit, Sassenach, weder meiner- noch deinerseits. Mir geht es nur darum, daß es auch keine Frage der Verpflichtung ist.« Das Lächeln verschwand aus seinen Augen, und er wurde ernst.

»Ich habe Randalls Leben nicht im Tausch gegen meines gegeben. Zum einen wäre das kein fairer Handel. Mach den Mund zu Sassenach, sonst kommen Fliegen rein.« Tatsächlich hatten sich einige dieser Insekten auf Fergus' Brust gesetzt, ohne sich von deren gleichmäßigem Auf und Ab stören zu lassen.

»Warum hast du dann zugestimmt?« Ich hörte auf, mich zu wehren, und er umschloß meine Füße mit beiden Händen und ließ die Daumen über die Rundung meiner Fersen gleiten.

»Jedenfalls nicht wegen der Vernunftgründe, die du angeführt hast. Was Frank betrifft, na ja, es ist wahr, daß ich ihm die Frau weggenommen habe, und dafür tut er mir leid, mal mehr, mal weniger«, fügte er mit einem unverschämten Augenzwinkern hinzu. »Dennoch, ist es etwas anderes, als wenn er hier und jetzt mein Rivale wäre? Du hattest die freie Wahl zwischen uns, und du hast dich für mich entschieden – obwohl er solche Annehmlichkeiten wie heiße Bäder in die Waagschale werfen konnte. Uuh!« Ich riß meinen Fuß los und trat ihn in die Rippen. Jamie richtete sich auf und packte meinen Fuß, um einen zweiten Tritt zu verhindern.

»Anscheinend bereust du deine Entscheidung.«

»Noch nicht.« Ich versuchte, meinen Fuß wieder freizubekommen. »Aber ich kann es mir jeden Augenblick anders überlegen. Sprich weiter.«

»Na gut. Ich finde nicht, daß Frank Randall besondere Rücksichtnahme verdient, bloß weil du dich für mich entschieden hast. Außerdem«, fügte er freimütig hinzu, »räume ich ein, daß ich ein klein bißchen eifersüchtig auf den Mann bin.«

Diesmal trat ich mit dem anderen Fuß und zielte tiefer. Jamie fing ihn rechtzeitig ab und verdrehte mir geschickt das Gelenk.

»Ob ich ihm aufgrund allgemeiner Prinzipien sein Leben schuldig bin«, fuhr er fort, ohne meine Befreiungsversuche zu beachten, »das ist eine Frage, die Bruder Anselm im Kloster besser beantworten könnte als ich. Natürlich würde ich nicht kaltblütig einen Unschuldigen umbringen. Aber andererseits habe ich Männer in der Schlacht getötet, und ist das etwas anderes?«

Ich erinnerte mich an den Soldaten und an den Jungen im Schnee, die ich bei unserer Flucht aus Wentworth getötet hatte. Ich quälte mich nicht mehr mit den Erinnerungen, aber ich wußte, daß ich mich nie ganz davon würde befreien können.

Er schüttelte den Kopf. »Nein, es gibt zwar viele gute Argumente, die du anführen könntest, aber am Ende laufen solche Entscheidungen auf eins hinaus: Du tötest, wenn du keine andere Wahl hast, und nachher lebst du damit. Ich erinnere mich an das Gesicht eines jeden, den ich getötet habe, und werde keines je vergessen. Aber die Tatsache bleibt bestehen – ich lebe, und sie sind tot. Und das ist meine einzige Rechtfertigung, ob das nun richtig ist oder falsch.«

»Das trifft in diesem Fall nicht zu«, entgegnete ich. »Hier geht es nicht darum, zu töten oder getötet zu werden.«

Er schüttelte den Kopf, um eine Fliege zu vertreiben, die auf seinen Haaren saß: »Da irrst du dich, Sassenach. Was zwischen mir und Jonathan Randall steht, ist erst bereinigt, wenn einer von uns beiden tot ist – und vielleicht nicht einmal dann. Es gibt noch andere Methoden zu töten – ohne Dolch oder Gewehr –, und es gibt Dinge, die schrecklicher sind als der Tod.« Dann fuhr er mit sanfter Stimme fort: »In Ste. Anne hast du mich vor mehr als einer Art Tod gerettet, *mo duinne*, und glaube nicht, daß ich es nicht weiß.« Wieder schüttelte er den Kopf. »Vielleicht schulde ich dir doch mehr als du mir.«

Er ließ meine Füße los und schlug seine langen Beine übereinander. »Und das bringt mich dazu, nicht nur über mein Gewissen nachzudenken, sondern auch über deins. Schließlich hattest du keine Ahnung, was geschehen würde, als du deine Entscheidung trafst. Es ist eine Sache, einen Mann zu verlassen, aber ihn zum Tode zu verurteilen ist eine ganz andere.«

Diese Art, meine Handlungen zu schildern, behagte mir ganz und gar nicht, aber ich mußte mich den Tatsachen stellen. Ich hatte Frank in der Tat verlassen, und obwohl ich meine Entscheidung nicht bereute, würde es mir immer leid tun, daß es notwendig geworden war. Auf geradezu unheimliche Weise reflektierten Jamies Worte meine Gedanken.

»Wenn du gewußt hättest, daß es Franks – sagen wir Franks Tod bedeutet hätte, wäre deine Entscheidung vielleicht anders ausgefallen. Du hast mich gewählt – aber habe ich deshalb das Recht, deinen Handlungen mehr Gewicht zu geben, als du selbst es beabsichtigt hast?«

Jamie war so in seine Gedanken vertieft, daß ihm die Wirkung seiner Worte auf mich entging. Als er mir nun ins Gesicht blickte, hielt er plötzlich inne und beobachtete mich schweigend.

»Ich glaube nicht, daß du dich durch deine Entscheidung versündigt hast, Claire«, sagte er schließlich und legte seine Hand auf meinen bestrumpften Fuß. »Ich bin dein rechtmäßiger Gatte, so wie er es war – oder sein wird. Du weißt nicht einmal, ob du zu ihm hättest zurückkehren können. *Mo duinne*, vielleicht wärst du noch weiter zurückgereist oder in einer ganz anderen Zukunft gelandet. Du hast so gehandelt, wie es deiner Meinung nach richtig war, und mehr kann niemand tun.« Er sah mich an, und sein Blick ging mir durch und durch.

»Ich bin ehrlich genug zuzugeben, daß es mir ganz egal ist, ob es richtig oder falsch war, solange du nur bei mir bist, Claire«, sagte er leise. »Wenn es eine Sünde war, daß du mich gewählt hast... dann würde ich zum Teufel persönlich gehen und mich bei ihm dafür bedanken, daß er dich dazu verführt hat.« Er hob meinen Fuß hoch und küßte sanft meinen großen Zeh.

Ich legte meine Hand auf seinen Kopf; das kurzgeschorene Haar fühlte sich borstig, aber weich an, wie bei einem kleinen Igel.

»Ich glaube nicht, daß es falsch war«, sagte ich. »Aber wenn es eine Sünde war... dann geh' ich mit dir zum Teufel, Jamie Fraser.«

Er schloß die Augen und beugte sich über meinen Fuß, den er so fest hielt, daß es weh tat. Dennoch zog ich ihn nicht zurück. Ich vergrub die Finger in seinem Haar und zog sanft daran.

»Warum hast du dann beschlossen, Jonathan Randall leben zu lassen?«

Er lächelte mich an.

»Mir ist alles mögliche durch den Kopf gegangen, Sassenach, als ich an jenem Abend auf und ab marschiert bin. Zum einen dachte ich, daß ich dir Schmerz zufüge, wenn ich den dreckigen Hund umbringe. Ich würde einiges tun oder auch lassen, um dir Leid zu ersparen, Sassenach, aber – wie schwer wiegt dein Gewissen im Vergleich zu meiner Ehre?«

Er schüttelte wieder den Kopf und verwarf auch dieses Argument. »Jeder von uns kann nur für seine eigenen Handlungen und sein eigenes Gewissen die Verantwortung tragen. Was ich tue, kann man dir nicht zur Last legen, ganz gleich, welche Folgen es hat.« Er zwinkerte, da ihm der staubige Wind Tränen in die Augen trieb, und fuhr sich mit der Hand über die zerzausten Haare, die widerspenstig in alle Richtungen abstanden.

»Warum dann?« fragte ich und beugte mich vor. »Du hast alle Gründe aufgezählt, die dagegen sprachen. Was bleibt da noch?«

Er zögerte kurz, dann antwortete er und sah mir in die Augen.

»Charles Stuart, Sassenach. Bisher haben wir getan, was wir konnten, aber diese Investition, die er getätigt hat – vielleicht gelingt es ihm doch noch, eine Armee nach Schottland zu führen. Und wenn ... du weißt besser als ich, was geschehen könnte, Sassenach.«

Das wußte ich, und bei dem Gedanken daran wurde mir kalt. Unwillkürlich kam mir in den Sinn, wie ein Historiker das Schicksal der Hochlandschotten bei der Schlacht von Culloden geschildert hatte – »die Toten lagen in vier Schichten übereinander, durchtränkt vom Regen und ihrem eigenen Blut«.

Die Hochlandschotten, dem Hungertod nahe und schlecht geführt, aber streitbar bis zum Ende, würden niedergemetzelt werden. Man würde sie in Haufen liegenlassen, sie würden im kalten Aprilregen verbluten, und die Sache, der sie seit hundert Jahren treu ergeben waren, würde mit ihnen sterben.

Unvermittelt griff Jamie nach meinen Händen.

»Ich glaube, es wird nicht geschehen, Claire. Ich glaube, wir werden ihn aufhalten. Und wenn nicht, dann rechne ich trotzdem nicht damit, daß mir etwas zustößt. Aber wenn doch ...« Er sprach jetzt leise und eindringlich, und es war ihm bitterernst. »Wenn doch, dann möchte ich, daß du ein Zuhause hast. Ich möchte, daß es jemanden gibt, zu dem du gehen kannst, wenn ich ... nicht mehr da bin, um für dich zu sorgen. Wenn ich es nicht mehr kann, dann soll es ein Mann tun, der dich liebt.« Er drückte meine Hände, und die beiden Ringe gruben sich tief in mein Fleisch.

»Claire, du weißt, wie schwer es mir gefallen ist, Randalls Leben zu verschonen. Versprich mir, daß du zu Frank zurückkehrst, wenn die Zeit kommen sollte.« Seine Augen, tiefblau wie der Himmel, sahen mich fragend an. »Ich habe schon zweimal versucht, dich zurückzuschicken. Und ich danke Gott, daß du nicht gehen wolltest. Aber wenn es ein drittes Mal soweit kommt – versprich mir, daß du dann zu ihm – zu Frank – zurückgehst. Denn darum habe ich Jonathan Randall ein Jahr geschenkt – um deinetwillen, versprichst du es mir, Claire?«

»*Allez! Allez! Montez!*« Der Kutscher spornte das Gespann an, einen Hang zu nehmen. Wir waren fast am Ziel.

»Gut«, erwiderte ich schließlich. »Ich verspreche es.«

Die Ställe von Argentan waren sauber und luftig, vom Duft des Sommers und dem Geruch der Pferde erfüllt. In einem Stall mit offenen Boxen kreiste Jamie, verliebt wie eine Pferdebremse, um eine Percheron-Stute.

»Oh, was für ein hübsches Mädel du bist! Komm her, Süße, laß mal deinen schönen, dicken Hintern sehen. Hmm, aye, das ist großartig!«

»Ich wünschte, mein Mann würde so mit mir sprechen«, bemerkte die Duchesse de Neve, womit sie den anderen Damen, die sich im Mittelgang versammelt hatten, ein Kichern entlockte.

»Vielleicht würde er das, Madame, wenn Ihre Rückenansicht so aufreizend wirkte. Aber vielleicht teilt Ihr Gemahl die Vorliebe des Herrn von Broch Tuarach für einen wohlgeformten Hintern ja nicht.« Der Comte de St. Germain warf mir einen amüsiert-verächtlichen Blick zu. Ich versuchte mir vorzustellen, wie diese schwarzen Augen durch die Schlitze einer Maske funkelten, was mir nur allzugut gelang. Leider fielen ihm seine Spitzenmanschetten weit übers Handgelenk, so daß ich die Gabelung von Daumen und Zeigefinger nicht sehen konnte.

Jamie, der den Wortwechsel gehört hatte, lehnte sich lässig gegen den breiten Rücken der Stute. Nur sein Kopf, die Schultern und Unterarme ragten über dem mächtigen Leib des Tieres hinaus.

»Der Herr von Broch Tuarach hat eine Vorliebe für alles Schöne, ganz gleich, wo es ihm begegnet, Monsieur le Comte, ob bei Tieren oder Frauen. Doch anders als einige Menschen, die ich Ihnen nennen könnte, kenne ich den Unterschied zwischen beiden.« Er grinste St. Germain boshaft an und tätschelte der Stute zum Abschied den Hals, während die kleine Gruppe in Gelächter ausbrach.

Jamie nahm meinen Arm und führte mich in den nächsten Stall; die übrige Gesellschaft folgte uns in einigem Abstand.

»Ah!« rief er und sog den Duft nach Pferden, Sattelzeug, Dung und Heu ein, als wäre es Weihrauch. »Ich vermisse den Stallgeruch. Und auf dem Land bekomme ich Heimweh nach Schottland.«

»Die Gegend hat nicht viel Ähnlichkeit mit Schottland«, bemerkte ich und blinzelte in die Sonne, als wir aus dem halbdunklen Stall traten.

»Nein, aber wir sind auf dem Land. Es ist sauber, es ist grün, kein Rauch in der Luft, kein Unrat auf der Strasse – abgesehen vom Pferdemist, den ich nicht rechne.«

Die frühsommerliche Sonne schien auf die Dächer von Argentan und die sanften grünen Hügel. Das königliche Gestüt lag unmittelbar vor den Toren der kleinen Stadt; es machte einen wesentlich solideren Eindruck als die nahegelegenen Häuser der Untertanen des Königs. Die Scheunen und Ställe waren aus Quadersteinen erbaut, hatten Steinböden und Schieferdächer, und es herrschte weitaus grössere Sauberkeit als im Hôpital des Anges.

Ein Schlachtruf ertönte hinter dem Stall. Jamie blieb abrupt stehen und wäre um ein Haar von Fergus umgerannt worden, der pfeilgeschwind an uns vorbeischoss. Er wurde von zwei Stallburschen verfolgt, die ein gutes Stück grösser waren als er. Ein schmutziggrüner Mistfleck auf dem Gesicht des ersten Jungen gab Aufschluss über die Ursache der Auseinandersetzung.

Mit bemerkenswerter Geistesgegenwart schlug Fergus einen Haken, sauste an seinen Verfolgern vorbei und mengte sich unter unsere Gruppe, wo er hinter Jamies Kilt Zuflucht fand. Als seine Verfolger sahen, dass ihr Opfer sich in Sicherheit gebracht hatte, warfen sie einen ängstlichen Blick auf die nahende Phalanx von Höflingen und Damen in feinen Kleidern und kamen überein, schnurstracks das Weite zu suchen.

Fergus streckte den Kopf hinter Jamies Kilt hervor und schrie ihnen im Gossenjargon etwas nach, womit er sich eine schallende Ohrfeige von Jamie einhandelte.

»Fort mit dir« befahl er schroff. »Und wirf um Himmels willen keine Pferdeäpfel auf Leute, die grösser sind als du. Jetzt verschwinde und halt dich aus Schlägereien raus.« Er bekräftigte diesen Ratschlag mit einem Klaps auf Fergus' Hosenboden, der den Jungen in die andere Richtung davontaumeln liess.

Ich hatte meine Zweifel, ob es eine gute Idee war, Fergus auf diesen Ausflug mitzunehmen, aber die meisten anderen Damen hatte Pagen mitgebracht, die Botengänge erledigten und die Picknickkörbe und anderen Dinge, die für einen Tag im Grünen unentbehrlich waren, schleppten. Jamie hatte dem Jungen, der sich, wie er meinte, Ferien verdient hatte, etwas vom Land zeigen wollen. Alles gut und schön, nur waren Fergus, der noch nie aus Paris herausgekommen war, die frische Luft, das Licht und die schönen großen Tiere zu Kopf gestiegen, so daß er, wie von Sinnen vor Aufregung, seit unserer Ankunft ständig Ärger machte.

»Gott weiß, was er als nächstes anstellt.« Ich warf dem davoneilenden Fergus einen finsteren Blick nach. »Wahrscheinlich setzt er eine Heumiete in Brand.«

Jamie ließ sich durch meine Bemerkung nicht aus der Ruhe bringen.

»Das ist schon in Ordnung. Alle Jungen veranstalten mal Mistschlachten.«

»Wirklich?« Ich drehte mich um und warf einen prüfenden Blick auf St. Germain, der in makelloses Weiß gekleidet war. Eben beugte er sich höflich vor, um den Worten der Duchesse zu lauschen, während sie über den strohbedeckten Hof trippelten.

»Du vielleicht«, fuhr ich fort. »Aber er nicht. Und der Bischof bestimmt auch nicht.« Inzwischen fragte ich mich auch, ob es richtig war, daß ich selbst an dem Ausflug teilnahm. Bei den schweren Percherons war Jamie in seinem Element; offensichtlich hatte er den Herzog beeindruckt, und das war gut so. Aber seit der Kutschfahrt schmerzte mein Rücken erbärmlich, und meine engen Lederschuhe trugen auch nicht gerade zu meinem Wohlbefinden bei.

Jamie lächelte mich an und drückte meine Hand, die auf seinem Arm lag.

»Dauert nicht mehr lange, Sassenach. Der Führer will uns noch die Zuchtställe zeigen, und dann können du und die anderen Damen sich zum Essen setzen, während die Männer herumstehen und derbe Witze über die Größe ihrer Schwänze reißen.«

»Ist das die übliche Reaktion, wenn man Pferde bei der Paarung beobachtet?« fragte ich fasziniert.

»Bei Männern schon. Ich weiß nicht, was es bei Damen bewirkt. Halt die Ohren offen, dann kannst du es mir später erzählen.«

Tatsächlich hatte eine unterdrückte Erregung von den Ausflüglern Besitz ergriffen, die sich nun alle in den ziemlich engen Zuchtstall drängten. Ebenso wie die anderen Gebäude war er aus Stein, es gab jedoch keine durch Trennwände abgeteilten Boxen, sondern einen kleinen eingezäunten Laufstall, der seitlich von geschlossenen Boxen gesäumt wurde. An der Rückseite befand sich eine Art

Laufsteg, von dem aus Tore geöffnet werden konnten, um jeweils ein Pferd herauszulassen.

Dank der riesigen unverglasten Fenster an den Schmalseiten war das Gebäude sehr hell und luftig. Ich sah mehrere imposante Percheron-Stuten draussen grasen. Ein paar von ihnen wirkten unruhig, fielen kurz in einen wiegenden Galopp, dann wieder in Trab oder Schritt, schüttelten Kopf und Mähne und gaben ein hohes Wiehern von sich. Daraufhin drang ein aufgeregter, nasaler Schrei aus einer der Boxen am Ende des Stalls, und die hölzerne Trennwand erzitterte unter einem heftigen Tritt des eingeschlossenen Tieres.

»*Er* ist soweit«, murmelte eine Stimme hinter mir. »Ich frage mich nur, welches Fräulein er beglücken wird?«

»Die Stute neben dem Tor«, meinte die Duchesse, wie immer zum Wetten aufgelegt. »Fünf Livres auf sie.«

»Aber nein, Sie irren, meine Liebe, sie ist zu ruhig. Es wird die Kleine sein, dort unter dem Apfelbaum, die so kokett die Augen verdreht. Sehen Sie, wie sie den Kopf herumwirft? Auf die setze ich.«

Die Stuten hatten beim Schrei des Hengstes innegehalten, witternd die Nasen gehoben und nervös mit den Ohren gezuckt. Die unruhigeren unter ihnen schüttelten den Kopf und wieherten. Eine reckte den Hals und liess einen langgezogenen, hohen Ruf ertönen.

»Diese«, sagte Jamie ruhig und nickte in ihre Richtung. »Hören Sie, wie sie ihn ruft?«

»Und was sagt sie, mein Herr?« fragte der Bischof mit funkelnden Augen.

Jamie schüttelte feierlich den Kopf.

»Es ist ein Lied, Bischof, aber eines, für das Angehörige des geistlichen Standes taub sind – oder sein sollten«, erklärte er unter stürmischem Gelächter.

Die Stute, die gerufen hatte, war tatsächlich die Auserwählte. Sobald sie im Stall war, blieb sie stehen, hob den Kopf und schnupperte mit geblähten Nüstern. Der Hengst konnte ihre Witterung aufnehmen. Seine Schreie hallten gespenstisch vom Dach wider, so dass jedes weitere Gespräch unmöglich war.

Jäh stürmte der Hengst aus seiner Box heraus und auf die angebundene Stute zu, so dass alle Zuschauer zurückwichen. Staubwolken wirbelten auf, als die gewaltigen Hufe auf den festgetretenen

Schmutz des Laufstalls trommelten, und Speichel tropfte ihm aus dem offenen Maul. Der Stallbursche, der die Box geöffnet hatte, sprang beiseite, ein Nichts gegen die wilde Pracht, die er losgelassen hatte.

Die Stute bäumte sich auf und wieherte aufgeregt, aber dann war er auf ihr, und seine Zähne verbissen sich in der kräftigen Rundung ihres Halses, bis sie unterwürfig den Kopf neigte. Ihr üppiger Schwanz stellte sich auf, so daß sie nackt seiner Lust preisgegeben war.

»*Jesus*«, wisperte Monsieur Prudhomme.

Es war schnell vorbei, wenngleich es von langer Dauer schien, das Auf und Ab schweißnasser Flanken, Lichtreflexe in wirbelnden Haaren, das Glänzen mächtiger Muskeln, die sich im Kampf der Paarung anspannten.

Als wir den Stall verließen, herrschte Schweigen. Schließlich lachte der Herzog, stieß Jamie an und sagte: »Sie sind solche Schauspiele gewohnt, Herr von Broch Tuarach?«

»Aye«, erwiderte Jamie. »Ich habe es schon recht oft gesehen.«

»Ach ja?« meinte der Herzog. »Und sagen Sie mir, Verehrtester, wie fühlen Sie sich, nachdem Sie es zum soundsovielten Male gesehen haben?«

Jamies Mundwinkel zuckten, ansonsten blieb sein Gesicht ganz ernst.

»Sehr bescheiden, Hoheit.«

»Welch ein Anblick«, bemerkte die Duchesse de Nève. Mit verträumtem Blick zerbrach sie einen Keks und kaute bedächtig. »So erregend, nicht wahr?«

»Welch ein Schwanz, wollten Sie sagen«, erwiderte Madame Prudhomme ziemlich ungehobelt. »Ich wünschte, Philibert hätte so etwas zu bieten. Aber leider...« Ihr Blick wanderte zu einem Teller mit winzigen Würstchen, jedes vielleicht fünf Zentimeter lang, und die um die Picknickdecke versammelten Damen kicherten hemmungslos.

»Etwas Huhn, bitte, Paul«, sagte die Comtesse de St. Germain zu ihrem Pagen. Sie war jung, und die obszönen Bemerkungen der älteren Damen trieben ihr die Schamröte ins Gesicht. Ich fragte mich, was für eine Ehe sie mit St. Germain führte. In der Öffentlichkeit ließ er sich nie mit ihr sehen, außer bei Anlässen wie diesem, da die Anwesenheit des Bischofs ihn davon abhielt, mit einer seiner Geliebten zu erscheinen.

»Pah«, meinte Madame Montresor, eine der Hofdamen, die mit einem Freund des Bischofs verheiratet war. »Die Größe ist nicht alles. Was bringt es schon, wenn er so groß ist wie der eines Hengstes, aber nicht länger durchhält? Kaum zwei Minuten? Ich frage Sie, was haben wir davon?« Sie hielt ein Cornichon zwischen zwei Fingern und leckte mit ihrer Zungenspitze an dem hellgrünen Gürkchen. »Nicht was sie in der Hose haben, zählt, sage ich, sondern was sie damit machen.«

Madame Prudhomme lachte verächtlich. »Wenn Sie einen kennen, der etwas anderes zustande bringt, als ihn in das nächstbeste Loch zu stecken, sagen Sie es mir. Es würde mich interessieren, was man mit dem Ding sonst noch anstellen kann.«

»Zumindest haben Sie einen, der interessiert ist«, mischte sich die Duchesse de Nève ein. Sie warf einen verächtlichen Blick auf ihren Gatten, der mit den anderen Männern an einer der Koppeln stand und eine Stute beobachtete, die alle Gangarten vorführte.

»Nicht heute nacht, meine Liebste.« Sie imitierte die sonore, nasale Stimme ihres Mannes perfekt. »Ich bin so *erschöpft*.« Sie legte eine Hand an die Stirn und verdrehte die Augen. »Die Last der Geschäfte erdrückt mich.« Durch das Kichern der anderen ermutigt, riß sie nun die Augen erschrocken auf und kreuzte die Hände schützend über ihrem Schoß. »Was, *schon wieder*? Weißt du nicht, daß die grundlose Verschwendung der männlichen Essenz der Gesundheit schadet? Reicht es nicht, daß du mich mit deinen Forderungen völlig verschlissen hat, Mathilde? Möchtest du, daß mich der *Schlag rührt*?«

Die Damen gackerten und kreischten vor Lachen, so daß wir die Aufmerksamkeit des Bischofs auf uns lenkten, der uns zuwinkte und nachsichtig lächelte, was weitere Heiterkeitsausbrüche auslöste.

»Na ja, zumindest verschwendet er seine männliche Essenz nicht in Bordellen – oder anderswo«, bemerkte Madame Prudhomme mit einem mitleidigen Blick auf die Comtesse de St. Germain.

»Nein«, meinte die Duchesse mißmutig. »Er hortet sie wie Gold. Man könnte glauben, es sei nicht mehr zu bekommen, so wie er ... oh, Eure Hoheit! Wünscht Ihr vielleicht einen Becher Wein?« Sie schenkte dem Herzog, der sich lautlos von hinten genähert hatte, ein charmantes Lächeln. Wohlwollend betrachtete er die Damen, eine Braue leicht hochgezogen. Wenn er gehört hatte, worüber wir sprachen, ließ er es sich nicht anmerken.

Seine Hoheit setzte sich neben mich auf die Decke und tauschte ungezwungen witzige Bemerkungen mit den Damen aus, wobei sich seine merkwürdig hohe Stimme nicht von den ihren abhob. Zwar schien er dem Gespräch volle Aufmerksamkeit zu schenken, aber mir fiel auf, daß sein Blick immer wieder zu der am Zaun versammelten Gruppe wanderte. Jamies Kilt stach selbst unter den prächtigen Samt- und Seidengewändern der anderen hervor.

Dem Wiedersehen mit dem Herzog hatte ich mit gemischten Gefühlen entgegengesehen. Schließlich hatte unser letzter Besuch zur Festnahme Jonathan Randalls geführt, nachdem ich ihn der versuchten Vergewaltigung bezichtigt hatte. Aber der Herzog war auf diesem Ausflug die Liebenswürdigkeit in Person und erwähnte die Gebrüder Randall mit keinem Wort. Auch die Verhaftung war nicht zur Sprache gekommen; welcher Natur die diplomatischen Bemühungen des Herzogs auch sein mochten, ihnen wurde solche Wichtigkeit beigemessen, daß sie unter dem Siegel königlicher Verschwiegenheit standen.

Alles in allem empfand ich Erleichterung darüber, daß sich der Herzog zu uns gesellt hatte. Zum einen hinderte seine Gegenwart die verwegeneren unter den Damen daran, mich zu fragen, was die Schotten unter ihrem Rock trugen. Angesichts der Stimmung, die hier herrschte, wäre ich mit meiner gewohnten Antwort »Oh, das übliche« wohl nicht davongekommen.

»Ihr Gemahl hat ein Auge für Pferde«, bemerkte der Herzog, als ihn seine andere Nachbarin, die Duchesse de Nève, freigab und sich über die Decke beugte, um mit Madame Prudhomme zu plaudern. »Er sagt, daß sowohl sein Vater als auch sein Onkel kleine, aber gute Gestüte in den Highlands hielten.«

»Ja, das stimmt.« Ich nippte an meinem Wein. »Aber Ihr habt Colum MacKenzie doch auf Burg Leoch besucht. Gewiß habt Ihr seinen Stall selbst gesehen.« Ich hatte den Herzog bereits im Vorjahr auf Leoch kennengelernt, auch wenn die Begegnung nur flüchtig gewesen war. Er war zu einem Jagdausflug aufgebrochen, kurz bevor ich wegen Hexerei in das Diebesloch geworfen wurde. Falls er, was ich vermutete, davon gehört hatte, ließ er es sich nicht anmerken.

»Selbstverständlich.« Die schlauen blauen Äuglein des Herzogs huschten nach rechts und links, um zu sehen, ob er beobachtet wurde. Dann begann er Englisch zu sprechen. »Damals hat mir Ihr Gemahl mitgeteilt, daß er nicht auf seinen eigenen Besitzungen lebt, und zwar aufgrund einer unseligen – und irrtümlichen – Anklage wegen Mordes, die von der englischen Krone gegen ihn erhoben wurde. Ich frage mich, ob er nach wie vor unter Acht und Bann steht?«

»Es ist immer noch ein Kopfgeld auf ihn ausgesetzt«, entgegnete ich freiheraus.

Der höflich interessierte Gesichtsausdruck des Herzogs blieb unverändert. Geistesabwesend nahm er sich ein Würstchen.

»Das ließe sich wieder einrenken«, sagte er gelassen. »Nachdem ich Ihrem Gatten auf Leoch begegnet bin, habe ich Erkundigungen eingezogen – oh, hinreichend diskret, das versichere ich Ihnen, meine Verehrteste. Und ich glaube, daß die Angelegenheit ohne Schwierigkeiten beigelegt werden könnte – durch ein Wort zur rechten Zeit ins rechte Ohr.«

Das war interessant. Colum MacKenzie hatte Jamie damals geraten, dem Herzog von Sandringham von seiner Ächtung zu erzählen, in der Hoffnung, der Herzog würde etwas für ihn tun. Da Jamie das fragliche Verbrechen tatsächlich nicht begangen hatte, lagen wohl kaum Beweise gegen ihn vor. Vielleicht konnte der Herzog dank seiner einflußreichen Stellung wirklich dafür sorgen, daß man die Anklage fallenließ.

»Warum solltet Ihr das tun?« fragte ich. »Was verlangt Ihr als Gegenleistung?«

Die hellblonden Augenbrauen hoben sich ruckartig, und sein Lächeln entblößte kleine, ebenmäßige Zähne.

»Meiner Treu, Sie nehmen kein Blatt vor den Mund! Könnte es nicht einfach sein, daß ich den Rat Ihres Gatten bei der Auswahl der Pferde zu schätzen weiß und ihm daher wieder zu einem Rang verhelfen möchte, in dem er seine Kenntnisse nutzbringend einsetzen kann?«

»Es könnte sein, ist aber nicht der Fall.« Da ich Madame Prudhommes forschenden Blick bemerkte, lächelte ich den Herzog liebenswürdig an. »Warum also?«

Er steckte sich das Würstchen ganz in den Mund und kaute bedächtig. Sein fröhliches rundes Gesicht verriet nichts außer seiner

Freude an der Landpartie und am Essen. Schließlich schluckte er und betupfte sich den Mund mit einer Leinenserviette.

»Lassen Sie mich doch einmal eine reine Vermutung aussprechen«, sagte er.

Ich nickte, und er fuhr fort: »Wir wollen einmal unterstellen, daß Ihr Gemahl mit einer bestimmten Persönlichkeit Freundschaft geschlossen hat, die unlängst aus Rom eingetroffen ist? Ah, ich sehe, wir verstehen uns. Ja. Wollen wir einmal unterstellen, daß diese Freundschaft gewissen Personen Sorge bereitet, die es lieber sehen würden, wenn genannte Persönlichkeit wieder friedlich nach Rom zurückkehren – oder sich in Frankreich niederlassen würde, obwohl Rom besser wäre – ungefährlicher, Sie verstehen?«

»Verstehe.« Ich nahm mir selbst ein Würstchen. Sie waren kräftig gewürzt, und bei jedem Bissen stieg mir der Knoblauchduft in die Nase. »Und diese Personen nehmen die Freundschaft ernst genug, daß sie, wenn mein Gatte sie aufkündigt, als Gegenleistung die Niederschlagung der Anklage bieten? Warum? Mein Gatte spielt keine bedeutende Rolle.«

»Im Augenblick nicht«, bestätigte der Herzog. »Aber in naher Zukunft könnte er an Bedeutung gewinnen. Er hat Verbindungen zu einflußreichen französischen Bankiersfamilien, und mehr noch zu Kaufleuten. Außerdem wird er bei Hofe empfangen, und Louis würde ihm vielleicht sein Ohr leihen. Kurz, wenn er auch zur Zeit noch nicht die Möglichkeit hat, erhebliche Mittel flüssig zu machen und entsprechenden Einfluß auszuüben, so wird das wahrscheinlich bald der Fall sein. Zudem gehört er nicht einem, sondern *zwei* mächtigen Highland-Clans an. Und jene Kreise, die an der Rückkehr der fraglichen Persönlichkeit nach Rom interessiert sind, hegen die nicht unbegründete Befürchtung, daß dieser Einfluß in unliebsamer Richtung ausgeübt wird. Um so besser, wenn der gute Ruf Ihres Gemahls wiederhergestellt wäre und er auf sein Gut nach Schottland zurückkehren könnte, finden Sie nicht auch?«

»Ein interessanter Gedanke«, sagte ich. Und gleichzeitig ein attraktiver Bestechungsversuch. Jede Verbindung zu Charles Stuart abbrechen und ungehindert nach Schottland, nach Lallybroch zurückkehren, ohne Gefahr zu laufen, gehängt zu werden. Einen möglicherweise lästigen Anhänger der Stuarts loszuwerden, ohne daß es die Krone einen Pfennig kostete, war auch für die englische Seite ein nicht zu verachtender Handel.

Prüfend blickte ich den Herzog an und versuchte herauszufinden, welche Rolle ihm bei diesem Szenario zukam. Vorgeblich ein Abgesandter Georges II, des Kurfürsten von Hannover und Königs – solange James Stuart in Rom blieb – von England, konnte der Herzog mit seinem Frankreichbesuch durchaus zwei unterschiedliche Ziele verfolgen – Louis in jenen heiklen Austausch von Höflichkeiten und Drohgebärden verwickeln, der das Wesen der Diplomatie ausmachte, und gleichzeitig das Gespenst einer neuen jakobitischen Erhebung bannen. Nicht wenige aus dem Kreis um Charles Stuart waren in letzter Zeit verschwunden – unter dem Vorwand, im Ausland erwarteten sie dringende Geschäfte. Hatte man sie gekauft oder ihnen Angst eingejagt?

Die höfliche Miene des Herzogs gab keinen Aufschluß über das, was er dachte. Er schob die Perücke zurück und kratzte sich unbefangen den kahlen Schädel.

»Denken Sie darüber nach, meine Liebe. Und dann sprechen Sie mit Ihrem Gatten.«

»Warum sprecht Ihr nicht selbst mit ihm?«

Er zuckte die Achseln und nahm sich noch drei Würstchen. »Ich habe schon oft festgestellt, daß Männer ein Wort aus dem Kreis der Familie, von einem Menschen, dem sie vertrauen, bereitwilliger annehmen als von einem Außenstehenden, der den Anschein erweckt, sie unter Druck zu setzen.« Er lächelte. »Auch die Frage des Stolzes muß bedacht werden – das verlangt Feingefühl. Und was das nötige Feingefühl betrifft, nun, man spricht nicht umsonst vom ›weiblichen Geschick‹, oder?«

Ich fand keine Zeit, darauf zu antworten, denn aus dem Hauptstall drang ein Schrei, der alle Aufmerksamkeiten auf sich zog.

Auf dem schmalen Weg, der den Hauptstall mit dem langgezogenen, offenen Bau verband, in dem sich die Schmiede befand, kam uns ein Pferd entgegen. Es war ein Percheron-Hengstfohlen, nicht älter als zwei, drei Jahre. Selbst junge Percherons sind groß, und das Tier kam mir riesig vor, als es ohne Hast hierhin und dorthin trabte und mit dem Schwanz schlug. Offensichtlich war das Pferd noch nicht zugeritten. Die breiten Schultern zuckten in dem Versuch, die kleine Gestalt abzuwerfen, die rittlings auf dem Tier saß und sich mit beiden Händen an der dichten, schwarzen Mähne festklammerte.

»Zum Teufel, es ist Fergus!« Die Damen waren, aufgeschreckt

durch das Geschrei, inzwischen alle auf den Beinen und beobachteten die Szene neugierig.

Ich bemerkte nicht, daß die Männer zu uns getreten waren, bis eine der Damen rief: »Wie gefährlich das aussieht! Bestimmt verletzt sich der Junge, wenn er stürzt!«

»Wenn er sich beim Sturz nicht weh tut, dann werde ich mich darum kümmern, sobald ich den kleinen Mistkerl in die Hände bekomme«, bemerkte eine erboste Stimme hinter mir. Als ich mich umdrehte, sah ich Jamie, der über meinen Kopf hinweg das sich rasch nähernde Pferd anstarrte.

»Solltest du ihn nicht besser runterholen?« fragte ich.

Er schüttelte den Kopf. »Nein, das erledigt das Pferd selbst.«

Tatsächlich schien das Tier ob der seltsamen Last auf seinem Rücken eher verwundert denn ängstlich. Das graugescheckte Fell zuckte und zitterte, wie um einen Fliegenschwarm zu vertreiben, und das Fohlen schüttelte verwirrt den Kopf.

Fergus' Beine waren über dem breiten Rücken des Percheron nahezu gegrätscht. Offensichtlich konnte er sich nur oben halten, weil er sich eisern an der Mähne festklammerte. Gewiß wäre es ihm gelungen, sich mehr oder weniger unverletzt heruntergleiten zu lassen, hätten die Opfer der Mistschlacht nicht beschlossen, sich zu rächen.

Ein paar Stallburschen folgten dem Pferd in vorsichtigem Abstand und versperrten ihm den Rückweg. Ein weiterer war vorausgerannt und öffnete das Tor zu einer leeren Koppel. Das Tor befand sich zwischen der Besuchergruppe und dem Wegende bei den Gebäuden. Zweifellos hatten die Burschen vor, das Pferd in aller Ruhe in die Koppel zu lotsen, wo es nach Belieben auf Fergus herumtrampeln konnte, selbst aber weder entwischen noch Schaden nehmen würde.

Bevor es jedoch soweit war, streckte ein besonders gewitzter Bursche den Kopf aus einem kleinen Speicherfenster hoch über dem Weg. Da sich die Beobachter auf das Pferd konzentrierten, bemerkte ihn niemand außer mir. Der Junge peilte die Lage, verschwand und tauchte wenig später mit einer Ladung Heu im Arm wieder auf. Er paßte den richtigen Augenblick ab und ließ sie fallen, als Fergus und sein Pferd unter ihm vorbeikamen.

Die Wirkung war umwerfend. Wo Fergus gewesen war, sah man nur noch eine Wolke von Heu, das Fohlen wieherte in wilder Panik, stieg auf die Hinterhand und machte sich davon wie ein Favorit beim Derby. Es hielt direkt auf die Schar der Höflinge zu, die schnatternd auseinanderstob.

Jamie hatte sich auf mich gestürzt, mich aus dem Weg gestoßen und dabei zu Boden geworfen. Unter einer Sturzflut gälischer Flüche stand er wieder auf und rannte in die Richtung, die Fergus genommen hatte.

Voller Panik bäumte sich das Pferd auf, um sich die Knechte und Stallburschen vom Leib zu halten, die bei dem Gedanken, eines der wertvollen Pferde des Königs könnte vor ihren Augen Schaden nehmen, ihre berufsmäßige Gelassenheit eingebüßt hatten.

Dank seiner Dickköpfigkeit – oder aus Angst – hatte sich Fergus oben halten können, und seine mageren Beine flogen durch die Luft, während er auf dem Pferderücken hin und her rutschte und wie ein Ball hochhüpfte. Die Knechte riefen ihm zu, er solle loslassen, doch diesen Rat ignorierte er und klammerte sich statt dessen an die rettenden Pferdehaare. Einer der Knechte hielt eine Mistgabel in der Hand, die er drohend durch die Luft schwenkte, was Madame Montresor einen Schreckensschrei entlockte, da sie offenbar dachte, er wolle das Kind aufspießen.

Der Schrei trug nicht dazu bei, das Tier zu beruhigen. Es tänzelte und hüpfte und scheute vor den Menschen zurück, die es nun umringten. Ich konnte mir zwar nicht vorstellen, daß der Knecht Fergus tatsächlich vom Pferd stoßen wollte, aber es bestand die Gefahr, daß das Fohlen den Jungen zu Tode trampeln würde, wenn er herunterfiel. Plötzlich stürmte das Pferd auf eine Baumgruppe neben der Koppel zu, vielleicht, um vor dem Mob zu fliehen, vielleicht aber auch, weil es hoffte, den Inkubus auf seinem Rücken an einem Ast abstreifen zu können.

Als es die Bäume erreichte, erspähte ich einen roten Tartan im Gebüsch, und abermals blitzte es rot auf, als Jamie aus seinem Versteck hinter einem Baum hervorstürzte. Mit der Wucht seines ganzen Körpers rannte er in das Pferd und sank dann taumelnd zu Boden. Plaid und nackte Beine wirbelten durch die Luft, und ein aufmerksamer Beobachter hätte feststellen können, daß zumindest dieser Schotte nichts unter seinem Kilt trug.

Die Hofleute eilten sofort herbei, um sich des gestürzten Herrn von Broch Tuarach anzunehmen, während die Knechte das flüchtige Pferd jenseits der Bäume verfolgten.

Jamie lag rücklings unter den Buchen, das Gesicht totenbleich, Augen und Mund weit aufgerissen. Seine Arme umklammerten Fergus, der wie eine Klette an seiner Brust hing. Jamie zwinkerte mir zu, als ich auf ihn zustürmte, und bemühte sich um ein schwaches Lächeln. Ihm war zum Glück nur die Puste ausgegangen.

Als Fergus merkte, daß er nicht mehr auf dem Pferd saß, hob er vorsichtig den Kopf. Dann setzte er sich kerzengerade auf den Bauch seines Dienstherrn und rief begeistert: »Das war ein Spaß, Herr! Können wir das noch mal machen?«

Jamie hatte sich bei der Rettungsaktion eine Muskelzerrung im Oberschenkel zugezogen und humpelte arg, als wir nach Paris zurückkehrten. Er schickte Fergus – dem weder die Eskapade noch die anschließende Schelte viel ausgemacht zu haben schien – zum Essen in die Küche, ließ sich in einen Sessel am Kamin fallen und rieb sein geschwollenes Bein.

»Tut es sehr weh?« erkundigte ich mich mitfühlend.

»Ein bißchen. Es braucht jetzt nur Ruhe.« Er dehnte und streckte sich genüßlich. »Ziemlich eng in der Kutsche. Ich wäre lieber geritten.«

»Mhm. Ich auch.« Ich rieb mir das Kreuz, das mir noch von der anstrengenden Reise weh tat. Der Schmerz setzte sich über das Becken bis in die Beine fort – vermutlich litten auch die Gelenke unter der Schwangerschaft.

Prüfend ließ ich die Hand über Jamies Bein gleiten, dann deutete ich auf die Chaiselongue.

»Komm, leg dich auf die Seite. Ich habe eine gute Salbe, mit der ich dir das Bein einreiben kann. Vielleicht lindert sie den Schmerz ein wenig.«

»Wenn es dir nichts ausmacht.« Er erhob sich steif, legte sich auf die linke Seite und zog den Kilt hoch.

Ich öffnete meinen Medizinkasten und kramte Schachteln und Gefäße heraus. Odermennig, *ulmus rubra*, Mauerkraut... ah, da war es. Ich zog ein kleines blaues Glasgefäß heraus, das mir Monsieur Forez überlassen hatte, schraubte den Deckel auf und schnupperte vorsichtig daran. Salben wurden leicht ranzig, aber diese war offenbar mit einer gehörigen Prise Salz haltbar gemacht worden. Der Geruch war ebenso angenehm wie die Farbe – das leuchtende Cremeweiß frischer Sahne.

Ich verteilte die Salbe auf dem langen Muskel des Schenkels, wobei ich Jamies Kilt bis zur Hüfte hochschob. Sein Bein fühlte sich warm an, nicht die Hitze einer Infektion, sondern nur die normale Wärme eines jungen gesunden Menschen. Ich massierte die Salbe sanft in die Haut ein, erfühlte die verhärtete Muskulatur und ertastete den Übergang zwischen Muskel und Kniesehne. Jamie gab ein leises Stöhnen von sich, als ich fester rieb.

»Tut's weh?« fragte ich.

»Aye, ein bißchen, aber hör nicht auf«, sagte er. »Es tut mir gut, glaube ich.« Er kicherte. »Ich sage das nur dir, Sassenach, aber es hat wirklich Spaß gemacht. Ich bin seit Monaten nicht mehr so gerannt.«

»Schön, daß du dich amüsiert hast«, bemerkte ich trocken und nahm noch ein wenig Salbe. »Ich habe selbst auch etwas Interessantes erlebt.« Ohne in meiner Tätigkeit innezuhalten, erzählte ich ihm von Sandringhams Angebot.

Die Antwort war wiederum ein leises Stöhnen, als ich eine empfindliche Stelle berührte. »Also hatte Colum recht mit der Vermutung, daß mir der Mann helfen könnte, die Anklage gegen mich niederzuschlagen.«

»Sieht so aus. Ich vermute, die Frage ist – willst du ihn beim Wort nehmen?« Ich versuchte, nicht den Atem anzuhalten, während ich auf seine Antwort wartete. Zum einen wußte ich, wie sie ausfallen würde. Die Familie Fraser war für ihre Starrköpfigkeit berühmt, und obwohl er mütterlicherseits von den MacKenzies abstammte, war Jamie ein Fraser, wie er im Buche stand. Nachdem er sich einmal entschlossen hatte, Charles Stuart aufzuhalten, würde er sein Vorhaben nicht so schnell wieder aufgeben. Dennoch war das Angebot verlockend – für mich ebenso wie für ihn. Nach Schottland, in seine Heimat, zurückkehren zu können, in Frieden zu leben.

Aber die Sache hatte einen Haken. Wenn wir zurückkehrten und es zuließen, daß Charles seine Pläne weiterverfolgte, würde der Friede in Schottland nur von kurzer Dauer, sein.

Jamie schnaubte verächtlich; offenbar hatten sich seine Gedanken in eine ähnliche Richtung bewegt. »Nun, Sassenach, das eine sage ich dir. Wenn ich davon überzeugt wäre, daß Charles Stuart Erfolg haben und Schottland von der englischen Herrschaft befreien könnte, dann würde ich mein Land, meine Freiheit und mein

Leben geben, um ihm zu helfen. Auch wenn er ein Narr ist, so ist er doch ein königlicher Narr, und feige ist er auch nicht, wie ich meine.« Er seufzte.

»Aber ich kenne den Mann und habe mit ihm gesprochen – und mit allen Jakobiten, die an der Seite seines Vaters gekämpft haben. Du hast mir gesagt, was geschehen wird, wenn es zum Aufstand kommt... wenn ich das bedenke, habe ich keine andere Wahl, als zu bleiben, Sassenach. Sobald wir ihm Einhalt geboten haben, könnte es eine Möglichkeit geben zurückzugehen – vielleicht aber auch nicht. Doch im Augenblick muß ich das Angebot Seiner Hoheit dankend ablehnen.«

Ich tätschelte seinen Schenkel. »Ich habe mir schon gedacht, daß du das sagen würdest.«

Er lächelte mich an, dann beäugte er stirnrunzelnd die gelbliche Creme, die an meinen Fingern haftete. »Was ist das eigentlich für ein Zeug?«

»Monsieur Forez hat es mir gegeben. Er hat nicht gesagt, wie es heißt. Ich glaube zwar nicht, daß es wirksame Substanzen enthält, aber es ist eine schöne Fettsalbe.«

Jamies Körper versteifte sich, als er auf das blaue Töpfchen sah. »Monsieur Forez hat es dir gegeben?« murmelte er voll Unbehagen.

»Ja«, entgegnete ich überrascht. »Was ist denn los?« Er schob meine cremeverschmierten Hände weg, schwang die Beine von der Chaiselongue und griff nach einem Handtuch.

»Hat der Tiegel eine Lilie auf dem Deckel, Sassenach?« fragte er, während er sich die Salbe vom Bein wischte.

»Ja«, sagte ich. »Jamie, was ist denn so schlimm an der Salbe?« Sein Gesichtsausdruck, zwischen Entsetzen und Heiterkeit schwankend, war äußerst merkwürdig.

»Oh, ich würde nicht sagen, daß sie *schlimm* ist, Sassenach«, antwortete er schließlich. Er hatte sich das Bein so fest abgerieben, daß sich die lockigen Härchen auf der geröteten Haut sträubten, dann warf er das Handtuch beiseite und betrachtete nachdenklich das Töpfchen.

»Monsieur Forez muß eine hohe Meinung von dir haben, Sassenach. Das Zeug ist ziemlich teuer.«

»Aber...«

»Nicht, daß ich es nicht zu schätzen wüßte«, versicherte er mir eilig. »Es ist nur, daß ich selbst schon mal kurz davor war, zu einem

Bestandteil dieser Salbe verarbeitet zu werden. Deshalb ist mir ein bißchen mulmig zumute.«

»Jamie!« rief ich. »Was ist das für ein Zeug?« Ich griff nach dem Handtuch und wischte mir hastig die Hände ab.

»Das Fett von Gehenkten«, sagte er widerstrebend.

»G-g-g...« Ich brachte das Wort nicht über die Lippen und setzte noch einmal an. »Du meinst...« Ich bekam eine Gänsehaut; die Härchen standen ab wie Nadeln im Nadelkissen.

»Äh, aye. Das ausgelassene Fett von gehenkten Verbrechern«, erwiderte er fröhlich. Er gewann seine Fassung ebensoschnell wieder, wie ich meine verlor. »Gut gegen Rheumatismus und Gelenkschmerzen, sagt man.«

Ich entsann mich, wie sorgfältig Monsieur Forez jene Teile einsammelte, die bei seinen Operationen im Hôpital des Anges übrigblieben, und an den merkwürdigen Blick, den mir Jamie zugeworfen hatte, als mich der große *chirurgien* nach Hause gebracht hatte. Meine Knie wurden weich, und mir wurde flau im Magen.

»*Jamie, wer in drei Teufels Namen ist Monsieur Forez?*« schrie ich.

Nun gewann die Heiterkeit eindeutig die Oberhand.

»Er ist der Henker des Fünften Arrondissements, Sassenach. Ich dachte, du wüßtest es.«

Feucht und durchgefroren kehrte Jamie aus dem Hof zurück, wo er sich abgeschrubbt hatte, da dort etwas großzügigere sanitäre Einrichtungen vorhanden waren, als ihm die Waschschüssel in unserem Schlafzimmer bieten konnte.

»Keine Sorge, ich hab alles abgekriegt«, versicherte er mir, zog das Hemd aus und schlüpfte nackt unter die Decke. Er hatte eine Gänsehaut und fröstelte, als er mich in die Arme nahm.

»Was ist denn, Sassenach? Ich rieche doch nicht danach, oder?« fragte er, da ich mich unter das Bettzeug verkroch und die Arme über der Brust kreuzte.

»Nein«, sagte ich. »Ich habe Angst, Jamie. Ich blute.«

»Lieber Gott«, sagte er leise. Ich spürte, wie ihn bei meinen Worten die Furcht packte, so wie sie mich gepackt hatte. Er zog mich an sich, liebkoste mein Haar und meinen Rücken, aber wir empfanden beide dieselbe entsetzliche Hilflosigkeit. So stark er war, er konnte mich nicht beschützen; sosehr er mir auch helfen wollte, es gab nichts, was er tun konnte. Zum erstenmal war ich in seinen Armen nicht sicher, und dieses Wissen jagte uns beiden Angst ein.

»Glaubst du...«‚ begann er, dann hielt er inne und schluckte. Ich spürte, wie er das Schaudern und seine Angst hinunterschluckte. »Ist es schlimm, Sassenach? Was bedeutet das?«

»Ich weiß nicht.« Ich klammerte mich an ihn, um Halt zu finden. »Es blutet nicht stark, bis jetzt noch nicht.«

Die Kerze brannte noch. Mit sorgenvollem Blick sah er mich an.

»Soll ich nicht lieber jemanden holen, Claire? Eine Heilerin, eine der Frauen aus dem Spital?«

Ich schüttelte den Kopf und leckte mir die trockenen Lippen.

»Nein. Ich glaube... ich glaube nicht, daß man etwas dagegen machen kann.« Gerade das hatte ich nicht sagen wollen. Mehr als alles in der Welt wünschte ich, es gäbe jemanden, der die Sache in Ordnung bringen konnte. Aber ich erinnerte mich an die Anfangszeit meiner Schwesternausbildung, an die paar Tage, die ich in der Entbindungsstation gearbeitet hatte, an das Achselzucken eines Arztes, der vom Bett einer Frau kam, die eine Fehlgeburt gehabt hatte. »Im Grunde kann man nichts machen«, hatte er gesagt. »Wenn Mütter ein Kind verlieren, ist man machtlos, ganz gleich, was man versucht. Bettruhe ist wirklich das einzige, und selbst das reicht oft nicht.«

Vielleicht hat es ja nichts zu bedeuten«, versuchte ich, uns beiden Mut zuzusprechen. »Es ist nicht außergewöhnlich, wenn während der Schwangerschaft leichte Blutungen auftreten.« Es war nicht außergewöhnlich, nicht während der ersten drei Monate. Ich war aber bereits im sechsten Monat, und da war es durchaus außergewöhnlich. Dennoch konnte eine Blutung durch ganz verschiedene Faktoren ausgelöst werden, und nicht alle waren besorgniserregend.

»Vielleicht ist ja alles in Ordnung.« Ich legte die Hand auf den Bauch und drückte sanft. Sofort bekam ich Antwort, einen trägen Knuff des Babys, und gleich ging es mir besser. Ich verspürte eine so innige Dankbarkeit, daß mir die Tränen in die Augen traten.

»Sassenach, was kann ich tun?« flüsterte Jamie. Seine Hand legte sich schützend auf meine.

»Einfach beten«, sagte ich. »Bete für uns, Jamie.«

23

Wer zuletzt lacht…

Am nächsten Morgen hatte die Blutung aufgehört. Ich stand vorsichtig auf, aber alles ging gut. Dennoch lag auf der Hand, daß ich meine Tätigkeit im Hôpital des Anges nun einstellen mußte, und ich schickte Fergus mit einem kurzen erklärenden Brief zu Mutter Hildegarde. Als er wiederkam, brachte er neben ihren Segenswünschen und Grüßen ein bräunliches Elixier mit, das sich – dem beiliegenden Briefchen zufolge – bei den *maîtresses sage-femme* höchster Wertschätzung erfreute, da es Fehlgeburten verhinderte. Nach der Erfahrung mit Monsieur Forez' Salbe war ich nicht geneigt, irgendwelche Heilmittel zu nehmen, die ich nicht selbst zubereitet hatte, aber durch vorsichtiges Schnuppern überzeugte ich mich, daß zumindest die Zutaten rein botanischen Ursprungs waren.

Zögernd versuchte ich einen Teelöffel voll. Die Medizin war bitter und hinterließ einen üblen Nachgeschmack, aber allein dadurch, daß ich etwas tat – auch wenn es höchstwahrscheinlich nichts half –, ging es mir besser. Den Großteil des Tages verbrachte ich nun auf der Chaiselongue, wo ich las, döste, nähte oder einfach Löcher in die Luft starrte.

Das heißt, solange ich allein war. Wenn Jamie daheim war, verbrachte er die meiste Zeit mit mir, und wir besprachen die Tagesgeschäfte oder die neuesten Briefe der Jakobiten. König James hatte offenbar von der beabsichtigten Investition seines Sohnes gehört und begrüßte sie als »…sehr vernünftigen Plan, der, wie ich glaube, Beträchtliches dazu beitragen wird, Dich in dem Dir zukommenden Stil zu versorgen«.

»Offenbar denkt James, das Geld sei nur dazu bestimmt, Charles das Leben eines Edelmanns von Rang zu ermöglichen«, bemerkte ich. »Glaubst du, er hat nur das im Sinn? Heute nachmittag war

Louise hier. Sie sagt, Charles sei letzte Woche bei ihr gewesen – habe darauf bestanden, sie zu sehen, obwohl sie ihn zunächst nicht empfangen wollte. Sie sagt, er sei wegen irgend etwas sehr erregt gewesen. Er wollte ihr aber nicht sagen, weswegen, sondern machte nur mysteriöse Andeutungen über etwas Großartiges, das er in Angriff nehmen wolle. Von einem ›großen Abenteuer‹ hat er gesprochen. Das klingt nicht nur nach einer Investition in Portwein, oder?«

»Keineswegs.« Jamies Gesicht verdüsterte sich bei dem Gedanken.

»Hm«, sagte ich. »Alles in allem möchte ich wetten, daß Charles nicht vorhat, sich mit dem Gewinn aus seiner Unternehmung als ehrlicher Pariser Kaufmann niederzulassen.«

»Wenn ich eine Spielernatur wäre, würde ich meinen letzten Penny darauf verwetten«, meinte Jamie. »Doch jetzt stellt sich die Frage, wie halten wir ihn auf?«

Die Antwort kam ein paar Tage später nach ausgiebigen Diskussionen und zahlreichen nutzlosen Vorschlägen. Murtagh war bei uns im Schlafzimmer, er hatte mir von den Docks mehrere Ballen Stoff mitgebracht.

»Es heißt, daß in Portugal die Pocken ausgebrochen sind«, bemerkte er und ließ den teuren Seidenmoiré auf das Bett plumpsen. »Heute früh ist ein Schiff mit Eisen aus Lissabon eingetroffen, und der Hafenmeister hat es mit dem Staubkamm untersucht, er und seine drei Helfer. Haben aber nichts gefunden.« Als er die Weinbrandflasche auf dem Tisch erspähte, schenkte er sich einen Becher halbvoll, und goß es wie Wasser hinunter. Mit offenem Mund beobachtete ich das Schauspiel, bis ich Jamies Ausruf hörte.

»Pocken?«

»Aye«, sagte Murtagh zwischen zwei Schlucken.

»Blattern.« Dann wandte er sich wieder seiner Erfrischung zu.

»Pocken«, murmelte Jamie vor sich hin. »Pocken.«

Allmählich glättete sich seine Stirn, und auch die senkrechten Falten zwischen seinen Brauen verschwanden. Er wirkte auf einmal sehr nachdenklich. Der Anflug eines Lächelns spielte um seinen breiten Mund.

Murtagh beobachtete es mit skeptischer Resignation. Er kauerte stur auf seinem Hocker und leerte seinen Becher, während Jamie aufsprang und ihn, unmelodisch durch die Zähne pfeifend, umkreiste.

»Du hast wohl eine Idee?« fragte ich.

»Aye«, erwiderte er und lachte in sich hinein. »Aye, die habe ich.«

Er sah mich an. In seinen Augen leuchtete der Schalk.

»Hast du etwas in deinem Medizinkasten, das Fieber auslöst? Oder rote Ruhr? Oder Pusteln?«

»Nun ja«, entgegnete ich langsam und dachte nach. »Rosmarin zum Beispiel. Oder Cayenne. Und Faulbaumrinde natürlich, für Durchfall. Warum?«

Mit breitem Grinsen sah er Murtagh an, kicherte und zauste seinem Verwandten die Haare. Murtagh starrte ihn wütend an, wobei er erstaunliche Ähnlichkeit mit Louises Lieblingsäffchen aufwies.

»Hört zu.« Jamie beugte sich verschwörerisch über uns. »Was geschieht, wenn das Schiff des Comte de St. Germain mit Pocken an Bord aus Portugal zurückkehrt?«

»Hast du den Verstand verloren?« erkundigte ich mich höflich. »Was soll dann sein?«

»In dem Fall«, mischte sich Murtagh ein, »würden sie die Fracht verlieren. Man würde das Schiff verbrennen oder im Hafen versenken, wie das Gesetz es befiehlt.« Die schwarzen Äuglein blitzten neugierig auf. »Und wie willst du das anstellen, mein Junge?«

Durch diese Frage wurde Jamies Begeisterung ein wenig gedämpft, aber seine Augen leuchteten unvermindert.

»Nun ja«, gab er zu, »das hab' ich mir noch nicht so genau überlegt, aber zunächst mal...«

Einige Tage lang diskutierten und forschten wir, bis der Plan ausgereift war, und schließlich hatten wir uns auf eine Vorgehensweise geeinigt. Faulbaumrinde wurde verworfen, weil es den Organismus zu sehr schwächte. In den Kräuterbüchern, die mir Maître Raymond geliehen hatte, fand ich jedoch brauchbaren Ersatz.

Bewaffnet mit einem Beutel, der Rosmarinextrakt, Nesselsaft und Färberwurzel enthielt, würde Murtagh sich am Ende der Woche auf den Weg nach Lissabon machen, wo er in den Tavernen Seeleute aushorchen und das vom Comte de St. Germain angeheuerte Schiff ausfindig machen sollte. Dann wollte er eine Überfahrt auf eben diesem Frachter buchen, während er uns durch einen

Boten den Namen des Schiffes und den Tag der Abreise mitteilen würde.

»Nein, das ist üblich«, entgegnete Jamie auf meine Frage, ob dieses Ansinnen dem Kapitän nicht verdächtig vorkommen würde. »Fast alle Frachtschiffe nehmen Passagiere mit, so viele sie im Zwischendeck nur unterbringen können.« Mahnend hob er den Finger.

»Murtagh, du nimmst eine Kajüte, hörst du? Ist mir gleich, was das kostet. Du mußt die Kräuter ungestört einnehmen können. Wir wollen nicht riskieren, daß dich jemand sieht, nur weil du nichts als eine Hängematte im Kielraum hast.« Er musterte seinen Patenonkel kritisch. »Besorg dir einen anständigen Rock. Wenn du wie ein Bettler gekleidet an Bord gehst, landest du wieder im Hafen, bevor sie merken, was du in deiner Felltasche hast.«

»Mmmpf«, brummte Murtagh. Für gewöhnlich trug er nicht viel zum Gespräch bei, doch was er sagte, war brauchbar und überzeugend. »Und wann nehme ich das Zeug?« wollte er wissen.

Ich zog das Blatt Papier heraus, auf dem ich die Instruktionen und die Dosierung notiert hatte.

»Zwei Teelöffel von der Färberwurzel – das ist das hier«, ich tippte das helle Glasfläschchen an, das eine dunkle, rötliche Flüssigkeit enthielt, »und zwar vier Stunden, bevor du deine Symptome zeigen willst. Nach der ersten Dosis nimmst du alle zwei Stunden einen weiteren Teelöffel – wir wissen nicht, wie lange du durchhalten mußt.«

Dann gab ich ihm eine zweite Flasche, die eine schwarzviolette Flüssigkeit enthielt. »Das ist ein Extrakt aus Rosmarinblättern. Er wirkt schneller. Trink etwa ein Viertel der Flasche eine halbe Stunde, bevor du dich zeigen willst. Bis dahin hat sich deine Haut gerötet. Die Wirkung läßt schnell nach, also solltest du später noch etwas einnehmen, wenn es sich unauffällig machen läßt.« Ich nahm ein kleineres Fläschchen aus meinem Medizinkasten. »Und wenn das ›Fieber‹ schon gut zu erkennen ist, reibst du Arme und Gesicht mit dem Nesselsaft ein, damit Pusteln entstehen. Möchtest du die Anweisungen behalten?«

Er schüttelte energisch den Kopf. »Nein, ich merke es mir. Wenn man das Papier bei mir findet, wäre das gefährlicher, als wenn ich vergesse, wieviel ich nehmen muß.« Er wandte sich an Jamie.

»Und du stößt in Oviedo zu uns, Junge?«

Jamie nickte. »Aye. Den Hafen läuft das Schiff bestimmt an. Alle Weinfrachter nehmen dort Frischwasser an Bord. Wenn sich der Kapitän zufällig anders entscheidet, dann werde ich ein Boot mieten und versuchen, euch einzuholen. Solange ich an Bord komme, bevor wir Le Havre erreichen, ist alles in Ordnung. Aber am besten wäre es, wenn alles über die Bühne geht, während wir noch vor der spanischen Küste sind. Ich möchte nicht länger auf See bleiben als unbedingt nötig.« Er wies mit dem Kinn auf die Flasche in Murtaghs Hand.

»Das Zeug nimmst du lieber erst ein, wenn du mich an Bord kommen siehst. Ohne Zeugen könnte sich der Kapitän für den einfachsten Ausweg entscheiden und dich nachts über Bord gehen lassen.«

Murtagh grunzte. »Aye, das soll er ruhig versuchen.« Er griff nach dem Schaft seines Dolches.

Jamie runzelte die Stirn. »Verlier nicht die Beherrschung. Du sollst so aussehen, als wärst du an Blattern erkrankt. Wenn du Glück hast, wagen sie es nicht, dich anzurühren. Aber nur für den Fall... wart ab, bis ich in Reichweite bin und wir uns ein gutes Stück von der Küste entfernt haben.«

»Mmmpf.«

Ich sah erst den einen an, dann den anderen. Der Plan war zwar verwegen, konnte aber klappen. Wenn der Kapitän davon überzeugt werden konnte, daß einer seiner Passagiere an Pocken erkrankt war, würde er sein Schiff auf keinen Fall in Le Havre einlaufen lassen, wo die französischen Gesetze seine Zerstörung verlangten. Vor die Wahl gestellt, entweder mit der Fracht nach Lissabon zurückzusegeln und damit jeglichen Gewinn der Fahrt einzubüßen oder zwei Wochen in Oviedo festzusitzen, während die Nachricht an seinen Auftraggeber in Paris ging, würde er sich vielleicht überlegen, die Fracht an den reichen schottischen Kaufmann abzustoßen, der gerade an Bord gekommen war.

Die glaubwürdige Verkörperung des Pockenkranken war der Dreh- und Angelpunkt bei diesem Täuschungsmanöver. Jamie hatte sich als Versuchskaninchen für die Erprobung der Kräuter zur Verfügung gestellt, und sie hatten hervorragend gewirkt. Seine helle Haut hatte sich innerhalb von Minuten dunkelrot verfärbt, und der Nesselsaft rief sofort Pusteln hervor, die in den Augen eines Schiffsarztes oder eines verängstigten Kapitäns leicht als Pockensymptome durchgehen konnten. Wenn dann noch Zweifel bestanden, würde der durch die Färberwurzel gerötete Urin den überzeugenden Eindruck erwecken, daß hier ein an Blattern erkrankter Mann Blut pißte.

»Großer Gott!« rief Jamie, als er verblüfft feststellte, daß die Kräuter tatsächlich ihre Wirkung taten.

»Oh, wunderbar!« Ich spähte über seine Schulter auf den dunkelroten Inhalt des Porzellannachttopfs. »Das ist besser, als ich erwartet hatte.«

»Ach ja? Wie lange dauert es, bis es wieder nachläßt?« fragte Jamie ziemlich nervös.

»Ein paar Stunden, würde ich sagen. Warum? Fühlst du dich komisch?«

»Nicht direkt komisch«, meinte er. »Aber es juckt ein bißchen.«

»Das sind nicht die Kräuter«, warf Murtagh mürrisch ein. »Das entspricht dem Normalzustand bei einem Jungen in deinem Alter.«

Jamie grinste seinen Patenonkel an. »Reicht dein Erinnerungsvermögen so weit zurück?«

»Ich erinnere mich an Zeiten, da warst du noch in Abrahams Wurstkessel, Jungchen«, meinte Murtagh kopfschüttelnd.

Er verstaute die Fläschchen in seiner Felltasche, wobei er jedes einzelne sorgfältig in weiches Leder wickelte, damit sie nicht zu Bruch gingen.

»Ich schicke beizeiten Nachricht über das Schiff und den Abreisetag. Vor Ablauf eines Monats sehen wir uns vor Spaniens Küste. Hast du bis dahin das Geld?«

Jamie nickte. »O ja. Bis nächste Woche, denke ich.« Jareds Weinhandel war unter Jamies Verwaltung gediehen, aber die Geldreserven reichten nicht aus, um ganze Schiffsladungen Portwein aufzukaufen und gleichzeitig den anderen Verpflichtungen des Hauses Fraser nachzukommen. Doch die Schachpartien hatten in mehr als einer Hinsicht Früchte getragen. Monsieur Duverney der Jüngere, ein angesehener Bankier, hatte dem Freund seines Vaters ohne Zögern ein beträchtliches Darlehen bewilligt.

»Schade, daß wir den Wein nicht nach Paris bringen können«, hatte Jamie während der Planung bemerkt, »aber St. Germain würde uns bestimmt auf die Schliche kommen. Ich denke, wir verkaufen ihn am besten über einen spanischen Mittelsmann – ich kenne jemanden, in Bilbao. Dabei fällt zwar weniger Gewinn ab als in Frankreich, und die Steuern sind höher, aber man kann nicht alles haben, oder?«

»Ich handle die Rückzahlung von Duverneys Darlehen aus«, bot ich an. »Und da wir von Darlehen sprechen, was wird Signore Manzetti anstellen, wenn er das Geld verliert, das er Charles Stuart geliehen hat?«

»Es in den Kamin schreiben, schätze ich«, meinte Jamie vergnügt. »Und das wird den Ruf der Stuarts bei sämtlichen Bankiers auf dem Festland ruinieren.«

»Für den armen Manzetti ist das ein bißchen hart«, bemerkte ich.

»Aye. Wo gehobelt wird, da fallen Späne, sagt meine alte Großmutter immer.«

»Du hast keine alte Großmutter«, wandte ich ein.

»Nein«, gab er zu, »aber wenn ich eine hätte, würde sie genau das sagen.« Plötzlich änderte sich sein Tonfall. »Auch den Stuarts gegenüber ist es nicht gerade fair. Und wenn die jakobitischen Lords herausfinden sollten, was ich getan habe, dann würden sie es Verrat nennen, und recht hätten sie.« Er strich sich über die Stirn und schüttelte den Kopf, und ich sah, wie ernst es ihm ungeachtet seiner spaßhaften Bemerkungen war.

»Es hilft alles nichts, Sassenach. Wenn du recht hast, dann gilt es, zwischen dem Ehrgeiz von Charles Stuart und dem Leben zahlloser Schotten zu wählen. Ich liebe König George nicht – ich, ein Geächteter? –, aber ich sehe keinen anderen Weg.«

Er runzelte die Stirn und fuhr sich mit der Hand durchs Haar, wie immer, wenn er aufgeregt war oder nachdachte. »Wenn die Möglichkeit bestünde, daß Charles Erfolg hat... aye, dann wäre es etwas anderes. Für eine ehrenvolle Sache nimmt man Gefahren in Kauf, aber deine Geschichte sagt, er wird scheitern, und soweit ich den Mann kenne, behältst du wahrscheinlich recht. Es geht um mein Volk und meine Familie, und wenn sich ihr Leben mit dem Gold eines Bankiers erkaufen läßt... nun, dann wiegt dieses Opfer wohl nicht schwerer als der Verlust meiner Ehre.«

Mit halb gespielter Verzweiflung zuckte er die Achseln. »Statt nur die Post Seiner Hoheit zu stehlen, gehe ich jetzt zu Bankraub und Seeräuberei über. Aber anscheinend gibt es keinen anderen Ausweg.«

Er schwieg und betrachtete seine Hände. Dann sah er mich an und lächelte.

»Ich wollte Pirat werden, als ich klein war«, sagte er. »Nur schade, daß ich kein Entermesser tragen kann.«

Ich lag im Bett, Kopf und Schultern auf Kissen gebettet, die Hände über dem Bauch verschränkt, und dachte nach. Seit dem ersten Mal hatte ich kaum noch geblutet, und es ging mir gut. Dennoch war selbst eine leichte Blutung in diesem Stadium der Schwangerschaft Anlaß zur Besorgnis. Ich fragte mich, was werden sollte, wenn ein Unglück geschah, während Jamie in Spanien weilte. Doch es war nichts gewonnen, wenn ich mir Sorgen machte. Er mußte gehen. Von dieser einen Schiffsladung hing einfach zuviel ab. Bestimmt würde er längst zurück sein, wenn das Baby zur Welt kam.

Persönliche Belange zählten nicht, ungeachtet aller Gefahren. Charles, der seine Erregung nicht verbergen konnte, hatte Jamie anvertraut, daß er in Kürze zwei Schiffe benötigte – vielleicht auch mehr. Und hatte sich hinsichtlich der Form von Schiffsrümpfen und der Aufstellung von Bordkanonen von Jamie beraten lassen. In den letzten Briefen aus Rom hatten Zweifel angeklungen – mit dem feinen politischen Gespür der Bourbonen hatte James Stuart gemerkt, daß etwas faul war, doch offenbar hatte man ihn nicht darüber aufgeklärt, was sein Sohn vorhatte. Jamie, der bis zum Hals in verschlüsselten Briefen steckte, hielt es für wahrscheinlich, daß Philipp von Spanien bisher weder Charles' Annäherungsversuche noch die Interessen des Papstes erwähnt hatte. Doch auch James Stuart hatte seine Spione.

Nach einer Weile wurde mir bewußt, daß sich Jamies Haltung etwas verändert hatte. Ein Blick in seine Richtung offenbarte, daß er zwar noch ein offenes Buch auf den Knien hielt, aber nicht mehr hineinschaute. Statt dessen starrte er mich an, oder genauer gesagt den Ausschnitt meines Nachthemds, das etwas weiter aufgeknöpft war, als sittsam war. Allerdings war Sittsamkeit im Ehebett auch nicht unbedingt erforderlich.

Sein Blick war gedankenverloren und sehnsüchtig, und mir wurde klar, daß Sittsamkeit im Ehebett zwar nicht erforderlich, in Anbetracht der Umstände aber aus Gründen der Rücksicht zu erwarten war. Natürlich gab es andere Möglichkeiten.

Als Jamie merkte, daß ich ihn ansah, errötete er ein wenig und wandte sich mit übertriebenem Eifer seinem Buch zu. Ich rollte mich auf die Seite und legte meine Hand auf seinen Schenkel.

»Ist das Buch interessant?« fragte ich und liebkoste ihn sachte.
»Mmmpf. Aye.« Er errötete noch tiefer, blickte aber nicht von seiner Lektüre auf.
Mit leisem Lächeln ließ ich meine Hand unter die Bettdecke gleiten. Er ließ das Buch fallen.
»Sassenach!« rief er. »Du weißt, du kannst doch nicht...«
»Nein«, sagte ich, »aber du kannst. Oder besser gesagt, ich kann für dich.«
Mit festem Griff entfernte er meine Hand.
»Nein, Sassenach. Das wäre nicht recht.«
»Nicht recht?« fragte ich überrascht. »Warum denn nicht?«
Er wand sich vor Unbehagen und vermied es, mich anzusehen.
»Tja, ich... ich käme mir schäbig vor, Sassenach. Wenn ich mich auf deine Kosten mit dir vergnüge und dir dafür nichts geben kann... also, ich würde mich dabei nicht wohl fühlen, das ist alles.«
Ich konnte mir das Lachen nicht verkneifen und bettete meinen Kopf auf seinen Schenkel.
»Jamie, du bist einfach lieb!«
»Ich bin nicht lieb«, entgegnete er indigniert. »Aber ich bin nicht so ein selbstsüchtiger... Claire, hör auf!«
»Du hattest vor, noch ein paar Monate zu warten?« fragte ich, ohne aufzuhören.
»Das könnte ich«, sagte er mit aller Würde, die er im Moment aufbringen konnte. »Ich habe zw-zweiundzwanzig Jahre gewartet, und ich kann...«
»Nein, das kannst du nicht«, erklärte ich, zog die Bettdecke zurück und bewunderte das, was sich so deutlich unter seinem Nachthemd abzeichnete. Ich berührte es, und begierig bewegte es sich ein wenig auf meine Hand zu. »Ich weiß nicht, was Gott mit dir vorhatte, Jamie Fraser, aber zum Mönch bist du nicht bestimmt.«
Mit sicherer Hand zog ich sein Nachthemd hoch.
»Aber...« fing er an.
»Zwei gegen einen«, sagte ich und beugte mich über ihn. »Du verlierst.«

Während der nächsten Tage arbeitete Jamie fieberhaft, um sicherzustellen, daß der Weinhandel während seiner Abwesenheit reibungslos funktionierte. Dennoch nahm er sich fast jeden Tag die

Zeit, sich nach dem Mittagessen ein Weilchen zu mir zu setzen. So war er bei mir, als ein Besucher gemeldet wurde. Besuch war nichts Ungewöhnliches. Louise kam ab und zu vorbei, um über die Schwangerschaft zu plaudern oder den Verlust ihres Geliebten zu beklagen – obwohl ich insgeheim dachte, daß sie Charles als Objekt edelmütiger Entsagung weitaus mehr schätzte denn als Liebhaber. Sie hatte versprochen, mir türkische Bonbons mitzubringen, und so erwartete ich, ihr rundes, rosiges Gesicht in der Tür zu sehen.

Zu meiner Überraschung handelte es sich bei dem Besuch jedoch um Monsieur Forez. Magnus persönlich führte ihn in den Salon und nahm dem Gast Hut und Umhang mit fast abergläubischer Ehrfurcht ab.

Nicht minder überrascht, stand Jamie auf, um den Henker zu begrüßen und ihm eine Erfrischung anzubieten.

»Im allgemeinen trinke ich keinen Alkohol«, erklärte Monsieur Forez lächelnd. »Aber ich möchte die Gastfreundschaft meiner geschätzten Kollegin nicht ablehnen.« Er verbeugte sich steif in meine Richtung. »Ich hoffe, Sie befinden sich wohlauf, Madame Fraser?«

»Ja«, erwiderte ich vorsichtig. »Vielen Dank.« Ich fragte mich, welchem Umstand wir die Ehre seines Besuchs verdankten. Denn obwohl Monsieur Forez Kraft seines Amtes ein reicher Mann war und über großes Ansehen verfügte, nahm ich nicht an, daß man ihn häufig zum Diner einlud.

Er durchquerte den Raum und legte ein Päckchen neben mich auf die Chaiselongue – die väterliche Geste eines Geiers, der seine Jungen füttert. Ich nahm das Päckchen behutsam hoch und wog es in der Hand. Für seine Größe war es leicht und roch leicht adstringierend.

»Eine kleine Aufmerksamkeit von Mutter Hildegarde«, erklärte er. »Soviel ich weiß, ist es ein bevorzugtes Heilmittel der *maitresses sage-femme*. Sie hat auch Hinweise zur Anwendung mitgeschickt.« Er nahm ein gefaltetes, versiegeltes Briefchen aus seiner Innentasche und reichte es mir.

Ich schnupperte an dem Päckchen. Himbeerblätter, Steinbrech und etwas, was ich nicht einordnen konnte. Ich hoffte, daß Mutter Hildegarde eine Liste der Zutaten beigelegt hatte.

»Bitte danken Sie Mutter Hildegarde in meinem Namen«, sagte ich. »Wie geht es den anderen Helfern im Spital?« Ich vermißte meine Arbeit dort ebenso wie die Nonnen und das buntgemischte Häuflein der Ärzte. Eine Weile plauderten wir über das Spital und seine Mitarbeiter, während Jamie ab und zu etwas einwarf, ansonsten aber höflich lächelnd zuhörte oder – wenn klinische Details erörtert wurden – seine Nase ins Weinglas steckte.

»Wie schade«, meinte ich bedauernd, als Monsieur Forez seinen Bericht über die Behandlung eines zerschmetterten Schulterblatts abschloß. »Dabei habe ich noch nie zusehen können. Mir fehlt die chirurgische Arbeit.«

»Ja, auch mir wird sie fehlen«, Monsieur Forez nickte und nippte an seinem Wein. Es war immer noch mehr als halb voll. Offenbar war die Bemerkung über seine Abstinenz kein Scherz gewesen.

»Sie verlassen Paris?« fragte Jamie überrascht.

Monsieur Forez zuckte die Achseln; die Falten seines langen Rockes raschelten wie Federn.

»Nur für einige Zeit«, erklärte er. »Doch immerhin werde ich mindestens zwei Monate abwesend sein. Dies ist sogar, Madame«, wieder verbeugte er sich in meine Richtung, »der Hauptgrund für meinen heutigen Besuch.«

»Tatsächlich?«

»Ja. Ich reise nach England, Sie verstehen, und mir kam der Gedanke, daß es mir keinerlei Umstände bereiten würde, eine Botschaft zu überbringen, wenn Sie es wünschen. Vorausgesetzt, es gibt eine Person, mit der Sie in Verbindung treten möchten«, präzisierte er.

Ich warf Jamie einen Blick zu. Sein freundlich-interessierter Gesichtsausdruck war nun einer lächelnden Maske gewichen, die jeden Gedanken verbarg. Einem Fremden wäre der Unterschied nicht aufgefallen, mir aber schon.

»Nein«, erwiderte ich zögernd. »Ich habe weder Freunde noch Verwandte in England. Ich fürchte, ich habe dort gar keine Bekannten mehr, seit ich – verwitwet bin.« Frank auf diese Weise zu erwähnen versetzte mir wie immer einen Stich, doch ich unterdrückte das Gefühl.

Wenn Monsieur Forez diesen Umstand merkwürdig fand, so ließ er es sich nicht anmerken. Er nickte nur und stellte sein halbleeres Glas ab.

»Ich verstehe. Welch glückliche Fügung, daß Sie wenigstens hier

Freunde besitzen.« Ich glaubte, eine Warnung aus seiner Stimme herauszuhören. Aber er sah mich nicht an, sondern beugte sich vor, um seinen Strumpf glattzuziehen, bevor er sich erhob. »Ich werde Sie bei meiner Rückkehr besuchen und hoffe, Sie auch dann wieder bei bester Gesundheit anzutreffen.«

»Welche Geschäfte führen Sie nach England, Monsieur?« fragte Jamie unverblümt.

Mit verhaltenem Lächeln drehte sich Monsieur Forez zu ihm um. Er legte den Kopf schief, seine Augen leuchteten, und wieder verblüffte mich seine Ähnlichkeit mit einem großen Vogel. Doch im Moment glich er nicht einer Rabenkrähe, sondern einem Raubvogel auf Beutezug.

»Welche Geschäfte führen einen Mann meiner Profession ins Ausland, Monsieur Fraser?« fragte er. »Ich wurde beauftragt, meine üblichen Pflichten zu erfüllen, und zwar in Smithfield.«

»Zweifellos ein wichtiger Anlaß«, sagte Jamie, »der es rechtfertigt, einen Mann Ihres Könnens kommen zu lassen.« Jamies Augen waren wachsam, während sein Gesicht nur höfliches Interesse zeigte.

Monsineur Forez' Augen funkelten. Bedächtig erhob er sich und blickte auf Jamie hinunter, der am Fenster saß.

»Das ist wahr, Monsieur Fraser«, sagte er freundlich. »Denn es ist eine Frage des Könnens, seien Sie versichert. Einen Mann mit einem Seil erwürgen – pah! Das kann jeder. Ihm aber rasch und sauber das Genick zu brechen, dazu müssen Gewicht und Fall berechnet werden, und es bedarf einiger Erfahrung, will man den Strang richtig anlegen. Aber die Gratwanderung zwischen beiden Methoden, die fachgerechte Hinrichtung eines verurteilten Verräters, dazu ist großes Geschick vonnöten.«

Da sich mein Mund plötzlich trocken anfühlte, griff ich nach meinem Glas. »Die Hinrichtung eines Verräters?« sagte ich, obgleich ich das Gefühl hatte, die Antwort lieber nicht hören zu wollen.

»Hängen, Ausnehmen und Vierteilen«, erklärte Jamie kurz. »Das meinen sie doch, Monsieur Forez?«

Der Henker nickte. Als müßte er sich dazu überwinden, stand Jamie auf und trat dem hageren, schwarzgekleideten Besucher entgegen. Da sie fast gleich groß waren, konnten sie sich ohne Schwierigkeiten in die Augen blicken. Monsieur Forez ging einen Schritt auf Jamie zu. Plötzlich wirkte er gedankenverloren, als wollte er ansetzen, einen medizinischen Sachverhalt darzulegen.

»O ja«, sagte er. »Ja, so wird ein Verräter hingerichtet. Zuerst muss der Mann gehängt werden, wie Sie sagen, aber mit Feingefühl, so daß das Genick nicht bricht und auch die Luftröhre keinen Schaden nimmt – der Tod durch Ersticken ist nicht das erwünschte Resultat, Sie verstehen?«

»Oh, ich verstehe«, erwiderte Jamie leise, fast spöttisch. Verwundert sah ich ihn an.

»Tatsächlich, Monsieur?« Monsieur Forez lächelte zurückhaltend, fuhr aber fort, ohne eine Antwort abzuwarten. »Hier gilt es, den richtigen Zeitpunkt zu bestimmen. Die Augen geben den Ausschlag. Das Gesicht läuft sogleich blutrot an – und infolge des Würgens tritt die Zunge aus dem Mund. Daran ergötzt sich die Menge natürlich ebenso wie an den hervorquellenden Augen. Aber als Scharfrichter muß man auf die Rötung in den Augenwinkeln achten, denn sie zeigt an, daß die kleinen Blutgefäße platzen. Wenn das geschieht, muß man ohne Zögern das Zeichen geben, den Verurteilten abzuschneiden – ein zuverlässiger Helfer ist dabei unverzichtbar, müssen Sie wissen.« Mit einer halben Drehung bezog er mich in das makabre Gespräch ein, und ich nickte unwillkürlich.

»Dann«, fuhr er wieder an Jamie gewandt fort, »sollte sofort ein anregendes Mittel verabreicht werden, um den Verurteilten wiederzubeleben, während ihm gleichzeitig das Hemd ausgezogen wird – man muß darauf bestehen, daß ein Hemd mit Knopfleiste bereitgestellt wird. Oft ist es schwierig, es über den Kopf zu ziehen.« Sein langer, schlanker Finger deutete auf den mittleren Knopf von Jamies Hemd, ohne jedoch das frischgestärkte Leinen zu berühren.

»Das erscheint mir einleuchtend«, meinte Jamie.

Monsieur Forez zog den Finger zurück und nickte beifällig.

»Richtig. Der Gehilfe hat inzwischen bereits das Feuer entfacht. Solche Arbeiten sind unter der Würde des Scharfrichters. Und dann ist die Zeit für das Messer gekommen.«

Tödliche Stille herrschte im Raum. Jamies Miene war immer noch undurchdringlich, aber sein Hals glänzte feucht.

»Beim nächsten Schritt ist größtes Geschick erforderlich«, erklärte Monsieur Forez, den Finger mahnend erhoben. »Man muß schnell arbeiten, damit der Verurteilte nicht seinen Geist aushaucht, bevor man fertig ist. Wenn man dem Stimulans ein Mittel beimischt, das die Blutgefäße zusammenzieht, gewinnt man etwas Zeit, aber nicht viel.«

Er trat an den Tisch, auf dem er einen silbernen Brieföffner erblickt hatte, und nahm ihn in die Hand. Er umklammerte den Griff, drückte den Zeigefinger gegen die Klinge und richtete die Waffe gegen die glänzende Walnußplatte.

»Genau da«, sagte er fast verträumt. »Unterhalb des Brustbeins. Und rasch bis hinunter zur Leistengegend. In den meisten Fällen ist das Schambein gut sichtbar. Und noch einmal«, der Brieföffner zuckte zur einen Seite, dann zur anderen, flink und grazil wie der Zickzackflug eines Kolibris, »dem Rippenbogen folgend. Man darf nicht zu tief schneiden, denn man will schließlich nicht den Sack verletzen, der die Eingeweide enthält. Dennoch muß man Haut, Fett und Muskeln durchtrennen, und zwar mit einem Schnitt. Dies«, erklärte er mit einem zufriedenen Blick auf die Tischplatte, die sein Spiegelbild reflektierte, »ist eine Kunst.«

Behutsam legte er das Messer auf den Tisch und wandte sich wieder Jamie zu. Dabei zuckte er vergnügt die Achseln.

»Was dann folgt, ist eine Frage der Schnelligkeit und Geschicklichkeit, aber wenn man bisher exakt gearbeitet hat, entstehen kaum Schwierigkeiten. Die Verdauungsorgane sind von einer Membran umhüllt wie von einem Sack. Wenn diese nicht versehentlich beschädigt wurde, ist die Sache einfach, es erfordert nur ein wenig Kraft, die Hände unter die Muskulatur zu zwängen und die gesamte Masse herauszuziehen. Ein rascher Schnitt am Magen und am Anus, und die gesamten Eingeweide können ins Feuer geworfen werden. Wenn man flink und feinfühlig gearbeitet hat, kann man sich nun etwas ausruhen, denn bisher wurde noch keine Schlagader verletzt.«

Obwohl ich saß, wurde mir schwindelig, und zweifellos war mein Gesicht ebenso bleich wie Jamies. Trotzdem lächelte er, als wollte er sich seinem Gast gegenüber nachsichtig zeigen.

»Also kann der... Verurteilte... noch ein wenig weiterleben?«

»Monsieur.« Die leuchtenden schwarzen Augen des Henkers wanderten über Jamies stattliche Figur, nahmen Maß an den Schultern und den muskulösen Beinen. »Die Auswirkungen eines solchen Schocks sind nicht vorhersehbar, aber ich habe gesehen, wie ein starker Mann in diesem Zustand noch eine gute Viertelstunde gelebt hat.«

»Ich nehme an, dem Verurteilten kommt es wesentlich länger vor«, bemerkte Jamie trocken.

Ohne darauf einzugehen, nahm Monsieur Forez den Brieföffner abermals zur Hand und schwenkte ihn, während er sprach.

»Wenn der Tod naht, muß man in den Brustraum greifen, um das Herz zu packen. Hier gilt es wieder, Geschick zu beweisen. Ohne Halt durch die Eingeweide zieht sich das Herz zurück, und oft liegt es erstaunlich weit oben. Zudem ist es überaus glitschig.« Er tat so, als riebe er sich die Hände an den Rockschößen ab. »Aber die Hauptschwierigkeit besteht darin, die darüberliegenden großen Blutgefäße rasch zu durchtrennen, so daß das Organ herausgezogen werden kann, während es noch schlägt. Schließlich möchte man den Zuschauern etwas bieten«, erklärte er. »Das wirkt sich erheblich auf die Entlohnung aus. Was den Rest betrifft«, bemerkte er mit einem verächtlichen Achselzucken, »das ist reine Schlachterei. Sobald das Leben erlischt, ist kein Geschick mehr vonnöten.«

»Nein, das glaube ich auch nicht«, sagte ich matt.

»Aber Sie sind blaß, Madame! Ich habe Sie viel zu lange in ein ermüdendes Gespräch verwickelt!« rief er. Er griff nach meiner Hand, und ich widerstand dem Impuls, ihn zurückzustoßen. Seine Hand war kühl, aber seine Lippen, die flüchtig meine Haut berührten, waren so warm, daß ich überrascht den Druck meiner Hand verstärkte. Leicht und unauffällig erwiderte er den Druck, um sich dann förmlich vor Jamie zu verbeugen.

»Ich muß gehen, Monsieur Fraser. Ich hoffe, Sie und Ihre reizende Frau wiederzusehen... unter so angenehmen Umständen wie am heutigen Tage.« Die Blicke der beiden Männer begegneten sich. Dann entsann sich Monsieur Forez des Brieföffners, den er nach wie vor in der Hand hielt. Mit einem Ausruf der Verwunderung hielt er ihn auf seiner offenen Handfläche. Jamie runzelte die Stirn und nahm das Messer behutsam entgegen.

»*Bon voyage,* Monsieur Forez. Und vielen Dank«, Jamie verzog ironisch den Mund, »für Ihren überaus lehrreichen Besuch.«

Er bestand darauf, unseren Gast persönlich zur Tür zu bringen. Sobald ich allein war, stand ich auf und ging ans Fenster, wo ich Atemübungen durchführte, bis die dunkelblaue Kutsche in die Rue Gamboge abgebogen war.

Hinter mir öffnete sich die Tür, und Jamie trat ein. Den Brieföffner hielt er immer noch in der Hand. Er steuerte auf die große chinesische Bodenvase am Kamin zu und ließ das Papiermesser scheppernd hineinfallen. Dann drehte er sich zu mir um und lächelte tapfer.

»Wenn das eine Warnung sein sollte, hat sie ihre Wirkung nicht verfehlt.«

Ich zuckte kurz die Achseln.

»Allerdings.«

»Wer mag ihn geschickt haben?« fragte Jamie. »Mutter Hildegarde?«

»Vermutlich. Sie hat mich gewarnt, als wir die Musik entschlüsselten. Sie sagte, was du tust, sei gefährlich.« *Wie* gefährlich, war mir aber erst durch den Besuch des Henkers klargeworden. Schon seit einiger Zeit litt ich nicht mehr an morgendlicher Übelkeit, doch jetzt drehte sich mir der Magen um. *Wenn die jakobitischen Lords herausfinden sollten, was ich getan habe, dann würden sie es Verrat nennen.* Und wenn sie es herausfänden, welche Schritte würden sie dann unternehmen?

Nach außen hin bekannte sich Jamie zu den Zielen der Jakobiten. In dieser Tarnung besuchte er Charles, bewirtete er den Graf von Marischal an seiner Tafel und verkehrte bei Hof. Und bisher hatte er bei seinen Schachpartien, Tavernenbesuchen und Trinkgelagen mit größtem Geschick der Sache der Stuarts geschadet und dabei nach außen hin den Eindruck erweckt, sie zu unterstützen. Außer uns beiden wußte nur Murtagh, daß wir versuchten, einen Aufstand der Stuarts zu vereiteln – und selbst er ahnte nicht warum, sondern glaubte Jamie einfach, daß es nötig war. Diese Verstellung war unumgänglich, solange wir in Frankreich operierten. Aber eben diese Verstellung würde Jamie als Verräter brandmarken, wenn er jemals englischen Boden betreten sollte.

Das hatte ich natürlich gewußt, aber in meiner Naivität hatte ich angenommen, daß zwischen dem Tod durch den Strang, die einen Geächteten erwartete, und der Hinrichtung eines Verräters kein großer Unterschied bestand. Monsieur Forez' Besuch hatte mich eines Besseren belehrt.

»Du nimmst das verdammt gelassen hin«, sagte ich. Mein Herz hämmerte wie wild, meine Hände waren kalt und verschwitzt. Ich rieb sie mir am Kleid ab und schob sie zwischen die Knie, um sie zu wärmen.

Jamie zuckte die Achseln und lächelte mich schief an.

»Es gibt höllisch viele unangenehme Todesarten, Sassenach. Und wenn mir eine davon blüht, dann würde es mir nicht sonderlich behagen. Aber die Frage ist: Macht mir diese Aussicht so viel Angst, daß ich mich von meinem Vorhaben abbringen lasse?« Er setzte sich neben mich auf die Chaiselongue und nahm meine Hand in die seine. Sie war warm, und seine Nähe tat mir gut.

»Während jener Wochen, in denen ich mich in der Abtei erholte, habe ich es mir gründlich überlegt, Sassenach. Und dann wieder, als wir nach Paris kamen. Und noch einmal, als ich Charles Stuart kennenlernte.« Er schüttelte den Kopf und beugte sich über unsere ineinander verschlungenen Hände.

»Aye, ich sehe mich auf dem Schafott stehen. Ich sah die Galgen in Wentworth – hab' ich dir das erzählt?«

»Nein, das hast du nicht.«

Er nickte. Mit gedankenverlorenem Blick vertiefte er sich in die Erinnerung.

»Man führte uns auf den Hof, uns, die Insassen der Todeszelle. Wir mußten uns nebeneinander aufstellen, um die Hinrichtung zu beobachten. An diesem Tag wurden sechs Männer gehängt. Männer, die ich kannte. Ich sah jeden einzelnen die Stufen hinaufsteigen – zwölf Stufen waren es – und mit gefesselten Händen dastehen und in den Hof hinunterstarren, während ihnen die Schlinge um den Hals gelegt wurde. Und ich fragte mich, wie ich es schaffen sollte, diese Stufen hinaufzusteigen, wenn ich an die Reihe käme. Würde ich weinen und beten wie John Sutter oder aufrecht stehen wie Willie MacLeod und einem Freund unten im Hof zulächeln?«

Plötzlich schüttelte er heftig den Kopf und lächelte mich bitter an. »Auf jeden Fall hat mir Monsieur Forez nichts erzählt, was ich nicht schon gewußt hatte. Aber es ist zu spät, *mo duinne*.« Er legte seine Hand auf meine. »Ja, ich habe Angst. Aber wenn mich die Hoffnung auf Heimat und Freiheit nicht zur Umkehr bewegt, dann wird es auch nicht die Furcht tun. Nein, *mo duinne*. Es ist zu spät.«

24

Der Bois de Boulogne

Es erwies sich, daß Monsieur Forez' Besuch nur der erste einer Reihe merkwürdiger Zwischenfälle war.

»Unten wartet ein Italiener auf Sie, Madame«, teilte mir Magnus mit. »Seinen Namen wollte er nicht nennen.« Als ich den zusammengekniffenen Mund des Butlers sah, war mir klar, daß der Gast Magnus dafür mit einigen anderen Ausdrücken bedacht hatte.

Das reichte, um mir über die Identität des »Italieners« Aufschluß zu geben, und so war meine Überraschung gering, als ich den Salon betrat und Charles Stuart am Fenster stehen sah.

Er wirbelte herum, den Hut in der Hand, und war offensichtlich überrascht, mich zu sehen, denn er musterte mich mit offenem Mund. Doch er faßte sich rasch und verbeugte sich hastig.

»Der Herr von Broch Tuarach ist nicht zu Hause?« fragte er und zog mißvergnügt die Brauen zusammen.

»Nein«, erwiderte ich. »Darf ich Euch eine kleine Erfrischung anbieten, Hoheit?«

Neugierig sah er sich in dem vornehm ausgestatteten Salon um, schüttelte aber den Kopf. Soweit ich wußte, hatte er das Haus nur ein einziges Mal betreten, und zwar bei seiner Flucht über die Dächer. Weder er noch Jamie hielten es für ratsam, ihn zu unseren Abendgesellschaften einzuladen. Solange Louis ihn nicht offiziell empfing, würde sich der französische Adel nicht mit ihm abgeben.

»Nein, vielen Dank, Madame Fraser. Ich bleibe nicht lange, mein Diener wartet draußen, und ich habe noch einen weiten Weg bis nach Hause. Ich wollte meinen Freund James nur um einen Gefallen bitten.«

»Äh... ich bin überzeugt, daß mein Gatte Eurer Hoheit mit Freuden zu Diensten wäre – wenn es in seiner Macht steht«, antwortete ich bedächtig. Ich fragte mich, um welche Bitte es sich handelte. Vermutlich wollte er sich Geld leihen. In letzter Zeit hatte Fergus von seinen Beutezügen eine Menge ungeduldiger Briefe von Schneidern, Schuhmachern und anderen Gläubigern mitgebracht.

Charles lächelte – ein überraschend charmantes Lächeln.

»Ich weiß. Ich kann nicht mit Worten ausdrücken, wie hoch ich die treuen Dienste Ihres Gemahls schätze. In der desolaten Lage, in der ich mich befinde, wärmt mir der Anblick meines ergebenen Untertanen das Herz.«

»Oh?«

»Was ich erbitten will, ist nicht schwer zu erfüllen«, versicherte er mir. »Es geht nur darum, daß ich eine kleine Investition gemacht habe – eine Schiffsladung Portwein.«

»Wirklich?« sagte ich. »Wie interessant.« Murtagh war am Morgen nach Lissabon aufgebrochen, die Fläschchen mit Nesselsaft und Färberwurzel in der Tasche.

»Es ist eine unbedeutende Angelegenheit.« Mit einer großartigen Handbewegung tat Charles die Unternehmung ab, in die er jeden Pfennig, den er hatte borgen können, investiert hatte. »Aber ich habe den Wunsch, daß mein Freund James es auf sich nimmt, sich um die Fracht zu kümmern, sobald sie eintrifft. Es ziemt sich nicht«, bei diesen Worten straffte er die Schultern und hob unbewußt ein wenig die Nase, »wenn eine Person meines Standes als Kaufmann auftritt.«

»Ja, ich verstehe, Hoheit«, entgegnete ich und biß mir auf die Lippen. Ich fragte mich, ob er seinem Geschäftspartner St. Germain diesen Standpunkt ebenfalls klargemacht hatte – denn dieser betrachtete den jungen Thronprätendenten zweifellos als Person von geringerem Ansehen als den gesamten französischen Adel, und der stürzte sich ohne Skrupel ins Geschäftsleben, sobald sich eine Gewinnchance bot.

»Habt Ihr diese Investition ganz allein getätigt, Hoheit?« fragte ich unschuldig.

Er runzelte leicht die Stirn. »Nein, ich habe einen Partner. Aber er ist Franzose. Viel lieber würde ich die weitere Abwicklung des Geschäfts in die Hände eines Landsmanns legen. Außerdem«, fügte er nachdenklich hinzu, »habe ich gehört, daß mein lieber James ein überaus gerissener, fähiger Kaufmann ist. Vielleicht ist er in der Lage, den Wert meiner Investition durch einen umsichtigen Verkauf zu steigern.«

Ich wußte nicht, wer Charles von Jamies Fähigkeiten erzählt hatte, aber der Betreffende hatte es offenbar versäumt, ihm mitzuteilen, daß es wohl in ganz Paris keinen Weinhändler gab, den St. Germain weniger schätzte. Doch wenn alles wie geplant funktionierte, spielte das kaum eine Rolle. Und wenn nicht, dann löste St. Germain wahrscheinlich alle unsere Probleme, indem er Charles Stuart strangulierte, sobald er herausfand, daß dieser seinen verhaßtesten Rivalen mit dem Verkauf der einen Hälfte seines exklusiven Portweins beauftragt hatte.

»Ich bin sicher, mein Gatte wird sein Bestes tun, die Waren Eurer Hoheit zum größtmöglichen Nutzen aller Beteiligten zu veräußern«, antwortete ich wahrheitsgemäß.

Seine Hoheit dankte mir huldvoll, wie es sich für einen Prinzen ziemte, der die Dienste eines treuen Untertanen in Anspruch nahm. Er verbeugte sich, küßte mir höflich die Hand und verabschiedete sich unter zahlreichen Dankesbezeugungen. Magnus schloß, noch immer verstimmt und gänzlich unbeeindruckt, die Tür hinter ihm.

Jamie kam erst nach Hause, als ich schon schlief, aber beim Frühstück erzählte ich ihm von Charles' Besuch und seinem Anliegen.

»Ob Seine Hoheit es wohl dem Comte erzählen wird?« bemerkte Jamie. Nachdem er seinen verdauungsfördernden Haferbrei gelöffelt hatte, widmete er sich einem französischen Frühstück, bestehend aus dampfender Schokolade und Brötchen mit Butter. Beim Gedanken an die Reaktion des Comte verzog er den Mund zu einem breiten Grinsen.

»Ich frage mich, ob es Majestätsbeleidigung ist, wenn man einen Prinzen im Exil mit den Fäusten bearbeitet? Wenn nicht, hoffe ich, daß Seine Hoheit Sheridan oder Balhaldy bei sich hat, wenn St. Germain davon erfährt.«

Weitere Mutmaßungen in diese Richtung wurden abgeschnitten, da in der Halle plötzlich Stimmen laut wurden. Dann erschien Magnus in der Tür. Auf seinem Silbertablett lag ein Brief.

»Verzeihung, Monsieur«, sagte er mit einer Verbeugung. »Der Bote, der das gebracht hat, verlangt mit höchster Dringlichkeit, daß Ihnen die Nachricht sofort übergeben wird.«

Stirnrunzelnd nahm Jamie den Brief vom Tablett, riß ihn auf und las.

»Der Teufel soll ihn holen!« rief er ärgerlich.

»Was ist los? Es kann doch noch nicht von Murtagh sein?«

Er schüttelte den Kopf. »Nein. Es ist vom Aufseher des Lagerhauses.«

»Gibt's Ärger an den Docks?«

Auf Jamies Gesicht spiegelten sich widerstreitende Gefühle – Empörung und Belustigung.

»Das nicht gerade. Der Mann ist in Schwierigkeiten geraten, und zwar in einem Bordell. Er bittet demütig um Vergebung, hofft aber, daß ich es für angebracht halte, vorbeizukommen und ihm aus der Klemme zu helfen. Mit anderen Worten«, fuhr er fort, während er aufstand und seine Serviette zerknüllte, »er fragt an, ob ich seine Rechnung bezahle.«

»Hast du das vor?« fragte ich amüsiert.

Mit einem verächtlichen Schnauben fegte er die Krümel von seinem Schoß.

»Es wird mir nichts anderes übrigbleiben, wenn ich das Lagerhaus nicht selbst beaufsichtigen will – und dafür habe ich keine Zeit.« In Gedanken ging er die Arbeiten durch, die an diesem Tag erledigt werden mußten. Die vorliegende Sache würde ihn nicht wenig Zeit kosten, und auf seinem Schreibtisch stapelten sich Bestellungen, an den Docks warteten die Kapitäne und im Lagerhaus die Fässer.

»Ich nehme Fergus mit für die Botengänge«, sagte er resigniert. »Vielleicht kann er einen Brief zum Montmartre bringen, wenn ich keine Zeit dafür finde.«

»Ein gutes Herz zählt mehr als eine Adelskrone«, tröstete ich Jamie, der am Schreibtisch stand und wehmütig in den Papieren blätterte, die sich dort stapelten.

»Ach ja? Und wer vertritt diese Meinung?«

»Alfred, Lord Tennyson, glaube ich. Ein Dichter. Ich glaube nicht, daß er schon auf der Welt ist. Onkel Lamb hatte ein Buch mit den Werken berühmter englischer Dichter. Soweit ich mich erinnere, war auch was von Burns darunter – er ist Schotte«, erklärte ich. »Er sagt: ›Freiheit und Whiskey gehören zusammen.‹«

Jamie lachte. »Ob er ein Dichter ist, kann ich nicht beurteilen, aber ein Schotte ist er bestimmt.« Lächelnd beugte er sich zu mir herunter und küßte mich auf die Stirn. »Zum Abendessen bin ich wieder da, *mo duinne*. Gehab dich wohl.«

Ich verzehrte mein Frühstück und putzte auch noch Jamies Toast weg, dann zog ich mich zurück, um mein Morgennickerchen zu halten. Noch ein-, zweimal hatte ich leicht geblutet, doch seit einigen Wochen war alles gut. Dennoch legte ich mich, sooft es ging, ins Bett oder auf die Chaiselongue und ging nur hinunter, um im Salon Besucher zu empfangen oder um mit Jamie im Speisezimmer zu essen. Doch als ich mittags hinunterkam, stand nur ein Gedeck auf dem Tisch.

»Ist der Herr noch nicht heimgekommen?« fragte ich überrascht. Der ältliche Butler schüttelte den Kopf.

»Nein, Madame.«

»Nun, ich bin sicher, daß er bald kommt. Sorgen Sie dafür, daß das Essen für ihn bereitsteht.« Ich war jedoch zu hungrig, um auf Jamie zu warten.

Nach dem Essen legte ich mich wieder hin. Gegenwärtig wurde in unserem Ehebett nur gelesen und geschlafen und beides tat ich ausgiebig. Auf dem Bauch zu liegen war unmöglich und die Rückenlage unbequem, weil das Baby unruhig wurde. Folglich legte ich mich auf die Seite und rollte mich um meinen rundlichen Unterleib wie eine Cocktailkrabbe um eine Kaper. Ich schlief selten tief, meist döste ich und ließ mich in Phantasien treiben, die sich um die sanften Bewegungen des Kindes rankten.

In meinen Träumen fühlte ich Jamies Nähe, aber als ich die Augen öffnete, war niemand im Raum, also schloß ich sie wieder und fühlte mich eingelullt, als schwömme auch ich schwerelos in einem warmen See.

Irgendwann am Spätnachmittag wurde ich durch ein leises Klopfen an der Schlafzimmertür geweckt.

»Entrez«, sagte ich, während ich blinzelnd aufwachte. Es war der Butler Magnus, der entschuldigend Besucher meldete.

»Es ist die Princesse de Rohan, Madame. Die Prinzessin wünschte zu warten, bis Sie erwacht sind, aber als auch Madame d'Arbanville eintraf, dachte ich, vielleicht...«

»Schon gut Magnus.« Mühsam richtete ich mich auf und ließ die Füße über den Rand des Bettes gleiten. »Ich komme.«

Über den Besuch freute ich mich. Seit einem Monat gaben wir keine Gesellschaften mehr, und ich vermißte das geschäftige Treiben und die Gespräche, so albern sie manchmal waren. Louise besuchte mich oft, um mich mit Neuigkeiten vom Hof zu versorgen, aber Marie d'Arbanville hatte ich schon seit einiger Zeit nicht mehr gesehen. Ich fragte mich, was sie herführte.

Behäbig stieg ich die Treppe hinunter. Obwohl die Tür zum Salon geschlossen war, konnte ich die Stimmen deutlich hören.

»Glauben Sie, sie weiß schon Bescheid?«

Diese Frage – in einem Ton, der den pikantesten Klatsch versprach – drang an mein Ohr, als ich den Salon gerade betreten wollte.

Es war die Stimme von Marie d'Arbanville. Aufgrund der Stellung ihres erheblich älteren Mannes war sie in allen Häusern gern gesehen. Selbst für französische Verhältnisse nahm sie überaus regen Anteil am gesellschaftlichen Leben und war über jeden Skandal im Raum von Paris informiert.

»Worüber soll sie Bescheid wissen?«

Die hohe, getragene Stimme von Louise vermittelte das unerschütterliche Selbstbewußtsein der geborenen Aristokratin, die es wenig kümmert, wer worüber Bescheid weiß.

»Oh, Sie haben es auch noch nicht gehört!« Marie stürzte sich begeistert auf dieses Eingeständnis. »Meine Güte, natürlich, ich habe es ja selbst erst vor einer Stunde erfahren.«

Und läuft hierher, um es mir brühwarm zu erzählen, dachte ich. Was immer »es« sein mochte, ich hielt es für besser, in der Halle zu bleiben und die unbeschönigte Version zu hören.

»Es geht um den Herrn von Broch Tuarach«, erklärte Marie. Ich konnte mir vorstellen, wie sie sich vorbeugte, wie ihre grünen Augen hin und her huschten und vor Eifer funkelten. »Heute morgen hat er einen Engländer zum Duell gefordert – wegen einer Hure!«

»Was?« Louises erstaunter Ausruf übertönte mein Keuchen. Ich klammerte mich an dem Tischchen fest, neben dem ich stand, und vor meinen Augen tanzten schwarze Flecken.

»O ja!« rief Marie. »Jacques Vincennes war dabei. Er hat meinem Mann alles erzählt! Es war in diesem Bordell unten am Fischmarkt – stellen Sie sich vor, zu so früher Stunde ein Bordell aufzusuchen! Männer sind wirklich seltsam. Auf jeden Fall hat Jacques mit Madame Elise, der Inhaberin des Etablissements, etwas getrunken, als plötzlich ein entsetzlicher Schrei aus dem oberen Stockwerk drang, und dann gab es ein Gepolter und einen heftigen Wortwechsel.«

Sie hielt inne, um Atem zu schöpfen – und die dramatische Wirkung zu steigern. Ich hörte, wie ein Getränk eingeschenkt wurde.

»Jacques rannte natürlich zur Treppe – zumindest behauptet er das. Ich vermute, daß er sich in Wirklichkeit hinter dem Sofa versteckt hat, er ist ein schrecklicher Feigling – und nach weiterem Lärmen und Schreien tat es einen großen Schlag, und ein englischer Offizier polterte die Treppe hinunter, nur halb bekleidet, ohne Perücke – er torkelte gegen die Wand. Und wer erscheint oben an der Treppe wie der Rachegott persönlich, niemand anders als unser *petit* James!«

»Nein! Und ich hätte geschworen, daß er der letzte wäre... aber fahren Sie fort! Was geschah dann?«

Eine Teetasse wurde behutsam auf dem Unterteller abgesetzt, dann erklang wieder die Stimme Maries, die vor Aufregung jede Mäßigung vergaß.

»Als der Engländer wie durch ein Wunder heil unten ankam, drehte er sich um und blickte zu dem Herrn von Tuarach hinauf. Jacques sagt, für einen Mann, der gerade mit offenem Hosenlatz die Treppe hinuntergestoßen worden ist, habe er große Selbstbeherrschung bewiesen. Er lächelte – nicht freundlich, wissen Sie, eher gehässig – und sagte: ›Gewalt wäre nicht nötig gewesen, Fraser. Sie hätten doch gewiß warten können, bis Sie dran sind? Ich möchte meinen, daß Sie zu Hause gut bedient werden. Aber manchen Leuten macht es mehr Spaß, wenn sie dafür bezahlen.‹«

Entrüstet rief Louise: »Wie schrecklich! Die *canaille*! Aber natürlich kann den Herrn von Tuarach eine solche Beleidigung nicht treffen...« Ich merkte an ihrer Stimme, wie Freundschaft und Klatschsucht miteinander rangen. Es überraschte mich nicht, daß die Klatschsucht siegte.

»Der Herr von Broch Tuarach kann die Gunst seiner Frau zur Zeit nicht genießen. Sie ist in anderen Umständen, und die Schwangerschaft ist gefährdet. Daher befriedigt er seine Bedürfnisse in einem Bordell, wie es sich für einen Ehrenmann geziemt. Aber fahren Sie fort, Marie! Was geschah dann?«

»Nun gut.« Marie schöpfte Atem, als sie sich dem Höhepunkt ihrer Geschichte näherte. »Der Herr von Tuarach rannte die Treppe hinunter, packte den Engländer am Hals und schüttelte ihn wie eine Ratte!«

»*Non! Ce n'est pas vrai!*«

»Aber ja! Drei Diener von Madame Elise waren nötig, um ihn zu bändigen – ein wunderbar starker Mann, nicht wahr? So wild und ungestüm!«

»Ja, und weiter?«

»Ach ja, Jacques sagt, der Engländer habe nach Luft gerungen. Dann richtete er sich auf und sagte zum Herrn von Tuarach: ›Schon zweimal hätten Sie mich beinah umgebracht, Fraser. Vielleicht gelingt es Ihnen eines Tages.‹ Und der Herr von Tuarach fluchte in dieser schrecklichen schottischen Sprache – ich verstehe kein Wort, Sie etwa? –, befreite sich aus dem Griff der Männer, die ihn hielten, schlug den Engländer mit der Hand ins Gesicht und sagte: ›Morgen bei Tagesanbruch sind Sie ein toter Mann!‹ Damit drehte er sich um, eilte wieder die Treppe hinauf, und der Engländer ging. Jacques meint, er sei kreidebleich gewesen – kein Wunder! Stellen Sie sich vor!«

Auch ich stellte es mir vor.

»Geht es Ihnen gut, Madame?« Magnus' besorgte Stimme übertönte Louises Ausrufe des Erstaunens. Hilfesuchend streckte ich die Hand aus. Er nahm sie sofort und stützte mit der anderen Hand meinen Ellbogen.

»Nein. Es geht mir nicht gut. Bitte ... sagen Sie es den Damen?« Kraftlos deutete ich auf den Salon.

»Selbstverständlich, Madame. Sogleich, aber zuerst bringe ich Sie auf Ihr Zimmer. Hier entlang, *chére Madame* ...« Er führte mich die Treppe hinauf, wobei er tröstende Worte murmelte, und geleitete mich zur Chaiselongue im Schlafzimmer. Dann ließ er mich allein, versprach aber, sofort ein Mädchen heraufzuschicken.

Ich wartete jedoch nicht ab, bis Hilfe kam. Nachdem ich den ersten Schock überwunden hatte, fand ich die Kraft aufzustehen. Ich tastete mich zur Kommode, auf der mein kleiner Medizinkasten stand. Zwar rechnete ich nicht damit, jetzt noch ohnmächtig zu werden, aber ich besaß ein Fläschchen mit Riechsalz, das ich für den Notfall zur Hand haben wollte.

Doch als ich den Deckel öffnete, erstarrte ich. Einen Augenblick lang weigerte sich mein Verstand zu registrieren, was meine Augen sahen: das zusammengefaltete Blatt Papier, das sorgfältig zwischen die Fläschchen geklemmt war. Meine Finger zitterten, als ich es herausholte.

Es tut mir leid. Kühn und schwarz standen die Worte mitten auf dem Papier. Der Buchstabe J war ebenso sorgfältig daruntergesetzt. Aber darunter waren hastig noch zwei Worte hingekritzelt worden, ein verzweifeltes Postskriptum: *Ich muß!*

»Du mußt«, flüsterte ich vor mich hin, dann gaben meine Knie nach. Als ich auf dem Boden lag, sah ich die Holztäfelung der Decke über mir flimmern. Da fiel mir ein, daß ich bisher immer angenommen hatte, die Neigung der Damen des achtzehnten Jahrhunderts, in Ohnmacht zu fallen, sei auf zu eng geschnürte Mieder zurückzuführen. Jetzt glaubte ich eher, daß der Schwachsinn der Männer des achtzehnten Jahrhunderts dafür verantwortlich war.

In nächster Nähe vernahm ich einen Schrei des Entsetzens, dann hoben mich hilfreiche Hände auf; unter mir spürte ich eine tröstlich weiche Matratze und auf der Stirn und den Handgelenken kühle, nach Essig riechende Tücher.

Bald war ich wieder Herrin meiner Sinne, verspürte aber keine Lust zu sprechen. Also versicherte ich den Mädchen, es gehe mir gut, scheuchte sie aus dem Zimmer und lehnte mich in die Kissen zurück, um nachzudenken.

Natürlich war es Jack Randall, und Jamie hatte sich aufgemacht, ihn zu töten. Das war der einzige klare Gedanke, den ich in diesem Sumpf aus Entsetzen und wirren Vermutungen fassen konnte. Warum aber? Was konnte ihn bewegen, das Versprechen zu brechen, das er mir gegeben hatte?

Ich versuchte, mir einen Reim auf die Ereignisse zu machen, von denen Marie – wenn auch aus dritter Hand – berichtet hatte. Dahinter steckte mehr als nur der Schreck über eine unerwartete Begegnung. Ich kannte den Hauptmann, und zwar wesentlich besser, als mir angenehm war. Daher konnte ich mir ziemlich sicher sein, daß er die üblichen Dienstleistungen eines Bordells nicht in Anspruch nehmen würde. Sich mit einer Frau zu vergnügen entsprach nicht seinem Naturell. Was er genoß – was er brauchte –, waren Angst, Schmerz und Demütigung.

Diese Handelswaren waren natürlich ebenfalls käuflich, wenn auch zu einem etwas höheren Preis. Bei meiner Arbeit im Hôpital des Anges hatte ich genug gesehen, um zu wissen, daß es *Putains* gab, deren wichtigstes Kapital nicht zwischen ihren Beinen lag, sondern in ihren starken Knochen und ihrer teuren, verletzlichen Haut, die leicht blaue Flecken bekam, bestand.

Und wenn Jamie, dessen eigene Haut von Randalls Liebesbezeugungen vernarbt war, auf den Hauptmann gestoßen war, während dieser sich mit einer Dame des Etablissements auf solche Weise vergnügte, dann hätte ihn das alle Versprechungen vergessen lassen können. Unter der linken Brustwarze hatte er eine kleine, weiße Narbe – da hatte er sich das Brandmal von Jonathan Randalls Siegelring aus der Haut geschnitten. Die maßlose Wut, die ihn dazu getrieben hatte, sich lieber selbst zu verletzen, als diese Demütigung zu tragen, konnte leicht wieder hervorbrechen, um seinen Peiniger – und dessen unselige Nachkommen – zu vernichten.

»Frank«, flüsterte ich, und meine linke Hand umschloß unwillkürlich den goldenen Ehering. »O mein Gott, Frank.« Für Jamie war Frank nicht mehr als ein Geist, die verschwommene Möglichkeit einer Zuflucht für mich. Für mich war Frank der Mann, mit dem ich gelebt und mein Bett geteilt – und den ich schließlich verlassen hatte, um bei Jamie Fraser zu bleiben.

»Ich kann nicht«, flüsterte ich in die Leere, die mich umgab. »Ich kann es nicht zulassen.«

Das Licht des Nachmittags wich den grauen Schatten der Dämmerung. Es herrschte eine beklemmende Weltuntergangsstimmung. *Morgen bei Tagesanbruch sind Sie ein toter Mann.* Jamie heute nacht zu suchen war ein aussichtsloses Unterfangen. Ich wußte, daß er nicht in die Rue Tremoulins zurückkehren würde, sonst hätte er mir keine Nachricht hinterlassen. Er würde es nicht fertigbringen, die ganze Nacht neben mir zu liegen – im Bewußtsein dessen, was er am Morgen vorhatte. Zweifellos war er in einer Taverne eingekehrt, um sich dort ungestört auf den Akt der Gerechtigkeit vorzubereiten, den zu vollbringen er sich geschworen hatte.

Ich glaubte zu wissen, wo die Hinrichtung stattfinden sollte. Da er sich nur allzugut an sein erstes Duell erinnerte, hatte sich Jamie die Haare kurzgeschoren. Und natürlich würde ihm auch wieder einfallen, welcher Ort sich für die Austragung eines illegalen Duells anbot. Der Bois de Boulogne, unweit des Pfades der Sieben Heiligen. Die Bäume des Wäldchens standen so dicht, daß die Kämpfenden nicht fürchten mußten, entdeckt zu werden. Auf einer schattigen Lichtung würden sich morgen früh James Fraser und Jack Randall gegenüberstehen. Und ich würde dabeisein.

Ich lag auf dem Bett, ohne mich auszuziehen oder zuzudecken. Die Dämmerung ging über in schwarze Nacht, und ich wußte, daß ich keinen Schlaf finden würde. Das einzige, was mich tröstete, waren die Bewegungen meines Kindes, während mir das Echo von Jamies Worten in den Ohren klang: *Morgen bei Tagesanbruch sind Sie ein toter Mann.*

Der Bois de Boulogne war ein kleines Gehölz, fast noch ein Urwald, der wie ein Fremdkörper am Rande von Paris lag. Es hieß, in den Tiefen des Waldes gebe es nicht nur Füchse und Dachse, sondern auch Wölfe, aber dadurch ließen sich die Liebespaare nicht abschrecken, die im Schutz der Bäume schäkerten. Der Wald bot Zuflucht vom Lärm und Schmutz der Stadt, und nur seine Lage verhinderte, daß sich der Adel dort tummelte. Er wurde vor allem von den Anwohnern genutzt, die im Schatten der mächtigen Eichen und der hellen Birken Erholung suchten – und von all jenen, die ungestört sein wollten.

Der Wald war klein, aber doch zu groß, um ihn auf der Suche nach einer Lichtung, die sich für ein Duell eignete, zu Fuß zu durchstreifen. Während der Nacht hatte es zu regnen begonnen, und das Licht der Dämmerung wurde durch Wolken gedämpft. Der Wald schien zu wispern, das leise Trommeln des Regens auf den Blättern verschmolz mit dem gedämpften Rascheln der belaubten Zweige.

Die Kutsche hielt auf dem Weg, der durch den Wald führte, bei einer Ansammlung baufälliger Häuser. Ich hatte dem Kutscher genaue Anweisungen gegeben; er schwang sich von seinem Sitz, band die Pferde fest und verschwand in einem der Häuser. Die Leute, die am Waldrand wohnten, wußten, was dort vor sich ging. Es konnte nicht allzu viele Plätze geben, die sich für ein Duell eigneten, und diese waren ihnen sicherlich bekannt.

Ich lehnte mich zurück und zog den schweren Umhang enger um mich. Die Erschöpfung einer schlaflosen Nacht zehrte an mir, und die Furcht lag mir bleischwer im Magen. Und da war auch der schwelende Zorn, den ich beiseite schob, damit er mir bei meiner Aufgabe nicht in die Quere kam.

Doch die Wut stieg immer wieder auf, wenn ich nicht auf der Hut war. Wie konnte er das tun? Ich sollte nicht hier sein, ich sollte zu Hause im Bett neben Jamie liegen, ruhig und geborgen. Ich verstand, daß er aufgebracht war. Aber es stand ein Menschenleben auf dem Spiel, um Himmels willen. Wie konnte er seinen verdammten Stolz wichtiger nehmen als das? Und einfach verschwinden, ohne ein Wort der Erklärung, so daß ich von Klatschbasen aus der Nachbarschaft erfahren mußte, was passiert war?

»Du hast es mir versprochen, Jamie, verdammt sollst du sein, du hast es mir *versprochen!*« flüsterte ich. Der Wald war still, tropfnaß, nebelverhüllt. Waren sie schon da? Würden sie sich hier treffen? Hatte ich mich geirrt?

Der Kutscher kam zurück in Begleitung eines vielleicht vierzehnjährigen Jungen, der behende auf den Kutschbock sprang und mit einer ausladenden Handbewegung nach links wies. Der Kutscher ließ die Peitsche knallen und schnalzte mit der Zunge, so daß die Pferde in einen langsamen Trab fielen, und wir bogen in den Weg ein, der in die Schatten des erwachenden Waldes führte.

Zweimal hielten wir an, der Junge sprang vom Kutschbock und verschwand im Unterholz, kam jedoch nach kurzer Zeit wieder und schüttelte den Kopf. Als er beim drittenmal wiederkehrte, stand ihm die Erregung so deutlich ins Gesicht geschrieben, daß ich den Wagenschlag schon geöffnet hatte, bevor der Junge dem Kutscher etwas zurufen konnte.

Das Geld hatte ich schon in der Hand. Ich warf es ihm zu, packte ihn am Ärmel und sagte: »Zeig mir, wo sie sind! Rasch, beeil dich!«

Die Zweige, die mir ins Gesicht schlugen, bemerkte ich ebensowenig wie die Nässe, die in meine Kleider drang, als ich die Blätter streifte.

Ich hörte sie, bevor ich sie sah. Sie hatten bereits angefangen. Das Klirren der Waffen wurde durch das feuchte Laubwerk gedämpft, war aber deutlich vernehmbar. Kein Vogel sang an diesem Morgen, doch die tödliche Stimme des Kampfes klang mir in den Ohren.

Die beiden fochten im Hemd; sie waren vom Regen durchnäßt, so daß sich Schultern und Rücken deutlich abzeichneten.

Jamie hatte gesagt, er sei der bessere Kämpfer. Vielleicht war das richtig, aber auch Jonathan Randall verstand es, das Schwert zu führen. Geschmeidig wie eine Schlange wich er den Schlägen aus, sein Schwert blitzte auf wie ein silberner Reißzahn. Jamie war nicht minder schnell, verblüffend anmutig für seine Größe, leichtfüßig und sicher. Wie angewurzelt stand ich da und wagte nicht, nach Jamie zu rufen, um ihn nicht abzulenken. Hiebe austeilend und parierend, tänzelten sie behende über den weichen Boden.

Reglos beobachtete ich sie. Vor Tagesanbruch war ich aufgebrochen, um sie aufzuspüren und aufzuhalten. Und jetzt, wo ich sie gefunden hatte, durfte ich nicht eingreifen, weil eine Störung verhängnisvoll sein konnte. Es blieb mir nichts anderes übrig, als abzuwarten, welcher von beiden sterben würde.

Randall hob sein Schwert, um einen Schlag abzuwehren, war aber nicht schnell genug – auf die Wucht des Hiebes, der ihm die Waffe aus der Hand schlug, war er nicht gefaßt.

Ich öffnete den Mund, um zu schreien. Ich wollte Jamies Namen rufen, um ihn jetzt zu bremsen, in dem Augenblick, der mir noch blieb, zwischen der Entwaffnung des Gegners und dem Todesstoß, der folgen mußte. Tatsächlich kam ein Schrei über meine Lippen, aber er klang schwach und erstickt. Während ich dastand und den Kampf beobachtete, fuhr mir ein stechender Schmerz durch den Rücken. Ich hatte das Gefühl, daß etwas in mir brach. Blind tastend griff ich nach dem nächstbesten Zweig. Ich sah Jamies Gesicht, von stillem Jubel erfüllt, und mir wurde klar, daß er durch den Nebel der Gewalt, der ihn umgab, nichts hörte und nichts sah. Randall, vor der erbarmungslosen Klinge zurückweichend, rutschte auf dem nassen Gras aus und ging in die Knie. Er versuchte aufzustehen, was ihm auf dem glitschigen Boden nicht gelang. Sein Halstuch war zerrissen und sein Hals entblößt.

Wie durch einen Nebel sah ich Jamies Schwert niedersausen, elegant und gnadenlos, kalt wie der Tod. Die Spitze berührte die Taille am Bund der Rehlederhose, stach zu und fuhr mit einer raschen Drehbewegung nach unten, so daß sich das Leder tiefrot verfärbte.

Blut strömte heiß über meine Schenkel, und die Kälte drang in meinen Körper ein, bis in die Knochen. Die Verbindung zwischen Becken und Rücken schien zu zerbrechen. Ich spürte die Spannung mit jeder Welle des Schmerzes, die mein Rückgrat hinunterfuhr und im Unterleib explodierte, ein zerstörerischer Schlag der verbrannte Erde zurückließ.

Mit meinem Körper schien auch mein Verstand in die Brüche zu gehen. Ich sah nichts, wußte aber nicht, ob ich die Augen geöffnet oder geschlossen hatte. Alles löste sich in einem schwarzen Wirbel auf, in dem hie und da Muster aufblitzten.

Der Regen prasselte auf mein Gesicht, meinen Hals und meine Schultern. Jeder Tropfen prallte kalt auf, dann wurde er zu einem winzigen, warmen Strom, der über meine ausgekühlte Haut rann.

Diese Wahrnehmung war überdeutlich und losgelöst von dem quälenden, wellenartigen Schmerz in meinem Unterleib. Ich zwang mich, meine Gedanken darauf zu konzentrieren und die leise, nüchterne Stimme in meinem Innern zu überhören, die Stimme, die klang, als diktiere sie Stichpunkte für ein Krankenblatt: »Du hast eine Blutung. Nach der Blutmenge zu urteilen, ist die Plazenta gerissen. In der Regel tödlich. Der Blutverlust erklärt das taube Gefühl in Händen und Füßen und die beeinträchtigte Sehkraft. Es heißt, das Gehör ist die letzte Sinneswahrnehmung, die schwindet. Anscheinend stimmt das.«

Ob es mir nun als letzte Sinneswahrnehmung geblieben war oder nicht, hören konnte ich noch. Genauer gesagt, ich hörte Stimmen, die meisten aufgeregt, manche um Ruhe bemüht, alle Französisch sprechend. Ein Wort konnte ich hören und verstehen – meinen Namen, der wie aus weiter Ferne immer wieder gerufen wurde. »Claire! Claire!«

»Jamie«, wollte ich sagen, aber meine Lippen waren steif und gefühllos vor Kälte. Rühren konnte ich mich nicht. Das Durcheinander um mich herum beruhigte sich allmählich; Leute trafen ein, die wenigstens bereit waren zu handeln, als wüßten sie, was zu tun war.

Vielleicht wußten sie es wirklich. Die durchtränkte Masse meines Rockes wurde sanft von mir genommen und statt dessen ein dickes Stoffbündel zwischen meine Beine geschoben. Hilfreiche Hände drehten mich auf die linke Seite und zogen meine Knie an die Brust hoch.

»Bringt sie ins Spital«, schlug jemand vor.

»So lange lebt sie nicht mehr«, meinte pessimistisch ein anderer. »Wir können ebensogut noch ein paar Minuten warten und dann gleich den Leichenkarren bestellen.«

»Nein«, beharrte ein dritter. »Die Blutung läßt nach. Vielleicht überlebt sie. Außerdem kenne ich sie, ich habe sie im Hôpital des Anges gesehen. Bringt sie zu Mutter Hildegarde.«

Ich nahm alle Kraft zusammen, die mir geblieben war, und flüsterte: »Mutter.« Dann gab ich den Kampf auf und überließ mich der Dunkelheit!

25

Raymond, der Ketzer

Das hohe gotische Gewölbe über mir wurde von Kreuzrippen getragen, die sich, von vier Pfeilern ausgehend, am höchsten Punkt trafen und Spitzbögen bildeten – typisch für die Architektur des vierzehnten Jahrhunderts.

Mein Bett, das von schützenden Gazevorhängen umgeben war, stand unter einem solchen Gewölbe. Der Mittelpunkt der Kreuzrippen lag jedoch nicht direkt über mir; mein Bett war ein wenig vom Zentrum abgerückt. Das beunruhigte mich jedesmal, wenn ich aufblickte. Ich wünschte, ich könnte mein Bett durch bloße Willenskraft verschieben, als würde mir die Lage unter dem Mittelpunkt des Gewölbes helfen, meine eigene Mitte zu finden.

Wenn ich überhaupt noch eine Mitte besaß. Ich fühlte mich verletzt und zerbrechlich, als wäre ich geschlagen worden. Meine Gelenke schmerzten, sie schienen sich gelockert zu haben wie die Zähne eines Skorbutkranken. Mehrere dicke Decken lagen auf mir; da jedoch kein bißchen Wärme von mir ausging, konnten sie auch keine Wärme einfangen. Die Kälte jenes regnerischen Morgens steckte mir in den Knochen.

All diese körperlichen Symptome registrierte ich objektiv, als gehörten sie zu jemand anderem. Daneben empfand ich nichts. Das alte, logische Schaltzentrum in meinem Gehirn existierte noch, aber ohne die Hülle der Gefühle, durch die seine Äußerungen sonst gefiltert wurden – sie waren tot oder gelähmt oder einfach nicht mehr da. Ich wußte es nicht, und es war mir auch gleich. Seit fünf Tagen lag ich im Hôpital des Anges.

Mutter Hildegardes lange Finger glitten mitfühlend sanft unter das Nachthemd, das ich trug, drangen tastend in die Tiefen meines Schoßes, suchten die harten Ränder einer sich zurückbildenden Gebärmutter. Doch das Fleisch war weich wie eine reife Frucht und gab unter ihren Fingern nach. Ich zuckte zusammen, als sie tief eindrangen, und die Oberin runzelte die Stirn und flüsterte etwas, vielleicht ein Gebet.

Aus dem Gemurmel hörte ich einen Namen heraus und fragte: »Raymond? Sie kennen Maître Raymond?« Ein ungleicheres Paar als diese respekteinflößende Nonne und den Gnom aus dem Schädelkabinett konnte ich mir kaum vorstellen.

Erstaunt zog Mutter Hildegarde ihre dichten Brauen hoch.

»Maître Raymond, sagen Sie? Diesen gottlosen Scharlatan? *Que Dieu nous en garde!*« Gott bewahre.

»Oh. Ich dachte, Sie hätten ›Raymond‹ gesagt.«

»Ah.« Die Finger nahmen ihre Arbeit wieder auf und suchten in der Leistengegend nach geschwollenen Lymphknoten, die auf eine Infektion schließen lassen würden. Daß Schwellungen da waren, wußte ich. Ich hatte sie selbst ertastet, als meine Hände immer wieder ruhelos und in dumpfer Trauer über meinen leeren Bauch geglitten waren. Ich spürte auch das Fieber, den Schmerz und die Kälte, die mir in den Knochen saß.

»Ich habe den heiligen Raymond Nonnatus um Hilfe angefleht«, erklärte Mutter Hildegarde, während sie ein Tuch in kaltem Wasser auswrang. »Er ist der Schutzheilige aller werdenden Mütter.«

»Zu denen gehöre ich jetzt nicht mehr.« Unbeteiligt sah ich den Schmerz in ihren Augen, doch der Ausdruck verflog sofort wieder, als sie meine Stirn abwischte und den kühlen Lappen über meine Wangen und meinen heißen, feuchten Hals gleiten ließ.

Bei der Berührung mit dem kalten Wasser zitterte ich plötzlich. Mutter Hildegarde hielt inne und legte mir mitfühlend die Hand auf die Stirn.

»Der heilige Raymond ist da nicht heikel«, sagte sie mit leichtem Tadel. »Ich selbst hole mir Hilfe, wo ich sie bekommen kann. Das würde ich auch Ihnen empfehlen.«

»Mhm.« Ich schloß die Augen und fand Zuflucht in einem grauen Nebel. Jetzt entdeckte ich matte Lichter in diesem Nebel, knisternd wie Wetterleuchten am sommerlichen Horizont.

Ich hörte das Klicken der Rosenkranzperlen aus schwarzem Gagat, als sich Mutter Hildegarde aufrichtete, und die leise Stimme einer Schwester, die in der Tür stand und die Oberin zu einem anderen Notfall rief. Sie hatte schon fast die Tür erreicht, als ihr ein

Gedanke kam. Die schweren Röcke raschelten, als sie sich umdrehte und gebieterisch auf das Fußende meines Bettes deutete.

»Bouton!« sagte sie. »*Au pied, reste!*«

Ohne zu zögern, machte der Hund kehrt und sprang auf mein Bett. Dort angekommen, brauchte er eine Weile, um das Bettzeug mit den Pfoten zu bearbeiten und sich dreimal um die eigene Achse zu drehen, als wollte er böse Geister verscheuchen. Aber schließlich ließ er sich zu meinen Füßen nieder und legte mit einem tiefen Seufzer den Kopf auf die Pfoten.

Zufrieden sah uns Mutter Hildegarde an, dann verabschiedete sie sich mit einem »*Que Dieu vous bénisse, mon enfant*« und verschwand.

Durch den Nebel und die betäubende Kälte, die mich einhüllten, empfand ich so etwas wie Dankbarkeit für diese Geste. Da mir die Oberin kein Kind in die Arme legen konnte, hatte sie mir den besten Ersatz gegeben, den sie kannte.

Das struppige Tier auf meinen Füßen spendete mir tatsächlich körperlichen Trost. Bouton lag so still wie die Hunde zu Füßen der Könige auf den Grabplatten der Ruhestätten zu St. Denis. Seine Wärme verleugnete die marmorne Kälte meiner Füße, und seine Gegenwart war besser als das Alleinsein, aber auch besser als menschliche Gesellschaft, da er nichts von mir forderte. Nichts war genau das, was ich fühlte, und alles, was ich geben konnte.

Mit einem leisen Hundefurz legte sich Bouton zum Schlafen zurecht. Ich versuchte, ebenfalls einzuschlummern.

Irgendwann gelang es mir, und ich träumte. Fieberträume von Erschöpfung und Einsamkeit, von einer unlösbaren Aufgabe und der endlosen Mühe, sie zu erfüllen. Eine unaufhörliche, schmerzliche Anstrengung, unternommen an einem felsigen, öden Ort, von dichtem, grauem Nebel umgeben, durch den mich der Verlust verfolgte wie ein Gespenst.

Plötzlich erwachte ich und merkte, daß Bouton fort war. Aber trotzdem war ich nicht allein.

Raymonds Haaransatz zog sich in einer geraden Linie über seine breite Stirn. Sein dichtes graues Haar war zurückgekämmt und reichte ihm bis auf die Schultern, so daß die massive Stirn wie ein Felsüberhang hervortrat und das restliche Gesicht überschattete. Der Kopf schwebte über mir, und für meine Fieberaugen sah er aus wie ein Grabstein.

Während Raymond mit den Schwestern sprach, bewegten sich die Falten und Furchen seiner Stirn, und sie erschienen mir wie Buchstaben, die unter der Oberfläche des Steines lagen und versuchten, nach oben zu dringen, so daß man den Namen des Toten lesen konnte. Ich war überzeugt, daß sogleich mein eigener Name auf dem weißen Grabstein erscheinen würde und ich in diesem Augenblick wahrhaftig sterben würde. Ich bog den Rücken durch und schrie.

»Sehen Sie nur! Sie will Sie nicht dahaben, Sie abstoßender Mensch – Sie stören ihren Schlaf. Fort mit Ihnen!« Unnachgiebig packte Mutter Hildegarde Raymond am Arm und zerrte ihn weg. Er widerstand, die Füße fest in den Boden gestemmt. Aber Schwester Celeste kam mit ihren nicht geringen Kräften Mutter Hildegarde zu Hilfe, und gemeinsam hoben sie Raymond einfach hoch. Als sie sich entfernten, purzelte ein Holzschuh von einem verzweifelt zappelnden Fuß und fiel zu Boden.

Der Holzschuh blieb auf der Seite liegen, wie er hingefallen war, mitten auf einer sauber geschrubbten Steinfliese. In meinem Fieberdelirium konnte ich die Augen nicht davon abwenden. Immer wieder musterte ich die unwahrscheinlich glatte, abgenutzte Kante, um meinen Blick nicht auf die undurchdringliche Dunkelheit in meinem Innern richten zu müssen. Wenn ich in diese Dunkelheit hineingehen würde, würde meine Seele in den Sog des Chaos geraten. Sobald ich den Blick nach innen richtete, hörte ich wieder die Geräusche der Zeitreise durch den Steinkreis, und ich klammerte mich an die Bettdecke, um in dem Durcheinander Halt zu finden.

Plötzlich öffneten sich die Vorhänge, eine Hand griff nach dem Schuh und zog sich wieder zurück. Nachdem man mir meinen Fixpunkt genommen hatte, kreisten meine konfusen Gedanken noch eine Zeitlang um die Furchen zwischen den Fliesen. Ihre geometrische Regelmäßigkeit wirkte einlullend. Torkelnd wie ein Kreisel, der zum Stillstand kommt, glitt ich in einen unruhigen Schlaf.

In meinen Träumen fand ich jedoch keine Ruhe. Erschöpft taumelte ich durch ein Labyrinth sich wiederholender Formen, Windungen und Spiralen, bis ich schließlich mit unendlicher Erleichterung ein menschliches Gesicht erkannte.

Es waren sehr unregelmäßige Gesichtszüge, von einem furchtbaren Stirnrunzeln verzerrt, der Mund beschwörend gespitzt. Erst als ich den Druck einer Hand auf meinem Mund verspürte, merkte ich, daß es kein Traum war.

Der breite, lippenlose Mund der grotesken Erscheinung näherte sich meinem Ohr.

»Seien Sie ruhig, *ma chère*. Wenn man mich hier findet, bin ich erledigt!« Die großen dunklen Augen huschten hin und her, um etwaige Bewegungen der Vorhänge zu erspähen.

Ich nickte langsam, und als er meinen Mund losließ, hinterließen seine Finger einen Hauch von Salmiakgeist und Schwefel. Irgendwo hatte er eine schäbige, graue Mönchskutte gefunden – oder gestohlen –, unter der er den angeschmutzten Samt seiner Apothekerrobe verbarg, während die weite Kapuze das auffällige Silberhaar und die monströse Stirn bedeckte.

Der Fieberwahn legte sich ein wenig, und eine leise Neugier regte sich in mir. Schwach, wie ich war, brachte ich aber nur ein: »Was...« heraus, als er mir wiederum einen Finger auf die Lippen legte und das Laken wegzog, das mich bedeckte. Verwirrt sah ich, wie er die Bänder meines Hemdes löste und es bis zur Taille öffnete. Seine Bewegungen waren flink, geschäftsmäßig und vollkommen frei von Lüsternheit. Auch konnte ich mir nicht vorstellen, daß sich jemand an einer fiebergeschüttelten Halbtoten verging, vor allem nicht in Mutter Hildegardes Hörweite. Aber man konnte nie wissen...

Fasziniert, aber distanziert beobachtete ich, wie seine Hände meine Brüste umfaßten. Sie waren breit, nahezu quadratisch, die Finger fast gleich lang, und die ungewöhnlich großen, biegsamen Daumen legten sich erstaunlich behutsam um meine Brüste.

Ich spürte, wie meine sich versteifenden Brustwarzen gegen die harten Handflächen gepreßt wurden, die sich im Vergleich zu meiner erhitzten Haut kühl anfühlten.

»Jamie«, sagte ich und schauderte.

»Still, Madonna«, flüsterte Raymond. Seine Stimme klang freundlich, aber gedankenverloren, als wäre er – ungeachtet der intimen Berührung – mit seiner Aufmerksamkeit woanders.

Wieder schauderte ich. Es schien, als ginge die Hitze von mir auf ihn über, obwohl sich seine Hände nicht erwärmten. Seine Finger blieben kühl, während ich fror und zitterte und das Fieber stieg und fiel und allmählich aus meinen Knochen wich.

Das Nachmittagslicht drang gedämpft durch die dichten Gazevorhänge um mein Bett, so daß sich Raymonds Hände dunkel auf meinen hellen Brüsten abzeichneten. Die Schatten zwischen den kräftigen Fingern erschienen mir jedoch nicht schwarz, sondern... blau.

Ich schloß die Augen und sah bunte, wirbelnde Muster vor mir. Als ich die Augen wieder aufschlug, hatte ich den Eindruck, daß auch Raymonds Hände von Farbe umgeben waren.

Da das Fieber sank, konnte ich klarer denken. Ich blinzelte und wollte den Kopf heben, um besser sehen zu können. Mit sanftem Druck bedeutete mir Raymond jedoch liegenzubleiben, also ließ ich den Kopf wieder auf das Kissen sinken und spähte schräg über meine Brust.

Ich bildete mir das alles doch nicht etwa sein – oder? Zwar bewegten sich Raymonds Hände nicht, aber es lag ein Lichtschimmer über ihnen, der rosa und hellblau über meine weiße Haut tänzelte.

Nun erwärmten sich meine Brüste, aber es war eine natürliche, gesunde Wärme, nicht das quälende Brennen des Fiebers. Ein Luftzug aus dem offenen Bogengang drang durch die Vorhänge und streifte das feuchte Haar an meiner Schläfe, aber mir war nicht mehr kalt.

Raymond hatte den Kopf gesenkt, das Gesicht war unter der Kapuze der geborgten Kutte verborgen. Nach einer, wie mit schien, langen Zeit nahm er die Hände von meinen Brüsten und ließ sie ganz langsam über meine Arme gleiten. An den Schultern, Ellbogen, Handgelenken und Fingern hielt er inne und übte sanften Druck aus. Der Schmerz ließ nach, und ich glaubte, in meinem Oberarm eine zartblaue Linie wahrzunehmen, als leuchtete der Knochen von innen heraus.

Dann führte er seine Hände langsam zurück über die flache Wölbung des Schlüsselbeins und am Brustbein entlang nach unten, die Finger über meinen Rippen gespreizt.

Das Merkwürdige an der Sache war, daß mich das alles überhaupt nicht erstaunte. Es kam mir vollkommen natürlich vor, und unter dem formenden Griff seiner Hände entspannte sich mein gequälter Körper. Es war, als modellierten seine festen Hände meinen Körper wie weiches Wachs; nur mein Skelett veränderte sich nicht.

Nun ging ein seltsames Gefühl der Wärme von den breiten, kräftigen Händen aus. Sie bewegten sich bedächtig über meinen Körper, und ich *spürte* die kleinen Tode der Bakterien, die mein Blut übervölkerten – es waren winzige Explosionen, mit denen die Fünkchen der Infektion erloschen. ich spürte auch jedes einzelne meiner Organe, vollständig und dreidimensional, ich konnte jedes sehen, als läge es vor mir auf einem Tisch. Die Wärme breitete sich in jedem Organ aus, erhellte es wie eine kleine Sonne in meinem Innern, erstarb dann und wanderte weiter.

Raymond hielt inne, die Hände nebeneinander auf meinen geschwollenen Bauch gedrückt. Ich meinte zu sehen, wie er die Stirn runzelte, war mir aber nicht sicher. Der Kopf unter der Kapuze drehte sich, horchte, aber außer den gedämpften Geräuschen des Krankenhausbetriebs war nichts zu hören.

Ich keuchte und bewegte mich unwillkürlich, als eine Hand tiefer glitt und sich zwischen meine Beine legte. Durch verstärkten Druck der anderen Hand bedeutete mir Raymond zu schweigen, und seine plumpen Finger gruben sich in meinen Schoß.

Ich schloß die Augen und wartete, spürte, wie sich die Scheidenwände dieser seltsamen Invasion fügten und wie die Entzündung nach und nach abklang, während er behutsam tiefer eindrang.

Jetzt berührte er den Mittelpunkt meines Verlusts, und die Wände meiner wunden Gebärmutter zogen sich vor Schmerz zusammen. Ich stöhnte leise, biß aber die Zähne zusammen, als Raymond den Kopf schüttelte.

Die andere Hand legte sich tröstend auf meinen Unterleib, während tastende Finger die Gebärmutter berührten. Dann hielt er still, den Ursprung meiner Schmerzen zwischen den Händen haltend wie eine Kristallkugel, schwer und zerbrechlich zugleich.

»Jetzt«, sagte er leise. »Ruf ihn. Ruf den roten Mann. Ruf ihn.«

Der Druck der Finger innen und der Handfläche außen verstärkte sich, und ich preßte die Beine gegen das Bett, kämpfte dagegen an. Aber ich hatte keine Kraft mehr, und der unerbittliche Druck hielt an, zerbrach die Kristallkugel und setzte das Chaos im Innern frei.

Ich sah Bilder vor mir, schlimmer und wirklicher als das Elend meiner Fieberträume. Verlust und Trauer und Angst marterten mich, und der staubige Geruch nach Tod und weißer Kreide stieg mir in die Nase. Ich suchte in den wirren Gedankenmustern nach

Hilfe, dann hörte ich die Stimme, die geduldig wiederholte: »Ruf ihn.« Und ich griff nach diesem Halt.

»Jamie! JAMIE!«

Ein Hitzestrahl schoß durch meinen Bauch, von einer Hand zur anderen. Der harte Griff entspannte sich und löste sich von mir. Ich aber war von Leichtigkeit und Harmonie erfüllt.

Das Bettgestell erzitterte, als sich Raymond gerade noch rechtzeitig duckte.

»Madame! Ist alles in Ordnung?« Schwester Angelique schob sich durch die Vorhänge; das rundliche Gesicht unter dem Schleier war voller Sorge. Doch in ihren Augen sah ich Resignation. Die Schwestern wußten, daß ich bald sterben würde – Schwester Angelique machte sich darauf gefaßt, den Priester zu rufen, falls dies mein letzter Kampf sein sollte.

Ihre kleine, feste Hand streichelte meine Wange, berührte dann rasch meine Stirn und kehrte zur Wange zurück. Das Laken lag zerknüllt um meine Hüften, mein Hemd war offen. Ihre Hände glitten unter meine Achselhöhlen, wo sie kurz verweilten.

»Gott sei gelobt!« rief sie mit Tränen in den Augen. »Das Fieber ist gesunken!« Sie beugte sich über mich. Von plötzlicher Unruhe erfaßt, wollte sie sehen, ob das Verschwinden des Fiebers nicht etwa auf mein Ableben zurückzuführen war. Ich lächelte matt.

»Es geht mir gut. Sagen Sie es der Mutter.«

Sie nickte eifrig, verweilte nur noch kurz, um meine Blöße mit dem Laken zu bedecken, und eilte von dannen. Kaum hatten sich die Vorhänge hinter ihr geschlossen, da kroch Raymond unter dem Bett hervor.

»Ich muß gehen.« Er legte seine Hand auf meinen Kopf. »Alles Gute, Madonna.«

Schwach wie ich war, richtete ich mich auf und griff nach seinem Arm. Ich betastete seinen Oberarm, wurde aber nicht fündig. Bis hinauf zur Schulter war die Haut makellos. Erstaunt starrte er mich an.

»Was tun Sie da, Madonna?«

»Nichts.« Enttäuscht sank ich auf mein Kissen. Ich war zu schwach und zu benommen, um auf meine Worte zu achten.

»Ich wollte sehen, ob Sie eine Impfnarbe haben.«

»Impfnarbe?« Inzwichen verstand ich mich so gut darauf, Menschen zu durchschauen, daß es mir nicht entgangen wäre, wenn sich in seinem Gesicht das leiseste Begreifen gezeigt hätte. Aber ich sah nichts.

»Warum nennen sie mich immer noch Madonna?« fragte ich. Meine Hände ruhten auf meinem Bauch, ganz sanft, um diese schreckliche Leere nicht zu stören. »Ich habe mein Kind verloren.«

Er wirkte ein wenig überrascht.

»Ah. Ich habe Sie nicht deshalb Madonna genannt, weil Sie ein Kind erwarten, Madame.«

»Warum dann?« Ich rechnete eigentlich nicht mit einer Antwort, aber ich erhielt sie. Müde und ausgelaugt, wie wir beide waren, schien es, als befänden wir uns an einem Ort, wo weder Zeit noch Kausalität existierten. Zwischen uns gab es nur noch Raum für die Wahrheit.

Er seufzte.

»Jeder Mensch ist von einer Farbe umgeben«, sagte er einfach, »eine Farbe, die den Körper wie eine Wolke einhüllt. Ihre Farbe ist Blau, Madonna. Blau wie der Umhang der Jungfrau Maria. Blau wie meine Farbe.«

Die Gazevorhänge blähten sich leise auf, und er war verschwunden.

26

Fontainebleau

Ich schlief mehrere Tage lang. Ob das ein notwendiger Schritt zur körperlichen Genesung war oder ein trotziger Rückzug aus der Realität, weiß ich nicht, aber ich erwachte nur widerwillig, um ein wenig zu essen, und sank dann sofort wieder in den Schlaf des Vergessens, als wäre das bißchen warme Suppe in meinem Magen ein Anker, der mich in die düsteren Tiefen der Bewußtlosigkeit hinunterzog.

Einige Tage später wurde ich von hartnäckigen Stimmen in nächster Nähe geweckt, und ich spürte Hände, die mich aus dem Bett hoben. Offenbar wurde ich von starken Männerarmen gehalten, und für einen Augenblick war ich selig vor Freude. Doch dann wurde ich richtig wach und kämpfte matt gegen die Welle von Tabak und billigem Wein an, die mir entgegenschlug, und stellte fest, daß ich von Hugo, Louise de La Tours kräftigem Lakai, gehalten wurde.

»Lassen Sie mich runter!« protestierte ich und schlug kraftlos nach ihm. Verblüfft über diese plötzliche Auferstehung von den Toten, hätte er mich beinahe fallen lassen, doch eine hohe, befehlsgewohnte Stimme gebot uns beiden Einhalt.

»Claire, meine liebe Freundin! Fürchte dich nicht, *ma chère*, es ist alles in Ordnung. Ich nehme dich mit nach Fontainebleau. Gute Luft und gutes Essen – das ist es, was dir fehlt. Und Ruhe, du brauchst viel Ruhe...«

Ich blinzelte ins Licht. Louises Gesicht, rund, rosig und besorgt, schwebte vor mir wie ein Cherub auf einer Wolke. Hinter ihr stand Mutter Hildegarde, groß und streng wie der Engel am Tor zum Paradies.

»Ja«, sagte Mutter Hildegarde; dank ihrer tiefen Stimme besaß auch das schlichteste Wort aus ihrem Mund weit mehr Gewicht als

Louises aufgeregtes Gezwitscher. »Es wird Ihnen guttun. *Au revoir*, meine Liebe.«

Und dann wurde ich die Stufen des Spitals hinuntergetragen und in Louises Kutsche gesetzt. Das Holpern der Kutsche hielt mich während der Reise nach Fontainebleau wach. Dies und Louises ununterbrochenes Geplauder hatten eine beruhigende Wirkung auf mich. Anfangs versuchte ich lahm, etwas zu erwidern, merkte aber bald, daß sie gar keine Antwort erwartete und angesichts meines Schweigens sogar ungezwungener redete.

Nach all den Tagen, die ich in dem kühlen grauen Steingewölbe des Spitals verbracht hatte, kam ich mir wie eine frisch ausgewickelte Mumie vor und schreckte vor all der Helligkeit und Farbe zurück. Ich konnte leichter damit umgehen, wenn ich die Dinge einfach an mir vorbeiziehen ließ, ohne zu versuchen, Einzelheiten in mich aufzunehmen.

Das gelang mir auch, bis wir ein Wäldchen außerhalb von Fontainebleau erreichten. Die Eichenstämme waren dunkel und dick, und das niedrige, ausladende Blätterdach der Bäume ließ auf dem Boden ein Wechselspiel von Licht und Schatten entstehen, so daß sich der ganze Wald im Wind sachte zu bewegen schien. Mit leiser Bewunderung nahm ich diesen Effekt wahr, bis ich bemerkte, daß einige der Formen, die ich für Baumstämme gehalten hatte, tatsächlich langsam hin und her schaukelten.

»Louise!« rief ich und packte sie am Arm, so daß sie mitten im Satz verstummte.

Schwerfällig beugte sie sich zu mir herüber, um zu sehen, was ich erblickt hatte, dann ließ sie sich wieder zurückfallen, streckte den Kopf aus dem Fenster und rief dem Kutscher etwas zu.

In einer Wolke von Staub kam unsere Kutsche vor dem Wäldchen zum Stehen. Es waren drei, zwei Männer und eine Frau. Aufgeregt wies Louise den Kutscher zurecht, der Kutscher versuchte sich zu entschuldigen, aber ich achtete nicht darauf.

Obwohl sie hin und her baumelten und ihre Kleidung ein wenig flatterte, waren sie reglos, viel regloser als die Bäume, an denen sie hingen. Die Gesichter der Gehängten waren schwarz angelaufen. Monsieur Forez hätte das gar nicht gefallen, dachte ich benebelt. Eine Amateurhinrichtung, aber trotz alledem wirkungsvoll. Der Wind drehte, und ein leiser Verwesungsgeruch wehte in unsere Richtung.

Louise stieß schrille Schreie aus und hämmerte gegen den Fensterrahmen, bis die Kutsche ruckartig anfuhr.

»*Merde!*« rief sie und fächelte ihrem erhitzten Gesicht hastig Luft zu. »Dieser Narr, wie idiotisch, ausgerechnet hier zu halten! Wie rücksichtslos! Der Schock ist schlecht für das Baby, ganz bestimmt, und du, meine Arme, meine Liebe... o je, meine arme Claire! Es tut mir ja so leid, ich wollte dich nicht erinnern... kannst du mir verzeihen, ich bin so taktlos...«

Glücklicherweise verstörte sie die Vorstellung, sie könnte mich beunruhigt haben so sehr, daß sie ihre eigene Beunruhigung beim Anblick der Gehängten vergaß, aber es war überaus ermüdend, ihre Entschuldigungen abzuwehren. In meiner Verzweiflung lenkte ich schließlich das Gespräch wieder auf die Hingerichteten.

»Wer?« Das Manöver klappte. Sie blinzelte, und da sie sich an den Schock, den ihr *système* erlitten hatte, erinnerte, zog sie ein Fläschchen Riechsalz heraus, inhalierte herzhaft und nieste.

»Huge... hatschi! Hugenotten«, brachte sie schnaubend und keuchend heraus. »Protestantische Ketzer. Das hat jedenfalls der Kutscher gesagt.«

»Sie werden gehängt? Immer noch?« Ich hatte geglaubt, Verfolgung aus religiösen Gründen gehöre der Vergangenheit an.

»Tja, in der Regel nicht nur, weil sie Protestanten sind, obwohl das auch schon reicht«, sagte Louise schniefend. Behutsam betupfte sie ihre Nase mit einem bestickten Taschentuch, betrachtete das Ergebnis kritisch und schneuzte noch einmal kräftig.

»Ah, das ist besser.« Sie stopfte das Tüchlein wieder in die Tasche und lehnte sich seufzend zurück. »Jetzt geht es mir wieder gut. Welch ein Schock! Wenn man sie schon aufhängen will – und das ist ja in Ordnung –, muß man es dann unbedingt an einer öffentlichen Straße tun? Hast du sie *gerochen*? Puuh! Das Land gehört dem Comte de Medard. Ich werde ihm einen bösen Brief schreiben, darauf kannst du dich verlassen.«

»Aber warum hat man diese Leute gehängt?« fragte ich, ihr rücksichtslos ins Wort fallend, was die einzige Möglichkeit war, mit Louise ein Gespräch zu führen.

»Oh, wahrscheinlich Hexerei. Es war eine Frau dabei, das hast du gesehen. Wenn Frauen beteiligt sind, geht es meist um Hexerei. Wenn es aber nur Männer sind, handelt es sich in der Regel um aufwieglerische, ketzerische Predigten, aber Frauen predigen ja nicht. Hast du die häßlichen dunklen Kleider gesehen, die sie trug? Entsetzlich! Wie bedrückend, immer so düstere Farben zu tragen! Was für eine Religion muß das sein, die ihren Anhängern gebietet, sich immer so reizlos zu kleiden? Offensichtlich das Werk des Teufels, das sieht doch jeder. Sie haben Angst vor Frauen, daran liegt es, deshalb...«

Ich schloß die Augen, lehnte mich zurück und hoffte, daß es bis zu Louises Landsitz nicht mehr weit war.

Neben dem Affen, von dem sie sich niemals trennte, war Louises Landhaus noch mit einigen anderen Dingen von zweifelhaftem Geschmack ausgestattet. In Paris mußte sie auf die Vorlieben ihres Gatten und ihres Vaters Rücksicht nehmen, und daher waren die Räume des Hauses zwar reich möbliert, aber in dezenten Farben gehalten. Da Jules in der Stadt viel zu tun hatte, kam er selten auf den Landsitz, also konnte Louise hier ihrem Geschmack freien Lauf lassen.

»Das ist mein neuestes Spielzeug, ist es nicht goldig?« gurrte sie und ließ ihre Hand liebevoll über die Schnitzereien eines aus dunklem Holz gefertigten Häuschens gleiten, das neben einer vergoldeten Bronzestatue der Eurydike aus der Wand sproß.

»Sieht aus wie eine Kuckucksuhr«, sagte ich ungläubig.

»Du hast schon mal eine gesehen? Ich hätte nicht gedacht, daß es in Paris welche gibt!« Louise schmollte ein wenig bei dem Gedanken, daß ihr Spielzeug nicht vollkommen einzigartig war, doch ihre Miene hellte sich auf, als sie die Zeiger der Uhr zur nächsten vollen Stunde vorrückte. Sie trat zurück und strahlte vor Stolz, als der winzige Vogel seinen Kopf herausstreckte und mehrere schrille Kuckucksrufe von sich gab.

»Ist das nicht schön?« Sie berührte kurz den Kopf des Vogels, der wieder in seinem Loch verschwand. »Berta, die Haushälterin, hat die Uhr für mich besorgt. Ihr Bruder hat sie aus der Schweiz mitgebracht. Über die Schweizer kann man sagen, was man will, aber sie sind tüchtige Holzschnitzer, nicht wahr?«

Ich wollte widersprechen, murmelte aber statt dessen höflich eine bewundernde Bemerkung.

Wie ein Grashüpfer sprang Louises unsteter Geist zum nächsten Thema, vielleicht angeregt durch den Gedanken an die Schweizer Dienstboten.

»Weißt du, Claire«, bemerkte sie mit sanftem Tadel, »du solltest jeden Morgen an der Messe in der Kapelle teilnehmen.«

»Warum?«

Mit einer Kopfbewegung wies sie auf die offene Tür, wo eines der Mädchen mit einem Tablett vorbeikam.

»Mir selbst ist es vollkommen gleichgültig, aber die Dienstboten – sie sind sehr abergläubisch hier draußen auf dem Lande, weißt du. Und einer der Lakaien aus Paris war so töricht, der Köchin die alberne Geschichte, du seist *La Dame Blanche,* zu erzählen. Ich habe ihnen natürlich gesagt, daß das Unsinn ist, und gedroht, jeden zu entlassen, den ich bei der Verbreitung solcher Klatschgeschichten erwische, aber ... nun ja, es wäre ganz gut, wenn du zur Messe gingest oder wenigstens hin und wieder laut beten würdest, so daß sie dich hören.«

Täglich die Messe in der Hauskapelle zu besuchen war mir als zutiefst ungläubigem Menschen dann doch zuviel, aber leicht belustigt erklärte ich mich bereit zu tun, was in meinen Kräften stand, um die Ängste der Dienstboten zu zerstreuen. Folglich verbrachten Louise und ich die nächste Stunde damit, uns gegenseitig Psalmen vorzulesen und im Chor das Vaterunser herzusagen – und zwar laut. Ich hatte keine Ahnung, welchen Eindruck diese Vorstellung auf die Dienstboten machte, aber mich erschöpfte sie so, daß ich mich zu einem Nickerchen auf mein Zimmer zurückzog und traumlos bis zum nächsten Morgen schlief.

Ich litt häufig unter Schlafstörungen, vielleicht weil sich mein Wachzustand kaum von einem unruhigen Dösen unterschied. Nachts lag ich wach und starrte die mit Blumen und Früchten verzierte Stuckdecke an. Sie hing blaß und grau über mir in der Dunkelheit, die Verkörperung der Depression, die tagsüber meinen Verstand umnebelte. Wenn ich dann doch einschlief, träumte ich. Durch das Grau konnte ich die Träume nicht dämpfen; mit lebhaften Farben fielen sie mich im Dunkeln an. Also schlief ich selten.

Von Jamie hörte ich nichts, auch nicht über Dritte. Ob ihn seine Schuld oder seine Verletzungen gehindert hatten, mich im Spital zu besuchen, wußte ich nicht. Aber er war nicht gekommen, und genausowenig kam er nach Fontainebleau. Inzwischen war er wahrscheinlich unterwegs nach Oviedo.

Manchmal ertappte ich mich bei der Überlegung, wann – oder ob

– ich ihn wiedersehen würde, und was – wenn überhaupt – wir einander sagen würden. Aber meist zog ich es vor, nicht darüber nachzudenken. Ich ließ die Tage kommen und gehen, einen nach dem anderen, vermied es, an die Zukunft oder die Vergangenheit zu denken, und lebte nur in der Gegenwart.

Seines Idols beraubt, ließ Fergus den Kopf hängen. Immer wieder sah ich von meinem Fenster aus, wie er mit tieftrauriger Miene unter dem Weißdorn im Garten saß und auf die Straße nach Paris hinausblickte. Schließlich raffte ich mich auf und ging zu ihm.

»Hast du denn nichts zu tun, Fergus?« fragte ich ihn. »Gewiß kann einer der Stallburschen Hilfe gebrauchen.«

»Ja, Madame«, meinte er zweifelnd. Er kratzte sich geistesabwesend am Po. Mit mißtrauischem Blick beobachtete ich ihn dabei.

»Fergus«, sagte ich mit verschränkten Armen, »hast du Läuse?« Er zog seine Hand weg, als hätte er sich verbrannt.

»Aber nein, Madame!«

Ich griff nach ihm und steckte einen Finger in seinen Kragen, so daß der schmutzige Ring um seinen Hals sichtbar wurde.

»Baden«, befahl ich knapp.

»Nein!« Er zuckte zurück, aber ich packte ihn an der Schulter. Seine Heftigkeit überraschte mich. Zwar begeisterte ihn die Aussicht auf ein Bad nicht mehr als jeden anderen Bewohner von Paris – die Vorstellung, ins Wasser zu tauchen, erweckte in ihnen einen an Entsetzen grenzenden Widerwillen –, aber in diesem kleinen Teufel, der sich unter meiner Hand wand und krümmte, erkannte ich das sonst so fügsame Kind kaum wieder.

Ich hörte Stoff reißen, dann war er frei und sprang wie ein Hase auf der Flucht vor dem Wiesel durch die Brombeerbüsche. Laub raschelte, Steine knirschten, und fort war er. Er kletterte über die Mauer und strebte auf die Nebengebäude hinter dem Haus zu.

Ich versuchte mich im Labyrinth der baufälligen Nebengebäude hinter dem Château zurechtzufinden und umrundete leise fluchend Dreckpfützen und Müllhaufen. Da hörte ich plötzlich einen hohen, wimmernden Laut. Vor mir erhob sich ein Schwarm Fliegen von einem Haufen. Ich war jedoch noch nicht nahe genug herangekommen, um sie aufgescheucht zu haben. In dem dunklen Eingang hinter dem Misthaufen mußte sich etwas bewegt haben.

»Aha!« rief ich. »Hab' ich dich, du schmuddeliges, kleines Biest! Komm auf der Stelle heraus!«

Niemand erschien, aber im Stall entstand Unruhe, und ich meinte im Schatten etwas weiß aufleuchten zu sehen. Ich hielt mir die Nase zu, stieg über den Misthaufen und trat in den Stall.

Ein zweimaliger Aufschrei des Entsetzens war zu hören: von mir, als ich an der hinteren Wand jemanden erblickte, der aussah wie ein Wilder aus Borneo, und von ihm, als er mich sah.

Das Sonnenlicht, das durch die Ritzen zwischen den Brettern drang, spendete genug Licht. Bei näherer Betrachtung sah er nicht ganz so schrecklich aus, wie ich zunächst gedacht hatte, aber auch nicht viel besser. Sein Bart war ebenso schmutzig und verfilzt wie seine Haare, die auf sein zerlumptes Hemd fielen. Er war barfuß, und wenn der Ausdruck *sans-culottes* noch nicht allgemein gebräuchlich war, so trug er jedenfalls keine Schuld daran.

Ich hatte keine Angst vor ihm, da er so offensichtlich Angst vor mir hatte. Er drückte sich gegen die Wand, als hoffte er, sie auf dem Wege der Osmose durchdringen zu können.

»Schon gut«, beruhigte ich ihn. »Ich tue Ihnen nichts.«

Doch offenbar glaubte er mir nicht, denn er richtete sich abrupt auf, griff in seine Hemdbrust und zog ein hölzernes Kruzifix an einem Lederband heraus. Er hielt es mir entgegen und begann mit angstbebender Stimme zu beten.

»Verflixt«, murmelte ich unwirsch. »Nicht schon wieder!« Ich atmete tief ein. »*Pater-Noster-qui-es-in-coelis-et-in-terra*...« Seine Augen traten hervor, und er hielt weiterhin sein Kruzifix umklammert, hörte aber angesichts meiner Darbietung selbst auf zu beten.

»...Amen!« schloß ich, nach Luft schnappend. Ich hielt beide Hände hoch und fuchtelte vor seinem Gesicht herum. »Sehen Sie? Bei keinem Wort gestockt, kein einziges *quotidianus da nobis hodie* an der falschen Stelle, oder? Ich habe nicht einmal die Finger gekreuzt. Also kann ich keine Hexe sein, nicht wahr?«

Der Mann ließ das Kruzifix langsam sinken und starrte mich mit offenem Mund an. »Eine Hexe?« sagte er. Er sah mich an, als wäre *ich* verrückt, was unter den gegebenen Umständen ein starkes Stück war.

»Sie haben mich nicht für eine Hexe gehalten?« fragte ich und kam mir ein klein wenig albern vor.

Im Gewirr seines Bartes kam so etwas wie ein Lächeln zum Vorschein, verschwand aber sofort wieder.

»Nein, Madame«, sagte er. »Ich bin es gewohnt, daß die Leute das von mir behaupten.«

»Tatsächlich?« Ich beäugte ihn neugierig. Er war nicht nur zerlumpt und schmutzstarrend, sondern offenbar auch dem Hungertod nahe. Die Arme, die aus seinen Hemdsärmeln ragten, waren so mager wie die eines Kindes. Sein Französisch hingegen klang gebildet und geschliffen, wenn auch mit merkwürdigem Akzent.

»Wenn Sie ein Hexer sind«, sagte ich, »dann sind Sie nicht gerade erfolgreich. Wer zum Teufel sind Sie?«

Bei diesen Worten kehrte die Furcht in seine Augen zurück. Er sah sich nach einem Fluchtweg um, aber der Stall war, wenn auch alt, so doch solide gebaut, und ich stand vor dem einzigen Ausgang. Schließlich raffte er seinen ganzen Mut zusammen, richtete sich zu seiner vollen Größe auf – er war etwas kleiner als ich – und erklärte mit großer Würde: »Ich bin Pastor Walter Laurent aus Genf.«

»Sie sind Priester?« fragte ich wie vom Donner gerührt. Ich konnte mir nicht vorstellen, wie ein Priester – Schweizer oder nicht – so heruntergekommen konnte.

Pastor Laurent sah beinahe so entsetzt aus wie ich.

»Priester?« echote er. »Ein Papist? Niemals!«

Plötzlich dämmerte es mir.

»Ein Hugenotte!« rief ich. »Das heißt – Sie sind Protestant, nicht wahr?« Ich erinnerte mich an die Leichen, die ich im Wald hatte hängen sehen. Das erklärte einiges.

Seine Lippen zitterten, aber er preßte sie fest zusammen, bevor er antwortete.

»Ja, Madame. Ich bin Pastor. Ich predige seit einem Monat in dieser Gegend.« Er fuhr sich mit der Zunge über die Lippen und musterte mich. »Verzeihen Sie, Madame – Sie sind, glaube ich, keine Französin.«

»Ich bin Engländerin«, sagte ich, und er ließ erleichtert die Schultern sinken.

»Großer Gott im Himmel«, sagte er andächtig. »Sie sind also auch Protestantin?«

»Nein, ich bin Katholikin«, antwortete ich. »Aber ich bin deshalb nicht bösartig«, fügte ich hastig hinzu, als ich sah, wie seine hellbraunen Augen beunruhigt flackerten. »Keine Sorge, ich sage niemandem, daß Sie hier sind. Vermutlich wollten Sie etwas zu essen stehlen?« fragte ich mitfühlend.

»Stehlen ist eine Sünde«, entgegnete er empört. »Nein, Madame. Aber...« Er preßte die Lippen zusammen, doch sein Blick in Richtung Château verriet ihn.

»Also werden Sie von einem der Dienstboten mit Essen versorgt«, sagte ich. »Jemand stiehlt für Sie. Aber vermutlich können Sie ihm dafür die Absolution erteilen, und alles regelt sich von selbst. Das moralische Eis, auf dem Sie sich bewegen, ist ziemlich dünn, wenn Sie mich fragen«, fuhr ich tadelnd fort, »aber das geht mich im Grunde nichts an.«

In seinen Augen glomm ein Fünkchen Hoffnung. »Heißt das – Sie werden mich nicht festnehmen lassen, Madame?«

»Nein, selbstverständlich nicht. Ich fühle mich Leuten, die vor dem Gesetz auf der Flucht sind, irgendwie verbunden, wo ich doch selbst beinahe auf dem Scheiterhaufen gelandet wäre.« Mir war nicht ganz klar, warum ich soviel ausplauderte, vermutlich aus Erleichterung darüber, einem intelligenten Menschen gegenüberzustehen. Louise war lieb, treu und fürsorglich, aber sie hatte ungefähr soviel Verstand wie die Kuckucksuhr in ihrem Salon. Beim Gedanken an die Schweizer Uhr ahnte ich plötzlich, wer zu Pastor Laurents heimlicher Gemeinde gehörte.

»Hören Sie«, sagte ich, »wenn Sie hierbleiben wollen, werde ich ins Château gehen und Berta oder Maurice sagen, daß Sie hier sind.«

Der arme Mann bestand nur noch aus Haut, Knochen und Augen. Jeder seiner Gedanken spiegelte sich in diesen großen, sanften Braunaugen. Just in diesem Moment dachte er offenbar, daß diejenigen, die mich auf den Scheiterhaufen bringen wollten, auf dem richtigen Weg gewesen seien.

»Ich habe«, begann er bedächtig und griff wieder nach seinem Kruzifix, »von einer Engländerin gehört, die in Paris *La Dame Blanche* genannt wird. Eine Komplizin von Raymond, dem Ketzer.«

Ich seufzte. »Das bin ich. Obwohl ich mich nicht als Komplizin von Maître Raymond bezeichnen würde, eher als Freundin.« Als ich seinen argwöhnischen Blick sah, holte ich wieder tief Luft. »*Pater noster...*«

»Nein, nein, Madame, bitte.« Zu meiner Verwunderung hatte er das Kruzifix gesenkt und lächelte.

»Auch ich bin mit Maître Raymond bekannt, ich habe ihn in

Genf getroffen. Dort war er als angesehener Arzt und Kräuterheilkundiger tätig. Nun hat er sich leider dunkleren Zielen verschrieben, obwohl ihm natürlich nichts nachgewiesen wurde.«

»Nachgewiesen? In welcher Hinsicht? Und was bedeutet dieses Gerede über Raymond, den Ketzer?«

»Sie wußten es nicht?« Er zog seine schmalen Brauen hoch. »Ah, dann haben sie mit Maître Raymonds... Aktivitäten nichts zu tun.« Er entspannte sich sichtlich.

»Aktivitäten« schien mir eine unzureichende Beschreibung für das Verfahren, mit dem Raymond mich geheilt hatte, also schüttelte ich den Kopf.

»Nein, ich würde jedoch gern mehr darüber erfahren. Aber ich sollte nicht herumstehen und reden, ich sollte gehen und Berta mit einem Imbiß zu Ihnen schicken.«

Würdevoll winkte er ab.

»Es eilt nicht, Madame. Die Bedürfnisse des Körpers müssen hinter denen der Seele zurückstehen. Sie mögen Katholikin sein, aber Sie waren freundlich zu mir. Wenn Sie mit Maître Raymonds okkultem Treiben nichts zu tun haben, dann ist es nur gut, Sie rechtzeitig zu warnen.«

Ohne den Schmutz und die gesplitterten Fußbodenbretter zu beachten, ließ er sich mit gekreuzten Beinen nieder, lehnte sich gegen die Stallwand und bedeutete mir höflich, mich ebenfalls zu setzen. Interessiert hockte ich mich ihm gegenüber auf den Boden.

»Haben Sie schon einmal von einem gewissen du Carrefours gehört, Madame?« fragte der Pastor. »Nein? Sein Name ist in Paris wohlbekannt, das versichere ich Ihnen, aber Sie tun besser daran, ihn nicht zu erwähnen. Dieser Mann war Gründer und Anführer einer Gruppe, die sich übelsten Lastern hingab, und zwar in Verbindung mit den verderbtesten okkulten Praktiken. Ich bringe es nicht über mich, Ihnen die Zeremonien zu schildern, die insgeheim in adligen Kreisen abgehalten wurden. Und sie nennen *mich* einen Hexer!« sagte er im Flüsterton.

Er hob einen knochigen Finger, als wollte er meinen unausgesprochenen Einwänden vorbeugen.

»Ich bin mir darüber im klaren, Madame, welch schlimmer Klatsch ohne jede Grundlage verbreitet wird – wer sollte das besser wissen als wir? Aber die Praktiken von du Carrefours und seinen Anhängern sind allgemein bekannt, denn er wurde deshalb vor

Gericht gestellt, ins Gefängnis geworfen und schliesslich auf der Place de la Bastille verbrannt.«

Ich erinnerte mich an Raymonds sorglose Bemerkung: »*In Paris wurde seit... mindestens zwanzig Jahren niemand mehr wegen Hexerei verbrannt.*« Ungeachtet der Wärme fröstelte ich.

»Und Maître Raymond stand mit diesem du Carrefours in Verbindung?«

Der Pastor runzelte die Stirn und kratzte geistesabwesend seinen verfilzten Bart. Wahrscheinlich hat er sowohl Läuse als auch Flöhe, dachte ich und versuchte, unauffällig von ihm abzurücken.

»Tja, schwer zu sagen. Niemand weiss, woher Maître Raymond stammt. Er spricht mehrere Sprachen, alle ohne erkennbaren Akzent. Ein sehr mysteriöser Mensch, dieser Maître Raymond, aber – das würde ich bei Gott beschwören – ein guter.«

Ich lächelte ihn an. »Das glaube ich auch.«

Er nickte und lächelte, wurde aber wieder ernst, als er weitererzählte: »Sie haben recht, Madame. Dennoch korrespondierte er von Genf aus mit du Carrefours. Ich weiss es, denn er hat es mir selbst gesagt – er lieferte verschiedene Artikel auf Bestellung: Pflanzen, Elixiere, getrocknete Tierhäute, sogar eine Art Fisch – ein überaus seltsames und erschreckendes Lebewesen, das, wie er sagte, aus den dunkelsten Tiefen des Meeres stammt. Ein entsetzliches Ding, nur Zähne, fast kein Fleisch – aber mit den fürchterlichsten kleinen... *Lichtern...* wie winzige Laternen, hinter den Augen.«

»Wirklich«, sagte ich fasziniert.

Pastor Laurent zuckte die Achseln. »Das alles kann natürlich vollkommen harmlos sein, eine reine Geschäftsbeziehung. Aber Maître Raymond verschwand um dieselbe Zeit aus Genf, als du Carrefours erstmals unter Verdacht geriet – und wenige Wochen nach du Carrefours Hinrichtung hörte ich, dass Maître Raymond sein Geschäft in Paris eröffnet hatte. Angeblich hat er auch eine Reihe von du Carrefours heimlichen Praktiken übernommen.«

»Hmm.« Ich dachte an Raymonds Kabinett und an den Schrank, der mit kabbalistischen Symbolen bemalt war. Um diejenigen fernzuhalten, die daran glauben. »Sonst noch etwas?«

Pastor Laurent blickte mich erstaunt an.

»Nein, Madame«, sagte er leise. »Meines Wissens nicht.«

»Ich selbst neige wirklich nicht zu solchen Dingen«, versicherte ich ihm.

»Oh? Gut«, erwiderte er zögernd. Nach kurzem Schweigen schien er eine Entscheidung getroffen zu haben, und er neigte höflich den Kopf in meine Richtung.

»Verzeihen Sie mir, wenn ich mich einmische, Madame. Berta und Maurice haben mir von Ihrem Verlust erzählt. Es tut mir leid, Madame.«

»Ich danke Ihnen«, sagte ich und starrte auf die Streifen, die das Sonnenlicht auf den Boden malte.

Wieder herrschte Schweigen, dann fragte Pastor Laurent feinfühlig: »Ihr Mann, Madame? Ist er nicht hier bei Ihnen?«

»Nein«, erwiderte ich, den Blick immer noch auf den Boden geheftet. Fliegen schwirrten durchs Licht, machten sich aber bald davon, da sie keine Nahrung fanden. »Ich weiß nicht, wo er ist.«

Ich wollte eigentlich nicht weitersprechen, aber etwas bewog mich, den zerlumpten Prediger anzusehen.

»Seine Ehre war ihm wichtiger als ich oder sein Kind oder ein unschuldiger Mann«, erklärte ich verbittert. »Mir ist es gleich, wo er ist. Ich will ihn niemals wiedersehen!«

Erschüttert hielt ich inne. Ich hatte das niemals zuvor in Worte gefaßt. Aber es war die Wahrheit. Es hatte tiefes Vertrauen zwischen uns geherrscht, und Jamie hatte es um seiner Rache willen zerstört. Ich verstand ihn: Ich kannte die Gewalt der Gefühle, die ihn trieben, und wußte, daß sie sich nicht auf ewig unterdrücken ließen. Aber ich hatte ihn um ein paar Monate Aufschub gebeten, und die hatte er mir gewährt. Und dann hatte er sein Wort gebrochen und damit alles, was zwischen uns war, geopfert. Nicht nur das: Er hatte das Vorhaben gefährdet, das wir unternommen hatten. Ich verstand ihn, aber ich konnte ihm nicht verzeihen.

Pastor Laurent legte seine Hand auf meine. Sie war schmutzverkrustet, seine Nägel waren abgebrochen und schwarzgerändert, aber ich schreckte nicht zurück. Ich erwartete Plattheiten oder eine Predigt, aber er sagte nichts. Er hielt einfach meine Hand, sehr sanft, sehr lange, während die Sonnenstrahlen über den Boden zogen und um uns herum die Fliegen summten.

»Sie sollten lieber gehen«, sagte er schließlich und ließ meine Hand los. »Man wird Sie vermissen.«

»Das glaube ich auch.« Ich holte tief Luft. Jetzt fühlte ich mich ruhiger, wenn auch nicht unbedingt besser. In der Tasche meines Kleides ertastete ich eine kleine Börse.

Ich zögerte, da ich ihn nicht beleidigen wollte. Schließlich war ich nach seinen Maßstäben eine Ketzerin, auch wenn er mich nicht für eine Hexe hielt.

»Darf ich Ihnen etwas Geld geben?« fragte ich vorsichtig.

Er dachte kurz nach, dann lächelte er, und seine hellbraunen Augen leuchteten.

»Nur unter einer Bedingung, Madame. Wenn Sie erlauben, daß ich für Sie bete?«

»Das ist ein guter Tausch«, sagte ich und gab ihm die Börse.

27

Eine Audienz bei Seiner Majestät

Während jener Tage in Fontainebleau kam ich zwar körperlich allmählich wieder zu Kräften, aber geistig dämmerte ich nur so dahin, mied jede Erinnerung und wollte nichts tun.

Besuch kam nur selten. Das Landhaus war ein Zufluchtsort, wo mir das hektische Treiben der Pariser Gesellschaft wie einer der unangenehmen Träume erschien, die mich quälten. Folglich war ich überrascht, als mich ein Mädchen in den Salon bat, um einen Besucher zu empfangen. Mir schoß der Gedanke durch den Kopf, es könnte Jamie sein, und mir wurde schwindelig. Dann aber schaltete sich mein Verstand ein; Jamie mußte inzwischen nach Spanien abgereist sein, vor Ende August war nicht mit seiner Rückkehr zu rechnen. Und was dann?

Ich konnte mich jetzt nicht damit befassen, also schob ich den Gedanken beiseite.

Zu meiner Verwunderung handelte es sich bei dem »Besucher« um Magnus, den Butler aus Jareds Haus in Paris.

»Verzeihen Sie, Madame«, sagte er mit einer tiefen Verbeugung. »Ich wollte mir nicht anmaßen... aber ich wußte nicht, ob die Angelegenheit nicht vielleicht von Wichtigkeit ist... und da der Herr fort ist...« Außerhalb seiner gewohnten Umgebung hatte er die ganze Selbstsicherheit eingebüßt, mit der er in seinem kleinen Reich herrschte. Daher dauerte es einige Zeit, ihm eine zusammenhängende Geschichte zu entlocken, aber zu guter Letzt zog er einen Brief hervor, gefaltet, versiegelt und an mich adressiert.

»Es ist die Handschrift von Monsieur Murtagh«, erklärte Magnus mit halb unwilliger Ehrfurcht. Das erklärte sein Zögern. Jareds Dienstboten betrachteten Murtagh mit einer Art respektvollem Schrecken, der sich durch die Berichte über die Ereignisse in der Rue du Faubourg-St.-Honoré noch gesteigert hatte.

Der Brief war vor zwei Wochen in Paris eingetroffen, erklärte Magnus. Unsicher, was sie damit anfangen sollten, hatten die Dienstboten gezögert und konferiert, aber schliesslich hatte Magnus beschlossen, dass mir der Brief zugeleitet werden musste.

»Da der Herr fort ist«, wiederholte er. Diesmal erregte der Satz meine Aufmerksamkeit.

»Fort?« sagte ich. Der Brief war zerknittert und befleckt nach seiner langen Reise. »Sie meinen, Jamie ist abgereist, *bevor* dieser Brief eintraf?« Ich konnte mir keinen Reim darauf machen. Es musste sich um das Schreiben handeln, in dem Murtagh den Namen und den Abreisetag des Schiffes nannte, das Charles Stuarts Portwein von Lissabon nach Paris transportierte. Jamie konnte nicht nach Spanien gereist sein, bevor er diese Information erhalten hatte.

Um mir Klarheit zu verschaffen, erbrach ich das Siegel und faltete das Briefchen auseinander. Es war an mich adressiert, da Jamie glaubte, es sei unwahrscheinlich, dass meine Post abgefangen wurde. Das Schreiben war vor fast einem Monat in Lissabon datiert worden.

»Die *Scalamandre* sticht am 18. Juli von Lissabon aus in See.« Das war alles. Verwundert stellte ich fest, wie zierlich und sauber Murtaghs Handschrift war; aus irgendeinem Grund hatte ich ein unleserliches Gekritzel erwartet.

Als ich aufblickte, sah ich, wie Magnus und Louise einen überaus merkwürdigen Blick tauschten.

»Was ist los?« fragte ich abrupt. »Wo ist Jamie?« Dass er mich im Hôpital des Anges nicht besucht hatte, hatte ich auf Schuldgefühle zurückgeführt, denn schliesslich hatte sein rücksichtsloses Verhalten unserem Kind, Frank und beinahe auch mir das Leben gekostet. Damals war es mir gleichgültig gewesen. Ich hatte ihn gar nicht sehen wollen. Doch nun kam mir eine unheilvollere Erklärung für sein Fernbleiben in den Sinn.

Schliesslich straffte Louise ihre rundlichen Schultern und ergriff das Wort.

»Er ist in der Bastille«, sagte sie nach einem tiefen Atemzug. »Wegen des Duells.«

Meine Knie wurden weich, und ich liess mich auf die nächstbeste Sitzgelegenheit fallen.

»Warum in aller Welt hast du mir das nicht gesagt?« Ich war

mir über meine Gefühle nicht ganz im klaren. Stand ich unter Schock, empfand ich Entsetzen – Angst? Oder ein klein wenig Genugtuung?

»Ich – ich wollte dich nicht beunruhigen, *chérie*«, stotterte Louise, bestürzt über meine Verzweiflung. »Du warst so schwach... und du hättest ohnehin nichts unternehmen können. Und du hast nicht gefragt«, betonte sie.

»Aber was... wie... wie lautet das Urteil?« fragte ich. Ganz gleich, was ich zuerst empfunden hatte, es schien mir jetzt dringend geboten, etwas zu unternehmen. Murtaghs Brief war vor zwei Wochen in der Rue Tremoulins eingetroffen. Jamie hätte gleich nach Empfang abreisen sollen.

Louise rief Dienstboten herbei, bestellte Wein, Riechsalz und verbrannte Federn, alles auf einmal. Ich mußte einen besorgniserregenden Anblick geboten haben.

»Er hat den Befehl des Königs mißachtet«, sagte sie. »Er bleibt so lange im Gefängnis, wie es dem König beliebt.«

»*Jesus H. Roosevelt Christ*«, murmelte ich und wünschte, mir stünden stärkere Worte zu Gebote.

»Ein Glück, daß *le petit* James seinen Gegner nicht getötet hat«, fügte Louise hastig hinzu. »In diesem Fall würde die Strafe viel... ooh!« Sie brachte ihren gestreiften Rock gerade noch rechtzeitig in Sicherheit, als ich die soeben servierten Erfrischungen vom Tisch fegte. Scheppernd ging das Tablett zu Boden. Ich hielt die Hände gegen die Rippen gepreßt, die rechte umklammerte schützend den Goldring an der linken.

»Dann ist er also nicht tot?« fragte ich wie im Traum. »Hauptmann Randall... er lebt?«

»Aber ja.« Sie beäugte mich neugierig. »Du hast es nicht gewußt? Er ist schwer verletzt, aber angeblich auf dem Wege der Besserung. Geht es dir gut, Claire? Du siehst...« Aber das Ende des Satzes ging in dem Dröhnen unter, das meine Ohren erfüllte.

»Du hast zu früh zu viel getan«, sagte Louise streng, während sie die Vorhänge aufzog. »Ich habe es dir gesagt, nicht wahr?«

»Ich glaube schon«, erwiderte ich, als ich mich aufsetzte und dabei sorgfältig auf etwaige Anzeichen von Schwäche achtete. Kein Schwindel, kein Ohrensausen, keine Tendenz umzufallen. Offenbar war ich wieder auf der Höhe.

»Ich brauche mein gelbes Kleid – und würdest du dann die Kutsche bestellen, Louise?« bat ich.

Entsetzt sah sie mich an. »Du willst doch nicht etwa ausgehen? Unsinn! Monsieur Clouseau kommt, um nach dir zu sehen! Ich habe einen Boten geschickt, ihn sofort zu holen!«

Die Nachricht, daß Monsieur Clouseau, ein bekannter Gesellschaftsarzt, aus Paris unterwegs war, um mich zu untersuchen, wäre schon allein Grund genug gewesen, wieder auf die Beine zu kommen.

Der 18. Juli war in zehn Tagen. Mit einem schnellen Pferd, gutem Wetter und dem Verzicht auf jede körperliche Bequemlichkeit war die Strecke von Paris nach Oviedo in sechs Tagen zu schaffen. Damit blieben mir vier Tage, um Jamies Freilassung aus der Bastille zu erwirken. Ich hatte keine Zeit, mich mit Monsieur Clouseau abzugeben.

»Hmm.« Nachdenklich sah ich mich im Zimmer um. »Ruf auf alle Fälle das Mädchen, um mir beim Ankleiden zu helfen. Ich möchte Monsieur Clouseau nicht im Hemd empfangen.«

Obwohl mich Louise immer noch mißtrauisch musterte, erschien ihr das wohl plausibel. Die meisten Damen bei Hofe hätten sich noch vom Totenbett erhoben, um sich einem solchen Anlaß gemäß zu kleiden.

»Einverstanden«, sagte sie und wandte sich zur Tür. »Aber du bleibst im Bett, bis Yvonne da ist, hörst du?«

Das gelbe Kleid war eins meiner besten, ein loser, schöner Schnitt im modischen Kontuschstil mir breitem Kragen, weiten Ärmeln und einem perlenbesetzten Verschluß vorne. Endlich gepudert, gekämmt, bestrumpft und parfümiert, musterte ich die Schuhe, die Yvonne für mich bereitgestellt hatte. Ich schüttelte bedächtig den Kopf und runzelte die Stirn.

»Hmm, nein«, sagte ich schließlich. »Lieber nicht. Ich trage die anderen, die mit den roten Saffianabsätzen.«

Das Mädchen blickte zweifelnd auf mein Kleid, als hielte sie im Geiste rotes Saffianleder gegen gelben Seidenmoiré, begann aber gehorsam, in dem wuchtigen Schrank zu wühlen.

Lautlos schlich ich mich heran, schubste sie mit dem Kopf voran in den Schrank und schlug die Tür hinter der zappelnden, kreischenden Yvonne zu. Dann drehte ich den Schlüssel um, ließ ihn in meine Tasche fallen und gratulierte mir im Geiste zu meiner Tat.

Gut gemacht, Beauchamp, dachte ich. Durch dieses politische Intrigenspiel lernst du Dinge, die du dir auf der Krankenpflegeschule nicht hättest träumen lassen, das steht fest.

»Keine Sorge«, rief ich dem bebenden Schrank zu. »Ich denke, daß bald jemand kommt und Sie herausläßt. Und Sie können der Prinzessin versichern, daß Sie mich nicht haben entwischen lassen.«

Aus dem verzweifelten Heulen im Schrank hörte ich Monsieur Clouseaus Namen heraus.

»Sagen Sie ihm, er soll sich den Affen ansehen!« rief ich über meine Schulter. »Er hat die Räude.«

Dank meiner siegreichen Auseinandersetzung mit Yvonne hob sich meine Stimmung merklich. Doch als ich in der Kutsche saß, die holpernd Richtung Paris fuhr, verlor ich allmählich wieder den Mut.

Ich war zwar nicht mehr ganz so wütend auf Jamie, wollte ihn aber nach wie vor nicht sehen. Meine Gefühle waren in Aufruhr, aber ich hatte nicht die Absicht, mich näher mit ihnen auseinanderzusetzen; es tat einfach viel zu weh. Ich empfand Kummer und hatte das schreckliche Gefühl, versagt zu haben, und vor allem hatten wir einander verraten: er mich und ich ihn. Er hätte nie in den Bois de Boulogne gehen dürfen, und ich hätte ihm nie dorthin folgen dürfen.

Aber wir hatten beide gehandelt, wie es unser Charakter und unsere Gefühle geboten, und gemeinsam hatten wir – vielleicht – den Tod unseres Kindes herbeigeführt. Ich verspürte nicht den Wunsch, meinen Komplizen zu sehen, und noch weniger wollte ich ihm meinen Kummer zeigen oder meine Schuld an seiner messen. Ich floh vor allem, was mich an den naßkalten Morgen im Wald erinnerte, ich floh vor jeder Erinnerung an Jamie, wie ich ihn zuletzt gesehen hatte, hochaufgerichtet über dem Körper seines Opfers, mit vor Rachedurst verzerrtem Gesicht – eine Rache, die sich kurz darauf gegen seine eigene Familie wenden sollte.

Ich konnte nicht einmal flüchtig daran denken, ohne daß sich mein Magen verkrampfte und damit der Schmerz der vorzeitigen Wehen wiederauflebte. Ich preßte die Fäuste gegen den blauen Samt des Sitzes und richtete mich auf, um das eingebildete Ziehen im Rücken zu mildern.

Ich sah aus dem Fenstere, um mich abzulenken, nahm aber die

vorbeiziehende Landschaft nicht wahr, da meine Gedanken unwillkürlich wieder zum Zweck meiner Reise zurückkehrten. Unabhängig davon, was ich für Jamie empfand, was wir einander waren oder sein würden – die Tatsache blieb bestehen, daß er im Gefängnis saß. Und ich glaubte zu wissen, was die Haft für ihn bedeutete, angesichts der Erinnerungen an Wentworth, die er mit sich herumschleppte.

Wichtiger noch war die Angelegenheit, die Charles Stuart und das Schiff aus Portugal betraf, das Darlehen von Monsieur Duverney – und Murtagh, der im Begriff war, sich in Lissabon einzuschiffen, und einem Treffen in Oviedo entgegensah. Es stand zuviel auf dem Spiel, als daß ich meinen Gefühlen hätte nachgeben dürfen. Um der schottischen Clans willen, für die Highlands selbst, für Jamies Familie und seine Pächter in Lallybroch, für die Tausenden, die bei und nach der Schlacht von Culloden sterben würden – dafür mußte es gewagt werden. Und um es zu wagen, mußte Jamie frei sein. Diese Sache konnte ich nicht selbst in Angriff nehmen.

Nein, keine Frage. Ich mußte tun, was nötig war, um ihn aus der Bastille freizubekommen.

Aber was konnte ich tun?

Ich beobachtete die Bettler, die sich balgten und auf die Fenster der Kutsche zustrebten, als wir in die Rue du Faubourg-St.-Honoré einbogen. In Zweifelsfällen war es am besten, Rat bei einer höheren Instanz einzuholen.

Nachdenklich trommelte Mutter Hildegarde mit den Fingern auf ein Notenblatt, wie um den Takt einer schwierigen Sequenz zu klopfen. Sie saß an dem Mosaiktisch in ihrem privaten Schreibzimmer gegenüber von Herrn Gerstmann, der zu dieser Dringlichkeitssitzung gerufen worden war.

»Nun ja«, meinte Herr Gerstmann zweifelnd. »Ich glaube, daß ich eine Privataudienz bei Seiner Majestät erwirken könnte, aber... sind Sie sicher, daß Ihr Mann... äh...« Dem Hofkantor schien es außergewöhnlich schwerzufallen, die rechten Worte zu finden, so daß sich mir der Verdacht aufdrängte, eine Petition an den König, um Jamies Freilassung zu erwirken, könnte ein wenig mehr Schwierigkeiten mit sich bringen, als ich gedacht hatte. Mutter Hildegarde bestätigte diese Vermutung durch ihre Reaktion.

»Johannes!« rief sie so aufgeregt, daß sie die gewohnte förmliche

Anrede beiseite ließ. »Das kann sie nicht! Schließlich gehört Madame Fraser nicht zu den Hofdamen – sie ist eine tugendhafte Frau!«

»Danke«, sagte ich höflich. »Wenn Sie jedoch erlauben... was hat meine Tugendhaftigkeit mit einer Audienz beim König zu tun?«

Die Nonne und der Kantor tauschten einen Blick, in dem sich das Entsetzen über meine Naivität ebenso spiegelte wie ihr Widerwillen, mich aufzuklären. Schließlich biß Mutter Hildegarde, die mutigere von beiden, in den sauren Apfel.

»Wenn Sie den König allein aufsuchen, um eine Gunst von ihm zu erbitten, wird er erwarten, daß Sie bei ihm liegen«, sagte sie schonungslos. Nach dem Wirbel, der dieser Eröffnung vorausging, wunderte mich das nicht, aber ich warf Herrn Gerstmann einen fragenden Blick zu, der den Sachverhalt mit einem zögernden Nikken bestätigte.

»Seine Majestät hat ein offenes Ohr für die Gesuche von Damen, die über persönliche Reize verfügen«, erklärte er taktvoll und vertiefte sich in die Betrachtung eines Ornaments auf dem Tisch.

»Aber solche Gesuche haben ihren Preis«, fügte Mutter Hildegarde weniger feinfühlig hinzu. »Die meisten Höflinge sind hocherfreut, wenn ihre Gemahlinnen die Gunst des Königs erlangen. Der Gewinn, den sie daraus ziehen, ist ihnen das Opfer der Tugend wert.« Dabei verzog sich ihr breiter Mund verächtlich, doch bald fand sie wieder zu ihrem gewohnten grimmig-humorvollen Lächeln.

»Doch Ihr Gatte«, sagte sie, »erweckt nicht den Anschein, als würde er sich ergeben in die Rolle eines Hahnreis fügen.« Fragend zog sie die dichten Brauen hoch, und ich schüttelte den Kopf.

»Das glaube ich auch nicht.« Es war sogar eine der gröbsten Untertreibungen, die ich je gehört hatte. Zwar war »ergeben« nicht gerade das letzte Wort, das ich mit Jamie in Verbindung brachte, es stand aber auch nicht ganz oben auf der Liste. Ich versuchte mir vorzustellen, was Jamie denken, sagen oder tun würde, wenn er je erfuhr, daß ich mit einem anderen Mann geschlafen hatte, und sei es der König von Frankreich.

Ich dachte an das Vertrauen, das uns verbunden hatte, fast seit dem Tag unserer Heirat, und plötzlich fühlte ich mich schrecklich einsam. Ich schloß die Augen und kämpfte gegen die aufsteigende Übelkeit an, aber ich mußte dem, was mir bevorstand, ins Auge sehen.

Ich holte tief Luft und fragte: »Gibt es noch eine andere Möglichkeit?«

Mutter Hildegarde legte die Stirn in Falten und sah Herrn Gerstmann an, als erwartete sie von ihm eine Antwort. Der kleine Kantor zuckte die Achseln und runzelte ebenfalls die Stirn.

»Wenn Sie einen einflußreichen Freund hätten, der bei Seiner Majestät ein Wort für Ihren Gatten einlegen könnte?« fragte er zögernd.

»Wohl kaum.« Diese Möglichkeit hatte ich auf dem Weg von Fontainebleau hierher schon selbst erwogen, hatte mir aber eingestehen müssen, daß es niemanden gab, an den ich mich mit einer solchen Bitte wenden konnte. Aufgrund der Illegalität des Duells und des nachfolgenden Skandals – denn natürlich hatte Marie d'Arbanville ihren Klatsch in ganz Paris verbreitet – konnte es sich kein Franzose aus unserem Bekanntenkreis leisten, sich für uns einzusetzen. Monsieur Duverney hatte mich zwar freundlich empfangen, konnte mir aber keinen Mut machen. Abwarten, lautete sein Rat. In einigen Monaten, wenn der Skandal in Vergessenheit geraten wäre, dann könnte man sich an Seine Majestät wenden. Aber im Augenblick...

Und auch der Herzog von Sandringham, der so überaus delikate diplomatische Verhandlungen führte, daß er seinen Privatsekretär entlassen hatte, weil es den Anschein hatte, daß er in einen Skandal verwickelt war – auch er war nicht in der Lage, von Louis eine solche Gunst zu erbitten.

Ich starrte auf die Mosaikplatte, nahm jedoch die bunten geometrischen Muster kaum wahr. Wenn es wirklich notwendig war, Jamie aus dem Gefängnis zu holen, um eine jakobitische Invasion Schottlands zu verhindern, dann würde wohl ich mich um seine Freilassung kümmern müssen, ganz gleich, mit welchen Mitteln und mit welchen Konsequenzen.

Schließlich blickte ich auf und sah dem Kantor in die Augen. »Ich muß es tun«, sagte ich leise. »Es gibt keinen anderen Ausweg.«

Einen Augenblick lang herrschte Schweigen. Dann sah Herr Gerstmann Mutter Hildegarde an.

»Sie wird hierbleiben«, erklärte die Oberin mit fester Stimme.

»Bitte teilen Sie Tag und Stunde der Audienz mit, sobald Sie alles in die Wege geleitet haben, Johannes.«

Dann wandte sie sich an mich. »Wenn Sie sich tatsächlich für diesen Weg entschieden haben, meine liebe Freundin...« Sie preßte die Lippen fest aufeinander, sagte aber dann: »Es mag eine Sünde sein, Sie bei einer unmoralischen Tat zu unterstützen. Ich werde es trotzdem tun. Ich weiß, daß Sie Ihre Gründe haben, auch wenn ich sie nicht kenne. Und vielleicht wird ja die Sünde durch den Lohn Ihrer Freundschaft aufgewogen.«

»Oh, Mutter.« Hätte ich noch mehr gesagt, wären mir die Tränen gekommen, also begnügte ich mich damit, die große, abgearbeitete Hand zu drücken, die auf meiner Schulter ruhte. Plötzlich verspürte ich den Drang, mich in ihre Arme zu werfen und mein Gesicht in dem tröstlichen schwarzen Serge zu bergen, aber sie nahm die Hand von meiner Schulter und griff nach dem langen Rosenkranz, der bei jedem Schritt in den Falten ihres Rockes klickte.

»Ich werde für Sie beten.« Sie lächelte, dann fügte sie nachdenklich hinzu: »Obwohl ich mich frage, welchen Heiligen man unter diesen Umständen anrufen sollte?«

Maria Magdalena, schoß es mir durch den Kopf, als ich die Hände wie zum Gebet hob, um mir das geflochtene Gestell für den Reifrock über die Schultern und auf die Hüften herunterziehen zu lassen. Oder Mata Hari, aber ich bezweifelte, daß man sie jemals heiligsprechen würde. Übrigens war ich mir auch bei Magdalena nicht sicher, aber wie mir schien, würde eine bekehrte Prostituierte unter all den himmlischen Heerscharen am ehesten Verständnis für das Abenteuer aufbringen, auf das ich mich jetzt einließ.

Das Couvent des Anges hatte gewiß noch nie ein so prachtvolles Kleid wie dieses gesehen. Zwar wurden die Novizinnen, wenn sie ihr letztes Gelübde ablegten, als Bräute Christi festlich gekleidet, doch rote Seide und Reispuder spielten bei dieser Zeremonie wohl keine große Rolle.

Sehr symbolträchtig, dachte ich, als die üppigen scharlachroten Falten über mein Gesicht glitten. Weiß für Unschuld und rot für... was immer das sein mochte. Schwester Minèrve, eine junge Nonne aus einer reichen Adelsfamilie, war ausgewählt worden, mir bei der Toilette zu helfen. Mit großem Geschick frisierte sie mich und steckte mir mit Staubperlen besetzte Straußenfedern ins Haar. Meine Brauen bürstete sie sorgfältig mit kleinen Bleikämmen, und meine Lippen zog sie mit einer in den Rougetopf getunkten Feder nach. Es kitzelte unerträglich, was meine Neigung, hemmungslos zu kichern, verstärkte. Aber es war keine Lustigkeit, sondern Hysterie.

Schwester Minèrve griff nach dem Handspiegel. Doch ich winkte ab – ich wollte mir nicht in die Augen sehen. Dann atmete ich tief ein und nickte.

»Ich bin fertig. Bitte, rufen Sie die Kutsche.«

Diesen Teil des Palasts hatte ich noch nie betreten. Nachdem ich schier endlose kerzenerleuchtete Korridore mit zahllosen Spiegeln durchschritten hatte, war ich nicht mehr ganz sicher, wie viele von meiner Sorte da herumliefen, geschweige denn, in welche Richtung.

Der diskrete königliche Kammerjunker führte mich zu einer kleinen holzgetäfelten Tür in einem Alkoven. Er klopfte einmal, verbeugte sich dann vor mir, drehte sich rasch um und verschwand, ohne eine Antwort abzuwarten. Die Tür ging nach innen auf, und ich trat ein.

Der König hatte seine Hose noch an. Diese Feststellung verminderte meinen Herzschlag auf ein erträgliches Tempo, und auch das Gefühl, jede Sekunde erbrechen zu müssen, wich von mir.

Ich wußte nicht genau, was ich erwartet hatte, aber der Anblick, der sich mir bot, wirkte halbwegs beruhigend. Der König war zwanglos gekleidet, in Hemd und Kniehose, um die Schultern einen Morgenmantel aus brauner Seide. Seine Majestät lächelte und bedeutete mir aufzustehen, indem er mit der Hand meinen Arm berührte. Seine Hand fühlte sich warm an – unbewußt hatte ich damit gerechnet, sie würde klamm sein. Ich erwiderte sein Lächeln, so gut ich konnte.

Der Versuch wirkte offenbar nicht gerade überzeugend, denn er tätschelte mir freundlich den Arm und sagte: »Sie brauchen keine Angst vor mir zu haben, *chère* Madame, ich beiße nicht.«

»Nein«, sagte ich. »Selbstverständlich nicht.«

Er war wesentlich gelassener als ich. Kein Wunder, dachte ich bei mir, schließlich macht er das ständig. Ich atmete tief durch und versuchte mich zu entspannen.

»Trinken Sie ein Glas Wein mit mir, Madame?« fragte er. Wir

waren allein; der Wein war bereits eingeschenkt. Die Kelche schimmerten im Kerzenlicht wie Rubine. Das Zimmer war reich verziert, aber klein, und außer dem Tisch und zwei Stühlen mit ovalen Lehnen enthielt es nur eine verschwenderisch gepolsterte, mit grünem Samt bezogene Chaiselongue. Ich versuchte, das Möbelstück nicht anzusehen, als ich mein Glas nahm und Dankesworte murmelte.

»Setzten Sie sich doch.« Louis ließ sich auf einem Stuhl nieder und bedeutete mir, auf dem anderen Platz zu nehmen. »Nun, bitte«, sagte er lächelnd, »sagen Sie mir, was ich für Sie tun kann.«

»M-mein Gemahl«, stotterte ich nervös. »Er ist in der Bastille.«

»Natürlich«, murmelte der König. »Wegen eines Duells. Ich entsinne mich.« Er nahm meine freie Hand in die seine und legte seine Finger sanft auf meinen Puls. »Was soll ich machen, *chère* Madame? Sie wissen, daß es sich um ein schweres Vergehen handelt. Ihr Mann hat meinen Erlaß mißachtet.« Er liebkoste die Unterseite meines Handgelenks, so daß ich ein leichtes Prickeln im Arm spürte.

»J-ja, das weiß ich. Aber er wurde... provoziert.« Ich hatte einen Einfall. »Wie Ihr wißt, ist er Schotte. Die Männer aus diesem Land sind...«, ich suchte nach einem guten Synonym für Berserker, »voller Ingrimm, wenn es um ihre Ehre geht.«

Louis nickte, den Kopf scheinbar völlig versunken über meine Hand geneigt. Seine Haut schimmerte ein wenig fettig, und er roch nach Parfum. Veilchen. Ein intensiver, süßer Duft, der jedoch den scharfen Geruch seiner Männlichkeit nicht überdecken konnte.

Er leerte sein Glas in zwei Zügen und stellte den Kelch ab, um meine Hand mit beiden Händen ergreifen zu können. Ein Finger zeichnete die Ornamente meines Eherings mit den Distelblüten nach.

»Ganz recht«, sagte er und zog meine Hand näher zu sich, als wollte er den Ring genauer betrachten. »Ganz recht, Madame. Indes...«

»Ich wäre... überaus dankbar, Eure Majestät«, unterbrach ich ihn. Er hob den Kopf, und ich sah in seine dunklen, forschenden Augen. Das Herz schlug mir bis zum Hals. »Überaus... dankbar.«

Er hatte schmale Lippen und schlechte Zähne. Ich roch seinen nach Zahnfäule und Zwiebeln stinkenden Atem und versuchte die Luft anzuhalten, aber das war nur eine vorübergehende Notlösung.

»Nun...«, sagte er langsam, als überdächte er die Sache. »Ich persönlich würde dazu neigen, Gnade vor Recht ergehen zu lassen, Madame...«

Ich atmete aus, und seine Finger drückten warnend meine Hand. »Aber wissen Sie, es gibt Komplikationen.«

»Tatsächlich?« fragte ich matt.

Er nickte, den Blick auf mich geheftet. Er streichelte die Venen auf meinem Handrücken.

»Der Engländer, der das Pech hatte, den Herrn von Broch Tuarach zu beleidigen – er stand im Dienste... eines englischen Adligen von einiger Bedeutung.«

Sandringham. Mein Herz zog sich zusammen.

»Dieser Adlige führt – nun sagen wir, gewisse Verhandlungen, durch die er Anspruch auf etwas Rücksichtnahme hat.« Das Lächeln auf seinen schmalen Lippen betonte den gebieterischen Schwung der Nase. »Und dieser Edelmann interessiert sich für das Duell zwischen Ihrem Gatten und dem englischen Hauptmann. Ich fürchte, er hat überaus nachdrücklich gefordert, daß Ihrem Gemahl die Höchststrafe für dieses Vergehen auferlegt wird, Madame.«

Verdammter Mist, dachte ich, Natürlich – Jamie hatte es abgelehnt, sich durch eine Begnadigung bestechen zu lassen; gab es da einen besseren Weg, ihn an seinem »Kampf« für die Stuarts zu hindern, als ihn für einige Jahre in der Bastille verschwinden zu lassen? Sicher, unauffällig und kostengünstig, eine Methode, die dem Herzog gefallen mußte.

Andererseits beugte sich Louis nach wie vor schweratmend über meine Hand, woraus ich schloß, daß noch nicht alles verloren war. Wenn er meinem Ersuchen nicht nachkam, konnte er wohl kaum erwarten, daß ich mit ihm ins Bett ging – und wenn er das doch tat, stand ihm eine böse Überraschung ins Haus.

Ich wappnete mich für einen zweiten Anlauf.

»Empfangen Eure Majestät Befehle von den Engländern?« fragte ich verwegen.

Entsetzt riß Ludwig die Augen auf. Als er verstand, was ich damit bezweckte, lächelte er gequält. Offenbar hatte ich einen wunden Punkt berührt. Mit einem leichten Schulterzucken rückte er das Bewußtsein der Macht zurecht wie einen unsichtbaren Mantel.

»Nein, Madame, das ist nicht der Fall«, entgegnete er trocken. »Allerdings ziehe ich... verschiedene Faktoren in Betracht.« Die schweren Lider senkten sich für einen Moment, aber er hielt meine Hand weiter fest.

»Ich habe gehört, daß sich Ihr Gemahl für die Angelegenheiten meines Cousins interessiert«, sagte er.

»Eure Majestät sind wohlinformiert«, erwiderte ich höflich. »Und daher werdet Ihr auch wissen, daß mein Gemahl die Wiedereinsetzung der Stuarts auf den Thron von Schottland nicht unterstützt.« Ich hoffte inständig, daß er eben dies hören wollte.

Offenbar hatte ich richtig getippt. Er lächelte, hob meine Hand an die Lippen und küßte sie.

»Aha? Ich hatte ... widersprüchliche Berichte über Ihren Gatten gehört.«

Ich atmete tief durch und widerstand dem Impuls, ihm meine Hand zu entziehen.

»Nun ja, es ist eine geschäftliche Angelegenheit.« Ich versuchte, so sachlich wie möglich zu sprechen. »Der Cousin meines Gatten, Jared Fraser, ist überzeugter Jakobit. Jamie – mein Gemahl – kann seine wahren Ansichten natürlich nicht öffentlich aussprechen, solange er Jareds Partner ist.« Da ich sah, wie sich seine Zweifel zerstreuten, beeilte ich mich weiterzusprechen. »Fragt Monsieur Duverney«, schlug ich vor. »Er weiß, auf welcher Seite mein Gatte wirklich steht.«

»Das habe ich bereits getan.« Louis schwieg eine lange Weile, während er seine plumpen Finger betrachtete, die feine Kreise über meinen Handrücken zogen.

»So blaß«, murmelte er. »So zart. Ich meine, das Blut unter Ihrer Haut fließen zu sehen.«

Dann ließ er meine Hand los und sah mich an. Ich verstand mich darauf, im Gesicht eines Menschen zu lesen, aber Louis wirkte völlig undurchschaubar. Plötzlich wurde mir klar, daß er seit seinem fünften Lebensjahr König war. Die Fähigkeit, seine Gedanken zu verbergen, gehörte ebenso zu ihm wie seine Bourbonennase und seine schläfrigen, braunen Augen.

Dieser Gedanke zog andere nach sich, die mich frösteln ließen. Louis war König. Die Bürger von Paris würden sich erst in gut vierzig Jahren gegen Louis' Nachfolger erheben. Bis zu diesem Tage übte der Monarch die absolute Herrschaft über Frankreich aus. Ein Wort von Louis konnte Jamie auf freien Fuß setzen – oder töten. Mit mir konnte er machen, was er wollte, ich hatte keinerlei Handhabe. Er brauchte nur zu nicken, und die Schatzkammern Frankreichs würden das Gold ausspucken, mit dessen Hilfe Charles Stuart wie ein tödlicher Blitz ins Herz von Schottland vorstoßen konnte.

Er war König. Er würde tun, was ihm beliebte. Und ich beobachtete seine braunen, nachdenklichen Augen und wartete zitternd, welche Entscheidung der König zu treffen geruhte.

»Sagen Sie mir, *ma chère* Madame«, sagte er schließlich, »wenn ich Ihre Bitte erfülle und ihren Gatten freilasse...« Er hielt inne und dachte nach.

»Ja?«

»Er würde Frankreich verlassen müssen«, sagte Louis und zog wie zur Warnung seine buschigen Brauen hoch. »Das wäre eine Bedingung für seine Freilassung.«

»Ich verstehe.« Ich hatte das Gefühl, daß mein wild hämmerndes Herz seine Worte übertönte. Daß Jamie Frankreich verlassen sollte, war schließlich der Punkt, um den es ging. »Aber er wurde aus Schottland verbannt...«

»Ich denke, das läßt sich regeln.«

Ich zögerte, aber mir blieb keine andere Wahl, als um Jamies willen zuzustimmen. »Einverstanden.«

»Gut.« Der König nickte erfreut. Dann sah er mich wieder an, seine Augen ruhten auf meinem Gesicht, glitten über meinen Hals, meine Brüste, meinen Körper. »Als Gegenleistung möchte ich einen kleinen Dienst von Ihnen erbitten, Madame«, sagte er leise.

Ich sah ihm einen Augenblick lang direkt in die Augen. Dann senkte ich den Kopf. »Ich stehe Eurer Majestät zur Verfügung.«

»Ah.« Er erhob sich und warf den Morgenmantel ab, der achtlos auf der Lehne des Sessels liegenblieb. Er lächelte und streckte mir die Hand entgegen. »*Très bien, ma chère.* Dann kommen Sie mit mir.«

Ich schloß kurz die Augen und hoffte, meine Knie würden mir nicht den Dienst versagen. Du meine Güte, dachte ich, du hast zwei Ehemänner gehabt. Mach bloß nicht so ein Theater darum.

Schließlich stand ich auf und nahm seine Hand. Zu meiner Überraschung führte er mich nicht zu der Chaiselongue, sondern zur Tür am anderen Ende des Raumes.

In dem Augenblick, als er meine Hand losließ, um die Tür zu öffnen, sah ich mit eiskalter Klarheit, was ich im Begriff war zu tun.

Verdammt sollst du sein, Jamie Fraser, dachte ich. *Fahr zur Hölle!*

Reglos stand ich auf der Schwelle und blinzelte. Meine Überlegungen zur königlichen Entkleidungszeremonie wichen blankem Erstaunen.

Es war ziemlich dunkel; der Raum wurde nur von Öllämpchen erleuchtet, die in Grüppchen zu je fünf in Wandnischen standen. Der Raum war rund, ebenso wie der riesige Tisch in der Mitte. Dort saßen Menschen, die im Dunkel des Zimmers nur schemenhaft zu erkennen waren.

Bei meinem Eintreten erhob sich ein Raunen, das jedoch sofort erstarb, als der König erschien. Als sich meine Augen an die Düsternis gewöhnt hatten, bemerkte ich zu meinem Entsetzen, daß die Leute am Tisch Kapuzen trugen. Der mir am nächsten Sitzende wandte sich zu mir um, und ich sah durch die Schlitze im Samt seine Augen glitzern. Es sah aus wie eine Versammlung von Henkern.

Offensichtlich war ich der Ehrengast. Nervös fragte ich mich, was man wohl von mir erwartete. Nach dem, was Raymond und Marguerite angedeutet hatten, hatte ich grausige Visionen von okkulten Riten, die die Opferung von Säuglingen, zeremonielle Vergewaltigung und allgemeine Satansmessen umfaßten. Allerdings werden übernatürliche Phänomene nur selten den Ankündigungen gerecht, und ich hoffte, daß dies auch jetzt zutraf.

»Wir haben von Ihren außerordentlichen Fähigkeiten gehört, Madame, und von Ihrem... Ruf.« Louis lächelte, schien aber auf der Hut zu sein, als wäre er nicht ganz sicher, wie ich reagieren würde. »Wir wären Ihnen zu allergrößtem Dank verpflichtet, meine Liebe, wenn Sie uns heute abend in den Genuß Ihrer Fähigkeiten kommen ließen.«

Ich nickte. Zu allergrößtem Dank verpflichtet, ja? Das klang vielversprechend, schließlich wollte ich, daß er mir verpflichtet war. Doch was erwartete er von mir? Ein Lakai stellte eine große Wachskerze auf den Tisch und zündete sie an, so daß sie ihr mildes Licht über das glänzende Holz verströmte. Die Kerze war mit Symbolen dekoriert, wie ich sie am Schrank in Maître Raymonds Geheimkabinett gesehen hatte.

»*Regardez*, Madame.« Die Hand des Königs lag unter meinem Ellbogen, und er lenkte meine Aufmerksamkeit auf zwei Gestalten, die hinter dem Tisch still inmitten der zuckenden Schatten standen. Bei ihrem Anblick fuhr ich zusammen, und der Griff des Königs wurde fester.

Da standen der Comte de St. Germain und Maître Raymond nebeneinander, zwischen ihnen etwa zwei Meter Abstand. Raymond ließ sich nicht anmerken, ob er mich gesehen hatte, sondern stand ruhig da und starrte vor sich hin.

Als mich der Comte erblickte, weiteten sich seine Augen ungläubig, dann starrte er mich finster an. Er war sehr elegant gekleidet, wie immer ganz in Weiß: ein gestreifter Satinrock über einer Weste und einer Kniehose aus cremefarbener Seide. Die kunstvoll verflochtenen Staubperlen an seinen Rock- und Ärmelaufschlägen schimmerten im Kerzenlicht. Trotz dieser Pracht sah der Comte ziemlich mitgenommen aus – sein Gesicht war vor Anspannung verzerrt, das Spitzenjabot war erschlafft, und sein Hemdkragen zeigte einen dunklen Schweißrand.

Raymond hingegen wirkte so ruhig wie ein Steinbutt auf Eis. Unerschütterlich stand er da, die Hände in den Ärmeln seiner wie immer recht schmuddligen Samtrobe vergraben, das breite, flache Gesicht gelassen und undurchdringlich.

»Diese beiden Männer«, erklärte Louis und wies auf Raymond und den Comte, »sind der Zauberei, der Hexerei und der Verkehrung des rechtmäßigen Strebens nach Wissen in die Erforschung der Schwarzen Kunst angeklagt.« Seine Stimme war kalt und voller Ingrimm. »Derartige Praktiken sind unter der Herrschaft meines Urgroßvaters aufgeblüht, doch in unserem Reich werden wir solche Gottlosigkeit nicht dulden.«

Der König schnippte einem Kapuzenträger zu, der mit Feder und Tinte vor einem Aktenbündel saß. »Lesen Sie bitte die Anklageschrift vor«, sagte er.

Gehorsam stand der Angesprochene auf und begann aus den Papieren vorzulesen; man warf den beiden Greueltaten und abscheuliche Opferungen vor, die Ermordung unschuldiger Menschen, die Profanierung des allerheiligsten Sakraments durch Entweihung der Hostie, den Vollzug von Liebesriten auf dem Altar Gottes – blitzartig erkannte ich, wie die Heilung, die Raymond im Hôpital des Anges an mir vollzogen hatte, ausgesehen haben mußte, und ich empfand tiefe Dankbarkeit, daß er nicht entdeckt worden war.

Ich hörte, wie der Name »du Carrefours« fiel, und schluckte den bitteren Geschmack hinunter, der mir hochkam. Was hatte Pastor Laurent gesagt? Der Hexer du Carrefours war in Paris verbrannt worden, und zwar aufgrund einer Anklage, wie ich sie jetzt hörte: »...die Beschwörung von Dämonen und Mächten der Finsternis, die Herbeiführung von Krankheit und Tod gegen Bezahlung...« – ich legte die Hand auf den Magen, eingedenk der bitteren Faulbaumrinde – »Verwünschungen gegen Mitglieder des Hofes, Schändung von Jungfrauen...« Ich warf dem Comte einen flüchtigen Blick zu, doch sein Gesicht war wie versteinert; mit zusammengekniffenen Lippen lauschte er den Beschuldigungen.

Raymond stand reglos da, das silberne Haar fiel ihm auf die Schultern, und er sah aus, als wäre das Gesagte für ihn so folgenlos wie das Lied einer Drossel. Ich hatte die kabbalistischen Symbole in seinem Kabinett gesehen, konnte mir aber nicht vorstellen, daß der Mann, den ich kannte – der mitleidsvolle Giftmischer, der praktische Apotheker –, all die aufgelisteten Schandtaten begangen hatte. Endlich war die Verlesung der Anklageschrift abgeschlossen. Der Kapuzenträger sah den König an und ließ sich auf dessen Zeichen wieder auf seinem Stuhl nieder.

»Umfangreiche Nachforschungen wurden angestellt«, erklärte der König, an mich gewandt. »Beweise wurden vorgelegt und zahlreiche Zeugen gehört. Es scheint klar«, er warf einen kalten Blick auf die angeklagten Magier, »daß beide Männer die Schriften der alten Philosophen studiert und die Kunst der Weissagung mit Hilfe der Bewegungen der Himmelskörper praktiziert haben. Nun...« Er zuckte die Achseln. »Das ist an sich kein Verbrechen. Mir wurde zu verstehen gegeben«, er blickte auf einen schwerfälligen Mann mit Kapuze, vermutlich den Bischof von Paris, »daß dies mit den Lehren der Kirche nicht unvereinbar ist. Selbst der heilige Augustinus hat die Geheimnisse der Astrologie erkundet.«

Ich erinnerte mich dunkel, daß sich Augustinus tatsächlich mit Astrologie befaßt, sie jedoch ziemlich verächtlich als vollkommenen Unsinn abgetan hatte. Doch ich bezweifelte, daß Louis die *Bekenntnisse* des heiligen Augustinus gelesen hatte, und sich auf ihn zu berufen war einem der Hexerei beschuldigten Angeklagten zweifellos dienlich. Sternguckerei schien im Vergleich zu Säuglingsopfern und anderen namenlosen Orgien relativ harmlos.

Mit wachsender Besorgnis fragte ich mich, was ich bei dieser Versammlung verloren hatte. War der Besuch von Maître Raymond an meinem Krankenbett vielleicht doch nicht unbeobachtet geblieben?

»An der rechten Anwendung von Wissen und dem Streben nach Weisheit haben wir nichts auszusetzen«, sagte der König wohlüberlegt. »Aus den Schriften der alten Philosophen kann man vieles lernen, wenn man Vorsicht und Demut walten läßt. Aber wahr ist auch, daß in solchen Schriften nicht nur viel Gutes, sondern auch Böses zu finden ist und die Suche nach Weisheit in das Streben nach Macht und Reichtum – nach weltlichen Dingen – verkehrt werden kann.«

Er ließ seinen Blick nochmals von einem Angeklagten zum anderen wandern, als wollte er nun entscheiden, wer von beiden *dieser* Art von Verirrung mehr zugetan sein könnte. Der Comte schwitzte immer noch: auf seinem weißen Seidenrock zeichneten sich dunkle Flecken ab.

»Nein, Euer Majestät!« rief er, schüttelte sein dunkles Haar und richtete seinen brennenden Blick auf Maître Raymond. »Es stimmt, daß in diesem Land dunkle Mächte am Werk sind – die Verworfenheit, von der Ihr sprecht, weilt mitten unter uns! Aber solche Verruchtheit wohnt nicht in der Brust Eures treuesten Untertans«, er schlug sich auf die Brust, damit uns nicht entging, wen er meinte, »nein, Eure Majestät! Diese Verirrungen des Geistes und die Ausübung verbotener Künste müßt Ihr jenseits Eures Hofstaats suchen.« Er beschuldigte Maître Raymond nicht offen, aber sein Blick in dessen Richtung war eindeutig.

Der König nahm diesen Ausbruch ungerührt zur Kenntnis. »Solche Greuel griffen während der Herrschaft meines Urgroßvaters um sich«, sagte er leise. »Wir haben sie ausgemerzt, wo immer sie sich zeigten. Hexenmeister und Hexen, welche die Lehren der Kirche verdrehen... Monsieurs, wir werden nicht dulden, daß solche Verworfenheit wiederauflebt.«

»Also.« Er schlug mit beiden Händen leicht auf den Tisch und richtete sich auf. Den Blick fest auf Raymond und den Comte gerichtet, deutete er mit einer Hand auf mich.

»Wir haben eine Zeugin hierhergebracht«, erklärte er. »Eine unfehlbare Richterin über die Wahrheit, über die Reinheit des Herzens.«

Ich gab ein leises Glucksen von mir, was den König veranlaßte, sich zu mir umzudrehen.

»Eine weiße Dame«, sagte er leise. »*La Dame Blanche* kann nicht lügen. Sie blickt in das Herz und in die Seele eines Menschen und kann diese Wahrheit zum Guten wenden... oder zur Vernichtung.«

Das Gefühl von Unwirklichkeit, das mich den ganzen Abend lang begleitet hatte, löste sich schlagartig auf. Die durch den Wein verursachte leichte Benommenheit wich von mir, und mit einemmal war ich stocknüchtern. Ich öffnete den Mund, schloß ihn aber gleich wieder, weil mir aufging, daß ich absolut gar nichts zu sagen wußte.

Es lief mir kalt den Rücken hinunter, und mein Magen zog sich zusammen, als der König seine Anordnungen traf. Auf den Boden sollten zwei Pentagramme gemalt werden, in die sich die beiden Magier stellen mußten. Jeder sollte dann über seine eigenen Taten und Beweggründe Zeugnis ablegen. Und die weiße Dame würde den Wahrheitsgehalt der Aussagen beurteilen.

»*Jesus. H. Roosevelt Christ*«, flüsterte ich.

»Monsieur le Comte?« Der König deutete auf das erste Pentagramm, das mit Kreide auf dem Teppich gezogen worden war. Nur ein König brachte es fertig, einen echten Aubusson so unbekümmert zu verunstalten.

Im Vorbeigehen wisperte mir der Comte zu: »Ich warne Sie, Madame. Ich arbeite nicht allein.« Dann nahm er mir gegenüber seinen Platz ein und verbeugte sich ironisch.

Was das zu bedeuten hatte, war hinlänglich klar: Wenn ich ihn verurteilte, würden seine Helfershelfer sofort zur Stelle sein, um mir die Brustwarzen abzuschneiden. Ich leckte mir die trockenen Lippen und verfluchte Louis. Warum hatte er nicht einfach meinen Körper gewollt?

Raymond trat gelassen auf den ihm zugewiesenen Platz und nickte freundlich in meine Richtung. Seine runden schwarzen Augen gaben mir keinen Hinweis darauf, wie ich mich verhalten sollte.

Ich hatte nicht die leiseste Ahnung, was ich jetzt tun sollte. Der König bedeutete mir, mich ihm gegenüber zwischen die beiden Pentagramme zu stellen. Die Kapuzenträger nahmen hinter dem König Aufstellung, eine gesichtslose, bedrohliche Gruppe.

Es herrschte vollkommenes Schweigen. Der Rauch der Kerzen

hing in einer Wolke unter der vergoldeten Decke und bewegte sich in der trägen Luftströmung. Alle Blicke richteten sich auf mich. Schließlich wandte ich mich in meiner Verzweiflung an den Comte und nickte.

»Sie können beginnen, Monsieur le Comte«, sagte ich.

Er lächelte – zumindest vermutete ich, daß es ein Lächeln sein sollte – und begann. Zunächst erklärte er die Grundlagen der Kabbala, ging dann zur Exegese der dreiundzwanzig Buchstaben des hebräischen Alphabets über und erläuterte deren Symbolgehalt. Der Vortrag klang überaus gelehrt, vollkommen harmlos und schrecklich langweilig. Der König gähnte und machte sich dabei nicht die Mühe, die Hand vor den Mund zu halten.

Unterdessen überdachte ich meine Alternativen. Dieser Mann hatte mich bedroht und attackiert, er hatte versucht, Jamie ermorden zu lassen – ob aus persönlichen oder politischen Gründen, spielte keine Rolle. Aller Wahrscheinlichkeit nach war er der Anführer jener Bande von Vergewaltigern, die mir und Mary aufgelauert hatten. Darüber hinaus und abgesehen von den Gerüchten, die ich über seine anderen Aktivitäten gehört hatte, bedrohte er den Erfolg unseres Versuchs, Charles Stuart aufzuhalten. Sollte ich ihn ungeschoren davonkommen lassen? Damit er den König weiterhin zugunsten der Stuarts beeinflussen konnte? Damit er die nächtlichen Straßen von Paris mit seiner Bande maskierter Schläger weiterhin unsicher machte?

Ein Schauder lief mir über den Rücken, aber ich nahm mich zusammen und sah St. Germain fest in die Augen.

»Einen Augenblick«, sagte ich. »Alles, was Sie bisher gesagt haben, ist wahr, Monsieur le Comte, aber ich sehe einen Schatten hinter Ihren Worten.«

Der Comte stand mit offenem Mund da. Louis, der sich gegen den Tisch gelehnt hatte, richtete sich interessiert auf. Ich schloß die Augen und legte die Finger auf meine Lider, als blickte ich nach innen.

»Ich sehe einen Namen in Ihren Gedanken, Monsieur le Comte«, sagte ich atemlos und halb erstickt vor Angst, aber das konnte ich nicht ändern. Ich ließ die Hände sinken und sah ihm in die Augen.

»*Les Disciples du Mal*. Was haben Sie mit *Les Disciples* zu tun, Monsieur le Comte?«

Es fiel ihm wirklich schwer, seine Gefühle zu verbergen. Seine

Augen traten hervor, er wurde blaß, und trotz meiner Furcht empfand ich leise Genugtuung.

Der Name *Les Disciples du Mal* war auch dem König geläufig; die schläfrigen, dunklen Augen verengten sich zu schmalen Schlitzen.

Der Comte mochte ein Gauner und ein Scharlatan sein, aber ein Feigling war er nicht. Er nahm seine letzten Kräfte zusammen, blickte mich wütend an und warf den Kopf zurück.

»Diese Frau lügt«, sagte er mit derselben Bestimmtheit, mit der er uns mitgeteilt hatte, daß der Buchstabe Aleph die Quelle des Blutes Christi symbolisiere. »In Wahrheit ist sie keine weiße Dame, sondern die Dienerin Satans! Zusammen mit ihrem Meister, dem berüchtigten Hexer, dem Lehrling du Carrefours!« Er deutete theatralisch auf Raymond, der gelinde überrascht aussah.

Einer der Kapuzenträger bekreuzigte sich, und ich hörte, wie ein kurzes Gebet gemurmelt wurde.

»Ich kann beweisen, was ich sage«, erklärte der Comte, bevor ein anderer das Wort ergreifen konnte. Er griff in die Brusttasche seines Rockes. Ich erinnerte mich an den Dolch, den er bei jener Abendgesellschaft aus dem Ärmel gezogen hatte, und war bereit, mich rechtzeitig zu ducken. Was er hervorzog, war jedoch kein Messer.

»In der Heiligen Schrift heißt es: ›Und durch die, die zum Glauben gekommen sind, werden folgende Zeichen geschehen‹«, donnerte er. »›Wenn sie Schlangen anfassen, wird es ihnen nicht schaden.‹«

Es handelte sich um eine Schlange. Sie war fast einen Meter lang, glatt und geschmeidig wie ein geöltes Seil, schimmerte goldbraun und besaß beunruhigende goldene Augen.

Bei ihrem Erscheinen war aus den Reihen der Zuschauer ein Keuchen zu hören, und zwei der maskierten Richter traten rasch einen Schritt zurück. Louis selbst war sichtlich bestürzt und sah sich hastig nach seinem Leibwächter um, der an der Tür stand.

Die Schlange züngelte ein-, zweimal, als kostete sie die Luft. Scheinbar kam sie zu dem Schluß, daß die Mischung aus Kerzenwachs und Weihrauch ungenießbar war, drehte sich um und versuchte, wieder in die warme Tasche zu schlüpfen, aus der sie so grob herausgezerrt worden war. Der Comte packte sie geschickt hinten am Kopf und streckte sie mir entgegen.

»Seht!« sagte er triumphierend. »Die Frau schreckt davor zurück! Sie ist eine Hexe!«

Im Vergleich zu einem der Richter, der sich gegen die Wand drückte, war ich die Standhaftigkeit in Person, aber ich muß zugeben daß ich unwillkürlich einen Schritt zurückgetreten war, als die Schlange vor mir auftauchte. Jetzt ging ich wieder auf dem Comte zu, denn ich beabsichtigte, ihm die Schlange abzunehmen. Das verdammte Vieh war höchstwahrscheinlich nicht giftig, sonst würde sie der Comte kaum in seiner Brusttasche spazierentragen. Vielleicht offenbarte sich, wie harmlos sie wirklich war, wenn ich sie ihm um den Hals wickelte.

Bevor ich mein Vorhaben in die Tat umsetzen konnte, ergriff hinter mir Maître Raymond das Wort. In all dem Durcheinander hätte ich ihn fast vergessen.

»Das ist nicht alles, was in der Bibel steht, Monsieur le Comte«, bemerkte Raymond. Er sprach nicht laut, und sein breites Gesicht war vollkommen ausdruckslos. Dennoch erstarb das Stimmengewirr, und der König wandte ihm seine Aufmerksamkeit zu.

»Ja, Monsieur?« sagte er.

Mit einem höflichen Nicken dankte Raymond für die Erteilung des Wortes und griff mit beiden Händen in seine Robe. Aus einer Tasche holte er eine Flasche, aus der anderen einen kleinen Becher.

»›Wenn sie Schlangen anfassen‹«, zitierte er, »›oder tödliches Gift trinken, wird es ihnen nicht schaden.‹« Auf seiner Handfläche hielt er uns einen Becher entgegen, der im Kerzenlicht silbern schimmerte. Die Flasche hielt er zum Einschenken bereit.

»Da sowohl die Herrin von Broch Tuarach als auch ich selbst beschuldigt wurden«, sagte Raymond mit einem raschen Blick in meine Richtung, »schlage ich vor, daß wir uns alle drei dieser Probe unterziehen. Mit Eurer Erlaubnis, Majestät?«

Louis wirkte ziemlich verblüfft ob des raschen Gangs der Ereignisse, nickte aber und eine bernsteinfarbene Flüssigkeit ergoß sich in den Becher. Sofort verfärbte sich der Inhalt rot und begann zu blubbern.

»Drachenblut«, erläuterte Raymond, auf den Becher deutend. »Vollkommen harmlos für jene, die reinen Herzens sind.« Er lächelte ein zahnloses, aufmunterndes Lächeln und reichte mir den Becher.

Es blieb mir praktisch nichts anderes übrig, als zu trinken. Ich hatte den Eindruck, daß es sich bei dem Drachenblut um doppeltkohlensaures Natron handelte; es schmeckte wie Weinbrand mit

Alka-Seltzer. Ich nahm ein paar Schluck und gab den Becher zurück.

Mit angemessener Feierlichkeit trank auch Raymond davon. Als er den Becher absetzte, zeigten sich seine rotgefärbten Lippen. Dann wandte er sich an den König.

»Dürfte ich *La Dame Blanche* bitten, Monsieur le Comte den Becher zu reichen?« sagte er und deutete auf die Kreidelinien zu seinen Füßen, um darauf hinzuweisen, daß er den Schutz des Pentagramms nicht verlassen durfte.

Auf das Nicken des Königs hin nahm ich den Becher und drehte mich um. Von St. Germain trennten mich etwa zwei Meter. Ich tat einen Schritt und dann noch einen. Meine Knie zitterten heftiger als in dem kleinen Vorzimmer, wo ich mit dem König allein gewesen war.

Die Weiße Dame erkennt den wahren Charakter eines Menschen? Konnte ich das? Wußte ich wirklich über die beiden Bescheid, über Raymond und den Comte?

Hätte ich dem ganzen Einhalt gebieten können? Das habe ich mich hundertmal, tausendmal gefragt – später. Hätte ich anders handeln können?

Ich erinnerte mich meiner sündigen Gedanken bei meiner ersten Begegnung mit Charles Stuart: Es würde auf lange Sicht allen eine Menge Ärger ersparen, wenn er rasch und sanft entschlummern würde. Aber man darf einen Menschen nicht wegen seiner Überzeugungen töten, selbst wenn der Kampf für diese Überzeugungen Unschuldige das Leben kostet – oder doch?

Ich wußte es nicht. Ich wußte nicht, ob der Comte schuldig und ob Raymond unschuldig war. Ich wußte nicht, ob ein rühmliches Ziel den Einsatz unrühmlicher Mittel rechtfertigt. Ich wußte nicht, was ein Menschenleben wert ist – oder tausend. Und ich wußte nicht, wie hoch der Preis der Rache ist.

Aber ich wußte, daß der Becher in meinen Händen den Tod barg. Der weiße Kristall, den ich am Hals trug, erinnerte mich an Gift. Ich hatte nicht gesehen, daß Raymond noch etwas hinzugefügt hatte, niemand hatte es gesehen, da war ich mir sicher. Aber ich brauchte den Kristall nicht in die blutrote Flüssigkeit zu tauchen, um zu wissen, was sie jetzt enthielt.

Der Comte las mir die Wahrheit vom Gesicht ab. *La Dame Blanche* kann nicht lügen. Zögernd betrachtete er die blubbernde Flüssigkeit.

»Trinken Sie, Monsieur«, sagte der König. Sein Blick war wieder verschleiert und gab nichts preis. »Oder haben Sie Angst?«

Der Comte besaß eine Reihe schändlicher Eigenschaften, aber Feigheit zählte nicht dazu. Sein Gesicht war blaß und starr, aber er blickte den König offen an und lächelte ein wenig.

»Nein, Majestät«, sagte er.

Er nahm den Becher aus meiner Hand und leerte ihn, wobei er mich unverwandt ansah. Auch als seine Augen im Wissen um den nahenden Tod glasig wurden, sah er mir noch ins Gesicht. Die Weiße Dame kann das Innerste eines Menschen zum Guten wenden oder zur Vernichtung.

Der Comte fiel zu Boden und krümmte sich, während die Rufe und Schreie der maskierten Zuschauer die Laute übertönten, die er von sich geben mochte. Seine Fersen hämmerten kurz und geräuschlos auf den gemusterten Teppich, er bäumte sich auf, dann erschlaffte sein Körper. Die Schlange aber befreite sich aus den weißen Satinfalten seines Gewandes und schlüpfte hurtig davon, um zu Louis' Füßen Zuflucht zu suchen.

Ein Tumult brach aus.

28

Die Sonne bricht durch

Von Paris aus fuhr ich wieder zu Louise nach Fontainebleau. Ich wollte weder in die Rue Tremoulins zurückkehren noch an einen anderen Ort, an dem Jamie mich finden würde. Und für die Suche blieb ihm wenig Zeit, denn er mußte sofort nach Spanien aufbrechen, wenn sein Plan gelingen sollte.

Die gutmütige Louise verzieh mir meine List, und ich rechnete es ihr hoch an, daß sie nicht fragte, was ich getan hatte. Ich blieb wortkarg, hütete das Zimmer, aß wenig und starrte die dicken, nackten Putten an, mit denen die weiße Decke verziert war. Die Notwendigkeit meiner Reise nach Paris hatte mir neue Kraft gegeben, aber jetzt wurde mir nichts abverlangt, es gab keinen festen Tagesablauf, der mir Halt gab. Wie ein Boot ohne Ruder ließ ich mich treiben.

Dennoch gab ich mir von Zeit zu Zeit Mühe. Dann ließ ich mich von Louise überreden, an einer ihrer Abendgesellschaften teilzunehmen oder mit ihr und einer Freundin Tee zu trinken. Und ich kümmerte mich ein wenig um Fergus, den einzigen Menschen, für den ich mich noch verantwortlich fühlte.

Als ich ihn auf einem meiner täglichen Nachmittagsspaziergänge lautstark schimpfen hörte, fühlte ich mich verpflichtet nachzusehen, was los war.

Hinter einem Nebengebäude fand ich ihn im Streit mit einem Stallburschen, einem größeren, breitschultrigen Jungen, der verdrossen dreinblickte.

»Halt's Maul, dummer Esel!« rief der Stallbursche. »Du weißt ja nicht, von was du redest!«

»Ich weiß es besser als du, dessen Mutter sich mit einem Schwein gepaart hat!« Fergus steckte zwei Finger in die Nasenlöcher, schob die Nasenspitze hoch und hüpfte mit einem lauten »Oink, oink, oink!« hin und her.

Der Stallbursche, dessen Rüssel tatsächlich auffällig himmelwärts zeigte, verlor keine Zeit mit schlagfertigen Antworten, sondern ließ die Fäuste sprechen. Im nächsten Augenblick wälzten sich die beiden mit wütendem Gekreisch auf dem schmutzigen Boden.

Während ich noch mit mir uneins war, ob ich eingreifen sollte, legte sich der Stallbursche auf Fergus, umklammerte mit beiden Händen dessen Hals und begann, seinen Kopf auf den Boden zu schlagen. Einerseits hatte Fergus einen derartigen Racheakt natürlich geradezu herausgefordert. Andererseits nahm sein Gesicht nun eine bedenklich dunkelrote Färbung an, und ich wollte nicht tatenlos zusehen, wie ihm in frühester Jugend das Lebenslicht ausgeblasen wurde. Also näherte ich mich den beiden Raufbolden mit der gebotenen Vorsicht.

Der Stallbursche kniete rittlings auf Fergus' Brust und würgte ihn. Ich holte aus und versetzte dem Angreifer einen schmerzhaften Tritt auf den Hosenboden. Daraufhin verlor er das Gleichgewicht, tat einen verblüfften Schrei und fiel vornüber. Sogleich rollte er behende auf die Seite, sprang auf und ballte die Fäuste. Doch dann sah er mich und floh, ohne noch ein Wort zu verlieren.

»Was hast du dir eigentlich dabei gedacht?« fragte ich, zog den prustenden und keuchenden Fergus auf die Beine und klopfte seine schmutzstarrenden Kleider ab.

»Sieh dir das an«, schalt ich ihn. »Du hast nicht nur dein Hemd zerrissen, sondern auch deine Hose. Wir werden Berta bitten müssen, die Sachen zu flicken.« Ich drehte ihn um und betastete den zerrissenen Stoff. Der Stallbursche hatte offenbar die Hand in den Hosenbund geschoben und die Kniehose an der Seitennaht aufgerissen. Der Stoff hing in Fetzen von Fergus' schmalen Hüften, so daß das Hinterteil halb entblößt war.

Bei dem Anblick verschlug es mir die Sprache. Doch es war nicht die nackte Haut, die meine Aufmerksamkeit fesselte, sondern eine kleine rote Narbe, etwa so groß wie eine Halfpennymünze. Sie zeigte die purpurrote Färbung einer frisch verheilten Brandwunde. Ungläubig berührte ich sie, so daß Fergus erschrocken zusammenzuckte. Das Brandmal hatte sich tief ins Fleisch gegraben. Ich packte den Jungen am Arm, damit er nicht weglaufen konnte, und besah mir die Narbe genauer.

Von nahem war der Umriß des Brandmals klar zu erkennen. Es

war ein Oval, in dem sich, wenn auch undeutlich, Buchstaben abzeichneten.

»Wer hat das getan, Fergus?« fragte ich. Meine Stimme klang unnatürlich ruhig und unbeteiligt.

Fergus versuchte, sich loszureißen, doch ich hielt ihn fest.

»Wer war es, Fergus?« wiederholte ich eindringlich und schüttelte ihn.

»Es ist nichts, Madame. Ich habe mich verletzt, als ich vom Zaun heruntergerutscht bin. Es muß ein Splitter sein.« Seine dunklen Augen huschten hin und her, als suchte er einen Fluchtweg.

»Das ist kein Splitter. Ich weiß, was das ist, Fergus. Und ich will wissen, wer es getan hat.« Etwas Ähnliches hatte ich bisher nur ein einziges Mal gesehen, und zwar als frische Wunde, während diese bereits verheilt war. Aber das Mal eines Brandzeichens ist unverkennbar.

Da Fergus merkte, daß ich es ernst meinte, hörte er auf, nach Ausflüchten zu suchen. Zögernd fuhr er sich mit der Zunge über die Lippen.

»Es war... ein Engländer, Madame. Mit einem Ring.«

»Wann?«

»Es ist schon lange her, Madame! Es war im Juni.«

Ich versuchte, ruhig zu bleiben, und rechnete nach. Zwei Monate. Vor zwei Monaten hatte Jamie das Haus verlassen, um den Aufseher seines Lagerhauses in einem Bordell zu suchen. In Begleitung von Fergus. Vor zwei Monaten war Jamie Jack Randall in Madame Elises Etablissement begegnet und hatte etwas gesehen, was alle Versprechungen null und nichtig machte, etwas, was in ihm den Entschluß reifen ließ, Jack Randall zu töten. Vor zwei Monaten war er gegangen – und nicht mehr zurückgekehrt.

Es erforderte große Geduld, und auch den Griff um Fergus' Oberarm durfte ich nicht lockern, doch schließlich gelang es mir, ihm die ganze Geschichte zu entlocken.

Als die beiden in Madame Elises Etablissement eintrafen, hatte Jamie Fergus befohlen zu warten, während er nach oben ging, um die finanziellen Fragen zu regeln. Aufgrund früherer Erfahrungen wußte Fergus, daß dies einige Zeit dauern könnte. Also spazierte er in den großen Salon, wo sich eine Reihe der Damen, die er kannte, »ausruhten«, plauderten und sich gegenseitig frisierten, während sie auf Kundschaft warteten.

»Am Morgen geht das Geschäft manchmal schleppend«, erklärte Fergus. »Aber am Dienstag und am Freitag fahren die Fischer die Seine herauf, um ihren Fang auf dem Morgenmarkt zu verkaufen. Dann haben sie Geld, und Madame Elise macht guten Umsatz, also müssen *les jeunes filles* nach dem Frühstück bereit sein.«

Die »Mädchen« waren in Wirklichkeit die älteren Bewohnerinnen des Etablissements. Fischer galten nicht als besonders erlesene Kunden, und so landeten sie bei den weniger begehrten Prostituierten. Gerade mit ihnen war Fergus jedoch von früher her befreundet, also verbrachte er eine Viertelstunde bei ihnen. Einige Kunden erschienen, trafen ihre Wahl und gingen nach oben – das schmale Haus von Madame Elise besaß immerhin vier Stockwerke –, ohne daß sich die anderen Damen in ihrer Unterhaltung stören ließen.

»Und dann führte Madame Elise den Engländer herein.« Fergus hielt inne und schluckte.

Für Fergus, der Männer in allen Stadien der Trunkenheit und der Erregung gesehen hatte, stand fest, daß der Hauptmann die Nacht durchgemacht hatte. Sein Gesicht war rot, seine Kleidung unordentlich, und seine Augen blutunterlaufen. Madame Elises Versuche, ihn einer der Prostituierten zuzuführen, beachtete er nicht, sondern durchstreifte den Salon und begutachtete das Angebot selbst. Dann fiel sein Blick auf Fergus.

»Er hat gesagt: ›Du. Komm mit‹, und mich am Arm genommen. Ich wollte nicht, Madame. Ich habe ihm gesagt, mein Herr sei oben, und ich könnte nicht, aber er wollte nicht hören. Madame Elise hat mir zugeflüstert, ich sollte mit ihm gehen, sie würde das Geld nachher mit mir teilen.« Fergus zuckte die Achseln und sah mich hilflos an. »Ich wußte, daß Männer, die kleine Jungen mögen, nicht lange brauchen. Ich dachte, bis der Herr zum Aufbruch bereit ist, wäre der Engländer längst fertig.«

»Guter Gott.« Mein Griff lockerte sich, kraftlos glitten meine Finger über seinen Arm. »Soll das heißen... Fergus, hast du das früher auch schon gemacht?«

Er sah aus, als wäre er den Tränen nahe. Ich war es auch.

»Nicht oft, Madame«, sagte er verständnisheischend. »Es gibt Häuser, in denen das als Besonderheit angeboten wird, und die Männer, die das wollen, gehen in der Regel dorthin. Aber manchmal hat ein Kunde mich gesehen und Gefallen an mir gefunden...« Seine Nase lief, und er wischte sie sich mit dem Handrücken ab.

Ich zog ein Taschentuch aus meiner Rocktasche und gab es ihm. Bei der Erinnerung an diesen Freitagvormittag brach er in Tränen aus.

»Es war viel größer, als ich dachte. Ich hab' ihn gefragt, ob ich es in den Mund nehmen könnte, aber er ... er wollte ... «

Ich zog Fergus an mich und drückte seinen Kopf an meine Schulter. Seine zerbrechlichen Schulterblätter unter meinen Händen fühlten sich an wie die Flügel eines Vogels.

»Sag nichts mehr. Sprich nicht weiter. Schon gut, Fergus, ich bin nicht böse. Aber sag nichts mehr.«

Doch diese Mahnung stieß auf taube Ohren. Nach so vielen Wochen der Angst und des Schweigens konnte er nicht aufhören zu sprechen.

»Aber es ist meine Schuld, Madame!« platzte er heraus und riß sich los. Seine Lippen zitterten, und Tränen liefen ihm über das Gesicht. »Ich hätte still sein sollen. Ich hätte nicht schreien dürfen! Aber ich konnte nicht anders, und mein Herr hörte mich, und ... und er kam hereingestürmt ... und ... oh, Madame, ich hätte es nicht tun sollen, aber ich war so froh, ihn zu sehen, und rannte zu ihm, und er versteckte mich hinter seinem Rücken und schlug dem Engländer ins Gesicht. Und dann kam der Engländer wieder auf die Beine, mit einem Hocker in der Hand, den er nach uns warf. Ich hatte solche Angst, ich rannte aus dem Zimmer und versteckte mich in der Kammer am Ende des Flures. Dann hörte ich Schreie und Schläge und einen schrecklichen Krach und noch mehr Geschrei. Dann war es vorbei, und kurz darauf öffnete der Herr die Tür und holte mich heraus. Er hatte meine Kleider in der Hand und zog mich an, weil ich die Knöpfe nicht zumachen konnte ... weil ich so zitterte.«

Er klammerte sich mit beiden Händen an meinem Rock. Mit qualvoll verzerrtem Gesicht rang er darum, daß ich ihm glaubte.

»Es ist meine Schuld, Madame, aber ich wußte es nicht! Ich wußte ja nicht, daß er mit dem Engländer kämpfen würde. Und jetzt ist der Herr fort, und er kommt nie wieder, und ich bin an allem schuld!«

Heftig schluchzend sank er vor mir auf die Erde. Er weinte so laut, daß er mich wohl nicht hören konnte, als ich mich über ihn beugte und ihn hochhob, aber ich sagte es trotzdem.

»Es ist nicht deine Schuld, Fergus. Und meine ist es auch nicht – aber du hast recht, er ist fort.«

Nach Fergus' Geständnis versank ich noch tiefer in Apathie. Die graue Wolke, die mich seit der Fehlgeburt umgab, zog sich um mich zusammen und verdunkelte das Licht der strahlendsten Tage.

Mit besorgter Miene blickte Louise mich an.

»Du bist viel zu dünn«, schalt sie, »und weiß wie ein Teller Kutteln. Yvonne sagt, du hast dein Frühstück schon wieder stehenlassen!«

Ich konnte mich nicht erinnern, wann ich zuletzt Hunger verspürt hatte. Es erschien mir auch nicht wichtig. Lange vor dem Duell im Bois de Boulogne, lange vor meiner Reise nach Paris. Ich starrte auf das Kaminsims und verlor mich in den Rokokoschnörkeln. Louise sprach weiter, aber ich achtete nicht darauf; ihre Stimme war nur ein Geräusch in meinem Zimmer, wie das Summen der Fliegen, die von meinem unberührten Frühstück angelockt wurden.

Ich beobachtete eine von ihnen, die hastig von den Eiern aufflog, als Louise in die Hände klatschte. Die Fliege zog ihre kleinen, wirren Kreise, bevor sie sich wieder auf ihrer Mahlzeit niederließ. Dann hörte ich Schritte, die sich eilig näherten, einen scharfen Befehl von Louise, ein unterwürfiges »*Oui*, Madame« und das jähe *Patsch!* der Fliegenklatsche, als sich das Zimmermädchen an die Arbeit machte und die Fliegen eine nach der anderen beseitigte. Sie ließ die kleinen schwarzen Leichen in ihre Tasche fallen und wischte die entstandenen Flecken mit dem Schürzenzipfel weg.

Louise beugte sich über mich und schob ihr Gesicht in mein Blickfeld.

»Ich sehe jeden Knochen in deinem Gesicht! Wenn du schon nicht essen willst, dann geh wenigstens an die frische Luft!« drängte sie. »Der Regen hat aufgehört. Komm mit, wir wollen sehen, ob es in der Laube noch ein paar Muskatellertrauben gibt. Vielleicht ißt du davon ein paar.«

Ob drinnen oder draußen, mir war alles gleich. Das weiche, betäubende Grau begleitete mich überallhin, verwischte die Konturen und ließ einen Ort wie den anderen aussehen. Aber Louise schien die Sache wichtig zu nehmen, also erhob ich mich gehorsam und folgte ihr.

Am Gartentor wurde sie jedoch von der Köchin gestellt, die ihr eine endlose Liste von Fragen und Klagen hinsichtlich der Speisenfolge für die geplante Abendgesellschaft präsentierte. Louise hatte

Gäste eingeladen, um mich abzulenken, und die hektischen Vorbereitungen hatten den ganzen Vormittag über häusliche Unstimmigkeiten heraufbeschworen.

Mit einer wahren Leidensmiene seufzte Louise, dann klopfte sie mir auf den Rücken.

»Geh du nur allein voraus«, sagte sie und schob mich zum Tor. »Ich schicke dir einen Lakai mit deinem Umhang nach.«

Es war kühl für August, weil es die ganze Nacht hindurch geregnet hatte. Auf den Wegen hatte sich Pfützen gebildet, und von den Bäumen tropfte es unablässig.

Der Himmel war grau, aber die schwarzen, regenschweren Wolken hatten sich verzogen. Fröstelnd verschränkte ich die Arme; es sah so aus, als käme die Sonne bald heraus, aber ohne Umhang war es zu kalt.

Als ich hinter mir Schritte hörte, drehte ich mich um. Es war François, der zweite Lakai, aber er trug nichts bei sich. Zögernd sah er mich an, als wäre er nicht ganz sicher, ob er wirklich mich suchte.

»Madame, es ist Besuch für Sie da.«

Ich seufzte innerlich. Der Austausch von gesellschaftlichen Höflichkeiten war mir zu anstrengend.

»Sagen Sie den Besuchern, daß ich unpäßlich bin«, sagte ich und war schon im Begriff, meinen Spaziergang fortzusetzen. »Und wenn sie fort sind, bringen Sie mir bitte meinen Umhang.«

»Aber, Madame«, sagte er hinter mir. »Es ist der Herr von Broch Tuarach, Ihr Gemahl.«

Verblüfft drehte ich mich um und blickte zum Haus. Es stimmte tatsächlich. Ich sah einen großen Mann um die Ecke kommen. Es war Jamie. Ich wandte mich um, als hätte ich ihn nicht gesehen, und ging auf den Laubengang zu. Dort standen dichte Büsche, vielleicht konnte ich mich verstecken.

»Claire!« Verstellung hatte keinen Sinn; er hatte mich schon gesehen und folgte mir. Ich beschleunigte meinen Schritt, aber Jamie hatte die längeren Beine. Noch ehe ich die halbe Strecke zurückgelegt hatte, war ich außer Atem und mußte langsamer gehen. Sportlichen Übungen war ich nicht mehr gewachsen.

»Warte doch, Claire!«

Ich wandte mich halb um; er hatte mich beinahe eingeholt. Das weiche, betäubende Grau, das mich einhüllte, erzitterte, und mich packte eiskalte Angst bei dem Gedanken, daß sein Anblick diese

Schutzhülle von mir reißen könnte. Wenn das geschah, mußte ich sterben, so wie eine Larve, die man ausgräbt und auf einen Felsen wirft, nackt und hilflos in der Sonne verschrumpelt.

»Nein!« rief ich. »Ich will nicht mit dir sprechen. Geh weg.« Er zögerte einen Augenblick, während ich mich abwandte und wieder auf den Laubengang zustrebte. Ich hörte seine Schritte hinter mir auf dem Kies, drehte mich aber nicht um, sondern begann zu laufen.

Als ich gerade im Laubengang verschwinden wollte, machte er einen Satz nach vorn und packte mich am Handgelenk. Ich versuchte, mich loszureißen, aber er ließ nicht locker.

»Claire!« wiederholte er. Ich wand mich in seinem Griff, hielt aber mein Gesicht abgewandt. Solange ich ihn nicht ansah, konnte ich so tun, als wäre er nicht da. Solange war ich in Sicherheit.

Da ließ er meinen Arm los, faßte mich aber an den Schultern, so daß ich aufblicken mußte, um nicht das Gleichgewicht zu verlieren. Sein Gesicht war braungebrannt und schmal, zu beiden Seiten des Mundes hatten sich tiefe Falten eingegraben, und seine Augen waren schmerzerfüllt. »Claire«, sagte er sanfter, da er nun mein Gesicht sehen konnte. »Claire – es war auch mein Kind.«

»Ja – und du hast es getötet!« Ich riß mich los und stürzte in den Laubengang. Drinnen blieb ich stehen, keuchend wie ein verängstigtes Hündchen. Ich hatte nicht gewußt, daß der Laubengang in einem kleinen, weinbewachsenen Pavillon endete. Spalierwände umgaben mich von allen Seiten – ich saß in der Falle. Hinter mir verdunkelte sich das Licht, als Jamie in den Laubengang trat.

»Rühr mich nicht an.« Ich wich zurück und starrte auf den Boden. *Geh weg!* dachte ich verzweifelt. *Bitte, um Himmels willen, laß mich in Frieden!* Doch ich spürte, wie meine graue Hülle unwiderruflich von mir weggerissen wurde und kleine grelle Schmerzstiche mich durchzuckten wie Blitze, die durch die Wolken brechen.

Kurz vor mir blieb er stehen. Ich taumelte wie blind auf das Spalier zu und ließ mich auf eine Holzbank fallen. Dann schloß ich die Augen. Ich zitterte. Obwohl es nicht mehr regnete, zog ein kalter, feuchter Wind durch die Laube und ließ mich frösteln.

Jamie kam nicht näher, aber ich spürte, daß er dastand und mich anblickte, und ich hörte seinen heftigen Atem.

»Claire«, sagte er verzweifelt, »Claire, verstehst du denn nicht... Claire, du mußt mit mir reden! Um Himmels willen, Claire, ich weiß nicht einmal, ob es ein Mädchen oder ein Junge war!«

Wie erstarrt saß ich da und klammerte mich an das rauhe Holz der Bank. Nach einer Weile hörte ich ein lautes Knirschen auf dem Boden vor mir. Ich öffnete die Augen einen Spalt und sah, daß er sich hingesetzt hatte – auf den nassen Kies zu meinen Füßen. Da saß er nun mit gesenktem Kopf. Auf seinem feuchten Haar glitzerten die Regentropfen.

»Willst du mich betteln lassen?« fragte er.

»Es war ein Mädchen«, erwiderte ich schließlich. Meine Stimme klang seltsam rauh und heiser. »Mutter Hildegarde hat sie getauft. Faith. Faith Fraser. Mutter Hildegarde hat einen sehr merkwürdigen Sinn für Humor.«

Der gesenkte Kopf vor mir rührte sich nicht. Nach einer Weile fragte Jamie ruhig: »Hast du das Kind gesehen?«

Nun hatte ich die Augen ganz geöffnet. Ich starrte auf meine Knie, wo verwehte Regentropfen von den Reben hinter mir Wasserflecken auf der Seide hinterlassen hatten.

»Ja. Die *maîtresse sage-femme* sagte, es wäre besser, also haben sie es mir gezeigt.« Mir klang noch die Stimme von Madame Bonheur im Ohr, der ältesten und angesehensten unter den Hebammen, die im Hôpital des Anges ehrenamtlich arbeiteten.

»Gebt ihr das Kind. Es ist besser, wenn die Frauen es sehen. Dann stellen sie sich keine merkwürdigen Dinge vor.«

Also brauchte ich mir nichts vorzustellen, sondern erinnerte mich.

»Sie war vollkommen«, sagte ich leise, als spräche ich mit mir selbst. »So klein. Ihr Kopf paßte in meine hohle Hand. Ihre Ohren standen ein klein wenig ab... ich konnte das Licht durchscheinen sehen.«

Das Licht hatte auch durch ihre Haut geschienen, die runden Wangen und Pobacken schimmerten wie Perlen, die reglos und kühl einen Hauch der Unterwasserwelt mitbrachten.

»Mutter Hildegarde hat sie in weißen Satin gewickelt«, sagte ich und starrte auf meine Hände, die ich im Schoß zu Fäusten geballt hatte. »Ihre Augen waren geschlossen. Sie waren schräg, aber noch ohne Wimpern. Ich sagte, die Augen seien von dir, aber die Hebamme meinte, alle Babys hätten solche Augen.«

Zehn Finger und zehn Zehen. Keine Nägel, aber winzige, schimmernde Gelenke, Kniescheiben und Fingerknöchel wie Opale, wie die Knochen der Erde selbst. Denn du bist Erde...

Ich erinnerte mich an die fernen Geräusche im Spital, in dem das Leben weiterging, und an das Gemurmel von Mutter Hildegarde und Madame Bonheur in meiner Nähe; sie sprachen von dem Priester, den Mutter Hildegarde bitten wollte, eine Messe für das Kind zu lesen. Ich erinnerte mich an Madame Bonheurs ruhigen, wissenden Blick, als sie mich untersuchte und sah, wie schwach ich war. Vielleicht sah sie auch das Glänzen in meinen Augen, mit dem sich das Fieber ankündigte. Dann wandte sie sich wieder an Mutter Hildegarde und sprach diesmal noch leiser – vielleicht schlug sie vor, noch ein wenig zu warten, da zwei Beerdigungen erforderlich werden könnten.

Und sollst zu Erde werden.

Aber ich war von den Toten zurückgekehrt. Einzig und allein Jamies Macht über meinen Körper war stark genug gewesen, mich von jener äußersten Grenze zurückzuholen, und Maître Raymond hatte es gewußt. Ich wußte, daß nur Jamie selbst mich die letzte Wegstrecke aus dem Totenreich ins Land der Lebenden führen konnte. Deshalb war ich vor ihm weggelaufen, hatte alles getan, um ihn fernzuhalten, um dafür zu sorgen, daß er nie wieder zu mir kam. Denn ich wollte nicht zurückkehren, ich wollte nichts mehr fühlen. Ich wollte mich der Liebe nicht mehr preisgeben, nur damit sie mir dann wieder genommen wurde.

Aber es war zu spät. Das wußte ich, selbst als ich noch darum kämpfte, das graue Leichentuch festzuhalten. Der Kampf beschleunigte nur seine Auflösung, es war, als würde man nach Wolkenfetzen greifen, die sich als kalter Nebel zwischen den Fingern verflüchtigen. Nun spürte ich das Licht, das zu mir durchdrang.

Jamie war aufgestanden. Sein Schatten fiel auf meine Knie; bestimmt waren nun die Wolken zerrissen, denn ohne Licht gibt es keinen Schatten.

»Claire«, flüsterte er. »Bitte. Laß dich von mir trösten.«

»Trösten?« entgegnete ich. »Wie willst du das machen? Kannst du mir mein Kind zurückgeben?«

Er sank vor mir auf die Knie, aber ich hielt den Kopf gesenkt und starrte auf meine leeren Hände, die auf meinem Schoß lagen. Da spürte ich, daß er die Hand nach mir ausstreckte, zögerte, sie zurückzog und wieder ausstreckte.

»Nein«, sagte er fast unhörbar. »Nein, das kann ich nicht. Aber... mit Gottes Hilfe... könnte ich dir ein anderes geben.«

Seine Hand war der meinen so nah, daß ich die Wärme seiner Haut spürte. Und ich spürte noch mehr: den Kummer, den er gewaltsam zurückdrängte, die Wut und die Angst, die ihn fast erstickten, und den Mut, der ihm dennoch die Kraft zu sprechen gab. Also sammelte ich meinen eigenen Mut, der ein windiger Ersatz für das dicke, graue Leichentuch war. Dann nahm ich seine Hand, hob den Kopf und sah direkt in die Sonne.

Die Hände fest verschlungen, saßen wir auf der Bank und sprachen lange Zeit kein Wort, während die feuchte Brise im Weinlaub unsere Gedanken flüsterte. Regentropfen rieselten auf uns herab wie Tränen über Trennung und Verlust.

»Du frierst«, murmelte Jamie schließlich und legte mir seinen Umhang um die Schultern, so daß ich seine Wärme spürte. Langsam näherte ich mich ihm unter der schützenden Hülle, und angesichts der Hitze, die er ausstrahlte, zitterte ich noch mehr als zuvor. Vorsichtig, als könnte ich mich tatsächlich an ihm verbrennen, legte ich meine Hand auf seine Brust, und so saßen wir und überließen das Reden dem Weinlaub.

»Jamie«, sagte ich irgendwann. »Oh, Jamie. Wo warst du?«

Er zog mich fester an sich, antwortete aber nicht sofort.

»Ich dachte, du seist tot, *mo duinne*«, sagte er so leise, daß ich es über dem Blätterrauschen kaum verstand.

»Ich sah dich dort liegen – auf dem Boden. O Gott! Du warst so bleich, und deine Röcke blutgetränkt... Ich wollte zu dir gehen, Claire, als ich dich sah... ich bin zu dir gerannt, aber da kamen die Wachen und verhafteten mich.«

Er schluckte, und ich spürte, wie er erbebte.

»Ich habe gekämpft... gekämpft und gebettelt... aber sie wollten nicht bleiben und haben mich mitgeschleift. Und mich in eine Zelle gesteckt und eingesperrt... ich dachte, du seist tot, Claire, und mir war klar, daß ich dich getötet hatte!«

Er zitterte immer noch. Ich wußte, daß er weinte, obwohl ich sein Gesicht nicht sehen konnte. Wie lange hatte er allein in der Bastille gesessen, allein in der Dunkelheit mit dem Blutgeruch und der leeren Hülse verübter Rache?

»Es ist gut«, sagte ich und drückte die Hand fester auf seine Brust, wie um sein rasendes Herz zu beruhigen. »Jamie, es ist gut. Es... es war nicht deine Schuld.«

»Ich bin mit dem Kopf gegen die Mauer gerannt, um nicht mehr daran denken zu müssen«, sagte er leise. »Da haben sie mich an Händen und Füßen gefesselt. Und am nächsten Tag hat mich de Rohan aufgestöbert und mir gesagt, daß du lebst, aber wahrscheinlich nicht mehr lange.«

Er schwieg, aber ich spürte den Schmerz in seiner Brust.

»Claire«, murmelte er schließlich. »Es tut mir leid.«

Es tut mir leid. Diese Worte standen auf dem Zettel, den er mir hinterlassen hatte, bevor die Welt zusammenbrach. Aber jetzt verstand ich ihre Bedeutung.

»Ich weiß. Jamie, ich *weiß* es. Fergus hat es mir erzählt. Ich weiß, warum du gehen mußtest.«

Schaudernd holte er Luft.

»Aye...«

Ich legte meine Hand auf seinen Schenkel.

»Als man dich gehen ließ, hat man dir da gesagt, warum du freigelassen wirst?« Vergeblich versuchte ich, ruhig zu atmen.

»Nein. Nur... es sei der Wille Seiner Majestät.« Das Wort »Majestät« betonte er ein wenig, und in seiner Stimme lag eine verhaltene Wut, die verriet, daß er den Grund für seine Freilassung kannte, auch wenn die Wächter es ihm nicht gesagt hatten.

Ich biß mir auf die Unterlippe und versuchte mich zu entscheiden, was ich ihm jetzt erzählen sollte.

»Es war Mutter Hildegarde«, fuhr er mit fester Stimme fort. »Ich ging sofort ins Hôpital des Anges, um dich zu suchen. Dort traf ich Mutter Hildegarde, und sie gab mir das Briefchen, das du für mich hinterlassen hattest. Sie ... hat es mir gesagt.«

»Ja«, antwortete ich und schluckte. »Ich habe den König aufgesucht.«

»Das weiß ich!« Sein Griff um meine Hand wurde fester, und an seinem Atem hörte ich, daß er die Zähne zusammenbiß.

»Aber Jamie... als ich zu ihm ging...«

»Bei Gott!« Plötzlich setzte er sich auf und sah mich an. »Weißt du denn nicht, was ich... Claire.« Er schloß die Augen und holte tief Luft. »Als ich nach Oviedo ritt, sah ich es die ganze Zeit vor mir, seine Hände auf deiner weißen Haut, seine Lippen an deinem Hals, seinen... seinen Schwanz, sah das verdammte, dreckige Ding in dich hineingleiten... Claire! Ich saß im Gefängnis und hielt dich für tot, und dann ritt ich nach Spanien und wünschte, du wärst es!«

Die Knöchel seiner Hand waren weiß.
Ich riß meine Hand los.
»Jamie, hör mir zu!«
»Nein!« rief er. »Nein, ich will das nicht hören!«
»Hör zu, verdammt noch mal!«
Etwas in meiner Stimme brachte ihn dazu, den Mund zu halten, und so begann ich hastig, ihm vom Gemach des Königs zu erzählen, von den Kapuzenträgern und dem verdunkelten Raum, vom Duell der Zauberer und dem Tod des Comte de St. Germain.
Während ich sprach, wich die Zornesröte aus Jamies Gesicht. Auf Schmerz und Wut folgten Verwirrung und dann erstauntes Begreifen.
»Bei allen Heiligen«, flüsterte er schließlich. »Großer Gott.«
»Du hast wohl nicht geahnt, was du mit deiner dummen Geschichte anrichten würdest?« Trotz meiner Erschöpfung brachte ich ein Lächeln zustande. »Also... also, der Comte... es ist gut, Jamie. Er ist... fort.«
Darauf erwiderte er nichts, sondern zog mich zärtlich an sich, so daß meine Stirn an seiner Schulter ruhte und meine Tränen sein Hemd durchweichten. Doch nach einer Weile setzte ich mich auf, sah ihn an und putzte mir die Nase.
»Ich dachte nur, Jamie! Der Portwein, Charles Stuarts Investition! Wenn der Comte tot ist...«
Leise lächelnd schüttelte er den Kopf.
»Nein, *mo duinne*. Der ist in Sicherheit.«
Erleichterung überkam mich.
»Gott sei Dank. Du hast es also geschafft? Haben die Mittel bei Murtagh ihre Wirkung getan?«
»Nein«, meinte er heiter, »aber bei mir.«
Nachdem Furcht und Zorn von mir genommen waren, fühlte ich mich schwindelig und ein wenig benommen. Der süße Duft der regennassen Trauben stieg mir in die Nase. Als ich mich an Jamie schmiegte, um die Geschichte von der Portweinpiraterie zu hören, war seine Wärme tröstlich und nicht mehr bedrohlich.
»Es gibt Männer, die für das Leben auf See geboren sind, Sassenach«, begann er, »aber leider gehöre ich nicht dazu.«
»Ich weiß. Warst du seekrank?«
»So schlecht war mir selten«, versicherte er mir mit gequältem Lächeln.

Die See vor Oviedo war stürmisch gewesen, und innerhalb einer Stunde stand fest, daß Jamie seine Rolle nicht, wie ursprünglich geplant, würde übernehmen können.

»Ich war ohnehin zu nichts anderem mehr fähig, als in der Hängematte zu liegen und zu stöhnen«, meinte er achselzuckend. »Also bot es sich an, daß ich dazu auch noch die Pocken bekam.«

In aller Eile tauschten er und Murtagh die Rollen, und vierundzwanzig Stunden nach der Abfahrt aus Oviedo stellte der Kapitän zu seinem Entsetzen fest, daß unter Deck die Pocken ausgebrochen waren.

Jamie kratzte sich nachdenklich am Hals, als spürte er noch die Wirkung des Nesselsafts.

»Sie erwogen, mich über Bord zu werfen, als sie es merkten«, sagte er, »und ich muß zugeben, daß ich die Idee nicht schlecht fand.« Er grinste mich schief an. »Bist du je seekrank gewesen und hattest gleichzeitig Pusteln am ganzen Körper, Sassenach?«

»Nein, Gott sei Dank nicht.« Mir schauderte bei dem Gedanken. »Hat Murtagh es verhindert?«

»Aye. Murtagh ist wirklich ein wackerer Kämpfer. Mit der Hand am Dolch schlief er auf der Schwelle, bis wir wohlbehalten in Bilbao einliefen.«

Vor die unangenehme Wahl gestellt, nach Le Havre weiterzusegeln und seine Fracht zu verlieren oder nach Spanien zurückzukehren und sich die Füße in den Bauch zu stehen, während eine Botschaft nach Paris abgeschickt wurde, hatte der Kapitän der *Scalamandre* wie vorhergesehen die Möglichkeit ergriffen, den Portwein an den neuen Käufer abzustoßen, den ihm das Schicksal zugefügt hatte.

»Aber er ließ es sich nicht nehmen, hart zu verhandeln«, bemerkte Jamie und kratzte sich am Unterarm. »Er feilschte einen halben Tag lang, während ich halbtot in meiner Hängematte lag, Blut pißte und mir die Seele aus dem Leib kotzte.«

Aber schließlich waren sie handelseinig geworden, Portwein und Pockenpatient wurden in Bilbao eiligst ausgeladen, und abgesehen von der anhaltenden Neigung, zinnoberrot zu urinieren, hatte sich Jamie schlagartig erholt.

»Wir verkauften den Port an einen Händler in Bilbao«, erzählte Jamie weiter. »Anschließend schickte ich Murtagh sofort nach Paris, um Monsieur Duverneys Darlehen zurückzuzahlen, und dann... bin ich hierhergekommen.«

Er starrte auf seine Hände, die still auf seinem Schoß lagen. »Ich konnte mich nicht entscheiden«, sagte er leise, »ob ich kommen sollte oder nicht. Deshalb bin ich zu Fuß gegangen, um Zeit zum Nachdenken zu haben, von Paris bis nach Fontainebleau. Und fast die ganze Strecke wieder zurück. Immer wieder bin ich umgekehrt, ich kam mir vor wie ein Mörder, wie ein Narr, und wußte nicht, ob ich lieber mich oder dich umbringen sollte...«

Seufzend blickte er zu mir auf.

»Ich mußte kommen«, sagte er schlicht.

Darauf erwiderte ich nichts, sondern legte meine Hand auf die seine. Von den gärenden Weintrauben auf dem Boden stieg ein stechender Geruch auf, der Wein und damit Vergessen versprach.

Die halb von Wolken verhüllte Sonne würde bald untergehen, und vor ihrem goldenen Licht sah ich die Silhouette von Hugo, der mit einer Verbeugung am Eingang der Laube auftauchte.

»Verzeihen Sie, Madame«, sagte er. »Meine Herrin wünscht zu wissen, ob *le seigneur* zum Essen bleibt?«

Ich sah Jamie an. Still saß er da, die durchs Laub dringenden Sonnenstrahlen malten ein Tigermuster auf sein Haar und warfen Schatten auf sein Gesicht.

»Ich glaube, du solltest bleiben«, sagte ich. »Du bist schrecklich dünn.«

Er musterte mich amüsiert. »Du auch, Sassenach.«

Dann stand er auf und bot mir seinen Arm. Gemeinsam gingen wir hinein zum Essen und überließen die raschelnden Blätter ihrem wortlosen Gespräch.

Eng aneinandergeschmiegt lagen wir im Bett; Jamie schlief, und seine Hand ruhte auf meinem Schenkel. Ich starrte in die Dunkelheit, horchte auf seine ruhigen Atemzüge und sog die frische, feuchte Nachtluft ein, die von Glyzinienduft erfüllt war.

Mit St. Germains Tod war der Abend für die Beteiligten beendet gewesen – mit Ausnahme von Louis. Als sich die Gesellschaft unter aufgeregtem Gemurmel zum Aufbruch rüstete, nahm er meinen Arm und führte mich durch die kleine Tür, durch die wir eingetreten waren. Der wortgewandte Herrscher bedurfte nun keiner Worte mehr.

Ich wurde zu der grünen Chaiselongue geführt und auf den Rücken gelegt. Bevor ich einen Laut über die Lippen brachte, wurden meine Röcke sanft hochgehoben. Er küßte mich nicht; er begehrte mich nicht. Was nun folgte, war ein rituelles Einfordern der vereinbarten Bezahlung. Louis war ein gerissener Geschäftsmann, und eine Schuld, die ihm zuzustehen schien, trieb er ein, ganz gleich, ob die Bezahlung für ihn von Wert war oder nicht. Und vielleicht war sie es ja, denn in seinen Vorbereitungen zeigte sich eine halb ängstliche Erregung – wer außer einem König konnte es wagen, *La Dame Blanche* zu umarmen?

Ich war trocken, einfach nicht bereit; ungeduldig griff er nach einem Flakon und rieb mir nach Rosen duftendes Öl zwischen die Beine. Reglos lag ich da und spürte, wie ein hastig tastender Finger durch ein kaum größeres Glied ersetzt wurde, und – »erduldete« ist das falsche Wort, da weder Schmerz noch Demütigung im Spiel war, es war eine Transaktion – wartete also das Ende jener hastigen Stöße ab, und schon stand er wieder auf den Beinen und beeilte sich, die Hose über der kleinen Schwellung zuzuknöpfen. Offenbar wollte er es nicht riskieren, einen halbköniglichen Bastard zu zeugen – nicht, solange Madame de La Tourelle ihn in ihren Gemächern am anderen Ende des Korridors erwartete und ihn, wie ich hoffte, mit mehr Glut empfangen würde als ich.

Ich hatte gegeben, was stillschweigend vereinbart worden war. Nun konnte der König meine Bitte erfüllen, ohne sich dabei etwas zu vergeben. Was mich betraf, so erwiderte ich seine höfische Verbeugung mit einem Knicks und verließ das Audienzzimmer wenige Minuten, nachdem ich es zum zweitenmal betreten hatte mit dem Versprechen des Königs, am nächsten Morgen Jamies Freilassung anzuordnen.

Auf dem Korridor erwartete mich der königliche Kammerjunker. Er verbeugte sich vor mir, ich machte einen Knicks, und dann folgte ich ihm durch den Spiegelsaal, wobei ich das glitschige Öl zwischen meinen Schenkeln spürte und den Rosenduft einatmete, der aus meinem Schoß aufstieg.

Draußen vor den Toren des Palastes hatte ich die Augen geschlossen und gedacht, ich würde Jamie nie wiedersehen. Und wenn er mir zufällig doch über den Weg liefe, so wollte ich seine Nase in diesen Rosenduft tauchen, bis seine Seele vor Ekel starb.

Doch statt dessen hielt ich nur seine Hand und lauschte seinen tiefen, gleichmäßigen Atemzügen. Und die Tür zum Audienzimmer seiner Majestät ließ ich für immer ins Schloß fallen.

29

Die Brennesseln

»Schottland«, seufzte ich und dachte an die kühlen Flüßchen und dunklen Kiefern von Lallybroch. »Können wir nicht heimfahren?«

»Es wird uns wohl nichts anderes übrigbleiben«, meinte er trokken. »In der Begnadigung des Königs heißt es, wenn ich Frankreich nicht bis Mitte September verlassen habe, sitze ich wieder in der Bastille. Vermutlich hat Seine Majestät auch eine Begnadigung von der englischen Krone erwirkt, so daß ich nicht sofort aufgeknüpft werde, wenn ich in Inverness an Land gehe.«

»Wir könnten vermutlich auch nach Rom oder nach Deutschland gehen«, schlug ich vorsichtig vor. Nichts wollte ich lieber, als nach Lallybroch zurückzukehren und im stillen Frieden der schottischen Highlands wieder gesund zu werden. Beim Gedanken an Königshöfe und Intrigen und ein Leben voller Gefahren und Unsicherheiten wurde mir schwer ums Herz. Aber wenn Jamie meinte, wir müßten unbedingt...

Er schüttelte den Kopf. »Nein, ich habe die Wahl: Schottland oder die Bastille«, erwiderte er. »Unsere Überfahrt ist schon gebucht, um ganz sicherzugehen.« Er strich sich das Haar aus der Stirn und lächelte gequält. »Ich vermute, der Herzog von Sandringham – und vielleicht auch König George – wollen mich nach Hause schicken, wo sie ein Auge auf mich haben können. Keine Spionage in Rom, keine Geldbeschaffung in Deutschland. Die zwei Monate Aufschub sind wahrscheinlich eine freundliche Geste gegenüber Jared, damit er Zeit hat, nach Hause zu kommen, bevor ich abreise.«

Ich saß auf dem Fenstersitz meines Zimmers und blickte auf das grüne wogende Meer der Wälder von Fontainebleau hinaus. Die heiße, drückende Sommerluft nahm mir alle Kraft.

»Ich will nicht behaupten, daß ich mich nicht freue«, seufzte ich, während ich meine Wange an der Fensterscheibe kühlte. Auf den Regen von gestern war ein schwüler Tag gefolgt, so daß mir Kleider und Haare unangenehm feucht am Leib klebten. »Glaubst du, es besteht keine Gefahr mehr? Ich meine, wird Charles aufgeben, nun, da der Comte tot ist und Manzettis Geld verloren ist?«

Jamie runzelte die Stirn und strich sich über die Bartstoppeln.

»Ich wüßte nur zu gern, ob er in den letzten vierzehn Tagen einen Brief aus Rom erhalten hat«, bemerkte er, »und wenn ja, was darin steht. Aber, aye, ich glaube, wir haben es geschafft. Kein Bankier wird einem Mitglied der Familie Stuart noch einen Penny leihen, soviel steht fest. Philipp von Spanien hat etwas Besseres zu tun, und Louis...« Jamie zuckte die Achseln und verzog den Mund. »Gegen den Einfluß eines Monsieur Duverney und eines Herzogs von Sandringham wird Charles schwerlich ankommen. Was meinst du, soll ich mich rasieren?«

»Meinetwegen nicht«, erwiderte ich. In dieser Frage schwang die alte Vertrautheit mit, und sie machte mich plötzlich verlegen. Wir hatten letzte Nacht in einem Bett geschlafen, waren aber beide erschöpft gewesen, und das zarte Band, das wir geknüpft hatten, hätte vielleicht nicht gehalten, wenn wir versucht hätten, miteinander zu schlafen. Die ganze Nacht über war mir Jamies Nähe und Wärme schmerzlich bewußt gewesen, aber unter den gegebenen Umständen wollte ich den ersten Schritt ihm überlassen.

Als er sich nun umdrehte, um sein Hemd anzuziehen, sah ich, wie das Licht auf seinen Schultern spielte, und mich packte das Verlangen, ihn zu berühren, seinen glatten, festen Körper, seine Lust zu spüren.

Er zog sich das Hemd über den Kopf, und seine Augen begegneten den meinen, jäh und ungeschützt. Er hielt inne, sah mich an, sagte aber nichts. Jenseits des Schweigens, das uns umgab, drangen die morgendlichen Geräusche des Château zu uns herein: das Hantieren der Dienerschaft, Louises hohe Stimme, die offenbar ungehalten ihre Anordnungen traf.

Nicht hier, sagten Jamies Augen. *Nicht inmitten all dieser Leute.*

Mit gesenktem Blick begann er sein Hemd zuzuknöpfen. »Hält Louise Reitpferde?« fragte er. »Ein paar Meilen von hier gibt es Felsen. Wir könnten hinreiten. Wahrscheinlich ist es dort kühler.«

»Ich glaube, sie hat welche«, entgegnete ich. »Ich werde fragen.«

Wir erreichten die Felsen um die Mittagszeit. Es waren weniger Felsen als vielmehr Kalksteinsäulen und -grate, die inmitten der mit dürrem Gras bewachsenen Hügel herausragten wie die Ruinen einer prähistorischen Stadt. Die hellen Grate waren von den Unbilden der Witterung zerfurcht, und in den Ritzen hatten sich Tausende von seltsamen kleinen Pflanzen eingenistet.

Wir ließen die Pferde mit Fußfesseln auf der Wiese zurück und kletterten zu einer breiten Felsspalte direkt unterhalb der höchsten Erhebung hinauf. Auf dem Kalksteinboden wuchs hie und da rauhes Gras, und die wenigen Büsche spendeten kaum Schatten, aber wenigstens wehte hier oben eine kühle Brise.

»Mein Gott, ist das heiß«, stöhnte Jamie. Er löste die Schnalle seines Kilts, der zu Boden fiel, und schlüpfte aus seinem Hemd.

»Was machst du da, Jamie?« fragte ich schmunzelnd.

»Ich zieh' mich aus«, erklärte er sachlich. »Warum tust du das nicht auch, Sassenach? Du bist noch verschwitzter als ich, und hier sieht uns keiner.«

Nach kurzem Zögern folgte ich seinem Vorschlag. Hier herrschte vollkommene Einsamkeit. Selbst für Schafe war die Gegend zu karg und zu felsig, also war es unwahrscheinlich, daß sich ein Schäfer hierher verirrte. Und allein, nackt in der Wildnis, weit weg von Louise und ihren Heerscharen aufdringlicher Dienstboten... Jamie breitete seinen Plaid auf dem Boden aus, während ich mich meiner schweißnassen Kleider entledigte.

Er streckte sich faul auf dem Boden aus, die Arme unter dem Kopf verschränkt: weder neugierige Ameisen noch vereinzelte Kieselsteine schienen ihn zu stören.

»Du mußt ein Fell wie eine Ziege haben«, bemerkte ich. »Wie kannst du so auf der nackten Erde liegen?« Hüllenlos wie er machte ich es mir auf dem Plaid bequem, das er mir fürsorglich überlassen hatte.

Jamie zuckte die Achseln. Das Licht hüllte seinen Körper ein, der in der Mulde aus dem dunklem, rauhem Gras rotgolden leuchtete.

»Mir ist's recht so«, meinte er. Dann sagte er nichts mehr, aber er war mir so nah, daß ich seinen Atem hören konnte, obwohl der Wind leise heulend über die Felsen strich.

Ich rollte mich auf den Bauch, bettete das Kinn auf meine verschränkten Arme und betrachtete ihn. Er hatte breite Schultern und schmale Hüften; die kräftigen Gesäßmuskeln zeichneten sich auch in dieser entspannten Lage unter seiner Haut ab. Die warme Brise trocknete die weichen zimtfarbenen Haare unter seinen Achseln und zerzauste die kupferroten Haare, die ihm über die gekreuzten Handgelenke fielen. Der leichte Wind war mir willkommen, denn die Herbstsonne brannte heiß auf meine Schultern und Waden.

»Ich liebe dich«, sagte ich ganz leise, damit er es nicht hörte, einfach aus Freude daran, es zu sagen.

Aber er hörte es trotzdem, denn die Andeutung eines Lächelns spielte um seinen breiten Mund. Nach einer Weile rollte er sich auf das Plaid neben mir in die Bauchlage. Ein paar Grashalme klebten ihm am Rücken und am Po. Behutsam streifte ich einen davon ab, und Jamies Haut schauderte unter meinen Fingern.

Ich beugte mich über ihn, um seine Schulter zu küssen und den warmen Duft und den leichten salzigen Geschmack seiner Haut zu genießen.

Doch statt meinen Kuß zu erwidern, rückte er ein wenig ab, stützte den Kopf auf den Ellbogen und sah mich an. In seinem Gesichtsausdruck sah ich etwas, was ich nicht verstand. Mir wurde ein wenig unbehaglich zumute.

»Ich wüßte zu gern, was in deinem Kopf vorgeht«, sagte ich und ließ meinen Finger über die Krümmung seiner Wirbelsäule gleiten.

Er rückte noch ein Stück ab, bis er außer Reichweite war, und holte tief Luft.

»Ich habe mich gefragt...«, begann er, dann hielt er inne. Er senkte den Blick und spielte mit einer kleinen Blume, die im Gras wuchs.

»Was hast du dich gefragt?«

»Wie es war... mit Louis.«

Einen Augenblick lang dachte ich, mein Herz bliebe stehen. Mühsam rang ich mir eine Antwort ab.

»Wie... es... war?«

Da blickte er auf und brachte sogar halbwegs ein schiefes Lächeln zustande.

»Na ja«, meinte er. »Schließlich ist er der König. Man möchte meinen, daß es irgendwie... anders ist. Weißt du... vielleicht etwas Besonderes?«

Sein Lächeln erstarb, und sein Gesicht war nun ebenso bleich wie meines. Er sah nach unten, um meinem verzweifelten Blick auszuweichen.

»Ich glaube, ich habe mich einfach gefragt«, murmelte er, »ob er ... ob er ... ob er anders war als ich.« Er biß sich auf die Lippen, als wollte er die Worte ungesagt machen, aber dafür war es zu spät.

»Woher weißt du es, verdammt noch mal?« Mir war schwindelig, und ich fühlte mich bloßgestellt. Ich drehte mich auf den Bauch und drückte mich fest auf das struppige Gras.

Er schüttelte den Kopf und biß sich auf die Unterlippe. Als er endlich losließ, blieben tiefe rote Druckstellen zurück.

»Claire«, sagte er leise. »Ach, Claire. Du hast dich mir von Anfang an ganz hingegeben, du hast nichts zurückgehalten. Das hast du nie getan. Als ich dich um Ehrlichkeit bat, sagte ich dir, daß du nicht lügen kannst. Wenn ich dich so berührte ...« Seine Hand umfaßte meinen Po, und ich zuckte bei der unerwarteten Berührung zusammen.

»Wie lange liebe ich dich nun schon?« fragte er ganz ruhig. »Ein Jahr? Seit dem Augenblick, als ich dich sah. Und wie oft habe ich deinen Körper geliebt? Dreihundertmal, oder öfter?« Er streichelte mich mit einem Finger, der zart wie ein Schmetterlingsflügel meinen Arm hinaufglitt, über die Schulter und den Brustkorb hinunter, bis ich anfing zu zittern, von ihm wegrollte und ihn ansah.

»Du bist nie vor meinen Händen zurückgeschreckt.« Seine Augen verfolgten den Weg, den sein Finger genommen hatte, und ruhten dann auf meiner Brust. »Auch nicht beim erstenmal, wo du es ruhig hättest tun können, es hätte mich nicht überrascht. Aber du bist nicht zurückgeschreckt. Du hast mir alles gegeben, von Anfang an, und nichts zurückgehalten, mir nichts verweigert. Aber jetzt...«, sagte er und zog seine Hand zurück. »Zuerst dachte ich, es ist nur, weil du das Kind verloren hast, und du dich nach der langen Trennung vor mir scheust. Aber dann wußte ich, daran liegt es nicht.«

Es folgte ein langes Schweigen. Ich spürte meinen stetigen Herzschlag und hörte den Wind in den Kiefern unter uns rauschen. Aus der Ferne drangen Vogelrufe zu uns. Ich wünschte, ich wäre ein Vogel. Oder wenigstens weit weg.

»Warum?« fragte er leise. »Warum willst du mich anlügen? Wo ich doch ohnehin glaubte, es zu wissen, als ich zu dir kam?«

Ich starrte auf meine Hände, die ich unter meinem Kinn gefaltet hatte, und schluckte.

»Wenn...«, begann ich und schluckte wieder. »Wenn ich dir

erzählt hätte, daß ich mit Louis... dann hättest du Fragen gestellt. Ich dachte, du könntest es nicht vergessen... verzeihen vielleicht, aber du würdest es nie vergessen, und es würde immer zwischen uns stehen.« Noch einmal schluckte ich schwer. Trotz der Hitze waren meine Hände kalt, und ich hatte einen Eisklumpen im Magen. Aber wenn ich ihm jetzt die Wahrheit sagte, mußte ich ihm alles sagen.

»Wenn du mich gefragt hättest... und das hast du, Jamie! Dann hätte ich darüber reden müssen, es wieder lebendig werden lassen, und ich hatte Angst...« Ich verlor den Faden, brachte kein Wort mehr heraus, aber er ließ nicht locker.

»Angst wovor?«

Ich drehte den Kopf ein wenig zur Seite, mied seinen Blick, sah aber hinter dem lichtdurchfluteten Vorhang meiner Haare die Konturen seines Körpers dunkel und bedrohlich vor der Sonne.

»Angst, dir zu sagen, warum ich es getan habe«, erwiderte ich leise. »Jamie, ich mußte es tun, um dich aus der Bastille zu holen. Dafür hätte ich auch Schlimmeres getan. Aber dann... und danach... hoffte ich fast, daß es dir jemand erzählen würde, daß du es herausfinden würdest. Ich war so wütend, Jamie, wegen des Duells und wegen des Babys. Und weil du mich gezwungen hattest, es zu tun... zu Louis zu gehen. Ich wollte etwas tun, um dich von mir fernzuhalten, um sicherzugehen, daß ich dich nie wiedersehe. Ich habe es auch getan... weil ich dich verletzen wollte«, flüsterte ich.

Sein Mund zuckte, aber er starrte weiter auf seine verschränkten Hände. Der Abgrund zwischen uns, so mühsam überbrückt, hatte sich wieder aufgetan.

»Aye. Das ist dir gelungen.«

Die Lippen fest aufeinandergepreßt, schwieg er eine Weile. Schließlich drehte er sich zu mir um und sah mir in die Augen. Ich wäre seinem Blick gern ausgewichen, konnte aber nicht.

»Claire«, sagte er leise. »Was hast du empfunden... als ich Jack Randall meinen Körper überließ? Als ich mich ihm auslieferte, in Wentworth?«

Der Schreck fuhr mir in alle Glieder. Mit dieser Frage hatte ich am wenigsten gerechnet. Mehrmals machte ich den Mund auf und wieder zu, bevor ich eine Antwort fand.

»Ich... weiß es nicht«, erklärte ich matt. »Ich dachte nicht darüber nach. Wütend war ich natürlich. Wutentbrannt, außer mir. Und elend war mir zumute. Ich hatte Angst um dich. Und ... du hast mir leid getan.«

»Warst du eifersüchtig? Als ich dir später davon erzählt habe ... daß er mich erregt hat, obwohl ich es nicht wollte?«

Ich holte tief Luft. Das Gras kitzelte mich an der Brust.

»Nein. Zumindest glaube ich es nicht. Damals nicht. Schließlich hast du es ja nicht ... gewollt.« Ich biß mir auf die Lippen und senkte die Augen. Ruhig und sachlich sprach er weiter.

»Ich hätte nicht gedacht, daß du das Lager mit Louis teilen wolltest, oder?«

»Nein!«

»Aye.« Er nahm einen Grashalm zwischen beide Daumen und konzentrierte sich darauf, ihn langsam mit den Wurzeln auszureißen. »Ich war auch wütend. Und mir war elend zumute, und es tat mir leid.« Der Grashalm löste sich mit einem leisen Quietschen aus der Erde.

»Als es mit mir geschah«, fuhr er fast im Flüsterston fort, »dachte ich, du könntest die Vorstellung nicht ertragen, und ich hätte dir keinen Vorwurf daraus gemacht. Ich wußte, daß du dich von mir abwenden würdest, und ich wollte dich fortschicken, damit ich den Ekel und den Schmerz in deinem Gesicht nicht zu sehen brauchte.« Er schloß die Augen und führte den Grashalm fast bis an die Lippen.

»Aber du wolltest nicht gehen. Du hast mich an deine Brust genommen und mich umsorgt. Du hast mich geheilt. Und trotzdem geliebt.« Unsicher atmete er ein und wandte mir wieder sein Gesicht zu. In seinen Augen glitzerten Tränen.

»Ich dachte, vielleicht brächte ich es über mich, für dich zu tun, was du für mich getan hast. Und aus diesem Grund bin ich schließlich doch nach Fontainebleau gekommen.«

Er blinzelte, und seine Augen wurden wieder klar.

»Als du mir gesagt hast, es sei nichts geschehen, habe ich dir ein wenig geglaubt, weil es so schön gewesen wäre. Aber dann ... sah ich es, Claire. Ich konnte mir nichts vormachen, und ich wußte, daß du gelogen hast. Ich dachte, du hast nicht genug Vertrauen in meine Liebe oder ... daß du ihn wirklich wolltest und Angst hattest, ich könnte es merken.«

Er ließ den Grashalm fallen, und sein Kopf sank nach vorn auf seine Arme.

»Du sagst, du wolltest mich verletzen. Die Vorstellung, daß du beim König liegst, hat schlimmer weh getan als das Brandmal auf meiner Brust oder die Peitschenhiebe auf meinem nackten Rücken. Aber das Wissen, daß du nicht genug Vertrauen in meine Liebe setzt, ist wie das Erwachen nach dem Würgen des Stranges, um das Schlachtmesser in meinem Bauch zu spüren. Claire...« Er preßte die Lippen fest aufeinander, bis er die Kraft fand, weiterzusprechen.

»Ich weiß nicht, ob die Wunde tödlich ist, aber Claire... wenn ich dich ansehe, ist mir, als müßte ich verbluten.«

Das Schweigen zwischen uns wurde undurchdringlich wie eine Mauer. Die Luft vibrierte vom leisen Summen eines Insekts.

Reglos wie ein Fels saß Jamie da und starrte mit ausdruckslosem Gesicht auf den Boden. Ich konnte diesen Anblick und die Vorstellung, was in seinem Kopf vorgehen mußte, nicht ertragen. In der Laube hatte ich eine Ahnung von Jamies verzweifeltem Zorn bekommen, und mir wurde flau bei dem Gedanken an diese Wut, die er mit einer solch erschreckenden Kraftanstrengung meisterte. Doch damit dämpfte er nicht nur die Wut, sondern auch Vertrauen und Freude.

Verzweifelt suchte ich nach einer Möglichkeit, das Schweigen zu brechen, das zwischen uns stand. Jamie setzte sich auf, verschränkte die Arme und blickte mit abgewandtem Gesicht auf das friedliche Tal hinaus.

Lieber Gewalt, dachte ich, als Schweigen. Über den Abgrund hinweg streckte ich die Hand nach ihm aus und griff nach seinem Arm. Er fühlte sich sonnenwarm und lebendig an.

»Jamie«, flüsterte ich. »Bitte.«

Langsam drehte er sich zu mir um. Sein Gesicht wirkte immer noch ruhig, doch seine schmalen Katzenaugen wurden noch schmaler, als er mich schweigend anblickte. Schließlich streckte er die Hand aus und packte mich am Handgelenk.

»Du willst also, daß ich dich schlage?« fragte er leise. Sein Griff war so hart, daß ich unwillkürlich zusammenzuckte und versuchte, mich loszureißen. Er aber rückte ein Stück ab und zerrte mich dabei über das rauhe Gras zu sich, so daß sich unsere Körper berührten.

Ich zitterte und bekam eine Gänsehaut, aber schließlich brachte ich das Wort über die Lippen.

»Ja«, sagte ich.

Seine Miene war undurchdringlich. Unverwandt sah er mir in die

Augen, während er mit seiner freien Hand zwischen den Steinen herumtastete, bis er ein Bündel Brennesseln gefunden hatte. Er hielt die Luft an, als er die Stengel berührte, dann biß er die Zähne zusammen und riß die Pflanzen mit den Wurzeln aus dem Boden.

»Die Bauern in der Gascogne schlagen ein treuloses Weib mit Brennesseln«, erklärte er. Sachte strich er mir mit den zackigen Blättern über die Brust. Der jähe Schmerz nahm mir den Atem, und wie durch Zauberei erschien ein hellroter Fleck auf meiner Haut.

»Möchtest du, daß ich es tue?« fragte er. »Soll ich dich auf diese Weise bestrafen?«

»Wenn... wenn es dir beliebt.« Meine Lippen zitterten so sehr, daß ich kaum sprechen konnte. Die Striemen auf meiner Brust brannten wie Feuer. Ich schloß die Augen und stellte mir in lebhaften Farben vor, wie sich eine Tracht Prügel mit einem Büschel Brennesseln anfühlen mußte.

Plötzlich lockerte sich der schraubstockartige Griff um mein Handgelenk. Als ich die Augen öffnete, sah ich Jamie mit untergeschlagenen Beinen neben mir sitzen. Er hatte die Pflanzen weggeworfen, und ein reuiges Lächeln spielte um seine Lippen.

»Einmal habe ich dich aus gutem Grund geschlagen, Sassenach, und du hast gedroht, mir mit meinem eigenen Dolch den Bauch aufzuschlitzen. Jetzt bittest du mich, dich mit Brennesseln auszupeitschen?« Verwundert schüttelte er den Kopf und legte seine Hand auf meine Wange. »Ist dir mein Stolz so viel wert?«

»Ja. Ja, verdammt noch mal!« Ich setzte mich auf, packte ihn an den Schultern und küßte ihn, zu unser beider Überraschung, unbeholfen und heftig.

Ich spürte, wie er zusammenzuckte, doch dann zog er mich an sich, die Arme fest um meinen Rücken geschlungen, und erwiderte meinen Kuß. Er drückte mich flach auf die Erde, so daß ich mich unter seinem Gewicht nicht mehr rühren konnte. Seine Schultern verdeckten den hellen Himmel über mir, und mit den Händen hielt er meine Arme fest.

»Gut«, flüsterte er. Unverwandt sah er mir in die Augen und zwang mich, seinem Blick standzuhalten. »Gut. Wenn du es wünschst, werde ich dich bestrafen.« Gebieterisch bewegte er seine Hüften, und meine Beine öffneten sich für ihn.

»Niemals«, flüsterte er. »*Niemals*. Nie ein anderer außer mir!

Sieh mich an! Versprich es mir! *Sieh mich an, Claire!*« Er drang hart in mich ein. Ich stöhnte und hätte am liebsten den Kopf weggedreht, doch er hielt mein Gesicht mit beiden Händen fest und zwang mich, ihm in die Augen zu blicken und seinen sinnlichen, schmerzverzerrten Mund zu sehen.

»Niemals.« Seine Stimme wurde noch leiser. »Denn du gehörst mir. Mein Weib, mein Herz, meine Seele.« Schwer wie ein Fels lag er auf mir, so daß ich stillhalten mußte, aber ich spürte ihn in mir und warf mich ihm entgegen, weil ich mehr wollte. Immer mehr.

»Mein Leib.« Nach Luft ringend gab er mir, was ich begehrte. Ich bäumte mich unter ihm auf, als wollte ich entkommen, und mein Rücken wölbte sich wie ein Bogen, mein Körper preßte sich noch heftiger an ihn. Nun legte er sich der Länge nach auf mich, fast ohne sich zu bewegen, so daß unsere innigste Berührung kaum enger war als die Vereinigung Haut an Haut.

Das Gras unter mir war hart und stachelig, der aromatische Duft der geknickten Stengel vermischte sich mit dem Geruch des Mannes, der mich nahm. Meine Brüste wurde flachgedrückt, und die Haare auf seiner Brust kitzelten mich, während wir uns umarmten. Ich wand mich unter ihm, drängte ihn zur Gewalt, spürte seine harten Schenkel, als er mich niederdrückte.

»Niemals«, flüsterte er, das Gesicht ganz nahe an meinem.

»Niemals«, erwiderte ich, wandte mich ab und schloß die Augen, um seinem durchdringenden Blick zu entgehen.

Mit sanftem, aber unerbittlichem Druck zwang er mich, ihn wieder anzusehen, während er sich weiter rhythmisch bewegte.

»Nein, meine Sassenach«, flüsterte er. »Öffne die Augen. Schau mich an. Denn das ist deine Strafe ebenso wie meine. Schau, was du mir angetan hast, so wie ich weiß, was ich dir angetan habe. Schau mich an.«

Und ich sah, als seine Gefangene, an ihn gefesselt. Sah, wie er die letzte Maske fallen ließ und mir seine Abgründe zeigte und die Wunden seiner Seele. Ich hätte um seine Qualen geweint, und um meine, wenn ich gekonnt hätte. Aber seine Augen hielten die meinen fest, offen, tränenlos, grenzenlos wie das Meer. Sein Leib hielt den meinen gefangen, trieb mich vor sich her wie der Westwind, der die Segel einer Bark bläht.

Und ich trat die Reise an in sein Innerstes, so wie er in mich, und als die letzten Stürme der Liebe mich erschütterten, schrie er auf, und wir ritten zusammen auf den Wellen als ein Fleisch und erblickten uns selbst in den Augen des anderen.

Die Nachmittagssonne brannte heiß auf die weißen Kalkfelsen und warf tiefe Schatten. Endlich fand ich, was ich suchte. Trotz des Mangels an Erdreich wuchs es fröhlich in einer schmalen Spalte eines gewaltigen Findlings. Ich brach einen Stengel Aloe ab, spaltete ein fleischiges Blatt und verteilte das kühle, grüne Gel auf den Striemen auf Jamies Handfläche.

»Besser?« fragte ich.

»Viel besser.« Jamie krümmte die Finger und verzog das Gesicht. »Bei Gott, diese Nesseln brennen!«

»Wie wahr.« Ich zog den Ausschnitt meines Mieders herunter und beträufelte meine Brust behutsam mit Aloesaft. Die Kühle wirkte sofort lindernd.

»Ich bin froh, daß du mich nicht beim Wort genommen hast«, sagte ich und warf einen gequälten Blick auf ein Büschel blühender Brennesseln.

Grinsend tätschelte er meinen Po.

»Ja, das war knapp, Sassenach. Du solltest mich nicht so in Versuchung führen.« Dann beugte er sich über mich und küßte mich zärtlich.

»Nein, *mo duinne*. Ich habe dir einen Eid geleistet, und damit war mir ernst. Niemals werde ich im Zorn die Hand gegen dich erheben. Schließlich«, fügte er etwas leiser hinzu, »habe ich dir genug Schmerzen zugefügt.«

Ich hätte die qualvolle Erinnerung lieber verdrängt, aber auch ich schuldete ihm Gerechtigkeit.

»Jamie«, sagte ich mit zitternden Lippen. »Das... Kind. Es war nicht deine Schuld. Zuerst dachte ich, du seist schuld, aber das stimmt nicht. Ich glaube... ich glaube, es wäre auf jeden Fall geschehen, auch wenn du nicht mit Jack Randall gekämpft hättest.«

»Aye? Wirklich...« Warm und tröstend lag sein Arm auf meiner Schulter. »Das macht es ein bißchen leichter. Obwohl ich weniger an das Kind gedacht habe als an Frank. Glaubst du, du kannst mir das verzeihen?« Mit sorgenvollem Blick sah er mich an.

»Frank?« rief ich bestürzt. »Aber... da gibt es doch gar nichts zu verzeihen.« Aber möglicherweise wußte Jamie gar nicht, daß Jack

Randall noch lebte, schoß es mir durch den Kopf. Schließlich hatte man ihn unmittelbar nach dem Duell verhaftet. Aber wenn er es nicht wußte... Ich holte tief Luft. Er mußte es ohnehin erfahren, vielleicht besser von mir als von anderen.

»Du hast Jack Randall nicht getötet, Jamie«, sagte ich.

Zu meiner Verwirrung war er nach dieser Mitteilung weder entsetzt noch überrascht. Er schüttelte den Kopf. Sein Haar leuchtete in der Sonne. Um es zusammenzubinden, war es noch nicht lang genug, aber im Gefängnis war es ein schönes Stück gewachsen, so daß er es sich ständig aus den Augen streichen mußte.

»Das weiß ich, Sassenach«, sagte er.

»Wirklich? Aber... was...« Ich verstand gar nichts mehr.

»Du... weißt es nicht?« fragte er zögernd.

Trotz der Sonnenwärme kroch mir ein Kälteschauer über die Arme.

»Was?«

Er biß sich auf die Unterlippe und musterte mich widerstrebend. Schließlich seufzte er.

»Nein, ich habe ihn nicht getötet. Aber verwundet habe ich ihn.«

»Ja. Louise sagte, du hättest ihn schwer verletzt, aber er sei auf dem Weg der Besserung.« Plötzlich sah ich die letzte Szene im Bois de Boulogne vor mir. Jamies Schwertspitze, die das regenfleckige Rehleder aufschlitzte. Der rote Fleck, der sich auf der Hose ausbreitete... und der Winkel der funkelnden Klinge, als Jamie mit aller Kraft zustieß.

»Jamie!« rief ich. Meine Augen weiteten sich vor Entsetzen. »Du hast doch nicht... Jamie, was hast du getan?«

Er schlug die Augen nieder und rieb seine striemige Hand an seinem Kilt. Dann schüttelte er den Kopf, als wunderte er sich über sich selbst.

»Ich war so ein Narr, Sassenach. Ich konnte es nicht mit meiner Mannesehre vereinbaren, ihn mit dem, was er dem Jungen angetan hatte, ungestraft davonkommen zu lassen, und doch... die ganze Zeit dachte ich bei mir: ›Du darfst den Bastard jetzt nicht umbringen, das hast du versprochen. Du darfst ihn nicht umbringen.‹« Mit einem freudlosen Lächeln besah er die Striemen auf seiner Hand.

»Mein Zorn kochte über wie ein Topf Porridge auf dem Herd, doch an diesen Gedanken klammerte ich mich. ›Du darfst ihn nicht umbringen.‹ Und das tat ich auch nicht. Aber ich war rasend vor

Kampfeswut, und das Blut brauste mir in den Ohren... da überlegte ich nicht lange, warum ich ihn nicht töten durfte, nur an mein Versprechen dachte ich. Und als ich ihn da auf dem Boden vor mir hatte, mit der Erinnerung an Wentworth und an Fergus und mit der messerscharfen Klinge in der Hand...« Jäh hielt er inne.

Mir wurde schwindelig, und ich ließ mich schwer auf einen Felsen fallen.

»Jamie«, sagte ich. Hilflos zuckte er die Achseln.

»Sassenach.« Er mied noch immer meinen Blick. »Ich kann nur das eine sagen, es ist eine verdammt üble Stelle für eine Verwundung.«

»Mein Gott.« Überwältigt von dieser Enthüllung, saß ich da und rührte mich nicht. Jamie hatte sich neben mir niedergelassen und betrachtete seine breiten Hände. Auf dem rechten Handrücken war immer noch eine kleine rosafarbene Narbe zu sehen. Jack Randall hatte ihm an dieser Stelle einen Nagel durchgeschlagen – in Wentworth.

»Haßt du mich nun, Claire?« fragte er leise, fast zaghaft.

Ich schüttelte den Kopf und schloß die Augen.

»Nein.« Als ich sie wieder aufmachte, sah ich Jamies besorgtes Gesicht. »Ich weiß nicht genau, was ich jetzt denke, Jamie. Wirklich nicht. Aber ich hasse dich nicht.« Ich legte meine Hand auf die seine und drückte sie. »Nur... ich möchte eine Weile allein sein, ja?«

Ich hatte mir das inzwischen trockene Kleid angezogen. An meinen Händen steckte je ein silberner und ein goldener Ring. Meine beiden Eheringe waren immer noch da, und ich hatte keine Ahnung, was es bedeutete.

Jack Randall würde niemals ein Kind zeugen. Jamie schien sich dessen sicher zu sein, und weitere Fragen wollte ich ihm lieber nicht stellen. Und dennoch trug ich nach wie vor Franks Ring. Ich konnte mich an meinen ersten Mann erinnern, an seine Eigenheiten und seine Taten. Wie war es dann denkbar, daß er nie existieren sollte?

Ich schüttelte den Kopf und schob mir die vom Wind getrockneten Locken hinter die Ohren. Ich wußte es nicht. Und höchstwahrscheinlich würde ich es nie erfahren. Aber ob man nun die Zukunft ändern konnte oder nicht – und anscheinend hatten wir sie geändert –, ich war mir sicher, daß es an der unmittelbaren Vergangenheit nichts zu rütteln gab. Was geschehen war, ließ sich nicht ändern, und ganz gleich, was ich tat, ich hatte keinen Einfluß mehr darauf. Jack Randall sollte nie Vater werden.

Von dem Abhang hinter mir rollte ein Stein herunter. Ich drehte mich um und blickte zu Jamie auf, der, nun ebenfalls wieder bekleidet, die Gegend dort oben erkundete.

Das Geröllfeld oberhalb war neueren Datums. Frische, weiße Bruchstellen zeigten sich im schmutzigen Braun des verwitterten Kalksteins, und nur winzige Pflanzen fanden zwischen den übereinandergestürzten Steinen Halt. Dieser Hang war nicht wie der Rest des Hügels von dichtem Gestrüpp bedeckt.

Jamie bewegte sich langsam seitwärts. Ich sah, wie er einen riesigen Findling umrundete und sich dabei an den Felsen klammerte, und das leise Schaben seines Dolches am Stein drang durch die stille Nachmittagsluft zu mir.

Dann verschwand er. Während ich darauf wartete, daß er auf der anderen Seite des Findlings wieder auftauchte, genoß ich die warmen Sonnenstrahlen auf meinen Schultern. Aber Jamie erschien nicht mehr, und nach einer Weile machte ich mir Sorgen. Vielleicht war er ausgerutscht, hingefallen und mit dem Kopf auf einen Felsen aufgeschlagen. Ich raffte meine Röcke und machte mich an den Aufstieg.

»Jamie!«

»Hier bin ich, Sassenach.« Seine Stimme hinter mir erschreckte mich so sehr, daß ich beinahe das Gleichgewicht verloren hätte. Er nahm meinen Arm und hob mich zu sich auf eine kleine freie Fläche zwischen den herabgestürzten Steinen herunter.

Dann drehte er mich zu der Kalksteinwand, die Moder- und Rauchflecken aufwies. Aber nicht nur das.

»Schau«, sagte er leise.

Ich sah in die Richtung, die er mir zeigte, nach oben an die glatte Höhlenwand, und keuchte.

Tiere galoppierten über die Felswand und sprangen, die Hufe hoch in die Luft geschleudert, nach oben auf das Licht zu. Kleine Herden von Bisons und Hirschen flohen mit erhobenen Schwänzen, und am Ende der Felsplatte waren Zeichnungen von feingliedrigen Vögeln, die über den dahinstürmenden Erdentieren schwebten.

In Rot, Schwarz und Ocker gemalt donnerten die flüchtenden Gestalten lautlos dahin. Einst hatten sie ihr Dasein im Dunkel der Höhle gefristet, erleuchtet nur von den Feuern jener, die sie geschaffen hatten. Nachdem nun die Höhlendecke eingestürzt war, waren sie der Sonne ausgesetzt und wirkten so lebendig wie jedes andere Wesen auf Erden.

In die Betrachtung der massiven Leiber auf dem Gestein versunken, hatte ich Jamie ganz vergessen, bis er nach mir rief.

»Sassenach! Kommst du mal her?« Seine Stimme hatte einen merkwürdigen Unterton, und so eilte ich zu ihm. Er stand am Eingang einer kleinen Nebenhöhle und blickte auf den Boden.

Sie lagen hinter einem Felsvorsprung, als hätten sie Schutz vor dem Wind gesucht, der den Bison vor sich hertrieb.

Es waren zwei, und sie lagen nebeneinander auf der festgestampften Erde. Durch die trockene Höhlenluft konserviert, hatten die Knochen überdauert, während das Fleisch längst zu Staub zerfallen war. Ein winziger Rest brauner, pergamentartiger Haut haftete noch an einem Schädel, eine verblichene Strähne wehte sachte im Luftzug, den wir verursacht hatten.

»Mein Gott«, flüsterte ich, als fürchtete ich, sie zu stören. Ich trat näher zu Jamie, der seine Hand um meine Taille legte.

»Glaubst du... sie wurden... hier getötet? Geopfert vielleicht?«

Jamie schüttelte den Kopf und starrte nachdenklich auf das Häufchen zerbrechlicher Knochen.

»Nein.« Auch er sprach leise, als befände er sich im Allerheiligsten einer Kirche. Er wandte sich um und zeigte auf die Wand hinter uns, wo Hirsche sprangen und Kraniche sich in die Lüfte erhoben.

»Nein«, wiederholte er. »Menschen, die solche Tiere geschaffen haben... wären dazu nicht imstande gewesen.« Noch einmal blickte er auf die beiden Skelette, die in inniger Umarmung zu unseren Füßen lagen. Er beugte sich über sie, zeichnete behutsam die Linien der Knochen mit dem Finger nach, ohne deren elfenbeinfarbene Oberfläche zu berühren.

»Schau, wie sie liegen«, sagte er. »Sie sind hier nicht gestürzt, und ihre Körper wurden auch nicht aufgebahrt. Sie haben sich selbst so hingelegt.« Seine Hand glitt über die langen Armknochen des größeren Skeletts.

»Er hatte seine Arme um sie gelegt«, erklärte er. »Seine Schenkel lagen an den ihren, er hielt sie eng an sich gedrückt, und sein Kopf ruhte auf ihrer Schulter.«

Seine Hände bewegten sich über die Skelette, erklärten dieses, zeigten jenes und verliehen ihnen neues Leben, so daß ich sie vor mir sah, wie sie gewesen waren, in einer letzten, ewig währenden Umarmung. Die beiden hatten Hand in Hand auf den Tod gewartet.

Jamie war aufgestanden und nahm das Innere der Höhle in Augenschein. Die Spätnachmittagssonne malte karminrote und okkerfarbene Flecken auf die Felswände.

»Da.« Er deutete auf eine Stelle neben dem Höhleneingang. Der Fels war dort von Staub und Alter gebräunt, aber nicht durch eindringendes Wasser und Erosion rostrot gefärbt wie im Höhleninnern.

»Das war früher der Eingang«, erklärte er. »Die Felsen sind schon einmal herabgestürzt und haben den Zugang verschüttet.« Er drehte sich um und legte die Hand auf den Felsvorsprung, der die Liebenden vor dem Licht schützte.

»Bestimmt haben sie sich Hand in Hand durch die Höhle getastet«, überlegte ich, »auf der Suche nach einem Ausgang, gefangen in Staub und Dunkelheit.«

»Aye.« Jamie lehnte die Stirn gegen den Stein und schloß die Augen. »Und das Feuer war erloschen, und die Luft war bald verbraucht. Also legten sie sich im Dunkeln nieder, um zu sterben.« Die Tränen hinterließen feuchte Spuren auf seinem staubbedeckten Gesicht. Auch ich rieb mir die Augen, nahm seine freie Hand und verflocht meine Finger mit den seinen.

Wortlos wandte er sich mir zu, und mit einem tiefen Seufzer zog er mich an sich. Im schwindenden Licht der untergehenden Sonne suchten unsere Hände begierig nach der Wärme und Gewißheit lebendiger Haut, und die Härte der unsichtbaren Knochen darunter mahnte uns, wie kurz das Leben ist.

FÜNFTER TEIL

Heimkehr

30

Lallybroch

Man nannte es Broch Tuarach wegen des Steinturms, der auf dem Hang hinter dem Gutshaus emporragte. Die Bewohner dieses Anwesens nannten es »Lallybroch«. Soweit ich in Erfahrung bringen konnte, bedeutet das »träger Turm«, was ebensoviel Sinn machte wie der Ausdruck »nach Norden schauender Turm« für einen zylinderförmigen Bau.

»Wie kann etwas, das rund ist, nach Norden schauen?« fragte ich, während wir den felsigen, mit Heidekraut bewachsenen Abhang hinuntergingen. Wir führten die Pferde einzeln hintereinander auf dem schmalen, gewundenen Pfad, den das Rotwild durch das Gestrüpp getrampelt hatte. »Es hat doch keine Augen.«

»Aber eine Tür«, erwiderte Jamie sachlich. »Die Tür geht nach Norden.« Er suchte mit den Füßen festen Halt, als der Hang steiler wurde, und pfiff dem Pferd, das er hinter sich herführte. Die muskulösen Hinterbacken des Pferdes strafften sich, als es vorsichtig zu tänzeln begann; auf dem feuchten Gras rutschte es bei jedem Schritt. Die Pferde aus Inverness waren große, prächtige Tiere. Sicherlich hätten die zähen kleinen Hochlandponys den steilen Hang leichter bewältigt, aber diese Pferde, alles Stuten, waren zur Zucht, nicht zur Arbeit bestimmt.

»Na schön«, sagte ich und machte einen vorsichtigen Schritt über ein Rinnsal, das den Trampelpfad kreuzte. »Meinetwegen. Trotzdem, weshalb ›Lallybroch‹? Weshalb ist es ein träger Turm?«

»Weil er ein bißchen schief steht«, erwiderte Jamie. Er ging vor mir her, den Kopf etwas gesenkt, da er sich auf den Weg konzentrieren mußte. Ein paar Strähnen seines rotgoldenen Haares bewegten sich in der leichten Nachmittagsbrise. »Vom Haus aus erkennt man es nicht so gut, aber wenn man auf der Westseite steht, sieht man, daß er sich ein bißchen nach Norden neigt.«

»Vermutlich kannte man im dreizehnten Jahrhundert noch kein Senklot«, gab ich zurück. »Ein Wunder, daß er noch steht.«

»Oh, er ist schon mehrmals eingestürzt«, erwiderte Jamie mit etwas lauterer Stimme, denn der Wind frischte auf. »Die Leute, die hier lebten, haben ihn einfach wieder aufgebaut; wahrscheinlich ist er deshalb so schief.«

»Ich seh's, ich seh's!« ertönte Fergus' schrille Stimme hinter mir. Er hatte auf seinem Pferd sitzenbleiben dürfen, da sein Fliegengewicht dem Tier wohl kaum etwas ausmachte. Als ich mich umdrehte, sah ich, wie er auf dem Sattel kniete und vor Freude auf und nieder hopste. Sein Pferd, eine gutmütige rotbraune Stute, gab ein mißbilligendes Schnauben von sich, warf ihn aber netterweise nicht ab. Seit seinem Erlebnis mit dem Percheron-Fohlen in Argentan hatte Fergus jede sich bietende Gelegenheit wahrgenommen, auf ein Pferd zu steigen, und Jamie, selbst ein Pferdenarr, hatte dem Jungen amüsiert nachgegeben und ihn hinter sich auf dem Sattel sitzen lassen, wenn er durch die Straßen von Paris ritt. Ab und zu hatte er ihm auch erlaubt, allein auf eines von Jareds Kutschenpferden zu steigen, große, träge Tiere, die Fergus' Tritte und Rufe mit verständnislosem Ohrenwackeln quittiert hatten.

Ich schirmte meine Augen mit der Hand ab und sah in die Richtung, in die er zeigte. Und tatsächlich: von seiner höheren Warte aus hatte er die dunklen Umrisse des alten Steinturms auf dem Hügel entdeckt. Das neuere Herrenhaus unterhalb war schwerer zu erkennen; es war aus weißgekalktem Stein gebaut, und die Hausmauer und die Felder ringsum glänzten im Sonnenlicht. Das Haus lag inmitten von Gerstenfeldern in einer Senke und war von einer Reihe von Bäumen, die den Windschutz eines Feldes bildeten, teilweise noch verdeckt.

Jamie hob den Kopf, und als er das wohlvertraute Gutshaus von Lallybroch entdeckte, hielt er inne. Eine Weile blieb er reglos und schweigend stehen, doch ich sah, wie sich seine Schultern strafften. Der Wind wirbelte seine Haare durcheinander und hob sein Plaid in die Luft, als ob er im nächsten Augenblick abheben würde wie ein fröhlicher Drachen.

Es erinnerte mich an die windgeblähten Segel der Schiffe, die aus dem Hafen von Le Havre ausliefen und hinter der Landzunge in See stachen. Ich hatte am Kai gestanden und das geschäftige Treiben beobachtet.

Jared Munro Fraser hatte neben mir gestanden und zufrieden zugesehen, wie das wertvolle Frachtgut – auch sein eigenes – verladen und gelöscht wurde. Mit einem seiner Schiffe, der *Portia*, würden wir nach Schottland fahren. Jamie hatte mir gesagt, daß jedes von Jareds Schiffen den Namen einer seiner Geliebten trage und daß die geschnitzten Galionsfiguren stets eine gewisse Ähnlichkeit mit der jeweiligen Dame aufwiesen. Ich kniff die Augen zusammen und betrachtete den Schiffsbug, unschlüssig, ob Jamie mich vielleicht nur necken wollte. Wenn nicht, dann hatte Jared wohl eine Vorliebe für üppige Frauen.

»Ich werde euch beide vermissen«, sagte Jared nun schon zum viertenmal innerhalb der letzten halben Stunde. Man sah ihm sein Bedauern förmlich an, sogar seine lustige Nase schien weniger steil nach oben zu weisen als gewöhnlich. Die Fahrt nach Deutschland war ein voller Erfolg gewesen. Jareds Halstuch zierte ein großer Diamant, und sein Rock war aus dickem flaschengrünem Samt und hatte silberne Knöpfe.

»Nun ja«, sagte er und schüttelte den Kopf. »So gern ich den Burschen bei mir behalten würde, ich gönne ihm die Freude, daß er endlich wieder nach Hause kommt. Vielleicht besuche ich euch eines Tages, meine Liebe; ich war schon lange nicht mehr in Schottland.«

»Tja, ich werde dich auch vermissen«, sagte ich wahrheitsgemäß. Auch andere würde ich vermissen – Louise, Mutter Hildegarde, Herrn Gerstmann und vor allem Maître Raymond. Dennoch freute ich mich darauf, nach Schottland, nach Lallybroch, zurückzukehren. Ich sehnte mich nicht nach Paris zurück, und einige Leute dort wollte ich ganz bestimmt nicht wiedersehen – Louis von Frankreich zum Beispiel.

Oder Charles Stuart. Vorsichtige Sondierungen unter den Jakobiten in Paris hatten Jamies anfänglichen Eindruck bestätigt. Der verhaltene Optimismus nach Charles' großspurig verkündeter »großen Unternehmung« war verschwunden. Und während die Anhänger von König James ihrem Souverän auch weiterhin die Treue hielten, schien die Chance, daß unerschütterliche Loyalität zu Taten führen würde, außerordentlich gering.

Dann soll sich Charles eben mit dem Exil abfinden, dachte ich. Unser Exil war jedenfalls zu Ende. Wir befanden uns auf dem Weg nach Hause.

»Das Gepäck ist an Bord«, hörte ich eine mürrische schottische Stimme neben mir. »Der Kapitän bittet, nun an Bord zu gehen; wir laufen bei Flut aus.«

Jared wandte sich an Murtagh. »Wo ist der Bursche?« fragte er.

Murtagh wies mit dem Kopf über die Pier hinweg. »In der Taverne da drüben. Er läßt sich vollaufen.«

Ich hatte mich schon gefragt, wie Jamie die Überquerung des Kanals zu überstehen gedachte. Nach einem Blick auf den finsteren roten Morgenhimmel, der Sturm ankündigte, hatte er sich bei Jared entschuldigt und war verschwunden. Als ich in die von Murtagh angegebene Richtung sah, entdeckte ich Fergus, der neben dem Eingang zu einer Schnapsbude saß und offensichtlich Wache schob.

Erst ungläubig, dann belustigt vernahm Jared den Grund für das Verhalten seines Cousins.

»Ach, tatsächlich?« sagte er mit einem breiten Grinsen. »Na, dann hoffe ich, daß mein Cousin das letzte Glas aufspart, wenn wir ihn holen kommen. Sonst haben wir unsere liebe Mühe, den schweren Brocken über die Landungsbrücke zu tragen.«

»Warum hat er das gemacht?« fragte ich Murtagh ärgerlich. »Ich habe ihm doch gesagt, daß ich Laudanum für ihn habe.« Dabei klopfte ich mit der Hand auf den Seidenbeutel, den ich bei mir trug. »Das hätte ihn viel schneller betäubt.«

Murtagh zwinkerte nur. »Aye. Er meinte, wenn er schon Kopfweh bekommen muß, würde er gern auch einen Genuß dabei haben. Und Whisky schmeckt nun mal weitaus besser als dein ekliges schwarzes Zeug.«

In der vorderen Kabine der *Portia* saß ich dann auf der Schlafkoje des Kapitäns und sah dem Auf und Ab der sich immer weiter entfernenden Küstenlinie zu, während der Kopf meines Gatten auf meinen Knien ruhte.

Schließlich öffnete er ein Auge und sah zu mir auf. Ich strich ihm das feuchte Haar aus der Stirn. Er war in eine Duftwolke aus Ale und Whisky gehüllt.

»Du wirst dich höllisch elend fühlen, wenn du in Schottland aufwachst«, sagte ich zu ihm.

Er blinzelte und betrachtete die Lichtwellen, die über die holzgetäfelte Decke tanzten. Dann richtete er den Blick auf mich.

»Wenn ich mir aussuchen kann, ob ich die Hölle gleich oder erst später haben möchte, Sassenach«, sagte er mit gemessener und klarer Stimme, »werde ich immer die spätere Hölle wählen.« Er schloß die Augen. Dann rülpste er leise, entspannte sich und ließ sich von den Wellen in den Schlaf wiegen.

Die Pferde waren scheinbar ebenso ungeduldig wie wir; sie spürten die Nähe der Stallungen und schlugen eine schnellere Gangart ein.

Ich dachte eben, daß ich mich gerne waschen und etwas essen würde, als mein Pferd plötzlich die Füße fest in den Boden stemmte. Heftig warf die Stute den Kopf hin und her und schnaubte und ächzte.

»He, Mädel, was ist los? Hast du eine Biene in die Nüstern gekriegt?« Jamie schwang sich vom Sattel eines Pferdes und packte die graue Stute am Zügel. Da ich spürte, wie der breite Rücken meines Tieres zitterte und bebte, stieg ich ebenfalls ab.

»Was hat sie bloß?« Neugierig betrachtete ich das Tier, das sich gegen Jamies festen Griff wehrte. Es schüttelte die Mähne und rollte die Augen. Nun begannen auch die anderen Pferde nervös zu stampfen.

Jamie blickte über die Schulter hinweg auf die leere Straße.

»Sie sieht etwas.«

Fergus stellte sich in seinem verkürzten Steigbügel auf, beschattete die Augen mit der Hand und spähte angestrengt über den Rücken des Tieres hinweg. Dann ließ er die Hand sinken und blickte mich achselzuckend an.

Ich zuckte ebenfalls die Achseln; es war nichts zu sehen, was die Unruhe der Stute hätte erklären können – der Weg und die Felder lagen verlassen vor uns, die Ähren reiften und trockneten in der spätsommerlichen Sonne. Das nächste Wäldchen war über hundert Meter entfernt hinter einem kleinen Haufen Steine, vielleicht den Überresten eines eingestürzten Schornsteins. Wölfe gab es in diesem offenen Gelände so gut wie gar nicht, und auf diese Entfernung konnte kein Fuchs oder Dachs ein Pferd in Unruhe versetzen.

Jamie gab den Versuch auf, die Stute vorwärtszuziehen, und führte sie einmal im Halbkreis; willig folgte sie ihm in die Richtung, aus der wir gekommen waren.

Er gab Murtagh ein Zeichen, die anderen Pferde beiseite zu führen, dann schwang er sich in den Sattel. Eine Hand in die Mähne des Tieres gekrallt, beugte er sich vor und trieb es langsam an, während er ihm etwas ins Ohr flüsterte. Zögernd, doch ohne Widerstand, folgte das Pferd, bis es an derselben Stelle wieder stehenblieb und witterte. Nichts konnte die Stute dazu bewegen, einen Schritt weiter zu gehen.

»Also gut«, meinte Jamie resigniert. »Wie du willst.« Er führte die Stute in das Feld. Die gelben Ähren streiften das zottige Fell ihres Bauches. Wir folgten, und die Tiere beugten den Kopf und schnappten hie und da nach einem Maulvoll Körnern, während wir durch das Feld ritten.

Als wir einen kleinen Granitfelsen unterhalb des Hügelrückens umrundet hatten, hörte ich ein kurzes warnendes Bellen. Am Weg angelangt, sahen wir einen Schäferhund, der uns mit gerecktem Kopf und steif aufgestelltem Schwanz argwöhnisch beobachtete.

Er bellte noch einmal kurz, und da tauchte zwischen den Erlen noch ein Hund auf, gefolgt von einer großgewachsenen schlanken Gestalt, die in ein braunes Jagdplaid gehüllt war.

»Ian!«

»Jamie!«

Jamie warf mir die Zügel des Pferdes zu und rannte auf seinen Schwager zu. Mitten auf dem Weg fielen sie sich in die Arme, lachten und klopften sich gegenseitig auf den Rücken. Auch die Hunde tollten jetzt ausgelassen und mit glücklich wedelnden Schwänzen um sie herum und beschnüffelten neugierig die Beine der Pferde.

»Wir haben euch erst morgen erwartet«, sagte Ian und strahlte über das ganze Gesicht.

»Wir hatten günstigen Wind«, erklärte Jamie. »Das meinte jedenfalls Claire; ich selbst habe nicht so aufgepaßt.« Er warf mir einen kurzen Blick zu und grinste, und Ian kam auf mich zu, um mir die Hand zu drücken.

»Schwägerin«, begrüßte er mich förmlich. Dann lächelte er, und seine brauen Augen strahlten vor Güte und Wärme. »Claire.« Spontan küßte er mir die Hand, und ich drückte die seine.

»Jenny putzt und kocht wie verrückt«, erzählte er, noch immer lachend. »Ihr könnt froh sein, wenn ihr ein Bett für heute nacht findet; sie hat alle Matratzen nach draußen gebracht, um sie auszuklopfen.«

»Nach drei Nächten im Heidekraut würde es mir auch nichts ausmachen, auf dem Boden zu schlafen«, versicherte ich ihm. »Sind Jenny und die Kinder wohlauf?«

»Aye. Sie ist wieder schwanger.« Und er fügte hinzu: »Im Februar ist es soweit.«

»*Schon wieder?*« riefen Jamie und ich gleichzeitig, und Ians schmale Wangen wurden von einer tiefen Röte überzogen.

»Gott, eure Maggie ist doch noch kein Jahr alt«, sagte Jamie und hob tadelnd eine Augenbraue. »Kannst du dich denn gar nicht beherrschen?«

»*Ich?*« gab Ian entrüstet zurück. »Du glaubst wohl, ich hätte etwas damit zu tun?«

»Tja, wenn nicht, dann sollte es dich doch interessieren, wer es dann war«, meinte Jamie grinsend.

Ians Gesicht wurde tiefrot, was gut zu seinem glatten braunen Haar paßte. »Du weißt ganz genau, was ich meine«, erwiderte er. »Ich habe zwei Monate lang mit dem kleinen Jamie im Rollbett geschlafen, aber dann hat Jenn…«

»Willst du etwa sagen, daß meine Schwester eine liederliche Person ist, hm?«

»Ich sage nur, sie ist so stur wie ihr Bruder, wenn sie ihren Kopf durchsetzen will«, erwiderte Ian. Er machte einen Satz zur Seite, beugte sich leicht nach hinten und landete einen sanften Tritt mitten in Jamies Magen. Jamie krümmte sich lachend.

»Dann ist es ja gut, daß ich wieder da bin«, sagte er. »Ich helfe dir, sie im Zaum zu halten.«

»Ach, tatsächlich?« fragte Ian skeptisch. »Dann rufe ich alle Pächter zusammen – das dürfen sie sich nicht entgehen lassen.«

»Du suchst verirrte Schafe, stimmt's?« wechselte Jamie das Thema und deutete auf die Hunde und auf Ians langen Stock, der auf der Erde lag.

»Fünfzehn, dazu einen Bock«, nickte Ian. »Jennys Merinoherde, die sie wegen der Wolle hält. Der Bock ist ein richtiges Mistvieh; er hat das Gatter eingerammt. Ich dachte, sie seien vielleicht hier im Getreidefeld, aber sie sind nirgends zu sehen.«

»Wir haben vorhin auch nichts gesehen«, sagte ich.

»Ach, da oben können sie nicht sein«, erwiderte Ian und winkte ab. »Zur Kate hinauf gehen die Biester nie.«

»Welche Kate?« Fergus, der während des höflichen Wortwechsels zunehmend ungeduldig geworden war, hatte sein Pferd neben das meine geführt. »Ich hab' nirgendwo eine Kate gesehen, Herr. Nur einen Steinhaufen.«

»Das ist alles, was von MacNabs Kate übriggeblieben ist, Junge«, antwortete Ian. Er blinzelte zu Fergus hinauf. »Und du solltest ebenfalls einen großen Bogen darum machen.«

Ich bekam eine Gänsehaut, trotz der nachmittäglichen Hitze. Ronald MacNab war der Pächter gewesen, der Jamie vor einem Jahr an die Wache verraten hatte. Dafür hatte er noch an dem Tag, an dem es herauskam, mit dem Leben bezahlen müssen. Er war in seinem brennenden Haus umgekommen, erinnerte ich mich, das ihm die Männer von Lallybroch über dem Kopf angezündet hatten. Der Haufen Steine, der so harmlos dalag, als wir vorhin daran vorbeigeritten waren, hatte sich in meiner Vorstellung jetzt in ein Grab verwandelt. Ich schluckte den bitteren Geschmack hinunter, der in meiner Kehle aufstieg.

»MacNab?« fragte Jamie leise. Er schien hellhörig geworden zu sein. »Ronnie MacNab?«

Ich hatte Jamie von MacNabs Verrat und von seinem Tod erzählt, aber ich hatte ihm verschwiegen, wie es dazu gekommen war.

Ian nickte. »Aye. Er starb dort in der Nacht, als die Engländer dich mitnahmen, Jamie. Das Strohdach muß irgendwie Feuer gefangen haben, und er war wohl derart betrunken, daß er es nicht mehr schaffte, rechtzeitig herauszukommen.« Er blickte Jamie fest in die Augen.

»Ach? Und seine Frau und sein Kind?« Jamie erwiderte Ians Blick – kühl und unergründlich.

»Die sind in Sicherheit. Mary MacNab ist Küchenmagd im Haus, und Rabbie arbeitet in den Ställen.« Ian warf unwillkürlich einen Blick auf die zerstörte Kate. »Mary geht ab und zu hin, aber sie ist die einzige.«

»Dann hat sie ihn also geliebt?« Jamie hatte sich zur Kate umgewandt, so daß ich sein Gesicht nicht sehen konnte, aber sein Rücken verriet eine gewisse Anspannung.

Ian zuckte die Achseln. »Das wohl nicht. Ronnie war ein Trunkenbold und ein Scheusal dazu; nicht einmal seine alte Mutter hatte für ihn etwas übrig. Nein, Mary hält es wohl für ihre Pflicht, für seine arme Seele zu beten – das wird ihm auch nichts helfen.«

»Ah.« Jamie stand einen Augenblick still, wie in Gedanken versunken, dann warf er dem Pferd die Zügel über den Rücken und ging den Hügel hinauf.

»Jamie!« rief ich, aber er war schon auf dem Weg zu der kleinen

Lichtung neben dem Wäldchen. Ich drückte dem überraschten Fergus die Zügel in die Hand.

»Bleib du hier bei den Pferden«, sagte ich. »Ich muß mit ihm gehen.« Ian machte Anstalten, ebenfalls mitzukommen, aber Murtagh hielt ihn mit einem Kopfschütteln zurück. So ging ich allein weiter und folgte Jamie den Hügel hinauf.

Er erreichte die Lichtung, ehe ich ihn eingeholt hatte. Nun stand er an der Stelle, an der einst die Außenmauer des Hauses gewesen war. Man konnte die rechteckige Grundfläche des Hauses gerade noch erkennen. Das neue Gras, das darüber wuchs, war spärlicher als die grüne Gerste, die nebenan im Schatten der Bäume wucherte.

Die Spuren des Feuers waren kaum mehr zu sehen; ein paar verkohlte Holzstrünke ragten aus dem Gras neben der steinernen Feuerstelle, die flach und nackt dalag wie ein Grabstein. Streng darauf bedacht, nicht die Begrenzung des einstigen Hauses zu überschreiten, ging Jamie um die Lichtung herum. Er umkreiste die Feuerstelle dreimal, immer entgegen dem Uhrzeigersinn, um die bösen Geister, die ihm folgen mochten, zu verwirren.

Ich stand daneben und sah ihm zu. Dies war seine ganz persönliche Angelegenheit, aber ich konnte ihn nicht allein damit lassen, und obwohl er mich nicht ansah, wußte ich doch, daß er sich über meine Anwesenheit freute.

Schließlich blieb er vor dem Haufen eingestürzter Steine stehen. Er streckte eine Hand aus und legte sie zögernd darauf, dann schloß er für einen Augenblick die Augen, als betete er. Schließlich bückte er sich, nahm einen faustgroßen Stein in die Hand und legte ihn vorsichtig oben auf den Haufen, als wollte er die ruhelose Seele des Verstorbenen darunter begraben. Er bekreuzigte sich, drehte sich um und kam mit festem Schritt auf mich zu.

»Schau nicht mehr zurück«, sagte er ruhig und legte seinen Arm um mich, während wir hinuntergingen.

Und ich schaute nicht zurück.

Jamie, Fergus und Murtagh begaben sich mit Ian und den Hunden auf die Suche nach den Schafen und überließen es mir, die Pferde zum Haus hinunterzuführen. Ich war keineswegs geübt im Umgang mit ihnen, aber ich traute es mir zu, knapp einen Kilometer allein mit den Pferden zurückzulegen, solange nichts Unvorhergesehenes dazwischenkam.

Diesmal war es ganz anders als bei unserer ersten Heimkehr. Damals waren wir beide auf der Flucht gewesen: ich vor der Zukunft, Jamie vor seiner Vergangenheit. Wir hatten hier eine glückliche Zeit verbracht, wenn auch in ständiger Anspannung und Unsicherheit; es drohte immer die Gefahr, daß wir entdeckt würden und Jamie verhaftet werden würde. Dank der Hilfe des Herzogs von Sandringham war Jamie nun heimgekehrt, um sein Erbe anzutreten, und ich, um meinen rechtmäßigen Platz als seine Frau einzunehmen.

Damals waren wir erschöpft und vollkommen unerwartet angekommen und hatten das ganze Haus durcheinandergebracht. Diesmal waren wir angekündigt, wie es sich gehörte, und brachten Geschenke aus Frankreich mit. Ich war zwar sicher, daß man uns herzlich empfangen würde, doch fragte ich mich, wie Ian und Jamies Schwester damit zurechtkommen würden, daß wir nun für immer blieben. Schließlich hatten sie die letzten Jahre als Herr und Herrin von Haus und Hof gelebt – seit dem Tod von Jamies Vater und den katastrophalen Ereignissen, die Jamie zu einem Leben als Ausgestoßener und Verbannter gezwungen hatten.

Ich überwand den letzten Hügel ohne Zwischenfall, und das Herrenhaus mit seinen Nebengebäuden lag jetzt vor mir. Die schiefergedeckten Dächer wurden bereits von den ersten aufziehenden Regenwolken verdunkelt. Plötzlich scheute meine Stute, woraufhin ich ebenfalls zusammenzuckte und mich bemühte, die Zügel festzuhalten, während sie sich in Panik immer wieder aufbäumte.

Was ich ihr allerdings nicht verdenken konnte. Denn an einer Ecke des Hauses waren zwei riesige Ungetüme aufgetaucht und rollten wie überdimensionale Wolken am Boden entlang.

»Schluß jetzt!« rief ich. »Brr!« Alle Pferde waren jetzt außer Rand und Band und kurz davor durchzugehen. Eine feine Heimkehr, dachte ich, wenn sich Jamies neue Zuchtpferde jetzt allesamt die Beine brachen.

Eine der Wolken erhob sich ein wenig, dann fiel sie flach auf den Boden, und Jenny Fraser Murray, nunmehr befreit von der Federmatratze, die sie getragen hatte, stürmte auf mich zu.

Ohne einen Augenblick zu zögern, ergriff sie die Zügel des erstbesten Pferdes und zog daran mit ganzer Kraft.

»Brr!« rief sie. Das Pferd, dem der befehlsgewohnte Ton offensichtlich Respekt einflößte, blieb sofort stehen. Nun war es ein leichtes, auch die anderen Pferde zu beruhigen, und während ich abstieg, eilten noch eine Frau und ein Junge von neun oder zehn Jahren herbei, die sich mit geübter Hand um die Tiere kümmerten.

Ich erkannte den jungen Rabbie MacNab und schloss daraus, dass die Frau seine Mutter Mary sein musste. Das Versorgen der Pferde, die Bergung der Bündel und Matratzen verhinderten jedes Gespräch, aber ich fand Zeit, Jenny zur Begrüssung wenigstens kurz zu umarmen. Sie roch nach Zimt und Honig und nach frischem Schweiss, hinzu kam ein Hauch von Babyduft, jener eigenartige Geruch aus aufgestossener Milch, feuchten Windeln und reiner, weicher Kinderhaut.

Wir hielten uns einen Augenblick fest umschlungen und dachten an unsere letzte Umarmung, als wir am Rande eines Wäldchens in nächtlicher Dunkelheit Abschied genommen hatten – ich, um Jamie zu suchen, und sie, um zu ihrer neugeborenen Tochter zurückzukehren.

»Wie geht's der kleinen Maggie?« fragte ich und löste mich aus der Umarmung.

Jenny schnitt eine Grimasse und meinte dann, nicht ohne Stolz: »Sie fängt schon an zu laufen und ist eine rechte Plage.« Sie blickte die leere Strasse hinauf und sagte: »Ihr habt Ian unterwegs getroffen, nicht wahr?«

»Ja, Jamie, Murtagh und Fergus sind mit ihm gegangen, um die Schafe zu suchen.«

»Besser sie als wir«, erwiderte sie mit einer knappen Geste zum Himmel hinauf. »Es kann jeden Augenblick anfangen zu regnen. Rabbie soll die Pferde in den Stall bringen, und du hilfst mir mit den Matratzen, sonst müssen wir heute nacht alle im Feuchten schlafen.«

Es folgte hektische Geschäftigkeit, doch als es endlich anfing zu regnen, sassen Jenny und ich bereits gemütlich im Salon und packten die Pakete aus, die wir aus Frankreich mitgebracht hatten. Ich bewunderte die kleine Maggie, ein munteres Fräulein von zehn Monaten mit runden blauen Augen und einem erdbeerroten Haarflaum, und ihren grossen Bruder Jamie, einen stämmigen Vierjährigen. Der jüngste Nachwuchs war bislang nur eine schwache Wölbung unter der Schürze seiner Mutter. Jenny legte ab und zu zärtlich ihre Hand darauf, was mir einen kleinen Stich versetzte.

»Du hast Fergus erwähnt«, sagte Jenny, »wer ist das?«

»Ach, Fergus? Der ist – na ja – er ist...« Ich zögerte, denn ich wußte nicht, wie ich Fergus beschreiben sollte. Die Aussichten eines Taschendiebs, auf dem Gut angestellt zu werden, schienen mir sehr begrenzt. »Er ist so etwas wie Jamies Schatten«, sagte ich schließlich.

»Ach ja? Ich denke, er kann im Stall schlafen«, meinte Jenny. »Apropos Jamie...« Sie sah durch das Fenster in den strömenden Regen hinaus. »Hoffentlich finden sie die Schafe bald. Ich habe etwas Gutes zu essen gemacht und möchte nicht, daß es zu lange auf dem Herd steht.«

In der Tat, es war inzwischen dunkel geworden, und Mary MacNab deckte bereits den Tisch. Ich sah ihr bei der Arbeit zu; sie war eine kleine, zartgliedrige Person mit dunkelbraunem Haar und einem etwas besorgten Gesichtsausdruck, der sich jedoch in ein Lächeln verwandelte, als Rabbie aus dem Stall in die Küche kam und nachfragte, wann es endlich etwas zu essen gebe.

»Sobald die Männer zurück sind, *mo luaidh*«, antwortete sie. »Das weißt du doch. Geh und wasch dich schon mal.«

Als die Männer endlich kamen, sahen sie aus, als ob sie die Wäsche weitaus nötiger hätten als Rabbie. Durchnäßt, schmutzig und bis zu den Knien lehmverschmiert, kamen sie erschöpft in den Salon. Ian nahm sich das nasse Plaid von den Schultern und hängte es über den Ofenschirm, wo es tropfte und dampfte. Fergus, der nach seiner abrupten Einführung in das Landleben völlig erschöpft war, setzte sich hin, wo er gerade stand, und starrte wie betäubt auf den Boden.

Jenny blickte ihren Bruder an, den sie seit beinahe einem Jahr nicht mehr gesehen hatte. Während sie ihn von Kopf bis Fuß musterte – sein Haar triefte vor Nässe, und an seinen Stiefeln klebten Lehmklumpen –, deutete sie auf die Tür.

»Erst raus und die Stiefel ausgezogen!« befahl sie streng. »Und wenn ihr im offenen Feld gewesen seid, denkt dran, an die Türpfosten zu pinkeln, bevor ihr wieder reinkommt. Dadurch hält man sich nämlich die Geister vom Leib«, erklärte sie mir mit gesenkter Stimme, während sie flüchtig zu der Tür blickte, durch die Mary MacNab verschwunden war, um das Essen zu holen.

Jamie, der sich in einen Sessel gelümmelt hatte, öffnete ein Auge und funkelte seine Schwester an.

»Ich komme mit dem Schiff in Schottland an, halbtot von der

Überfahrt, reite vier Tage über die Berge, um hierherzukommen, und als ich endlich da bin, darf ich nicht einmal eintreten, um meine ausgetrocknete Kehle zu befeuchten. Statt dessen stolpere ich durch den Schlamm, um verirrte Schafe zu suchen. Und wenn ich dann endlich hier bin, willst du mich wieder in die Nacht hinausschicken, damit ich an den Türpfosten pinkle. Pah!« Er machte das Auge wieder zu, faltete die Hände über dem Bauch und sank noch tiefer in den Sessel.

»Jamie, mein Lieber«, sagte seine Schwester mit zuckersüßer Stimme. »Willst du dein Essen, oder soll ich's den Hunden geben?«

Er blieb noch einen langen Moment reglos und mit geschlossenen Augen sitzen. Dann raffte er sich mit einem resignierten Seufzer auf, zuckte verdrießlich mit den Schultern und bedeutete Ian, ihm nach draußen zu folgen, wo Murtagh sich bereits erleichterte. Als Jamie an Fergus vorbeikam, packte er ihn, zog ihn hoch und schleifte den schläfrigen Jungen mit.

»Willkommen zu Hause«, meinte Jamie mürrisch, und mit einem letzten wehmütigen Blick auf das Feuer und den Whisky trottete er abermals in die Dunkelheit hinaus.

31

Alltag in Lallybroch

Nach dieser etwas mißglückten Heimkehr wendeten sich die Dinge sehr rasch zum Besseren. Jamie wurde von Lallybroch sogleich voll in Anspruch genommen, ganz so, als ob er nie weggewesen wäre, und auch ich wurde in den Alltag des Landlebens einbezogen. Es war ein stürmischer Herbst mit viel Regen, doch gab es auch heitere, schöne Tage. Überall herrschte lebhaftes Treiben, die Ernte mußte eingebracht und die für den herannahenden Winter notwendigen Vorbereitungen getroffen werden.

Lallybroch war abgelegen, selbst im Vergleich zu anderen Hochlandgütern. Es gab nicht einmal richtige Straßen, doch die Post erreichte uns trotzdem. Der Briefträger war unsere einzige Verbindung zur Außenwelt. In meiner Erinnerung erschien mir die Welt draußen manchmal als etwas Unwirkliches, als hätte ich niemals im Spiegelsaal von Versailles getanzt. Doch die Briefe brachten mir Frankreich zurück, und während ich sie las, konnte ich im Geist die Pappeln in der Rue Tremoulins sehen oder das Dröhnen der Kathedralenglocken im Hôpital des Anges hören.

Louise hatte inzwischen ein gesundes Kind zur Welt gebracht, einen Sohn. Ihre Briefe, gespickt mit Ausrufezeichen und Unterstreichungen, sprühten vor Begeisterung über den engelsgleichen Henri. Von seinem Vater, dem vermeintlichen oder dem echten, war nie die Rede.

In Charles Stuarts Brief wiederum, der einen Monat danach eintraf, wurde das Kind mit keiner Silbe erwähnt. Doch Jamie meinte, der Brief sei noch wirrer als sonst und schwelge in hochtrabenden, unausgegorenen Plänen.

Der Graf von Mar schrieb nüchtern und umsichtig, machte aber aus seinem Ärger über Charles keinen Hehl. Der Bonnie Prince wußte sich nicht zu benehmen. Er war grob und herrisch gegenüber seinen getreuesten Gefolgsleuten, ließ jene, die ihm nützlich hätten sein können, links liegen, war ungezügelt in seiner Rede, und – wie man zwischen den Zeilen lesen konnte – er trank zuviel. In Anbetracht der allgemeinen Ansichten jener Zeit, was den Alkoholkonsum von Herren von Stand betraf, mußten Charles' Trinkgewohnheiten höchst beeindruckend sein, wenn sie eigens erwähnt wurden. Vermutlich war ihm die Geburt seines Sohnes nicht entgangen.

Mutter Hildegarde schrieb auch ab und zu; es waren knapp gehaltene Mitteilungen, die sie in den wenigen Minuten niederschrieb, die sie sich während eines ausgefüllten Tages abringen konnte. Ihre Briefe schlossen stets mit den gleichen Worten: »Bouton läßt ebenfalls grüßen.«

Maître Raymond schrieb zwar nicht, doch trafen gelegentlich an mich adressierte Briefe ein, ohne Absender und ohne Gruß, die seltsame Dinge enthielten; seltene Kräuter und kleine geschliffene Kristalle; Steine, jeder so groß wie Jamies Daumennagel, glatt und scheibenförmig. In jeden dieser Steine war auf eine Seite eine winzige Figur gemeißelt, und manche trugen außerdem eine Inschrift oberhalb des Bildes oder auf der Rückseite. Und dann Knochen – eine Bärenzehe mit der großen gekrümmten Klaue daran; das vollständige Rückgrat einer kleinen Schlange; bis hin zu etwas, das einem menschlichen Backenzahn verdächtig ähnlich sah.

Ab und zu steckte ich mir ein paar der glatten Steine in die Tasche, denn sie fühlten sich angenehm an. Daß sie alt sein mußten, wußte ich. Mindestens aus der Römerzeit, vielleicht sogar noch älter. Und den Figuren nach zu urteilen, mußte man ihnen magische Fähigkeiten zugeschrieben haben. Ob sie tatsächlich etwas bewirkten oder – wie etwa die Zeichen der Kabbala – lediglich symbolische Bedeutung hatten, das wußte ich nicht. Jedenfalls schienen sie mir eher freundlich gesonnen, und so bewahrte ich sie auf.

Ich verrichtete die täglich anstehenden Arbeiten im Haushalt gern, doch am liebsten mochte ich die langen Spaziergänge zu den Katen im Umkreis. Bei diesen Rundgängen hatte ich stets einen großen Korb mit einer Vielzahl von Dingen dabei, von kleinen Mitbringseln für die Kinder bis zu den Arzneimitteln, die häufig benötigt wurden. Denn aufgrund der Armut und der schlechten hygienischen Verhältnisse waren Krankheiten weit verbreitet, und nördlich von Fort William und südlich von Inverness gab es keine Ärzte.

Manche Krankheiten konnte ich behandeln, zum Beispiel Zahnfleischbluten und Hautausschlag im Frühstadium von Skorbut. Anderes dagegen überstieg meine Heilkräfte.

Ich legte meine Hand auf Rabbie MacNabs Kopf. Sein struppiges Haar war an den Schläfen feucht, doch sein Mund war offen, locker und entspannt, und der Pulsschlag am Hals ging langsam.

»Es geht ihm jetzt gut«, sagte ich. Das sah auch seine Mutter; friedlich schlafend lag er da. Sie entspannte sich.

»Der heiligen Muttergottes sei Dank!« murmelte Mary MacNab und bekreuzigte sich flüchtig, »und Ihnen auch, Herrin.«

»Ich habe doch gar nichts gemacht«, widersprach ich. Das stimmte tatsächlich; der einzige Dienst, den ich dem jungen Rabbie erweisen konnte, bestand darin, daß ich seine Mutter bat, ihn in Ruhe zu lassen. Es hatte mich in der Tat einiges an Überredungskunst gekostet, sie davon abzuhalten, ihm mit Hahnenblut vermischte Kleie einzuflößen, mit versengten Federn unter seiner Nase herumzuwedeln oder ihn mit kaltem Wasser zu begießen – denn keine dieser Methoden schien besonders angezeigt bei einem epileptischen Anfall. Als ich kam, hatte seine Mutter wortreich bedauert, daß sie nicht das wirkungsvollste Mittel anwenden konnte – Quellwasser, das der Patient aus dem Schädel eines Selbstmörders zu trinken hatte.

»Es erschreckt mich immer so, wenn er diese Anfälle bekommt«, meinte Mary MacNab und blickte sehnsüchtig auf das Bett, in dem ihr Sohn lag. »Letztesmal habe ich Vater MacMurtry geholt, und er hat ein furchtbar langes Gebet gesprochen und ihn mit Weihwasser besprengt, um die Teufel auszutreiben. Aber jetzt sind sie doch zurückgekehrt.« Sie rang die Hände, als ob sie am liebsten ihren Sohn streicheln würde, es aber nicht fertigbrächte.

»Es sind keine Teufel«, erwiderte ich. »Es ist nur eine Krankheit, und gar keine besonders schlimme.«

»Aye, Herrin, wenn Sie das sagen«, murmelte sie. Offensichtlich war sie nicht überzeugt, wollte mir aber auch nicht widersprechen.

»Es wird ihm bald wieder gutgehen«, versuchte ich, die Frau zu beschwichtigen, ohne ihr falsche Hoffnungen zu machen. »Er hat sich doch von solchen Anfällen immer wieder erholt, nicht wahr?« Die Anfälle hatten vor zwei Jahren angefangen – wohl infolge von Kopfverletzungen, die ihm sein seliger Vater zugefügt hatte –, und wenn sie auch nicht sehr häufig auftraten, so jagten sie seiner Mutter doch jedesmal wieder Angst und Schrecken ein.

Sie nickte widerstrebend.

»Aye... obwohl er sich immer den Kopf anschlägt, wenn er sich so hin und her wirft.«

»Ja, das ist nicht ungefährlich«, nickte ich geduldig. »Wenn es wieder passiert, müssen Sie zusehen, daß er sich nicht irgendwo anstoßen kann, und ihn dann allein lassen. Ich weiß, daß es fürchterlich anzusehen ist, aber danach geht es ihm wieder gut. Warten Sie einfach ab, bis der Anfall vorbei ist, dann legen Sie Rabbie ins Bett und lassen ihn schlafen.« Ich wußte, daß meine Worte nur wenig ausrichten konnten. Um Mary zu überzeugen, bedurfte es eines handfesten Beweises.

Als ich mich zum Gehen wandte, hörte ich ein Klicken in der tiefen Tasche meines Rockes, und da kam mir plötzlich eine Idee. Ich griff hinein und holte ein paar der Zaubersteinchen heraus, die Raymond mir geschickt hatte. Ich wählte das milchig weiße – Chalcedon vermutlich –, auf dem ein sich krümmender Mann dargestellt war. Dafür ist es also gedacht, schoß es mir durch den Kopf.

»Nähen Sie ihm diesen Stein in die Tasche«, sagte ich und drückte der Frau den winzigen Talisman in die Hand. »Er wird ihn vor... vor Teufeln schützen.« Ich räusperte mich. »Sie brauchen sich keine Sorgen mehr zu machen, auch wenn er wieder so einen Anfall hat; er wird ihn unversehrt überstehen.«

Als ich beim Abschied mit einem Schwall von Dankesworten überschüttet wurde, kam ich mir ausgesprochen albern vor, war aber gleichzeitig zufrieden. Ich war nicht ganz sicher, ob ich nun eine immer bessere Heilerin wurde oder nur geübter Scharlatan. Aber wenn ich schon nichts für Rabbie tun konnte, so konnte ich doch wenigstens seiner Mutter helfen – oder ihr dabei helfen, sich selbst zu helfen. Heilung geht vom Kranken selbst aus, nicht vom Arzt. Das hatte mir Raymond beigebracht.

Und so machte ich mich auf zu meinen weiteren Besuchen, nämlich zu zwei Katen auf der Westseite des Guts. Doch bei den Kirbys und den Weston Frasers waren alle wohlauf, und schon bald begab ich mich auf den langen Nachhauseweg. Oben auf dem Hang setzte ich mich unter eine große Buche und ruhte mich einen Augenblick aus.

Die Sonne stand bereits tief am Himmel, hatte die Kiefern auf der Hügelkette westlich von Lallybroch aber noch nicht erreicht. Es war schon später Nachmittag, und die Landschaft erstrahlte in kräftigen Herbstfarben.

Als ich mich gegen den glatten Stamm einer Buche lehnte und die Augen schloß, verwandelte sich das helle Leuchten der reifen Gerstenfelder hinter meinen Augenlidern in ein glühendes Dunkelrot.

Die stickigen Räume der bäuerlichen Katen hatten mir Kopfschmerzen verursacht. Den Kopf an den Baum gelehnt, begann ich langsam und tief zu atmen. Meine Lungen füllten sich mit frischer Luft, und ich überließ mich dem, was ich meine »Einkehr« nannte.

Es war mein unvollkommener Versuch, jenen Prozeß zu wiederholen, den Maître Raymond mir im Hôpital des Anges gezeigt hatte: eine Übung, bei der ich den Blick nach innen richtete und versuchte, jede Faser meines Körpers zu spüren, indem ich mir die verschiedenen Organe und ihre Funktionen genau vorstellte.

Ich saß ganz ruhig, meine Hände lagen entspannt in meinem Schoß, und ich lauschte auf den Schlag meines Herzens. Es pochte zuerst schnell vom Aufstieg, aber bald schlug es langsam und gleichmäßig. Die herbstliche Brise blies mir in den Nacken und kühlte meine glühend heißen Wangen.

Mit geschlossenen Augen folgte ich im Geist dem Strömen meines Blutes, das durch die Herzkammern floß, dann blaurot durch die Lungenschlagader strömte und sich rasch in Rot verwandelte, während es in den Lungenflügeln mit Sauerstoff angereichert wurde. Durch den Aortabogen schoß es nun in rasender Geschwindigkeit dahin und verzweigte sich nach oben, nach unten, zur Seite – in die Halsschlagader, hinein in die Nieren, in die Schlagader am Schlüsselbein. Bis in die feinsten Kapillaren und bis direkt unter die Haut verfolgte ich den Blutkreislauf meines Körpers, und ich empfand Vollkommenheit und Wohlbefinden. Frieden.

Ruhig saß ich da, atmete langsam und fühlte mich schläfrig wie nach dem Liebesakt. Ich spürte meine Haut, dünn und verletzlich, die etwas geschwollenen Lippen, und meine Kleider fühlten sich an wie Jamies Berührung. Es war kein Zufall, daß ich an ihn gedacht hatte, um die Heilungskräfte in mir zu wecken. Ob es die geistige oder die körperliche Gesundheit betraf – seine Liebe war für mich wichtig wie Brot oder Blut.

Der Kopfschmerz war verschwunden. Einen Augenblick verweilte ich noch, dann erhob ich mich und ging den Hügel hinunter nach Hause.

Ein Zuhause hatte ich eigentlich nie gehabt. Mit fünf Jahren wurde ich Waise und teilte in den folgenden dreizehn Jahren das vagabundierende Forscherleben meines Onkels Lamb. In Zelten auf staubigen Ebenen, in Höhlen in den Bergen oder in den gekehrten und geschmückten Kammern einer leeren Pyramide schlug Quentin Lambert Beauchamp, M. A., Dr. rer. phil., Mitglied der Königlichen Akademie der Naturwissenschaften, jeweils sein flüchtiges Lager auf und betrieb seine archäologischen Forschungen, die ihn berühmt machen sollten, lange bevor ein Autounfall seinen Bruder das Leben kostete und mich in sein Leben drängte. Onkel Lamb war nicht der Typ, der sich über Kleinigkeiten wie eine verwaiste Nichte lange den Kopf zerbrach, und so hatte er mich in einem Internat angemeldet.

Doch ich gehörte nicht zu denen, die die Wechselfälle des Schicksals kampflos hinnehmen, und weigerte mich strikt, dorthin zu gehen. Da Onkel Lamb an mir einen Charakterzug wahrnahm, den er von sich selbst nur allzugut kannte, zuckte er bloß die Schultern und ließ mich an seinem Vagabundenleben teilhaben.

Dieses ruhelose Leben war dann mit Frank weitergegangen, hatte sich aber vom freien Feld in die geschlossenen Räume der Universitäten verlagert. Denn die Forschungen eines Historikers finden für gewöhnlich drinnen statt. Als dann 1939 der Krieg ausbrach, war das für mich ein weitaus geringerer Bruch als für die meisten anderen Menschen.

Ich zog aus unserer letzten Mietwohnung in die Schwesternstation im Pembroke Hospital und von da aus in ein Feldlazarett nach Frankreich, ehe ich wieder nach Pembroke zurückkehrte. Es folgten einige wenige kurze Monate mit Frank, bevor wir nach Schottland aufbrachen, um wieder zueinanderzufinden. Doch hier verloren wir uns für immer, als ich in einen Steinkreis trat, den Wahnsinn kennenlernte und mich in einer Vergangenheit wiederfand, die jetzt meine Gegenwart war.

Es war seltsam und wunderbar zugleich, in Lallybroch im oberen Schlafzimmer neben Jamie aufzuwachen, sein schlafendes Gesicht im morgendlichen Dämmerlicht zu sehen und daran zu denken, daß er in diesem Bett geboren worden war. Die Geräusche im Haus, das Ächzen der Hintertreppe unter den Schritten einer Magd, der Regen, der auf das Schieferdach trommelte – all das waren Geräusche, die er schon so oft gehört hatte, daß er sie nicht mehr wahrnahm. Ich schon.

Seine Mutter Ellen hatte einen spätblühenden Rosenstrauch neben der Haustür gepflanzt, dessen feiner und schwerer Duft durch das Schlafzimmerfenster drang. Es war, als ob sie selbst hereinkäme und im Vorbeigehen sanft sein Gesicht streifte. Und auch mich mit einer flüchtigen Berührung willkommen hieß.

Hinter dem Wohnhaus lag Lallybroch selbst; Felder und Scheunen, das Dorf und die kleinen Gehöfte. In dem Fluß, der von den Bergen herabkam, hatte Jamie Fische gefangen, er war die Eichen hinaufgeklettert und hatte Lärchen erklommen, deren Holz inzwischen von den Herdfeuern der Katen verzehrt worden war. Dies hier war sein Zuhause.

Doch auch sein Leben war voller Brüche und Erschütterungen gewesen. Verhaftung, das gehetzte Leben eines Geächteten, das entwurzelte Leben eines Söldners. Dann wieder Verhaftung, Gefangenschaft und Folter, und schließlich die Flucht ins Exil, das nun hinter ihm lag. Doch die ersten vierzehn Jahre seines Lebens hatte er an einem Ort verbracht. Und auch daß er, wie es Brauch war, für zwei Jahre zum Bruder seiner Mutter, Dougal MacKenzie, geschickt wurde, gehörte zum Leben eines jungen Mannes, der später auf sein Gut zurückkehren, sich um seine Pächter und um Haus und Hof kümmern und Teil eines großen Ganzen werden würde. Beständigkeit war seine Bestimmung.

Allerdings war da jene Zeit der Abwesenheit gewesen, in der er Dinge gesehen hatte, die über die engen Grenzen von Lallybroch hinausgingen, ja jenseits der felsigen Küste Schottlands lagen. Jamie hatte mit Königen gesprochen, Recht und Gesetz und Handel kennengelernt, Abenteuer, Gewalt und Magie erlebt. Da er nun einmal die Grenzen der Heimat überschritten hatte – konnte ihn seine Bestimmung, sein Schicksal hier für immer festhalten? Ich war mir nicht sicher.

Als ich den Hügel hinabstieg, sah ich ihn unten Pflastersteine setzen. Er reparierte einen Riß in einer Trockenmauer, die ein kleines Feld begrenzte. Neben ihm auf der Erde lagen zwei Kaninchen, sauber ausgeweidet, aber noch nicht gehäutet.

»›Heim kehrt der Schiffer, heim vom Meer, und der Jäger kehrt heim von den Hügeln‹«, zitierte ich, während ich näher kam.

Er lächelte mir zu, wischte sich den Schweiß von der Stirn und schüttelte sich.

»Hör mir bloß auf mit dem Meer, Sassenach. Ich habe heute morgen zwei Burschen gesehen, die ein Stück Holz auf dem Mühlteich schwimmen ließen, und allein vom Zuschauen wäre mir beinahe mein Frühstück hochgekommen.«

Ich lachte. »Dann hast du also keine Eile, nach Frankreich zurückzukehren?«

»Gott bewahre. Nicht einmal der Weinbrand kann mich locken.« Er setzte einen letzten Stein auf die Mauer und rückte ihn zurecht. »Gehst du nach Hause?«

»Ja. Soll ich die Kaninchen mitnehmen?«

Er schüttelte den Kopf und bückte sich nach ihnen. »Brauchst du nicht; ich komme auch mit. Ian braucht jemanden, der ihm bei den neuen Vorratskellern für die Kartoffeln hilft.«

Die erste Kartoffelernte in Lallybroch sollte in wenigen Tagen stattfinden, und auf meinen schüchternen und laienhaften Rat hin wurde ein kleiner Keller gebaut, um die Kartoffeln darin zu lagern. Ich hatte äußerst gemischte Gefühle, wenn ich das Kartoffelfeld betrachtete. Einerseits war ich richtig stolz auf das wuchernde Kraut. Andererseits bekam ich panische Angst bei dem Gedanken, daß sechzig Familien den ganzen Winter hindurch mit dem auskommen mußten, was unter diesem Kraut in der Erde steckte. Auf meinen Vorschlag hin – den ich unbedacht ein Jahr zuvor gemacht hatte – war ein erstklassiges Gerstenfeld in einen Kartoffelacker umgewandelt worden. Bis dahin waren Kartoffeln im Hochland gänzlich unbekannt.

Wie ich wußte, würde sich die Kartoffel im Hochland zu einem wichtigen Nahrungsmittel entwickeln, da sie weniger krankheitsanfällig war als Hafer und Gerste. Das hatte ich vor langer Zeit in einem Geographiebuch gelesen. Doch die Verantwortung für die Menschen zu übernehmen, die von den Früchten der Erde leben mußten, war etwas ganz anderes.

Ich überlegte, ob diese Verantwortung nicht vielleicht nur Übungssache war. Jamie war es gewohnt, sich um die Angelegenheiten des Gutes und der Pächter zu kümmern, als wäre er dafür geschaffen. Aber das war er ja auch.

»Dann ist der Keller also bald fertig?« fragte ich.

»Aye. Ian hat die Türen gemacht, und auch die Grube ist fast ausgehoben. Nur im hinteren Teil ist lockeres Erdreich, wo er mit seinem Holzbein immer steckenbleibt.«

Nachdenklich blickte Jamie zu dem Hügel hinter uns. »Wir müssen den Keller bis heute abend fertig haben und abdecken. Es wird noch regnen.«

Ich drehte mich ebenfalls um. Auf dem Hügel war nichts zu sehen außer Gras und Heidekraut, ein paar Bäume und felsiges Granitgestein, das hie und da zwischen dem Gestrüpp hervorspitzte.

»Woher zum Teufel weißt du das bloß?«

Er lächelte und deutete mit dem Kinn zum Hügel. »Siehst du die kleine Eiche dort? Und die Esche daneben?«

Verwundert sah ich zu den Bäumen hinauf. »Ja. Was ist mit ihnen?«

»Die Blätter, Sassenach. Siehst du, daß die Bäume heller aussehen als gewöhnlich? Wenn die Luft feucht ist, drehen sich die Blätter der Eiche und der Esche um, so daß man die Unterseite sieht. Der ganze Baum wirkt etwas heller.«

»Das mag sein«, gab ich unsicher zurück, »wenn man weiß, wie der Baum normalerweise aussieht.«

Jamie lachte und nahm mich am Arm. »Ich habe vielleicht kein Ohr für Musik, Sassenach, aber ich habe Augen im Kopf. Und ich habe diese Bäume wohl schon zehntausendmal betrachtet, bei jedem Wetter.«

Von den Feldern bis zum Gutshaus war noch ein ganzes Stück Weg zurückzulegen. Wir gingen die meiste Zeit schweigend und genossen die Wärme der nachmittäglichen Sonne auf dem Rücken. Ich schnupperte in der Luft und dachte mir, daß Jamie wohl recht hatte mit dem Regen; all die herbstlichen Gerüche – vom scharfen Harzduft der Kiefern bis zum staubigen Geruch reifen Getreides – waren intensiver geworden. Anscheinend stimmte auch ich mich allmählich auf den Rhythmus, den Anblick und die Gerüche von Lallybroch ein. Mit der Zeit würde ich sie vielleicht ebensogut kennen wie Jamie. Ich drückte seinen Arm und spürte den Druck seiner Hand als Antwort.

»Vermißt du Frankreich, Sassenach?« fragte er plötzlich.

»Nein«, sagte ich verblüfft. »Weshalb?«

Er zuckte die Schultern, ohne mich anzusehen. »Nun, als ich dich den Hügel herunterkommen sah, mit dem Korb am Arm, dachte ich mir, wie hübsch du doch bist, wenn die Sonne auf deine braunen

Haare scheint. Es kam mir so vor, als hättest du schon immer hier gelebt, wie ein junger Baum – dieser Erde entsprossen. Und dann schoß mir plötzlich durch den Kopf, daß Lallybroch für dich vielleicht nur ein armseliges Fleckchen Erde ist. Das Leben hier ist nicht glanzvoll, nicht wie in Frankreich. Und du hast nicht einmal eine interessante Arbeit wie im Spital.« Er sah mich vorsichtig an. »Ich glaube, ich habe Angst, daß es dir hier langweilig wird – mit der Zeit.«

Ich schwieg eine Weile, bevor ich antwortete, obwohl ich mir darüber schon einige Gedanken gemacht hatte.

»Mit der Zeit«, sagte ich bedächtig. »Jamie – ich habe in meinem Leben schon viel mitgemacht, und ich habe viele Orte gesehen. Dort, wo ich herkomme, gab es Dinge, die ich manchmal vermisse. Ich möchte manchmal in London mit dem Bus fahren oder den Telefonhörer in die Hand nehmen und mit jemandem reden, der weit weg ist. Ich möchte einen Wasserhahn aufdrehen und warmes Wasser haben und es nicht immer von der Quelle holen und in einem Kessel warm machen müssen. Das würde mir gefallen – aber ich brauche es nicht. Und was das glanzvolle Leben betrifft: Ich habe es kennengelernt, und ich mochte es nicht. Hübsche Kleider sind ja schön und gut, aber wenn Klatsch, Intrige, Verdruß, dumme Feste und kleinliche Etikette damit verbunden sind... nein. Da laufe ich lieber im Hemd rum und sage dafür, was mir gefällt.«

Er lachte, und ich drückte noch einmal fest seinen Arm.

»Was die Arbeit angeht... ich habe doch zu tun hier.« Ich sah hinunter auf den Korb mit Kräutern und Arzneien, den ich am Arm trug. »Ich kann mich doch nützlich machen. Und wenn ich Mutter Hildegarde oder meine anderen Freunde vermisse – na ja, auch wenn es nicht so schnell geht wie mit dem Telefon, gibt es immerhin die Briefpost.«

Ich blieb stehen und blickte ihn an. Das Licht der untergehenden Sonne warf einen goldenen Schimmer auf sein Gesicht und ließ die Backenknochen deutlich hervortreten.

»Jamie... ich möchte da sein, wo du bist. Nirgendwo sonst.«

Er stand einen Augenblick lang still da, dann gab er mir sehr sanft einen Kuß auf die Stirn.

»Es ist lustig«, sagte ich, als wir den Hügel zum Haus hinuntergingen. »Ich hatte mir über dich genau die gleichen Gedanken gemacht. Ob du hier glücklich bist nach all dem, was du in Frankreich erlebt hast.«

Er lächelte wehmütig und blickte hinunter auf das dreistöckige weißverputzte Steinhaus, das im Licht der untergehenden Sonne golden und ockerfarben schimmerte.

»Nun, das ist mein Zuhause, Sassenach. Ich gehöre hierher.«

Ich berührte leicht seinen Arm. »Es ist deine Bestimmung, willst du sagen?«

Er holte tief Luft und legte seine Hand auf den Holzzaun, der einen Acker von den Feldern am Haus abgrenzte.

»Eigentlich war es nicht meine Bestimmung, Sassenach. Eigentlich hätte Willie der Gutsherr sein sollen. Wenn er noch am Leben wäre, wäre ich wohl Soldat geworden – vielleicht auch Kaufmann, wie Jared.«

Willie, Jamies älterer Bruder, war im Alter von elf Jahren an Pocken gestorben, und so war sein kleiner Bruder, damals sechs, der Erbe von Lallybroch.

Er zuckte leicht mit den Schultern, als würde ihn sein Hemd kneifen. Er tat das immer, wenn er verlegen oder unsicher war; ich hatte es schon seit Monaten nicht mehr an ihm beobachtet.

»Aber Willie ist tot. Und so bin ich der Herr geworden.« Er sah mich an, ein bißchen scheu, dann griff er in seine Felltasche und holte etwas heraus. In seiner Hand lag eine kleine Schlange aus Kirschholz, die Willie ihm zum Geburtstag geschnitzt hatte. Ihr Kopf war etwas verdreht, als wunderte sie sich über ihren eigenen Schwanz.

Jamie strich sanft über die Schlange; das schimmernde Holz war etwas abgegriffen, die Windungen des Schlangenkörpers glänzten wie Schuppen im frühen Dämmerlicht.

»Manchmal unterhalte ich mich in Gedanken mit Willie«, erzählte Jamie, während er mit der Schlange spielte. »Wenn du noch leben würdest, Bruder, wenn du der Gutsherr wärst, wie es vorgesehen war, hättest du es genauso gemacht wie ich? Oder hättest du einen besseren Weg gefunden?« Er blickte mich an und errötete leicht. »Klingt das verrückt?«

»Nein.« Ich berührte den glatten Kopf der Schlange mit den Fingerspitzen. Durch die kristallklare Abendluft drang das hohe, helle Zwitschern einer Feldlerche.

»Ich mache das auch«, sagte ich nach einer Pause leise. »Mit

Onkel Lamb. Und mit meinen Eltern. Besonders mit meiner Mutter. Ich – ich habe nicht oft an sie gedacht, als ich jung war, nur manchmal habe ich von ihr geträumt. Sie war weich und warm und hatte eine wunderbare Singstimme. Aber als ich krank war, nach ... Faith – manchmal habe ich mir vorgestellt, sie wäre da. Bei mir.«
Mich überfiel eine tiefe Traurigkeit, als ich an die Verluste aus alter und neuer Zeit dachte.

Jamie berührte sanft mein Gesicht und wischte mir eine Träne aus dem Augenwinkel.

»Manchmal denke ich, die Toten hängen an uns genau wie wir an ihnen«, sagte er leise. »Komm, Sassenach, gehen wir weiter. Es ist bald Essenszeit.«

Er hakte sich bei mir unter, und langsam setzten wir unseren Weg fort.

»Ich verstehe, was du meinst, Sassenach«, meinte Jamie. »Ich höre manchmal die Stimme meines Vaters, in der Scheune, auf den Feldern. Auch wenn ich sonst nicht an ihn denke. Doch manchmal schau' ich mich um, als ob ich ihn gerade draußen gehört hätte, wie er mit einem der Pächter lacht, oder wie er gerade ein Pferd zureitet.«

Er lachte plötzlich und deutete auf die Weide vor uns.

»Es ist ein Wunder, daß ich ihn hier noch nie gehört habe.«

Es war eine ganz unscheinbare Stelle – ein Holzgatter in der Steinmauer, die parallel zur Straße verlief.

»Wirklich? Was hat er denn hier immer gesagt?«

»Meist dies: ›Wenn du fertig bist mit Reden, Jamie, dreh dich um und beug dich drüber.‹«

Wir lachten und blieben an dem Gatter stehen.

»Also hier bist du verhauen worden? Ich sehe gar keine Zahnabdrücke«, sagte ich und betrachtete das Holz.

»Nein, so schlimm war es nicht«, erwiderte er lachend und strich zärtlich über das verwitterte Eschenholz.

»Oft rissen wir uns Holzsplitter in die Finger, Ian und ich. Dann gingen wir ins Haus, und Mrs. Crook oder Jenny zogen sie uns schimpfend wieder heraus.«

Er sah zum Haus hin, dessen Fenster im Erdgeschoß hell erleuchtet waren. Dunkle Schatten bewegten sich in den Räumen; kleine, flinke Schatten huschten hinter den Küchenfenstern, wo Mrs. Crook und die Mägde das Abendessen vorbereiteten. Ein größerer

Schatten, groß und schlank wie eine Zaunlatte, erschien plötzlich in einem der Wohnzimmerfenster. Es war Ian, der einen Augenblick im Licht stehenblieb, als wäre er durch Jamies Erinnerungen herbeigerufen worden. Dann zog er die Vorhänge zu.

»Ich war immer froh, wenn Ian dabei war«, fuhr Jamie fort, den Blick immer noch auf das Haus gerichtet. »Wenn wir bei einem Streich erwischt wurden und dafür eine Tracht Prügel bekamen, meine ich.«

»Geteiltes Leid ist halbes Leid, stimmt's?« erwiderte ich lächelnd.

»Ein bißchen schon. Ich fühlte mich nicht ganz so schäbig, wenn wir zu zweit waren. Aber wohl vor allem deshalb, weil ich darauf zählen konnte, daß er eine Menge Lärm machen würde.«

»Wie? Du meinst, weil er so geschrien hat?«

»Aye. Er hat immer ein furchtbares Theater gemacht, deshalb schämte ich mich nicht so sehr für mein eigenes Geschrei.« In der Dunkelheit konnte ich Jamies Gesicht nicht mehr erkennen, aber ich sah ihn wieder verlegen mit den Schultern zucken.

»Natürlich versuchte ich, nicht zu schreien, aber es gelang mir nicht immer. Wenn mein Vater überzeugt war, ich hätte Prügel verdient, dann bekam ich eine ordentliche Tracht. Und der rechte Arm von Ians Vater war mächtig wie ein Baumstamm.«

»Weißt du«, sagte ich mit einem Blick auf das Haus, »ich habe noch nie so recht darüber nachgedacht, aber warum um alles in der Welt hat dich dein Vater ausgerechnet hier draußen verdroschen? Im Haus oder in der Scheune wäre doch sicher auch genug Platz gewesen.«

Jamie schwieg einen Augenblick, dann zuckte er wieder die Schultern.

»Ich hab' ihn nie danach gefragt. Aber ich vermute, es war so ähnlich wie beim König von Frankreich.«

»Beim König von Frankreich?« Dieser plötzliche Gedankensprung verblüffte mich ein wenig.

»Aye«, erwiderte er trocken, »ich weiß nicht genau, wie man sich dabei fühlt, wenn man sich in aller Öffentlichkeit waschen und anziehen und aufs Klo gehen muß. Aber ich kann dir sagen, es ist eine sehr demütigende Erfahrung, dastehen und den Pächtern deines Vaters erklären zu müssen, wofür du den Hintern versohlt bekommen hast.«

»Das kann ich mir vorstellen«, nickte ich mitfühlend und doch belustigt. »Wo du doch der zukünftige Gutsherr warst, meinst du? Deshalb hat er es hier draußen gemacht?«

»Ich vermute es. Die Pächter sollten sehen, daß ich wußte, was Gerechtigkeit bedeutet – wenn auch als Leidtragender.«

32

Das Feld der Träume

Das Feld war in der üblichen Art und Weise angelegt – lange Dämme hoch aufgehäufter Erde mit tiefen Furchen dazwischen. Die Ackerzeilen waren kniehoch, so daß man, wenn man die Furchen entlangging, leicht von Hand säen konnte. Eigentlich waren sie für den Anbau von Gerste und Hafer gedacht, aber man sah keine Notwendigkeit, sie für den Kartoffelanbau zu ändern.

»Es hieß ›anhäufeln‹«, sagte Ian und ließ den Blick über den von dichtem grünen Kraut überwucherten Acker schweifen, »aber ich dachte, die Ackerzeilen erfüllen den gleichen Zweck. Die Häufel sollen scheinbar dafür sorgen, daß das Wasser abläuft und die Dinger nicht verfaulen. Unser Feld mit den Ackerzeilen tut das meiner Meinung nach genauso.«

»Das leuchtet mir ein«, nickte Jamie. »Oberirdisch haben sich die Pflanzen jedenfalls gut entwickelt. Steht in deinem Buch auch, wann die Dinger ausgebuddelt werden können?«

Ian, betreut mit dem Anbau der Kartoffeln in einem Land, in dem diese Feldfrucht noch nie gesichtet worden war, war systematisch und methodisch zu Werke gegangen. Er hatte sich aus Edinburgh nicht nur das Saatgut, sondern auch ein Buch über die Feldbestellung schicken lassen. Es trug den Titel *Eine wissenschaftliche Abhandlung über die Anbaumethoden in der Landwirtschaft* und war verfaßt von Sir Walter O'Bannion Reilly. Das Buch enthielt auch einen Abschnitt über den in Irland praktizierten Kartoffelanbau.

Ian hielt den gewichtigen Band unter dem einen Arm – Jenny hatte mir verraten, daß er sich niemals ohne das Buch zum Kartoffelacker begab, denn es konnte ja plötzlich ein schwieriges Problem auftauchen. Er schlug das Buch auf und stützte es auf seinen Unterarm, während er in seiner Felltasche nach der Brille suchte, die er zum Lesen aufsetzte. Die Brille, ein Drahtgestell mit kleinen runden Gläsern, hatte bereits sein Vater getragen. Mit der Brille auf der Nasenspitze sah Ian aus wie ein überaus ernsthafter junger Storch.

»Die Kartoffeln werden geerntet, wenn die erste Wintergans auftaucht«, las er vor, dann hob er den Kopf und blickte forschend auf den Kartoffelacker, als erwartete er, daß eine Gans ihren Kopf zwischen den Furchen hervorstreckte.

»Wintergans?« Jamie sah über Ians Schultern hinweg ins Buch. »Was für eine Gänseart meint er denn? Graugänse? Aber die sind doch das ganze Jahr über da. Das kann nicht stimmen.«

Ian zuckte die Achseln. »Vielleicht gibt es sie in Irland nur im Winter. Oder er meint eine irische Gänseart und keine Graugänse.«

Jamie schnaubte verächtlich. »Das ist aber eine große Hilfe. Sagt er denn sonst irgend etwas Brauchbares?«

Ian fuhr mit dem Finger die Zeilen entlang und bewegte lautlos die Lippen, während er las. Inzwischen hatten sich um uns einige Kätner versammelt, die unsere ungewöhnliche Art, ein Feld zu bestellen, gebannt beobachteten.

»Man erntet keine Kartoffeln, wenn es naß ist«, ließ uns Ian wissen und erntete ein noch deutlicheres Schnauben von Jamie.

»Hmm«, murmelte Ian vor sich hin. »Krautfäule, Kartoffelkäfer – wir hatten keine, das scheint ein Glücksfall zu sein –, Kartoffelstrauch... hmm, da steht nur, was man macht, wenn das Kartoffelkraut welk wird. Knollenfäule – ob unsere Kartoffeln davon betroffen sind, wissen wir erst, wenn wir sie ernten. Saatkartoffeln, Lagerung der Kartoffeln...«

Ungeduldig wandte sich Jamie ab. »Wissenschaftlicher Landbau, hm?« murmelte er. Er starrte auf das Feld mit dem dichten dunkelgrünen Kraut. »Scheinbar ist es viel zu wissenschaftlich, um uns zu verraten, wann diese verdammten Dinger reif sind!«

Fergus, der wie gewöhnlich hinter Jamie hergetrottet war, blickte von seinem Zeigefinger auf, auf dem sich gemächlich eine Raupe entlangschlängelte.

»Weshalb grabt ihr denn nicht einfach einen Strauch aus und seht nach?« fragte er.

Jamie starrte Fergus einen Augenblick lang an. Er öffnete den Mund, brachte aber keinen Ton heraus. Dann tätschelte er Fergus sanft den Kopf und ging eine Heugabel holen.

Die Kätner, alles Männer, die unter Ians Anleitung – mit Sir

Walters Beistand – die Kartoffeln gesteckt, das Feld bestellt und das Unkraut gejätet hatten, traten näher heran, um das Ergebnis ihrer Mühen in Augenschein zu nehmen.

Jamie wählte einen großen Strauch am Ende des Ackers aus und setzte die Heugabel vorsichtig in die Wurzeln. Er hielt sichtlich den Atem an, setzte einen Fuß auf den oberen Teil der Gabel und drückte sie hinunter. Die Zinken sanken langsam in das feuchte braune Erdreich.

Auch ich hielt den Atem an. Von diesem Experiment hing weitaus mehr ab als Sir Walter O'Bannion Reillys guter Ruf. Oder meiner.

Jamie und Ian hatten zugegeben, daß die Gerstenernte dieses Jahr zwar kleiner ausgefallen war als sonst, für die Pächter von Lallybroch aber vorerst ausreiche. Ein weiteres schlechtes Jahr jedoch würde die bescheidenen Getreidereserven aufzehren. Verglichen mit anderen Gutshöfen im Hochland war Lallybroch geradezu wohlhabend, doch das hieß nicht viel. Der Kartoffelanbau war durchaus von Bedeutung für die Leute von Lallybroch. Hatte das Experiment Erfolg, so war in den beiden folgenden Jahren die Gefahr einer Hungersnot gebannt.

Jamie drückte die Heugabel noch etwas tiefer ins Erdreich, dann stemmte er sich gegen den Griff. Der Kartoffelstrauch wankte, das Erdreich tat sich auf, und mit einem ruckartigen »Plopp« war die Pflanze entwurzelt, und die Erde enthüllte ihre Schätze.

Die Umstehenden stießen ein erstauntes »Ah«, aus, als sie die vielen braunen Knollen sahen, die an den Wurzeln des Kartoffelstocks hingen. Ian und ich knieten nieder und scharrten im lockeren Erdreich nach den Kartoffeln, die vom Stock abgerissen waren.

»Es hat geklappt!« rief Ian immer wieder, während er eine Kartoffel nach der anderen hervorscharrte. »Seht euch das an! Wie groß sie sind!«

»Ja, sieh dir die hier an!« rief ich entzückt und schwenkte die Kartoffel in der Luft, die doppelt so groß war wie meine Faust.

Schließlich lag das Ergebnis unserer Probegrabung in einem Korb: an die zehn besonders schöne Kartoffeln, dazu etwa fünfundzwanzig faustgroße und zahlreiche golfballgroße Exemplare.

»Was meint ihr?« fragte Jamie und betrachtete prüfend unsere Kartoffeln. »Ob wir den Rest noch etwas drinlassen sollen, damit die kleinen noch größer werden? Oder sollen wir sie lieber jetzt ernten, bevor der Frost kommt?«

Ian tastete geistesabwesend nach seiner Brille, dann erinnerte er sich, daß der gute Sir Walter drüben an der Einzäunung lag, und verzichtete darauf, ihn zu Rate zu ziehen. Er schüttelte den Kopf.

»Nein, ich glaube, jetzt ist der richtige Zeitpunkt«, antwortete er. »Im Buch steht, die kleinen soll man als Saatkartoffeln für das nächste Jahr aufheben. Und davon werden wir eine Menge benötigen.« Er lächelte mir erleichtert zu. Eine dicke Strähne seines glatten braunen Haares fiel ihm über die Stirn, und seine eine Wange war schmutzverschmiert.

Eine Kätnerin beugte sich neugierig über den Korb, dann nahm sie eine Kartoffel in die Hand.

»Die kann man essen, sagt ihr?« Ihre Stirn legte sich in Falten. »Ich kann mir nicht vorstellen, daß man sie zu Schrot mahlen und daraus Brot und Brei machen kann.«

»Tja, ich glaube kaum, daß man sie mahlt wie Getreide, Mistress Murray«, erwiderte Jamie höflich.

»Ach so?« Die Frau schielte skeptisch in den Korb. »Was macht man denn dann damit?«

»Tja, man ...«, begann Jamie und stutzte dann. Mir fiel ein, daß er zwar in Frankreich Kartoffeln gegessen, jedoch nie gesehen hatte, wie sie zubereitet wurden. Ich verkniff mir ein Grinsen, als er hilflos auf die schmutzverkrustete Kartoffel in seiner Hand blickte. Ian schaute ebenfalls verlegen drein; offenbar äußerte sich Sir Walter nicht zum Thema Kartoffelzubereitung.

»Man röstet sie.« Wieder war es Fergus, der das rettende Wort sprach; sein Kopf spitzte hinter Jamies Ellbogen hervor. Er leckte sich die Lippen beim Anblick der Kartoffeln. »Man legt sie ins Feuer. Sie werden mit Salz bestreut gegessen. Auch Butter paßt gut dazu, wenn man welche hat.«

»Die haben wir«, erwiderte Jamie erleichtert. Er reichte Mrs. Murray die Kartoffel, als ob er sie so schnell wie möglich loswerden wollte. »Sie haben es gehört, sie werden geröstet«, sagte er.

»Man kann sie aber auch kochen«, fügte ich hinzu. »Oder zu Brei zerdrücken und mit Milch verrühren. Oder braten. Oder reiben und als Suppeneinlage verwenden. Ein äußerst vielseitiges Gemüse, die Kartoffel.«

»Das steht auch im Buch«, murmelte Ian zufrieden.

Jamie sah mich an und verzog die Mundwinkel zu einem leichten Grinsen.

»Du hast mir nie gesagt, daß du kochen kannst, Sassenach.«

»Kochen ist zuviel gesagt«, erwiderte ich, »aber Kartoffeln kann ich schon zubereiten.«

»Gut.« Jamie blickte in die Runde der Pächter und ihrer Frauen, die die Kartoffeln von Hand zu Hand weiterreichten und skeptisch beäugten. Dann klatschte er laut in die Hände, um sich Aufmerksamkeit zu verschaffen.

»Holt Holz für ein Feuer, Tom und Willie. Und Mrs. Willie, wenn Sie so freundlich wären, Ihren großen Kessel zu holen? Aye, das ist gut, einer der Männer soll Ihnen dabei helfen. Und du, Kincaid«, – er wandte sich an einen der jüngeren Männer und deutete zu den Katen unter den Bäumen, »geh und sag es allen: es gibt Kartoffeln zum Abendessen!«

Und so bereitete ich – mit Jennys tatkräftiger Hilfe und unter Zuhilfenahme von zehn Eimern Milch aus der Molkerei, drei frisch geschlachteten Hühnern und vier Dutzend Lauchstangen aus dem Gemüsegarten – eine Hühnersuppe mit Lauch und geröstete Kartoffeln für den Gutsherrn von Lallybroch und seine Pächter.

Die Sonne war bereits hinter dem Horizont verschwunden, als das Essen fertig war, doch der Himmel war noch hell. Durch die dunklen Zweige des Kiefernwäldchens auf dem Hügel blitzten rote und goldene Lichtstreifen. Die Pächter waren noch etwas unschlüssig angesichts der bevorstehenden Bereicherung ihres Speiseplans, aber die gesellige Stimmung – sowie ein Fäßchen mit selbstgebranntem Whisky – half, die Zweifel zu überwinden. Bald waren überall auf dem freien Feld neben dem Kartoffelacker Grüppchen versammelt, die sich über die gefüllten Teller auf ihren Knien beugten und aßen.

»Was meinst du, Dorcas?« hörte ich eine Frau zu ihrer Nachbarin sagen. »Schmeckt ein klein bißchen seltsam, was?«

Die Angesprochene nickte und schluckte einen Bissen hinunter, bevor sie antwortete.

»Aye, finde ich auch. Aber der Gutsherr hat schon sechs oder sieben von den Dingern gegessen, und es hat ihn noch nicht umgebracht.«

Die Männer und die Kinder hingegen reagierten begeistert, wohl nicht zuletzt wegen der großzügig bemessenen Butterrationen.

»Männer würden sogar Pferdeäpfel essen, wenn man sie mit Butter serviert«, bemerkte Jenny. »So sind sie eben! Ein voller Bauch und ein Platz zum Schlafen, wenn sie betrunken sind, mehr verlangen sie gar nicht vom Leben.«

»Ein Wunder, daß du dich mit Jamie und mir überhaupt abgibst«, feixte Ian, als er das hörte, »wenn ich sehe, was du für eine Meinung von Männern hast.«

Jenny winkte ihrem Mann und ihrem Bruder, die nebeneinander beim Kessel saßen, geringschätzig mit der Suppenkelle zu.

»Ach, ihr beiden seid doch keine Männer.«

Ian und Jamie zogen die Augenbrauen hoch.

»Ach? Was sind wir denn dann?« fragte Ian.

Jenny wandte sich ihm mit einem Lächeln zu; ihre Zähne blitzten im Schein des Feuers. Sie tätschelte Jamies Kopf und drückte Ian einen Kuß auf die Stirn.

»Ihr seid meine beiden«, erwiderte sie.

Nach dem Essen begann einer der Männer zu singen. Ein anderer holte eine Holzflöte hervor und begleitete ihn mit einer Melodie, die dünn und schrill die kalte Herbstnacht durchdrang. Es war kühl, aber windstill; eingewickelt in Tücher und Decken, saßen die Familien in kleinen Gruppen behaglich um das Feuer. Nachdem das Essen gekocht war, hatte man mehr Holz aufs Feuer geworfen, und die Flammen loderten hell in der Nacht.

Auch in unserer Gruppe war es warm, wenn auch ein wenig unruhig. Ian war Holz holen gegangen; die kleine Maggie kuschelte sich an ihre Mutter und beanspruchte sie ganz für sich allein, so daß ihr größerer Bruder sich anderswo Schutz und Wärme suchen mußte.

»Ich stecke dich gleich kopfüber in den Kessel dort, wenn du nicht aufhörst, mich in die Eier zu treten«, sagte Jamie zu seinem Neffen, der sich im Schoß seines Onkels heftig hin und her warf. »Was ist denn los mit dir – hast du Ameisen im Hintern?«

Auf diese Frage erntete Jamie nur ein entzücktes Kichern von seinem Neffen, der sich nun noch nachdrücklicher im Schoß seines Onkels vergrub. Jamie tastete umher und zwickte seinen Namensvetter immer wieder in Arme und Beine; dann packte er ihn und wirbelte ihn mit einem Ruck herum. Mit einer Hand hielt er den Kleinen fest, mit der anderen tastete er am Boden umher. Schließlich riß er mit zufriedenem Brummen eine Handvoll feuchtes Gras aus und stopfte es dem kleinen Jamie, der vor Freude quietschte, in den Hemdkragen.

»Jetzt ist es aber genug«, meinte Jamie und setzte den Kleinen vor sich auf den Boden. »Geh und traktier deine Tante ein bißchen.«

Der kleine Junge folgte willig, krabbelte auf allen vieren zu mir herüber und schmiegte sich in meinen Schoß. Er saß so ruhig, wie es einem vierjährigen Jungen möglich war – das heißt, er hielt nicht besonders still –, während ich die Grasbüschel aus seinem Hemd fischte.

»Du riechst gut, Tante«, sagte er und stieß mit seinem schwarzen Lockenkopf gegen mein Kinn. »Nach Essen.«

»Danke«, sagte ich. »Soll ich dem entnehmen, daß du Hunger hast?«

»Aye. Gibt es noch Milch?«

»Ja.« Wenn ich die Hand ausstreckte, konnte ich gerade eben den Milchkrug erreichen. Ich schüttelte ihn, und da es sich nicht lohnte, für den Rest eigens eine Tasse zu holen, neigte ich den Krug und ließ den Kleinen daraus trinken.

Nachdem er auch den letzten Tropfen Milch getrunken hatte, entspannte sich der kleine Jamie und gab einen leisen Rülpser von sich. Ich spürte die Wärme, die von ihm ausging; gleich würde er einschlafen. Ich schlang meinen Umhang fest um ihn, schaukelte ihn sanft hin und her und summte leise die Melodie des Liedes, das drüben auf der anderen Seite des Feuers gesungen wurde.

»Ist er eingeschlafen?« erkundigte sich der große Jamie neben mir. Im Schein des Feuers leuchtete sein Haar kupferrot, und der Schaft seines Dolches glitzerte.

»Ja«, erwiderte ich. »Jedenfalls windet er sich nicht mehr. Es ist beinahe so, als hielte man einen großen Schinken im Arm.«

Jamie lachte, dann verstummte auch er. Sein Arm streifte den meinen, und durch das Plaid hindurch spürte ich die Wärme seines Körpers.

Ein Windstoß wirbelte mir eine Haarsträhne ins Gesicht. Ich strich sie zurück, dann entdeckte ich, daß der kleine Jamie recht hatte. Meine Hände rochen nach Lauch, Butter und Kartoffeln. Der Kleine war bleischwer und behinderte die Blutzirkulation in meinem linken Bein. Ich drehte mich ein wenig zur Seite, um ihn auf meinen Schoß gleiten zu lassen.

»Beweg dich nicht, Sassenach«, flüsterte Jamie. »Nur noch einen Augenblick, *mo duinne*.«

Ich erstarrte gehorsam, bis er mich an der Schulter berührte.

»Ist gut, Sassenach«, flüsterte er zärtlich. »Du bist so schön, wenn das Feuer auf dein Gesicht scheint und dein Haar im Wind weht. Dieses Bild will ich in meiner Erinnerung festhalten.«

Ich drehte mich zu ihm hin und lächelte ihn über das schlafende Kind hinweg an. Die Nacht war dunkel und kalt; viele Menschen tummelten sich am Feuer, aber an dem Platz, wo wir saßen, gab es nur Licht und Wärme – und uns beide.

33

Deines Bruders Hüter

Fergus hatte sich nach anfänglicher Scheu und Zurückhaltung auf dem Gutshof eingelebt und übernahm, zusammen mit dem jungen Rabbie MacNab, die Aufgaben eines Stallburschen.

Rabbie war ein, zwei Jahre jünger als Fergus, jedoch genauso groß wie der schmächtige französische Junge, und bald waren die beiden unzertrennliche Freunde, außer wenn sie Streit bekamen – was zwei- bis dreimal pro Tag geschah – und eine Rauferei anfingen. Eines Morgens, als ihr Streit in eine regelrechte Schlägerei ausartete, griff Jamie ein.

Mit einem Ausdruck, der ahnen ließ, daß seine Geduld am Ende war, packte er die beiden Unholde am Nacken und zerrte sie in die Scheune, wo er, wie ich vermutete, alle noch bestehenden Skrupel gegenüber körperlicher Züchtigung ablegte und ihnen eine tüchtige Tracht Prügel verabreichte. Dann verließ er kopfschüttelnd die Scheune, schnallte seinen Gürtel wieder fest und ritt mit Ian das Tal hinauf nach Broch Mordha. Die Jungen kamen eine Weile später aus dem Stall, zerknirscht, kleinlaut und – im Leiden vereint – wieder die allerbesten Freunde.

Sie waren so butterweich, daß sie es sogar zuließen, daß der kleine Jamie sich ihnen anschloß, während sie ihre Arbeit erledigten. Als ich am späten Vormittag dann aus dem Fenster blickte, sah ich alle drei im Hof mit einem Stoffball spielen.

»Ein hübscher kräftiger Junge, dein Kleiner«, sagte ich zu Jenny, die in ihrem Nähkorb nach einem Knopf suchte. Sie blickte auf, sah hinaus in den Hof und lächelte.

»Ja, unser Jamie ist ein lieber Kerl.« Sie trat zu mir ans Fenster und beobachtete die spielenden Kinder.

»Er ist seinem Vater wie aus dem Gesicht geschnitten«, fuhr sie liebevoll fort, »aber er wird, glaube ich, breiter an den Schultern.

Womöglich wird er einmal so groß wie sein Onkel. Siehst du seine Beine?« Sie hatte wohl recht; der kleine Jamie, knapp vier Jahre alt, war zwar noch pummelig, doch er hatte lange Beine, und sein Rücken war breit und muskulös. Er hatte den gleichen Knochenbau wie sein Onkel, und wie bei seinem Onkel hatte man das Gefühl, er sei aus zäherem Material als gewöhnliche Sterbliche.

Ich beobachtete, wie sich der Kleine auf den Ball stürzte, ihn sich flink schnappte und Rabbie MacNab zuwarf. Der Ball schoß haarscharf an dessen Kopf vorbei, und Rabbie MacNab fuhr herum, um ihn zu fangen.

»Noch etwas hat er mit seinem Onkel gemein«, sagte ich. »Ich glaube, er wird Linkshänder wie er.«

»O Gott!« rief Jenny und runzelte die Stirn. »Hoffentlich nicht, aber du könntest recht haben.« Sie schüttelte seufzend den Kopf.

»Mein Gott, wenn ich an die Scherereien denke, die der arme Jamie hatte! Alle versuchten, es ihm auszutreiben, angefangen bei unseren Eltern bis hin zum Lehrer, aber er war stur wie ein Holzklotz und gab nicht nach. Alle waren dagegen, bis auf Ians Vater«, fügte sie nach kurzem Nachdenken hinzu.

»Er betrachtete Linkshändigkeit nicht als Makel?« fragte ich neugierig, da ich wußte, daß man zu jener Zeit Linkshändigkeit bestenfalls für ein Unglück, schlimmstenfalls für ein Zeichen von Besessenheit hielt. Jamie schrieb – unter Schwierigkeiten – mit der rechten Hand, weil er in der Schule geschlagen worden war, wenn er die Feder in die linke Hand nahm.

Jenny schüttelte den Kopf, und ihre schwarzen Locken wippten unter ihrer Haube hin und her.

»Nein, er war ein seltsamer Mann, der alte John Murray. Er meinte, wenn Gott es so gewollt hat, daß Jamies linker Arm stark wird, dann sei es eine Sünde, diese Gabe zu verschmähen. Er verstand es, das Schwert zu führen, der alte John, und deshalb hörte mein Vater auf ihn und ließ Jamie den Kampf mit der linken Hand erlernen.«

»Ich dachte, Dougal MacKenzie hat Jamie beigebracht, linkshändig zu kämpfen«, warf ich ein. Ich wollte hören, was Jenny von ihrem Onkel Dougal hielt.

Sie nickte und leckte das eine Ende ihres Fadens ab, bevor sie ihn mit einer raschen Bewegung durch das Nadelöhr führte.

»Aye, das stimmt, aber das war erst später, als Jamie größer war und zu Dougal geschickt wurde. Ians Vater hat ihn die Anfänge gelehrt.« Sie lächelte und blickte nachdenklich auf das Hemd in ihrem Schoß.

»Ich erinnere mich noch genau; als sie noch klein waren, sagte der alte John zu Ian, es sei seine Aufgabe, stets auf Jamies rechter Seite zu stehen, um im Kampf die schwächere Seite seines Clanführers zu schützen. Und das hat er auch getan – sie haben es sehr ernst genommen, die beiden. Und ich glaube, der alte John hatte recht«, fügte sie hinzu und schnitt den überstehenden Faden ab. »Bald waren sie unbesiegbar, nicht einmal die Jungen von MacNab konnten gegen sie ankommen. Jamie und Ian waren großgewachsen und tüchtige Kämpfer, und wenn sie Schulter an Schulter standen, konnte es niemand mit ihnen aufnehmen, auch wenn ihnen die Gegner zahlenmäßig überlegen waren.«

Plötzlich lachte sie und strich sich eine Haarlocke hinters Ohr.

»Beobachte sie einmal, wenn sie zusammen über die Felder gehen. Ich glaube nicht, daß es ihnen heute noch bewußt ist, aber Jamie geht immer links, Ian rechts und schützt so Jamies schwache Seite.«

Jenny blickte aus dem Fenster und legte eine Hand auf die leichte Wölbung ihres Bauches; die Näharbeit lag unbeachtet in ihrem Schoß.

»Hoffentlich ist es ein Junge«, bemerkte sie und sah hinaus zu ihrem Sohn. »Ob Linkshänder oder nicht, es ist gut, wenn ein Mann einen Bruder hat, der ihm zur Seite steht.« Ich blickte – wie Jenny – auf das Bild an der Wand: Es zeigte Jamie als kleines Kind, das zwischen den Knien seines älteren Bruders Willie stand. Beide hatten Stupsnasen und schauten ernst drein. Willies Hand ruhte schützend auf der Schulter seines Bruders.

»Zum Glück hat Jamie Ian«, sagte ich.

Jenny zwinkerte. Sie war zwei Jahre älter als Jamie und demnach drei Jahre jünger, als Willie jetzt gewesen wäre.

»Aye, das stimmt. Und es ist auch mein Glück«, nickte sie sanft und nahm ihre Näharbeit wieder auf.

Ich holte einen Kinderkittel aus dem Nähkorb und stülpte die Innenseite nach außen, um den aufgetrennten Saum unter dem Ärmel zu flicken. Die Kälte draußen war nur erträglich für spielende Kinder und arbeitende Männer; drinnen im Salon war es warm und behaglich. Die Fensterscheiben, die uns vor der Eiseskälte draußen schützten, beschlugen rasch, während wir dasaßen und arbeiteten.

»Apropos Brüder«, sagte ich und kniff die Augen zusammen, als ich den Faden durchs Nadelöhr führte, »hast du Dougal und Colum MacKenzie oft gesehen, als du klein warst?«

Jenny schüttelte den Kopf. »Ich habe Colum nie kennengelernt. Dougal war ein-, zweimal hier, als er Jamie zu Silvester herbrachte, aber ich kann nicht behaupten, daß ich ihn gut kenne.« Sie blickte von ihrer Näharbeit auf und sah mich mit großen Augen an. »Du kennst sie doch. Sag, was ist Colum MacKenzie für ein Mensch? Ich wollte immer mehr über ihn erfahren. Nach dem wenigen, das ich von Besuchern gehört hatte, bin ich neugierig geworden, aber meine Eltern haben nie über ihn gesprochen.« Sie runzelte die Stirn.

»Nein, stimmt gar nicht; mein Vater sagte einmal etwas über ihn. Das war, kurz nachdem Dougal wieder abgereist war und Jamie nach Beannachd mitgenommen hatte. Vater lehnte draußen am Zaun und sah ihnen hinterher, wie sie davonritten, und ich winkte Jamie nach – ich war jedesmal todtraurig, wenn er wieder fortging, da ich nicht wußte, wie lange er wegblieb. Kurz und gut, wir sahen ihnen nach, wie sie hinter dem Hügel verschwanden, und dann drehte sich mein Vater um, seufzte und sagte: ›Gott stehe Dougal MacKenzie bei, wenn sein Bruder Colum stirbt.‹ Dann schien er sich daran zu erinnern, daß ich neben ihm stand, denn er sah mich an, lächelte und meinte: ›Na, Mädel, was gibt's zum Abendessen?‹ Dann verlor er kein Wort mehr darüber.« Jennys schwarze Augenbrauen, keck und fein wie kalligraphische Zeichen, hoben sich fragend.

»Das erschien mir merkwürdig, denn jeder weiß, daß Colum schwer verkrüppelt ist und Dougal an seiner Stelle die Führung übernommen hat, die Pacht eintreibt, Forderungen erfüllt – und falls nötig, den Clan in den Kampf führt.«

»Ja, das stimmt, aber...« Ich zögerte, da ich nicht genau wußte, wie ich diese seltsame symbiotische Beziehung beschreiben sollte. »Einmal«, fuhr ich mit einem Lächeln fort, »habe ich sie streiten hören, und da sagte Colum zu Dougal: ›Wenn die Brüder MacKenzie sich einen Schwanz und ein Gehirn teilen müssen, dann bin ich froh über meinen Anteil an diesem Geschäft!‹«

Jenny lachte laut auf, dann blickte sie mich erstaunt an, und ihre Augen, die denen ihres Bruders so ähnlich waren, funkelten nachdenklich.

»Ach, so ist das also. Ich habe mich einmal über Dougal gewundert, als er über Colums Sohn, den kleinen Hamish, sprach – mit einer Begeisterung, die für einen Onkel höchst ungewöhnlich war.«

»Du bist fix, Jenny«, sagte ich und sah sie an. »Sehr fix. Ich habe lange gebraucht, bis ich das herausgefunden hatte, und ich habe sie monatelang tagtäglich gesehen.«

Sie zuckte bescheiden die Schultern, doch ein schwaches Lächeln spielte um ihre Lippen.

»Ich höre genau hin«, erwiderte sie, »was die Leute sagen – und was sie verschweigen. Und die Leute hier im Hochland sind zuweilen furchtbar klatschsüchtig. Nun also«, sie biß ein Stück Faden ab und spuckte das Fadenende in ihre Handfläche, »erzähl mir von Leoch. Die Leute sagen, es ist groß, aber nicht so groß wie Beaufort oder Kilravock.«

Wir arbeiteten und plauderten den ganzen Vormittag; nach dem Wäscheflicken wickelten wir Strickgarn auf und schnitten ein neues Kleidchen für Maggie zu. Das Lärmen der Jungs draußen verstummte, doch bald hörten wir von der anderen Seite des Hauses Rufe und Krach. Die jungen Herren hatten wohl genug von der Kälte und krakeelten jetzt in der Küche.

»Es wird bald schneien«, meinte Jenny mit einem Blick zum Fenster. »Die Luft ist feucht; hast du heute morgen den Nebel über dem Loch gesehen?«

Ich schüttelte den Kopf. »Hoffentlich nicht. Sonst wird der Heimweg beschwerlich für Jamie und Ian.« Das Dorf Broch Mordha war nicht einmal fünfzehn Kilometer von Lallybroch entfernt, doch dazwischen lagen steile Hügel, felsige Abhänge, und der Pfad war schmal und wenig begangen.

Kurz nach Mittag begann es tatsächlich zu schneien, und die Schneeflocken wirbelten auch noch nach Einbruch der Dämmerung durch die Luft.

»Sie werden wohl in Broch Mordha übernachten«, sagte Jenny, die mit der Schlafhaube auf dem Kopf den Himmel inspizierte. »Mach dir keine Sorgen; sie sitzen bestimmt ganz behaglich in einer Kate.« Sie lächelte mir beruhigend zu, während sie die Fensterläden zuklappte. Auf einmal war von unten ein Wimmern zu hören. Mit leisem Protest raffte Jenny ihr Nachthemd zusammen.

»Gute Nacht, Claire!« rief sie und eilte davon, um ihren mütterlichen Pflichten nachzukommen. »Schlaf gut.«

Ich schlief für gewöhnlich gut. Die massiven Mauern des Hauses hielten Kälte und Feuchtigkeit ab, und über das Daunenbett waren mehrere Wolldecken gebreitet. Doch ohne Jamie an meiner Seite fand ich in dieser Nacht keinen Schlaf. Das Bett erschien mir riesengroß und klamm, meine Beine prickelten, und meine Füße waren eiskalt.

Ich legte mich auf den Rücken, die Hände über der Brust verschränkt, die Augen geschlossen, und rief mir Jamie in Erinnerung; vielleicht konnte ich einschlafen, wenn ich mir vorstellte, er läge neben mir.

Ein markerschütterndes »Kikeriki« ließ mich erschrocken auffahren.

»Idiot!« murmelte ich, vor Schreck am ganzen Körper zitternd. Ich stand auf und öffnete den Fensterladen. Es hatte aufgehört zu schneien, aber der Himmel war noch fahl und von Wolken bedeckt. Der Hahn unten im Hühnerstall krähte ein weiteres Mal.

»Sei still!« sagte ich. »Es ist mitten in der Nacht, du dummes Federvieh!« Das Echo seines Rufes hallte durch die Nacht, unten fing ein Kind zu weinen an, und es folgte ein deftiger, aber leiser Fluch Jennys auf gälisch.

»Du«, warnte ich den unsichtbaren Hahn, »deine Tage sind gezählt.« Dann war es still, ich lauschte in die Nacht hinaus, und nach einer Weile schloß ich den Fensterladen und legte mich wieder hin.

Der Tumult hatte die lange Gedankenkette in meinem Kopf unterbrochen. Statt daran anzuknüpfen, beschloß ich, mich nach innen zu wenden, in der Hoffnung, daß die Konzentration auf meinen Körper mich entspannen und mir den ersehnten Schlaf bringen würde.

Es klappte. Während ich in Gedanken irgendwo bei meiner Bauchspeicheldrüse war und so allmählich in den Schlaf hineindämmerte, hörte ich wie aus weiter Ferne den kleinen Jamie, der den Flur entlang ins elterliche Schlafzimmer tappte; er mußte wohl dringend aufs Töpfchen. Er hatte selten die nötige Geistesgegenwart, das Nächstliegende zu tun, und stolperte statt dessen vom Kinderzimmer die Treppe hinunter, damit ihm jemand behilflich sei.

Bei unserer Ankunft in Lallybroch hatte ich Bedenken, ob es mir nicht schwerfallen würde, so eng mit Jenny zusammenzuleben, ob ich nicht neidisch sein würde auf ihre Mutterschaft. Und ich wäre wohl tatsächlich neidisch gewesen, hätte ich nicht gesehen, daß dieser reiche Segen auch seinen Preis hatte.

»Neben deinem Bett steht doch der Nachttopf, du Dummkopf«, hörte ich Jenny draußen vor meiner Tür mit wütender Stimme sagen. »Du mußt doch beim Aufstehen regelrecht darüber gestolpert sein. Warum kannst du es dir nicht merken, daß du den dort nehmen sollst? Warum willst du immer meinen benutzen, Nacht für Nacht?« Ihre Stimme wurde leiser, während sie die Treppe hinaufgingen. Ich lächelte und vergegenwärtigte mir wieder die Windungen meiner inneren Organe.

Es gab noch einen anderen Grund, weshalb ich Jenny nicht beneidete. Ich hatte zunächst befürchtet, daß die Geburt von Faith mir körperlichen Schaden zugefügt hätte, doch die Furcht war gewichen, als mir Raymond die Hände aufgelegt hatte. Es war einmal geschehen, es konnte wieder geschehen. Ich brauchte nur Zeit. Und Jamie.

Jennys Schritte auf den Dielen im Flur beschleunigten sich, als in einem Zimmer am anderen Ende des Hauses Maggie im Schlaf stöhnte.

»Kinder bringen Freude, sind aber keine geringe Last«, murmelte ich vor mich hin; dann schlief ich ein.

Den ganzen nächsten Tag warteten wir auf die Männer, während wir wie immer unseren täglichen Pflichten nachgingen. Immer wieder horchten wir, ob draußen nicht Pferdegetrappel zu hören war.

»Sie werden noch etwas zu erledigen haben«, versuchte mich Jenny zu beschwichtigen. Nach außen hin trug sie Zuversicht zur Schau. Aber mir entging nicht, daß sie häufig an dem Fenster stehenblieb, das auf den Weg zum Haus hinausging.

Mir wiederum fiel es schwer, meine Phantasie zu zügeln. Der von König George unterschriebene Brief, der Jamies Begnadigung bestätigte, war in einer Schublade im gutsherrlichen Arbeitszimmer eingeschlossen. Jamie betrachtete das Schreiben als Demütigung und hätte es am liebsten verbrannt, aber ich hatte darauf bestanden, es aufzubewahren, für alle Fälle. Als ich jetzt auf das Rauschen des Windes lauschte, kam mir immer wieder der Gedanke, alles sei nur ein Irrtum gewesen oder ein übler Scherz und Jamie sei von den Rotröcken erneut verhaftet und ins Gefängnis gesteckt worden.

Die Männer kehrten kurz vor Einbruch der Dämmerung zurück; ihre Pferde waren schwer beladen mit Salz, Näh- und Stricknadeln, Gewürzen zum Einpökeln und anderen Dingen, die es in Lallybroch nicht gab.

Als ich auf dem Hof ein Pferd wiehern hörte, eilte ich die Treppe hinunter, wo ich mit Jenny zusammenstieß, die eben aus der Küche gerannt kam.

Mir fiel ein Stein vom Herzen, als ich Jamies langen Schatten erkannte, der sich an der Stallwand abzeichnete. Ich lief über den Hof, ungeachtet der dünnen Schneedecke, die sich inzwischen gebildet hatte, und warf mich in seine Arme.

»Wo zum Teufel bist du gewesen?« wollte ich wissen.

Er küßte mich, bevor er antwortete. Ich spürte sein kaltes Gesicht an meinem; seine Lippen rochen leicht und angenehm nach Whisky.

»Mmmh, Wurst zum Abendessen?« meinte er anerkennend und schnupperte an meinem Haar, das den Rauchgeruch der Küche angenommen hatte. »Prima, ich bin halb verhungert.«

»Bratwurst mit Stopfer«, nickte ich. »Wo warst du?«

Er lachte und schüttelte den Schnee von seinem Plaid. »Stopfer? Das ist etwas zu essen, stimmt's?«

»Würstchen mit Kartoffelbrei«, erklärte ich. »Ein feines traditionelles englisches Gericht, das in den rückständigen Regionen Schottlands bisher noch unbekannt ist. Nun also, du Schotte, du, wo zum Teufel warst du die letzten beiden Tage? Jenny und ich haben uns große Sorgen gemacht!«

»Tja, wir hatten einen kleinen Unfall...«, begann Jamie, dann hielt er inne, denn er hatte Fergus entdeckt, der mit einer Laterne in der Hand auf uns zukam. »Ach, du bringst uns Licht, Fergus? Guter Junge. Stell die Laterne hier ab, wo kein Stroh ist, und dann führe das arme Tier in seinen Stall. Wenn du fertig bist, komm rein zum Essen. Du kannst doch inzwischen wieder auf deinen vier Buchstaben sitzen, oder?« Er gab Fergus einen freundlichen Klaps hinters Ohr. Der Junge duckte sich und grinste. Offensichtlich hatte das, was gestern in der Scheune stattgefunden hatte, keine tieferen Spuren bei ihm hinterlassen.

»Jamie«, sagte ich in gemessenem Ton. »Wenn du nicht aufhörst, über Pferde und Würste zu reden, und mir nicht endlich sagst, was ihr für einen Unfall hattet, verpasse ich dir einen Tritt gegen das

Schienbein. Auch wenn es mich hart ankommt, da ich nur Pantoffeln trage – sei gewarnt, ich werde es tun.«

»Das soll wohl eine Drohung gewesen sein?« meinte er lachend. »Es ist nichts Schlimmes passiert, Sassenach, nur...«

»Ian!« Jenny, die durch Maggie aufgehalten worden war, erschien in dem Augenblick, als ihr Mann in den Lichtkegel der Laterne trat. Aufgeschreckt durch ihren Schrei, drehte ich mich um und sah, wie sie ihre Hand auf Ians Gesicht legte.

»Was ist denn mit dir passiert?« fragte sie. In der Tat, was auch geschehen sein mochte, Ian war der Leidtragende. Sein eines Auge war blutunterlaufen und verschwollen, und eine große Schramme lief quer über seine Wange.

»Es ist alles in Ordnung, *mi dhu*«, sagte er und tätschelte Jenny sanft den Rücken, während sie ihn umarmte. Die kleine Maggie stand zwischen beiden. »Nur ein paar blaue Flecken hie und da.«

»Als wir ein paar Kilometer hinter dem Dorf den Abhang hinunterkamen – wir haben die Pferde am Zügel geführt, weil der Weg schlecht war –, ist Ian in ein Maulwurfsloch geraten und hat sich das Bein gebrochen«, erklärte Jamie.

»Das Holzbein«, fügte Ian erläuternd hinzu. Er grinste verlegen. »Der Maulwurf kam bei der Sache am besten weg.«

»Und dann sind wir so lange in einer Kate in der Nähe geblieben, bis sein neues Bein fertig war«, fuhr Jamie fort. »Können wir jetzt essen? Mein Magen hat schon ein Loch.«

Wir gingen ins Haus. Mrs. Crook und ich trugen das Abendessen auf, während Jenny Ians Gesicht mit Zaubernußsud betupfte und sich besorgt nach weiteren Verletzungen erkundigte.

»Es ist nichts weiter«, beruhigte er sie. »Nur hie und da ein paar blaue Flecken.« Doch beim Hineingehen war mir aufgefallen, daß er stärker als sonst humpelte. Während wir den Tisch abräumten, sprach ich mit Jenny darüber. Als der Inhalt der Satteltaschen verstaut war und wir im Salon saßen, kniete sie neben Ian auf dem Teppich nieder und nahm das Holzbein in die Hand.

»Nimm es ab«, sagte sie entschlossen. »Du hast dich verletzt, und ich möchte, daß Claire es sich einmal ansieht. Sie kennt sich besser aus als ich.«

Sein Bein war vor Jahren mit großem Geschick und noch größerem Glück amputiert worden; dem Militärwundarzt, der den Unterschenkel abgenommen hatte, war es gelungen, das Kniegelenk zu retten, wodurch Ian sich verhältnismäßig ungehindert bewegen konnte. Doch im Moment war das Kniegelenk mehr eine Belastung als ein Vorteil.

Durch den Sturz war es böse verrenkt. Der Beinstumpf war voller blauer Flecken, und die harten Kanten des Holzbeins hatten sich ins Fleisch gebohrt. Schon allein deshalb mußte es höllisch weh tun, das Bein zu belasten. Doch da zudem das Kniegelenk ausgerenkt war, hatte sich das Bein entzündet und war angeschwollen.

Ians gutmütiges Gesicht war fast so rot wie das Kniegelenk. Er ging mit seiner Behinderung sehr sachlich um, doch ich wußte, wie sehr er seine Hilflosigkeit haßte. Das Gefühl, auf andere angewiesen zu sein, war ihm ebenso unangenehm wie meine Berührung seines Beins.

»Du hast einen Bänderriß«, erklärte ich und fuhr die Schwellung seines Knies sanft mit dem Finger nach. »Ich weiß nicht, wie schlimm es ist, aber es ist schlimm genug. Im Gelenk hat sich Flüssigkeit angesammelt; deshalb ist es geschwollen.«

»Kannst du ihm nicht helfen, Sassenach?« Jamie sah mir über die Schulter und runzelte sorgenvoll die Stirn.

Ich schüttelte den Kopf. »Ich kann nicht viel mehr machen als kalte Umschläge, damit die Schwellung zurückgeht.« Ich sah Ian an und bemühte mich, Mutter Hildegardes strengen Blick nachzuahmen.

»Was *du* tun kannst«, sagte ich, »ist, im Bett zu bleiben. Du kannst morgen Whisky trinken, um den Schmerz zu betäuben; für die Nacht gebe ich dir Laudanum, dann kannst du wenigstens schlafen. Du mußt eine Woche im Bett bleiben, dann sehen wir weiter.«

»Das ist unmöglich«, protestierte Ian. »Die Stallwände müssen ausgebessert werden, die Pflugscharen müssen geschliffen werden und...«

»Und ein Bein muß repariert werden«, sagte Jamie streng. Er blickte Ian mit seinem – wie ich es nannte – Gutsherrenblick an, dem durchdringenden Blick aus seinen blauen Augen, der meist bewirkte, daß seine Befehle unverzüglich befolgt wurden. Ian, der als Kind mit Jamie gespielt hatte, mit ihm auf die Jagd gegangen war, Seite an Seite mit ihm gekämpft und mit ihm Prügel bezogen hatte, war weitaus weniger empfänglich für derartige Drohgebärden als andere.

»Den Teufel werd' ich«, erwiderte er mit matter Stimme. Seine feurigen braunen Augen, in denen Schmerz, Wut und ein mir unbekanntes Gefühl zum Ausdruck kamen, hielten Jamies strengem Blick stand. »Glaubst du etwa, du kannst mir Befehle erteilen?«

Jamie ging in die Hocke und errötete, als ob er geschlagen worden wäre. Nach kurzem Schweigen sagte er ganz ruhig: »Nein. Ich will dir keine Befehle erteilen. Aber – darf ich dich wenigstens bitten, auf dich achtzugeben?«

Die beiden wechselten einen langen Blick, dessen Botschaft ich nicht entziffern konnte. Schließlich ließ Ian die Schultern sinken und nickte mit einem gequälten Lächeln.

»Du darfst.« Er seufzte und rieb sich die Wange; als er die wunde Stelle berührte, zuckte er zusammen. Dann holte er tief Luft, nahm seine ganze Kraft zusammen und streckte Jamie die Hand entgegen. »Hilfst du mir auf?«

Es war ein schwieriges Unterfangen, einen Mann mit einem Bein zwei Treppen hochzutragen, aber schließlich war es geschafft. Vor der Schlafzimmertür überließ Jamie Ian seiner Schwester. Als er sich umdrehte, sagte Ian schnell und leise etwas auf gälisch zu ihm. Ich beherrschte diese Sprache noch immer nicht gut, aber ich glaube, er sagte: »Mach's gut, Bruder.«

Jamie drehte sich um und lächelte ihn an; seine Augen leuchteten sanft im Schein des Kerzenlichts.

»Du auch, *mo brathair*.«

Ich folgte Jamie den Flur entlang zu unserem Zimmer. An seiner Haltung sah ich, daß er sehr müde war, doch ich wollte ihm vor dem Einschlafen noch ein paar Fragen stellen.

»Ein paar blaue Flecken hie und da«, hatte Ian gesagt, um Jenny zu beschwichtigen. So war es auch. Hie und da. Er hatte Verletzungen im Gesicht und am Bein, doch hatte ich auch die dunklen Flecken an seinem Hals bemerkt. Der Maulwurf mochte Ian als Eindringling und Störenfried betrachtet haben, aber ich konnte mir trotzdem nicht vorstellen, daß er versucht hatte, ihn deswegen zu erdrosseln.

Es stellte sich heraus, daß Jamie gar nicht sofort schlafen wollte.

»Ja, die Liebe wächst, wenn man sich eine Zeitlang nicht sieht«, sagte ich. Das Bett, das mir letzte Nacht so groß erschienen war, reichte jetzt kaum aus für uns beide.

»Hmm?« erwiderte er zufrieden und mit halb geschlossenen

Augen. »Ja, die Liebe? Aye, die auch. O Gott, mach weiter, das tut so gut.«

»Keine Sorge, ich hör' schon nicht auf«, versicherte ich ihm. »Laß mich nur die Kerze ausmachen.« Ich stand auf und blies sie aus; die Fensterläden waren offen, und es drang genügend Licht vom Schneehimmel draußen herein. Ich konnte Jamie genau erkennen, wie er entspannt unter der Decke lag, die Arme locker neben dem Körper. Ich legte mich wieder neben ihn und massierte weiter seine Finger und seine Handflächen.

Er seufzte tief, ja er stöhnte beinahe, als ich mit meinem Daumen die Innenfläche seiner Hand mit festen kreisförmigen Bewegungen massierte. Seine Hände, die sich durch das stundenlange Festhalten der Pferdezügel verkrampft hatten, wurden warm und entspannten sich langsam. Im Haus war kein Laut zu hören, das Zimmer war kalt, nur das Bett wohlig warm. Ich genoß die Wärme seines Körpers neben mir, seine Nähe, die Berührung, die nichts Forderndes an sich hatte. Zu gegebener Zeit konnte aus dieser Berührung mehr werden. Wir hatten Winter, und die Nächte waren lang. Im Augenblick machte es mich glücklich, ihn hier bei mir zu haben, einfach mit ihm zusammenzusein.

»Jamie«, sagte ich nach einer Weile, »wer hat Ian verletzt?«

Er hielt die Augen geschlossen, seufzte jedoch tief, bevor er antwortete. Meine Frage wehrte er nicht ab; er hatte sie erwartet.

»Ich«, sagte er.

»Was?« Ich ließ vor Schreck seine Hand fallen. Er ballte die Hand zur Faust, öffnete sie wieder und bewegte die Finger. Dann legte er seine linke Hand auf die Decke neben sich und zeigte mir die Fingerknöchel, die durch den Schlag in Ians Gesicht etwas angeschwollen waren.

»Warum?« fragte ich entsetzt. Ich hatte zwischen Jamie und Ian etwas Neues gespürt, eine Gereiztheit, die jedoch keine Feindseligkeit war. Es war mir unerklärlich, was Jamie dazu veranlaßt haben könnte, Ian zu schlagen; sein Schwager stand ihm fast so nahe wie seine Schwester Jenny.

Jamie hatte die Augen geöffnet, blickte mich aber nicht an, sondern besah sich statt dessen seine Fingerknöchel. Abgesehen von der leichten Schwellung der Hand hatte Jamie keine Spuren einer tätlichen Auseinandersetzung davongetragen; offensichtlich hatte Ian nicht zurückgeschlagen.

»Ian ist schon zu lange verheiratet«, erwiderte er abwehrend.

»Ich glaube eher, du hast einen Sonnenstich«, gab ich zurück und starrte ihn verständnislos an. »Nur scheint keine Sonne. Hast du Fieber?«

»Nein«, sagte er und wich zurück, als ich versuchte, seine Stirn zu befühlen. »Nein, es ist nur – hör auf, Sassenach, mir fehlt nichts.« Er preßte die Lippen zusammen, doch dann gab er nach und erzählte mir die ganze Geschichte.

Ian hatte sich tatsächlich das Holzbein gebrochen, als er unweit von Broch Mordha in ein Maulwurfsloch getreten war.

»Es ging schon auf Abend zu – wir hatten viel im Dorf zu erledigen gehabt –, und es schneite. Ich sah, daß sein Bein ihm starke Schmerzen verursachte – auch wenn er behauptete, er könne reiten. In der Nähe befanden sich ein paar Katen, also half ich ihm auf eines der Ponys, führte ihn den Hang hinauf und bat um ein Nachtlager für uns.«

Sie wurden mit der traditionellen Gastfreundschaft des Hochlands aufgenommen und erhielten Unterkunft und ein Abendessen. Nach einer Schale Brei und frischem Haferkuchen richtete man für die Gäste ein Strohlager am Feuer her.

»Es war wenig Platz neben dem Feuer, und wir lagen ziemlich beengt, aber wir machten es uns so bequem wie möglich.« Jamie holte tief Luft und sah mich zögernd an.

»Ja, ich war erschöpft von der Reise und schlief fest, und ich vermute, Ian ebenfalls. Aber da er die letzten fünf Jahre jede Nacht bei Jenny geschlafen und immer ihren warmen Körper neben sich im Bett gespürt hat – na ja, irgendwann in der Nacht rollte er zu mir herüber, legte seinen Arm um mich und küßte mich auf den Nakken. Und ich...«, er stockte, und ich konnte im fahlen Lichtschein des Schneehimmels genau sehen, wie er blaß wurde, »ich wurde aus dem Tiefschlaf gerissen und meinte, es sei Jack Randall.«

Ich hatte den Atem angehalten; jetzt atmete ich langsam aus.

»Das muß ein höllischer Schock gewesen sein«, sagte ich.

Jamies Mund verzog sich zu einem Grinsen. »Für Ian *war* es ein höllischer Schock, das kann ich dir versichern«, erwiderte er. »Ich habe mich umgedreht und ihn ins Gesicht geschlagen, und als ich zu mir kam, saß ich auf ihm und würgte ihn. Ein Schock war es auch für die Murrays, die mit uns im Zimmer schliefen«, fügte er nachdenklich hinzu. »Ich habe ihnen erklärt, ich hätte einen Alptraum gehabt – das stimmte ja auch irgendwie –, aber da war schon der Teufel los. Die Kinder schrien, Ian kauerte in einer Ecke und rang nach Luft, und Mrs. Murray saß kerzengerade im Bett und heulte wie eine aufgeplusterte Eule ›hu, hu‹.«

Ich mußte unwillkürlich lachen, als ich mir das vorstellte.

»O Gott, Jamie. Und mit Ian war alles in Ordnung?«

Jamie zuckte die Achseln. »Du hast ihn ja gesehen. Nach einer Weile legten sich alle wieder schlafen, ich blieb den Rest der Nacht neben dem Feuer ausgestreckt liegen und starrte auf die Balken an der Decke.« Er ließ mich gewähren, als ich seine Hand nahm und die geschwollenen Knöchel sanft streichelte. Seine Finger schlossen sich um meine Hand.

»Als wir dann am nächsten Morgen aufbrachen«, fuhr er fort, »wartete ich, bis wir an eine Stelle kamen, wo man sitzen und das Tal überblicken konnte. Und dann...«, er schluckte und drückte meine Hand, »dann erzählte ich ihm alles. Von Randall. Und alles, was geschehen war.«

Jetzt verstand ich auch den seltsamen Blick, den Ian Jamie zugeworfen hatte. Und ich verstand auch die Anspannung in Jamies Gesicht und die dunklen Ringe unter seinen Augen. Ich wußte nicht, was ich sagen sollte, und drückte seine Hand.

»Ich wollte es niemandem erzählen – außer dir«, sagte er und erwiderte meinen Händedruck. Er lächelte, dann strich er sich mit einer Hand übers Gesicht.

»Aber Ian... na ja, er ist...« Er suchte nach dem richtigen Wort. »Er *kennt* mich, verstehst du?«

»Ich glaube schon. Du kennst ihn seit eh und je, nicht wahr?«

Er nickte und starrte aus dem Fenster. Es hatte wieder angefangen zu schneien; kleine Schneeflocken tanzten vor der Scheibe.

»Er ist nur ein Jahr älter als ich. Ich bin praktisch mit ihm aufgewachsen. Bis ich vierzehn war, verging nicht ein einziger Tag, an dem ich Ian nicht sah. Und auch später, als ich zu Dougal geschickt wurde und dann nach Leoch, und als ich nach Paris ging – immer wenn ich zurückkam, war er da, und es war so, als wäre ich nie fort gewesen. Er lächelte, wenn er mich sah, so wie er es immer getan hatte, und dann gingen wir zusammen, Seite an Seite, über die Felder und überquerten Flüsse und unterhielten uns über alles.« Er seufzte tief und strich sich mit einer Hand durchs Haar.

»Ian... er ist der Teil von mir, der hierher gehört, der niemals von hier weggegangen ist«, sagte er stockend. »Ich dachte... ich muß es ihm einfach sagen; ich wollte mich nicht... abgeschnitten fühlen. Von Ian. Von hier.« Er blickte zum Fenster, dann wandte er sich mir zu, und seine Augen leuchteten dunkel im trüben Licht. »Verstehst du?«

»Ich glaube schon«, sagte ich noch einmal mit sanfter Stimme. »Versteht es Ian auch?«

Er zuckte kaum merklich mit den Schultern. »Das weiß ich nicht. Zuerst hat er immer nur den Kopf geschüttelt, als könnte er es nicht glauben, und dann...« Er machte eine Pause und fuhr sich mit der Zunge über die Lippen, und ich ahnte, wie schwer ihm dieses Bekenntnis im Schnee gefallen war. »Ich spürte, daß er am liebsten aufgesprungen wäre und mit den Füßen aufgestampft hätte, aber er konnte ja nicht, wegen seines Beins. Er hatte die Hände zu Fäusten geballt und war ganz blaß im Gesicht, und er sagte immer wieder: ›Verdammt, Jamie, wie konntest du das bloß zulassen?‹«

Er schüttelte den Kopf. »Ich erinnere mich nicht mehr daran, was ich gesagt habe. Oder was er gesagt hat. Wir schrien einander an, das weiß ich noch. Und ich wollte ihn schlagen, konnte aber nicht, wegen seines Beins. Und er wollte mich schlagen, konnte aber nicht – wegen seines Beins.« Er lachte leise. »Himmel, wir müssen ausgesehen haben wie zwei komplette Idioten, wie wir mit den Armen gefuchtelt und einander angeschrien haben. Aber ich schrie lauter, und schließlich schwieg er und hörte sich meine Geschichte zu Ende an.

Dann plötzlich konnte ich nicht mehr weiterreden. Es erschien mir so sinnlos. Und ich setzte mich auf einen Felsvorsprung und stützte den Kopf in die Hand. Nach einer Weile sagte Ian, es sei wohl das beste weiterzureiten. Und ich nickte und half ihm aufs Pferd, und wir setzten unseren Weg fort und schwiegen.«

Jamie schien plötzlich zu merken, wie fest er meine Hand umklammerte. Er lockerte seinen Griff, ließ aber meine Hand nicht los und drehte meinen Ehering zwischen seinem Daumen und Zeigefinger.

»Wir sind sehr lange geritten«, fuhr er leise fort. »Und dann hörte ich ein Schluchzen hinter mir, und ich hielt mein Pferd an, so daß Ian mich einholen konnte, und da sah ich, daß er weinte. Und er merkte, daß ich ihn anschaute, und schüttelte heftig den Kopf, als ob er immer noch wütend wäre, doch dann streckte er mir die Hand hin. Ich nahm sie, und er drückte so fest zu, als wollte er mir alle Knochen brechen. Dann ließ er meine Hand los, und wir ritten nach Hause.«

Ich spürte, wie die Anspannung wich, als er geendet hatte. »Mach's gut, Bruder«, hatte Ian gesagt, auf einem Bein vor der Schlafzimmertür balancierend.

»Ist jetzt alles gut?« fragte ich.

»Es wird gut werden.« Jamie ließ sich erleichtert auf sein Kopfkissen zurückfallen. Ich schmiegte mich unter der Decke an ihn, und wir sahen den Schneeflocken zu, die gegen die Fensterscheiben prallten.

»Ich bin froh, daß du gesund zurückgekehrt bist«, sagte ich.

Als ich aufwachte, war das Licht noch immer fahl und grau. Jamie stand bereits angekleidet am Fenster.

»Oh, du bist wach, Sassenach?« sagte er, als ich meinen Kopf vom Kissen hob. »Das ist gut. Ich habe dir ein Geschenk mitgebracht.«

Er griff in seine Felltasche und holte mehrere Kupfermünzen hervor, ein paar Steinchen, einen kurzen, mit einer Angelschnur umwickelten Stock, einen zerknitterten Brief und ineinander verknäulte Haarbänder.

»Haarbänder?« fragte ich. »Danke, sie sind sehr hübsch.«

»Nein, die sind nicht für dich«, erwiderte er und runzelte die Stirn, während er die blauen Bänder entwirrte, die sich um die Maulwurfspfote geschlungen hatten – sein Amulett gegen Rheumatismus. »Die sind für Klein-Maggie.« Er betrachtete unsicher die Steinchen in seiner Hand. Zu meiner Verwunderung nahm er eins und leckte daran.

»Nein, der ist es nicht«, murmelte er und griff wieder in die Felltasche.

»Was hast du vor, um Himmels willen?« fragte ich verwundert. Er antwortete nicht, sondern holte noch eine Handvoll Steine hervor, leckte an ihnen und legte einen nach dem anderen beiseite, bis er bei einem Stein innehielt. Er leckte sicherheitshalber daran, dann ließ er ihn, übers ganze Gesicht strahlend, in meine Hand fallen.

»Bernstein«, erklärte er, als ich den unregelmäßig geformten Klumpen unschlüssig hin und her drehte. Er wurde warm bei der Berührung, und ich schloß meine Hand beinahe unbewußt zur Faust.

»Er muß natürlich poliert werden«, fuhr Jamie fort, »aber ich dachte, er gäbe eine hübsche Halskette für dich.« Er errötete leicht und blickte mich an. »Es ... es ist ein Geschenk zu unserem ersten Hochzeitstag. Als ich den Stein sah, mußte ich an den kleinen Bernstein denken, den dir Hugh Munro gab, als wir heirateten.«

»Den hab' ich immer noch«, sagte ich leise und fuhr sanft mit dem Finger über den seltsamen kleinen Klumpen versteinerten Harzes. Hughs Bernstein war auf einer Seite glattgeschliffen – wie durch ein Fenster sah man darin eine Libelle. Ich bewahrte den Stein in meinem Medizinkasten auf und betrachtete ihn als mein wichtigstes Amulett.

Ein Geschenk zu unserem ersten Hochzeitstag. Wir hatten natürlich im Juli geheiratet, nicht im Dezember. Aber an unserem ersten Hochzeitstag hatte Jamie in der Bastille gesessen, während ich ... in den Armen des Königs von Frankreich lag. Nicht der richtige Zeitpunkt, um das eheliche Glück zu feiern.

»Das Jahr geht zu Ende, bald ist Silvester«, sagte Jamie und sah aus dem Fenster; sanft fiel der Schnee und deckte die Felder von Lallybroch zu. »Es schien mir eine gute Zeit für einen Anfang.«

»Das glaube ich auch.« Ich trat zu ihm ans Fenster und legte ihm die Arme um die Hüfte. So blieben wir stehen, schweigend, bis mein Blick auf die anderen kleinen gelblichen Klumpen fiel, die Jamie aus seiner Felltasche geholt hatte.

»Und was ist das, Jamie?« fragte ich und zeigte darauf.

»Ach, das? Das sind Honigkugeln, Sassenach.« Er nahm eine davon in die Hand und wischte sie mit dem Finger sauber. »Mrs. Gibson im Dorf hat sie mir gegeben. Sehr gut, obwohl sie, wie ich fürchte, in meiner Tasche ein bißchen staubig geworden sind.« Er streckte mir die hohle Hand hin. »Magst du eine?«

34

Wenn der Postmann zweimal klingelt

Ich wußte nicht, was Ian Jenny von seinem Gespräch mit Jamie draußen im Schnee erzählt hatte. Sie verhielt sich jedenfalls ihrem Bruder gegenüber nicht anders als vorher – nüchtern und zartbitter, mit einem Hauch liebevoller Neckerei. Ich kannte sie jedoch lange genug, um zu wissen, daß es zu Jennys größten Talenten gehörte, etwas mit äußerster Klarheit wahrzunehmen – und dann einfach hindurchzusehen, als wäre es gar nicht vorhanden.

Die Beziehung zwischen uns vieren entwickelte sich ständig weiter, und im Laufe der Monate entstand ein starkes Band, das auf Freundschaft gründete und in der Arbeit wurzelte. Gegenseitige Achtung und gegenseitiges Vertrauen waren einfach notwendig – es gab soviel zu tun.

Als Jennys Entbindung näher rückte, übernahm ich mehr und mehr häusliche Pflichten, und sie überließ mir immer häufiger die Führung. Es wäre mir jedoch niemals in den Sinn gekommen, ihren Platz einnehmen zu wollen. Seit dem Tod ihrer Mutter war sie die Seele von Haus und Hof, und die Dienstboten und Pächter kamen meistens zu ihr, wenn sie etwas benötigten. Dennoch gewöhnten sie sich nach und nach auch an mich und behandelten mich mit freundlicher, teils ehrfürchtiger, teils zutraulicher Achtung.

Die erste Arbeit im Frühjahr war das Kartoffellegen. Über die Hälfte der Felder war für den Kartoffelanbau vorgesehen – eine Entscheidung, deren Richtigkeit bald durch einen Hagelsturm bestätigt wurde, der die jungen Gerstenpflänzchen zerstörte. Die niedrigen Kartoffelstauden überstanden das Unwetter ohne Schaden.

Das zweite große Ereignis des Frühjahrs war die Geburt von Jennys und Ians zweiter Tochter Katherine Mary. Sie kam mit einer so blitzartigen Geschwindigkeit zur Welt, daß jedermann überrascht war, sogar Jenny. Eines Tages klagte Jenny über Rückenschmerzen und legte sich ins Bett. Doch schon wenig später wurde klar, was wirklich los war, und Jamie holte eilends Mrs. Martins, die Hebamme. Die beiden trafen gerade noch rechtzeitig ein, um mit einem Gläschen Wein auf die Ankunft der neuen Erdenbürgerin anzustoßen.

So nahm das Jahr seinen Lauf, die Natur erblühte, und auch ich blühte auf, und meine letzten Wunden verheilten.

Die Post traf sehr unregelmäßig ein, manchmal kam sie einmal pro Woche, manchmal einen Monat lang gar nicht. Doch angesichts der langen Wege, die ein Bote zurücklegen mußte, um die Post im Hochland abzuliefern, hielt ich es für ein Wunder, daß überhaupt Briefe ankamen.

An diesem Tag traf jedoch ein großer Stapel Briefe und Bücher ein, die zum Schutz gegen Unwetter in Ölpapier eingeschlagen und fest verschnürt waren. Jenny schickte den Boten in die Küche, damit er sich dort stärke, löste vorsichtig den Knoten und steckte, sparsam, wie sie war, die Schnur in ihre Rocktasche. Dann legte sie ein verführerisch aussehendes Paket aus Paris beiseite und ging zunächst einmal den Briefstapel durch.

»Ein Brief für Ian – das wird die Rechnung für das Saatgut sein – und einer von Tante Jocasta – wie schön. Wir haben seit Monaten nichts von ihr gehört, aber der festen Schrift nach zu urteilen, geht es ihr gut.«

Jenny legte den Brief auf ihren Stapel, ebenso einen Brief von einer der verheirateten Töchter Jocastas. Dann war da noch ein Brief für Ian aus Edinburgh, einer für Jamie von Jared und noch einer, ein dicker, cremefarbener Bogen, versiegelt mit dem königlichen Siegel des Hauses Stuart. Wahrscheinlich eine erneute Klage von Charles über die Unbilden des Pariser Lebens und die Qualen verschmähter Liebe. Diesmal schien sein Brief wenigstens nicht so lang zu sein; gewöhnlich waren es mehrere Seiten, auf denen Charles dem »*cher* Jamie« sein Herz ausschüttete – in einem fehlerhaften Kauderwelsch aus vier Sprachen, das darauf schließen ließ, daß er bei seiner persönlichen Korrespondenz auf die Hilfe eines Sekretärs verzichtete.

»Oh, drei französische Romane und ein Gedichtband aus Paris!« rief Jenny aufgeregt aus, als sie das Päckchen geöffnet hatte. »*C'est un embarras de richesse*, hm? Welchen lesen wir heute abend?« Sie hob den kleinen Bücherstapel hoch und strich freudig erregt über den weichen Ledereinband des obersten Buches. Jenny liebte Bücher mit derselben Leidenschaft, die ihr Bruder für Pferde empfand. Das Gut besaß eine ansehnliche kleine Bibliothek, und war auch die freie Zeit zwischen Arbeit und Schlafengehen kurz bemessen, so blieb doch immer noch Zeit für ein paar Minuten Lektüre.

»Da hat man etwas, worüber man während der Arbeit nachdenken kann«, erklärte Jenny, als sie eines Abends vor Müdigkeit kaum noch die Augen offenhalten konnte. Ich drängte sie, schlafen zu gehen, statt weiter aufzubleiben und Ian, Jamie und mir laut vorzulesen. Sie gähnte und hielt sich dabei die Faust vor den Mund. »Auch wenn ich schrecklich müde bin und kaum noch die Buchstaben auf der Seite sehe, erinnere ich mich am nächsten Tag beim Buttern, Spinnen oder Walken an das, was ich gelesen habe, und im Geist schlage ich sogar die Seiten um.«

Bei der Erwähnung des Walkens mußte ich mir ein Schmunzeln verkneifen. Die Frauen von Lallybroch waren bestimmt die einzigen im Hochland, die ihre Wolle nicht nur zu den alten überlieferten Liedern, sondern auch zu den Versen von Molière und Piron walkten.

Deutlich sah ich ein Bild des Schuppens vor mir, in dem die Frauen einander in zwei Reihen gegenübersaßen, barfuß und in ihren ältesten Kleidern, und sich gegen die Wände lehnten und mit den Füßen gegen die tropfnasse Wolltuchbahn schlugen. Auf diese Weise entstand das dichte, filzige Gewebe, das der Hochlandnebel und selbst leichter Regen nicht zu durchdringen vermag.

Hin und wieder stand eine der Frauen auf und holte von draußen den Kessel mit dem dampfenden Urin vom Feuer. Mit geschürztem Rock schleppte sie den Kessel in die Mitte des Raumes, stellte sich breitbeinig hin und goß den Inhalt auf das Tuch zwischen ihren Beinen. Die heißen, erstickenden Dämpfe stiegen aus der nassen Wolle auf, während die Walkerinnen ihre Füße vor den Spritzern in Sicherheit brachten und grobe Scherze machten.

»Heißer Urin fixiert die Farbe«, hatte mir eine der Frauen erklärt, als ich voller Erstaunen zum erstenmal den Schuppen betrat. Zuerst hatten die anderen Frauen neugierig aufgeblickt und beobachtet, ob ich vor einer derartigen Arbeit zurückschrecken würde, aber Wollewalken war für mich kein großer Schock – nach allem, was ich in Frankreich gesehen und erlebt hatte, im Krieg 1944 und im Spital 1944. Die grundlegenden Erfahrungen des Lebens sind zu allen Zeiten gleich. Und einmal abgesehen von dem scharfen Geruch, war der Schuppen ein warmer, gemütlicher Ort. Die Frauen plauderten, scherzten und sangen, während sie ihre nackten Füsse in den dampfenden Stoff einsinken liessen.

Ich wurde durch das Geräusch schwerer Stiefel im Flur aus meinen Gedanken gerissen. Ein Schwall kalter, feuchter Luft schwappte herein, als die Tür aufging. Ich hörte die Stimmen von Jamie und Ian, die Gälisch miteinander sprachen – in jener behäbigen, unspektakulären Art, die bedeutete, daß sie über die Landwirtschaft redeten.

»Dieser Acker muß nächstes Jahr entwässert werden«, sagte Jamie, während sie zur Tür hereinkamen. Als Jenny die beiden erblickte, legte sie die Post auf den Tisch und holte frische Leinenhandtücher aus der Truhe im Flur.

»Trocknet euch ab, bevor ihr den ganzen Teppich naßtropft«, sagte sie mit einer Stimme, die keinen Widerspruch duldete, und reichte jedem ein Handtuch. »Und zieht eure schmutzigen Stiefel aus. Die Post ist gekommen, Ian – für dich ist ein Brief von dem Mann aus Perth dabei, dem du wegen der Saatkartoffeln geschrieben hattest.«

»Aye? Ich lese ihn gleich, aber können wir nicht zuerst etwas zu essen haben?« fragte Ian und rieb sich den Kopf mit dem Handtuch trocken. »Ich bin am Verhungern, und ich höre Jamies Magen bis hierher knurren.«

Jamie schüttelte sich wie ein nasser Hund, und seine Schwester protestierte mit einem spitzen Schrei, als die Tropfen überall im Flur herumspritzten. Sein Hemd klebte ihm am Körper, und sein nasses Haar hing ihm in die Augen.

Ich legte ihm das Handtuch um die Schultern. »Trockne dich ab, ich hole inzwischen etwas zu essen.«

Ich stand in der Küche, als ich ihn aufschreien hörte. Niemals zuvor hatte ich einen solchen Laut aus seinem Mund vernommen. In seiner Stimme lagen Schock und Entsetzen und noch etwas – etwas fatalistisch Ergebenes, wie der Schrei eines Menschen, der sich in den Klauen eines Tigers rettungslos verloren glaubt. Ohne einen klaren Gedanken fassen zu können, rannte ich durch den Flur in das Wohnzimmer, ein Tablett mit Haferkuchen in der Hand.

Als ich eintrat, stand er am Tisch, auf den Jenny die Post gelegt hatte. Sein Gesicht war kreidebleich, und er taumelte wie ein entwurzelter Baum.

»Was ist?« rief ich, zu Tode erschrocken bei diesem Anblick. »Jamie, was ist? Was ist los!?«

Mit sichtlicher Anstrengung nahm er einen Brief vom Tisch und reichte ihn mir.

Ich stellte das Tablett ab, griff nach dem Blatt Papier und überflog es rasch. Es war Jareds Brief. »Mein lieber Cousin«, las ich, »...hocherfreut, kann meine Bewunderung gar nicht mit Worten ausdrücken... Dein Mut und Deine Tapferkeit werden mir ein Ansporn sein... von Erfolg gekrönt... meine Gebete werden Dich begleiten...« Ich blickte verwirrt von dem Brief auf. »Wovon um Himmels willen spricht er? Was hast du getan, Jamie?«

Er grinste freudlos und reichte mir ein weiteres Blatt Papier, diesmal ein billig bedrucktes Flugblatt.

»Es geht nicht darum, was *ich* gemacht habe, Sassenach«, erwiderte er. Das Flugblatt trug das Wappen des Königshauses der Stuarts. Die Botschaft, die es enthielt, war knapp und feierlich.

Durch den Ratschluß des Allmächtigen Gottes, hieß es darin, mache König James VIII. von Schottland und der III. von England und Irland hiermit seinen rechtmäßigen Anspruch auf den Thron der drei Königreiche geltend. Hiermit hätten auch die Oberhäupter der Hochlandclans, die jakobitischen Lords sowie »weitere treue Untertanen seiner Majestät König James ihre Unterstützung zugesichert, indem sie ihre Namen unter diesen Bündnisvertrag setzten«.

Mir wurde eiskalt, als ich dies las, und eine lähmende Angst stieg in mir auf, die mir beinahe die Luft abschnürte. Meine Ohren dröhnten, und mir wurde schwarz vor Augen.

Das Blatt war unterzeichnet von den schottischen Clanoberhäuptern, die damit aller Welt ihre Treue zu Charles Stuart erklärten und ihr Leben und ihr Ansehen dem Erfolg seiner Sache widmeten. Unter anderem standen da die Namen Clanranald und Glengarry, Stewart von Appin, Alexander MacDonald von Keppoch, Angus MacDonald von Scotus.

Und ganz unten: »James Alexander Malcolm MacKenzie Fraser von Broch Tuarach.«

»*Jesus H. Roosevelt Christ*«, flüsterte ich und wünschte, mir fiele ein stärkerer Fluch ein, mit dem ich mir hätte Luft machen können. »Der verdammte Dreckskerl hat einfach deinen Namen daruntergesetzt!«

Jamie stand da, bleich und angespannt, doch er erholte sich allmählich von seinem Schrecken.

»Das hat er«, entgegnete er kurz. Er griff nach dem anderen Brief, der noch ungeöffnet auf dem Tisch lag – schweres Pergament mit dem Wappen der Stuarts auf dem Wachssiegel. Ungeduldig riß Jamie den Brief auf, überflog ihn hastig und legte ihn dann auf den Tisch, als hätte er sich daran verbrannt.

»Eine Ausrede«, sagte er heiser. »Aus Zeitmangel hat er mir das Dokument angeblich nicht schicken können, damit ich es selbst unterzeichne. Und seine Dankbarkeit für meine treue Unterstützung. Claire, um Himmels willen, was soll ich bloß machen?«

Es war ein verzweifelter Hilferuf, und ich wußte keine Antwort darauf. Ohnmächtig sah ich zu, wie er auf ein Kniekissen sank und reglos ins Feuer starrte.

Jenny, die die Szene wie versteinert beobachtet hatte, nahm jetzt den Brief und das Flugblatt und las sie aufmerksam. Dann legte sie die Schriftstücke behutsam auf den blankpolierten Tisch zurück. Mit finsterer Miene ging sie zu ihrem Bruder und legte ihm die Hand auf die Schulter.

»Jamie«, sagte sie leise. Ihr Gesicht war blaß. »Du kannst nur eins machen, mein Lieber. Du mußt losziehen und für Charles Stuart kämpfen. Du mußt ihm beistehen, damit er den Kampf gewinnt.«

Jenny hatte recht, doch in meinem Schock gelang es mir nicht sofort, den Sinn ihrer Worte zu erfassen. Die Veröffentlichung dieses Bündnisvertrags brandmarkte jene, die unterzeichnet hatten, als Rebellen und Verräter. Es spielte jetzt keine Rolle mehr, wie Charles bis an diesen Punkt hatte gelangen können oder wie er die Mittel dafür aufgetrieben hatte; er hatte sich zur Rebellion entschlossen, und Jamie – und damit auch ich – saßen nolens volens mit ihm in einem Boot. Wie Jenny gesagt hatte: Wir hatten keine andere Wahl.

Mein Blick fiel auf den Brief von Charles, den Jamie hatte sinken lassen. »... auch wenn viele sagen, es wäre töricht, mich ohne Hilfe von Louis – oder au moins seiner banques – auf dies Werk einzulassen. Ich werde niemals erwägen, wieder dorthin zurückzukehren, woher ich kam«, hieß es darin. »Freuen Sie sich mit mir, my dear friend, denn ich kehre in die Heimat zurück.«

35

Im Mondschein

Mit den Vorbereitungen zum Aufbruch wuchs die Aufregung, die allmählich den ganzen Gutshof erfaßte. Waffen, die seit dem Aufstand von 1715 gehortet worden waren, wurden aus ihren Verstecken hervorgeholt, poliert und geschliffen. Wenn sich die Männer zufällig begegneten, blieben sie stehen, steckten in der heißen Augustsonne die Köpfe zusammen und führten ernste Gespräche. Die Frauen beobachteten sie und wurden immer schweigsamer.

Jenny war ebenso verschlossen und undurchschaubar wie ihr Bruder, sie ließ nicht durchblicken, was sie dachte. Ich, deren Seelenleben glasklar zutage trat, neidete den beiden diese Fähigkeit. Als Jenny mich eines Morgens bat, Jamie zu ihr ins Brauhaus zu schicken, hatte ich keine blasse Ahnung, was sie von ihm wollte.

Da stand nun Jamie hinter mir auf der Türschwelle des Brauhauses, während seine Augen sich an das Dunkel gewöhnten. Er holte tief Luft und sog den bitteren Geruch mit sichtlichem Genuß ein.

»Aah«, sagte er und seufzte verträumt. »Schon allein vom Duft könnte ich betrunken werden.«

»Na, dann halt einen Augenblick die Luft an, denn ich brauche dich in nüchternem Zustand«, bemerkte seine Schwester spitz.

Folgsam sog er die Lungen voll und hielt mit aufgeblähten Bakken den Atem an. Jenny knuffte ihn energisch mit dem Griff ihres Maischestampfers in den Bauch, worauf Jamie sich schnaufend zusammenkrümmte.

»Du Clown«, sagte sie nur. »Ich wollte mit dir über Ian sprechen.«

Jamie nahm einen leeren Eimer vom Gestell, drehte ihn um und setzte sich darauf.

»Was ist mit Ian?« fragte er.

Jetzt war es an Jenny, tief Luft zu holen. Der großen, mit Maische gefüllten Wanne, die vor ihr stand, entströmte eine feuchte Wärme. Es roch nach gärendem Getreide, nach Hopfen und Alkohol.

»Ich möchte, daß du Ian mitnimmst, wenn du gehst.«

Jamie runzelte die Stirn, schwieg aber. Jenny hielt den Blick starr auf den Maischestampfer gerichtet, mit dem sie die Mischung in der Wanne bearbeitete. Er sah sie nachdenklich an.

»Du bist wohl deiner Ehe überdrüssig?« fragte er in beiläufigem Plauderton. »Da wäre es einfacher, wenn ich ihn in den Wald bringen und für dich erschießen würde.« Seine blauen Augen begegneten den ihren.

»Wenn ich will, daß jemand erschossen wird, Jamie Fraser, so mache ich das schon selbst. Und Ian wäre bestimmt nicht mein erstes Ziel.«

Er schnaubte und verzog den Mund.

»Ach? Und weshalb dann?«

»Weil ich dich darum bitte.«

Jamie strich sich gedankenverloren über die ungleichmäßige Narbe an seinem rechten Mittelfinger.

»Es ist gefährlich, Jenny«, erwiderte er ruhig.

»Das weiß ich.«

Jamie schüttelte langsam den Kopf, ohne von seiner Hand aufzublicken. Die Wunde war verheilt, und er konnte die Hand normal gebrauchen, auch wenn der steife Ringfinger und das wuchernde Gewebe der Narbe auf dem Handrücken sie verkrüppelt aussehen ließ.

»Du glaubst, du wüßtest es.«

»Ich weiß es, Jamie.«

Er hob den Kopf. Sein Blick verriet Ungeduld, doch er bemühte sich, gelassen zu bleiben.

»Aye, Ian hat dir gewiß von den Kämpfen in Frankreich erzählt und solche Geschichten. Aber du hast keine Ahnung, wie es wirklich ist, Jenny. *Mo cridh*, es ist nicht wie beim Viehdiebstahl. Es ist Krieg, und es wird ein furchtbares Gemetzel geben. Es ist...«

Der Maischestampfer stieß klappernd an den Rand der Wanne und rutschte hinein.

»Sag nicht, ich wüßte nicht, wie es ist!« fuhr ihn Jenny wütend an. »Geschichten, was? Wer, meinst du, hat Ian gepflegt, als er mit einem halben Bein und hohem Fieber aus Frankreich heimgekommen ist?«

Sie schlug mit der flachen Hand auf die Bank neben ihr. Die Nerven gingen mit ihr durch.

»Du meinst, ich wüßte nicht Bescheid! *Ich* und nicht Bescheid wissen? *Ich* holte die Maden aus dem wunden Fleisch seines Beinstumpfes, weil es seine eigene Mutter nicht fertigbrachte! *Ich* hielt das heiße Messer an sein Bein, um die Wunde auszubrennen! *Ich* roch, wie sein Fleisch wie das eines über dem Feuer gerösteten Schweines verbrannte und hörte seine Schmerzensschreie! Wie kannst du es wagen, dich hierher zu stellen und mir zu erzählen, ich... ich... wüßte nicht, wie es ist!«

Tränen der Wut rollten ihr die Wangen hinab. Sie tastete in ihrer Rocktasche nach einem Taschentuch.

Mit zusammengepreßten Lippen stand Jamie auf, zog sein Taschentuch aus seinem Ärmel und reichte es ihr. Er wußte, daß es keinen Sinn hatte, sie zu berühren oder zu versuchen, sie zu trösten. Er beobachtete, wie sie sich zornbebend die Tränen trocknete.

»Aye, gut, du weißt es also«, sagte er. »Und du willst trotzdem, daß ich ihn mitnehme?«

»Ja.« Sie schneuzte sich kurz und wischte sich die Nase ab, dann steckte sie das Taschentuch in ihre Rocktasche.

»Er weiß ganz genau, daß er verkrüppelt ist, Jamie. Er weiß es nur allzugut. Aber mit dir würde er es schaffen. Ein Pferd für ihn ist auch da, er müßte nicht zu Fuß gehen.«

Er machte mit einer Hand eine ungeduldige Geste.

»Daß er es schaffen würde, ist doch gar nicht die Frage. Ein Mann schafft immer, was er meint, schaffen zu müssen – aber warum glaubst *du*, daß er mitgehen sollte?«

Sie hatte ihre Fassung wiedergewonnen, fischte ihr Gerät aus der Maische und schüttelte es. Braune Tropfen spritzten in die Wanne.

»Er hat dich nicht gefragt, oder? Ob du ihn brauchst?«

»Nein.«

Sie stieß den Maischestampfer in die Wanne und fuhr mit ihrer Arbeit fort.

»Er glaubt, du willst ihn nicht mitnehmen, weil er verkrüppelt ist, und er meint, du könntest ihn nicht brauchen.« Dann blickte sie von ihrer Arbeit auf. »Du kennst Ian, wie er früher war, Jamie. Er hat sich verändert.«

Jamie nickte zögernd und setzte sich wieder auf seinen Eimer.

»Aye. Aber das hast du doch nicht anders erwartet, oder? Und anscheinend geht es ihm gut.« Er sah seine Schwester an und lächelte.

»Er ist glücklich mit dir, Jenny. Mit dir und den Kindern.«

Sie nickte, und ihre schwarzen Locken wippten.

»Aye, das stimmt«, sagte sie sanft. »Aber nur deshalb, weil er für mich ein ganzer Mann ist und es immer bleiben wird.« Sie blickte ihrem Bruder in die Augen. »Aber wenn er glaubt, du könntest ihn nicht brauchen, wird er sich wertlos fühlen. Und deshalb mußt du ihn mitnehmen.«

Jamie faltete die Hände, stützte die Ellbogen auf seine Knie und legte das Kinn auf seine Hände.

»Es wird nicht so sein wie in Frankreich«, sagte er ruhig. »Dort hat man sein Leben nur im Kampf aufs Spiel gesetzt. Hier...« Er machte eine Pause, bevor er fortfuhr. »Jenny, dies ist Verrat. Wenn wir scheitern, werden die Anhänger der Stuarts auf dem Schafott enden.«

Ihr blasses Gesicht wurde noch eine Spur blasser, doch sie fuhr unbeirrt fort, die Maische zu stampfen.

»Ich habe keine Wahl«, fuhr er fort und sah sie eindringlich an. »Aber willst du uns beide in Gefahr bringen? Willst du, daß Ian vom Galgen herab auf das Feuer blickt, das für seine Eingeweide angefacht wird? Willst du riskieren, daß du deine Kinder ohne Vater großziehen mußt, nur um seinen Stolz zu schonen?«

Jenny bewegte den Stampfer langsamer, nicht mehr so wild wie zuvor, doch in ihrer Stimme lag unnachgiebige Entschlossenheit.

»Ich will einen ganzen Mann«, erwiderte sie mit fester Stimme. »Oder gar keinen.«

Jamie saß bewegungslos da und ließ den Blick auf seiner Schwester ruhen, deren dunkler Kopf über ihre Arbeit gebeugt war.

»Gut«, sagte er schließlich. Sie blickte nicht auf, doch innerlich schien sie sich ihm zuzuwenden.

Er seufzte tief, stand dann auf und drehte sich mit einer abrupten Bewegung zu mir um.

»Sassenach, laß uns hier rausgehen«, sagte er. »Gott, ich muß betrunken sein.«

»Du glaubst wohl, du könntest mich herumkommandieren?« Ians Schläfenader pochte sichtbar. Jenny drückte meine Hand noch ein wenig fester.

Jamies Entschluß, Ian solle mit ihm zusammen in die Armee der Stuarts eintreten, war von diesem zunächst mit Skepsis, dann mit Argwohn und – als Jamie nicht nachgab – mit unverhohlener Wut aufgenommen worden.

»Du bist ein Narr«, erklärte Ian kategorisch. »Ich bin ein Krüppel, das weißt du ganz genau.«

»Ich weiß, daß du ein guter Krieger bist, und ich kann mir niemanden vorstellen, den ich im Kampf lieber an meiner Seite hätte«, erwiderte Jamie unbeirrt. Aus seinem Gesicht war kein Schimmer des Zweifels oder des Zögerns abzulesen. Er war Jennys Bitte gefolgt und würde dabei bleiben, koste es, was es wolle. »Du hast oft genug mit mir gekämpft; willst du mich jetzt im Stich lassen?«

Ian wischte diese Schmeichelei mit einer ungeduldigen Geste beiseite. »Das mag ja sein, aber wenn sich mein Holzbein lockert oder wenn ich es verliere, dann ist es aus mit dem Kampf – dann liege ich am Boden wie ein armer Wurm und warte auf den erstbesten Rotrock, der kommt und mich aufspießt. Und außerdem«, er blickte seinen Schwager finster an, »wer, glaubst du, wird das Gut hier instand halten, bis du zurückkommst, wenn ich mit dir in den Kampf ziehe?«

»Jenny«, erwiderte Jamie prompt. »Für die schweren Arbeiten werde ich genügend Männer dalassen, und mit der Verwaltung kommt sie ganz gut allein zurecht.«

Ian runzelte die Stirn und sagte etwas sehr Grobes auf gälisch.

»*Pog ma mahon!* Willst du wirklich, daß ich hier weggehe und sie das ganze Gut allein versorgt, mit drei Kindern, die ihr am Rockzipfel hängen, und der Hälfte der Männer, die normalerweise hier gebraucht werden? Mann, du mußt von allen guten Geistern verlassen sein!« Ian hob abwehrend beide Hände und drehte sich zu dem Schränkchen um, in dem der Whisky aufbewahrt wurde.

»Wie kommst du auf die Idee, du könntest mich herumkommandieren?«

Jamie musterte seinen Schwager, der ihm den Rücken zuwandte, mit finsterer Miene. Auf einmal zuckte ein Muskel in seinem Mundwinkel.

»Weil ich größer bin als du«, gab er angriffslustig, doch immer noch mit finsterer Miene zurück.

Mit ungläubigem Blick drehte sich Ian zu ihm um. Für den

Bruchteil einer Sekunde spiegelte sich Unschlüssigkeit auf seinem Gesicht. Dann straffte er die Schultern und hob das Kinn.

»Ich bin älter als du«, entgegnete er finster.

»Und ich bin stärker.«

»Nein, das bist du nicht!«

»Aye, das bin ich!«

»Nein, *ich* bin stärker!«

Hinter ihrem spaßhaften Ton lag tödlicher Ernst; diese kleine Auseinandersetzung war oberflächlich nichts als eine Spielerei, aber sie beobachteten sich so gespannt wie zwei jugendliche Raufbolde. In Jamies Stimme lag ein herausfordernder Ton. Er knöpfte seine Manschetten los und krempelte die Ärmel seines Hemdes hoch.

»Das will ich sehen!« forderte er Ian auf. Er fuhr mit der Hand über den Tisch, setzte sich und stützte den Ellbogen darauf.

Es dauerte den Bruchteil einer Sekunde, bis Ian die Situation erfaßt hatte, dann nickte er kurz und heftig.

Mit kühler Entschlossenheit strich er sich die Haare aus der Stirn, knöpfte ebenfalls seine Manschetten los und krempelte sich die Ärmel bis zu den Schultern hoch, langsam und ohne die Augen auch nur einen Moment von seinem Schwager abzuwenden.

Ich konnte von meinem Platz aus Ians Gesicht sehen, das ein klein wenig gerötet war. Sein langes, schmales Kinn drückte trotzige Entschlossenheit aus. Jamies Gesicht konnte ich nicht erkennen, denn er saß Ian gegenüber, aber seine Haltung brachte dieselbe Unbeugsamkeit zum Ausdruck.

Die beiden setzten mit Bedacht die Ellbogen auf dem Tisch auf, probierten geeignete Stellen aus und tasteten mit der Ellbogenspitze, ob der Untergrund auch rutschfest sei.

Wie es dem Ritual entsprach, spreizte Jamie die Finger und legte seine Handfläche an Ians. Sie verschränkten die Finger und verharrten einen Augenblick.

»Fertig?« fragte Jamie.

»Fertig.« Ians Stimme klang ruhig, doch seine Augen funkelten.

Die beiden Männer spannten ihre Muskeln und versuchten mit aller Kraft, die Hebelwirkung ihres Arms zu nutzen.

Jenny sah mich an und verdrehte die Augen. Was immer sie auch von Jamie erwartet hatte, das ganz gewiß nicht.

Die beiden Männer waren ganz auf ihre Kraftprobe konzentriert und nahmen sonst nichts wahr. Ihre Gesichter waren tiefrot vor Anstrengung, sie schwitzten, und das Haar klebte ihnen an der Stirn. Auf einmal merkte ich, wie Jamie sich entspannte, als er Ian mit fest aufeinandergepreßten Lippen dasitzen sah. Ian spürte diesen Blick und sah Jamie in die Augen... und plötzlich brachen die beiden in schallendes Gelächter aus.

Ihre Hände verharrten noch einen Augenblick in der Umklammerung, dann lösten sie sich.

»Dann also unentschieden«, meinte Jamie und strich sich eine schweißverklebte Haarsträhne aus dem Gesicht. Er nickte Ian gutmütig zu.

»In Ordnung, Mann. Selbst wenn ich dir Befehle erteilen könnte, würde ich es niemals tun. Aber ich darf dich doch darum bitten, nicht wahr? Wirst du mit mir kommen?«

Ian strich sich über den schweißnassen Hals. Sein Blick wanderte durch den Raum und ruhte einen Augenblick auf Jenny. Ihr Gesicht war nicht blasser als sonst, aber ich sah, wie ihre Halsschlagader heftig pulsierte. Ian blickte sie aufmerksam an, während er die Ärmel seines Hemdes behutsam wieder herunterrollte.

Er rieb sich nachdenklich das Kinn, wandte sich dann Jamie zu und schüttelte den Kopf.

»Nein, mein Lieber«, sagte er leise. »Du brauchst mich hier, und hier werde ich bleiben.« Er sah Jenny an, die Katherine auf dem Arm hielt, und die kleine Maggie, die sich mit ihren schmutzigen Händchen an Jennys Rock klammerte. Und mich. Sein breiter Mund verzog sich zu einem Lächeln. »Ich bleibe hier«, wiederholte er, »und schütze deine schwache Seite.«

»Jamie?«

»Aye?« Die Antwort kam prompt; ich wußte, daß er nicht schlief, obwohl er so reglos dalag wie die Steinfigur auf einer Grabplatte. Das Zimmer war mondhell erleuchtet, und ich konnte sein Gesicht deutlich erkennen, wenn ich mich aufstützte; er starrte zur Decke, als könnte er in den von Mond und Sternen erleuchteten Himmel hinausblicken.

»Du willst mich doch wohl nicht hierlassen?« Ich hätte nicht gefragt, wäre da nicht diese Szene mit Ian gewesen. Da nun feststand, daß Ian bleiben würde, hatte sich Jamie mit ihm zusammengesetzt, um die nötigen Anordnungen zu treffen – und auszuwählen, wer in Begleitung des Gutsherrn dem Prinzen zu Hilfe kommen und wer dableiben sollte, um sich um die Tiere und den Hof von Lallybroch zu kümmern.

Ich wußte, daß ihm diese Entscheidungen schwergefallen waren, obwohl Jamie es nach außen hin nicht zeigte. Ruhig besprach er mit Ian, ob man Ross, den Schmied, in Lallybroch entbehren könne, und kam zu dem Entschluß, man könne, allerdings mußten die Pflugscharen, die im Frühjahr benötigt wurden, vor der Abreise noch in Ordnung gebracht werden. Joseph Fraser Kirby, entschied Jamie, müsse jedoch daheimbleiben, da er die wichtigste Stütze nicht nur seiner Familie, sondern auch seiner verwitweten Schwester war. Der neunjährige Brendan war der älteste Sohn der beiden Familien und noch zu klein, um an seines Vaters Stelle treten zu können, sollte Joseph nicht mehr nach Hause zurückkehren.

Es waren schwierige Entscheidungen, und eine genaue Planung war erforderlich. Wie viele Männer sollten gehen, damit sie den Kampf überhaupt beeinflussen konnten? Denn Jenny hatte recht, Jamie hatte keine andere Wahl – er mußte Charles Stuart helfen, den Sieg zu erringen. Und zu dem Zweck brauchte er so viele Männer und Waffen wie möglich.

Auf der anderen Seite aber stand ich – mein entsetzliches Wissen – und zugleich mein Mangel an Wissen. Wir hatten verhindert, daß Charles Stuart genügend Geld zur Finanzierung seiner Rebellion auftrieb, und dennoch war es Bonnie Prince Charles – leichtsinnig und schwach, aber eisern entschlossen, sein Erbe einzufordern – gelungen, die Clans von Glenfinnan um sich zu sammeln. Durch einen weiteren Brief Jareds hatten wir erfahren, daß Charles inzwischen mit zwei kleinen Fregatten den Kanal überquert hatte. Ein gewisser Antoine Walsh hatte ihm die Schiffe beschafft, ein ehemaliger Sklavenhändler, der eine Gelegenheit witterte. Offensichtlich erachtete er Charles' Abenteuer für weniger riskant als eine Sklavenexpedition. Die eine Fregatte war von den Engländern abgefangen worden, die andere mit Charles an Bord war sicher auf der Insel Eriskay gelandet.

Charles war mit nur sieben Begleitern eingetroffen, darunter Aeneas MacDonald, der Inhaber einer kleinen Bank. Da er nicht in der Lage war, das gesamte Unternehmen zu finanzieren, hatte MacDonald lediglich Geld zum Kauf von Schwertern zur Verfügung gestellt – das war alles an Waffen, was Charles besaß. In

Jareds Brief kam zugleich Bewunderung und Entsetzen zum Ausdruck angesichts der Leichtsinnigkeit des gesamten Unternehmens. Doch als loyaler Jakobit bemühte er sich nach Kräften, seine Zweifel zu zerstreuen.

Und bisher hatte der Erfolg Charles ja auch recht gegeben. Gerüchtehalber erfuhren wir, daß er auf Eriskay gelandet war, nach Glenfinnan übergesetzt hatte und dort – ausgerüstet mit nicht mehr als ein paar großen Fässern Weinbrand – darauf wartete, daß die Clans seinem Aufruf folgten. Und nach einigen nervenzermürbenden Stunden waren dreihundert Mann des Cameron-Clans die steilen grünen Hügel hinuntergekommen – angeführt nicht von ihrem Oberhaupt, das fern der Heimat weilte, sondern von dessen Schwester Jenny.

Die Camerons waren die ersten gewesen, doch bald hatten sich andere angeschlossen, wie der Bündnisvertrag zeigte.

Wenn Charles aber trotz aller Anstrengungen scheitern sollte – wie viele Männer aus Lallybroch durften verschont werden, wie viele konnten zu Hause bleiben, um zu retten, was zu retten war?

Ian selbst war in Sicherheit; das stand fest, und es war ein Trost für Jamies gequälte Seele. Doch die anderen – jene sechzig Familien, die zu Lallybroch gehörten? Die Entscheidung, wer ging und wer blieb, kam in gewisser Weise der Suche nach Opfern gleich, die zur Schlachtbank geführt werden sollten. Ich hatte bereits Gelegenheit gehabt, andere Kommandanten zu beobachten – Männer, die der Krieg zwang, solche Entscheidungen zu fällen –, und ich wußte, was es sie kostete.

Jamie hatte seine Wahl getroffen, doch an zwei Grundprinzipien hatte er festgehalten: keine Frauen sollten die Truppen begleiten und keine Burschen unter achtzehn Jahren. Ian war darüber etwas erstaunt gewesen; während die meisten Frauen mit kleinen Kindern zu Hause blieben, war es in den Highlands durchaus nicht ungewöhnlich, daß die Frauen ihren Männern in die Schlacht folgten, für sie kochten, sie versorgten und mit ihnen die Verpflegung teilten. Und die jungen Burschen, die sich bereits mit vierzehn als Männer betrachteten, fühlten sich gewiß tief gedemütigt, wenn man sie nicht für voll nahm. Doch Jamie hatte seine Anweisungen in einem Ton kundgetan, der keinen Widerspruch duldete, und nach kurzem Zögern hatte Ian nur genickt und sie aufgeschrieben.

Ich hatte ihn in Anwesenheit von Jenny und Ian nicht fragen

wollen, ob sein Verbot auch für mich gelten sollte. Aber ob es nun galt oder nicht, ich war fest entschlossen, mit ihm zu gehen.

»Dich zurücklassen?« entgegnete er nun, und ich sah, wie er den Mund zu einem leichten Grinsen verzog. »Hätte ich denn eine Chance, das durchzusetzen?«

»Nein«, erwiderte ich und schmiegte mich erleichtert an ihn. »Natürlich nicht. Aber ich dachte, du würdest es in Erwägung ziehen.«

Er schnaubte kurz und drückte meinen Kopf an seine Schulter. »Das habe ich auch. Ich dachte, am besten wäre es, dich am Treppengeländer anzuketten. Anders könnte ich dich ja wohl kaum zurückhalten.« Heftig schüttelte er den Kopf. »Nein, ich muß dich mitnehmen, Sassenach, ob ich will oder nicht. Du weißt Dinge, die unterwegs von Nutzen sein können – auch wenn sie im Augenblick unbedeutend erscheinen. Und außerdem bist du eine Heilerin, wie man selten eine findet, Sassenach – ich kann doch den Männern deine Fähigkeiten nicht vorenthalten. Wir werden dich brauchen.«

Er tätschelte meine Schulter und seufzte. »Ich würde weiß Gott was dafür geben, *mo duinne*, wenn ich dich hier zurücklassen könnte, aber es geht nicht. Du wirst also mitkommen – du und Fergus.«

»Fergus?« Ich war erstaunt. »Ich dachte, du willst keinen der jungen Burschen mitnehmen.«

Er seufzte wieder. »Bei Fergus ist es anders. Die anderen Burschen – die nehme ich deshalb nicht mit, weil sie hierhergehören. Wenn alles schiefgeht, müssen sie dafür sorgen, daß ihre Familien nicht verhungern, sie müssen die Felder bestellen und für die Tiere sorgen. Sie werden sehr schnell erwachsen werden müssen, wenn dieser Fall eintritt, aber sie werden dann wenigstens hier sein, um ihre Aufgabe zu erfüllen. Aber Fergus... er gehört nicht hierher, Sassenach. Auch nicht nach Frankreich, sonst hätte ich ihn dorthin zurückgeschickt. Aber dort ist er auch nicht daheim.«

»Sein Platz ist bei dir«, erwiderte ich sanft. »Wie auch mein Platz bei dir ist.«

Er schwieg lange, dann drückte er mich behutsam an sich.

»Aye, das stimmt«, erwiderte er leise. »Schlaf jetzt, *mo duinne*, es ist schon spät.«

Das gereizte Wimmern riß mich nun schon zum drittenmal aus dem Schlaf. Die kleine Katherine bekam Zähnchen und scherte sich nicht darum, daß sie das ganze Haus aufweckte. Von unten hörte ich Ians schläfriges Gemurmel und Jennys ergebenes Flüstern, als sie aufstand, um die Kleine zu beruhigen.

Dann hörte ich weiche, schwere Schritte im Korridor und merkte, daß Jamie keinen Schlaf gefunden hatte und barfuß durchs Haus ging.

»Jenny?« Er sprach leise, denn er wollte niemanden wecken, doch vernahm ich seine Stimme ganz deutlich in der nächtlichen Stille des Hauses.

»Ich habe die Kleine schreien hören«, sagte er. »Sie kann nicht schlafen – und ich auch nicht, aber wenigstens du sollst deine Ruhe haben. Wenn du sie gefüttert und gewickelt hast, werde ich ihr ein wenig Gesellschaft leisten, und du kannst wieder ins Bett.«

Jenny unterdrückte ein Gähnen, doch ich hörte am Klang ihrer Stimme, daß sie sich freute.

»Jamie, du bist ein wahrer Segen für eine geplagte Mutter. Aye, sie ist pappsatt, und gewickelt habe ich sie auch. Da, nimm sie, und ich wünsche euch viel Spaß miteinander.« Eine Tür ging zu, und ich hörte den schweren Tritt Jamies, der sich auf unser Schlafzimmer zubewegte, und das leise Murmeln, mit dem er das Baby beruhigte.

Ich schmiegte mich tiefer ins warme Federbett und dämmerte wieder hinüber, während ich noch ganz leise das Wimmern des Babys hörte, und Jamies tiefes, tonloses Summen, ein Klang, der so beruhigend wie das Geräusch eines Bienenschwarms in der Sonne war.

»Hm, kleine Kitty, *ciamar a tha thu?* Sehr, *mo naoidheachan*, sehr.«

Schon im Halbschlaf hörte ich den beiden draußen auf dem Flur zu. Eines Tages vielleicht würde er sein eigenes Kind so im Arm halten, das kleine runde Köpfchen in seine großen Hände geschmiegt, den kleinen Körper geborgen und behutsam an seine Schultern gedrückt. Und vielleicht würde er eines Tages seiner eigenen Tochter ganz leise ein Lied singen, ein warmes, sanftes Lied in der dunklen Nacht.

Der nagende Schmerz in meinem Innern wurde hinweggetragen von einer Welle der Zärtlichkeit. Ich war einmal schwanger geworden, ich konnte es wieder werden. Faith hatte mir diese Gewißheit geschenkt, Jamie den Mut und die Mittel, sie zu nutzen. Meine Hände ruhten sanft auf meiner Brust. Ich war mir vollkommen sicher, daß diese Brüste eines Tages ein Kind aus meinem Schoß nähren würden. Begleitet von Jamies leisem Gesang, glitt ich hinüber in den Schlaf.

Später wurde ich wieder wach. Das Baby hatte sich beruhigt, doch ich hörte Jamie draußen im Flur flüstern. Seine Stimme war jetzt ruhiger, kaum mehr als ein Murmeln. Und auch der Tonfall hatte sich geändert. Es war nicht mehr das rhythmische Gestammel, die Art und Weise, in der man mit Babys spricht, sondern das gebrochene, stockende Sprechen eines Menschen, der durch das Labyrinth seines Herzens einen Weg sucht.

Neugierig schlüpfte ich aus dem Bett, schlich mich zur Tür und spitzte hinaus. Am Ende des Flures konnte ich die beiden erkennen. Jamie saß am Boden, gegen das Fenster gelehnt, er war nur mit seinem Hemd bekleidet. Seine Füße waren nackt, und er hatte die Beine angezogen, so daß sich die kleine Katherine Mary auf seinem Schoß anlehnen konnte; ihre kleinen Füßchen strampelten unaufhörlich gegen seinen Bauch.

Das Gesicht des Babys war hell wie der Mond, ihre dunklen Augen nahmen jedes Wort auf, das er sprach. Er strich ihr immer wieder über die Wange und flüsterte mit herzzerreißender Sanftheit.

Er sprach Gälisch, und so leise, daß ich nicht hätte wiederholen können, was er sprach, auch wenn ich die Worte verstanden hätte. Aber seine Stimme war belegt, und das Mondlicht, das hinter ihm durch das Fenster flutete, beleuchtete die Tränen, die ihm über die Wangen liefen.

Hier durfte ich nicht stören. Ich tastete mich zurück in mein warmes Bett und bewahrte in meinem Gedächtnis das Bild des Herrn von Lallybroch, der halbnackt im Mondlicht saß und angesichts einer ungewissen Zukunft seinem Herzen Luft machte, während er im Schoß den Sproß seiner Familie hielt.

Als ich am Morgen aufwachte, spürte ich einen warmen, ungewohnten Duft neben mir, und etwas zupfte an meinem Haar. Als ich die Augen öffnete, sah ich Katherine Mary neben mir, die traumverloren schmatzte und mit ihren dicken Fingerchen das Haar über meinem linken Ohr festhielt. Ich löste mich vorsichtig aus ihrem Griff, sie bewegte sich, drehte sich auf den Bauch, zog die Knie an und schlief weiter.

Jamie lag auf ihrer anderen Seite, das Gesicht halb in sein Kissen vergraben. Er blinzelte und öffnete langsam die Augen.

»Guten Morgen, Sassenach«, sagte er leise, um die kleine Schläferin nicht aufzuwecken. Er lächelte mich an, als ich mich im Bett aufsetzte. »Das war ein schönes Bild, wie ihr beide nebeneinander geschlafen habt.«

Ich fuhr mir mit der Hand durch das zerzauste Haar und lächelte, als ich Kittys in die Höhe gereckten Hintern sah.

»Das sieht gar nicht bequem aus«, bemerkte ich. »Aber sie schläft weiter, also kann es nicht so schlimm sein. Wie lange warst du heute nacht mit ihr auf? Ich habe gar nicht gehört, wie du zu Bett gegangen bist.«

Er gähnte. Unter seinen Augen waren schwarze Schatten zu sehen, aber er schien gelassen und zufrieden.

»Ach, irgendwann. Jedenfalls bevor der Mond untergegangen ist. Ich wollte Jenny nicht wecken, um ihr die Kleine wiederzugeben, und so hab' ich sie hier ins Bett zwischen uns gelegt, und sie hat den Rest der Nacht tief und fest geschlafen.«

Das Baby bearbeitete eben die Matratze mit Ellbogen und Knien und wühlte sich mit einem leisen Grunzen tiefer in die Bettwäsche. Es war wohl Zeit für sie, gefüttert zu werden. Diese Vermutung bestätigte sich schon im nächsten Augenblick, als sie, die Augen noch geschlossen, den Kopf hob und aus Leibeskräften zu brüllen begann. Ich packte sie und nahm sie hoch.

»Da-da-da«, besänftigte ich sie und tätschelte ihr den Rücken. Dann schwang ich mich mit einem Satz aus dem Bett und strich Jamie über den Kopf.

»Ich bringe sie zu Jenny«, sagte ich. »Es ist noch früh, schlaf doch noch ein bißchen.«

»Ja, das mache ich, Sassenach«, erwiderte Jamie und zuckte zusammen, als Kittys forderndes Kreischen lauter wurde. »Wir sehen uns dann beim Frühstück, ja?« Er drehte sich auf den Rücken und schlief bereits tief und fest, als ich mit Katherine Mary im Arm die Tür erreicht hatte.

Das Baby wand sich unruhig hin und her. Als ich durch den Flur eilte, begegnete ich Jenny, die das Geschrei ihres Sprößlings bereits gehört hatte und aus ihrem Schlafzimmer gestürmt kam. Ich hielt ihr das Baby entgegen, das inzwischen mit den kleinen Fäusten um sich schlug, um seiner Forderung Nachdruck zu verleihen.

»Hier, *mo mùirninn*, still jetzt, still«, besänftigte Jenny ihr Kleines. Mit einer einladenden Geste nahm sie das Kind aus meinen Armen entgegen und ging mit ihm in ihr Schlafzimmer zurück.

Ich folgte ihr und ließ mich auf dem zerwühlten Bett nieder, während sie sich auf einen Stuhl am Kamin setzte und rasch eine Brust freimachte. Schnell fand der kleine Schreihals die Brustwarze, und wir atmeten erleichtert auf, als plötzlich wohltuende Stille eintrat.

»Ah«, seufzte Jenny und ließ entspannt die Schultern sinken, als die Milch zu fließen begann. »Jetzt ist es gut, mein kleines Ferkelchen, nicht wahr?« Sie lächelte mich mit ihren klaren blauen Augen an.

»Es war nett von euch, die Kleine die ganze Nacht zu behalten. Ich habe geschlafen wie ein Stein.«

Ich zuckte die Achseln und lächelte, als ich Mutter und Kind, in höchster Zufriedenheit vereint, betrachtete.

»Das war Jamie, nicht ich«, erwiderte ich. »Er und seine Nichte scheinen sich gut verstanden zu haben.« Das Bild der beiden stand klar vor meinen Augen: Jamie, wie er ernst und leise zu dem Kind sprach, während ihm die Tränen über die Wangen liefen.

Jenny nickte und sah mich an.

»Aye. Ich dachte, vielleicht würden die beiden einander ein wenig trösten. Er kann zur Zeit wohl nicht gut schlafen?«

»Nein«, bestätigte ich. »Ihm geht so vieles durch den Kopf.«

»Dazu hat er allen Grund«, sagte sie und schaute auf das Bett hinter mir. Ian war bereits aufgestanden, um das Vieh im Stall zu vesorgen. Die Pferde, die zur Feldbestellung nicht benötigt wurden – und auch einige andere – mußten beschlagen werden und brauchten neues Geschirr.

»Man kann mit einem Baby durchaus reden«, sagte sie plötzlich und unterbrach meine Gedanken. »Richtig reden, meine ich. Man kann ihm alles sagen, auch das, was dumm klingen würde, wenn man es einem vernünftigen Erwachsenen sagen würde.«

»Oh. Du hast ihn also gehört?« fragte ich. Sie nickte, während sie auf Katherine blickte, die verzückt mit geschlossenen Augen dalag.

»Aye. Du solltest dir deshalb keine Sorgen machen«, antwortete sie und lächelte mich an. »Es bedeutet nicht, daß er mit dir nicht sprechen kann. Aber es ist etwas ganz anderes, mit einem Baby zu reden. Es ist ein Mensch; man spürt, daß man nicht alleine ist. Aber es versteht nicht, was man sagt, und man braucht sich nicht den Kopf darüber zu zerbrechen, was es von einem denkt oder erwartet. Man kann sein Herz ausschütten, ohne die Worte abwägen zu müssen – und das ist ein wahrer Trost für die Seele.«

Ihre Stimme klang nüchtern, als spräche sie von etwas ganz Selbstverständlichem. Ich überlegte, ob sie wohl selbst häufig so mit ihrem Kind sprach.

»Auf diese Weise spricht man mit ihnen, bevor sie geboren werden«, sagte sie leise. »Weißt du?«

Ich legte meine Hände behutsam auf meinen Bauch, eine über die andere. Ja, ich erinnerte mich.

»Ich weiß.«

Sie preßte den Daumen gegen die Wange des Babys, das sofort zu trinken aufhörte, und mit einer geschickten Bewegung drehte sie den kleinen Körper zur anderen Brust hin.

»Ich habe mir überlegt, daß die Frauen vielleicht deshalb so oft traurig sind, wenn das Kind geboren ist«, fuhr sie nachdenklich fort. »Man denkt an das Baby, während man sich mit ihm unterhält, und man macht sich ein Bild von ihm. Dann wird es geboren, und es ist ganz anders. Selbstverständlich liebt man es, und man möchte erfahren, wie es wirklich ist... aber trotzdem, man denkt an das Kind, mit dem man einst gesprochen hat, während man es noch unter dem Herzen trug, und dieses Kind ist nicht mehr da. Ich glaube, es ist die Trauer über das ungeborene Kind, die man empfindet, auch wenn man das Neugeborene in den Armen hält.« Sie beugte sich über ihr Töchterchen und küßte es auf den flaumigen Kopf.

»Ja«, sagte ich. »Vorher... ist alles nur eine Möglichkeit. Es könnte ein Sohn sein oder eine Tochter. Ein gewöhnliches oder ein schönes Kind. Und dann ist es geboren, und alles, was es sonst noch hätte sein können, ist nicht mehr möglich, denn jetzt ist es da.«

Sie schaukelte sanft hin und her, und die kleine Hand, die die Falten ihres grünen Morgenmantels fest umklammert hatte, sank herab.

»Seine Tochter wird geboren, und der Sohn, der sie hätte werden können, ist tot«, setzte sie meine Gedanken fort. »Und der süße kleine Junge hat das kleine Mädchen getötet, das man unter dem

Herzen zu tragen glaubte. Und man weint um das, was man nicht kennengelernt hat, um das, was ein für allemal vorbei ist, bis man das Kind, das man geboren hat, kennenlernt, und dann schließlich ist es, als ob es nie anders hätte sein können, und man empfindet nichts als Freude und Glück. Doch bis es soweit ist, weint man oft.«

»Und die Männer...« sagte ich in Gedanken an Jamie, der seine Geheimnisse in das unverständige Ohr des Kindes geflüstert hatte.

»Aye. Sie halten ihr Kind im Arm, und sie spüren, daß etwas möglich gewesen wäre, was nun niemals mehr Wirklichkeit werden wird. Aber es fällt einem Mann nicht leicht, um das zu weinen, was er nicht kennt.«

SECHSTER TEIL

Die Flammen des Aufstands

36

Prestonpans

Schottland, September 1745
Nach viertägigem Marsch gelangten wir zu einem Berg nahe Calder, vor dem sich ein weites Moor erstreckte. Doch wir schlugen unser Lager im Schutz der weiter oben gelegenen Bäume auf. Zwei Flüßchen durchschnitten den moosbewachsenen Berghang, und das frische frühherbstliche Wetter ließ das Ganze eher wie einen Ausflug ins Grüne als einen Kriegszug erscheinen.

Doch es war der siebzehnte September, und wenn mich mein bruchstückhaftes Wissen über die Geschichte der Jakobiten nicht trog, würde es in wenigen Tagen Krieg geben.

»Erzähl es mir noch einmal, Sassenach«, hatte Jamie zum x-ten Male gebeten, während wir die gewundenen Pfade und die morastigen Wege entlangzogen. Ich ritt auf Donas, Jamie ging zu Fuß neben mir her. Doch jetzt stieg ich ab, um besser mit ihm sprechen zu können. Donas und ich waren zu einer Art gegenseitigem Einvernehmen gelangt, doch es war ein Pferd, das die volle Aufmerksamkeit des Reiters erforderte. Nur allzugern warf er einen unachtsamen Reiter ab, etwa indem er sich unter niedrigen Ästen hindurch einen Weg suchte.

»Ich habe dir doch schon gesagt, daß ich nicht allzuviel darüber weiß«, erwiderte ich. »Die Geschichtsbücher geben nur spärlich Auskunft, und früher habe ich diesen Ereignissen keine große Beachtung geschenkt. Ich kann dir nur sagen, daß es zur Schlacht kam – äh, kommen wird –, und zwar in der Nähe der Stadt Preston. Darum wird sie auch die Schlacht von Prestonpans genannt.«

»Aye. Und weiter?«

Angestrengt versuchte ich, mich an weitere Einzelheiten zu erinnern. Ich sah das kleine, zerfetzte braune Exemplar der *Geschichte Englands für Kinder* deutlich vor mir, das ich beim flackernden

Licht einer Kerosinlaterne in einer Lehmhütte irgendwo in Persien gelesen hatte. Obwohl ich im Geist Seite für Seite umblätterte, konnte ich mich lediglich an jene Doppelseite erinnern, die der Verfasser dem Zweiten Jakobitenaufstand gewidmet hatte. Und auf diesen beiden Seiten an den Abschnitt über die Schlacht, die uns bevorstand.

»Die Schotten gewinnen«, sagte ich, um hilfreiche Auskunft bemüht.

»Darauf kommt es an«, bemerkte Jamie leicht sarkastisch, »aber es wäre nützlich, etwas mehr zu wissen.«

»Wenn du einen Propheten brauchst, hättest du jemand anderen fragen müssen«, fuhr ich ihn an, fügte dann aber versöhnlich hinzu: »Tut mir leid. Ich weiß einfach nicht viel, und das ist sehr frustrierend.«

»Aye, das ist es.« Er griff nach meiner Hand und drückte sie lächelnd. »Reg dich nicht auf, Sassenach. Du kannst nicht mehr sagen, als du weißt. Trotzdem, erzähle es mir bitte noch einmal.«

»Also gut.« Hand in Hand setzten wir unseren Weg fort. »Es war ein beachtlicher Sieg«, begann ich aus der Erinnerung zu zitieren, »denn die Jakobiten waren den Gegnern zahlenmäßig weit unterlegen. Sie überraschten General Copes Armee im Morgengrauen – sie hatten die aufgehende Sonne im Rücken, daran erinnere ich mich genau –, und die Schlacht bedeutete eine große Niederlage für den Gegner. Es gab Hunderte von Toten auf seiten der Engländer; die siegreichen Jakobiten hatten nur dreißig Opfer zu beklagen. Nur dreißig Tote.«

Jamie drehte sich zu den Männern von Lallybroch um, die uns plaudernd und singend folgten. Wir hatten dreißig Männer aus Lallybroch mitgenommen, und wenn man sie so ansah, schien der Trupp recht stattlich. Aber ich hatte die Schlachtfelder von Elsaß-Lothringen gesehen und die Wiesen, die sich in Friedhöfe verwandelt hatten, auf denen Tausende und Abertausende begraben waren.

»Alles in allem«, fuhr ich entschuldigend fort, »war es wohl ein eher ... unbedeutendes Ereignis, vom historischen Standpunkt aus betrachtet.«

Jamie schürzte die Lippen und atmete hörbar aus. Dabei sah er mich traurig an.

»Unwichtig. Nun ja.«

»Tut mir leid«, sagte ich.
»Das ist nicht deine Schuld, Sassenach.«
Aber irgendwie fühlte ich mich doch schuldig.

Nach dem Abendessen saßen die Männer satt und träge um das Feuer, erzählten sich Geschichten und kratzten sich. Das Kratzen war zu einer verbreiteten Unart geworden; durch die beengten Unterkünfte und die mangelnden Waschmöglichkeiten hatten sich die Läuse so stark vermehrt, daß es niemanden wunderte, wenn ein Mann ein Exemplar dieser Gattung aus einer Falte seines Plaids herauspickte und ins Feuer warf.

Der junge Mann, der Kincaid genannt wurde – eigentlich hieß er Alexander, aber dieser Name war so weit verbreitet, daß die meisten bei ihrem Spitznamen oder zweiten Vornamen gerufen wurden –, schien an jenem Abend ganz besonders von Läusen geplagt zu werden. Er kratzte sich heftig unter den Armen, in den lockigen braunen Haaren und schließlich – mit einem flüchtigen Blick auf mich, um sich zu vergewissern, daß ich nicht in seine Richtung sah – zwischen den Beinen.

»Dich piesacken sie aber ganz schön, mein Junge«, bemerkte Ross, der Schmied, mitfühlend.

»Aye«, nickte der Angesprochene, »diese verfluchten Biester fressen mich noch bei lebendigem Leib auf.«

»Scheinen sich in deinem Pelz verdammt wohlzufühlen«, meinte Wallace Fraser, der sich aus Freundschaft gleich mitkratzte.

»Weißt du, wie man die Viecher am besten wieder loswird?« fragte Sorley McClure hilfsbereit. Als Kincaid den Kopf schüttelte, beugte er sich nach vorne und zog vorsichtig ein brennendes Holzscheit aus dem Feuer.

»Heb deinen Kilt hoch, und ich räuchere sie aus«, erbot er sich unter dem johlenden Gelächter der Männer.

»Alter Bauer«, murmelte Murtagh. »Kannst doch gar nicht mitreden.«

»Kennst du denn einen besseren Weg?« Wallace runzelte fragend die sonnengebräunte Stirn.

»Aber klar.« Schwungvoll zog er seinen Dolch. »Der Junge ist jetzt ein Soldat, soll er es also auch machen wie ein richtiger Soldat.«

Kincaid blickte ihn arglos und neugierig an. »Und wie?«

»Also, ganz einfach. Du nimmst deinen Dolch, hebst dein Plaid und rasierst dir die Haare zwischen den Beinen zur Hälfte ab.« Er hob warnend den Dolch. »Nur zur Hälfte, klar?«

»Zur Hälfte? Aye...« Kincaid wirkte skeptisch, hörte aber aufmerksam zu. Die Männer, die um das Feuer herumsaßen, begannen zu grinsen.

»Und dann...« Murtagh zeigte auf Sorley und dessen brennendes Holzscheit. »Dann erst, mein Junge, zündest du die andere Hälfte an, und wenn die Biester rauskommen, spießst du sie mit deinem Dolch auf.«

Kincaid wurde übers ganze Gesicht rot, als die Männer in grölendes Gelächter ausbrachen. Es gab ein heftiges Gerangel, denn einige wollten die Radikalkur aneinander ausprobieren und schwangen brennende Holzscheite. Gerade, als aus dem Spaß Ernst zu werden drohte, kam Jamie von den Pferden zurück, denen er die Vorderbeine gefesselt hatte. Er trat in den Kreis. Unter dem Arm trug er zwei Steingutflaschen, von denen er eine Kincaid, die andere Murtagh zuwarf. Damit hatte die Rauferei ein Ende.

»Narren seid ihr, alle miteinander«, verkündete Jamie. »Die zweitbeste Art und Weise, die Läuse loszuwerden, besteht darin, sie mit Whisky zu übergießen und sie betrunken zu machen. Wenn sie dann schnarchend umfallen, steht ihr auf, und die Läuse fallen von euch ab.«

»Die zweitbeste Methode, aha«, sagte Ross. »Und was ist die beste, Sir, wenn man fragen darf?«

Jamie grinste nachsichtig in die Runde – wie ein Vater, der sich über die Albernheiten seiner Kinder amüsiert.

»Eure Frauen sollen sie euch abzupfen, und zwar einzeln.« Er stupste mich mit dem Ellbogen an und verbeugte sich vor mir. Mit keck hochgezogenen Augenbrauen sagte er dann: »Wenn Sie so freundlich wären, Madam?«

Das war zwar im Scherz gesagt, aber tatsächlich wurde man die Läuse nur los, wenn man sie einzeln entfernte. Ich selbst kämmte mir morgens und abends sorgfältig die Haare und wusch sie mit Scharfgarbe, sobald wir an eine Wasserstelle kamen, die tief genug war, um darin zu baden. Auf diese Weise hatte ich bisher ernsten Lausbefall vermeiden können. Doch ich war nur solange geschützt, wie auch Jamie keine Läuse hatte, und deshalb ließ ich ihm dieselbe

Behandlung zuteil werden, sooft ich ihn dazu bringen konnte, lange genug stillzusitzen.

»Paviane machen das den lieben langen Tag«, erklärte ich Jamie und entfernte einen Grashalm aus seiner Mähne. »Aber ich glaube, sie verspeisen die Früchte ihrer Arbeit.«

»Laß dich nur nicht davon abhalten, wenn du das Bedürfnis danach verspürst«, antwortete er. Er rekelte sich wohlig, als ich mit dem Kamm durch seine dicken, glänzenden Haarsträhnen fuhr. Im Schein des Feuers glitzerte sein Haar wie ein Funkenregen, wie goldene Feuerstrahlen. »Mmmh. Kaum zu glauben, wie angenehm es ist, wenn man sich die Haare kämmen läßt.«

»Warte nur, bis ich zum nächsten Schritt komme«, sagte ich und zwickte ihn dabei freundlich, so daß er kicherte. »Ich hätte gute Lust, Murtaghs Vorschlag auszuprobieren.«

»Wenn du mit einem brennenden Holzscheit an meine Schamhaare kommst, blüht dir dasselbe«, drohte er. »Was hat Louise de La Tour noch mal über rasierte Frauen gesagt?«

»Daß sie besonders erotisch sind.« Ich beugte mich nach vorne und nagte an seinem Ohrläppchen.

»Mmpf.«

»Tja, über Geschmack läßt sich streiten«, sagte ich. »*Chacun à son gout* und so weiter.«

»So was können nur Franzosen sagen.«

»Stimmt es etwa nicht?«

Plötzlich wurden wir durch ein lautes Grollen unterbrochen. Ich legte den Kamm beiseite und spähte in die Schatten unter den Bäumen.

»Entweder«, sagte ich, »gibt es hier im Wald Bären, oder... hast du denn noch nichts gegessen?«

»Ich hatte soviel mit den Tieren zu tun«, antwortete er. »Ein Pony hat sich ein Bein verzerrt, da mußte ich Umschläge machen. Und dann ist mir bei all dem Gerede über Läuse der Appetit gründlich vergangen.«

»Was machst du bei Pferden für Umschläge?« erkundigte ich mich und überging seine Bemerkung.

»Ach, das kommt darauf an; zur Not tut's auch frischer Dung. Diesmal habe ich zerkaute und mit Honig vermischte Wickenblätter genommen.«

Die Satteltaschen lagen in unmittelbarer Nähe unseres eigenen

Feuers, am Rande der kleinen Lichtung, wo die Männer mein Zelt aufgestellt hatten. Ich hätte zwar ebensogut wie sie unter freiem Himmel schlafen können, aber mittlerweile war ich für den kleinen privaten Freiraum dankbar, der mir durch die Zeltwände gewährt wurde. Und es war – wie Murtagh mit gewohnter Unverblümtheit gesagt hatte, als ich ihm für seine Hilfe beim Aufbau des Zeltes dankte – nicht nur zu *meinem* Vorteil.

»Wenn er es sich nachts zwischen deinen Schenkeln bequem macht, wird es ihm keiner neiden«, hatte er mit einer Kopfbewegung in Jamies Richtung gesagt, der mit einigen anderen Männern ins Gespräch vertieft war. »Aber man sollte den jungen Burschen keinen Anlaß geben, über Dinge nachzudenken, die sie nicht haben können, stimmt's?«

»Wie wahr«, antwortete ich etwas scharf, »sehr aufmerksam von dir.«

Er lächelte, was er selten tat.

»Ach, schon gut«, erwiderte er.

Nach kurzem Stöbern förderte ich ein Stück Käse und ein paar Äpfel aus den Satteltaschen zutage und reichte sie Jamie, der sie skeptisch musterte.

»Kein Brot?« fragte er.

»Vielleicht ist noch welches in der anderen Tasche. Iß zuerst das, es wird dir guttun.« Er hegte, wie alle Hochlandbewohner, tiefen Argwohn gegen frisches Obst und Gemüse, obwohl ihn sein ungeheurer Appetit dazu verleitete, im Notfall alles zu vertilgen.

»Hmm«, sagte er und biß in einen Apfel. »Wenn du meinst, Sassenach.«

»Ja, das meine ich. Schau.« Ich zeigte ihm meine Zähne. »Wie viele Frauen meines Alters, meinst du, haben noch alle ihre Zähne?«

Er lächelte und entblößte dabei sein tadelloses Gebiß.

»Ich muß zugeben, du hast dich sehr gut gehalten für dein Alter, Sassenach.«

»Gesund ernährt habe ich mich«, erwiderte ich. »Die Hälfte deiner Leute leidet an leichtem Skorbut, und wie ich unterwegs gesehen habe, ist es anderswo noch weitaus schlimmer. Skorbut wird durch Vitamin C verhindert, und das ist in Äpfeln enthalten.«

Er nahm den Apfel, in den er eben hineinbeißen wollte, wieder aus dem Mund und betrachtete ihn argwöhnisch.

»Wirklich?«

»Ja, wirklich«, bestätigte ich. »Und auch in den meisten anderen Obstsorten und in Gemüse wie Zwiebeln oder Kohl. Wenn du das jeden Tag ißt, bekommst du keinen Skorbut. Selbst in frischen Kräutern und in Gras findet sich Vitamin C.«

»Mmmpf. Ist das der Grund, weshalb Hirsche und Rehe bis ins Alter ihre Zähne behalten?«

»Vermutlich.«

Er drehte und wendete den Apfel und betrachtete ihn kritisch. Dann zuckte er die Achseln.

»Aye, na gut«, meinte er und biß hinein.

Ich hatte mich eben umgewandt, um das Brot zu holen, als ein Knistern an mein Ohr drang. Aus dem Augenwinkel sah ich, wie sich in der Dunkelheit ein Schatten bewegte. In der Nähe von Jamies Kopf blitzte es im Feuerschein auf. Ich wirbelte herum und stieß einen Schrei aus – doch da war er auch schon in der Dunkelheit verschwunden.

Die Nacht war mondlos, und einzig die Geräusche ließen darauf schließen, was da vor sich ging – das Rascheln der Erlenblätter, ein Stöhnen und Ächzen und hin und wieder ein erstickter Fluch. Dann ein kurzer, scharfer Schrei, dann vollkommene Stille. Das alles dauerte wohl nur wenige Sekunden, doch mir erschien es endlos.

Ich stand noch immer wie erstarrt neben dem Feuer, als Jamie aus der unheimlichen Dunkelheit des Waldes auftauchte und einen Gefangenen vor sich herschob, dem er den Arm nach hinten gedreht hatte. Nachdem er seinen Griff gelockert hatte, gab er der Gestalt einen Stoß, so daß sie gegen einen Baumstamm torkelte und im trockenen Laub wie betäubt zu Boden sank.

Vom Lärm herbeigelockt, waren inzwischen Murtagh, Ross und einige andere der Fraser-Männer am Feuer aufgetaucht. Grob zerrten sie den Eindringling auf die Füße und näher an die Flammen heran. Murtagh packte ihn am Haarschopf und riß ihm den Kopf nach hinten, um sein Gesicht besser zu erkennen.

Es war klein und fein geschnitten, mit großen Augen und langen Wimpern. Benommen blickte der Eindringling die Männer an, die einen Kreis um ihn gebildet hatten.

»Aber das ist ja noch ein Kind!« rief ich. »Er ist nicht älter als fünfzehn!«

»Sechzehn!« verbesserte mich der Junge. Er schüttelte den Kopf;

langsam schien er wieder zu sich zu kommen. »Aber das macht wohl keinen großen Unterschied« fügte er hochmütig und mit englischem Akzent hinzu. Hampshire, schoß es mir durch den Kopf. Ganz schön weit weg von zu Hause.

»Richtig«, stimmte Jamie grimmig zu. »Ob sechzehn oder sechzig, er hat eben einen respektablen Versuch unternommen, mir die Kehle durchzuschneiden.« Erst jetzt sah ich das blutrote Taschentuch, das er sich fest an den Hals drückte.

»Von mir erfahrt ihr nichts!« rief der Junge. Seine dunklen Augen stachen scharf aus dem blassen Gesicht hervor, und sein blondes Haar leuchtete im Schein des Feuers. Einen Arm hielt er fest vor die Brust gepreßt, vermutlich, weil er verletzt war. Trotzdem bemühte sich der Junge, aufrecht vor den Männern zu stehen, und preßte die Lippen fest zusammen, um weder Furcht noch Schmerz zu zeigen.

»Gewisse Dinge weiß ich ohnehin schon«, erwiderte Jamie, während er den Jungen musterte. »Erstens bist du Engländer, also gehörst du zu der Truppe hier in der Nähe. Und zweitens bist du allein.«

Der Junge schien verblüfft. »Woher wissen Sie das?«

Jamie hob die Augenbrauen. »Wahrscheinlich hättest du es nicht gewagt, mich anzugreifen, wenn du nicht gemeint hättest, die Lady und ich seien allein. Wenn jemand bei dir gewesen wäre, der das auch gedacht hätte, wäre er dir sicher zu Hilfe geeilt. Übrigens, ist dein Arm gebrochen? Ich hatte den Eindruck, es hätte gekracht. Wenn du mit anderen gekommen wärst, die gewußt hätten, daß wir nicht allein sind, hätten sie dich sicher daran gehindert, etwas so Törichtes zu tun.« Trotz Jamies Ausführungen sah ich, wie drei der Männer auf ein Zeichen von ihm unauffällig im Wald verschwanden, wohl um nach weiteren ungebetenen Gästen zu fahnden.

Das Gesicht des Jungen nahm einen trotzigen Ausdruck an, als er hörte, wie seine Aktion als töricht abgetan wurde. Jamie betupfte sich den Hals und betrachtete dann eingehend das Taschentuch.

»Wenn du jemanden von hinten töten willst, mein Junge, dann such dir nicht jemanden aus, der im trockenen Laub sitzt«, riet er. »Und wenn du jemanden, der größer ist als du, mit dem Messer angreifst, dann suche dir eine sicherere Stelle aus. Eine Kehle kannst du nur dann durchschneiden, wenn dein Opfer stillhält.«

»Vielen Dank für den freundlichen Ratschlag«, höhnte der Junge. Er bemühte sich redlich, weiterhin tapfer zu wirken, doch seine Augen wanderten nervös von einem finsteren schnurrbärtigen Gesicht zum nächsten. Keiner der Hochlandschotten hätte am hellichten Tag bei einem Schönheitswettbewerb einen Preis gewonnen, und sie gehörten erst recht nicht zu der Sorte, der man gern in der Dunkelheit begegnete.

Jamie antwortete höflich: »Bitte sehr, gern geschehen. Nur wirst du leider keine Möglichkeit haben, diesen Ratschlag in die Tat umzusetzen. Weshalb wolltest du mich eigentlich umbringen?«

Der Junge zögerte einen Augenblick. »Ich wollte die Lady befreien«, antwortete er dann.

Ein amüsiertes Raunen ging durch die Menge, das durch eine flüchtige Handbewegung Jamies sofort zum Stillstand kam. »Ach so«, sagte er beiläufig. »Du hast uns reden hören und bist zu dem Schluß gekommen, daß die Dame eine Engländerin und von vornehmer Herkunft ist. Wogegen ich...«

»Wogegen Sie, Sir, ein gewissenloser Verbrecher sind, bekannt als Dieb und Gewalttäter! Ihr Gesicht und eine Beschreibung Ihrer Person findet man in ganz Hampshire und Sussex auf Flugblättern abgedruckt! Ich habe Sie gleich erkannt; Sie sind ein Rebell und ein skrupelloser Lüstling!« Das Gesicht des Jungen war vor Eifer rot geworden.

Ich biß mir auf die Lippen und blickte zu Boden, um Jamie nicht in die Augen sehen zu müssen.

»Aye, gut. Wie du meinst«, stimmte Jamie zu. »Wenn dem so ist, kannst du mir vielleicht einen Grund nennen, warum ich dich nicht auf der Stelle umbringen sollte?« Dabei zog er den Dolch und drehte ihn hin und her, so daß die Klinge im Feuerschein blitzte.

Aus dem Gesicht des Jungen war alles Blut gewichen. Er war kreidebleich, hielt sich jedoch tapfer aufrecht und versuchte, sich aus dem Griff der beiden Männer loszureißen, die ihn am Arm festhielten. »Das habe ich erwartet. Ich bin bereit zu sterben«, sagte er und straffte die Schultern.

Jamie nickte nachdenklich. Dann beugte er sich nieder und legte seinen Dolch ins Feuer. Um die Klinge, die sofort schwarz anlief, kräuselte sich Rauch, und ein scharfer Geruch stieg auf. Wir alle starrten in stummer Verzauberung in die Flamme, die an der Klinge eine tiefblaue Färbung annahm und das todbringende Metall in der glühenden Hitze zum Leben zu erwecken schien.

Jamie wickelte das blutbefleckte Taschentuch um seine Hand

und nahm vorsichtig den Dolch aus dem Feuer. Dann schritt er langsam auf den Jungen zu und senkte die Waffe, bis sie wie zufällig das Wams des Jungen berührte. Es roch nach versengtem Stoff, als der Dolch auf dem Wams des Jungen eine Brandspur hinterließ. Jetzt befand sich die Spitze des Dolchs unmittelbar an dem aufwärts gereckten Kinn des Jungen. Ich sah, wie Schweiß den schlanken Hals des Jungen hinunterlief.

»Aye, leider habe ich nicht vor, dich zu töten – noch nicht.«

Jamies Stimme war leise und drohend, und durch die Beherrschung, die er sich auferlegte, wirkte sie um so erschreckender.

»Zu welcher Truppe gehörst du?« Die Frage sauste wie ein Peitschenschlag herab und ließ die Umstehenden förmlich zusammenzucken. Die Spitze des Dolches rückte dem Hals des Jungen etwas näher.

»Das – das sage ich nicht!« stammelte der Junge und preßte die Lippen noch fester zusammen. Ein Zittern überlief ihn.

»Und in welcher Entfernung lagern deine Kameraden? Wie viele sind es? Und welche Marschrichtung schlagen sie ein?« Jamie stellte seine Fragen leichthin; seine ganze Konzentration schien auf die Klinge gerichtet, die nahe am Kinn des Jungen entlangstrich. Dessen Augen waren vor Angst geweitet, doch er schüttelte heftig den Kopf. Ross und Kincaid packten ihn fester am Arm.

Eine winzige Bewegung des Dolches, ein dünner, erstickter Schrei, dann der Geruch verbrannter Haut.

»Jamie!« rief ich außer mir. Er wandte sich nicht um, sondern hielt die Augen auf seinen Gefangenen gerichtet. Der war auf die Knie gesunken und preßte die Hand an seinen Hals.

»Halten Sie sich raus, Madam«, stieß Jamie zwischen den Zähnen hervor. Er packte den Jungen an der Hemdbrust und zog ihn ruckartig in die Höhe. Dann hielt er den Dolch unter das linke Auge des Jungen. In einer stummen Frage neigte er den Kopf und erhielt als Antwort ein kaum merkliches, jedoch entscheidendes Kopfschütteln.

Die Stimme des Jungen war jetzt nur noch ein bebendes Flüstern; er mußte sich räuspern, um sich verständlich zu machen. »N-nein«, stotterte er. »Nein. Egal, was Sie mir antun, Sie werden mich nicht dazu bringen, etwas zu verraten.«

Jamie hielt ihn noch einen Augenblick fest, dann ließ er sein Hemd los und trat einen Schritt zurück. »Nein«, erwiderte er langsam, »das habe ich auch nicht erwartet. Aber was ist mit der Lady?«

Daß er mich meinte, wurde mir erst klar, als er mich am Handgelenk packte und herumriß. Er drehte mir die Hand auf den Rücken.

»Dein eigenes Schicksal mag dir gleichgültig sein, doch vielleicht ist dir die Ehre der Dame wichtig, da du dir schon so große Mühe gegeben hast, sie zu befreien.« Er packte mich an den Haaren, riß meinen Kopf nach hinten und küßte mich mit einer solchen Brutalität, daß ich unwillkürlich zurückzuckte.

Dann ließ er meine Haare los und zog mich an sich, so daß ich dem Jungen direkt gegenüberstand. Der stand mit weit aufgerissenen Augen da.

»Lassen Sie sie sofort los!« forderte er mit heiserer Stimme. »Was haben Sie mit ihr vor?«

Jamie packte mich am Ausschnitt meines Kleids. Mit einer ruckartigen Bewegung riß er daran und entblößte beinahe meine ganze Brust. Instinktiv versetzte ich ihm einen Tritt gegen das Schienbein. Der Junge gab einen unartikulierten Laut von sich und tat einen Schritt nach vorne, wurde aber von Ross und Kincaid zurückgehalten.

»Wenn du es genau wissen willst«, ertönte Jamies Stimme hinter mir, »habe ich vor, die Lady vor deinen Augen zu vergewaltigen. Dann gebe ich sie an meine Männer weiter, die mit ihr machen können, was sie wollen. Vielleicht möchtest du auch mal, bevor ich dich töte? Ein Mann sollte nicht unberührt sterben, meinst du nicht auch?«

Jetzt setzte ich mich mit aller Kraft zur Wehr. Jamie hielt meinen Arm mit eisernem Griff hinter meinem Rücken fest und hatte seine große, warme Hand auf meinen Mund gelegt, so daß ich nicht schreien konnte. Ich biß ihn, so fest ich konnte, in die Hand, und spürte den Geschmack von Blut im Mund. Mit einem verhaltenen Ausruf zog er seine Hand fort, knüllte dann aber ein Stück Tuch zusammen und steckte es mir in den Mund. Ich stieß einen erstickten Schrei aus, doch da riß Jamie mir das Kleid noch weiter vom Leibe. Ein Ratsch, und ich stand bis zu den Hüften entblößt da. Ross starrte mich einen Augenblick lang an, dann sah er schnell weg und richtete seinen Blick starr auf den Gefangenen. Auf seinen Wangen bildeten sich rote Flecken. Kincaid, nicht älter als neunzehn Jahre, schaute entsetzt drein. Sein Mund stand offen wie ein Scheunentor.

»Schluß damit!« Die Stimme des Jungen zitterte, jetzt mehr aus Empörung als aus Furcht. »Sie – Sie abscheuliche Memme! Wie können Sie es wagen, eine Dame zu entehren, Sie schottischer Schakal!« Seine Brust lebte unter dem inneren Aufruhr. Dann kam er zu einem Entschluß. Trotzig hob er das Kinn.

»Also gut. Ich sehe, daß ich als Ehrenmann keine andere Wahl habe. Lassen Sie die Lady los, und ich sage Ihnen, was Sie wissen wollen.«

Jamie ließ meine Schulter los und gab Ross ein Zeichen. Daraufhin gab dieser den verletzten Arm des Jungen frei und bückte sich schnell, um meinen Umhang aufzuheben, der in der Aufregung zu Boden gefallen war. Jamie zog meine Hände auf den Rücken, riß mir den Gürtel herunter und fesselte damit meine Hände. Er nahm den Umhang, den Ross ihm reichte, legte ihn mir mit einem Schwung um die Schultern und band ihn sorgfältig zu. Schließlich trat er einen Schritt zurück, verbeugte sich ironisch vor mir und wandte sich an den Gefangenen.

»Du hast mein Wort, daß die Dame vor meinen Annäherungsversuchen sicher ist«, sagte er. Das Zittern in seiner Stimme hätte auf Zorn oder enttäuschte sinnliche Begierde zurückgeführt werden können. Ich erkannte darin jedoch einen gewaltsam unterdrückten Lachreiz. Ich hätte ihn umbringen können.

Mit versteinertem Gesicht erteilte der Junge die gewünschten Auskünfte.

Er hieß William Grey und war der zweite Sohn des Viscount Melton. Mit einer Truppe von zweihundert Mann befand er sich auf dem Weg nach Dunbar, um sich dort General Copes Armee anzuschließen. Seine Truppe lagerte im Augenblick etwa fünf Kilometer weiter westlich. Er, William, hatte den Wald durchstreift und dabei unser Feuer entdeckt. Nein, niemand hatte ihn begleitet. Ja, die Truppe war schwer bewaffnet, mit sechzehn Schnellfeuerkanonen und zwei Mörsern. Die meisten Soldaten seiner Truppe waren mit Musketen ausgerüstet, und eine dreißig Mann starke Kompanie war beritten.

Obwohl dem Jungen die Fragen und die Schmerzen zusetzten, weigerte er sich, Platz zu nehmen. Statt dessen lehnte er sich gegen einen Baum und barg seinen Ellbogen in der linken Hand.

Das Verhör dauerte fast eine Stunde und drehte sich immer wieder um die gleichen Einzelheiten, um die Klärung von Widersprüchen und um Punkte, die der Junge offensichtlich umgehen wollte. Als Jamie endlich zufrieden war, seufzte er tief auf und wandte sich von dem Jungen ab, der sich im schwankenden Schatten der Eiche erschöpft niederließ. Wortlos streckte Jamie die Hand aus, und Murtagh, der wie gewöhnlich seine Wünsche erriet, reichte ihm eine Pistole.

Dann trat Jamie wieder vor den Gefangenen und tat so, als konzentrierte er sich darauf, die Waffe zu prüfen und zu laden. »Kopf oder Herz?« fragte er dann beiläufig.

»Was?« Dem Jungen blieb der Mund offenstehen.

»Ich werde dich jetzt erschießen«, erklärte ihm Jamie geduldig. »Spitzel werden gewöhnlich gehängt, aber in Anbetracht deiner Ritterlichkeit bin ich bereit, dir einen schnellen Tod zu gewähren. Möchtest du die Kugel lieber in den Kopf oder ins Herz?«

Der Junge richtete sich auf und straffte die Schultern. »Oh, ja, natürlich.« Er fuhr sich mit der Zunge über die trockenen Lippen und schluckte. »Ich denke... ins – ins Herz.« Nach einer Pause fügte er hinzu: »Danke.« Er hob das Kinn und kniff die weichen, noch kindlichen Lippen zusammen.

Jamie entsicherte die Waffe mit einem Klicken, das in der nächtlichen Stille unter den Eichenbäumen nachhallte.

»Warten Sie!« rief der Gefangene. Jamie blickte ihn forschend an, die Pistole auf seine schmale Brust gerichtet.

»Welche Sicherheit habe ich, daß die Lady nach... nach meinem Tod nicht belästigt wird?« fragte er und blickte herausfordernd in die Runde. Seine gesunde Hand war zur Faust geballt, doch sie zitterte. Ross ließ ein Kichern hören, tat aber dann geschickt so, als ob er geniest hätte.

Jamie ließ die Pistole sinken. Mit eiserner Selbstbeherrschung setzte er eine Miene feierlichen Ernstes auf.

»Nun«, sagte er mit breitem schottischem Akzent, »ich habe dir mein Wort gegeben, obwohl ich natürlich einsehe, daß es dir schwerfällt, einer...«, seine Lippen zitterten unwillkürlich, »einer schottischen Memme zu glauben. Vielleicht kannst du aber die Zusicherung der Dame selbst akzeptieren.« Mit fragend gerunzelter Stirn blickte er in meine Richtung, und Kincaid eilte herbei, um das Taschentuch aus meinem Mund zu nehmen.

»Jamie!« rief ich wütend, sobald ich wieder sprechen konnte. »Das ist unerhört! Wie konntest du nur so etwas tun! Du ... du ...«

»Memme«, kam er mir zu Hilfe. »Oder Schakal, wenn dir das besser gefällt. Was meinst du, Murtagh, bin ich eine Memme oder ein Schakal?«

Murtagh verzog den Mund. »Ich sage, du bist keinen Pfifferling wert, wenn du dein Mädel ohne einen Dolch in der Hand losbindest.«

Jamie wandte sich wieder an den Jungen. »Ich muß mich bei meiner Frau entschuldigen, daß ich sie gezwungen habe, bei diesem Täuschungsmanöver mitzumachen. Ich versichere dir, daß es gegen ihren Willen geschah.« Reuig betrachtete er die Bißwunde an seiner Hand.

»Ihre Frau?« Entsetzt blickte der Junge erst mich, dann Jamie an.

»Außerdem versichere ich dir, daß die Lady, die mich in meinem Bett gelegentlich mit ihrer Anwesenheit beehrt, dies nie unter Zwang getan hat ... und auch in Zukunft nicht tun wird«, fügte er spitz hinzu. »Aber binde sie noch nicht los, Kincaid.«

»James Fraser«, zischte ich ihm wütend zu. »Wenn du dem Jungen auch nur ein Haar krümmst, wirst du dein Bett ganz bestimmt nie mehr mit mir teilen!«

Jamie runzelte besorgt die Stirn. »Tja, das ist eine ernste Drohung für einen so skrupellosen Lüstling wie mich. Aber in einer solchen Situation muß ich mein eigenes Wohlergehen hintanstellen. Krieg ist eben Krieg.« Erneut hob er die Pistole.

»Jamie!« schrie ich.

Er ließ die Waffe sinken und wandte sich mit übertriebener Nachsicht an mich. »Ja?«

Um meine Wut zu bändigen, holte ich tief Luft. Ich konnte nur ahnen, was er vorhatte, und hoffte, daß ich das Richtige tat. Ob richtig oder nicht, wenn das hier erst einmal vorüber war ... Ich verdrängte die äußerst reizvolle Vorstellung eines am Boden liegenden Jamie, der sich unter meinem Fuß wand, und versuchte, mich auf meine gegenwärtige Aufgabe zu konzentrieren.

»Du hast nicht den geringsten Anhaltspunkt dafür, daß er ein Späher ist«, wandte ich ein. »Er hat gesagt, er sei zufällig auf dich gestoßen. Wer wäre da nicht neugierig, wenn er im Wald ein Feuer sieht?«

Jamie nickte einsichtig. »Aye, aber was ist mit dem Mordversuch? Späher oder nicht, er hat versucht mich zu töten und gibt das auch zu.« Er strich über die Wunde an seinem Hals.

»Ja, natürlich!« rief ich ungeduldig. »Er ist davon ausgegangen, daß du ein Verbrecher bist. Verdammt noch mal, auf deinen Kopf ist schließlich eine Belohnung ausgesetzt!«

Jamie rieb sich unschlüssig das Kinn, dann wandte er sich zu dem Gefangenen um. »Tja, das ist natürlich richtig«, sagte er. »William Grey, du hast eine gute Anwältin. Weder Seine Hoheit Prince Charles noch ich haben die Gewohnheit, jemanden ohne Recht und Gesetz zu exekutieren.« Er winkte Kincaid zu sich heran.

»Kincaid, du und Ross nehmt diesen Kerl und führt ihn in die Richtung, in der sich seinen Angaben zufolge sein Lager befindet. Wenn das, was er gesagt hat, stimmt, dann bindet ihn gut einen Kilometer von seinem Lager entfernt in Marschrichtung an einem Baum fest. Morgen früh werden ihn seine Kameraden finden. Wenn sich seine Auskünfte aber als falsch erweisen«, er musterte den Gefangenen durchdringend, »dann schneidet ihm die Kehle durch.«

Ohne jede Spur von Spott blickte er dem Jungen ins Gesicht. »Ich habe dir das Leben geschenkt. Ich hoffe, du fängst etwas Vernünftiges damit an.«

Dann band er mich los. Als ich mich wütend umdrehte, zeigte er auf den Jungen, der sich unter der Eiche auf den Boden gesetzt hatte. »Würdest du ihm den Arm verbinden, bevor er aufbricht?« Der finstere Blick, die gespielte Grausamkeit waren aus Jamies Gesicht verschwunden. Statt dessen hielt er die Augen gesenkt und mied meinen Blick.

Wortlos trat ich auf den Jungen zu und beugte mich zu ihm hinunter. Er schien wie benommen und widersetzte sich nicht, als ich seinen Arm untersuchte, obwohl er große Schmerzen haben mußte.

Ständig glitt mir das zerrissene Oberteil meines Kleides von den Schultern, und ich murmelte ärgerlich, als ich es zum x-ten Male hochzog. Der Unterarmknochen des Jungen war dünn und kaum kräftiger als meiner. Ich schiente den Arm und legte ihn in eine Schlinge, die ich aus meinem Halstuch gebunden hatte. »Es ist ein glatter Bruch«, erklärte ich ihm sachlich. »Du solltest den Arm mindestens zwei Wochen lang nicht mehr bewegen.« Er nickte, ohne mich anzusehen.

Jamie saß unterdessen schweigend auf einem Holzblock und sah mir zu. Keuchend vor Wut ging ich zu ihm hin und schlug ihn, so fest ich konnte, ins Gesicht. Die Ohrfeige hinterließ auf seiner Wange einen weißen Fleck, und Tränen schossen ihm in die Augen, aber er verzog keine Miene.

Kincaid zog den Jungen auf die Beine und schob ihn zum Rand der Lichtung. Dort blieb er stehen und drehte sich noch einmal um. Er vermied es, mich anzusehen, sondern sprach nur zu Jamie.

»Ich verdanke Ihnen mein Leben«, erklärte er förmlich. »Ich würde es vorziehen, wenn dem nicht so wäre, aber dieses unwillkommene Geschenk muß ich jetzt als eine Schuld betrachten, die ich abzutragen habe. Doch wenn sie erst einmal abgegolten ist...« In der Stimme des Jungen schwang unterdrückter Haß mit, der jetzt offen ausbrach, als er hinzufügte: »...werde ich Sie töten!«

Jamie richtete sich zu seiner vollen Größe auf. Er wirkte ruhig und zeigte keinerlei Ironie. Nachdem er sich ernst und gemessen verbeugt hatte, erwiderte er: »In diesem Fall, Sir, kann ich nur hoffen, daß wir uns nicht wieder begegnen.«

Der Junge straffte die Schultern und erwiderte steif die Verbeugung. »Ein Grey vergißt seine Schulden niemals, Sir«, erwiderte er. Mit Kincaid, der ihn am Arm festhielt, verschwand er in der Dunkelheit.

Lange Zeit war kein Laut zu hören, nur das Rascheln des Laubes unter den Füßen der sich entfernenden Männer. Dann begann einer der Männer zu kichern, und ein zweiter schloß sich ihm an. Das Gelächter schwoll an, wurde lauter, und bald stimmten alle im Kreis versammelten Männer mit ein.

Jamie trat einen Schritt auf sie zu. Augenblicklich verstummten sie. Dann sah er mich an und sagte kurz: »Geh ins Zelt.«

Vorgewarnt durch meinen Gesichtsausdruck, packte er mich am Handgelenk, bevor ich erneut die Hand zum Schlag heben konnte.

»Wenn du mich wieder schlagen willst, gib mir wenigstens Gelegenheit, dir die andere Wange hinzuhalten«, bemerkte er trocken. »Außerdem kannst du dir die Mühe sparen. Trotzdem rate ich dir, ins Zelt zu gehen.«

Er ließ meine Hand los, trat näher ans Feuer, und mit einer gebieterischen Kopfbewegung bewirkte er, daß sich die Männer zögernd und fast schon ängstlich vor ihm aufstellten.

Ich verstand nicht alles, was er sagte, denn er sprach in einer seltsamen Mischung aus Gälisch und Englisch, doch ich verstand genug, um zu wissen, daß er sich in ruhigem, ausdruckslosem Ton, der seinen Männern das Blut in den Adern gefrieren ließ, nach den Wachposten des Abends erkundigte.

Verstohlen blickten sich die Männer an, und es schien, als rückten sie angesichts der drohenden Gefahr näher zusammen. Doch dann teilte sich der Haufen, und zwei Männer traten hervor. Einmal hoben sie kurz den Kopf, blieben aber sonst die ganze Zeit dicht nebeneinander stehen und blickten schuldbewußt zu Boden.

Es waren die McClure-Brüder, George und Sorley, beide in den Dreißigern. Sie sahen so aus, als hätten sie sich ob des dräuenden Donnerwetters am liebsten an den Händen gehalten.

Eine kurze Pause trat ein, während Jamie die beiden Sündenböcke musterte. Dann hielt er ihnen eine lange Standpauke. Die versammelten Männer gaben keinen Laut von sich, und die beiden McClures, kräftig gebaute Männer, schienen unter der Gewalt der Worte zu schwanken. Ich wischte mir die schwitzenden Hände am Rock ab, froh, daß ich nicht alles verstand, und bereute inzwischen, daß ich Jamies Aufforderung, ins Zelt zu gehen, nicht befolgt hatte.

Noch mehr bereute ich es im nächsten Augenblick, als sich Jamie an Murtagh wandte. Der hatte den Befehl bereits erwartet und stand mit einer etwa sechzig Zentimeter langen Lederpeitsche bereit.

»Zieht euch aus und stellt euch hierher, ihr beiden.« Die McClures gehorchten augenblicklich, als wären sie begierig, die verdiente Strafe in Empfang zu nehmen, und erleichtert, daß die Präliminarien vorüber waren.

Zunächst dachte ich, mir würde schlecht werden, obwohl mir klar war, daß die Strafe, verglichen mit dem, was bei derartigen Vergehen sonst üblich war, mild ausgefallen war. Kein Laut war zu hören, nur das Klatschen der Peitsche und hin und wieder ein Stöhnen.

Schließlich ließ Jamie die Peitsche sinken. Er schwitzte, und das schmutzige Hemd klebte ihm am Rücken. Mit dem Ärmel wischte er sich das Gesicht ab und nickte den McClure-Brüdern zu. Der eine bückte sich und hob die Hemden auf, während der andere, selbst wacklig auf den Beinen, ihn stützte.

Die versammelten Männer schienen während der Bestrafung den

Atem angehalten zu haben. Jetzt ging eine Bewegung durch die Gruppe, gleichsam ein gemeinsames erleichtertes Ausatmen.

Jamie sah sie an und schüttelte den Kopf. Wind kam auf und fuhr ihm durchs Haar.

»Wir können uns keine Fahrlässigkeit leisten«, sagte er ruhig. »Keiner von uns.« Er holte tief Luft und verzog den Mund. »Das gilt auch für mich. Mein offenes Feuer hat den Jungen auf uns aufmerksam gemacht.« Erneut trat Schweiß auf seine Stirn, und er wischte sich mit der Hand übers Gesicht. Dann nickte er Murtagh zu, der mit finsterer Miene etwas abseits von den Männern stand, und hielt ihm die Peitsche hin.

»Wenn ich bitten darf, Sir?«

Nach einem Augenblick des Zögerns streckte Murtagh seine schwielige Hand aus und nahm die Peitsche. Ein Ausdruck der Belustigung flackerte in den schwarzen Äuglein des Clanmitglieds auf.

»Mit Vergnügen... Sir.«

Jamie drehte seinen Männern den Rücken zu und fing an, sich das Hemd auszuziehen. Da fiel sein Blick auf mich, die ich wie versteinert zwischen den Bäumen stand, und er hob ironisch fragend die Augenbrauen. Ob ich wirklich zusehen wollte? Ich schüttelte wild den Kopf, drehte mich um und stolperte zwischen den Bäumen davon.

Doch ich kehrte nicht ins Zelt zurück, dessen drückende Luft mir jetzt unerträglich erschienen wäre. Ich hatte das Gefühl zu ersticken und brauchte frische Luft.

Auf einer kleinen Anhöhe hinter dem Zelt hielt ich an, legte mich flach auf den Boden und verschränkte die Arme über dem Kopf. Nichts, keinen Laut wollte ich von dem letzten Akt des Dramas hören, das sich unten am Feuer abspielte.

Das Gras war kalt auf meiner nackten Haut, und ich zog den Umhang enger um mich. So lag ich unbeweglich, lauschte auf das Pochen meines Herzens und wartete darauf, daß mein aufgewühltes Inneres zur Ruhe kam.

Kurze Zeit später hörte ich, wie die Männer in kleinen Gruppen zu viert oder fünft zu ihren Schlafstellen zurückkehrten. Durch die schützende Hülle meines Umhangs konnte ich ihre Worte nicht verstehen, doch ihre Stimmen klangen gedämpft, vielleicht sogar ein wenig ehrfürchtig. Es dauerte eine Zeitlang, bis ich merkte, daß er gekommen war. Obwohl er schwieg, spürte ich seine Nähe. Als ich mich aufsetzte, sah ich ihn auf einem Stein hocken.

Da ich mich nicht entscheiden konnte, ob ich seinen Kopf streicheln oder mit einem Felsblock einschlagen sollte, tat ich letztlich keins von beiden.

»Geht es dir gut?« fragte ich statt dessen so unbeteiligt wie möglich.

»Aye. Es geht schon.« Langsam faltete er seine Glieder auseinander und streckte sie behutsam und mit einem tiefen Seufzer.

»Es tut mir leid um dein Kleid«, sagte er nach einer Pause. Ich merkte, daß durch die Risse im Stoff meine Haut hindurchschimmerte, und hastig zog ich meinen Umhang fester um mich.

»Ach, nur um das Kleid?« fragte ich ziemlich spitz.

Er seufzte wieder. »Aye, und um das andere auch.« Dann fügte er hinzu: »Ich dachte, du wärst vielleicht bereit, deine Sittsamkeit zu opfern, damit ich nicht gezwungen bin, dem Jungen etwas anzutun. Aber unter den gegebenen Umständen blieb mir nicht die Zeit, dich um Erlaubnis zu bitten. Wenn ich also einen Fehler gemacht habe, bitte ich um Verzeihung, Lady.«

»Du meinst, sonst hättest du ihn weiter gefoltert?«

Er war verärgert und bemühte sich nicht, es zu verbergen. »Von wegen foltern! Ich habe dem Jungen kein Haar gekrümmt.«

Ich zog meinen Umhang fester um mich. »Ach, daß du ihm den Arm gebrochen und ihn mit einer heißen Klinge gebrannt hast, betrachtest du also nicht als Folter?«

»Nein.« Mit einem Satz sprang er auf mich zu, packte mich an Ellbogen und riß mich zu sich herum. »Jetzt hör mir mal zu! Er hat sich den blöden Arm gebrochen, als er sich aus meinem Griff entwinden wollte. Leider hat er keine Erfahrung im Kampf Mann gegen Mann, obwohl er so tapfer ist wie andere.«

»Und der Dolch?«

Jamie schnaubte verächtlich. »Pfff! Nichts als ein kleiner Kratzer, den er morgen mittag schon wieder vergessen hat. Sicher hat es ihm anfangs weh getan, aber es sollte ihm einen Schrecken einjagen, mehr nicht.«

»Ach!« Ich riß mich los, stand auf und ging zurück in den dunklen Wald, auf unser Zelt zu. Hinter mir hörte ich seine Stimme.

»Ich hätte ihn auch mit Gewalt zum Reden bringen können, Sassenach. Es wäre unschön gewesen und hätte bleibende Schäden hinterlassen. Aber ich hüte mich vor solchen Methoden, wenn es nicht unbedingt sein muß. Allerdings, Sassenach«, warnend drang seine Stimme durch die Schatten an mein Ohr, »kann die Zeit kommen, wo ich dazu gezwungen bin. Ich mußte erfahren, wo sich seine Truppe aufhält, wo sich ihre Waffen befinden und so weiter. Durch bloße Einschüchterung hätte ich das nicht erfahren; und so konnte ich ihm nur eine Falle stellen oder es mit Gewalt aus ihm herausholen.«

»Er hat gesagt, du könntest nichts tun, was ihn zum Sprechen brächte.«

Jamies Stimme klang müde und erschöpft. »Gott noch mal, Sassenach, natürlich hätte ich einen Weg gefunden. Man kann den Widerstand eines jeden Menschen brechen, wenn man ihn nur lange genug foltert. Wenn sich jemand darin auskennt, dann ich.«

»Ja«, sagte ich leise. »Das tust du wohl.«

Eine Zeitlang blieben wir schweigend stehen. Ich hörte nur das leise Gemurmel der Männer, die sich zur Nachtruhe legten, und hin und wieder das Stampfen schwerer Stiefel und das Rascheln von Blättern, die man zum Schutz gegen die herbstliche Kälte aufgehäuft hatte. Meine Augen hatten sich mittlerweile so weit an die Dunkelheit gewöhnt, daß ich bereits unser Zelt erkennen konnte, das in etwa zehn Metern Entfernung im Schutz einer großen Lärche stand. Und auch Jamie sah ich jetzt genau, dessen Gestalt sich dunkel vor der helleren Nacht abzeichnete.

»Also gut«, sagte ich nach einer Weile. »Du hast recht. In Anbetracht der Möglichkeiten... ja, du hast recht.«

»Danke.« Ich wußte nicht, ob er lächelte, aber seine Stimme klang so.

»Du hast aber verdammt Glück gehabt«, sagte ich. »Wenn ich nicht dagewesen wäre und dir eine Ausrede geliefert hätte, was hättest du dann gemacht?«

Jamie zuckte die Achseln, und es schien, als ob er in sich hineinlachte.

»Ich weiß es nicht, Sassenach. Ich hatte damit gerechnet, daß du mir hilfst. Wenn du es nicht getan hättest – tja, dann hätte ich den Burschen wohl erschießen müssen. Ich hätte ihn doch kaum enttäuschen und einfach so laufenlassen können, oder?«

»Du verdammter schottischer Scheißkerl«, erwiderte ich trokken.

Er seufzte erschöpft. »Sassenach, seit dem Abendessen – das ich noch nicht einmal in Ruhe zu Ende essen konnte – bin ich niedergestochen, gebissen, geschlagen und ausgepeitscht worden. Normalerweise macht es mir keinen Spaß, Kinder zu Tode zu erschrecken und Männer auszupeitschen, und doch mußte ich heute beides tun. In fünf Kilometern Entfernung lagern zweihundert Engländer, und ich habe keinen blassen Schimmer, wie man sie aufhalten kann. Ich bin müde, hungrig und verletzt. Wenn du auch nur einen Funken weibliches Mitgefühl für mich übrig hast, könnte ich es gut gebrauchen.«

Seine Stimme klang so betrübt, daß ich unwillkürlich lachen mußte. Ich stand auf und ging zu ihm.

»Das kann ich mir vorstellen. Komm her, ich will sehen, was sich machen läßt.« Er hatte sich das Hemd lose über die Schultern gelegt. Jetzt ließ ich meine Hand unter den Stoff gleiten und fuhr über seinen glatten, heißen Rücken. »Die Haut ist nicht verletzt«, stellte ich fest.

Ich streifte ihm das Hemd ab und hieß ihn niedersetzen. Dann benetzte ich seinen Rücken mit kaltem Wasser aus dem Fluß.

»Besser?« fragte ich.

»Ja.« Seine Rückenmuskeln entspannten sich, doch er zuckte leicht zusammen, als ich eine besonders empfindliche Stelle berührte.

Dann kümmerte ich mich um die Wunde unter seinem Ohr. »Du hättest ihn doch nicht wirklich erschossen, oder?«

»Wofür hältst du mich, Sassenach?« erwiderte er mit gespielter Empörung.

»Für eine schottische Memme. Oder bestenfalls für einen gewissenlosen Verbrecher. Woher weiß ich, wozu solch ein Kerl in der Lage ist? Und erst recht ein skrupelloser Lüstling wie du.«

Er lachte, so daß seine Schultern unter meinen Händen erbebten. »Dreh dich um. Wenn du weibliches Mitgefühl willst, mußt du schon stillsitzen.«

»Gut.« Wir schwiegen einen Augenblick. »Nein«, sagte er dann. »Ich hätte ihn nicht erschossen. Aber irgendwie mußte ich dafür sorgen, daß er das Gesicht wahren konnte, nachdem ich ihn in aller Öffentlichkeit lächerlich gemacht hatte. Er ist ein tapferer Junge, und deshalb wollte ich ihm das Gefühl geben, er sei es wert, getötet zu werden.«

Ich schüttelte den Kopf. »Ich werde die Männer nie verstehen«, murmelte ich und strich Ringelblumensalbe auf die Wunde.

Er griff nach meinen Händen und zog mich nahe zu sich heran.

»Du brauchst mich nicht zu verstehen, Sassenach«, erwiderte er leise, »solange du mich liebst.« Er neigte den Kopf und küßte meine Hände.

»Und mir etwas zu essen bringst«, fügte er hinzu und ließ meine Hände los.

»Oh, weibliches Mitgefühl, Liebe *und* Essen?« fragte ich lachend. »Sonst noch was?«

In den Satteltaschen waren kalte Haferkuchen, Käse und auch etwas Schinken. Jetzt erst spürte ich, wie sehr mich die Ereignisse der letzten beiden Stunden angestrengt hatten. Auch ich hatte Hunger bekommen.

Als das Gemurmel der Männer verstummt war, bekam ich plötzlich das Gefühl, daß wir Tausende von Kilometern von jeder Menschenseele entfernt waren. Nur der Wind rauschte unermüdlich in den Bäumen.

Jamie lehnte sich gegen einen Stamm. Sein Gesicht wirkte blaß im Licht der Sterne, doch er war zum Scherzen aufgelegt.

»Ich habe deinem Fürsprecher mein Wort gegeben, daß ich dich nicht mit unsittlichen Annäherungsversuchen belästige. Hoffentlich gilt das nur, solange du mich nicht einlädst, dein Bett mit dir zu teilen. Andernfalls muß ich bei Murtagh oder Kincaid schlafen. Und Murtagh schnarcht.«

»Du auch«, erwiderte ich.

Ich sah ihn kurz an. Dann zuckte ich die Achseln, so daß mir das zerrissene Kleid die eine Schulter herabglitt. »Einen ersten Anlauf hast du ja schon gemacht.« Ich streifte das Kleid von der anderen Schulter, so daß es zu Boden fiel. »Jetzt kannst du dein Werk vollenden.«

Ich spürte die Wärme seiner Umarmung auf meiner kalten Haut.

»Aye, gut«, murmelte er in mein Haar, »Krieg ist Krieg, nicht wahr?«

»Ich kann mir keine Jahreszahlen merken«, sagte ich einige Zeit später und blickte zum sternenübersäten Himmel. »Ist Miguel de Cervantes schon geboren?«

Jamie lag – notgedrungen – auf dem Bauch neben mir; Kopf und Schultern ragten aus dem Zelt. Er öffnete langsam ein Auge und sah zum östlichen Horizont. Als er keine Anzeichen von Morgendämmerung erkennen konnte, blickte er mich mit einem Ausdruck zynischer Resignation an.

»Hast du etwa plötzlich das Bedürfnis, über spanische Romane zu sprechen?« fragte er heiser.

»Eigentlich nicht«, antwortete ich. »Ich wollte nur wissen, ob dir der Ausdruck ›Donquichotterie‹ geläufig ist.«

Er stützte sich auf die Ellbogen und kratzte sich mit beiden Händen am Kopf, um wach zu werden. Blinzelnd drehte er sich zu mir um.

»Cervantes wurde vor beinahe zweihundert Jahren geboren, Sassenach, und da mir eine umfassende Bildung zuteil wurde, kenne ich diesen Herrn. Du wirst doch mit deiner Bemerkung nicht etwa auf mich anspielen wollen?«

»Schmerzt dein Rücken?«

Er hob probeweise die Schultern. »Nicht sehr. Ein paar blaue Flecken, vermute ich.«

»Jamie, weshalb, um Himmels willen, war das nötig?« brach es aus mir heraus.

Er stützte das Kinn auf seine verschränkten Hände. Da er den Kopf zur Seite neigte, wirkten seine Augen noch schräger als sonst und durch sein Lächeln schmal wie Schlitze.

»Murtagh hat es genossen. Diese Tracht Prügel war schon lange fällig – seit ich als Neunjähriger Honigwaben in seine Stiefel gelegt habe, die er ausgezogen hatte, um sich die Füße zu kühlen. Er hat mich damals nicht erwischt, aber ich habe eine Menge neuer und interessanter Wörter gelernt, während er barfuß hinter mir herjagte. Er...«

Ich unterbrach seinen Wortschwall, indem ich ihm einen festen Klaps auf die Schulter gab. Mit einem überraschten »Autsch!« knickte er seinen Arm ein und rollte auf die Seite.

Ich schlang ihm einen Arm um die Hüfte. Sein breiter Rücken verdeckte mir den Blick auf die Sterne. Ich küßte ihn zwischen die Schultern. Dann holte ich Luft und blies ihm sanft meinen kühlenden Atem auf die Haut. Er bekam eine Gänsehaut, und der feine Haarflaum entlang seines Rückgrats stellte sich auf.

»Warum?« wiederholte ich. Ich legte mein Gesicht auf seinen heißen Rücken. Die Narben konnte ich in der Dunkelheit nicht sehen, aber ich spürte sie als dünne, feste Streifen unter meiner Wange.

»Also«, begann er, dann verfiel er in ein nachdenkliches Schweigen.

»Ich weiß auch nicht genau, Sassenach«, fuhr er nach einer Weile fort. »Vielleicht dachte ich, ich sei es dir schuldig. Oder mir selbst.«

»Mir nicht.«

»Aye? Ist es etwa die feine Art, der eigenen Ehefrau in Anwesenheit von dreißig Männern die Kleider vom Leib zu reißen?« Seine Stimme klang jetzt bitter. Sanft drückte ich meine Hände gegen seinen Rücken, um ihn zu beschwichtigen. »Gehört es sich für einen tapferen Krieger, gegen einen gefangenen Feind Gewalt zu gebrauchen, zudem gegen ein Kind? Und noch schlimmere Dinge in Erwägunge zu ziehen?«

»Wäre es besser gewesen, mich – oder ihn – zu schonen und dafür in den nächsten zwei Tagen die Hälfte deiner Männer zu verlieren? Du konntest – du kannst es dir nicht leisten, dich von vornehmer Rücksichtnahme leiten zu lassen.«

»Nein«, sagte er leise. »Nein. Ich muß der Pflicht und der Ehre gehorchen und für den Sohn meines Königs in den Kampf ziehen. Gleichzeitig aber muß ich versuchen, die Sache, der ich mich verschworen habe, in ihr Gegenteil zu verkehren. In meiner Hand liegt das Leben derer, die ich liebe – ich verrate die Ehre, damit diejenigen, die ich ehre, am Leben bleiben.«

»Im Namen der Ehre sind schon viele Menschen getötet worden«, bemerkte ich zu Jamie, der mir immer noch den Rücken zuwandte. »Sinnlose Verteidigung der Ehre ist... Dummheit. Eine heldenhafte Dummheit zwar, aber trotzdem eine Dummheit.«

»Aye, das stimmt. Und das wird sich ändern, wie du mir gesagt hast. Aber wenn ich zu den ersten gehöre, die die Ehre der Vernunft opfern... soll ich mich nicht dafür schämen?« Er drehte sich um und sah mich bekümmert an.

»Ich kehre nicht um – ich kann gar nicht mehr. Aber manchmal, Sassenach, manchmal trauere ich dem Teil meines Selbst nach, den ich verloren habe.«

»Daran bin ich schuld«, sagte ich leise. Ich strich ihm über das Gesicht, die dichten Augenbrauen, den großen Mund und das Kinn mit den Bartstoppeln. »Ich allein. Wenn ich nicht gekommen wäre... dir nicht gesagt hätte, was geschehen wird...« Ich empfand tiefes Bedauern; auch mir tat es leid, daß er sein unbefangenes, ritterliches Wesen verloren hatte. Und dennoch... hätten wir beide, die wir nun einmal nicht aus unserer Haut konnten, eine andere Wahl gehabt? Ich hatte ihm sagen müssen, was ich wußte, und er hatte darauf reagieren müssen. Ein Spruch aus dem Alten Testament ging mir durch den Kopf: »Schweigt vor mir, damit ich reden kann, dann komme auf mich, was mag.«

Jamie griff die biblische Assoziation auf, als hätte er den Spruch gehört. »Ach, na ja«, sagte er, »meines Wissens hat Adam Gott nicht gebeten, Eva wieder von ihm zu nehmen, er hat sich nicht darüber beschwert, was sie ihm angetan hat.« Er beugte sich über mich und küßte meine Stirn, als ich lachte. Dann zog er mir die Decke über die nackten Schultern. »Schlaf jetzt, meine liebe Rippe. Morgen werde ich eine Gefährtin benötigen.«

Ein seltsames metallisches Geräusch weckte mich. Ich spitzte unter der Decke hervor und sah in die Richtung, aus der der Lärm kam.

»Bist du wach?« Etwas silbrig Glänzendes, Klirrendes senkte sich vor meinem Gesicht herab, und ein schweres Gewicht legte sich um meinen Hals.

»Was ist das, um Himmels willen?« fragte ich erstaunt und hob den Kopf. Ich schien eine Halskette aus vielen, fünf Zentimeter großen Metallgliedern, die auf einen ledernen Schnürsenkel gefädelt waren, zu tragen. Einige der Glieder waren an der Spitze verrostet, andere nagelneu. Alle wiesen Kratzer auf, als hätte man sie aus einem größeren Ganzen herausgerissen.

»Kriegstrophäen, Sassenach«, erklärte Jamie.

Ich sah zu ihm auf und stieß einen Laut des Entsetzens aus.

»Oh«, sagte er und strich sich übers Gesicht. »Das habe ich ganz vergessen. Ich hatte keine Zeit, es abzuwaschen.«

»Du hast mich zu Tode erschreckt«, erwiderte ich und griff mir an mein pochendes Herz. »Was ist denn das?«

»Ruß«, sagte er mit einer Stimme, die durch das Tuch, mit dem er sich das Gesicht abrieb, gedämpft wurde. Als er es vom Gesicht nahm, lächelte er mich an. Von Nase, Kinn und Stirn hatte er sich die Farbe bis auf ein paar Streifen abgewischt, aber seine Augen waren noch immer schwarzumrandet wie die eines Waschbären. Es dämmerte, und im fahlen Licht, das im Zelt herrschte, hob sich sein Gesicht kaum von der Leinwand hinter ihm ab. Ich hatte den höchst unangenehmen Eindruck, mit einem Menschen ohne Kopf zu sprechen.

»Das war doch deine Idee«, sagte er.

»*Meine* Idee? Du siehst aus wie ein Weißer, der sich als Mohr verkleidet hat«, erwiderte ich. »Was hast du bloß getrieben?«

Er lächelte und zeigte dabei seine Zähne, die strahlendweiß aus seinem rußverschmierten Gesicht hervorblitzten.

»Überfallkommando«, erwiderte er zufrieden grinsend.

»O Gott«, rief ich entsetzt. »Du warst im englischen Lager? Um Himmels willen! Hoffentlich nicht allein?«

»Dieses Vergnügen konnte ich meinen Männern doch nicht vorenthalten, oder? Drei von ihnen sind hiergeblieben, um dich zu bewachen, und wir anderen hatten eine wirklich sehr einträgliche Nacht.« Stolz deutete er auf meine Halskette.

»Vorsteckstifte für die Transportkarren. Wir konnten die Kanonen nicht mitnehmen oder sie zerstören, ohne viel Lärm zu machen. Aber ohne Räder kommen sie nicht weit. Die sechzehn Schnellfeuerkanonen werden jedenfalls niemals bei General Cope eintreffen.«

Kritisch betrachtete ich meine Halskette.

»Das ist schön und gut, aber glaubst du nicht, daß sie neue Vorsteckstifte anfertigen können? So etwas läßt sich doch sicher aus starkem Draht herstellen.«

Selbstzufrieden nickte er.

»Aye. Natürlich kann man das. Aber ohne neue Räder, an denen sie sie befestigen können, wird es ihnen nichts nutzen.« Er schlug die Zeltklappe zurück und deutete zum Fuß des Berges. Dort erblickte ich Murtagh, schwarz wie ein verhutzelter Teufel, der eine Reihe geschäftig wirkender Unterteufel befehligte. Mit großer Fröhlichkeit warfen sie gerade das letzte von zweiunddreißig riesigen hölzernen Rädern in die tosenden Flammen. Neben dem Feuer lagen eiserne Radreifen aufeinandergeschichtet. Fergus, Kincaid und ein anderer junger Mann spielten mit einem eisernen Reifen, indem sie ihn mit Stöcken hin und her rollten. Ross saß auf einem Baumstamm, trank aus einem Horngefäß und drehte mit seinen stämmigen Armen einen anderen Reifen auf der Stelle.

Bei diesem Anblick mußte ich unwillkürlich lachen.

»Jamie, du bist wirklich ein kluger Bursche!«

»Das mag sein«, erwiderte er, »aber *du* bist halbnackt, und wir müssen aufbrechen. Zieh dich schnell an. Wir haben die Wachen in einem verlassenen Schafpferch festgebunden, aber die anderen sind jetzt sicher schon wach und uns auf den Fersen. Wir müssen verschwinden.«

Wie zur Bekräftigung seiner Worte begann das Zelt zu wackeln. Jemand band draußen die Seile los. Ich stieß vor Schreck einen Schrei aus und wühlte nach den Satteltaschen, während Jamie das Zelt verließ, um den Aufbruch zu überwachen.

Es war bereits später Nachmittag, als wir Tranent erreichten. Das verschlafene Dorf in den Bergen über dem Meer war fest in der Hand der Hochlandarmee. Der größte Teil des Heeres lagerte zwar in den Bergen hinter den Häusern, die auf die schmale, bis zur Küste verlaufende Ebene blickten, doch das ständige Kommen und Gehen ließen Tranent nicht zur Ruhe kommen. Ständig trafen mehr oder weniger militärisch wirkende neue Truppeneinheiten ein, Kundschafter und Boten – manche auf Ponys, andere auf Schusters Rappen – eilten hin und her, die Frauen und Kinder der Soldaten und die Marketenderinnen saßen in und vor den Katen und fragten die vorbeieilenden Boten nach den neuesten Nachrichten.

Am Rande dieses Tohuwabohus hielten wir an, und Jamie schickte Murtagh aus, um nach Lord George Murray zu suchen, dem Oberbefehlshaber des Heeres. Jamie selbst machte sich in einer der Katen frisch.

Auch mein Äußeres ließ zu wünschen übrig. Ich hatte mich zwar nicht mit Ruß beschmiert, doch nach mehreren Nächten im Freien war mein Gesicht ebenfalls von schwarzen Streifen geziert. Die Frau des Hauses reichte mir freundlich ein Handtuch und einen Kamm, und ich saß gerade am Tisch, um den Kampf mit meinen Locken aufzunehmen, als die Tür mit einem Schwung aufging und Lord George höchstpersönlich eintrat.

Der Lord, gewöhnlich von untadeligem Äußeren, war zerzaust, mehrere Knöpfe seiner Weste standen offen, seine Halsbinde hing herab, und ein Strumpfband war lose. Seine Perücke hatte er kurzerhand in die Hosentasche gesteckt, und seine schütteren braunen Locken standen in alle Richtungen ab, als hätte er sich vor Verzweiflung die Haare gerauft.

»Gott sei Dank!« rief er. »Endlich ein vernünftiges Gesicht!« Dann beugte er sich vor und betrachtete Jamie blinzelnd. Der hatte sich zwar fast den ganzen Ruß aus dem rotflammenden Haar gewaschen, doch graue Rinnsale rannen sein Gesicht hinunter und tropften auf sein Hemd. Seine Ohren, die er in der Hast vergessen hatte zu waschen, waren noch pechschwarz.

»Was...«, begann der verblüffte Lord George. Doch dann unterbrach er sich und schüttelte den Kopf, als wollte er ein Hirngespinst vertreiben.

»Wie geht's, Sir?« fragte Jamie respektvoll und tat so, als hätte er das mit einem Band zusammengehaltene Zopfende der Perücke nicht gesehen, das aus Lord Georges Hosentasche herausspitzte und wie der Schwanz eines Hündchens wedelte, während sein Besitzer heftig gestikulierte.

»Wie es geht?« wiederholte der Lord. »Ach, ich kann Ihnen sagen, Sir! Einmal nach Osten, und dann wieder nach Westen, und dann kommt die Hälfte hier runter, um zu Mittag zu essen, und unterdessen marschiert die andere Hälfte weiß der Teufel wohin. *So* geht es!«

»Damit meine ich die treue Hochlandarmee Seiner Hoheit«, fuhr er fort, nachdem er sich durch seinen plötzlichen Ausbruch Luft gemacht hatte. Er schien sich beruhigt zu haben, denn jetzt berichtete er, was sich seit der Ankunft der Truppen in Tranent tags zuvor ereignet hatte.

Lord George, der zusammen mit der Armee angekommen war, hatte die meisten Männer im Dorf gelassen und sich mit einem kleinen Trupp aufgemacht, um auf dem Bergkamm oberhalb der Ebene Stellung zu beziehen. Prinz Charles, der später eingetroffen war, war von dieser Aktion ganz und gar nicht angetan gewesen und hatte dies laut und öffentlich kundgetan. Seine Hoheit war dann mit der Hälfte der Armee Richtung Westen gezogen, und der Herzog von Perth – nominell der zweite Oberbefehlshaber – hatte sich widerspruchslos gefügt. Sie wollten die Möglichkeit erkunden, von Preston aus anzugreifen.

Da nun die Armee zweigeteilt war und Lord George alle Hände voll zu tun hatte, von den Dorfbewohnern Erkundungen über das umliegende Gelände einzuholen, war O'Sullivan, einer der irischen

Vertrauten des Prinzen, auf die kluge Idee verfallen, ein Kontingent von Lochiel Camerons Clansmännern auf den Kirchhof von Tranent zu beordern.

»Cope hat sie natürlich beschossen«, fuhr Lord George grimmig fort. »Und Lochiel hat mir heute nachmittag höllisch zugesetzt. Verständlicherweise war er furchtbar aufgeregt, weil viele seiner Männer sinnlos verwundet worden sind. Er bat darum, sie aus dem Kampf zurückziehen zu dürfen, und ich stimmte dem natürlich zu. Und da kommt doch der Speichellecker Seiner Hoheit, O'Sullivan – das Ekel! Nur weil er mit Seiner Hoheit in Eriskay an Land gegangen ist, glaubt der Kerl, er – na ja, er jammert, daß die Anwesenheit der Camerons im Kirchhof unbedingt erforderlich sei – man beachte, unbedingt erforderlich! –, wenn wir von Westen her angreifen. Habe ihm unmißverständlich gesagt, daß wir von Osten her angreifen, wenn überhaupt. Was aber im Augenblick zweifelhaft ist, da wir nicht wissen, wo sich die eine Hälfte unserer Soldaten befindet. Von Seiner Hoheit ganz zu schweigen«, fuhr er in einem Tonfall fort, der klarmachte, daß der Verbleib von Prinz Charles für ihn von rein akademischem Interesse war.

»Und dann die Clanoberhäupter! Per Los hatte die Camerons die Ehre getroffen, in der Schlacht – vorausgesetzt, daß es zu einer solchen überhaupt kommt – auf dem rechten Flügel zu kämpfen. Die MacDonalds, die sich ursprünglich damit einverstanden erklärt hatten, bestreiten jetzt energisch, ihre Zustimmung gegeben zu haben, und drohen, überhaupt nicht zu kämpfen, falls ihnen ihr traditionelles Recht genommen wird, auf der rechten Flanke in die Schlacht zu ziehen.«

Lord George, der seinen Bericht mit einer gewissen Ruhe begonnen hatte, wurde immer aufgebrachter. Jetzt sprang er auf und kratzte sich mit beiden Händen den Kopf.

»Wir haben die Camerons den ganzen Tag lang exerzieren lassen. Durch das dauernde Hin und Her können sie inzwischen ihren Schwanz nicht mehr von ihrem Arsch unterscheiden – verzeihen Sie die Bemerkung, Madam«, fügte er mit einem zerstreuten Blick auf mich hinzu. »Und Clanranalds Männer«, fuhr er fort, »prügeln sich unterdessen mit den Männern von Glengarry.« Er hielt inne. Sein Gesicht war rot vor Zorn. »Wenn es nicht Glengarry wäre, würde ich ... na ja, lassen wir das.« Er machte eine abfällige Handbewegung und durchmaß mit großen Schritten das Zimmer.

»Die Sache hat einzig den Vorteil«, sagte er, »daß die Engländer aufgrund unserer Truppenbewegungen ebenfalls durcheinander geraten sind. Cope hat mit seiner gesamten Streitmacht nicht weniger als viermal die Richtung wechseln müssen, und seine rechte Flanke steht jetzt beinahe unten am Meer. Er fragt sich zweifellos, was in Gottes Namen wir als nächstes vorhaben.« Er beugte sich nach vorne und sah aus dem Fenster, als erwartete er, General Cope höchstpersönlich käme die Hauptstraße entlang, um sich zu erkundigen.

»Wo genau befindet sich denn Ihre Truppenhälfte, Sir?« Jamie sprang auf, als wollte er sich dem Lord bei seiner Wanderung durchs Zimmer anschließen, doch ich hielt ihn am Kragen fest. Mit einem Handtuch und einer Schüssel warmem Wasser hatte ich mich während der Ausführungen Seiner Lordschaft bemüht, den Ruß von Jamies Ohren zu waschen. Jetzt glühten sie blitzblank und rot.

»Am Bergkamm südlich der Ortschaft.«

»Dann halten wir also weiterhin das obere Gelände?«

»Ja, das klingt gut, nicht wahr?« Seine Lordschaft lächelte ein wenig. »Doch das nutzt uns herzlich wenig, denn das Gelände unterhalb des Hanges ist voller Tümpel und Sümpfe. Zu allem Überfluß zieht sich ein zwei Meter tiefer, dreißig Meter langer und mit Wasser gefüllter Graben den Fuß des Berges entlang! Zwar liegen im Augenblick nur knapp fünfhundert Meter zwischen den beiden Truppen, doch es könnten genausogut auch fünfhundert Kilometer sein.« Lord George wühlte in seiner Hosentasche, aber statt eines Taschentuchs hielt er plötzlich seine Perücke in der Hand. Er starrte sie verdutzt an. Es hätte nicht wenig gefehlt, und er hätte sich damit übers Gesicht gewischt.

Ich reichte ihm dezent mein rußiges Taschentuch. Er schloß die Augen und holte tief Luft; dann sah er mich an und verbeugte sich vor mir mit seiner gewohnten Höflichkeit.

»Ihr Diener, Madam.« Er wischte sich mit dem schmutzigen Tuch übers Gesicht, gab es mir zurück und setzte sich die zerzauste Perücke auf den Kopf.

»Verdammt will ich sein«, rief er, »wenn ich tatenlos zusehe, wie uns der Narr ins Unglück führt!« Er wandte sich entschlossen an Jamie.

»Fraser, wie viele Männer haben Sie?«

»Dreißig, Sir.«

»Pferde?«

»Sechs, Sir. Dazu noch vier Ponys als Packtiere.«

»Packtiere? Aha. Mit Verpflegung für die Männer?«

»Ja, Sir. Außerdem sechzig Sack Mehl, die wir letzte Nacht einem englischen Bataillon abgenommen haben. Ach ja, und dann noch einen Sechzehn-Zoll-Mörser.«

Jamie sprach den letzten Satz mit solcher Beiläufigkeit, daß ich ihm am liebsten das Taschentuch in den Mund gestopft hätte. Lord George starrte ihn einen Moment lang überrascht an, dann verzog er den Mund zu einem Grinsen.

»Ach? Gut, dann kommen Sie mit, Fraser. Sie können mir unterwegs mehr davon erzählen.« Er wandte sich zur Tür, Jamie ergriff seinen Hut, sah mich mit großen Augen an und folgte ihm.

An der Tür der Kate blieb Lord George plötzlich stehen und drehte sich um. Er musterte Jamies hünenhafte Gestalt von oben bis unten, den offenen Hemdkragen, den hastig über den Arm gelegten Mantel.

»Mag sein, daß wir es eilig haben, Fraser, aber uns bleibt allemal die Zeit, daß wir uns wie zivilisierte Menschen benehmen. Geben Sie Ihrer Frau einen Abschiedskuß. Ich warte draußen.«

Dann drehte er sich auf dem Absatz um und machte vor mir einen Kratzfuß. Er verbeugte sich so tief, daß der Zopf seiner Perücke mit einem Schwung nach vorn schnellte.

»Ihr Diener, Madam.«

Ich kannte mich soweit mit dem Militär aus, um zu wissen, daß sich in der nächsten Zeit nichts Besonderes ereignen würde, und so war es dann auch. Männer schlenderten in Gruppen die einzige Straße des Dorfes hinauf und hinunter. Soldatenfrauen, Marketenderinnen und die aus ihren Häusern vertriebenen Bewohner von Tranent liefen ziellos herum. Dazwischen galoppierten berittene Boten mit Nachrichten durch die Menge.

Ich hatte Lord George schon in Paris kennengelernt. Er war kein Mann, der sich lange mit Förmlichkeiten aufhielt, wenn rasches Handeln geboten war. Dennoch hatte er Jamie wohl eher deshalb persönlich begrüßt, weil er seiner Gereiztheit über den Prinzen Ausdruck verleihen und O'Sullivans Gesellschaft entfliehen wollte, und nicht, weil er rasch und vertraulich den nächsten Schritt planen wollte. Wenn die Gesamtstärke der Hochlandarmee zwischen fünfzehnhundert und zweitausend Mann betrug, mußten dreißig Männer weder als Geschenk des Himmels betrachtet noch mit einem Hohnlächeln abgetan werden.

Als mein Blick auf Fergus fiel, der herumzappelte, als hätte er den Veitstanz, entschied ich, daß ich selbst auch ein paar Nachrichten schicken könnte. In Abwandlung des Spruchs »Unter den Blinden ist der Einäugige König« sagte ich mir: »Wenn keiner weiß, was zu tun ist, ist ein vernünftiger Vorschlag Gold wert.«

In den Satteltaschen fand ich Papier und Tinte. Beinahe ehrfürchtig sah die Frau des Hauses, die vermutlich noch nie in ihrem Leben eine des Schreibens kundige Frau getroffen hatte, mir zu, wie ich einen Brief an Jenny Cameron verfaßte. Jenny hatte die dreihundert Clansmänner höchstpersönlich über die Berge geführt, um sich Prince Charles anzuschließen, nachdem er sein Banner an der Küste aufgepflanzt hatte. Als ihr Bruder nach Hause kam und hörte, was geschehen war, ritt er eilends nach Glenfinnan, um seinen Platz als Clanoberhaupt einzunehmen. Doch Jenny lehnte es ab, nach Hause zurückzukehren und sich den Spaß entgehen zu lassen. Sie hatte den kurzen Zwischenaufenthalt in Edinburgh, wo Charles die Huldigung seiner Getreuen entgegennahm, in vollen Zügen genossen, war aber auch bereit, ihren Prinzen in die Schlacht zu begleiten.

Ich besaß kein Siegel, doch in einer der Satteltaschen befand sich Jamies Mütze, an der eine Plakette mit dem Wappen und dem Leitspruch des Fraser-Clans angebracht war. Ich holte sie heraus und drückte die Plakette in das warme Kerzenwachs, mit dem ich den Brief versiegelt hatte. Es sah richtig amtlich aus.

»Für die schottische Dame mit den Sommersprossen«, wies ich Fergus an, und zufrieden beobachtete ich, wie er davoneilte und im Menschengetümmel der Straße verschwand. Ich hatte keine Ahnung, wo sich Jenny im Augenblick befand, aber die Offiziere hatten ihr Quartier im Pfarrhaus neben der Kirche aufgeschlagen. Dort konnte Fergus mit seiner Suche beginnen. Das würde ihn jedenfalls davon abhalten, auf dumme Gedanken zu kommen.

Nachdem ich dies erledigt hatte, wandte ich mich an die Hausfrau.

»Nun denn«, sagte ich, »was haben Sie an Decken, Servietten und Unterröcken?«

Bald stellte sich heraus, daß ich Jenny Cameron richtig eingeschätzt hatte. Eine Frau, die dreihundert Männer um sich versammeln und über die Berge führen konnte, um für einen Gecken mit italienischem Akzent und einer Schwäche für Weinbrand zu kämpfen, mußte sowohl über Tatkraft als auch über die seltene Begabung verfügen, andere so einzuschüchtern, daß sie ihre Befehle befolgten.

»Sehr vernünftig«, meinte sie, als sie von meinem Plan hörte. »Mein Bruder Archie hat vermutlich Vorkehrungen getroffen, aber er möchte natürlich am liebsten bei der Armee sein.« Entschlossen schob sie das Kinn vor. »Denn dort spielt die Musik«, ergänzte sie sarkastisch.

»Es wundert mich, daß Sie nicht darauf bestanden haben mitzugehen«, sagte ich.

Sie lachte. Ihr kleines reizloses Gesicht mit dem vorstehenden Unterkiefer ließ sie wie eine gutmütige Bulldogge aussehen.

»Ich würde schon, wenn ich dürfte, aber ich darf nicht«, gab sie offen zu. »Jetzt, wo Hugh da ist, will er mich ständig überreden, nach Hause zu gehen. Aber ich will«, sie blickte sich um, ob wir nicht belauscht würden, und senkte vertraulich die Stimme, »verdammt sein, wenn ich zu Hause herumsitze, wo ich mich hier nützlich machen kann.«

Sie stand auf der Türschwelle der Kate und blickte nachdenklich auf die Straße.

»Ich glaube nicht, daß sie auf mich hören würden«, sagte ich. »Schließlich bin ich Engländerin.«

»Aye, das stimmt wohl«, sie nickte, »aber mein Wort hat Gewicht. Ich weiß nicht, wie viele Verwundete es geben wird. Gebe Gott, daß es nicht viele sind.« Sie bekreuzigte sich flüchtig. »Wir fangen am besten mit den Häusern in der Nähe des Pfarrhauses an; es wird dort weniger schwer sein, Wasser aus dem Brunnen zu holen.« Entschlossen trat sie aus der Tür und machte sich auf den Weg. Ich folgte ihr.

Uns kam nicht nur die Überzeugungskraft von Miß Cameron zugute, sondern auch die Tatsache, daß Dasitzen und Warten für Männer eine der entsetzlichsten Beschäftigungen überhaupt ist – Frauen tun das weitaus öfter. Als die Sonne hinter der Dorfkirche von Tranent verschwunden war, hatten wir bereits eine Art Krankenhausbrigade auf die Beine gestellt.

Die Blätter fielen von den Lärchen und Erlen im nahegelegenen Wald und blieben gelb und flach auf dem sandigen Boden liegen. Ab und zu wurde ein gekräuseltes braunes Blatt vom Wind davongetrieben wie ein Kahn im aufgewühlten Meer.

Wenn ich die Augen vor dem Licht der untergehenden Sonne beschattete, konnte ich den Berghang hinter dem Ort sehen, wo die Hochlandarmee ihr Lager aufgeschlagen hatte. Seine Hoheit war vor einer Stunde mit der anderen Hälfte der Armee zurückgekehrt, um sich Lord George anzuschließen. Ich konnte einzelne Gestalten erkennen, die sich als winzige schwarze Schatten vor dem verblassenden Himmel abzeichneten. Ein paar hundert Meter jenseits der Straße sah ich den schwachen Schein der ersten englischen Feuer. Der schwere Qualm brennenden Torfes aus den Katen und der herbere Geruch der englischen Holzfeuer überlagerte den des Meeres.

Die Frauen und Familien der Hochlandsoldaten waren in den Häusern entlang der Hauptstraße gastfreundlich aufgenommen worden. Sie teilten mit ihren Gastgebern das karge Mahl aus Haferbrei und Salzhering. Auch für mich stand ein Abendessen bereit, obwohl ich kaum Appetit hatte.

»Wollen Sie nicht hereinkommen, Madame? Die Frau hat Essen für Sie bereitgestellt.« Es war Fergus, der plötzlich neben mir aufgetaucht war.

»Oh? Ja, natürlich. Ja, ich komme.« Ich warf einen letzten Blick auf den Berghang, dann wandte ich mich zu der Kate.

»Kommst du auch, Fergus?« fragte ich, als ich sah, wie er mitten auf der Straße stehenblieb und angestrengt beobachtete, was auf dem Berg vor sich ging. Jamie hatte ihm die strenge Anweisung gegeben, bei mir zu bleiben, doch er wünschte sich offenbar nichts sehnlicher, als bei den Kriegern zu sein, die sich auf die Schlacht am folgenden Tag vorbereiteten.

»Wie? Ja, Madame.« Mit einem Seufzen drehte er sich um, denn für den Augenblick mußte er sich mit einem langweiligen Frieden zufriedengeben.

Die Sommertage waren vorüber, jetzt begann die Zeit der langen Abende. Die Lampen wurden bereits angezündet, bevor wir unsere Arbeiten erledigt hatten. Auch nach Einbruch der Dunkelheit herrschte draußen eine ständige Unruhe, und am Horizont war der

Widerschein der Feuer zu sehen. Fergus, der nicht stillsitzen konnte, lief von einer Kate zur anderen, überbrachte Botschaften und schnappte Gerüchte auf. Immer wieder sprang er wie ein Kobold aus den Schatten.

»Madame«, sagte er und zupfte mich am Ärmel. Ich war gerade damit beschäftigt, Leinen in Streifen zu reißen, die dann sterilisiert werden sollten. »Madame!«

»Was ist denn jetzt schon wieder los, Fergus?« fragte ich leicht verstimmt über die Störung. Gerade war ich dabei, einigen Hausfrauen auseinanderzusetzen, wie wichtig es war, sich bei der Behandlung von Verwundeten häufig die Hände zu waschen.

»Ein Mann, Madame. Er möchte mit dem Kommandanten der Armee Seiner Hoheit sprechen. Er besitzt wichtige Informationen, sagt er.«

»Dann soll er sich nicht aufhalten lassen.« Ich zerrte erfolglos an einer widerspenstigen Hemdennaht, dann nahm ich die Zähne zu Hilfe. Der Stoff riß mit einem lauten Ratsch.

Ich spuckte ein paar Fädchen aus. Fergus stand immer noch neben mir und wartete geduldig.

»Gut«, sagte ich resigniert. »Was kann ich deiner – oder seiner – Meinung nach unternehmen?«

»Wenn Sie erlauben, Madame«, schlug Fergus eifrig vor, »bringe ich ihn zu meinem Herrn. *Er* könnte ein Treffen mit dem Kommandanten arrangieren.«

»*Er*«, das war Fergus' felsenfeste Überzeugung, konnte einfach alles: auf dem Wasser gehen, Wasser in Wein verwandeln und zweifellos auch Lord George dazu bewegen, mit geheimnisvollen Fremden zu sprechen, die so mir nichts dir nichts mit wichtigen Informationen auftauchten.

Ich strich mir das Haar aus der Stirn. Zwar trug ich ein Kopftuch, doch immer wieder rutschten meine widerspenstigen Locken darunter hervor.

»Ist der Mann hier in der Nähe?«

Das war das Stichwort, auf das Fergus gewartet hatte; er verschwand durch die offene Tür und kam einen Augenblick später mit einem schmächtigen Bürschchen herein, das seinen eifrigen Blick sofort auf mich heftete.

»Mistress Fraser?« Er verbeugte sich unbeholfen, als ich nickte, und rieb sich die Hände an seiner Hose ab, als wüßte er nicht, was er mit ihnen anfangen sollte, aber als wolle er startbereit sein, wenn deren Einsatz gefordert wäre.

»Ich ... ich bin Richard Anderson aus Whitburgh.«

»Aha? Schön für Sie«, erwiderte ich höflich. »Mein Diener sagt, Sie hätten wertvolle Nachrichten für Lord George Murray.«

Er nickte eifrig. »Sehen Sie, Mistress Fraser, ich stamme aus dieser Gegend und ... ich kenne die Gegend, in der die Armeen lagern, wie meine Westentasche. Es gibt einen Weg von dem Hang, an dem sich die Hochlandtruppen befinden – einen Weg, der am Wassergraben vorbeiführt.«

»Ich verstehe.« Ich spürte, wie mir flau im Magen wurde. Wenn die Hochlandtruppen am nächsten Morgen bei Sonnenaufgang angreifen wollten, so mußten sie den Berg in der Nacht verlassen. Und wenn der Angriff erfolgreich sein sollte, mußten sie den Graben entweder überqueren oder umgehen.

Sicher, ich hatte geglaubt zu wissen, was passieren würde, aber jetzt tappte ich völlig im dunkeln. Da ich mit einem Historiker verheiratet gewesen war – bei dem Gedanken an Frank spürte ich wieder einen leichten Stich –, wußte ich, wie unzuverlässig historische Quellen oft waren. Außerdem hatte ich keine Ahnung, ob meine Anwesenheit den Verlauf der Dinge beeinflussen würde oder nicht.

Für den Bruchteil einer Sekunde überlegte ich, was geschehen würde, wenn ich das Gespräch zwischen Richard Anderson und Lord George verhindern würde. Würde das den Ausgang der morgigen Schlacht ändern? Würde die Hochlandarmee – und damit auch Jamie und seine Männer – im sumpfigen Gelände niedergemetzelt werden? Würde Lord George einen anderen Plan vorlegen, der zum Sieg führte? Oder würde Richard Anderson auf eigene Faust versuchen, mit Lord George zu sprechen, unabhängig davon, wie ich mich verhielt?«

Dieses Risiko wollte ich nur um eines Experiments willen nicht eingehen. Ich sah Fergus an, der ungeduldig von einem Bein aufs andere trat.

»Glaubst du, du kannst deinen Herrn finden? Dort oben auf dem Berghang ist es dunkel wie in einer Kohlengrube. Und ich möchte nicht, daß einer von euch versehentlich erschossen wird.«

»Ich finde ihn schon, Madame«, beschwichtigte mich Fergus. Das war wohl richtig. Fergus besaß so etwas wie eine Radarantenne, die auf Jamie ausgerichtet war.

»Also gut«, stimmte ich zu. »Aber sei um Gottes willen vorsichtig.«

»*Oui*, Madame!« Blitzschnell war er an der Tür und huschte hinaus.

Eine halbe Stunde, nachdem die beiden gegangen waren, sah ich, daß mit Fergus auch das Messer, das ich auf dem Tisch liegengelassen hatte, verschwunden war. Und erst in diesem Augenblick fiel mir siedendheiß ein, daß ich ihn zwar zur Vorsicht ermahnt, jedoch ganz vergessen hatte, ihm zu sagen, er solle zurückkommen.

Die erste Kanone ging kurz vor Morgengrauen los. Der dumpfe Knall erschütterte die Dielenbretter, auf denen ich schlief. Ich schreckte auf und ergriff die Hand der Frau, die neben mir schlief. Eigentlich sollte man meinen, man wäre gewappnet, wenn man vorher weiß, daß etwas geschehen wird, doch dem ist nicht so.

Aus einer Ecke der Kate drang ein leises Stöhnen. »Heilige Maria, heiliger Michael, heilige Bride, schütze uns«, murmelte die Frau neben mir. Hastig standen die Frauen auf; sie sprachen kaum, sondern lauschten auf die Geräusche, die von der Schlacht unten in der Ebene heraufdrangen.

Die Frau eines der Hochlandschotten, Mrs. MacPherson, faltete neben dem Fenster ihre Decke zusammen. In ihrem Gesicht stand die nackte Angst geschrieben, und sie schloß schaudernd die Augen, als ein weiterer gedämpfter Knall ertönte.

Es war also doch nützlich, mehr zu wissen. Diese Frauen hatten keine Ahnung von geheimen Pfaden, von Angriffen im Morgengrauen und überraschenden Niederlagen. Sie wußten lediglich, daß ihre Männer und Söhne im Augenblick dem Kanonen- und Musketenfeuer einer englischen Armee gegenüberstanden, die viermal so groß war wie ihre eigene.

Weissagungen sind immer eine ziemlich riskante Sache, und mir war klar, daß sie mir nicht glauben würden. Und so blieb mir nur übrig, sie durch Arbeit abzulenken. Flüchtig schoß mir ein Bild durch den Kopf: ein von der aufgehenden Sonne angestrahlter Haarschopf, der eine ausgezeichnete Zielscheibe abgab. Gleich darauf ein zweites Bild: ein Junge mit Eichhörnchenzähnen, bewaffnet mit einem gestohlenen Metzgermesser und einer unbeschwerten Vorstellung von der Herrlichkeit des Krieges. Ich schloß die Augen und schluckte. Ablenkung war auch für mich das beste.

»Meine Damen!« sagte ich. »Wir haben schon viel getan, aber wir sind noch lange nicht fertig. Wir werden kochendes Wasser benötigen. Kessel zum Wasserkochen und Rahmtöpfe zum Einweichen. Haferbrei für die, die essen können; Milch für die anderen. Talg und Knoblauch zum Verbinden der Wunden. Holzlatten für Schienen. Flaschen und Krüge, Tassen und Löffel. Nähnadeln und starken Faden. Mrs. MacPherson, wenn Sie so freundlich wären...«

Ich wußte vom Verlauf der Schlacht lediglich, welche Seite gewinnen und daß die Zahl der Toten auf seiten der jakobitischen Armee »gering« sein würde. Nur ein Satz war mir von jener Seite des Buches, die mir verschwommen vor Augen stand, noch in Erinnerung: »...die siegreichen Jakobiten hatten nur dreißig Opfer zu beklagen.«

Opfer. Todesopfer, korrigierte ich mich. Aber auch jeder Verwundete war ein Opfer, und als die Sonne hoch am Himmel stand, befanden sich weitaus mehr als dreißig Verwundete in unserer Kate. Langsam machten sich die Sieger auf den Heimweg nach Tranent. Die Gesunden stützten ihre verwundeten Kameraden.

Eigenartigerweise hatte Seine Hoheit angeordnet, daß die englischen Verwundeten als erste vom Schlachtfeld geholt und medizinisch versorgt werden sollten. »Sie sind die Untertanen meines Vaters«, hatte er verkündet, »und ich möchte, daß sie gut versorgt werden.« Die Tatsache, daß die Hochlandschotten, die gerade für ihn die Schlacht gewonnen hatten, ebenfalls Untertanen seines Vaters waren, schien ihm in diesem Augenblick entfallen zu sein.

»Wenn man das Verhalten von Vater und Sohn bedenkt«, sagte ich zu Jenny Cameron, als ich dies hörte, »kann die Hochlandarmee nur hoffen, daß sich heute nicht auch noch der Heilige Geist entschließt, vom Himmel herabzusteigen.«

Diese gotteslästerliche Bemerkung ließ Mrs. MacPherson vor Schreck erstarren, aber Jenny lachte.

Der Jubel und die Freudenschreie der siegreichen Hochlandschotten übertönten das schwache Stöhnen der Verwundeten, die auf behelfsmäßigen Tragen hergebracht wurden oder, noch häufiger, auf Freunde gestützt herbeihumpelten. Einige der Verwundeten schleppten sich aus eigener Kraft voran, strahlend und siegestrunken. Schmerzen und Wunden schienen da nur eine unbedeutende Nebensächlichkeit. Trotz der Verwundungen, die sie ans Krankenbett fesselten, war das ganze Haus vom Freudentaumel des Sieges und einer fröhlichen Ausgelassenheit erfüllt.

»O Gott, sie haben sich davongemacht wie Mäuschen, denen die Katze auf den Fersen ist«, sagte ein Verletzter zum anderen. Die schweren Verbrennungen an seinem linken Arm waren für den Augenblick vergessen.

»Und nicht wenige von ihnen haben wirklich den Schwanz verloren«, erwiderte sein Nachbar glucksend.

Doch die Freude war nicht ungeteilt. Hier und da waren auf den Hügeln kleine Grüppchen von Hochlandsoldaten zu sehen, die den leblosen, mit einem Plaid bedeckten Körper eines Freundes trugen.

Dies war die erste Bewährungsprobe für meine Mitarbeiterinnen, und sie trotzten der Herausforderung ebenso tapfer wie die Kämpfer auf dem Schlachtfeld. Sie sträubten sich und jammerten und gingen einander auf die Nerven, doch als es ernst wurde, stürzten sie sich voll Mut und Entschlossenheit in den Kampf.

Nicht, daß sie deshalb aufgehört hätten zu jammern.

Mrs. McMurdo kam mit einer vollen Flasche herein, die sie an den dafür vorgesehenen Nagel an der Wand hängte, und beugte sich dann hinunter zum Zuber, in dem sich die Flaschen mit Honigwasser befanden. Sie war die Frau eines Fischers aus Tranent, den man in die Schlacht geschickt hatte, und sie war zuständig dafür, daß jeder Verwundete so viel von der süßen Flüssigkeit zu sich nahm, wie er konnte. Dann machte sie, mit zwei oder drei leeren Flaschen bewaffnet, einen zweiten Rundgang, um die ausgeschiedene Flüssigkeit wieder einzusammeln.

»Wenn Sie ihnen nicht soviel zu trinken gäben, würden sie nicht soviel pissen«, klagte sie – nicht zum erstenmal.

»Sie brauchen die Flüssigkeit«, erklärte ich geduldig – ebenfalls nicht zum erstenmal. »Dadurch bleibt ihr Blutdruck stabil, und ein Teil des Blutverlustes wird ausgeglichen. Außerdem hilft es, Schock zu vermeiden – schauen Sie, gute Frau, sind Ihnen denn schon viele unter den Händen weggestorben?« fragte ich unwirsch, da mir angesichts der ständigen Zweifel und Klagen Mrs. McMurdos der Kragen platzte. Ihr beinahe zahnloser Mund verlieh ihrem mürrischen Gesicht einen traurigen Zug – es ist sowieso alles verloren, schien es sagen zu wollen; es ist nicht der Mühe wert.

»Mmmpf«, meinte sie nur. Da sie jedoch ihren Rundgang ohne

weitere Proteste wieder aufnahm, deutete ich das als einstweilige Zustimmung.

Ich ging nach draußen, um Mrs. McMurdo und der schlechten Luft in der Kate zu entfliehen. Drinnen war es heiß, es roch nach Rauch und den Ausdünstungen ungewaschener Körper, und mir war ein wenig schwindelig.

Überall auf den Straßen torkelten betrunkene, mit Kriegsbeute beladene Schotten herum, die den Sieg feierten. Eine Gruppe von Männern, die den rötlichen Tartan der MacGillivrays trugen, zogen eine englische Kanone hinter sich her, die sie wie ein wildes Tier mit dicken Seilen umschlungen hatten. Die Kanone war vermutlich eines von General Copes Paradestücken.

Da erkannte ich auch den kleinen Burschen, der rittlings auf dem Kanonenrohr saß und dessen Haar nach allen Seiten abstand. Erleichtert und dankbar schloß ich die Augen, dann lief ich zu ihm hin und zerrte ihn von der Kanone.

»Du Schlingel!« rief ich und rüttelte ihn kräftig, bevor ich ihn in die Arme schloß. »Was fällt dir ein, dich einfach davonzumachen? Wenn ich nicht soviel zu tun hätte, würde ich dich jetzt ohrfeigen, bis dir der Kopf dröhnt!«

»Madame«, sagte er und zwinkerte benommen in die nachmittägliche Sonne. »Madame!«

Da merkte ich, daß er kein Wort von dem verstanden hatte, was ich gesagt hatte. »Geht es dir gut?« fragte ich etwas freundlicher.

Ein Ausdruck der Verwirrung erschien auf seinem Gesicht, das mit Schmutz und Schießpulver verschmiert war. Lächelnd nickte er.

»Ich habe einen englischen Soldaten getötet, Madame.«

»Ach!« Ich fragte mich, ob er sich nun Glückwünsche oder Trost erhoffte. Schließlich war er erst zehn.

Er runzelte die Stirn, und sein Gesicht verzog sich, als konzentrierte er sich intensiv.

»Ich *glaube* wenigstens, daß ich ihn getötet habe. Er fiel um, und ich erstach ihn mit meinem Dolch.« Fergus sah mich verwirrt an, als erwartete er, ich könne ihm seine Zweifel nehmen.

»Komm mit, Fergus«, antwortete ich statt dessen. »Du mußt etwas essen, und ich suche dir einen Schlafplatz. Denk nicht mehr daran.«

»*Oui*, Madame.« Folgsam taumelte er hinter mir her; im nächsten Augenblick würde er stürzen und aufs Gesicht fallen. Ich packte ihn und schleppte ihn mit einiger Mühe zu den Katen neben der Kirche, wo wir unser Lazarett hatten. Ich wollte ihm zuerst etwas zu essen geben, aber er schlief bereits tief und fest, als ich an die Stelle kam, wo O'Sullivan sich mit geringem Erfolg bemühte, die Verpflegung zu organisieren.

So legte ich Fergus also in einer der Katen schlafen, in der eine Frau sich um die Kinder kümmerte, deren Mütter die Verwundeten pflegten. Hier war er bestimmt gut aufgehoben.

Am Spätnachmittag befanden sich zwanzig bis dreißig Männer in der Kate, und meine beiden Helferinnen hatten alle Hände voll zu tun. Das Haus war groß genug für eine fünf- bis sechsköpfige Familie, doch jetzt war jeder Quadratzentimeter belegt. Durchs Fenster sah ich die Offiziere im Pfarrhaus ein und aus gehen. Dort herrschte Hochbetrieb, und ich ließ die Tür nicht aus den Augen. Doch Jamie war nicht unter den Ankömmlingen, die die Zahl der Verwundeten meldeten und Glückwünsche entgegennahmen.

Ich verdrängte meine Unruhe und Sorge, indem ich mir sagte, daß er ja auch nicht unter den Verwundeten war. Bis jetzt hatte ich keine Zeit gehabt, das kleine Zelt am Hang aufzusuchen, wo die Toten in geordneten Reihen nebeneinanderlagen, als warteten sie auf einen letzten Appell. Doch unter den Toten war er bestimmt nicht.

Bestimmt nicht, sagte ich mir.

Da ging die Tür auf, und herein kam Jamie.

Ich spürte, wie meine Knie nachgaben, als ich ihn sah, und ich streckte eine Hand aus, um mich am Kamin festzuhalten. Er hatte mich gesucht; sein Blick huschte durch das Zimmer, und als er mich entdeckt hatte, ließ ein atemberaubendes Lächeln sein Gesicht erstrahlen.

Er starrte vor Schmutz, war vom Pulverdampf geschwärzt und mit Blut besprizt, seine bloßen Füße waren ebenfalls schmutzverkrustet. Doch er war unversehrt. Und mit unwichtigen Einzelheiten wollte ich mich nicht abgeben.

Einige der Verwundeten am Boden riefen ihm einen Gruß zu und lenkten seine Aufmerksamkeit von mir ab. Er lächelte George McClure zu, der seinen Anführer angrinste, obwohl sein eines Ohr nur noch mit einem Fetzen Haut am Kopf hing. Dann kehrte sein Blick zu mir zurück.

Gott sei Dank, sagten seine dunkelblauen Augen, und *Gott sei Dank* gab ihm mein Blick als Antwort zurück.

Für mehr hatten wir keine Zeit; immer wieder kamen neue Verwundete herein, und jeder halbwegs gesunde Zivilist im Dorf hatte bei der Pflege der Verwundeten irgendeine Aufgabe übernommen. Archie Cameron, Lochiels Bruder, war Arzt und eilte zwischen den Katen hin und her; er hatte offiziell die Leitung der Krankenstation inne und tat hie und da tatsächlich gute Dienste.

Ich hatte veranlaßt, daß die Männer aus Lallybroch in meine Kate gebracht wurden. Ich untersuchte sie, schickte die Leichtverletzten zu Jenny Cameron am anderen Ende der Straße und die Todgeweihten zu Archie Cameron in die Kirche. Ich traute ihm zu, Laudanum zu verabreichen, und der Kirchenraum mochte den Schwerstverletzten zusätzlich Trost spenden.

Ernste Verwundungen verarztete ich, so gut ich konnte. Knochenbrüche wurden nebenan behandelt, wo zwei Wundärzte aus dem Regiment von Macintosh Schienen und Bandagen anlegten. Soldaten mit leichteren Brustwunden wurden so bequem wie möglich an die Wand gelehnt – in sitzender Position, um ihnen das Atmen zu erleichtern. Da wir keinen Sauerstoff hatten und keine chirurgischen Eingriffe vornehmen konnten, waren meine Möglichkeiten damit erschöpft. Soldaten mit schweren Kopfverletzungen wurden zu den Sterbenden in die Kirche gebracht; ich konnte nichts für sie tun. Sie waren in Gottes Hand – wenn auch nicht in Archie Camerons Händen – besser aufgehoben.

Am schlimmsten waren verletzte und verstümmelte Gliedmaßen sowie Bauchwunden. Es gab keine Möglichkeit zur Sterilisation. Das einzige, was ich tun konnte, war, mir immer wieder die Hände zu waschen und meine Helferinnen mit finsterem Blick daran zu erinnern, das gleiche zu tun. Außerdem sorgte ich dafür, daß die Verbände, die wir benutzten, vorher ausgekocht wurden. Ich wußte, daß diese Vorkehrungen in den anderen Katen trotz meiner ständigen Ermahnungen als Zeitverschwendung betrachtet und deshalb nicht getroffen wurden. Wenn ich schon die Schwestern und Ärzte im Hôpital des Anges nicht hatte überzeugen können, daß es Keime gibt, wie sollte ich dann auf die Einsicht der einfachen schottischen Landfrauen und der Wundärzte, die nebenberuflich Hufschmied waren, hoffen?

Ich versuchte, den Gedanken zu verdrängen, daß Männer, die

man hätte heilen können, an einer Infektion starben. Wenigstens bei Jamies Gefolgsleuten und einigen anderen konnte ich dafür sorgen, daß sie mit sauberen Händen und sterilisierten Bandagen behandelt wurden. Mir über die anderen den Kopf zu zerbrechen hatte keinen Sinn. Eins hatte ich auf den Schlachtfeldern von Frankreich gelernt: Die Welt ist nicht zu retten, wohl aber der Mensch, den du vor dir hast, wenn du dich anstrengst.

Jamie blieb einen Augenblick in der Tür stehen und sah sich um, dann machte er sich daran mitzuhelfen – die Verwundeten zu betten, Kessel mit kochendem Wasser vom Feuer zu heben, sauberes Wasser aus dem Brunnen am Marktplatz zu holen. Der Sorge um ihn enthoben und vollkommen von der Arbeit in Anspruch genommen, dachte ich die meiste Zeit nicht mehr an ihn.

Ein Feldlazarett besitzt starke Ähnlichkeit mit einem Schlachthof, und auch in diesem Fall war es nicht anders. Der Fußboden bestand aus festgestampfter Erde – gar nicht so schlecht, da Blut und andere Flüssigkeiten schnell aufgesogen wurden. Andererseits verwandelte sich der feuchte Lehm in Matsch, auf dem man leicht ausglitt.

Aus den Wasserkesseln über dem Feuer stiegen Dampfschwaden auf und machten die Luft noch unerträglicher; uns allen lief der Schweiß herab. Beißender Rauch stieg vom Schlachtfeld auf, drang durch die offenen Türen der Katen herein und verunreinigte die frisch ausgekochten Leintücher, die an einem Gestell hingen, das ursprünglich zum Trocknen von Makrelen vorgesehen war.

Der Strom der Verwundeten riß nicht ab. Immer wieder schwappte eine neue Welle herein und sorgte für Unruhe und Verwirrung. Wir trotzten dem Ansturm, so gut wir es vermochten, und wenn die Welle abebbte, blieb gleichsam das Strandgut zurück. Doch auch in der größten Betriebsamkeit gibt es Augenblicke der Ruhe, und als es langsam Abend wurde, kamen allmählich weniger Verwundete. Die Versorgung der Kranken, die bei uns blieben, ging jetzt routinierter vonstatten. Nach wie vor gab es viel zu tun, aber es blieb zumindest Zeit, Luft zu schöpfen, einen Augenblick innezuhalten und sich umzusehen.

Ich stand an der offenen Tür und atmete die frische Meeresbrise ein, als Jamie mit Brennholz im Arm in die Kate zurückkehrte. Er stapelte es neben der Feuerstelle, kam zu mir und legte seine Hand auf meine Schulter.

»Warst du in den anderen Katen?« fragte ich.

Er nickte, und langsam wurde sein Atem ruhiger. Er wirkte blaß.

»Aye. Auf dem Schlachtfeld wird immer noch geplündert, und viele Männer werden noch vermißt. Unsere eigenen Verwundeten sind aber alle hier.« Er nickte zum anderen Ende des Raumes, wo die drei verwundeten Männer aus Lallybroch neben der Feuerstelle lagen oder saßen und mit den anderen Schotten gutmütige Beleidigungen austauschten. Die wenigen englischen Verwundeten in dieser Kate lagen etwas abseits, in der Nähe der Tür. Sie waren wortkarg und sinnierten über die trübe Aussicht der Kriegsgefangenschaft, die ihnen bevorstand.

»Geht es ihnen gut?« fragte er mit einem Blick auf die drei.

Ich nickte. »Es könnte sein, daß George McClure sein Ohr verliert, aber das kann ich jetzt noch nicht mit Bestimmtheit sagen. Aber, ja, ich denke, es geht ihnen gut.«

»Gut.« Er lächelte mir müde zu und wischte sich das erhitzte Gesicht mit einem Zipfel seines Plaids ab. Er hatte sich das Plaid achtlos um den Körper geschlungen, statt es über eine Schulter zu drapieren. Wohl, damit es ihn nicht störte, aber es mußte warm sein.

Im Gehen griff er nach der Wasserflasche, die an einem Nagel über der Tür hing.

»Die nicht!« sagte ich.

»Weshalb nicht?« fragte er erstaunt. Er schüttelte sie, und es war ein schwappendes Geräusch zu hören. »Sie ist voll.«

»Das weiß ich«, sagte ich. »Ich habe sie als Urinflasche benutzt.«

»Oh.« Er hielt sie mit spitzen Fingern fest und wollte sie wieder zurückhängen, aber ich hinderte ihn daran.

»Nein, nimm sie nur«, sagte ich. »Du kannst sie draußen ausleeren, und diese kannst du vollmachen.« Ich gab ihm eine zweite graue Steingutflasche, die genauso aussah wie die erste.

»Paß auf, daß du sie nicht verwechselst«, mahnte ich hilfsbereit.

»Mmmpf«, war seine Antwort; dabei warf er mir einen typisch schottischen Blick zu und wandte sich zum Gehen.

»He!« sagte ich, als er mir den Rücken zuwandte. »Was ist denn das?«

»Was?« fragte er zurück und blickte über seine Schulter.

»Das da!« Meine Finger betasteten den dunklen Fleck unter seinem herabhängenden Plaid; es war ein Abdruck auf seinem schmutzigen Hemd. »Es sieht aus wie ein Pferdehuf«, sagte ich ungläubig.

»Ach, das«, erwiderte er achselzuckend.

»Dich hat ein *Pferd* getreten?«

»Na ja, nicht mit Absicht«, nahm er das Pferd in Schutz. »Pferde treten nicht gerne auf Menschen, vermutlich fühlt sich das unter den Hufen zu wabbelig an.«

»Vermutlich«, nickte ich und hielt ihn am Ärmel fest, damit er nicht davonlief. »Bleib stehen. Wie um Himmels willen ist das passiert?«

»Es ist nicht so schlimm«, widersprach er. »Die Rippen sind scheinbar nicht gebrochen, ich habe nur ein paar blaue Flecken.«

»Ach so, nur ein paar blaue Flecken«, wiederholte ich sarkastisch. Unterdessen hatte ich ihm das schmutzige Hemd abgestreift und sah etwas oberhalb der Hüfte deutlich den Abdruck eines Pferdehufs. »Um Gottes willen, man erkennt ja sogar die Hufnägel.« Er zuckte unwillkürlich zusammen, als ich mit den Fingern über den Abdruck strich.

Es war während eines Ausfalls der berittenen Dragoner passiert, erklärte er. Die Schotten, die außer an die kleinen zottigen Hochlandponys kaum an Pferde gewöhnt waren, waren überzeugt davon, daß die englischen Kavalleriepferde darauf abgerichtet seien, sie mit Hufen und Zähnen anzugreifen. Beim Angriff der Dragoner gerieten sie in Panik und warfen sich zu Boden, um von unten mit Schwertern und Äxten auf die Beine und den Rumpf der Pferde einzuschlagen.

»Und du glaubst, sie sind nicht darauf abgerichtet?«

»Natürlich nicht, Sassenach«, erwiderte er ungeduldig. »Es wollte mich nicht angreifen. Der Reiter wollte sich aus dem Staub machen, aber er war von beiden Seiten eingeschlossen. Das Pferd hatte keine andere Wahl, als mich zu überrennen.«

In jener Schrecksekunde, bevor der Dragoner seinem Pferd die Sporen gab, hatte Jamie die Geistesgegenwart besessen, sich flach auf das Gesicht zu werfen und die Arme schützend über dem Kopf zu verschränken.

»Als nächstes merkte ich, wie die Luft aus meinen Lungen gepreßt wurde«, erzählte er weiter. »Ich spürte die Wucht, aber es tat nicht weh. Nicht sofort.« Er streckte seine Hand aus, rieb sich gedankenverloren über die Wunde und schnitt dabei eine Grimasse.

»Genau«, sagte ich und ließ den Zipfel seines Hemdes sinken. »Hast du seitdem gepinkelt?«

Er starrte mich an, als wäre ich verrückt geworden.

»Auf einer deiner Nieren haben vierhundert Pfund Pferd gestanden«, erklärte ich mit leichter Ungeduld. Auch die anderen Verwundeten mußten versorgt werden. »Ich möchte wissen, ob du Blut im Urin hast.«

»Ach so«, nickte er. »Ich weiß nicht.«

»Na, dann laß es uns klären.« Ich hatte meinen großen Medizinkasten in eine Ecke gestellt, damit er nicht im Weg war; jetzt öffnete ich ihn und nahm ein kleines gläsernes Urinoskop heraus, das ich aus dem Hôpital des Anges mitgebracht hatte.

»Mach es voll und bring es mir«, sagte ich und reichte es ihm; dann drehte ich mich um und ging zum Feuer, wo ein Kessel voll kochender Leinenstreifen auf mich wartete.

Als ich mich noch einmal nach ihm umwandte, stand er immer noch da und betrachtete das Gefäß mit leicht belustigtem Blick.

»Brauchst du Hilfe, Junge?« Ein großer englischer Soldat sah von seinem Strohlager am Boden auf und grinste Jamie an.

Jamie lächelte und entblößte seine weißen Zähne. »Aye«, nickte er. Dann beugte er sich hinunter und hielt dem Engländer das Gefäß hin. »Hier, halt das für mich, während ich ziele.«

Ein heiteres Lachen – die Männer wurden ein wenig von ihrer Not abgelenkt.

Nach kurzem Zögern schloß sich die kräftige Faust des Engländers um das zerbrechliche Gefäß. Granatsplitter steckten in seiner Hüfte, und seine Hand zitterte, doch er lächelte, obwohl Schweißperlen auf seiner Oberlippe standen.

»Sixpence, daß du es nicht schaffst«, sagte er. Er stellte das Gefäß auf den Boden, so daß es etwa einen Meter vor Jamies nackten Zehen stand. »Von da aus, wo du jetzt stehst.«

Jamie betrachtete es prüfend und rieb sich das Kinn, während er die Entfernung abschätzte. Der Mann, dessen Arm ich gerade verband, hatte aufgehört zu stöhnen und war ganz Ohr für das Drama, das sich neben ihm entfaltete.

»Tja, das ist nicht gerade einfach«, meinte Jamie mit absichtlich breitem schottischen Akzent. »Aber für Sixpence? Aye, gut, das ist ein Batzen Geld, für den sich die Mühe lohnt, oder?« Seine schmalen Augen wurden noch etwas schmaler, als er grinste.

»Leicht verdientes Geld, mein Junge«, erwiderte der Engländer, schwer atmend, aber noch immer grinsend. »Für mich.«

»Zwei Silberpennies auf den Jungen!« rief einer von MacDonalds Clansmännern aus der Ecke.

Ein englischer Soldat, der seinen Rock zum Zeichen seines Gefangenenstatus mit der Innenseite nach außen trug, tastete in seiner Rocktasche nach etwas.

»Ha! Ein Säckchen Tabak dagegen!« rief er und hielt triumphierend einen kleinen Stoffbeutel in die Höhe.

Derbe Witze wurden gerissen und Wetten geschlossen, während Jamie in die Knie ging und mit großer Geste den Abstand zum Gefäß abschätzte.

»In Ordnung«, nickte er schließlich, stand auf und straffte die Schultern. »Bist du bereit?«

Der am Boden kauernde Engländer erwiderte grinsend: »*Ich* schon, mein Junge.«

»Gut.«

Im Raum war es jetzt mucksmäuschenstill. Einige Männer stützten sich auf die Ellbogen, um besser sehen zu können; alle Schmerzen und Feindseligkeiten waren vergessen.

Jamie sah sich in der Kate um und nickte den Männern aus Lallybroch zu, dann hob er langsam den Saum seines Kilts und griff darunter. Er runzelte die Stirn in höchster Konzentration und tastete herum, dann machte er ein ratloses Gesicht.

»Ich hatte ihn doch noch, als ich losgezogen bin«, sagte er und erntete schallendes Gelächter.

Jamie grinste zufrieden. Dann hob er seinen Kilt noch etwas höher, nahm seine jetzt deutlich sichtbare Waffe in die Hand und zielte. Er kniff die Augen zusammen, ging leicht in die Knie und packte fester zu.

Nichts passierte.

»Ladehemmung!« frohlockte einer der Engländer.

»Sein Pulver ist naß geworden!« johlte ein anderer.

»Hast wohl keine Kugeln im Lauf, Junge?« neckte dessen Nebenmann.

Jamie blinzelte argwöhnisch an sich hinunter, was einen erneuten Ausbruch von Gejohle und Pfiffen zur Folge hatte. Dann hellte sich seine Miene auf.

»Ha! Meine Kammer ist leer, das ist alles!« Er deutete auf die

Flaschen an der Wand und sah mich fragend an. Als ich nickte, nahm er eine herunter, hielt sie sich an den offenen Mund und kippte sie. Das Wasser ergoß sich über sein Kinn und auf sein Hemd, während er trank.

»Ahhh.« Er ließ die Flasche sinken, wischte sich mit einem Ärmel übers Gesicht und verneigte sich vor seinem Publikum.

»Nun denn«, sagte er und griff erneut unter seinen Kilt. Dann fing er meinen Blick auf und hielt mitten in der Bewegung inne. Er sah weder die offene Tür hinter sich noch den Mann, der in diesem Augenblick hereinkam. Doch die plötzlich eintretende Stille mußte ihm klargemacht haben, daß der Spaß vorbei war.

Seine Hoheit Prinz Charles Edward duckte sich, als er die Kate betrat. Er war gekommen, um die Verwundeten zu besuchen, und hatte sich zu diesem Anlaß in eine pflaumenblaue Kniehose aus Samt, farblich passende Strümpfe und – zweifellos, um die Solidarität mit seiner Truppe zum Ausdruck zu bringen – einen Rock und eine Weste aus Cameron-Tartan gehüllt. Über eine Schulter hatte er sich ein Plaid geworfen, das durch eine Brosche aus Rauchquarz gehalten wurde. Sein Haar war frisch gepudert, und der Andreasorden funkelte an seiner Brust.

Er stand in der Tür, ehrfurchtgebietend und majestätisch, und versperrte seinem Gefolge den Eingang. Sein Blick schweifte durch den Raum, glitt über die fünfundzwanzig dicht an dicht liegenden Männer hinweg, über die Helferinnen, die sie versorgten, die blutgetränkten Verbände, die in einer Ecke lagen, und fiel schließlich auch auf mich, die ich hinter dem mit Arzneimitteln und allen möglichen Geräten beladenen Tisch stand.

Seine Hoheit hatte für Frauen, die mit der Armee zogen, im allgemeinen nicht viel übrig, aber er wußte, was sich gehört. Ich *war* eine Frau, trotz der Blutspritzer und der Spuren von Erbrochenem auf meinem Rock und trotz der Tatsache, daß unter meinem Kopftuch wirre Haarsträhnen hervorhingen.

»Madame Fraser«, sagte er und verneigte sich elegant.

»Eure Hoheit.« Ich machte einen Knicks und hoffte, daß er nicht vorhatte, lange zu bleiben.

»Wir wissen Ihre Bemühungen für uns zu schätzen, Madame«, sagte er in einem Tonfall, der seinen italienischen Akzent stärker als gewöhnlich zur Geltung brachte.

»Vielen Dank«, erwiderte ich. »Vorsicht, der Boden ist blutgetränkt, und man rutscht leicht aus.«

Sein feiner Mund straffte sich leicht, als er die Blutlache umrundete, auf die ich gedeutet hatte. Da der Weg nun frei war, traten jetzt auch Sheridan, O'Sullivan und Lord Balmerino in den überfüllten Raum. Nachdem Charles der Höflichkeit Genüge getan hatte, bückte er sich hinunter zu den Strohlagern.

Er legte einem Mann die Hand auf die Schulter.

»Wie heißen Sie, tapferer Kamerad?«

»Gilbert Munro... ähm, Euer Hoheit«, stotterte der Mann ehrfürchtig.

Mit seinen manikürten Fingern berührte der Prinz die Holzschiene und den Verband von Gilbert Munros rechtem Arm, an dem die Hand fehlte.

»Sie haben ein großes Opfer gebracht, Gilbert Munro«, sagte Charles. »Ich verspreche Ihnen, es wird nicht vergessen werden.« Seine Hand strich über das schnurrbärtige Gesicht, und Munro errötete vor Schüchternheit und Freude.

Ich behandelte eben einen Mann mit einer Wunde am Kopf, die genäht werden mußte, doch aus den Augenwinkeln heraus konnte ich Charles bei seinem Rundgang beobachten. Er schritt langsam von Lager zu Lager, ließ keinen aus, fragte jeden nach seinem Namen und seiner Herkunft, dankte und drückte sein Mitgefühl, seine Glückwünsche und sein Bedauern aus.

Die Männer, die Engländer wie die Hochlandschotten, waren vor Ergriffenheit ganz stumm und stammelten nur verlegene Antworten auf die freundlichen Fragen Seiner Hoheit. Schließlich erhob sich Charles mit einem deutlich vernehmbaren Knacken seiner Kniebänder. Ein Zipfel seines Plaids schleifte auf dem Boden, aber er schien es nicht zu bemerken.

»Ich bringe euch den Segen und den Dank meines Vaters«, sagte er. »Eure Taten an diesem heutigen Tag werden niemals vergessen sein.« Die Männer am Boden hatten gewiß keinen Grund zur Euphorie, aber viele lächelten, und alle brachten murmelnd ihre Freude zum Ausdruck.

Als Charles sich bereits zum Gehen wandte, erblickte er Jamie, der sich in eine Ecke gedrückt hatte, damit Sheridan ihm mit seinen schweren Stiefeln nicht auf die Zehen trat. Über das Gesicht Seiner Hoheit huschte ein freudiges Lächeln.

»*Mon cher!* Ich habe Sie heute noch gar nicht gesehen. Ich befürchtete schon, es sei Ihnen etwas zugestoßen.« Vorwurfsvoll verzog er sein Gesicht. »Weshalb sind Sie nicht mit den anderen Offizieren zum Abendessen ins Pfarrhaus gekommen?«

Jamie lächelte und verbeugte sich ehrerbietig.

»Meine Männer sind hier, Hoheit.«

Der Prinz zog die Augenbrauen hoch und öffnete den Mund, doch noch ehe er etwas sagen konnte, trat Lord Balmerino auf ihn zu und flüsterte ihm etwas ins Ohr. Auf Charles' Gesicht zeigte sich ein Ausdruck der Besorgnis.

»Was höre ich da?« sagte er zu Jamie. »Seine Lordschaft sagt mir gerade, Sie selbst sind verwundet?«

Jamie blickte verlegen drein. Rasch warf er mir einen Blick zu, ob ich zugehört hatte, und sah dann wieder den Prinzen an.

»Es ist nichts, Hoheit. Nur ein Kratzer.«

»Zeigen Sie es mir.« Das waren schlichte Worte, doch es war unmißverständlich ein Befehl, und Jamie streifte sein Plaid ab.

Sein dunkler Tartan war auf der Innenseite beinahe schwarz. Von der Achselhöhle bis zur Hüfte war sein Hemd voll Blut, das an einigen Stellen bereits zu braunen Flecken getrocknet war.

Ich wandte mich von meinem Patienten ab, ging zu Jamie und half ihm, sein Hemd abzustreifen. Obwohl er viel Blut verloren hatte, wußte ich, daß es keine ernste Verletzung war. Er stand fest auf den Beinen, und die Blutung war zum Stillstand gekommen.

Es war ein Säbelhieb quer über die Rippen. Er hatte Glück gehabt, daß der Säbel nicht im rechten Winkel ins Fleisch gedrungen war. So hatte er nur eine etwa zwanzig Zentimeter lange Wunde davongetragen, aus der Blut sickerte, sobald man sie drückte. Sie mußte mit mehreren Stichen genäht werden, doch abgesehen von der Infektionsgefahr war es nichts Ernstes.

Dies wollte ich Seiner Hoheit eben mitteilen, doch als ich seinen seltsamen Gesichtsausdruck sah, hielt ich inne. Den Bruchteil einer Sekunde lang dachte ich, Charles stünde unter Schock, weil er den Anblick von Wunden und Blut nicht gewohnt war. So manch junge Schwesternhelferin im Lazarett, die soeben ihrem ersten Verwundeten die Uniform abgestreift hatte, war nach einem Blick auf die Wunde hinausgestürmt, um sich zu übergeben. Dann kam sie wieder und versorgte den Patienten. Kriegsverletzungen sehen ganz besonders abstoßend aus.

Aber das konnte hier nicht der Fall sein. Charles war zwar nicht der geborene Krieger, aber er war, genau wie Jamie, bereits mit vierzehn Jahren in seine erste Schlacht gezogen. Nein, sagte ich mir, als das Entsetzen allmählich aus den sanften braunen Augen wich, der Anblick von Blut und Wunden konnte ihn nicht schrecken.

Doch nun stand kein Kätner, kein Hirte vor ihm. Kein namenloser Untertan, dessen Pflicht es war, für die Stuarts sein Leben zu opfern, sondern ein Freund. Und vielleicht hatte Jamies Wunde ihm bewußt gemacht, daß auf *seinen* Befehl hin Blut vergossen worden war, Männer um *seinetwillen* verwundet worden waren.

Er betrachtete die Wunde eindringlich, dann sah er Jamie in die Augen. Er drückte ihm die Hand und neigte den Kopf.

»Danke«, sagte er leise.

In diesem Augenblick dachte ich, daß er vielleicht doch das Zeug zum König gehabt hätte.

Auf einem kleinen Hügel hinter der Kirche hatte man auf Befehl Seiner Hoheit ein Zelt errichtet, in dem die Gefallenen aufgebahrt wurden. Die englischen Soldaten, die sonst mit besonderer Rücksichtnahme behandelt wurden, waren hier den Schotten gleichgestellt; die Männer lagen nebeneinander, die Gesichter mit Tüchern bedeckt. Die Hochlandschotten waren nur durch ihre Tracht von den anderen zu unterscheiden. Das Begräbnis sollte am Tag darauf stattfinden. MacDonald von Keppoch hatte einen französischen Priester mitgebracht, der mit vor Erschöpfung hängenden Schultern und einer achtlos über ein schmutziges Hochlandplaid gelegten purpurroten Stola bedächtig durch das Zelt schritt und vor jedem Toten stehenblieb, um ein Gebet zu sprechen.

»Möge er ewige Ruhe finden, o Herr, und das ewige Licht leuchte ihm.« Er bekreuzigte sich mechanisch und setzte seinen Rundgang fort.

Ich war schon vorher im Zelt gewesen und hatte mit klopfendem Herzen die Toten unter den Hochlandschotten gezählt. Einundzwanzig. Als ich jetzt das Zelt betrat, sah ich, daß ihre Zahl auf sechsundzwanzig angewachsen war.

Ein siebenundzwanzigster lag in der Kirche, der letzten Station seiner irdischen Reise: Alexander Kincaid Fraser, der an seinen schweren Brust- und Bauchwunden dahinsiechte. Gegen seine inneren Verletzungen waren wir machtlos. Ich hatte ihn gesehen, als er gebracht worden war, kreidebleich – er hatte den ganzen Nachmittag lang blutend auf dem Schlachtfeld gelegen.

Mühsam hatte er mich angelächelt, und ich hatte seine rissigen Lippen mit Wasser benetzt und mit Talg bestrichen. Wenn ich ihm zu trinken gegeben hätte, wäre er sofort gestorben, da das Wasser durch seine durchlöcherten Eingeweide gedrungen wäre und einen tödlichen Schock verursacht hätte. Ich zögerte einen Augenblick, als ich sah, wie schwer er verwundet war, und dachte, ein schneller Tod wäre vielleicht besser... aber dann hatte ich begriffen, daß er mit einem Priester sprechen und beichten wollte. Und so hatte ich ihn in die Kirche bringen lassen, wo Vater Benin die Sterbenden betreute.

Jamie hatte jede halbe Stunde nach Kincaid gesehen, aber der hielt erstaunlich lange durch. Von seinem letzten Besuch war Jamie noch nicht zurückgekehrt. Ich wußte, daß der Kampf nun zu Ende ging, und wollte nachsehen, ob ich vielleicht helfen konnte.

Der Platz unter dem Fenster, wo Kincaid gelegen hatte, war leer, nur ein großer, dunkler Fleck war geblieben. Kincaid befand sich jedoch auch nicht im Totenzelt, und auch Jamie war nirgendwo zu sehen.

Schließlich fand ich beide auf dem Hügel hinter der Kirche. Jamie saß auf einem Felsblock, Alexander Kincaid in den Armen, dessen lockiger Kopf auf seiner Schulter lag, die Beine leblos von sich gestreckt. Beide waren reglos wie der Fels, der sie trug. Stumm wie der Tod.

Ich betastete Kincaids weiße, schlaffe Hand, und strich ihm über das dichte braune Haar, das gar nicht tot aussah. Ein Mann sollte nicht unberührt sterben, aber Kincaid hatte nie bei einer Frau gelegen.

»Er ist tot, Jamie«, flüsterte ich.

Jamie bewegte sich nicht, dann aber nickte er und öffnete die Augen, als ob er sich nur widerstrebend der Wahrheit stellte. Inzwischen war es Nacht geworden.

»Ich weiß. Er starb, bald nachdem ich ihn hier herausgebracht hatte, aber ich wollte mich nicht von ihm trennen.«

Ich faßte den Toten behutsam unter den Schultern, und wir ließen ihn sanft auf die Erde hinabgleiten. Das Gras wiegte sich im Wind, und die Halme streichelten Kincaids Gesicht – ein zärtlicher Willkommensgruß der bergenden Erde.

»Du wolltest nicht, daß er drinnen stirbt«, sagte ich. Über uns am unendlichen Himmel zogen die Wolken dahin.

Jamie nickte langsam, dann kniete er neben dem Toten nieder und küßte ihn auf die breite, bleiche Stirn.

»Wie schön wäre es, wenn jemand dasselbe für mich tun würde«, flüsterte er. Dann zog er das Plaid über Kincaids braunen Lockenkopf und murmelte etwas auf Gälisch, was ich nicht verstand.

Eine Feldlazarett ist kein Ort für Tränen; dafür gibt es viel zuviel zu tun. Ich hatte den ganzen Tag nicht geweint, trotz allem, was ich gesehen hatte, doch jetzt ließ ich, wenigstens für einen Augenblick, den Tränen freien Lauf. Ich barg mein Gesicht an Jamies Schulter, und er tätschelte mich tröstend. Als ich aufblickte und mir die Tränen aus dem Gesicht wischte, sah ich, wie er trockenen Auges auf die reglos am Boden liegende Gestalt starrte. Er spürte meinen Blick und sah mich an.

»Ich habe um ihn geweint, als er noch am Leben war, Sassenach«, sagte er ruhig. »Nun also, wie stehen die Dinge?«

Ich schniefte, putzte mir die Nase und nahm seinen Arm, und so gingen wir langsam zur Kate zurück.

»Ich brauche deine Hilfe.«

»Bei wem?«

»Bei Hamish MacBeth.«

Jamies sorgenvoll angespanntes, dreckverschmiertes Gesicht hellte sich auf.

»Dann ist er also zurück? Gott sei Dank! Wie steht es um ihn?«

Ich verdrehte die Augen. »Du wirst es gleich sehen.«

MacBeth war einer von jenen, die Jamie besonders gern hatte. Ein kräftiger Mann mit einem lockigen braunen Bart, schweigsam und wortkarg. Während der Reise war er nie von Jamies Seite gewichen. Er sprach wenig, und sein schüchternes Lächeln erblühte unter seinem Bart wie eine seltene, aber strahlende Nachtblume.

Ich wußte, daß Jamie nach der Schlacht voller Sorge auf MacBeth gewartet hatte. Als es Abend wurde und auch die letzten Nachzügler eintrafen, hatte ich nach MacBeth Ausschau gehalten. Schließlich ging die Sonne unter, und die Feuer im Lager wurden angezündet, aber Hamish MacBeth war nirgends zu sehen. Ich begann zu fürchten, daß wir auch ihn unter den Toten suchen mußten.

Doch vor einer halben Stunde hatte er sich in unser Lazarett geschleppt. Ein Bein war blutverschmiert bis hinunter zum Knöchel, und er ging vorsichtig mit gespreizten Beinen. Aber um keinen Preis wollte er zulassen, daß ein »Weibsbild« Hand an ihn legte.

Er lag neben einer Laterne auf einer Decke, die Hand hatte er auf seinen runden Bauch gelegt, den Blick geduldig auf die Holzbalken an der Decke gerichtet. Er schaute Jamie an, als der sich neben ihn kniete, bewegte sich aber sonst nicht. Ich hielt mich taktvoll im Hintergrund.

»Also dann, MacBeth«, sagte Jamie und ergriff zur Begrüßung seine Handgelenk. »Wie geht's, Mann?«

»Ich schaffe es schon, Sir«, murmelte er. »Ich schaffe es. Nur, es ist...« Er zögerte.

»Na gut, dann wollen wir es uns einmal ansehen.« MacBeth wehrte sich nicht, als Jamie seinen Kilt hochstreifte. Ich spitzte zwischen Jamies Ellenbogen hindurch, und jetzt erkannte ich die Ursache von MacBeth' Zögern.

Ein Schwert oder ein Spieß hatte ihn in der Leistengegend getroffen. Der Hodensack war auf einer Seite gerissen, und ein Hoden hing herab – die glatte rosafarbene Außenseite glänzte wie ein geschältes Ei.

Jamie und die zwei, drei anderen Männer, die die Wunde sahen, wurden blaß, und ich sah, wie sich einer der Helfer instinktiv betastete, um zu sehen, ob bei ihm noch alles heil war.

Obwohl die Wunde fürchterlich aussah, schien der Hoden selbst unbeschädigt, und es blutete auch nicht besonders stark. Ich berührte Jamie an den Schultern und schüttelte den Kopf, um anzudeuten, daß es keine schwere Verletzung war, einmal abgesehen von ihrer Wirkung auf die männliche Psyche. Jamie, der meine Geste aus dem Augenwinkel heraus sah, tätschelte MacBeth beruhigend am Knie.

»Ach, es ist nur halb so schlimm, MacBeth. Mach dir keine Sorgen, du kannst noch Vater werden.«

Der kräftige Mann hatte besorgt an sich hinuntergesehen, doch bei diesen Worten heftete er den Blick auf seinen Kommandanten. »Das ist meine geringste Sorge, Sir, ich habe schon sechs Kinder. Aber was wird meine Frau sagen, wenn ich...« MacBeth wurde tiefrot, als die Männer um ihn herum lachten und johlten.

Jamie schielte fragend in meine Richtung, unterdrückte sein eigenes Grinsen und sagte überzeugt: »Laß dir darum keine grauen Haare wachsen, es wird schon wieder, MacBeth.«

»Danke, Sir.« MacBeth atmete erleichtert aus. Er vertraute den Worten seines Kommandanten voll und ganz.

»Trotzdem«, fuhr Jamie energisch fort, »die Wunde muss genäht werden. Du hast die Wahl.«

Er griff in meinen chirurgischen Nähkasten und holte eine meiner Nadeln heraus. Abgeschreckt von den groben Instrumenten, die Bader und Wundärzte gewöhnlich benutzten, um ihre Kundschaft zusammenzuflicken, hatte ich mir drei Dutzend eigene Nadeln gemacht; ich hatte die feinsten Stricknadeln genommen, die ich finden konnte, sie mit Hilfe einer Zange über der Flamme einer mit Alkohol gefüllten Lampe erhitzt und sie behutsam zurechtgebogen, bis sie die erforderliche halbrunde Wölbung hatten. Auch mein Katgut, das Nahtmaterial, hatte ich mir selbst gemacht; es war eine unangenehme, ekelige Sache, aber so konnte ich wenigstens sicher sein, daß die Utensilien, die ich verwendete, steril waren.

Die winzige Nähnadel wirkte geradezu lächerlich zwischen Jamies kräftigem Daumen und Zeigefinger. Seine schieläugigen Versuche, den Faden durch das Nadelöhr zu führen, trugen auch nicht dazu bei, Vertrauen in seine medizinischen Fähigkeiten zu wecken.

»Entweder mache ich es selbst«, sagte er, oder . . .« Er unterbrach sich, als ihm die Nadel aus der Hand fiel und er in den Falten von MacBeth' Plaid danach suchte. »Oder«, fuhr er fort und hielt die Nadel triumphierend dem besorgt dreinblickenden Verwundeten vor die Nase, »meine Frau macht es dir.« Mit einer Kopfbewegung lenkte er MacBeth' Blick auf mich. Mit nüchterner Miene nahm ich Jamie die Nadel aus der Hand und fädelte sie mit einem Ruck ein.

MacBeth' große braune Augen wanderten langsam zwischen Jamies Pranken, die er so tollpatschig wie möglich ineinander verschränkt hatte, und meinen kleinen, flinken Händen hin und her. Dann ließ er sich resigniert auf sein Lager sinken und gab murmelnd sein Einverständnis, daß ein »Weibsbild« seinen intimsten Körperteil berührte.

»Du kannst unbesorgt sein«, beschwichtigte ihn Jamie und tätschelte ihm freundlich die Schulter. »Schließlich gebe ich mein bestes Stück nun schon seit geraumer Zeit in ihre Hände, und sie hat mich bis heute noch nicht entmannt.« Unter dem Gelächter der Helferinnen und Verwundeten wollte Jamie aufstehen und sich davonmachen, aber ich hielt ihn zurück, indem ich ihm ein Fläschchen in die Hand drückte.

»Was ist das?« fragte er.

»Alkohol und Wasser«, erklärte ich. »Eine Desinfektionslösung. Wenn er kein Fieber oder Eiterungen oder noch Schlimmeres bekommen soll, muß die Wunde ausgewaschen werden.« Da MacBeth seit seiner Verwundung einen langen Weg zurückgelegt hatte, zeigten sich in der Umgebung der Wunde neben Blut- auch Schmutzspuren. Ethylalkohol war ein scharfes Desinfektionsmittel, auch wenn es im Verhältnis eins zu eins mit destilliertem, sterilem Wasser verdünnt wurde, wie ich es tat. Es war das einzige wirksame Mittel gegen Infektionen, das mir zur Verfügung stand, und ich bestand trotz der Klagen der Helferinnen und der Schmerzensschreie der Patienten, die damit behandelt wurden, unnachgiebig auf seiner Verwendung.

Jamie blickte von der Alkoholflasche in seiner Hand auf die klaffende Wunde und erschauderte leicht. Er hatte die Wirkung des Mittels bereits am eigenen Leib zu spüren bekommen, als ich vorhin seine Wunde genäht hatte.

»Also, MacBeth, besser du als ich«, sagte er. Dann stieß er sein Knie fest in MacBeth' Zwerchfell und goß den Inhalt der Flasche über die offene Wunde.

Ein markerschütternder Schrei war zu hören. MacBeth wand sich wie eine entzweigeschnittene Schlange. Als sein Stöhnen schwächer wurde und schließlich verstummte, war sein Gesicht grünlichbleich. Er wehrte sich nicht, als ich begann, mit geübten, für den Patienten allerdings schmerzhaften Stichen den Hodensack zu nähen. Die meisten Patienten, auch die schwerverwundeten, ließen die Behandlung klaglos über sich ergehen, und MacBeth stellte keine Ausnahme dar. Er lag regungslos da, furchtbar verlegen, die Augen starr auf die Flamme der Laterne gerichtet, und zuckte mit keiner Wimper, während ich ihn wieder zusammenflickte. Nur die Veränderung seiner Gesichtsfarbe – von grün zu weiß, dann zu rot und wieder zu weiß – verriet seinen Seelenzustand.

Schließlich aber lief er purpurrot an. Denn als ich fertig war, versteifte sich sein Penis, den ich flüchtig gestreift hatte. Völlig durcheinandergebracht durch diesen Beweis seiner Unversehrtheit, zog MacBeth seinen Kilt ruckartig herunter, sobald ich ihn fertig verbunden hatte, erhob sich torkelnd und wankte hinaus in die Dunkelheit. Ich aber konnte mir ein Schmunzeln nicht verkneifen, während ich meinen chirurgischen Nähkasten wieder verstaute.

In einer Ecke stand eine Kiste mit medizinischen Hilfsmitteln; ich setzte mich und lehnte mich gegen die Wand. Ein stechender Schmerz durchschoß meine Waden – eine Reaktion des Körpers auf die plötzlich nachlassende Anspannung. Ich zog meine Schuhe aus und lehnte den Kopf zurück.

Die Luft in der Kate war schwül, und schweres Atmen war zu hören. Nicht das gleichmäßige Schnarchen gesunder Männer, sondern das flache Keuchen derjenigen, denen das Atmen Schmerzen bereitete, und das Stöhnen derer, die in einen zeitweiligen Dämmerzustand verfallen waren und vergessen hatten, daß ein Mann Schmerzen klaglos erduldet.

Die Männer in dieser Kate waren zwar schwer verwundet, befanden sich aber außer Lebensgefahr. Doch ich wußte, daß der Tod nachts durch die Gänge einer Krankenstation streift und nach denen sucht, deren Abwehrkräfte geschwächt sind, nach denen, die in ihrer Einsamkeit und Angst unfreiwillig seinen Weg kreuzen. Einige der Verwundeten hatten ihre Frauen bei sich, die sie trösteten, doch die Männer in dieser Kate hatten niemanden – außer mir.

Auch wenn ich jetzt nur noch wenig tun konnte, um sie zu heilen oder ihre Schmerzen zu lindern, so konnte ich ihnen wenigstens das Gefühl geben, daß sie nicht allein waren; daß jemand bei ihnen war, der sich zwischen sie und die Schatten der Nacht stellte.

Ich stand auf und stieg über die Strohlager hinweg, bückte mich zu jedem einzelnen hinunter, sprach tröstende Worte, brachte eine Decke in Ordnung, strich dem einen das Haar glatt und massierte einem anderen die verkrampften Gliedmaßen. Hier verlangte einer einen Schluck Wasser, dort mußte der Verband gewechselt werden, hier wurde eine Urinflasche gebraucht, die ich mit größter Selbstverständlichkeit herbeiholte und die, während sich der Verwundete erleichterte, in meiner Hand schwer und warm wurde.

Als ich hinausging, um eine solche Flasche zu entleeren, blieb ich kurz stehen und sog die kühle Nachtluft ein, die den Geruch der Ausdünstungen in der Kate hinwegfegte. Ich ließ die weiche Feuchtigkeit über meine Haut streichen und vergaß für einen Augenblick die rauhe behaarte Haut der Verwundeten.

»Du hast nicht viel geschlafen, Sassenach.« Jamies leise Stimme ertönte von der Straße her. Die anderen Katen mit Verwundeten befanden sich in dieser Richtung. Das Quartier der Offiziere lag auf der anderen Seite.

»Du auch nicht«, erwiderte ich nüchtern. Ich fragte mich, wie lange er nun schon ohne Schlaf auskam.

»Ich habe vergangene Nacht mit den Männern draußen im Freien geschlafen.«

»Ach ja? Sicher außerordentlich erholsam«, bemerkte ich ironisch, und er mußte lachen. Sechs Stunden Schlaf auf der feuchten Erde, danach die Schlacht, in der ein Pferd auf ihn getreten war, die Verwundung durch ein Schwert und weiß Gott, was sonst noch. Dann hatte er seine Männer um sich gesammelt, hatte die Verwundeten geholt, sich um die Verletzten gekümmert, die Toten betrauert und seinem Prinzen gedient. Und in der ganzen Zeit hatte ich nicht einmal gesehen, daß er etwas gegessen oder sich ausgeruht hätte.

Ich tadelte ihn nicht. Ich verlor auch kein Wort darüber, daß er, selbst verwundet, eigentlich bei den anderen am Boden hätte liegen müssen. Es war seine Aufgabe, hier zu sein.

»Es sind noch andere Frauen da, Sassenach«, sagte er sanft. »Soll ich Archie Cameron Bescheid sagen, daß er jemanden herüberschickt?«

Es war eine große Versuchung, die ich jedoch von mir wies, bevor ich allzulange darüber nachdachte – aus Angst, mich überhaupt nicht mehr rühren zu können, wenn ich meiner Müdigkeit erst einmal nachgab.

»Nein.« Ich schüttelte den Kopf. »Ich halte schon durch bis zum Morgengrauen. Dann kann jemand anders die Wache übernehmen.« Wenn die Verwundeten erst einmal die Nacht überstanden hätten, wären sie, wie ich meinte, außer Gefahr.

Auch er tadelte mich nicht; er legte mir nur seine Hand auf die Schulter und zog mich an sich.

»Dann bleibe ich bei dir«, sagte er und ließ mich los. »Ich kann auch nicht schlafen.«

»Und die anderen Männer von Lallybroch?«

Er nickte zu den Feldern in der Nähe des Dorfes, wo die Armee ihr Lager aufgeschlagen hatte.

»Murtagh hat die Verantwortung.«

»Ah, das ist gut. Dann brauchst du dir keine Sorgen zu machen«, sagte ich und sah, daß er lächelte. Vor der Kate stand eine Bank, auf die sich die Frau des Hauses an sonnigen Tagen setzte, um Fische zu putzen oder Kleider zu flicken. Dorthin führte ich ihn, um einen

Augenblick auszuruhen. Er ließ sich mit einem Seufzer nieder und lehnte sich an die Hauswand. Als ich seine offenkundige Erschöpfung sah, mußte ich an Fergus denken und an dessen Verwirrung nach der Schlacht.

Ich streichelte Jamies Nacken, und er legte mit geschlossenen Augen seine Stirn an die meine.

»Wie war es, Jamie?« fragte ich leise, während ich langsam und fest meine Finger über seine verspannten Nackenmuskeln und seine Schultern gleiten ließ. »Wie war es? Erzähl es mir.«

Ein kurzes Schweigen, dann seufzte er und begann zu sprechen, zuerst zögernd, dann immer schneller, als wollte er rasch alles loswerden.

»Wir machten kein Feuer, denn Lord George meinte, wir müßten vor Tagesanbruch den Kamm überschritten haben, und wir wollten nicht, daß man uns von unten sah. Wir saßen eine Zeitlang im Dunkeln. Sprechen durften wir ebenfalls nicht, da jedes Geräusch in die Ebene hinuntergetragen wurde. So saßen wir.

Dann spürte ich, wie im Dunkeln jemand mein Bein berührte. Ich wäre vor Schreck beinahe vergangen.« Er steckte einen Finger in den Mund und rieb sich vorsichtig die Zunge. »Hätte mir beinahe die Zunge abgebissen.« Ich spürte, daß er lächelte, obwohl ich sein Gesicht nicht sah.

»Fergus?«

Sein leises Lachen durchschnitt die Stille der Nacht.

»Aye, Fergus. Er kroch auf allen vieren durchs Gras, der kleine Lauser, und ich dachte, es sei eine Schlange. Er flüsterte mir ins Ohr, daß Anderson einen Weg kannte, und dann kroch ich hinter ihm her und brachte Anderson zu Lord George.«

Er sprach langsam und wie im Traum.

»Und dann kam der Befehl zum Aufbruch, auf dem Weg, den Anderson uns zeigte. Und die gesamte Armee machte sich in der Dunkelheit auf.«

Die Nacht war klar, schwarz und mondlos, ohne die Wolkendecke, die das Licht der Sterne sonst abdämpfte. Die Hochlandarmee schritt schweigend auf dem schmalen Weg hinter Richard Anderson her; keiner konnte weiter sehen als bis zur Ferse seines Vordermanns.

Die Armee bewegte sich nahezu lautlos, Befehle wurden flüsternd von Mann zu Mann weitergegeben. Breitschwerter und Äxte wurden unter den Plaids verhüllt, Pulverhörner unter den Hemden ans klopfende Herz gepreßt.

Als die Schotten den schmalen Pfad hinter sich gelassen hatten, ruhten sie sich aus, immer noch schweigend und ohne Feuer anzuzünden. Sie verzehrten ihre kalten Rationen und verharrten – in unmittelbarer Nähe des feindlichen Lagers.

»Wir konnten sie sogar reden hören«, erzählte Jamie. Er hatte die Augen geschlossen und lehnte sich, die Hände hinter dem Kopf verschränkt, gegen die Hauswand. »Eigenartig, einen Menschen über einen Scherz lachen zu hören, zu hören, wie er nach einer Prise Salz verlangt oder nach dem Weinschlauch – und zu wissen, daß du ihn vielleicht binnen weniger Stunden töten wirst – oder er dich. Du mußt einfach darüber nachdenken, weißt du. Du fragst dich, wie das Gesicht aussieht, das zu dieser Stimme gehört. Ob du ihn wiedererkennen wirst, wenn du ihm am nächsten Morgen gegenüberstehst.«

Doch die Aufregung vor der Schlacht wich einer übergroßen Müdigkeit und Erschöpfung, und die »schwarzen Frasers« – so genannt wegen der Rußspuren, die immer noch ihre Gesichter zierten – und ihr Anführer waren inzwischen seit mehr als sechsunddreißig Stunden auf den Beinen. Jamie hatte sich einen Büschel Gras als Kopfkissen zurechtgelegt, das Plaid um die Schultern geschlungen und sich neben seinen Männern im wogenden Gras niedergelegt.

Vor Jahren, während Jamies Zeit in der französischen Armee, hatte ein Feldwebel den jüngeren Söldnern einen Trick verraten, wie man in der Nacht vor der Schlacht einschlafen könne.

»Macht es euch bequem, erforscht euer Gewissen und bereut eure Sünden. Vater Hugo sagt, daß euch in Zeiten des Krieges, auch wenn kein Priester in der Nähe ist, eure Sünden auf diese Weise vergeben werden. Da man im Schlaf nicht sündigen kann – nicht einmal *du*, Simenon! –, werdet ihr im Zustand der Gnade erwachen, bereit, die Bastarde niederzumähen. Und wenn ihr nur zwei Möglichkeiten vor euch habt – Sieg oder Himmel –, wovor solltet ihr da noch Angst haben?«

Mir fielen ja einige Schwachstellen in dieser Argumentation auf, aber Jamie hatte den Ratschlag beherzigen können. Indem er sein Gewissen erleichterte, befreite er seine Seele, und die tröstenden

Gebete lenkten den Geist von furchterregenden Vorstellungen ab und wiegten ihn in den Schlaf.

Jamie blickte hinauf zum schwarzen Himmelsgewölbe und versuchte, auf der harten Erde liegend, die Spannungen in Nacken und Schultern zu lösen. Die Sterne leuchteten schwach in jener Nacht; der nahe Schein der englischen Feuer war weitaus heller.

Er dachte an die Männer, die neben ihm lagen, an jeden einzelnen von ihnen. Das Gewicht seiner Sünden war eine leichte Last, verglichen mit dieser Verantwortung. Ross, McMurdo, Kincaid, Kent, die McClures... er hielt inne und empfand Dankbarkeit, daß wenigstens seine Frau in Sicherheit war. Seine Gedanken verweilten bei seiner Frau, rief sich ihr aufmunterndes Lachen in Erinnerung, die wunderbare Wärme, die er spürte, wenn er sie in seinen Armen hielt. Er dachte daran, wie sie sich an ihn geschmiegt hatte, als er sie am Nachmittag zum Abschied geküßt hatte. Trotz seiner Müdigkeit und trotz des Umstandes, daß draußen Lord George wartete, hätte er am liebsten noch einmal mit ihr geschlafen. Seltsam, daß er vor einem unmittelbar bevorstehenden Kampf immer bereit war. Auch jetzt...

Doch er war seine Männer in Gedanken noch nicht ganz durchgegangen, und er spürte, wie seine Augenlider schwer wurden und die Müdigkeit ihn überwältigte. Er schob die aufkeimende Lust beiseite und rief sich die Namen seiner Männer in Erinnerung – wie ein Schafhirte, der trügerisch in den Schlaf gewiegt wird, während er die Schafe zählt, die er zur Schlachtbank führen wird.

Aber es würde kein Gemetzel geben, beschwichtigte er sich. Nur leichte Verluste auf der Seite der Jakobiten. Dreißig Tote. Dreißig von zweitausend – die Wahrscheinlichkeit, daß unter den Toten auch Männer aus Lallybroch sein würden, war gering. Wenn sie recht hatte.

Ihn fröstelte unter seinem Plaid, und er bekämpfte den aufsteigenden Zweifel. Wenn. Gott, wenn. Es fiel ihm immer noch schwer, es zu glauben, obwohl er sie an diesem verwünschten Felsen gesehen hatte, ihr schreckverzerrtes Gesicht, die weit aufgerissenen goldenen Augen, die Umrisse ihres Körpers, die schon verschwammen, als er sie panisch festgehalten, sie zurückgezogen hatte. Vielleicht hätte er sie gehen lassen sollen, zurück in die Zeit, aus der sie gekommen war. Doch er hatte sie festgehalten. Er hatte ihr die Wahl gelassen, doch dann hatte er sie durch die schiere Kraft seines

Verlangens zurückgerufen. Also war sie geblieben. Und hatte *ihm* die Wahl gelassen – ihr zu glauben oder auch nicht. Zu handeln oder davonzulaufen. Und nun war die Wahl getroffen, und keine Macht der Welt konnte die herannahende Morgendämmerung aufhalten.

Sein Herz schlug heftig, er spürte den Pulsschlag an seinem Handgelenk, in der Leiste, in der Magengrube. Er versuchte, sich zu beruhigen, indem er fortfuhr, die Namen seiner Männer aufzuzählen. Willie MacNab, Bobby MacNab, Geordie MacNab... Gott sei Dank war der kleine Rabbie MacNab zu Hause in Sicherheit... Will Fraser, Ewan Fraser, Geoffrey McClure... McClure... hatte er an George *und* an Sorley gedacht? Er rutschte hin und her und lächelte sanft; die Striemen am Rücken spürte er immer noch. Murtagh. Aye, Murtagh, der zähe alte Bursche... um den brauchte er sich keine Sorgen machen. William Murray, Rufus Murray, Geordie, Wallace, Simon...

Und dann schloß er die Augen, empfahl sie alle dem schwarzen Himmel, der sich über ihm wölbte, und murmelte, schon halb im Schlaf, die Worte, die ihm noch immer wie selbstverständlich auf französisch über die Lippen kamen: »*Mon Dieu, je regrette...*«

Ich machte meinen Rundgang in der Kate und wechselte den blutgetränkten Verband eines Patienten. Die Blutung sollte eigentlich längst zum Stillstand gekommen sein, aber bei der schlechten Ernährung und den brüchigen Knochen... Falls die Blutung bis zum ersten Hahnenschrei nicht aufgehört hatte, mußte ich Archie Cameron holen oder einen der Wundärzte, um ihm das Bein amputieren und den Stumpf verätzen zu lassen.

Ich mochte gar nicht daran denken. Das Leben war schon schwer genug für einen gesunden Mann. Ich gab etwas Alaun und Schwefel auf den neuen Verband und hoffte das Beste. Wenn es nichts half, so schadete es wenigstens auch nichts. Weh tat es bestimmt, aber das war nicht zu ändern.

»Es wird ein wenig brennen«, murmelte ich, während ich ihm den frischen Verband anlegte.

»Keine Sorge, Mistress«, flüsterte er. Er lächelte mich an, obwohl ihm glänzender Schweiß die Wangen herunterlief. »Ich werde es schon aushalten.«

»Gut.« Ich klopfte ihm beruhigend auf die Schultern, strich ihm das Haar aus der Stirn und gab ihm einen Schluck Wasser. »In einer Stunde komme ich wieder, wenn Sie es so lange aushalten.«

»Ich werde es schon aushalten«, wiederholte er.

Als ich wieder nach draußen kam, glaubte ich zuerst, Jamie sei eingeschlafen. Er hatte die Arme um die Knie geschlungen und seinen Kopf darauf gebettet. Doch als er mich kommen hörte, blickte er auf und ergriff meine Hände. Ich setzte mich neben ihn.

»Ich hörte im Morgengrauen die Kanone«, sagte ich und dachte an den Verwundeten drinnen, dem eine Kanonenkugel das Bein zerschmettert hatte. »Ich hatte Angst um dich.«

Er lachte leise. »Ich auch, Sassenach. Wir alle.«

Lautlos wie Nebelstreifen drangen die Hochlandschotten vor. Es war immer noch stockfinstere Nacht, aber die Luft war anders geworden. Der Wind hatte gedreht, er wehte nun vom Meer her über das kalte Land, und aus der Ferne war das Rollen der Wellen am Sandstrand zu hören.

Es war noch dunkel, doch der Himmel hatte bereits seine Farbe verändert. Jamie sah den Mann im letzten Augenblick; noch ein Schritt, und er wäre über den zusammengekauerten Körper gestolpert.

Das Herz schlug ihm bis zum Hals, und er ging in die Hocke, um besser sehen zu können. Ein Rotrock, schlafend, weder tot noch verwundet. Er horchte angestrengt in die Dunkelheit, auf das Atmen anderer Schläfer. Nichts, nur das Rauschen des Meeres und der Wind, und das beinahe lautlose Rascheln von Schritten.

Er drehte sich um und schluckte; sein Mund war trotz der feuchten Luft wie ausgedörrt. Dicht hinter ihm rückten andere Männer vor; er durfte nicht lange zögern. Sein Hintermann war vielleicht nicht so vorsichtig wie er, und sie konnten es sich nicht leisten, daß jemand vor Schreck laut aufschrie.

Jamie legte die Hand an seinen Dolch, doch er zögerte. Krieg war Krieg, aber es ging nicht an, einen schlafenden Feind einfach niederzumetzeln. Der Mann schien allein zu sein, etwas entfernt von seinen Kameraden. Wahrscheinlich war er kein Wachsoldat. Nicht einmal der pflichtvergessenste Wachposten würde schlafen, wenn er wußte, daß auf dem Berg über ihm die Hochlandschotten lagerten. Vielleicht war der Soldat aufgestanden, um sich zu erleichtern, und hatte sich, ohne es zu merken, zu weit von seinen Kameraden entfernt. Vielleicht hatte er in der Dunkelheit die Orientierung verloren und sich dort zum Schlafen niedergelegt, wo er sich gerade befand.

Der Griff von Jamies Muskete war schweißnaß. Er rieb sich die Hände an seinem Plaid trocken, erhob sich, packte die Muskete am Lauf und ließ den Kolben mit einem Schwung hinuntersausen. Er spürte die Erschütterung bis in die Schulterblätter; ein bewegungsloser Schädel ist sehr hart. Außer einem schweren Atemstoß gab der Mann keinen Laut von sich, und jetzt lag er reglos auf dem Gesicht.

Mit zitternden Händen beugte sich Jamie noch einmal über ihn und tastete am Hals nach dem Puls. Als er den Herzschlag spürte, stand er erleichtert auf. Da hörte er hinter sich einen erstickten Schrei. Jamie schwang herum, holte mit der Muskete noch einmal aus – und blickte in das Gesicht eines Clansmanns von Keppoch MacDonald.

»*Mon Dieu!*« flüsterte der Mann und bekreuzigte sich, und Jamie knirschte gereizt mit den Zähnen. Es war Keppochs französischer Priester, der auf O'Sullivans Anweisung Rock und Plaid trug wie die kämpfenden Männer.

»Der Kerl hatte sich nicht davon abbringen lassen, daß es seine Pflicht sei, den Verwundeten und Sterbenden auf dem Schlachtfeld die Sakramente zu spenden«, fuhr Jamie mit seinem Bericht fort und zog sich das Plaid enger um die Schultern. Allmählich wurde es kühl. »O'Sullivan vermutete, daß ihn die Engländer, falls sie ihn in seinem Priesterrock auf dem Schlachtfeld erwischten, in Stücke reißen würden. Wie auch immer, jedenfalls sah er aus wie ein ausgemachter Narr mit seinem Plaid«, fügte er mißbilligend hinzu.

Der Priester hatte den lächerlichen Eindruck, den sein Äußeres hinterließ, durch sein Verhalten nicht wettmachen können. Als er merkte, daß sein Angreifer ein Schotte war, hatte er erleichtert aufgeseufzt und dann den Mund geöffnet. Jamie konnte ihm gerade noch die Hand vorhalten, bevor er eine unbedachte Frage stellte.

»Was haben Sie denn hier zu suchen?« murmelte er dem Priester ärgerlich ins Ohr. »Sie sollten doch hinter den Linien bleiben.«

Als der Priester vor Schreck die Augen weit aufriß, wußte Jamie Bescheid: Der Mann Gottes hatte sich in der Dunkelheit verlaufen. Bei der späten Einsicht, daß er in der Vorhut der Hochlandschotten marschierte, rutschte ihm das Herz in die Hose.

Jamie blickte sich um. Er wagte es nicht, den Priester zurückzuschicken. In der nebligen Dunkelheit würde er auf die vorrückenden Hochlandschotten stoßen, die ihn leicht für einen Feind halten und auf der Stelle töten könnten. Er packte den Mann, der einen ganzen Kopf kleiner war als er, am Kragen und drückte ihn zu Boden.

»Legen Sie sich flach nieder und bleiben Sie so, bis das Feuer eingestellt wird«, zischte er. Der Priester nickte folgsam. Dann entdeckte er plötzlich den englischen Soldaten, der kaum einen Meter entfernt am Boden lag. Er blickte Jamie erschrocken an und tastete dann nach den Fläschchen mit Chrisam und Weihwasser, die er statt eines Dolches bei sich führte.

Jamie rollte entnervt die Augen und deutete mit Gesten an, daß der Mann keineswegs tot war und deshalb die Dienste des Priesters nicht nötig hatte. Da dies nicht den erwünschten Erfolg hatte, beugte er sich hinunter, ergriff die Hand des Priesters und drückte dessen Finger an den Hals des Engländers, um ihm klarzumachen, daß dieser Mann nicht etwa das erste Opfer der Schlacht war. Er erstarrte in dieser grotesken Haltung, als er hinter sich eine Stimme hörte.

»Halt! Wer da?«

»Hast du einen Schluck Wasser für mich, Sassenach?« fragte Jamie. »Ich habe vom Erzählen eine ganz trockene Kehle bekommen.«

»Du Schuft!« sagte ich. »Du kannst doch an dieser Stelle nicht aufhören! Was geschah dann?«

»Wasser«, wiederholte er grinsend, »dann erzähl' ich weiter.«

»Also gut.« Ich reichte ihm eine Flasche. »Was geschah weiter?«

»Nichts«, sagte er, ließ die Flasche sinken und wischte sich den Mund am Ärmel trocken. »Was glaubst du denn? Hätte ich ihm vielleicht antworten sollen?« Er grinste mich unverschämt an und duckte sich, als ich zu einer Ohrfeige ausholte.

»Aber, aber«, tadelte er. »Ist das etwa die feine Art, so mit einem Mann umzugehen, der im Dienste seines Königs verwundet worden ist?«

»Aha, verwundet?« gab ich zurück. »Glaube mir, Jamie Fraser, ein bloßer Säbelhieb ist gar nichts im Vergleich mit dem, was du erleben wirst, wenn du...«

»Jetzt willst du mir auch noch drohen, was? Wie hieß es doch gleich in dem Gedicht, von dem du mir erzählt hast: ›Wenn Schmerz und Kummer die Stirn verdüstern, ein hilfreicher Engel...‹ autsch!«

»Beim nächstenmal reiße ich es dir mit der Wurzel aus«, sagte ich und ließ sein Ohr los. »Erzähl weiter, ich muß gleich wieder rein.«

Er rieb sich bedächtig das Ohr, lehnte sich aber wieder zurück und fuhr fort zu erzählen.

»Also, wir kauerten am Boden, der Priester und ich, starrten einander an und lauschten den Wachposten, die nur wenige Meter von uns entfernt standen. ›Was ist das?‹ fragt der eine, und ich überlegte, ob es mir gelingen würde, ihn rechtzeitig niederzustechen, bevor er mir in den Rücken schießt, aber was wäre dann mit seinem Kameraden? Denn von dem Priester konnte ich keine Hilfe erwarten, außer einem letzten Gebet über meiner Leiche.«

Es folgte eine nervenzerfetzende Stille, während der die beiden Jakobiten im Gras kauerten, immer noch Hände haltend, da sie auch nicht die geringste Bewegung wagten.

»Ach, du siehst Gespenster«, erwiderte schließlich der andere Posten. Jamie spürte förmlich den Schauder der Erleichterung, der den Priester durchfuhr, und er ließ dessen Hand los. »Hier ist nichts außer Ginsterbüschen. Laß es gut sein, Kamerad«, sagte der Wachposten beruhigend, und Jamie hörte, wie er dem anderen auf die Schulter klopfte. »Hier stehen verdammt viele Ginsterbüsche rum, und bei dieser Dunkelheit könnte man leicht meinen, es wäre die gesamte Hochlandarmee.« Jamie glaubte, ein ersticktes Lachen aus einem der »Ginsterbüsche« zu hören.

Er blickte zum Bergkamm hinauf, wo die Sterne langsam verblaßten. In zehn Minuten würde der erste Lichtstreifen am Horizont erscheinen. Dann würden Johnnie Copes Truppen schnell merken, daß die Hochlandarmee nicht, wie sie glaubten, eine Marschstunde entfernt in der anderen Richtung lagerte, sondern bereits die feindlichen Linien durchbrochen hatte.

Ein Geräusch war zu hören, vom Meer her. Ein schwaches, undeutliches Geräusch, doch es versetzte ein schlachterfahrenes Ohr in höchste Alarmbereitschaft. Jemand, so vermutete Jamie, war über einen Ginsterbusch gestolpert.

»He?« Einer der Wachposten horchte auf. »Was ist das?«

Der Priester würde allein zurechtkommen müssen. Jamie stand auf, das Breitschwert gezückt, und mit einem großen Schritt war er bei dem Wachposten. Er war nur ein Schatten in der Dunkelheit, doch er sah ihn deutlich vor sich. Erbarmungslos ließ er sein Schwert niedersausen und spaltete den Schädel des Mannes.

»Hochlandschotten!« schrie der zweite Posten entsetzt. Wie ein aufgescheuchter Hase verschwand er in der Dunkelheit, bevor Jamie sein blutgetränktes Schwert aus der fürchterlichen Wunde herausziehen konnte. Er stemmte den Fuß gegen den Rücken des zu Boden gesunkenen Wachpostens und zog die Waffe mit einem Ruck – und mit zusammengebissenen Zähnen – aus dem gespaltenen Schädel.

Jetzt wurde entlang der englischen Linien Alarm geschlagen; Jamie hörte und fühlte die Aufregung der schroff aus dem Schlaf gerissenen Männer, die noch ganz benommen nach ihren Waffen tasteten und in allen Richtungen nach der unsichtbaren Bedrohung Ausschau hielten.

Clanranalds Dudelsackpfeifer befanden sich rechts hinter Jamie, doch noch kam kein Signal zum Angriff. Dann hieß es also weiter vorrücken, mit klopfendem Herzen und angespannten Bauchmuskeln, die Augen angestrengt in der verblassenden Dunkelheit umherirrend. Das warme Blut, das auf Jamies Gesicht gespritzt war, wurde langsam kalt und klebrig.

»Zuerst habe ich sie nur gehört«, sagte Jamie und starrte in die Dunkelheit, als suchte er immer noch die englischen Soldaten. »Dann sah ich sie auch: die Engländer, die wie wild durcheinanderliefen, und die Männer hinter mir. George McClure kam an meine Seite, auf der anderen Seite erschienen Wallace und Ross, und wir rückten weiter voran, immer schneller und schneller, und wir sahen die Unordnung in den Reihen der *sassenaches*, die plötzlich vor uns auftauchten.«

Ein dumpfes Dröhnen von rechts; aus einer Kanone wurde gefeuert. Wenig später eine zweite, und dann, als wäre dies das Signal, ertönten die Kriegsrufe aus den Reihen der vorrückenden Hochlandschotten.

»Dann setzten die Dudelsackpfeifer ein«, fuhr er mit geschlossenen Augen fort. »Ich erinnerte mich erst wieder an meine Muskete, als ich dicht hinter mir einen Knall hörte; ich hatte sie neben dem Priester im Gras liegenlassen. In der Schlacht nimmt man nur das wahr, was in unmittelbarer Nähe geschieht.

Man hört einen Ruf, und man fängt an zu laufen. Langsam, ein, zwei Schritte, während man seinen Gürtel losschnallt, und dann löst sich das Plaid, und man springt, unter den Füssen spritzt der Dreck hoch, und man spürt das kühle nasse Gras an seinen Füssen. Der Wind kriecht einem unters Hemd, bis zum Bauch, die Arme entlang... Dann reisst einen das Getöse mit, und man schreit – wie ein Kind, das einen Hügel hinunterläuft und gegen den Wind anschreit, als wollte es sich vom Klang der eigenen Stimme davontragen lassen.«

Ihr eigenes Gebrüll trug sie in die Ebene hinunter, und ihr gewaltiger Ansturm erschütterte die Übermacht der englischen Truppen und wälzte sie nieder in einer fürchterlichen blutigen Woge.

»Sie rannten davon«, fuhr er leise fort. »Ein Mann stand mir im Kampf gegenüber – nur ein einziger, in der ganzen Schlacht. Die anderen habe ich von hinten gestellt.« Er fuhr sich mit seiner schmutzigen Hand übers Gesicht, und ich spürte, wie er erschauderte.

»Ich erinnere mich... an alles«, sagte er, beinahe flüsternd. »An jeden Schlag. An jedes Gesicht. An den Mann, der vor mir auf dem Boden lag und vor Angst in die Hose machte. An die wiehernden Pferde. An den Gestank – des Schiesspulvers, des Blutes, meines eigenen Schweisses. An alles. Aber es war so, als sähe ich mir dabei von aussen zu. Ich war nicht wirklich da.« Er machte die Augen auf und sah mich von der Seite an. Er zitterte.

»Verstehst du das?« fragte er.

»Ja.«

Ich hatte zwar nicht mit Schwert und Dolch gekämpft, aber mit meinen blossen Händen und mit meiner Willenskraft hatte ich mich durch das Chaos des Todes gekämpft, einfach, weil ich keine andere Wahl gehabt hatte. Und ich kannte jenes seltsame Gefühl des Losgelöstseins. Der Verstand scheint sich über den Körper zu erheben, kühl beobachtend und dirigierend. Die körperliche Erschöpfung tritt erst viel später ein, wenn die Krise überstanden ist.

Diesen Punkt hatte ich noch nicht erreicht. Ich nahm meinen Umhang von den Schultern und legte ihn über Jamie, bevor ich in die Kate zurückging.

Es dämmerte, und mit dem Morgen kam die Ablösung in Gestalt von zwei Dorffrauen und einem Armeearzt. Der Mann mit der schweren Beinverletzung war immer noch blass und zittrig, doch die Blutung hatte aufgehört. Jamie nahm mich am Arm und führte mich die Straße von Tranent entlang.

O'Sullivans beständige Probleme mit der Truppenverpflegung waren durch die erbeuteten Wagen zumindest vorläufig beigelegt: Es war genügend Essen da. Wir aßen rasch und nahmen dabei kaum den Geschmack des heißen Haferbreis wahr. Die Nahrung füllte meinen Bauch, und als ich allmählich satt wurde, konnte ich an das denken, was ich am zweitdringendsten brauchte: Schlaf.

In jedem Haus und in jeder Kate waren Verwundete untergebracht; die Gesunden schliefen meist draußen im Freien. Jamie hätte zwar einen Platz im Pfarrhaus bei den anderen Offizieren beanspruchen können, aber er nahm meinen Arm und steuerte jenseits der Katen auf einen Hügel zu, in ein kleines Wäldchen.

»Es ist ein bißchen weit«, erklärte er entschuldigend und blickte mich an, »aber ich dachte, du möchtest lieber deine Ruhe haben.«

Ich nickte. Obwohl ich unter Bedingungen aufgewachsen war, die die meisten meiner Zeitgenossen als primitiv empfunden hätten – während Onkel Lambs Expeditionen wohnten wir in Zelten und Lehmhütten –, war ich doch nicht daran gewöhnt, dicht gedrängt neben anderen zu schlafen, wie es hier üblich war. In winzigen, stickigen Katen, die von rauchigem Torffeuer erhellt und geheizt wurden, aßen die Menschen, schliefen und paarten sich. Das einzige, was sie nicht gemeinsam taten, war baden – und zwar deshalb, weil sie überhaupt nicht badeten.

Jamie führte mich zu einer kleinen Lichtung, die mit raschelndem Laub bedeckt war. Die Sonne war gerade erst aufgegangen, unter den Bäumen war es noch kalt, und die gelben Blätter waren von leichtem Reif überzogen.

Jamie zog mit dem Absatz eine breite Rinne in das Laub, dann stellte er sich an das eine Ende der Mulde, legte eine Hand an die Schnalle seines Gürtels und läche'_ nich an.

»Es ist etwas umständlich, sich anzukleiden, aber man kann sich sehr leicht ausziehen.« Er schnallte den Gürtel los, sein Plaid fiel zu Boden, und er stand da, nur mit seinem Hemd bekleidet, das ihm nicht einmal bis zum Knie reichte. Gewöhnlich trug er den militärischen »kurzen Kilt«, der an der Hüfte gehalten wurde; das Plaid, das er sich über die Schulter warf, war eine separate Tuchbahn. Doch sein Kilt war in der Schlacht zerrissen und schmutzig geworden, und deshalb hatte er sich eines der älteren, mit einem Gürtel versehenen Plaids besorgt – eine lange Tuchbahn, die um die Hüfte geschlungen und nur mit einem Gürtel gehalten wurde.

»Wie ziehst du das bloß an?« fragte ich neugierig.

»Tja, man legt es auf den Boden, so wie ich jetzt...«, er kniete sich nieder und breitete das Tuch in der Mulde aus, »dann legt man es in regelmäßige Falten, legt sich darauf und rollt sich darin ein.«

Ich brach in Lachen aus, kniete mich neben Jamie und half ihm, den dicken Wollstoff glattzustreichen.

»*Das* möchte ich gerne sehen!« rief ich. »Weck mich auf, bevor du dich anziehst.«

Er schüttelte vergnügt den Kopf, und das zwischen den Bäumen durchdringende Sonnenlicht funkelte in seinen Haaren.

»Sassenach, die Chance, daß ich vor dir aufwache, sind geringer als die Überlebenschancen eines Wurmes im Hühnerstall. Meinetwegen kann mich noch einmal ein Pferd treten, ich rühre mich bis morgen nicht mehr.« Er legte sich behutsam nieder und streifte das Laub von seinem Plaid.

»Komm, leg dich zu mir.« Er streckte mir einladend die Hand entgegen. »Wir decken uns mit deinem Umhang zu.«

Die Blätter unter dem weichen Wollstoff stellten eine überraschend bequeme Unterlage dar, obwohl ich so müde war, daß ich auch auf einem Nagelbrett geschlafen hätte. Ich streckte mich neben Jamie aus und genoß das Gefühl, einfach so dazuliegen.

Die Kälte wich schnell, als unsere Körper die Mulde erwärmten, in der wir lagen. Wir waren so weit vom Dorf entfernt, daß der Wind nur ab und zu menschliche Geräusche zu uns trug, und ich dachte mit schläfriger Zufriedenheit, daß es tatsächlich bis morgen dauern könnte, bis jemand uns hier fand.

Ich hatte meine Unterröcke in der vergangenen Nacht ausgezogen und zerrissen, um Verbände daraus zu machen, und zwischen uns war nichts als der dünne Stoff seines Hemdes und meines Rockes. Ich spürte etwas Warmes, Hartes an meinem Bauch.

»Das kann doch nicht wahr sein!« Trotz meiner Müdigkeit war ich erheitert. »Jamie, du mußt halbtot sein.«

Er hielt mich mit seiner warmen, großen Hand an der Taille umfaßt und lachte erschöpft.

»Mehr als nur halbtot, Sassenach. Ich bin mausetot, und nur mein Schwanz hat es noch nicht kapiert. Wenn ich bei dir liege, wird mein Verlangen nach dir geweckt, aber im Augenblick bin ich zu mehr nicht in der Lage.«

Ich tastete nach dem Saum seines Hemdes, streifte es hoch und umschlang seinen Penis behutsam mit der Hand. Er war wärmer als sein Körper, seidenglatt unter meinen Fingern, und er pulsierte heftig mit jedem Schlag seines Herzens.

Zufrieden seufzend rollte er sich auf den Rücken, die Beine entspannt von sich gestreckt, von meinem Umhang halb zugedeckt.

Die Sonne schien nun bereits auf unser Bett aus Laub, und meine Schultern entspannten sich in der Wärme. Alles schien wie von einem goldenen Schimmer überzogen – was sowohl dem herbstlichen Licht als auch meiner extremen Erschöpfung zuzuschreiben war. Ich fühlte mich matt, beinahe körperlos. Die Schrecken, die Müdigkeit und der Lärm der letzten beiden Tage verebbten allmählich, bis es nur noch uns beide gab.

Der Schleier der Erschöpfung wirkte wie ein Vergrößerungsglas, das winzige Details und Empfindungen übertrieben genau hervorhebt. Die Spuren seiner Säbelwunde waren unter dem hochgezogenen Hemd sichtbar – ein schwarz verkrusteter Streifen auf seiner hellen Haut. Ein paar Fliegen umschwirrten uns summend, und ich verscheuchte sie. In meinen Ohren dröhnte die Stille, der Atem der Bäume war lauter als die aus dem Dorf heraufdringenden Geräusche.

Ich legte meine Wange auf seinen Bauch und ertastete die harte, glatte Wölbung seines Hüftknochens. Die Haut seiner Leistengegend war durchscheinend, die Venen schimmerten bläulich und zart wie die eines Kindes.

Er hob die Hand, langsam wie ein Blatt, das sich im Wind wiegt, und legte sie auf meinen Kopf.

»Claire, ich brauche dich«, flüsterte er. »Ich brauche dich sosehr.«

Ohne die hinderlichen Unterröcke war es leicht. Ich hatte das Gefühl zu schweben, mühelos aufzusteigen; ich schob meinen Rock hoch und setzte mich auf ihn wie eine Wolke auf die Spitze eines Berges.

Er hatte die Augen geschlossen und den Kopf zurückgelegt. Doch seine Hände legten sich fest auf meine Hüfte.

Auch ich schloß die Augen. Ich spürte seine Gedanken so deutlich wie seinen Körper unter mir; die Erschöpfung lähmte unser Denken und unsere Erinnerung. Alles verblaßte, bis auf das Bewußtsein unserer Nähe.

»Nicht... lange«, flüsterte er. Ich nickte und wußte, daß er erfühlte, was er nicht sah, und ich erhob mich über ihn, die Beine unter meinem schmutzigen Rock sicher und stark.

Einmal, und ein zweitesmal, und noch einmal, und beim nächstenmal durchzuckte es ihn und mich.

Mit einem tiefen Seufzer atmete er aus, und ich spürte, wie er in den Schlaf hinüberglitt. Ich legte mich neben ihn und deckte uns mit dem schweren Umhang zu. Dann erfaßte die Dunkelheit auch mich, und ich lag da, die schwere Wärme seines Samens in meinem Bauch. Wir schliefen ein.

37

Holyrood

Edinburgh, Oktober 1745
Das Klopfen an meiner Tür schreckte mich auf; ich war gerade damit beschäftigt, meinen neu aufgefüllten Medizinkasten zu inspizieren. Nach dem überwältigenden Sieg von Prestonpans hatte Charles seine Armee nach Edinburgh zurückgeführt, um sich dort in seinem Ruhm zu sonnen. Während er sich sonnte, rackerten sich seine Generäle und die Clanführer ab, versammelten ihre Männer um sich, ergänzten die Ausrüstung und bereiteten sich auf künftige Kämpfe vor.

Durch den frühen Erfolg ermutigt, verkündete Charles freimütig, er werde als nächstes Stirling einnehmen, dann Carlyle und dann vielleicht nach Süden vorrücken, womöglich gar bis London. Ich verbrachte meine freie Zeit damit, Nadeln zum Nähen der Wunden zu zählen, Weidenrinde zu sammeln und überall, wo sich eine Gelegenheit bot, Alkohol zu stibitzen, den ich als Desinfektionsmittel brauchte.

»Was gibt's?« rief ich und öffnete die Tür. Vor mir stand ein Bote, ein kleiner Junge, kaum älter als Fergus. Er bemühte sich, ernst und respektvoll zu erscheinen, doch konnte er seine Neugier kaum unterdrücken. Seine Augen wanderten flink im Zimmer herum und blieben fasziniert an dem großen Medizinkasten in der Ecke hängen. Offensichtlich waren auch im Palast von Holyrood Gerüchte über mich im Umlauf.

»Seine Hoheit schickt nach Ihnen, Mistress Fraser«, antwortete er. Er musterte mich aus klaren braunen Augen und suchte zweifellos nach Anzeichen meiner übernatürlichen Kräfte. Mein kläglich normales Aussehen schien ihn zu enttäuschen.

»Ach ja?« erwiderte ich. »Gut. Wo befindet er sich?«
»Im Morgensalon, Mistress. Ich bringe Sie hin. Oh...« Es war

ihm noch etwas eingefallen, und er drehte sich um, bevor ich die Tür hinter mir schließen konnte. »Sie sollen Ihren Medizinkasten mitbringen, wenn Sie so gut sein wollen.«

Mit stolzgeschwellter Brust geleitete mich der kleine Bote den Gang entlang zu jenem Flügel des Palastes, in dem der Prinz residierte. Gewiß wurde er als Page geschult, doch ein gelegentlicher Hopser verriet, daß er in seinem Amt noch nicht viel Erfahrung hatte.

Warum um alles in der Welt ließ mich Charles zu sich rufen? überlegte ich. Zwar fand er sich um Jamies willen mit meiner Anwesenheit ab, doch die Geschichte mit *La Dame Blanche* hatte ihn offenkundig stark irritiert, und er fühlte sich in meiner Gesellschaft nicht ganz wohl. Mehr als einmal hatte ich beobachtet, wie er sich in meiner Anwesenheit heimlich bekreuzigt hatte. Der Gedanke, daß er mich zu sich gebeten hatte, um sich von mir ärztlich behandeln zu lassen, erschien mir abwegig.

Als die schwere Holztür zum kleinen Morgensalon aufging, kam mir der Gedanke noch unwahrscheinlicher vor. Der Prinz, offenbar bei bester Gesundheit, lehnte am lackierten Cembalo und schlug behutsam eine Taste an. Seine zarte Haut war leicht gerötet, doch vor Erregung, nicht vor Fieber, und er blickte mich mit klaren und aufmerksamen Augen an.

»Mistress Fraser! Wie freundlich von Ihnen, daß Sie so bald gekommen sind!« Er war an diesem Morgen noch aufwendiger gekleidet als gewöhnlich, er trug eine Perücke und eine neue cremefarbene, mit Blumen bestickte Seidenweste. Irgend etwas mußte ihn in große Aufregung versetzt haben, denn sein Englisch war, wie immer, wenn er nervös war, holprig und fehlerhaft.

»Es ist mir eine Freude, Eure Hoheit«, erwiderte ich mit einer leichten Verbeugung. Er war allein, ein ungewöhnlicher Umstand. Vielleicht benötigte er doch meine medizinische Hilfe?

Nervös zeigte er auf einen der goldenen, damastbezogenen Stühle und bedeutete mir, Platz zu nehmen. Ein zweiter Stuhl stand dem meinen gegenüber, doch der Prinz ging unruhig auf und ab, ohne sich zu setzen.

»Ich benötige Ihre Hilfe«, sagte er plötzlich.

»Ja?« Ich gab ein höfliches, fragendes Geräusch von mir. Tripper vielleicht, überlegte ich und musterte ihn unauffällig. Ich wußte von keiner Frau seit Louise de La Tour, doch einmal genügte, um sich anzustecken. Er verzog den Mund, als suchte er nach einer Möglichkeit, wie er es umgehen könnte, es mir zu verraten, doch dann gab er es auf.

»Ich habe einen *capo* hier – einen Anführer, verstehen Sie? Er möchte sich der Sache meines Vaters anschließen, aber er hat noch Zweifel.«

»Ein Clanoberhaupt, meint Ihr?« Er nickte und runzelte unter den kunstvoll gedrehten Locken seiner Perücke die Stirn.

»*Oui*, Madame. Selbstverständlich unterstützt er die Ansprüche meines Vaters auf den Thron...«

»Oh, ja natürlich«, murmelte ich.

»...aber er möchte mit Ihnen sprechen, Madame, ehe er seinen Männern befiehlt, mir zu folgen.«

Er klang, als wollte er seinen eigenen Worten nicht glauben, und ich merkte, daß die Röte auf seinen Wangen Ausdruck von Verwirrung und unterdrücktem Zorn war.

Aber ich war nicht weniger verwirrt. Vor meinem geistigen Auge sah ich ein Clanoberhaupt, das von einer schrecklichen Krankheit befallen war und sich der Sache des Prinzen nur dann verschreiben konnte, wenn ich eine Wunderheilung vollbrachte.

»Seid Ihr sicher, daß er mit mir sprechen will?« fragte ich. So weit war mein Ruf mir doch gewiß nicht vorausgeeilt.

Charles nickte kalt. »So sagt er, Madame.«

»Aber ich kenne gar keine Clanführer«, erwiderte ich. »Natürlich, Glengarry und Lochiel. Ach ja, und Clanranald und Keppoch. Aber die haben sich Euch bereits angeschlossen. Und warum um alles in der Welt...«

»Er ist der Meinung, Sie kennen ihn«, unterbrach mich der Prinz. Er hatte seine Hände fest verschränkt, offensichtlich, um sich zu zwingen, in höflichem Ton fortzufahren. »Es ist wichtig – *äußerst* wichtig, Madame, daß er davon überzeugt wird, sich mir anzuschließen. Ich brauche... ich erbitte... Ihre Hilfe... Sie müssen ihn überzeugen.«

Nachdenklich rieb ich mir die Nase und sah ihn an. Wieder eine Entscheidung. Wieder eine Gelegenheit, den Gang der Dinge zu lenken. Und wieder wußte ich nicht, was das Beste war.

Er hatte recht; es war wichtig, diesen Clanführer dazu zu bringen, seine Mittel in den Dienst der jakobitischen Sache zu stellen. Mit den Camerons, den MacDonalds und all den anderen war die jakobitische Armee kaum zweitausend Mann stark, und dazu der chaotischste Haufen, den ein General je zu befehligen hatte. Dennoch hatten sie Edinburgh erobert, bei Preston eine weit überlegene englische Armee in die Flucht geschlagen und schienen durchaus bereit und willens, so weiterzumachen.

Wir hatten Charles nicht aufhalten können. Vielleicht konnten wir ja, wie Jamie sagte, die Katastrophe nur noch vermeiden, indem wir ihm mit allen Mitteln halfen. Wenn sich ein weiterer bedeutender Clan anschloß, könnte das andere Clans dazu veranlassen, dasselbe zu tun. Dies konnte ein Wendepunkt sein, und die jakobitische Streitmacht würde zu einer richtigen Armee anwachsen, die zu einer Invasion Englands imstande war. Und dann, was zum Teufel würde dann geschehen?

Ich seufzte. Wie auch immer ich mich entschied, ich konnte eine Entscheidung nur dann treffen, wenn ich dem geheimnisvollen Fremden gegenüberstand. Ich sah an mir hinunter, um zu prüfen, ob ich in meinem Kleid einem Clanoberhaupt gegenübertreten konnte, gleichgültig, an welchem Gebrechen er litt. Dann stand ich auf und klemmte meinen Medizinkasten unter den Arm.

»Ich will es versuchen, Eure Hoheit«, sagte ich.

Seine verkrampften Hände lösten sich und ließen seine zerbissenen Fingernägel sehen. Auch seine Gesichtszüge entspannten sich.

»Ah, gut«, erwiderte er. Dann wandte er sich zu der Tür, die zum größeren Nachmittagssalon führte. »Kommen Sie, ich bringe Sie selbst hin.«

Der Wachposten an der Tür sprang überrascht zur Seite, als Charles schwungvoll die Tür öffnete und, ohne ihn anzusehen, an ihm vorbeieilte. Am anderen Ende des langen, mit Gobelins geschmückten Raumes befand sich ein großer Marmorkamin mit weißen Delfter Fliesen, auf denen in Blau und Dunkelviolett holländische Genreszenen dargestellt waren. Neben dem kleinen Sofa, das vor den Kamin gerückt worden war, stand ein großer, breitschultriger Mann in Hochlandtracht. In einem weniger großen Raum wäre er uns als ein wahrer Riese erschienen; seine Beine in den karierten Strümpfen unter dem Kilt waren kräftig wie Baumstämme. Doch in diesem Zimmer mit der hohen Stuckdecke wirkte er einfach nur groß – er paßte gut zu den heroischen Sagengestalten, die die Gobelins an den Wänden bevölkerten.

Ich zuckte zusammen, als ich den hünenhaften Besucher erkannte. Charles war weitergegangen, sah sich jetzt ungeduldig nach mir um und machte mir ein Zeichen, ihm zu folgen. Ich nickte dem Riesen zu. Dann umrundete ich zögernd das Sofa und erblickte den Mann, der darauf lag.

Er lächelte schwach, als er mich sah, und in den taubengrauen Augen lag ein Ausdruck der Belustigung.

»Ja«, sagte er, auf meine Verblüffung anspielend. »Auch ich hätte nicht gedacht, *dich* jemals wiederzusehen. Man könnte glauben, es sei Schicksal.« Er wandte den Kopf und gab seinem hünenhaften Leibwächter ein Zeichen.

»Angus, hol doch einen Tropfen Weinbrand für Mistress Claire! Ich fürchte, unser Wiedersehen hat sie etwas aus der Fassung gebracht.«

Das war milde ausgedrückt. Ich ließ mich in einen Stuhl sinken und nahm das Kristallglas, das mir Angus Mhor entgegenstreckte.

Colum MacKenzies Blick hatte sich ebensowenig verändert wie seine Stimme. In ihnen offenbarte sich der Charakter des Mannes, der mehr als dreißig Jahre lang den MacKenzie-Clan geführt hatte, ungeachtet seiner Krankheit, die ihn schon als Jüngling zum Krüppel gemacht hatte. Im übrigen hatte er sich zu seinem Nachteil verändert. Die schwarzen Haare waren stark ergraut, seine Gesichtszüge waren zerfurcht, die Haut schlaff. Auch die ehemals breite Brust war eingesunken, die mächtigen Schultern hingen kraftlos herunter, und er wirkte abgemagert.

Er hatte bereits ein Glas in der Hand, gefüllt mit einem Trank, der im Schein des Feuers bernsteinfarben funkelte. Er setzte sich mühsam auf und prostete mir mit einer ironischen Geste zu.

»Du siehst blendend aus... Nichte.« Aus den Augenwinkeln sah ich, wie Charles vor Erstaunen den Mund aufriß.

»Du nicht«, erwiderte ich brüsk.

Er blickte gleichmütig auf seine verkrüppelten Beine. Etwa hundertfünfzig Jahre später würde man diese Krankheit – nach dem berühmtesten Opfer – Toulouse-Lautrec-Syndrom nennen.

»Nein«, erwiderte er. »Aber es ist immerhin schon zwei Jahre her, seit du mich zum letztenmal gesehen hast. Mrs. Duncan hatte mir damals nicht einmal mehr zwei Jahre gegeben.«

Ich nahm einen Schluck Weinbrand, der ausgezeichnet schmeckte. Charles gab sich wirklich Mühe.

»Ich hätte nicht gedacht, daß du dem Fluch einer Hexe großen Wert beimißt«, gab ich zurück.

Ein Lächeln huschte über sein Gesicht. Er besaß die verwegene Schönheit seines Bruders Dougal, und wenn sich der Schleier der Gleichgültigkeit von seinen Augen hob, überstrahlte die innere Kraft dieses Mannes seine körperlichen Gebrechen.

»Nicht dem Fluch, nein. Ich hatte jedoch den Eindruck, daß die Dame sich auf ihre Beobachtungsgabe stützte, nicht auf die Macht von Verwünschungen. Und ich habe selten eine aufmerksamere Beobachterin gesehen als Geillis Duncan – mit einer Ausnahme«, fügte er mit einem ehrerbietigen Kopfnicken in meine Richtung hinzu.

»Sehr schmeichelhaft«, erwiderte ich.

Colum sah Charles an, der unserem Gespräch mit offenem Mund lauschte.

»Ich danke Euch für Eure Güte, daß Ihr mir für meine Begegnung mit Mrs. Fraser Eure Räumlichkeiten zur Verfügung gestellt habt, Hoheit«, sagte er mit einer Verbeugung. Die Worte waren durchaus höflich, aber offensichtlich wollte Colum ihn damit hinauskomplimentieren. Charles, der es nicht gewohnt war, daß man so mit ihm umsprang, errötete übers ganze Gesicht und wollte etwas sagen. Dann besann er sich, verbeugte sich kurz und ging hinaus.

»Wir brauchen auch keine Wache!« rief ich ihm nach. Er zog die Schultern hoch und errötete unter seiner Perücke, doch dann machte er eine hastige Handbewegung. Die Wache an der Tür blickte mich erstaunt an und folgte ihm.

»Hm.« Colum sah mißbilligend zur Tür, dann wandte er seine Aufmerksamkeit wieder mir zu.

»Ich habe darum gebeten, dich zu sehen, da ich mich bei dir entschuldigen muß«, sagte er ohne Umschweife.

Ich lehnte mich im Stuhl zurück und ließ das Glas lässig auf meinem Bauch ruhen.

»Ach, entschuldigen?« sagte ich mit soviel Sarkasmus, wie mir auf die schnelle zu Gebote stand. »Vermutlich dafür, daß du mich beinahe als Hexe hättest verbrennen lassen.« Ich winkte großzügig ab. »Mach dir darüber bloß keine Gedanken.« Ich starrte ihn wutentbrannt an. »*Entschuldigen?!*«

Er lächelte, ohne sich im geringsten aus dem Konzept bringen zu lassen.

»Es mag etwas unzulänglich erscheinen«, fuhr er fort.

»Unzulänglich?! Dafür, daß du mich hast verhaften und drei Tage lang ohne Brot und sauberes Wasser in ein Diebesloch sperren lassen? Daß du mir die Kleider vom Leib hast reißen und mich vor aller Augen in Cranesmuir auspeitschen lassen? Daß ich einem Faß Pech und dem Scheiterhaufen gerade noch entronnen bin?« Ich hielt inne und holte tief Luft. »Jetzt, wo du es sagst«, fuhr ich etwas ruhiger fort, »unzulänglich ist genau das richtige Wort.«

Das Lächeln auf seinem Gesicht verschwand.

»Ich bitte um Verzeihung für meine Leichtfertigkeit«, sagte er leise. »Ich hatte nicht die Absicht, dich zu verspotten.«

Ich sah ihn an, doch diesmal lag kein Ausdruck von Belustigung in seinen Augen.

»Nein«, sagte ich und seufzte tief. »Wohl nicht. Vermutlich willst du sagen, daß es auch nicht in deiner Absicht lag, mich wegen Hexerei einsperren zu lassen.«

Seine grauen Augen blickten mich scharf an. »Du weißt es?«

»Geillis hat es gesagt. Als wir im Diebesloch waren. Sie meinte, du hättest es eigentlich auf sie abgesehen; daß es mich auch erwischt hat, war eher ein Mißgeschick.«

»Das stimmt.« Er sah plötzlich sehr müde aus. »Wärst du in der Burg gewesen, hätte ich dich schützen können. Warum um Himmels willen bist du auch ins Dorf gegangen?«

»Man hat mir ausgerichtet, Geillis Duncan sei krank und habe mich gebeten zu kommen«, erwiderte ich knapp.

»Aha«, sagte er leise. »Man hat es dir ausgerichtet. Und wer, wenn ich fragen darf?«

»Laoghaire.« Noch immer konnte ich den Zorn nicht zügeln, der beim Klang dieses Namens in mir aufstieg. Aus Eifersucht, weil ich Jamie geheiratet hatte, hatte das Mädchen versucht, mich in den Tod zu schicken. Ziemlich bösartig für ein sechzehnjähriges Mädchen. Und auch jetzt noch mischte sich in meinen Zorn ein winziger Funken grimmiger Befriedigung. Er ist mein, dachte ich beinahe unwillkürlich. Mein. Du wirst ihn mir nie wegnehmen können. Niemals.

»Aha«, sagte Colum erneut und blickte mich an. »Das habe ich mir gedacht. Und«, fuhr er fort und zog eine Augenbraue hoch, »wenn eine bloße Entschuldigung dir unzulänglich erscheint, möchtest du vielleicht statt dessen Rache nehmen?«

»Rache?« Ich muß verblüfft dreingesehen haben, denn er verzog das Gesicht zu einem freudlosen Lächeln.

»Aye. Das Mädchen hat vor sechs Monaten geheiratet, Hugh MacKenzie von Muldaur, einen meiner Clansmänner. Er wird mit ihr machen, was ich befehle, wenn du möchtest, daß sie bestraft wird. Was soll ich also tun?«

Sein Angebot verblüffte mich wirklich. Er drängte mich nicht zu einer Antwort. Angus Mhor hatte ihm Weinbrand nachgeschenkt, an dem er jetzt nippte. Colum sah mich nicht an, aber ich stand auf und ging zum Fenster, um einen Augenblick allein zu sein.

Die Wände hier waren anderthalb Meter dick, und wenn ich mich nach vorne in die tiefe Fensterlaibung lehnte, war ich ungestört. Das helle Sonnenlicht beschien meine Arme mit ihrem blonden Flaum. Ich dachte an das Diebesloch, das feuchte, stinkende Verlies, an den schmalen Streifen Sonnenlicht, der durch die Öffnung von oben hereingedrungen war und den Eindruck, sich in einer Gruft zu befinden, nur noch verstärkt hatte. Am dritten Tag hatte der Prozeß stattgefunden. Schamerfüllt und voller Angst hatte ich unter dem bewölkten Herbsthimmel gestanden. Ich war in Colums Falle geraten, auf einen Satz vom Mädchen Laoghaire hin.

Laoghaire. Helle Haut, blaue Augen, ein rundes hübsches Gesicht, nicht viel anders als die anderen Mädchen von Leoch. Ich hatte viel über sie nachgedacht – im Verlies mit Geillis Duncan. Dort hatte ich Zeit, über vieles nachzudenken. Aber so wütend und voller Angst ich auch gewesen war, weder damals noch heute gelang es mir, sie als Verkörperung des Bösen zu sehen.

»Sie war doch erst sechzehn, um Himmels willen!«

»Alt genug, um heiraten zu können«, ertönte eine hämische Stimme hinter mir, und erst jetzt merkte ich, daß ich laut gesprochen hatte.

»Ja, sie wollte Jamie«, sagte ich und wandte mich um. Colum saß auf dem Sofa, die kurzen Beine mit einer Decke bedeckt. Angus Mhor stand unbeweglich hinter seinem Herrn und blickte auf ihn hinunter. »Vielleicht hat sie geglaubt, ihn zu lieben.«

Unten im Hof wurde exerziert. Rufe und Waffengeklirr drangen herauf. Schwerter, Musketen und die Messingbeschläge der Tartschen glitzerten in der Sonne – und mittendrin Jamies rotgoldener Haarschopf. Jamie wischte sich mit der Hand über das vor Anstrengung gerötete Gesicht und lachte über eine Bemerkung Murtaghs.

Vielleicht tat ich Laoghaire Unrecht, wenn ich annahm, ihre Gefühle für Jamie seien schwächer als die meinen. Ob sie aus unreifer Boshaftigkeit oder aus wahrer Leidenschaft gehandelt hatte, wußte ich nicht. Jedenfalls war sie gescheitert. Ich lebte. Und Jamie war mein. Jetzt gerade zog er seinen Kilt hoch und kratzte sich am Hintern. Ich lächelte und setzte mich wieder zu Colum.

»Ich wähle die Entschuldigung«, sagte ich.

Er nickte, und seine grauen Augen blickten nachdenklich.

»Du glaubst also an Gnade, Mistress?«

»Eher an Gerechtigkeit«, gab ich zurück. »Apropos, ich kann mir nicht vorstellen, daß du dich auf den langen Weg von Leoch nach Edinburgh gemacht hast, nur um dich bei mir zu entschuldigen. Es muß eine höllisch anstrengende Reise gewesen sein.«

»Aye, das kann man wohl sagen.« Angus Mhor beugte sich nach vorn, doch Colum hob abwehrend die Hand – wie um zu sagen: Alles in Ordnung, mir geht es gut im Augenblick.

»Nein«, fuhr Colum fort. »Daß du in Edinburgh bist, habe ich erst erfahren, als Seine Hoheit Jamie Fraser erwähnte, und dann habe ich nach dir gefragt.« Ein Grinsen huschte über sein Gesicht. »Seine Hoheit ist nicht allzu begeistert von dir, Nichte. Aber vermutlich weißt du das ja schon.«

Ich reagierte nicht auf diese Bemerkung. »Du überlegst dir also ernsthaft, dich Prinz Charles anzuschließen?«

Colum, Dougal und Jamie besaßen alle drei die Fähigkeit, das, was sie wirklich dachten, zu verbergen, doch Colum war darin der unbestrittene Meister. Selbst die Brunnenfiguren im vorderen Hof waren mitteilsamer als er, wenn er nicht zum Reden aufgelegt war.

»Ich bin gekommen, um mit ihm zu sprechen.« Mehr sagte er nicht.

Ich saß da und überlegte, ob ich zu Charles' Gunsten etwas sagen könnte – oder sagen sollte. Vielleicht sollte ich das besser Jamie überlassen. Die Tatsache, daß Colum es bedauerte, mich beinahe dem Tod ausgeliefert zu haben, bedeutete nicht unbedingt, daß er geneigt war, mir zu vertrauen. Und nur weil ich zu Charles' Gefolge gehörte, sah er seinen Verdacht, ich könnte eine englische Spionin sein, gewiß nicht widerlegt.

Ich überlegte immer noch hin und her, als Colum sein Glas Weinbrand absetzte und mich unverhohlen ansah.

»Weißt du, wieviel ich seit heute morgen schon getrunken habe?«

»Nein.« Seine Hände waren ruhig – schwielig und rauh von der Krankheit, aber gepflegt. Die geröteten Augenlider und die etwas blutunterlaufenen Augen konnten ebensogut von den Strapazen der Reise als vom Alkohol herrühren. Er sprach keineswegs schleppend, und lediglich eine gewisse Gemächlichkeit seiner Bewegungen deutete darauf hin, daß er nicht nüchtern war. Aber ich kannte Colums bewundernswerte Trinkfestigkeit.

Er wedelte Angus' Hand beiseite, die nach der Karaffe greifen wollte. »Eine halbe Flasche. Bis heute abend habe ich sie ganz geleert.«

»Ah.« Deshalb also hatte er darum gebeten, daß ich meinen Medizinkasten mitbrachte. Er stand am Boden, und ich griff danach.

»Wenn du soviel Weinbrand brauchst, wird dir nur noch Opium helfen«, sagte ich und kramte in meinem Bestand an Fläschchen und Töpfchen. »Ich habe Laudanum hier, aber ich kann dir...«

»Das ist es nicht, was ich von dir will.« Mit befehlsgewohnter Stimme fiel er mir ins Wort. Er konnte seine Gedanken verstecken, aber er verstand es auch, sie zu zeigen, wenn er wollte.

»Laudanum zu besorgen ist kein Problem«, sagte er. »Es gibt gewiß einen Apotheker in der Stadt, der es verkauft – oder Mohnsirup oder auch unverdünntes Opium.«

Ich klappte den Deckel des Kastens zu und legte meine Hand darauf. Er hatte also nicht vor, den Rest seines Lebens dahinzudämmern und die Führung des Clans im ungewissen zu lassen. Aber wenn er kein vorübergehendes Vergessen brauchte, was dann? Vielleicht ein ewiges. Ich kannte Colum MacKenzie. Der skrupellose Verstand, der Geillis Duncans Tod geplant hatte, würde auch nicht zögern, wenn es um seinen eigenen ging.

Jetzt war es mir klar. Er war gekommen, um Charles Stuart zu treffen und um zu entscheiden, ob die MacKenzies von Leoch für die jakobitische Sache kämpfen sollten. War diese Entscheidung getroffen, würde Dougal die Führung des Clans übernehmen. Und dann...

»Ich dachte immer, Selbstmord sei eine Todsünde«, wandte ich ein.

»Das stimmt wohl«, meinte er ungerührt. »Ich erwarte jedoch

nicht, für diese Sünde übermäßig leiden zu müssen, da ich seit meinem neunzehnten Lebensjahr nicht mehr an die Existenz Gottes glaube.«

Es herrschte Schweigen, nur das Kaminfeuer knisterte. Von unten drangen gedämpfte Kampfgeräusche herauf. Colums Atem ging langsam und stetig.

»Weshalb kommst du dann zu mir?« sagte ich. »Du hast recht, Laudanum bekommst du überall, wenn du es bezahlen kannst – und an Geld mangelt es nicht. Du weißt gewiß, daß eine genügend große Menge davon tödlich ist. Es ist ein leichter Tod.«

»Zu leicht.« Er schüttelte den Kopf. »In meinem Leben konnte ich mich auf wenig verlassen, und zu dem wenigen gehört mein Verstand. Und den möchte ich mir bis zuletzt erhalten. Und was die Erleichterung betrifft...« Er rutschte auf dem Sofa hin und her, ohne sein Mißbehagen zu verbergen. »Die werde ich gleich finden.«

Er verwies mit einer Kopfbewegung auf meinen Kasten. »Du kennst dich, wie Mrs. Duncan, mit Arzneien aus. Und ich dachte, du wüßtest vielleicht, womit sie ihren Mann getötet hat. Es war schnell und zuverlässig. Und es scheint angemessen«, fügte er bitter hinzu.

»Nach dem Urteil des Gerichts hat sie sich magischer Kräfte bedient.« Jenes Gerichts, das sie in Übereinstimmung mit Colums Plänen zum Tod verurteilt hatte, dachte ich. »Oder glaubst du nicht an Magie?« fragte ich.

Er lachte – ein reines und unbeschwertes Lachen, das durch den sonnendurchfluteten Raum tönte. »Sollte denn jemand, der nicht an Gott glaubt, dem Satan Macht zugestehen?«

Ich zögerte immer noch, aber er war ein Mann, der andere ebenso klug beurteilte wie sich selbst. Er hatte mich um Verzeihung gebeten und erst danach um einen Gefallen, und er hatte sich vergewissert, daß ich Sinn für Gerechtigkeit besaß. Und es war, wie er sagte, angemessen. Ich öffnete den Kasten und holte das kleine Fläschchen Zyankali heraus, das ich als Rattengift benutzte.

»Ich danke dir, Mistress Claire«, sagte er sehr formell und höflich, aber mit einem Lächeln in den Augenwinkeln. »Auch wenn mein Neffe in Cranesmuir deine Unschuld nicht mit solcher Leidenschaft beteuert hätte, würde ich niemals glauben, du seist eine Hexe. Ich weiß heute ebensowenig wie damals, wer du bist oder weshalb du hier bist, aber Hexerei habe ich nie in Erwägung gezogen.« Er hielt inne und zog eine Augenbraue hoch. »Ich nehme an, daß du mir auch jetzt nicht sagen willst, wer – oder was – du bist?«

Ich zögerte einen Augenblick. Doch ein Mensch, der weder an Gott noch an den Teufel glaubte, würde wohl auch meiner Geschichte keinen Glauben schenken. Ich drückte ihm kurz die Hand.

»Nenn mich ruhig eine Hexe«, sagte ich. »Recht viel näher wirst du der Sache nicht kommen.«

Als ich am nächsten Morgen auf den Hof hinausging, traf ich Lord Balmerino auf der Treppe.

»Oh, Mistress Fraser!« begrüßte er mich vergnügt. »Sie suche ich gerade.«

Ich lächelte ihn an; er war von dicklicher Statur, immer gut aufgelegt und einer der Lichtblicke in Holyrood.

»Wenn es nicht Fieber, Ruhr oder Pocken sind«, sagte ich, »kann es einen Moment warten? Mein Mann und sein Onkel führen Don Francisco de la Quintana eben den Schwertkampf vor, wie er im Hochland praktiziert wird.«

»Ach, wirklich? Das muß ich mir auch ansehen.« Balmerino ging neben mir her, sein Kopf wippte in Höhe meiner Schulter auf und ab. »Hübsche Männer mit einem Schwert in der Hand sind stets ein angenehmer Anblick«, sagte er. »Und alles, was auf die Spanier Eindruck macht, findet meine herzlichste Zustimmung.«

»Meine auch.« Jamie hielt es für zu gefährlich, Fergus die Korrespondenz Seiner Hoheit in Holyrood abfangen zu lassen, daher mußte er sich auf das verlassen, was Charles ihm persönlich mitteilte. Das war jedoch nicht wenig. Charles betrachtete Jamie als einen seiner Vertrauten. Als einziger der Hochlandclanführer zählte er zum engsten Kreis – und das, obwohl Jamie einen eher bescheidenen Beitrag an Männern und Geld leistete.

Was das Geld anbetraf, so hatte ihm Charles anvertraut, daß er große Hoffnungen auf eine Unterstützung durch Philipp von Spanien setzte. Dessen letzter Brief an König James in Rom hatte äußerst ermutigend geklungen. Don Francisco war zwar kein Gesandter im eigentlichen Sinn, doch er war Mitglied des spanischen Hofes und erstattete gewiß genauestens Bericht über den Stand der Dinge. Nun konnte Charles prüfen, ob sein Vertrauen in das eigene Schicksal ausreiche, um die Oberhäupter der Hochlandclans und fremde Könige zu überzeugen, sich ihm anzuschließen.

»Weshalb wollten Sie mich eigentlich sprechen?« fragte ich, als wir in den Gang einbogen, der direkt zum Innenhof von Holyrood führte. Eine kleine Menschenmenge hatte sich versammelt, aber weder Don Francisco noch die beiden Kombattanten waren zu sehen.

»Ach ja!« Lord Balmerino begann in seiner Rocktasche zu kramen. »Nichts Wichtiges, meine Liebe. Dies hier habe ich von einem meiner Boten erhalten, der es wiederum von einem Verwandten aus dem Süden hat. Ich dachte, es könnte Sie amüsieren.«

Er reichte mir einen kleinen Stapel Flugblätter, wie sie überall in den Schenken herumgereicht wurden oder an Türpfosten und an Hecken in Städten und Dörfern flatterten.

»CHARLES EDWARD STUART, allgemein bekannt als ›Der junge Prätendent‹« hieß es auf einem. »Hiermit sei kundgetan, daß diese infame und gefährliche Person, die entgegen Recht und Gesetz an der Küste Schottlands gelandet ist, das Volk dieses Landes zur Rebellion aufgerufen und über die unschuldigen Bürger die Geißel eines ungerechten Krieges gebracht hat.« So ging es dann immer weiter, und das Flugblatt schloß mit der Ermahnung an die unschuldigen Bürger, »alles nur mögliche zu tun, damit diese Person der Gerichtsbarkeit übergeben werde, deren Urteilsspruch sie mit Fug und Recht verdient«. Oben war das Flugblatt mit einem Bild geschmückt, das wohl Charles darstellen sollte. Es besaß wenig Ähnlichkeit mit dem wirklichen Charles, doch die dargestellte Person sah in der Tat infam und höchst gefährlich aus, was ja wohl Sinn und Zweck der Übung war.

»Dieses hier ist noch einigermaßen harmlos«, meinte Balmerino und sah mir über die Schulter. »Die anderen aber sind außerordentlich phantasievoll, dazu noch ausgesprochen perfide. Dies hier zum Beispiel, das bin ich«, sagte er und deutete mit sichtlichem Vergnügen auf ein Blatt.

Das Flugblatt zeigte einen hageren Hochlandschotten mit dickem Schnurrbart, buschigen Brauen und Augen, die wild unter einer schottischen Mütze hervorblitzten. Ich sah Lord Balmerino prüfend von der Seite an. Er trug, wie es seine Gewohnheit war, eine Kniehose und einen Rock aus feinstem Tuch, doch dezent in Farbe und Schnitt, um seine kleine rundliche Gestalt vorteilhaft zur Geltung zu bringen. Er blickte auf das Flugblatt und rieb sich dabei nachdenklich die vollen, glattrasierten Wangen.

»Ich weiß nicht«, sagte er. »Der Schnurrbart verleiht mir einen äußerst romantischen Zug, nicht wahr? Trotzdem, ein Bart juckt so teuflisch. Ich glaube nicht, daß ich jemals einen tragen könnte, auch wenn er mir noch so gut zu Gesicht stünde.«

Ich nahm das nächste Blatt zur Hand und hätte dabei fast den ganzen Stapel fallen lassen.

»Bei der Wiedergabe Ihres Mannes haben sie sich etwas mehr angestrengt«, bemerkte Lord Balmerino, »aber schließlich sieht unser lieber Jamie ja auch ein bißchen so aus, wie sich der gemeine Engländer einen Schurken aus dem Hochland vorstellt – Verzeihung, meine Liebe, es war nicht böse gemeint. Er ist doch wirklich groß, nicht wahr?«

»Ja«, sagte ich mit leiser Stimme und überflog den Text.

»Sie haben bestimmt noch nicht gewußt, daß Ihr Mann kleine Kinder auf dem Feuer röstet und verschlingt, stimmt's?« gluckste Lord Balmerino. »Ich hatte schon immer den Verdacht, daß sein hoher Wuchs auf eine ganz besondere Ernährung zurückzuführen ist.«

Die respektlosen Bemerkungen des kleinen Lord munterten mich auf. Ich konnte beinahe selbst über die lächerlichen Vorwürfe und Bilder schmunzeln, obwohl ich mich fragte, ob die Leser diese Verleumdungen für bare Münze nahmen. Größtenteils wohl schon, fürchte ich. Häufig waren Menschen nicht nur bereit, sondern sogar erpicht darauf, das Schlimmste zu glauben – und je schlimmer das war, desto besser.

»Das unterste ist ganz besonders interessant für Sie«, unterbrach Balmerino meine Gedanken und zeigte mir das letzte Blatt.

»DIE HEXE DER STUARTS«, lautete die Überschrift. Eine Frau mit langer Nase starrte mich aus winzigen Pupillen an, darunter stand ein Text, in dem Charles Stuart beschuldigt wurde, zur Unterstützung seiner ungerechten Sache die »Mächte der Finsternis« angerufen zu haben. Wie es hieß, führte er in seinem engsten Gefolge eine berüchtigte Hexe mit, die über Leben und Tod der Menschen entschied, Ernten vernichtete, den Milchfluß von Kühen versiegen ließ und Menschen mit Blindheit schlug. Damit liege auf der Hand, daß Charles seine Seele dem Teufel verkauft habe und dafür, so schloß der Text hämisch, müsse er »auf ewig in der Hölle schmoren«.

»Ich nehme an, damit sind Sie gemeint«, sagte Balmerino. »Ich versichere Ihnen aber, daß das Bild keinerlei Ähnlichkeit mit Ihnen hat.«

»Sehr amüsant«, erwiderte ich. Ich reichte ihm den Stapel zurück und unterdrückte das Verlangen, mir die Hände an meinem Rock abzuwischen. Eine leichte Übelkeit überkam mich, doch ich bemühte mich, Balmerino anzulächeln. Er blickte mich forschend an, dann drückte er beschwichtigend meinen Ellbogen.

»Beunruhigen Sie sich nicht, meine Liebe«, sagte er. »Wenn Seine Majestät erst die Krone wiedererlangt hat, wird dieser ganze Unsinn im Handumdrehen vergessen sein. In den Augen des Volkes ist der Schuft von heute der Held von morgen, das habe ich immer wieder erlebt.«

»*Plus ça change, plus c'est la même chose*«, murmelte ich. Und wenn Seine Majestät König James die Krone nicht zurückeroberte...

»Und falls durch ein unglückliches Geschick unsere Bemühungen erfolglos sein sollten«, fuhr Balmerino fort und sprach damit aus, was ich dachte, »wird der Inhalt dieser Flugblätter das letzte sein, worüber wir uns den Kopf zerbrechen müssen.«

»*En garde.*«

Mit diesem Eröffnungssatz nahm Dougal die klassische Fechtstellung ein. Er stand seinem Kontrahenten seitlich gegenüber, den Arm, der das Schwert führte, leicht angewinkelt, den anderen in einem anmutigen Bogen angehoben, die Hand offen zum Zeichen, daß er nicht heimlich einen Dolch bei sich trug.

Jamies Schwert kreuzte Dougals, ein feines Klirren war zu hören.

»*Je suis prest.*« Jamie fing meinen Blick auf, und ich bemerkte den Schalk in seinen Augen. Die traditionelle Antwort des Fechters im Duell war gleichzeitig das Motto seines Clans: *Je suis prest* – »Ich bin bereit«.

Schritt, Ausfall mit dem Schwert, ein Gegenstoß, bei dem die Klingen aneinander klirrten. Die beiden Schwerter verharrten nur eine Sekunde lang in dieser Position, dann traten die Fechtkämpfer einen Schritt zurück, schossen herum und gingen erneut zum Angriff über.

Ein Klirren und ein Stoß, Terzparade und Ausfall, und Jar traf beinahe Dougals Hüfte und wich mit einem Sprung zur aus, so daß sich sein grüner Kilt bauschte. Parade, ein Sprung zur Seite, ein rascher Aufwärtsstoß, mit dem die gefährliche Klinge abgewehrt wurde, dann griff Dougal wieder an und zwang Jamie einen Schritt zurück.

Ich konnte Don Francisco beobachten, der mit Charles, Sheridan, dem alten Tullibardine und einigen anderen auf der gegenüberliegenden Seite des Hofes stand. Seine Lippen unter dem schmalen gewachsten Schnurrbart hatten sich zu einem leichten Lächeln verzogen, doch ich konnte nicht feststellen, ob es Bewunderung für die Fechter war oder nur eine Variation seines hochnäsigen Gesichtsausdruckes. Colum war nirgends zu sehen. Das überraschte mich nicht; die Reise nach Edinburgh mußte ihn sehr erschöpft haben.

Onkel und Neffe, beide begabte Fechter, beide Linkshänder, lieferten eine überzeugende Probe ihres Könnens. Besonders beeindruckend war, daß sie nach den strengen Regeln des französischen Duells kämpften, jedoch weder das rapierähnliche Florett noch den Soldatensäbel verwendeten, sondern das Breitschwert des Hochlands mit einer flachen, einen Meter langen Klinge, mit der man einem Menschen ohne weiteres den Kopf abschlagen konnte. Sie handhabten die gewaltigen Waffen mit einer Leichtigkeit und Eleganz, wie kleinere Männer es nicht zustande gebracht hätten.

Charles murmelte Don Francisco etwas ins Ohr, und der Spanier nickte, ohne seinen Blick von dem Schauspiel abzuwenden. Jamie und sein Onkel waren sich als Gegner ebenbürtig und erweckten durchaus den Eindruck, einander töten zu wollen. Dougal hatte Jamie in der Kunst des Schwertkampfs unterrichtet, und sie hatten schon viele Male Rücken an Rücken und Schulter an Schulter gekämpft. Jeder kannte den Fechtstil des anderen so gut wie seinen eigenen – das hoffte ich jedenfalls.

Dougal nutzte seinen Vorteil mit einem doppelten Ausfall und zwang Jamie, bis an den Rand des Hofes zurückzuweichen. Er sprang zur Seite und wehrte Dougals Schwert mit einem Hieb ab, dann stieß er blitzschnell zu und streifte dabei mit der Klinge Dougals rechten Ärmel. Der Stoff riß – und ein Fetzen weißen Leinens flatterte im leichten Wind.

»Oh, hübsch pariert, Sir!« Ich wandte mich um, um zu sehen, wer gesprochen hatte – es war Lord Kilmarnock, der hinter mir stand, ein ernster, unscheinbarer Mann Anfang Dreißig. Er und sein kleiner Sohn Johnny waren ebenfalls im Gästeflügel von Holyrood untergebracht.

Der Sohn folgte seinem Vater meist auf den Fersen, ich mußte also nicht lange nach ihm suchen. Er stand neben seinem Vater und verfolgte mit offenem Mund den Schwertkampf. Da nahm ich plötzlich eine Bewegung hinter einer Säule wahr: Fergus, dessen schwarze Augen unverwandt auf Johnny gerichtet waren. Ich runzelte die Stirn und warf ihm einen drohenden Blick zu.

Johnny, der sich seiner Stellung als Erbe von Kilmarnock und mehr noch seines Privilegs, im Alter von zwölf Jahren mit seinem Vater in den Krieg ziehen zu dürfen, überaus bewußt war, spielte sich in Gesellschaft Gleichaltriger gerne auf. Die meisten gingen Johnny deshalb entweder aus dem Weg oder warteten auf den Augenblick, wo er aus dem schützenden Schatten seines Vaters heraustreten würde.

Fergus zählte zweifellos zur zweiten Gruppe. Er nahm Anstoß an Johnnys abschätziger Bemerkung über die »Gutsherren mit Schottenmütze«, die er – ganz zu Recht – als Beleidigung Jamies auffaßte. Vor ein paar Tagen hatte man Fergus mit Gewalt daran gehindert, Johnny im Steingarten anzugreifen. Jamie hatte ihn sogleich bestraft und ihm erklärt, Treue sei zwar eine bewundernswerte Tugend, die er sehr zu schätzen wisse, Dummheit sei jedoch unverzeihlich.

»Der Junge ist zwei Jahre älter und zwanzig Pfund schwerer als du«, hatte er Fergus klarzumachen versucht und ihn dabei sanft geschüttelt. »Glaubst du wirklich, du würdest mir dadurch helfen, indem du dir den Schädel einschlagen läßt? Es gibt Situationen, in denen man ohne Rücksicht auf Verluste kämpfen muß, aber es gibt auch Momente, in denen man sich lieber auf die Zunge beißen und den richtigen Zeitpunkt abwarten muß. *Ne pétez plus haut que votre cul*, was?«

Fergus hatte genickt und sich mit seinem Hemdzipfel die Tränen abgewischt. Aber ich hatte meine Zweifel, ob Jamies Worte ihn nachhaltig beeindruckt hatten. Fergus' kecker Blick gefiel mir ganz und gar nicht. Und wenn Johnny etwas klüger gewesen wäre, hätte er zwischen seinem Vater und mir Schutz gesucht.

Jamie ging leicht in die Knie, während er sein Schwert mit einem mörderischen Schlag an Dougals Ohr vorbeisausen ließ. Dougal MacKenzie zuckte erschrocken zurück, dann zeigte er grinsend seine weißen Zähne und hieb sein Schwert mit einem Dröhnen flach auf Jamies Kopf.

Von der gegenüberliegenden Seite des Hofes hörte ich zustimmendes Händeklatschen. Der Kampf artete allmählich aus; aus dem eleganten französischen Duell wurde ein handfester Hochlandkampf, und die Zuschauer genossen es sichtlich.

Lord Kilmarnock verzog verdrießlich das Gesicht.

»Die Berater Seiner Hoheit werden herbeizitiert, um den Spanier zu treffen«, bemerkte er sarkastisch. »O'Sullivan und dieser alte Geck Tullibardine. Nimmt er den Rat von Lord Elcho an? Von Balmerino, Lochiel oder von meiner Wenigkeit?«

Das war natürlich eine rhetorische Frage, und ich begnügte mich mit einem mitfühlenden Murmeln, wandte meine Augen aber nicht von den Fechtern ab. Das Waffengeklirr übertönte beinahe Kilmarnocks Worte. Einmal in Fahrt gekommen, schien er seiner Erbitterung nicht mehr Herr werden zu können.

»Nein, wirklich!« fuhr er fort. »O'Sullivan und O'Brien und die anderen Iren, die riskieren doch gar nichts! Wenn es zum Schlimmsten kommen sollte, können sie aufgrund ihrer Staatsangehörigkeit verlangen, nicht vor Gericht gestellt zu werden. Aber wir – wir, die wir unseren Besitz, unsere Ehre, ja unser Leben aufs Spiel setzen, wir werden mißachtet und wie gemeine Dragoner behandelt. Gestern habe ich Seiner Hoheit einen guten Morgen gewünscht, doch er stürmte an mir vorbei, die Nase in der Luft, als hätte ich gegen die Etikette verstoßen, indem ich das Wort an ihn richtete!«

Kilmarnock war richtig wütend, und das mit gutem Grund. Charles hatte die Lords zunächst hofiert und umschmeichelt, damit sie ihm Männer und Geld für sein Abenteuer zur Verfügung stellten. Später hatte er sie einfach links liegenlassen und sich wieder seinen alten Vertrauten vom europäischen Festland zugewandt – die Schottland als tiefste Wildnis und seine Bewohner kaum höher als Barbaren einschätzten.

Da kam von Dougal ein Aufschrei der Überraschung, und Jamie ließ ein wildes Gelächter hören. Dougals linker Ärmel hing lose herab, sein Arm jedoch war unversehrt.

»Das werde ich dir heimzahlen, mein Kleiner«, meinte Dougal grinsend. Schweiß rann ihm über das Gesicht.

»Ach ja, Onkel?« keuchte Jamie. »Wie denn?« Seine Klinge

blitzte, und Dougals Felltasche flog, vom Gürtel abgetrennt, aufs Pflaster.

Da nahm ich aus den Augenwinkeln eine Bewegung wahr und drehte mich rasch um.

»Fergus!« rief ich.

Kilmarnock wandte den Kopf in dieselbe Richtung. Fergus hielt einen langen Stock in der Hand, mit einer Unschuldsmiene, die lächerlich gewirkt hätte, wenn der Stock nicht so bedrohlich gewesen wäre.

»Sie können ganz beruhigt sein, meine liebe Mrs. Fraser«, meinte Lord Kilmarnock. »Sie können sicher sein, daß mein Sohn sich ehrenhaft verteidigen wird.« Nachsichtig lächelte er seinen Sohn an, dann wandte er seine Aufmerksamkeit wieder den Fechtkämpfern zu. Auch ich drehte mich um, schielte aber mit einem Auge immer wieder in Johnnys Richtung. Nicht, daß ich Fergus ein Ehrgefühl abgesprochen hätte; ich hatte lediglich das Gefühl, daß sein Begriff von Ehre ziemlich stark von Lord Kilmarnocks Vorstellungen abwich.

»*Gu leoir!*« Mit diesem Ausruf Dougals war der Kampf zu Ende. Die schweißgebadeten Fechtkämpfer verneigten sich vor der applaudierenden Menge, dann schritten sie auf Don Francisco zu, um ihm vorgestellt zu werden und die Glückwünsche entgegenzunehmen.

»Milord!« ertönte eine hohe Stimme hinter den Säulen. »Bitte – *le parabola!*«

Jamie drehte sich um und runzelte die Stirn, dann aber zuckte er die Achseln, lächelte und trat erneut in die Mitte des Hofes. *Le parabola* war der Name, den Fergus diesem besonderen Trick gegeben hatte.

Mit einer kurzen Verneigung vor Seiner Hoheit faßte Jamie das Schwert vorsichtig an der Spitze der Klinge, beugte sich etwas nach vorne und ließ es mit einem kräftigen Schwung in die Luft schnellen. Aller Augen waren auf das glitzernde Schwert gerichtet, das in hohem Bogen nach oben flog.

Der Trick bestand natürlich darin, das Schwert so in die Luft zu schleudern, daß es sich beim Aufprall in die Erde bohrte. Jamies besonderer Clou bestand darin, daß er direkt unter dem absteigenden Bogen stand, den das Schwert beschrieb, und erst im letzten Augenblick zur Seite sprang.

Als das Schwert mit der Spitze auftraf, ertönte ein bewunderndes

»Ah!« aus der Menge. Erst als sich Jamie bückte, um das Schwert aus dem Gras zu ziehen, bemerkte ich, daß zwei der Zuschauer fehlten.

Der eine von ihnen, der zwölfjährige Erbe von Kilmarnock, lag mit dem Gesicht nach unten auf dem Rasen; die anschwellende Beule unter seinem glatten braunen Haar war deutlich zu erkennen. Sein Widersacher war nirgends zu sehen, doch hinter mir vernahm ich ein Flüstern.

»*Ne pétez plus haut que votre cul*«, hörte ich ihn mit Genugtuung sagen. Furze nie oberhalb deines Arschloches.

Für November war es viel zu warm. Die Wolken hatten sich verzogen und ließen die Herbstsonne für kurze Zeit auf das graue Edinburgh scheinen. Mich hatte die Wärme nach draußen gelockt, und ich kroch auf Knien durch den Steingarten hinter Holyrood – sehr zur Belustigung der Hochlandschotten, die die Sonne auf ihre Weise genossen und selbstgebrannten Whisky in einem Krug herumreichten.

»Jagen Sie *burras*, Mistress?« rief einer der Männer.

»Nein, Raupen doch nicht, Feen sucht sie«, scherzte ein anderer.

»Feen finden Sie wohl eher in Ihrem Krug als ich unter den Steinen!« rief ich zurück.

Der Mann hielt den Krug hoch, kniff ein Auge zu und linste hinein.

»Aye, na gut, solange keine Raupe drin ist«, gab er zurück und nahm einen herzhaften Schluck.

Das, wonach ich suchte, wäre ihnen ebenso komisch vorgekommen wie Raupen. Ich drehte einen Stein um, so daß die orangebraunen Flechten zu sehen waren, die sich auf seiner Unterseite gebildet hatten. Ich kratzte mit meinem Taschenmesser daran, und Flocken dieser seltsamen Schmarotzerpflanze fielen in meine Handfläche. Behutsam legte ich sie in die billige Schnupftabakdose, in der ich meine wertvollen Schätze aufbewahrte.

Die verhältnismäßig weltoffene Atmosphäre Edinburghs färbte auch auf die Hochlandschotten ab. In den abgelegenen Bergdörfern hätte man mich mit unverhohlenem Argwohn betrachtet, wenn nicht sogar mit offener Feindseligkeit. Hier hingegen erschien mein Verhalten lediglich als harmlose Schrulligkeit. Die Hochlandschotten behandelten mich mit großem Respekt, in dem erfreulicherweise keine Angst lag.

Auch daß ich Engländerin war, hatte man mir verziehen, seit es sich herumgesprochen hatte, mit wem ich verheiratet war. Ich würde wohl nie mehr über Jamies Heldentaten in der Schlacht von Prestonpans erfahren als das, was er mir selbst erzählt hatte. Aber was es auch war, es hatte die Schotten mächtig beeindruckt, und der »rote Jamie« wurde mit Jubel und Freude begrüßt, wo immer er auftauchte.

Ein solcher Jubelruf weckte meine Aufmerksamkeit. Ich blickte auf und sah den roten Jamie höchstpersönlich, der über die Wiese ging und den Männern geistesabwesend zuwinkte, während sein Blick suchend über die Felsen hinter dem Palast glitt.

Seine Augen leuchteten auf, als er mich sah, und er kam über die Wiese auf mich zu.

»Da bist du ja«, sagte er. »Hast du einen Augenblick Zeit? Nimm deinen Korb mit, wenn du willst.«

Ich erhob mich, klopfte mir das vertrocknete Gras vom Rock und legte mein Messer in den Korb.

»Gut. Wohin gehen wir?«

»Colum hat nach uns geschickt. Er möchte mit uns sprechen, mit uns beiden.«

»Und wo?« fragte ich und beschleunigte meinen Schritt, um mithalten zu können.

»In der Kirche am Canongate.«

Das war interessant. Offenbar lag Colum daran, daß die private Unterredung mit uns in Holyrood nicht bekannt wurde.

Auch Jamie war es lieber, wenn niemand davon erfuhr; deshalb der Korb. Wir gingen Arm in Arm durch das Tor, und mein Korb bot einen ausreichenden Vorwand dafür, die Royal Mile, die königliche Meile zwischen Burg und Palast, hinaufzugehen: sei es, um Einkäufe zu machen, sei es, um die Männer und ihre Familien, die in den engen Gassen untergebracht waren, mit Arzneien zu versorgen.

Die Hauptstraße von Edinburgh führte steil nach oben. Holyrood befand sich unten, am Fuße des Hügels, daneben die verfallene Abtei. Die mächtige Burg von Edinburgh ragte oben auf dem felsigen Hügel empor. Zwischen den beiden Schlössern befand sich die Royal Mile. Während ich atemlos und mit rotem Kopf neben Jamie herging, fragte ich mich, wie zum Teufel Colum MacKenzie den guten halben Kilometer Aufstieg zwischen dem Palast und der Kirche bewältigt hatte.

Colum saß im Kirchhof auf einer Steinbank, und die Nachmittagssonne wärmte ihm den Rücken. Sein Stock lag neben ihm, und die kurzen, verkrüppelten Beine baumelten einige Zentimeter über dem Boden. Mit seinen hochgezogenen Schultern und dem nachdenklich geneigten Kopf sah er aus der Ferne wie ein Zwerg aus – ein Bewohner dieses von Menschenhand geschaffenen steinernen Gartens. Die Grabsteine standen schief und waren mit Flechten überwachsen. An einer verwitterten Gruft entdeckte ich ein besonders schönes Exemplar, verzichtete aber drauf, es abzulösen.

Das weiche Gras dämpfte unsere Schritte, aber Colum hob den Kopf, als wir noch ein ganzes Stück weit von ihm entfernt waren. Seine fünf Sinne hatte er noch beisammen.

Als wir näher kamen, bewegte sich auch die schattenhafte Gestalt unter einer Linde; Angus Mhor war nicht weniger aufmerksam als sein Herr. Als er sich vergewissert hatte, daß wir es waren, nahm der Hüne seine stille Wacht wieder auf.

Colum nickte zum Gruß und forderte uns mit einer Handbewegung auf, Platz zu nehmen. Aus nächster Nähe verlor sich – trotz seines verkrüppelten Körpers – der Eindruck des Zwergenhaften.

Jamie suchte mir einen Platz auf einem Stein, ehe er sich neben Colum setzte. Trotz meiner dicken Röcke war der Marmor überraschend kalt. Ich rutschte unbehaglich hin und her – und betrachtete mit gemischten Gefühlen den Totenschädel auf dem Grabstein über mir. Als ich die Inschrift sah, mußte ich lächeln:

> Hier ruht Martin Elginbrod,
> Erbarm dich meiner Seel', lieber Gott,
> Wie ich es täte, wär' ich Gott
> und du wärst Martin Elginbrod.

Jamie sah mich stirnrunzelnd an, dann wandte er sich wieder an Colum. »Du wolltest mit uns sprechen, Onkel?«

»Ich möchte dich etwas fragen, Jamie Fraser«, erwiderte Colum ohne Umschweife. »Betrachtest du mich als deinen Verwandten?«

Jamie schwieg und sah seinem Onkel aufmerksam in die Augen. Dann verzog er seine Lippen zu einem schwachen Lächeln.

»Du hast die Augen meiner Mutter«, sagte er. »Sollte ich das abstreiten?«

Auf Colums Gesicht zeigte sich ein Ausdruck der Überraschung.

Seine Augen waren hell, von einem sanften Taubengrau, seine Wimpern waren dicht und tiefschwarz. So schön seine Augen waren, sie konnten kalt wie Stahl blitzen, und ich fragte mich nicht zum erstenmal, wie Jamies Mutter wohl gewesen war.

»Erinnerst du dich an deine Mutter? Du warst noch recht klein, als sie starb.«

Jamie verzog den Mund, doch er antwortete ruhig: »Alt genug. Außerdem befand sich in meinem Elternhaus ein Spiegel. Man sagt, ich sehe ihr ein bißchen ähnlich.«

Colum lachte kurz auf. »Mehr als nur ein bißchen.« Er warf einen forschenden Blick auf Jamie. »Aye, mein Junge; du bist Ellens Sohn, zweifellos. Schon allein das Haar und der Mund.« Colum verzog den eigenen Mund, als ob er sich nur widerstrebend erinnerte. »›So groß wie der Schnabel einer Nachtschwalbe‹, neckte ich sie immer. ›Du könntest Insekten fangen wie eine Kröte‹, sagte ich zu ihr, ›wenn du eine klebrige Zunge hättest.‹«

Jamie lachte überrascht.

»Das hat mir Willie einmal erzählt«, sagte er, dann schwieg er. Er sprach selten von seinem älteren Bruder, und Colum gegenüber hatte er Willie wohl noch nie erwähnt.

Falls Colum die Bemerkung gehört hatte, ließ er es sich nicht anmerken.

»Ich habe ihr geschrieben, damals«, sagte er und blickte geistesabwesend auf einen umgestürzten Grabstein. »Als dein Bruder und das Baby an Pocken gestorben sind. Mein erster Brief an sie, nachdem sie Leoch verlassen hatte.«

»Du meinst, nach ihrer Heirat.«

Colum nickte bedächtig, den Blick immer noch abgewandt.

»Aye. Sie war älter als ich, weißt du, zwei Jahre älter; der gleiche Abstand wie zwischen dir und deiner Schwester.« Er sah Jamie an.

»Ich habe deine Schwester nie kennengelernt. Habt ihr euch gern?«

Jamie schwieg, nickte aber leicht und betrachtete dabei seinen Onkel, als suchte er in dessen müdem Gesicht die Lösung für ein Rätsel.

Auch Colum nickte. »Zwischen Ellen und mir war es so. Ich war ein kränkliches Kind, und sie kümmerte sich oft um mich. Ich sehe sie noch genau vor mir, wie die Sonne auf ihr Haar scheint, und sie mir Geschichten erzählt, während ich im Bett liege. Auch später, als meine Beine mich nicht mehr trugen, durchstreifte sie ganz Leoch und kam jeden Morgen und Abend in mein Zimmer, um mir zu erzählen, was sie gesehen und gehört hatte. Wir unterhielten uns über die Pächter und die Clanangehörigen und was zu tun sei. Dann heiratete ich, aber Letitia hatte keinen Sinn für diese Dinge.« Er machte eine wegwerfende Handbewegung.

»Wir unterhielten uns – manchmal mit Dougal, manchmal ohne ihn – über die Geschicke des Clans; wie unter den Stämmen Frieden bewahrt, welche Bündnisse mit anderen Clans geschlossen, wie die Äcker und Wälder bestellt werden sollten... Und dann ging sie.« Er schwieg und blickte auf seine derben Hände. »Ohne um Erlaubnis zu fragen und ohne ein Wort des Abschieds. Sie war einfach nicht mehr da. Ich hörte hin und wieder etwas von ihr – durch andere, aber sie selbst gab nie ein Lebenszeichen.«

»Hat sie denn deinen Brief nicht beantwortet?« fragte ich behutsam. Er schüttelte den Kopf.

»Sie war krank. Sie hatte ein Kind verloren, und sie hatte die Pocken. Vielleicht wollte sie später schreiben; so etwas schiebt man gerne etwas auf.« Er lächelte flüchtig, dann verdüsterte sich sein Blick. »Zwölf Monate später, an Weihnachten, war sie tot.«

Jamie hielt seinem Blick stand.

»Es erstaunte mich nicht wenig, als mir dein Vater schrieb, er wolle dich zu Dougal schicken und auch zu mir nach Leoch.«

»Es wurde so abgemacht, als sie heirateten«, erwiderte Jamie. »Ich sollte bei Dougal erzogen werden und dann eine Zeitlang auch zu dir kommen.« Die Zweige einer Lärche rauschten im Wind, und Jamie und Colum zogen fröstelnd die Schultern hoch. Die Bewegung betonte ihre Ähnlichkeit.

Colum sah, daß ich lächelte, und zog seinerseits einen Mundwinkel hoch.

»Oh, aye«, sagte er zu Jamie. »Doch Abmachungen sind nur so viel wert wie diejenigen, die sie treffen. Und ich kannte deinen Vater damals noch nicht.«

Er hielt inne und schwieg. Die Stille des Kirchhofs legte sich wie ein Schleier zwischen sie.

Schließlich brach Jamie das Schweigen.

»Was hast du von meinem Vater gehalten?« fragte er, und in seiner Stimme lag die Neugier eines Kindes, das seine Eltern früh verloren hat und jetzt nach Anhaltspunkten sucht, um sich ein

Urteil zu bilden, das über die beschränkte kindliche Perspektive hinausgeht. Ich verstand ihn gut; das wenige, was ich von meinen eigenen Eltern wußte, hatte ich mir aus Onkel Lambs knappen und wenig befriedigenden Auskünften zusammengereimt – Onkel Lamb hatte keine Ader für tiefgründige Charakteranalysen gehabt.

Colum war da anders.

»Wie er war, meinst du?« Er betrachtete seinen Neffen eindringlich, dann schmunzelte er.

»Schau in den Spiegel, mein Junge«, sagte er, »du blickst in das Gesicht deiner Mutter, doch daraus sieht dich dein Vater mit den verdammten Katzenaugen der Frasers an.« Er streckte seine Gliedmaßen und rutschte auf der Steinbank hin und her. Seine Lippen waren fest aufeinandergepreßt, damit ihm keine Klage über sein körperliches Unbehagen entschlüpfte. Jetzt sah ich, wie er zu den tiefen Falten zwischen Nase und Mund gekommen war.

»Um deine Frage zu beantworten«, fuhr er fort, nachdem er sich in eine bequemere Position gebracht hatte. »Ich mochte ihn nicht übermäßig – er mich übrigens auch nicht –, aber auf den ersten Blick erkannte ich, daß er ein Ehrenmann war.« Er machte eine Pause, dann fuhr er ruhig fort: »Das gleiche gilt für dich, Jamie MacKenzie Fraser.«

Jamie zeigte keine Regung, doch seine Augenlider flatterten kaum merklich. Nur jemand, der ihn so gut kannte wie ich – oder ein so guter Beobachter wie Colum –, konnte dies wahrnehmen.

Colum stieß einen tiefen Seufzer aus.

»Also, mein Junge, deshalb wollte ich mit dir sprechen. Ich muß entscheiden, ob die MacKenzies von Leoch sich auf die Seite von König James oder auf die Seite von König George stellen sollen.« Er lächelte verdrießlich. »Es ist eine Wahl zwischen zwei gleich großen Übeln, aber ich muß eine Entscheidung treffen.«

»Dougal...«, begann Jamie, aber sein Onkel brachte ihn mit einer energischen Handbewegung zum Schweigen.

»Aye, ich weiß, was Dougal denkt – seit zwei Jahren peinigt er mich damit«, sagte er ungeduldig. »Aber ich bin der MacKenzie von Leoch, und ich werde die Entscheidung fällen. Dougal wird sich meinem Entschluß beugen. Ich möchte wissen, was du mir raten würdest – um des Clans willen, dessen Blut in deinen Adern fließt.«

Jamie blickte auf, ohne eine Regung zu zeigen; vor der nachmittäglichen Sonne, die ihm ins Gesicht schien, kniff er seine dunkelblauen Augen zu.

»Ich bin hier und mit mir meine Männer«, sagte er. »Meine Wahl ist wohl eindeutig.«

Colum rutschte erneut hin und her. Er sah seinen Neffen forschend an, als suchte er in den feinsten Regungen von Stimme und Gesichtsausdruck Aufschluß über dessen Gedanken.

»Tatsächlich?« fragte er. »Man geht aus den verschiedensten Gründen Bündnisse ein, Junge, und nur in den wenigsten Fällen bekennt man sich nach außen zu ihnen. Ich habe mit Lochiel gesprochen, mit Clanranald, mit Angus und Alex MacDonald von Scotus. Glaubst du wirklich, sie sind nur hier, weil sie der Überzeugung sind, James Stuart sei der rechtmäßige König? Jetzt will ich mit dir sprechen – und die Wahrheit hören, um der Ehre deines Vaters willen.«

Als Colum sah, daß Jamie unschlüssig war, fuhr er fort, ohne seinen Neffen aus den Augen zu lassen.

»Ich frage nicht um meiner selbst willen; wer Augen im Kopf hat, kann sehen, daß mich das alles nicht mehr lange belasten wird. Es geht mir um Hamish – deinen Cousin. Wenn es später noch einen Clan geben soll, den er anführen kann, dann muß ich jetzt die richtige Entscheidung treffen.«

Er hielt inne und saß regungslos da. Die Vorsicht, die ihn für gewöhnlich auszeichnete, war aus seinen Zügen gewichen, seine grauen Augen blickten offen und erwartungsvoll.

Auch Jamie saß unbeweglich da, starr wie der Marmorengel auf dem Grab hinter ihm. Ich wußte um den Zwiespalt, der ihn quälte, obwohl sich auf seinem strengen Gesicht nichts davon spiegelte. In demselben Zwiespalt hatten wir uns befunden, als wir entscheiden mußten, ob wir mit den Männern von Lallybroch in den Kampf ziehen sollten. Charles' Aufstand stand auf des Messers Schneide; wenn sich ihm ein weiterer großer Clan wie der der MacKenzies von Leoch anschloß, könnte dies auch andere ermutigen, dem ungestümen jungen Prätendenten zu Hilfe zu eilen – und damit den Erfolg bringen. Falls das Unternehmen aber dennoch scheiterte, war dies das Ende der MacKenzies von Leoch.

Jamie hob bedächtig den Kopf und sah mich an. *Auch du hast dabei ein Wörtchen mitzureden*, schien sein Blick zu sagen. *Was soll ich tun?*

Auch Colums Blick ruhte auf mir, ich spürte mehr, als daß ich sah, wie er fragend die dicken Augenbrauen hob. Doch in Gedanken sah ich Hamish vor mir, einen rothaarigen zehnjährigen Jungen, der Jamie so ähnlich sah, als wäre er sein Sohn und nicht sein Cousin. Und ich dachte nach, was die Entscheidung für ihn und seinen Clan bedeutete, falls die MacKenzies von Leoch mit Charles in Culloden untergingen. Die Männer von Lallybroch hatten Jamie, der sie vor dem letzten Gemetzel bewahren würde, falls es soweit kommen sollte. Die Männer von Leoch hatten niemanden. Und dennoch, es war nicht an mir, die Entscheidung zu treffen. Ich zuckte die Schultern und senkte den Kopf. Jamie holte tief Luft; er hatte sich entschieden.

»Geh zurück nach Leoch, Onkel«, sagte er. »Und bleibe dort mit deinen Männern.« Colum blieb lange Zeit reglos sitzen und sah mich an. Dann verzog er seinen Mund – aber es wurde nicht ganz ein Lächeln.

»Ich hätte Ned Gowan beinahe daran gehindert, dich vor dem Scheiterhaufen zu retten«, sagte er zu mir. »Ich bin froh, daß ich es nicht getan habe.«

»Danke«, gab ich zurück.

Er seufzte und rieb sich den Nacken mit seiner schwieligen Hand, als trüge er schwer an der Last der Clanführung.

»Gut. Ich werde morgen früh mit Seiner Hoheit sprechen und ihm meine Entscheidung mitteilen.« Er ließ die Hand sinken. »Ich danke dir, Jamie, für deinen Rat.« Und nach kurzem Zögern fügte er hinzu: »Gott sei mit dir.«

Jamie legte seine Hand auf die Colums. Er lächelte breit und freundlich und sagte: »Mit dir auch, *mo caraidh*.«

Auf der Royal Mile herrschte geschäftiges Treiben, überall drängten sich Menschen, die die nachmittäglichen Sonnenstrahlen ausnutzen wollten. Schweigend gingen wir durch die Menge, meine Hand hatte ich unter Jamies Ellbogen geschoben. Auf einmal schüttelte er den Kopf und murmelte etwas auf gälisch.

»Du hast dich richtig entschieden«, sagte ich zu ihm. »Ich hätte es ebenso gemacht. Was auch geschieht, wenigstens die MacKenzies werden in Sicherheit sein.«

»Aye, vielleicht.« Er grüßte einen Offizier, der sich durch die Menge drängte. »Aber was ist mit den anderen – den MacDonalds und den Mac Gillivrays und all jenen, die gekommen sind? Bedeutet das jetzt ihr Ende? Hätte es sich vermeiden lassen, wenn ich gewagt hätte, Colum zu sagen, er solle sich ihnen anschließen?« Er schüttelte traurig den Kopf. »Das weiß niemand, oder, Sassenach?«

»Nein«, erwiderte ich leise und drückte seinen Arm. »Man weiß es nicht. Und man weiß es wiederum nur allzu genau. Aber wir können daran nichts ändern, nicht wahr?«

Er lächelte mich zaghaft an und preßte meine Hand an seinen Körper.

»Nein, Sassenach. Wohl nicht. Und jetzt ist es geschehen und kann nicht mehr rückgängig gemacht werden; es hat keinen Sinn, sich Sorgen zu machen. Die MacKenzies werden von alldem verschont bleiben.«

Die Wache am Tor von Holyrood war ein MacDonald. Einer von Glengarrys Leuten. Er erkannte Jamie gleich und ließ uns mit einem Kopfnicken passieren, ohne sich bei seiner Beschäftigung – beim Läusesuchen – weiter stören zu lassen.

Jamie sagte etwas auf gälisch und lächelte. Der Mann lachte, zupfte etwas von seinem Hemd und schnippte es Jamie zu, der so tat, als finge er es auf. Dann beäugte er seinen angeblichen Fang mit kritischem Blick und steckte ihn – mit einem Augenzwinkern zu mir – in den Mund.

»Wie geht es Ihrem Sohn, Lord Kilmarnock?« fragte ich höflich, während wir in der großen Galerie von Holyrood das Tanzbein schwangen. Mir lag die Sache nicht besonders am Herzen, aber da es unvermeidlich schien, das Thema anzuschneiden, war es vielleicht besser, es an einem Ort zu tun, wo man sich mit feindseligen Bemerkungen zurückhalten mußte.

Die Galerie war dafür genau der richtige Ort. In dem langgestreckten Saal mit der hohen Decke, den beiden großen Kaminen und den hohen Fenstern hatten seit Charles' triumphalem Einzug in Edinburgh im September schon viele Bälle und Feste stattgefunden. An jenem Abend versammelten sich hier die Honoratioren von Edinburgh, die nun, wo ihm der Sieg sicher schien, ihrem Prinzen die Ehre erweisen wollten. Don Francisco, der Ehrengast, stand mit Charles am anderen Ende des Festsaals; er war nach der deprimierenden spanischen Hofmode gekleidet, mit sackartiger Hose, einem formlosen Rock und einer kleinen Halskrause, die bei den jüngeren und stilbewußteren Gästen insgeheim für beträchtliche Belustigung sorgte.

»Oh, ganz gut, Mistress Fraser«, erwiderte Kilmarnock gelassen. »Ein Schlag auf den Schädel ist für einen Jungen in seinem Alter keine allzu große Tragödie. Sein Stolz wird wohl etwas länger brauchen, um sich zu erholen«, fügte er hinzu und verzog den breiten Mund zu einem Grinsen.

Ich lächelte ihn erleichtert an.

»Sie sind also nicht böse?«

Er schüttelte den Kopf und sah auf seine Füße, um sich zu vergewissern, daß er nicht auf meinen langen Rock trat.

»Ich habe mich bemüht, John alles beizubringen, was er als Erbe von Kilmarnock braucht. Scheinbar bin ich bei dem Versuch, ihn Demut und Bescheidenheit zu lehren, kläglich gescheitert. Vielleicht hat Ihr kleiner Page mehr Erfolg.«

»Vermutlich haben Sie ihn nie draußen verdroschen«, meinte ich gedankenlos.

»Wie bitte?«

»Nichts«, sagte ich errötend. »Ist das Lochiel? Ich dachte, er sei krank.«

Das Tanzen brachte mich ganz schön außer Atem, und da Lord Kilmarnock keine große Lust zu haben schien, sich zu unterhalten, hatte ich Zeit, mich umzusehen. Charles tanzte nicht; obwohl er ein guter Tänzer war und die jungen Damen von Edinburgh um seine Aufmerksamkeit wetteiferten, ging er an diesem Abend vollkommen darin auf, seinen Ehrengast zu unterhalten.

Wir kreuzten Jamies Pfad, der den Tanz mit einer der Damen Williams absolvierte. Es gab drei von ihnen, die beinahe nicht zu unterscheiden waren – allesamt jung, dunkelhaarig, wohlgestaltet und alle so »schrecklich interessiert, Mr. Fraser, an dieser edlen Sache«. Mich ermüdeten sie, aber Jamie, eine Seele von Mensch, tanzte mit allen dreien und beantwortete geduldig immer wieder die gleichen dummen Fragen.

»Na ja, es ist für die armen Dinger eine Gelegenheit, einmal herauszukommen«, erklärte er nachsichtig. »Ihr Vater ist ein reicher Kaufmann, und deshalb möchte sich Seine Hoheit die Sympathie der Familie erhalten.«

Die Miß Williams, mit der er gerade tanzte, sah völlig berückt aus, und ich fragte mich finster, wie sehr er sie ermutigte. Dann wurde meine Aufmerksamkeit von Lord Balmerino abgelenkt, der mit Lord George Murrays Frau an uns vorbeitanzte. Ich sah, wie die Murrays liebevolle Blicke tauschten, als sie – er mit einer anderen Miß Williams – aneinander vorbeikamen, und schämte mich meiner Eifersucht.

Es überraschte niemanden, daß Colum nicht am Ball teilnahm. Ob er wohl schon Gelegenheit gehabt hatte, mit Charles zu sprechen? Aber es sah nicht so aus. Charles war viel zu fröhlich – gewiß hatte er die schlechte Nachricht noch nicht erhalten.

Auf einer Seite der Galerie entdeckte ich zwei kräftige Gestalten, denen man ansah, daß sie sich in den unbequemen Festgewändern gar nicht wohl fühlten. Es waren John Simpson, der Zunftmeister der Waffenschmiede von Glasgow, und sein Sohn, John Simpson der Jüngere. Die beiden waren Anfang der Woche eingetroffen, um Seiner Hoheit eines der prächtigen Breitschwerter zu überreichen, für deren Herstellung sie in ganz Schottland berühmt waren. Zweifellos waren die beiden Handwerker eingeladen worden, um Don Francisco zu demonstrieren, welch breite Unterstützung die Stuarts genossen.

Die beiden Männer hatten dichtes, dunkles Haar und Bärte, die schon angegraut waren – der des älteren Simpson war fast ganz weiß, der des jüngeren erst an Schläfen und Backenbart. Eben stieß der alte Schwertmacher seinen Sohn in die Seite und nickte bedeutsam in Richtung einer der Kaufmannstöchter, die neben ihrem Vater am Rand der Tanzfläche stand.

Der junge Simpson sah seinen Vater skeptisch an, doch dann zuckte er die Achseln, schritt auf die dritte Miß Williams zu und bot ihr mit einer Verbeugung seinen Arm.

Fasziniert und belustigt beobachtete ich, wie die beiden munter fürbaß schritten, denn Jamie, der die Simpsons bereits kannte, hatte mir gesagt, der junge Simpson sei fast taub.

»Wohl vom Hämmern an der Esse«, hatte er gesagt und mir stolz das wunderschöne Schwert gezeigt, das er bei den Handwerkern erstanden hatte. »Stocktaub. Der Vater führt die Verhandlungen, aber der Junge sieht alles.«

Die scharfen dunklen Augen des jungen Simpson flogen flink über die Tanzfläche, um den Abstand von einem zum nächsten Paar abzuschätzen. Der Waffenschmied tanzte etwas schwerfällig, doch er blieb genau im Rhythmus – mindestens so gut wie ich. Mit geschlossenen Augen spürte ich, wie die Musik den Holzboden vibrieren ließ – vermutlich orientierte er sich daran. Als ich die Augen wieder öffnete, sah ich, wie der junge Simpson bei einem kreischenden Mißklang der Geigen zusammenzuckte. Vielleicht hörte er doch etwas?

Der Fortgang des Tanzes brachte Kilmarnock und mich in die Nähe von Charles und Don Francisco, die an dem riesigen, mit Fliesen verzierten offenen Kamin standen und sich die Rockschöße wärmten. Zu meiner Verblüffung warf mir Charles über Don Franciscos Schultern hinweg einen finsteren Blick zu und machte eine abweisende Geste. Als Lord Kilmarnock dies sah, lachte er kurz auf.

»Seine Hoheit fürchtet wohl, Sie dem Spanier vorstellen zu müssen!« bemerkte er.

»Wirklich?« Ich blickte noch einmal zu Charles, der inzwischen mit seiner Unterhaltung fortfuhr und seine Rede mit ausdrucksvollen italienischen Gesten untermalte.

»Vermutlich.« Lord Kilmarnock war ein guter Tänzer, und ich begann mich langsam zu entspannen, so daß ich plaudern konnte, ohne mir insgeheim Sorgen machen zu müssen, ob ich nicht über meine Röcke stolperte.

»Haben Sie die dumme Flugschrift gesehen, die Balmerino überall herumzeigt?« fragte er, und als ich nickte, fuhr er fort: »Ich denke, daß Seine Hoheit sie auch gesehen hat. Und die Spanier sind abergläubisch genug, um für einen solchen Unsinn empfänglich zu sein. Ein Mensch von Verstand und Bildung kann so etwas nicht ernst nehmen«, versicherte er mir, »aber ohne Zweifel geht Seine Hoheit auf Nummer Sicher. Spanisches Gold ist schon ein Opfer wert.«

Womit auch die Preisgabe des eigenen Stolzes gemeint war: Charles behandelte die schottischen Grafen und Clanoberhäupter wie Bettler. Wenigstens hatte er sie an diesem Abend zum Fest eingeladen – zweifellos, um Don Francisco zu beeindrucken.

»Haben Sie die Bilder bemerkt?« fragte ich, um das Thema zu wechseln. Über hundert Gemälde zierten die Wände der großen Galerie, alles Porträts von Königen und Königinnen. Und in einem Punkt sahen sich alle verblüffend ähnlich.

»Oh, die Nase?« sagte er, und ein amüsiertes Lächeln trat an die Stelle der grimmigen Miene, die er beim Anblick von Charles und dem Spanier aufgesetzt hatte. »Ja, natürlich. Kennen Sie die Geschichte, die dahintersteckt?«

Die Porträts, so schien es, waren alle das Werk eines einzigen Malers, eines gewissen Jakob DeWitt, den Charles II. bei seiner Wiedereinsetzung beauftragt hatte, all seine Vorfahren zu porträtieren.

»Um zu demonstrieren, wie weit er seinen Stammbaum rückverfolgen kann und um seinen Thronanspruch zu untermauern«, erklärte Kilmarnock und schnitt eine Grimasse. »Ob König James es ihm gleichtut, wenn er den Thron erlangt?«

Jedenfalls, so fuhr er fort, hatte DeWitt sich wohl mit Feuereifer in die Arbeit gestürzt und alle zwei Wochen ein Porträt vollendet. Die Schwierigkeit bestand natürlich darin, daß DeWitt keine Ahnung hatte, wie Charles' Vorfahren ausgesehen hatten. Er holte alle möglichen Leute als Modell in sein Atelier, stattete aber jedes Porträt mit der gleichen langen Nase aus, um eine familiäre Ähnlichkeit vorzutäuschen.

»Dies hier ist König Charles selbst«, sagte Kilmarnock und wies mit dem Kopf auf ein Ganzporträt, prächtig mit rotem Samt und Federhut. Er warf einen kritischen Blick auf den anderen Charles, dessen gerötetes Gesicht darauf schließen ließ, daß er dem Wein ebenso freudig zusprach wie sein Gast.

»Jedenfalls hat er eine bessere Nase«, murmelte der Graf vor sich hin. »Seine Mutter war Polin.«

Es war bereits spät geworden, die Kerzen in den silbernen Kandelabern fingen an zu flackern und drohten zu verlöschen, noch ehe die feine Gesellschaft von Wein und Tanz genug hatte. Don Francisco, der wohl doch weniger vertrug als Charles, ließ den Kopf in seine Halskrause sinken.

Jamie hatte die letzte Miß Williams mit einem Ausdruck sichtlicher Erleichterung zu ihrem Vater geleitet, der im Aufbruch begriffen war, und gesellte sich nun zu mir. Er setzte sich neben mich und fuhr sich mit einem großen weißen Taschentuch über das erhitzte Gesicht. Dann streckte er die Hand nach dem Tischchen aus, auf dem ein Tablett mit Kuchen stand.

»Ich bin am Verhungern«, erklärte er. »Das Tanzen macht furchtbar Appetit, und dann das ständige Geplapper.« Er schob sich ein riesiges Kuchenstück in den Mund und streckte, noch während er kaute, die Hand nach dem nächsten aus.

Prinz Charles beugte sich über seinen Ehrengast, der dasaß und sich nicht mehr rührte, und rüttelte ihn an der Schulter, was wenig nutzte. Der Kopf des spanischen Gesandten war nach hinten gefallen, und sein Mund unter dem schlaffen Schnurrbart stand offen. Seine Hoheit, selbst etwas wackelig auf den Beinen, blickte sich hilfesuchend um, aber Sheridan und Tullibardine, beide schon ältere Herren, waren eingeschlafen – sie lehnten aneinander wie zwei alte Saufbrüder im Sonntagsstaat.

»Vielleicht solltest du Seiner Hoheit zur Hand gehen?« schlug ich vor.

»Mmmpf.«

Resigniert schluckte Jamie seinen Kuchen hinunter, doch noch bevor er aufstand, sah ich, wie der junge Simpson, der die Lage mit einem Blick erfaßt hatte, seinen Vater in die Rippen stieß.

Der trat vor und verbeugte sich vor Prinz Charles, und noch ehe der benebelte Prinz reagieren konnte, hatten die beiden Waffenschmiede den spanischen Gesandten an Händen und Füßen gepackt. Sie hoben ihn hoch und trugen ihn davon. Sie verschwanden durch die Tür am anderen Ende der Halle. Seine Hoheit taumelte hinterdrein.

Mit diesem wenig feierlichen Abgang war der Ball zu Ende.

Die übrigen Gäste schienen sich zu entspannen und rüsteten sich zum Aufbruch, die Damen verschwanden, um ihre Schals und Mäntel zu holen, die Herren standen unterdessen in kleinen Grüppchen ungeduldig herum und klagten, wie lange die Damen doch immer brauchten.

Da wir in Holyrood wohnten, gingen wir durch die Tür am nördlichen Ende der Galerie nach draußen und durchquerten den Morgen- und den Abendsalon bis zur Haupttreppe.

Die Wände waren mit Gobelins geschmückt, deren Ornamente im Kerzenlicht düster und silbrig glänzten. Am Treppenabsatz stand Angus Mhor, dessen hünenhafte Gestalt einen langen Schatten an die Wand warf.

»Mein Herr ist tot«, sagte er.

»Seine Hoheit meinte, es sei vielleicht besser so«, bemerkte Jamie sarkastisch.

»Weil Dougal«, fügte er hinzu, als er meine Bestürzung sah, »weil Dougal immer mehr als willens war, sich Seiner Hoheit anzuschließen. Jetzt, da Colum tot ist, ist Dougal das Clanoberhaupt. Und deshalb werden die MacKenzies von Leoch mit der

Hochlandarmee marschieren«, sagte er leise, »bis zum Sieg – oder bis zum bitteren Ende.«

Besorgnis und Müdigkeit standen ihm ins Gesicht geschrieben, und er ließ es geschehen, daß ich hinter ihn trat und meine Hände auf seine breiten Schultern legte. Er seufzte erleichtert, als sich meine Fingerspitzen in seine Halsmuskeln drückten, und legte den Kopf auf seine verschränkten Arme. Auf dem Tisch, an dem er saß, stapelten sich Briefe und Depeschen. Inmitten dieser Papiere lag ein kleines Notizbuch, schon ziemlich abgegriffen, das in rotes Saffianleder gebunden war. Colums Tagebuch, das Jamie aus der Suite seines Onkels geholt hatte, weil er gehofft hatte, es enthielte einen letzten Eintrag, der Colums Entschluß bekräftigte, die Jakobiten nicht zu unterstützen.

»Nicht, daß das Dougal aufhalten würde«, sagte er und blätterte in den eng beschriebenen Seiten, »aber eine andere Möglichkeit haben wir nicht.«

Doch in Colums Tagebuch fand sich kein Eintrag von den letzten drei Tagen, lediglich eine Bemerkung, die sich auf unser Gespräch im Kirchhof am Tag zuvor bezog.

Mich mit Jamie und seiner Frau getroffen. Habe endlich meinen Frieden mit Ellen gemacht. Das war natürlich wichtig – für Colum, für Jamie und möglicherweise auch für Ellen –, aber es würde kaum dazu beitragen, die Überzeugungen Dougal MacKenzies ins Wanken zu bringen.

Jamie richtete sich wieder auf. Sein Blick war düster und resigniert.

»Das bedeutet, Claire, daß unser aller Schicksal jetzt in seinen Händen liegt – Charles', meine ich. Wir haben nun keine andere Wahl mehr. Wir müssen versuchen, ihm zum Sieg zu verhelfen.«

Mein Mund war trocken vom Wein. Ich befeuchtete mir mit der Zunge die Lippen, bevor ich antwortete.

»Das scheint mir auch so! Verdammt! Warum hat Colum nicht etwas länger warten können? Bis morgen, bis er mit Charles gesprochen hatte.«

Jamie verzog den Mund zu einem schiefen Lächeln.

»Ich glaube nicht, daß er dabei viel mitzureden hatte, Sassenach. Nur die wenigsten Menschen wählen die Stunde ihres Todes selbst.«

»Colum wollte es tun.« Ich hatte bisher gezögert, Jamie von

meiner ersten Begegnung mit Colum in Holyrood zu erzählen. Doch jetzt gab es keinen Grund mehr, es für mich zu behalten.

Als Jamie hörte, daß Colum beschlossen hatte, sich das Leben zu nehmen, schüttelte er ungläubig den Kopf und seufzte.

»Dann frage ich mich«, murmelte er vor sich hin, »ob dies nicht ein Zeichen ist, Claire.«

»Ein Zeichen?«

»Colums Tod, bevor er, wie er vorhatte, Charles' Hilferuf abweisen konnte. Ob dies ein Zeichen dafür ist, daß Charles seinen Kampf gewinnen soll?«

Ich erinnerte mich an meinen Abschied von Colum. Der Tod hatte ihn überrascht, als er im Bett saß, ein volles Glas Weinbrand neben sich. Er war also gestorben, wie er es sich gewünscht hatte, mit klarem Kopf und wachem Verstand. Sein Mund war fest zusammengepreßt, tief eingeschnitten die Falten zwischen Nase und Kinn. Der Schmerz, sein ständiger Begleiter, war ihm auch auf seinem letzten Weg nicht von der Seite gewichen.

»Das weiß Gott allein«, sagte ich schließlich.

»Aye?« erwiderte er. »Aye. Ich hoffe, daß es jemand weiß.«

38

Ein Handel mit dem Teufel

Die dicken Regenwolken, die die Burg einhüllten, brachten Husten und Schnupfen nach Edinburgh. Es regnete Tag und Nacht, so daß das Pflaster endlich einmal von Abwässern gesäubert wurde, aber die Freude über die reine Luft wurde durch den schleimigen Auswurf getrübt, der allenthalben in den Gassen und Gäßchen zu finden war.

Trotz des unwirtlichen Wetters war ich die meiste Zeit draußen, unterwegs zwischen Holyrood und dem Canongate. Der Regen, der mir ins Gesicht peitschte, schien mir erträglicher als der Rauch schwelender Holzfeuer und die bakterienverseuchte Luft im Innern der Häuser. Die Bewohner des Palasts husteten und niesten fortwährend. Die erlauchte Anwesenheit Seiner Hoheit zwang die Leidenden allerdings, in schmutzige Taschentücher oder in die mit Delfter Fliesen verzierten Kamine zu spucken und den auf Hochglanz polierten Fußboden aus schottischer Eiche zu verschonen.

Es wurde schnell dunkel in dieser Jahreszeit. Ich befand mich auf der High Street und beeilte mich, noch vor Einbruch der Dunkelheit wieder in Holyrood zu sein. Nicht, daß ich Angst vor Überfällen gehabt hätte. Auch wenn ich nicht allen Jakobiten, die die Stadt besetzt hatten, bekannt gewesen wäre – die allgemein verbreitete Abneigung gegen frische Luft hielt die Menschen in den Häusern.

Mich quälte nur die Angst, im Finstern auszurutschen und mir auf den schlüpfrigen Pflastersteinen den Fuß zu verrenken. Die Stadt wurde lediglich vom schwachen Schein der Laternen erleuchtet, die die Nachtwächter bei sich trugen. Diese hatten die irritierende Angewohnheit, von Toreingang zu Toreingang zu huschen und wie Glühwürmchen aufzutauchen und wieder zu verschwinden. Manchmal verschwand ein solcher Laternenträger auch für eine gute halbe Stunde ganz von der Bildfläche, etwa wenn er einen

Abstecher in die Taverne am Ende des Canongate machte, um sich ein lebensrettendes heißes Ale zu genehmigen.

Ich spähte zum grauen Himmel über der Kirche am Canongate, um einzuschätzen, wieviel Zeit noch bis zum Einbruch der Dunkelheit blieb. Mit ein bißchen Glück konnte ich noch in Mr. Haughs Apotheke vorbeischauen. Er konnte zwar nicht die Schätze vorweisen, die Raymond in seinem gutsortierten Pariser Lager zu bieten hatte, doch er verkaufte Roßkastanien und Fuchsulmenrinde und konnte mir Pfefferminze und Berberitze beschaffen. Um diese Jahreszeit waren sein Verkaufsschlager Kampferkugeln, die als unfehlbares Mittel gegen Erkältung, Katarrh und Schwindsucht galten. Auch wenn sie nicht mehr halfen als moderne Erkältungsmittel, so waren sie doch auch nicht schädlicher. Sie rochen jedenfalls umwerfend gesund.

Obwohl die Menschen durch rote Nasen und bleiche Gesichter entstellt waren, wurden im Palast dauernd Feste abgehalten, bei denen die Noblesse von Edinburgh ihrem Prinzen begeistert huldigte. Schon in zwei Stunden würden Diener, die ihre Herrschaften zum Ball geleiteten, mit flackernden Laternen durch die High Street eilen.

Ich seufzte bei dem Gedanken an den bevorstehenden Ball und die niesenden Kavaliere, die mit verstopfter Nase höfliche Komplimente machten. Vielleicht sollte ich mir Knoblauch besorgen. Man trug ihn gewöhnlich in einer silbernen Duftkugel um den Hals zur Abwehr von Krankheiten. Auf jeden Fall hielt er kränkelnde Gesprächs- und Tanzpartner auf Abstand.

Die Stadt war von Charles' Truppen besetzt. Die Engländer wurden zwar nicht gerade belagert, fristeten aber in der Burg oberhalb der Stadt ein ziemlich abgeschiedenes Dasein. Dennoch sickerten aus beiden Lagern Nachrichten durch, denen man jedoch nur bedingt Glauben schenken konnte. Mr. Haugh kannte die neuesten Gerüchte, denen zufolge der Herzog von Cumberland südlich von Perth Truppen zusammenzog, um so bald wie möglich nach Norden zu marschieren. Ich hatte keine Ahnung, ob das stimmte, bezweifelte es aber, da ich mich in den historischen Quellen an keine Erwähnung Cumberlands vor dem Frühjahr 1746 erinnern konnte – und soweit war es noch nicht. Dennoch mußte man das Gerücht ernst nehmen.

Die Wache am Tor nickte mir hustend zu. Auch die Wachposten

in den Korridoren und an den Treppen husteten. Ich widerstand dem Impuls, ihnen meinen knoblauchgefüllten Korb wie ein Weihrauchgefäß entgegenzuschwenken, und eilte in den Nachmittagssalon, zu dem man mir ohne Zögern Zutritt gewährte.

Dort befand sich Seine Hoheit in Gesellschaft von Jamie, Aeneas MacDonald, O'Sullivan, dem Sekretär Seiner Hoheit und einer finsteren Gestalt namens Francis Townsend, der in letzter Zeit in Seiner Hoheit Gunst stand. Die meisten der Anwesenden hatten rote Nasen, niesten und schnieften. Der schöne Kamin war mit ausgespucktem Schleim verklebt. Ich musterte Jamie, der erschöpft und bleich auf seinem Stuhl saß.

Die Männer, die daran gewöhnt waren, daß ich von meinen Streifzügen in der Stadt Neuigkeiten über die englischen Truppenbewegungen mitbrachte, hörten mir aufmerksam zu.

»Wir sind Ihnen unendlich zu Dank verpflichtet, Mistress Fraser«, meinte Seine Hoheit, als ich meinen Bericht beendet hatte. Dabei verneigte er sich höflich und lächelte. »Sie müssen mir sagen, auf welche Weise ich Ihnen Ihre großzügigen Dienste vergelten kann.«

»Ich wüßte schon, wie«, erwiderte ich und ergriff die Gelegenheit beim Schopf. »Ich möchte meinen Mann gerne mitnehmen und ins Bett stecken. Und zwar gleich.«

Der Prinz starrte mich verblüfft an, hatte sich aber schnell wieder gefaßt. Aeneas MacDonald, der weniger Selbstbeherrschung aufbrachte, wurde von einem eigenartig erstickt klingenden Hustenanfall geschüttelt. Jamies bleiches Gesicht hingegen wurde glühend rot. Er nieste und verbarg sein Gesicht in seinem Taschentuch, warf mir aber funkelnde Blicke zu.

»Ah... Ihren Gemahl«, erwiderte Charles, der sich der Herausforderung tapfer stellte. Seine Wangen überzogen sich mit einer leichten Röte.

»Er ist krank«, sagte ich streng. »Das seht Ihr sicher selbst. Ich möchte, daß er sich ausruht und eine Zeitlang das Bett hütet.«

»Oh, *ausruht*«, murmelte MacDonald vor sich hin.

Ich suchte nach höflichen Worten.

»Es tut mir leid, wenn ich Eurer Hoheit vorübergehend die Dienste meines Mannes entziehe, aber wenn er sich nicht auskuriert, wird er Euch in Zukunft noch weniger zu Diensten sein können.«

Charles, der inzwischen wieder ganz die Fassung gewonnen hatte, schien beschlossen zu haben, Jamies offenkundige Verlegenheit unterhaltsam zu finden.

»Aber gewiß«, gab er mit einem Blick auf Jamie zurück, dessen Gesicht nunmehr rotbleich gesprenkelt war. »Die Aussicht, die Sie, Madame, eben beschrieben haben, erfüllt uns mit größtem Unbehagen.« Er verneigte sich in meine Richtung. »Es sei, wie Sie wünschen, Madame. *Cher* James ist entschuldigt, bis er wieder gesund ist. Sie müssen Ihren Gemahl unverzüglich in Ihre Gemächer bringen und ... alles unternehmen, was seiner Genesung ... dient.« Die Mundwinkel des Prinzen zuckten, also zog er ein riesiges Taschentuch heraus und folgte dem Beispiel Jamies, indem er sein Gesicht darin vergrub und vornehm hustete.

»Paßt auf, Hoheit«, mahnte MacDonald sarkastisch, »daß Ihr Euch nicht bei Mr. Fraser ansteckt.«

»Die *eine* Hälfte von Mr. Frasers Beschwerden möchte ich mir wohl wünschen«, murmelte Francis Townsend mit sardonischem Grinsen, das ihn wie einen Fuchs im Hühnerstall aussehen ließ.

Jamie, der inzwischen starke Ähnlichkeit mit einer erfrorenen Tomate hatte, stand abrupt auf, verbeugte sich vor dem Prinzen mit einem knappen »Ich danke Eurer Hoheit« und steuerte, mich am Arm packend, auf die Tür zu.

»Laß mich los«, knurrte ich, als wir die Wachen im Vorraum passiert hatten. »Du brichst mir ja den Arm.«

»Gut«, murmelte er. »Sobald wir ungestört sind, breche ich dir das Genick.« Aber ich sah an dem Zucken seiner Mundwinkel, daß sein Ingrimm nur gespielt war.

Als wir die Tür unseres Zimmers geschlossen hatten, zog er mich an sich und lachte, seine Wange an meinen Scheitel geschmiegt.

»Danke, Sassenach«, sagte er.

»Du bist also nicht böse?« fragte ich, mein Gesicht an seine Brust gedrückt. »Ich wollte dich nicht in Verlegenheit bringen.«

»Nein, so etwas macht mir nichts aus«, sagte er und ließ mich los. »Mein Gott, Hauptsache, ich bin Seiner Hoheit entronnen. Der Kerl langweilt mich zu Tode, ich bin hundemüde, jeder Muskel tut mir weh.« Er wurde von einem Hustenanfall geschüttelt und lehnte sich erneut gegen die Tür, diesmal, um Halt zu finden.

»Geht es dir gut?« Ich befühlte seine Stirn. Ich war nicht überrascht, aber doch beunruhigt, als ich spürte, wie heiß sie war.

»Du glühst wie ein Backofen!« sagte ich vorwurfsvoll.

»Aye, gut, mir ist aber gar nicht heiß, Sassenach«, wehrte er beinahe ärgerlich ab.

»Keine Widerrede«, tadelte ich, erleichtert, daß er in seinem Zustand noch dazu aufgelegt war, mit mir zu debattieren. »Zieh dich aus. Nein, mach dir keine Hoffnungen«, fügte ich hinzu, als ich das Grinsen auf seinem Gesicht sah. »Ich habe nichts weiter vor, als deinen fieberschüttelten Körper so schnell wie möglich in ein Nachthemd zu stecken.«

»Oh, aye? Meinst du nicht, es würde mir guttun, wenn ich ein bißchen ins Schwitzen käme?« Er begann, sich das Hemd aufzuknöpfen. »Ich habe gedacht, du seist der Meinung, Schwitzen ist gesund?« Sein Lachen ging in ein heiseres Husten über; er bekam keine Luft mehr und wurde ganz rot im Gesicht. Das Hemd glitt ihm aus der Hand, und er fing an, vor Kälte zu zittern.

»Viel zu gesund für dich, mein Lieber.« Ich stülpte ihm das dicke Wollnachthemd über den Kopf, das er überstreifte, während ich ihm bereits den Kilt, die Schuhe und die Strümpfe auszog. »Mein Gott, deine Füße sind wie Eiszapfen!«

»Du könntest ... sie mir ... ja wärmen.« Das Sprechen fiel ihm schwer, denn seine Zähne klapperten, und er ließ sich ohne Widerrede ins Bett bringen.

Ich holte mit einer Zange einen heißen Backstein vom Feuer, wickelte ihn in ein Flanelltuch und schob ihm den Stein unter die Füße.

Der Schüttelfrost ließ jedoch bald nach, und als ich einen Topf mit Wasser und einer Handvoll Pfefferminzblätter und schwarzen Johannisbeeren aufsetzte, hatte Jamie schon aufgehört zu zittern.

»Was ist das?« fragte er argwöhnisch und schnupperte, als ich ein weiteres Gefäß aus meinem Korb zog und öffnete. »Du willst hoffentlich nicht, daß ich das trinke? Es riecht wie eine zu lange abgehangene Ente.«

»Du hast es fast erraten«, sagte ich. »Das ist Gänseschmalz, mit Kampfer vermischt. Damit reibe ich dir jetzt die Brust ein.«

»Nein!« Mit einem Ruck zog er die Decke schützend bis zum Kinn hoch.

»Doch«, sagte ich, keinen Widerspruch duldend.

Während der Einreibeprozedur merkte ich plötzlich, daß wir einen Zuschauer hatten. Fergus stand am anderen Ende des Bettes und beobachtete fasziniert, was ich tat. Seine Nase triefte. Ich nahm mein Knie von Jamies Magengrube und streckte ihm ein Taschentuch entgegen.

»Was machst denn *du* hier?« fragte Jamie und versuchte sein Nachthemd herunterzuziehen.

Fergus schien durch diese wenig freundliche Begrüssung nicht besonders irritiert. Ohne das ihm angebotene Taschentuch zu beachten, wischte er sich die Nase an seinem Hemdsärmel ab und starrte weiter mit unverhohlener Bewunderung auf Jamies fettglänzende muskulöse Brust.

»Der dünne Milord schickt mich, ein Päckchen zu holen, das Sie angeblich für ihn bereitgelegt haben. Haben alle Schotten so viele Haare auf der Brust, Herr?«

»Um Himmels willen! Die Berichte habe ich ja ganz vergessen! Warte, ich bringe sie Cameron selbst!« rief Jamie und wollte sich im Bett aufsetzen. Dabei kam er mit der Nase beinahe an die Brust, um die ich mich eben so bemüht hatte.

»Puh!« Er fächelte sich mit seinem Nachthemd Luft zu, um den durchdringenden Geruch zu verscheuchen, und wandte sich anklagend an mich: »Wie soll ich diesen Gestank bloss wieder loswerden? Soll ich vielleicht so unter die Leute, stinkend wie eine tote Gans, Sassenach?«

»Ganz bestimmt nicht«, erwiderte ich. »Du bleibst ruhig im Bett liegen und rührst dich nicht, sonst *bist* du eine tote Gans.« Ich setzte meine allerstrengste Miene auf.

»Ich kann das Päckchen hinbringen, Herr«, versicherte Fergus.

»Das wirst du nicht«, sagte ich, als ich die geröteten Wangen und die glänzenden Augen des Jungen sah. Ich legte ihm eine Hand auf die Stirn.

»Jetzt sag bloss nicht«, bemerkte Jamie sarkastisch, »dass er Fieber hat.«

»Doch.«

»Ha«, wandte er sich an Fergus mit einem Ausdruck düsterer Genugtuung. »Jetzt bist du an der Reihe. Mal sehen, wie es dir gefällt, wenn sie dich einseift.«

Kurze Zeit später lag auch Fergus auf seinem Strohsack am Feuer, dick in Decken eingepackt, mit Gänseschmalz eingerieben und mit Kräutertee versorgt. Beiden Patienten hatte ich ein sauberes Taschentuch in Reichweite gelegt.

»Und jetzt«, verkündete ich und wusch mir dabei ausgiebig die Hände, »werde ich dieses wertvolle Päckchen mit Berichten zu Mr. Cameron bringen. Ihr beide bleibt brav im Bett liegen, trinkt heißen Tee, ruht euch aus und putzt euch die Nase – in dieser Reihenfolge. Verstanden, die ganze Kompanie?«

Jamies gerötete Nasenspitze bewegte sich langsam hin und her, als er seinen Kopf schüttelte.

»Machtbesessen«, seufzte er mißbilligend und blickte zur Zimmerdecke. »Eine sehr unweibliche Haltung.«

Ich drückte ihm einen Kuß auf die heiße Stirn und nahm meinen Umhang vom Kleiderhaken.

»Wie schlecht du die Frauen kennst, mein Lieber«, erwiderte ich.

Bei Ewan Cameron liefen die Fäden dessen zusammen, was man den Geheimdienst von Holyrood nennen könnte. Sein Quartier befand sich an einem Ende des Westflügels in der Nähe der Küche. Wohl nicht ganz zufällig, wie ich mutmaßte, als ich einmal den Appetit dieses Mannes aus der Nähe beobachten konnte. Vermutlich hat er einen Bandwurm, dachte ich, als ich sein ausgemergeltes Gesicht sah, während er das Päckchen öffnete und die Berichte herausnahm.

»Alles in Ordnung?« fragte ich nach einer Weile.

Er zuckte zusammen, hob den Kopf und blinzelte mich an.

»Hm? Oh!« Hastig entschuldigte er sich: »Verzeihung, Mistress Fraser. Wie unhöflich von mir, Sie einfach hier stehenzulassen. Ja, es scheint alles in Ordnung zu sein – höchst interessant. Würden Sie bitte so freundlich sein und Ihrem Gemahl ausrichten, daß ich diese Angelegenheit so bald wie möglich mit ihm besprechen möchte? Ich habe gehört, daß er sich im Augenblick nicht wohl fühlt«, fügte er taktvoll hinzu und vermied es, mich anzublicken. Offenkundig hatte Aeneas MacDonald nichts Eiligeres zu tun gehabt, als ihm von meinem Auftritt beim Prinzen zu erzählen.

»Es geht ihm wirklich nicht gut«, entgegnete ich knapp. Daß Jamie aufstand und mit Cameron und Lochiel die ganze Nacht über den Berichten brütete, war das letzte, was ich wollte. Das wäre fast so schlimm, wie die ganze Nacht mit den Damen von Edinburgh tanzen zu müssen. Na ja, vielleicht nicht *ganz* so schlimm, gab ich zu, als ich mich an die drei Damen Williams erinnerte.

»Er wird kommen, sobald er kann«, sagte ich und zog meinen

Umhang enger um mich. »Ich werde es ihm ausrichten.« Ja, ich würde es ihm ausrichten, aber erst am nächsten Tag. Oder am übernächsten. Wo immer sich die englischen Truppen im Augenblick auch befanden, ich war sicher, daß sie mindestens hundertfünfzig Kilometer vor Edinburgh lagen.

Bei meiner Rückkehr warf ich einen kurzen Blick ins Schlafzimmer, um mich zu vergewissern, daß die beiden Patienten regungslos unter ihrer Bettdecke lagen und gleichmäßig atmeten. Ich zog erleichtert den Umhang aus und begab mich mit einer Tasse heißen Tee, dem ich zur Vorbeugung einen tüchtigen Schuß Weinbrand hinzugefügt hatte, in den Salon.

Während ich meinen Tee schlürfte, spürte ich, wie die heiße Flüssigkeit durch meine Kehle rann und die Wärme sich in meiner Brust und in meinem Bauch ausbreitete. Ich hielt mir die Tasse unter die Nase, sog den angenehm bitteren Duft ein und spürte, wie die heißen Weinbranddämpfe meine Stirnhöhlen reinigten. Es erschien mir beinahe wie ein Wunder, daß ich mich in einer Stadt und in einem Haus, in dem die Grippe die Runde machte, selbst nicht angesteckt hatte.

Abgesehen vom Kindbettfieber, war ich seit meiner Reise durch den Steinkreis nicht ein einziges Mal krank gewesen. Das war wirklich eigenartig. In Anbetracht der hygienischen Bedingungen und der überfüllten Behausungen hätte ich doch wenigstens einen Schnupfen bekommen müssen. Doch meine Gesundheit blieb unerschütterlich.

Ich war gewiß nicht immun gegen alle Krankheiten, denn sonst hätte ich ja das Fieber nicht bekommen dürfen. Wie stand es mit den üblichen ansteckenden Krankheiten? Manches war natürlich durch die Impfungen zu erklären. Pocken, Typhus, Cholera oder Gelbfieber konnte ich nicht bekommen. Eine Gelbfieberepidemie war zwar nicht sehr wahrscheinlich, aber trotzdem. Ich stellte die Tasse ab und betastete durch den Stoff meines Kleides die Impfnarbe.

Ich schauderte, als ich mich an Geillis Duncan erinnerte, dann schob ich den Gedanken beiseite. Ich wollte weder an jene Frau denken, die den Tod auf dem Scheiterhaufen erlitten hatte, noch an Colum MacKenzie, der für ihren Tod verantwortlich war.

Ich stand auf, um mir eine zweite Tasse Tee zu holen. Vielleicht war es eine angeborene Immunität, überlegte ich weiter. Ich hatte während meiner Schwesternausbildung gelernt, daß Erkältungen durch zahllose Viren ausgelöst werden, die sich ständig verändern. Wenn man einmal mit einem bestimmten Virus in Berührung gekommen ist, wird man gegen ihn immun. Man erkältet sich aber immer wieder, wenn man von neuen, andersartigen Viren befallen wird. Doch die Wahrscheinlichkeit, einen Virus aufzuschnappen, mit dem man nicht schon in Berührung gekommen ist, wird mit zunehmendem Alter immer geringer. Demnach, das hatte ich damals gelernt, erkälten sich Kinder durchschnittlich sechsmal pro Jahr, Menschen mittleren Alters nur noch zweimal und ältere Menschen alle paar Jahre einmal; und zwar deshalb, weil sie mit den meisten gängigen Viren schon einmal in Berührung gekommen und immun geworden sind.

Konnte es sein, daß einige Formen der Immunität im Laufe der Entwicklungsgeschichte von Viren und Menschen erblich wurden? Antikörper gegen zahlreiche Krankheiten konnten von der Mutter ans Kind weitergegeben werden, das wußte ich. Dies geschah durch die Plazenta oder die Muttermilch, so daß das Kind – vorübergehend – gegen jene Krankheiten immun wurde, die die Mutter bereits gehabt hatte. Vielleicht bekam ich deshalb keine Erkältung, weil ich ererbte Antikörper gegen Erreger des achtzehnten Jahrhunderts besaß – weil ich von all den Erkältungen, die meine Vorfahren sich im Lauf der letzten zweihundert Jahre eingehandelt hatten, profitierte.

Diese Überlegung faszinierte mich so sehr, daß ich mitten im Zimmer stehenblieb und meinen Tee schlürfte. Plötzlich klopfte es an der Tür.

Ich seufzte ungeduldig. Ohne die Tasse abzustellen, ging ich nachsehen; sicher war es jemand, der sich nach Jamies Gesundheitszustand erkundigen wollte. Ich war entschlossen, den ungelegenen Besucher rasch wieder loszuwerden. Vielleicht war Cameron auf eine unklare Stelle in einem Bericht gestoßen, oder Seine Hoheit hatte es sich anders überlegt und ließ ausrichten, daß Jamie von seiner Teilnahme an dem Ball doch nicht dispensiert sei. Egal, Jamie würden sie nur über meine Leiche hier rausbekommen.

Ich riß die Tür auf, und der Gruß erstarb mir auf den Lippen. Vor mir stand Jack Randall.

Als ich den verschütteten Tee auf meinem Rock spürte, kam ich wieder zu mir, doch da stand er schon im Zimmer. Er musterte mich mit seiner gewohnt verächtlichen Miene, dann warf er einen Blick auf die geschlossene Schlafzimmertür.

»Sie sind allein?«

»Ja!«

Seine haselnußbraunen Augen wanderten mißtrauisch zwischen mir und der Tür hin und her. Er sah nicht sehr gesund aus, er war blaß und schlecht ernährt, und man sah ihm an, daß er sich meist drinnen aufhielt, doch er war wachsam wie eh und je.

Schließlich gab er sich einen Ruck, packte mich am Arm und ergriff meinen abgelegten Umhang.

»Kommen Sie mit.«

Ich hätte mich von ihm lieber in Stücke reißen lassen, als daß ich einen Laut von mir gegeben hätte, der die Aufmerksamkeit Jamies erregt hätte.

Wir waren bereits ein gutes Stück den Korridor entlanggegangen, bevor ich es wagte zu sprechen. Innerhalb des Wohnbereichs gab es keine Wachen, aber das ganze Gelände wurde streng bewacht. Er konnte nicht hoffen, mich unbemerkt aus dem Palast zu bekommen. Was auch immer er vorhatte, er mußte es hier tun.

Mord vielleicht, aus Rache für die Verletzung, die Jamie ihm zugefügt hatte? Bei dem Gedanken wurde mir flau im Magen. Ich musterte ihn verstohlen von der Seite, während wir durch den von Kerzen erleuchteten Korridor schritten. Die Kerzen in diesem Flügel des Palastes waren klein, die Flammen schwach; sie erfüllten keinen dekorativen Zweck, sondern sollten lediglich den in ihre Zimmer zurückkehrenden Bewohnern den Weg erhellen.

Randall trug keine Uniform und schien vollkommen unbewaffnet. Seine Kleidung war schlicht und unauffällig. Über einer einfachen braunen Kniehose trug er einen dicken Rock. Nur seine stramme Körperhaltung und die etwas überheblich wirkende Neigung seines Kopfes – er trug auch keine Perücke – verrieten, wer er war. Er hätte, gut getarnt wie er war, in Begleitung der Ballgäste leicht als Diener in den Festsaal schlüpfen können.

Nein, sagte ich mir, ihn weiterhin mißtrauisch beobachtend, während wir aus dem Halbdunkel wieder in den Lichtkreis einer Kerze gelangten. Er war nicht bewaffnet. Doch der Griff, mit dem er meinen Arm umklammert hielt, war eisenhart. Aber wenn er vorhatte, mich zu erdrosseln, würde er merken, daß ich kein leichtes Opfer war. Ich war fast so groß wie er und weitaus besser genährt.

Als hätte er meine Gedanken erraten, blieb er am Ende des Korridors stehen und riß mich herum.

»Ich will Ihnen nichts zuleide tun«, sagte er mit leiser, aber fester Stimme.

»Das können Sie Ihrer Großmutter erzählen«, gab ich zurück. Ich überlegte, ob mich jemand hören würde, wenn ich hier um Hilfe riefe. Hinter zwei verschlossenen Türen, einem Treppenabsatz und einer langen Treppe stand eine Wache.

Andererseits befanden wir uns in einer Pattsituation. Er konnte mich nicht weiterführen, und ich konnte von da, wo wir uns jetzt befanden, nicht um Hilfe rufen. Dieser Teil des Korridors wurde kaum benutzt, und die wenigen Bewohner dieses Traktes hielten sich zu dieser Stunde im anderen Flügel – im Ballsaal – auf.

Randalls Stimme klang ungeduldig.

»Seien Sie nicht töricht. Wenn ich Sie töten wollte, so könnte ich das hier erledigen. Das wäre weitaus ungefährlicher, als nach draußen zu gehen. Und«, fügte er hinzu, »wenn ich das vorhätte, weshalb hätte ich dann Ihren Umhang mitnehmen sollen?« Wie zum Beweis hob er den Arm hoch, über den er meinen Mantel gelegt hatte.

»Wie zum Teufel soll ich das wissen?« gab ich zurück, obwohl dieser Punkt durchaus einleuchtend war. »Weshalb haben Sie ihn denn mitgenommen?«

»Weil Sie mit mir nach draußen gehen sollen. Ich möchte Ihnen einen Vorschlag machen, und ich will nicht, daß wir dabei belauscht werden.« Er warf einen Blick zur Tür. Die Türen in Holyrood waren alle mit dem gleichen Muster dekoriert: Die oberen vier Paneele waren in Form eines Kreuzes angeordnet, die beiden unteren bildeten ein aufgeschlagenes Buch, die Bibel. Holyrood war früher eine Abtei gewesen.

»Wollen wir in die Kirche gehen? Dort könnten wir ungestört reden.« Das war richtig; die Kirche neben dem Palast, die einstige Abteikirche, wurde schon lange nicht mehr benutzt. Ich zögerte.

»Überlegen Sie doch!« Er schüttelte mich, ließ mich dann aber los und trat einen Schritt zurück. Im Schein des Kerzenlichts konnte ich ihn nur undeutlich erkennen. »Weshalb sollte ich das Risiko auf mich nehmen, den Palast zu betreten?«

Das war eine gute Frage. Sobald er in seiner Verkleidung die Burg verlassen hatte, konnte er sich in den Straßen von Edinburgh frei bewegen. Er hätte mir ebensogut in einem Gäßchen auflauern können. Die einzig plausible Erklärung hatte er bereits selbst gegeben: Er wollte mit mir sprechen, ohne Gefahr zu laufen, entdeckt und belauscht zu werden.

Als er merkte, daß ich bereit war, mich auf seinen Vorschlag einzulassen, ließ er erleichtert die Schultern sinken. Er hielt mir den Umhang hin, so daß ich hineinschlüpfen konnte.

»Sie haben mein Wort, daß Sie unbeschadet wieder nach Hause gehen können, Madam.«

Ich versuchte, in seinem Gesicht zu lesen, aber seine versteinerte Miene verriet nichts.

Ich nahm den Umhang.

»Also gut«, nickte ich.

Wir passierten den Wachposten, der mich mit einem Kopfnicken begrüßte. Die Wachen kannten mich. Es war durchaus nicht ungewöhnlich, daß ich nachts noch unterwegs war, um in der Stadt einen dringenden Krankenbesuch zu machen. Der Wachposten musterte Jack Randall mit scharfem Blick – gewöhnlich begleitete mich Murtagh, wenn Jamie verhindert war –, aber der unauffällig gekleidete Randall erregte keinerlei Aufsehen. Er erwiderte diesen Blick gleichgültig, das Tor des Palastes schloß sich hinter uns, und wir traten hinaus in den dunklen Steingarten.

Es hatte gestürmt und geregnet, doch der Sturm flaute allmählich ab. Dicke Wolkenfetzen zogen über uns hinweg, der Wind fuhr mir unter den Mantel und klatschte mir den Rock an die Beine.

»Hier entlang.« Ich zog den schweren Samtumhang enger um mich, beugte den Kopf gegen den Wind und folgte Jack Randall auf dem Pfad durch den Steingarten.

Als wir den Garten hinter uns hatten, drehten wir uns kurz um, um uns zu vergewissern, daß uns niemand folgte, und eilten dann durch das Gras auf das Kirchenportal zu.

Die verzogene Tür stand angelehnt. Ich stieg über das am Boden aufgehäufte Laub und den Unrat hinweg und tauchte in den dunklen Schatten der Kirche.

Doch auch hier war es nicht ganz finster. Als sich meine Augen an die Dunkelheit gewöhnt hatten, konnte ich die Säulenreihen des Kirchenschiffs erkennen und die feinen Steinmetzarbeiten an den hohen, leeren Fenstern.

Eine Bewegung in der Dunkelheit verriet mir, wohin Randall gegangen war. Er stand neben den Überresten eines Taufbeckens. Rechts und links davon befanden sich verblaßte Rechtecke an der Wand – die Gedenktafeln für jene, die in der Kirche begraben worden waren.

»Gut«, sagte ich, »hier kann uns niemand hören. Was wollen Sie von mir?«

»Ich benötige Ihre Kenntnisse als Heilerin und erbitte Ihre Verschwiegenheit. Im Austausch dafür erhalten Sie die Informationen, die ich über die Truppenbewegungen und die weiteren Pläne des Kurfürsten besitze«, erwiderte er knapp.

Ich war ehrlich verblüfft. Alles mögliche hatte ich erwartet, darauf aber war ich nicht gefaßt gewesen. Er wollte doch wohl nicht sagen...

»Sie brauchen ärztliche Hilfe?« fragte ich, ohne meine Erregung zu verbergen. »Meine Hilfe? Ich glaubte, daß Sie... äh, ich meine...« Mit großer Selbstbeherrschung gelang es mir, ruhig fortzufahren. »Gewiß haben Sie bereits die notwendige ärztliche Behandlung erhalten. Sie scheinen in guter Verfassung zu sein.« Zumindest nach außen hin. Ich biß mir auf die Lippen, um die aufsteigende Hysterie zu bezähmen.

»Man hat mir gesagt, ich könne von Glück reden, daß ich noch am Leben bin, Madam«, erwiderte er kalt. Er stellte seine Laterne in eine Nische.

»Ich vermute, Ihr Interesse entspringt eher fachlicher Neugier als der Sorge um meine Person«, fuhr er fort. Das Licht der Laterne beleuchtete ihn von der Hüfte an abwärts, Kopf und Schultern blieben im Dunkeln. Er legte eine Hand auf den Bund seine Kniehose.

»Möchten Sie die Narbe sehen, um den Erfolg der Behandlung begutachten zu können?« Sein Gesicht war nicht deutlich zu erkennen, aber in seiner Stimme lag eine frostige, geradezu giftige Kälte.

»Vielleicht später«, erwiderte ich, ebenso kühl wie er. »Wenn nicht für Sie selbst, für wen benötigen Sie dann meine Hilfe?«

Er zögerte, fuhr dann aber fort:

»Für meinen Bruder.«

»Ihren Bruder?« Ich konnte mein Entsetzen nicht verbergen. »Alexander?«

»Mein ältester Bruder William kümmert sich, soweit ich weiß, brav und rechtschaffen um die Verwaltung der Familiengüter in Sussex und benötigt keine Hilfe«, gab er trocken zurück. »Ja, mein Bruder Alex.«

Ich streckte die Hand aus, um am kalten Stein eines Grabmals Halt zu finden.

»Erzählen Sie«, forderte ich ihn auf.

Es war eine einfache – und eine traurige – Geschichte. Wenn mir jemand anders als Jonathan Randall davon erzählt hätte, wäre ihm mein aufrichtiges Mitgefühl sicher gewesen.

Da Alexander Randall seine Stellung beim Herzog von Sandringham wegen des Skandals um Mary Hawkins verloren hatte und er aufgrund seines schlechten Gesundheitszustands keinen neuen Posten finden konnte, war er gezwungen gewesen, seinen Bruder um Hilfe zu ersuchen.

»William schickte ihm zwei Pfund und einen Brief, gespickt mit ernsten Ermahnungen.« Jack Randall lehnte sich an die Wand und schlug die Füße übereinander. »William ist ein sehr ernsthafter Mensch, fürchte ich. Aber er war nicht bereit, Alex bei sich aufzunehmen. Williams Gattin ist ein bißchen... extrem, möchte ich sagen, in ihren religiösen Überzeugungen.« In seiner Stimme lag ein Hauch von Spott, was ihn mir in diesem Augenblick sympathisch machte. Ob er seinem Nachfahren, der äußerlich sein Ebenbild war, unter anderen Umständen hätte ähnlicher sein können?

Der Gedanke an Frank brachte mich so sehr aus dem Gleichgewicht, daß ich Randalls folgende Bemerkung überhörte.

»Verzeihung, was haben Sie gesagt?« Ich preßte meine Hände so fest zusammen, daß mir mein goldener Ehering in den Finger schnitt. Frank war tot. Ich mußte aufhören, an ihn zu denken.

»Ich sagte eben, daß ich Alex ein Zimmer in der Nähe der Burg besorgt habe, damit ich selbst nach ihm sehen kann. Denn meine Mittel erlauben es nicht, einen Dienstboten für ihn zu engagieren.«

Durch die Besetzung Edinburghs war es dann allerdings schwierig geworden, sich um ihn zu kümmern, so daß Alex Randall im vergangenen Monat mehr oder weniger auf sich gestellt war; nur eine Frau kam hin und wieder, um sauberzumachen. Durch die kalte Witterung, die schlechte Ernährung und die ärmlichen Verhältnisse hatte sich sein ohnehin schlechter Gesundheitszustand noch verschlimmert. Schließlich hatte sich Jack Randall, tief besorgt, an mich um Hilfe gewandt. Und um diese Hilfe zu erhalten, hatte er sich entschlossen, seinen König zu verraten.

»Weshalb kommen Sie zu mir?« fragte ich.

Er sah mich etwas überrascht an.

»Weil Sie sind, wer Sie sind.« Seine Lippen verzogen sich zu einem spöttischen Grinsen. »Wenn man vorhat, seine Seele zu verkaufen, ist es dann nicht sinnvoll, sich an die Mächte der Finsternis zu wenden?«

»Sie glauben tatsächlich, daß ich zu den Mächten der Finsternis gehöre?« Das war offensichtlich der Fall. Ironie lag seinem Wesen zwar ganz und gar nicht fern, doch alles an seinem augenblicklichen Verhalten deutete darauf hin, daß er es ernst meinte.

»Abgesehen von den Geschichten, die in Paris über Sie in Umlauf waren, haben Sie es mir doch selbst gesagt«, erwiderte er. »Als ich Sie aus Wentworth habe gehen lassen.« Er trat einen Schritt zurück.

»Das war ein schwerer Fehler«, fuhr er leise fort. »Sie hätten diesen Ort niemals lebend verlassen dürfen, Sie gefährliche Kreatur. Und dennoch hatte ich keine andere Wahl; Ihr Leben war der Preis, den er forderte. Und ich hätte noch mehr bezahlt für das, was ich dafür von ihm bekommen habe.«

Ich gab ein zischendes Geräusch von mir, zügelte mich aber rasch, doch er hatte es bereits gehört. Zwischen den dahinjagenden Wolken lugte der Mond hervor, der ihn von hinten durch das zerbrochene Fenster anstrahlte. In der Dunkelheit, wenn er wie jetzt den Kopf etwas abgewandt hatte und der grausame Zug um den Mund nicht sichtbar war, sah er wieder dem Mann täuschend ähnlich, den ich einst geliebt hatte. Frank.

Doch ich hatte diesen Mann verraten; dieser Mann würde niemals existieren. *Laßt uns den Baum in seinem Saft verderben und ihn aus dem Lande der Lebendigen ausrotten, daß seines Namens nimmermehr gedacht wird.*

»Hat er es Ihnen erzählt?« fragte die leise, angenehme Stimme aus dem Halbschatten. »Hat er Ihnen alles erzählt, was zwischen uns geschehen ist, zwischen ihm und mir, in dem kleinen Zimmer in Wentworth?« Ich war entsetzt und wütend, doch mir fiel auf, daß er sich an Jamies Verbot hielt: Er sprach nicht ein einziges Mal Jamies Namen aus. Sein Name gehörte mir.

Zwischen zusammengebissenen Zähnen preßte ich hervor: »Er hat es mir erzählt. Alles.«

Randall stieß einen Seufzer aus.

»Ob Ihnen der Gedanke gefällt oder nicht, meine Liebe, wir sind miteinander verbunden, Sie und ich. Ich kann nicht behaupten, daß es mir sonderlich gefällt, aber ich muß es zugeben. Sie wissen, genau wie ich, wie sich seine Hand anfühlt – so warm, wie von einem inneren Feuer, nicht wahr? Sie kennen den Geruch seines Schweißes und haben die rauhe Behaarung seiner Schenkel gespürt. Sie kennen den Laut, den er ausstößt, wenn er sich vergißt. Ich auch.«

»Seien Sie still«, sagte ich. »*Hören Sie auf!*« Er achtete nicht darauf, lehnte sich zurück und sprach weiter, wie zu sich selbst. Ich erkannte, was ihn dazu trieb, und es machte mich nur noch rasender – nicht, wie ich zunächst gemeint hatte, die Absicht, mich aus der Fassung zu bringen, sondern ein alles überwältigendes Bedürfnis, von dem Geliebten zu sprechen. Denn mit wem konnte er in dieser Art über Jamie sprechen, wenn nicht mit mir?

»Ich gehe!« sagte ich mit lauter Stimme und drehte mich auf dem Absatz um.

»Sie wollen gehen?« fragte die sanfte Stimme hinter mir. »Ich kann Ihnen General Hawley in die Hände spielen. Sie können aber auch zulassen, daß er das schottische Heer besiegt. Die Wahl liegt bei Ihnen, Madam.«

Ich hatte das starke Bedürfnis, ihm zu sagen, daß General Hawley die Sache nicht wert war. Aber ich dachte an die schottischen Clanführer, die jetzt in Holyrood lagerten, nur wenige Meter von uns entfernt. Und an Jamie. An die Tausenden von Clansmännern, die sie führten. War die Aussicht auf einen Sieg es wert, daß ich meine Gefühle opferte? War dies vielleicht der Wendepunkt – ein erneuter Scheideweg? Wenn ich ihm nicht zuhörte, wenn ich den Handel nicht akzeptierte, den mir Randall vorschlug, was dann?

Langsam drehte ich mich um. »So sprechen Sie«, sagte ich. »Wenn es denn sein muß.« Meine Wut ließ ihn kalt, auch schien er nicht zu befürchten, daß ich ihn abwies. Die Stimme in der finsteren Kirchenruine klang ruhig und beherrscht.

»Ich frage mich manchmal«, fuhr er fort, »ob Sie von ihm soviel bekommen haben wie ich.« Er neigte den Kopf zur Seite, und seine scharf umrissenen Gesichtszüge waren jetzt deutlich zu erkennen. Das Laternenlicht strahlte ihn von der Seite an und ließ seine haselnußbraunen Augen glänzen.

Der Triumph in seiner Stimme war unverkennbar.

»Ich«, sagte er sanft, »ich hatte ihn, wie Sie ihn niemals werden haben können. Sie sind eine Frau. Sie können das nicht verstehen, auch wenn Sie eine Hexe sind. Ich hatte seine Männlichkeit, ich habe ihm genommen, was er mir genommen hat. Ich kenne ihn, so wie er mich kennt. Er und ich, wir sind durch Blutsbande miteinander verknüpft.«

Ich schenke dir meinen Leib, auf daß wir eins sein mögen...

»Sie wählen eine höchst seltsame Weise, mich um Hilfe zu bitten«, sagte ich mit zitternder Stimme. Meine Hände gruben sich in den Stoff meines Rockes, der sich klamm anfühlte.

»Meinen Sie? Verstehen Sie mich nicht falsch, Madam: Ich erflehe nicht Ihr Mitleid, ich beschwöre nicht Ihre Macht wie ein Mann, der Erbarmen bei einer Frau sucht und dabei auf das sogenannte weibliche Mitgefühl hofft. Ginge es nur darum, würden Sie meinen Bruder auch um seiner selbst willen aufsuchen.« Eine Strähne seines dunklen Haares fiel ihm in die Stirn; er strich sie mit der Hand zurück.

»Mir geht es um einen klaren Handel, Madam; für den erwiesenen Dienst wird ein entsprechender Preis bezahlt – denn bedenken Sie, Madam, daß ich für Sie nichts anderes empfinde als Sie für mich.«

Das war ein Schock. Während ich noch um eine Antwort rang, fuhr er fort.

»Wir sind miteinander verbunden, Sie und ich, durch den Leib eines Mannes – durch *ihn*. Ich möchte nicht, daß durch den Leib meines Bruders eine ähnliche Verbindung entsteht. Ich erbitte Ihre Hilfe für seine Heilung, aber ich möchte nicht riskieren, daß seine Seele in Ihre Hände fällt. Sagen Sie mir also: Akzeptieren Sie den Preis, den ich biete?«

Ich wandte mich von ihm ab und durchquerte langsam das Kirchenschiff. Ich zitterte so heftig, daß ich mich beim Gehen unsicher fühlte; der harte Steinboden unter meinen Füßen erschreckte mich. Das Maßwerk des großen Fensters über dem einstigen Altar hob sich dunkel ab von den weißen Wolken, die der Wind vor sich hertrieb; trübes Mondlicht schien herein.

Vorne angelangt, blieb ich stehen. Ich mußte mich an der Wand abstützen, mußte einen Halt suchen. Behutsam lehnte ich den Kopf gegen die Wand. Mit geschlossenen Augen wartete ich darauf, daß es mir besser ging, daß sich der Puls, der heiß in meinen Schläfen pochte, beruhigte.

Es macht keinen Unterschied, sagte ich mir. Egal, was er ist. Egal, was er sagt.

Wir sind miteinander verbunden, Sie und ich, durch den Leib eines Mannes ... Ja, aber nicht durch Jamie. *Nicht durch ihn!* schrie es in mir. Ja, du hast ihn genommen, du Scheißkerl! Aber ich habe ihn zurückgeholt, ich habe ihn aus deinen Klauen befreit. *Du hast keinen Anteil an ihm!* Doch der Schweiß, der mir aus allen Poren brach, und das Geräusch meines keuchenden Atems straften meine Gedanken Lügen.

War dies der Preis, den ich für den Verlust von Frank zu zahlen hatte? War es mir gegeben, tausend Leben zu retten durch den Verlust dieses einen?

Ich nahm die dunklen Umrisse des Altars zu meiner Rechten wahr. In diesem Augenblick wünschte ich nichts sehnlicher als die Gegenwart eines höheren Wesens, das mir eine Antwort geben würde. Aber niemand war hier, ich war ganz allein. Die Geister der Toten behielten ihre Meinung für sich.

Ich versuchte, nicht mehr an Jack Randall zu denken. Wenn mich jemand anders gebeten hätte, wäre ich dann gegangen? Abgesehen von allem anderen, ging es hier auch um Alex Randall. »Ginge es nur darum, würden Sie meinen Bruder auch um seiner selbst willen aufsuchen«, hatte der Hauptmann gesagt. Das würde ich natürlich tun. Konnte ich Alex nur wegen des Mannes, der mich darum bat, meine Hilfe verweigern?

Ich verweilte lange so, bevor ich mich müde aufrichtete. Meine Hände waren feucht und glitschig. Mein Nacken schmerzte, mein Kopf war schwer, ich fühlte mich so ausgelaugt und schwach, als hätte mich die über der Stadt liegende Epidemie schließlich doch noch heimgesucht.

Randall war noch da, er wartete geduldig in der kalten Finsternis.

»Ja«, sagte ich, sobald ich nahe genug bei ihm stand. »In Ordnung. Ich komme morgen vormittag. Wohin?«

»Ladywalk Wynd«, antwortete er. »Kennen Sie die Gasse?«

»Ja.« Edinburgh war eine kleine Stadt – es gab nur eine einzige Hauptstraße, die High Street, und zahlreiche enge, schlecht beleuchtete Gäßchen, die davon abzweigten. Ladywalk Wynd zählte zu den armseligeren Gäßchen.

»Ich werde da sein«, sagte er. »Ich werde Ihnen die versprochenen Auskünfte geben.«

Er stand auf und ging einen Schritt auf mich zu, dann blieb er stehen und wartete, bis ich mich in Bewegung setzte. Scheinbar wollte er mir nicht zu nahe kommen.

»Sie haben Angst vor mir, nicht wahr?« sagte ich mit einem tonlosen Lachen. »Glauben Sie, daß ich Sie in einen Giftpilz verwandle?«

»Nein«, erwiderte er und sah mich ruhig an. »Ich habe keine Angst vor Ihnen, Madam. In Wentworth haben Sie versucht, mir Angst einzujagen, als Sie mir den Tag meines Todes nannten. Aber nachdem Sie mir das gesagt haben, können Sie mich nicht mehr bedrohen, denn wenn ich nächstes Jahr im April sterben werde, dann können Sie mir doch jetzt noch nichts anhaben, nicht wahr?«

Wenn ich ein Messer bei mir gehabt hätte, hätte ich ihm spontan das Gegenteil bewiesen. Doch die Macht der Prophezeiung lag auf mir und die Last Tausender schottischer Leben. Er war vor mir sicher.

»Ich halte nur deshalb Abstand, Madam«, fuhr er fort, »weil ich es vorziehe, Sie nicht zu berühren.«

Ich lachte wieder, diesmal aber war es ein echtes Lachen.

»Damit, Hauptmann«, sagte ich, »sprechen Sie mir aus der Seele.« Ich drehte mich um und verließ die Kirche, ohne mich weiter um ihn zu kümmern.

Ich sah keine Notwendigkeit, mir den Kopf darüber zu zerbrechen, ob er sein Wort halten würde. Er hatte mich aus Wentworth freigelassen, weil er sein Wort gegeben hatte. Sein Wort war für ihn bindend. Jack Randall war ein Ehrenmann.

Was hast du empfunden, als ich Jack Randall meinen Körper überließ? hatte mich Jamie gefragt.

Wut, hatte ich geantwortet. *Übelkeit. Abscheu.*

Ich lehnte mich gegen die Tür des Salons und empfand eben diese Gefühle. Das Kaminfeuer war ausgegangen, der Raum war kalt. Der Geruch des mit Kampfer angereicherten Gänseschmalzes stieg mir in die Nase. Kein Laut war zu hören, nur tiefe schnarrende Atemzüge aus dem Schlafzimmer und das ferne Rauschen des Windes, der an den dicken Mauern des Hauses vorbeistrich.

Ich kniete mich vor den Kamin und versuchte, das Feuer wieder zu entfachen. Meine Hände zitterten, und der Feuerstein fiel mir zweimal zu Boden, bevor es mir gelang, Funken zu schlagen. Das macht die Kälte, sagte ich mir. Es war wirklich eisig.

Hat er Ihnen alles erzählt, was zwischen uns geschehen ist? hatte Jack Randall spöttisch gefragt.

»Alles, was ich wissen muß«, murmelte ich vor mich hin. Ich hielt ein Stück Papier in die winzige Flamme, um den Zunder zu entfachen. Dann legte ich Zweige nach, die ebenfalls rasch Feuer fingen. Als das Feuer lichterloh brannte, legte ich einen großen Holzscheit auf. Es war Kiefernholz; grün, doch mit ein wenig Harz, das durch einen Spalt im Holz heraustrat wie eine winzige goldene Perle.

Irgendwann einmal könnte daraus ein Tropfen Bernstein werden, hart und dauerhaft wie Edelstein. Doch der Harztropfen erglühte in der Hitze der Flammen, platzte auf, explodierte in einem winzigen Funkenregen und war verschwunden.

»Alles, was ich wissen muß«, flüsterte ich. Fergus' Strohlager war leer; er war wohl frierend aufgewacht und hatte sich einen warmen Unterschlupf gesucht.

Ich fand ihn zuammengerollt in Jamies Bett; der dunkle und der rote Haarschopf lagen einträchtig nebeneinander auf dem Kissen. Die beiden schnarchten friedlich. Ich lächelte, aber ich hatte nicht vor, auf dem Boden zu schlafen.

»Los, raus hier«, flüsterte ich Fergus zu, schob ihn behutsam an den Bettrand und nahm ihn in meine Arme. Er hatte einen leichten Knochenbau, und für ein zehnjähriges Kind war er sehr schmächtig, trotzdem war er keine leichte Last. Doch ich trug ihn ohne große Schwierigkeiten zu seinem Strohlager und legte ihn darauf nieder. Er wachte nicht auf.

Während ich mich langsam auszog, betrachtete ich Jamie. Er hatte sich in seiner Betthälfte zusammengerollt. Seine langen Wimpern waren kastanienbraun, an den Spitzen fast schwarz, am Ansatz hellblond. Er wirkte unschuldig, trotz der langen, geraden Nase und den festen Linien von Mund und Kinn.

Im Hemd schlüpfte ich zu ihm ins Bett und kuschelte mich an sein weites warmes Wollnachthemd. Er hatte mir den Rücken zugewandt und bewegte sich ein wenig; er hustete, und ich legte ihm meine Hand auf die Hüfte, um ihn zu beruhigen. Daraufhin rollte er sich noch mehr zusammen und rückte mit einem zufriedenen Grunzen zu mir hin; er spürte, daß ich da war. Ich legte ihm den Arm um die Hüfte und streifte dabei seine Hoden. Es war leicht, ihn zu erregen, auch wenn er schlief; durch die Berührung meiner Hand konnte ich ihn sofort zur Erektion bringen.

Doch ich wollte seinen Schlaf nicht stören und begnügte mich damit, ihm sanft den Bauch zu streicheln. Er reichte mit seiner Hand nach hinten und tätschelte meine Beine.

»Ich liebe dich«, murmelte er im Halbschlaf.

»Ich weiß«, flüsterte ich und schlief bald ein.

39

Familienbande

Das Haus lag in einem elenden, heruntergekommenen Viertel. Mit tastenden Schritten versuche ich, den Kothaufen und Urinlachen auszuweichen. Sie rührten von den Nachttöpfen her, die bedenkenlos durch die Fenster auf die Gasse gekippt wurden. Erst der nächste kräftige Regen würde den Dreck fortspülen.

Randall ergriff meinen Ellbogen, damit ich auf den schlüpfrigen Pflastersteinen nicht ausrutschte. Ich versteifte mich, und augenblicklich zog er seine Hand weg.

Als er sah, daß ich den wackligen Türrahmen skeptisch musterte, versuchte er, sich zu rechtfertigen: »Ich konnte es mir nicht leisten, ihn in einem besseren Quartier unterzubringen. Innen ist es nicht so schlimm.«

Das stimmte. Er hatte sich bemüht, das Zimmer bequem auszustatten. Am Boden stand eine Wasserschüssel mit einem Krug, und auf dem stabilen Tisch befand sich ein Laib Brot, Käse und eine Flasche Wein. Das Bett hatte eine Federmatratze und mehrere dicke Decken.

Der Mann, der auf der Matratze lag, hatte sich der Decken entledigt – wohl, weil ihm durch die Anstrengung beim Husten heiß geworden war. Er war rot im Gesicht, und wenn er hustete, erzitterte das robuste Bettgestell.

Ich ging zum Fenster und riß es auf, ohne auf Randalls Protest zu achten. Kalte Luft drang herein, und der üble Geruch von Körperausdünstungen, schmutzigen Bettüchern und dem randvollen Nachttopf verflüchtigte sich etwas.

Als der Hustenanfall nachließ, verfärbte sich Alexander Randalls Gesicht zu einem käsigen Weiß. Seine Lippen waren bläulich, und er atmete schwer.

Ich blickte mich suchend im Zimmer um, öffnete dann aber

meinen Medizinkasten und zog einen Bogen steifes Pergament heraus. Es war an den Rändern etwas eingerissen, doch das machte nichts. Ich setzte mich auf den Bettrand und lächelte Alexander zuversichtlich an.

»Nett... daß Sie... gekommen sind«, stieß er hervor und kämpfte dabei gegen den Husten.

»Es wird Ihnen gleich besser gehen«, beruhigte ich ihn. »Sprechen Sie nicht und unterdrücken Sie Ihren Husten nicht. Ich muß die Geräusche hören.«

Sein Hemd war offen und entblößte seine eingefallene Brust. Er war nur noch Haut und Knochen; er war immer schlank gewesen, aber die Krankheit hatte ihn im Laufe des letzten Jahres ausgezehrt.

Ich rollte das Pergament zu einer Röhre zusammen, setzte das eine Ende auf seine Brust und hielt mein Ohr an das andere. Es war ein primitives Stethoskop, aber es tat seine Dienste.

Ich hörte ihn an verschiedenen Stellen ab und hieß ihn tief einatmen. Daß er husten sollte, mußte ich ihm nicht eigens sagen.

»Legen Sie sich auf den Bauch.« Ich zog sein Hemd hoch und hörte ihn auch am Rücken ab, klopfte ihn ab und prüfte die Resonanz der Lungenflügel. Seine Haut war schweißnaß.

»Gut. Und jetzt legen Sie sich wieder auf den Rücken. Bleiben Sie einfach ruhig liegen und entspannen Sie sich. Es wird nicht weh tun.« Ich fuhr fort, ihn mit Worten zu beruhigen, während ich das Weiße seiner Augen untersuchte, die geschwollenen Lymphdrüsen an seinem Hals, die belegte Zunge und die entzündeten Mandeln.

»Sie haben eine Erkältung«, stellte ich fest und klopfte ihm auf die Schultern. »Ich werde Ihnen einen Tee aufbrühen, der den Husten mildert. Unterdessen...« Ich deutete angewidert auf den mit einem Deckel verschlossenen Nachttopf unter dem Bett und sah dabei Jack Randall an, der wartend an der Tür stand, die Arme hinter dem Rücken verschränkt, aufrecht wie bei einer Truppenparade.

»Leeren Sie das hier aus«, befahl ich. Randall starrte mich wütend an, doch dann gab er sich einen Ruck und gehorchte.

»Nicht aus dem Fenster!« sagte ich streng, als er einen Schritt in diese Richtung machte. »Bringen Sie den Topf runter!« Er machte auf dem Absatz kehrt und verließ das Zimmer, ohne mich eines Blickes zu würdigen.

Alexander atmete flach, und als sich die Tür hinter seinem Bruder schloß, lächelte er mich an. Seine blasse, beinahe durchscheinende Haut straffte sich über dem knochigen Gesicht.

»Schnell, bevor Johnny wiederkommt. Wie ernst ist es?«

Sein dunkles Haar war zerzaust. Ich bemühte mich, die Gefühle zu unterdrücken, die in mir aufstiegen, und strich ihm das Haar glatt. Eigentlich wollte ich es ihm nicht sagen, aber er wußte es sicher schon.

»Sie haben eine Erkältung. Und Sie haben Tuberkulose. Schwindsucht.«

»Und?«

»Und Sie leiden an Herzschwäche«, fuhr ich fort und sah ihm in die Augen.

»Ich dachte... es mir schon. In meiner Brust flattert es manchmal... wie ein kleiner Vogel.« Er legte die Hand auf sein Herz.

Ich konnte den Anblick seines eingefallenen Brustkorbs, der sich unter den schweren Atmenzügen hob und senkte, nicht ertragen, und band ihm das Hemd zu. Eine schmale, weiße Hand griff nach der meinen.

»Wie lange noch?« fragte er. Er sprach leichthin, beinahe unbeschwert, wie aus spielerischer Neugier.

»Ich weiß nicht«, sagte ich. »Das ist die Wahrheit. Ich weiß es nicht.«

»Aber es dauert nicht mehr lange«, erwiderte er mit Nachdruck.

»Nein. Nicht mehr lange. Vielleicht ein paar Monate, aber sicher weniger als ein Jahr.«

»Können Sie... etwas gegen den Husten tun?«

Ich griff in meinen Medizinkasten. »Ja, ich kann ihn zumindest mildern. Und gegen das Herzflattern kann ich Ihnen ein Digitalisextrakt machen.« Ich kramte das kleine Päckchen getrockneter Fingerhutblätter hervor. Es würde einige Zeit dauern, das Mittel zu brauen.

»Ihr Bruder«, sagte ich, ohne ihn anzusehen. »Wollen Sie, daß ich...«

»Nein«, erwiderte er entschlossen. Sein Mund verzog sich, und er sah Frank in diesem Augenblick so ähnlich, daß ich am liebsten um ihn geweint hätte.

»Nein«, wiederholte er. »Er weiß es wohl schon. Wir... haben... immer alles voneinander gewußt.«

»Tatsächlich?« Ich blickte ihn fragend an. Er hielt meinem Blick stand und lächelte schwach.

»Ja«, nickte er. »Ich weiß, wie es um ihn steht. Es spielt keine Rolle.«

Ach? Tatsächlich? dachte ich. Für dich vielleicht nicht. Um mich nicht zu verraten, wandte ich mich ab und zündete das Alkohollämpchen an, das ich bei mir trug.

»Er ist mein Bruder«, sagte die sanfte Stimme hinter mir. Ich holte tief Luft und bemühte mich, nicht zu zittern, als ich die Blätter abmaß.

»Ja«, sagte ich. »Das stimmt.«

Nachdem sich die Nachricht von Copes überraschender Niederlage von Prestonpans verbreitet hatte, traf Verstärkung in Form von Männern und Geld aus dem Norden ein. Lord Ogilvy, der älteste Sohn des Grafen von Airlie, kam mit sechshundert Pächtern seines Vaters, Stewart von Appin traf an der Spitze von vierhundert Männern aus den Grafschaften Aberdeen und Banff ein. Lord Pitsligo war fast ganz allein für die Kavallerie der Hochlandarmee verantwortlich und brachte eine große Zahl von Edelleuten samt Bediensteten aus den nordöstlichen Grafschaften mit – alle beritten und gut bewaffnet, jedenfalls im Vergleich zu manchen Clansmännern, die mit den Säbeln und Breitschwertern ausgerüstet waren, die ihre Großväter noch vom Aufstand des Jahres 1715 herübergerettet hatten, und mit rostigen Äxten und Mistgabeln, mit denen sie noch vor kurzem die Kuhställe gereinigt hatten.

Es war ein buntgemischter Haufen, deshalb aber noch lange nicht ungefährlich, überlegte ich und bahnte mir meinen Weg durch eine Gruppe Männer, die sich um einen umherziehenden Scherenschleifer versammelt hatten. Gleichmütig schliff er Dolche, Rasierklingen und Sensen. Ein englischer Soldat, der diesen Waffen gegenübertrat, riskierte eher Wundstarrkrampf als den sofortigen Tod, aber im Grunde lief dies ja auf dasselbe heraus.

Lord Lewis Gordon, der jüngere Bruder des Herzogs von Gordon, war erschienen, um Charles in Holyrood zu huldigen. Er brachte das verlockende Versprechen mit, den gesamten Gordon-Clan zu mobilisieren. Doch vom Handkuß bis zur Bereitstellung von Männern war es ein weiter Weg.

Und im schottischen Tiefland war man zwar bereit, Charles' Sieg mit lautem Beifall zu begrüßen, aber nicht gewillt, Männer zu seiner Unterstützung zu schicken. Fast die gesamte Armee der Stuarts bestand aus Hochlandschotten, und das schien sich auch in absehbarer Zeit nicht zu ändern. Das Tiefland hatte seinen Beitrag allerdings auf andere Weise geleistet. Von Lord George Murray hatte ich erfahren, daß durch die Beschlagnahme von Nahrungsmitteln, Waren und Geld von den Burgen im Süden die Heereskasse wieder gefüllt worden war.

»Wir haben fünftausendfünfhundert Pfund allein aus Glasgow erhalten. Das ist zwar nicht viel im Vergleich zu dem Geld, das uns Frankreich und Spanien versprochen haben«, hatte Seine Lordschaft Jamie anvertraut, »aber ich nehme es, ohne die Nase zu rümpfen, besonders, da Seine Hoheit aus Frankreich bisher kein Gold, sondern nur leere Versprechungen erhalten hat.«

Jamie, der wußte, wie unwahrscheinlich es war, daß wir je französisches Gold sehen würden, hatte dazu bloß genickt.

»Hast du heute etwas gehört, *mo duinne*?« fragte er mich, als ich hereinkam. Vor ihm lag ein halbfertiger Bericht, und er tauchte eben seine Feder ins Tintenfaß. Ich zog mir die feuchte Kapuze vom Kopf und nickte.

»Es geht das Gerücht um, daß General Hawley im Süden Kavallerieeinheiten zusammenzieht. Er hat den Befehl, acht Regimenter zu bilden.«

Jamie seufzte. Angesichts der Abneigung der Hochlandschotten gegen Kavalleriegefechte waren dies keine guten Nachrichten. Geistesabwesend kratzte er sich am Rücken.

»Gut, ich teile es Oberst Cameron mit«, sagte er. »Und wie verläßlich ist dieses Gerücht, Sassenach?« Mit einem Blick über die Schulter vergewisserte er sich, daß wir allein waren. Sassenach nannte er mich nur, wenn wir allein waren, in der Öffentlichkeit sagte er Claire zu mir.

»Du kannst unbesorgt sein«, erwiderte ich. »Die Quelle ist verläßlich.«

Es handelte sich keineswegs um ein Gerücht; es war die neueste Information von Jack Randall, mit der er die Behandlung seines Bruders abzahlte.

Jamie wußte selbstverständlich, daß ich mich um Alexander Randall ebenso kümmerte wie um die Kranken der jakobitischen

Armee. Was er nicht wußte, und was ich ihm um keinen Preis der Welt hätte sagen können, war, daß ich mich einmal in der Woche – manchmal auch öfter – mit Jack Randall traf, um zu erfahren, welche Nachrichten aus dem Süden in der Burg von Edinburgh eintrafen.

Manchmal besuchte er Alexander, während ich dort war. Manchmal trat, während ich in der Abenddämmerung nach Hause ging, eine in schlichtes Braun gekleidete Gestalt hinter einer Hausecke hervor und gab mir ein Zeichen, oder eine Stimme sprach mich aus dem Nebel an. Es war zermürbend; manchmal hatte ich das Gefühl, von Franks Geist verfolgt zu werden.

Es wäre viel einfacher für Randall gewesen, in Alex' Zimmer einen Brief für mich zu hinterlassen, aber er wollte nichts Schriftliches hinterlegen, was mir einleuchtete. Wenn ein solcher Brief jemals gefunden wurde – auch ohne Unterschrift –, hätte das nicht nur ihn, sondern auch Alexander in Gefahr gebracht. Edinburgh wimmelte nur so von Fremden: Freiwillige, die sich unter dem Banner von König James versammelten, neugierige Besucher aus dem Süden und Norden, Gesandte aus Frankreich und Spanien, Spione und Informanten in großer Zahl. Die einzigen, die sich nicht auf den Straßen blicken ließen, waren die Offiziere und Soldaten der englischen Garnison, die die Burg nicht verlassen durften. Solange uns niemand belauschte, würde niemand Randall als englischen Offizier erkennen oder unsere Begegnung als ungewöhnlich empfinden, selbst wenn man uns sah – und man sah uns selten, dafür sorgte er.

Mir kam das ebenfalls sehr entgegen; schriftliche Zeugnisse hätte ich vernichten müssen. Jamie hätte Randalls Handschrift wahrscheinlich nicht erkannt, aber ich hätte ihm nicht erklären können, woher ich meine regelmäßigen Informationen bezog, ohne lügen zu müssen. Es war besser, so zu tun, als wären Randalls Nachrichten nichts anderes als Gerüchte, die ich von meinen Streifzügen mit nach Hause brachte.

Der Nachteil allerdings bestand darin, daß ich Randalls Informationen nicht besonders hervorheben konnte und deshalb die Gefahr bestand, daß sie in der Flut der Gerüchte untergingen. Zwar war ich überzeugt, daß Jack Randall mir seine Nachrichten in gutem Glauben überbrachte – soweit ein solches Wort für diesen Mann überhaupt angemessen war –, doch schloß ich daraus nicht, daß alles stimmte. Auch seine Informationen waren mit Vorsicht zu genießen.

Ich überbrachte die Nachricht von Harleys neuen Regimentern mit jenem leichten Schuldgefühl, das ich stets empfand, da ich Jamie meine eigentliche Quelle nicht preisgab. Obwohl ich Aufrichtigkeit in der Ehe als wesentlich erachtete, fand ich auch, man sollte es nicht übertreiben damit. Ich sah keinen Grund, weshalb die für die Jakobiten nützlichen Auskünfte Jamie gleichzeitig Kummer und Schmerz zufügen sollten.

»Der Herzog von Cumberland wartet auf die Rückkehr seiner Truppen aus Flandern«, fuhr ich fort. »Und die Belagerung der Burg von Stirling kommt nicht voran.«

Jamie schrieb eifrig weiter und murmelte: »Das weiß ich bereits; Lord George hat vor zwei Tagen von Francis Townsend eine Nachricht erhalten. Er hat die Stadt schon erobert, aber das Ausheben von Gräben, wie Seine Majestät es befiehlt, kostet Kraft und Zeit. Das wäre nicht nötig; es wäre besser, die Burg mit Kanonen zu beschießen und sie dann zu stürmen.«

»Warum heben sie dann Gräben aus?«

Jamie winkte zerstreut ab.

»Weil die italienische Armee bei der Einnahme der Burg von Verano ebenfalls Gräben gebaut hat – die einzige Form der Belagerung, die Seine Hoheit kennt, folglich muß es hier ebenso gemacht werden, ist doch klar, oder?«

»Och, aye«, nickte ich höchst schottisch.

Es klappte; er sah auf und lachte.

»Das ist schon recht beachtlich, Sassenach«, lobte er. »Was kannst du noch sagen?«

»Das Vaterunser auf gälisch. Willst du es hören?« fragte ich.

»Nein«, erwiderte er und streute Sand auf seinen Brief. Dann stand er auf, gab mir einen Kuß und griff nach seinem Rock. »Aber ich habe Hunger. Komm, Sassenach. Laß uns in eine gemütliche Taverne gehen, dann bringe ich dir Dinge bei, die man in der Öffentlichkeit nicht sagt. Ich habe sie ganz frisch in Erinnerung.«

Die Burg von Stirling fiel schließlich. Doch der Preis dafür war hoch gewesen und der Vorteil, der daraus erwuchs, zweifelhaft. Dennoch, dieser Sieg hatte auf Charles eine euphorische – und letztlich fatale – Wirkung.

»Es ist mir endlich gelungen, Murray zu überzeugen, diesen verbohrten Narren!« rief Charles. Dann fiel ihm sein Sieg wieder ein, und er strahlte. »Ich habe gesiegt, fürwahr, trotz allem. Wir ziehen heute in einer Woche gen England, und wir werden das ganze Reich meines Vaters einfordern!«

Die schottischen Clanführer, die sich im Morgensalon versammelt hatten, tauschten zweifelnde Blicke, räusperten sich und rutschten unruhig hin und her. Diese Nachricht wurde keineswegs mit großer Begeisterung aufgenommen.

»Äh, Eure Hoheit«, begann Lord Kilmarnock vorsichtig. »Wäre es nicht klüger...?«

Sie versuchten es. Alle versuchten es. Schottland, betonten sie, gehörte Charles doch schon, und zwar voll und ganz. Immer noch strömten Männer aus dem Norden herbei, im Süden jedoch schien es weiterhin wenig Aussicht auf Unterstützung zu geben. Und den schottischen Lords war nur allzusehr bewußt, daß die Hochlandschotten zwar verwegene Kämpfer und treue Gefolgsleute von Prinz Charles, in erster Linie aber Bauern waren. Die Felder mußten gepflügt, und das Vieh mußte für den Winter versorgt werden. Die meisten Männer würden sich in den Wintermonaten nicht dazu bewegen lassen, tief in den Süden zu ziehen.

»Diese Männer – sind sie denn nicht meine Untertanen? Sie gehen nicht dahin, wo ich befehle? Unsinn!« meinte Charles entschieden. Und damit war die Sache erledigt. Beinahe.

»James, mein Freund! Warten Sie, ich möchte einen Augenblick mit Ihnen unter vier Augen sprechen, wenn Sie gestatten.« Seine Hoheit wandte sich von Lord Pitsligo ab, den er eben mit scharfen Worten zurechtgewiesen hatte.

Ich glaubte nicht, daß ich zu dieser Unterredung eingeladen war. Doch ich hatte nicht die Absicht zu gehen, und während die jakobitischen Lords und Clanführer murmelnd hinausgingen, machte ich keine Anstalten, mich von dem Stuhl zu erheben, auf dem ich saß.

»Ha!« Charles schnippte verächtlich mit den Fingern zur Tür hin, die sich hinter ihnen schloß. »Alte Weiber, allesamt! Sie werden schon sehen. Wie mein Cousin Louis, wie Philipp – bin ich auf ihre Hilfe angewiesen? Ich zeige es ihnen.« Seine weißen, manikürten Finger tippten auf seine Brust. Unter dem Seidenbrokat seines Mantels war ein rechteckiges Medaillon zu sehen. Er trug Louises Bild bei sich. Ich hatte es gesehen.

»Ich wünsche Eurer Hoheit viel Glück bei Eurem Unternehmen«, murmelte Jamie, »aber...«

»Ah, vielen Dank, *cher* James! Wenigstens *Sie* glauben an mich!« Charles legte Jamie freundschaftlich den Arm um die Schultern.

»Ich bin untröstlich, daß Sie mich nicht begleiten werden, daß Sie nicht an meiner Seite reiten werden, wenn ich auf meinem Marsch nach England die Jubelrufe meiner Untertanen entgegennehme«, sagte Charles und drückte James Schulter noch fester.

»Werde ich nicht dabeisein?« Jamie sah verblüfft aus.

»Leider, *mon cher ami*, die Pflicht verlangt ein großes Opfer von Ihnen. Ich weiß, wie sehr Ihr großes Herz den Kampfesruhm ersehnt, aber ich brauche Sie für eine andere Aufgabe.«

»Ja?« fragte Jamie.

»Wofür?« fragte ich frech dazwischen.

Charles warf einen unmutigen Blick in meine Richtung. Dann wandte er sich wieder an Jamie und fuhr wohlwollend fort: »Es ist eine Aufgabe von großer Wichtigkeit, mein lieber James, die nur Sie allein erfüllen können. Es stimmt, daß dem Banner meines Vaters scharenweise Anhänger zuströmen; jeden Tag werden es mehr. Dennoch dürfen wir uns nicht in Sicherheit wiegen, nicht wahr? Durch einen glücklichen Umstand haben sich mir die MacKenzies angeschlossen. Aber es gibt noch die andere Seite Ihrer Familie, nicht wahr?«

»Nein!« sagte Jamie. Ein Ausdruck des Entsetzens huschte über sein Gesicht.

»Aber ja«, erwiderte Charles. Schwungvoll trat er Jamie gegenüber und strahlte übers ganze Gesicht. »Sie werden in den Norden ziehen, in das Land Ihrer Väter, und an der Spitze des Fraser-Clans zu mir zurückkehren!«

40

Der Fuchsbau

»Kennst du ihn gut, deinen Großvater?« fragte ich und schlug nach einer in dieser Jahreszeit eher seltenen Pferdebremse, die sich zwischen mir und dem Pferd nicht entscheiden konnte.

Jamie schüttelte den Kopf.

»Nein. Ich habe gehört, daß er sich wie ein altes Ungeheuer aufführt, aber du brauchst keine Angst vor ihm zu haben.« Er lächelte mich an, als ich die Pferdebremse mit einem Zipfel meines Umhängetuchs verscheuchte. »Ich bin ja bei dir.«

»Ach, gegen ruppige Alte habe ich nichts«, versicherte ich ihm. »Ich habe viele solcher Männer gekannt, zu meiner Zeit. Rauhe Schale, weicher Kern, die meisten. So stelle ich mir auch deinen Großvater vor.«

»Hm, nein«, erwiderte er nachdenklich. »So ist er nicht. Er ist wirklich ein altes Ungeheuer. Und wenn er merkt, daß man Angst vor ihm hat, führt er sich nur noch schlimmer auf. Als hätte er Blut gerochen, weißt du?«

Ich ließ den Blick in die Ferne schweifen, wo die Berge, hinter denen sich Burg Beaufort verbarg, unheimlich, beinahe bedrohlich aufragten. In diesem Augenblick der Unachtsamkeit steuerte die Pferdebremse mein linkes Ohr an. Ich stieß einen Schrei aus und duckte mich. Durch diese überraschende Bewegung irritiert, scheute mein Pferd.

»He! *Cuir stad!*« Blitzschnell beugte sich Jamie herüber, packte die Zügel meines Pferds und ließ die seinen los. Sein Tier war besser dressiert als meins und schnaubte nur.

Jamie stieß seinem Pferd die Knie in die Flanken und brachte meins mit einem Ruck zur Ruhe.

»Und jetzt«, sagte er und verfolgte mit zusammengekniffenen Augen den kreisenden Flug der Pferdebremse. »Laß sie landen,

Sassenach, ich krieg' sie schon.« Er saß ganz still und beobachtete die Bremse, die Hände erhoben, die Augen zusammengekniffen.

Steif und ziemlich nervös saß ich da und hörte nichts anderes als das bedrohliche Summen. Träge flog das Insekt zwischen dem Ohr des Pferdes und dem meinen hin und her. Die Ohren des Pferdes zuckten heftig, was ich gut nachvollziehen konnte.

»Wenn dieses Biest in meinem Ohr landet, Jamie, dann...«, begann ich.

»Pst!« Er beugte sich nach vorn, die linke Hand erhoben wie die Pfote eines Panthers vor dem tödlichen Schlag. »Noch eine Sekunde, und ich hab' sie.«

Da erblickte ich hinter seiner Schulter einen dunklen Schatten, der sich auf Jamie zubewegte. Noch eine Bremse, ebenfalls auf der Suche nach einem geruhsamen Plätzchen.

»Jamie...«

»Psst!« Triumphierend erschlug er meinen Plagegeist, und im nächsten Moment ließ sich die Pferdebremse auf seinem Hemdkragen nieder und bohrte ihren Stachel in seinen Hals.

Die Angehörigen der schottischen Clans kämpften gemäß ihren alten Traditionen. Sie verachteten jede Form von Strategie, Taktik oder Kriegslist. Ihre Art des Angriffs war simpel. Sobald der Feind in Sicht war, ließen sie ihr Plaid fallen, zogen ihr Schwert und gingen, aus Leibeskräften brüllend, zum Angriff über. Aufgrund der markerschütternden Wirkung gälischer Kriegsrufe führte diese Methode häufig zum Erfolg. Wenn sich solche behaarten, halbnackten Todesfeen auf feindliche Soldaten stürzten, verloren diese häufig die Nerven und ergriffen Hals über Kopf die Flucht.

Jamies Pferd war zwar gut dressiert, doch es war in keinster Weise auf den gälischen Kriegsschrei vorbereitet, der direkt hinter seinem Kopf ertönte. Es verlor die Nerven, legte die Ohren an und raste los, als wäre der Teufel hinter ihm her.

Wie angewurzelt standen mein Pferd und ich mitten auf der Straße und verfolgten gebannt eine außergewöhnliche Darbietung schottischer Reitkunst. Jamie, den es halb aus dem Sattel gehoben hatte, als das Pferd losstürmte, warf sich nach vorne und klammerte sich an der Mähne fest. Sein Plaid flatterte im Wind, und das Pferd, das ganz außer sich geraten war, nahm dies als ein Zeichen, noch schneller zu galoppieren.

Eine Hand in die Mähne gekrallt, versuchte Jamie, sich aufzurichten. Er stemmte seine langen Beine in die Flanken des Tieres, ungeachtet der Steigbügel, die dem Pferd um den Bauch baumelten. Fetzen deftiger gälischer Flüche drangen an mein Ohr – daß es Flüche sein mußten, war mir klar, obwohl ich die Sprache kaum verstand.

Da hörte ich hinter mir das Getrappel von Pferdehufen. Es war Murtagh, der, das Packpferd neben sich herführend, gemächlich den Abhang hinunterritt. Er kam in aller Ruhe auf mich zu, brachte sein Pferd zum Stehen und sah Jamie nach, der mit seinem von panischem Schrecken ergriffenen Pferd eben hinter dem nächsten Hügel verschwand.

»Eine Pferdebremse«, erklärte ich.

»Ungewöhnlich für die Jahreszeit. Ich habe aber auch nicht angenommen, daß er es so eilig hat, seinen Großvater zu sehen, daß er dich einfach hier stehenläßt«, bemerkte Murtagh trocken. »Obwohl eine Frau mehr oder weniger keinen Unterschied macht, was den Empfang betrifft.«

Er nahm die Zügel wieder in die Hand und gab seinem Pony die Sporen, das sich, gefolgt von dem Packpferd, gemächlich in Bewegung setzte. Angespornt von der angenehmen Gesellschaft, setzte sich mein Pferd ebenfalls in Gang.

»Auch nicht, wenn es sich um eine englische Ehefrau handelt?« fragte ich neugierig. In Anbetracht dessen, was ich über ihn wußte, glaubte ich nicht, daß Lord Lovats Beziehung zu meinen Landsleuten Grund zur Zuversicht gab.

»Englisch, französisch, niederländisch oder deutsch. Das macht nicht viel Unterschied; der alte Fuchs wird Jamies Leber zum Frühstück verspeisen, nicht deine.«

»Was meinst du damit?« Neugierig sah ich Murtagh an, der wie immer ein wenig verdrießlich dreinschaute und in seinem Plaid und Hemd einem Lumpenbündel gleichsah. Egal, wie neu und gut geschnitten Murtaghs Sachen waren, er sah immer aus, als hätte er sich auf einem Müllhaufen eingekleidet.

»Wie versteht sich denn Jamie mit Lord Lovat?«

Murtagh sah mich aus seinen schmalen, klugen Augen von der Seite her an. Dann zuckte er die Schultern.

»Überhaupt nicht, bisher. Er hat mit seinem Großvater in seinem ganzen Leben noch nie geredet.«

»Aber woher weißt du dann soviel von ihm, wenn du ihn nie gesehen hast?«

Allmählich begriff ich Jamies Widerwillen, sich an seinen Großvater zu wenden. Als wir Jamie und sein Pferd – ersterer äußerst gereizt, letzteres ziemlich kleinlaut – eingeholt hatten, bot Murtagh an, mit dem Packtier nach Beaufort vorauszureiten und mich mit Jamie zurückzulassen, damit wir Rast machen und etwas essen konnten.

Bei einem erfrischenden Ale und einem stärkenden Haferkuchen erzählte er mir, daß sein Großvater Lord Lovat die Braut seines Sohnes nicht gebilligt hatte und nicht bereit gewesen war, der Ehe seinen Segen zu geben oder in der Folge auch nur ein Wort mit seinem Sohn – oder dessen Kindern – zu wechseln. Die Heirat von Brian Fraser mit Ellen MacKenzie lag nun schon dreißig Jahre zurück.

»Ich habe trotzdem immer wieder von ihm gehört«, erwiderte Jamie und kaute seinen Käse. »Er beeindruckt die Leute, weißt du.«

»Das kann ich mir vorstellen.« Tullibardine, einer der Pariser Jakobiten, hatte mich mit zahlreichen Schwänken über den Anführer des Fraser-Clans ergötzt, und ich dachte, daß Brian Fraser vielleicht gar nicht so traurig darüber gewesen war, als sein Vater nichts mehr von ihm hatte wissen wollen. Jamie nickte, als ich ihm das sagte.

»Aye. Ich erinnere mich nicht, daß mein Vater jemals etwas Gutes über ihn gesagt hätte, obwohl er auch niemals respektlos über ihn gesprochen hat. Er hat einfach nicht viel über ihn geredet.« Er rieb sich den Nacken, wo sich allmählich die rote Schwellung des Bremsenstichs zeigte. Es war ungewöhnlich warm für die Jahreszeit, und Jamie hatte sein Plaid auf der Erde ausgebreitet, damit ich mich darauf setzen konnte. Der Besuch beim Oberhaupt des Fraser-Clans war trotz alledem ein Ereignis, das würdig begangen werden mußte, und Jamie trug zu diesem Anlaß einen neuen Kilt im militärischen Stil und ein separates Plaid dazu. Es schützte zwar nicht so gut vor schlechtem Wetter wie das alte Plaid mit Gürtel, aber man konnte es sich weitaus schneller über die Schulter werfen.

»Ich habe mir oft überlegt«, sagte Jamie nachdenklich, »ob das Verhalten meines Vaters damit zu tun hatte, wie ihn der alte Simon behandelte. Damals ist es mir natürlich nicht aufgefallen, aber für einen Mann ist es durchaus nicht üblich, daß er die Gefühle für seinen Sohn so offen zeigt.«

»Du hast viel darüber nachgedacht«, stellte ich fest. Ich reichte ihm noch eine Flasche Ale, die er mit einem Lächeln entgegennahm, das wärmender war als die Nachmittagssonne.

»Aye, das stimmt. Ich habe mir überlegt, was ich meinen eigenen Kindern für ein Vater wäre, und ich erinnerte mich und stellte fest, daß mein Vater das beste Beispiel war. Aber ich wußte von ihm und von Murtagh, daß sein Vater sich ihm gegenüber ganz anders verhalten hatte, und ich überlegte mir, daß er sich wohl ganz bewußt entschlossen haben mußte, es selbst anders zu machen.«

Ich seufzte leise und legte den Käse beiseite.

»Jamie«, sagte ich. »Glaubst du wirklich, daß wir jemals...«

»Ja«, erwiderte er bestimmt, ohne mich ausreden zu lassen. Er beugte sich vor und küßte mich auf die Stirn. »Ich weiß es, Sassenach, und du weißt es auch. Du bist dazu bestimmt, Mutter zu werden, und ich habe nicht die Absicht, jemand anders deine Kinder zeugen zu lassen.«

»Na, das ist fein«, sagte ich. »Ich auch nicht.«

Er lachte, hob mein Kinn an und küßte mich auf den Mund. Ich wischte ihm einen Brotbrösel weg, der sich in seinen Bartstoppeln verfangen hatte.

»Solltest du dich nicht rasieren?« fragte ich. »Anläßlich der ersten Begegnung mit deinem Großvater?«

»Ach, ich habe ihn schon einmal gesehen«, sagte er beiläufig. »Und er mich auch. Er soll mich so nehmen, wie ich bin.«

»Aber Murtagh sagt, du hast ihn nie kennengelernt!«

»Mmmpf.« Er wischte sich die restlichen Brotkrumen vom Hemd und runzelte die Stirn, als überlegte er, wieviel er mir erzählen sollte. Schließlich zuckte er die Achseln und legte sich zurück. Die Arme hinter dem Kopf verschränkt, blickte er hinauf in die Wolken.

»Also, getroffen haben wir uns nie, das stimmt. Nicht ganz. Es war nämlich so...«

Im Alter von siebzehn Jahren bestieg der junge Jamie Fraser ein Schiff nach Frankreich, um in Paris seine Bildung zu vervollkommnen und Dinge zu lernen, die nicht in den Büchern stehen.

»Ich stach vom Hafen von Beauly aus in See«, erzählte er und machte eine Kopfbewegung zum nächsten Hügel, wo ein grauer Streifen am Horizont die Bucht von Moray anzeigte. »Ich hätte auch von anderen Häfen aus fahren können – der nächstgelegene wäre Inverness gewesen –, aber mein Vater hatte meine Überfahrt gebucht, und deshalb fuhr ich von Beauly aus. Er begleitete mich, um mich in die weite Welt hinauszuschicken.«

Brian Fraser hatte Lallybroch seit seiner Heirat kaum verlassen, und er genoß es, seinem Sohn die Stellen zu zeigen, wo er als Kind und als junger Mann gejagt und Streifzüge unternommen hatte.

»Aber als wir uns Burg Beaufort näherten, wurde er immer schweigsamer. Er hatte während der ganzen Reise nicht von meinem Großvater gesprochen, und ich hütete mich, selbst davon anzufangen. Aber ich wußte, daß er seine Gründe dafür hatte, mich von Beauly aus loszuschicken.«

Spatzen schossen aus den Büschen, hüpften vorsichtig heran und verschwanden rasch wieder. Als Jamie das sah, griff er nach einem Stück Brot und warf es in den auseinanderstiebenden Spatzenschwarm.

»Sie kommen wieder«, sagte er und legte sich einen Arm übers Gesicht, als wollte er sich vor der Sonne schützen. Dann fuhr er mit seiner Geschichte fort.

»Von der Straße, die zur Burg führte, ertönte Pferdegetrappel, und als wir uns umwandten, sahen wir einen kleinen Zug, der langsam näher kam – sechs Reiter mit einem Wagen, und einer von ihnen trug Lovats Banner. So wußte ich, daß mein Großvater unter ihnen war. Ich warf einen Blick auf meinen Vater, um zu sehen, ob er irgend etwas zu tun gedachte, aber er lächelte nur, faßte mich am Arm und sagte: ›Gehen wir also an Bord, mein Junge.‹

Ich spürte den Blick meines Großvaters auf mir, als wir zum Ufer hinuntergingen, wo doch mein ganzes Äußeres lautstark verkündete, daß ich von den MacKenzies abstammte. Ich war froh, daß ich meine besten Kleider angezogen hatte und nicht wie ein Bettler daherkam. Zwar blickte ich mich nicht um, aber ich stand so aufrecht ich konnte, und ich war stolz, daß ich den größten Mann am Hafen um einen halben Kopf überragte. Mein Vater ging neben mir, schweigsam wie immer. Auch er blickte sich nicht um, aber ich spürte seinen Vaterstolz.«

Er lächelte mich an.

»Das war das letztemal, daß ich sicher war, ihm Ehre gemacht zu haben, Sassenach. Später war ich oft nicht so sicher, aber über diesen einen Tag war ich froh.«

Er schlang die Arme um seine Knie und starrte vor sich hin, als sähe er die Szene am Kai noch genau vor sich.

»Wir gingen an Bord des Schiffes und begrüßten den Kapitän, dann stellten wir uns ans Schanzkleid und unterhielten uns noch ein wenig. Wir achteten darauf, die Männer aus Beaufort nicht anzusehen. Dann gab der Kapitän Befehl, die Leinen loszuwerfen. Ich küßte meinen Vater, und er sprang über das Schanzkleid hinunter zum Kai und ging zu seinem Pferd. Er sah sich erst um, als er auf seinem Pferd saß, doch da hatte das Schiff bereits abgelegt.

Ich winkte, und er winkte zurück, dann wandte er sich um und ritt nach Lallybroch heim. Und auch die Männer von Beaufort machten sich auf den Heimweg. Und dann ritten mein Vater und mein Großvater im Abstand von zwanzig Metern den Hügel hinauf, bis sie meinem Blick entschwunden waren. Beide vermieden es, sich anzusehen, und taten so, als wäre der andere nicht vorhanden.«

Er blickte die Straße entlang, als ob er ein Lebenszeichen aus der Richtung von Beaufort erwartete.

»Ich sah ihm in die Augen«, sagte er leise. »Einmal. Ich wartete, bis mein Vater bei seinem Pferd war, dann drehte ich mich um und sah Lord Lovat an, so kühn und trotzig ich konnte. Ich wollte, daß er wußte, daß wir nichts von ihm erbaten, daß wir aber auch keine Angst vor ihm hatten.« Jamie verzog den Mund zu einem Lächeln. »Angst hatte ich aber schon.«

Ich legte meine Hand auf seine und streichelte die Vertiefungen zwischen seinen Knöcheln.

»Hat er dich auch angesehen?«

Er schnaubte verächtlich.

»Aye. Ich vermute, er hat von dem Augenblick an, als ich den Hügel hinunterkam, bis zu dem Moment, wo mein Schiff abfuhr, den Blick nicht von mir gewandt. Ich habe gespürt, wie sich seine Augen in meinen Rücken bohrten. Und als ich ihn ansah, da erwiderte er meinen Blick, und seine schwarzen Augen blitzten.«

Er schwieg, den Blick starr auf die Burg gerichtet, bis ich weiterfragte.

»Wie hat er dich denn angesehen?«

Da wandte er sich mir zu, ernst, wie ich es von ihm nicht gewohnt war.

»Sein Blick war kalt wie Stein, Sassenach«, antwortete er. »Kalt wie Stein.«

Wir hatten Glück mit dem Wetter. Seit unserem Aufbruch von Edinburgh war es warm gewesen.

»Das wird sich bald ändern«, prophezeite Jamie mit einem forschenden Blick aufs Meer. »Siehst du die Wolkenbank dort? Bis heute abend ist sie landeinwärts gezogen.« Er schnupperte und zog sich das Plaid enger um die Schultern. »Riechst du es? Man kann riechen, welches Wetter kommt.«

Ich hatte zwar wenig Erfahrung als Wetterfrosch, schnupperte aber gehorsam. Die Luftfeuchtigkeit verstärkte den Duft nach trockenem Heidekraut und Kiefernharz, in den sich ein schwacher Geruch nach Meerestang mischte.

»Ob die Männer schon in Lallybroch sind?« fragte ich.

»Das möchte ich bezweifeln.« Jamie schüttelte den Kopf. »Sie haben zwar einen kürzeren Weg als wir, aber sie sind zu Fuß unterwegs, und in der Gruppe geht es noch langsamer.« Er erhob sich in seinen Steigbügeln und beschattete die Augen mit der Hand. »Hoffentlich ist es nur Regen; das ist nicht so schlimm. Vielleicht zieht das Unwetter auch nicht so weit nach Süden.«

Ich vergrub mich tiefer in meinen warmen Tartanschal, denn plötzlich kam ein frischer Wind auf. Ich hatte den Sonnenschein der letzten beiden Tage als gutes Vorzeichen gewertet. Hoffentlich trog es nicht.

Jamie hatte eine ganze Nacht in Holyrood am Fenster gesessen, nachdem er den Befehl des Prinzen erhalten hatte. Am nächsten Morgen war er zu Charles gegangen, um ihm zu sagen, daß er nur mit mir und Murtagh nach Beauly reiten wolle, um Lord Lovat die Grüße Seiner Hoheit zu übermitteln und ihn zu bitten, Männer und Hilfsgüter zur Verfügung zu stellen.

Dann hatte Jamie Ross, den Schmied, in unser Gemach gebeten und ihm seine Befehle erteilt – er sprach so leise, daß nicht einmal ich von meinem Platz neben dem Feuer aus es verstehen konnte.

Die Hochlandarmee marschierte ziemlich undiszipliniert, in einem bunten Haufen, der die Bezeichnung »Kolonne« kaum verdiente. Im Laufe des ersten Marschtages sollten sich die Männer von Lallybroch heimlich davonstehlen. Einer nach dem anderen sollte in den Büschen verschwinden, vorgeblich, um einen Augenblick zu rasten oder sich zu erleichtern, doch sie sollten nicht zur Truppe zurückkehren, sondern das Weite suchen. Dann sollten sie sich an einem verabredeten Treffpunkt zu den anderen Männern von Lallybroch gesellen und unter der Führung von Ross, dem Schmied, nach Hause zurückkehren.

»Ich bezweifle, daß es überhaupt auffällt«, hatte Jamie gesagt, als er den Plan mit mir besprach. »Desertieren ist gang und gäbe, in der ganzen Armee. Ewan Cameron sagte mir, daß sich in der letzten Woche zwanzig seiner Männer aus dem Staub gemacht haben. Es ist Winter, und die Männer wollen nach Hause und die Vorbereitungen für die Frühjahrssaat treffen. Auf jeden Fall bin ich sicher, daß sie niemanden entbehren können, der Deserteure sucht. Auch wenn sie merken sollten, daß sie nicht mehr da sind.«

»Dann gibst du also auf, Jamie?« hatte ich ihn gefragt und meine Hand auf seinen Arm gelegt. Er hatte sich müde und erschöpft übers Gesicht gestrichen, ehe er antwortete.

»Ich weiß nicht, Sassenach. Es mag zu spät sein; oder auch nicht. Ich weiß nicht. Es war eine Dummheit, so kurz vor dem Winter so weit nach Süden zu ziehen; und es war eine noch größere Dummheit, Zeit mit der Belagerung von Stirling zu verschwenden. Aber Charles hat noch keine Niederlage einstecken müssen, und die Clanführer – einige von ihnen – kommen seinem Aufruf nach. Jetzt die MacKenzies und nach ihnen andere. Charles hat zur Zeit doppelt so viele Männer hinter sich wie in Prestonpans. Worauf wird das hinauslaufen?« Er hob hilflos die Arme.

»Ich weiß nicht. Es gibt keinen Widerstand. Die Engländer haben furchtbar Angst, du hast die Flugblätter ja gesehen.« Er verzog den Mund. »Wir spießen kleine Kinder auf und rösten sie über dem Feuer. Und wir schänden die Frauen und Töchter ehrbarer Männer.« Er schnaubte verächtlich. Diebstahl und Gehorsamsverweigerung waren zwar in der Hochlandarmee an der Tagesordnung, Vergewaltigung jedoch war praktisch unbekannt.

Er seufzte. »Cameron hat gehört, daß König George seine Flucht aus London vorbereitet, da er befürchtet, die Armee des Prinzen werde die Stadt bald einnehmen.« Das Gerücht hatte Cameron von mir und ich von Jack Randall. »Und dann Kilmarnock und Cameron. Lochiel und Balmerino und Dougal mit seinen MacKenzies. Allesamt ausgezeichnete Kämpfer. Und falls Lovat die Männer schickt, die er versprochen hat – Gott, dann würde es vielleicht reichen. Mein Gott, wenn es so weit kommen sollte, daß wir in London einmarschieren...« Er zuckte die Schultern.

»Aber ich kann es nicht riskieren«, sagte er kurz und bündig.

»Ich kann nicht nach Beauly gehen und meine Männer hier allein zurücklassen – weiß Gott, wohin man sie schickt. Wenn ich da wäre, um sie zu führen – das wäre etwas anderes. Aber ich will verdammt sein, wenn ich sie Charles oder Dougal überlasse, damit sie sie im Kampf gegen die Engländer verheizen, während ich weit weg bin.«

Also wurde folgender Plan gefaßt: Die Männer von Lallybroch – einschließlich Fergus, der lauthals dagegen protestierte – sollten desertieren und unauffällig nach Hause zurückkehren. Und wenn wir unsere Aufgabe in Beauly erledigt hatten und zu Charles zurückgekehrt waren – dann blieb immer noch genügend Zeit, um weiterzusehen.

»Deshalb nehme ich auch Murtagh mit«, hatte Jamie erklärt. »Wenn alles gutgeht, werde ich ihn nach Lallybroch schicken, um sie zurückzuholen.« Ein Lächeln huschte über sein Gesicht. »Er sieht vielleicht nicht sehr beeindruckend aus, aber Murtagh ist ein tüchtiger Reiter. Schnell wie der Blitz.«

Er sah in der Tat nicht so aus, aber es war im Augenblick auch nicht nötig, daß er sein Können unter Beweis stellte. Murtagh ritt vielmehr noch langsamer als gewöhnlich. Schließlich blieb er ganz stehen. Als wir ihn eingeholt hatten, war er abgestiegen und inspizierte den Sattel des Packpferds.

»Stimmt etwas nicht?« Jamie machte Anstalten, aus dem Sattel zu springen, aber Murtagh wehrte ab.

»Nein, nein, gar nichts. Ein Seil ist gerissen. Reitet ihr beide schon mal weiter.«

Mit einem Kopfnicken gab Jamie seinem Pferd die Sporen, und ich folgte ihm.

»Er ist heute aber nicht sehr gesprächig«, bemerkte ich. Er war in der Tat immer mürrischer und reizbarer geworden, je mehr wir uns Beauly näherten. »Ich nehme an, er ist nicht entzückt von der Aussicht, Lord Lovat einen Besuch abzustatten.«

»Nein, Murtagh ist kein Freund des alten Simon. Er hat meinen Vater sehr geliebt«, Jamie verzog den Mund, »und auch meine Mutter. Die Art, wie Lord Lovat sie behandelte, billigte er ganz und gar nicht. Ebensowenig die Art und Weise, wie Lovat sich seine Frauen aussuchte. Murtagh hat eine irische Großmutter, aber er ist mütterlicherseits mit Primrose Campbell verwandt«, erklärte er, als ob damit alles gesagt sei.

»Wer ist Primrose Campbell?« fragte ich verblüfft.

»Oh.« Jamie kratzte sich nachdenklich die Nase. Der Wind vom Meer frischte auf und ließ Jamies Haar flattern.

»Primrose Campbell war – und ist vermutlich immer noch – Lovats dritte Frau«, erklärte er, »obwohl sie ihn vor einigen Jahren verlassen hat und in ihr Elternhaus zurückgekehrt ist.«

»Er scheint bei Frauen sehr beliebt zu sein«, murmelte ich.

Jamie schnaubte verächtlich. »So kann man es auch nennen. Seine erste Frau zwang er zur Ehe. Er riß die verwitwete Lady Lovat mitten in der Nacht aus dem Bett, heiratete sie auf der Stelle und ging sofort mit ihr ins Bett. Allerdings«, fuhr er fort, »hat sie sich später entschlossen, ihn zu lieben, also war er vielleicht doch nicht so schlecht.«

»Vielleicht war er wenigstens im Bett etwas Besonderes«, sagte ich leichthin. »Das liegt dann wohl in der Familie.«

Er warf mir einen etwas schockierten Blick zu, grinste dann aber. »Aye«, sagte er. »Wenn, dann hat ihm das nicht viel genutzt. Die Dienstmägde der Witwe haben gegen ihn ausgesagt, und Simon wurde geächtet und mußte nach Frankreich fliehen.«

Erzwungene Heirat und Ächtung? Ich hielt mich mit weiteren Bemerkungen über die Familienähnlichkeit zurück, hoffte aber insgeheim, daß Jamie nicht in die Fußstapfen seines Großvaters treten würde, was weitere Ehefrauen betraf. Eine hatte Simon offensichtlich nicht gereicht.

»Er ging zu König James nach Rom und schwor den Stuarts die Treue«, fuhr Jamie fort, »daraufhin begab er sich umgehend zu Wilhelm von Oranien, dem König von England, der eben zu einem Besuch in Frankreich weilte. James versprach, ihm seinen Titel und seine Besitzungen zurückzugeben, wenn er wieder auf den Thron käme, und dann – weiß Gott, wie er das fertiggekriegt hat – wurde er von Wilhelm begnadigt und konnte nach Schottland zurückkehren.«

Jetzt war ich es, die ungläubig die Stirn runzelte. Offensichtlich wirkte Lord Lovat nicht nur auf das andere Geschlecht.

Später ging er wieder nach Frankreich, diesmal, um die Jakobiten zu bespitzeln. Als er enttarnt wurde, warf man ihn ins Gefängnis, doch es gelang ihm zu fliehen. Er kehrte nach Schottland zurück, organisierte 1715 unter dem Deckmantel einer Jagdgesellschaft in den Braes of Mar eine Versammlung der Clans – und dann ließ er sich von den Engländern dafür loben, den daraus resultierenden Aufstand niedergeschlagen zu haben.

»Ein alter Gauner, nicht wahr?« sagte ich anerkennend. »Obwohl ich annehme, daß er damals gar nicht so alt war; um die Vierzig vielleicht.« Als ich gehört hatte, daß Lord Lovat jetzt Mitte Siebzig war, hatte ich erwartet, einen alten Tattergreis vorzufinden, aber ich änderte meine Meinung, als ich diese Geschichten hörte.

»Der Charakter meines Großvaters«, bemerkte Jamie gelassen, »würde es ihm ermöglichen, sich hinter einer Wendeltreppe zu verstecken. Wie auch immer, später heiratete er Margaret Grant, die Tochter des Grant o'Grant. Erst nach deren Tod heiratete er Primrose Campbell. Sie war damals kaum älter als achtzehn.«

»War der gute Simon denn ein so guter Fang, daß man sie zu dieser Ehe gezwungen hat?« fragte ich anteilnehmend.

»Keineswegs, Sassenach.« Er machte eine Pause und wischte sich das Haar aus der Stirn. »Er wußte sehr gut, daß sie ihn nicht haben wollte, auch wenn er ein Krösus gewesen wäre – was er nicht war –, und so ließ er ihr einen Brief schicken, in dem stand, ihre Mutter sei in Edinburgh erkrankt, und er nannte auch die Adresse, die sie aufsuchen sollte.«

Die junge und schöne Miß Campbell eilte nach Edinburgh, wo sie nicht ihre Mutter, sondern den alten, durchtriebenen Simon Fraser vorfand. Er sagte ihr, daß sie sich in einem stadtbekannten Freudenhaus befände, und ihre einzige Chance, ihren guten Namen zu retten, bestünde darin, ihn auf der Stelle zu heiraten.

»Sie muß ganz schön einfältig gewesen sein, um auf diesen Trick hereinzufallen«, bemerkte ich zynisch.

»Na ja, sie war damals sehr jung«, verteidigte Jamie sie, »und es war keineswegs eine leere Drohung. Wenn sie sich geweigert hätte, hätte der alte Simon ihren guten Ruf ruiniert, ohne mit der Wimper zu zucken. Jedenfalls heiratete sie ihn – und hat es natürlich bereut.«

»Hmmm.« Ich rechnete. Die erste Begegnung Lord Lovats mit Primrose Campbell lag nur ein paar Jahre zurück, hatte Jamie gesagt. Dann ... »War die verwitwete Lady Lovat oder Margaret Grant deine Großmutter?« fragte ich neugierig.

Seine Wangen wurden tiefrot.

»Keine von beiden«, sagte er schließlich. Er sah mich nicht an, sondern hielt den Blick starr auf Burg Beaufort gerichtet und preßte die Lippen fest zusammen.

»Mein Vater war ein uneheliches Kind«, sagte er. Er saß kerzengerade im Sattel und hielt die Zügel so fest umklammert, daß seine Knöchel ganz weiß waren. »Von seinem Vater anerkannt, aber trotzdem ein uneheliches Kind. Der Sohn einer Magd von Burg Downie.«

»Ach so«, sagte ich bloß.

Er schluckte.

»Ich hätte es dir schon früher sagen sollen«, sagte er steif. »Tut mir leid.«

Ich streckte meine Hand aus, um seinen Arm zu berühren.

»Das spielt doch überhaupt keine Rolle, Jamie«, erwiderte ich, obwohl ich wußte, daß ihm das nicht viel half. »Das ist doch vollkommen nebensächlich.«

»Aye?« sagte er dann und blickte starr geradeaus. »Tja... für mich nicht.«

Die frische Brise aus der Bucht von Moray strich durch die dunklen Kiefern auf dem Hügel. Die Landschaft hier war eine seltsame Mischung aus Bergen und Küste. Dichte Erlen-, Lärchen- und Birkenwäldchen säumten den schmalen Pfad, auf dem wir ritten, doch als wir uns Burg Beaufort näherten, lag der modrige Geruch von Seetang in der Luft.

Wir wurden in der Tat erwartet; die mit Äxten bewaffneten Wachen am Tor ließen uns passieren. Sie sahen uns zwar neugierig, jedoch nicht feindselig an. Jamie saß aufrecht wie ein König im Sattel. Er nickte der Wache zu, die den Gruß erwiderte. Ich hatte das Gefühl, als beträten wir die Burg mit einer weißen Fahne in der Hand; wie lange der Frieden halten würde, wußte niemand.

So ritten wir unbehelligt in den Hof von Burg Beaufort, einer aus dem Naturstein der Region erbauten Burg von bescheidenen Ausmaßen, dennoch aber eindrucksvoll; nicht so stark befestigt wie einige der Burgen, die ich im Süden gesehen hatte, aber eine trutzige Festung mit Schießscharten entlang der äußeren Festungsmauer, mit einem Bergfried und Stallungen zum Hof hin.

Einige kleine Hochlandponys waren darin untergebracht, und sie streckten die Köpfe über das hölzerne Gatter wie zum Willkommensgruß. Nahe der Mauer lagen zahlreiche Bündel, offenbar Lasten, die man den Ponys im Stall abgenommen hatte.

»Lovat hat ein paar Leute zu unserer Begrüßung kommen lassen«, meinte Jamie, als er die Bündel sah. »Verwandte, wie ich vermute.« Er zuckte die Schultern. »Jedenfalls werden sie uns erst einmal freundlich aufnehmen.«

»Woher weißt du das?«

Er stieg vom Pferd und reichte mir die Hand, damit auch ich absteigen konnte.

»Sie haben die Breitschwerter bei ihrem Gepäck gelassen.«

Jamie reichte die Zügel seines Pferds einem Knecht, der uns aus dem Stall entgegenkam und sich die Hände an der Hose abwischte.

»Was nun?« murmelte ich Jamie zu. Ein Kastellan oder ein Majordomus war nirgends in Sicht und auch keine fröhliche, respektgebietende Gestalt wie Mrs. Fitz Gibbons, die uns zwei Jahre zuvor auf Burg Leoch willkommen geheißen hatte.

Die Stallburschen und Pferdeknechte warfen uns ab und zu einen flüchtigen Blick zu, doch sie fuhren mit ihrer Arbeit fort, ebenso die Dienstboten, die über den Hof kamen, Körbe mit Wäsche trugen, Torfballen und anderes, was zum Leben auf einer Burg benötigt wurde. Ich sah einem stämmigen Diener nach, der unter der Last zweier schwerer, wassergefüllter Kupferkannen stöhnte. Obwohl die Gastfreundschaft hier einiges zu wünschen übrigließ, besaß Burg Beaufort doch immerhin irgendwo eine Badewanne.

Jamie stand mitten im Hof, die Arme verschränkt, und blickte sich um wie ein potentieller Grundstückskäufer.

»Wir warten einfach, Sassenach«, sagte Jamie. »Die Wachen werden schon Bescheid sagen, daß wir da sind. Entweder kommt jemand runter zu uns ... oder nicht.«

»Hm«, sagte ich. »Na ja, ich hoffe, sie entschließen sich bald; ich bin hungrig, und waschen würde ich mich auch gerne.«

»Aye, das hättest du nötig.« Jamie nickte und lächelte, als er mich ansah. »Deine Nase ist schmutzig, und in deinem Haar sind Kletten. Nein, laß nur«, fügte er hinzu, als ich mir bestürzt ins Haar griff. »Es sieht hübsch aus, als ob du es absichtlich gemacht hättest.«

Natürlich war es keine Absicht, aber ich ließ sie im Haar. Ich ging zu einem Wassertrog in der Nähe, um mein Äußeres zu begutachten und in Ordnung zu bringen, soweit das mit kaltem Wasser möglich war.

Es war schon eine prekäre Situation, dachte ich, während ich mich über den Trog beugte und die Schmutzflecken in meinem Spiegelbild im Wasser zu erkennen suchte.

Einerseits war Jamie der offizielle Abgesandte der Stuarts. Egal, ob Lovats Versprechen, deren Sache zu unterstützen, ernst gemeint oder ein bloßes Lippenbekenntnis war – er würde sich wahrscheinlich verpflichtet fühlen, den Abgesandten des Prinzen höflich zu empfangen.

Andererseits war dieser Gesandte sein Enkel, der Sohn seines unehelichen Sohnes. Und wenn Jamie auch nicht direkt verleugnet wurde, so zählte er doch gewiß nicht zum engsten Familienkreis. Ich wußte inzwischen genug über die Fehden im Hochland, um mir darüber im klaren zu sein, daß Verstimmungen dieser Art nicht einfach verschwanden.

Ich wischte mir mit der feuchten Hand über die Augen, über die Schläfen und durchs Haar. Lord Lovat würde uns wohl nicht einfach im Hof stehenlassen. Doch konnte es sehr wohl sein, daß er uns so lange warten ließ, bis wir uns der Zwiespältigkeit unseres Besuchs bewußt wurden.

Und dann – ja, wer konnte das wissen? Wahrscheinlich würde uns Lady Frances, eine von Jamies Tanten, willkommen heißen, eine Witwe, die nach allem, was wir von Tullibardine gehört hatten, ihrem Vater den Haushalt führte. Oder, falls er uns als diplomatische Abordnung und nicht als Verwandte empfangen wollte, würde uns wohl Lord Lovat selbst begrüßen, mit seiner ganzen Entourage aus Sekretären, Wachen und Dienstboten.

Da wir nun schon so lange warten mußten, rechnete ich eher mit letzterem. Denn das Gefolge steht ja nicht jederzeit in hochoffizieller Aufmachung bereit – es würde einige Zeit dauern, bis alle versammelt waren. Angesichts der Vorstellung, einem Grafen mit seinem Gefolge gegenübertreten zu müssen, erschienen mir Kletten im Haar nicht sehr passend, und ich beugte mich erneut über den Trog.

In diesem Augenblick hörte ich Schritte hinter der Futterkrippe. Ein untersetzter älterer Mann mit offenem Hemd und Kniehose betrat den Burghof und stieß eine braune Stute mit dem Ellbogen beiseite. Trotz seines Alters ging er aufrecht; seine Schultern waren beinahe so breit wie die Jamies.

Er blieb am Pferdetrog stehen und sah sich im Hof um, als suchte er jemanden. Als sein Blick auf mich fiel, stutzte er. Er tat einen

Schritt auf mich zu und streckte den Kopf vor, wobei sein grauer Stoppelbart zur Geltung kam, der wie die Borsten eines Stachelschweins nach allen Seiten abstand.

»Wer zum Teufel sind Sie?« rief er unwirsch.

»Claire Fraser... ich meine, Herrin von Broch Tuarach«, erwiderte ich irritiert. Erst allmählich gewann ich die Fassung wieder und wischte mir einen Tropfen Wasser vom Kinn. »Und wer zum Teufel sind *Sie*?«

Eine Hand faßte mich am Ellbogen, und ich hörte eine ergebene Stimme sagen: »Das, Sassenach, ist mein Großvater. Mylord, darf ich Ihnen meine Gemahlin vorstellen?«

»Ach?« sagte Lord Lovat und musterte mich aus kalten blauen Augen. »Ich habe gehört, daß du eine Engländerin geheiratet hast.« Der Tonfall machte deutlich, daß dies seine schlimmsten Vermutungen über seinen Enkel bestätigte.

Er runzelte die Stirn und sah Jamie dann mit bohrendem Blick an. »Du scheinst auch nicht mehr Verstand zu besitzen als dein Vater.«

Jamies Hand zuckte, er hätte sie am liebsten zur Faust geballt.

»Ich hatte es jedenfalls nicht nötig, mir durch Vergewaltigung oder andere üble Tricks eine Frau zu beschaffen«, erwiderte er gelassen.

Jamies Großvater murmelte etwas, doch die Beleidigung ließ ihn offenbar kalt. Fast kam es mir so vor, als zuckten seine Mundwinkel.

»Aye, und du hast dabei kein gutes Geschäft gemacht«, gab er zurück. »Wenigstens scheint die hier so teuer wie die MacKenzie-Hure, auf die Brian hereingefallen ist. Wenn dir diese *sassenach* schon nichts einbringt, so sieht sie wenigstens so aus, als ob sie dich wenig kostet.« Seine schräggestellten blauen Augen, Jamies Augen, glitten über mein schmutziges Reisekleid mit dem herabhängenden Saum und den Schlammspritzern.

Jamie zitterte leicht, aber ich war nicht sicher, ob aus Wut oder weil ihm nach Lachen zumute war.

»Danke«, sagte ich und lächelte Seine Lordschaft freundlich an. »Ich esse auch nicht viel. Aber ich würde mich jetzt gerne waschen. Wasser genügt; Seife ist gar nicht nötig, wenn es zu teuer kommt.«

Diesmal war ich mir sicher, daß Lord Lovat in sich hineingrinste.

»Aye, ich verstehe«, nickte er. »Ich schicke gleich eine Magd, die euch eure Zimmer zeigt. Und selbstverständlich bekommen Sie Seife.

Wir sehen dich dann vor dem Abendessen in der Bibliothek... Enkel«, fügte er zu Jamie gewandt hinzu. Dann drehte er sich auf dem Absatz um und verschwand.

»Wer ist *wir*?« fragte ich.

»Der junge Simon vermutlich«, erwiderte Jamie. »Der Erbe Seiner Lordschaft. Dazu noch ein paar weitläufige Verwandte und Clansmänner, nach den Pferden zu urteilen, die im Hof stehen. Falls Lovat sich entschließen sollte, Truppen zu den Stuarts zu schicken, dann haben seine Leute auch ein Wörtchen mitzureden.«

»Hast du jemals einen Wurm im Hühnerhof gesehen?« murmelte er, während wir eine Stunde später einem Dienstboten durch den Korridor folgten. »Das bin ich – oder wir, würde ich sagen. Weiche nicht von meiner Seite.«

In der Tat, die ganze Verwandtschaft des Fraser-Clans war versammelt; als wir die Bibliothek betraten, saßen über zwanzig Männer darin und warteten.

Jamie wurde offiziell vorgestellt, und er gab eine offizielle Erklärung im Namen der Stuarts ab. Er übermittelte Lord Lovat die Grüße von Prinz Charles und König James und bat um Lovats Hilfe. Daraufhin hielt der Alte eine kurze, rhetorisch gewandte, jedoch unverbindliche Ansprache. Nachdem dies erledigt war, mußte ich vortreten und wurde vorgestellt, dann entspannte sich die steife Atmosphäre.

Ich wurde von Edelleuten aus dem Hochland umringt, die mich begrüßten, während Jamie mit einem Mann namens Graham sprach, der anscheinend Lovats Cousin war. Die Clansmänner betrachteten mich mit Zurückhaltung, aber sie waren alle liebenswürdig – mit einer Ausnahme.

Der junge Simon, eine fünfzig Jahre jüngere Ausgabe seines Vaters, trat vor und beugte sich über meine Hand. Dann richtete er sich auf und betrachtete mich mit einem Ausdruck, den man kaum als höflich bezeichnen konnte.

»Jamies Frau, hm?« fragte er. Er hatte die gleichen schrägstehenden Augen wie sein Vater und sein Neffe, doch sie waren nicht blau, sondern braun wie morastiges Wasser. »Dann darf ich Sie wohl Nichte nennen, nicht wahr?« Er war etwa in Jamies Alter, ein paar Jahre jünger als ich.

»Haha«, machte ich höflich, als er über seine Bemerkung lachte.

Ich versuchte, meine Hand zurückzuziehen, aber er ließ sie nicht los. Statt dessen grinste er spöttisch und musterte mich erneut von Kopf bis Fuß.

»Ich habe schon von Ihnen gehört, wissen Sie«, sagte er. »Sie sind in den Highlands berühmt, Mistress.«

»Ach, wirklich? Wie schön.« Mit einem kräftigen Ruck versuchte ich ihm meine Hand zu entziehen, aber er hielt sie so fest, daß es weh tat.

»Oh, aye. Ich habe gehört, Sie sind sehr beliebt bei den Männern, die Ihr Gemahl befehligt«, grinste er. »Man nennt Sie *neo-geimnidh meala*, habe ich gehört. Das heißt ›Mistress Honiglippen‹«, übersetzte er, als er sah, daß ich mit dem gälischen Wort nichts anfangen konnte.

»Tja, danke…«, begann ich, doch da hatte Jamie dem jungen Simon schon einen Kinnhaken verpaßt, daß dieser gegen einen Chippendaletisch fiel. Leckereien und Servierlöffel krachten laut scheppernd auf den polierten Boden.

Er war gekleidet wie ein feiner Herr, besaß aber den Instinkt eines Raufbolds. Der junge Simon kam auf die Knie, die Fäuste geballt, und erstarrte in der Bewegung. Jamie stand über ihm, die Hände ebenfalls zur Faust geballt.

»Nein«, sagte er ruhig, »sie kann nicht allzugut Gälisch. Und jetzt, da du das zur allgemeinen Zufriedenheit bewiesen hast, wirst du dich höflich bei meiner Frau entschuldigen, bevor ich dir die Zähne einschlage.« Der junge Simon sah Jamie mit finsterem Blick an, dann wanderte sein Blick zu seinem Vater, der, ungehalten über die Störung, kaum merklich mit dem Kopf nickte. Das im Nacken zusammengebundene struppige schwarze Haar des jungen Fraser hatte sich gelöst und hing ihm zottelig ins Gesicht. Er musterte Jamie argwöhnisch, doch in seinem Blick lagen auch Belustigung und Respekt. Mit dem Handrücken wischte er sich über den Mund und verbeugte sich, immer noch auf den Knien, bedächtig in meine Richtung.

»Verzeihung, Mistress Fraser, ich bitte Sie um Entschuldigung, falls Sie sich durch meine Äußerung verletzt fühlen sollten.«

Ich konnte als Antwort nur huldvoll nicken, bevor Jamie mich hinaus in den Korridor schob. Wir hatten die Tür am Ende des Korridors fast schon erreicht, bevor ich zu sprechen begann. Ich sah mich um, um sicherzugehen, daß wir nicht belauscht wurden.

»Was um Himmels willen bedeutet *neo-geimnidh meala*?« fragte ich dann und zog ihn am Ärmel, um ihn zu bremsen. Er sah mich an, als fiele ihm erst jetzt auf, daß ich neben ihm herging.

»Hm? Ach, es heißt schon Honiglippen, das stimmt. Mehr oder weniger.«

»Aber...«

»Es bezieht sich nicht auf deinen Mund, Sassenach«, sagte Jamie trocken.

»Wie, es...« Ich hielt inne, um zur Bibliothek zurückzukehren, aber Jamie packte mich fester am Arm.

»Gack, gack, gack«, murmelte er mir ins Ohr. »Mach dir nichts draus, Sassenach. Sie wollten mich nur auf die Probe stellen. Es ist schon gut.«

Ich wurde Lady Frances anvertraut, der Schwester des jungen Simon, während Jamie kampfesmutig in die Bibliothek zurückkehrte. Ich hoffte, daß er nicht noch mehr Verwandte zusammenschlagen würde. Die Frasers waren körperlich nicht so gut gebaut wie die MacKenzies, aber sie waren zäh und wachsam.

Lady Frances war jung, vielleicht zweiundzwanzig, und sie betrachtete mich mit einer Art ängstlicher Faszination, als glaubte sie, mich unablässig mit Tee und Leckereien besänftigen zu müssen, damit ich mich nicht auf sie stürzte. Ich wiederum bemühte mich, so harmlos wie möglich zu erscheinen. Nach einer Weile hatte sich die Lage so weit entspannt, daß Frances zugeben konnte, noch nie eine Engländerin gesehen zu haben. »Engländerinnen«, das entnahm ich ihren Worten, waren eine exotische und gefährliche Spezies.

Ich achtete darauf, keine abrupten Bewegungen zu machen, und allmählich faßte sie so viel Zutrauen, daß sie es wagte, mir ihren Sohn vorzustellen, einen stämmigen dreijährigen Jungen, der sich aufgrund der unablässigen Wachsamkeit eines gestrengen Dienstmädchens in einem Zustand unnatürlicher Reinlichkeit befand.

Ich erzählte Frances und ihrer jüngeren Schwester Aline gerade von Jenny und ihrer Familie, die sie nie gesehen hatten, als plötzlich draußen auf dem Korridor ein Krach und ein Schrei zu hören waren. Ich sprang auf, und als ich die Tür des Salons erreicht hatte, erblickte ich draußen auf den Steinfliesen ein zusammengekauertes Wesen, das versuchte, wieder auf die Beine zu kommen. Die schwere Tür zur Bibliothek stand offen, und der gedrungene alte Simon Fraser stand davor, bösartig wie ein Giftzwerg.

»Es wird dir noch schlimmer ergehen, Mädel, wenn du deine Arbeit nicht besser machst«, sagte er. Seine Stimme klang nicht sonderlich bedrohlich; es war lediglich eine Feststellung. Die am Boden kauernde Gestalt hob den Kopf, und ich blickte in ein seltsam eckiges, hübsches Gesicht mit großen dunklen Augen und einem roten Fleck auf der Wange. Sie sah mich an, verzog aber keine Miene, sondern stand auf und ging, ohne ein Wort zu sagen. Sie war groß und äußerst dünn, und sie bewegte sich mit der seltsam plumpen Anmut eines Kranichs.

Ich starrte den alten Simon an, der sich düster vor dem Kaminfeuer in der Bibliothek abhob. Er spürte meinen Blick und wandte sich zu mir um. Seine blauen Augen ruhten auf mir kalt wie Saphire.

»Guten Abend, meine Liebe«, sagte er, schloß die Tür und ließ mich stehen.

»Was war denn das?« fragte ich Frances, die jetzt hinter mir stand.

»Ach, nichts«, erwiderte sie und fuhr sich mit der Zunge nervös über die Lippen. »Kommen Sie, meine Liebe.« Ich folgte ihr, beschloß jedoch, Jamie später zu fragen, was in der Bibliothek geschehen war.

Wir waren in unserem Schlafzimmer angelangt, und Jamie entließ unseren kleinen Führer mit einem Klaps auf den Kopf.

Ich sank aufs Bett und sah mich hilflos um.

»So, und was machen wir nun?« fragte ich. Wir hatten das Abendessen ohne Zwischenfälle hinter uns gebracht, aber ich hatte Lovats forschenden Blick auf mir gespürt.

Jamie zuckte die Schultern und zog sich das Hemd über den Kopf.

»Wenn ich das bloß wüßte, Sassenach«, sagte er. »Sie haben mich nach der Stärke der Hochlandarmee gefragt, nach dem Zustand der Truppen, was ich von den Plänen Seiner Hoheit wüßte. Ich habe ihnen Auskunft erteilt. Und dann begann alles noch einmal von vorne. Mein Großvater kann sich nicht vorstellen, daß ihm jemand eine ehrliche Antwort gibt«, fügte er trocken hinzu. »Er glaubt, die anderen sind genauso unredlich wie er und haben tausend Gründe, etwas zu verheimlichen.«

Er schüttelte den Kopf und warf das Hemd neben mich auf das Bett.

»Er weiß nicht, ob das, was ich ihm über die Hochlandarmee erzähle, auch stimmt. Denn wenn ich will, daß er sich den Stuarts anschließt, so meint er, würde ich die Dinge in einem besseren Licht erscheinen lassen. Andererseits, wenn mir egal ist, ob er die Stuarts unterstützt, dann könnte ich gut die Wahrheit sprechen. Er ist nicht bereit, sich in irgendeiner Weise festzulegen, ehe er nicht herausgefunden hat, wo ich stehe.«

»Und wie will er das feststellen?« fragte ich skeptisch.

»Er hat eine Wahrsagerin«, erwiderte er beiläufig, als ob dies zum selbstverständlichen Inventar einer Hochlandburg gehörte. Und das konnte durchaus sein.

»Tatsächlich?« Ich setzte mich neugierig im Bett auf. »Die seltsame Frau, die er hinausgeworfen hat?«

»Aye. Sie heißt Maisri, und sie hat von Geburt an das Zweite Gesicht. Aber sie konnte – oder wollte – ihm nichts sagen«, fügte er hinzu. »Es war allzu deutlich, daß sie etwas weiß, aber sie schüttelte nur den Kopf und sagte, sie sehe nichts. Da hat mein Großvater die Geduld verloren und sie geschlagen.«

»Der abscheuliche alte Kerl«, sagte ich empört.

»Na ja, er ist nicht gerade ein Muster an Höflichkeit«, nickte Jamie.

Er schenkte Wasser aus dem Krug in die Schüssel und spritzte sich das Gesicht naß. Als ich einen Schrei ausstieß, sah er – mit triefendem Gesicht – erstaunt auf.

»Hm?«

»Dein Bauch...«, sagte ich und deutete auf ihn. Auf der Haut zwischen Brustbein und Kilt war ein großer blauer Fleck.

Jamie sah an sich hinab. »Ach, *das*«, meinte er abwehrend und fuhr fort, sich zu waschen.

»Ja, *das*«, beharrte ich, stand auf und trat näher. »Was ist passiert?«

»Nichts von Bedeutung«, winkte er ab und trocknete sich das Gesicht. »Ich bin heute nachmittag ein wenig hitzig geworden, und da hat mir mein Großvater vom jungen Simon eine Lektion erteilen lassen.«

»Dann haben dich also zwei Frasers festgehalten, während er dich in den Bauch geschlagen hat?« Mir wurde übel bei dem Gedanken.

Jamie warf das Handtuch beiseite und griff nach dem Nachthemd.

»Sehr schmeichelhaft von dir, anzunehmen, daß mich zwei festhalten müßten«, sagte er und grinste, während er es überzog. »Eigentlich waren es drei; einer stand hinter mir und hat mich gewürgt.«

»Jamie!«

Er lachte und schüttelte den Kopf, während er die Bettdecke zurückschlug.

»Ich weiß nicht, was du an dir hast, Sassenach, daß ich vor dir immer angeben will. Irgendwann werde ich mich noch umbringen lassen, nur um dich zu beeindrucken.« Er seufzte und strich das wollene Nachthemd über seinem Bauch glatt. »Es ist alles nur Spielerei, Sassenach, du brauchst dir keine Sorgen zu machen.«

»Spielerei! Guter Gott, Jamie!«

»Hast du noch nie gesehen, was passiert, wenn ein fremder Hund sich einem Rudel anschließt, Sassenach? Die anderen beschnüffeln ihn und knurren, um zu sehen, ob er den Schwanz einzieht oder zurückknurrt. Manchmal kommt es zu einer Beißerei, doch am Ende kennt jeder Hund seinen Platz und weiß, wer der Anführer ist. Der alte Simon will sichergehen, daß ich weiß, wer sein Rudel anführt, das ist alles.«

»Ach. Und weißt du es jetzt?« Ich legte mich wieder hin und wartete, daß auch er ins Bett kam. Er nahm die Kerze und grinste mich an. Im flackernden Licht blitzten seine blauen Augen.

»Wau, wau«, bellte er und blies die Kerze aus.

In den folgenden beiden Wochen sah ich Jamie fast nur nachts. Tagsüber leistete er seinem Großvater auf der Jagd und beim Ausreiten Gesellschaft – denn Lovat war, ungeachtet seiner Jahre, ein rüstiger Mann – oder auch in der Bibliothek, während der alte Fuchs mit Bedacht seine Entscheidungen traf und seine Pläne schmiedete.

Die meiste Zeit verbrachte ich mit Frances und den anderen Frauen. Wenn Frances aus dem übermächtigen Schatten ihres Vaters herausgetreten war, fand sie den Mut, ihre Meinung zu sagen, und erwies sich als kluge und interessante Gefährtin. Sie war verantwortlich für den reibungslosen Ablauf des Lebens auf der Burg, aber sobald ihr Vater auftauchte, hielt sie sich zurück, senkte den Blick und sprach nur im Flüsterton. Und dafür konnte ich ihr nicht einmal Vorwürfe machen.

Zwei Wochen nach unserer Ankunft kam Jamie in den Salon, wo

ich mit Frances und Aline saß, um mir zu sagen, daß Lord Lovat mich zu sehen wünschte.

Der alte Simon deutete auf die Karaffen, die auf dem Tisch an der Wand standen, dann setzte er sich auf einen riesigen, aus Walnußholz geschnitzten Stuhl, dessen blaues Samtpolster schon ganz abgewetzt war. Der Stuhl paßte so gut zu seiner kurzen, kräftigen Figur, daß ich mich fragte, ob er nach Maß gefertigt worden war oder ob der alte Simon im Laufe der Zeit in den Stuhl hineingewachsen war.

Ich setzte mich still in eine Ecke, ein Glas Portwein vor mir, und schwieg, während Simon Jamie erneut über Charles Stuarts Erfolgsaussichten befragte. Jamie und sein Großvater waren inzwischen zum verwandtschaftlichen Du übergegangen.

Zum zwanzigstenmal zählte Jamie die Anzahl der bereitstehenden Truppen auf; er erläuterte die Kommandohierarchie – soweit es überhaupt eine gab –, die Art und Qualität der Bewaffnung – sie war nicht anders als kläglich zu nennen –, er berichtete, was Glengarry nach Prestonpans gesagt hatte, was Cameron über die englischen Truppenbewegungen wußte, weshalb Charles beschlossen hatte, Richtung Süden zu marschieren, und so weiter und so fort. Ich wäre über dem Glas in meiner Hand fast eingenickt, und ich riß mich gerade noch rechtzeitig zusammen, um zu vermeiden, daß sich der Wein über mein Kleid ergoß.

»...und Lord George Murray und Kilmarnock sind der Meinung, daß Seine Hoheit am besten beraten wäre, sich im Winter in die Highlands zurückzuziehen«, schloß Jamie seine Ausführungen und gähnte hemmungslos. Er stand von dem unbequemen Stuhl, dem man ihm zugewiesen hatte, auf und streckte sich.

»Und was meinst du, du persönlich?« Die Augen des alten Simon blitzten unter halbgeschlossenen Lidern hervor, als er sich in seinem Stuhl zurücklehnte. Die Flammen flackerten hell, und das Harz des brennenden Kiefernholzes verbreitete einen durchdringenden Geruch, der sich mit dem dicken Rauch vermischte.

Der Feuerschein warf Jamies Schatten an die Wand, während er nervös auf und ab ging. In der Bibliothek war es stickig und düster, die Vorhänge waren bereits zugezogen – ein völlig anderer Schauplatz als der sonnige, offene Kirchhof, auf dem Colum Jamie die gleichen Fragen gestellt hatte. Und auch die Umstände hatten sich verändert: Charles war nun nicht mehr der von allen geliebte Prinz, dem man sich freiwillig anschloss, sondern er sandte nach den Clanoberhäuptern und rief sie in aller Strenge auf, ihm zu folgen. Doch es ging immer noch um dasselbe – und das Problem hing düster, ungreifbar und wie ein Schatten über uns.

»Ich habe dir gesagt, was ich denke – mehr als ein dutzendmal.« Jamie sprach abgehackt und zuckte ungeduldig mit den Schultern, als wäre ihm sein Hemd zu eng.

»Oh, aye. Das ist richtig. Aber diesmal, glaube ich, werden wir die Wahrheit hören.«

Der Alte lehnte sich bequem in seinem gepolsterten Stuhl zurück und verschränkte die Hände über dem Bauch.

»Tatsächlich?« Jamie lachte und sah sich seinen Großvater an. Er stellte sich neben den Tisch und verschränkte die Arme hinter dem Rücken. Trotz der Unterschiede in Haltung und Statur war eine knisternde Spannung zwischen den beiden Männern spürbar, die ihre Ähnlichkeit unterstrich. Der eine groß, der andere untersetzt, beide aber stark, starrköpfig und entschlossen, aus der Auseinandersetzung als Sieger hervorzutreten.

»Bin ich denn nicht dein Blutsverwandter? Und dein Oberhaupt? Ich verlange nichts von dir als Loyalität.«

Das also war der Punkt. Colum, bestens vertraut mit körperlicher Schwäche, hatte gewußt, wie man die Schwächen der anderen für eigene Zwecke einsetzt. Simon Fraser, auch im hohen Alter noch stark und tatkräftig, war es gewohnt, auf direktem Weg ans Ziel zu gelangen. Als ich Jamies säuerliches Grinsen sah, wußte ich, daß auch er in Gedanken Colums eindringlichen Appell mit der barschen Forderung seines Großvaters verglich.

»Ach, tatsächlich? Ich erinnere mich nicht, dir einen Eid geleistet zu haben.«

Aus Simons Augenbrauen sprossen borstig einige lange Härchen, wie oft bei älteren Männern. Sie erzitterten im Schein des Feuers, ob aus Wut oder Erheiterung über Jamies Frechheit, war nicht zu sagen.

»Einen Eid also? Und das Fraser-Blut – fließt etwa kein Fraser-Blut in deinen Adern?«

Jamies Mund verzog sich schmerzlich, als er antwortete: »Es heißt, daß ein kluges Kind seinen Vater kennt, nicht wahr? Meine Mutter war eine MacKenzie; soviel steht fest.«

Simons Gesicht wurde dunkelrot, und seine Stirn legte sich in

Falten. Dann öffnete er den Mund und fing an, schallend zu lachen. Er lachte so sehr, daß er sich schließlich im Stuhl hochziehen mußte und nach Luft rang. Außer sich vor Heiterkeit schlug er mit einer Hand auf die Stuhllehne, griff mit der anderen in seinen Mund und holte seine falschen Zähne heraus.

»Pff«, spuckte er, keuchend und schnaufend. Tränen standen ihm in den Augen, und aus seinem Mund tropfte Speichel; er tastete mit der Hand nach dem Tischchen neben sich und ließ das Gebiß auf die Kuchenplatte fallen. Seine knorrigen Hände ergriffen eine Leinenserviette, die er sich aufs Gesicht preßte, immer noch grunzende Laute der Erheiterung ausstoßend.

»Herr im Himmel, Junge«, lispelte er zahnlos. »Reich mir den Whisky.«

Jamie nahm mit hochgezogenen Brauen die Karaffe vom Tisch und reichte sie seinem Großvater, der den Stöpsel herauszog und einen herzhaften Schluck nahm, ohne sich die Mühe zu machen, ein Glas vollzuschenken.

»Du glaubst also, du bist kein Fraser?« sagte er und ließ die Karaffe sinken. »Ha!« Er lehnte sich wieder im Stuhl zurück, und sein Bauch bewegte sich schwer, während er versuchte, wieder zu Atem zu kommen. Mit seinem langen, knochigen Finger zeigte er auf Jamie.

»Dein Vater stand genau da, wo du jetzt stehst, mein Junge, und er sagte haargenau dasselbe, an dem Tag, an dem er Burg Beaufort für immer verließ.« Der Alte beruhigte sich allmählich. Er hustete mehrmals und wischte sich erneut übers Gesicht.

»Wußtest du, daß ich versucht habe, die Heirat deiner Eltern zu verhindern, indem ich behauptete, Ellen MacKenzies Kind sei nicht von Brian?«

»Aye, das weiß ich.« Jamie beobachtete seinen Großvater aus zusammengekniffenen Augen.

Lord Lovat schnaubte verächtlich. »Nicht, daß ich behaupten möchte, es habe zwischen mir und den Meinen immer nur eitel Sonnenschein gegeben, aber ich kenne meine Söhne. *Und* meine Enkel«, fügte er spitz hinzu. »Keiner von ihnen wird sich zum Hahnrei machen lassen, ebensowenig wie ich.«

Jamie sah den Alten unverwandt an, aber ich mußte die Augen abwenden. Mein Blick schweifte zu den abgelegten Zähnen; das Buchenholz schimmerte feucht inmitten der Kuchenkrümel.

Er wurde wieder ernst. »Also gut. Dougal MacKenzie von Leoch hat sich für Charles entschieden. Ist er etwa dein Oberhaupt? Willst du mir etwa sagen, daß du ihm einen Treueid geleistet hast?«

»Nein, ich habe niemandem geschworen.«

»Auch nicht Charles?« Der Alte war blitzschnell mit seinen Fragen – wie eine Katze, die sich auf die Maus stürzt. Er beobachtete Jamie aus seinen tiefliegenden schmalen Augen.

Jamies Blick war starr auf das Feuer gerichtet, sein Schatten an der Wand hinter ihm bewegte sich nicht.

»Er hat mich nicht darum gebeten.« Das war richtig. Charles hatte keine Notwendigkeit gesehen, Jamie einen Eid schwören zu lassen – er war dem zuvorgekommen, indem er Jamies Namen unter den Bündnisvertrag gesetzt hatte. Dennoch, die Tatsache, daß er Charles nicht sein Wort gegeben hatte, war für Jamie sehr wichtig. Wenn er ihn verraten mußte, dann wenigstens nicht als den Mann, den er als Anführer anerkannt hatte. Daß alle Welt glaubte, er hätte einen solchen Eid geschworen, war für ihn nur von zweitrangiger Bedeutung.

Simon brummte. Ohne Zähne rückte seine Nase näher an das Kinn, und die untere Hälfte seines Gesichts erschien seltsam verkürzt.

»Dann hindert dich also nichts daran, mir einen Eid zu leisten«, sagte er ruhig. Ich konnte beinahe hören, was in seinem Kopf vorging, seine Gedanken erraten, die sich auf leisen Sohlen heranpirschten. Wenn Jamie nicht Charles, sondern ihm den Treueid schwor, würde Lovats Macht beträchtlich wachsen. Und sein Reichtum, denn als Clanoberhaupt konnte er einen Teil der Erträge von Lallybroch einfordern. Die Aussicht auf einen Herzogtitel rückte damit verlockend näher.

»Nichts außer meinem Willen«, nickte Jamie freundlich. »Aber der stellt durchaus ein kleines Hindernis dar, würde ich sagen.«

»Mmmpf.« Lovats Augen waren jetzt fast geschlossen, und bedächtig schüttelte er den Kopf. »Oh, aye, mein Junge, du bist wirklich der Sohn deines Vaters. Stur wie ein Klotz und doppelt so dumm. Ich hätte wissen müssen, daß Brian mit dieser Hure nichts als Narren zustande bringt.«

Jamie griff nach den falschen Zähnen.

»Die tust du lieber wieder rein, du alter Narr«, meinte er grob. »Ich verstehe kein Wort von dem, was du sagst.«

Der Mund seines Großvaters verzog sich zu einem lustlosen Grinsen, das einen einsamen gelben Zahnstumpf in seinem Unterkiefer entblößte.

»Nein?« sagte er. »Wie wäre es mit einem Handel?« Er warf mir einen Blick zu, und mir war klar, daß er mich lediglich als weitere Figur in seinem Spiel betrachtete. »Dein Eid gegen die Ehre deiner Frau, wie wäre das?«

Jamie lachte laut auf, das Gebiß immer noch in der Hand.

»Oh, aye? Beabsichtigst du, ihr vor meinen Augen Gewalt anzutun, Großvater?« Er lehnte sich verächtlich zurück. »Dann mal los, und wenn Claire dich fertiggemacht hat, dann hole ich Tante Frances, damit sie die Scherben aufsammelt.«

Der Alte sah Jamie gelassen an. »Nicht ich, mein Junge.« Sein Mund verzog sich zu einem schiefen Grinsen, als er mich ansah. »Obwohl ich schon Schlechtere gehabt habe.« Der bösartige Ausdruck in seinen dunklen Augen ließ mich frösteln.

»Wie viele Männer gibt es in Beaufort, Jamie? Wie viele, die bereit sind, mit deiner *sassenach*-Dirne das einzige zu tun, wozu sie taugt? Du kannst sie nicht Tag und Nacht bewachen.«

Jamie straffte die Schultern, und sein Schatten an der Wand schwankte leicht. Er sah seinen Großvater ausdruckslos an.

»Oh, ich glaube, darum muß ich mir keine Sorgen machen, Großvater«, sagte er leise. »Denn meine Frau ist eine besondere Frau. Eine Wahrsagerin, weißt du. Eine Weiße Frau, wie die Dame Aliset.«

Ich hatte noch nie etwas von der Dame Aliset gehört, Lord Lovat scheinbar schon; er warf den Kopf herum und starrte mich mit entsetzt aufgerissenen Augen an. Bevor er etwas sagen konnte, fuhr Jamie fort, in gemessener Rede, jedoch mit einem boshaften Unterton.

»Wer sie in unehrenhafter Umarmung umfängt, dem vertrocknen die Geschlechtsteile wie vom Frost befallene Äpfel«, sagte er genüßlich, »und seine Seele wird auf ewig in der Hölle schmoren.« Er entblößte seine Zähne und holte aus. »Und zwar so.« Das Buchenholzgebiß landete mit einem Knall im Kamin und fing sofort Feuer.

41

Der Fluch der Seherin

Die meisten Tieflandschotten waren in den beiden vorhergehenden Jahrhunderten zur presbyterianischen Kirche übergetreten. Es gab Hochlandclans, die sich ihnen anschlossen, andere aber, darunter die Frasers und die MacKenzies, waren ihrem katholischen Glauben treu geblieben. Besonders die Frasers mit ihren engen Verbindungen zum katholischen Frankreich.

Es gab auf Beaufort eine kleine Kapelle, aber die inzwischen recht verfallene Abtei von Beauly war und blieb auch weiterhin die Begräbniskirche der Lovats. Der Fußboden im Altarraum war mit Grabplatten der verstorbenen Lovats gepflastert.

Es war ein friedlicher Ort, den ich manchmal trotz des kalten, stürmischen Wetters aufsuchte. Ich hatte keine Ahnung, ob die Drohung des alten Simon wirklich ernst gemeint war. Vielleicht hatte ihn Jamie, der mich mit Dame Aliset verglichen hatte – einer legendären »Weißen Frau« oder Heilerin, das schottische Pendant zu *La Dame Blanche* – von seinem Vorhaben abgebracht. Aber ich war mir sicher, daß es niemand wagen würde, mich bei den Gräbern der verblichenen Frasers anzugreifen.

Eines Nachmittags, ein paar Tage nach jener Szene in der Bibliothek, als ich eben durch einen Mauerspalt in die verfallene Abteikirche geschlüpft war, merkte ich, daß ich nicht allein war. Die hochgewachsene Frau, die ich vor Lovats Bibliothek gesehen hatte, saß auf einer roten Grabplatte. Fröstelnd hatte sie die Arme vor der Brust verschränkt und die langen Beine von sich gestreckt.

Ich wich zurück, aber sie sah mich und winkte mich heran.

»Sie sind die Herrin von Broch Tuarach?« sagte sie mit ihrer weichen Hochlandstimme. Es klang mehr wie eine Feststellung denn eine Frage.

»Ja. Und Sie sind... Maisri?«

Ein Lächeln huschte über ihr Gesicht. Ihre Züge waren interessant, etwas asymmetrisch, wie die Gesichter der Frauen auf Modiglianis Gemälden. Das lange schwarze Haar hing ihr lose auf die Schultern herab; es war schon weiß durchwirkt, obwohl sie offensichtlich noch jung war. Eine Seherin? Sie sah wirklich danach aus.

»Aye, ich habe das Zweite Gesicht«, sagte sie und lächelte.

»Sie können auch Gedanken lesen, nicht wahr?« fragte ich.

Ihr Lachen wurde vom Wind fortgetragen, der durch das verfallene Gemäuer strich.

»Nein, Lady. Aber ich lese in den Gesichtern, und...«

»Und meines ist ein offenes Buch, ich weiß«, seufzte ich.

Eine Zeitlang standen wir nebeneinander und beobachteten den feinen Schneeregen, der gegen den Sandstein und auf das dichte braune Gras sprühte, das den Kirchhof überwucherte.

»Man sagt, Sie seien eine Weiße Frau«, sagte Maisri plötzlich. Fragend sah sie mich an, aber ohne jene Erregung, die eine solche Äußerung gewöhnlich begleitete.

»Man sagt es«, nickte ich.

»Ah.« Sie schwieg und blickte auf ihre langen schmalen Füße, die in Wollstrümpfen und Ledersandalen steckten. Meine Zehen, die weitaus wärmer eingepackt waren, wurden langsam taub. Da sie sich schon etwas länger hier aufhielt, mußten ihre Füße zu Eis gefroren sein.

»Was machen Sie hier?« fragte ich. Bei Sonnenschein war die Abtei wunderschön und die Ruhe wohltuend. Aber bei Schnee und Regen konnte man sich gemütlichere Plätze vorstellen.

»Ich komme hierher, um nachzudenken«, antwortete sie. Sie lächelte mich an, schien aber irgendwie beunruhigt. Was auch immer sie beschäftigte, es war nichts Angenehmes.

»Worüber?« fragte ich und setzte mich auf die Grabplatte neben sie. Die Figur eines Ritters war darauf eingemeißelt, sein Breitschwert hielt er in der Hand, die Arme über der Brust gekreuzt.

»Ich möchte wissen, warum!« brach es aus ihr heraus. Ihr schmales Gesicht war voller Empörung.

»Warum was?«

»Warum! Warum ich sehen kann, was geschehen wird, wenn ich es doch nicht ändern kann! Welchen Nutzen bringt eine solche

Gabe? Es ist keine Gabe, es ist ein Fluch, und ich habe nichts getan, ihn zu verdienen!«

Sie wandte sich um und starrte erzürnt auf den in Stein gehauenen Thomas Fraser, der gelassen unter seinem Helm hervorblickte.

»Aye, vielleicht ist es dein Fluch, du alter Narr! Du und deine ganze verdammte Familie! Haben Sie jemals darüber nachgedacht?« fragte sie plötzlich und zog die Augenbrauen hoch. Ihre klugen Augen sprühten vor Empörung.

»Haben Sie sich jemals Gedanken gemacht, daß es womöglich gar nicht Ihr eigenes Schicksal ist, das Sie zu dem macht, was Sie sind? Daß Sie vielleicht nur deshalb das Zweite Gesicht haben, weil es einem anderen nutzt, und gar nichts mit Ihnen selbst zu tun hat – nur eben, daß Sie es sind, die diese Gabe besitzt und darunter leiden muß?«

»Ich weiß nicht«, sagte ich zögernd. »Oder ja, jetzt, da Sie es sagen, ich habe darüber nachgedacht. Warum gerade ich? Das fragt man sich natürlich die ganze Zeit. Aber ich bin nie zu einer befriedigenden Antwort gelangt. Sie glauben, Sie haben diese Fähigkeit vielleicht deshalb, weil die Frasers dazu verdammt sind, den Zeitpunkt ihres Todes schon vor der Zeit zu erfahren? Das ist ja eine höllische Vorstellung.«

»Ja, höllisch«, nickte sie bitter. Sie lehnte sich gegen das Grabmal aus rotem Stein und starrte in den Schneeregen.

»Was meinen Sie?« fragte sie plötzlich. »Soll ich es ihm sagen?« Ich war verblüfft.

»Wem? Dem Herrn von Lovat?«

»Ja, Seiner Lordschaft. Er fragt, was ich sehe, und er schlägt mich, wenn ich ihm sage, daß es nichts zu sehen gibt. Er weiß es; er sieht es mir an, wenn ich das Zweite Gesicht gehabt habe. Ich habe keine Macht außer der Macht, nicht zu sagen, was ich weiß.« Ihre langen weißen Finger kamen unter ihrem Umhang hervor und spielten nervös mit den Falten des regennassen Tuchs.

»Aber es besteht doch immer eine Chance, nicht wahr?« fuhr sie fort. Sie hatte den Kopf geneigt, so daß die Kapuze ihres Umhangs ihr Gesicht verhüllte. »Es besteht doch die Chance, daß es etwas ändert, wenn ich es sage. Ab und zu war das der Fall, wissen Sie. Ich habe es Lachlan Gibbons gesagt, als ich seinen Schwiegersohn von Seegras umschlungen vor mir sah. Aufmerksam hörte Lachlan zu; dann ging er hinaus und schlug ein Loch in das Boot seines Schwiegersohnes.« Sie mußte lachen. »Mein Gott, das war eine Geschichte! Aber als eine Woche später der große Sturm kam, ertranken drei Männer, und Lachlans Schwiegersohn saß zu Hause und besserte sein Boot aus. Und als ich ihn das nächstemal sah, war sein Hemd trocken, und in seinem Haar hing kein Seegras mehr.«

»Also ist es doch möglich«, sagte ich leise. »Manchmal.«

»Manchmal«, nickte sie, weiterhin auf den Boden starrend. Lady Sarah Fraser lag zu ihren Füßen, auf der Grabplatte befand sich ein Totenschädel mit überkreuzten Gebeinen. *Hodie mihi cras tibi*, lautete die Inschrift. *Sic transit gloria mundi.* Heute ich, morgen du. So vergeht der Ruhm der Welt.

»Manchmal auch nicht. Wenn ich einen Mann in seinem Leichentuch sehe, dann wird er krank – und daran ist nichts zu ändern.«

»Mag sein«, sagte ich. Ohne Medikamente, ohne Instrumente, ohne Wissen – ja, dann war Krankheit Schicksal, und es war nichts zu machen. Aber wenn ein Heiler oder eine Heilerin zur Stelle war und die Mittel besaß, um zu heilen... war es möglich, daß Maisri die Schatten einer bevorstehenden Krankheit wie ein echtes Symptom, so wie Fieber oder Ausschlag, sah? Und wurde dann allein durch den Mangel an medizinischem Wissen die Prophezeiung zum Todesurteil? Ich würde es niemals erfahren.

»Wir werden es niemals erfahren«, sagte ich und wandte mich an sie. »Wir können es nicht sagen. Wir wissen Dinge, die andere Menschen nicht wissen, und wir können nicht erklären, wie oder warum. Wir besitzen diese Fähigkeit – und Sie haben recht, es ist ein Fluch. Aber wenn man Wissen besitzt, das Schaden abwenden könnte... glauben Sie, daß man auch Schaden verursachen kann?«

Sie schüttelte den Kopf.

»Das weiß ich nicht. Wenn man weiß, daß man bald sterben wird, was würde man dann tun? Würde man nur Gutes tun oder würde man seine allerletzte Chance nutzen, seinen Feinden Schaden zuzufügen – Schaden, der sonst vermieden worden wäre?«

»Wenn ich das bloß wüßte.« Wir schwiegen wieder und sahen zu, wie sich der Schneeregen allmählich in Schnee verwandelte und die Flocken durch die verfallenen Mauern der Abteikirche wirbelten.

»Manchmal weiß ich, daß etwas zu sehen ist«, sagte Maisri, »aber ich kann es ausblenden, einfach nicht hinsehen. So war es auch bei Seiner Lordschaft; ich wußte, da war etwas, aber es gelang mir, es nicht zu sehen. Aber dann befahl er mir, den Spruch zu sprechen, der die Vision klar hervortreten läßt. Und das habe ich getan.« Als sie den Kopf nach oben wandte, glitt ihre Kapuze herab. Ihr weißdurchwirktes schwarzes Haar wehte im Wind.

»Er stand vor dem Feuer, aber es war taghell, und ich sah es deutlich. Ein Mann stand hinter ihm, unbeweglich wie ein Baum, mit schwarz verhülltem Gesicht. Und über das Gesicht Seiner Lordschaft fiel der Schatten eines Beiles.«

Ihre Stimme klang nüchtern, dennoch lief mir ein Schauer über den Rücken. Dann seufzte sie und sah mich an.

»Ja, ich glaube, ich sage es ihm, und dann soll er machen, was er will. Verdammnis oder Rettung – das liegt nicht in meiner Hand. Er hat die Wahl – und der Herr Jesus Christus möge ihm beistehen.«

Sie wandte sich zum Gehen, ich glitt von dem Grabstein und landete auf Lady Sarahs Grabplatte.

»Maisri«, sagte ich. Sie sah mich aus ihren schwarzen Augen aufmerksam an.

»Aye?«

»Was sehen Sie, Maisri?« fragte ich und blieb unbeweglich vor ihr stehen.

Sie sah mich eindringlich von allen Seiten an. Dann lächelte sie und schüttelte den Kopf.

»Ich sehe nichts, nur Sie, Lady«, sagte sie leise. »Nur Sie sind zu sehen.«

Sie drehte sich um und verschwand auf dem schmalen Weg zwischen den Bäumen.

Verdammnis oder Rettung. Das liegt nicht in meiner Hand. Ich habe nur die Macht des Wissens, keine Fähigkeit, andere meinem Willen zu unterwerfen, keine Möglichkeit, sie daran zu hindern, das zu tun, was sie tun werden. Da bin nur ich.

Ich schüttelte mir den Schnee vom Umhang, folgte Maisri auf dem schmalen Weg und teilte mit ihr das bittere Wissen, daß ich ganz allein dastand. Und nur ich allein – das war nicht genug.

Der alte Simon verhielt sich in den folgenden zwei, drei Wochen nicht anders als gewöhnlich, obwohl Maisri ihm ihre Vision bestimmt geschildert hatte. Doch während er zuvor geneigt schien, die Clansmänner und Pächter herbeizurufen und in den Kampf zu schicken, änderte er nun plötzlich seine Meinung und sagte, es hätte überhaupt keine Eile damit. Diese Unentschlossenheit machte den jungen Simon furchtbar wütend, der es kaum erwarten konnte, in den Krieg zu ziehen und auf dem Schlachtfeld Ruhm und Ehre zu erwerben.

»Es hat keine Eile«, sagte der alte Simon zum x-ten Mal, nahm ein Stück Haferkuchen in die Hand, roch daran und legte es wieder zurück. »Vielleicht sollten wir bis nach der Frühjahrssaat warten.«

»Bis zum Frühjahr können sie in London sein!« Der junge Simon blickte seinen Vater finster an und griff nach der Butter. »Wenn du schon selbst nicht gehen willst, dann laß wenigstens mich mit Seiner Hoheit in den Kampf ziehen!«

»Eile ist des Teufels«, murmelte Lord Lovat vor sich hin. Dann fügte er etwas lauter hinzu: »Wirst du denn niemals lernen abzuwarten?«

»Die Zeit des Abwartens ist längst vorbei!« platzte Simon heraus. »Die Camerons, die MacDonalds, die MacGillivrays – sie alle waren schon von Anfang an dabei. Sollen wir denn die letzten sein und am Ende als Bettler auftreten? Sollen wir hinter Clanranald und Glengarry den zweiten Platz einnehmen? Dann ist es mit der Herzogswürde auch vorbei!«

Lovat hatte einen großen ausdrucksstarken Mund; noch in seinem Alter drückte sich darin etwas von seinem Humor und seiner Sinnlichkeit aus. Doch jetzt preßte er die Lippen fest aufeinander und betrachtete seinen Erben verdrießlich.

»In Eile gefreit, in Muße bereut«, sagte er. »Und bei der Wahl eines Kriegsherrn gilt das um so mehr. Eine Frau kann man wieder loswerden.«

Der junge Simon schnaubte wütend und sah Jamie hilfesuchend an. Im Laufe der letzten beiden Monate war sein anfänglicher Argwohn einem widerwilligen Respekt für seinen in der Kriegskunst offenkundig ziemlich bewanderten Verwandten gewichen.

»Jamie sagt...«, begann er.

»Ich weiß sehr wohl, was er sagt«, fiel ihm der alte Simon ins Wort. »Er hat es oft genug wiederholt. Ich werde mir Zeit lassen bei der Entscheidung. Aber vergiß eines nicht, mein Junge: Wenn man im Krieg Partei ergreifen will, hat es noch nie geschadet abzuwarten.«

»Abwarten, um zu sehen, wer gewinnt«, murmelte Jamie und

wischte seinen Teller mit einem Stück Brot aus. Der Alte blickte ihn scharf an, entschloß sich aber, diesen Gesprächsbeitrag zu übergehen.

»Du hast den Stuarts dein Wort gegeben«, fuhr der junge Simon unnachgiebig fort. »Du willst doch nicht etwa wortbrüchig werden? Was werden die Leute über deine Ehre sagen?«

»Nicht mehr und nicht weniger als im Jahr 1715«, erwiderte sein Vater in aller Seelenruhe. »Die meisten, die damals etwas dazu zu sagen hatten, sind heute tot, bankrott oder sitzen verarmt in Frankreich. Ich hingegen bin immer noch hier.«

»Aber...« Der junge Simon war hochrot im Gesicht, wie so häufig, wenn er sich mit seinem Vater anlegte.

»Es reicht jetzt«, unterbrach ihn der Alte heftig. Er sah seinen Sohn kopfschüttelnd an. »Guter Gott! Manchmal wünschte ich mir, Brian wäre noch am Leben. Er mag ein Narr gewesen sein, aber wenigstens wußte er, wann es genug war.«

Der junge Simon und Jamie waren beide vor Ärger rot im Gesicht, aber nachdem sie sich einen wachsamen Blick zugeworfen hatten, wandten sie ihre Aufmerksamkeit dem Essen zu.

»Und was betrachten Sie so aufmerksam?« murmelte Lord Lovat. Er hatte meinen Blick aufgefangen.

»Sie«, sagte ich offen heraus. »Sie sehen gar nicht gut aus.« Das war richtig. Lord Lovat war mittelgroß und im Alter etwas in die Breite gegangen, doch normalerweise wirkte er noch rüstig und voller Energie. Doch in letzter Zeit machte er einen müden und geschwächten Eindruck, als wäre er irgendwie geschrumpft. Die Ringe unter seinen Augen waren tiefer geworden, und er sah kränklich blaß aus.

»Mmmpf«, murmelte er. »Natürlich nicht. Im Bett finde ich keine Ruhe, und wenn ich wach bin, auch nicht. Kein Wunder, wenn ich nicht wie ein frischgebackener Bräutigam aussehe.«

»Aber doch, Vater«, warf der junge Simon boshaft ein. Er witterte eine Chance, sich zu rächen. »Wie ein Bräutigam nach der Hochzeitsnacht, völlig saft- und kraftlos.«

»Simon!« rügte Lady Frances. Trotzdem löste Simons Bemerkung Heiterkeit aus, und auch Lord Lovats Mund verzog sich zu einem leichten Grinsen.

»Aye?« sagte er. »Na, dagegen hätte ich nichts einzuwenden, mein Junge, das kann ich dir sagen.« Er rutschte unruhig auf seinem

Stuhl hin und her und schob die Platte mit dem Rübengemüse beiseite, die ihm gereicht wurde. Dann griff er nach seinem Weinglas, roch daran und stellte es verdrießlich wieder auf den Tisch.

»Es ist unanständig, jemanden so anzustarren«, wandte er sich kühl an mich. »Oder haben die Engländer andere Vorstellungen von Höflichkeit?«

Ich errötete leicht, schlug die Augen aber nicht nieder. »Ich habe mich nur gewundert – Sie haben keinen Appetit, Sie trinken auch nicht. Was fehlt Ihnen sonst noch?«

»Sie wollen wohl zeigen, was Sie können, hm?« Lovat lehnte sich zurück und faltete die Hände über seinem dicken Bauch wie ein alter Frosch. »Eine Heilerin, sagt mein Enkel. Eine Weiße Frau, aye?« Er warf Jamie einen frostigen Blick zu, der aber in aller Ruhe weiteraß und seinen Großvater nicht beachtete. Lovat murmelte etwas und sah mich spöttisch an.

»Ich habe nicht getrunken, Lady, weil ich nicht pissen kann, und ich habe keine Lust, wie eine Schweinsblase aufgeschwemmt zu werden. Ich kann nicht schlafen, da ich dauernd aufstehen muß, um mich zu erleichtern, und dann – nichts. Was sagen Sie dazu, Dame Aliset?«

»Vater«, mischte sich Lady Frances ein, »wirklich, ich glaube nicht, daß du...«

»Könnte eine Blasenentzündung sein, aber es klingt eher nach Prostatitis«, gab ich zur Antwort. Ich nahm mein Weinglas in die Hand, trank genüßlich einen Schluck und stellte das Glas wieder auf den Tisch. Dabei lächelte ich Seine Lordschaft gelassen an.

»Oh, tatsächlich?« sagte er und hob die Augenbrauen. »Und was ist das, wenn ich fragen darf?«

Ich schob die Ärmel zurück, hob die Hände und ließ meine Finger spielen wie ein Zauberer vor einem Taschenspielertrick. Dann streckte ich den linken Zeigefinger in die Höhe.

»Die männliche Prostatadrüse«, begann ich dozierend, »umschließt die Harnröhre, die von der Blase nach draußen führt.« Ich umschloß mit zwei Fingern meiner rechten Hand meinen linken Zeigefinger. »Wenn die Prostata sich entzündet oder sich vergrößert – das nennt man dann Prostatitis –, drückt sie auf die Harnröhre«, ich schloß meine beiden Finger enger um den linken Zeigefinger, »und schneidet den Urinfluß ab. Kommt bei älteren Männern ziemlich häufig vor. Verstehen Sie?«

Lady Frances, die mit ihrer Vorstellung von gesitteten Tischgesprächen keinen Eindruck auf ihren Vater gemacht hatte, flüsterte aufgeregt mit ihrer jüngeren Schwester, und beide musterten mich argwöhnisch.

Lord Lovat hingegen folgte gebannt meinem Vortrag.

»Aye, ich verstehe«, sagte er. Er kniff seine schmalen Augen zusammen und blickte nachdenklich auf meine Finger. »Und was kann man dagegen tun, wenn Sie schon so gut darüber Bescheid wissen?«

Stirnrunzelnd kramte ich in meiner Erinnerung. Noch nie hatte ich einen Fall von Prostatitis gesehen – geschweige denn behandelt, da diese Krankheit bei jungen Soldaten nicht vorkam. Doch hatte ich in einem medizinischen Lehrbuch darüber gelesen. Ich erinnerte mich deshalb so genau an die Behandlung, weil deren schematische Darstellung im Lehrbuch bei den Krankenschwestern so große Heiterkeit hervorgerufen hatte.

»Tja«, sagte ich schließlich, »abgesehen von einem operativen Eingriff bleiben nur noch zwei Möglichkeiten. Man kann ein Metallröhrchen durch den Penis bis zur Blase einführen und die Harnröhre auf diese Weise öffnen. Oder man kann die Prostata massieren, damit die Schwellung zurückgeht. Durch das Rektum«, fügte ich hilfreich hinzu.

Neben mir hörte ich ein leises Keuchen. Jamie hatte die Augen starr auf den Teller gerichtet, doch sein Kopf, der Hals und die Ohren waren bereits rot angelaufen. Ich sah in die Runde; aller Augen waren gebannt auf mich gerichtet. Lady Frances, Aline und die anderen Frauen starrten mich teils neugierig, teils empört an, während die Augen der Männer vor Entsetzen geweitet waren.

Nur Lord Lovat reagierte gelassen. Er rieb sich nachdenklich das Kinn.

»Mmmpf«, sagte er. »Die Qual der Wahl. Eine Röhre in den Schwanz oder einen Finger in den Arsch.«

»Besser noch zwei oder drei«, ergänzte ich züchtig lächelnd. »Und zwar mehrmals.«

»Ah.« Auch Lord Lovat verzog das Gesicht zu einem Grinsen, dann hob er langsam die Augen und blickte mich scharf an – mit einer Mischung aus Spott und Herausforderung.

»Das klingt... unterhaltsam«, bemerkte er freundlich. Er musterte meine Hände.

»Sie haben hübsche Hände, meine Liebe«, sagte er. »Gepflegte Hände und so lange, weiße, schmale Finger, aye?«

Jamie schlug mit beiden Fäusten auf den Tisch und stand auf. Dann beugte er sich so weit vor, daß sein Gesicht dem seines Großvaters nahe kam.

»Wenn du derartige Hilfe benötigst, Großvater«, sagte er, »werde ich selbst mich darum kümmern.« Er legte seine kräftigen Hände auf den Tisch. »Es bereitet mir kein Vergnügen, meine Finger in deinen behaarten alten Arsch zu stecken«, eröffnete er seinem Verwandten, »aber es ist wohl meine Kindespflicht zu verhindern, daß es Pisse regnet, wenn du platzt, nicht wahr?«

Frances stieß ein schockiertes Kreischen aus.

Lord Lovat strafte seinen Enkel mit einem ungnädigen Blick, dann stand er auf.

»Mach dir bloß keine Umstände«, erwiderte er barsch. »Ich werde mir eine der Mägde dafür holen.« Er bedeutete der versammelten Tischgesellschaft, mit dem Essen fortzufahren, und erhob sich. Einer jungen Dienstmagd, die eben mit einer Platte Fasan hereinkam, warf er einen forschenden Blick zu. Mit angstgeweiteten Augen wich sie ihm aus.

Am Tisch herrschte tödliches Schweigen. Der junge Simon sah mich an und öffnete den Mund. Dann sah er Jamie an und schloß ihn wieder. Er räusperte sich.

»Könnte ich bitte das Salz haben?« fragte er.

»...und als Folge meiner bedauerlichen Unpäßlichkeit, die mich davon abhält, Eurer Hohcit selbst zu Diensten zu sein, schicke ich durch meinen Sohn und Erben ein Unterpfand meiner Treue – nein, schreib lieber Hochachtung –, ein Unterpfand meiner Hochachtung, mit der ich Seiner Majestät und Eurer Hoheit zugetan bin.«

Lord Lovat hielt inne und blickte stirnrunzelnd zur Decke hinauf.

»Was sollen wir schicken, Gideon?« fragte er seinen Sekretär. »Etwas, was Eindruck macht, aber dann doch wieder nicht so wertvoll ist, daß ich nicht sagen könnte, es ist doch nur ein belangloses Geschenk.«

Gideon seufzte und wischte sich mit einem Taschentuch übers Gesicht. Er war ein stämmiger Mann in mittleren Jahren mit beginnender Glatze und runden roten Backen, dem die Hitze im Schlafzimmer sehr zu schaffen machte.

»Vielleicht den Ring, den Eure Lordschaft vom Grafen von Mar bekommen hat?« schlug er zaghaft vor. Ein Schweißtropfen rann über sein Doppelkinn und fiel auf den Briefbogen. Verstohlen wischte er mit seinem Jackenärmel darüber.

»Das ist nicht teuer genug«, verwarf Seine Lordschaft den Vorschlag, »und es sind zu viele politische Assoziationen damit verknüpft.« Mit seinen fleckigen Fingern trommelte er gedankenverloren auf die Bettdecke.

Der alte Simon hatte gründliche Arbeit geleistet. Er trug sein bestes Nachthemd und saß aufrecht im Bett, auf dem Tisch neben ihm ein eindrucksvolles Sortiment von Arzneimitteln. Auch sein Leibarzt, Dr. Menzies, war da, ein kleiner, leicht schielender Mann, der mich mißtrauisch musterte. Der alte Simon vertraute wohl nicht allzusehr auf die Phantasie des jungen Simon und hatte die ganze Szenerie nur deshalb aufgebaut, damit er Charles Stuart den beklagenswerten Zustand Lord Lovats getreulich schildern konnte.

»Ha«, meinte Seine Lordschaft zufrieden. »Wir schicken die goldene und silberne Picknickgarnitur. Das macht was her, ist aber zu frivol, um als politische Unterstützung gewertet zu werden. Außerdem«, fügte er mit praktischem Verstand hinzu, »ist der Löffel verbeult. Das ist genau das Richtige«, sagte er zum Sekretär. »Fahren wir fort: ›Wie Eure Hoheit wissen...‹«

Ich tauschte einen Blick mit Jamie, der mich mit heimlichem Einverständnis anlächelte.

»Ich glaube, du hast ihm gegeben, was er braucht, Sassenach«, hatte er mir gesagt, als wir nach jenem peinlichen Abendessen schlafen gingen.

»Was denn?« fragte ich, »einen Vorwand, die Mägde zu belästigen?«

»Ich bezweifle, daß er dazu einen Vorwand braucht«, sagte Jamie trocken. »Nein, du hast ihm die Möglichkeit gegeben, auf beiden Hochzeiten zu tanzen – wie gewöhnlich. Wenn er eine eindrucksvoll klingende Krankheit hat, die ihn ans Bett fesselt, dann kann ihn keiner dafür tadeln, daß er nicht mit seinen Männern in den Kampf zieht. Wenn er seinen Erben in die Schlacht schickt, werden die Stuarts meinen, Lovat habe sein Versprechen gehalten. Und wenn es schiefgeht, wird der alte Fuchs den Engländern sagen, er habe die Stuarts nicht unterstützen wollen, es sei sein Sohn gewesen, der auf eigene Faust gehandelt hat.«

»Buchstabieren Sie einmal ›Prostatitis‹, Mädel«, wandte sich Lord Lovat an mich, meine Gedanken unterbrechend. »Und schreib es bloß richtig, du Trottel«, wandte er sich an seinen Sekretär. »Seine Hoheit soll es nicht falsch verstehen.«

»P-r-o-s-t-a-t-i-t-i-s«, buchstabierte ich langsam. »Und wie geht es Ihnen heute morgen?« fragte ich und trat näher ans Bett seiner Lordschaft.

»Schon viel besser, danke«, sagte der Alte und grinste mich an. »Wollen Sie sehen, wie ich pisse?«

»Ach danke, im Moment lieber nicht«, erwiderte ich höflich.

Es war ein klarer, eisiger Tag Mitte Dezember, als wir Beauly verließen, um uns Charles Stuart anzuschließen. Allen guten Ratschlägen seiner Generäle, dem schlechten Wetter und dem gesunden Menschenverstand zum Trotz drängte Charles nach England. Doch in Derby setzten sich die Generäle schließlich durch, die Clanführer weigerten sich weiterzumarschieren, und so wandte sich die Hochlandarmee wieder nach Norden. In einem dringlichen Brief hatte Charles Jamie gebeten, sich »unverzüglich« nach Süden aufzumachen und sich mit Seiner Hoheit in Edinburgh zu treffen. Der junge Simon, der in seinem Tartan wie das geborene Clanoberhaupt aussah, ritt an der Spitze einer Kolonne. Die berittenen Männer folgten ihm, der größere Teil marschierte zu Fuß.

Da Jamie und ich Pferde hatten, ritten wir mit Simon an der Spitze der Kolonne. In Comar wollten wir uns dann trennen. Simon sollte mit den Fraser-Männern nach Edinburgh weiterziehen, und Jamie sollte mich nach Lallybroch begleiten, bevor er nach Edinburgh zurückkehrte. Er hatte natürlich nicht die leiseste Absicht zurückzukehren, aber das ging Simon nichts an.

Gegen Mittag kam ich aus dem Unterholz am Wegrand zurück, wo mich Jamie schon ungeduldig erwartete. Die Männer hatten beim Aufbruch heißes Ale zu trinken bekommen, das sie für den Marsch stärken sollte. Und obwohl heißes Ale zum Frühstück ausgezeichnet schmeckte, zeigte es, wie ich eben feststellen mußte, auch eine spürbare Wirkung.

Jamie schnaubte. »Frauen«, sagte er. »Wieso braucht ihr so verdammt viel Zeit für so etwas Einfaches wie pissen? Du bist ja schlimmer als mein Großvater.«

»Nächstesmal kannst du ja mitkommen und zuschauen«,

schlug ich bissig vor. »Vielleicht hast du ja einen hilfreichen Vorschlag.«

Er schnaubte erneut, entgegnete aber nichts und beobachtete die Männer, die an uns vorbeizogen. Er lächelte. Der helle, strahlende Tag hob die Stimmung von uns allen, aber Jamie war an diesem Morgen ganz besonders guter Laune. Kein Wunder, wir waren auf dem Weg nach Hause. Ich wußte, daß er sich nicht der Illusion hingab, alles könnte noch gut werden. Dieser Krieg würde seinen Preis fordern. Aber wenn wir schon Charles nicht hatten aufhalten konnten, dann waren wir vielleicht in der Lage, jene Ecke Schottlands zu retten, die uns am meisten bedeutete – Lallybroch.

Ich betrachtete die Clansmänner vor uns.

»Zweihundert Mann sind eine stattliche Zahl.«

»Hundertsiebzig«, verbesserte Jamie zerstreut und griff nach den Zügeln seines Pferdes.

»Bist du sicher?« fragte ich neugierig. »Lord Lovat hat aber gesagt, er schicke zweihundert. Er hat es in seinem Brief diktiert.«

»Das stimmt aber nicht.« Jamie schwang sich in den Sattel, stellte sich in den Steigbügeln auf und deutete den Hang hinab, auf den fernen Punkt an der Spitze der Marschkolonne, wo das Banner der Frasers im Wind flatterte.

»Ich habe sie gezählt, als ich auf dich gewartet habe«, erklärte er. »Dreißig Reiter einschließlich Simon, fünfzig mit Breitschwertern und Tartschen – das werden die Männer von der Patrouille sein –, dann noch mal neunzig Kätner, bewaffnet mit allem möglichen, von der Sichel bis zum Hammer.«

»Ich nehme an, dein Großvater rechnet damit, daß Prinz Charles sie nicht persönlich nachzählt«, bemerkte ich zynisch. »Er versucht eben, mit weniger davonzukommen.«

»Aye, aber die Namen werden in die Musterungsliste eingetragen, wenn sie in Edinburgh ankommen«, sagte Jamie stirnrunzelnd. »Das muß ich nachprüfen.«

Ich folgte ihm langsamer. Mein Pferd war schätzungsweise zwanzig Jahre alt und konnte sich nur noch im Paßgang vorwärtsbewegen. Jamies Pferd war etwas munterer, hielt aber dem Vergleich mit Donas nicht stand. Den großen Hengst hatten wir in Edinburgh gelassen, da ihn Prinz Charles zu offiziellen Anlässen reiten wollte. Jamie hatte diesem Wunsch nachgegeben, zumal er meinte, es sei dem raffgierigen alten Simon durchaus zuzutrauen, daß er sich das prächtige Pferd aneignete, falls er es zu Gesicht bekam.

Nach allem, was ich erlebt hatte, mußte ich zugeben, daß Jamie seinen Großvater völlig richtig eingeschätzt hatte. Jamie ritt eine Weile neben dem Schreiber des jungen Simon her und war mit ihm offenbar in eine hitzige Debatte geraten. Das Ganze endete damit, daß Jamie die Zügel des Pferdes seines Nebenmannes packte, das Pferd an den Rand des schlammigen Weges dirigierte und dort zum Stehen brachte.

Die beiden Männer stiegen ab; offenbar waren sie sich mächtig in die Haare geraten. Der junge Simon, der dies beobachtet hatte, zügelte sein Pferd, hieß die Kolonne aber weitermarschieren. Ich war nahe genug, um zu sehen, daß Simon vor Zorn rot angelaufen war, der Schreiber besorgt dreinschaute und Jamie heftig gestikulierte.

Dann zuckte der Schreiber resigniert mit den Schultern, kramte in seinen Satteltaschen und holte schließlich mehrere Pergamentbögen heraus. Jamie riß sie ihm aus der Hand und sah sie rasch durch. Er ließ die Bögen zu Boden fallen, außer einem, den er Simon Fraser vor die Nase hielt. Der sah verblüfft drein. Er nahm den Bogen und las ihn mit einem Ausdruck der Bestürzung. Dann nahm Jamie ihm das Pergament wieder ab, zerriß es und stopfte die Teile in seine Felltasche.

Ich hatte inzwischen mein Pony zum Stehen gebracht, das die Gelegenheit nutzte und im spärlichen Gras nach Futter suchte. Der Nacken des jungen Simon war zornrot, als er sich auf sein Pferd schwang. Jamie bestieg ebenfalls sein Pferd und ritt auf mich zu; sein rotes Haar flatterte im Wind, seine Augen sprühten vor Zorn, und seine Lippen waren fest zusammengepreßt.

»Der schmutzige alte Dreckskerl!« schimpfte er.

»Was hat er getan?« erkundigte ich mich.

»Er hat die Namen meiner Männer auf seine Liste gesetzt«, sagte Jamie. »Tat so, als gehörten sie zum Fraser-Regiment. Der verdammte alte Knochensack!« Rachsüchtig blickte er zurück. »Schade, daß wir schon so weit sind, zu weit, als daß ich umkehren und dem alten Tattergreis die Leviten lesen könnte.«

Ich widerstand der Verlockung, Jamie anzustacheln, sich weitere Kosenamen für seinen Großvater auszudenken, und fragte statt dessen: »Weshalb denn das Ganze? Nur damit es so aussieht, als würde er noch mehr Männer für die Stuarts in den Kampf schikken?«

Jamie nickte. Allmählich beruhigte er sich wieder.

»Aye, genau deshalb. Damit es nach mehr aussieht. Aber nicht nur das. Das niederträchtige alte Scheusal will mein Land zurück – das hatte er schon immer vor, seit er es hat hergeben müssen, damals, als meine Eltern heirateten. Jetzt denkt er, wenn alles nach Plan verläuft und er Herzog von Inverness wird, kann er einfach behaupten, Lallybroch habe sich schon seit jeher in seinem Besitz befunden und ich sei lediglich sein Lehnsmann – und als Beweis dafür gibt er an, daß er Männer von Lallybroch an der Seite der Stuarts in den Kampf geschickt hat.«

»Käme er damit wirklich durch?« fragte ich zweifelnd.

Jamie holte tief Luft und atmete dann aus, wobei Dampfwölkchen wie der Gifthauch eines Drachen aus seiner Nase stiegen. Er lächelte grimmig und klopfte auf die Felltasche an seiner Hüfte.

»Jetzt nicht mehr«, sagte er.

Die Reise von Beauly nach Lallybroch dauerte zwei Tage – bei gutem Wetter, mit gesunden Pferden und auf trockenem Boden, wenn man nur haltmachte, um zu essen, zu schlafen und sich zu erleichtern. Doch zehn Kilometer hinter Beauly wurde das eine Pferd lahm, es schneite und regnete, und der Boden gefror stellenweise zu glattem Eis. Es dauerte fast eine Woche, bis wir den Hang hinunterritten, der zum Gut von Lallybroch führte – frierend, müde, hungrig und schmutzig.

Wir waren allein. Murtagh war mit dem jungen Simon und den Männern von Beaufort nach Edinburgh geritten, um zu erkunden, wie es um die Hochlandarmee stand.

Das Gutshaus lag im Schutze der Nebengebäude, weiß wie die schneebedeckten Felder, die es umgaben.

Das Gefühl, zu Hause angekommen zu sein, verstärkte sich, als ich Jamie in den Flur folgte, wo uns der vielversprechende Duft von gebratenem Fleisch und frischem Brot entgegenschlug.

»Abendessen«, sagte Jamie und schloß glückselig die Augen, während er den Duft einsog. »Mein Gott, ich habe einen Mordshunger.« Von seinem Umhang tropfte Schmelzwasser und hinterließ Flecken auf dem Holzboden.

Unsere Stimmen drangen durch den Flur, eine Tür öffnete sich im oberen Stock, das Getrappel kleiner Füße war zu hören und ein Freudenschrei, als der kleine Jamie seinen Namensvetter entdeckte.

Der Jubel des Wiedersehens erregte die Aufmerksamkeit der anderen Hausbewohner, und ehe wir uns versahen, wurden wir von Jenny, der kleinen Maggie, Ian, Mrs. Crook und den Dienstmägden umarmt und begrüßt.

»Wie schön, dich wiederzusehen, mein Lieber!« sagte Jenny nun schon zum drittenmal und stellte sich auf die Zehenspitzen, um Jamie zu küssen. »Nach allem, was wir von der Armee gehört haben, haben wir schon befürchtet, es würde Monate dauern, bis ihr wieder hier seid.«

»Aye«, nickte Ian. »Habt ihr auch einige unserer Männer mitgebracht, oder ist dies nur ein Kurzbesuch?«

»Mitgebracht?« Jamie, der eben seine ältere Nichte zur Begrüßung auf den Arm genommen hatte, hielt inne und starrte seinen Schwager entgeistert an. Als die kleine Maggie ihn an den Haaren zog, gab er ihr zerstreut einen Kuß und reichte sie mir.

»Was meinst du damit, Ian?« fragte er. »Die Männer sollten doch schon vor einem Monat hier eintreffen. Sind denn nicht alle nach Hause gekommen?«

Ich hielt die kleine Maggie im Arm, und mich überkam eine schreckliche Ahnung, als ich sah, wie das Lächeln aus Ians Gesicht wich.

»Keiner von ihnen ist zurückgekommen, Jamie«, sagte er langsam. »Wir haben sie nicht mehr gesehen, seit sie mit euch weggeritten sind.«

Von draußen, wo Rabbie MacNab die Pferde in den Stall führte, ertönte ein Ruf. Jamie lief zur Tür, stieß sie auf und beugte sich in den Sturm hinaus.

Über seine Schultern hinweg sah ich einen Reiter, der durch das heftige Schneetreiben galoppierte. Man konnte sein Gesicht nicht genau erkennen, aber ich wußte sofort, wer die kleine drahtige Gestalt war, die fest im Sattel saß. »Schnell wie der Blitz« hatte Jamie gesagt, und er hatte recht. Eine Reise von Beauly nach Edinburgh und dann nach Lallybroch innerhalb von einer Woche zu schaffen, erforderte unglaubliche Zähigkeit. Es war Murtagh, und es bedurfte Maisris seherischer Gabe nicht, um zu erkennen, daß er schlechte Nachrichten brachte.

42

Begegnungen

Kreidebleich vor Zorn riß Jamie die Tür des Morgensalons in Holyrood auf. Ewan Cameron sprang auf und stieß dabei das Tintenfaß um, das vor ihm stand. Ihm gegenüber saß Simon Fraser, der junge Herr von Lovat, doch er zog nur die Brauen hoch, als sein Neffe hereinstürmte.

»Verdammt!« fluchte Ewan, während er in seinem Ärmel ein Taschentuch suchte, um die Tintenpfütze aufzuwischen. »Was ist in Sie gefahren, Fraser? Oh, guten Morgen, Mistress Fraser«, fügte er hinzu, als er mich hinter Jamie erblickte.

»Wo ist Seine Hoheit?« fragte Jamie ohne Umschweife.

»In der Burg von Stirling«, entgegnete Cameron. »Haben Sie ein Tuch, Fraser?«

»Wenn ich eins hätte, würde ich Sie damit erdrosseln«, meinte Jamie unwirsch, auch wenn die Auskunft, Charles Stuart halte sich nicht mehr hier auf, seinen Zorn ein wenig dämpfte. »Warum haben Sie zugelassen, daß meine Männer in Tolbooth inhaftiert sind? Ich habe sie gerade besucht. Sie sitzen in einem Loch, in das ich nicht einmal Schweine stecken würde! Dagegen hätten Sie doch ganz bestimmt etwas unternehmen können.«

Cameron errötete, aber seine hellbraunen Augen hielten Jamies Blick stand.

»Das habe ich versucht«, erklärte er. »Ich habe Seiner Hoheit gesagt, daß ich es für ein Versehen hielte – aye, die dreißig Mann waren zehn Meilen von der Armee entfernt, als sie aufgegriffen wurden, schönes Versehen! – und daß er, selbst wenn sie Deserteure wären, schließlich nicht über genügend Streitkräfte verfügt, um auf sie verzichten zu können. Das hat ihn davon abgehalten, sie auf der Stelle hängen zu lassen.« Nachdem der Schreck über Jamies Auftritt abgeklungen war, wurde er allmählich ungehalten. »Mein

Gott, Mann, Fahnenflucht in Kriegszeiten ist schlicht und einfach Verrat!«

»Ach ja?« meinte Jamie skeptisch. Er nickte dem jungen Simon zu und schob mir einen Stuhl hin, bevor er sich selbst setzte. »Dann haben Sie wohl auch Befehl erteilt, die zwanzig von Ihren Männern aufzuknüpfen, die heimgekehrt sind, Cameron? Oder sind es vierzig?«

Cameron errötete noch tiefer, senkte den Blick und konzentrierte sich darauf, die Tinte mit dem Taschentuch aufzuwischen, das ihm Simon Fraser gereicht hatte.

»Die hat man ja nicht gefangen«, murmelte er schließlich. Mit ernster Miene blickte er Jamie an. »Gehen Sie zu Seiner Hoheit nach Stirling«, riet er. »Er war zornentbrannt über die Deserteure, aber schließlich hat er selbst angeordnet, daß Sie nach Beauly gehen und Ihre Männer ohne Befehlshaber zurücklassen, aye? Er hat immer große Stücke auf Sie gehalten, Fraser, Sie sind sein Freund. Vielleicht begnadigt er Ihre Männer, wenn Sie um Ihr Leben bitten.«

Unschlüssig betrachtete er das tintengetränkte Tuch und erhob sich schließlich, eine Entschuldigung murmelnd, um es nach draußen zu bringen. Offenbar hatte er es eilig, Jamies Gesellschaft zu entkommen.

Jamie saß breitbeinig auf seinem Stuhl, atmete durch zusammengebissene Zähne und betrachtete erbittert den Gobelin, auf dem das Wappentier der Stuarts prangte. Er war düsterer Stimmung, seit Murtagh mit der Nachricht in Lallybroch eingetroffen war, die dreißig Männer, die Jamie befehligte, seien als Fahnenflüchtige gefaßt worden und warteten in dem berüchtigten Edinburgher Tolbooth-Gefängnis auf ihre Hinrichtung.

Ich nahm nicht an, daß Charles vorhatte, das Urteil vollstrecken zu lassen. Wie Ewan Cameron richtig festgestellt hatte, konnte die Hochlandarmee auf keinen waffenfähigen Mann verzichten. Der Vorstoß nach England, zu dem Charles entschlossen war, war eine kostspielige Angelegenheit, und die Unterstützung, die er sich von der englischen Landbevölkerung erhofft hatte, war bisher ausgeblieben. Und außerdem – Jamies Männer in seiner Abwesenheit hinrichten zu lassen, wäre ein persönlicher Verrat und politisch so hirnverbrannt gewesen, daß dergleichen nicht einmal einem Charles Stuart zuzutrauen war.

Nein, ich teilte Camerons Ansicht – früher oder später würde

Charles die Männer begnadigen. Für Jamie war diese Erkenntnis jedoch ein schwacher Trost, hatte er seine Männer doch vor den Gefahren eines aussichtslosen Feldzugs bewahren wollen und statt dessen dafür gesorgt, daß sie, als Feiglinge gebrandmarkt, in einem der schlimmsten Gefängnisse von ganz Schottland gelandet waren und einem schmählichen Tod durch den Strang entgegensahen.

Dies, gepaart mit der Aussicht, seine Männer in dem dunklen, verdreckten Kerker zu lassen, während er nach Stirling ging, um sich mit seinem Gesuch vor Charles Stuart zu demütigen, dies reichte hinlänglich aus, um Jamies verdrießliche Miene zu erklären.

Der junge Simon runzelte die Stirn und schwieg. Er schien nachzudenken.

»Ich begleite dich zu Seiner Hoheit«, sagte er plötzlich.

»Wirklich?« Jamie blickte seinen Onkel aus schmalen Augen an, dann fragte er mißtrauisch: »Und warum?«

Simon verzog den Mund zu einem Grinsen. »Blut ist dicker als Wasser. Oder glaubst du, ich will deine Männer für mich beanspruchen, so wie Vater es getan hat?«

»Und würdest du das tun?«

»Ja«, entgegnete Simon freimütig, »wenn es mir von Nutzen wäre. Aber ich meine, daß ich mir damit eher Schwierigkeiten einhandeln würde. Ich habe nicht die geringste Lust, mich mit den MacKenzies anzulegen – oder mit dir, Neffe.« Sein Grinsen wurde breiter. »Lallybroch mag reich sein, aber es ist ein gutes Stück von Beaufort entfernt, und es könnte viel Kraft kosten, das Land zu erstreiten – sei es vor Gericht oder mit Gewalt. Das habe ich meinem Vater auch gesagt, aber der hört ja nur, was er hören will.«

Der junge Mann schüttelte den Kopf und rückte sein Schwertgehenk zurecht.

»Bei der Armee kann man wahrscheinlich leichtere Beute machen, jedenfalls, wenn der König wiedereingesetzt ist. Und wenn diese Armee so kämpfen soll wie bei Preston, braucht sie jeden Mann, den sie kriegen kann. Ich begleite dich«, bekräftigte er.

Jamie lächelte zögernd. »Danke, Simon, ich nehme deine Hilfe an.«

Simon nickte. »Aye. Es wäre auch nicht schlecht, wenn du Dougal MacKenzie bätest, ein Wort für dich einzulegen. Er ist gerade in Edinburgh.«

»Dougal MacKenzie?« Jamie zog verwundert die Brauen hoch. »Aye, das könnte nicht schaden, aber...«

»Nicht schaden? Mann, hast du es nicht gehört? Der MacKenzie ist Prinz Charles' Liebling.« Simon lehnte sich zurück und sah seinen Neffen spöttisch an.

»Weshalb?« fragte ich. »Was hat er denn so Besonderes getan?« Dougal hatte dem Heer der Stuarts zweihundertfünfzig Krieger zugeführt, aber es gab eine Reihe von Clanoberhäuptern, die mehr Männer befehligten.

»Zehntausend Pfund.« Simon ließ die Worte auf der Zunge zergehen. »Zehntausend Pfund Sterling hat Dougal MacKenzie seinem Monarchen zu Füßen gelegt. Und das Geld kommt nicht ungelegen«, erklärte er sachlich. »Cameron hat gerade erzählt, daß Charles das spanische Kapital aufgebraucht hat. Und von den englischen Anhängern, auf die er gezählt hat, kommt verdammt wenig. Dougals Spende wird die Armee ein paar Wochen lang versorgen, und bis dahin ist mit ein bißchen Glück Nachschub aus Frankreich da.« Louis hatte eingesehen, daß sein leichtsinniger Verwandter ein ausgezeichnetes Ablenkungsmanöver für die Engländer veranstaltete, und sich widerstrebend bereit erklärt, ein wenig Geld herauszurücken. Eilig hatte er es jedoch nicht damit.

Ich sah Jamie an, der ebenso verwundert dreinblickte wie ich. Wo hatte Dougal MacKenzie bloß zehntausend Pfund aufgetrieben? Plötzlich erinnerte ich mich, wo ich von dieser Summe schon einmal gehört hatte – im Diebesloch von Cranesmuir.

»Geillis Duncan!« rief ich. Mir schauderte bei der Erinnerung an das Gespräch in dem finsteren, schmutzigen Loch. Obwohl der Salon gut beheizt war, zog ich meinen Umhang enger um mich.

In den letzten zwei Jahren konnte ich über zehntausend Pfund abzweigen. Geillis hatte sich des Diebstahls gerühmt, den sie durch die geschickte Fälschung des Namens ihres Mannes zuwege gebracht hatte. Arthur Duncan, den sie vergiftet hatte, war der Prokurator des Bezirks gewesen. *Zehntausend Pfund für die Sache der Jakobiten. Wenn der Aufstand losgeht, dann weiß ich, daß ich dazu beigetragen habe.*

»Sie hat es gestohlen.« Beim Gedanken an Geillis Duncan lief es mir kalt den Rücken hinunter. Man hatte sie wegen Hexerei zum

Tode verurteilt und dann noch bis zur Geburt ihres Kindes leben lassen – das sie ihrem Geliebten Dougal MacKenzie gebar. Sie war unter den Zweigen einer Eberesche verbrannt worden. »Sie hat das Geld gestohlen und es Dougal gegeben, oder er hat es ihr weggenommen, wer weiß.« Erregt stand ich auf und ging vor dem Feuer auf und ab.

»Der gerissene Kerl!« rief ich. »Das also hat er vor anderthalb Jahren in Paris gemacht!«

»Was?« Jamie runzelte die Stirn, und Simon starrte mich mit offenem Mund an.

»Er hat Charles Stuart besucht, um sich davon zu überzeugen, daß er wirklich einen Aufstand plant. Vielleicht hat er ihm das Geld damals versprochen, und Charles ließ sich dadurch ermutigen, nach Schottland zu kommen – durch die Aussicht auf Geillis Duncans Geld. Aber solange Colum noch lebte, konnte Dougal es nicht wagen, Charles das Geld zu geben – Colum hätte Fragen gestellt. Er war viel zu aufrichtig, um sich an Diebesgut zu vergreifen, ganz gleich, wer es gestohlen hatte.«

»Verstehe«, nickte Jamie nachdenklich. »Aber nun ist Colum tot«, fuhr er ruhig fort. »Und Dougal MacKenzie ist der Favorit des Prinzen.«

»Und das ist nur gut für dich, wie ich bereits gesagt habe«, warf Simon ungeduldig ein. Das Gespräch über Leute, die er nicht kannte, und Angelegenheiten, die er nur halb verstand, interessierte ihn nicht. »Suche ihn auf. Um diese Tageszeit ist er wahrscheinlich in der Taverne.«

»Glaubst du, er legt bei Prinz Charles ein Wort für dich ein?« fragte ich Jamie besorgt. Dougal war eine Zeitlang Jamies Pflegevater gewesen, aber die Beziehung hatte ihre Höhen und Tiefen gehabt. Wahrscheinlich würde Dougal die Gunst des Prinzen nicht aufs Spiel setzen wollen, indem er sich für ein Häuflein Feiglinge und Deserteure einsetzte.

Der junge Fuchs, der seinem Vater an Scharfsinn nicht nachstand, zog die dichten schwarzen Brauen hoch.

»MacKenzie ist doch immer noch auf Lallybroch aus, nicht wahr? Und wenn er glaubt, Vater und ich hätten die Absicht, dein Land zurückzufordern, wird er dir gewiß bereitwillig helfen, deine Männer freizubekommen, aye? Gegen uns zu kämpfen würde ihn mehr kosten, als mit dir fertigzuwerden, wenn der Krieg vorüber ist.« Er nickte; offensichtlich machte es ihm Spaß, den Plan auszuhecken.

»Ich werde ihm eine Abschrift der Liste meines Vaters unter die Nase halten, bevor du mit ihm sprichst. Dann kommst du herein und sagst ihm, du würdest mich zur Hölle schicken, wenn ich Anspruch auf deine Männer erheben sollte, und anschließend reiten wir alle drei nach Stirling.« Er lächelte Jamie verschwörerisch an.

»Ich habe mir schon immer gedacht, daß es einen guten Grund gibt, warum sich Schotte auf Komplotte reimt«, bemerkte ich.

»Was?« Beide Männer sahen mich verblüfft an.

»Nichts für ungut«, sagte ich kopfschüttelnd. »Ich wollte nur sagen: Der Apfel fällt nicht weit vom Stamm.«

Während Jamie mit seinen beiden Onkeln nach Stirling ritt, um die Angelegenheit mit Prinz Charles zu klären, blieb ich in Edinburgh zurück. Unter den gegebenen Umständen konnte ich nicht in Holyrood bleiben, aber ich fand ein Quartier in einer Gasse über dem Canongate. Es war eine enge, kalte Kammer, aber ich hielt mich nicht oft dort auf.

Die Häftlinge saßen zwar im Tolbooth fest, aber niemand hinderte sie, Besuch zu empfangen. Also gingen Fergus und ich täglich zu ihnen ins Gefängnis, und dank umsichtig verteilter Bestechungsgelder konnte ich den Männern aus Lallybroch Lebensmittel und Medikamente zukommen lassen. Eigentlich hätte ich nicht allein mit den Gefangenen sprechen dürfen, aber auch in diesem Punkt war das System flexibel, wenn man es an den richtigen Stellen schmierte, und so konnte ich ein paarmal mit Ross, dem Schmied, unter vier Augen sprechen.

»Es war meine Schuld, Lady«, erklärte er. »Ich hätte nicht alle unsere Leute miteinander marschieren lassen dürfen, wir hätten uns in Dreier- oder Vierergruppen aufteilen sollen. Aber ich hatte Angst, Männer zu verlieren. Die meisten sind früher keine fünf Meilen aus ihrem Dorf hinausgekommen.«

»Sie brauchen sich keine Vorwürfe zu machen«, beruhigte ich ihn. »Es war wohl einfach Pech, daß ihr erwischt worden seid. Keine Sorge, Jamie ist unterwegs nach Stirling zu Prinz Charles. Er holt euch hier raus.«

Müde strich er sich eine Locke aus der Stirn und nickte. Er sah heruntergekommen aus; man erkannte den einst so kräftigen

Handwerker kaum wieder. Dennoch lächelte er und bedankte sich für die Lebensmittel.

»Die können wir gut brauchen, hier bekommen wir nicht viel mehr als Schweinefraß. Was meinen Sie...« Er zögerte. »Meinen Sie, Sie könnten ein paar Decken auftreiben, Herrin? Ich würde nicht darum bitten, aber vier der Männer haben Schüttelfrost, und...«

»Dafür wird gesorgt«, sagte ich.

Als ich das Gefängnis verließ, fragte ich mich jedoch, woher ich Decken nehmen sollte. Die Armee war nach Süden gezogen, um in England einzufallen, doch Edinburgh war immer noch eine besetzte Stadt. Da Soldaten und Lords mit ihrem Gefolge kamen und gingen, waren Güter aller Art teuer und knapp. Decken und warme Kleidung wurden zwar feilgeboten, kosteten aber viel, und ich hatte noch genau zehn Shilling in meiner Börse.,

In Edinburgh gab es einen Bankier, einen Mr. Waterford, der früher Geldgeschäfte für Lallybroch erledigt hatte, doch Jamie hatte vor einigen Monaten sein gesamtes Geld von der Bank geholt, da er befürchtete, es könnte von der Krone beschlagnahmt werden. Er hatte das Geld in Gold umgewechselt, einen Teil davon zur sicheren Verwahrung an Jared in Frankreich geschickt und den Rest im Gutshaus versteckt. An diese Mittel konnte ich im Augenblick nicht heran.

Ich blieb mitten im Gedränge auf der Straße stehen, um nachzudenken. Zwar besaß ich kein Geld, aber immer noch ein paar Wertgegenstände. Der Kristall, den mir Raymond in Paris gegeben hatte – für den Stein selbst würde ich nicht viel bekommen, aber die Goldfassung und die Kette waren etwas wert. Meine Eheringe – nein, von ihnen wollte ich mich nicht trennen, auch nicht vorübergehend. Aber die Perlen... ich tastete in meiner Tasche nach der Perlenkette, die Jamie mir zur Hochzeit geschenkt hatte. Sie war immer noch fest in meinen Rocksaum eingenäht.

Die kleinen unregelmäßigen Barockperlen fühlten sich glatt und hart an. Sie waren zwar nicht so wertvoll wie Orientperlen, aber es war eine schöne Kette mit winzigen Goldplättchen zwischen den Perlen. Sie hatte Jamies Mutter Ellen gehört. Es hätte ihr bestimmt gefallen, das Schmuckstück für das Wohl seiner Männer zu opfern.

»Fünf Pfund«, forderte ich mit Nachdruck. »Sie ist zehn wert, und ich könnte sechs dafür bekommen, wenn ich mir die Mühe machte, die Straße hinauf zu einem anderen Geschäft zu gehen.« Ich hatte keine Ahnung, ob das stimmte, aber ich streckte die Hand nach der Kette aus, als wollte ich sie wieder vom Ladentisch nehmen und das Geschäft des Pfandleihers verlassen. Der Inhaber, Mr. Samuels, legte jedoch rasch die Hand auf die Kette, und sein Eifer verriet, daß ich von Anfang an sechs Pfund hätte verlangen sollen.

»Drei Pfund, zehn Shilling«, bot er. »Das bringt meine Familie zwar an den Bettelstab, aber für eine so vornehme Dame wie Sie...«

Die kleine Glocke über der Ladentür ertönte, als hinter mir jemand eintrat. Auf den ausgetretenen Dielen waren zaghafte Schritte zu hören.

»Entschuldigen Sie«, begann die Stimme eines Mädchens. Ich wirbelte herum und sah im Halbdunkel des Geschäfts Mary Hawkins stehen. Sie war im letzten Jahr gewachsen und voller geworden. Und trotz ihrer Jugend strahlte sie eine neue Reife und Würde aus. Sie blinzelte, dann schloß sie mich mit einem Freudenschrei in die Arme.

»Was machst du denn hier?« fragte ich, nachdem ich mich aus der Umarmung befreit hatte.

»Vaters Schwester lebt hier«, erwiderte sie. »Ich w-wohne bei ihr. Oder meinst du, warum ich hier bin?« Mit einer Armbewegung verwies sie auf Mr. Samuels' schäbiges Reich.

»Ja, das auch. Aber das hat Zeit.« Ich wandte mich an den Pfandleiher. »Vier Pfund, sechs Shilling, oder ich gehe die Straße hinauf«, erklärte ich. »Entschließen Sie sich. Ich bin in Eile.«

Leise murrend holte Mr. Samuels unter dem Ladentisch seine Kasse hervor, während ich mich weiter mit Mary unterhielt.

»Ich muß ein paar Decken kaufen. Kannst du mich begleiten?«

Sie warf einen Blick nach draußen, wo ein untersetzter Lakai auf sie wartete. »Wenn du danach mit mir kommst. Oh, Claire, ich freue mich so, dich zu sehen!«

»Er hat mir geschrieben«, gestand Mary, als wir die Straße hinuntergingen. »Alex. Ein Freund hat mir den Brief gebracht.« Ihr Gesicht glühte, als sie seinen Namen aussprach, aber gleichzeitig wirkte sie bedrückt.

»Als ich herausfand, daß er sich in Edinburgh aufhält, b-bat ich meinen Vater, Tante Mildred besuchen zu dürfen. Er hatte nichts dagegen«, fügte sie bitter hinzu. »Nach allem, was in Paris geschehen war, sah er mich kaum noch an. Er war froh, als ich aus dem Haus war.«

»Also hast du Alex gesehen?« Ich fragte mich, wie es dem jungen Geistlichen seit meinem letzten Besuch ergangen war. Außerdem war mir schleierhaft, wie er den Mut aufgebracht hatte, an Mary zu schreiben.

»Ja. Er hat mich nicht gebeten, ihn zu besuchen«, fügte sie hastig hinzu. »Ich b-bin aus eigenem Antrieb gekommen.« Trotzig hob sie das Kinn, aber ihre Stimme zitterte ein wenig. »Er ... er hätte mir nicht geschrieben, aber er glaubte, er müsse bald st-sterben, und er wollte mich wissen ... mich wissen lassen ...« Ich legte meinen Arm um ihre Schulter und zog sie rasch in einen Hausdurchgang.

»Ist schon gut.« Hilflos tätschelte ich sie, wohlwissend, daß ich nichts tun konnte, um es wirklich gutzumachen. »Du bist gekommen und hast ihn gesehen. Nur das zählt.«

Sie nickte wortlos und putzte sich die Nase. »Ja.« Ihre Stimme war belegt. »Wir haben ... zwei Monate gehabt. Ich s-sage mir immer wieder, das ist mehr, als die meisten Menschen je erleben, zwei Monate Glück ... aber wir haben soviel Zeit verloren, die wir h-hätten haben können, und ... es ist nicht genug, Claire, es ist nicht genug!«

»Nein«, erwiderte ich ruhig. »Für eine solche Liebe reicht auch ein ganzes Leben nicht.« Ich fragte mich, wo Jamie war und wie es ihm ging.

Mary, die sich inzwischen etwas gefaßt hatte, hielt mich am Ärmel fest. »Claire, kannst du mit mir zu ihm gehen? Ich weiß, daß d-du nicht viel tun kannst ...« Ihre Stimme versagte, und nur mit sichtlicher Anstrengung beruhigte sie sich. »Aber vielleicht kannst du ... helfen.« Sie fing den Blick auf, mit dem ich den Lakai musterte, der draußen auf der Gasse stand, ohne den regen Verkehr zu beachten. »Ich bezahle ihn«, erklärte sie schlicht. »Meine Tante denkt, ich gehe jeden N-nachmittag spazieren. Kommst du mit?«

»Ja, natürlich.« Ich spähte zwischen den hoch aufragenden Häusern hindurch zum Himmel und versuchte den Sonnenstand abzuschätzen. In einer Stunde würde es dunkel sein. Ich wollte die Decken ins Gefängnis bringen lassen, bevor die feuchten Steinmauern in der Nachtluft noch kälter wurden. Ich wandte mich an

Fergus, der geduldig neben mir wartete und Mary neugierig ansah. Er war mit den restlichen Lallybroch-Männern nach Edinburgh zurückgekehrt, war aber als Franzose der Inhaftierung entgangen und hatte sich mit Hilfe seines alten Handwerks durchgeschlagen. Ich hatte ihn gefunden, als er seinen eingekerkerten Gefährten etwas zu essen brachte.

»Nimm das Geld«, sagte ich und gab ihm meine Börse, »und geh damit zu Murtagh. Er soll davon so viele Decken wie möglich kaufen und dafür zu sorgen, daß sie zu dem Gefängniswärter im Tolbooth gebracht werden. Er hat schon Geld bekommen, aber behalte ein paar Shilling übrig, nur für den Fall.«

»Aber, Madame«, protestierte er, »ich habe dem Herrn versprochen, daß ich Sie nicht allein lasse...«

»Der Herr ist nicht hier«, sagte ich mit fester Stimme, »aber ich. Geh jetzt, Fergus.«

Er sah erst mich an, dann Mary, und kam offenbar zu dem Schluß, daß sie für mich eine geringere Gefahr darstellte als mein Zorn für ihn. Schließlich entfernte er sich achselzuckend, während er auf französisch etwas über weiblichen Starrsinn vor sich hin murmelte.

Die kleine Dachstube hatte sich seit meinem letzten Besuch erheblich verändert. Erstens herrschte peinliche Sauberkeit, der Kasten war mit Lebensmitteln gefüllt, und auf dem Bett lag eine Daunendecke. Daneben gab es allerhand Kleinigkeiten, die dem Kranken das Leben erleichtern sollten. Auf dem Weg hierher hatte mir Mary anvertraut, daß sie in aller Stille die Juwelen ihrer Mutter versetzt hatte, um Alexander Randall möglichst gut versorgen zu können.

Mit Geld konnte man zwar nicht alles erreichen, doch als Mary zur Tür hereinkam, leuchtete Alexanders Gesicht auf.

»Ich habe Claire mitgebracht, Liebster.« Mary ließ ihren Umhang achtlos auf einen Stuhl fallen, kniete neben Alex nieder und nahm seine magere, blaugeäderte Hand in die ihre.

»Mrs. Fraser.« Er wirkte erschöpft und außer Atem, aber er lächelte mich an. »Es ist schön, wieder einmal ein nettes Gesicht zu sehen.«

»Ja, das finde ich auch.« Ich erwiderte sein Lächeln und registrierte beinahe unbewußt die schnell und flatternd pulsierende Halsschlagader. Seine braunen Augen aber blickten freundlich und warm, als sammelten sich in ihnen die letzten Lebenskräfte seines gebrechlichen Körpers.

Ohne Medikamente konnte ich nichts für ihn tun, aber ich untersuchte ihn sorgfältig und achtete darauf, daß er anschließend warm zugedeckt wurde. Die Untersuchung hatte ihn so viel Kraft gekostet, daß seine Lippen blau anliefen.

Ich verbarg die Sorge, die sein Zustand in mir weckte, und versprach, am nächsten Tag mit Medikamenten wiederzukommen, die für Beruhigung und Schlaf sorgen würden. Doch er achtete kaum auf meine Versprechungen; er hatte nur Augen für Mary, die mit bangem Gesicht neben ihm saß und seine Hand hielt. Sie blickte zum Fenster, und ich begriff ihre Sorge. Sie mußte vor Einbruch der Dunkelheit ins Haus ihrer Tante zurückkehren.

»Nun werde ich gehen«, sagte ich zu Alex und verabschiedete mich so taktvoll wie möglich, damit die beiden einige kostbare Minuten für sich hatten.

Sein Blick wanderte von mir zu Mary, dann lächelte er mich dankbar an.

»Gott segne Sie, Mrs. Fraser.«

»Wir sehen uns morgen«, sagte ich und hoffte, daß ich mich nicht täuschte.

In den nächsten Tagen hatte ich viel zu tun. Die Waffen der Männer waren bei der Verhaftung konfisziert worden, und ich tat mein Bestes, um zu retten, was zu retten war, indem ich drohte, einschüchterte, bestach oder meinen Charme einsetzte. Ich verpfändete zwei Broschen, die mir Jared zum Abschied geschenkt hatte, und kaufte von dem Erlös Lebensmittel für die Männer aus Lallybroch, damit sie wenigstens so verpflegt wurden wie der Rest der Armee.

Dank meiner Überredungskünste konnte ich bis in die Kerkerzellen vordringen und die verschiedenen Leiden der Gefangenen behandeln – Skorbut und andere Folgen von Mangelernährung, Schürfwunden, Frostbeulen, Arthritis und Erkrankungen der Atemwege.

Außerdem suchte ich jene Clanführer und Lords auf, die noch in Edinburgh weilten – also nicht sehr viele –, und die Jamie behilflich sein konnten, falls sein Besuch in Stirling scheiterte. Damit rechnete ich zwar nicht, fand es aber besser, Vorsorge zu treffen.

Ich nahm mir aber auch die Zeit, Alexander Randall einmal täglich zu besuchen, und zwar morgens, um nichts von seiner kostbaren Zeit mit Mary in Anspruch zu nehmen. Alex schlief nicht nur wenig, sondern auch schlecht. Folglich war er morgens matt und übermüdet und nicht gerade gesprächig. Dennoch begrüßte er mich stets mit einem freundlichen Lächeln. Ich verabreichte ihm eine leichte Mischung aus Minze und Lavendel mit einigen Tropfen Mohnsaft; nach diesem Trank konnte er in der Regel ein paar Stunden schlafen, so daß er Marys Besuch am Nachmittag erholt entgegensah.

Außer Mary hatte ich niemals andere Besucher in der Dachstube gesehen. Deshalb war ich überrascht, als ich eines Morgens die Treppe hinaufstieg und hinter der verschlossenen Tür Stimmen hörte.

Ich klopfte einmal kurz, wie wir es abgesprochen hatten, und trat ein. Am Bett saß Jonathan Randall in seiner Hauptmannsuniform. Als er mich sah, erhob er sich und verbeugte sich förmlich. Seine Augen waren kalt.

»Madam«, sagte er.

»Hauptmann.« Verlegen standen wir mitten im Zimmer und starrten einander an, beide unwillig, das Gespräch fortzusetzen.

»Johnny«, ließ sich Alex vom Bett her vernehmen. Seine heisere Stimme klang zwar einschmeichelnd, ließ aber keinen Widerspruch zu, und sein Bruder zuckte gereizt die Achseln, als er sie hörte.

»Mein Bruder hat mich herbestellt, um Ihnen etwas mitzuteilen«, erklärte Randall mürrisch. An diesem Morgen trug er keine Perücke, und mit den dunklen Haaren sah er seinem Bruder verblüffend ähnlich. Der blasse, geschwächte Alex wirkte wie Jonathans Geist.

»Sie und Mr. Fraser waren gut zu meiner Mary.« Alex drehte sich auf die Seite, um mich anzusehen. »Und auch zu mir. Ich ... wußte von der Abmachung zwischen Ihnen und meinem Bruder«, seine Wangen röteten sich ein wenig, »aber ich weiß auch, was Sie und Ihr Gemahl für Mary getan haben ... in Paris.« Er leckte sich die trockenen Lippen. »Ich glaube, Sie sollten sich anhören, welche Neuigkeiten Johnny gestern von der Burg mitgebracht hat.«

Jack Randall musterte mich geringschätzig, aber er stand zu seinem Wort.

»Hawley hat Copes Stellung eingenommen, wie ich es vorhergesagt hatte«, erklärte er. »Hawley ist nicht gerade der geborene Befehlshaber, abgesehen davon, daß er blindes Vertrauen in die

Männer setzt, die ihm unterstehen. Ob ihm das besser zustatten kommt als Copes Kanonen...« Er zuckte ungeduldig die Achseln.

»Aber wie dem auch sei, General Hawley hat den Befehl erhalten, nach Norden zu marschieren, um die Burg von Stirling zurückzuerobern.«

»Wirklich?« fragte ich. »Wissen Sie, wie viele Soldaten er hat?«

Randall nickte. »Im Augenblick befehligt er achttausend Mann, dreizehnhundert davon beritten. Außerdem rechnet er täglich mit der Ankunft von sechstausend Hessen.« Er runzelte die Stirn und dachte nach. »Soviel ich gehört habe, will das Oberhaupt des Campbell-Clans tausend Mann zur Verstärkung von Hawleys Truppen entsenden, aber ich weiß nicht, ob diese Information verläßlich ist. Was die Schotten tatsächlich tun werden, läßt sich nie vorhersehen.«

»Verstehe.« Die Lage war ernst. Die Hochlandarmee verfügte zur Zeit über sechs- bis siebentausend Mann. Mit Hawley allein, ohne die erwartete Verstärkung, könnte sie es vielleicht noch aufnehmen. Abzuwarten, bis die Hessen und die Campbells eintrafen, wäre Wahnsinn gewesen; außerdem kämpften die Hochlandschotten als Angreifer bedeutend besser. Diese Nachricht mußte Lord George Murray sofort überbracht werden.

Jack Randalls Stimme riß mich aus meinen Gedanken.

»Guten Tag, Madam.« Als er sich mit einer Verbeugung verabschiedete, zeigte sich keine menschliche Regung in seinem schönen Gesicht.

»Danke«, sagte ich zu Alexander Randall und wartete, bis Jonathan die Treppe hinuntergestiegen war, bevor ich selbst ging. »Ich bin Ihnen zu großem Dank verpflichtet.«

Er nickte. Die dunklen Schatten unter seinen Augen zeugten von einer schlechten Nacht.

»Gern geschehen«, sagte er schlicht. »Ich nehme an, Sie lassen etwas Medizin für mich da? Wahrscheinlich wird es eine Weile dauern, bis wir uns wiedersehen.«

Ich zögerte, verblüfft über seine Annahme, ich würde selbst nach Stirling gehen. Nichts wünschte ich mir sehnlicher, aber ich mußte auch an die Männer im Tolbooth-Gefängnis denken.

»Ich weiß es nicht«, sagte ich. »Aber ja, die Medizin lasse ich Ihnen da.«

Mit langsamen Schritten kehrte ich zu meinem Quartier zurück. Meine Gedanken überschlugen sich. Ich mußte Jamie sofort benachrichtigen. Es schien mir am besten, Murtagh zu schicken. Jamie würde mir natürlich glauben, wenn ich ihm schriebe. Aber würde es ihm gelingen, Lord George, den Herzog von Perth und die anderen Befehlshaber zu überzeugen?

Ich konnte ihm nicht sagen, aus welcher Quelle mein Wissen stammte. Würden die Befehlshaber bereit sein, der schriftlichen, durch nichts belegten Aussage einer Frau zu glauben? Selbst wenn es sich um eine Frau handelte, die angeblich übernatürliche Kräfte besaß? Plötzlich mußte ich an Maisri denken und schauderte. *Es ist ein Fluch*, hatte sie gesagt. Ja, aber hatte ich eine andere Wahl? *Ich habe keine Macht außer der Macht, nicht zu sagen, was ich weiß.* Diese Macht hatte ich auch, aber ich wagte nicht, davon Gebrauch zu machen.

Zu meiner Überraschung stand die Tür zu meiner Kammer offen, und es drangen klirrende, klappernde Geräusche an mein Ohr. Ich hatte die Waffen der Männer unter meinem Bett verstaut, und als unter dem Bett kein Platz mehr war, hatte ich Schwerter und Degen neben der Feuerstelle gestapelt, bis auf dem Fußboden buchstäblich kein freier Fleck mehr war außer dem Winkel, wo Fergus sein Nachtlager aufschlug.

Von der Treppe aus konnte ich durch die offene Tür eine verblüffende Szene beobachten: Murtagh stand auf dem Bett und überwachte die Verteilung der Waffen an die Männer, die den Raum bis zum Bersten füllten – die Männer von Lallybroch.

»Madame!« Ich drehte mich um und erblickte Fergus, der neben mir stand und mich anstrahlte.

»Madame! Ist das nicht wunderbar? Der Herr hat die Begnadigung seiner Männer erwirkt. Heute morgen kam ein Bote aus Stirling mit dem Befehl, sie freizulassen, und nun müssen wir alle sofort zu unserem Herrn nach Stirling reiten.«

Ich umarmte ihn und grinste ebenfalls. »Das ist wunderbar, Fergus.« Einige der Männer bemerkten mich, drehten sich zu mir um, lächelten und zupften die anderen am Ärmel. Freudige Erregung erfüllte das kleine Zimmer. Murtagh, der auf dem Bett hockte wie der Zwergenkönig auf dem Giftpilz, hatte mich nun auch erblickt und schenkte mir ein Lächeln – ein Ausdruck, der seinem Gesicht so fremd war, daß es ihn bis zur Unkenntlichkeit veränderte.

»Wird Mr. Murtagh die Männer nach Stirling führen?« erkundigte sich Fergus. Bei der Waffenausgabe war ihm ein kurzes Schwert zugeteilt worden, und während er sprach, übte er eifrig, es zu ziehen und wieder in die Scheide zu stecken.

Ich fing Murtaghs Blick auf und schüttelte den Kopf. Wenn Jenny Cameron die Männer ihres Bruders nach Glenfinnan führen konnte, dann konnte ich auch an der Spitze der Truppe meines Mannes nach Stirling reiten. Sollten Lord George und Seine Hoheit ruhig versuchen, sich über meine Nachricht hinwegzusetzen, wenn ich sie persönlich überbrachte.

»Nein«, sagte ich. »Ich werde sie führen.«

43

Falkirk

Ich konnte die Männer um mich herum in der Dunkelheit spüren. Neben mir ging ein Dudelsackpfeifer. Der Windsack, den er unter dem Arm trug, quietschte, und hinter ihm waren die Umrisse der Bordunröhren sichtbar. Sie bewegten sich im Rhythmus seiner Schritte, so daß es aussah, als trüge er ein kleines, zuckendes Tier.

Ich kannte ihn; er hieß Labhruinn MacIan. In Stirling begrüßten die Dudelsackpfeifer der Clans reihum den Tag. Gemessenen Schrittes ging der Pfeifer dann im Feldlager auf und ab. Das Klagen der Bordunröhren hallte zwischen den windigen Zelten wider und weckte die Schläfer.

Auch am Abend kam wieder ein Dudelsackpfeifer heraus und schritt langsam über den Hof. Dann wurde es ruhig im Lager, das Stimmengewirr erstarb, und die Männer hörten zu, während die Glut der untergehenden Sonne auf den Zelten verblaßte. Die hohen, wehklagenden Töne der Dudelsackmelodien riefen die Schatten vom Moor herbei, und wenn der Pfeifer ging, kam die Nacht.

Ob morgens oder abends, Labhruinn MacIan spielte mit geschlossenen Augen, überquerte sicheren Schrittes den Hof, den Ellbogen fest gegen den Sack gedrückt, die beweglichen Finger auf den Grifflöchern der Melodiepfeifen. Trotz der Kälte saß ich abends manchmal draußen und ließ die schmerzlichen Klänge in mein Herz dringen. Denn MacIan legte seine Seele in die Musik.

Es gibt kleine, irische Sackpfeifen, mit denen man im Haus musiziert, und die großen, schottischen Dudelsäcke, mit denen man im Freien das Signal zum Wecken gibt oder die Krieger im Kampf anfeuert, und MacIan spielte diesen großen Dudelsack.

Eines Abends wartete ich, bis er die restliche Luft mit einem ersterbenden Ton aus dem Windsack gepreßt hatte, und ging an seiner Seite durch das Tor in die Burg zurück.

»Guten Abend, Mistress«, sagte MacIan. Seine Stimme war sanft, und seine Augen waren weich vom Zauber seiner Musik.

»Guten Abend, MacIan«, erwiderte ich seinen Gruß. »Ich habe mich gefragt, warum Sie mit geschlossenen Augen spielen.«

Lächelnd kratzte er sich am Kopf, antwortete mir aber bereitwillig.

»Ich glaube, weil es mich mein Großvater so gelehrt hat, Mistress. Er war blind. Beim Spielen sehe ich ihn immer vor mir, wie er die Küste entlangwandert, sein langer Bart flattert im Wind, und die blinden Augen sind zum Schutz vor dem beißenden Sand geschlossen, und er lauscht dem Echo seines Dudelsacks, das von den Klippen widerhallt, damit er weiß, wie weit er auf seiner Wanderung gekommen ist.«

»Wenn Sie ihn vor sich sehen, dann spielen Sie wie er für die Klippen und das Meer? Woher kommen Sie, MacIan?« fragte ich. Seine Sprache war noch breiter und reicher an Zischlauten als die der übrigen Hochländer.

»Von den Shetlands, Mistress«, erwiderte er. »Von weit her.« Er lächelte und verneigte sich kurz, als wir das Gästequartier erreichten, in dem ich wohnte. »Aber ich glaube, Sie kommen von noch weiter her, Mistress.«

»Das ist wahr«, sagte ich. »Gute Nacht, MacIan.«

Einige Tage später fragte ich mich, ob ihm sein Talent, mit geschlossenen Augen zu spielen, hier in der Dunkelheit half. Eine große Gruppe marschierender Männer verursacht Lärm, ganz gleich, wie leise sie sich bewegt, doch mir schien, daß diese Geräusche im Heulen des auffrischenden Windes untergingen. Die Nacht war mondlos, aber helle Wolken zogen über den Himmel, und ein eisiger Schneeregen fiel.

Die Männer der Hochlandarmee hatten sich in Gruppen zu zehn oder zwanzig über das Gelände verteilt und bewegten sich stoßweise vorwärts, als wüchsen hier und da plötzlich kleine Hügel aus dem Boden. Meine Neuigkeiten waren von anderer Seite bestätigt worden: Ewan Camerons Spione hatten ebenfalls von Hawleys Truppenbewegungen berichtet, und die schottische Armee hatte sich nun in Marsch gesetzt, um ihm südlich von Stirling entgegenzutreten.

Jamie hatte es aufgegeben, mich zur Rückkehr zu bewegen. Ich hatte versprochen, nicht im Weg zu sein, aber wenn es zum Kampf kam, mußten sich die Armeeärzte bereit halten. Jamie saß auf Donas, und er war selbst in der Finsternis als Schatten erkennbar. Als er den Arm hob, lösten sich zwei dunkle Gestalten aus der Gruppe der Marschierenden und traten an seinen Steigbügel heran. Die Männer besprachen etwas im Flüsterton, dann richtete sich Jamie im Sattel auf und drehte sich zu mir um.

»Die Späher sagen, daß wir entdeckt worden sind. Englische Wachen sind nach Callendar House geeilt, um General Hawley zu warnen. Wir werden nicht länger warten; ich nehme meine Männer und ziehe an Dougals Truppen vorbei auf die andere Seite des Falkirk Hill. Wir fallen dann von hinten ein, während die MacKenzies von Westen kommen. Auf dem Berg zu deiner Linken, vielleicht eine Viertelmeile von hier entfernt, steht eine kleine Kirche. Dort wartest du auf mich, Sassenach. Reite jetzt dorthin und bleibe dort.« In der Dunkelheit tastete er nach meinem Arm und drückte ihn.

»Ich komme zu dir, wenn ich kann, und wenn nicht, schicke ich Murtagh. Falls die Sache schiefläuft, geh in die Kirche und suche dort Asyl. Etwas Besseres fällt mir nicht ein.«

»Mach dir um mich keine Sorgen.« Meine Lippen waren kalt, und ich hoffte, daß meine Stimme nicht so unsicher klang, wie ich mich fühlte. Ich schluckte das »Sei vorsichtig« hinunter, das mir auf der Zunge lag, und begnügte mich damit, ihn zu berühren. Seine Wange fühlte sich kalt wie Metall an.

Ich lenkte mein Pferd nach links, und da ich nun von nachrückenden Männern umgeben war, mußte ich sorgfältig auf meinen Weg achten. Das Gedränge beunruhigte den Wallach, er warf den Kopf zurück, schnaubte und tänzelte nervös. Wie Jamie es mir gezeigt hatte, hielt ich die Zügel kurz, als die Steigung kam. Einmal blickte ich zurück, aber Jamie war schon in der Nacht verschwunden, und ich brauchte meine ganze Aufmerksamkeit, um in der Dunkelheit die Kapelle zu finden.

Es handelte sich um ein kleines, reetgedecktes Steingebäude, das sich auf der Kuppe in eine Bodensenke duckte wie ein ängstliches Tier. Genauso fühlte ich mich auch. Von hier oben sah man die Wachfeuer der Engländer durch den Schneeregen funkeln, und aus der Ferne hörte ich Stimmen – ob Schotten oder Engländer, konnte ich nicht sagen.

Dann setzten die Dudelsäcke ein, ein dünnes, unheimliches Geheul. Schrill und gespenstisch erklangen ihre Töne an verschiedenen Stellen auf dem Hügel. Ich stellte mir vor, wie die Spieler die Windsäcke aufbliesen – der Brustkorb, der sich in hastigen Atemzügen weitete, blaue Lippen, eng um das Mundstück geschlossen, klamme Finger, die versuchten, harmonische Klänge zu erzeugen.

Als der Wind drehte und mir der Schneeregen entgegenschlug, wurden die Rufe lauter. Die Kapelle hatte keinen Vorbau, und auf dem Berg standen keine Bäume, die Schutz vor dem Wind gewährt hätten. Mein Pferd drehte sich um und senkte den Kopf gegen den Sturm, so daß mir seine eisverkrustete Mähne ins Gesicht schlug.

Die Kirche bot nicht nur vor den Engländern Zuflucht, sondern auch vor der Gewalt der Elemente. Ich stieß die Tür auf und zog das Pferd am Zügel hinter mir hinein.

Drinnen war es stockfinster. Das einzige, mit Öltuch bespannte Fenster zeichnete sich als milchiger Fleck über dem Altar ab. Im Vergleich zu draußen war es warm, aber es war stickig und roch nach Schweiß. Es gab keine Bänke, die das Pferd hätte umstoßen können. Beunruhigt von dem durchdringenden Geruch nach Menschen, blieb das Pferd stehen und schnaubte. Vorsichtshalber behielt ich es im Auge, als ich wieder zur Tür ging und den Kopf hinausstreckte.

Was auf dem Falkirk Hill geschah, konnte man nur ahnen. Hie und da sah man Geschützfeuer im Dunkeln aufblitzen. Von ferne hörte ich Waffen klirren und dann und wann eine dumpfe Explosion. Auch die Schreie von Verwundeten drangen an mein Ohr, hoch wie das Pfeifen eines Dudelsacks, ganz anders als das gälische Kriegsgeschrei. Hin und wieder schlug der Wind um, und die Geräusche der Schlacht verstummten.

Die Schlacht von Prestonpans hatte ich nicht beobachten können. Da ich nur die schwerfälligen Bewegungen gewaltiger Heere kannte, die an Panzer und Schützengräben gebunden waren, ahnte ich nicht, wie schnell es in einer offenen Feldschlacht mit Nahkampf und kleinen, leichten Waffen zu einer Entscheidung kommen konnte.

Die erste Warnung, die ich vernahm, war ein Schrei aus nächster Nähe. »*Tulach Ard!*« Im Tosen des Windes hatte ich nicht gehört, wie sie den Hügel heraufgekommen waren. »*Tulach Ard!*« Das war der Schlachtruf der MacKenzies; einige von Dougals Leuten waren in Richtung meiner Zufluchtsstätte gedrängt worden. Ich zog mich zurück, ließ die Tür aber einen Spalt offen, so daß ich hinausspähen konnte.

Das Häuflein Männer stürmte auf die Hügelkuppe zu, eindeutig Hochländer. Plaids, Bärte und Haare flatterten im Wind, so daß sie wie schwarze Wolken aussahen, die vom Wind den baumlosen Hang hinaufgetrieben wurden.

Ich sprang zurück in die Kirche, als der erste von ihnen durch die Tür stürmte. In der Dunkelheit konnte ich sein Gesicht nicht sehen, aber als er mit meinem Pferd zusammenstieß, erkannte ich seine Stimme.

»Herrgott!«

»Willie!« rief ich. »Willie Coulter!«

»Jesus, Maria und Josef! Wer ist da?«

Für eine Antwort fand ich keine Zeit, da die Tür abermals aufgestoßen wurde und zwei weitere schwarze Gestalten in den kleinen Kirchenraum drängten. Erzürnt über den Lärm, bäumte sich mein Pferd auf und wieherte, was entsetzte Schreie seitens der Eindringlinge zur Folge hatte. Offenbar hatten sie gedacht, das Gebäude sei leer.

Als noch mehr Männer eintraten und das Durcheinander größer wurde, gab ich es endgültig auf, das Pferd beruhigen zu wollen. Inzwischen hatte ich mich ans andere Ende der Kirche zurückgezogen und wartete, eingezwängt zwischen Altar und Wand, daß sich die Lage klärte.

»Ruhe jetzt!« brüllte jemand in einem Ton, der keinen Widerspruch duldete. Alle außer dem Pferd gehorchten, und als sich der Lärm legte, wurde auch das Tier ruhiger, verzog sich in eine Ecke und schnaubte nur noch ab und zu mißmutig.

»Hier ist MacKenzie von Leoch«, verkündete die befehlsgewohnte Stimme. »Wer ist sonst noch hier?«

»Ich bin's, Dougal, Geordie, mit meinem Bruder«, sagte eine zutiefst erleichterte Stimme. »Wir haben auch Rupert mitgebracht, er ist verwundet. Bei Gott, ich dachte, hier hat sich der Leibhaftige verkrochen!«

»Gordon MacLeod von Ardsmuir«, meldete sich ein anderer, den ich nicht kannte.

»Und Ewan Cameron von Kinnoch«, sagte ein dritter. »Wessen Pferd ist das?«

»Meins.« Vorsichtig trat ich hinter dem Altar hervor. Der Klang meiner Stimme löste einen neuen Tumult aus, aber Dougal brachte die Leute mit seiner kräftigen Stimme zum Schweigen.

»RUHE! Verdammt sollt ihr sein! Bist du das, Claire Fraser?«

»Die Königin ist es jedenfalls nicht«, entgegnete ich gereizt. »Willie Coulter ist auch hier, oder er war es noch vor einer Minute. Hat jemand eine Zunderdose dabei?«

»Kein Licht!« befahl Dougal. »Wenn die Engländer uns verfolgen, werden sie die Kirche kaum übersehen, aber falls sie die Verfolgung aufgegeben haben, sollten wir ihre Aufmerksamkeit nicht auf uns lenken.«

»Gut«, sagte ich und biß mir auf die Lippen. »Rupert, kannst du sprechen? Sag etwas, damit ich dich finde.« Ob ich im Dunkeln viel für ihn tun konnte, wußte ich nicht, ich konnte nicht einmal meinen Medizinkasten holen. Aber ich konnte ihn schließlich nicht einfach auf dem Boden verbluten lassen.

Von der andern Seite des Raumes hörte ich ein gequältes Husten, und eine heisere Stimme sagte: »Hierher, Mädel.« Darauf folgte wieder ein Husten.

Leise fluchend ertastete ich mir einen Weg durch die Kirche. Schon allein das gurgelnde Geräusch dieses Husten sagte mir, daß es schlimm um den Verletzten stand. So schlimm, daß ich auch mit Medizinkasten nicht viel würde ausrichten können. Kurz vor dem Ziel ging ich in die Hocke und legte die letzten Schritte geduckt zurück, wobei ich mit ausladenden Armbewegungen Hindernisse zu ertasten versuchte.

Da streifte ich einen warmen Körper, und eine große Hand hielt mich fest. Das mußte Rupert sein, er gab beim Atmen gurgelnde Geräusche von sich.

»Hier bin ich«, sagte ich und tätschelte ihn blind, was beruhigend wirken sollte. Scheinbar hatte ich die richtige Stelle erwischt, denn er kicherte und drückte meine Hand an seinen Körper.

»Mach das noch mal, Mädel, und die Musketenkugel ist vergessen«, meinte er.

Ich entzog ihm meine Hand.

»Später vielleicht«, bemerkte ich trocken. Um seinen Kopf zu finden, tastete ich über seinen Körper, bis mir der borstige Bart zeigte, daß ich mein Ziel gefunden hatte. Behutsam fühlte ich unter den struppigen Haaren nach der Halsschlagader. Der Puls ging fliegend, aber immer noch ziemlich regelmäßig. Der Schweiß stand Rupert auf der Stirn, aber seine Haut fühlte sich klamm an. Ich streifte seine Nasenspitze, die noch von der Winterluft draußen kalt war.

»Schade, daß ich kein Hund bin«, meinte er und lachte keuchend. »Kalte Nase... wäre ein gutes Zeichen.«

»Ein noch besseres Zeichen wäre es, wenn du aufhören würdest zu reden«, mahnte ich. »Wo hat dich die Kugel getroffen? Nein, sag es nicht, nimm meine Hand und führ sie zu der Wunde... und wenn du sie anderswo hinlegst, Rupert MacKenzie, kannst du hier sterben wie ein Hund, und wir hätten eine Sorge weniger.«

Der mächtige Brustkorb unter meiner Hand vibrierte vor unterdrücktem Lachen. Er führte meine Hand vorsichtig unter seinen Plaid, während ich mit der anderen den hinderlichen Stoff beiseite schob.

»Gut. Ich hab's«, flüsterte ich. Ich ertastete das Loch in seinem Hemd und riß den Stoff auf. Als ich ihm behutsam über die Brust strich, fühlte ich erst die Gänsehaut und dann die Einschußwunde. Es war ein bemerkenswert kleines Loch, verglichen mit Ruperts bulliger Gestalt.

»Ist die Kugel irgendwo wieder herausgekommen?« wisperte ich. Abgesehen von dem Pferd, das sich noch nicht ganz beruhigen wollte, herrschte in der Kirche Grabesstille. Durch die geschlossene Tür war der Schlachtenlärm von draußen nur gedämpft zu hören. Man konnte nicht beurteilen, wie nah die Engländer herangekommen waren.

»Nein«, erwiderte Rupert und hustete wieder. Ich merkte, wie er sich an den Mund griff, und bewegte meine Hand mit einem Zipfel seines Plaids in dieselbe Richtung. Obwohl sich meine Augen nun, so gut es ging, an die Dunkelheit gewöhnt hatten, sah ich Rupert nur als dunkle Gestalt vor mir auf dem Boden. Vieles konnte man jedoch ertasten. Die Wunde selbst blutete kaum, aber das Tuch, das ich ihm an den Mund hielt, sog sich sofort mit warmem Blut voll.

Die Kugel hatte mindestens eine Lunge durchlöchert, vielleicht auch beide, und seine Brust füllte sich allmählich mit Blut. Mit dieser Verletzung konnte Rupert noch ein paar Stunden überleben, wenn wenigstens eine Lunge normal arbeitete, blieb ihm noch ein Tag. Falls auch der Herzbeutel getroffen war, würde es schneller gehen. Aber retten konnte ihn nur eine Operation, und zwar eine, die ich nicht durchführen konnte.

Ich merkte, wie jemand hinter mich trat. Ich streckte die Hand aus, und er griff danach. Dougal MacKenzie.

Er ging neben mir in die Hocke und legte seine Hand auf den ausgestreckt daliegenden Rupert.

»Wie steht's, Mann?« fragte er leise. »Kannst du gehen?« Da meine andere Hand noch auf Ruperts Brust lag, merkte ich, daß er den Kopf schüttelte. Die übrigen Männer in der Kirche hatten begonnen, sich im Flüsterton zu unterhalten.

Dougals Hand legte sich schwer auf meine Schulter.

»Was brauchst du, um ihm zu helfen? Deinen kleinen Kasten? Ist er auf dem Pferd?« Er hatte sich erhoben, bevor ich ihm sagen konnte, daß nichts aus meinem Medizinkasten Rupert helfen konnte.

Ein lautes Krachen vom Altar her setzte dem Geflüster ein Ende, und die Männer tasteten hastig nach ihren Waffen. Es krachte noch einmal, und das Öltuch im Fenster riß entzwei. Frische, kalte Luft und wirbelnde Schneeflocken wehten herein.

»Sassenach! Claire! Bist du da?« Als ich die leise Stimme vom Fenster her hörte, war ich sofort auf den Beinen. Rupert hatte ich vorübergehend vergessen.

»Jamie!« Die anderen atmeten erleichtert auf und ließen die Schwerter und Tartschen scheppernd zu Boden fallen. Der schwache Lichtschein, der von draußen hereindrang, wurde kurz von Jamies Kopf und Schultern verdunkelt. Behende sprang er vom Altar.

»Wer ist hier?« fragte er mit gedämpfter Stimme und sah sich um. »Dougal, bist du's?«

»Aye, ich bin's, mein Junge, außerdem deine Frau und noch ein paar Männer. Hast du da draußen irgendwo die englischen Bastarde gesehen?«

Jamie lachte auf.

»Warum, glaubst du wohl, bin ich durchs Fenster reingekommen? Unten am Hügel sind ungefähr zwanzig von der Sorte.«

Dougal gab ein mißbilligendes Grunzen von sich. »Die Hunde, die uns von der Haupttruppe abgeschnitten haben, würde ich sagen.«

»Genau. *Ho, mo cridh! Ciamar a tha thu?*« Als mein Pferd in dem Durcheinander eine vertraute Stimme hörte, warf es mit einem freundlichen Wiehern den Kopf hoch.

»Still, du Mistvieh!« wies Dougal das Tier zurecht. »Willst du, daß uns die Engländer hören?«

»Ihn werden die Engländer wahrscheinlich nicht aufhängen«, bemerkte Jamie trocken. »Und um zu merken, daß du hier bist, brauchen sie keine Ohren, sondern nur Augen im Kopf. Der Hang ist matschig, und eure Fußstapfen sind nicht zu übersehen.«

»Mmmpf.« Dougal warf einen Blick in Richtung Fenster, aber Jamie schüttelte bereits den Kopf.

»Das hat keinen Sinn, Dougal. Das Gros steht südlich von hier, und Lord George Murray zieht ihnen entgegen, aber auf dieser Seite tummeln sich immer noch einige Engländer von dem Trupp, auf den wir gestoßen sind. Ein paar von ihnen haben mich über den Hügel gejagt. Ich habe mich seitwärts in die Büsche geschlagen und bin zur Kirche gekrochen, aber ich denke, daß sie damit beschäftigt sind, das Gelände über uns durchzukämmen.« Er streckte die Hand nach mir aus. Sie fühlte sich kalt und klamm an, aber ich war einfach nur froh, ihn zu berühren, ihn bei mir zu haben.

»Gekrochen, so, so? Und wie willst du wieder herauskommen?« fragte Dougal.

Jamie zuckte die Achseln und wies mit dem Kopf auf das Pferd.

»Ich hatte vor, auszubrechen und sie niederzureiten. Von dem Pferd wissen sie ja nichts. Und in dem Durcheinander, das dann entsteht, hätte Claire vielleicht unbemerkt davonschlüpfen können.«

Dougal lachte verächtlich. »Aye, und dich würden sie von deinem Pferd pflücken wie einen reifen Apfel.«

»Das spielt jetzt keine Rolle mehr«, bemerkte Jamie trocken. »Ich kann mir nicht vorstellen, daß ihr alle euch unauffällig aus dem Staub macht, und wenn ich noch soviel Wirbel mache.«

Wie um Jamies Worte zu bekräftigen, stöhnte Rupert laut auf. Auf der Stelle hockten sich Dougal und ich neben ihn, und auch Jamie sank auf die Knie.

Rupert war noch nicht tot, aber besser ging es ihm auch nicht. Seine Hände fühlten sich eiskalt an, und sein Atem ging keuchend und pfeifend.

»Dougal«, flüsterte er.

»Ich bin da, Rupert. Sei still, Freund, du bist bald wieder gesund.« Der Clanführer der MacKenzies nahm rasch sein Plaid ab und faltete daraus ein Kissen, das er Rupert unter Kopf und Schultern schob. So gestützt, tat er sich mit dem Atmen leichter, aber unter seinem Bart ertastete ich frische Blutflecken. Etwas Kraft war ihm noch geblieben, denn er streckte die Hand aus und griff nach Dougals Arm.

»Wenn ... sie uns sowieso finden ... dann gib mir Licht«, sagte er keuchend. »Ich will dein Gesicht noch einmal sehen, Dougal.«

Ich spürte, wie Dougal vor Schmerz zusammenzuckte, als er den Sinn dieser Worte begriff. Leise erteilte er einen Befehl, und nach einigem Hin und Her schnitt jemand eine Handvoll Reet ab, das man zu einer Fackel drehte. Dann wurden mit Feuerstein Funken geschlagen, bis sie Feuer fing. Sie brannte schnell herunter, spendete mir aber genug Licht, um Rupert zu untersuchen. Währenddessen schlugen die Männer aus den Dachbalken einen langen Span heraus, der eine dauerhaftere Fackel abgeben sollte.

Rupert war käseweiß, sein Haar schweißnaß, und an seiner Unterlippe trockneten Blutreste. Auf dem schwarzen Bart zeigten sich dunkle Flecken, aber er lächelte, als ich mich über ihn beugte, um noch einmal seinen Puls zu fühlen. Er ging leichter und sehr schnell, und manchmal setzte er kurz aus. Ich strich Rupert das Haar aus dem Gesicht, und er streichelte dankbar meine Hand.

Dougal legte seine Hand um meinen Ellbogen. Ich setzte mich auf die Fersen und wandte mich zu ihm um. So war ich ihm schon einmal gegenübergesessen, über einem Mann, den ein Eber tödlich verwundet hatte. Damals hatte er mich gefragt: »Wird er überleben?« Ich sah, wie ein Schatten der Erinnerung über Dougals Gesicht huschte. Dieselbe Frage las ich jetzt in seinen Augen, aber diesmal stand ihm die Angst ins Gesicht geschrieben. Rupert war sein bester Freund, sein Verwandter, der zu seiner Rechten ritt und focht, wie Ian es für Jamie tat.

Diesmal brauchte ich die Antwort nicht selbst zu geben; Rupert tat es an meiner Statt.

»Dougal«, sagte er und lächelte, als sich der Freund besorgt über ihn beugte. Er schloß die Augen und atmete so tief ein, wie er konnte, um noch einmal Kraft zu schöpfen.

»Dougal«, sagte er wieder und schlug die Augen auf. »Trauere nicht um mich.«

Dougals Lippen zuckten im Feuerschein. Ich sah, daß es ihm auf der Zunge lag, den Tod zu leugnen.

»Ich bin dein Anführer, Mann«, sagte er schließlich mit einem zittrigen Lächeln. »Du erteilst mir keine Befehle. Ich werde um dich trauern, wie es mir gefällt.« Er packte Ruperts Hand, die auf seiner Brust lag, und hielt sie fest.

Rupert gab ein leises, pfeifendes Kichern von sich, im nächsten Augenblick hustete er und spuckte einen Schwall Blut.

»So traure denn um mich, wenn es dir gefällt, Dougal«, sagte er dann. »Und es stimmt mich froh. Aber trauern kannst du erst, wenn ich tot bin, nicht wahr? Ich will lieber durch deine Hand sterben, *mo caraidh*, als durch die Hand eines Fremden.«

Dougal zuckte zusammen. Jamie und ich tauschten hinter seinem Rücken einen entsetzten Blick.

»Rupert...«, begann Dougal hilflos, aber Rupert fiel ihm ins Wort, umklammerte seine Hand und schüttelte sie sanft.

»Du bist mein Anführer, Dougal, und es ist deine Pflicht«, raunte er. »Komm schon. Tu es. Das Sterben tut mir weh, Freund, ich will es hinter mir haben.« Seine Augen wanderten ruhelos umher und fielen schließlich auf mich.

»Willst du mir die Hand halten, wenn ich gehe, Mädel?« fragte er. »Ich würde es mir wünschen.«

Mehr konnte ich für ihn nicht tun. Langsam, wie in Trance, nahm ich die breite, schwarzbehaarte Hand und drückte sie, als könnte ich das erkaltende Fleisch mit meiner Wärme beleben.

Ächzend drehte sich Rupert zur Seite und sah Jamie an, der neben ihm saß.

»Sie hätte mich heiraten sollen, mein Junge, als sie die Wahl hatte«, keuchte er. »Du bist zwar ein Kümmerling, aber tu dein Bestes.« Er zwinkerte ihm zu. »Nimm sie einmal für mich in die Arme, mein Junge.«

Die schwarzen Augen kehrten zu mir zurück, und er grinste mir zum Abschied zu.

»Leb wohl, mein Mädel«, sagte er leise.

Dougals Dolch traf ihn unter dem Brustbein, hart und schnell. Ruperts stämmiger Leib krümmte sich und fiel zur Seite. Doch der jähe Schmerzensschrei kam aus Dougals Kehle.

Wie erstarrt verharrte das Oberhaupt der MacKenzies, die Augen geschlossen, den Schaft seines Dolchs fest umklammert.

Schließlich erhob sich Jamie, nahm ihn, gälische Trostworte murmelnd, bei den Schultern und drehte ihn fort. Fragend sah mich Jamie an, ich nickte und breitete meine Arme aus. Sanft schob er Dougal in meine Richtung, und ich zog ihn an mich. Auf dem Boden kauernd, hielten wir beide ihn fest, während er weinte.

Auch Jamie liefen die Tränen übers Gesicht, und ich hörte, wie die anderen Männer aufseufzten und schluchzten. Besser, sie weinten um Rupert als um sich selbst, dachte ich bei mir. Wenn die Engländer uns hier fanden, würden wir alle wegen Verrats am Galgen enden. Es war leichter, um Rupert zu trauern, der seine letzte Reise schon angetreten hatte – auf den Weg geschickt von der Hand eines Freundes.

Doch in dieser langen Winternacht sollten sie uns nicht finden. Wir drängten uns an einer Mauer zusammen, deckten uns mit Plaids und Umhängen zu und warteten. Ich döste unruhig, an Jamies Schulter gelehnt, während Dougal schweigend an meiner anderen Seite saß. Ich hatte den Eindruck, daß beide nicht schliefen, sondern die ganze Nacht über Ruperts Leichnam wachten, der still unter seinem Plaid mitten in der Kirche ruhte, jenseits des Abgrunds, der die Lebenden von den Toten trennt.

Wir sprachen wenig, aber ich wußte, was die anderen dachten. Ebenso wie ich fragten sie sich, ob die englischen Soldaten abgezogen waren, um sich unten in Callendar House mit dem Gros der Armee zu vereinigen, oder ob sie noch draußen auf der Lauer lagen, damit niemand im Schutze der Dunkelheit aus der Kapelle entkam. Wenn, dann würden sie wohl erst bei Tagesanbruch zur Tat schreiten.

Als es dämmerte, bekamen wir die Antwort auf diese Frage.

»Holla, ihr da in der Kirche! Kommt heraus und ergebt euch!« Die kräftige englische Stimme kam von weiter unten.

Mit einem Schlag waren die Männer auf den Beinen, und das Pferd, das in seiner Ecke gedöst hatte, warf den Kopf hoch und schnaubte beunruhigt. Jamie und Dougal tauschten einen Blick. Als hätten sie sich abgesprochen, erhoben sich beide und stellten sich Schulter an Schulter vor die geschlossene Tür. Auf eine Geste Jamies hin verschwand ich wieder in meinem Versteck hinter dem Altar.

Auch auf den zweiten Ruf von draußen antworteten wir nicht.

Jamie zog seine Steinschloßpistole und überprüfte die Ladung so gelassen, als hätte er alle Zeit der Welt. Dann ließ er sich auf ein Knie nieder und zielte auf die Tür.

Mit gezogenem Schwert und schußbereiter Pistole bewachten Geordie und Willie das Fenster am hinteren Ende. Aber der Angriff würde wahrscheinlich von vorn kommen; der Hügel hinter der Kirche stieg so steil an, daß sich zwischen Hang und Kirchenmauer kaum ein Mann hindurchzwängen konnte.

Ich hörte das leise Klirren von Waffen und Schritte, die sich der Tür näherten. In einiger Entfernung erstarben die Geräusche, und dann ertönte wieder die Stimme, diesmal lauter und näher.

»Im Namen Seiner Majestät König George, kommt heraus und ergebt euch! Wir wissen, daß ihr da drin seid!«

Jamie feuerte. Ohrenbetäubend hallte der Knall im Innern der Kirche nach. Auch von draußen mußte die Wirkung beeindruckend sein. Den Geräuschen nach zu urteilen, zogen sich die Soldaten überstürzt und leise fluchend zurück. Das Geschoß hatte ein kleines Loch in die Tür geschlagen. Dougal trat vorsichtig heran und spähte hinaus.

»Verdammt«, sagte er leise. »Es sind viele.«

Jamie warf mir einen Blick zu. Dann preßte er die Lippen zusammen und lud seine Pistole nach. Offenbar hatten die Schotten keineswegs die Absicht, sich zu ergeben. Und ebensowenig beabsichtigten die Engländer, die Kirche zu stürmen, deren Eingänge leicht zu verteidigen waren. Sie wollten uns doch nicht etwa aushungern? Gewiß würde die Hochlandarmee Männer aussenden, um nach den Verwundeten der Schlacht zu suchen. Wenn sie eintrafen, bevor die Engländer eine Kanone herbeischaffen konnten, um die Kirche zu beschießen, waren wir vielleicht gerettet.

Doch leider hatten wir es mit einem klugen Kopf zu tun. Wieder näherten sich Schritte, und dann ertönte eine befehlsgewohnte Stimme.

»Ihr habt noch eine Minute Zeit, um herauszukommen und euch zu ergeben«, sagte er, »dann zünden wir das Dach an.«

Entsetzt sah ich nach oben. Die Mauern der Kirche waren aus Stein, aber das Reet würde innerhalb kürzester Zeit in Flammen aufgehen, auch wenn es von Regen und Schnee durchweicht war, und sobald das Feuer richtig in Gang kam, würden ein Flammenregen und qualmende Dachbalken auf uns niedergehen. Ich erinnerte mich nur zu gut, wie rasch das Reet in der vergangenen Nacht abgebrannt war; als schauerliches Andenken lagen die verkohlten Überreste noch neben Ruperts verhülltem Leichnam auf dem Boden.

»Nein!« brüllte ich. »Verdammte Hunde! Dies ist eine Kirche! Habt ihr noch nie von Kirchenasyl gehört?«

»Wer ist das?« fragte die Stimme schroff. »Habt ihr eine Engländerin bei euch?«

»Ja!« rief Dougal und sprang zur Tür. Er drückte sie einen Spaltweit auf und bellte die englischen Soldaten an. »Ja! Wir halten eine englische Dame gefangen! Setzt das Reet in Brand, und sie stirbt mit uns!«

Am Fuße des Hügels wurden Stimmen laut, und die Männer in der Kirche gerieten in Bewegung. Jamie wirbelte herum und blickte Dougal finster an. »Was...!«

»Es ist die einzige Möglichkeit!« zischte Dougal. »Gib sie ihnen im Tausch gegen unsere Freiheit. Sie werden ihr nichts antun, solange sie glauben, sie sei unsere Geisel. Später holen wir sie zurück!«

Ich trat aus meinem Versteck hervor, ging zu Jamie und packte ihn am Ärmel.

»Tu es!« forderte ich. »Dougal hat recht, wir haben keine Wahl!«

Hilflos sah er mich an. Angst und Wut standen ihm ins Gesicht geschrieben. Aber darunter glaubte ich eine Spur von Heiterkeit zu erkennen, denn schließlich entbehrte die Situation nicht einer gewissen Ironie.

»Daß ich eine *sassenach*, eine Engländerin, bin, läßt sich nun mal nicht leugnen«, sagte ich.

Mit wehmütigem Lächeln streichelte er mein Gesicht.

»Aye, *mo duinne*. Aber du bist *meine sassenach*.« Er wandte sich an Dougal und straffte die Schultern. Dann holte er tief Luft und nickte.

»Gut. Sag ihnen, wir haben sie«, er fuhr sich mit der Hand durchs Haar und überlegte rasch, »gestern abend auf der Straße nach Falkirk gefangengenommen.«

Dougal nickte, besann sich nicht lange und schlüpfte zur Kirchentür hinaus, wobei er zum Zeichen seiner friedlichen Absichten ein weißes Taschentuch schwenkte.

Stirnrunzelnd sah mich Jamie an, dann warf er einen Blick auf die Tür, hinter der immer noch englische Stimmen zu hören waren, obwohl wir die Worte nicht verstanden.

»Ich weiß nicht, was du ihnen sagen sollst, Claire. Vielleicht ist es besser, so zu tun, als stündest du unter Schock und könntest über deine Erlebnisse nicht sprechen. Jedenfalls gescheiter, als ihnen einen Bären aufzubinden. Denn wenn sie herausbekommen, wer du bist...« Jäh hielt er inne und strich sich über die Stirn.

Wenn sie herausbekamen, wer ich war, würden sie mich nach London bringen, in den Tower – und die Hinrichtung würde wahrscheinlich nicht lange auf sich warten lassen. Doch die Flugschriften, die über die Stuart-Hexe herzogen, erwähnten mit keinem Wort, daß sie Engländerin war.

»Keine Sorge.« Ich merkte selbst, wie dumm diese Bemerkung klang, doch mir fiel nichts Besseres ein. Als ich die Hand auf Jamies Arm legte, spürte ich, wie rasch sein Puls ging. »Du holst mich zurück, bevor sie auch nur das Geringste merken. Glaubst du, sie bringen mich nach Callendar House?«

Er nickte halbwegs gefaßt. »Aye, das glaube ich. Wenn es geht, richte es so ein, daß du kurz nach Einbruch der Dunkelheit allein an einem Fenster sitzt. Dann hole ich dich.«

Für mehr blieb uns keine Zeit. Dougal kehrte zurück und schloß vorsichtig die Tür.

»Topp«, sagte er, von mir zu Jamie blickend. »Wir geben ihnen die Frau, und dafür dürfen wir unserer Wege ziehen. Keine Verfolgung. Wir behalten das Pferd. Das brauchen wir für Rupert«, sagte er entschuldigend zu mir.

»Schon gut.« Ich blickte auf den kleinen, schwarzen Kreis in der Tür, den die Kugel geschlagen hatte und der nicht größer war als das Loch in Ruperts Brust. Mein Mund war trocken, und ich schluckte schwer. Ich war ein Kuckucksei, das nun ins falsche Nest gelegt werden sollte. Zögernd verharrten wir drei an der Tür.

»Dann gehe ich jetzt wohl besser.« Ich versuchte das Zittern in meiner Stimme zu unterdrücken. »Sie werden sich fragen, was wir so lange machen.«

Jamie schloß kurz die Augen, nickte und trat auf mich zu.

»Du solltest lieber ohnmächtig werden, Sassenach«, sagte er. »Dann ist es leichter.« Er beugte sich über mich, nahm mich in die Arme und trug mich durch die Tür, die Dougal ihm aufhielt.

Mein Ohr lag an seinem pochenden Herzen, und ich spürte, wie seine Arme zitterten. Nach der stickigen Kirche, in der es nach Schweiß, Blut, Schwarzpulver und Pferdemist stank, raubte mir die kühle, frische Morgenluft fast den Atem. Zitternd schmiegte ich mich an Jamie. Seine Hände schlossen sich noch fester um meine Knie und Schultern, fest wie ein Versprechen. Niemals würde er mich gehen lassen.

»Mein Gott«, sagte er leise, und dann waren wir bei ihnen. Scharfe Fragen, undeutliche Antworten, seine Hände, die sich widerstrebend von mir lösten, als er mich auf den Boden legte, und dann seine Schritte, die sich durchs nasse Gras entfernten. Ich war allein unter Fremden.

44

Ein Kapitel,
in dem allerhand schiefgeht

Ich kauerte mich näher ans Feuer und streckte meine Hände aus, um sie aufzutauen. Sie waren schmutzig, weil ich den ganzen Tag die Zügel gehalten hatte, und ich fragte mich, ob es der Mühe wert war, zum Fluß zu gehen und sie zu waschen. Manchmal überstieg es einfach meine Kräfte, moderne Hygienevorstellungen beizubehalten. Es war verdammt noch mal kein Wunder, wenn die Menschen so oft krank wurden und früh starben, dachte ich mißmutig. Häufig erlagen sie nur ihrer Unwissenheit und schlichtem Dreck.

Die Vorstellung, im Schmutz zu verenden, brachte mich trotz meiner Müdigkeit auf die Beine. Das Ufer des kleinen Flusses, der am Lager vorbeifloß, war sumpfig, und meine Schuhe sanken tief in den Morast ein. Nachdem meine Hände sauber und meine Füße naß waren, schleppte ich mich zurück zum Feuer, wo Korporal Rowbotham mit einer Schale, die angeblich Eintopf enthielt, auf mich wartete.

»Mit den besten Empfehlungen vom Hauptmann, Madam«, sagte er mit einer ehrerbietigen Verneigung, als er mir das Schüsselchen reichte, »und ich soll Ihnen auch sagen, daß wir morgen in Tavistock sind. Da gibt es ein Gasthaus.« Er war in den mittleren Jahren und hatte ein rundes, freundliches Gesicht. Zögernd sah er mich an, dann fügte er hinzu: »Der Hauptmann entschuldigt sich für das schlechte Quartier, Madam, aber für heute nacht haben wir Ihnen ein Zelt aufgestellt. Nichts Besonderes, aber vielleicht hält's wenigstens den Regen ab.«

»Danken Sie dem Hauptmann in meinem Namen«, erwiderte ich, so freundlich ich konnte. »Und auch Ihnen danke ich«, fügte ich etwas herzlicher hinzu. Mir war vollkommen klar, daß mich Hauptmann Mainwaring als lästige Bürde betrachtete und keinen Gedanken daran verschwendete, wie ich die Nacht verbrachte. Das

Zelt – ein Stück Leinwand, sorgfältig über einen Ast gespannt und an beiden Seiten mit Pflöcken befestigt – war zweifellos das alleinige Werk von Korporal Rowbotham.

Der Unteroffizier entfernte sich. Ich blieb allein zurück und verzehrte bedächtig angebrannte Kartoffeln und sehniges Rindfleisch. Am Fluß hatte ich ein Büschel späten Ackersenf gefunden und hatte eine Handvoll davon mitgenommen. Außerdem hatte ich noch ein paar Wacholderbeeren, die ich bei einer früheren Rast gepflückt hatte. Die Senfblätter waren alt und ausgesprochen bitter, aber zwischen zwei Bissen Kartoffeln brachte ich sie hinunter. Zum Abschluß würgte ich die Wacholderbeeren hastig hinunter. Ihr strenges Aroma trieb mir das Wasser in die Augen, aber wenigstens übertönte es den Geschmack nach Fett und Angebranntem, und zusammen mit den Senfblättern boten sie vielleicht hinreichend Schutz vor Skorbut.

In meinem Medizinkasten verwahrte ich einen reichen Vorrat an Hagebutten, getrockneten Äpfeln und Dillsamen. All das hatte ich sorgfältig gesammelt, um während der langen Wintermonate Mangelkrankheiten vorzubeugen. Ich hoffte nur, daß Jamie auch davon aß.

Ich legte meinen Kopf auf die Knie. Obwohl ich nicht glaubte, daß mich jemand ansah, wollte ich mein Gesicht verbergen, wenn ich an Jamie dachte.

Am Falkirk Hill hatte ich mich so lange wie möglich ohnmächtig gestellt. Aber schon bald wurde ich von einem britischen Dragoner aufgeschreckt, der versuchte, mir Weinbrand aus seinem Flachmann einzuflößen. Da meine »Retter« nicht recht wußten, was sie mit mir anfangen sollten, hatten sie mich nach Callendar House gebracht und General Hawleys Stab übergeben.

So weit war alles nach Plan verlaufen. Doch innerhalb der nächsten Stunde war einiges schiefgegangen. Während ich in einem Vorzimmer saß und den Gesprächen in meiner Umgebung lauschte, wurde mir klar, daß die vermeintlich große Schlacht am Vorabend nur ein Scharmützel zwischen den MacKenzies und einem Trupp englischer Soldaten gewesen war, die sich Hawleys Armee anschließen wollten. Besagte Armee sammelte sich soeben, um sich dem erwarteten Angriff der Hochländer am Falkirk Hill zu stellen. In Wahrheit hatte die Schlacht noch gar nicht stattgefunden!

General Hawley hatte mit den Vorbereitungen alle Hände voll zu tun, und da offensichtlich niemand eine Ahnung hatte, was mit mir geschehen sollte, wurde ich in die Obhut eines jungen Gefreiten gegeben und zusammen mit einem Brief, der die näheren Umstände meiner Rettung schilderte, ins zeitweilige Hauptquartier eines gewissen Oberst Campbell nach Kerse geschickt. Leider war der Soldat, ein stämmiger junger Mann namens Dubbs, geradezu übereifrig darauf bedacht, seine Pflicht zu erfüllen, und all meine Versuche, ihm unterwegs zu entwischen, waren fehlgeschlagen.

Als wir in Kerse ankamen, mußten wir feststellen, daß man Oberst Campbell nach Livingston abberufen hatte.

»Allem Anschein nach«, hatte ich meinem Wächter einreden wollen, »hat Oberst Campbell weder Zeit noch Lust, mit mir zu sprechen. Ich könnte ihm ohnehin nichts sagen. Warum darf ich mich nicht einfach hier in der Stadt einmieten, bis ich Vorkehrungen getroffen habe, meine Reise nach Edinburgh fortzusetzen?« Da mir nichts Besseres eingefallen war, hatte ich den Engländern dieselbe Geschichte erzählt, die ich vor zwei Jahren bereits Colum MacKenzie aufgetischt hatte: Ich sei eine verwitwete Dame aus Oxford und auf dem Weg zu Verwandten in Schottland, überfallen und von schottischen Straßenräubern entführt worden.

Der Gefreite Dubbs schüttelte den Kopf und errötete eigensinnig. Er konnte nicht älter als zwanzig sein und wirkte nicht besonders aufgeweckt, aber wenn er sich einmal etwas in den Kopf gesetzt hatte, konnte ihn nichts davon abbringen.

»Das kann ich nicht zulassen, Mrs. Beauchamp«, sagte er – ich hatte meinen Mädchennamen angegeben –, »Hauptmann Bledsoe läßt mich vierteilen, wenn ich Sie nicht unversehrt beim Oberst abliefere.«

Also ging es, auf dem Rücken der beiden armseligsten Klepper, die ich je gesehen hatte, weiter nach Livingston. Endlich wurde ich von meinem Begleiter erlöst, was meine Lage leider auch nicht verbesserte. Statt dessen saß ich im oberen Stockwerk eines Hauses in Livingston und erzählte meine Geschichte einem gewissen Oberst Gordon MacLeish Campbell. Er stammte aus dem schottischen Tiefland und befehligte eins der Regimenter des Kurfürsten von Hannover.

»Aye, ich verstehe«, sagte er in einem Ton, der verriet, daß er rein gar nichts verstand. Er war klein, hatte ein Fuchsgesicht und schütteres rotes Haar, das streng aus der Stirn gekämmt war. Mit schmalen Augen betrachtete er den zerknitterten Brief, der auf seinem Schreibtisch lag.

»Hier heißt es«, sagte er und setzte sich eine Lesebrille auf die Nase, um das Papier näher in Augenschein zu nehmen, »daß einer Ihrer Entführer dem Fraser-Clan angehörte, ein großer Mann mit roten Haaren. Ist das richtig?«

»Ja.« Ich fragte mich, worauf er hinauswollte.

Er neigte den Kopf, so daß die Brille etwas tiefer rutschte, und fixierte mich mit stechendem Blick.

»Die Männer, die Sie bei Falkirk gerettet haben, glauben, daß es sich bei Ihrem Entführer um niemand anders handelt als um den roten Jamie, den berüchtigten Hochland-Clanführer. Nun bin ich gewahr, daß Sie während Ihrer Gefangenschaft... große Not gelitten haben«, er verzog den Mund, aber es war kein Lächeln, »so daß Sie vielleicht nicht in der Verfassung waren, genau zu beobachten, was vor sich ging. Aber vielleicht ist Ihnen aufgefallen, ob die anderen Männer den Betreffenden mit diesem Namen angesprochen haben?«

»Das haben sie. Sie nannten ihn Jamie.« Ich konnte mir nicht vorstellen, daß es schaden würde, ihm das zu erzählen. Aus den Flugschriften, die ich gesehen hatte, ging klar hervor, daß Jamie ein Anhänger der Stuarts war. Jamies Teilnahme an der Schlacht von Falkirk war für die Engländer vielleicht interessant, dürfte ihn aber kaum noch stärker belasten.

»Sie können mich nicht öfter als einmal aufhängen«, pflegte er zu sagen. Einmal war mehr als genug. Ich blickte zum Fenster. Vor einer halben Stunde war es dunkel geworden. Auf der Straße unten sah ich den Schein von Laternen. Jamie befand sich jetzt wohl beim Callendar House und suchte das Fenster, an dem ich warten sollte.

Plötzlich überkam mich die absurde Gewißheit, daß er mir gefolgt war, daß er irgendwie herausbekommen hatte, wohin ich ritt, und unten auf der Straße darauf wartete, daß ich mich zeigte.

Hastig stand ich auf und trat ans Fenster. Die Straße war menschenleer, abgesehen von einem Mann, der Salzheringe feilbot. Es war natürlich nicht Jamie. Er konnte mich nicht aufspüren. Niemand aus dem Lager der Stuarts wußte, wo ich mich befand, ich war mutterseelenallein. Von Panik überwältigt, drückte ich die Hände mit aller Macht gegen die Scheibe. Mir war gleich, ob sie zerbrach.

»Mistress Beauchamp! Geht es Ihnen gut?« rief der Oberst höchst beunruhigt.

Ich preßte meine zitternden Lippen zusammen und versuchte, mich mit tiefen Atemzügen zu beruhigen. Die Scheibe beschlug, so daß die Szene unten auf der Straße nicht mehr zu sehen war. Äußerlich gelassen, drehte ich mich um und sah den Oberst an.

»Ja, es geht mir gut«, sagte ich. »Wenn Ihre Befragung abgeschlossen ist, möchte ich jetzt gehen.«

»Sie möchten gehen? Hmm.« Er warf mir einen zweifelnden Blick zu, dann schüttelte er den Kopf.

»Sie bleiben heute nacht hier«, erklärte er. »Und morgen schicke ich Sie weiter Richtung Süden.«

Mein Magen zog sich vor Schreck zusammen. »Nach Süden! Warum, zum Teufel?« platzte ich heraus.

Erstaunt zog er die buschigen roten Augenbrauen hoch und sah mich mit offenem Mund an. Dann faßte er sich und erklärte: »Ich habe Anweisungen, sämtliche Nachrichten, die den Verbrecher Jamie Fraser betreffen, weiterzuleiten. Und ebenso sämtliche Personen, die mit ihm zu tun haben.«

»Ich habe nichts mit ihm zu tun!« protestierte ich. Wenn man von der unbedeutenden Tatsache absah, daß wir verheiratet waren.

Oberst Campbell schenkte meinen Worten keine Beachtung. Er wandte sich dem Schreibtisch zu und blätterte in seinen Unterlagen.

»Aye, da haben wir's. Hauptmann Mainwaring heißt der Offizier, der Sie nach Süden begleiten soll. Er wird Sie bei Tagesanbruch hier abholen.« Er ließ ein Silberglöckchen ertönen. Die Tür ging auf, und das dienstfertige Gesicht seines Burschen erschien. »Garvie, bringen Sie die Dame auf ihr Zimmer. Und schließen Sie die Tür ab.« Der Oberst verbeugte sich der Form halber vor mir. »Ich denke, wir werden uns nicht wiedersehen, Mrs. Beauchamp. Ich wünsche Ihnen eine gute Nacht und eine angenehme Reise.«

Die Reise war weder angenehm, noch ging sie besonders zügig vonstatten. Captain Mainwarings Trupp brachte eine Wagenkolonne mit Nachschub nach Lanark. Danach sollten er und der Rest seiner Einheit südwärts ziehen und unterwegs Botschaften von geringer Dringlichkeit abliefern. Offensichtlich fiel auch ich in diese Kategorie, denn noch immer gab es keine Anzeichen dafür, daß ich meinen Bestimmungsort bald erreichen würde.

»Richtung Süden.« Hieß das London? Hauptmann Mainwaring hatte mir nicht mitgeteilt, wohin wir zogen, aber ich konnte mir nichts anderes vorstellen.

Als ich den Kopf hob, sah ich, wie einer der Dragoner mich über das Feuer hinweg anstarrte. Mit ausdruckslosem Blick starrte ich zurück, bis er rot wurde und die Augen senkte. Solche Blicke war ich gewohnt, obwohl die meisten weniger dreist waren.

Angefangen hatte es mit der Verlegenheit und Schüchternheit des jungen Idioten, der mich nach Livingston brachte. Es hatte eine Weile gedauert, bis mir klar wurde, daß die reservierte Haltung der englischen Offiziere nicht auf Mißtrauen zurückzuführen war, sondern auf eine Mischung aus Verachtung und Entsetzen und ein wenig Mitleid.

Denn ich war nicht einfach nur vor einer Bande räuberischer, plündernder Schotten gerettet worden. Ich war aus der Gefangenschaft befreit worden, nachdem ich eine ganze Nacht in einem Raum mit Männern verbracht hatte, die nach der festen Überzeugung aller rechtschaffenen Engländer »wilde Tiere waren, die sich der Vergewaltigung, des Raubes und zahlloser anderer grausiger Verbrechen schuldig machten«. Es war undenkbar, daß eine junge Engländerin eine Nacht in Gesellschaft solcher Bestien verbracht haben und mit heiler Haut davongekommen sein könnte.

Daß Jamie mich als angeblich Ohnmächtige aus der Kirche getragen hatte, mochte die Sache zu Anfang vereinfacht haben, hatte aber zweifellos zu dem Gesamteindruck beigetragen, er und die anderen Schotten hätten mir Gewalt angetan. Und dank des ausführlichen Briefes, den der Hauptmann meiner Retter geschrieben hatte, wußte jeder, dem ich später übergeben wurde, Bescheid – und vermutlich auch jeder, mit dem die Soldaten unterwegs sprachen. Nach meinen Erfahrungen in Paris wußte ich, wie schnell Klatsch die Runde machte.

Auch Korporal Rowbotham hatte die Geschichte bestimmt gehört, aber er behandelte mich stets freundlich, ohne das süffisante Grinsen, das ich zuweilen auf den Gesichtern der anderen Soldaten entdeckte. Wenn ich die Angewohnheit gehabt hätte, vor dem Schlafen zu beten, hätte ich ihn in meine Fürbitten miteingeschlossen.

Ich stand auf, klopfte meinen Mantel ab, und begab mich zu meinem Zelt. Als Korporal Rowbotham das sah, erhob er sich ebenfalls, umrundete unauffällig das Feuer und setzte sich wieder zwischen seine Kameraden, so daß er den Zelteingang im Rücken hatte. Sobald sich die Soldaten auf ihrer Decke ausstreckten, würde er sich in respektvollem Abstand, aber noch in Rufweite von meinem Lager niederlassen. So hatte er es auch in den vergangenen drei Nächten getan, ganz gleich, ob wir im Gasthaus oder auf freiem Felde übernachteten.

Drei Nächte zuvor hatte ich wieder einmal einen Fluchtversuch unternommen. Hauptmann Mainwaring war sich darüber im klaren, daß ich nicht freiwillig mit ihm reiste, und obwohl ich ihm zur Last fiel, war er zu pflichtbewußt, als daß er sich vor der Verantwortung gedrückt hätte. Folglich teilte er mir zwei Wächter zu, die tagsüber an meiner Seite ritten.

Nachts wurde ich weniger streng bewacht, denn der Hauptmann hielt es offensichtlich für unwahrscheinlich, daß ich mitten im Winter allein und zu Fuß durch menschenleere Moore flüchten würde. Da hatte er völlig recht. Ich beabsichtigte nicht, Selbstmord zu begehen.

An jenem Abend waren wir jedoch zwei Stunden, bevor wir unser Nachtlager aufschlugen, durch ein winziges Dorf gekommen. Selbst zu Fuß konnte ich es schaffen, den Weg zurück vor Tagesanbruch zu finden. Das Dorf besaß eine kleine Brennerei, von der aus mit Fässern beladene Wagen in verschiedene Städte der Umgebung abfuhren. Ich hatte den Hof der Brennerei gesehen, in dem sich die Fässer stapelten. Bestimmt konnte ich mich dort verstecken und mich am Morgen mit dem ersten Wagen aus dem Staub machen.

Nachdem im Lager Ruhe eingekehrt war und die Soldaten schnarchend rund ums Feuer lagen, war ich also aus meiner Decke gekrochen, die ich in der Nähe einiger Trauerweiden ausgebreitet hatte, und hatte mir, geräuschlos wie das Säuseln des Windes, einen Weg durch die hängenden Zweige gebahnt.

Als ich die Baumgruppe hinter mir hatte, meinte ich immer noch den säuselnden Wind zu hören, bis sich eine Hand auf meine Schulter legte.

»Schreien Sie nicht, Sie wollen doch nicht, daß der Hauptmann hört, daß Sie sich heimlich davonschleichen.« Ich schrie nicht, aber nur deswegen, weil mir die Luft wegblieb. Der Soldat, ein langer Kerl, der sich immer viel Mühe gab, seine blonden Locken auszukämmen, lächelte mich an.

Sein Blick wanderte über meine Brüste. Dann sah er mir seufzend in die Augen und trat einen Schritt auf mich zu. Hastig wich ich drei Schritte zurück.

»Es ist doch eigentlich gleich, nicht wahr, Süße?« sagte er mit einem trägen Lächeln. »Nach allem, was passiert ist. Einmal mehr oder weniger macht doch keinen Unterschied. Außerdem bin ich Engländer«, schmeichelte er. »Kein dreckiger Schotte.«

»Laß die arme Frau in Ruhe, Jess.« Korporal Rowbotham trat lautlos aus dem Schutz der Weiden hervor. »Sie hat genug durchgemacht, die arme Dame.« Er sprach ruhig. Jessie warf ihm einen wütenden Blick zu, doch dann besann er sich, machte kehrt und verschwand.

Schweigend wartete der Korporal, bis ich meinen zu Boden gefallenen Umhang aufgehoben hatte, dann geleitete er mich zurück zum Lager. Dort angelangt, holte er seine Decke, bedeutete mir, mich hinzulegen, und setzte sich etwa zwei Meter von mir entfernt nieder, die Decke nach Indianerart um die Schultern gelegt. Immer wenn ich während der Nacht aufwachte, sah ich ihn dasitzen und mit kurzsichtigen Augen ins Feuer starren.

In Tavistock gab es tatsächlich ein Gasthaus. Mir blieb jedoch nicht viel Zeit, die Annehmlichkeiten des Hauses zu genießen. Wir kamen gegen Mittag in dem Dorf an, und Hauptmann Mainwaring machte sich sofort auf, seine diversen Botschaften zu überbringen. Doch schon nach einer Stunde kehrte er zurück und befahl mir, meinen Umhang zu holen.

»Warum?« fragte ich überrascht. »Wohin gehen wir?«

Er musterte mich gleichgültig und sagte: »Nach Bellhurst Manor.«

»Gut«, erwiderte ich. Der Name klang ein wenig beeindruckender als mein jetziger Aufenthaltsort, der nicht mehr zu bieten hatte als den intensiven Duft nach Hopfen, einige Soldaten, die auf dem Boden saßen und würfelten, und einen von Flöhen befallenen Köter, der am Feuer schlief.

Ohne Rücksicht auf die landschaftliche Schönheit kehrte das Herrenhaus den offenen Wiesen den Rücken zu und blickte trotzig landeinwärts auf eine öde Felslandschaft. Anders als die anmutig geschwungenen Zufahrten zu französischen Landgütern war die Auffahrt hier gerade, kurz und schmucklos. Den Eingang zierten zwei schlichte Steinsäulen, auf denen das Wappen des Besitzers prangte. Als ich daran vorüberritt, versuchte ich, das Bild einzuordnen. Eine liegende Katze – vielleicht ein Panther? – mit einer Lilie zwischen den Pfoten. Das Wappen kam mir bekannt vor. Aber wem gehörte es?

Im langen Gras beim Tor regte sich etwas, und als sich eine zerlumpte Gestalt in den Schatten zurückzog, um sich vor den Pferdehufen in Sicherheit zu bringen, erspähte ich hellblaue Augen. Selbst der Bettler kam mir irgendwie bekannt vor. Vielleicht hatte ich schon Halluzinationen und klammerte mich an jeden Eindruck, der nichts mit englischen Soldaten zu tun hatte?

Die Eskorte blieb auf dem Vorplatz und machte sich nicht einmal die Mühe abzusitzen, als ich mit Hauptmann Mainwaring die Stufen emporstieg. Mir war schleierhaft, was mich nun erwartete.

»Mrs. Beauchamp?« Der Butler sah aus, als rechnete er mit dem Schlimmsten – zweifellos zurecht.

»Ja«, erwiderte ich. »Wem gehört dieses Haus?«

Doch noch während ich das fragte, warf ich einen Blick ins Dunkel der Halle hinter ihm und sah ein Gesicht, aus dem mich große Rehaugen verwundert anstarrten.

Es war Mary Hawkins.

Mary und ich öffneten gleichzeitig den Mund, nur daß ich schrie, so laut ich konnte. Verblüfft trat der Butler einen Schritt zurück, stolperte über ein kleines Sofa und fiel um wie ein Kegel. Dann hörte ich, wie die Soldaten draußen aufgeschreckt vom Pferd sprangen und die Treppe herauseilten.

Während ich meine Röcke raffte, kreischte ich: »Eine Maus! Eine Maus!« und floh, schrille Schreie ausstoßend, in Richtung Besuchszimmer.

Angesteckt von meiner Hysterie, schrie auch Mary und hielt mich an der Taille fest, als ich ihr in die Arme lief. Ich zog sie hinter mir her in den hintersten Winkel des Besuchszimmer und nahm sie an den Schultern.

»Sag niemandem, wer ich bin«, flüsterte ich ihr ins Ohr. »Niemandem! Mein Leben hängt davon ab!« Erst fand ich, das klinge zu melodramatisch, doch während ich die Worte aussprach, dämmerte mir, daß ich vielleicht die reine Wahrheit sagte. Mit dem roten Jamie Fraser verheiratet zu sein war eine heikle Angelegenheit.

Mary fand nur Zeit, benommen zu nicken, bevor sich die Tür am anderen Ende des Raumes öffnete und ein Mann hereinkam.

»Was ist das für ein elender Lärmn, Mary?« fragte er. Er war rundlich, wirkte zufrieden und besaß das energische Kinn und den selbstbewußten Mund eines Menschen, der sich in der Regel durchsetzt.

»N-nichts, Papa«, sagte Mary, vor Nervosität stotternd. »Nur eine M-M-Maus.«

Der Baronet schloß die Augen und holte tief Luft, um sich zu beruhigen. Als er sich zumindest äußerlich gefaßt hatte, sah er seine Tochter an.

»Sag es noch einmal, Kind«, befahl er. »Aber richtig. Gestammel und Gemurmel dulde ich nicht. Atme tief ein und sammle dich. Also los, noch einmal.«

Mary gehorchte und atmete ein, bis sich ihr Mieder über ihrer Brust spannte. Ihre Finger umklammerten eine Falte ihres Seidenbrokatkleids, als suchte sie Halt.

»Es w-war eine Maus, Papa. Mrs. Fr... äh, diese Dame wurde von einer Maus erschreckt.«

Dieser Versuch schien ihn halbwegs zufriedenzustellen. Der Baronet trat auf mich zu und blickte mich neugierig an.

»Oh? Und mit wem habe ich das Vergnügen, Madam?«

Hauptmann Mainwaring, der die geheimnisvolle Maus vergeblich gesucht hatte, erschien nun verspätet an meiner Seite, stellte mich vor und überreichte einen Begleitbrief von Oberst MacLeish.

»Hm. Offenbar sind Sie, zumindest vorübergehend, ein Gast Seiner Hoheit.« Er übergab den Brief dem wartenden Butler und nahm dafür seinen Hut in Empfang.

»Ich bedaure, daß unsere Bekanntschaft nur von kurzer Dauer ist, Mrs. Beauchamp. Ich bin gerade im Begriff abzureisen.« Er warf einen Blick zurück auf eine kleine Treppe, die von der Halle abzweigte. Der Butler, der seine würdevolle Haltung wiedergefunden hatte, stieg soeben die Stufen hinauf, den abgegriffenen Brief auf einem Tablett. »Wie ich sehe, teilt Walmisley Seiner Hoheit bereits mit, daß Sie eingetroffen sind. Ich muß gehen, sonst versäume ich noch die Postkutsche. *Adieu*, Mrs. Beauchamp.«

Er wandte sich an Mary, die sich bis an die hölzerne Wandtäfelung zurückgezogen hatte.

»Auf Wiedersehen, Tochter. Bemühe dich, bitte... nun ja.« Er verzog die Mundwinkel zu etwas, was ein väterliches Lächeln vorstellen sollte. »Auf Wiedersehen, Mary.«

»Auf Wiedersehen, Papa«, murmelte sie mit gesenktem Blick. Ich sah die beiden an. Was in aller Welt machte ausgerechnet Mary Hawkins hier? Offenbar weilte sie als Gast in dem Haus; wahrscheinlich war der Gutsherr mit ihrer Familie verwandt.

»Mrs. Beauchamp?« Ein kleiner, dicker Lakai verbeugte sich vor mir. »Seine Hoheit ist jetzt bereit, Sie zu empfangen, Madam.«

Als ich dem Lakai folgen wollte, klammerte sich Mary an meinen Arm.

»A-A-A-Aber...«, begann sie. Aufgeregt, wie ich war, brachte ich nicht die Geduld auf, sie ausreden zu lassen. Ich lächelte matt und tätschelte ihre Hand.

»Ja, ja«, sagte ich. »Keine Sorge, alles wird gut.«

»A-Aber er ist mein...«

Der Lakai verbeugte sich und öffnete eine Tür am Ende des Korridors. Im hellen Lichtschein leuchteten üppiger Brokat und poliertes Holz. Ein Stuhl zeigte hinten an der Lehne das gestickte Familienwappen. Hier kam es klarer zu Geltung als draußen auf dem verwitterten Stein.

Ein sitzender Panther, der Lilien in den Pfoten hielt – oder waren es Krokusse? Meine Unruhe wuchs, als der Herr auf dem Stuhl aufstand und sein Schatten auf die Türschwelle fiel. Marys letztes angstvolles Wort brachte Klarheit.

»Mein P-P-Pate!« stieß sie hervor.

Und im selben Augenblick verkündete der Lakai: »Seine Hoheit, der Herzog von Sandringham.«

»Mrs.... Beauchamp?« fragte der Herzog, dem der Mund vor Überraschung offenstand.

»Ja«, antwortete ich matt, »oder so ähnlich.«

Die Tür des Salons wurde hinter mir geschlossen, und ich war allein mit Seiner Hoheit. Mary war auf dem Korridor zurückgeblieben, mit Augen so groß wie Untertassen, und öffnete und schloß den Mund, stumm wie ein Goldfisch.

Zwischen den Fenstern standen riesige chinesische Vasen auf intarsienverzierten Tischen. Eine Bronzevenus posierte kokett auf dem Kaminsims, daneben standen zwei Porzellanschalen mit Goldrand und silberne Kandelaber, in denen Bienenwachskerzen leuchteten. Ein dichtgeknüpfter Kermanteppich bester Qualität bedeckte fast den ganzen Boden. In einer Ecke stand ein Cembalo. Der wenige verbleibende Platz war mit Intarsienmöbeln und verschiedenen Statuen vollgestellt.

»Ein schönes Haus habt Ihr hier«, bemerkte ich freundlich. Der Herzog stand vor dem Feuer, die Hände unter seinen Rockschößen gefaltet, und beobachtete mich aufmerksam und belustigt zugleich.

»Vielen Dank«, erwiderte er mit der hohen Stimme, die so schlecht mit seinem kräftigen Körperbau harmonierte. »Noch schöner dank Ihrer Gegenwart, meine Liebe.« Seine Belustigung siegte über die Wachsamkeit, und er grinste entwaffnend.

»Warum Beauchamp?« fragte er. »Das ist doch nicht zufällig Ihr richtiger Name?«

»Mein Mädchenname.« Aus purer Nervosität griff ich auf die Wahrheit zurück. Er hob seine dichten blonden Augenbrauen.

»Sind Sie Französin?«

»Nein, Engländerin. Aber schließlich konnte ich mich schlecht Fraser nennen, oder?«

»Verstehe.« Mit einem Nicken bedeutete er mir, auf einem kleinen, brokatbezogenen Sofa Platz zu nehmen. Ich raffte meine durchnäßten Röcke so anmutig wie möglich, sah großzügig über die zahlreichen Schmutzflecken und Pferdehaare hinweg und ließ mich behutsam auf dem blaßgelben Satin nieder.

Der Herzog schritt langsam vor dem Feuer auf und ab. Ein leises Lächeln umspielte seine Lippen, während er mich aufmerksam betrachtete. Ich kämpfte gegen das wachsende Wohlbehagen an, das sich bis hinunter in meine schmerzenden Beine ausbreitete und drohte, mich in den Abgrund von Erschöpfung zu ziehen, der vor mir klaffte. Jetzt war nicht der rechte Augenblick, sich gehenzulassen.

»Wer sind Sie?« fragte der Herzog plötzlich. »Eine englische Geisel, eine glühende Jakobitin oder eine französische Spionin?«

Ich rieb mir die Nasenwurzel, um meine Kopfschmerzen zu lindern. Die korrekte Antwort lautete »nichts von alledem«, aber damit würde ich nicht weit kommen.

»Die Gastlichkeit dieses Hauses läßt, gemessen an seiner Einrichtung, zu wünschen übrig«, sagte ich so hochmütig, wie ich es unter den gegebenen Umständen zuwege brachte – es hätte zwar überzeugender ausfallen können, aber das Vorbild einer großen Dame, das Louise mir gegeben hatte, war nicht ganz an mich verschwendet.

Der Herzog stieß ein hohes, schrilles Lachen aus, wie eine Fledermaus, die gerade einen guten Witz gehört hat.

»Verzeihen Sie, Madam. Sie haben vollkommen recht. Ich hätte Ihnen eine Erfrischung anbieten sollen, bevor ich mir anmaße, Ihnen Fragen zu stellen. Wie gedankenlos von mir.«

Leise gab er dem Lakai, der auf sein Klingeln hin erschienen war, Anweisungen. Dann stellte er sich vor den Kamin und wartete seelenruhig auf das Eintreffen des Tabletts. Unterdessen sah ich mich im Raum um und warf ab und zu einen verstohlenen Blick auf meinen Gastgeber. An belanglosen Plaudereien waren wir beide nicht interessiert. Ungeachtet der herzoglichen Leutseligkeit herrschte im Augenblick lediglich Waffenstillstand, und das war uns beiden klar.

Ich hätte nur gern gewußt, warum. Mich interessierte brennend, welche Ziele der Herzog verfolgte. Oder welche Absichten er *mir* unterstellte. Er hatte mich als Mrs. Fraser kennengelernt, die Gattin des Gutsherren von Lallybroch. Nun stand ich als englische Geisel namens Beauchamp vor seiner Tür, die kürzlich vor einer Bande schottischer Jakobiten gerettet worden war. Das allein reichte, um verblüffte Fragen nach sich zu ziehen. Aber er zeigte ein Interesse an mir, das mehr war als schlichte Neugier.

Da wurde der Tee serviert. Der Herzog nahm seine Tasse und bedeutete mir, es ihm gleichzutun. Schweigend tranken wir unseren Tee. Irgendwo im Haus ertönte ein Hämmern. Mit leisem Klirren setzte der Herzog seine Teetasse ab – das Zeichen für die Wiederaufnahme der Feindseligkeiten.

»Nun denn«, sagte er mit soviel Festigkeit, wie ein Mann mit Fistelstimme zustande brachte. »Lassen Sie mich zunächst, Mrs. Fraser – ich darf Sie doch so nennen? Danke. Lassen Sie mich vorausschicken, daß ich schon viel über Sie weiß. Ich habe vor, noch mehr zu erfahren. Sie werden gut daran tun, meine Fragen vollständig und ohne Vorbehalte zu beantworten. Ich muß sagen, Mrs. Fraser, daß es erstaunlich schwierig ist, Sie zu töten«, lächelnd verneigte er sich vor mir, »aber ich bin sicher, daß es sich mit der nötigen Entschlossenheit doch noch zuwege bringen ließe.«

Reglos starrte ich ihn an, nicht aus angeborener Kaltblütigkeit, sondern einfach, weil ich sprachlos war. Wieder besann ich mich auf einen von Louises Manierismen, zog beide Augenbrauen hoch, nippte an meinem Tee und betupfte mir dann mit der Serviette zierlich den Mund.

»Ich fürchte, Sie werden mich für beschränkt halten«, erwiderte ich höflich, »aber ich habe nicht die leiseste Ahnung, wovon Sie sprechen.«

»Wirklich nicht, meine Liebe?«

Die kleinen, wasserblauen Augen hielten meinem Blick stand. Er griff nach dem vergoldeten Silberglöckchen auf dem Tablett und klingelte.

Der Mann mußte im Nebenzimmer auf sein Zeichen gewartet haben, denn die Tür öffnete sich sofort. Er war groß und hager, und an seiner dunkelblauen Livree aus gutem Tuch erkannte ich den höhergestellten Dienstboten. Mit einer tiefen Verbeugung wandte er sich an den Herzog.

»Eure Hoheit?« Er sprach englisch, aber mit unverkennbar französischem Akzent. Auch sein Gesicht wirkte französisch: blaß, lange Nase, schmale Lippen und ein Paar tiefrote Ohren, die wie kleine Flügel zu beiden Seiten abstanden. Sein mageres Gesicht wurde noch eine Spur blasser, als er aufblickte und mich sah. Unwillkürlich wich er einen Schritt zurück.

Sandringham beobachtete dies mit mißmutigem Stirnrunzeln, dann sah er mich lauernd an.

»Erkennen Sie ihn nicht?« fragte er.

Ich wollte gerade den Kopf schütteln, als die rechte Hand des Mannes plötzlich zuckte. So unauffällig wie möglich machte er das Zeichen gegen das Böse, die mittleren Finger gefaltet, Zeige- und kleinen Finger auf mich gerichtet. Da wurde es mir klar, und im nächsten Augenblick sah ich meine Ahnung bestätigt – der kleine Leberfleck an der Gabelung von Daumen und Zeigefinger.

Ich hatte nicht den geringsten Zweifel: Das war der Mann im getupften Hemd, der mich und Mary in Paris überfallen hatte. Und offensichtlich stand er im Dienst des Herzogs.

»Du verdammter *Bastard*!« rief ich. Ich sprang so hastig auf, daß ich den Teetisch umwarf, und packte den nächstbesten Gegenstand, der mir in die Finger kam – eine mit Schnitzereien verzierte Tabaksdose aus Alabaster. Ich warf sie nach dem Mann, der überstürzt die Flucht ergriff. Die schwere Dose, die ihn nur um ein Haar verfehlte, schlug gegen den Türrahmen.

Als ich ihm nachsetzte, fiel die Tür ins Schloß, und ich blieb schweratmend stehen. Die Hände in die Hüften gestemmt, starrte ich Sandringham an.

»Wer ist das?« fragte ich wütend.

»Mein Kammerdiener«, erwiderte der Herzog gelassen. »Albert Danton. Mit Krägen und Strümpfen kennt er sich aus, aber wie die meisten Franzosen ist er ein wenig erregbar. Und überdies unglaublich abergläubisch.« Er warf einen mißbilligenden Blick auf die geschlossene Tür. »Diese verdammten Papisten mit ihren Heiligen, ihrem Weihrauch und so weiter. Man kann ihnen jeden Bären aufbinden.«

Mein Atem beruhigte sich allmählich, obwohl mein Herz immer noch wild hämmerte. Tief Luft zu holen fiel mir schwer.

»Sie dreckiger, ekelerregender, abscheulicher... *Perverser*!«

Dieser Ausbruch schien den Herzog zu langweilen, denn er nickte gleichgültig.

»Ja, ja, meine Liebe. All das, gewiß, und noch mehr. Und manchmal habe ich auch Pech, zumindest bei jener Sache.«

»Pech? Würdet Ihr es so bezeichnen?« Ich wankte zu dem Sofa und setzte mich. Meine zitternden Hände verbarg ich in den Falten meines Rocks.

»In mehrfacher Hinsicht, meine verehrte Dame. Sehen Sie nur.« Verständnisheischend streckte er beide Hände aus. »Ich entsende Danton, um Sie zu beseitigen. Er und seine Kameraden beschließen, sich erst ein wenig mit Ihnen zu vergnügen. Das ist gut und schön, aber nachdem sie einen genaueren Blick auf Sie geworfen haben, kommen sie unerklärlicherweise zu dem Schluß, Sie seien eine Art Hexe, verlieren den Kopf und laufen davon. Aber zuvor schänden sie noch meine Patentochter, die zufällig anwesend ist, so daß an die hervorragende Partie, die ich so mühsam für sie eingefädelt habe, nicht mehr zu denken ist. Bedenken Sie nur die Ironie des Schicksals!«

Wie gelähmt lauschte ich seinen Enthüllungen. Ich wußte kaum, worauf ich zuerst reagieren sollte. Eine Aussage überraschte mich allerdings besonders.

»Was meint Ihr mit ›beseitigen‹?« fragte ich. »Wollt Ihr damit sagen, daß Ihr mich tatsächlich *umbringen* lassen wolltet?« Der Raum schien zu schwanken, und ich versuchte, mich mit einem Schluck Tee zu stärken, jedoch ohne großen Erfolg.

»Nun ja«, erwiderte Sandringham freundlich. »Darauf wollte ich hinaus. Sagen Sie, meine Liebe, was halten Sie von einem Glas Sherry?«

Ich musterte ihn mißtrauisch. Nachdem er gerade erklärt hatte, daß er mir nach dem Leben trachtete, erwartete er doch wohl nicht, daß ich ein Glas Sherry von ihm entgegennahm?

»Weinbrand«, sagte ich. »Ein ganzes Glas voll.«

Erneut ließ er ein hohes Kichern hören, begab sich zu der Anrichte und sagte über die Schulter: »Hauptmann Randall meinte, Sie seien eine überaus unterhaltsame Frau. Höchstes Lob aus seinem Munde, müssen Sie wissen. Er macht sich normalerweise nicht viel aus Frauen, obwohl sie für ihn schwärmen. Muß an seinem Aussehen liegen, denn seine Manieren können es nicht sein.«

»Also arbeitet Jack Randall tatsächlich für Euch.« Ich nahm das Glas, das er mir reichte, denn ich hatte beobachtet, wie er die zwei Gläser einschenkte. Und da ich sicher war, daß beide nichts außer Weinbrand enthielten, nahm ich einen herzhaften Schluck.

Der Herzog tat es mir gleich und blinzelte, als das scharfe Getränk seine Wirkung entfaltete.

»Selbstverständlich«, erwiderte er. »Oft ist das beste Werkzeug auch das gefährlichste. Man zögert nicht, es zu gebrauchen, aber man trifft die notwendigen Vorsichtsmaßnahmen.«

»Gefährlich, so, so? Was wißt Ihr eigentlich über Jonathan Randall?« fragte ich neugierig.

Der Herzog kicherte. »Oh, buchstäblich alles, würde ich sagen. Wahrscheinlich sogar weit mehr als Sie, meine Liebe. Einen Mann wie ihn sollte man nicht in seine Dienste nehmen, wenn man ihn nicht zügeln kann. Und Geld ist zwar ein guter Anreiz, taugt aber nicht, um ihn an der Kandare zu halten.«

»Im Gegensatz zu Erpressung?« bemerkte ich trocken.

Die Hände über dem runden Bauch gefaltet, lehnte er sich zurück und betrachtete mich mit unverhohlener Neugier.

»Ah, Sie meinen wohl, Erpressung käme auch in umgekehrter Richtung in Betracht?« Er schüttelte den Kopf, wobei ein paar Brösel Schnupftabak auf seine Seidenweste fielen.

»Nein, meine Liebe. Zum einen besteht ein gewisser Rangunterschied zwischen uns. Gerüchte dieser Art könnten meinem Ruf zwar in bestimmten gesellschaftlichen Kreisen schaden, doch bereitet mir dies keine große Sorge. Während der gute Hauptmann…

Nun ja, die Armee hat deutliche Vorbehalte gegen derartige widernatürliche Vorlieben. Häufig werden sie sogar mit dem Tode bestraft. Nein, das ist nicht miteinander zu vergleichen.« Er neigte den Kopf, soweit das sein Mehrfachkinn erlaubte.

»Aber es ist weder die Hoffnung auf Reichtum noch die drohende Bloßstellung, die Jonathan Randall an mich bindet«, sagte er. Die kleinen, wäßrigblauen Augen leuchteten. »Er dient mir, weil ich ihm gebe, was er braucht.«

Ich betrachtete seine korpulente Gestalt mit unverhohlenem Abscheu, was Seine Gnaden veranlaßte, sich vor Lachen auszuschütten.

»Nein, nicht, was Sie meinen«, sagte er. »Der Geschmack des Hauptmanns ist etwas feiner. Im Gegensatz zu meinem.«

»Was dann?«

»Bestrafung«, sagte er sanft. »Aber das wissen Sie ja, nicht wahr? Zumindest Ihr Gatte weiß es.«

Allein durch seine Gegenwart fühlte ich mich beschmutzt, und ich stand auf, um mich ein Stück zu entfernen. Die Scherben der Alabasterdose lagen noch auf dem Boden verstreut. Versehentlich stieß ich mit dem Fuß gegen eine, so daß sie gegen die Wand prallte und unter dem Sofa landete. Sie ließ mich wieder an Danton denken.

Ich war mir nicht sicher, ob ich den mißlungenen Mordanschlag mit dem Herzog erörtern wollte, aber im Augenblick schien mir dieses Thema noch das angenehmste.

»Warum wolltet Ihr mich ermorden lassen?« fragte ich unvermittelt und drehte mich zu ihm um. Gleichzeitig sah ich mich nach einer geeigneten Waffe um, falls er seinen Plan noch nicht aufgegeben haben sollte.

Doch der Herzog machte einen friedlichen Eindruck. Er bückte sich mühsam, um die Teekanne aufzuheben, die wie durch ein Wunder unversehrt geblieben war, und stellte sie auf den Teetisch.

»Damals erschien es mir ratsam«, erwiderte er ruhig. »Ich hatte erfahren, daß Sie und Ihr Gemahl versuchten, eine bestimmte Angelegenheit zu vereiteln, die für mich von Interesse war. Ich zog in Betracht, Ihren Gatten zu beseitigen, aber das erschien mir zu gefährlich, da er zwei der mächtigsten Familien Schottlands angehört.«

»Ihr habt in Betracht gezogen, ihn zu beseitigen?« Mir ging ein

Licht auf, eins von vielen, die wie ein Feuerwerk in meinem Kopf aufblitzten. »Haben die beiden Seeleute, die Jamie in Paris angegriffen haben, in Eurem Auftrag gehandelt?«

Der Herzog nickte gelassen.

»Das schien mir die einfachste Methode, wenn auch ein wenig rüde. Aber dann tauchte Dougal MacKenzie in Paris auf, und ich fragte mich, ob Ihr Gatte nicht in Wahrheit *für* die Stuarts arbeitete. Es war nicht mehr klar, welche Ziele er wirklich verfolgte.«

Ich hingegen fragte mich, welche Ziele der Herzog verfolgte. Seine merkwürdigen Äußerungen erweckten den Eindruck, er sei ein heimlicher Jakobit – wenn das zutraf, hatte er es meisterhaft verstanden, sein Geheimnis zu wahren.

»Und dann«, fuhr er fort, während er behutsam den Deckel auf die Kanne setzte, »war Ihre aufkeimende Freundschaft mit Louis von Frankreich zu bedenken. Selbst wenn Ihr Gatte bei den Bankiers erfolglos geblieben wäre, hätte Louis Charles Stuart mit den nötigen Mitteln versorgen können – vorausgesetzt, daß Sie Ihre reizende Nase nicht in die Angelegenheit steckten.«

Stirnrunzelnd betrachtete er das Hörnchen, das er in der Hand hielt, und schnippte ein paar Staubflocken davon ab. Dann aber widerstand er der Versuchung, es zu essen, und warf es auf den Tisch.

»Sobald sich herausgestellt hatte, was wirklich vor sich ging, versuchte ich, Ihren Gatten zurück nach Schottland zu locken, indem ich ihm die Begnadigung in Aussicht stellte. Das war nicht billig«, meinte er nachdenklich. »Und alles für die Katz!

Aber dann entsann ich mich der rührenden Zuneigung, die Ihr Gemahl Ihnen entgegenbringt«, sagte er mit einem wohlwollenden Lächeln, das besonders widerwärtig wirkte. »Ich nahm an, daß Ihr tragisches Ableben ihn von seinem Vorhaben ablenken würde, aber nicht soviel Aufsehen erregen würde wie seine eigene Ermordung.«

Plötzlich fiel mir etwas ein, und ich betrachtete das Cembalo, das in der Ecke stand. Auf dem Ständer lagen mehrere Notenblätter in einer schönen, klaren Handschrift. *Fünfzigtausend Pfund stehen Euch zur Verfügung, sobald Eure Hoheit englischen Boden betreten. S.* »S.« stand natürlich für Sandringham. Der Herzog lachte entzückt.

»Wirklich klug von Ihnen, meine Liebe. Denn da Ihr Gatte, wie ich hörte, völlig unmusikalisch ist, mußte der Einfall von Ihnen stammen.«

»Eigentlich nicht von mir persönlich«, erwiderte ich und wandte mich wieder um. Da auf dem Tischchen neben mir weder Brieföffner noch stumpfe Gegenstände lagen, griff ich hastig nach einer Vase mit Treibhausblumen und vergrub mein Gesicht in den Blüten. Ich schloß die Augen und spürte die kühlen Blütenblätter an meinen plötzlich erhitzten Wangen. Aus Furcht, daß mein Gesicht mich verraten könnte, wagte ich es nicht aufzublicken.

Denn im Fenster hinter dem Herzog hatte ich einen kürbisrunden Kopf erblickt, den die grünen Samtvorhänge umrahmten, als wäre er eines der exotischen Sammelstücke des Herzogs. Als ich die Augen öffnete und vorsichtig durch die Blumen spähte, sah ich ein breites Grinsen, das an eine Kürbislaterne erinnerte.

Ich war hin und her gerissen zwischen Entsetzen und Erleichterung. Also hatte ich den Bettler am Tor doch richtig erkannt. Hugh Munro, ein Gefährte aus Jamies Zeit als Geächteter, war Schulmeister gewesen und auf See in türkische Gefangenschaft geraten. Entstellt durch die Folter, mußte er sich als Bettler und Wilderer durchschlagen – das damit erzielte Einkommen besserte er auf, indem er sich gelegentlich als Kundschafter betätigte. Ich hatte gehört, er sei ein Agent der Hochlandarmee, aber mir war nicht klar gewesen, daß ihn seine Tätigkeit so weit nach Süden führte.

Wie lange saß er schon hier oben vor dem Fenster im ersten Stockwerk? Ich wagte nicht, mit ihm Kontakt aufzunehmen – ich hatte schon genug damit zu tun, einen Punkt hinter dem Herzog zu fixieren und scheinbar gleichgültig in die Luft zu starren.

Der Herzog betrachtete mich interessiert. »Wirklich. Doch nicht etwa Gerstmann? Soviel Verstand hätte ich ihm nicht zugetraut.«

»Aber mir schon? Ich fühle mich geschmeichelt.« Meine Nase senkte sich wieder in die Blumen, und ich sprach zerstreut in eine Päonie.

Der Bettler vor dem Fenster löste eine Hand vom Efeu. Da ihm die Sarazenen die Zunge herausgeschnitten hatten, sprach Hugh Munro mit den Händen. Er blickte mich aufmerksam an, zeigte zuerst auf mich, dann auf sich und dann zur Seite. Die breite Hand neigte sich, und zwei Finger wurden zu Beinen, die nach Osten liefen. Ein letztes Zwinkern, eine zum Gruß geballte Faust, und fort war er.

Die Spannung fiel von mir ab. Zitternd holte ich Luft. Dann mußte ich niesen und stellte die Blumen weg.

»Demnach seid Ihr also Jakobit, nicht wahr?« fragte ich.

»Nicht unbedingt«, erwiderte der Herzog freundlich. »Die Frage ist, meine Liebe, ob Sie es sind.« Gedankenverloren nahm er seine Perücke ab und kratzte sich die blonden, schütteren Haare, bevor er sie wieder aufsetzte.

»In Paris haben Sie versucht, die Wiedereinsetzung von König James zu vereiteln. Nachdem dies gescheitert ist, treten Sie und Ihr Gemahl als die treuesten Gefolgsleute Seiner Hoheit auf. Warum?« In den kleinen blauen Augen las ich nichts als freundliche Neugier, doch er hatte nicht aus freundlicher Neugier einen Mordanschlag auf mich verübt.

Seit ich wußte, wer mein Gastgeber war, versuchte ich krampfhaft, mich daran zu erinnern, was Frank und Reverend Wakefield über ihn gesagt hatten. War der Herzog tatsächlich ein Jakobit gewesen? Soweit ich mich erinnerte, war die Geschichte – vertreten durch Frank und den Reverend – zu keinem klaren Urteil gelangt. Und auch ich war unschlüssig.

»Ich denke nicht, daß ich es Euch sagen werde«, antwortete ich bedächtig.

Erstaunt zog er eine blonde Braue hoch, holte eine kleine Emailledose aus der Tasche und nahm eine Prise Schnupftabak.

»Finden Sie das klug, meine Liebe? Danton ist noch in Rufweite.«

»Danton würde mich nicht einmal mit einer drei Meter langen Stange anfassen«, erklärte ich schroff. »Und Ihr würdet das übrigens auch nicht tun. Nicht«, fügte ich hastig hinzu, als ich sah, wie er den Mund öffnete, »aus demselben Grund. Aber wenn Ihr unbedingt wissen wollt, auf welcher Seite ich stehe, dann werdet Ihr mich zumindest so lange leben lassen, bis Ihr es herausgefunden habt, nicht wahr?«

Der Herzog verschluckte sich an seinem Schnupftabak, nieste, hustete heftig und klopfte sich auf die Brust. Ich richtete mich auf und musterte ihn kühl.

»Wenn Ihr versucht, mich durch Drohungen zum Sprechen zu bringen, kommt Ihr nicht weit«, sagte ich mit weitaus mehr Selbstvertrauen, als ich empfand.

Sandringham betupfte sich die tränenden Augen mit einem Taschentuch. Schließlich holte er tief Luft, stieß sie durch gespitzte Lippen wieder aus und starrte mich an.

»Nun gut«, sagte er halbwegs ruhig. »Ich denke, daß meine Handwerker nun die nötigen Veränderungen an Ihrem Zimmer vorgenommen haben. Eins der Mädchen wird Sie hinaufbegleiten.«

Ich mußte ihn ziemlich dumm angesehen haben, denn er lächelte spöttisch, während er sich aus seinem Stuhl hievte.

»Im Grunde spielt es keine Rolle«, bemerkte er. »Wer immer Sie sein mögen und welche Kenntnisse Sie auch besitzen, als Hausgast haben Sie eine unschätzbare Eigenschaft.«

»Und welche wäre das?« fragte ich. Die Hand an der Glocke, hielt er inne und lächelte.

»Sie sind die Gemahlin des roten Jamie«, sagte er leise. »Und er liebt Sie heiß und innig, nicht wahr, meine Liebe?«

Ich hatte schon schlimmere Gefängnisse gesehen. Der Raum maß der Länge und Breite nach etwa zehn Meter, und nur der Salon im ersten Stock war prunkvoller eingerichtet. Das Himmelbett stand auf einem kleinen Podest, die Damastvorhänge waren an den vier Bettpfosten üppig mit Pfauenfedern geschmückt, und vor dem gewaltigen Kamin luden zwei brokatbezogene Sessel dazu ein, es sich bequem zu machen.

Das Zimmermädchen, das mich hergeführt hatte, stellte den Wasserkrug und die Schüssel ab, die es trug, und beeilte sich, das vorbereitete Holzfeuer zu entfachen. Der Lakai stellte ein abgedecktes Tablett mit meinem Abendessen auf den Tisch neben der Tür und postierte sich dann breitbeinig vor dem Eingang, so daß an Flucht nicht zu denken war. Es hätte auch nicht viel Sinn gehabt, einen Versuch zu unternehmen, dachte ich verstimmt. Schon hinter der ersten Biegung des Korridors hätte ich mich verlaufen. Das verdammte Haus war ungefähr so groß wie der Buckinghampalast.

»Seine Hoheit hofft, daß Sie sich hier wohl fühlen, Madam«, sagte das Mädchen und verabschiedete sich mit einem zierlichen Knicks.

»Der? Ganz bestimmt!« erwiderte ich ungnädig.

Mit einem deprimierend dumpfen Schlag schloß sich die Tür hinter ihr, und das knirschende Geräusch, mit dem der große Schlüssel im Schloß umgedreht wurde, schien die letzte Schutzschicht von meinen strapazierten Nerven zu kratzen.

Vor Kälte zitternd, verschränkte ich die Arme und ging zum Feuer, wo ich mich in einen Sessel fallen ließ. Am liebsten hätte ich meine Abgeschiedenheit dazu genutzt, einen netten kleinen hysterischen Anfall zu bekommen. Doch ich befürchtete, wenn ich meinen Gefühlen erst einmal freien Lauf ließ, würde ich sie nie wieder unter Kontrolle bekommen. Also schloß ich die Augen, betrachtete das rötliche Flackern auf der Innenseite meiner Lider und zwang mich zur Ruhe.

Schließlich befand ich mich im Augenblick außer Gefahr, und Hugh Munro war zu Jamie unterwegs. Selbst wenn Jamie im Lauf der Woche meine Spur verloren hatte, würde Hugh ihn finden und hierherführen. Hugh kannte in seinen vier Gemeinden jeden Kleinbauern und jeden fahrenden Kesselflicker, jeden Bauernhof und jedes Herrenhaus. Neuigkeiten und Klatsch verbreiteten sich rasch, und eine Botschaft des stummen Bettlers würde hurtig wie der Wind über die Hügel reisen. Falls es ihm gelungen war, unbemerkt von seinem luftigen Sitz im Efeu zu klettern und den Grund und Boden des Herzogs zu verlassen.

»Sei nicht albern«, redete ich mir Mut zu, »der Mann ist Wilderer von Beruf. Natürlich hat er es geschafft.« Das Echo, das die Stuckdecke zurückwarf, wirkte irgendwie tröstlich.

»Und wenn dem so ist«, fuhr ich fort, »dann wird Jamie kommen.«

Richtig, fiel es mir plötzlich ein. Und Sandringhams Leute werden ihn erwarten. *Sie sind die Gemahlin des roten Jamie*, hatte der Herzog gesagt. Meine einzige unschätzbare Eigenschaft. Ich war ein Lockvogel.

»Ich bin ein Köder!« rief ich und setzte mich kerzengerade auf. Das Unwürdige meiner Lage rief einen kleinen, aber willkommenen Wutanfall hervor, der die Angst ein wenig linderte. Ich versuchte, die Flammen meines Zorns zu schüren, indem ich mich erhob, auf- und ab ging und mir neue Schimpfnamen für den Herzog ausdachte, die ich ihm bei nächster Gelegenheit an den Kopf werfen wollte. Als ich bei »abgefeimter Päderast« angelangt war, hörte ich von draußen gedämpfte Schreie.

Ich zog die schweren Samtvorhänge vor den Fenstern zurück und stellte fest, daß der Herzog nicht zuviel versprochen hatte. Die Fensterrahmen waren mit massiven Holzbalken vernagelt, die ein so dichtes Gitter bildeten, daß ich zwar noch etwas sehen, aber kaum meinen Arm hindurchstecken konnte.

Die Dämmerung war hereingebrochen, und die Schatten unter den Parkbäumen waren schwarz wie Tinte. Aus dem Park kamen auch die Rufe, und von den Ställen her hörte ich die Antwort. Plötzlich erschienen drei Männer mit Fackeln.

Die dunklen Gestalten liefen so eilig auf den Wald zu, daß die Flammen der Fackeln hellrot aufleuchteten. Als die Männer den Rand des Parks erreichten, sah ich weitere Gestalten, die auf dem winterlichen Rasen vor dem Haus übereinanderpurzelten.

Ich stand auf Zehenspitzen, umklammerte das Gitter und drückte die Stirn gegen das Holz, um besser sehen zu können. Das Tageslicht war nun ganz geschwunden, und im Schein der Fackeln sah ich kaum mehr als die Umrisse der Kämpfenden.

Jamie konnte das nicht sein, sagte ich mir und versuchte, den Kloß in meiner Kehle hinunterzuschlucken. Nicht so bald, nicht jetzt. Und nicht allein – gewiß würde er nicht allein kommen. Denn nun konnte ich erkennen, daß sich alle auf einen Mann stürzten, der auf den Knien lag, während die Wildhüter und Stallknechte des Herzogs mit Fäusten und Stöcken auf ihn eindroschen.

Dann fiel die geduckte Gestalt der Länge nach hin, und die Rufe erstarben, obwohl noch einige Schläge ausgeteilt wurden, bis die Horde endlich von dem Mann abließ. Ein paar Worte wurden gewechselt, die ich hoch oben auf meinem Aussichtspunkt nicht verstand. Dann beugten sich zwei Männer vor und packten ihr Opfer unter den Armen. Als sie auf dem Weg zum Haus unter meinem Fenster im zweiten Stock vorbeikamen, fiel der Fackelschein auf einen zerlumpten, schmutzigen Kittel. Das war nicht Jamie.

Einer der Stallknechte hastete vorüber und schwenkte triumphierend ein dickes Lederränzel an einem Riemen. Das Klimpern der Metallplättchen, die den Riemen zierten, konnte ich nicht hören, aber sie glitzerten im Fackelschein, und meine Arme wurden kraftlos vor Entsetzen.

Es waren Münzen und Knöpfe. Und Gaberlunzies, jene kleinen Bleimünzen, die einen Bettler berechtigten, in einer bestimmten Gemeinde zu betteln. Hugh Munro besaß vier davon, zum Ausgleich für die Qualen, die er unter den Türken erlitten hatte. Es war nicht Jamie, sondern Hugh.

Ich zitterte so sehr, daß mich meine Beine kaum noch tragen wollten, aber ich lief zur Tür und schlug mit aller Kraft dagegen.

»Laßt mich raus!« schrie ich. »Ich muß den Herzog sprechen! Laßt mich raus, sage ich!«

Als auf mein fortgesetztes Schreien und Klopfen keine Antwort folgte, raste ich zurück zum Fenster. Unten bot sich inzwischen ein vollkommen friedlicher Anblick: Ein Junge hielt eine Fackel für einen Gärtner, der am Rande des Rasens kniete und sorgfältig die durch den Kampf herausgerissene Grasnarbe wieder einfügte.

»He da!« brüllte ich. Natürlich ließen sich die vergitterten Fenster nicht öffnen. Rasch holte ich einen der schweren silbernen Kerzenständer und schlug damit eine Scheibe ein.

»Hilfe! He, ihr da unten! Sagt dem Herzog, daß ich ihn sprechen will! Jetzt! Hilfe!« Eine der Gestalten schien den Kopf in meine Richtung zu wenden, aber keiner von beiden machte Anstalten, zum Haus zu gehen. Sie fuhren mit ihrer Arbeit fort, als hätte nur der Ruf eines Nachtvogels die Stille zerrissen.

Wieder rannte ich zur Tür, hämmerte und schrie, und dann zurück ans Fenster. Ich rief, ich flehte, und ich drohte, bis ich heiser wurde, und ich schlug gegen die erbarmungslose Tür, bis meine Hände rot und wund waren, aber niemand kam. Dem Schweigen nach zu urteilen, hätte ich in dem riesigen Haus allein sein können. Auf dem Korridor war es ebenso still wie draußen im nächtlichen Park, still wie im Grab. Meine Angst brach nun ungezügelt hervor, und ich sank hemmungslos schluchzend auf die Knie.

Steifgefroren und mit pochenden Kopfschmerzen erwachte ich davon, daß ich über den Boden geschoben wurde. Hellwach wurde ich aber erst, als mein Schenkel von der Kante der sich öffnenden Tür eingeklemmt wurde.

»Au!« Mit steifen Gliedern drehte ich mich um und richtete mich auf allen vieren auf, so daß mir die Haare wild ins Gesicht hingen.

»Claire! Oh, b-bitte sei still. Liebes, bist du verletzt?« Gestärktes Leinen raschelte, als sich Mary neben mich hockte. Hinter ihr fiel die Tür wieder ins Schloß, und der Schlüssel wurde umgedreht.

»Ja... ich meine, nein. Es geht mir gut«, antwortete ich benommen. »Aber Hugh...« Ich preßte die Lippen zusammen und schüttelte den Kopf, um klarer denken zu können. »Was in drei Teufels Namen machst du hier, Mary?«

»Ich h-habe die Haushälterin bestochen, damit sie mich hereinläßt«, flüsterte sie. »Kannst du nicht leiser sprechen?«

»Das macht nicht viel«, erwiderte ich in normalem Tonfall. »Die Tür ist so dick, daß sich höchstens eine Horde Fußballfans bemerkbar machen könnte.«

»Eine was?«

»Nicht so wichtig.« Mein Verstand wurde allmählich klarer, aber meine Augen waren verklebt und geschwollen und mein Kopf dröhnte. Mühsam richtete ich mich auf, stolperte zur Waschschüssel und benetzte mein Gesicht mit kaltem Wasser.

»Du hast die Haushälterin bestochen?« fragte ich, während ich mir das Gesicht abtrocknete. »Aber eingeschlossen sind wir trotzdem, nicht wahr? Ich habe gehört, wie der Schlüssel umgedreht wurde.« Im Halbdunkel des Zimmers sah Mary kreidebleich aus. Die Kerze war ausgegangen, während ich auf dem Fußboden schlief, und der Raum wurde nur noch vom tiefroten Glühen der Scheite im Kamin erleuchtet. Sie biß sich auf die Lippen.

»M-mehr habe ich nicht erreicht. Mrs. Gibson hat so große Angst vor dem Herzog, daß sie mir den Schlüssel nicht geben wollte. Sie hat eingewilligt, mich mit dir einzuschließen, und am Morgen läßt sie mich wieder heraus. Ich dachte, du freust dich über Gesellschaft«, fügte sie schüchtern hinzu.

»Oh. Ja... danke. Das ist lieb von dir.« Ich nahm eine Kerze aus der Schublade und ging zum Kamin, um sie anzuzünden. Da das Wachs der heruntergebrannten Kerze den Kerzenständer verklebte, ließ ich etwas flüssiges Wachs auf den Tisch tropfen und stellte die neue Kerze hinein. Ob die schönen Möbel des Herzogs Schaden litten, war mir gleich.

»Claire«, sagte Mary, »hast du Schwierigkeiten?«

Ich biß mir auf die Lippen, um nicht überstürzt zu antworten. Schließlich war Mary erst siebzehn, und von Politik hatte sie vermutlich noch weniger Ahnung als einstmals vom männlichen Geschlecht.

»Ja«, erwiderte ich, »ziemlich große, fürchte ich.« Langsam setzte meine Gehirntätigkeit wieder ein. Selbst wenn Mary mir bei der Flucht keine große Hilfe sein konnte, war sie vielleicht in der Lage, mir mehr über ihren Paten und die Gepflogenheiten in seinem Haushalt zu erzählen.

»Hast du vorhin den Tumult am Waldrand gehört?« fragte ich. Sie schüttelte den Kopf. Allmählich begann sie zu zittern, in dem großen Raum drang die Wärme des Feuers nicht bis zum Bett vor.

»Nein, aber eins der Mädchen hat erzählt, die Wildhüter hätten im Park einen Wilddieb gefangen. Es ist schrecklich kalt. Können wir nicht ins B-Bett gehen?«

Mary kniete bereits auf der Tagesdecke und suchte unter dem Keilkissen nach dem Laken. Rund und kindlich zeichnete sich ihr Po unter dem weißen Nachthemd ab.

»Das war kein Wilddieb«, erwiderte ich, »oder vielmehr, es war nicht nur ein Wilddieb, sondern auch ein Freund. Er war auf dem Weg zu Jamie, um ihm zu sagen, wo ich bin. Weißt du, was mit ihm geschehen ist, nachdem ihn die Wildhüter gefangengenommen haben?«

Mary sah mich an. Ihr Gesicht war nur ein heller Fleck zwischen den düsteren Bettvorhängen. Doch selbst bei diesem Licht konnte ich sehen, daß sie entsetzt die Augen aufgerissen hatte.

»O Claire! Es tut mir so leid!«

»Ja, mir auch«, entgegnete ich ungeduldig. »Weißt du vielleicht, wo der Wilderer jetzt ist?« Wenn man Hugh an einem leicht zugänglichen Ort eingesperrt hatte, konnte Mary ihn am Morgen vielleicht freilassen.

Ihre Lippen zitterten so sehr, daß sie nur noch stammeln konnte, und das hätte mich eigentlich warnen sollen. Aber die Worte, die sie endlich hervorstieß, trafen mich wie ein Schlag.

»S-sie h-haben ihn aufg-g-gehängt. Am T-Tor zum P-Park.«

Es dauerte einige Zeit, bis ich wieder fähig war, meine Umgebung wahrzunehmen. Eine Welle von Trauer, Angst und Hoffnungslosigkeit hatte mich überwältigt. Verschwommen nahm ich wahr, daß Marys kleine Hand zaghaft meine Schulter tätschelte, daß sie mir ein Taschentuch und einen Schluck Wasser anbot, aber ich rollte mich zitternd zusammen, sprach nicht und wartete darauf, daß sich die Verzweiflung löste, die meinen Magen zusammenkrampfte. Endlich ebbte meine Panik ab, und ich sah Mary mit tränenverschleierten Augen an.

»Es geht schon wieder.« Ich setzte mich auf und putzte mir nicht gerade damenhaft mit dem Ärmel die Nase. Dann nahm ich das dargebotene Handtuch und drückte es mir auf die Augen. Als Mary sich besorgt über mich beugte, griff ich nach ihrer Hand und streichelte sie beruhigend.

»Wirklich«, sagte ich. »Es geht mir besser. Und ich bin so froh, daß du hier bist.« Plötzlich fiel mir etwas ein. Ich ließ das Tuch sinken und sah sie forschend an.

»Was ich dich fragen wollte – warum bist du überhaupt hier? In diesem Haus, meine ich.«

Mary senkte die Augen, errötete und zupfte an der Tagesdecke. »Der H-Herzog ist mein Pate, das weißt du doch.«

»Ja, das habe ich inzwischen mitbekommen«, erwiderte ich. »Doch ich habe so meine Zweifel, daß es ihm nur um deine reizende Gesellschaft geht.«

Meine Bemerkung entlockte ihr ein zaghaftes Lächeln. »N-nein. Aber er, der Herzog, meine ich, er denkt, daß er einen passenden G-G-Gemahl für mich gefunden hat.« Die Anstrengung, das Wort »Gemahl« auszusprechen, hatte ihr die Röte ins Gesicht getrieben. »Papa hat mich hergebracht, damit ich ihn kennenlerne.«

Ihr Verhalten ließ darauf schließen, daß man ihr besser nicht zur Verlobung gratulierte. »Und, wer ist es?«

Wie sich herausstellte, kannte sie ihn nur dem Namen nach. Ein Mr. Isaacson, der als Importeur in London tätig war. Der vielbeschäftigte Mann hatte keine Zeit, nach Edinburgh zu reisen, um seine Zukünftige zu treffen, war aber bereit, nach Bellhurst Manor zu kommen, wo die Hochzeit stattfinden sollte, sofern alle Beteiligten einverstanden waren.

Ich nahm die silberne Haarbürste vom Nachtkästchen und begann gedankenverloren, meine Haare zu bürsten. Nachdem aus der Verbindung mit dem französischen Adel nichts geworden war, beabsichtigte der Herzog, sein Patenkind an einen reichen Kaufmann zu verschachern.

»Ich habe eine neue Aussteuer«, sagte Mary mit mattem Lächeln. »Dreiundvierzig bestickte Unterröcke... zwei mit Goldfäden.« Sie hielt inne, preßte die Lippen zusammen und starrte blicklos auf ihre unberingte linke Hand. Ich legte meine Hand auf die ihre.

»Vielleicht ist er ein guter Mensch«, versuchte ich ihr Mut zuzusprechen.

»Gerade d-davor habe ich ja Angst.« Sie wich meinem fragenden Blick aus, senkte die Augen und faltete die Hände im Schoß.

»Mr. Isaacson weiß nicht, was in... P-Paris geschehen ist. Und ich soll es ihm auch nicht sagen.« Unglücklich verzog sie das Gesicht. »Sie haben eine gräßliche alte Frau zu mir geschickt, die mir erklärt hat, wie ich mich in der H-H-Hochzeitsnacht verhalten soll, damit es so aussieht, als wäre es das erstemal, aber ich... o Claire, wie kann ich das machen?« klagte sie. »Und Alex... ich konnte es ihm nicht sagen, ich habe es nicht über mich gebracht! Ich war so ein Feigling, ich h-habe ihm nicht einmal Lebewohl gesagt!«

Mary warf sich in meine Arme, und ich tätschelte ihr den Rükken. Bei dem Versuch, sie zu trösten, trat mein eigener Kummer ein wenig in den Hintergrund. Schließlich wurde sie ruhiger, setzte sich auf und trank etwas Wasser. Sie hatte einen Schluckauf bekommen.

»Wirst du ihn heiraten?« fragte ich. Sie sah mich an, ihre Wimpern waren feucht.

»Ich habe keine andere Wahl«, sagte sie schlicht.

»Aber...«, begann ich, hielt jedoch ratlos inne.

Mary hatte recht. Als junge Frau, ohne eigenes Vermögen und ohne Mann, der ihr beistand, blieb ihr nichts anderes übrig, als sich den Wünschen ihres Vaters und ihres Paten zu beugen und den unbekannten Mr. Isaacson aus London zu heiraten.

Keine von uns hatte jetzt noch Verlangen nach den Speisen auf dem Tablett. Wir krochen unter die warmen Decken, und Mary schlief, vor Kummer erschöpft, nach wenigen Minuten ein. Obwohl ich mich nicht weniger ausgelaugt fühlte, fand ich keine Ruhe; die Trauer um Hugh, die Sorge um Jamie und die Rätsel, die sich um den Herzog rankten, hielten mich wach.

Die Laken waren klamm und meine Füße eiskalt. Um mich nicht mit schlimmeren Sorgen quälen zu müssen, dachte ich über Sandringham nach. Welche Rolle kam ihm in diesem Spiel zu?

Allem Anschein nach war er Jakobit. Wie er selbst zugab, war er bereit gewesen, einen Mord zu begehen – oder begehen zu lassen –, nur um zu gewährleisten, daß Charles die nötigen Mittel bekam, um nach Schottland aufzubrechen. Und die musikalisch verschlüsselte Nachricht wies darauf hin, daß es letztlich der Herzog mit seinen Hilfeversprechungen gewesen war, der Charles dazu bewogen hatte, im August die Segel zu setzen.

Gewiß gab es Männer, die sich hüteten, sich als Jakobiten zu erkennen zu geben. Angesichts der Strafe, die auf Verrat stand, schien das auch nicht weiter verwunderlich. Und der Herzog hatte mehr zu verlieren als andere, sollte die Sache, der er sich verschrieben hatte, scheitern.

Dennoch erweckte der Herzog kaum den Eindruck, ein begeisterter Anhänger der Stuarts zu sein. Seine Bemerkungen über Danton verrieten, daß er einem katholischen Herrscher nur geringe Sympathien entgegenbringen würde. Und warum hielt er seine Zahlungen so lange zurück, wo Charles nicht nur jetzt, sondern schon seit seiner Ankunft in Schottland so dringend Geld brauchte?

Ich konnte mir nur zwei Gründe vorstellen, die das Verhalten des Herzogs erklärten; zwar gereichte ihm keiner von beiden zur Ehre, aber beide standen im Einklang mit seinem Charakter.

Als Jakobit mochte er bereit sein, einen ihm nicht genehmen katholischen König zu unterstützen, um als wichtigster Geldgeber der wiedereingesetzten Stuartmonarchie in den Genuß zahlreicher Vorteile zu kommen. Mir war klar, daß »Prinzipientreue« nicht zum Vokabular des Mannes zählte, der Begriff »Eigennutz« hingegen schon. Vielleicht wollte er Charles' Einzug in England abwarten, damit das Geld nicht verschwendet wurde, bevor die Hochlandarmee den entscheidenden Vorstoß nach London wagte. Jeder vernünftige Mensch, der Charles Stuart kannte, hätte eingesehen, daß man ihm nicht zuviel Geld auf einmal anvertrauen durfte.

Vielleicht wollte der Herzog auch sichergehen, daß die Stuarts die nötige Rückendeckung für ihren Feldzug bekamen, bevor er sich selbst finanziell beteiligte. Schließlich war es ein Unterschied, ob man eine Rebellion unterstützte oder ob man allein eine ganze Armee unterhielt.

Doch es war noch ein weitaus unheilvolleres Motiv für das herzogliche Verhalten denkbar. Indem er seine Unterstützung davon abhängig machte, daß das jakobitische Heer englischen Boden erreichte, beschwor er einen Konflikt zwischen Charles und seinen Clanführern herauf. Denn Charles würde, das Geld vor Augen, eine widerstrebende Armee nach Süden und damit weg von den schützenden Bergen, in denen die Kämpfer Zuflucht finden konnten, führen.

Wenn sich der Herzog schon von den Stuarts reichen Lohn versprach, sofern sie den Thron zurückeroberten, was hatte er dann erst vom Hause Hannover zu erwarten, falls er Charles Stuart aus Schottland weglockte und ihn und seine Anhänger auf Gedeih und Verderb der englischen Armee auslieferte?

Die Geschichtsschreibung gab keinen Aufschluß über die wahren Sympathien des Herzogs. Das erschien mir merkwürdig; gewiß mußte er seine Absichten früher oder später preisgeben. Andererseits hatte es der alte Fuchs, der Herr von Lovat, beim letzten

Jakobitenaufstand verstanden, beide Seiten gegeneinander auszuspielen, sich bei den Hannoveranern einzuschmeicheln und sich gleichzeitig die Gunst der Stuarts zu erhalten. Und auch Jamie hatte die Seiten gewechselt. Vielleicht war es in dem trügerischen Sumpf der Machtpolitik nicht weiter schwierig, seine Zugehörigkeit zu verbergen.

Während ich mich schlaflos und frierend herumwälzte, hörte ich plötzlich ein leises rhythmisches Geräusch. Ich drehte mich um, horchte, stützte mich auf den Ellbogen und beäugte meine Gefährtin ungläubig. Sie hatte sich auf der Seite eingerollt, ihre runden Wangen schimmerten rosig, und in ihrem weichen Mund steckte sicher und geborgen ihr Daumen, während ihre Unterlippe zarte Saugbewegungen machte.

Ich wußte nicht, ob ich lachen oder weinen sollte. Schließlich tat ich keins von beiden, sondern zog ihr nur behutsam den Daumen aus dem Mund und legte ihr die entspannte Hand auf die Brust. Dann blies ich die Kerze aus und kuschelte mich an Mary.

Ob es an der Unschuld dieser kleinen Geste lag, die früheste Erinnerungen an Vertrauen und Geborgenheit heraufbeschwor, an der trostreichen Nähe eines warmen Körpers oder nur daran, daß mich Kummer und Furcht bis zur Erschöpfung ausgelaugt hatten – jedenfalls tauten meine Füße auf, ich entspannte mich und schlief ein.

In die warmen Decken gehüllt, schlummerte ich traumlos und fest. Um so mehr erschrak ich, als ich jäh aus dem Tiefschlaf gerissen wurde. Es war immer noch dunkel – stockfinster, genauer gesagt, denn das Feuer war inzwischen erloschen –, aber in unmittelbarer Nähe herrschte der reinste Tumult. Etwas Schweres war auf dem Bett gelandet und hatte dabei meinen Arm gestreift, und dieses Etwas trug sich offenbar mit der Absicht, Mary zu ermorden.

Das Bett hob und senkte sich, die Matratze unter mir kippte bedenklich, und das Bettgestell erbebte. Qualvolles Stöhnen und leise Drohungen drangen an mein Ohr, und eine Hand schlug mir ins Auge.

Hastig rollte ich mich aus dem Bett, stolperte die Podeststufe hinunter und fiel der Länge nach auf den Boden. Die Rauferei schien noch heftiger zu werden, und ich hörte ein schreckliches, ersticktes Quieken – wahrscheinlich versuchte Mary zu schreien, während sie erwürgt wurde.

Plötzlich ertönte ein verblüffter Ruf aus einer männlichen Kehle, dann wurden noch einmal Bettdecken durcheinandergeworfen, und die Schreie erstarben. Fieberhaft tastete ich umher, fand die Zunderdose auf dem Tisch und zündete eine Kerze an. Das flackernde Flämmchen wurde größer und ruhiger und offenbarte das, was ich schon vermutet hatte, als ich jene gälischen Flüche hörte – Mary, von der man nichts sah außer wild um sich schlagenden Armen, und bäuchlings auf ihr meinen sichtlich aufgebrachten Gatten, der trotz seiner körperlichen Überlegenheit buchstäblich alle Hände voll zu tun hatte.

Da er voll und ganz damit beschäftigt war, Mary zu bändigen, hatte er nicht einmal von der gerade entzündeten Kerze Notiz genommen. Statt dessen versuchte er, ihre Hände zu packen, während er ihr gleichzeitig das Kissen aufs Gesicht drückte. Ich unterdrückte das hysterische Lachen, das angesichts dieses Spektakels in mir aufstieg, stellte die Kerze ab, beugte mich übers Bett und klopfte ihm auf die Schulter.

»Jamie?«

»Herrgott!« Er sprang hoch wie ein Lachs und landete in geduckter Haltung, die Hand am Dolch, auf dem Fußboden. Dann sah er mich, sackte erleichtert zusammen und schloß die Augen.

»Bei Gott, Sassenach! Tu das nie wieder, hörst du? Seien Sie still«, fuhr er Mary an, die das Kissen abgeschüttelt hatte, aufrecht im Bett saß, keuchte und große Augen machte. »Ich wollte Ihnen nichts tun. Ich dachte, Sie sind meine Frau.« Er umrundete das Bett, nahm mich an beiden Schultern und küßte mich so fest, als wollte er sichergehen, daß er jetzt die richtige Frau in den Armen hielt. Ich erwiderte seinen Kuß leidenschaftlich, rieb mich an seinem unrasierten Kinn und sog seinen Duft nach feuchtem Leinen und Wolle und Schweiß ein.

»Zieh dich an«, befahl er, als er mich losließ. »In diesem verdammten Haus wimmelt es nur so von Dienstboten. Unten geht's zu wie in einem Ameisenhaufen.«

»Wie bist du hereingekommen?« fragte ich und sah mich nach meinem Kleid um.

»Durch die Tür natürlich«, erwiderte er ungeduldig. »Hier.« Er nahm mein Kleid von einem Stuhl und warf es mir zu. Tatsächlich stand die massive Tür offen, und ein ansehnlicher Schlüsselbund baumelte am Schloß.

»Aber wie …«, begann ich.

»Später«, entgegnete er schroff. Dann sah er Mary, die aufgestanden war und ihren Morgenmantel überzog. »Am besten verschwinden Sie wieder im Bett, Mädel«, riet er. »Der Fußboden ist kalt.«

»Ich komme mit.« Marys Worte wurden durch die Falten des Gewands gedämpft, doch als sie trotzig ihren Kopf durch den Ausschnitt streckte, wurde ihre Entschlossenheit deutlich.

»Den Teufel werden Sie tun«, entgegnete Jamie. Er warf ihr einen wütenden Blick zu, und ich sah, daß sich frische blutige Kratzwunden über seine Wange zogen. Doch als er ihre zitternden Lippen sah, zügelte er seinen Zorn und redete beruhigend auf sie ein. »Tut mir leid, Mädel. Ich sorge dafür, daß Sie deshalb keine Schwierigkeiten bekommen. Ich schließe die Tür hinter uns wieder ab, und morgen früh können Sie allen erzählen, was passiert ist. Niemand wird Ihnen die Schuld daran geben.«

Ohne seine Worte zu beachten, streifte Mary hastig ihre Hausschuhe über und rannte zur Tür.

»Holla! Wohin wollen Sie?« Verblüfft setzte Jamie ihr nach, doch sie war vor ihm an der Tür. Gleich darauf stand sie draußen in der Halle und funkelte ihn an.

»Ich komme mit!« erklärte sie wildentschlossen. »Wenn Sie mich nicht mitnehmen, laufe ich den Korridor hinunter und schreie, so laut ich kann!«

Jamie starrte sie an. Seine Haare leuchteten kupfern im Kerzenschein, und das Blut stieg ihm in die Wangen. Offenbar war er hin und her gerissen zwischen der Notwendigkeit, sich ruhig zu verhalten, und dem Drang, Mary mit bloßen Händen zu erwürgen und auf den Lärm zu pfeifen. Mary, die Röcke gerafft, um sofort loszurennen, starrte wütend zurück. Da ich inzwischen Kleid und Schuhe anhatte, stieß ich Jamie in die Rippen und löste damit den Bann.

»Nimm sie mit«, sagte ich. »Los, wir gehen.«

Jamie bedachte mich mit einem Blick, der keinen Deut freundlicher war als der, den er Mary zugeworfen hatte, doch er zögerte keine Sekunde. Mit einem hastigen Nicken nahm er meinen Arm, und wir eilten alle drei in den kalten, finsteren Korridor hinaus.

Das Haus war totenstill und doch voller Geräusche; Dielenbretter knarrten unter unseren Füßen, und unsere Kleider raschelten wie

Laub im Sturmwind. Die Wandtäfelung ächzte, und leise Geräusche vom anderen Ende des Korridors deuteten darauf hin, daß dort heimlich Nagetiere am Werk waren. Und über alldem lag das angsteinflößende Schweigen eines großen, dunklen Hauses, dessen Schlummer nicht gestört werden durfte.

Mary hielt meinen Arm umklammert, als wir hinter Jamie den Korridor hinunterschlichen. Er huschte wie ein Schatten an der Wand entlang, lautlos, aber rasch.

Hinter einer Tür, an der wir vorbeikamen, hörte ich leise Schritte. Auch Jamie wurde aufmerksam. Er drückte sich gegen die Wand und bedeutete Mary und mir, es ihm gleichzutun. Eng an die kühle Täfelung geschmiegt, hielt ich den Atem an.

Behutsam wurde die Tür geöffnet, und eine Frau mit einer weißen Spitzenhaube steckte den Kopf heraus. Sie spähte in die andere Richtung.

»Hallo«, wisperte sie. »Bist du's, Albert?« Kalter Schweiß lief mir den Rücken hinunter. Das Hausmädchen erwartete den Besuch des herzoglichen Kammerdieners, der dem Ruf der Franzosen alle Ehre zu machen schien.

Wahrscheinlich würde sie einen bewaffneten Schotten nicht als angemessenen Ersatz für ihren säumigen Liebhaber ansehen. Ich spürte, wie sich Jamie neben mir anspannte, um seine Skrupel zu überwinden – es war nicht seine Art, Frauen niederzuschlagen. Noch ein Augenblick, und sie würde sich umdrehen, ihn erblicken und das ganze Haus wachschreien.

Ich trat vor.

»Hm, nein«, sagte ich entschuldigend. »Leider bin's nur ich.«

Als die Dienstbotin zusammenfuhr, ging ich rasch einen Schritt auf sie zu, so daß ich vor ihr stand, während Jamie sich hinter ihrem Rücken an die Wand drückte.

»Tut mir leid, daß ich Sie erschreckt habe«, meinte ich mit fröhlichem Lächeln. »Ich konnte nicht schlafen, da dachte ich mir, versuch's doch mit einem Schluck heißer Milch. Geht's hier lang zur Küche?«

»Häh?« Die Dienstbotin, eine rundliche junge Frau Anfang Zwanzig, starrte mich mit offenem Mund an. Von Zahnpflege hielt sie offenbar nicht viel. Glücklicherweise war es nicht die Frau, die mich auf mein Zimmer gebracht hatte. Vielleicht wußte sie nicht, daß ich eine Gefangene war.

»Ich bin zu Besuch in diesem Hause«, stellte ich schließlich klar. Den Grundsatz beherzigend, daß Angriff die beste Verteidigung ist, starrte ich sie anklagend an.

»Albert, so, so? Weiß Seine Hoheit, daß Sie nachts Männer in Ihrem Zimmer empfangen?« wollte ich wissen. Damit hatte ich den Nerv getroffen, denn die Frau erblaßte, fiel auf die Knie und umklammerte meinen Rock. Die Aussicht, verraten zu werden, erschütterte sie so, daß sie zu fragen vergaß, warum ein Gast nach Mitternacht durch den Korridor wanderte, und zwar nicht nur in Kleid und Schuhen, sondern auch in einem Reiseumhang.

»O Madam! Bitte, sagen Sie es nicht Seiner Hoheit! Sie haben ein gutes Gesicht, Madam, gewiß wollen Sie nicht, daß ich meine Stellung verliere? Haben Sie Mitleid mit mir, gnädige Frau, ich habe daheim noch sechs jüngere Geschwister, und ich...«

»Aber, aber.« Beruhigend klopfte ich ihr auf die Schulter. »Keine Sorge, ich werde dem Herzog nichts sagen. Gehen Sie einfach wieder ins Bett und...« In einem Tonfall, den man bei Kindern und Geisteskranken anschlägt, beschwichtigte ich sie und schob sie in ihre kleine Kammer zurück, während sie wortreich ihre Unschuld beteuerte.

Nachdem ich die Tür hinter ihr geschlossen hatte, lehnte ich mich erschöpft gegen den Rahmen. Jamie tauchte aus den Schatten auf und grinste mich an, sagte aber nichts, sondern tätschelte nur anerkennend meinen Kopf, ehe er wieder meinen Arm nahm und mich weiterzog.

Mary wartete unter einem Fenster auf dem Treppenabsatz. Weiß leuchtete ihr Morgenmantel im Morgenlicht, das durch die dahinjagenden Wolken schien. Allem Anschein nach zog ein Sturm auf.

Als Jamie zu ihr auf den Treppenabsatz trat, hielt Mary ihn an seinem Plaid fest.

»Psst!« flüsterte sie. »Da kommt jemand!«

Tatsächlich näherten sich von unten leise Schritte, und der matte Lichtkegel einer Kerze fiel auf die Wände. Mary und ich sahen uns hastig um, aber hier konnten wir uns nirgends verstecken. Wir befanden uns auf einer Hintertreppe für die Dienstboten, und auf den kahlen Absätzen gab es weder Möbel noch Wandbehänge.

Jamie seufzte resigniert und bedeutete Mary und mir, in den

Korridor zurückzukehren, aus dem wir gekommen waren. Dann postierte er sich mit gezücktem Dolch in einer schattigen Ecke auf dem Treppenabsatz.

Von bangen Befürchtungen geplagt, hielt Mary meine Hand umklammert. Jamie trug zwar eine Pistole bei sich, aber es war klar, daß er sie im Haus nicht benutzen konnte – und das würde auch ein Lakai erkennen. Also mußte Jamie auf den Dolch zurückgreifen. Mein Magen zog sich zusammen vor Mitleid mit dem unseligen Diener, der im Begriff war, einem knapp zwei Zentner schweren Schotten ins Messer zu laufen.

Im Geiste machte ich eine Bestandsaufnahme meiner Kleidung und kam gerade zu dem Schluß, daß ich auf einen Unterrock verzichten konnte, falls Fesseln benötigt wurden, als der gebeugte Kopf des Kerzenträgers in Sicht kam. Das dunkle Haar war in der Mitte gescheitelt und mit einer ekelerregend süßlichen Pomade geglättet – ein Duft, der sofort die Erinnerung an eine düstere Pariser Straße und schmale, grausame Lippen unter einer Maske heraufbeschwor.

Danton hörte mein entsetztes Keuchen und blickte erschrocken auf. Im nächsten Augenblick wurde er am Hals gepackt und so heftig gegen die Wand gestoßen, daß seine Kerze in hohem Bogen davonflog.

Auch Mary hatte ihn gesehen.

»Das ist er!« rief sie. Vor Schreck vergaß sie zu stottern und wurde gefährlich laut. »Der Mann in Paris!«

Mit seinem muskulösen Unterarm drückte Jamie den zappelnden Kammerdiener gegen die Wand. Im wechselnden Licht des Mondes, der immer wieder zwischen Wolkenfetzen hervorlugte, war das Gesicht des Mannes leichenblaß. Es wurde noch etwas blasser, als Jamie ihm seine Klinge an die Kehle setzte.

Ich trat auf den Treppenabsatz. In diesem Augenblick wußte ich weder, was Jamie vorhatte, noch war ich mir im klaren darüber, was ich von ihm erwartete. Danton gab ein ersticktes Stöhnen von sich, als er mich sah, und versuchte vergeblich, sich zu bekreuzigen.

»*La Dame Blanche!*« flüsterte er mit entsetztem Blick.

Jamie packte den Mann grob an den Haaren und schlug seinen Kopf gegen die hölzerne Wandverkleidung.

»Hätte ich Zeit, *mo garhe*, würdest du langsam sterben«, sagte er leise, doch seine ruhige Stimme entbehrte nicht der Überzeugungskraft. »Sieh es als Gnade Gottes an, daß ich in Eile bin.« Er zerrte Dantons Kopf noch weiter nach hinten, so daß ich seinen krampfhaft schluckenden Adamsapfel sah. Angsterfüllt starrte er mich an.

»Du nennst sie ›*La Dame Blance*‹«, stieß Jamie hervor. »Ich nenne sie meine Frau. So soll denn ihr Gesicht das letzte sein, was du in deinem Leben erblickst!«

Jamie stieß Danton das Messer mit solcher Heftigkeit in die Kehle, daß er vor Anstrengung aufstöhnte. Ein dunkler Blutschwall ergoß sich über sein Hemd. Der Geruch des jähen Todes erfüllte das Treppenhaus, während der Mann mit einem nicht enden wollenden Gurgeln in sich zusammensank.

Ich kam wieder zu mir, als ich hörte, wie Mary sich hinter mir auf dem Korridor erbrach. Mein erster klarer Gedanke war, daß die Dienstboten am nächsten Morgen eine fürchterliche Bescherung aufwischen mußten. Mein zweiter Gedanke galt Jamie. Im huschenden Mondlicht sah ich sein blutbesudeltes Gesicht und die dunklen Tropfen auf seinem Haar. Er atmete schwer und machte den Eindruck, als wäre ihm auch schlecht.

Als ich mich zu Mary umdrehte, sah ich weit hinten im Korridor einen Lichtschimmer, der durch eine sich öffnende Tür fiel. Offenbar wollte jemand nachsehen, woher der Lärm rührte. Ich nahm den Saum von Marys Morgenrock, fuhr ihr damit hastig über den Mund, packte sie am Arm und zog sie auf den Treppenabsatz.

»Komm schon!« sagte ich. »Wir müssen hier raus!« Jamie, der wie benommen Dantons Leichnam betrachtete, schüttelte sich unvermittelt, kam wieder zu sich und wandte sich zur Treppe.

Offenbar wußte er den Weg, denn er führte uns ohne Zögern durch die dunklen Flure. Schwer atmend stolperte Mary neben mir her.

Vor der Tür zur Spülküche blieb Jamie plötzlich stehen und stieß einen leisen Pfiff aus. Die Tür öffnete sich, und schemenhafte Gestalten tauchten aus der Dunkelheit auf. Eine von ihnen trat hastig vor. Gedämpfte Worte wurden gewechselt, und der Mann – wer immer er sein mochte – griff nach Mary und zog sie in den Schatten. Ein kühler Luftzug verriet mir, daß irgendwo vor uns eine Tür nach draußen offenstand.

Jamie legte mir die Hand auf die Schulter und führte mich durch die düstere Spülküche in einen kleineren Raum, scheinbar eine Art

Rumpelkammer. Irgendwo stieß ich mir das Schienbein an, unterdrückte aber den Schmerzensschrei.

Endlich gelangten wir ins Freie. Der Nachtwind fuhr unter meinen Umhang und blähte ihn auf wie einen Ballon. Nach der nervenaufreibenden Wanderung durch das dunkle Haus wäre ich am liebsten davongeflogen.

Die Männer waren nicht weniger erleichtert als ich; sie tauschten halblaute Bemerkungen aus und lachten gedämpft, bis Jamie sie zur Ruhe rief. Dann huschte einer nach dem andern wie ein Schatten über den freien Platz vor dem Haus. Neben mir stand Jamie und beobachtete, wie sie im Gehölz verschwanden.

»Wo ist Murtagh?« brummte er, während er stirnrunzelnd dem letzten seiner Männer nachblickte. »Wahrscheinlich sucht er Hugh«, beantwortete er seine Frage selbst. »Weißt du, wo der stecken könnte, Sassenach?«

Ich schluckte und spürte plötzlich den beißenden Wind unter meinem Mantel. Die Erinnerung dämpfte das Hochgefühl der Freiheit.

Mit knappen Worten erzählte ich es ihm. Sein blutverschmiertes Gesicht verfinsterte sich, und als ich ausgeredet hatte, waren seine Züge hart wie Stein.

»Wollt ihr die ganze Nacht hier herumstehen?« erkundigte sich eine Stimme hinter uns. »Oder sollen wir Alarm schlagen, damit sie gleich wissen, wo sie uns suchen müssen?«

Jamies Gesicht hellte sich ein wenig auf, als Murtagh lautlos wie ein Geist neben uns aus den Schatten trat. Unter einem Arm trug er ein Bündel; ein Braten aus der Küche, dachte ich, als ich die Blutflecken auf dem Tuch sah. Bestärkt wurde diese Mutmaßung durch den großen Schinken, den er sich unter den anderen Arm geklemmt hatte, und die Wurstketten um seinen Hals.

Jamie rümpfte die Nase und lächelte matt.

»Du riechst wie ein Metzger, Mann. Kannst du nirgends hingehen, ohne an deinen Magen zu denken?«

Murtagh musterte Jamie mit schiefgelegtem Kopf.

»Lieber wie ein Metzger aussehen als wie Schlachtvieh nach der Schlachtung, mein Junge. Gehen wir jetzt?«

Bei der Flucht durch den dunklen Wald wurde mir bald unheimlich. Die mächtigen Bäume ragten in großen Abständen auf, doch die

Schößlinge, die man dazwischen hatte stehen lassen, nahmen im wechselnden Licht leicht die bedrohliche Gestalt eines Wildhüters an. Endlich verdichteten sich die Wolken, und der Vollmond lugte glücklicherweise seltener hervor. Als wir den Park durchquert hatten, begann es zu regnen.

Drei Männer waren bei den Pferden geblieben. Mary war bereits vor einem von Jamies Leuten aufgesessen. Im Herrensitz reiten zu müssen war ihr sichtlich unangenehm, denn sie ordnete die Falten ihres Morgenmantels immer wieder neu um ihre Schenkel, vergeblich bemüht, die Tatsache zu verbergen, daß sie Beine besaß.

Ich war zwar etwas erfahrener, fluchte aber auch über die schweren Falten meines Rockes, als ich einen Fuß in Jamies Hand setzte. Dann saß ich mit einem bewährten Plumps auf. Das Pferd schnaubte entrüstet und legte die Ohren an.

»Tut mir leid, Kumpel«, murmelte ich ohne echtes Mitgefühl. »Wenn du das schlimm findest, wart erst mal ab, bis *er* aufsteigt.«

Als ich mich nach Jamie umschaute, sah ich ihn unter einem Baum neben einem etwa vierzehnjährigen Jungen stehen.

»Wer ist das?« fragte ich Geordie Paul Fraser, der neben mir seinen Sattelgurt festzurrte.

»Wie? Ach, er.« Stirnrunzelnd sah er den Jungen an, dann blickte er wieder auf seinen widerspenstigen Gurt. »Er heißt Ewan Gibson. Hugh Munros ältester Stiefsohn. Scheinbar war er mit seinem Vater unterwegs, als sie von den Wildhütern des Herzogs erwischt wurden. Der Bub ist davongekommen, wir haben ihn am Rand des Moores gefunden. Er hat uns hierhergeführt.« Nach einem letzten unnötigen Zerren starrte er den Gurt herausfordernd an.

»Wissen Sie, wo wir den Vater von dem Buben finden?« fragte er unvermittelt.

Ich nickte, und die Antwort stand mir anscheinend ins Gesicht geschrieben, denn er drehte sich wieder zu Hughs Stiefsohn um. Jamie drückte den Jungen an seine Brust und klopfte ihm auf den Rücken. Dann hielt er ihn ein Stück von sich weg und sagte etwas, wobei er ihn aufmerksam ansah. Jamies Worte verstand ich nicht, aber nach einer Weile faßte sich der Junge und nickte. Auch Jamie nickte, und mit einem letzten Klaps auf die Schulter führte er ihn zu den Pferden, wo ihm George McClure bereits die Hand entgegenstreckte. Dann kam Jamie mit gesenktem Kopf zu uns; das lose Ende seines Plaids ließ er trotz Kälte und Regen im Wind flattern.

Geordie spuckte auf den Boden. »Armes Schwein«, murmelte er, ohne zu erklären, wen er meinte, und schwang sich in den Sattel.

An der südöstlichen Ecke des Parks machten wir halt. Die Pferde stampften und scheuten, während zwei der Männer zwischen den Bäumen verschwanden. Es konnten nicht mehr als zwanzig Minuten vergangen sein, bis sie zurückkamen, doch die Zeit kam uns endlos vor.

Die Männer saßen nun zu zweit auf einem Pferd, das andere trug quer über dem Sattel eine leblose Gestalt, die in ein Fraserplaid gehüllt war. Den Pferden behagte das nicht. Meins warf den Kopf hoch und blähte die Nüstern, als das Tier mit Hughs Leichnam vorbeitrabte. Doch Jamie riß am Zügel, fluchte auf gälisch, und das Tier fügte sich.

Ich spürte, wie sich Jamie hinter mir in den Steigbügeln aufstellte und sich umsah, als wollte er seine verbliebenen Gefolgsleute zählen. Dann legte er mir den Arm um die Taille, und wir schlugen den Weg nach Norden ein.

Wir ritten fast die ganze Nacht hindurch. Während einer kurzen Rast zog mich Jamie unter den schützenden Zweigen einer Kastanie an sich, zögerte aber plötzlich.

»Was ist?« fragte ich lächelnd. »Hast du Angst, deine Frau vor deinen Männern zu küssen?«

»Nein.« Er bewies mir seine Furchtlosigkeit, dann lächelte er mich an. »Nein, mich überkam nur die Angst, daß du anfängst zu schreien und mir das Gesicht zerkratzt.« Er betastete vorsichtig die Spuren, die Marys Fingernägel hinterlassen hatten.

»Du Armer«, sagte ich lachend. »Nicht der Willkommensgruß, auf den du dich gefreut hattest, oder?«

»Ich hab' mir nichts Besseres mehr erhofft«, meinte er grinsend. Er hatte zwei Würste von Murtaghs Kette abgeschnitten und reichte mir eine.

»Was meinst du damit? Hast du gedacht, ich würde dich nach einer Woche schon nicht mehr wiedererkennen?«

Immer noch lächelnd schüttelte er den Kopf.

»Nein. Aber als ich ins Haus kam, wußte ich mehr oder weniger, wo du bist, wegen der vergitterten Fenster.« Er zog eine Braue hoch. »So wie die aussahen, mußt du einen teuflischen Eindruck auf Seine Hoheit gemacht haben.«

»Das habe ich auch«, erwiderte ich knapp. An den Herzog wollte ich jetzt keinen Gedanken verschwenden. »Erzähl weiter.«

»Na«, meinte er und schob den nächsten Bissen in den Mund, »ich kannte das Zimmer, aber ich brauchte den Schlüssel, nicht wahr?«

»Genau«, bestätigte ich. »Und das wolltest du mir erzählen.«

Er kaute kurz und schluckte.

»Den hat mir die Haushälterin gegeben, allerdings nicht ganz freiwillig.« Er rieb sich behutsam den Unterleib. »Allem Anschein nach ist die Frau schon öfter nachts im Bett gestört worden – und es hat ihr nicht gefallen.«

»O ja.« Amüsiert stellte ich mir die Szene vor. »Wahrscheinlich hat sie dich für eine erfrischende Abwechslung gehalten.«

»Das wage ich zu bezweifeln, Sassenach. Sie kreischte wie eine Todesfee und stieß mir das Knie in den Unterleib, und während ich mich vor Schmerz krümmte, hätte sie mir beinah mit dem Kerzenleuchter den Schädel eingeschlagen.«

»Und was hast du gemacht?«

»Ich habe sie niedergeschlagen – in dem Augenblick war mir nicht gerade ritterlich zumute – und sie mit den Bändern ihrer Nachthaube gefesselt. Dann habe ich ihr ein Handtuch in den Mund gestopft, damit sie endlich aufhörte, mir Schimpfnamen an den Kopf zu werfen, und ihr Zimmer durchsucht, bis ich die Schlüssel gefunden hatte.«

»Gut gemacht.« Doch da fiel mir etwas ein. »Aber woher wußtest du, wo die Haushälterin schläft?«

»Das hat mir die Wäscherin erzählt«, meinte er gelassen, »aber erst mußte ich ihr erklären, wer ich bin, und ihr androhen, sie auszuweiden und am Spieß zu braten, wenn sie mir nicht sagte, was ich wissen wollte.« Er lächelte gequält. »Ich hab's dir gesagt, Sassenach, es hat seine Vorteile, wenn einem der Ruf eines Barbaren vorauseilt. Vermutlich haben inzwischen alle vom roten Jamie Fraser gehört.«

»Und wer den Namen noch nicht kennt, wird ihn demnächst kennenlernen.« Ich musterte ihn, so gut es im Halbdunkel ging. »Und bei der Wäscherin bist du ungeschoren davongekommen?«

»Sie hat mich an den Haaren gezogen«, meinte er nachdenklich, »und mir ein Büschel ausgerissen. Eins sage ich dir, Sassenach, wenn ich je den Beruf wechseln muß, dann werde ich mich hüten,

Frauen auszurauben – sich damit den Lebensunterhalt zu verdienen ist verdammt hart.«

Gegen Morgen setzte heftiger Schneeregen ein, aber wir ritten noch eine Weile, ehe Ewan Gibson sein Pony zügelte und sich schwerfällig in den Steigbügeln aufstellte, um Ausschau zu halten. Dann deutete er auf einen Hügel, der sich zur Linken erhob.

Da es immer noch dunkel war, mußten wir absitzen und die Pferde den fast unsichtbaren Pfad hinaufführen, der sich durch Heidekraut und Granitfelsen wand. Als wir auf dem Gipfel angelangt waren und verschnauften, wurde es hell. Beim Abstieg konnte ich nun wenigstens die Rinnsale sehen und den Fußangeln in Gestalt von Brombeerranken ausweichen.

In dem kleinen Talkessel am Fuße des Hügels standen sechs Häuser – obwohl »Haus« nicht das rechte Wort war für die armseligen Hütten, die sich dort unter den Lärchen duckten. Die strohgedeckten Dächer waren so tief hinuntergezogen, daß von den Mauern kaum noch etwas zu sehen war.

Vor einer Hütte machten wir halt. Ewan sah Jamie zögernd an, und als dieser nickte, verschwand er unter dem niedrigen Türbalken der Behausung. Ich trat zu Jamie und legte meine Hand auf seinen Arm.

»Das ist Hugh Munros Haus«, sagte er leise. »Ich habe ihn heimgebracht zu seiner Frau. Der Junge sagt es ihr.«

Ich blickte erst auf den dunklen, niedrigen Eingang der Hütte und dann auf den schlaffen Körper unter dem Plaid, den zwei der Männer losbanden. Jamies Arm zitterte, er schloß kurz die Augen, und seine Lippen bewegten sich. Dann trat er vor und nahm die Last mit ausgestreckten Armen entgegen. Ich strich mir das Haar aus dem Gesicht und folgte ihm gebückt durch die niedrige Tür.

Es war nicht so schlimm, wie ich befürchtet hatte, aber immer noch schlimm genug. Hughs Witwe lauschte schweigend und mit gesenktem Haupt Jamies gälischen Beileidsworten, während ihr die Tränen über die Wangen liefen. Zögernd streckte sie die Hand nach dem Plaid aus, als wollte sie es wegziehen, aber dann verließ sie der Mut. Unbeholfen ruhte ihre Hand auf dem Leichentuch, während sie mit der anderen ein kleines Kind an sich zog.

Neben dem Feuer kauerten mehrere Kinder – Hughs Stiefkinder –, und in einer rohgezimmerten Wiege nah am Herd lag ein kleines, in Windeln gewickeltes Bündel. Der Anblick des Babys hatte etwas Tröstliches; wenigstens das war von Hugh geblieben. Doch dieses Gefühl wich der kalten Furcht, als ich die schmutzigen Kindergesichter im Halbdunkel sah. Hugh hatte für sie gesorgt. Ewan war tapfer und arbeitswillig, aber nicht älter als vierzehn, und das nächste Kind war ein Mädchen von etwa zwölf Jahren. Wie sollten sie über die Runden kommen?

Das Gesicht der Frau war von Arbeit und Sorge gezeichnet. Sie hatte fast keine Zähne mehr. Erschrocken bedachte ich, daß sie wohl nur wenige Jahre älter war als ich. Sie wies auf das Bett, und Jamie legte den Leichnam behutsam nieder. Dann sprach er wieder auf gälisch mit ihr, doch sie schüttelte hoffnungslos den Kopf und starrte unverwandt die verhüllte Gestalt auf dem Bett an.

Jamie kniete neben dem Bett nieder, neigte den Kopf und legte eine Hand auf den Leichnam. Er sprach leise, aber deutlich, und selbst ich mit meinen beschränkten Gälischkenntnissen konnte ihm folgen.

»Ich schwöre dir, Freund, und Gott, der Allmächtige, sei mein Zeuge. Um der Liebe willen, die du für mich empfunden hast, sollen die Deinen niemals Not leiden, solange ich etwas zu geben habe.« Reglos verharrte er auf den Knien. In der Hütte war außer dem Knacken des Torffeuers und dem Geräusch des Regens auf dem Strohdach kein Laut zu hören. Jamies Haare waren dunkel vor Nässe, und Regentropfen leuchteten juwelengleich auf den Falten seines Plaids. Dann ballte er seine Faust zu einem letzten Abschiedsgruß und stand auf.

Jamie verneigte sich vor Mrs. Munro und nahm meinen Arm. Doch bevor wir gehen konnten, wurde das Kuhfell, das vor dem Eingang hing, beiseite geschoben, und ich trat zurück, um Mary Hawkins, gefolgt von Murtagh, Platz zu machen.

Mary war nicht nur durchnäßt, sondern auch verwirrt. Ein feuchtes Plaid lag um ihre Schultern, und unter dem durchweichten Samt ihres Morgenmantels lugten ihre schmutzigen Hausschuhe hervor. Als sie mich erblickte, trat sie rasch an meine Seite, als wäre sie dankbar für meine Gegenwart.

»Ich w-wollte nicht hereinkommen«, wisperte sie mit einem scheuen Blick auf Hugh Munros Witwe, »aber Mr. Murtagh hat darauf bestanden.«

Jamie runzelte fragend die Stirn, während Murtagh Mrs. Munro respektvoll grüßte und sie auf gälisch ansprach. Murtagh sah aus wie immer, griesgrämig, aber tüchtig, doch mir fiel auf, daß seine Haltung noch mehr Würde zeigte als sonst. Vor dem Bauch trug er eine pralle Satteltasche. Vielleicht ein Abschiedsgeschenk für Mrs. Munro, dachte ich.

Murtagh legte die Tasche vor mir auf den Boden. Dann richtete er sich auf und sah erst mich an, dann Mary, dann Hugh Munros Witwe, und zuletzt Jamie, der ebenso verdutzt wirkte wie ich. Nachdem Murtagh sich der Aufmerksamkeit seines Publikums vergewissert hatte, verbeugte er sich in aller Form vor mir, wobei ihm eine dunkle Locke in die Stirn fiel.

»Ich bringe dir deine Rache«, sagte er gemessen. Dann richtete er sich wieder auf und verneigte sich nacheinander vor Mary und Mrs. Munro. »Und Gerechtigkeit für das Unrecht, das euch widerfahren ist.«

Mary nieste und wischte sich hastig die Nase mit ihrem Plaid ab. Mit großen Augen starrte sie Murtagh an. Ich blickte auf die ausgebeulte Satteltasche, und die Kälte, die mir plötzlich über den Rücken kroch, hatte nichts mit dem Wetter draußen zu tun. Aber es war Hugh Munros Witwe, die auf die Knie niedersank, mit ruhiger Hand die Tasche öffnete und den Kopf des Herzogs von Sandringham herauszog.

45

Verflucht seien die Randalls

Die Reise nach Schottland war beschwerlich. Wir mußten Umwege machen und stets auf der Hut sein, damit uns niemand als Hochländer erkannte. Deshalb konnten wir weder Lebensmittel kaufen noch betteln, sondern mußten uns da und dort ein paar Bissen aus unbewachten Schuppen stehlen oder uns mit den wenigen eßbaren Wurzeln begnügen, die ich auf den Feldern fand.

Wir kamen unendlich langsam voran. Wir hatten keine Ahnung, wo sich die schottische Armee inzwischen befand, außer, daß sie nördlich von uns liegen mußte. Aus diesem Grund beschlossen wir, zuerst nach Edinburgh zu reiten, denn dort würden wir wenigstens Nachricht über den Fortgang des Feldzugs bekommen. Unsere Verbindung zur Armee war seit mehreren Wochen abgerissen. Soweit ich wußte, war es den Engländern nicht gelungen, Stirling zurückzuerobern. Jamie berichtete vom Sieg der Schotten in der Schlacht von Falkirk. Aber was war danach geschehen?

Als wir endlich die Royal Mile erreichten, begab sich Jamie sofort ins Hauptquartier der Armee, während Mary und ich Alex Randalls Wohnung aufsuchten. Wortlos eilten wir die Straße hinauf, beide voller Angst, was wir dort vorfinden würden.

Alex war da. Marys Knie gaben nach, als sie den Raum betrat und vor seinem Bett niedersank. Schlaftrunken öffnete Alex die Augen und blinzelte. Dann strahlte sein Gesicht, als sähe er eine überirdische Gestalt vor sich.

»O Gott!« murmelte er immer wieder, den Mund in Marys Haar vergraben. »O Gott. Ich dachte... mein Gott, ich habe darum gebetet, dich noch ein einziges Mal zu sehen. Nur einmal. Mein Gott!«

Einfach nur den Blick abzuwenden schien nicht zu genügen, also ging ich hinaus ins Treppenhaus und setzte mich für eine halbe Stunde auf die Stufen, den müden Kopf auf die Knie gebettet.

Danach kehrte ich in die Kammer zurück, die in den Wochen von Marys Abwesenheit wieder schmutzig und trostlos geworden war. Behutsam untersuchte ich Alex. Es überraschte mich, daß er so lange durchgehalten hatte. Viel Zeit würde ihm jetzt nicht mehr bleiben.

Die Wahrheit, die er in meinem Gesicht las, überraschte ihn nicht, und er nickte.

»Ich habe gewartet«, sagte er leise und sank erschöpft in die Kissen zurück. »Ich habe gehofft... sie würde noch einmal zu mir kommen. Ich hatte keinen Grund... aber ich habe darum gebetet. Und jetzt ist mein Gebet erhört worden. Jetzt kann ich in Frieden sterben.«

»Alex!« Mary schrie gequält auf, als bereiteten seine Worte ihr körperliche Schmerzen, aber er lächelte nur und drückte ihre Hand.

»Wir haben es die ganze Zeit gewußt, meine Geliebte«, flüsterte er. »Verzweifle nicht. Ich werde immer bei dir sein, dich beobachten, dich lieben. Weine nicht, meine Liebste!« Gehorsam fuhr sie sich über die rosigen Wangen, konnte aber die Tränenflut nicht eindämmen. Trotz ihrer Verzweiflung hatte sie noch nie so blühend ausgesehen.

»Mrs. Fraser.« Alex mußte sich anstrengen, um mich noch um einen weiteren Gefallen zu bitten. »Ich möchte Sie fragen... morgen... können Sie morgen wiederkommen und Ihren Gemahl mitbringen? Es ist wichtig.«

Ich zögerte kurz. Ganz gleich, was Jamie in Erfahrung bringen mochte, er würde sofort aus Edinburgh aufbrechen wollen, um sich der Armee anzuschließen und den Rest seiner Männer zu suchen. Aber gewiß konnte ein weiterer Tag nichts am Ausgang des Krieges ändern, und die flehentliche Bitte, die aus den beiden Augenpaaren sprach, konnte ich einfach nicht abweisen.

»Wir kommen«, sagte ich.

»Ich bin ein Narr«, brummte Jamie auf dem Weg durch die steilen, kopfsteingepflasterten Straßen, die zu der Gasse führten, in der Alex Randall wohnte. »Wir hätten uns gestern sofort auf den Weg machen sollen, als wir deine Perlen beim Pfandleiher ausgelöst hatten. Hast du eine Ahnung, wie weit es ist nach Inverness? Noch dazu mit diesen alten Kleppern?«

»Ich weiß«, erwiderte ich ungeduldig. »Aber ich habe es versprochen. Und wenn du ihn siehst, dann wirst du mich verstehen.«

»Mmmpf.« Aber er hielt mir ohne ein weiteres Wort der Klage die Tür zu dem baufälligen Haus auf und folgte mir die Treppe hinauf.

Wir fanden Mary halb sitzend, halb liegend auf dem Bett. Nach wie vor in ihr zerfetztes Reisegewand gekleidet, hielt sie Alex an sich gedrückt, als wollte sie ihn nie mehr loslassen. So mußte sie die ganze Nacht bei ihm gelegen haben.

Als Alex mich erblickte, befreite er sich sanft aus ihrer Umarmung. Dann stützte er sich auf einen Ellbogen. Sein Gesicht war bleicher als das Leinen, auf dem er lag. Er lächelte matt.

»Mrs. Fraser, wie freundlich von Ihnen zu kommen«, sagte er keuchend. Er sah sich um. »Ihr Gemahl... hat er sie begleitet?«

Wie zur Antwort trat Jamie hinter mir in den Raum. Mary, die durch unsere Ankunft aus ihrem Kummer gerissen wurde, sah mich und Jamie an. Dann stand sie auf und legte scheu die Hand auf seinen Arm.

»Ich... wir... b-brauchen Sie, Herr von Broch Tuarach.« Ich glaube, es war mehr das Stottern als die förmliche Anrede, die ihn rührte. Obwohl er immer noch finster dreinblickte, entspannte er sich etwas. Höflich verneigte er sich vor ihr.

»Ich habe Ihre Gemahlin gebeten, Sie mitzubringen, mein Herr. Wie Sie sehen, liege ich im Sterben.« Alex hatte sich aufgerichtet und auf die Bettkante gesetzt. Seine mageren Waden glänzten weiß unter dem verschlissenen Saum seines Nachthemds. Die langen, schlanken Zehen waren blutleer, die Nägel blau unterlaufen – Anzeichen von Durchblutungsstörung.

Ich hatte den Tod schon oft gesehen, in all seinen Erscheinungsformen. Diese war die schlimmste – und zugleich die beste: ein Mann, der dem Tod wissend und mutig entgegenblickte, während der Arzt mit seinen nutzlosen Künsten klein beigeben muß. Nutzlos oder nicht, ich stöberte in meinem Kasten nach dem Digitalis, das ich für ihn zubereitet hatte. Ich besaß mehrere Aufgüsse unterschiedlicher Stärke, Fläschchen mit Flüssigkeiten in verschiedenen Braunschattierungen. Ohne Zögern entschied ich mich für das dunkelste.

Es war nicht das Digitalis, das ihn nun aufrecht hielt, sondern sein Ziel; die wächserne Haut seiner Wangen rötete sich, als leuchtete eine Flamme in ihm. Das hatte ich schon einige Male beobachtet – bei Männern und Frauen, deren Wille stark genug war, um sich für einige Zeit über das Unabwendbare hinwegzusetzen.

Auf diese Weise, so ging es mir durch den Kopf, mochten Geister entstehen. Da, wo ein Wille und ein Ziel überlebten, während das schwache Fleisch verfiel. Doch ich wollte es tunlichst vermeiden, von Alexander Randalls Geist heimgesucht zu werden, und das war einer der Gründe, warum ich Jamie gebeten hatte, mich zu begleiten.

Jamie schien ähnlichen Gedanken nachzuhängen.

»Aye«, erwiderte er leise. »Ich verstehe. Wollen Sie mich um etwas bitten?«

Alex nickte und schloß die Augen. Dann nahm er das Fläschchen, das ich ihm reichte, und trank schaudernd die bittere Medizin. Er lächelte Jamie an.

»Nur um Ihre Gegenwart. Ich verspreche, Sie nicht lange aufzuhalten. Wir erwarten noch einen weiteren Gast.«

Während wir warteten, tat ich für Alex Randall, was in meinen Kräften stand, und das war nicht viel. Noch einmal verabreichte ich ihm Fingerhut sowie etwas Kampfer, um ihm das Atmen zu erleichtern. Danach schien es ihm ein wenig besser zu gehen, doch als ich mein primitives Stethoskop an seine eingesunkene Brust legte, hörte ich sein Herz so unregelmäßig schlagen, daß ich jeden Augenblick mit seinem Aussetzen rechnen mußte.

Mary hielt unterdessen Alex' Hand, und er blickte sie unverwandt an, als wollte er sich ihre Züge auf ewig einprägen. Es erschien beinahe zudringlich, sich mit den beiden im selben Raum aufzuhalten.

Da öffnete sich die Tür, und Jack Randall stand auf der Schwelle. Verständnislos sah er mich und Mary an, doch dann erkannte er Jamie, und seine Züge versteinerten. Jamie sah ihm in die Augen, wandte sich dann um und wies mit einem Nicken auf das Bett.

Als Jack Randall das hagere Gesicht seines Bruders erblickte, durchquerte er rasch den Raum und sank neben dessen Lager auf die Knie.

»Alex!« rief er. »Mein Gott, Alex...«

»Es ist gut«, erwiderte Alex. Er umfaßte Jonathans Gesicht mit den Händen, lächelte ihn an und versuchte, ihn zu beruhigen. »Ist schon gut, Johnny«, sagte er.

Ich nahm Mary am Ellbogen und zog sie sanft beiseite. Ganz gleich, was man Jack Randall vorzuwerfen hatte, es stand ihm zu, ungestört einige letzte Worte mit seinem Bruder zu wechseln. Wie erstarrt vor Verzweiflung, folgte sie mir zum anderen Ende der Kammer, wo ich sie auf einen Hocker setzte. Ich tränkte mein Taschentuch mit Wasser und gab es ihr, damit sie sich die Augen betupfte, doch sie saß nur reglos da und hielt das Tuch in den Händen. Seufzend nahm ich es wieder an mich, wischte ihr das Gesicht ab und ordnete ihr Haar, so gut ich konnte.

Vom Bett her hörte ich ein ersticktes Schluchzen. Jonathan hatte sein Gesicht im Schoß seines Bruders vergraben, während Alex seinen Kopf streichelte.

»John«, sagte er. »Du weißt, daß ich diese Bitte nicht leichtfertig ausspreche. Aber um der Liebe willen, die du für mich empfindest...« Als er hustete, färbten sich seine Wangen vor Anstrengung rot.

Ich merkte, daß Jamie sich noch mehr versteifte. Auch Jonathan Randall erstarrte, als spürte er Jamies brennenden Blick in seinem Rücken, aber er sah nicht auf.

»Alex...«, Jonathan legte seinem jüngeren Bruder die Hand auf die Schulter, als wollte er so den Husten mildern, »sei unbesorgt, Alex. Du weißt, daß du mich nicht zu bitten brauchst. Ich tue, was immer du wünschst. Ist es... das Mädchen?« Er blickte in Marys Richtung, brachte es aber nicht über sich, sie anzusehen.

Alex nickte, immer noch hustend.

»Sei unbesorgt«, sagte Jonathan. »Es soll ihr an nichts fehlen. Du kannst ganz ruhig sein.«

Jamie sah mich mit großen Augen an. Ich schüttelte langsam den Kopf. Ein Schauer lief mir über den Rücken. Alles fügte sich nun ins Bild: Marys blühende Erscheinung trotz ihres Elends, ihr Einverständnis, den reichen Kaufmann aus London zu heiraten.

»Es geht nicht um Geld«, erklärte ich. »Sie erwartet ein Kind. Er will...« Ich räusperte mich. »Ich glaube, er möchte, daß Sie Mary heiraten.«

Die Lider immer noch gesenkt, nickte Alex. Er seufzte tief, dann sah er mit glänzenden Augen in das verblüffte, verständnislose Gesicht seines Bruders.

»Ja«, sagte er. »John... Johnny, du mußt an meiner Statt für sie sorgen. Ich will... daß mein Kind den Namen Randall trägt. Du kannst... ihr eine Stellung in der Welt geben... viel besser, als ich es vermag.« Sehnsüchtig streckte er die Hand aus; Mary ergriff sie und drückte sie innig an ihre Brust. Alex lächelte sie zärtlich an und streichelte die glänzenden dunklen Locken, die ihr ins Gesicht fielen.

»Mary, ich wünsche... du weißt, meine Liebe, ich wünsche mir so vieles. Und es gibt so vieles, was ich bereue. Aber die Liebe zwischen uns kann ich nicht bereuen. Nachdem ich diese Freude erfahren habe, könnte ich zufrieden sterben, wenn ich nicht fürchtete, daß du in Schande leben mußt.«

»Das ist mir gleich!« rief Mary leidenschaftlich. »Von mir aus kann es alle Welt erfahren!«

»Aber mir ist es nicht gleich«, sagte Alex leise. Er streckte eine Hand nach seinem Bruder aus, der sie zögernd ergriff. Dann führte er beide zusammen, legte Marys in Randalls Hand. Marys war reglos, und Jack Randalls steif wie ein toter Fisch, doch Alex schloß seine Hände fest um die beiden.

»Ich gebe euch einander, meine Lieben«, sagte er leise. Beiden stand bei diesem Vorschlag das Entsetzen ins Gesicht geschrieben, übertönt vom überwältigenden Kummer über den drohenden Verlust.

»Aber...« Zum erstenmal, seit ich ihn kannte, fehlten Jonathan Randall die Worte.

»Gut.« Es war beinahe ein Flüstern. Alex öffnete die Augen, atmete erleichtert auf und lächelte seinen Bruder an. »Wir haben nicht viel Zeit. Ich werde euch selbst trauen. Jetzt. Deshalb habe ich Mrs. Fraser gebeten, Ihren Gatten mitzubringen... sind Sie bereit, Trauzeuge zu sein, Sir?« Er sah Jamie an, der zur Salzsäule erstarrt war und endlich mechanisch nickte.

Ich glaube nicht, daß ich je drei so tiefunglückliche Menschen gesehen habe.

Alex war so schwach, daß ihm sein Bruder mit versteinerter Miene half, den hohen weißen Kragen seiner geistlichen Tracht umzubinden. Jonathan selbst sah nicht viel besser aus als sein Bruder. Die Krankheit hatte ihre Spuren in seinem Gesicht hinterlassen, er schien um Jahre gealtert, und seine Augen lagen tief in den Höhlen. Seine ausgemergelte Gestalt steckte wie immer in makellosen Kleidern. Er erinnerte mich an eine grob gearbeitete Schneiderpuppe, deren Gesicht achtlos aus einem Holzklotz herausgeschnitzt war.

Mary bot ein Bild des Jammers. Hilflos schluchzend saß sie auf dem Bett und verbarg das Gesicht in den Falten ihres Umhangs. So gut es ging, brachte ich ihre Kleider in Ordnung und kämmte ihr zerzaustes Haar, während sie Alex mit tränenverschleierten Augen anblickte.

Alex stützte sich mit einer Hand auf die Kommode, griff in die Schublade und holte sein großes *Book of Common Prayer* hervor. Es war zu schwer, als daß er es hätte halten können. Er saß auf dem Bett und legte sich das offene Buch auf die Knie. Er schloß die Augen, atmete schwer, und ein Tropfen Schweiß fiel auf die Seiten der Liturgie.

»Meine Lieben«, begann Alex. Ich hoffte für ihn ebenso wie für alle Beteiligten, daß er die kürzere Trauformel wählte.

Mary hatte aufgehört zu weinen, aber ihre Nase leuchtete rot aus ihrem blassen Gesicht hervor, und auf ihrer Oberlippe zeigte sich eine Rotzspur. Als Jonathan das sah, holte er, ohne die Miene zu verziehen, ein Leinentaschentuch aus dem Ärmel und gab es ihr.

»Ja, ich will«, sagte sie auf Alexanders Frage, als wäre ihr nun alles gleich.

Jack Randall gab sein Eheversprechen mit fester Stimme, wirkte aber völlig unbeteiligt. Mit gemischten Gefühlen beobachtete ich diese Trauung von zwei Menschen, die einander überhaupt nicht wahrnahmen. Beide richteten ihre ganze Aufmerksamkeit auf den Mann, der vor ihnen saß und in das aufgeschlagene Buch blickte.

Der Bund war geschlossen. Glückwünsche für das Brautpaar schienen fehl am Platz, und so trat peinliches Schweigen ein. Jamie sah mich fragend an, und ich zuckte die Achseln. Ich war unmittelbar nach unserer Heirat ohnmächtig geworden, und Mary sah so aus, als wollte sie meinem Beispiel folgen.

Nachdem er sein Ziel erreicht hatte, saß Alex regungslos da und lächelte matt. Sein Blick schweifte durch den Raum und verweilte nacheinander auf jedem von uns: Jonathan, Jamie, Mary und mir. Ich sah das Glänzen in den freundlichen braunen Augen, als sie den meinen begegneten. Die Kerze war beinahe herabgebrannt, aber der Docht flammte noch einmal auf, kraftvoll und hell.

Zärtlich ruhte sein Blick auf Mary, dann schloß er die Augen, als könnte er es nicht ertragen, sie anzusehen. Sein rasselnder Atem ging schwer, und die Farbe wich aus seinen Wangen. Die Kerze flackerte.

Ohne die Augen zu öffnen, streckte er eine Hand aus. Jonathan ergriff sie und bettete ihn sanft auf die Kissen. Alexanders schmale Hände zuckten ruhelos.

»Mary«, flüsterte er. Sie barg die nervösen Hände zwischen den ihren und drückte sie an ihre Brust.

»Ich bin da, Alex. O Alex, ich bin da!« Sie beugte sich über ihn und flüsterte in sein Ohr, so daß Jonathan gezwungen war, einen Schritt zurückzutreten. Ausdruckslos starrte er auf das Bett.

Die schweren Lider hoben sich noch einmal, aber diesmal nur halb. Er suchte ein Gesicht und fand es.

»Johnny. So... gut zu mir. Immer, Johnny.«

Mary beugte sich über Alex, so daß ihre herabfallenden Haare sein Gesicht verbargen. Jonathan Randall stand so reglos da wie ein Fels in einem Steinkreis und beobachtete seinen Bruder und seine Frau. Kein Laut war zu hören außer dem Knistern des Feuers und dem leisen Schluchzen Mary Randalls.

Jamie berührte meine Schulter, und ich blickte zu ihm auf. Er nickte in Marys Richtung.

»Bleib bei ihr«, sagte er ruhig. »Es wird nicht lange dauern, oder?«

»Nein.«

Er nickte. Dann überwand er sich und ging auf Jonathan Randall zu. Er nahm die erstarrte Gestalt behutsam am Arm und führte sie zur Tür.

»Kommen Sie, Mann«, sagte er ruhig. »Ich bringe Sie sicher nach Hause.«

Die Tür quietschte, als er ging, um den gramgebeugten Jonathan Randall an den Ort zu begleiten, wo er seine einsame Hochzeitsnacht verbringen würde.

Ich schloß die Tür unseres Zimmers in einem Gasthof hinter mir und lehnte mich erschöpft dagegen. Draußen war es dunkel geworden, und die Rufe des Nachtwächters hallten durch die Straßen.

Jamie stand am Fenster und beobachtete mich. Dann kam er zu mir und zog mich an sich, noch bevor ich meinen Umhang ablegen konnte. Dankbar sank ich an seine Brust. Er legte den Arm unter meine Knie, hob mich hoch und trug mich zum Fenstersitz.

»Trink einen Schluck, Sassenach«, drängte er. »Du siehst erschöpft aus. Kein Wunder!« Er nahm eine Karaffe vom Tisch und goß mir etwas Weinbrand ein.

Müde fuhr ich mir mit der Hand durchs Haar. Wir hatten uns kurz nach dem Frühstück in Alex' Quartier begeben; jetzt war es nach sechs. Mir kam es vor, als wäre ich tagelang unterwegs gewesen.

»Es hat nicht mehr lange gedauert. Der arme Kerl. Es war, als hätte er nur gewartet, bis er Mary versorgt wußte. Ich habe Marys Tante benachrichtigt. Die Tante und zwei Kusinen haben sie abgeholt. Sie werden sich auch um... ihn kümmern.« Dankbar nippte ich an meinem Glas. Der Alkohol stieg mir in den Kopf wie Nebel auf dem Hochmoor, aber das störte mich nicht.

Ich versuchte zu lächeln. »Zumindest wissen wir jetzt, daß Frank in Sicherheit ist.«

Jamie blickte mich finster an, seine rötlichen Brauen zogen sich zusammen.

»Verflucht sei Frank!« rief er zornig. »Verflucht seien alle Randalls! Verflucht sei Jack Randall, und verflucht sei Mary Hawkins Randall, und verflucht sei Alex Randall – äh, Gott sei seiner Seele gnädig, meine ich«, verbesserte er sich hastig und schlug ein Kreuz.

»Ich dachte, du mißgönnst ihm nicht...«, begann ich. Wütend starrte er mich an.

»Das war gelogen.«

Er packte mich an den Schultern und schüttelte mich.

»Und verflucht seist auch du, Claire Randall Fraser, wenn ich schon mal dabei bin! Ich hasse jede Erinnerung, in der ich nicht vorkomme, jede Träne, die du um einen anderen vergossen hast, und jede Sekunde, die du im Bett eines anderen Mannes verbracht hast! Verflucht sollst du sein!« Er schlug mir das Weinbrandglas aus der Hand – versehentlich, wie ich meinte –, zog mich an sich und küßte mich hart.

Dann löste er sich von mir, um mich wieder zu schütteln.

»Du gehörst mir, verdammt sollst du sein, Claire Fraser! Mir! Und ich werde dich nicht teilen, mit keinem Mann und mit keiner Erinnerung, solange wir beide leben. Du sprichst den Namen des Mannes nie mehr aus, hörst du?« Er unterstrich seine Worte mit einem leidenschaftlichen Kuß und stieß mich dann wieder von sich.

»Hast du mich verstanden?«

»Ja«, antwortete ich mühsam. »Wenn du... aufhören würdest... mich zu schütteln, könnte ich... antworten.«

Verlegen ließ er mich los.

»Tut mir leid, Sassenach. Es ist nur... bei Gott, warum hast du... aye, ich weiß, warum... aber mußtest du...« Ich setzte diesem Gestammel ein Ende, indem ich ihn an mich zog und küßte.

»Ja«, sagte ich fest, als ich ihn freigab. »Ich mußte. Aber jetzt ist es vorbei.« Ich löste die Bänder meines Umhangs und ließ ihn zu Boden fallen. Jamie bückte sich, um ihn aufzuheben, aber ich hielt ihn fest.

»Jamie, ich bin müde. Willst du mich ins Bett bringen?«

Er sah mich lange an. Seine Augen lagen vor Anstrengung und Müdigkeit tief in den Höhlen.

»Aye«, sagte er schließlich leise. »Aye, ich will.«

Zuerst war er schweigsam und grob. Sein Zorn brach sich in der Liebe Bahn.

»Oooh!« stöhnte ich einmal.

»Gott, verzeih mir, *mo duinne*. Ich konnte nicht...«

»Ist schon gut.« Ich verschloß seine Lippen mit einem Kuß, hielt ihn fest und spürte, wie die Wut in ihm abflaute und die Zärtlichkeit wuchs. Ohne den Mund von meinem zu lösen, verharrte er still, erforschte sanft meine Lippen, liebkoste sie mit der Zungenspitze.

Ich berührte seine Zunge mit der meinen und umfaßte sein Gesicht mit den Händen. Er hatte sich seit dem Morgen nicht rasiert, und die feinen roten Stoppeln fühlten sich angenehm rauh an.

Dann ließ er sich zur Seite rollen, um mich nicht unter sich zu erdrücken, und wir fuhren fort, Körper an Körper, in Zärtlichkeit vereint, und verständigten uns in einer Sprache ohne Worte.

Lebendig und eins. Wir sind eins, und solange wir lieben, rührt uns der Tod nicht an. »Im Grabe ruhst du ungestört, von keiner Leidenschaft betört.« Alex Randall lag kalt in seinem Bett und Mary Randall einsam in dem ihren. Aber wir waren hier, zusammen, und sonst zählte nichts.

Er umspannte meine Hüften mit seinen großen, warmen Händen und zog mich an sich, und der Schauder, der mich überlief, erfaßte auch ihn, als wären wir ein Leib.

Nachts erwachte ich in seinen Armen und merkte, daß er nicht schlief.

»Schlaf wieder ein, *mo duinne*.« Er sprach sanft, leise und beruhigend, aber der Unterton entging mir nicht, und als ich nach seinem Gesicht tastete, spürte ich die Tränen auf seinen Wangen.

»Was ist, Geliebter?« flüsterte ich. »Jamie, ich liebe dich.«
»Das weiß ich«, erwiderte er ruhig. »Ich weiß es, meine Einzige. Wenn du schläfst, will ich dir sagen, wie sehr ich dich liebe. Denn wenn du wach bist, kann ich dir nicht mehr sagen als immer wieder dieselben armseligen Worte. Aber wenn du in meinen Armen ruhst, kann ich dir Dinge anvertrauen, die bei Tage dumm und verrückt klingen würden. Deine Träume wissen, daß sie wahr sind. Schlaf wieder ein, *mo duinne*.«
Ich streifte mit den Lippen seinen Hals dort, wo unter der kleinen dreieckigen Narbe die Schlagader pulsierte. Dann bettete ich meinen Kopf auf seine Brust und gab meine Träume in seine Obhut.

46

Timor mortis conturbat me

Als wir der Armee der Hochländer auf ihrem Rückzug nach Norden folgten, stießen wir immer wieder auf Soldaten und ihre Spuren. Wir überholten kleinere Gruppen, die verbissen zu Fuß dahinstapften, den Kopf vor dem Regen gebeugt, den ihnen der Wind ins Gesicht peitschte. Andere lagerten in Gräben und unter Hecken, zu erschöpft, um weiterzuwandern. Kriegsgerät und Waffen säumten die Wege: hier lag ein umgestürzter Wagen, die Säcke aufgerissen, das Mehl in der Nässe verdorben; dort stand unter einem Baum eine kleinere Feldschlange, deren Doppellauf bedrohlich aus dem Schatten ragte.

Das schlechte Wetter hemmte unser Fortkommen. Wir schrieben den 13. April. Auf Schritt und Tritt begleitete mich ein nagendes Gefühl der Beklemmung. Lord George und die Clanoberhäupter, der Prinz und seine wichtigsten Berater hatten sich nach Culloden House zurückgezogen. Zumindest hatte uns das ein Mann vom Clan der MacDonalds erzählt, dem wir unterwegs begegnet waren. Mehr wußte er nicht, und wir hielten ihn nicht auf, als er davonstolperte. Bereits vor einem Monat, als mich die Engländer gefangengenommen hatten, waren die Lebensmittelvorräte knapp gewesen, und seitdem hatte sich die Lage verschlimmert. Die Männer, die wir trafen, kamen nur noch langsam voran, viele konnten sich vor Hunger und Erschöpfung kaum noch auf den Beinen halten. Doch allesamt zogen sie auf Befehl ihres Prinzen trotzig nach Norden. Hin zu einem Ort, den die Schotten Drummossie-Moor nannten. Nach Culloden.

Einmal wurde der Weg so schlecht, daß die erschöpften Pferde nicht mehr vorankamen. Es sah so aus, als würden wir sie um ein kleines Wäldchen und durch regennasse Heide führen müssen, bis der Pfad wieder passierbar wurde.

»Du kommst schneller voran, wenn du den Wald durchquerst«, sagte Jamie und nahm mir die Zügel aus der Hand. Er wies auf das Kiefern- und Eichenwäldchen, von dessen Boden der süße, kühle Duft nasser Blätter aufstieg. »Geh dort entlang, Sassenach! Wir treffen dich auf der anderen Seite wieder.«

Ich war zu müde, um zu widersprechen. Einen Fuß vor den anderen zu setzen, war Anstrengung genug, und auf dem weichen Waldboden würde es mir zweifellos leichter fallen als in der sumpfigen, trügerischen Heide.

Im Wald war es still, weil das Heulen des Windes von den Baumwipfeln gedämpft wurde. Das bißchen Regen, das sie durchließen, tröpfelte sanft auf eine dicke Schicht ledriger Eichenblätter, die sogar noch raschelten, wenn sie naß waren.

Vor einem großen, grauen Felsen, nur wenige Schritte vom Ende des Wäldchens entfernt, sah ich ihn liegen. Das blaßgrüne Moos auf dem Stein hatte die gleiche Farbe wie sein Tartan, und dessen Brauntöne verschmolzen mit den Blättern, die ihn zur Hälfte zugedeckt hatten. Er schien ein Teil des Waldes zu sein, und ich wäre über ihn gestolpert, hätte mich nicht ein leuchtendblauer Farbfleck gewarnt.

Weich wie Samt bedeckte der seltsame Pilz die nackten bleichen Glieder. Er hatte sich über die Knochen und Muskeln des Toten ausgebreitet wie die Gräser und Bäume eines Waldes, die Ödland eroberten.

Es war ein lebhaftes, magisches und fremdartiges Blau, wie ich es noch nie zuvor gesehen hatte. Doch es erinnerte mich an die Erzählungen eines alten Soldaten, den ich im Lazarett gepflegt hatte.

»Wir nennen ihn Fichtenspargel« hatte er gesagt. »Blau, leuchtendblau. Den findet man nur auf dem Schlachtfeld – an den Gefallenen. Ich habe mich immer gefragt, wo er sich aufhält, wenn es keinen Krieg gibt.«

In der Luft vielleicht, wo die unsichtbaren Sporen darauf warten, bis ihre Stunde gekommen ist, dachte ich. Das Blau war intensiv, auffällig, leuchtend wie das Färberwaid, mit dem sich die Vorfahren dieses Mannes das Gesicht bemalt hatten, bevor sie in den Krieg zogen.

Ein Windstoß fuhr durch die Bäume und wirbelte die weichen Haare des Mannes auf, so daß sie plötzlich lebendig wirkten.

Hinter mir raschelten Blätter. Ich zuckte zusammen und erwachte aus der Trance, in die ich beim Betrachten des Leichnams verfallen war.

Jamie trat neben mich und sah den Soldaten an. Schweigend nahm er mich am Ellenbogen und führte mich aus dem Gehölz.

Nachdem wir uns und die Pferde unbarmherzig zur Eile angetrieben hatten, trafen wir am Vormittag des 15. April am Culloden House ein. Auf den Landstraßen hatte reges Treiben geherrscht, aber der Hof lag seltsam verlassen da.

Jamie sprang vom Pferd und reichte Murtagh die Zügel.

»Wartet einen Augenblick«, sagte er. »Ich glaube, hier stimmt was nicht.«

Murtagh blickte auf die offenstehende Stalltür und nickte. Fergus, der inzwischen auch vom Pferd gestiegen war, wollte sich Jamie anschließen, doch Murtagh hielt ihn mit einem knappen Befehl zurück.

Mit steifen Gliedern ließ ich mich vom Pferd gleiten und lief Jamie hinterher. Es herrschte wirklich eine eigenartige Stimmung, doch erst als ich ihm in den Stall folgte, erkannte ich, woran es lag: Es war zu still.

In dem stillen, düsteren Gebäude fehlten die Wärme von Tieren und der übliche Umtrieb. Dennoch war der Stall nicht ganz ohne Leben, denn hinten im Schatten regte sich eine dunkle Gestalt, die für eine Ratte oder einen Fuchs zu groß war.

»Wer ist da?« Jamie trat vor, um mich zu schützen. »Alec, bist du das?«

Langsam hob der Mann den Kopf, und sein Plaid rutschte zur Seite. Der Oberstallmeister von Burg Leoch hatte nur noch ein Auge; die leere Höhle, die nach einem Unfall vor vielen Jahren zurückgeblieben war, verbarg er unter einer schwarzen Klappe. Normalerweise hatte er keine Mühe, sich mit dem verbliebenen, funkelnden Auge bei Stallknechten und Pferden, Burschen und Reitern Respekt zu verschaffen.

Doch jetzt war Alec McMahon MacKenzies Auge matt wie Schiefer. Der mächtige, einst so kräftige Körper lag zusammengekrümmt auf dem Boden, und seine Wangen waren vor Hunger eingefallen.

Da Jamie wußte, daß der alte Mann bei feuchtem Wetter unter

Arthritis litt und ihm jede Bewegung Schmerzen bereitete, kniete er sich neben ihn.

»Was ist geschehen?« fragte er. »Wir sind gerade erst angekommen. Was ist hier los?«

Der alte Alec brauchte eine lange Zeit, um die Frage aufzunehmen und seine Antwort in Worte zu fassen. Vielleicht lag es an der Stille in dem leeren, schattigen Stall, daß seine Worte hohl klangen, als er sie endlich aussprach.

»Es ist alles fehlgeschlagen«, sagte er. »Vor zwei Nächten sind sie nach Nairn marschiert, und als sie gestern zurückkamen, waren sie auf der Flucht. Seine Hoheit hat befohlen, daß wir auf dem Cullodenmoor Stellung beziehen. Lord George ist schon dort, mit allen Soldaten, die er um sich scharen konnte.«

Als der Name Culloden fiel, konnte ich ein leises Stöhnen nicht unterdrücken. Jetzt war es soweit. Trotz all unserer Bemühungen war es Wirklichkeit geworden. Und wir steckten mittendrin.

Auch Jamie fuhr ein Schauer durch den Körper; die roten Haare auf seinem Unterarm hatten sich aufgestellt. Doch seine Stimme verriet nichts von der Angst, die er verspüren mußte.

»Aber die Soldaten sind viel zu schlecht versorgt, um zu kämpfen. Hat Lord George denn nicht eingesehen, daß sie erst einmal Ruhe und Verpflegung brauchen?«

Das Krächzen, das der alte Alec hören ließ, erinnerte nur entfernt an ein Lachen.

»Was Seine Lordschaft einsieht, spielt keine Rolle, mein Junge. Das Heer untersteht dem Kommando Seiner Hoheit. Und der hat nun einmal den Befehl gegeben, daß wir uns bei Culloden den Engländern stellen. Was die Verpflegung betrifft...« Die dichten, buschigen Augenbrauen des Alten waren in den letzten Jahren fast völlig ergraut. Jetzt zog er eine davon so langsam in die Höhe, als würde ihn selbst das erschöpfen. Mit einer knorrigen Hand wies er auf den leeren Stall.

»Im letzten Monat haben sie die Pferde geschlachtet«, sagte er schlicht. »Und seitdem hat es kaum noch etwas zu essen gegeben.«

Jamie fuhr hoch und lehnte sich an die Wand. Entsetzt blickte er zu Boden. Sein Gesicht konnte ich nicht sehen, doch sein Körper war steif wie ein Brett.

»Aye«, sagte er schließlich. »Aye. Haben meine Männer wenigstens ihren gerechten Anteil erhalten? Donas... Donas war recht groß und müßte... einiges abgegeben haben.« Seine Stimme klang ruhig, doch an der plötzlichen Schärfe in Alecs einäugigem Blick erkannte ich, daß er wie ich spürte, wie mühsam sich Jamie beherrschte.

Langsam erhob sich der Alte aus dem Heu. Dann legte er tröstend eine Hand auf Jamies Schulter.

»Donas haben sie am Leben gelassen«, sagte er leise. »Sie haben ihn aufgehoben für Prinz *Tcharlach*, damit er als triumphierender Sieger in Edinburgh einreiten kann. O'Sullivan hat gemeint, es schickt sich nicht für einen König, daß er... daß er zu Fuß geht.«

Jamie vergrub das Gesicht in den Händen und stand mit zuckenden Schultern gegen eine Box gelehnt.

»Ich bin ein Narr«, sagte er, als er keuchend nach Luft rang. »O Gott, was bin ich doch für ein Narr!« Er ließ die Hände sinken, und auf seinem Gesicht zeichneten sich zwischen all dem Reiseschmutz helle Tränenspuren ab. Er wischte sich mit dem Handrücken über die Wangen, doch seine Augen strömten über, als hätte er jede Gewalt über sich verloren.

»Der Krieg ist verloren, meine Männer sollen sich abschlachten lassen, die Toten vermodern in den Wäldern, und ich weine um ein Pferd! O Gott!« flüsterte er kopfschüttelnd. »Was bin ich doch für ein Narr!«

Der Alte seufzte tief. Langsam ließ er seine Hand über Jamies Arm gleiten.

»Wenigstens kannst du noch weinen, Junge«, sagte er. »Ich habe keine Tränen mehr.«

Vorsichtig ließ sich Alec auf die Knie sinken und legte sich wieder ins Heu. Jamie verweilte einen Augenblick und sah den alten Mann an. Noch immer strömten ihm die Tränen ungehindert über das Gesicht, doch es sah aus, als würden Regentropfen über polierten Granit fließen. Ohne ein Wort nahm er meinen Arm und führte mich fort.

An der Stalltür drehte ich mich noch einmal nach Alec um. Er saß reglos da, eine dunkle, gebückte Gestalt, und das blaue Auge war ebenso blind wie das andere.

Die erschöpften Männer hatten auch den letzten Winkel des Hauses mit Beschlag belegt. Im Schlaf suchten sie den nagenden Hunger zu vergessen und das Wissen um die bevorstehende Katastrophe zu verdrängen. Frauen gab es hier nicht; die Oberhäupter, die mit ihren Damen zum Feldzug aufgebrochen waren, hatten sie in ihr sicheres Heim zurückgeschickt – das Unheil hatte lange Schatten vorausgeworfen.

Jamie ließ mich mit einer Entschuldigung vor der Tür stehen, die zum Quartier des Prinzen führte. Meine Anwesenheit wäre jetzt keine Hilfe gewesen. Leise ging ich durch die Räume, die von dem schweren Atem der Schlafenden und einer fast greifbaren Verzweiflung erfüllt waren.

Unter dem Dach fand ich eine kleine Abstellkammer. Da sie mit Gerümpel und ausrangierten Möbeln vollgestopft war, hatte sich hier noch niemand eingenistet. Als ich mich in diesen Hort der Absonderlichkeiten zurückzog, fühlte ich mich wie eine Maus, die sich verkriecht, während draußen in der Welt ungeheure und unerklärbare Gewalten ihr Werk der Zerstörung verrichten.

Das einzige kleine Fenster zeigte nichts als trüben, grauen Nebel. Mit der Ecke meines Umhangs wischte ich die Scheibe sauber, doch auch danach war der Ausblick nicht klarer. So lehnte ich die Stirn gegen das kühle Gras. Irgendwo dort draußen lag das Schlachtfeld von Culloden, doch ich sah nur die dunklen Umrisse meines Spiegelbilds.

Inzwischen hatte die Nachricht vom grausamen, rätselhaften Tod des Herzogs von Sandringham auch Prinz Charles erreicht. Als wir uns auf unserem Weg nach Norden sicher genug fühlten und es wieder wagten, mit Passanten zu reden, war das Ereignis in aller Munde gewesen. Was genau hatten wir eigentlich angerichtet? Hatten wir in jener Nacht die Pläne der Jakobiten ein für allemal durchkreuzt, oder hatten wir Prinz Charles ungewollt vor einer Falle der Engländer gerettet? Eine weitere Frage auf meiner Liste, die ich wohl nie würde klären können.

Es verging eine lange Zeit, wie mir schien, bis ich endlich das Knarren der blanken Bodendielen auf der Treppe vor meinem Zufluchtsort hörte. Als ich die Tür öffnete, trat Jamie gerade auf den Absatz. Ein Blick auf sein Gesicht, und ich wußte Bescheid.

»Alec hatte recht«, sagte Jamie ohne Umschweife. Hunger und Zorn ließen seine Wangenknochen deutlich hervortreten. »Unsere Soldaten ziehen nach Culloden – soweit sie dazu in der Lage sind. Seit zwei Tagen haben sie weder gegessen noch geschlafen, und für die Kanone gibt es keine Geschosse. Aber sie ziehen weiter.« Übermannt von seiner Wut, schlug er mit der Faust auf ein schwächliches Tischlein. Ein Stapel Messingteller, der neben anderem Hausrat darauf aufgetürmt war, ging scheppernd zu Boden.

In seinem Ärger griff Jamie nach seinem Dolch und rammte ihn mit aller Kraft in die Holzplatte, wo er zitternd steckenblieb.

»Auf dem Lande heißt es, wenn ein Mann Blut an seinem Dolch sieht, ist er dem Tod geweiht.« Scharf sog er den Atem ein. »Nun, jeder von uns sieht Blut an seinem Dolch – Kilmarnock, Lochiel und die anderen. Das hilft uns aber auch nicht weiter.«

Er stützte sich auf den Tisch, senkte den Kopf und starrte den Dolch an. Jamie wirkte viel zu groß für diese winzige Kammer, und er war so wütend und aufgebracht, daß zu befürchten stand, er würde jeden Augenblick in Flammen aufgehen. Doch er richtete sich auf, ließ sich auf eine klapprige Bank fallen und vergrub den Kopf in den Händen.

»Jamie«, sagte ich und schluckte. Die nächsten Worte wollten mir nicht über die Lippen kommen, doch sie mußten gesagt werden. Schon vorher war mir klar gewesen, welche Nachrichten er bringen würde, und mir war eine, die letzte Möglichkeit eingefallen, die uns noch blieb. »Jamie, wir können noch etwas tun – wir haben noch eine Chance.«

Sein Kopf war gesenkt. Ohne mich anzusehen, schüttelte er den Kopf.

»Es gibt keinen Ausweg«, sagte er. »Der Prinz hat es sich in den Kopf gesetzt. Murray und Lochiel haben versucht, ihn umzustimmen. Desgleichen Balmerino und ich. Doch in diesem Augenblick beziehen unsere Männer Stellung auf dem Feld. Cumberland befindet sich auf dem Weg nach Drummossie. Es gibt keinen Ausweg.«

Das Heilen ist eine Kunst, die Macht mit sich bringt, und jeder Arzt, der sich auf den Gebrauch heilender Mittel versteht, kennt auch jene, die dem Körper Schaden zufügen. Ich hatte Colum das Zyankali gegeben, das er dann nicht mehr hatte nehmen können. Als man seinen Leichnam auf dem Bett fand, hatte ich das Gift wieder in meinen Besitz gebracht. Jetzt lag es in meinem Medizinkasten.

Mein Mund war so ausgetrocknet, daß ich kein Wort über die Lippen brachte. In meiner Feldflasche war noch ein Rest Wein, aber als ich ihn trank, schmeckte er bitter wie Galle.

»Doch, es gibt einen Ausweg«, erklärte ich. »Einen gibt es noch.«

Jamie saß reglos wie zuvor. Unser Ritt war anstrengend gewesen, und nach dem Gespräch mit Alec hatte sich zu seiner Erschöpfung noch Niedergeschlagenheit gesellt. Wir hatten Umwege gemacht, um zu seinen Männern zu stoßen, und einen elenden, zerlumpten Trupp vorgefunden. Und dann, zur Krönung des Ganzen, das Gespräch mit Charles.

»Aye?« fragte er.

Ich zögerte, doch mir blieb keine Wahl. Wir mußten die Möglichkeit in Erwägung ziehen, ganz gleich, ob Jamie – oder ich – sie in die Tat umsetzen könnten oder nicht.

»Alles hängt von Charles Stuart ab«, stotterte ich schließlich. »Wirklich alles. Die Schlacht, der Krieg – alles liegt in seiner Hand. Verstehst du?«

»Aye.« Endlich blickte Jamie zu mir auf.

»Wenn er tot wäre...«, flüsterte ich nach einer Weile.

Jamie hatte die Augen geschlossen, und alles Blut war aus seinem Gesicht gewichen.

»Wenn er stirbt... jetzt, heute. Ohne Charles gibt es nichts, für das wir kämpfen müssen. Niemand, der die Armee nach Culloden schickt. Es würde nicht zur Schlacht kommen.«

Jamie schluckte schwer. Dann öffnete er die Augen und blickte mich entsetzt an.

»Herr im Himmel«, stammelte er. »Das kann doch nicht dein Ernst sein!«

Meine Hand schloß sich um den goldgefaßten Kristall an meiner Kette.

Vor der Schlacht von Falkirk hatten sie mich herbeigerufen, um den Prinzen zu untersuchen. O'Sullivan, Tullibardine und die anderen. Seine Hoheit war erkrankt – eine Indisposition, wie es hieß. Und so hatte ich Charles aufgesucht, ihn angewiesen, Brust und Arme zu entblößen, hatte ihm in den Mund geschaut und das Weiß seiner Augen untersucht.

Er litt an Skorbut und anderen Symptomen von Unterernährung, und das hatte ich auch gesagt.

»Unsinn!« hatte Sheridan empört erwidert. »Seine Hoheit kann doch nicht am... Jucken erkrankt sein wie ein gewöhnlicher Bauer.«

»Er ißt aber wie einer«, hatte ich entgegnet. »Eigentlich ernährt er sich sogar noch schlechter.« Während sich die Bauern Tag für

Tag mit Kohl und Zwiebeln zufriedengeben mußten – weil sie nichts anderes hatten –, aßen der König und seine Berater, die für solch derbe Kost nur Verachtung übrig hatten, nichts als Fleisch. Fast jedes der Gesichter, die mich so vorwurfsvoll anblickten, zeigte Anzeichen von Mangelerscheinungen. Lockere oder fehlende Zähne, blutendes Zahnfleisch – und den eiternden, juckenden Ausschlag, der die königliche Haut in so verschwenderischem Ausmaß zierte.

Eigentlich war ich nicht bereit, meinen kostbaren Vorrat an Hagebutten und getrockneten Beeren zu opfern, aber letztlich erbot ich mich dann doch, Seiner Hoheit daraus einen Tee zu bereiten. Man lehnte mein Angebot jedoch nicht sehr höflich ab und ließ mich wissen, daß man Archie Cameron mit seiner Schüssel Blutegel und seiner Lanzette herbeigerufen hätte, um dem königlichen Jukken mit einem Aderlaß Linderung zu verschaffen.

»Ich wüßte schon, wie ich es anfangen würde«, sagte ich jetzt zu Jamie. Das Herz klopfte mir bis zum Halse, so daß ich kaum Luft bekam. »Ich würde ihm ein Elexier mixen, und ich glaube, ich könnte ihn bewegen, es zu trinken.«

»Damit er stirbt, nachdem er deine Medizin getrunken hat? Himmel, Claire, sie würden dich auf der Stelle umbringen!«

Ich schob mir die Hände unter die Achselhöhlen, um sie zu wärmen.

»Sp... spielt das eine Rolle?« Verzweifelt bemühte ich mich, meiner Stimme einen festen Klang zu geben. Denn in Wahrheit tat es das weiß Gott. Gerade im Augenblick war mir mein Leben weitaus kostbarer als die Hunderte, die ich durch diese Tat vielleicht retten würde. Zitternd vor Angst ballte ich die Hände zu Fäusten.

Im nächsten Augenblick war Jamie mir zu Hilfe geeilt. Da meine Beine unter mir nachgaben, brachte er mich zu der Bank, wo wir uns gemeinsam setzten und er mich fest umschlang.

»Du hast den Mut einer Löwin, *mo duinne*«, flüsterte er mir ins Ohr. »Einer Bärin oder einer Wölfin. Aber ich lasse nicht zu, daß du das tust.«

Das Zittern ließ etwas nach, aber mir war immer noch kalt, und bei dem Gedanken an das, was ich da vorschlug, wurde mir übel.

»Vielleicht gibt es noch einen anderen Weg«, sagte ich. »Es gibt kaum noch etwas zu essen, und das, was da ist, wird dem Prinzen vorgesetzt. Da dürfte es eigentlich nicht schwer sein, unbemerkt etwas in seine Gerichte zu mischen – vor allem, wo es hier drunter und drüber geht.« Damit hatte ich recht, denn in jedem Raum, auf dem Boden und auf Tischen, lagen Soldaten und schliefen, zum Teil sogar in Stiefeln und mit Waffen, da sie zu müde gewesen waren, sich auszuziehen. Außerdem herrschte im Haus ein reges Kommen und Gehen. Daher wäre es die einfachste Sache der Welt, einen Dienstboten lange genug abzulenken, um das tödliche Pulver unter die Abendmahlzeit Seiner Majestät zu mischen.

Auch wenn mein Entsetzen nicht mehr ganz so lebendig war, schien mein Vorschlag doch wie giftiger Hauch im Raum zu schweben, der mir das Blut in den Adern gefrieren ließ.

Mit Charles Stuarts Tod wäre die Erhebung noch nicht vorüber; dazu hatte sie schon zu weite Kreise gezogen. Lord George Murray, Balmerino, Kilmarnock, Lochiel, Clanranald – wir alle waren Abtrünnige. Wir hatten unser Leben verwirkt, und unser Besitz würde an die Krone fallen. Die Hochlandarmee war zerrüttet, und ohne ihre Galionsfigur würde sie sich im Handumdrehen auflösen. Die Engländer hingegen, die wir in Preston und Falkirk das Fürchten gelehrt hatten, würden keine Minute zögern, die Flüchtigen zu verfolgen, ihre Schmach zu rächen und ihre Ehre mit Blut reinzuwaschen.

Es war unwahrscheinlich, daß Henry von York, Charles' frommer jüngerer Bruder, der bereits durch geistliche Gelübde gebunden war, anstelle von Charles für die Wiedereinsetzung der Stuarts kämpfen würde. Wie man es drehte und wendete, vor uns lagen Unheil und Elend, und wir konnten einzig das Leben jener Männer retten, die morgen auf dem Schlachtfeld sterben sollten.

Selbstherrlich hatte Charles die Entscheidung getroffen, in Culloden zu kämpfen – so wie er den Rat seiner Generäle trotzig mißachtet hatte und nach England vorgedrungen war. Jetzt spielte es auch keine Rolle mehr, ob Sandringham sein Angebot ernst gemeint hatte – er war tot. Aus dem Süden gab es keine Unterstützung – anders als erwartet, scheuten sich die Jakobiten dort, sich unter dem Banner ihres Königs zu versammeln. Gegen seinen Willen zum Rückzug gezwungen, war Charles zum letzten erbitterten Widerstand entschlossen. Er trieb die schlecht bewaffneten, erschöpften, halb verhungerten Soldaten zur Entscheidungsschlacht auf das regengetränkte Moor, damit sie sich Cumberlands Kanonen entgegenstellten. Wenn Charles Stuart tot wäre, würde es wahrscheinlich nicht zur Schlacht von Culloden kommen. Ein Leben gegen zweitausend. Ein Leben – aber das eines Königssohns, der zudem nicht im Kampf sterben sollte, sondern durch kaltblütigen Mord.

Der kleine Raum, in dem wir saßen, hatte zwar einen Kamin, doch ein Feuer brannte nicht – es gab keinen Brennstoff mehr. Jamie starrte auf die Feuerstelle, als könnte er dort eine Antwort finden. Mord. Nicht nur gewöhnlicher Mord, sondern Königsmord. Und zu allem Überfluß noch an einem Mann, den er einmal seinen Freund hatte nennen dürfen.

Dennoch – die Clansmänner der Highlands versammelten sich bereits frierend auf dem offenen Feld, schlossen die ausgedünnten Reihen, während der Schlachtplan ausgearbeitet, verworfen und neu aufgestellt wurde, da immer neue Nachzügler eintrafen. Unter ihnen die MacKenzies von Leoch und die Frasers von Beaufort, insgesamt vierhundert, mit denen Jamie verwandt war. Und dazu seine eigenen dreißig Männer von Lallybroch.

Während er nachdachte, zeigte sein Gesicht keine Regung, doch seine Hände waren fest ineinander verschlungen. Ich wagte kaum zu atmen, so gespannt wartete ich auf seine Entscheidung.

Schließlich ließ er die Luft mit einem fast unhörbaren Seufzer entweichen, und mit unendlicher Trauer blickte er mich an.

»Ich kann es nicht«, flüsterte er. Er strich mir über die Wange. »Ich wünschte bei Gott, ich könnte es tun, aber ich kann es nicht.«

Die Woge der Erleichterung, die mich durchströmte, raubte mir fast den Atem.

»O Jamie, ich bin ja so froh darüber!« flüsterte ich.

Er legte den Kopf auf meine Hände, und ich legte die Wange auf sein Haar. Doch mitten in der Bewegung erstarrte ich.

Im Türrahmen stand Dougal MacKenzie und musterte uns haßerfüllt.

Ruperts Tod, die schlaflosen Nächte voller fruchtloser Debatten und der kräftezehrende Feldzug der letzten Monate hatten ihn altern lassen. Hinzu kam die Bitterkeit über die bevorstehende Niederlage. Sein roter Bart war mit silbrigen Fäden durchsetzt, seine Haut wirkte grau, und sein Gesicht zeichneten scharfe Linien, die im November noch nicht dagewesen waren. Erschrocken stellte ich fest, wie sehr er seinem Bruder Colum ähnelte. Dougal hatte Anführer sein wollen. Und nun, wo er die Nachfolge seines

Bruders angetreten hatte, mußte er einen bitteren Preis dafür zahlen.

»Du schmutzige... verräterische... buhlerische... Hexe!«

Jamie fuhr auf, als wäre er von einer Kugel getroffen worden, und sein Gesicht war weiß wie der Schneeregen vor dem Fenster. Auch ich sprang auf und riß dabei die Bank um.

Dougal MacKenzie trat langsam auf mich zu. Dabei schob er die Falten seines Umhangs beiseite, so daß er sein Schwert packen konnte. Die Tür zu unserer Kammer mußte angelehnt gewesen sein, denn ich hatte nicht gehört, wie sie geöffnet wurde. Wie lange mochte er dort draußen gestanden und unser Gespräch belauscht haben?

»Du«, sagte er leise. »Ich hätte es wissen müssen. Schon im ersten Moment hätte ich es wissen müssen.« Eisern hielt er den Blick auf mich geheftet, und in dem trüben Haselnußbraun seiner Augen sah ich Angst und Wut.

Plötzlich nahm ich neben mir eine Bewegung wahr, und Jamie, der mir die Hand auf den Arm gelegt hatte, drängte mich zurück, so daß ich hinter ihm zu stehen kam.

»Dougal«, sagte er. »Es ist nicht so, wie du denkst. Es...«

»Nein?« fiel Dougal ihm ins Wort. Er wandte den Blick von mir ab, und dankbar versteckte ich mich hinter Jamie.

»Nicht so, wie ich denke?« Noch immer sprach er leise. »Da höre ich, wie diese Frau dich überreden will, einen Mord zu begehen – einen Mord an unserem Prinzen! Und nicht nur einen schändlichen Mord, sondern auch Verrat! Und dann willst du mir einreden, es wäre nicht so, wie ich denke?« Er schüttelte den Kopf, so daß ihm die verfilzten roten Locken auf den Schultern tanzten. Auch Dougal litt an Unterernährung. Scharf traten seine Wangenknochen hervor, und die brennenden Augen lagen tief in den Höhlen.

»Ich gebe dir keine Schuld, mein Junge!« Plötzlich klang seine Stimme müde, und mir wurde bewußt, daß er in den Fünfzigern war. »Es ist nicht dein Fehler, Jamie. Sie hat dich in ihren Bann geschlagen, das sieht doch jeder!« Verächtlich verzog er den Mund, als er den Blick wieder auf mich richtete.

»Ich kann mir nur zu gut vorstellen, wie sie dich bearbeitet hat. Mit der gleichen Hexerei hat sie es seinerzeit auch bei mir versucht.« Mir kam es so vor, als würde sein Blick mich versengen.

»Eine verlogene, mordlüsterne Schlampe wie die packt einen Mann bei seinem Schwanz und führt ihn in den Untergang. Das ist der Zauber, den sie anwenden, Junge – sie und diese andere Hexe. Sie zerren dich in ihr Bett, und wenn du den Kopf zum Schlummer auf ihre Brust legst, stehlen sie dir die Seele. Sie stehlen dir die Seele und verschlingen deine Männlichkeit, Jamie.«

Er fuhr sich mit der Zunge über die trockenen Lippen. Noch immer starrte er mich an, die Hand unerbittlich um den Schwertgriff geschlossen. »Tritt beiseite, Junge. Ich werde dich aus den Klauen dieser englischen Hure befreien!«

Jamie stellte sich vor mich, so daß ich Dougal nicht mehr sah.

»Du bist müde, Dougal«, sagte er beruhigend. »Du bist müde und siehst Gespenster. Geh nach unten. Ich werde...«

Doch weiter kam er nicht. Dougal achtete nicht auf ihn. Die tiefliegenden Augen unverwandt auf mein Gesicht gerichtet, zog das Oberhaupt der MacKenzies seinen Dolch aus dem Gürtel.

»Ich schneide dir die Kehle durch«, raunte er mir zu. »Das hätte ich schon tun sollen, als du mir das erstemal begegnet bist. Das hätte uns allen viel Kummer erspart.«

Da mochte er vielleicht sogar recht haben. Trotzdem hatte ich nicht die Absicht, ihm meine Kehle darzubieten. Rasch trat ich drei Schritte nach hinten, bis ich gegen den Tisch stieß.

»Zurück, Mann!« Jamie hatte sich vor mich geworfen und hielt schützend den Arm erhoben. Aber Dougal setzte zum Sprung an.

Das Oberhaupt der MacKenzies schüttelte den mächtigen Kopf.

»Sie gehört mir«, sagte er heiser. »Hexe! Verräterin! Zur Seite, Junge. Ich will dir keinen Schaden zufügen, aber, bei Gott, wenn du sie schützen willst, dann töte ich auch dich.«

Er drängte sich an Jamie vorbei und packte mich am Arm. Trotz der Erschöpfung und seines Alters war er gut bei Kräften, und seine Finger gruben sich tief in mein Fleisch.

Ich schrie vor Schmerz und wehrte mich verzweifelt, als er mich zu sich heranzog. Doch er packte mich an den Haaren und zwang meinen Kopf nach hinten. Heiß und sauer blies mir sein Atem ins Gesicht. Mit einem Aufschrei schlug ich nach ihm und grub ihm die Nägel in die Wange.

Im nächsten Augenblick rammte ihm Jamie mit aller Wucht die Faust in die Rippen. Pfeifend entwich die Luft aus Dougals Lungen. Bei Jamies zweitem Schlag, einem gezielten Hieb mitten auf die Schulter, lockerte sich sein Griff in meinem Haar. Ich taumelte und fiel nach hinten gegen den Tisch, wobei ich vor Schreck und Schmerz aufstöhnte.

Dougal wirbelte herum, um sich Jamie zu stellen, den Dolch noch erhoben.

»So soll es denn sein«, sagte er schwer atmend. Er verlagerte sein Gewicht, um eine möglichst vorteilhafte Stellung zu finden. »Der Apfel fällt nicht weit vom Stamm, du verdammter Fraser-Sproß. Verrat liegt dir im Blut. Komm her zu mir, Flegel! Um deiner Mutter willen schenke ich dir einen schnellen Tod.«

Die kleine Dachstube ließ keinen Raum für Manöver. Kein Ort, an dem man ein Schwert ziehen konnte. Da Jamies Dolch noch immer in der Tischplatte steckte, war er praktisch unbewaffnet. Dennoch ging auch er in Kampfstellung und blickte wachsam auf die Klinge, die ihn bedrohte.

»Leg den Dolch nieder, Dougal«, sagte er. »Da du meine Mutter erwähnt hast – hör mich an, um ihretwillen.«

Anstatt zu antworten, wagte Dougal, die scharfe Klinge aufwärts gerichtet, einen Ausfall.

Jamie sprang zur Seite. Im nächsten Augenblick hechtete er zur anderen, um Dougals nächstem Ausfall auszuweichen. Zwar verfügte Jamie über die Beweglichkeit der Jugend, doch Dougal führte die Waffe.

Mit einem Satz war Dougal bei Jamie, und der Dolch traf Jamie seitlich, fuhr durch sein Hemd und hinterließ einen dunklen Kratzer in seiner Haut. Scharf zog Jamie die Luft ein. Dann sprang er nach hinten und griff nach Dougals Handgelenk. Er konnte die Attacke im letzten Moment abwehren.

Die Klinge blitzte noch einmal auf, und dann war sie zwischen den Kämpfenden verschwunden. Sie rangen, ineinander verschlungen wie Liebende. Die Luft war von dem Geruch nach Schweiß und Wut erfüllt. Plötzlich eine hastige Bewegung und ein Ruck, ein angestrengtes Stöhnen und ein Schmerzenslaut. Mit verzerrtem Gesicht taumelte Dougal nach hinten. Aus seiner Kehle ragte der Griff des Dolches.

Jamie stützte sich keuchend auf den Tisch. Seine Augen waren dunkel vor Entsetzen, sein Haar schweißnaß, und sein aufgerissenes Hemd saugte sich mit dem Blut aus seiner Wunde voll.

Dougal stieß einen schrecklichen Laut aus, einen röchelnden Entsetzensschrei. Er taumelte, doch Jamie fing ihn auf und wurde von dem Gewicht selbst in die Knie gezwungen. Dougals Kopf lag auf seiner Schulter, und Jamie hielt seinen Pflegevater fest in den Armen.

Ich ließ mich neben den beiden auf die Knie sinken, um zu sehen, ob ich Dougal noch helfen konnte. Aber es war zu spät. Der mächtige Körper erschlaffte, bäumte sich auf und glitt aus Jamies Armen. Zuckend lag Dougal auf dem Boden. Er rang um Atem wie ein Fisch auf dem Trockenen.

Jamie hatte Dougals Kopf auf sein Knie gebettet. Dougals Gesicht war verzerrt, dunkelrot, und die Augen hatten sich zu Schlitzen verengt. Er bewegte die Lippen, als wollte er mit letzter Kraft etwas sagen, doch aus seiner durchschnittenen Kehle kam nichts außer einem bluterstickten Krächzen.

Jamie war aschgrau. Offensichtlich wußte er, was Dougal uns sagen wollte. Mit aller Macht versuchte er, den zuckenden Körper still zu halten. Nach einem letzten gewaltigen Aufbäumen und einem furchterregenden Rasseln blieb Dougal MacKenzie reglos liegen. Noch immer hatte Jamie seine Hände so fest um Dougals Schultern gekrallt, als wollte er ihn daran hindern, sich zu erheben.

»Heiliger Michael, schütze uns!« Das heisere Flüstern kam von der Türschwelle. Dort stand Willie Coulter MacKenzie, einer von Dougals Männern, und blickte schreckensbleich auf den Leichnam seines Clanführers. Mit starrem Blick bekreuzigte sich der Mann.

»Willie!« Jamie stand auf und strich sich zitternd über das Gesicht. »Willie!« Der Angesprochene wirkte wie betäubt. Fassungslos starrte er Jamie an.

»Ich brauche ein paar Stunden, Mann!« Jamie legte Willi Coulter die Hand auf die Schulter und schob ihn aus dem Raum. »Ein paar Stunden, um meine Frau in Sicherheit zu bringen. Dann komme ich zurück und gebe euch Rechenschaft. Du hast mein Wort darauf, bei meiner Ehre. Aber diese paar Stunden brauche ich noch. Läßt du sie mir, bevor du etwas sagst?«

Willie leckte sich über die trockenen Lippen und blickte außer sich vor Angst von seinem Anführer zu dessen Neffen. Schließlich nickte er. Augenscheinlich hatte er keine Ahnung, was er sonst hätte tun können.

»Gut!« Jamie schluckte schwer und wischte sich das Gesicht mit seinem Plaid ab. Dann klopfte er Willie auf die Schulter. »Bleib du hier. Bete für seine Seele«, er wies auf die reglose Gestalt am Boden,

»und für meine.« Er drängte sich an Willie vorbei, griff nach seinem Dolch, zog ihn aus der Tischplatte und schob mich aus der Tür und die Treppe hinunter.

Auf halbem Weg blieb er stehen und lehnte sich mit geschlossenen Augen gegen die Wand. Sein Atem ging so schwer, als würde er gleich das Bewußtsein verlieren, und voller Angst legte ich ihm die Hand auf die Brust. Sein Herz schlug wie wild, und er zitterte. Doch nach einem Augenblick richtete er sich wieder auf, nickte mir zu und nahm meinen Arm.

»Ich brauche Murtagh«, sagte er.

Wir fanden ihn vor der Tür. Er kauerte unter einem Dachvorsprung und hatte sich zum Schutz vor dem Schneeregen in sein Plaid gehüllt. Fergus hockte neben ihm und döste vor sich hin.

Murtagh warf einen Blick auf Jamies Gesicht und erhob sich, zu allem bereit.

»Ich habe Dougal MacKenzie umgebracht«, sagte Jamie ohne weitere Vorrede.

Murtaghs Gesicht wurde vollkommen ausdruckslos. Doch schon bald nahm es wieder die gewohnte Miene mürrischer Verbissenheit an.

»Aye«, sagte er. »Und was tun wir jetzt?«

Jamie griff in seine Felltasche und beförderte einen zusammengefalteten Bogen zutage. Mit zitternden Fingern nestelte er daran herum, bis ich ihm das Papier aus der Hand nahm und es im Schutz der Dachgauben auseinanderfaltete.

»Übertragungsurkunde« stand oben auf dem Bogen. In knappen Worten wurde darin das unter dem Namen Broch Tuarach bekannte Anwesen einem gewissen James Jacob Fraser Murray überschrieben. Als Treuhänder besagten Gutes sollten die Eltern des besagten James Murray fungieren, nämlich Janet Fraser Murray und Ian Gordon Murray, bis besagter James Murray die Volljährigkeit erreicht hatte. Unter dem Dokument prangte Jamies Unterschrift, und darunter befanden sich zwei freie Zeilen, jeweils mit dem Wort »Zeuge« gekennzeichnet. Datiert war es auf den 1. Juli 1745 – einen Monat, bevor Charles Stuart seinen Aufstand begonnen und Jamie Fraser zu einem Verräter an der Krone gemacht hatte.

»Ich brauche Claires und deine Unterschrift«, sagte Jamie, während er mir das Dokument aus der Hand nahm und es Murtagh reichte. »Aber das bedeutet, daß du wegen des Datums ein falsches Zeugnis ablegst, und ich habe kein Recht, das von dir zu verlangen.«

Murtaghs dunkle Knopfaugen glitten rasch über die Urkunde. »Nein«, sagte er trocken. »Das Recht hast du nicht. Aber daß ich es unterzeichne, steht wohl außer Frage.« Er stieß Fergus mit dem Fuß an, und der Junge fuhr blinzelnd auf.

»Troll dich und hole deinem Herrn Tinte und Feder aus dem Haus, Junge«, sagte Murtagh. »Und spute dich!«

Fergus schüttelte sich, wartete auf Jamies bestätigendes Nicken und verschwand.

Von dem Dachvorsprung tropfte mir Wasser in den Nacken. Fröstelnd fuhr ich zusammen und zog mir das Wolltuch fester um die Schultern. Wann mochte Jamie die Urkunde verfaßt haben? Durch das falsche Datum wurde der Eindruck erweckt, daß er seinen Besitz übereignet hatte, bevor er zum Verräter geworden war, dessen Hab und Gut jederzeit beschlagnahmt werden konnte. Wenn die Urkunde nicht angefochten wurde, würde das Gut ungehindert an den kleinen Jamie übergehen. Dann konnten wenigstens Jenny und ihre Familie im Gutshaus bleiben.

Irgendwann hatte Jamie erkannt, daß er diese Vorbereitungen treffen mußte. Da er das Dokument nicht schon vor unserem Aufbruch aus Lallybroch verfaßt hatte, schien er zunächst gehofft zu haben, daß er zurückkehren und seinen angestammten Platz wieder einnehmen würde. Doch dies war nun ausgeschlossen, und so wollte er wenigstens das Gut retten. Niemand konnte sagen, wann die Urkunde tatsächlich unterzeichnet worden war – niemand außer den Zeugen: Murtagh und mir.

Da erschien Fergus und schwenkte stolz ein kleines Tintenfaß und einen zerzausten Federkiel. Nacheinander leisteten wir unsere Unterschrift, nachdem wir sorgfältig den Federkiel ausgeschüttelt hatten, um keine Tintenflecken auf der Urkunde zu hinterlassen. Murtagh hieß mit mittlerem Namen, wie ich las, Fitz Gibbons.

»Soll ich das Papier zu deiner Schwester bringen?« fragte Murtagh, als ich es zum Trocknen hin und her schwenkte.

Jamie schüttelte den Kopf. Die Regentropfen bildeten auf seinem Plaid große runde Flecken und glitzerten an seinen Wimpern wie Tränen.

»Nein, das macht Fergus.«

»Ich?« Erstaunt riß der Junge die Augen auf.

»Ja, du.« Jamie nahm mir den Bogen aus der Hand, faltete ihn zusammen und schob ihn unter Fergus' Hemd.

»Du mußt es unverzüglich zu meiner Schwester bringen, zu Madame Murray. Es ist mehr wert als mein Leben – und auch mehr als deins.«

Daß er mit einer so bedeutenden Aufgabe betraut wurde, raubte Fergus praktisch den Atem. Die Hände vor der Brust verschränkt, richtete er sich auf.

»Ich werde Sie nicht enttäuschen, Herr.«

Ein schwaches Lächeln zog über Jamies Gesicht. Er legte die Hand auf den weichen Schopf des Jungen.

»Das weiß ich, und dafür möchte ich dir danken.« Dann zog er den Ring, den er von seinem Vater bekommen hatte, von seinem linken Ringfinger. »Hier«, sagte er, während er ihn Fergus gab. »Geh zu den Ställen und zeig dies dem alten Mann, den du dort findest. Sag ihm, er soll dir Donas geben. Nimm das Pferd und reite nach Lallybroch. Du darfst nur haltmachen, wenn es sich nicht vermeiden läßt, also wenn du schlafen mußt. Und verstecke dich gut.«

Wie gebannt sah Fergus ihn an. Murtagh hingegen runzelte zweifelnd die Stirn.

»Glaubst du, er wird mit einem Teufel wie Donas fertig?« fragte er.

»Aye, das wird er«, erklärte Jamie fest. Überwältigt stammelte Fergus ein paar Worte. Dann sank er auf die Knie und küßte Jamie stürmisch die Hand. Doch im nächsten Augenblick war er wieder auf den Füßen und schoß in Richtung der Ställe davon – eine kleine Gestalt, die rasch vom Nebel verschluckt worden war.

»Und dich, *mo caradh*, brauche ich, um die Männer zu sammeln.«

Murtagh runzelte die Stirn, doch er nickte gehorsam.

»Aye«, erwiderte er. »Und dann?«

Jamie blickte erst mich und anschließend seinen Patenonkel an. »Inzwischen müssen sie wohl mit dem jungen Simon im Moor eingetroffen sein. Sorge dafür, daß sie zusammenbleiben. Ich bringe meine Frau in Sicherheit und dann«, er zögerte und zuckte die Achseln, »werde ich euch finden. Wartet meine Ankunft ab.«

Murtagh nickte noch einmal und wandte sich zum Gehen. Doch

dann blieb er stehen und wandte sich zu Jamie um. Seine schmalen Lippen zuckten, als er sagte: »Um eins möchte ich dich bitten, mein Junge. Laß es die Engländer sein und nicht dein eigenes Volk.«

Jamie fuhr zusammen, doch nach einem Augenblick nickte er. Wortlos streckte er die Arme nach dem Älteren aus. Kurz hielten sie sich umschlungen, dann war auch Murtagh fort.

Ich war der letzte Punkt auf Jamies Tagesordnung.

»Komm, Sassenach«, sagte er und nahm meinen Arm. »Wir müssen aufbrechen.«

Niemand hielt uns auf. Auf den Wegen herrschte so reges Treiben, daß man von uns keine Notiz nahm, solange wir uns in der Nähe des Moores befanden. Als wir uns weiter entfernten und von der Landstraße abbogen, begegneten wir keiner Menschenseele mehr.

Jamie schwieg und konzentrierte sich ganz auf seine Aufgabe. Auch ich blieb still, denn ich war noch viel zu aufgewühlt, um mich unterhalten zu wollen.

Ich bringe meine Frau in Sicherheit. Ich hatte keine Ahnung, was er damit meinte, doch als er sein Pferd zwei Stunden später Richtung Süden wandte und der steile grüne Berg namens Craigh na Dun vor uns auftauchte, wurde es mir klar.

»Nein!« rief ich, als ich begriff, was er vorhatte. »Nein, Jamie! Ich gehe nicht zurück!«

Er antwortete nicht. Statt dessen gab er seinem Pferd die Sporen und ließ mir keine andere Wahl, als ihm zu folgen.

Meine Gefühle waren in Aufruhr, denn zu dem Grauen vor der anstehenden Schlacht und dem Entsetzen über Dougals Tod gesellte sich nun noch die Aussicht, durch den Stein zu gehen. In den Zauberkreis zu treten, durch den ich hierhergekommen war. Jamie hatte nichts anderes im Sinn, als mich in meine eigene Zeit zurückzuschicken – wenn das überhaupt möglich war.

Aber sollte er sich in den Kopf setzen, was er wollte. Ich biß die Zähne zusammen und folgte ihm auf dem schmalen Pfad durch die Heide. Keine Macht der Erde konnte mich dazu bringen, ihn jetzt zu verlassen.

Wir standen nebeneinander an der Schwelle der verfallenen Kate, die am Fuß des Berges lag. Sie war schon seit Jahren unbewohnt, denn die Einheimischen glaubten, der Berg sei verzaubert – ein Feenhügel.

Jamie hatte mich den Weg entlanggezerrt, ohne meine Einwände zu beachten. Doch vor der Kate hatte er angehalten und sich schweratmend vom Pferd gleiten lassen.

»Gut«, sagte er endlich. »Uns bleibt noch ein wenig Zeit. Hier wird uns keiner finden.«

Er setzte sich auf den Boden und hüllte sich in sein Plaid. Zwar hatte der Regen vorübergehend ausgesetzt, doch von den nahegelegenen Bergen mit ihren schneebedeckten Gipfeln blies ein kalter Wind. Erschöpft ließ Jamie den Kopf auf die Knie sinken.

Ich hockte mich neben ihn und kuschelte mich in meinen Umhang. Allmählich wurde sein Atem ruhiger. Lange saßen wir so da und schwiegen. Hier oben fanden wir etwas Ruhe nach all dem Durcheinander, das dort unten herrschte – ein Durcheinander, das ich selbst mitgeschaffen hatte, wie mir schien.

»Jamie«, sagte ich schließlich. Ich streckte die Hand aus, um ihn zu streicheln, doch dann zog ich sie zurück und ließ sie sinken. »Jamie – verzeih mir.«

Er starrte unentwegt hinaus in die fahle Dunkelheit, die sich über dem Moor unter uns ausbreitete. Im ersten Augenblick dachte ich, er hätte mich nicht gehört. Aber dann schloß er die Augen und schüttelte langsam den Kopf.

»Nein«, sagte er leise. »Dazu besteht kein Grund.«

»Doch.« Der Schmerz drohte mich zu überwältigen, aber ich wollte ihm unbedingt klarmachen, daß ich wußte, was ich ihm angetan hatte.

»Ich hätte damals zurückgehen sollen, Jamie. Wenn ich zurückgegangen wäre, als du mich von Cranesmuir hierhergebracht hast, vielleicht...«

»Aye, vielleicht«, fiel er mir ins Wort. Er fuhr herum und heftete seinen Blick auf mich. Ich las darin Verlangen und eine Trauer, die ebensogroß war wie meine, aber keinen Zorn, keinen Vorwurf.

Jamie schüttelte noch einmal den Kopf.

»Nein«, wiederholte er. »Ich weiß, was du meinst, *mo duinne*. Aber so ist es nicht. Wenn du damals gegangen wärst, hätten sich die Dinge vielleicht genauso entwickelt. Hier haben noch andere Leute die Hand im Spiel, und ich lasse nicht zu, daß du die ganze Schuld auf dich nimmst.«

Sanft strich er mir das Haar aus dem Gesicht. Eine Träne rollte mir über die Wange, und er fing sie mit dem Finger auf.

»Das meine ich nicht«, erwiderte ich. Mit der Hand beschrieb ich einen Bogen, der die beiden Heere, Charles, die hungernden Männer in den Wäldern und die bevorstehende Schlacht umfaßte.

»Nicht das. Ich rede über das, was ich dir angetan habe.«

Er lächelte mich mit unendlicher Zärtlichkeit an und legte seine warme Hand an meine Wange.

»Aye. Und was ist mit dem, was ich dir angetan habe, Sassenach? Ich habe dich aus deinem Heim herausgerissen, in die Armut, in das Dasein eines Geächteten, und ich habe dich über Schlachtfelder geführt und dein Leben in Gefahr gebracht. Wirfst du mir das vor?«

»Du weißt genau, daß ich das nicht tue.«

»Und ich ebensowenig, Sassenach.« Als er zur Bergkuppe hochblickte, schwand das Lächeln aus seinem Gesicht. Der Steinkreis selbst war vor unseren Blicken verborgen, doch ich spürte die Bedrohung, die von ihm ausging.

»Ich gehe nicht, Jamie«, wiederholte ich hartnäckig. »Ich bleibe bei dir.«

»Nein.« Er schüttelte den Kopf. Er sagte es sanft, aber seine Stimme war fest und ließ keinen Widerspruch zu. »Ich muß zu meinen Männern zurückgehen, Claire.«

»Jamie, das darfst du nicht.« Verzweifelt klammerte ich mich an seinen Arm. »In der Zwischenzeit haben sie Dougal gefunden. Willie Coulter hat es den anderen bestimmt erzählt.«

»Natürlich hat er das.« Er legte die Hand auf meinen Arm und tätschelte ihn. Auf unserem Ritt hatte er seine Entscheidung getroffen; ich las es ihm am Gesicht ab, aus dem Entschlossenheit und eine unermeßliche Trauer sprachen. Doch zum Trauern hatte er jetzt keine Zeit.

»Wir könnten versuchen, nach Frankreich zu fliehen«, schlug ich vor. »Jamie, das müssen wir tun!« Doch noch während ich das sagte, wußte ich, daß ihn nichts von der einmal getroffenen Entscheidung abbringen würde.

»Nein«, sagte er leise. Er wies auf das dunkle Tal unter uns und die Berge, die sich dahinter abzeichneten. »Dieses Land befindet sich im Aufstand, Sassenach. Alle Häfen sind geschlossen. O'Brien ist schon zum drittenmal bei dem Versuch gescheitert, ein Schiff nach Schottland einzuschleusen, das den Prinzen nach Frankreich und damit in Sicherheit bringen könnte. Das hat Dougal mir erzählt, bevor...« Ein Zittern lief über sein Gesicht, und seine Züge verkrampften sich schmerzerfüllt. Doch er schob seine Gefühle beiseite und sprach mit fester Stimme weiter.

»Charles Stuart wird von den Engländern gejagt. Doch mir werden nicht nur die Engländer, sondern auch die Clans auf den Fersen sein. Ich habe beide Seiten verraten, bin ein Aufständischer und ein Mörder. Claire...« Er hielt inne und rieb sich mit der Hand den Nacken. »Claire, mich erwartet der sichere Tod.«

Tränen strömten mir über die Wangen, und das kalte Naß brannte auf meiner Haut wie Feuer.

»Nein«, sagte ich erneut, aber ohne große Wirkung.

»Wie du weißt, ist meine Erscheinung nicht gerade unauffällig«, scherzte er gequält, während er sich mit der Hand durch die rostroten Locken fuhr. »Der rote Jamie würde wohl nicht weit kommen. Aber du...« Mit einem Finger zog er die Form meiner Lippen nach. »Dich kann ich retten, Claire, und daran wird mich niemand hindern. Das ist das Wichtigste. Und dann gehe ich zurück und bringe meine Männer in Sicherheit.«

»Die Männer von Lallybroch? Wie willst du das anstellen?«

Jamie runzelte die Stirn und strich gedankenverloren über seinen Schwertgriff.

»Ich glaube, ich kann sie fortschaffen. Auf dem Moor wird ein großes Durcheinander herrschen. Wahrscheinlich laufen Soldaten und Pferde wie wild hin und her, und die Kommandeure rufen widersprüchliche Befehle in die Gegend. So eine Schlacht ist eine wirre Angelegenheit. Und selbst wenn sich bis dahin herumgesprochen hat, was... was ich getan habe, wird mich niemand aufhalten, wenn uns die Engländer gegenüberstehen und alle auf den Befehl zum Angriff warten. Aye, ich kann es schaffen.« Entschlossen ballte er die Hände zu Fäusten.

»Sie werden mir folgen, ohne Fragen zu stellen – Gott, auf diese Weise sind sie ja überhaupt erst in diesen Schlamassel hineingeraten. Murtagh hat sie sicher bereits versammelt, und ich werde sie vom Schlachtfeld fortführen. Wenn sich mir jemand in den Weg stellt, verweise ich auf mein Recht, meine Männer selbst in die Schlacht zu führen. Nicht einmal der junge Simon kann mir das verwehren.«

Er holte tief Luft. Seine gerunzelte Stirn verriet, daß er sich die Szene auf dem Schlachtfeld bildlich vorstellte.

»Und dann führe ich sie fort, in Sicherheit. Das Feld ist groß, und dort sind Soldaten genug. Niemand wird merken, daß wir nicht etwa eine neue Stellung bezogen haben. Ich werde sie bis zur Straße nach Lallybroch geleiten.«

Er schwieg, als wäre sein Plan bis dahin gediehen und nicht weiter.

»Und dann?« fragte ich. Die Worte waren mir entschlüpft, obwohl ich die Antwort nicht hören wollte.

»Und dann kehre ich zurück nach Culloden«, sagte er mit einem tiefen Seufzer. Unsicher lächelte er mich an. »Ich habe keine Angst vor dem Tod, Sassenach.« Wehmütig verzog er den Mund. »Nun, zumindest keine große Angst. Aber einige Todesarten...« Obwohl ein Schauer durch seinen Körper fuhr, hörte er nicht auf zu lächeln.

»Wahrscheinlich habe ich mir das Privileg verscherzt, durch einen Meister seines Fachs zu sterben. Andererseits könnten es sowohl Monsieur Forez als auch ich etwas... etwas peinlich finden, wenn mir jemand das Herz aus dem Leib schneidet, mit dem ich bei einem Glas Wein zusammengesessen habe.«

Mit einem gequälten Aufschrei riß ich ihn in meine Arme und hielt ihn fest umschlungen.

»Ist schon gut«, flüsterte er. »Ist schon gut, Sassenach. Eine Musketenkugel. Oder vielleicht die Klinge eines Schwertes. Und dann ist es rasch vorbei.«

Ich wußte, das war gelogen; dazu hatte ich zu viele Gefallene gesehen. Jamie hatte einzig darin recht, daß es besser war, als auf den Henker zu warten. Die Angst, die mich seit unserem Aufbruch von Sandringhams Landsitz begleitet hatte, wallte in mir auf und schnürte mir die Luft ab. Mein eigener Herzschlag dröhnte mir in den Ohren.

Doch plötzlich wich alle Angst von mir. Ich konnte ihn nicht verlassen, und ich würde ihn nicht verlassen.

»Jamie«, sagte ich, den Kopf an seine Brust geschmiegt, »ich kehre mit dir zurück.«

Er machte sich von mir los und funkelte mich wütend an.

»Den Teufel wirst du!«

»Doch!« Eine ungeheure Ruhe hatte mich erfaßt, nicht der geringste Zweifel plagte mich. »Ich nähe mir aus meinem Umhang einen Kilt. Es gibt so viele Jungen im Heer, daß ich leicht für einen durchgehen kann. Du meinst selbst, daß große Verwirrung herrschen wird. Und so wird es auch niemand bemerken.«

»Nein, Claire«, sagte er. »Nein!« Er hatte das Kinn vorgeschoben und funkelte mich wütend an. Doch es lag auch Angst in seinem Blick.

»Wenn du keine Angst hast, habe ich auch keine«, beharrte ich, wobei ich gleichfalls das Kinn vorreckte. »Du hast doch selbst gesagt, daß es... daß es schnell vorbei ist.« Trotz meiner Entschlossenheit begann meine Stimme zu zittern. »Jamie... ich möchte... ich kann... ich kann ohne dich nicht leben!«

Er öffnete den Mund und schloß ihn wieder. Um Fassung ringend, schüttelte er den Kopf. Über die Bergkuppen senkte sich die Dämmerung, während die Wolken noch dunkelrot schimmerten. Endlich streckte er die Arme aus und zog mich an sich.

»Glaubst du etwa, das wüßte ich nicht?« fragte er leise. »Was mir bevorsteht, ist der leichtere Teil. Denn wenn du das gleiche für mich fühlst wie ich für dich – dann verlange ich von dir, daß du dir das Herz aus dem Leibe reißt und ohne es weiterlebst.« Er strich mir über den Kopf.

»Aber du mußt gehen, *mo duinne*. Meine tapfere Löwin. Du mußt.«

»Warum?« Ich fuhr zurück und blickte ihn fragend an. »Als du mir beim Prozeß in Cranesmuir zur Flucht verholfen hast, hast du gesagt, du wärst notfalls auch mit mir auf den Scheiterhaufen gegangen.«

Er nahm meine Hand und blickte mich eindringlich an.

»Aye, das wäre ich«, erwiderte er. »Aber ich trug auch nicht dein Kind unterm Herzen.«

Ich zitterte. Der Wind hatte mich ausgekühlt, redete ich mir ein, und es war nur die Kälte, die mir den Atem raubte.

»Das kann man noch nicht sagen«, entgegnete ich nach einer Pause. »Dazu ist es noch viel zu früh.«

Er schnaubte, und in seinen Augen zeigte sich ein amüsiertes Funkeln.

»Ich bin auf dem Land großgeworden, Sassenach. Seit ich zum erstenmal bei dir gelegen habe, hat sich deine Blutung kein einziges Mal verspätet. Aber seit der letzten sind jetzt sechsundvierzig Tage vergangen.«

»Du Hund!« rief ich wütend. »Du hast mitgezählt! Mitten im blutigsten Krieg hast du mitgezählt!«

»Du etwa nicht?«

»Nein!« Ich hatte mir nicht eingestehen wollen, daß mein sehnlichster Wunsch jetzt und damit viel zu spät in Erfüllung gegangen war.

»Außerdem«, wandte ich ein, »heißt das noch gar nichts. Es könnte auch an der schlechten Ernährung liegen.«

Er blickte mich skeptisch an und legte seine große Hand sanft unter meine Brust.

»Aye, dünn bist du wirklich. Aber obwohl man deine Rippen zählen kann, sind deine Brüste rund und prall, und die Warzen haben die Farbe von Champagnertrauben. Du vergißt, daß ich das schon einmal gesehen habe. Ich habe keinen Zweifel – und du ja wohl auch nicht.«

Ich kämpfte gegen eine Welle von Übelkeit an – die sich so leicht auf Angst und Hunger hätte zurückführen lassen –, und plötzlich fühlte ich das zarte Gewicht in meinem Unterleib. Obwohl ich rasch die Zähne zusammenbiß, wurde die Übelkeit stärker.

Jamie ließ meine Hand los und baute sich, die Fäuste in die Seiten gestemmt, vor mir auf, so daß sich seine Umrisse deutlich vor dem dunkelgrauen Himmel abzeichneten.

»Claire«, sagte er ruhig, »morgen werde ich sterben. Dieses Kind ist alles, was von mir bleibt – dieses Kind, und sonst nichts. Claire, ich bitte dich, ich flehe dich an, bring es in Sicherheit.«

Mir wurde schwarz vor Augen, und im selben Moment hörte ich, wie mein Herz brach – ein leiser, sauberer Laut, wie wenn man einen Blumenstiel abknickt.

Schließlich beugte ich mich ihm.

»Ja«, flüsterte ich, während der Wind in meinen Ohren klagte. »Ich werde gehen.«

Mittlerweile war es fast dunkel. Jamie trat hinter mich und umschlang mich mit den Armen. Ich lehnte mich gegen ihn, und gemeinsam blickten wir über das Tal. In der Ferne wurden Wachfeuer entzündet; sie flackerten wie kleine schimmernde Punkte. Schweigend sahen wir zu, wie die Nacht hereinbrach. Es war still auf dem Berghang; ich hörte nichts anderes als Jamies gleichmäßigen Atem, der mir mit jedem Zug kostbarer wurde.

»Ich werde dich finden«, flüsterte er mir ins Ohr. »Das verspreche ich dir. Und wenn ich im Fegefeuer schmoren muß – zweihundert Jahre ohne dich. Das soll die Strafe für meine Sünden sein. Ich habe gelogen und getötet, gestohlen und mein Wort gebrochen.

Doch es gibt eine Sache, die vieles ausgleicht. Wenn ich vor den Herrn hintrete, kann ich einen Punkt zu meinen Gunsten anführen.«

Er sprach so leise, daß ich ihn kaum noch verstand. Dafür umschlang er mich noch fester.

»Herr, du hast mir eine wunderbare Frau gegeben. Und, Herr, ich habe sie von Herzen geliebt.«

Er liebkoste mich langsam und zärtlich, und ich erwiderte seine Liebkosungen voller Behutsamkeit. Jede Berührung, jeden Augenblick mußte ich im Gedächtnis bewahren, als kostbaren Schatz für die Jahre ohne ihn.

Ich strich über jede Mulde, jeden geheimen Winkel seines Körpers. Spürte die Anmut und Kraft seiner Glieder, die Macht seiner Muskeln, die sich flach und geschmeidig über seine Schultern spannten.

Ich spürte den salzigen Schweiß in der Grube unter seiner Kehle, roch den warmen Moschusduft in den Haaren zwischen seinen Lenden, küßte seinen großen, weichen Mund, der nach getrockneten Äpfeln und bitteren Wacholderbeeren schmeckte.

»Meine Einzige, du bist so schön!« flüsterte er mir zu, als er über die feuchte, zarte Haut zwischen meinen Schenkeln strich.

Sein Kopf war nicht mehr als ein großer dunkler Fleck auf meiner weißen Haut, denn die Risse im Dach ließen nur ein wenig Licht von dem verhangenen Himmel in die Kate fallen. Das leise Donnergrollen eines Frühlingsgewitters ließ die Wände erzittern. Sein Penis lag hart in meiner Hand. So stark war sein Verlangen, daß er bei meiner Berührung schon fast schmerzlich aufstöhnte.

Als er nicht mehr länger warten konnte, nahm er mich, und sehnsüchtig, leidenschaftlich erstürmten wir den höchsten Gipfel der Vereinigung. Einen Gipfel, den wir ersehnten und den wir fürchteten, denn dahinter lag die Trennung.

Wieder und wieder brachte er mich zum Höhepunkt, während er sich selbst schweratmend und bebend zurückhielt. Schließlich strich ich ihm übers Gesicht, fuhr mit den Händen durch sein Haar, preßte ihn an mich und bäumte ihm fordernd die Hüften entgegen.

»Komm«, flüsterte ich zärtlich. »Begleite mich! Jetzt gleich.«

Wir umklammerten uns leidenschaftlich und verzweifelt zugleich, und unsere Schreie schienen in der Dunkelheit der alten Steinkate endlos widerzuhallen.

Danach lagen wir reglos aneinandergeschmiegt. Sein köstliches

Gewicht war mir Schutz und Schild zugleich. Konnte es wirklich sein, daß aus dem Körper, der so kräftig, so warm, so pulsierend war, in den nächsten Stunden alles Leben weichen sollte?

»Horch mal«, sagte er nach einer Weile. »Hörst du es auch?«

Zuerst vernahm ich nichts als den Wind und den Regen, der durch die Löcher im Dach in die Kate tropfte. Dann hörte ich das regelmäßige, langsame Klopfen seines Herzens direkt an meinem, und meins an seinem, zwei Herzen im Einklang, vereint im Rhythmus des Lebens.

So lagen wir lange Zeit engumschlungen, warm und geborgen unter Plaid und Umhang, mit unseren Kleidern als Matratze. Schließlich löste sich Jamie von mir, drehte mich auf die andere Seite und legte seine Hand auf meinen Bauch. Sein warmer Atem strich über meinen Nacken.

»Schlaf ein wenig, *mo duinne*«, flüsterte er. »Ich möchte noch einmal so daliegen und dich und das Baby in den Armen halten.«

Ich hätte nicht gedacht, daß ich Schlaf finden würde, doch die Erschöpfung forderte ihren Tribut. Ohne Wellen aufzuwirbeln, tauchte ich in das Vergessen. Als ich in der Morgendämmerung erwachte, hielt Jamie mich noch immer umschlungen, und ich sah zu, wie die Dämmerung die freundliche, schützende Dunkelheit vertrieb.

Da drehte ich mich auf die Seite, um ihn zu betrachten. Ich wollte sehen, wie das Tageslicht sein markantes, aber im Schlaf so unschuldiges Gesicht erhellte, wollte sehen, wie die aufgehende Sonne in seinem Haar einen Funkenregen aufsprühen ließ – zum letztenmal.

Der Schmerz, der mich durchzuckte, war so heftig, daß ich aufstöhnte, und er öffnete die Augen. Als er mich sah, lächelte er, und forschend glitt sein Blick über meine Züge. Er tat es mir gleich, wollte sich mein Gesicht einprägen.

»Jamie«, sagte ich. Vom Schlaf und den vielen Tränen, die ich hinuntergeschluckt hatte, war meine Stinmme heiser. »Jamie, ich möchte ein Zeichen von dir tragen.«

»Wie bitte?« fragte er verwundert.

In meiner Reichweite entdeckte ich den kleinen *sqian dhu*, den Jamie immer im Strumpf trug. Dunkel hob sich sein Griff aus geschnitztem Hirschhorn von dem Kleiderhaufen ab, auf dem er lag. Ich hob ihn auf und gab ihn Jamie.

»Schneide mich«, drängte ich ihn. »So tief, daß ich eine Narbe behalte. Wenn ich gehe, möchte ich ein Zeichen von dir mitnehmen, etwas, was mir immer bleibt. Es macht nichts, wenn es weh tut. Nichts kann mehr schmerzen als unsere Trennung. Dann kann ich wenigstens später darüberstreichen und ein Zeichen von dir spüren, wo immer ich bin.«

Er legte seine Hand auf meine, die das Messer umschlossen hielt. Nach kurzem Nachdenken drückte er sie und nickte. Als er die rasiermesserscharfe Klinge nahm, streckte ich ihm meine rechte Hand entgegen. Unter unseren Decken war es warm, doch in der kalten Luft des Raumes bildete unser Atem kleine Wölkchen.

Jamie drehte meine Handfläche nach oben und untersuchte sie sorgfältig. Dann hob er sie an die Lippen und küßte sie sanft. Doch gleich darauf sog er scharf an meiner Daumenwurzel. Als er sie freigab, schnitt er rasch in das gefühllose Fleisch. Ich spürte nicht mehr als ein leichtes Brennen, doch auf der Stelle quoll Blut aus dem Schnitt. Rasch führte er meine Hand an seinen Mund und hielt sie dort, bis das Blut versiegt war. Dann verband er die mittlerweile schmerzende Wunde sorgsam mit einem Taschentuch, doch zuvor zeigte er mir den Schnitt – ein etwas schiefes »J«.

Als ich aufblickte, hielt er mir das kleine Messer entgegen. Ich nahm es und griff zögernd nach der Hand, die er mir entgegenstreckte.

Jamie schloß die Augen und preßte die Lippen zusammen. Trotzdem entfuhr ihm ein schmerzliches Stöhnen, als ich die Messerspitze in die fleischige Wölbung seiner Daumenwurzel drückte. Der Venushügel, so hatte mir eine Handleserin gesagt, steht für Leidenschaft und Liebe.

Erst als ich den kleinen, halbkreisförmigen Schnitt vollendete, merkte ich, daß er mir die linke Hand gegeben hatte.

»Ich hätte die andere nehmen sollen«, sagte ich. »Es wird weh tun, wenn du dein Schwert führst.«

Er lächelte leicht.

»Was könnte schöner sein, als daß ich in meinem letzten Kampf deine Berührung spüre.«

Ich löste das blutgetränkte Taschentuch und preßte meine Wunde fest gegen seine. Als sich unser Blut vermischte, schlangen sich unsere Finger ineinander.

»Blut von meinem Blute...«, flüsterte ich.

»…und Fleisch von meinem Fleische«, antwortete er leise. Keiner von uns beiden war in der Lage, den Schwur mit den Worten »bis wir unser Leben aushauchen« zu vollenden, doch mit schmerzhafter Deutlichkeit hingen sie im Raum. Schließlich lächelte er wehmütig.

»Über den Tod hinaus«, sagte er fest und zog mich wieder an sich.

»Frank«, sagte er irgendwann seufzend. »Ich überlasse es dir, was du ihm von mir erzählst. Wahrscheinlich wird er nichts hören wollen. Wenn doch, und wenn du in der Lage bist, so mit ihm zu reden, wie du mit mir über ihn gesprochen hast, dann sage ihm… sage ihm, daß ich ihm danke. Und daß ich ihm vertraue, weil ich keine andere Wahl habe. Und sage ihm…«, fest schlossen sich seine Finger um meinen Arm, und er klang zugleich amüsiert und bitterernst, »sag ihm, daß ich ihn hasse bis ins Mark.«

Wir hatten uns angekleidet, und die Morgendämmerung war dem hellen Tag gewichen. Ein Frühstück, mit dem wir den Tag beginnen konnten, gab es nicht. Es war alles gesagt… und es blieb nichts mehr zu tun.

Um rechtzeitig am Moor von Drummossie einzutreffen, mußte Jamie mich jetzt verlassen. Der Augenblick des Abschieds war gekommen, doch wir wußten beide nicht, wie wir Abschied nehmen sollten.

Schließlich lächelte er traurig, beugte sich zu mir herab und küßte mich sanft.

»Man sagt…«, setzte er an, hielt jedoch inne, um sich zu räuspern. »Früher hieß es, wenn ein Mann auszieht, um Heldentaten zu vollbringen, solle er eine weise Frau aufsuchen und um ihren Segen bitten. Er muß in die Richtung blicken, in die er aufbrechen will. Sie stellt sich hinter ihm auf und spricht für ihn ein Gebet. Wenn sie geendet hat, muß er geradewegs weggehen und darf sich nicht umsehen, denn das bringt Unglück.«

Er strich mir noch einmal über das Gesicht und wandte sich dann ab, so daß er durch die offene Tür nach draußen blickte. Die Morgensonne schien herein und ließ sein Haar in tausend Funken aufleuchten. Rasch straffte er die Schultern, die sich breit unter seinem Plaid abzeichneten, und holte tief Luft.

»Segne mich, weise Frau«, sagte er, »und dann geh!«

Ich legte ihm die Hand auf die Schulter und suchte nach Worten. Jenny hatte mich einige der alten gälischen Bittgebete gelehrt, und jetzt kramte ich in meiner Erinnerung nach ihrem Wortlaut.

»Heiliger Herr Jesus«, stammelte ich heiser, »ich rufe dich an. Heiliger Apostel Johannes, ich rufe dich an und alle Heiligen. Sie mögen dich schützen im Kampf, der dir bevorsteht...«

Weiter kam ich nicht. Von unten drangen Geräusche in die Kate. Stimmen und Schritte.

Jamie erstarrte. Dann wirbelte er zu mir herum und schob mich zu der eingefallenen Rückwand des Häuschens.

»Da lang«, raunte er mir zu. »Das sind Engländer. Lauf, Claire!«

Mit zugeschnürter Kehle lief ich zu der Öffnung in der Wand, während Jamie zur Tür zurückkehrte, die Hand am Schwertgriff. Ich blieb stehen, um noch einen letzten Blick auf ihn zu werfen. Er wandte sich um, sah mich und war plötzlich bei mir. In einem Aufwallen der Verzweiflung drängte er mich gegen die Wand. Stürmisch zog er mich an sich, so daß ich seine Erektion an meinem Bauch und den Griff seines Dolches an meiner Hüfte spürte.

»Einmal noch. Es muß sein! Aber rasch!« flüsterte er heiser in mein Ohr. Er drückte mich an die Wand, und als er seinen Kilt hochzog, raffte ich meine Röcke. Es war keine liebevolle Umarmung, er nahm mich hastig und brutal, und in Sekundenschnelle war es vorüber. Mittlerweile schienen die Stimmen nur noch wenige hundert Meter entfernt.

Er küßte mich noch einmal, so hart, daß ein salziger Blutgeschmack in meinem Mund zurückblieb. »Nenne ihn Brian«, flüsterte er, »nach meinem Vater.« Mit einem Stoß schob er mich zur Maueröffnung. Als ich darauf zulief, blickte ich mich noch einmal um. Jamie stand mit halb gezogenem Schwert in der einen und gezücktem Dolch in der anderen Hand in der Tür.

Da die Engländer damit gerechnet hatten, daß die Kate unbewohnt war, hatten sie keinen Fährtensucher ausgesandt. Der Hang hinter dem Häuschen war menschenleer, und so überquerte ich ihn im Laufschritt, bis mich der Erlenhain unterhalb der Bergkuppe vor allen Blicken verbarg.

Keuchend kämpfte ich mich durch die Zweige und das Unterholz, und blind vor Tränen stolperte ich über Wurzeln und Steine. Von der Kate drangen Rufe und das Klirren von Waffen zu mir herauf. Meine Schenkel waren glitschig und feucht von Jamies

Samen. Ich hatte das Gefühl, als würde ich die Bergkuppe niemals erreichen, als müßte ich mich für den Rest meines Lebens durch dieses Dickicht kämpfen.

Plötzlich knackte es hinter mir im Gebüsch. Also hatte mich doch jemand aus der Kate fliehen sehen. Ich wischte die Tränen fort, und da der Hang jetzt steiler wurde, kroch ich auf allen vieren voran, so schnell ich konnte. Ich hatte den Felsvorsprung aus Granit erreicht, an den ich mich noch erinnerte. Dann sah ich auch das Gestrüpp, das aus den Felsspalten wuchs, und das Geröll.

Am äußeren Rand des Steinkreises blieb ich stehen und blickte nach unten. Verzweifelt versuchte ich zu erkennen, was dort geschah. Wie viele Soldaten waren zur Kate gekommen? Hatte Jamie sich retten und zu seinem Pferd durchschlagen können, das weiter unten angebunden war; ohne Reittier würde er nicht mehr rechtzeitig am Moor eintreffen.

Plötzlich wurden weiter unten die Zweige geteilt, und eine Gestalt in Rot brach aus dem Unterholz. Ein englischer Soldat. Keuchend überquerte ich die Grasnarbe im Steinkreis und zwängte mich durch den gespaltenen Stein.

SIEBTER TEIL

Im nachhinein

47

Lose Fäden

»Natürlich hatte er recht. Der verdammte Kerl hatte fast immer recht.« Claire klang fast wütend, als sie das sagte. Mit einem kläglichen Lächeln blickte sie Brianna, die mit ausdruckslosem Gesicht auf dem Kaminvorleger saß, an. Außer einer Haarsträhne, die sich in der Hitze des Feuers bewegte, zeigte sie keine Regung.

»Wieder eine Risikoschwangerschaft und dann eine schwere Geburt. Dort hätten wir beide wahrscheinlich nicht überlebt.« Claire sprach nur ihre Tochter an, als wären sie allein im Raum, und Roger, der sich nur langsam vom Zauber der Vergangenheit befreite, kam sich wie ein Eindringling vor.

»Ich will dir die ganze Wahrheit sagen. Ich konnte es nicht ertragen, ihn zu verlassen«, sagte Claire leise. »Auch wenn es um deinetwillen geschah... vor deiner Geburt habe ich dich manchmal gehaßt. Er hat mich dazu gezwungen, um dich zu retten. Mir hätte es nichts ausgemacht, zu sterben – mit ihm. Aber so mußte ich ohne ihn weiterleben – und er hatte recht, mein Teil war der schwerere. Ich habe mich seinem Wunsch gebeugt, weil ich ihn liebte. Und du und ich, wir sind am Leben geblieben, weil er dich geliebt hat.«

Brianna starrte ihre Mutter wie gebannt an. Nur ihre Lippen bewegten sich, als müßte sie das Reden erst wieder lernen.

»Wie lange hast du... mich gehaßt?«

Claire begegnete dem unschuldigen, zugleich aber unbarmherzigen Blick ihrer Tochter.

»Bis zu deiner Geburt. Bis ich dich in den Armen hielt und stillte und du mit den Augen deines Vaters zu mir aufgesehen hast.«

Brianna keuchte, doch Claire sprach weiter. Ihre Stimme wurde weich, als sie ihre Tochter ansah.

»Aber mit der Zeit wurdest du zu einem eigenständigen Wesen, warst weder Teil von Jamie noch von mir. Und da begann ich, dich um deinetwillen zu lieben, und nicht nur wegen des Mannes, der dich gezeugt hat.«

Jäh fuhr Brianna in die Höhe. Ihr Haar sträubte sich wie eine Löwenmähne, und ihre blauen Augen strahlten ebenso gleißend wie die Flammen in ihrem Rücken.

»Frank Randall war mein Vater!« rief sie. »Das weiß ich genau!« Die Hände zu Fäusten geballt, starrte sie ihre Mutter an. Ihre Stimme zitterte vor Wut.

»Ich weiß nicht, warum du mir all das antust! Vielleicht hast du mich wirklich gehaßt. Vielleicht tust du es immer noch.« Ungebetene Tränen kullerten ihr über die Wangen, und zornig wischte sie sie mit dem Handrücken fort.

»Daddy... Daddy hat mich geliebt. Wenn ich nicht sein Kind gewesen wäre, hätte er das nicht getan. Warum willst du mir einreden, er wäre nicht mein Vater? Warst du eifersüchtig auf mich? Hat es dich gestört, daß er mich so gern mochte? *Dich* hat er nicht geliebt, das weiß ich genau!« Ihre blauen Katzenaugen waren schmal geworden und funkelten wütend aus dem wachsbleichen Gesicht hervor.

Roger hätte sich am liebsten hinter der Tür versteckt, bevor sie sich seiner Gegenwart bewußt wurde und ihren übermächtigen Zorn auf ihn richtete. In sein Unbehagen mischte sich ein wachsendes Gefühl von Ehrfurcht. Dieses Mädchen, das vor dem Kamin stand und voller Wut ihren vermeintlichen Vater verteidigte, war eine Ausgeburt der wilden, starken Hochlandkrieger, die einst wie kreischende Todesfeen über ihre Feinde hergefallen waren. Mit der langen geraden Nase, die vom seitlich einfallenden Licht betont wurde, und den glitzernden Katzenaugen war sie ihrem Vater wie aus dem Gesicht geschnitten – nicht aber dem dunklen, stillen Gelehrten, dessen Foto auf dem Buchumschlag prangte.

Claire öffnete den Mund, schloß ihn jedoch gleich wieder. Fasziniert starrte sie ihre Tochter an. Die geballte Spannung des Körpers, der geschwungene Bogen der breiten, flachen Wangenknochen, das alles mußte sie viele Male zuvor gesehen haben – doch nicht an Brianna.

Mit einer Geschwindigkeit, die Claire und Roger auffahren ließ, wirbelte Brianna herum, griff nach den vergilbten Zeitungsausschnitten auf dem Tisch und warf sie in die Flammen. Dann nahm sie den Schürhaken und stocherte wild in der Glut herum. Es störte sie nicht, daß sie einen Funkenregen aufwirbelte, der zischend vor ihren Füßen verglomm.

Dann kehrte sie dem zu schwarzer Asche verkohlten Papier den Rücken zu und stampfte mit dem Fuß auf.

»Du Miststück!« fuhr sie ihre Mutter an. »Du hast mich also gehaßt? Nun gut, ich hasse dich auch.«

Als sie den Schürhaken hochschwang, spannte Roger instinktiv alle Muskeln an, um ihr in den Arm zu fallen. Doch Brianna wandte sich ab und schleuderte ihre Waffe durch das große Fenster. Gerade eben hatte die Scheibe noch das Spiegelbild einer flammenden Frau zurückgeworfen, dann zersprang sie klirrend und ließ eine dunkle, leere Höhle zurück.

Wie ein Donnerschlag hallte der Lärm in der Stille nach, die sich im Raum ausbreitete. Roger, der aufgesprungen war, um Brianna hinterherzueilen, blieb ratlos in der Zimmermitte stehen. Er blickte auf seine Hände, als wüßte er nichts mit ihnen anzufangen. Dann sah er Claire an. Sie saß reglos wie ein Tier, das eben den Schatten eines Raubvogels vorbeiziehen sah, im Ohrensessel.

Schließlich ging Roger zum Schreibtisch und lehnte sich dagegen.

»Ich weiß nicht, was ich sagen soll«, meinte er.

Claires Lippen zuckten. »Ich auch nicht.«

Wieder schwiegen sie. Das alte Haus knarrte, und aus der Küche, wo Fiona das Abendessen vorbereitete, drang leises Topfgeklapper. Das Entsetzen und die Verlegenheit, die Roger eben noch verspürt hatte, wichen einem anderen Gefühl, das er jedoch nicht einordnen konnte. Seine Hände waren kalt wie Eis, und dankbar für die Wärme rieb er sie am Kordsamt seiner Hose.

»Ich...«, setzte er an. Doch dann hielt er inne und schüttelte den Kopf.

Als Claire tief Luft holte, wurde ihm bewußt, daß sie sich nicht mehr gerührt hatte, seit Brianna aus dem Zimmer gestürzt war. Ihr Blick war klar und offen.

»Glauben Sie mir?« fragte sie.

Roger sah sie nachdenklich an. »Ich weiß nicht, was ich glauben soll«, erwiderte er schließlich.

Seine Antwort zauberte ein schwaches Lächeln auf ihr Gesicht. »Das hat Jamie auch gesagt, als ich ihm erzählte, wo ich herkomme.«

»Daraus kann man ihm keinen Vorwurf machen.« Nach kurzem Zögern gab Roger sich einen Ruck und ging zu ihrem Sessel. »Darf ich?« Er kniete sich vor ihr hin, nahm ihre willenlose Hand und drehte sie zum Licht. Claires Handfläche war rosig, doch auf ihrer Daumenwurzel zeichnete sich weiß wie Schnee die schwache Linie eines »J« ab.

»Das beweist noch gar nichts«, sagte sie, während sie ihn aufmerksam musterte. »Das kann auch von einem Unfall herrühren. Oder vielleicht habe ich es selbst getan.«

»Aber das haben Sie nicht, oder?« Sanft legte er ihre Hand zurück in den Schoß, als wäre sie zerbrechlich.

»Nein, aber das kann ich nicht beweisen. Daß die Perlen«, sie fuhr über die schimmernde Kette an ihrem Hals, »echt sind, läßt sich jederzeit feststellen. Aber damit ist noch lange nicht gesagt, woher ich sie habe.«

»Und das Porträt von Ellen MacKenzie?« fragte er.

»Auch kein Beweis. Ein Zufall. Es dient mir lediglich zur Untermauerung meiner Hirngespinste. Meiner Lügen.« Obwohl ihre Stimme fest geblieben war, schwang darin Bitterkeit mit. Auf ihrer Wange zeichneten sich rote Flecken ab, und allmählich löste sie sich aus ihrer Erstarrung. Wie eine Statue, die allmählich zum Leben erwacht, dachte er.

Roger richtete sich auf. Langsam ging er im Zimmer auf und ab und strich sich dabei immer wieder durchs Haar.

»Aber es ist Ihnen wichtig, nicht wahr? Sehr wichtig sogar.«

»Ja.« Aber sie war jetzt aufgestanden und ging zum Schreibtisch, wo der Aktendeckel mit Rogers Forschungsergebnissen lag. Voller Ehrfurcht legte sie die Hand darauf.

»Ich mußte es einfach wissen.« Ihre Stimme bebte leicht, doch sogleich reckte sie, um Fassung bemüht, das Kinn vor. »Ich wollte wissen, ob es ihm gelungen war – ob er seine Männer retten konnte oder ob er sich für nichts und wieder nichts geopfert hat. Und ich wollte es Brianna erzählen. Auch wenn sie es mir jetzt nicht – und vielleicht sogar nie – glauben kann: Jamie war ihr Vater. Ich mußte es ihr sagen.«

»Ja, das kann ich verstehen. Aber das war nicht möglich, solange Dr. Randall, Ihr Ehe ... äh, ich meine Frank«, verbesserte er sich, »noch am Leben war.«

Ein Lächeln huschte über ihr Gesicht. »Ist schon gut; Sie können

Frank ruhig meinen Mann nennen. Schließlich war er das viele Jahre lang. Und Brianna hat recht, in gewisser Weise war er ihr Vater.« Sie blickte auf ihre Hände und spreizte die Finger, so daß auf den beiden Ringen, dem silbernen und dem goldenen, das Licht der Flammen tanzte. Plötzlich hatte Roger eine Eingebung.

»Der Ring«, sagte er und trat wieder auf sie zu. »Der silberne Ring. Trägt er ein Zeichen vom Silberschmied? Im achtzehnten Jahrhundert hatten einige von ihnen ihr eigenes Symbol. Das wäre zwar kein Beweis, aber es könnte uns weiterhelfen.«

Claire wirkte verdutzt. Schützend legte sie die linke Hand über den breiten Silberreif und strich mit den Fingern über die Hochlandornamente und die Distelblüten.

»Ich weiß es nicht, ich habe nie nachgesehen.« Unter langsamem Drehen schob sie den Ring über den Knöchel. Zwar waren ihre Finger schlank, doch von dem langen Tragen hatte sich eine Mulde in ihrem Fleisch gebildet.

Prüfend betrachtete sie die Innenseite des Rings. Dann kam sie damit zum Tisch, stellte sich neben Roger und hielt den Reif unter die Lampe.

»Da ist etwas eingraviert«, stellte sie verwundert fest. »Ich habe gar nicht gewußt, daß er... o mein Gott!« Ihre Stimme brach, und der Ring fiel ihr aus den Fingern und rollte davon. Roger fing ihn rasch auf, doch sie hatte sich schon abgewandt. Er wußte, daß sie ihr Gesicht vor ihm verbergen wollte, denn offensichtlich hatte sie die Selbstbeherrschung, die sie den ganzen Tag und auch in der Auseinandersetzung mit Brianna gewahrt hatte, nun verlassen.

Eine Weile stand Roger da und fühlte sich ungeheuer töricht und fehl am Platze. Obwohl er den Eindruck hatte, in eine Privatsphäre einzudringen, hielt er den Reif ins Licht und las die darin eingravierten Worte.

»*Da mi basia mille*...« Claire sprach den Satz, nicht Roger. Ihre Stimme zitterte, und er wußte, daß sie weinte, doch allmählich schien sie die Fassung zurückzugewinnen. Sie konnte es sich nicht erlauben, ihren Gefühlen freien Lauf zu lassen, denn was sie da eingedämmt hielt, war so übermächtig, daß es sie hätte fortreißen können.

»Von Catull, aus einem Liebesgedicht. Hugh... Hugh Munro hat mir das Gedicht zur Hochzeit geschenkt. Es stand auf dem Bogen, in den ein Stück Bernstein eingeschlagen war. Ein Bernstein mit einer eingeschlossenen Libelle.« Hilflos ließ sie die Hände sinken. »Ich kann nur einen Teil des Gedichts auswendig, *da mi basia mille...*« Dann übersetzte sie: »Gib der Küsse mir tausend und hundert darauf, hernach wieder tausend, und noch einmal hundert.«

Nachdem sie geendet hatte, verharrte sie reglos. Dann wandte sie ihm langsam das Gesicht zu. Ihre Wangen waren gerötet und tränenüberströmt und die Wimpern verklebt, doch sie wirkte unnatürlich ruhig.

»Hernach wieder tausend und noch einmal hundert«, sagte sie mit einem kläglichen Versuch zu lächeln. »Aber kein Zeichen des Silberschmieds. Also wieder kein Beweis.«

»Doch.« Roger hatte das Gefühl, als würde ihm ein Kloß in der Kehle sitzen, und rasch räusperte er sich. »Sogar der endgültige Beweis. Zumindest für mich.«

In der Tiefe ihrer Augen leuchtete es auf, und ein freudiges Lächeln huschte über ihr Gesicht. Dann strömten ihr plötzlich wieder Tränen über die Wangen, und sie war nicht mehr in der Lage, die Flut aufzuhalten.

»Tut mir leid«, sagte sie nach einer Weile. Sie saß auf dem Sofa und hatte das Gesicht in einem der überdimensionalen weißen Taschentücher des Reverend vergraben. Roger hockte dicht neben ihr. Plötzlich kam sie ihm sehr klein und zerbrechlich vor. Am liebsten hätte er ihr über die Haare gestrichen, doch er brachte nicht den Mut dazu auf.

»Ich hätte nicht gedacht... das hätte ich mir nicht träumen lassen«, sagte sie, während sie sich die Nase putzte, »daß es mir soviel bedeutet, wenn mir jemand glaubt.«

»Auch wenn es nicht Brianna ist?«

Sie zog eine Grimasse und strich sich die Haare zurück. Dann richtete sie sich auf.

»Das war der Schock«, brachte sie zur Verteidigung ihrer Tochter vor. »Sie konnte einfach nicht anders. Sie hat ihren Vater – ich meine Frank – sehr geliebt. Mir war klar, daß das alles zuviel für sie sein könnte. Aber wenn sie erst mal Zeit hat, darüber nachzudenken, wenn die Fragen kommen...« Ihre Stimme erstarb, und unter dem Gewicht ihrer Worte sank sie in sich zusammen.

Als wollte sie sich ablenken, schweifte ihr Blick zum Tisch, wo der unberührte Stapel Bücher lag.

»Seltsam, nicht wahr? Da lebt man zwanzig Jahre lang mit einem Kenner der Jakobiten zusammen und wirft keinen Blick in seine Bücher, aus Angst vor dem, was man darin lesen könnte.« Sie schüttelte den Kopf. »Ich weiß nicht, was aus ihnen geworden ist – das Wissen hätte ich nicht ertragen. Aber vergessen konnte ich sie auch nicht. Und deshalb mußte ich sie eine Zeitlang in einem Winkel meines Gedächtnisses vergraben.«

Doch diese Zeit war jetzt vorüber, und eine neue hatte begonnen. Roger nahm eines der Bücher vom Stapel und wog es in der Hand, als wäre damit eine Verantwortung verbunden. Vielleicht würde es Claire wenigstens von Brianna ablenken.

»Möchten Sie, daß ich es Ihnen erzähle?« fragte er ruhig.

Sie zögerte, doch dann nickte sie rasch, als ob sie ihre Entscheidung bedauern könnte, wenn sie noch länger darüber nachdachte.

Er begann zu sprechen. Dabei brauchte er sich nicht auf die Bücher zu stützen, denn die Fakten waren jedem Historiker, der sich mit dieser Periode befaßte, bekannt. Trotzdem preßte er Frank Randalls Buch wie einen Schutzschild an die Brust.

»Francis Townsend«, setzte er an, »der Mann, der Carlisle für Charles eroberte, wurde gefangengenommen. Man machte ihm dem Prozeß wegen Hochverrats, hängte ihn und weidete ihn aus.«

Er hielt inne, doch das Gesicht vor ihm hätte nicht weißer werden können, als es ohnehin schon war.

»MacDonald von Keppoch und sein Bruder Donald sind zu Fuß aufs Schlachtfeld gestürmt und wurden von den englischen Kanonen niedergestreckt. Lord Kilmarnock wurde auf dem Schlachtfeld verwundet, aber Lord Ancrum, der die Gefallenen zählte, erkannte ihn und rettete ihn vor Cumberlands Soldaten. Einen großen Gefallen tat er ihm damit nicht, denn im darauffolgenden August wurde Kilmarnock, zusammen mit Balmerino, auf dem Tower Hill geköpft.« Roger zögerte. »Kilmarnocks Sohn ging im Schlachtgetümmel verloren, seinen Leichnam fand man nie.«

»Ich mochte Balmerino immer gern«, murmelte sie. »Und der alte Fuchs? Der Herr von Lovat?« Fast schon flüsterte sie. »Der Schatten eines Beiles...«

»Ja.« Ohne es zu merken, strich Roger mit den Fingern über den Schutzumschlag. »Er wurde wegen Hochverrats angeklagt und zum Tod durch das Beil verurteilt. Aber es wird überliefert, daß er sehr würdevoll starb.«

Plötzlich kam Roger eine Anekdote in den Sinn, und er zitierte aus dem Gedächtnis, so gut er konnte. »Auf dem Weg zum Tower, unter dem Geschrei und dem Gejohle des Pöbels, gab sich das Oberhaupt des Fraser-Clans erstaunlich unbekümmert. Von dem Unrat, der an seinem Kopf vorbeiflog, ließ er sich nicht aus der Ruhe bringen, und er wirkte fast schon gut gelaunt. Als eine ältere Frau ihm zurief: ›Man wird dir den Kopf abhacken, du alter schottischer Gauner!‹ beugte er sich aus dem Karren und gab leutselig zur Antwort: ›Das wird sich wohl kaum vermeiden lassen, du häßliches englisches Weibsstück.‹«

Claire lächelte, doch dabei entrang sich ihr ein Laut, der weder Lachen noch Weinen war.

»Als man ihn zum Richtblock führte«, fuhr Roger vorsichtig fort, »bat er darum, die Klinge prüfen zu dürfen, und wies den Scharfrichter an, seine Arbeit gut zu machen. Er sagte zu dem Mann: ›Leiste ganze Arbeit! Wenn nicht, werde ich sehr zornig werden.‹«

Unter Claires Lidern quollen Tränen hervor, die im Schein des Feuers wie Diamanten glitzerten. Roger streckte die Hand nach ihr aus, doch als sie das spürte, schüttelte sie mit geschlossenen Augen den Kopf.

»Es geht mir gut. Fahren Sie fort.«

»Vielmehr gibt es nicht zu berichten. Einige haben überlebt. Lochiel konnte nach Frankreich entkommen.« Sorgsam hütete er sich, das Schicksal von Archibald Cameron, Lochiels Bruder, zu erwähnen. Der Arzt war in Tyburn gehängt, ausgeweidet und geköpft worden. Man hatte ihm das Herz aus dem Leibe gerissen und es in die Flammen geworfen. Doch Claire schien diese Auslassung nicht zu bemerken.

Rasch kam Roger mit seiner Aufzählung zum Ende. Zwar waren ihre Tränen versiegt, doch sie ließ den Kopf hängen, so daß ihr Gesicht unter den dichten Locken verborgen war.

Nachdem er geendet hatte, schwieg er eine Weile. Dann stand er auf und nahm sie entschlossen beim Arm.

»Kommen Sie«, sagte er. »Wir sollten ein bißchen Luft schnappen. Der Regen hat aufgehört; wir machen einen Spaziergang.«

Die Luft draußen war frisch und kühl, nach der stickigen Atmosphäre im Arbeitszimmer des Reverend fast schon berauschend. Bei

Sonnenuntergang hatte der heftige Regen nachgelassen, und nun war als Nachhall der schweren Niederschläge nur noch das Tropfen von Bäumen und Büschen zu hören.

Ich empfand unendliche Erleichterung, als ich das Pfarrhaus verließ. So lange hatte ich mich davor gefürchtet, und nun hatte ich es hinter mir! Selbst wenn Brianna nie – aber nein, sie würde es begreifen. Mochte es auch lange dauern, irgendwann würde sie die Wahrheit erkennen. Das mußte sie, denn sie sah ihr jeden Morgen im Spiegel entgegen. Nun, da ich ihr alles gesagt hatte, fühlte ich mich leicht wie eine Sünderin, die nach der Absolution den Beichtstuhl verläßt und noch nicht an die Buße denkt, die vor ihr liegt.

Wie eine Geburt, dachte ich. Eine kurze Zeitspanne großer Qual und peinigender Schmerzen und eine Ahnung von schlaflosen Nächten und kräftezehrenden Tagen, die kommen würden. Doch im Augenblick, in einem gesegneten Moment des Friedens, erfüllte meine Seele nichts als stille Euphorie, die keinen Platz für Befürchtungen ließ. Selbst die frische Trauer um die Menschen, die ich gekannt hatte, schien gedämpft.

Die Luft war feucht und roch nach Frühling, und die Reifen der vorbeifahrenden Autos zischten über den nassen Asphalt. Roger führte mich wortlos den Abhang hinter dem Haus hinunter. An einer moosüberwachsenen Lichtung ging es hinauf und dann wieder hinunter, bis wir auf den Pfad stießen, der zum Fluß führte. An einem Träger der alten Eisenbahnbrücke war auf Höhe des Pfades eine Metalleiter angebracht. Jemand hatte, mit einer Sprühdose bewaffnet, kühn in weißer Farbe BEFREIT SCHOTTLAND auf den Brückenbogen geschrieben.

Trotz der traurigen Erinnerungen waren meine Gefühle allmählich zur Ruhe gekommen. Das Schlimmste hatte ich überstanden. Brianna wußte jetzt, woher sie stammte. Ich hoffte inständig, daß sie es mit der Zeit auch glauben würde. Mehr als ich mir je eingestanden hatte, brauchte ich einen Menschen, mit dem ich über Jamie reden konnte.

Ich war unvorstellbar müde, körperlich wie geistig. Doch ich raffte mich ein letztesmal auf, ließ wie schon sooft die Grenzen körperlicher Erschöpfung hinter mir. Bald, versprach ich meinen schmerzenden Gliedern, meiner verletzlichen Seele, meinem verwundeten Herzen. Bald könnt ihr euch ausruhen. Dann werde ich mit den Geistern der Vergangenheit in dem kleinen gemütlichen

Wohnzimmer der Frühstückspension am Feuer sitzen. Dann kann ich in Frieden um sie trauern und meinen Schmerz von den Tränen fortspülen lassen, bevor ich, zumindest vorübergehend, Vergessen im Schlaf finde, einem Schlaf, in dem sie vielleicht wieder lebendig werden.

Aber noch nicht gleich. Bevor ich zu Bett ging, gab es noch etwas, das ich erledigen mußte.

Schweigend gingen sie eine Zeitlang nebeneinander her. Nur das Geräusch des Verkehrs in der Ferne und die Wellen des Flusses waren zu hören. Weil Roger sie nicht an Dinge erinnern wollte, die Claire vielleicht lieber vergessen hätte, mochte er kein Gespräch beginnen. Doch die Schleusen waren ein für allemal geöffnet worden, und nichts konnte die Flut noch aufhalten.

Zögernd und stockend stellte sie ihm einzelne Fragen. Er beantwortete sie, so gut er konnte, bevor er, gleichfalls zögernd, seine eigenen stellte. Die Gelegenheit, nach all den Jahren der Selbstbeherrschung und Geheimnistuerei endlich frei sprechen zu dürfen, schien auf Claire wie eine Droge zu wirken. Roger hörte ihr wie gebannt zu und hatte sie bald aus der Reserve gelockt. Als sie die Eisenbahnbrücke erreichten, war sie wieder die starke und lebendige Persönlichkeit, die er anfangs in ihr gesehen hatte.

»Charles war ein Narr, ein Trunkenbold, ein schwacher, törichter Mensch«, erklärte sie leidenschaftlich. »Sie alle waren Narren – Lochiel und Glengarry und die anderen. Sie haben zu oft miteinander getrunken und sich dabei in Charlies dumme Träume verbissen. Reden ist kein Kunststück, und Dougal hatte recht: Man ist leicht tapfer, wenn man in der warmen Stube über einem Glas Ale hockt. Der Alkohol hatte ihnen den Verstand umnebelt, und dann waren sie so gottverdammt stolz, daß sie um ihrer Ehre willen keinen Rückzieher machen wollten. Sie peitschten und bedrohten ihre Männer, schmeichelten ihnen, überredeten sie und trieben sie alle miteinander ins Verderben – und das einzig und allein um des Ruhmes und der Ehre willen.«

Sie schnaubte verächtlich und schwieg. Dann lachte sie überraschenderweise auf.

»Aber eins ist lustig. Diesem erbärmlichen, dummen Säufer, seinen habsüchtigen, beschränkten Handlangern und seinen dummen, ach so ehrbaren Kämpfern, die sich keinen Rückzug erlauben wollten, ihnen allen muss man eins zugute halten: Sie haben an ihre Sache geglaubt. Und seltsamerweise ist es genau das, was überdauert hat. Ihre Dummheit, ihr Unvermögen, ihre Feigheit und trunksüchtige Prahlerei sind in Vergessenheit geraten. Geblieben ist von Charles Stuart und seinen Männern nur der Ruhm, den sie gesucht, aber nie gefunden haben.

Vielleicht hatte Maître Raymond ja recht«, fuhr sie milder fort, »und es zählt einzig und allein die Essenz der Dinge. Die Zeit rafft alles andere dahin, und übrig bleibt nur das Skelett.«

»Vermutlich sind Sie dann auf Historiker nicht besonders gut zu sprechen«, meinte Roger, »besonders auf die Autoren, die Charles Stuart falsch dargestellt und aus ihm einen Helden gemacht haben. Schließlich findet man in den Highlands keinen Andenkenladen, in dem es nicht einen Kaffeebecher mit dem Porträt von Bonnie Prince Charles zu kaufen gibt.«

Geistesabwesend schüttelte sie den Kopf. Der Abendnebel wurde dichter, und von den Blättern fielen nun wieder Tropfen.

»Nicht die Historiker, nein. Ihnen kann man lediglich vorwerfen, daß sie mit dem Anspruch auftreten, sie wüßten, was damals geschehen ist. Dabei können sie sich nur auf das stützen, was die Vergangenheit überliefert sehen wollte. Die meisten denken, was sie denken sollen, und kaum einer blickt hinter die Nebelwand von historischen Funden und Dokumenten und sieht, was wirklich geschehen ist.«

Aus der Ferne ertönte ein leises Donnern. Der Nachtzug aus London, fiel Roger ein. In klaren Nächten hörte man ihn bis ins Pfarrhaus.

»Nein, Schuld haben die Künstler«, fuhr Claire fort. »Die Schriftsteller, die Bänkelsänger, die Geschichtenerzähler. Denn sie gestalten die Vergangenheit nach ihren Vorstellungen um. Sie nehmen einen Narren und machen ihn zum Helden. Sie nehmen einen Säufer und machen ihn zum König.«

»Sind sie denn allesamt Lügner?« fragte Roger. Claire zuckte die Achseln. Obwohl es kühl war, hatte sie ihre Jacke ausgezogen, und da ihre Bluse die Luftfeuchtigkeit aufgesogen hatte, zeichneten sich die schmalen Schulterblätter deutlich unter dem Stoff ab.

»Lügner«, fragte sie, »oder Zauberer? Sie sehen das Skelett im Staub und bekleiden es mit neuem Fleisch, so daß eine durchschnittliche Kreatur als Fabeltier wiederaufersteht.«

»Und was ist falsch daran?« fragte Roger. Ratternd überquerte der Flying Scotchman die Eisenbahnbrücke, so daß die Worte BEFREIT SCHOTTLAND unter seinen Rädern erbebten.

Claire blickte nach oben zu dem Schriftzug, und ihr Gesicht wurde vom blassen Licht der Sterne beschienen.

»Anscheinend haben Sie immer noch nicht verstanden, um was es geht, oder?« fragte sie. Obwohl sie verärgert klang, wurde ihre heisere Stimme nicht lauter als sonst.

»Sie wissen es nicht, und ich weiß es nicht, und wir werden es nie erfahren. Verstehen Sie? Man kann es nicht wissen, weil wir das Ende nicht kennen. Und es gibt kein Ende. Wir können nicht davon ausgehen, daß ein bestimmtes Ereignis einfach geschehen mußte und daß es alle anderen nach sich zog. Was Charles dem schottischen Volk angetan hat – war das eine historische Notwendigkeit? Oder mußte sich alles so abspielen, damit aus Charles das wurde, was er ist – eine Ikone, eine Leitfigur? Hätte Schottland ohne ihn die zweihundert Jahre Vereinigung mit England überstanden und trotzdem...«, sie wies auf die tanzenden Buchstaben über ihren Köpfen, »seine Eigenständigkeit bewahrt?«

»Das weiß ich nicht«, erwiderte Roger laut. Das Donnern des Zuges übertönte jedes andere Geräusch.

Im Augenblick gab es nur noch das Rattern des Zuges, diesen ohrenbetäubenden Lärm, der sie auf der Stelle festnagelte. Dann war mit dem letzten Waggon auch das rote Schlußlicht in der Ferne verschwunden, und der Lärm erstarb.

»Tja, das ist das Verzwickte an der Sache«, sagte Claire, die sich nun abwandte. »Obwohl man nichts weiß, muß man handeln.«

Plötzlich hob sie die Hände und spreizte die Finger, so daß ihre beiden Ringe aufblitzten.

»Das lernt man, wenn man Arzt wird. Nicht während des Studiums – dort lernt man nichts –, sondern wenn man die Hände auf den Menschen legt und sich anmaßt, ihn zu heilen. Es gibt viele, denen man nicht helfen kann; andere kann man nicht erreichen, und die nächsten gleiten einem immer wieder durch die Finger. Aber man darf nicht darüber nachdenken. Statt dessen muß man seine ganze Kraft auf den richten, der vor einem liegt. Man muß sich so verhalten, als wäre er der einzige Mensch auf der Welt, denn sonst verliert man auch diesen noch. Immer nur einen auf einmal. Und dabei lernt man auch, nicht zu verzweifeln, weil man allen anderen nicht helfen kann, sondern immer nur sein Möglichstes tun kann.«

Sie wandte sich Roger zu. Ihr Gesicht war vor Müdigkeit ganz eingefallen, doch ihre Augen schimmerten in der dunstigen Regenluft, und in ihren Locken hatten sich feine Tropfen gefangen. Unnachgiebig wie der Wind, der die Segel eines Bootes aufbläht und es vorantreibt, legte sie Roger die Hand auf den Arm.

»Gehen wir zurück ins Pfarrhaus, Roger«, sagte sie. »Ich muß ihnen noch etwas Wichtiges erzählen.«

Auf dem Rückweg schwieg sie und wich Rogers vorsichtigen Fragen aus. Sie lehnte es auch ab, sich bei ihm einzuhängen, und ging mit nachdenklich gesenktem Kopf. Aber Roger hatte nicht den Eindruck, daß sie einen Entschluß fassen wollte. Nein, der stand schon fest, sie schien zu überlegen, wie sie es sagen sollte.

Er selbst war voller Fragen. Immerhin ermöglichte ihm ihr Schweigen, sich vom Ansturm der Gefühle, den die Enthüllungen des Tages in ihm hervorgerufen hatten, zu erholen – und so kam ihm plötzlich die Frage, weshalb Claire auch ihn eingeweiht hatte. Hatte sie ihn dabeihaben wollen, weil sie Angst davor hatte, sich ihrer Tochter allein zu stellen? Oder hatte sie darauf gesetzt, daß er ihr glaubte – was er ja auch tat – und sie dadurch einen Verbündeten gewann, der für die Wahrheit eintrat – für ihre Wahrheit?

Als sie im Pfarrhaus eintrafen, konnte er seine Neugier kaum noch zügeln. Doch zunächst mußten sie sich mit einer anderen Aufgabe befassen. Gemeinsam räumten sie eines der größten Bücherregale leer und schoben es vor das zerbrochene Fenster, um die kühle Nachtluft auszusperren.

Rot vor Anstrengung ließ Claire sich aufs Sofa sinken, während Roger ihnen ein Glas Whisky einschenkte. Mrs. Graham hatte die Drinks immer auf einem Tablett serviert, auf dem neben einem Zierdeckchen auch Servietten und ein Teller mit passenden Keksen angeordnet waren. Hätte er es Fiona erlaubt, hätte sie sicher dasselbe getan, doch Roger zog es vor, sich seinen Whisky selbst einzuschenken.

Claire dankte ihm und nahm einen Schluck. Dann setzte sie das Glas ab und blickte ihn müde, aber gefaßt an.

»Wahrscheinlich fragen Sie sich, warum Sie die ganze Geschichte mit anhören sollten«, stellte sie mit jener nervenzermürbenden Gabe, die Gedanken ihrer Mitmenschen zu lesen, fest.

»Dafür gibt es zwei Gründe. Auf den zweiten komme ich gleich zu sprechen. Aber zuerst einmal fand ich, daß Sie ein Recht haben, die Wahrheit zu erfahren.«

»Ich? Welches Recht?«

Sie sah ihm in die Augen. »Das gleiche wie Brianna. Das Recht zu erfahren, woher Sie stammen.« Sie ging durch den Raum zur gegenüberliegenden Wand, die vom Boden bis zur Decke mit einer Korkplatte verkleidet war, auf die zahllose Schichten von Fotos, Tabellen, Notizen, Visitenkarten, alten Kirchplänen und anderem Sammelsurium geheftet waren.

»An diese Wand kann ich mich noch gut erinnern.« Claire lächelte und strich über ein Foto von der Zeugnisverleihung am hiesigen Gymnasium. »Hat Ihr Vater jemals etwas abgenommen?«

Roger schüttelte erstaunt den Kopf. »Nein, das glaube ich nicht. Er hat immer gesagt, wenn er die Sachen erst einmal in einer Schublade verstaut, würde er sie niemals wiederfinden. Er wollte alles, was wichtig war, im Blickfeld behalten.«

»Dann ist es wohl noch hier. Denn für wichtig hielt er es bestimmt.«

Und so begann sie, die einzelnen Lagen zu durchblättern, wobei sie die vergilbten Papiere sorgsam voneinander löste.

»Hier ist es, glaube ich«, sagte sie, nachdem sie mehrmals vor- und zurückgeblättert hatte. Unter einer Schicht von Predigtentwürfen und alten Quittungen holte sie ein einzelnes Blatt hervor und legte es auf den Schreibtisch.

»Ach, das ist ja mein Familienstammbuch!« wunderte sich Roger. »Ich habe das gute Stück seit Jahren nicht mehr gesehen. Und wenn, dann habe ich es nicht weiter beachtet«, fügte er hinzu. »Sie wollen mir doch nicht etwa erzählen, daß ich adoptiert worden bin? Das weiß ich nämlich schon.«

In die Aufstellung vertieft, nickte Claire. »Ja, natürlich. Deswegen hat Ihr Vater – ich meine, Mr. Wakefield – diese Ahnentafel ja angefertigt. Da er Ihnen seinen Namen gegeben hat, wollte er sichergehen, daß Sie Ihre Herkunft kennen.«

Roger seufzte, als er an den Reverend dachte und an den kleinen silbernen Fotorahmen auf seinem Schreibtisch, der das Porträt eines lächelnden, dunkelhaarigen jungen Mannes in der Uniform der Royal Air Force zeigte.

»Ja, aber die kenne ich auch schon. Mein Familienname war MacKenzie. Wollen Sie mir etwa sagen, daß ich mit einigen der MacKenzies, die Sie... äh, damals kannten, verwandt bin? Auf dem Stammbaum sind sie jedenfalls nicht zu finden.«

Claire schien ihn nicht gehört zu haben, denn sie fuhr mit dem Finger das spinnenwebartige Geflecht der Ahnentafel nach.

»Mr. Wakefield war akkurat bis aufs I-Tüpfelchen«, murmelte sie mehr zu sich selbst. »Fehler hätte er nicht durchgehen lassen.« Plötzlich verharrte ihr Finger.

»Hier«, sagte sie. »Hier ist es passiert. Unterhalb dieses Punktes«, ihr Finger glitt die Seite hinunter, »ist alles in Ordnung. Dies waren Ihre Eltern, Großeltern, Urgroßeltern und so weiter. Aber darüber stimmt es nicht.« Sie zeigte nach oben.

Roger blickte auf die Tafel und sah dann nachdenklich auf.

»Dann geht es wohl um diesen hier, um William Buccleigh Mac-Kenzie, geboren 1744 als Sohn von William John MacKenzie und Sarah Innes. Gestorben 1782.«

Claire schüttelte den Kopf. »Gestorben 1744, im Alter von zwei Monaten, an Pocken.« Sie sah auf, und ihre goldenen Augen blickten ihn so eindringlich an, daß ihm ein Schauer über den Rücken lief. »Ihre Adoption war nicht die erste in Ihrer Familie, müssen Sie wissen.« Sie zeigte auf den Eintrag. »Dieser hier brauchte eine Amme«, sagte sie. »Weil seine leibliche Mutter gestorben war, gab man ihn zu einer Familie, die ein Neugeborenes verloren hatte. Und er bekam auch den Namen dieses Kindes, was damals keineswegs ungewöhnlich war. Ich glaube, man wollte die Aufmerksamkeit nicht auf seine Vorfahren lenken, indem man seine Herkunft im Taufregister verzeichnete. Schließlich war er bei der Geburt getauft worden, also bestand kein Grund, es noch einmal zu tun. Colum hat mir erzählt, in welche Familie sie ihn gegeben haben.«

»Geillis Duncans Sohn«, sagte Roger langsam. »Das Kind der Hexe.«

»Genau.« Den Kopf zur Seite geneigt, blickte sie ihn prüfend an. »Als ich Sie sah, wußte ich, daß es nicht anders sein kann. Sie haben ihre Augen.«

Roger setzte sich. Trotz des Bücherregals, das die kühle Luft abhielt, und des Feuers im Kamin war ihm plötzlich kalt.

»Sind Sie sicher?« fragte er. Aber natürlich war sie sich sicher. Vorausgesetzt, ihre Geschichte war kein Hirngespinst, die raffinierte Ausgeburt eines verwirrten Geistes. Nachdenklich sah er Claire an. Ungerührt saß sie da, das Whiskyglas in der Hand, so gefaßt, als wollte sie im nächsten Augenblick Käsecracker bestellen.

Ein verwirrter Geist? Dr. Claire Beauchamp-Randall, Oberärztin in einem großen, angesehenen Krankenhaus? Schleichender Irrsinn, wuchernde Wahnvorstellungen? Eher war er selbst übergeschnappt. Und tatsächlich begann er allmählich an seinem Geisteszustand zu zweifeln.

Er holte tief Luft und stützte sich mit den Handflächen auf den Stammbaum, so daß der Eintrag William Buccleigh MacKenzie verdeckt war.

»Nun, das klingt ja recht interessant, und ich bin froh, daß Sie es mir gesagt haben. Aber ändern tut das alles nichts, oder? Abgesehen davon, daß ich die obere Hälfte der Ahnentafel abreißen und fortwerfen kann. Schließlich wissen wir weder, woher Geillis Duncan stammt, noch wer der Vater ihres Kindes ist, wenn wir davon ausgehen, daß der arme alte Arthur dafür nicht in Frage kommt.«

Claire schüttelte den Kopf und blickte geistesabwesend in die Ferne.

»O nein. Nicht Arthur Duncan, sondern Dougal MacKenzie war der Vater. Und das war auch der Grund, weshalb sie sterben mußte. Um Hexerei ging es dabei nicht. Colum MacKenzie wollte vertuschen, daß sein Bruder mit der Frau des Prokurators Ehebruch begangen hatte. Und Geillis hatte es sich in den Kopf gesetzt, Dougal zu heiraten. Ich glaube, sie hat die MacKenzies mit ihrem Wissen über Hamish' Abstammung unter Druck gesetzt.«

»Hamish? Ach so, Colums Sohn. Ich erinnere mich.« Roger rieb sich die Stirn. In seinem Kopf überschlugen sich die Gedanken.

»Nicht Colums Sohn«, verbesserte ihn Claire, »sondern Dougals. Colum konnte keine Kinder zeugen, Dougal hingegen schon. Hamish war der Erbe des Oberhaupts der MacKenzies, und Colum hätte jeden umgebracht, der die Stellung des Kindes bedrohte – und das hat er dann ja auch getan.«

Sie holte tief Luft. »Und das führt uns zu dem zweiten Grund, weshalb ich Ihnen die Geschichte erzählt habe.«

Roger vergrub die Hände in den Haaren und starrte auf die Tischplatte. Vor seinen Augen verschwammen die Linien des

Stammbaums zu einem Geflecht verworrener Schlangenlinien, und zwischen den Namen zuckten gespaltene Zungen.

»Geillis Duncan«, stieß er heiser hervor, »hatte eine Impfnarbe.«

»Ja, und im Grunde bin ich deshalb nach Schottland zurückgekommen. Als ich das Land gemeinsam mit Frank verließ, habe ich mir geschworen, nie mehr hierher zurückzukehren. Wenn ich auch nicht vergessen konnte, was ich wußte, so konnte ich es wenigstens verdrängen. Ich konnte fortbleiben und mich nicht darum kümmern, was nach meinem Weggang aus all den Menschen wurde. Das schien mir das geringste, was ich für Frank und Jamie und das Baby, das in mir wuchs, tun konnte.« Sie preßte die Lippen zusammen.

»Aber Geillis hat mir bei dem Prozeß in Cranesmuir das Leben gerettet. Wahrscheinlich hielt sie sich selbst schon für verloren. Aber um mich zu retten, verspielte sie auch die letzte Chance, die sie vielleicht noch hatte. Sie ließ mir etwas ausrichten. Dougal hat mir die Botschaft überbracht, als er mir in einer Höhle in den Highlands mitteilte, daß Jamie gefangengenommen wurde. Die Botschaft bestand aus zwei Teilen. Zum einen aus dem Satz ›Ich glaube, es ist möglich, aber ich weiß es nicht‹. Und aus einer Folge von vier Zahlen – eins, neun, sechs und acht.«

»Neunzehnhundertachtundsechzig.« Roger bekam allmählich das Gefühl zu träumen. Bestimmt würde er gleich aufwachen. »Dieses Jahr. Was soll das heißen, sie glaubt, es sei möglich?«

»Zurückzukehren. Durch die Steine. Sie hatte es zwar nicht versucht, aber sie traute es mir zu. Und natürlich hatte sie recht.« Claire drehte sich um und nahm ihr Glas vom Tisch auf. Über den Rand hinweg sah sie Roger an. Ihre Augen hatten die gleiche Farbe wie der Whisky. »Wir haben 1968, das Jahr, in dem sie in die Vergangenheit reiste. Nur glaube ich, daß sie noch nicht fort ist.«

Roger rutschte das Glas aus der Hand, und er fing es gerade noch rechtzeitig auf.

»Was?... Hier? Aber sie... warum nicht?... Sie wollen doch nicht sagen...«, stammelte er, während sich in seinem Kopf die Gedanken überschlugen.

»Sicher weiß ich es nicht«, stellte Claire richtig. »Aber ich glaube es. Ich bin überzeugt, daß sie Schottin ist, und alles deutet darauf hin, daß sie irgendwo in den Highlands in die Vergangenheit reiste. Wir können davon ausgehen, daß es eine ganze Anzahl von Steinkreisen gibt, aber vom Craigh na Dun wissen wir, daß er tatsächlich ein Durchgang ist – für die, die ihn benutzen können. Abgesehen davon«, fügte sie als unwiderlegbares Argument hinzu, »hat Fiona sie gesehen.«

»Fiona?« Das war mehr, als Roger verkraften konnte. Der Höhepunkt der Absurdität. Alles andere konnte er noch irgendwie glauben – Zeitreisen, verräterische Clansmänner, historische Enthüllungen –, aber Fiona, das wollte ihm nicht in den Kopf. Flehend blickte er Claire an. »Sagen Sie, daß das nicht stimmt«, bettelte er. »Nicht Fiona!«

Um Claires Mundwinkel zuckte es. »Das geht leider nicht«, sagte sie nicht ohne Mitgefühl. »Ich habe sie nach einer Gruppe von Druidinnen gefragt, zu der ihre Großmutter gehörte. Natürlich hatte man sie schwören lassen, nichts zu verraten, aber da ich bereits eine ganze Menge wußte, war es nicht allzu schwierig, sie zum Sprechen zu bringen. Sie hat mir erzählt, es sei eine Frau dagewesen, die viele Fragen gestellt hat – eine große, blonde Frau mit auffälligen grünen Augen. Fiona fühlte sich bei ihrem Anblick an jemanden erinnert«, fügte sie vorsichtig hinzu, wobei sie sorgsam Rogers Blick vermied, »aber sie wußte nicht, an wen.«

Roger konnte nur noch stöhnen. Dann sank er in sich zusammen, bis sein Kopf auf der Tischplatte lag. Er schloß die Augen und war dankbar, daß die Tischplatte seine Stirn kühlte.

»Kannte Fiona den Namen der Frau?« fragte er mit geschlossenen Augen.

»Sie heißt Gillian Edgars«, antwortete Claire. Er hörte, wie sie aufstand, durch das Zimmer ging und ihr Whiskyglas auffüllte. Als sie zurückkam, blieb sie vor dem Tisch stehen. Er spürte ihren Blick im Nacken.

»Die Entscheidung liegt bei Ihnen«, sagte Claire. »Sollen wir sie suchen?«

Langsam hob Roger den Kopf und blinzelte sie ungläubig an. »Sollen wir sie suchen?« wiederholte er. »Wenn das ... wenn das alles wahr ist, dann müssen wir sie finden! Wir können sie doch nicht in die Vergangenheit reisen lassen, damit sie bei lebendigem Leibe verbrannt wird! Natürlich müssen wir sie finden«, brach es aus ihm heraus. »Wie können Sie eine andere Möglichkeit auch nur in Betracht ziehen?«

»Und wenn wir sie gefunden haben?« entgegnete Claire. Sie legte ihre schlanke Hand auf die vergilbte Tafel und blickte ihn an. »Was wird dann aus Ihnen?« fragte sie leise.

Roger ließ den Blick hilflos über das helle, vollgestopfte Studierzimmer, die Pinnwand voller Erinnerungsstücke, die angeschlagene Teekanne auf dem alten Eichentisch gleiten. Ohne es zu merken, krallten sich seine Finger in seine Oberschenkel, als wollte er sich versichern, daß er ebenso real war wie der Stuhl, auf dem er saß.

»Aber ... ich bin echt!« brach es aus ihm heraus. »Ich kann mich doch nicht einfach in Luft auflösen!«

Claire runzelte nachdenklich die Stirn. »Ich weiß nicht, was in diesem Fall geschehen würde. Vielleicht wären Sie nie geboren worden? Aber wie auch immer, Sie sollten sich nicht so aufregen! Vielleicht würde der Teil, der Sie unverwechselbar macht, Ihre Seele oder wie Sie es nennen wollen, vielleicht würde dieser Teil auf jeden Fall existieren. Sie wären Sie, auch wenn Sie eine etwas andere Abstammung hätten. Wieviel von unserer körperlichen Erscheinung kann wohl noch auf unsere Vorfahren vor sechs Generationen zurückgeführt werden? Die Hälfte? Zehn Prozent?« Sie zuckte die Achseln und schürzte die Lippen, wobei sie ihn aufmerksam musterte.

»Wie ich Ihnen schon gesagt habe, haben Sie die Augen von Geillis. Aber ich erkenne auch Dougal in Ihnen. Zwar keine bestimmten Züge, obwohl Sie wie Brianna die hohen Wangenknochen der MacKenzies haben. Nein, es ist schwer zu fassen – etwas in der Art, wie Sie sich bewegen, eine Geschmeidigkeit, Wendigkeit – nein ...« Sie schüttelte den Kopf. »Ich kann es nicht beschreiben, aber es ist da. Brauchen Sie es, damit es Sie zu dem macht, der Sie sind? Wären Sie ohne diesen Anteil von Dougal derselbe Mensch?«

Schwerfällig stand sie auf. Zum erstenmal, seit er sie kennengelernt hatte, wirkte sie so alt, wie sie war.

»Seit mehr als zwanzig Jahren suche ich nach Antworten, Roger. Trotzdem kann ich nur eines sagen: Es gibt keine Antworten, nur Entscheidungen. Eine ganze Anzahl davon habe ich getroffen, und niemand weiß, ob sie richtig oder falsch waren. Aber ich weiß, daß es richtig war, es Ihnen zu sagen und die Entscheidung Ihnen zu überlassen.«

Roger nahm sein Glas und trank den letzten Schluck Whisky.

Im Jahr des Herrn 1968. Das Jahr, in dem Geillis Duncan in den

Steinkreis treten würde. In dem sie den ersten Schritt auf einem Weg tat, der sie zu den Ebereschen in den Bergen unweit von Leoch führen würde. Zu einem außerehelichen Kind und dem Tod durch die Flammen.

Roger stand auf und wanderte vor den Bücherregalen, die an den Wänden des Studierzimmers standen, auf und ab. Bücher zur Geschichte, dieser trügerischen Wissenschaft, die einen Gelehrten immer wieder zum Narren hielt.

Ruhelos strich er über die Bände im obersten Regal. Es waren Werke über die Jakobiten, über die Aufstände von 1715 und 1745/1746. Claire hatte einige der Männer und Frauen, über die in diesen Büchern berichtet wurde, gekannt. Hatte mit ihnen gelitten und gekämpft, um ein Volk zu retten, dem sie nicht angehörte. Hatte alles verloren, was ihr teuer war. Und war schließlich doch gescheitert. Aber sie hatte ihre Entscheidung selbst getroffen, so wie er jetzt die seine treffen mußte.

Bestand die Möglichkeit, daß alles nur ein Traum war, eine Täuschung? Verstohlen warf er Claire einen Blick zu. Sie hatte sich im Sessel zurückgelehnt und die Augen geschlossen. Die einzige Regung, die sie zeigte, war der kaum erkennbare Pulsschlag an ihrem Hals. Nein. Einen Moment lang konnte er sich vielleicht einreden, daß es Einbildung war, aber nur solange er sie nicht ansah. So gern er auch geglaubt hätte, daß ihre Geschichte frei erfunden war, wenn er sie anblickte, konnte er kein einziges Wort anzweifeln.

Er breitete die Hände auf der Tischplatte aus und betrachtete sie. Hatte er nur sein eigenes Schicksal in der Hand oder auch das einer Frau, die er noch nicht kennengelernt hatte?

Keine Antworten. Langsam schloß er die Hände zu Fäusten, als würde er einen kostbaren Gegenstand darin bergen. Dann traf er seine Entscheidung.

»Machen wir uns auf die Suche«, sagte er.

Von der reglosen Gestalt im Ohrensessel kam keine Antwort. Nur ihre runde Brust hob und senkte sich. Claire war eingeschlafen.

48

Hexenjagd

Irgendwo in der Wohnung schnarrte eine altmodische Klingel. Das Haus lag nicht gerade im besten Teil der Stadt, aber der schlimmste war es auch nicht. Arbeiterhäuser mit jeweils zwei, drei Wohnungen. Unter dem Klingelschild stand in Handschrift MCHENRY I. STOCK – ZWEIMAL KLINGELN. Roger drückte deutlich ein zweitesmal auf den Knopf, dann wischte er sich die schweißnassen Hände an der Hose ab.

Neben dem Eingang stand ein Topf mit gelben, halbvertrockneten Narzissen. Die Spitzen der sichelförmigen Blätter waren gelb und zusammengerollt, und die zarten gelben Blüten ließen traurig den Kopf hängen.

Claire betrachtete sie gleichfalls. »Vielleicht ist niemand zu Hause«, sagte sie und blieb stehen, um die knochentrockene Erde im Blumentopf zu befühlen. »Die haben seit über einer Woche kein Wasser mehr bekommen.«

Roger verspürte eine gewisse Erleichterung. Ob Geillis Duncan nun Gillian Edgars war oder nicht – er hatte sich auf diesen Besuch nicht unbedingt gefreut. Er wollte sich gerade zum Gehen wenden, als die Tür mit einem lauten Quietschen aufgerissen wurde.

»Aye?« Der Mann, der sie aus geschwollenen Augen anblickte, hatte ein rotes Gesicht und Bartstoppeln.

»Es ... es tut uns leid, Sie gestört zu haben«, sagte Roger, während er sich innerlich zur Ruhe mahnte. Er hatte ein flaues Gefühl im Magen. »Wir suchen Miss Gillian Edgars. Wohnt sie hier?«

Der Mann fuhr sich mit seiner dicken, schwarzbehaarten Hand über den Kopf.

»Für dich immer noch Mrs. Edgars, Milchgesicht! Was wollen Sie von meiner Frau?« Als ihm die Alkoholfahne entgegenschlug, wäre Roger am liebsten zurückgewichen.

»Wir wollen nur mit ihr sprechen«, erklärte er beschwichtigend. »Ist sie zu Hause?«

»Ist sie zu Hause?« echote der Mann, wohl Mr. Edgars, Rogers Oxfordakzent nachäffend. »Nein, sie ist nicht da. Schert euch zum Teufel!« Er schlug die Tür mit einer solchen Wucht zu, daß die Spitzenvorhänge erbebten.

»Ich kann sie gut verstehen«, bemerkte Claire, die sich auf Zehenspitzen gestellt hatte und durch die Fenster ins Haus spähte. »Wenn so ein Kerl auf mich warten würde, wäre ich auch nicht daheim.«

»Stimmt«, gab Roger ihr recht. »Das wär's dann wohl. Oder haben Sie einen anderen Vorschlag, wie wir die Frau finden können?«

Claire trat vom Fenster zurück.

»Er hat sich vor den Fernseher gehockt«, berichtete sie. »Lassen wir ihm seine Ruhe, wenigstens bis die Pubs wieder geöffnet haben. In der Zwischenzeit können wir es im Institut versuchen. Fiona hat mir erzählt, daß Gillian Edgars dort Kurse belegt hat.«

Das Institut für Volkskunde der Highlands befand sich im obersten Stockwerk eines Gebäudes, das ans Geschäftsviertel der Stadt angrenzte. Die Empfangsdame, eine kleine, rundliche Frau in Blümchenkleid und brauner Strickjacke, schien entzückt, sie zu sehen. Wahrscheinlich, weil sie dort oben nicht oft Gesellschaft hatte, vermutete Roger.

»Oh, Mrs. Edgars«, säuselte sie, als sie ihr Anliegen vorgetragen hatten. Roger meinte, Mißtrauen in Mrs. Andrews' Stimme zu hören, doch sie blieb freundlich und fröhlich. »Ja«, sagte sie, »Mrs. Edgars besucht unsere Kurse regelmäßig und hat ihre Gebühren stets bezahlt. Sie verbringt viel Zeit hier bei uns.« Weitaus mehr, als Mrs. Andrews lieb war, ihrem Tonfall nach zu urteilen.

»Ist sie vielleicht zufällig gerade da?« erkundigte sich Claire.

Mrs. Andrews schüttelte den Kopf, so daß ihre graumelierten Löckchen tanzten.

»Nein«, erwiderte sie, »heute ist Montag, und da bin ich mit Dr. McEwan allein. Das ist unser Direktor.« Sie bedachte Roger mit einem vorwurfsvollen Blick, als hätte der das nun wirklich wissen müssen. Aber offensichtlich kam sie zu dem Urteil, daß ihre Besucher respektabel waren, denn sie wurde ein wenig zugänglicher.

»Wenn Sie Fragen zu Mrs. Edgars haben, sollten Sie mit Dr. McEwan sprechen. Ich werde mal nachsehen, ob er Zeit für Sie hat, wenn es Ihnen recht ist.«

Als sie Anstalten machte aufzustehen, hielt Claire sie zurück.

»Haben Sie ein Foto von Mrs. Edgars?« Als Mrs. Andrews sie verwundert anblickte, lächelte Claire sie liebenswürdig an. »Wir wollen doch nicht die kostbare Zeit Ihres Direktors verschwenden. Womöglich handelt es sich um die falsche Person«, erklärte sie.

Mrs. Andrews blinzelte verwirrt. Doch dann nickte sie und begann, in ihrem Schreibtisch zu kramen.

»Ja, wo sind sie denn? Gestern habe ich sie noch in der Hand gehabt... also können sie nicht weit sein... ach ja, da haben wir sie!« Sie zog ein Album voller Schwarzweißfotos heraus und blätterte es hastig durch.

»Hier«, sagte sie. »Da ist sie bei einer Ausgrabung vor der Stadt. Allerdings kann man ihr Gesicht nicht besonders gut sehen. Warten Sie, da müssen doch noch andere sein...«

Erneut begann sie, vor sich hin murmelnd, in den Schubladen zu wühlen. Währenddessen blickte Roger neugierig über Claires Schulter auf das Bild, das Mrs. Andrews auf den Schreibtisch gelegt hatte. Der Schnappschuß zeigte eine Gruppe von Menschen inmitten von Jutesäcken und Werkzeugen vor einem Landrover. Einige hatten sich von der Kamera abgewandt, doch Claire streckte ohne zu zögern den Finger aus und tippte auf eine große junge Frau mit langem, glattem, blondem Haar. Dabei nickte sie Roger stumm zu.

»Wie können Sie da so sicher sein?« fragte Roger leise.

»Was ist, mein Guter?« Mrs. Andrews blickte ihn geistesabwesend über ihren Brillenrand hinweg an. »Ach, Sie meinen nicht mich! Hier habe ich noch eins, auf dem sie ein wenig deutlicher zu erkennen ist.« Triumphierend klatschte sie das zweite Foto auf das erste.

Es zeigte einen älteren Mann mit einer Halbbrille und dieselbe blonde Frau, die sich über einen Tisch beugte, auf dem etwas lag, das auf den ersten Blick wie eine Sammlung verrosteter Autoersatzteile aussah, aber es handelte sich wohl zweifellos um kostbare Fundgegenstände. Zwar hing ihr eine Strähne ins Gesicht, und sie hatte den Kopf dem älteren Mann zugewandt, doch man erkannte deutlich die kurze, gerade Nase, das weiche runde Kinn und den schön geschwungenen Mund. Sie hatte die Augen gesenkt, so daß sie unter den dichten langen Wimpern verborgen waren. Im letzten Augenblick unterdrückte Roger einen bewundernden Pfiff. Vorfahrin oder nicht, diese Frau war eine Wucht, dachte er respektlos.

Claire nickte derweilen schweigend. Sie war noch blasser als sonst, doch sie dankte Mrs. Andrews mit ihrer gewohnten Selbstbeherrschung.

»Ja, das ist sie. Nun würden wir doch gern mit dem Direktor sprechen, wenn es sich ermöglichen läßt.«

»Dann werde ich ihn fragen, meine Liebe. Aber darf ich wissen, um was es sich handelt?«

Roger öffnete den Mund, um eine Ausrede zu stammeln, doch noch ehe er etwas herausbrachte, sprang Claire in die Bresche.

»Wir kommen aus Oxford«, erklärte sie. »Mrs. Edgars hat sich im Fachbereich Altertumsforschung um ein Stipendium beworben und in ihrem Antrag dieses Institut als Referenz angegeben. Wenn Sie also so nett wären...«

»Oh, ich verstehe.« Mrs. Andrews wirkte beeindruckt. »Man bedenke, Oxford! Ich frage Dr. McEwan, ob er Sie gleich empfangen kann.«

Nach einem flüchtigen Klopfen verschwand sie hinter einer weißgetäfelten Tür. Roger beugte sich vor und flüsterte Claire ins Ohr: »Aber in Oxford gibt es doch gar keinen Fachbereich für Altertumsforschung, das wissen Sie genau.«

»Sie wissen das«, erwiderte sie würdevoll, »und ich, wie Sie eben so klug festgestellt haben, weiß es auch. Aber viele Menschen wissen es nicht. Mrs. Andrews beispielsweise.«

Langsam ging die Tür wieder auf.

»Dann wollen wir nur hoffen, daß hier alle so unbedarft sind wie diese Dame«, seufzte Roger, während er sich die Stirn abwischte. »Oder daß Ihr Einfallsreichtum Sie nicht im Stich läßt.«

Claire stand auf und lächelte Mrs. Andrews zu.

»Mich? Die ich für den König von Frankreich in die Seelen meiner Mitmenschen geblickt habe?« flüsterte sie. »Dagegen ist dies ein Kinderspiel.«

Roger verbeugte sich belustigt und wies auf die Tür. »*Après vous, Madame!*«

Alls sie vortrat, fügte er leise hinzu: »*Après vous, le déluge.*« Sie straffte die Schultern, wandte sich jedoch nicht um.

Zu Rogers Erstaunen war es wirklich ein Kinderspiel. Zwar hätte er nicht sagen können, ob es an Claires schauspielerischem Talent oder an Dr. McEwans Zerstreutheit lag, aber ihre Mission wurde problemlos akzeptiert. Es schien dem Mann nicht in den Sinn zu kommen, daß es für Talentsucher aus Oxford reichlich ungewöhnlich war, das abgelegene Inverness aufzusuchen, um sich nach den Fähigkeiten einer potentiellen Stipendiatin zu erkundigen. Doch zu Dr. McEwans Entschuldigung ließe sich anführen, daß ihn irgend etwas sehr zu beschäftigen schien und er deshalb nicht ganz Herr seiner Gedanken war.

»Nun ... ja, fraglos verfügt Mrs. Edgars über eine hohe Intelligenz. Eine sehr hohe«, verbesserte sich der Direktor, als wollte er sich selbst davon überzeugen. Er war groß, kräftig gebaut und hatte eine lange Oberlippe, die an ein Kamel erinnerte und wabbelte, während er unsicher nach Worten suchte. »Hat sie ... haben Sie ... ich meine ...« Er zog die Lippe hoch, und seine Worte erstarben. »Haben Sie Mrs. Edgars eigentlich schon kennengelernt?« platzte er schließlich heraus.

»Nein«, erklärte Roger, während er Dr. McEwan ernst ins Auge faßte. »Deshalb wollten wir ja wissen, was Sie von ihr halten.«

»Gibt es vielleicht etwas ...« Claire machte eine einladende Pause, »was die Kommission Ihrer Meinung nach wissen sollte, Dr. McEwan?« Erwartungsvoll beugte sie sich vor. »Erkundigungen wie diese werden hundertprozentig vertraulich behandelt. Es ist so wichtig, daß wir uns ein umfassendes Bild von den Bewerbern machen können. Schließlich ist eine solche Entscheidung mit großer Verantwortung verbunden.« Vertraulich senkte sie die Stimme. »Das Ministerium, wissen Sie.«

Roger hätte ihr am liebsten den Hals umgedreht, doch Dr. McEwan nickte weise.

»O ja, natürlich. Das Ministerium. Ja, ich verstehe voll und ganz. Nun, ich ... es wäre mir furchtbar unangenehm, wenn ich Sie in irgendeiner Hinsicht in die Irre führen würde. Zweifellos ist es eine wunderbare Chance ...«

Nun hätte Roger am liebsten beide an der Gurgel gepackt. Aber augenscheinlich merkte Claire, wie seine Hände zuckten, denn sie schob dem Gestammel des Direktors resolut einen Riegel vor.

»Uns interessieren vor allem zwei Dinge«, erklärte sie unumwunden, holte ihr Notizbuch aus der Tasche, schlug es auf und legte es sich auf die Knie. *Eine Flasche Sherry für Mrs. T. kaufen*, las Roger aus den Augenwinkeln. *Schinkenaufschnitt fürs Picknick.*

»Zunächst einmal möchten wir wissen, wie Sie Mrs. Edgars' Fähigkeiten beurteilen, und zweitens würden wir gern Ihre Meinung über ihre Persönlichkeit hören. Zum ersten Punkt haben wir uns natürlich schon ein Urteil gebildet«, sie klopfte mit dem Stift auf eine Stelle in ihrem Notizbuch, wo *Reiseschecks einwechseln* stand, »aber Sie können das sicher weitaus besser einschätzen.« Dr. McEwan, der unentwegt nickte, sah Claire wie gebannt an.

»Nun...« Er blickte prüfend zur Tür, um sicherzugehen, daß sie geschlossen war, bevor er sich vorbeugte und vertraulich die Stimme senkte. »Was die Qualität ihrer Arbeit betrifft, kann ich Sie voll und ganz beruhigen. Ich zeige Ihnen gleich ein paar Proben. Die andere Sache hingegen...« Roger, der befürchtete, er könnte wieder zu stammeln beginnen, richtete sich bedrohlich auf.

Dr. McEwan ließ sich verwundert zurücksinken. »Viel ist es eigentlich nicht«, setzte er an. »Nur... sie stürzt sich mit solchem Feuereifer in die Arbeit, daß man schon fast sagen könnte, sie sei... besessen?« Fragend hob sich seine Stimme.

»Konzentriert sich dieser Feuereifer vielleicht zufällig auf Steinkreise?« schlug Claire sanft vor.

»Oh, hat sie das in ihren Antrag geschrieben?« Der Direktor förderte ein riesiges, schmuddeliges Taschentuch zutage und wischte sich damit übers Gesicht. »Ja, Sie haben recht. Natürlich begeistern sich viele Leute für dieses Gebiet«, fügte er entschuldigend hinzu. »Sie finden es nun mal romantisch und rätselhaft. Sehen Sie sich doch nur diese unbedarften Geschöpfe an, die sich in der Mittsommernacht in Stonehenge versammeln und Zauberformeln aufsagen! Natürlich möchte ich Gillian Edgars nicht mit ihnen vergleichen...«

In diesem Sinne ging es weiter, doch Roger hörte nicht mehr zu. Die Luft war stickig in dem kleinen Büro, und sein Kragen war ihm plötzlich zu eng geworden.

Das kann doch nicht wahr sein, dachte er. *Schlichtweg unmöglich.* Gewiß, Claire Randalls Geschichte klang überzeugend – schrecklich überzeugend. Doch wenn man beobachtete, wie sie diesen armen alten Tropf um den Finger wickelte, der wahre Gelehrsamkeit auch dann nicht erkennen würde, wenn man sie ihm auf einem Silbertablett servierte, dann kam man ins Zweifeln. Sie hätten einem Eskimo eine Lieferung Kühlschränke aufschwatzen können. Gewiß, Roger war nicht so leicht zu täuschen wie Dr. McEwan, aber trotzdem.

Roger wurde so von Bedenken geplagt, daß er kaum mitbekam, wie Dr. McEwan einen Schlüssel aus der Schreibtischschublade holte und sie auf einen langen Flur geleitete, in dem sich eine Tür an die andere reihte.

»Studierzimmer«, erklärte der Direktor und öffnete eine der Türen. Vor ihnen lag ein kaum zwei Quadratmeter großer Verschlag, in den ein kleiner Tisch, ein Stuhl und ein schmales Bücherregal gezwängt waren. Auf dem Tisch lag ein Stapel bunter Aktendeckel, daneben ein großes graues Notizbuch mit der säuberlichen Aufschrift VERSCHIEDENES.

Die Sache wurde immer persönlicher. Zuerst die Fotos und nun ihre Handschrift. Panik überfiel ihn bei der Vorstellung, Geillis Duncan tatsächlich zu treffen. Das hieß, Gillian Edgars. Oder wen auch immer.

Der Direktor schlug einige der Mappen auf und erklärte Claire, worum es sich bei dem jeweiligen Projekt handelte. Claire gab sich äußerst erfolgreich den Anschein, sie sei mit den Themen vertraut. Roger, der ihr über die Schulter blickte, gab gelegentlich ein »Hmm!« oder »Sehr interessant!« zum besten. Doch was in der schwungvollen Schrift dort festgehalten war, nahm er nicht in sich auf.

Das hat sie geschrieben, dachte er. *Sie ist ein Wesen aus Fleisch und Blut mit schönen Lippen und langen blonden Haaren. Wenn sie durch den Steinkreis in die Vergangenheit geht, wird sie verbrennen. Und wenn sie nicht geht, dann... dann gibt es mich nicht.*

Heftig schüttelte er den Kopf.

»Sind Sie anderer Meinung, Mr. Wakefield?« Der Direktor blickte ihn verwundert an.

Jetzt schüttelte Roger den Kopf, weil es ihm peinlich war.

»Nein, nein... ganz und gar nicht... hätten Sie vielleicht einen Schluck Wasser?«

»Aber selbstverständlich. Kommen Sie. Hier um die Ecke ist gleich ein Trinkbrunnen. Ich zeige es Ihnen.« Mit Worten, die seine lebhafte Anteilnahme an Rogers Gesundheitszustand ausdrücken sollten, führte ihn der Direktor aus dem Zimmerchen.

Sobald er der Enge des Studierzimmers und der Nähe von Gillian Edgars' Büchern und Mappen entronnen war, ging es Roger ein wenig besser. Dennoch hätte ihn nichts auf der Welt in den winzigen Raum zurückgebracht. Roger faßte einen Entschluß. Sollte sich Claire allein mit Dr. McEwan abplagen. Ohne noch einen Blick zurückzuwerfen, ging er zu der Tür, die zum Empfangsraum führte.

Neugierig und besorgt funkelte Mrs. Andrews ihn an, als er hereinkam.

»Du meine Güte, Mr. Wakefield! Geht es Ihnen nicht gut?«

Roger fuhr sich übers Gesicht. Anscheinend sah man ihm an, wie er sich fühlte. Matt lächelte er der rundlichen Sekretärin zu.

»Doch, doch, danke. Mir ist da drinnen nur ein wenig heiß geworden, und deshalb wollte ich frische Luft schnappen gehen.«

»Aye, natürlich.« Sie nickte verständnisvoll. »Die Heizungsluft. Manchmal setzt das Thermostat aus, und dann schalten sich die Heizkörper nicht ab. Am besten sehe ich gleich mal nach.« Sie stand auf. Dabei fiel ihr Blick auf das Foto von Gillian Edgars, das auf dem Schreibtisch lag.

»Ist das nicht seltsam?« sagte sie im Plauderton. »Da habe ich mir gerade dieses Bild angesehen und mich gefragt, an wen sie mich erinnert, aber es wollte mir nicht einfallen. Und jetzt merke ich, daß sie Ihnen ähnelt, Mr. Wakefield, besonders um die Augen. Ist das nicht ein Zufall?« Doch Roger polterte schon die Treppe hinunter.

»Gerade noch rechtzeitig, fürchte ich«, murmelte sie freundlich. »Armer Kerl.«

Als Claire wieder zu ihm stieß, war es bereits später Nachmittag. Die Menschen befanden sich auf dem Heimweg, und in der Luft lag Feierabendstimmung.

Roger wurde jedoch von anderen Empfindungen bewegt. Als er ausstieg, um Claire die Autotür aufzuhalten, tobten in ihm derart widersprüchliche Gefühle, daß er nicht wußte, was er zuerst sagen sollte. Sie stieg ein und blickte ihn mitfühlend an.

»Ein bißchen viel auf einmal, nicht wahr?« Mehr sagte sie nicht.

Durch ein ausgefeiltes Netz von Einbahnstraßen war das Durchqueren des Stadtzentrums zu einer Aufgabe geworden, die seine volle Aufmerksamkeit beanspruchte. Und so waren sie schon eine ganze Weile unterwegs, als er schließlich fragte: »Was jetzt?«

Claire hatte sich zurückgelehnt und die Augen geschlossen. Einzelne Strähnen hatten sich aus ihrer Haarspange gelöst. Sie reckte sich und setzte sich bequemer hin.

»Laden Sie Brianna doch für heute abend zum Essen ein«, schlug sie vor. Essen? Irgendwie kam es Roger absurd vor, sich inmitten einer detektivischen Spurensuche auf Leben und Tod mit Essen aufzuhalten. Doch dann wurde ihm klar, daß wohl nicht nur die Entdeckungen der letzten Stunden für das hohle Gefühl in seinem Magen verantwortlich waren.

»Nun gut«, erwiderte er. »Aber morgen…«

»Warum bis morgen warten?« wandte Claire ein. Mittlerweile saß sie aufrecht da und kämmte sich die Haare. Mit den dicken, lockigen Strähnen, die ihr ungebändigt auf die Schultern fielen, wirkte sie plötzlich erstaunlich jung. »Nach dem Essen können Sie doch noch einmal zu Greg Edgars gehen und mit ihm reden.«

»Woher wissen Sie, daß er Greg heißt?« fragte Roger erstaunt. »Und wenn er am Nachmittag nicht mit mir reden wollte, warum sollte er es dann am Abend tun?«

Claire blickte ihn an, als würde sie an seiner Intelligenz zweifeln.

»Seinen Vornamen kenne ich, weil ich ihn auf einem Brief in seinem Kasten gelesen habe. Und er wird heute abend mit Ihnen reden, weil Sie ihm eine Flasche Whisky mitbringen.«

»Sie glauben, dann wird er mich hereinbitten?«

Amüsiert blickte sie ihn an. »Haben Sie die Batterie leerer Flaschen in seiner Mülltonne nicht gesehen? Natürlich wird er Sie hereinbitten, und zwar in dem Moment, wo er Sie sieht.«

Sie ließ sich zurücksinken und schob die Fäuste in die Taschen, den Blick geistesabwesend aus dem Fenster gerichtet.

»Sie könnten Brianna bitten, Sie zu begleiten«, meinte sie leichthin.

»Aber sie hat doch gesagt, sie will mit alldem nichts zu tun haben«, wandte Roger ein.

»Dann erzählen Sie ihr vorher nicht, worum es bei dem Besuch geht«, schlug sie in einem Ton vor, der Roger daran erinnerte, daß sie Oberärztin in einem großen Krankenhaus war.

Obwohl seine Ohren glühten, erwiderte er trotzig: »Sie können wohl kaum vor ihr verbergen, daß wir beide…«

»Ich nicht«, fiel Claire ihm ins Wort. »Sie. Ich habe etwas anderes zu erledigen.«

Jetzt reicht's mir aber, dachte Roger. Er lenkte den Wagen an den

Straßenrand und hielt mit quietschenden Reifen. Dann funkelte er Claire wütend an.

»So, so, etwas anderes«, schimpfte er. »Prima, das gefällt mir! Sie hängen mir den Job an, einen Trunkenbold auszuforschen, der mir wahrscheinlich eins über die Rübe haut, sobald ich in sein Blickfeld komme, und Ihre Tochter soll mich begleiten und dabei zusehen. Soll sie mich vielleicht ins Krankenhaus fahren, nachdem dieser Edgars mir die Flasche über den Schädel gezogen hat?«

»Nein«, entgegnete Claire, ohne auf seinen wütenden Ton einzugehen. »Aber ich glaube, gemeinsam mit Greg Edgars könnte es Ihnen gelingen, Brianna davon zu überzeugen, daß Gillian Edgars die Frau ist, die ich als Geillis Duncan kennengelernt habe. Brianna hört mir nicht zu. Sie würde auch Ihnen nicht zuhören, wenn Sie ihr erzählen wollten, was wir heute im Institut erfahren haben. Aber Greg Edgars wird sie wohl anhören.« Ihre Stimme klang flach und verbittert, und Roger merkte, wie sein Ärger verebbte. Er startete das Auto und fädelte sich wieder in den Verkehr ein.

»Na gut, ich werde es versuchen«, sagte er widerwillig, ohne sie anzublicken. »Und womit werden Sie sich beschäftigen?«

Sie griff in ihre Tasche und zog einen kleinen metallenen Gegenstand heraus. Einen Schlüssel.

»Ich werde dem Institut einen Besuch abstatten«, erwiderte sie. »Ich will das Notizbuch haben.«

Nachdem Claire mit einer Entschuldigung zu ihrer »Besorgung« aufgebrochen war – an die Roger nicht denken konnte, ohne daß ihn ein Schauder überlief –, fuhr er mit Brianna zu einem Pub. Aber weil der Abend so schön und mild war, beschlossen sie kurzerhand, mit dem Essen noch zu warten. Während sie am River Ness entlanggschlenderten, vergaß Roger seine gemischten Gefühle angesichts dessen, was ihm noch bevorstand.

Zunächst achteten sie auf jedes Wort, um keine neuen Unstimmigkeiten aufkommen zu lassen. Doch sobald sich das Gespräch Rogers Arbeit zuwandte, wurde es lebhafter.

»Wieso kennst du dich in Geschichte so gut aus?« unterbrach Roger sie einmal mitten im Satz.

»Durch meinen Vater«, antwortete sie. Bei dem Wort »Vater« stockte sie, als würde sie erwarten, daß er Einwände erhob. »Meinen richtigen Vater«, fügte sie dann dezidiert hinzu.

»Nun, der kannte sich auch aus«, gab Roger milde zurück und liess die Herausforderung im Raum stehen. Dafür ist später noch genügend Zeit, meine Gute, dachte er zynisch. Aber nicht ich werde mich mit dir darüber auseinandersetzen.

Am Ende der Strasse entdeckte Roger ein erleuchtetes Fenster, das zur Wohnung der Edgars gehören musste. Demnach war die Beute im Bau. Beim Gedanken an das bevorstehende Gespräch erfasste ihn plötzlich Aufregung.

Doch als sie den gemütlichen Pub betraten, in dem es verführerisch nach Fleischpastete duftete, wich die Aufregung rasch dem Appetit. In einer unausgesprochenen Übereinkunft vermieden es die beiden, die Ereignisse des Vorabends zu erwähnen, so dass sich ein angenehmes und freundliches Gespräch entwickelte. Roger war aufgefallen, wie sehr sich das Verhältnis zwischen Mutter und Tochter abgekühlt hatte, als sie Claire auf dem Weg zum Pub bei einem Taxistand abgesetzt hatten. Wie sie so schweigend auf dem Rücksitz sassen, hatten sie ihn an zwei Katzen erinnert, die sich mit angelegten Ohren und zuckenden Schwänzen gegenüberhockten und es peinlichst vermieden, einander in die Augen zu blicken, weil sie dann fauchend übereinander herfallen würden.

Nach dem Essen holte Brianna ihre Mäntel, während er die Rechnung zahlte.

»Wozu soll die denn gut sein?« fragte sie, als sie die Whiskyflasche sah. »Planst du für heute noch ein Remmidemmi?«

»Ein Remmidemmi?« fragte er grinsend. »Du machst anscheinend Fortschritte und hast deinen Wortschatz erweitert. Und was hast du sonst noch gelernt?«

In gespielter Schüchternheit senkte sie den Blick.

»Dass es einen Tanz gibt, den man ›Letkiss‹ nennt. Aber es wäre wohl unziemlich, wenn ich dich jetzt bitte, ihn mit mir zu tanzen.«

»Nicht, wenn du es ernst meinst«, entgegnete er. Sie lachten, doch die Röte auf ihren Wangen war tiefer geworden. Ihm selbst wurde bei dem Vorschlag so warm, dass er sich den Mantel über den Arm hängte, anstatt ihn anzuziehen.

»Wenn ich genug von dem Zeug da getrunken habe, ganz bestimmt«, sagte sie und zeigte mit einem maliziösen Lächeln auf die Whiskyflasche. »Nur, dass er so schrecklich schmeckt!«

»Daran gewöhnt man sich, Mädel«, erwiderte Roger mit breitem schottischen Akzent. »Nur die Schotten saugen ihn schon mit der

Muttermilch auf. Ich werde dir mal eine Flasche kaufen, damit du üben kannst. Aber diese hier ist als Geschenk gedacht. Ich habe sie jemandem versprochen. Willst du mitkommen, oder soll ich sie später abgeben?« Roger wußte nicht, ob er Brianna wirklich dabeihaben wollte, doch als sie nickte und in ihren Mantel schlüpfte, freute er sich.

»Natürlich komme ich mit.«

»Gut.« Zärtlich rückte er ihr den Mantelkragen zurecht, der sich beim Anziehen aufgestellt hatte. »Es ist nur ein Stück die Straße hinunter – wollen wir zu Fuß gehen oder fahren?«

Abends wirkte die Gegend ein wenig freundlicher. Die Dunkelheit hatte die schäbigen Winkel eingehüllt, und das Licht, das aus den Fenstern fiel, verlieh der Straße eine Heimeligkeit, die sie tagsüber nicht hatte.

»Es kann aber länger dauern«, warnte Roger, als er auf den Klingelknopf drückte. Dabei wußte er nicht, ob ihm das überhaupt lieb sein würde. Als die Tür geöffnet wurde, verflog seine Angst rasch. Immerhin war jemand zu Hause und bei Bewußtsein.

Edgars hatte sich offensichtlich den Nachmittag über von einer der Flaschen Gesellschaft leisten lassen, die auf der wackligen Anrichte hinter ihm aufgereiht waren. Glücklicherweise brachte er die abendlichen Besucher nicht mit den Störenfrieden vom Nachmittag in Verbindung. Als Roger sich vorstellte, staunte er.

»Gillians Cousin? Wußte gar nicht, daß sie einen Cousin hat.«

»Tja.« Roger nutzte Edgars' Unkenntnis kühn zu seinem Vorteil. »Das bin ich.« Mit Gillian würde er schon fertigwerden, wenn er ihr gegenüberstand. Falls er sie überhaupt zu Gesicht bekam.

Edgars blinzelte. Dann rieb er sich mit der Faust über ein entzündetes Auge, als würde er dadurch klarer sehen. Mit einiger Anstrengung richtete er den Blick auf Brianna, die sich im Hintergrund hielt.

»Und wer ist das?« forschte Edgars.

»Das ... das ist meine Freundin«, improvisierte Roger. Brianna blickte ihn aus schmalen Augen an, sagte aber nichts. Sicher hatte sie den Braten bereits gerochen, doch sie trat widerspruchslos ein, als Greg Edgars ihnen die Tür aufhielt.

Die kleine Wohnung war mit Gebrauchtmöbeln vollgestopft. Es roch nach kaltem Rauch und zu selten herausgebrachtem Müll, und auf jeder horizontalen Fläche türmten sich die Überreste von Fertiggerichten. Brianna warf Roger einen Blick zu, der besagte: *Du hast aber eine nette Verwandtschaft!* Er zuckte hilflos die Achseln: *Ist nicht meine Schuld.* Offensichtlich war die Hausfrau nicht daheim, und das schon seit einiger Zeit.

Zumindest nicht körperlich. Als Roger sich zu dem Stuhl umwandte, den Edgars ihm anbot, fiel sein Blick auf ein großes Porträtfoto, das in einem Messingrahmen auf dem Kaminsims stand. Er mußte sich auf die Lippen beißen, um einen Ausruf der Überraschung zu unterdrücken.

Die Frau auf dem Foto schien ihm geradewegs in die Augen zu blicken, wobei ein angedeutetes Lächeln ihre Lippen umspielte. Das dichte platinblonde Haar fiel ihr auf den Rücken und umrahmte das ebenmäßige, herzförmige Gesicht. Dichte, dunkle Wimpern beschatteten die grünen Augen.

»Gut getroffen, nicht wahr?« fragte Edgars, der sich dem Foto ebenfalls zugewandt hatte und es halb feindselig, halb sehnsüchtig betrachtete.

»Äh, ja, ein gutes Foto.« Roger, der sich ein wenig beklommen fühlte, hob eine zerknitterte Pommestüte von seinem Stuhl. Brianna hingegen betrachtete das Porträt voller Neugier. Sie blickte von dem Foto zu Roger und wieder zurück, als würde sie Vergleiche anstellen. Aha, deine Cousine, schien sie zu sagen.

»Gillian ist wohl nicht da?« Roger winkte ab, als Edgars ihm fragend die Flasche entgegenhielt. Doch dann änderte er seine Meinung und nickte. Vielleicht gewann er Edgars Vertrauen, wenn er mit ihm ein Glas leerte. Denn wenn Gillian nicht da war, mußte er herausfinden, wo sie sich aufhielt.

Edgars schüttelte den Kopf, während er mit den Zähnen an der Versiegelung der Flasche riß. Schließlich pflückte er sich Wachs und Papier von den Lippen ab.

»Wohl kaum, mein Freund. Wenn sie da ist, sieht es hier ein bißchen anders aus.« Er wies auf die überquellenden Aschenbecher und die zerknüllten Pappbecher. »Vielleicht so ähnlich, aber nicht ganz so schlimm.« Er holte drei Weingläser von der Anrichte und prüfte zweifelnd nach, ob sie staubig waren.

Dann goß er sie mit der übertriebenen Vorsicht eines Betrunkenen mit Whisky voll und trug sie zu seinen Besuchern. Brianna nahm ihres höflich entgegen, wies aber den angebotenen Stuhl dankend ab. Statt dessen lehnte sie sich anmutig gegen die Anrichte.

Edgars ließ sich auf das ramponierte Sofa fallen und hob sein Glas.

»Prost, Freunde!« rief er, bevor er schlürfend einen großen Schluck trank. »Wie heißen Sie noch mal?« fragte er. Aber gleich darauf unterbrach er sich, weil es ihm wieder eingefallen war. »Ja, richtig, Roger. Gillian hat Sie nie erwähnt... aber das ist auch nicht ihre Art«, fügte er selbstmitleidig hinzu. »Sie redet praktisch nie von ihrer Familie, und deshalb kenne ich auch niemanden. Glaube, sie schämt sich für ihre Angehörigen... aber sie schauen gar nicht so übel aus«, meinte er großzügig. »Und Ihr Mädel ist echt 'ne Wucht.« Er lachte laut auf, so daß ein feiner Whiskyregen durch die Gegend sprühte.

»Ja«, sagte Roger. »Danke.« Vorsichtig nippte er an seinem Drink. Brianna hatte sich angewidert von Edgars abgewandt und war angelegentlich damit beschäftigt, den Inhalt der Anrichte durch das Facettenglas der Türen zu mustern.

Es hatte keinen Sinn, um den heißen Brei herumzureden, dachte Roger. Edgars würde eine Anspielung auch dann nicht erkennen, wenn sie ihm in den Hintern biß. Außerdem, wenn er in dem Tempo weitertrank, bestand die Gefahr, daß er demnächst überhaupt nicht mehr ansprechbar wäre.

»Haben Sie eine Ahnung, wo Gillian steckt?« fragte er ohne Umschweife. Wie immer wollte ihm ihr Name kaum über die Lippen kommen. Er blickte wie magnetisiert auf das Kaminsims, wo ihr Porträt stand und auf die alkoholischen Ausschweifungen herablächelte.

Verneinend schwang Edgars den Kopf hin und her wie ein Ochse über der Futterkrippe. Er war in Rogers Alter, sah aber durch seine grauen Bartstoppeln, das ungepflegte dunkle Haar und die gedrungene Figur älter aus.

»Näh«, erwiderte er. »Ich dachte, das könnten Sie mir erzählen. Wahrscheinlich ist sie bei den Nats oder bei den Rosen, aber ich bin nicht mehr auf dem laufenden, wer im Augenblick höher im Kurs steht.«

»Bei den Nats?« Rogers Herz schlug schneller. »Etwa bei den schottischen Nationalisten, der Unabhängigkeitsbewegung?«

Edgars wurden allmählich die Augenlider schwer.

»Aye, bei diesen verdammten Nationalisten. Dort habe ich Gillian kennengelernt.«

»Wie lange ist das her, Mr. Edgars?«

Überrascht blickte Roger auf. Die Frage kam von Brianna, die den Mann erwartungsvoll anblickte. Roger hätte nicht sagen können, ob sie nur das Gespräch in Gang halten wollte oder mit ihrer Frage eine bestimmte Absicht verband. Ihr Gesicht zeigte lediglich höfliches Interesse.

»Weiß nicht genau... vielleicht zwei, drei Jahre. Zuerst war's ein großer Spaß. Wir schicken die verdammten Engländer zum Teufel und schließen uns der Europäischen Gemeinschaft selber an. Und dazu die Saufgelage und die Herumschmuserei hinten im Lieferwagen, wenn wir von einer Aktion nach Hause gefahren sind.« Verträumt schüttelte Edgars den Kopf. Doch dann schwand sein Lächeln, und er blickte düster in sein Whiskyglas. »Aber das war, bevor sie durchgedreht ist.«

»Durchgedreht?« Roger warf einen Blick auf das Foto. Fanatisch, gewiß. Aber doch nicht verrückt. Oder konnte man das nach einem Foto nicht beurteilen?

»Ja, die Gesellschaft der Weißen Rose. Mein süßer kleiner Prinz Charlie, komm doch zurück, und all dieser Quatsch. Ein Haufen von Einheimischen in Kilts und voller Montur, mit Schwertern und so. Schon in Ordnung, wenn einem so was Spaß macht«, fügte er mit dem verqueren Versuch, Objektivität walten zu lassen, hinzu. »Aber Gillian treibt die Dinge immer zu weit. Hat ständig vom Prinzen gefaselt und wie toll es wäre, wenn er den Aufstand damals gewonnen hätte. Immerzu haben irgendwelche Kerle in unserer Küche gesessen und Bier gesoffen und darüber gestritten, warum er keinen Erfolg hatte. Noch dazu auf gälisch.« Er verdrehte die Augen. »Ein Haufen Schwachsinn.« Um dies zu bestärken, leerte er sein Glas in einem Zug.

Roger spürte, daß sich Briannas Augen in seinen Nacken bohrten. Obwohl er keinen Schlips trug und sein oberster Knopf geöffnet war, zerrte er an seinem Kragen.

»Interessiert sich Ihre Frau nicht auch für Steinkreise, Mr. Edgars?« Brianna gab sich inzwischen keine Mühe mehr, höfliche Aufmerksamkeit vorzutäuschen. Ihre Stimme war so messerscharf, daß man damit Käse hätte schneiden können. Aber Edgars ließ das kalt.

»Steinkreise?« Verwirrt steckte er sich den Zeigefinger ins Ohr und stocherte heftig darin herum.

»Diese vorzeitlichen Steinkreise wie die Clava Cairns«, half ihm Roger auf die Sprünge. Wennschon, dennschon, dachte er resigniert. Brianna würde ohnehin kein Wort mehr mit ihm sprechen, also konnte er auch herausfinden, was es herauszufinden gab.

»Ach, die!« Edgars lachte kurz auf. »Ja, und dazu noch für jeden anderen alten Mist, den Sie sich vorstellen können. Das ist ihre neueste fixe Idee, und dazu die schlimmste. Tag und Nacht in diesem Institut; sie hat mein ganzes Geld für Kurse zum Fenster rausgeworfen. Kurse – daß ich nicht lache! Märchen haben sie ihr dort erzählt. Nichts, was du gebrauchen kannst, Mädchen, habe ich immer wieder zu ihr gesagt, warum lernst du nicht tippen? Such dir einen Job, wenn du dich langweilst. Als ich ihr das gesagt habe, ist sie abgehauen«, erklärte er verdrießlich. »Und seit zwei Wochen habe ich sie nicht mehr gesehen.« Er starrte in sein Weinglas, als würde es ihn wundern, daß es leer war.

»Woll'n Se noch einen?« fragte er, während er nach der Flasche griff. Brianna schüttelte entschieden den Kopf.

»Wir müssen jetzt gehen. Nicht wahr, Roger?«

Als Roger das gefährliche Funkeln in ihren Augen sah, erschien es ihm fast besser, Greg Edgars dabei Gesellschaft zu leisten, die Flasche zu leeren. Andererseits hätte er einen langen Fußmarsch vor sich, wenn er Brianna das Auto überließ. Seufzend erhob er sich und schüttelte Edgars die Hand. Sein Händedruck war warm und erstaunlich fest, wenn auch ein wenig feucht.

Die Flasche fest im Griff, geleitete Edgars sie zur Tür und sah ihnen durch das Fenster nach. »Sagt Gillian, sie soll nach Hause kommen, wenn ihr sie seht!« rief er ihnen nach.

Roger drehte sich um und winkte der Gestalt zu, die sich verschwommen in dem kleinen erleuchteten Viereck in der Tür abzeichnete.

»Ich werde es versuchen!« rief er, obwohl ihm die Worte fast im Halse steckenblieben.

Sie waren schon beinahe wieder am Pub eingetroffen, als Brianna ihn zur Rede stellte.

»Was, zum Teufel, hast du vor?« fragte sie. Es klang wütend, aber nicht hysterisch. »Erst heißt es, du hast in den Highlands keine Angehörigen mehr, und jetzt kommst du mir mit dieser Cousine. Wer ist die Frau auf dem Foto?«

Roger blickte in die Dunkelheit, als könnte er von dort eine

Eingebung bekommen, aber sie ließ ihn im Stich. So holte er tief Luft und nahm Briannas Arm.

»Geillis Duncan«, sagte er.

Sie blieb stockstreif stehen, und er konnte fast spüren, wie sich der Schock in ihr ausbreitete. Betont langsam löste sie ihren Ellenbogen aus seiner Hand. Das zarte Gewebe, das zwischen ihnen im Laufe des Abends entstanden war, war zerrissen.

»Rühr mich nicht an«, zischte sie ihn an. »Stammt die Idee von meiner Mutter?«

Obwohl er sich vorgenommen hatte, verständnisvoll zu sein, spürte Roger Ärger in sich aufsteigen.

»Kannst du vielleicht auch mal an jemand anders als dich selbst denken?« fragte er. »Ich weiß, daß es für dich ein Schock war, und dafür hat jeder Verständnis. Und wenn du es nicht über dich bringst, dich damit auseinanderzusetzen, will ich dich nicht drängen. Aber du solltest auch mal an deine Mutter denken. An deine Mutter und an mich.«

»Wie? Was hast du denn mit der ganzen Geschichte zu tun?« In der Dunkelheit konnte er ihr Gesicht nicht sehen, doch sie war unverkennbar erstaunt.

Eigentlich hatte Roger die Angelegenheit nicht noch zusätzlich verkomplizieren wollen, indem er sich und seine Vorfahren ins Spiel brachte, doch dafür war es nun offensichtlich zu spät. Claire hatte das zweifellos geahnt, als sie ihm geraten hatte, Brianna zu dem Besuch mitzunehmen.

In einer plötzlichen Eingebung wurde ihm klar, welche Absichten Claire verfolgte. Es gab eine Möglichkeit, Brianna zu beweisen, daß ihre Geschichte wahr war. Sie hatten Gillian Edgars, die – womöglich – noch nicht in die Vergangenheit aufgebrochen war. Selbst der hartnäckigste Zweifler mußte sich überzeugen lassen, wenn er sah, wie jemand in die Vergangenheit entschwand. Kein Wunder, daß Claire soviel daran gelegen war, Gillian Edgars zu finden.

Und so erklärte er Brianna in knappen Worten seine Beziehung zu der zukünftigen Hexe von Cranesmuir.

»Entweder ihr Leben oder meins«, schloß er seine Ausführungen, wobei ihm nur zu deutlich bewußt war, wie lächerlich melodramatisch das klang. »Die Entscheidung hat deine Mutter mir überlassen. Und ich war der Meinung, daß wir Gillian wenigstens suchen sollten.«

Brianna war stehengeblieben und hörte ihm zu. Im Schein einer Schaufensterbeleuchtung sah er, daß sie ihn anstarrte.

»Dann glaubst du es also?« fragte sie. In ihrer Stimme schwangen weder Verachtung noch Ärger mit, sondern nur ein tiefer Ernst.

Er seufzte und griff wieder nach ihrem Arm. Sie leistete keinen Widerstand, und so gingen sie einträchtig nebeneinander her.

»Ja«, antwortete er. »Ich konnte nicht anders. Du hast das Gesicht deiner Mutter nicht gesehen, als sie die Worte las, die in ihren Ring eingraviert sind. Ihre Gefühle waren echt, so echt, daß es mir fast das Herz gebrochen hätte.«

»Erzähl es mir«, sagte sie nach kurzem Schweigen. »Was steht in dem Ring?«

Als er geendet hatte, waren sie auf dem Parkplatz hinter dem Pub eingetroffen.

»Nun gut...«, meinte Brianna zögernd, »wenn...« Sie hielt inne und sah ihm in die Augen. Obwohl sie so nahe bei ihm stand, daß er die Wärme ihres Körpers spürte, streckte er die Arme nicht nach ihr aus. Der Friedhof von St. Kilda war weit entfernt, und sie wollten beide nicht an das Grab unter den Eiben erinnert werden, in dessen Stein die Namen von Briannas Eltern eingemeißelt waren.

»Ich weiß es nicht, Roger«, sagte sie kopfschüttelnd. Das Neonschild über dem Hintereingang des Pubs ließ ihr Haar purpurrot aufleuchten. »Ich kann einfach nicht... ich kann noch nicht darüber nachdenken...« Ihre Stimme ließ sie im Stich, doch sie hob die Hand und strich ihm leicht wie eine Abendbrise über die Wange. »Aber ich denke an dich«, flüsterte sie.

Genaugenommen ist ein Einbruch nicht weiter schwierig, wenn man sich im Besitz des Schlüssels befindet. Die Möglichkeit, daß Mrs. Andrews oder Dr. McEwan zurückkehren und mich auf frischer Tat ertappen würden, war verschwindend gering. Notfalls hätte ich immer noch erklären können, ich sei hier, um mein verlorenes Notizbuch zu suchen, und hätte die Tür unverschlossen vorgefunden. Zwar war ich ein wenig aus der Übung, doch es hatte Zeiten gegeben, da war mir die Vorspiegelung falscher Tatsachen zur zweiten Natur geworden. Und Lügen ist wie Fahrradfahren: Man verlernt es nie.

Daß mir das Herz bis zum Halse klopfte und mir sein Schlag in den Ohren dröhnte, lag also weniger an meinem Vorsatz, mir

Gillian Edgars Notizbuch anzueignen. Ich fürchtete mich vor dem, was ich darin finden würde.

Wie mir Maître Raymond erklärt hatte, hängt es allein von den Menschen ab, die an einen Zauber glauben, wie mächtig und gefährlich er ist. Als ich am Nachmittag einen kurzen Blick auf Gillians Aufzeichnungen geworfen hatte, hatte ich bereits gesehen, daß sie aus einem Mischmasch aus Fakten, Spekulationen und überspannten Phantasievorstellungen bestanden, die nur für die Verfasserin Bedeutung besaßen. Und ich hatte einen beinahe körperlichen Widerwillen verspürt, es zu berühren. Denn da ich wußte, wer es geschrieben hatte, wußte ich auch, was es höchstwahrscheinlich darstellte: ein *grimoire*, das Zauberbuch einer Hexe.

Doch wenn es irgendwo einen Hinweis auf Geillis Duncans augenblicklichen Aufenthaltsort gab, dann in diesen Zeilen. Und so unterdrückte ich mein Schaudern, schob das Buch unter meinen Mantel und klemmte es unter dem Ellenbogen fest.

Als ich ungehindert auf der Straße anlangte, kam es mir vor, als würde ich eine Bombe bei mir tragen. Etwas, was mit äußerster Vorsicht behandelt werden mußte, damit es nicht explodierte.

Eine Weile lief ich ziellos durch die Gegend. Schließlich steuerte ich ein kleines italienisches Restaurant mit einer Terrasse am Fluß an. Zwar war es kühl geworden, doch ein kleiner Elektroofen verbreitete wohlige Wärme, so daß man bis spätabends dort sitzen konnte. Ich bestellte ein Glas Chianti. Das Notizbuch lag auf der Papiertischdecke im Schatten des Brotkorbs vor mir.

Der April neigte sich dem Ende zu. Nur noch wenige Tage bis Beltene, dem Maifest. Der gleiche Tag, an dem ich meine Reise in die Vergangenheit angetreten hatte. Vermutlich hing es mit diesem Datum zusammen – oder vielleicht nur mit der Jahreszeit? Mitte April war ich zurückgekehrt – in dieser Phase war die Zeitreise also möglich. Aber womöglich hatte die Jahreszeit auch gar nichts damit zu tun. Ich bestellte mir noch ein Glas Wein.

Möglicherweise besaßen nur bestimmte Personen die Fähigkeit – irgend etwas Besonderes im Erbgut –, eine Schranke zu durchbrechen, die für alle anderen ein unüberwindbares Hindernis darstellte. Wer wußte das schon! Jamie war es nicht möglich gewesen, mir hingegen schon. Auch Geillis Duncan gehörte zu den Auserwählten – oder sollte demnächst dazu gehören. Oder auch nicht.

Bei dem Gedanken an Roger Wakefield wurde mir ein wenig schummrig. Vielleicht sollte ich nicht nur trinken, sondern auch etwas essen.

Der Besuch im Institut hatte mich davon überzeugt, daß Gillian ihre verhängnisvolle Reise noch nicht angetreten hatte. Denn jeder, der sich mit den Legenden der Highlands beschäftigte, wußte, daß Beltene näherrückte, und würde die Reise für diesen Zeitpunkt planen. Doch ich hatte keine Ahnung, wo sie stecken könnte, wenn sie nicht zu Hause war. Führte sie vielleicht irgendwelche Vorbereitungszeremonien durch, von denen sie bei Fionas modernen Druidinnen gehört hatte? Vielleicht enthielt das Notizbuch einen Hinweis darauf.

Über meine eigenen Beweggründe war ich mir mittlerweile nicht mehr im klaren. Hatte ich Roger in die Suche nach Geillis verwikkelt, weil es die einzige Möglichkeit war, Brianna von der Wahrheit zu überzeugen?

Aber wenn wir die Frau rechtzeitig aufspürten, hätte ich nur dann mein Ziel erreicht, wenn Gillian in die Vergangenheit zurückkehrte. Und dort in den Flammen starb.

Als man Geillis als Hexe zum Tod auf dem Scheiterhaufen verurteilte, hatte Jamie zu mir gesagt: »Traure nicht um sie, Sassenach. Sie war eine böse Frau.« Damals war es für mich relativ unwichtig gewesen, ob sie nur schlecht oder verrückt war. Sollte ich es nicht einfach dabei bewenden lassen und sie endlich ihrem Schicksal überlassen? Aber sie hatte mir einst das Leben gerettet. War ich es ihr trotz allem, was sie war – sein würde –, schuldig, ihr das Leben zu retten? Und auf diese Weise Roger zum Untergang verurteilen? Welches Recht hatte ich, mich immer wieder einzumischen?

Es ist keine Frage des Rechts, Sassenach, hörte ich Jamie mit einer gewissen Unduldsamkeit sagen. *Es ist eine Frage der Pflicht. Und der Ehre.*

»Der Ehre also«, sagte ich laut. »Und was ist das, bitte?« Der Kellner, der mit einem Teller Tortellini vor mir stand, starrte mich verwundert an.

»Wie bitte?« fragte er.

»Unwichtig«, erwiderte ich. Im Augenblick war es mir egal, was er von mir dachte. »Am besten, Sie bringen mir gleich die ganze Flasche.«

Die Gespenster leisteten mir auch während der Mahlzeit Gesellschaft. Gestärkt von Speis und Trank, schob ich schließlich meinen leeren Teller beiseite und schlug Gillian Edgars' graues Notizbuch auf.

49

Selig sind die...

Es gibt keinen dunkleren Ort auf der Welt als eine Straße in den Highlands in einer mondlosen Nacht. Hin und wieder tauchten die Scheinwerfer eines entgegenkommenden Autos Rogers dunkle Silhouette in helles Licht. Er hatte die Schultern eingezogen, als wollte er sich gegen kommende Gefahren wappnen. Brianna saß zusammengekauert neben mir auf der Rückbank. Keiner von uns sprach ein Wort. Wir hatten uns voreinander zurückgezogen in kleine, abgeschiedene Nischen des Schweigens.

Ich hatte die Hände in die Taschen gesteckt und spielte mit Münzen, einem zerknüllten Papiertaschentuch, einem Bleistiftstummel und einem Gummiball, den ein kleiner Patient auf dem Fußboden meines Sprechzimmers hatte liegenlassen. Ich fuhr mit dem Daumen über den Rand eines Vierteldollars, die Oberfläche eines englischen Pennys und die kantigen Einkerbungen am Schlüssel zu Gillian Edgars' Studierzimmer, den ich dem Institut vorenthalten hatte.

Bevor wir aufgebrochen waren, hatte ich noch einmal versucht, bei Greg Edgars anzurufen. Doch obwohl ich es lange hatte läuten lassen, nahm niemand ab.

Ich starrte aus dem Seitenfenster des Wagens, nahm jedoch weder mein Spiegelbild wahr noch die Umrisse der schwarzen Steinmauern und Bäume, die in der Dunkelheit an uns vorbeiflogen. Statt dessen sah ich die Bücher vor mir, die säuberlich aufgereiht wie die Gläser eines Apothekers auf dem Regal in dem kleinen Studierzimmer standen. Darunter das Notizbuch, das logische Schlußfolgerungen ebenso wie Vermutungen, Mythen wie Fakten, Zusammenfassungen wissenschaftlicher Abhandlungen wie Legenden, all das gegründet auf die Macht von Träumen enthielt. Ein uninformierter Leser würde es wahrscheinlich für unausgegorenes

Zeug oder bestenfalls für den Entwurf zu einem eigenwilligen Roman halten. Nur ich sah darin einen sorgfältig entwickelten Plan.

In naiver Anlehnung an die wissenschaftliche Methode war der erste Teil des Buches mit »Beobachtungen« überschrieben. Er bestand aus zusammenhanglosen Zitaten, Skizzen und sorgfältig numerierten Tabellen. »Der Stand von Sonne und Mond an Beltene«, war eine davon, die mehr als zweihundert Angaben enthielt. Ähnliche Aufstellungen befaßten sich mit Imbolc, Lugnosa und Samhain, den alten Sonnen- und Feuerfesten. Und morgen würden wir Beltene feiern.

Der mittlere Teil des Buches trug den Titel »Vermutungen«. Zumindest das war korrekt. Auf einer Seite stand: »Die Druiden verbrannten ihre Menschenopfer in Weidenkäfigen, die dem Körper des Menschen nachgebildet waren, doch manche wurden auch durch den Strang getötet. Anschließend schlitzte man ihnen den Hals auf, damit alles Blut herauslaufen konnte. Welches war der entscheidende Bestandteil: Feuer oder Blut?« Die kaltblütige Neugier, die aus dieser Frage sprach, ließ Geillis Duncans Bild deutlich vor meinem inneren Auge entstehen – nicht die Schülerin mit den großen Augen und dem glatten Haar, deren Foto man mir im Institut gezeigt hatte, sondern die geheimnisvolle, zehn Jahre ältere Frau des Prokurators mit dem schiefen Lächeln, die so bewandert war in der Anwendung von Kräutern und dem Einsatz ihres Körpers, die die Männer zu ihrem Instrument machte und leidenschaftslos tötete, um ihre Ziele zu erreichen.

Der letzte Teil des Buches war mit »Schlußfolgerungen« überschrieben und hatte uns in der Nacht vor Beltene auf die Reise geführt. Ich umklammerte den Schlüssel und wünschte mir von ganzem Herzen, Greg Edgars hätte den Telefonhörer abgenommen.

Roger bremste und bog in den Feldweg am Fuße des Craigh na Dun.

»Nichts zu sehen«, sagte er. Da er so lange nicht gesprochen hatte, kam die Bemerkung nur als heiseres, kämpferisch klingendes Krächzen heraus.

»Natürlich nicht«, erwiderte Brianna ungeduldig. »Den Steinkreis kann man von hier aus nicht sehen.«

Roger murmelte etwas und bremste den Wagen noch weiter ab.

Offensichtlich war Brianna angespannt – er aber auch. Nur Claire wirkte ruhig und unberührt von der Spannung, die sich im Wagen ausgebreitet hatte.

»Sie ist da«, sagte Claire plötzlich. Roger trat so heftig auf die Bremse, daß Claire und Brianna nach vorn geschleudert wurden.

»Paß auf, du Trottel«, fuhr Brianna Roger an. Fahrig strich sie sich durchs Haar. Sie schluckte heftig und beugte sich vor, um durch die Scheibe zu spähen.

»Wo?« fragte sie.

Um die Hände nicht aus den Taschen nehmen zu müssen, wies Claire mit einem Kopfnicken nach rechts.

»Hinter diesem Gebüsch steht ein Auto.«

Roger fuhr sich mit der Zunge über die Lippen und streckte die Hand nach dem Türgriff aus.

»Das ist das Auto der Edgars. Ich sehe mal nach. Ihr bleibt hier.«

Brianna stieß die Autotür so heftig auf, daß sie in den Scharnieren quietschte. Der zornige Blick, den sie Roger zuwarf, trieb ihm die Röte auf die Wangen.

Noch bevor Roger ausgestiegen war, war Brianna schon wieder zurück.

»Niemand da«, berichtete sie. Dann blickte sie zur Bergkuppe hinauf. »Glaubt ihr...«

Doch Claire war bereits ausgestiegen, knöpfte sich den Mantel zu und stapfte davon, ohne die Frage ihrer Tochter zu beantworten.

»Hier geht's lang«, meinte sie nur.

Sie ging vor den beiden her, und als Roger sie den Berg hinaufeilen sah, fühlte er sich an den Ausflug nach St. Kilda erinnert. Brianna schien es ähnlich zu gehen, denn sie zögerte und schimpfte dann halblaut vor sich hin. Doch schließlich griff sie nach seinem Arm und drückte ihn – ob sie ihn ermutigen oder um seine Unterstützung bitten wollte, konnte er nicht sagen. Jedenfalls gab es ihm Mut, und er tätschelte ihre Hand und zog sie unter seinem Arm hindurch. Obwohl er sich nur mit gemischten Gefühlen aufgemacht hatte, packte ihn eine gewisse Erregung, als sie sich der Bergkuppe näherten.

Die Nacht war klar, mondlos und dunkel. Nur der Silberglanz des Sternenlichts warf einen blassen Schein auf den alten Steinkreis. Schweigend hielten die drei auf der sanft gerundeten Bergkuppe inne. Roger kam sein eigener Atem unnatürlich laut vor.

»Das hier«, zischte Brianna leise. »ist Schwachsinn.«

»Nein, ist es nicht«, entgegnete Roger. Plötzlich mußte er nach Luft ringen, als hätte sich ein unnachgiebiger Ring um seine Brust gelegt. »Da drüben ist ein Licht.«

Obwohl man es kaum erkennen konnte – nur ein Flackern, das gleich darauf wieder verschwunden war –, hatte Brianna es auch gesehen. Roger hörte, wie sie scharf die Luft einzog.

Was nun? fragte sich Roger. Sollten sie rufen? Oder würden sie Gillian dadurch zu einer voreiligen Tat treiben? Und wenn, was würde sie tun?

Plötzlich schüttelte Claire den Kopf, als wollte sie eine Fliege verscheuchen. Sie trat so überstürzt von dem Stein zurück, neben dem sie stand, daß sie beinahe über Roger gestolpert wäre.

Er umfaßte ihren Arm. »Ruhig, ruhig«, murmelte er. Ihr Gesicht war nur ein blasser Fleck in der Dunkelheit, doch er spürte, wie sie ein Schauder überlief. Steif und unentschlossen stand er da.

Erst der durchdringende Geruch nach Petroleum weckte ihn aus seiner Trance. Nur undeutlich nahm er wahr, wie Brianna hastig den Kopf herumwarf, als sie den Gestank wahrnahm. Im nächsten Moment hatte er Claires Arm losgelassen und lief zur Mitte des Steinkreises, wo sich eine zusammengekauerte Gestalt dunkel vom grasbewachsenen Boden abhob.

Da durchbrach Claires lauter und drängender Ruf die Stille.

»Gillian!«

Doch in diesem Moment zischte leise eine Flamme auf, und die Nacht war plötzlich taghell erleuchtet. Roger stolperte, vom Licht geblendet, und fiel auf die Knie.

Einen Moment lang konnte er außer der schmerzenden Helligkeit des Feuers nichts erkennen. Er hörte einen Schrei und spürte Briannas Hand auf seiner Schulter. Tränen traten ihm in die Augen, und verzweifelt blinzelte er, aber er nahm nur undeutlich wahr, was vor sich ging.

Vor dem Feuer zeichnete sich eine schlanke Gestalt ab. Sie trug ein enges Mieder und einen langen, bauschigen Rock – Kleider aus einer anderen Zeit. Bei Claires Ruf hatte sie sich umgewandt, und Roger erhaschte einen Blick auf die großen Augen und das blonde Haar, das von der Hitze des Feuers aufgewirbelt wurde.

Als Roger sich auf die Füße mühte, schoß ihm die Frage durch den Kopf, wie Gillian einen Baumstamm dieser Größe hier heraufgeschafft hatte. Dann traf ihn der Geruch nach verbrannten Haaren und Fleisch wie ein Schlag und plötzlich wurde es ihm klar. Greg Edgars war an diesem Abend nicht zu Hause gewesen. Und da Gillian nicht wußte, ob nun Menschenblut oder Feuer bei der Zeremonie entscheidend war, hatte sie sich für beides entschieden.

Er schob sich an Brianna vorbei und steuerte geradewegs auf die große, schlanke Frau zu. Als sie ihn kommen sah, wandte sie sich um und lief rasch wie der Wind zu dem gespaltenen Stein am anderen Ende des Kreises. Über der Schulter trug sie einen Rucksack aus Leinwand.

Einen Augenblick blieb sie vor dem Stein stehen, legte die Hand auf den Felsen und sah zurück. Roger hätte schwören können, daß ihr Blick auf ihm verweilte und über die Feuerbarriere hinweg dem seinen begegnete. Er öffnete den Mund zu einem stummen Ruf, doch sie wirbelte herum und verschwand in der Felsspalte.

Das Feuer, der Leichnam, ja die Nacht selbst, verschwand in einem ohrenbetäubenden Schrei. Plötzlich lag Roger auf dem Bauch und fuhr mit den Händen wie rasend über das Gras, auf der Suche nach etwas Vertrautem, an dem er sich festhalten konnte. Selbst der Boden, auf dem er lag, schien unter ihm nachzugeben, als läge er auf Flugsand statt auf Granitgestein.

Geblendet von dem gleißenden Licht, taub von dem markerschütternden Schrei des sich öffnenden Steins, suchte Roger nach einem Halt, schlug wild um sich, verlor die Herrschaft über seine Glieder. Er nahm nur noch einen übermächtigen Sog und den Drang, dagegen anzukämpfen, wahr.

Jegliches Zeitgefühl war ihm abhanden gekommen, es war, als würde er schon immer in dieser furchtbaren Leere kämpfen. Endlich jedoch wurde er etwas außerhalb seiner selbst gewahr. Hände klammerten sich verzweifelt an seine Arme, und weiche Brüste preßten sich an sein Gesicht.

Allmählich kehrte sein Hörvermögen zurück, und er vernahm eine Stimme, die ihm Schimpfworte an den Kopf warf.

»Du Dummkopf! Du... Trottel! Wach auf, Roger, du... Vollidiot!« Obwohl die Stimme nur gedämpft an sein Ohr drang, verstand er den Sinn der Worte sehr wohl. Mit fast übermenschlicher Anstrengung streckte er den Arm aus und griff nach Briannas Handgelenken. Halbblind sah er das tränenüberströmte Gesicht von Brianna Randall über sich.

Der Gestank nach Petroleum und verbranntem Fleisch war mehr, als er ertragen konnte. Roger wurde von einem Würgereiz gepackt, drehte sich auf die Seite und erbrach sich ins feuchte Gras.

Nachdem er sich den Mund am Ärmel abgewischt hatte, streckte er unsicher die Hand nach Brianna aus, die sich zitternd zusammengekauert hatte.

»O mein Gott!« stammelte sie. »O Gott! Ich hätte nicht gedacht, daß ich dich noch zurückhalten könnte. O mein Gott! Du bist geradewegs auf den Stein zugekrochen.«

Er zog sie an sich, und sie leistete keinen Widerstand. Zitternd stand sie da, während ihr Tränen aus den blicklosen, geweiteten Augen rollten. Immer wieder stammelte sie: »O Gott!«

»Ist ja gut«, sagte Roger und strich ihr über den Rücken. »Es wird alles wieder gut.« Allmählich verschwand das Schwindelgefühl, obwohl es ihm immer noch so vorkam, als hätte man ihn auseinandergenommen und die Teile wahllos in alle vier Himmelsrichtungen verstreut.

Von dem geschwärzten Objekt auf dem Boden kam ein leises Knacken, doch ansonsten war die Nacht wieder still. Aber Roger legte die Hände auf die Ohren, als wollte er sie vor dem Dröhnen verschließen, das noch immer in seinem Kopf widerhallte.

»Hast du es auch gehört?« fragte er. Brianna nickte mechanisch.

»Hat deine...«, setzte er an. Nur mühsam ordnete er seine Gedanken. Doch plötzlich fuhr er senkrecht in die Höhe.

»Deine Mutter!« rief er. Grob griff er Brianna am Arm. »Wo ist Claire?«

Entsetzt riß Brianna den Mund auf. Ihr Blick flog verzweifelt über das leere Rund des Kreises, an dessen Rand die mannshohen Steine im flackernden Schein der Flammen glühten.

»Mutter!« schrie sie. »Mutter, wo bist du?«

»Es geht ihr gut«, sagte Roger beschwichtigend. »Bald ist sie wieder in Ordnung.«

Im Grunde hatte er keine Ahnung, ob Claire wieder genesen würde. Aber wenigstens eins stand fest: Sie war noch am Leben.

Sie hatten Claire bewußtlos am Rand des Kreises im Gras gefunden, bleich wie das Licht des Mondes, der sich allmählich am Himmel zeigte. In aller Eile hatte Roger Claire den Berghang hinuntergetragen, wobei er ständig über Steine stolperte und mit den

Kleidern im Gestrüpp hängenblieb. An diesen höllischen Abstieg wollte er sich lieber nicht erinnern.

Der Weg von der Bergspitze zum Auto hatte Roger so erschöpft, daß Brianna hinter dem Steuer Platz nahm. Ihr Gesicht war starr vor Anspannung. Die Hände wie Schraubstöcke um das Lenkrad geklammert, fuhr sie den Wagen zurück ins Pfarrhaus. Roger war neben ihr auf dem Beifahrersitz zusammengesunken. Im Rückspiegel sah er eine letzte schwache Glut auf der Bergkuppe. Sie beschien eine kleine Rauchwolke, die wie das Mündungsfeuer einer Kanone als Zeugnis der vergangenen Schlacht über dem Gipfel stehengeblieben war.

Jetzt beugte sich Brianna über das Sofa, auf dem ihre Mutter reglos wie eine in Stein gemeißelte Grabfigur lag. Schaudernd hatte Roger darauf verzichtet, die Scheite im Kamin anzuzünden, und statt dessen den kleinen Elektroofen angestellt, mit dem sich der Reverend an kalten Winterabenden die Füße gewärmt hatte. Die Stäbe glühten orangerot und heiß, und er gab ein freundliches Zischen von sich, das die Stille im Raum ein wenig erträglicher machte.

Roger setzte sich auf einen Schemel neben dem Sofa. Er fühlte sich matt und ausgelaugt. Mit letzter Kraft griff er nach dem Telefon auf dem Tischchen und ließ die Hand über dem Hörer schweben.

»Sollten wir nicht...«, er mußte sich räuspern, »sollten wir nicht den Arzt rufen? Und die Polizei?«

»Nein.« Brianna klang entschlossen. Aufmerksam beugte sie sich über die reglose Gestalt auf dem Sofa. »Sie kommt zu sich.«

Claires Lieder flatterten. Als die Erinnerung an die Schmerzen zurückkehrte, schlossen sie sich fest, doch dann entspannte sie sich und öffnete die Augen. Ihr Blick war klar und weich. Er glitt über Brianna, die hochaufgerichtet und steif neben ihr stand, und blieb schließlich an Roger haften.

Aus Claires Gesicht war alles Blut gewichen, und sie mußte mehr als einmal ansetzen, bevor sie ein heiseres Flüstern herausbrachte.

»Ist sie... durch den Stein gegangen?«

Claire hatte die Finger um eine Falte ihres Rockes geklammert, und als sie sie losließ, blieb ein dunkler Blutfleck auf dem Stoff zurück. Auch Roger hielt, ohne es zu merken, die Knie so fest umschlungen, daß sein Hände gefühllos wurden. Claire hatte sich also wie er verzweifelt gegen den Sog der Vergangenheit gestemmt. Überwältigt von der Erinnerung an diesen verzweifelten Kampf, schloß er die Augen. Dann nickte er.

»Ja«, sagte er. »Sie ist fort.«

Claire runzelte die Stirn und sah ihre Tochter fragend an. Doch es war Brianna, die die Frage in Worte faßte.

»Dann ist es also wahr?« fragte sie zögernd. »Das alles ist wahr?«

Ein Zittern durchlief Briannas Körper und ohne weiter nachzudenken, nahm Roger ihre Hand. Sie drückte sie so fest, daß er zusammenzuckte. Im Geiste hörte er einen Predigttext des Reverends: »Selig sind, die nicht sehen und trotzdem glauben.« Doch was ist mit jenen, die sehen müssen, um zu glauben? Brianna neben ihm glaubte, nachdem sie gesehen hatte, doch bang harrte sie der Dinge, die sie jetzt noch würde glauben müssen.

Claires geschwungene, blasse Lippen rundeten sich zum Ansatz eines Lächelns, und ein Ausdruck tiefen Friedens glättete das müde, bleiche Gesicht.

»Ja, es ist wahr«, sagte sie. Ein Hauch von Röte überzog die fahlen Wangen. »Oder glaubst du, deine Mutter lügt dich an?« Dann schloß sie wieder die Lider.

Roger beugte sich hinunter, um den Elektroofen abzuschalten. Die Nacht war kalt, doch er hielt es nicht länger im Studierzimmer, seinem gegenwärtigen Zufluchtsort, aus. Er mußte eine Entscheidung treffen.

Der Arzt und die Polizeibeamten waren noch in der Nacht gekommen und erst gegen Morgengrauen wieder aufgebrochen, nachdem sie Formulare ausgefüllt, Zeugenaussagen aufgenommen, Vitalfunktionen untersucht und alles unternommen hatten, um die Wahrheit zu verschleiern. Gesegnet sind, die nicht sehen, dachte Roger andächtig, und trotzdem glauben. Besonders in diesem Fall.

Schließlich waren sie mit ihren Formularen, ihren Polizeimarken und mit aufgeblendeten Autoscheinwerfern losgefahren, um die Bergung von Greg Edgars' Leichnam zu überwachen und einen Haftbefehl gegen seine Frau zu erlassen, die sich, nachdem sie ihren Mann in den Tod gelockt hatte, auf der Flucht befand. Milde ausgedrückt.

Körperlich und geistig ausgelaugt, hatte Roger die Randalls in die Obhut Fionas und des Arztes gegeben. Dann war er zu Bett gegangen. Er hatte sich nicht mal die Mühe gemacht, sich auszuziehen oder die Bettdecken zurückzuschlagen. Abends hatte ihn ein nagender Hunger geweckt. Als er nach unten kam, fand er seine Gäste – ähnlich in sich gekehrt, aber nicht ganz so zerzaust – damit beschäftigte, Fiona bei der Zubereitung des Abendessens zu helfen.

Auch das Mahl verlief schweigsam. Spannung herrschte jedoch nicht zwischen ihnen; vielmehr schienen sich die drei auch ohne Worte zu verstehen. Brianna saß neben ihrer Mutter und strich ihr immer wieder über die Hände, wenn sie ihr einen Teller reichte, als wollte sie sich vergewissern, daß sie auch wirklich da war. Roger warf sie gelegentlich unter gesenkten Wimpern einen schüchternen Blick zu, doch sie sprach ihn nicht an.

Claire sagte wenig und aß fast nichts. Ruhig und schweigend saß sie da. Nach dem Essen entschuldigte sie sich, sie sei müde, und setzte sich ans Fenster am Ende der Halle. Brianna warf ihr einen raschen Blick zu und ging dann in die Küche, um Fiona beim Geschirrspülen zu helfen. Gesättigt von Fionas üppiger Mahlzeit, begab sich Roger ins Studierzimmer. Er wollte nachdenken.

Doch auch zwei Stunden später war er keinen Schritt weitergekommen. Auf Tisch und Schreibtisch stapelten sich Bücher, die klaffende Lücken im Regal hinterlassen hatten; andere lagen als Ausdruck seiner mühevollen Suche aufgeschlagen auf Sesseln und dem Sofa.

Es hatte einige Zeit gedauert, doch schließlich hatte er sie gefunden – jene kurze Passage, die ihm von seiner Recherche für Claire noch in Erinnerung geblieben war. Die Ergebnisse hatten ihr Frieden und Trost gebracht – dies würde eine entgegengesetzte Wirkung auf sie haben, wenn er ihr davon berichtete. Doch auch wenn dem so wäre, er mußte es ihr sagen, denn es erklärte das abgelegene Grab, so weit von Culloden entfernt.

Als er sich mit der Hand übers Gesicht fuhr, spürte er seine Bartstoppeln. Kein Wunder, daß er bei alledem, was passiert war, vergessen hatte, sich zu rasieren. Wenn er die Augen schloß, roch er wieder Rauch und Blut, sah die stechenden Flammen auf dem dunklen Hügel und die fliegenden blonden Haare, die er fast hätte berühren können. Ihn schauderte bei der Erinnerung, und plötzlich spürte er Ärger in sich aufsteigen. Claire hatte seinen inneren Frieden zerstört. Also konnte er gleiches mit gleichem vergelten. Und

Brianna – wenn sie schon die Wahrheit kannte, dann sollte sie auch alles erfahren.

Claire saß noch immer mit angezogenen Füßen auf dem Fenstersitz und starrte durch die Scheiben in die Dunkelheit.

»Claire?« Seine Stimme klang heiser, und er räusperte sich. »Claire? Ich muß Ihnen etwas sagen.«

Sie wandte sich zu ihm um. Ihr Gesicht zeigte nicht die geringste Spur von Neugier. Er las darin den Frieden eines Menschen, der Schrecken, Verzweiflung, Trauer und schließlich die drückende Last, überleben zu müssen, ertragen hatte – und sich dennoch nicht hatte unterkriegen lassen. Als er sie so vor sich sah, hätte er seinen Plan am liebsten aufgegeben.

Doch sie hatte ihm die Wahrheit gesagt, und er schuldete ihr das gleiche.

»Ich habe etwas herausgefunden.« Überflüssigerweise hob er das Buch in die Höhe. »Über... über Jamie.« Den Namen auszusprechen, schien ihn zu stärken, als hätte er damit die kräftige Gestalt des Schotten heraufbeschworen, die nun fest und unerschütterlich zwischen Claire und ihm in der Halle Stellung bezog. Roger wappnete sich, indem er tief Luft holte.

»Was denn?«

»Sein letztes Vorhaben. Ich glaube... es ist ihm nicht gelungen.«

Sie wurde blaß und blickte mit großen Augen auf das Buch.

»Seine Männer? Aber Sie haben doch gesagt...«

»Das stimmt«, fiel Roger ihr ins Wort. »Ich bin mir eigentlich sicher, daß er es geschafft hat. Er hat die Männer von Lallybroch auf die Straße nach Hause gebracht und so vor der Schlacht bewahrt.«

»Aber was...«

»Anschließend wollte er zurückgehen in den Kampf, und ich glaube, das hat er auch getan.« Immer mehr widerstrebte es ihm fortzufahren, doch er hatte keine andere Wahl. Da er keine Worte fand, schlug er das Buch auf und las ihr vor:

»Nach der Entscheidungsschlacht von Culloden suchten achtzehn jakobitische Offiziere, allesamt verwundet, Zuflucht in einer alten Kate. Zwei Tage lagen sie dort in Schmerzen, ohne daß ihre Wunden versorgt wurden. Dann führte man sie zur Hinrichtung hinaus. Einer der Männer, ein Fraser aus dem Regiment des Herrn von

Lovat, entkam dem Gemetzel; die anderen wurden am Rande des Parkes bestattet.«

»*Einer der Männer, ein Fraser aus dem Regiment des Herrn von Lovat, entkam dem Gemetzel...*«, wiederholte Roger leise. Er sah von dem Buch auf und blickte Claire in die Augen. Blind und wie gebannt starrte sie in weite Ferne.

»Er wollte auf dem Schlachtfeld von Culloden sterben«, flüsterte Roger. »Aber das ist ihm nicht gelungen.«

Danksagung

Dank und beste Wünsche der Autorin an: die drei Jackies (Jackie Cantor, Jackie LeDonne und meine Mutter), die Schutzengel meines Buches; die vier Johns (John Myers, John E. Simpson Jr., John Woram und John Stith) für beharrliche Lektüre, vermischte Beiträge und allgemeine Begeisterung; Janet McConnaughey, Margaret J. Campbell, Todd Heimarck, Deb und Dennis Parisek, Holly Heinel und all die anderen Mitglieder des LitForum, deren Name nicht mit J beginnt – besonders Rupert Riffle für »Plantago«, französische Grabinschriften, Ebenholzmanuale und seinen scharfen Blick; Paul Solyn für spätblühende Kapuzinerkresse, Walzer, die »Copper Plate« und botanischen Rat; Margaret Ball für Quellenangaben, nützliche Vorschläge und großartige Gespräche; Fay Zachary für die Mittagessen; Dr. Gary Hoff für medizinische Beratung (mit der Beschreibung, wie man jemanden ausweidet, hat er nichts zu tun); den Dichter Barry Fogden für Übersetzungen aus dem Englischen; Labhriunn MacIan für gälische Flüche und die großzügige Erlaubnis, seinen höchst poetischen Namen zu verwenden; Kathy Allen-Webber für ihre Hilfe beim Französischen (eventuelle Fehler gehen jedoch auf mein Konto); Vonda N. McIntyre für allerlei nützliche Tricks; Michael Lee West für seine wunderbaren Kommentare zum Text und die Art Telefongespräche, bei der meine Familie immer schreit: »Hör auf zu telefonieren, wir sind am Verhungern!«; Michael Lees Mutter, die das Manuskript gelesen und dabei immer wieder aufgesehen und ihre von den Kritikern hochgelobte Tochter gefragt hat: »Warum schreibst *du* eigentlich nicht mal so etwas?«; und schließlich an Elizabeth Buchan für Recherche, Vorschläge und Rat – für sie war es fast so anstrengend, wie es für mich hilfreich war.

BLANVALET

Der Bestseller endlich im Taschenbuch!

DIANA GABALDON

Der 3. Band der großen Highland-Saga:
Claire ist überzeugt, daß ihre große Liebe Jamie in der blutigen Schlacht von Culloden 1746 gefallen ist und kehrt in die Gegenwart zurück. Aber ihre grenzenlose Liebe läßt sie nicht zur Ruhe kommen und zwanzig Jahre später reist sie wieder zurück.
Ist Jamie doch noch am Leben?

»Prall, lustvoll, historisch korrekt – und absolut süchtigmachend!«
Berliner Zeitung

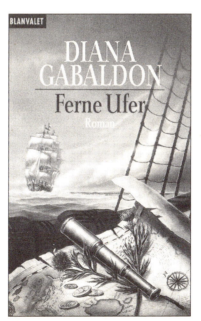

Diana Gabaldon. Ferne Ufer 35095

BLANVALET

TIM PEARS

Der Bestseller jetzt endlich im Taschenbuch!

»Pears erzählt mit dieser seltenen Mischung aus Wärme und Distanz, Eleganz und Schlichtheit, die nur großen Erzählern gelingt – ein Buch zum zwei- oder gar dreimal Lesen.«
Die Woche

Tim Pears. Land der Fülle 35206

BLANVALET

SUZANNE FRANK

Der erste Band einer großen Saga über
eine unsterbliche Liebe jenseits von Zeit und Raum:
Chloe wird während eines Tempelbesuchs in Ägypten in das
Jahr 1452 v. Chr. zurückversetzt – und erwacht in der
exotischen Welt am Hofe der Pharaonin Hatschepsut...

*»Ein exotisches, atemberaubendes und romantisches Feuerwerk der
Ideen. Glänzend geschrieben! Wo bleibt der nächste Band?«*
Barbara Wood

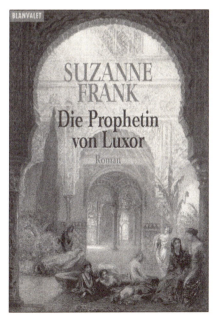

Suzanne Frank. Die Prophetin von Luxor   35188

BLANVALET

DONNA BOYD

Vom turbulenten New York der Gegenwart bis ins farbenprächtige Paris des 19. Jahrhunderts:

»Nach diesem Buch werden die Leser süchtig sein nach Donna Boyds Werwölfen!« Publishers' Weekly

»Donna Boyds Debütroman – und was für einer! Glaubwürdig, phantasievoll, atemberaubend. Man verschlingt ihn von der ersten bis zur letzten Zeile!« Kirkus Reviews

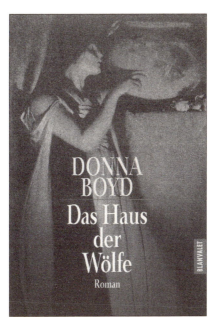

Donna Boyd. Das Haus der Wölfe   35124

BLANVALET

Der zweite Band der großen Artus-Trilogie von

BERNARD CORNWELL

»*Seit Marion Zimmer Bradley hat keiner die Geschichte von Arthur poetischer, aufregender und schöner nacherzählt!*«
BamS

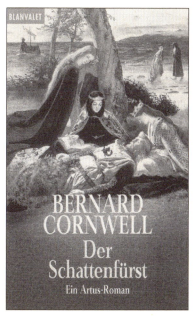

Bernard Cornwell. Der Schattenfürst   35148

BLANVALET

ROMANTISCHE UNTERHALTUNG BEI BLANVALET

Wunderbare, sehnsuchtsvolle Geschichten von schicksalhafter Liebe.

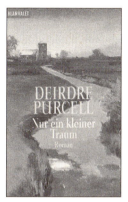

D. Purcell. Nur ein kleiner Traum
35135

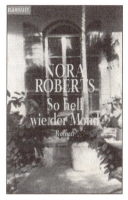

N. Roberts. So hell wie der Mond
35207

L. Spencer. Was der Himmel verspricht
35138

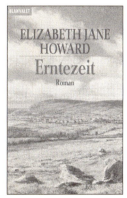

E. J. Howard. Erntezeit
35067